Zu diesem Buch

Als Robert Musil Anfang der fünfziger Jahre, ein Jahrzehnt nach seinem Tod am 15. April 1942 im Genfer Exil, mit diesem Buch wieder in unser Bewußtsein rückte, wurde der Rang des Werkes erkannt: «Der Mann ohne Eigenschaften» ist ein Jahrhundertroman, ein Klassiker der modernen Weltliteratur.

Eine erste Skizze trug Musil, Student der Philosophie in Berlin, um 1904, noch vor dem Debüt mit seinen «Verwirrungen des Zöglings Törleß» (1906), in sein Tagebuch ein. Der Plan, die etliche Phasen durchlaufende Arbeit an dem Roman standen seitdem im Zentrum seines Lebens. Nach den zwei Novellensammlungen «Vereinigungen» (1911), «Drei Frauen» (1924), dem erst 1980, im Jahr seines 100. Geburtstags, endgültig der Bühne erschlossenen Schauspiel «Die Schwärmer» (1921), der Posse «Vinzenz und die Freundin bedeutender Männer» (1923), viel Theaterkritik, Essays und seiner Rede auf Rilkes Tod (1927) legte er Ende 1930, fünfzigjährig, die ersten tausend Seiten vor, zwei Jahre danach einen zweiten Band. Zu den damit 161 Kapiteln gab er 1937/38 weitere zwanzig in Druck. Der «Anschluß» Österreichs Mitte März 1938 versperrte ihnen den Weg in die Öffentlichkeit. Ein Vierteljahr später von Wien in die Schweiz emigriert, geriet Musil mehr und mehr in Vergessenheit. Sein Hauptwerk hinterließ er unabgeschlossen.

Sein Kakanien (KKnien), das habsburgische Österreich im letzten Jahr vor der «Flucht in den Krieg» 1914–1918, war für Musil das negative Weltmodell. Die Neurosen seiner Gesellschaft diagnostizierte er als die Krankheitssymptome dieses Jahrhunderts. Mit vivisektorischer Präzision legte er ihre Ursachen bloß. Sie bestach ebenso wie die Eleganz der Sprache, die intellektuelle Brillanz, die denkerische Kompetenz, die ironische Leichtigkeit. Musil strebte indes mehr an als eine meisterhaft inszenierte Comédie humaine. Die Kritik an der Wirklichkeit entwickelt sich zum Gedankenversuch eines besseren möglichen Lebens. Die Ironie ist nur die Kehrseite zu dem gespannten Ernst eines methodisch kontrollierten Tagtraums. Sie weicht schließlich einem verzaubernden Anflug von «tagheller Mystik». Der Skeptiker verfällt der uralten Sehnsucht, den verlorenen Sinn dieses Daseins wiederzufinden.

Ulrich, der Mann ohne Eigenschaften, Anfang Dreißig, sportlich trainiert, Mathematiker, Philosoph, ein sich passioniert in Frage stellender Nicht-Held, ist Musils Experimentator, Vordenker. Seine Mit- und Gegenspieler exemplifizieren vielfältige Varianten menschlichen Verhaltens: Repräsentanten der führenden Kreise, des Großkapitals, der Wiener Ballhausplatz-Diplomatie, Reformer, Schwärmer, potentielle Revolutionäre, Nymphomaninnen, eine esoterische Salonkönigin, ein unzurechnungsfähiger Sexualmörder, eine anrührend wahnbesessene Nietzsche-Anbeterin. Ulrichs faszinierendste Partnerin, seine Schwester Agathe, verführt ihn zu einem der kühnsten Liebesexperimente («der letzten Liebesgeschichte») der Weltliteratur.

A. F.

Rowohlt Jahrhundert

Herausgegeben von Bernd Jentzsch

Band 1

Robert Musil

DER MANN OHNE EIGENSCHAFTEN

Roman

I

Erstes und Zweites Buch

Herausgegeben
von Adolf Frisé

Rowohlt

Neu durchgesehene und verbesserte Ausgabe 1978

26.–45. Tausend August 1988

Veröffentlicht im Rowohlt Taschenbuch Verlag GmbH,
Reinbek bei Hamburg, Mai 1987

Umschlaggestaltung Peter Wippermann
(Foto des Autors: Rowohlt Archiv)
Gesamtherstellung Clausen & Bosse, Leck
Printed in Germany
1980-ISBN 3 499 40001 4

Es war ihm klar, dass etwas geschehen müsse, was Österreich allen voranstellen sollte, damit diese «glanzvolle Lebenskundgebung Österreichs» für die ganze Welt «ein Markstein» sei, somit ihr diene, ihr eigenes wahres Wesen wiederzufinden, und daß dies alles mit dem Besitz eines 88jährigen Friedenskaisers verknüpft war.

ERSTES BUCH

ERSTER TEIL

Eine Art Einleitung

I

Woraus bemerkenswerter Weise nichts hervorgeht

Über dem Atlantik befand sich ein barometrisches Minimum; es wanderte ostwärts, einem über Rußland lagernden Maximum zu, und verriet noch nicht die Neigung, diesem nördlich auszuweichen. Die Isothermen und Isotheren taten ihre Schuldigkeit. Die Lufttemperatur stand in einem ordnungsgemäßen Verhältnis zur mittleren Jahrestemperatur, zur Temperatur des kältesten wie des wärmsten Monats und zur aperiodischen monatlichen Temperaturschwankung. Der Auf- und Untergang der Sonne, des Mondes, der Lichtwechsel des Mondes, der Venus, des Saturnringes und viele andere bedeutsame Erscheinungen entsprachen ihrer Voraussage in den astronomischen Jahrbüchern. Der Wasserdampf in der Luft hatte seine höchste Spannkraft, und die Feuchtigkeit der Luft war gering. Mit einem Wort, das das Tatsächliche recht gut bezeichnet, wenn es auch etwas altmodisch ist: Es war ein schöner Augusttag des Jahres 1913.

Autos schossen aus schmalen, tiefen Straßen in die Seichtigkeit heller Plätze. Fußgängerdunkelheit bildete wolkige Schnüre. Wo kräftigere Striche der Geschwindigkeit quer durch ihre lockere Eile fuhren, verdickten sie sich, rieselten nachher rascher und hatten nach wenigen Schwingungen wieder ihren gleichmäßigen Puls. Hunderte Töne waren zu einem drahtigen Geräusch ineinander verwunden, aus dem einzelne Spitzen vorstanden, längs dessen schneidige Kanten liefen und sich wieder einebneten, von dem klare Töne absplitterten und verflogen. An diesem Geräusch, ohne daß sich seine Besonderheit beschreiben ließe, würde ein Mensch nach jahrelanger Abwesenheit mit geschlossenen Augen erkannt haben, daß er sich in der Reichshaupt- und Residenzstadt Wien befinde. Städte lassen sich an ihrem Gang erkennen wie Menschen. Die Augen öffnend, würde er das gleiche an der Art bemerken, wie die Bewegung in den Straßen schwingt, beiweitem früher als er es durch irgendeine bezeichnende Einzelheit herausfände. Und wenn er sich, das zu können, nur einbilden sollte, schadet es auch nichts. Die Überschätzung der Frage, wo man sich befinde, stammt aus der Hordenzeit, wo man sich die Futterplätze merken mußte. Es wäre wichtig, zu wissen, warum man sich bei einer roten Nase ganz ungenau damit begnügt, sie sei rot, und nie danach fragt, welches besondere Rot sie habe, obgleich sich das durch die Wellenlänge auf Mikromillimeter genau ausdrücken ließe; wogegen man bei etwas so viel Verwickelterem, wie es eine Stadt ist, in der man sich aufhält, immer durchaus genau wissen möchte, welche besondere Stadt das sei. Es lenkt von Wichtigerem ab.

Es soll also auf den Namen der Stadt kein besonderer Wert gelegt werden. Wie alle großen Städte bestand sie aus Unregelmäßigkeit, Wechsel, Vorgleiten, Nichtschritthalten, Zusammenstößen von Dingen und Angelegenheiten, bodenlosen Punkten der Stille dazwischen, aus Bahnen und Ungebahntem, aus einem großen rhythmischen Schlag und der ewigen Verstimmung und Verschiebung aller Rhythmen gegeneinander, und glich im ganzen einer kochenden Blase, die in einem Gefäß ruht, das aus dem dauerhaften Stoff von Häusern, Gesetzen, Verordnungen und geschichtlichen Überlieferungen besteht. Die beiden Menschen, die darin eine breite, belebte Straße hinaufgingen, hatten natürlich gar nicht diesen Eindruck. Sie gehörten ersichtlich einer bevorzugten Gesellschaftsschicht an, waren vornehm in Kleidung, Haltung und in der Art, wie sie miteinander sprachen, trugen die Anfangsbuchstaben ihrer Namen bedeutsam auf ihre Wäsche gestickt, und ebenso, das heißt nicht nach außen gekehrt, wohl aber in der feinen Unterwäsche ihres Bewußtseins, wußten sie, wer sie seien und daß sie sich in einer Haupt- und Residenzstadt auf ihrem Platze befanden. Angenommen, sie würden Arnheim und Ermelinda Tuzzi heißen, was aber nicht stimmt, denn Frau Tuzzi befand sich im August in Begleitung ihres Gatten in Bad Aussee und Dr. Arnheim noch in Konstantinopel, so steht man vor dem Rätsel, wer sie seien. Lebhafte Menschen empfinden solche Rätsel sehr oft in den Straßen. Sie lösen sich in bemerkenswerter Weise dadurch auf, daß man sie vergißt, falls man sich nicht während der nächsten fünfzig Schritte erinnern kann, wo man die beiden schon gesehen hat. Diese beiden hielten nun plötzlich ihren Schritt an, weil sie vor sich einen Auflauf bemerkten. Schon einen Augenblick vorher war etwas aus der Reihe gesprungen, eine quer schlagende Bewegung; etwas hatte sich gedreht, war seitwärts gerutscht, ein schwerer, jäh gebremster Lastwagen war es, wie sich jetzt zeigte, wo er, mit einem Rad auf der Bordschwelle, gestrandet dastand. Wie die Bienen um das Flugloch hatten sich im Nu Menschen um einen kleinen Fleck angesetzt, den sie in ihrer Mitte freiließen. Von seinem Wagen herabgekommen, stand der Lenker darin, grau wie Packpapier, und erklärte mit groben Gebärden den Unglücksfall. Die Blicke der Hinzukommenden richteten sich auf ihn und sanken dann vorsichtig in die Tiefe des Lochs, wo man einen Mann, der wie tot dalag, an die Schwelle des Gehsteigs gebettet hatte. Er war durch seine eigene Unachtsamkeit zu Schaden gekommen, wie allgemein zugegeben wurde. Abwechselnd knieten Leute bei ihm nieder, um etwas mit ihm anzufangen; man öffnete seinen Rock und schloß ihn wieder, man versuchte ihn aufzurichten oder im Gegenteil, ihn wieder hinzulegen; eigentlich wollte niemand etwas anderes damit, als die Zeit ausfüllen, bis mit der Rettungsgesellschaft sachkundige und befugte Hilfe käme.

Auch die Dame und ihr Begleiter waren herangetreten und hatten über Köpfe und gebeugte Rücken hinweg, den Daliegenden betrachtet. Dann traten sie zurück und zögerten. Die Dame fühlte etwas Unangenehmes in der Herz-Magengrube, das sie berechtigt war für Mitleid zu halten; es war ein unentschlossenes, lähmendes Gefühl. Der Herr sagte nach einigem Schweigen zu ihr: «Diese schweren Kraftwagen, wie sie hier verwendet werden, haben einen zu langen Bremsweg.» Die Dame fühlte sich dadurch erleichtert und dankte mit einem aufmerksamen Blick. Sie hatte dieses Wort wohl schon manchmal gehört, aber sie wußte nicht, was ein Bremsweg sei, und wollte es auch nicht wissen; es genügte ihr, daß damit dieser gräßliche Vorfall in irgend eine Ordnung zu bringen war und zu einem technischen Problem wurde, das sie nicht mehr unmittelbar anging. Man hörte jetzt auch schon die Pfeife eines Rettungswagens schrillen, und die Schnelligkeit seines Eintreffens erfüllte alle Wartenden mit Genugtuung. Bewundernswert sind diese sozialen Einrichtungen. Man hob den Verunglückten auf eine Tragbahre und schob ihn mit dieser in den Wagen. Männer in einer Art Uniform waren um ihn bemüht, und das Innere des Fuhrwerks, das der Blick erhaschte, sah so sauber und regelmäßig wie ein Krankensaal aus. Man ging fast mit dem berechtigten Eindruck davon, daß sich ein gesetzliches und ordnungsmäßiges Ereignis vollzogen habe. «Nach den amerikanischen Statistiken», so bemerkte der Herr, «werden dort jährlich durch Autos 190.000 Personen getötet und 450.000 verletzt.»

«Meinen Sie, daß er tot ist?» fragte seine Begleiterin und hatte noch immer das unberechtigte Gefühl, etwas Besonderes erlebt zu haben.

«Ich hoffe, er lebt» erwiderte der Herr. «Als man ihn in den Wagen hob, sah es ganz so aus.»

2

Haus und Wohnung des Mannes ohne Eigenschaften

Die Straße, in der sich dieser kleine Unglücksfall ereignet hatte, war einer jener langen, gewundenen Verkehrsflüsse, die strahlenförmig am Kern der Stadt entspringen, die äußeren Bezirke durchziehn und in die Vorstädte münden. Sollte ihm das elegante Paar noch eine Weile weiter gefolgt sein, so würde es etwas gesehen haben, das ihm gewiß gefallen hätte. Das war ein teilweise noch erhalten gebliebener Garten aus dem achtzehnten oder gar aus dem siebzehnten Jahrhundert, und wenn man an seinem schmiedeeisernen Gitter vorbeikam, so erblickte man zwischen Bäumen, auf sorgfältig geschorenem Rasen etwas wie ein kurzflügeliges Schlößchen, ein Jagd- oder Liebesschlößchen vergangener Zeiten. Genau gesagt, seine Traggewölbe waren aus dem siebzehnten Jahrhundert, der Park und der Oberstock trugen das Ansehen des achtzehnten Jahrhunderts, die Fassade war im neunzehnten Jahrhundert erneuert und etwas verdorben worden, das Ganze hatte also einen etwas verwackelten Sinn, so wie übereinander photographierte Bilder; aber es war so, daß man unfehlbar stehen blieb und «Ah!» sagte. Und wenn das Weiße, Niedliche, Schöne seine Fenster geöffnet hatte, blickte man in die vornehme Stille der Bücherwände einer Gelehrtenwohnung.

Diese Wohnung und dieses Haus gehörten dem Mann ohne Eigenschaften.

Er stand hinter einem der Fenster, sah durch den zartgrünen Filter der Gartenluft auf die bräunliche Straße und zählte mit der Uhr seit zehn Minuten die Autos, die Wagen, die Trambahnen und die von der Entfernung ausgewaschenen Gesichter der Fußgänger, die das Netz des Blicks mit quirlender Eile füllten; er schätzte die Geschwindigkeiten, die Winkel, die lebendigen Kräfte vorüberbewegter Massen, die das Auge blitzschnell nach sich ziehen, festhalten, loslassen, die während einer Zeit, für die es kein Maß gibt, die Aufmerksamkeit zwingen, sich gegen sie zu stemmen, abzureißen, zum nächsten zu springen und sich diesem nachzuwerfen; kurz, er steckte, nachdem er eine Weile im Kopf gerechnet hatte, lachend die Uhr in die Tasche und stellte fest, daß er Unsinn getrieben habe. – Könnte man die Sprünge der Aufmerksamkeit messen, die Leistungen der Augenmuskeln, die Pendelbewegungen der Seele und alle die Anstrengungen, die ein Mensch vollbringen muß, um sich im Fluß einer Straße aufrecht zu halten, es käme vermutlich – so hatte er gedacht und spielend das Unmögliche zu berechnen versucht – eine Größe heraus, mit der verglichen die Kraft, die Atlas braucht, um die Welt zu stemmen, gering ist, und man könnte ermessen, welche ungeheure Leistung heute schon ein Mensch vollbringt, der gar nichts tut.

Denn der Mann ohne Eigenschaften war augenblicklich ein solcher Mensch.

Und einer der tut?

«Man kann zwei Schlüsse daraus ziehen» sagte er sich.

Die Muskelleistung eines Bürgers, der ruhig einen Tag lang seines Wegs geht, ist bedeutend größer als die eines Athleten, der einmal im Tag ein ungeheures Gewicht stemmt; das ist physiologisch nachgewiesen worden, und also setzen wohl auch die kleinen Alltagsleistungen in ihrer gesellschaftlichen Summe und durch ihre Eignung für diese Summierung viel mehr Energie in die Welt als die heroischen Taten; ja die heroische Leistung erscheint geradezu winzig, wie ein Sandkorn, das mit ungeheurer Illusion auf einen Berg gelegt wird. Dieser Gedanke gefiel ihm.

Aber es muß hinzugefügt werden, daß er ihm nicht etwa deshalb gefiel, weil er das bürgerliche Leben liebte; im Gegenteil, es beliebte ihm bloß, seinen Neigungen, die einstmals anders gewesen waren, Schwierigkeiten zu bereiten. Vielleicht ist es gerade der Spießbürger, der den Beginn eines ungeheuren neuen, kollektiven, ameisenhaften Heldentums vorausahnt? Man wird es rationalisiertes Heldentum nennen und sehr schön finden. Wer kann das heute schon wissen?! Solcher unbeantworteter Fragen von größter Wichtigkeit gab es aber damals hunderte. Sie lagen in der Luft, sie brannten unter den Füßen. Die Zeit bewegte sich. Leute, die damals noch nicht gelebt haben, werden es nicht glauben wollen, aber schon damals bewegte sich die Zeit so schnell wie ein Reitkamel; und nicht erst heute. Man wußte bloß nicht, wohin. Man konnte auch nicht recht unterscheiden, was oben und unten war, was vor und zurück ging. «Man kann tun, was man will;» sagte sich der Mann ohne Eigenschaften achzelzuckend «es kommt in diesem Gefilz von Kräften nicht im geringsten darauf an!» Er wandte sich ab wie ein Mensch, der verzichten gelernt hat, ja fast wie ein kranker Mensch, der jede starke Berührung scheut, und als er, sein angrenzendes Ankleidezimmer durchschreitend, an einem Boxball, der dort hing, vorbeikam, gab er diesem einen so schnellen und heftigen Schlag, wie es in Stimmungen der Ergebenheit oder Zuständen der Schwäche nicht gerade üblich ist.

3

Auch ein Mann ohne Eigenschaften hat einen Vater mit Eigenschaften

Der Mann ohne Eigenschaften hatte, als er vor einiger Zeit aus dem Ausland zurückkehrte, eigentlich nur aus Übermut und weil er die gewöhnlichen Wohnungen verabscheute, dieses Schlößchen gemietet, das einst ein vor den Toren liegender Sommersitz gewesen war, der seine Bestimmung verlor, als die Großstadt über ihn wegwuchs, und zuletzt nicht mehr als ein brachliegendes, auf das Steigen der Bodenpreise wartendes Grundstück darstellte, das von niemand bewohnt wurde. Der Pachtzins war dementsprechend gering, aber unerwartet viel Geld hatte das Weitere gekostet, alles wieder in Stand setzen zu lassen und mit den Ansprüchen der Gegenwart zu verbinden; das war ein Abenteuer geworden, dessen Ausgang ihn zwang, sich an die Hilfe seines Vaters zu wenden, was ihm keineswegs angenehm war, denn er liebte seine Unabhängigkeit. Er war zweiunddreißig Jahre alt, und sein Vater neunundsechzig.

Der alte Herr war entsetzt. Nicht eigentlich wegen des Überfalls, wenngleich auch deswegen, denn er verabscheute die Unüberlegtheit; noch wegen der Kontribution, die er leisten mußte, denn im Grunde billigte er es, daß sein Sohn ein Bedürfnis nach Häuslichkeit und eigener Ordnung kundgegeben hatte. Aber die Aneignung eines Gebäudes, das man, und sei es auch nur im Diminutiv, nicht umhin konnte als ein Schloß zu bezeichnen, verletzte sein Gefühl und ängstigte es als eine unheilverheißende Anmaßung.

Er selbst hatte als Hauslehrer in hochgräflichen Häusern begonnen; als Student und fortfahrend noch als junger Rechtsanwaltsgehilfe und eigentlich ohne Not, denn schon sein Vater war ein wohlhabender Mann gewesen. – Als er später Universitätsdozent und Professor wurde, fühlte er sich aber dafür belohnt, denn die sorgfältige Pflege dieser Beziehungen brachte es nun mit sich, daß er allmählich zum Rechtskonsulenten fast des gesamten Feudaladels seiner Heimat aufrückte, obgleich er eines Nebenberufs nun erst recht nicht mehr bedurfte. Ja, lange nachdem das Vermögen, welches er damit erwarb, schon den Vergleich mit der Morgengabe einer rheinischen Industriellenfamilie aushielt, die seines Sohnes frühverstorbene Mutter in die Ehe gebracht hatte, schliefen diese in der Jugend erworbenen und im Mannesalter befestigten Beziehungen nicht ein. Obgleich sich der zu Ehren gekommene Gelehrte nun vom eigentlichen Rechtsgeschäft zurückzog und nur gelegentlich noch eine hochbezahlte Gutachtertätigkeit ausübte, wurden doch noch alle Ereignisse, die den Kreis seiner ehemaligen Gönner angingen, in eigenen Aufzeichnungen sorgfältig gebucht, mit großer Genauigkeit von den Vätern auf die Söhne und Enkel übertragen, und es ging keine Auszeichnung, keine Hochzeit, kein Geburts- oder Namenstag ohne ein Schreiben vorüber, das den Empfänger in einer zarten Mischung von Ehrerbietung und gemeinsamen Erinnerungen beglückwünschte. Ebenso pünktlich liefen darauf auch jedesmal kurze Antwortschreiben ein, die dem lieben Freund und geschätzten Gelehrten dankten. So kannte sein Sohn dieses aristokratische Talent eines fast unbewußt, aber sicher wägenden Hochmuts von Jugend auf, welches das Maß einer Freundlichkeit gerade richtig bemißt, und die Unterwürfigkeit eines immerhin zum geistigen Adel gehörenden Menschen vor den Besitzern von Pferden, Äckern und Traditionen hatte ihn immer gereizt. Es war aber nicht Berechnung, was seinen Vater dagegen unempfindlich machte; ganz aus Naturtrieb legte er auf solche Weise eine große Laufbahn hinter sich, er wurde nicht nur Professor, Mitglied von Akademien und vielen wissenschaftlichen und staatlichen Ausschüssen, sondern auch Ritter, Komtur, ja sogar Großkreuz hoher Orden, Se. Majestät erhob ihn schließlich in den erblichen Adelsstand und hatte ihn schon vorher zum Mitglied des Herrenhauses ernannt. Dort hatte sich der Ausgezeichnete dem freisinnigen bürgerlichen Flügel angeschlossen, der zu dem hochadeligen manchmal im Gegensatz stand, aber bezeichnenderweise nahm es ihm keiner von seinen adeligen Gönnern übel oder wunderte sich auch nur darüber; man hatte niemals etwas anderes als den Geist des aufstrebenden Bürgertums in ihm gesehn. Der alte Herr nahm eifrig an den Facharbeiten der Gesetzgebung teil, und selbst wenn ihn eine Kampfabstimmung auf der bürgerlichen Seite sah, empfand man auf der anderen Seite keinen Groll darüber, sondern hatte eher das Gefühl, daß er nicht eingeladen worden sei. Er tat in der Politik nichts anderes, als was schon seinerzeit sein Amt gewesen war, ein überlegenes und zuweilen sanft verbesserndes Wissen mit dem Eindruck zu vereinen, daß man sich auf seine persönliche Ergebenheit trotzdem verlassen könne, und hatte es, wie sein Sohn behauptete, ohne wesentliche Veränderung vom Hauslehrer zum Herrenhauslehrer gebracht.

Als er die Geschichte mit dem Schloß erfuhr, erschien sie ihm als die Verletzung einer gesetzlich nicht umschriebenen, aber desto achtsamer zu respektierenden Grenze, und er machte seinem Sohne Vorwürfe, die noch bitterer waren als die vielen Vorwürfe, die er ihm im Lauf der Zeiten schon gemacht hatte, ja geradezu wie die Prophezeiung eines bösen Endes klangen, das nun begonnen habe. Das Grundgefühl seines Lebens war beleidigt. Wie bei vielen Männern, die etwas Bedeutendes erreichen, bestand es, fern von Eigennutz, aus einer tiefen Liebe für das sozusagen allgemein und überpersönlich Nützliche, mit anderen Worten aus einer ehrlichen Verehrung für das, worauf man seinen Vorteil baut, nicht weil man ihn baut, sondern in Harmonie und gleichzeitig damit und aus allgemeinen Gründen. Das ist von großer Wichtigkeit; schon ein edler Hund sucht seinen Platz unter dem Eßtisch, unbeirrt von Fußstößen, nicht etwa aus hündischer Niedrigkeit, sondern aus Anhänglichkeit und Treue, und gar die kalt berechnenden Menschen haben im Leben nicht halb soviel Erfolg wie die richtig gemischten Gemüter, die für Menschen und Verhältnisse, die ihnen Vorteil bringen, wirklich tief zu empfinden vermögen.

4

Wenn es Wirklichkeitssinn gibt, muß es auch Möglichkeitssinn geben

Wenn man gut durch geöffnete Türen kommen will, muß man die Tatsache achten, daß sie einen festen Rahmen haben: dieser Grundsatz, nach dem der alte Professor immer gelebt hatte, ist einfach eine Forderung des Wirklichkeitssinns. Wenn es aber Wirklichkeitssinn gibt, und niemand wird bezweifeln, daß er seine Daseinsberechtigung hat, dann muß es auch etwas geben, das man Möglichkeitssinn nennen kann.

Wer ihn besitzt, sagt beispielsweise nicht: Hier ist dies oder das geschehen, wird geschehen, muß geschehen; sondern er erfindet: Hier könnte, sollte oder müßte geschehn; und wenn man ihm von irgend etwas erklärt, daß es so sei, wie es sei, dann denkt er: Nun, es könnte wahrscheinlich auch anders sein. So ließe sich der Möglichkeitssinn geradezu als die Fähigkeit definieren, alles, was ebensogut sein könnte, zu denken und das, was ist, nicht wichtiger zu nehmen als das, was nicht ist. Man sieht, daß die Folgen solcher schöpferischen Anlage bemerkenswert sein können, und bedauerlicherweise lassen sie nicht selten das, was die Menschen bewundern, falsch erscheinen und das, was sie verbieten, als erlaubt oder wohl auch beides als gleichgültig. Solche Möglichkeitsmenschen leben, wie man sagt, in einem feineren Gespinst, in einem Gespinst von Dunst, Einbildung, Träumerei und Konjunktiven; Kindern, die diesen Hang haben, treibt man ihn nachdrücklich aus und nennt solche Menschen vor ihnen Phantasten, Träumer, Schwächlinge und Besserwisser oder Krittler.

Wenn man sie loben will, nennt man diese Narren auch Idealisten, aber offenbar ist mit alledem nur ihre schwache Spielart erfaßt, welche die Wirklichkeit nicht begreifen kann oder ihr wehleidig ausweicht, wo also das Fehlen des Wirklichkeitssinns wirklich einen Mangel bedeutet. Das Mögliche umfaßt jedoch nicht nur die Träume nervenschwacher Personen, sondern auch die noch nicht erwachten Absichten Gottes. Ein mögliches Erlebnis oder eine mögliche Wahrheit sind nicht gleich wirklichem Erlebnis und wirklicher Wahrheit weniger dem Werte des Wirklichseins, sondern sie haben, wenigstens nach Ansicht ihrer Anhänger, etwas sehr Göttliches in sich, ein Feuer, einen Flug, einen Bauwillen und bewußten Utopismus, der die Wirklichkeit nicht scheut, wohl aber als Aufgabe und Erfindung behandelt. Schließlich ist die Erde gar nicht alt und war scheinbar noch nie so recht in gesegneten Umständen. Wenn man nun in bequemer Weise die Menschen des Wirklichkeits- und des Möglichkeitssinns voneinander unterscheiden will, so braucht man bloß an einen bestimmten Geldbetrag zu denken. Alles, was zum Beispiel tausend Mark an Möglichkeiten überhaupt enthalten, enthalten sie doch ohne Zweifel, ob man sie besitzt oder nicht; die Tatsache, daß Herr Ich oder Herr Du sie besitzen, fügt ihnen so wenig etwas hinzu wie einer Rose oder einer Frau. Aber ein Narr steckt sie in den Strumpf, sagen die Wirklichkeitsmenschen, und ein Tüchtiger schafft etwas mit ihnen; sogar der Schönheit einer Frau wird unleugbar von dem, der sie besitzt, etwas hinzugefügt oder genommen. Es ist die Wirklichkeit, welche die Möglichkeiten weckt, und nichts wäre so verkehrt, wie das zu leugnen. Trotzdem werden es in der Summe oder im Durchschnitt immer die gleichen Möglichkeiten bleiben, die sich wiederholen, so lange bis ein Mensch kommt, dem eine wirkliche Sache nicht mehr bedeutet als eine gedachte. Er ist es, der den neuen Möglichkeiten erst ihren Sinn und ihre Bestimmung gibt, und er erweckt sie.

Ein solcher Mann ist aber keineswegs eine sehr eindeutige Angelegenheit. Da seine Ideen, soweit sie nicht müßige Hirngespinste bedeuten, nichts als noch nicht geborene Wirklichkeiten sind, hat natürlich auch er Wirklichkeitssinn; aber es ist ein Sinn für die mögliche Wirklichkeit und kommt viel langsamer ans Ziel als der den meisten Menschen eignende Sinn für ihre wirklichen Möglichkeiten. Er will gleichsam den Wald, und der andere die Bäume; und Wald, das ist etwas schwer Ausdrückbares, wogegen Bäume soundsoviel Festmeter bestimmter Qualität bedeuten. Oder vielleicht sagt man es anders besser, und der Mann mit gewöhnlichem Wirklichkeitssinn gleicht einem Fisch, der nach der Angel schnappt und die Schnur nicht sieht, während der Mann mit jenem Wirklichkeitssinn, den man auch Möglichkeitssinn nennen kann, eine Schnur durchs Wasser zieht und keine Ahnung hat, ob ein Köder daran sitzt. Einer außerordentlichen Gleichgültigkeit für das auf den Köder beißende Leben steht bei ihm die Gefahr gegenüber, völlig spleenige Dinge zu treiben. Ein unpraktischer Mann – und so erscheint er nicht nur, sondern ist er auch – bleibt unzuverlässig und unberechenbar im Verkehr mit Menschen. Er wird Handlungen begehen, die ihm etwas anderes bedeuten als anderen, aber beruhigt sich über alles, sobald es sich in einer außerordentlichen Idee zusammenfassen läßt. Und zudem ist er heute von Folgerichtigkeit noch weit entfernt. Es ist etwa sehr leicht möglich, daß ihm ein Verbrechen, bei dem ein anderer zu Schaden kommt, bloß als eine soziale Fehlleistung erscheint, an der nicht der Verbrecher die Schuld trägt, sondern die Einrichtung der Gesellschaft. Fraglich ist es dagegen, ob ihm eine Ohrfeige, die er selbst empfängt, als eine Schmach der Gesellschaft oder wenigstens so unpersönlich wie der Biß eines Hundes vorkommen werde; wahrscheinlich wird er da zuerst die Ohrfeige erwidern und danach die Auffassung haben, daß er das nicht hätte tun sollen. Und vollends, wenn man ihm eine Geliebte fortnimmt, wird er heute noch nicht ganz von der Wirklichkeit dieses Vorganges absehen und sich mit einem überraschenden, neuen Gefühl entschädigen können. Diese Entwicklung ist zurzeit noch im Fluß und bedeutet für den einzelnen Menschen sowohl eine Schwäche wie eine Kraft.

Und da der Besitz von Eigenschaften eine gewisse Freude an ihrer Wirklichkeit voraussetzt, erlaubt das den Ausblick darauf, wie es jemand, der auch sich selbst gegenüber keinen Wirklichkeitssinn aufbringt, unversehens widerfahren kann, daß er sich eines Tages als ein Mann ohne Eigenschaften vorkommt.

5

Ulrich

Der Mann ohne Eigenschaften, von dem hier erzählt wird, hieß Ulrich, und Ulrich – es ist nicht angenehm, jemand immerzu beim Taufnamen zu nennen, den man erst so flüchtig kennt! aber sein Familienname soll aus Rücksicht auf seinen Vater verschwiegen werden – hatte die erste Probe seiner Sinnesart schon an der Grenze des Knaben- und Jünglingsalters in einem Schulaufsatz abgelegt, der einen patriotischen Gedanken zur Aufgabe hatte. Patriotismus war in Österreich ein ganz besonderer Gegenstand. Denn deutsche Kinder lernten einfach die Kriege der österreichischen Kinder verachten, und man brachte ihnen bei, daß die französischen Kinder die Enkel von entnervten Wüstlingen seien, die zu Tausenden davonlaufen, wenn ein deutscher Landwehrmann auf sie zugeht, der einen großen Vollbart hat. Und mit vertauschten Rollen sowie wünschenswerten Änderungen lernten ganz das gleiche die auch oft siegreich gewesenen französischen, russischen und englischen Kinder. Nun sind Kinder Aufschneider, lieben das Spiel Räuber und Gendarm und sind jederzeit bereit, die Familie Y aus der Großen X-gasse, wenn sie ihr zufällig angehören, für die größte Familie der Welt zu halten. Sie sind also leicht für den Patriotismus zu gewinnen. In Österreich aber war das ein wenig verwickelter. Denn die Österreicher hatten in allen Kriegen ihrer Geschichte zwar auch gesiegt, aber nach den meisten dieser Kriege hatten sie irgend etwas abtreten müssen. Das weckt das Denken, und Ulrich schrieb in seinem Aufsatze über die Vaterlandsliebe, daß ein ernster Vaterlandsfreund sein Vaterland niemals das beste finden dürfe; ja mit einem Blitz, der ihn besonders schön dünkte, obgleich er mehr von seinem Glanz geblendet wurde, als daß er sah, was darin vorging, hatte er diesem verdächtigen Satz noch den zweiten hinzugefügt, daß wahrscheinlich auch Gott von seiner Welt am liebsten im Conjunctivus potentialis spreche (hic dixerit quispiam = hier könnte einer einwenden...), denn Gott macht die Welt und denkt dabei, es könnte ebensogut anders sein. – Er war sehr stolz auf diesen Satz gewesen, aber er hatte sich vielleicht nicht verständlich genug ausgedrückt, denn es entstand große Aufregung darüber, und man hätte ihn beinahe aus der Schule entfernt, wenngleich man zu keinem Entschluß kam, weil man sich nicht entscheiden konnte, ob seine vermessene Bemerkung als Lästerung des Vaterlands oder als Gotteslästerung aufzufassen sei. Er wurde damals in dem vornehmen Gymnasium der Theresianischen Ritterakademie erzogen, das die edelsten Stützen des Staates lieferte, und sein Vater, erbost über die Beschämung, die ihm sein weit vom Stamme gefallener Apfel bereitete, schickte Ulrich in die Fremde fort, in ein kleines belgisches Erziehungsinstitut, das in einer unbekannten Stadt lag und, mit kluger kaufmännischer Betriebsamkeit verwaltet, bei billigen Preisen einen großen Umsatz an entgleisten Schülern hatte. Dort lernte Ulrich, seine Mißachtung der Ideale anderer international zu erweitern.

Seither waren sechzehn oder siebzehn Jahre vergangen, wie die Wolken am Himmel treiben. Ulrich bereute sie weder, noch war er auf sie stolz, er sah ihnen in seinem zweiunddreißigsten Lebensjahr einfach erstaunt nach. Er war inzwischen da und dort gewesen, manchmal auch kurze Zeit in der Heimat, und hatte überall Wertvolles und Nutzloses getrieben. Es ist schon angedeutet worden, daß er Mathematiker war, und mehr braucht davon noch nicht gesagt zu werden, denn in jedem Beruf, wenn man ihn nicht für Geld, sondern um der Liebe willen ausübt, kommt ein Augenblick, wo die ansteigenden Jahre ins Nichts zu führen scheinen. Nachdem dieser Augenblick längere Zeit angedauert hatte, erinnerte sich Ulrich, daß man der Heimat die geheimnisvolle Fähigkeit zuschreibe, das Sinnen wurzelständig und bodenecht zu machen, und er ließ sich in ihr mit dem Gefühl eines Wanderers nieder, der sich für die Ewigkeit auf eine Bank setzt, obgleich er ahnt, daß er sofort wieder aufstehen wird.

Als er dabei sein Haus bestellte, wie es die Bibel nennt, machte er eine Erfahrung, auf die er eigentlich nur gewartet hatte. Er hatte sich in die angenehme Lage versetzt, sein verwahrlostes kleines Besitztum nach Belieben vom Ei an neu herrichten zu müssen. Von der stilreinen Rekonstruktion bis zur vollkommenen Rücksichtslosigkeit standen ihm dafür alle Grundsätze zur Verfügung, und ebenso boten sich seinem Geist alle Stile, von den Assyrern bis zum Kubismus an. Was sollte er wählen? Der moderne Mensch wird in der Klinik geboren und stirbt in der Klinik: also soll er auch wie in einer Klinik wohnen! – Diese Forderung hatte soeben ein führender Baukünstler aufgestellt, und ein anderer Reformer der Inneneinrichtung verlangte verschiebbare Wände der Wohnungen, mit der Begründung, daß der Mensch dem Menschen zusammenlebend vertrauen lernen müsse und nicht sich separatistisch abschließen dürfe. Es hatte damals gerade eine neue Zeit begonnen (denn das tut sie in jedem Augenblick), und eine neue Zeit braucht einen neuen Stil. Zu Ulrichs Glück besaß das Schloßhäuschen, so wie er es vorfand, bereits drei Stile übereinander, so daß man wirklich nicht alles damit vornehmen konnte, was verlangt wurde; dennoch fühlte er sich von der Verantwortung, sich ein Haus einrichten zu dürfen, gewaltig aufgerüttelt, und die Drohung «Sage mir, wie du wohnst, und ich sage dir, wer du bist», die er wiederholt in Kunstzeitschriften gelesen hatte, schwebte über seinem Haupt. Nach eingehender Beschäftigung mit diesen Zeitschriften kam er zu der Entscheidung, daß er den Ausbau seiner Persönlichkeit doch lieber selbst in die Hand nehmen wolle, und begann seine zukünftigen Möbel eigenhändig zu entwerfen. Aber wenn er sich soeben eine wuchtige Eindrucksform ausgedacht hatte, fiel ihm ein, daß man an ihre Stelle doch ebensogut eine technisch-schmalkräftige Zweckform setzen könnte, und wenn er eine von Kraft ausgezehrte Eisenbetonform entwarf, erinnerte er sich an die märzhaft mageren Formen eines dreizehnjährigen Mädchens und begann zu träumen, statt sich zu entschließen.

Es war das – in einer Angelegenheit, die ihm im Ernst nicht besonders nahe ging – die bekannte Zusammenhanglosigkeit der Einfälle und ihre Ausbreitung ohne Mittelpunkt, die für die Gegenwart kennzeichnend ist und deren merkwürdige Arithmetik ausmacht, die vom Hundertsten ins Tausendste kommt, ohne eine Einheit zu haben. Schließlich dachte er sich überhaupt nur noch unausführbare Zimmer aus, Drehzimmer, kaleidoskopische Einrichtungen, Umstellvorrichtungen für die Seele, und seine Einfälle wurden immer inhaltsloser. Da war er endlich auf dem Punkt, zu dem es ihn hinzog. Sein Vater würde es ungefähr so ausgedrückt haben: Wen man tun ließe, was er wolle, der könnte sich bald vor Verwirrung den Kopf einrennen. Oder auch so: Wer sich erfüllen kann, was er mag, weiß bald nicht mehr, was er wünschen soll. Ulrich wiederholte sich das mit großem Genuß. Diese Altvorderweisheit kam ihm als ein außerordentlich neuer Gedanke vor. Es muß der Mensch in seinen Möglichkeiten, Plänen und Gefühlen zuerst durch Vorurteile, Überlieferungen, Schwierigkeiten und Beschränkungen jeder Art eingeengt werden wie ein Narr in seiner Zwangsjacke, und erst dann hat, was er hervorzubringen vermag, vielleicht Wert, Gewachsenheit und Bestand; – es ist in der Tat kaum abzusehen, was dieser Gedanke bedeutet! Nun, der Mann ohne Eigenschaften, der in seine Heimat zurückgekehrt war, tat auch den zweiten Schritt, um sich von außen, durch die Lebensumstände bilden zu lassen, er überließ an diesem Punkt seiner Überlegungen die Einrichtung seines Hauses einfach dem Genie seiner Lieferanten, in der sicheren Überzeugung, daß sie für Überlieferung, Vorurteile und Beschränktheit schon sorgen würden. Er selbst frischte nur die alten Linien auf, die von früher da waren, die dunklen Hirschgeweihe unter den weißen Wölbungen der kleinen Halle oder die steife Decke des Salons, und tat im übrigen alles hinzu, was ihm zweckhaft und bequem vorkam.

Als alles fertig war, durfte er den Kopf schütteln und sich fragen: dies ist also das Leben, das meines werden soll? – Es war ein entzückendes kleines Palais, was er da besaß; fast mußte man es so nennen, denn es war ganz so, wie man sich seinesgleichen denkt, eine geschmackvolle Residenz für einen Residenten, wie ihn sich Möbel-, Teppich- und Installationsfirmen vorgestellt hatten, die auf ihrem Gebiete führen. Es fehlte nur, daß dieses reizende Uhrwerk nicht aufgezogen war; denn dann wären Equipagen mit hohen Würdenträgern und vornehmen Damen die Auffahrt emporgerollt, Lakaien würden von den Trittbrettern gesprungen sein und Ulrich mißtrauisch gefragt haben: «Guter Mann, wo ist Euer Herr?»

Er war vom Mond zurückgekehrt und hatte sich sofort wieder wie am Mond eingerichtet.

6

Leona oder eine perspektivische Verschiebung

Wenn man sein Haus bestellt hat, soll man auch ein Weib freien. Ulrichs Freundin in jenen Tagen hieß Leontine und war Liedersängerin in einem kleinen Varieté; sie war groß, schlank und voll, aufreizend leblos, und er nannte sie Leona.

Sie war ihm aufgefallen durch das feuchte Dunkel ihrer Augen, durch einen schmerzlich leidenschaftlichen Ausdruck ihres regelmäßigen, schönen, langen Gesichts und durch die gefühlvollen Lieder, die sie an Stelle von unzüchtigen sang. Alle diese altmodischen kleinen Gesänge hatten Liebe, Leid, Treue, Verlassenheit, Waldesrauschen und Forellenblinken zum Inhalt. Leona stand groß und bis in die Knochen verlassen auf der kleinen Bühne und sang sie mit der Stimme einer Hausfrau geduldig ins Publikum, und wenn dazwischen doch kleine sittliche Gewagtheiten unterliefen, so wirkten sie um so gespenstischer, als dieses Mädchen die tragischen wie die neckischen Gefühle des Herzens mit den gleichen mühsam buchstabierten Gebärden unterstützte. Ulrich fühlte sich sofort an alte Photographien oder an schöne Frauen in verschollenen Jahrgängen deutscher Familienblätter erinnert, und während er sich in das Gesicht dieser Frau hineindachte, bemerkte er darin eine ganze Menge kleiner Züge, die gar nicht wirklich sein konnten und doch dieses Gesicht ausmachten. Es gibt natürlich zu allen Zeiten alle Arten von Antlitzen; aber je eine wird vom Zeitgeschmack emporgehoben und zu Glück und Schönheit gemacht, während alle anderen Gesichter sich dann diesem anzugleichen suchen; und selbst häßlichen gelingt das ungefähr, mit Hilfe von Frisur und Mode, und nur jenen zu seltsamen Erfolgen geborenen Gesichtern gelingt es niemals, in denen sich das königliche und vertriebene Schönheitsideal einer früheren Zeit ohne Zugeständnisse ausspricht. Solche Gesichter wandern wie Leichen früherer Gelüste in der großen Wesenlosigkeit des Liebesbetriebs, und den Männern, die in die weite Langweile von Leontinens Gesang gafften und nicht wußten, was ihnen geschah, bewegten ganz andre Gefühle die Nasenflügel als vor den kleinen frechen Chanteusen mit den Tangofrisuren. Da beschloß Ulrich, sie Leona zu nennen, und ihr Besitz erschien ihm begehrenswert wie der eines vom Kürschner ausgestopften großen Löwenfells.

Nachdem aber ihre Bekanntschaft begonnen hatte, entwickelte Leona noch eine unzeitgemäße Eigenschaft, sie war in ungeheurem Maße gefräßig, und das ist ein Laster, dessen große Ausbildung längst aus der Mode gekommen ist. Es war seinem Entstehen nach die endlich befreite Sehnsucht, die sie als armes Kind nach kostbaren Leckerbissen gelitten hatte; nun besaß es die Kraft eines Ideals, das endlich seinen Käfig zerbrochen und die Herrschaft an sich gerissen hat. Ihr Vater schien ein ehrbarer kleiner Bürger gewesen zu sein, der sie jedesmal schlug, wenn sie mit Verehrern ging; sie aber tat es aus keinem anderen Grund, als weil sie für ihr Leben gern in dem Vorgarten einer kleinen Konditorei saß und vornehm auf die Vorübergehenden blikkend in ihrem Eis löffelte. Denn daß sie unsinnlich gewesen sei, hätte man zwar nicht behaupten können, aber sofern es erlaubt ist, wäre zu sagen, daß sie wie in allem so auch darin geradezu faul und arbeitsscheu war. In ihrem ausgedehnten Körper brauchte jeder Reiz wunderbar lange, bis er das Gehirn erreichte, und es geschah, daß mitten am Tag ihre Augen ohne Grund zu zergehen begannen, während sie in der Nacht unbeweglich auf einen Punkt der Zimmerdecke gerichtet waren, als ob sie dort eine Fliege beobachteten. Ebenso konnte sie manchmal mitten in voller Stille über einen Scherz zu lachen beginnen, der ihr da erst aufging, während sie ihn einige Tage zuvor ruhig angehört hatte, ohne ihn zu verstehen. Wenn sie keinen besonderen Grund zum

Gegenteil hatte, war sie darum auch durchaus anständig. Auf welche Weise sie überhaupt zu ihrem Beruf gekommen war, war niemals aus ihr herauszubringen. Anscheinend wußte sie es selbst nicht mehr genau. Es zeigte sich bloß, daß sie die Tätigkeit einer Liedersängerin für einen notwendigen Teil des Lebens hielt und alles Große, was sie von Kunst und Künstlern je gehört hatte, damit verband, so daß es ihr durchaus richtig, erzieherisch und vornehm vorkam, allabendlich auf eine kleine, von Zigarrendunst umwölkte Bühne hinauszutreten und Lieder vorzutragen, deren ergreifende Geltung eine feststehende Sache war. Natürlich scheute sie dabei, wie es sein muß, um das Anständige zu beleben, auch keineswegs vor einer gelegentlich eingestreuten Unanständigkeit zurück, aber sie war fest überzeugt, daß die erste Sängerin der kaiserlichen Oper genau das gleiche tue wie sie.

Freilich, wenn man es durchaus Prostitution nennen will, wenn ein Mensch nicht, wie es üblich ist, seine ganze Person für Geld hergibt, sondern nur seinen Körper, so betrieb Leona gelegentlich Prostitution. Aber wenn man durch neun Jahre, wie sie seit ihrem sechzehnten Jahr, die Kleinheit der Taggelder kennt, die in den untersten Singhöllen gezahlt werden, die Preise der Toiletten und der Wäsche im Kopf hat, die Abzüge, den Geiz und die Willkür der Besitzer, die Perzente von Speis und Trank aufgemunterter Gäste und von der Zimmerrechnung des benachbarten Hotels, täglich damit zu tun hat, Zank darüber hat und kaufmännisch abrechnet, so wird das, was den Laien als Ausschweifung erfreut, zu einem Beruf, der voll Logik, Sachlichkeit und Standesgesetzen ist. Gerade Prostitution ist ja eine Angelegenheit, bei der es einen großen Unterschied macht, ob man sie von oben sieht oder von unten betrachtet.

Aber wenn Leona auch eine vollkommen sachliche Auffassung der sexuellen Frage besaß, so hatte sie doch auch ihre Romantik. Nur hatte sich bei ihr alles Überschwängliche, Eitle, Verschwenderische, hatten sich die Gefühle des Stolzes, des Neides, der Wollust, des Ehrgeizes, der Hingabe, kurz die Triebkräfte der Persönlichkeit und des gesellschaftlichen Aufstiegs durch ein Naturspiel nicht mit dem sogenannten Herzen verbunden, sondern mit dem tractus abdominalis, den Eßvorgängen, mit denen sie übrigens in früheren Zeiten regelmäßig in Verbindung gestanden sind, was man noch heute an Primitiven oder an breit prassenden Bauern beobachten kann, die Vornehmheit und allerhand anderes, was den Menschen auszeichnet, durch ein Festmahl auszudrücken vermögen, bei dem man sich feierlich und mit allen Begleiterscheinungen überißt. An den Tischen ihres Tingeltangels tat Leona ihre Pflicht; aber wovon sie träumte, war ein Kavalier, der sie durch ein Verhältnis auf Engagementsdauer dessen enthob und ihr gestattete, in vornehmer Haltung vor einer vornehmen Speisekarte in einem vornehmen Restaurant zu sitzen. Sie hätte dann am liebsten von allen vorhandenen Speisen auf einmal gegessen, und es bereitete ihr eine schmerzhaft widerspruchsvolle Genugtuung, gleichzeitig zeigen zu dürfen, daß sie wisse, wie man auswählen müsse und ein auserlesenes Menü zusammenstellt. Erst bei den kleinen Nachgerichten konnte sie ihre Phantasie gehen lassen, und gewöhnlich wurde in umgekehrter Reihenfolge ein ausgebreitetes zweites Abendbrot daraus. Leona stellte durch schwarzen Kaffee und anregende Mengen von Getränken ihre Aufnahmefähigkeit wieder her und reizte sich durch Überraschungen, bis ihre Leidenschaft gestillt war. Dann war ihr Leib so voll vornehmer Sachen, daß er kaum noch zusammenhielt. Sie blickte träg strahlend um sich, und obgleich sie niemals sehr gesprächig war, schloß sie in diesem Zustand gerne rückschauende Betrachtungen an die Kostbarkeiten an, die sie verspeist hatte. Wenn sie Polmone à la Torlogna oder Äpfel à la Melville sagte, streute sie es hin, wie ein anderer gesucht beiläufig erwähnt, daß er mit dem Fürsten oder dem Lord gleichen Namens gesprochen habe.

Weil das öffentliche Auftreten mit Leona nicht gerade nach Ulrichs Geschmack war, verlegte er ihre Fütterung gewöhnlich in sein Haus, wo sie den Hirschgeweihen und Stilmöbeln zuspeisen mochte. Sie aber sah sich dadurch um die gesellschaftliche Genugtuung gebracht, und wenn der Mann ohne Eigenschaften durch die unerhörtesten Gerichte, die ein Garkoch liefern kann, sie zu einsamer Unmäßigkeit reizte, empfand sie sich genau so mißbraucht wie eine Frau, die bemerkt, daß sie nicht um ihrer Seele willen geliebt wird. Sie war schön und eine Sängerin, sie brauchte sich nicht zu verstecken, und jeden Abend hingen an ihr die Begierden einiger Dutzend Männer, die ihr recht gegeben haben würden. Dieser Mensch aber, obgleich er mit ihr allein sein wollte, brachte es nicht einmal fertig, ihr zu sagen: Jesus Maria, Leona, dein A... macht mich selig! und sich den Schnurrbart vor Appetit zu lecken, wenn er sie bloß ansah, wie sie es von ihren Kavalieren gewohnt war. Leona verachtete ihn ein bißchen, obgleich sie natürlich treu an ihm festhielt, und Ulrich wußte das. Er wußte übrigens wohl, was sich in Leonas Gesellschaft gehörte, aber die Zeit, wo er so etwas noch über die Lippen gebracht hätte und seine Lippen noch einen Schnurrbart trugen, lag zu weit zurück. Und wenn man etwas nicht mehr zuwege bringt, das man früher gekonnt hat, es mag noch so dumm gewesen sein, so ist das doch genau so, wie wenn der Schlagfluß in die Hand und in das Bein gefahren ist. Die Augäpfel schlotterten ihm, wenn er seine Freundin ansah, der Speise und Trank zu Kopf gestiegen waren. Man konnte ihre Schönheit vorsichtig von ihr abheben. Es war die Schönheit der Herzogin, die Scheffels Ekkehard über die Schwelle des Klosters getragen hat, die Schönheit der Ritterin mit dem Falken am Handschuh, die Schönheit der sagenumwobenen Kaiserin Elisabeth mit dem schweren Kranz von Haar, ein Entzücken für Leute, die alle schon tot waren. Und um es genau zu sagen, sie erinnerte auch an die göttliche Juno, aber nicht an die ewige und unvergängliche, sondern an das, was eine vergangene oder vergehende Zeit junonisch nannte. So war der Traum des Seins nur lose über die Materie gestülpt. Leona aber wußte, daß man für eine vornehme Einladung auch dann etwas schuldig ist, wenn sich der Gastgeber nichts wünscht, und daß man sich nicht bloß anglotzen lassen dürfe; so stand sie denn, sobald sie dessen wieder fähig war, auf und begann gelassen, aber mit lautem Vortrag zu singen. Ihrem Freund kamen solche Abende vor wie ein herausgerissenes Blatt, belebt von allerhand Einfällen und Gedanken, aber mumifiziert, wie es alles aus dem Zusammenhang Gerissene wird, und voll von jener Tyrannis des nun ewig so Stehenbleibenden, die den unheimlichen Reiz lebender Bilder ausmacht, als hätte das Leben plötzlich ein Schlafmittel erhalten, und nun steht es da, steif, voll Verbindung in sich, scharf begrenzt und doch ungeheuer sinnlos im Ganzen.

7

In einem Zustand von Schwäche zieht sich Ulrich eine neue Geliebte zu

Eines Morgens kam Ulrich nachhaus und war übel zugerichtet. Seine Kleider hingen zerrissen von ihm, er mußte feuchte Bauschen auf den zerschundenen Kopf legen, seine Uhr und seine Brieftasche fehlten. Er wußte nicht, ob die drei Männer, mit denen er in Streit geraten war, sie geraubt hatten oder ob sie ihm während der kurzen Zeit, wo er bewußtlos auf dem Pflaster lag, von einem stillen Menschenfreund gestohlen worden waren. Er legte sich zu Bett, und indes die matten Glieder sich wieder behutsam getragen und umhüllt fühlten, überlegte er noch einmal dieses Abenteuer.

Die drei Köpfe waren plötzlich vor ihm gestanden; er mochte in der spät-einsamen Straße einen der Männer gestreift haben, denn seine Gedanken waren zerstreut und mit etwas anderem beschäftigt gewesen, aber diese Gesichter waren schon vorbereitet auf Zorn und traten verzerrt in den Kreis der Laterne. Da hatte er einen Fehler begangen. Er hätte sofort zurückprallen müssen, als fürchte er sich, und dabei fest mit dem Rücken gegen den Kerl stoßen, der hinter ihn getreten war, oder mit dem Ellenbogen gegen seinen Magen, und noch im selben Augenblick trachten müssen, zu entwischen, denn gegen drei starke Männer gibt es kein Kämpfen. Statt dessen hatte er einen Augenblick gezögert. Das machte das Alter; seine zweiunddreißig Jahre; Feindseligkeit und Liebe brauchen da schon etwas mehr Zeit. Er wollte nicht glauben, daß die drei Antlitze, die ihn mit einemmal in der Nacht mit Zorn und Verachtung anblickten, es nur auf sein Geld abgesehen hatten, sondern gab sich dem Gefühl hin, daß da Haß gegen ihn zusammengeströmt und zu Gestalten geworden war; und während die Strolche ihn schon mit gemeinen Worten beschimpften, freute ihn der Gedanke, daß es vielleicht gar keine Strolche seien, sondern Bürger wie er, bloß etwas angetrunken und von Hemmungen befreit, die an seiner vorübergleitenden Erscheinung hängengeblieben waren und einen Haß auf ihn entluden, der für ihn und für jeden fremden Menschen stets vorbereitet ist wie das Gewitter in der Atmosphäre. Denn etwas Ähnliches fühlte auch er mitunter. Ungemein viele Menschen fühlen sich heute in bedauerlichem Gegensatz stehen zu ungemein viel anderen Menschen. Es ist ein Grundzug der Kultur, daß der Mensch dem außerhalb seines eigenen Kreises lebenden Menschen aufs tiefste mißtraut, also daß nicht nur ein Germane einen Juden, sondern auch ein Fußballspieler einen Klavierspieler für ein unbegreifliches und minderwertiges Wesen hält. Schließlich besteht ja das Ding nur durch seine Grenzen und damit durch einen gewissermaßen feindseligen Akt gegen seine Umgebung; ohne den Papst hätte es keinen Luther gegeben und ohne die Heiden keinen Papst, darum ist es nicht von der Hand zu weisen, daß die tiefste Anlehnung des Menschen an seinen Mitmenschen in dessen Ablehnung besteht. Das dachte er natürlich nicht so ausführlich; aber er kannte diesen Zustand einer ungewissen, atmosphärischen Feindseligkeit, von dem in unserem Menschenalter die Luft voll ist, und wenn sich das einmal plötzlich in drei unbekannten, nachher wieder auf ewig verschwindenden Männern zusammenzieht, um wie Donner und Blitz auszuschlagen, so ist das fast eine Erleichterung.

Immerhin schien er doch angesichts dreier Strolche etwas zu viel gedacht zu haben. Denn als ihn nun der erste ansprang, flog er zwar zurück, da ihm Ulrich mit einem Schlag aufs Kinn zuvorgekommen war, aber der zweite, der blitzschnell danach hätte erledigt werden müssen, wurde von der Faust nur noch gestreift, denn inzwischen hatte ein Hieb von hinten mit einem schweren Gegenstand Ulrichs Kopf beinahe zersprengt. Er brach ins Knie, wurde angefaßt, kam mit jenem fast unnatürlichen Klarwerden des Körpers, das gewöhnlich dem ersten Zusammenbruch folgt, noch einmal hoch, schlug in die Wirrnis fremder Körper und wurde von immer größer werdenden Fäusten niedergehämmert.

Da nun der Fehler festgestellt war, den er begangen hatte, und nur auf sportlichem Gebiet lag, eben so, wie es vorkommt, daß man einmal zu kurz springt, schlief Ulrich, der noch immer vorzügliche Nerven besaß, ruhig ein, genau mit dem gleichen Entzücken an den entschwebenden Spiralen des Bewußtseinsverfalls, das er im Hintergrunde schon während seiner Niederlage empfunden hatte.

Als er wieder erwachte, überzeugte er sich, daß seine Verletzungen nicht bedeutend waren, und dachte noch einmal über sein Erlebnis nach. Eine Schlägerei hinterläßt immer einen unangenehmen Nachgeschmack, sozusagen von voreiliger Vertraulichkeit, und unabhängig davon, daß er der Angegriffene war, hatte Ulrich das Gefühl, sich unpassend betragen zu haben. Aber unpassend wozu?! Dicht neben den Straßen, wo alle dreihundert Schritte ein Schutzmann den geringsten Verstoß gegen die Ordnung ahndet, liegen andere, die die gleiche Kraft und Gesinnung fordern wie ein Urwald. Die Menschheit erzeugt Bibeln und Gewehre, Tuberkulose und Tuberkulin. Sie ist demokratisch mit Königen und Adel; baut Kirchen und gegen die Kirchen wieder Universitäten; macht Klöster zu Kasernen, aber teilt den Kasernen Feldgeistliche zu. Natürlich liefert sie auch den Strolchen mit Blei gefüllte Gummischläuche in die Hand, um den Leib eines Mitmenschen damit krankzuschlagen, und stellt für den einsamen und mißhandelten Leib hinterdrein Daunenbetten bereit, wie es eines war, das in diesem Augenblick Ulrich umgab, als wäre es mit lauter Hochachtung und Rücksicht gefüllt. Es ist das die bekannte Sache mit den Widersprüchen, der Inkonsequenz und Unvollkommenheit des Lebens. Man lächelt oder seufzt dazu. Aber so war nun Ulrich gerade nicht. Er haßte diese Mischung aus Verzicht und Affenliebe im Verhalten zum Leben, die sich dessen Widersprüche und Halbheiten gefallen läßt wie eine eingejungferte Tante die Flegeleien eines jungen Neffen. Nur sprang er auch nicht gleich aus seinem Bett, wenn es sich zeigte, daß das Verweilen darin aus der Unordnung der Menschheitsangelegenheiten Vorteil zog, denn in mancherlei Sinn ist es ein voreiliger Ausgleich mit dem Gewissen auf Kosten der Sache, ein Kurzschluß, ein Ausweichen ins Private, wenn man für seine Person das Schlechte meidet und das Gute tut, statt sich um die Ordnung des Ganzen zu bemühen. Ja es kam Ulrich nach seiner unfreiwilligen Erfahrung sogar vor, daß es verzweifelt wenig Wert habe, wenn da die Gewehre, dort die Könige abgeschafft werden und irgendein kleiner oder großer Fortschritt die Dummheit und Schlechtigkeit vermindert; denn das Maß der Widerwärtigkeiten und Schlechtigkeiten wird augenblicklich wieder durch neue aufgefüllt, als glitte das eine Bein der Welt immer zurück, wenn sich das andere vorschiebt. Davon müßte man die Ursache und den Geheimmechanismus erkennen! Das wäre natürlich ungleich wichtiger, als nach veraltenden Grundsätzen ein guter Mensch zu sein, und so zog es Ulrich in der Moral mehr zum Generalstabsdienst als zum alltäglichen Heldentum des Guttuns.

Er vergegenwärtigte sich jetzt noch einmal auch die Fortsetzung seines nächtlichen Abenteuers. Denn als er nach der unglücklich verlaufenen Schlägerei wieder zu sich gekommen war, hatte ein Mietwagen nahe am Gehsteig haltgemacht, der Lenker suchte den verwundeten Fremdling an den Schultern emporzurichten, und eine Dame beugte sich mit engelhaftem Gesichtsausdruck über ihn. In solchen Augenblicken tief emporsteigenden Bewußtseins sieht man alles wie in der Welt der Kinderbücher; aber bald hatte diese Ohnmacht der Wirklichkeit Platz gemacht, die Gegenwart einer um ihn bemühten Frau blies Ulrich an, seicht und erweckend wie Kölnisch-Wasser, so daß er allsogleich auch wußte, er könne nicht viel Schaden genommen haben, und in guter Art auf die Beine zu kommen suchte. Es gelang ihm nicht gleich ganz so, wie er es wünschte, und die Dame bot sich besorgt an, ihn irgendwohin zu fahren, damit er Hilfe fände. Ulrich bat, nach Hause gebracht zu werden, und da er wahrhaftig noch verwirrt und hilflos erschien, gewährte es ihm die Dame. Im Wagen hatte er dann rasch zu sich selbst gefunden. Er fühlte etwas mütterlich Sinnliches neben sich, eine zarte Wolke von hilfsbereitem Idealismus, in deren Wärme sich jetzt die kleinen Eiskristalle des Zweifels und der Angst vor einer unüberlegten Handlung zu bilden begannen, während er wieder Mann wurde, und sie füllten die Luft mit der Weichheit eines Schneefalls. Er erzählte sein Erlebnis, und die schöne Frau, die bloß um weniges jünger als er, also vielleicht dreißig Jahre alt zu sein schien, klagte die Roheit der Menschen an und fand ihn entsetzlich bedauernswert.

Natürlich begann nun er das Geschehene lebhaft zu verteidigen und erklärte der überraschten mütterlichen Schönheit an seiner Seite, daß man solche Kampferlebnisse nicht nach dem Erfolg beurteilen dürfe. Ihr Reiz liegt auch wirklich darin, daß man in einem kleinsten Zeitraum, mit einer im bürgerlichen Leben sonst nirgendwo vorkommenden Schnelligkeit und von kaum wahrnehmbaren Zeichen geleitet, so viele, verschiedene, kraftvolle und dennoch aufs genaueste einander zugeordnete Bewegungen ausführen muß, daß es ganz unmöglich wird, sie mit dem Bewußtsein zu beaufsichtigen. Im Gegenteil, jeder Sportsmann weiß, daß man schon einige Tage vor dem Wettkampf das Training einstellen muß, und das geschieht aus keinem anderen Grund, als damit Muskeln und Nerven untereinander die letzte Verabredung treffen können, ohne daß Wille, Absicht und Bewußtsein dabei sein oder gar dareinreden dürfen. Im Augenblick der Tat sei es dann auch immer so, beschrieb Ulrich: die Muskeln und Nerven springen und fechten mit dem Ich; dieses aber, das Körperganze, die

Seele, der Wille, diese ganze, zivilrechtlich gegen die Umwelt abgegrenzte Haupt- und Gesamtperson wird von ihnen nur so obenauf mitgenommen, wie Europa, die auf dem Stier sitzt, und wenn dem einmal nicht so sei, wenn unglücklicherweise auch nur der kleinste Lichtstrahl von Überlegung in dieses Dunkel falle, dann mißlinge regelmäßig das Unternehmen. – Ulrich hatte sich in Eifer geredet. Das sei im Grunde, – behauptete er nun – er meine, dieses Erlebnis der fast völligen Entrückung oder Durchbrechung der bewußten Person sei im Grunde verwandt mit verlorengegangenen Erlebnissen, die den Mystikern aller Religionen bekannt gewesen seien, und es sei sonach gewissermaßen ein zeitgenössischer Ersatz ewiger Bedürfnisse, und wenn auch ein schlechter, so immerhin einer; und das Boxen oder ähnliche Sportarten, die das in ein vernünftiges System bringen, seien also eine Art von Theologie, wenn man auch nicht verlangen könne, daß das schon allgemein eingesehen werde.

Ulrich hatte sich wohl auch ein wenig aus dem eitlen Wunsch so lebhaft an seine Gefährtin gewandt, sie die klägliche Lage, in der sie ihn gefunden hatte, vergessen zu machen. Es war unter diesen Umständen schwer für sie, zu unterscheiden, ob er ernst spreche oder spotte. Jedenfalls konnte es ihr im Grunde durchaus natürlich erscheinen, daß er die Theologie durch den Sport zu erklären suchte, was vielleicht sogar interessant war, da der Sport etwas Zeitgemäßes ist, die Theologie dagegen etwas, wovon man gar nichts weiß, obgleich es doch unleugbar wirklich noch immer viele Kirchen gibt. Und wie dem auch sei, sie fand, daß ein glücklicher Zufall sie einen sehr geistvollen Mann hatte retten lassen, und zwischendurch fragte sie sich allerdings auch, ob er nicht etwa eine Gehirnerschütterung erlitten habe.

Ulrich, der nun etwas Verständliches sagen wollte, benützte die Gelegenheit, um beiläufig darauf hinzuweisen, daß ja auch die Liebe zu den religiösen und gefährlichen Erlebnissen gehöre, weil sie den Menschen aus den Armen der Vernunft hebe und ihn in einen wahrhaft grundlos schwebenden Zustand versetze.

Ja, – sagte die Dame – aber Sport sei doch roh.

Gewiß, – beeilte sich Ulrich, es zuzugeben – Sport sei roh. Man könne sagen, der Niederschlag eines feinst verteilten, allgemeinen Hasses, der in Kampfspielen abgeleitet wird. Man behaupte natürlich das Gegenteil, Sport verbinde, mache zu Kameraden und dergleichen; aber das beweise im Grunde nur, daß Roheit und Liebe nicht weiter von einander entfernt seien als der eine Flügel eines großen bunten stummen Vogels vom andern.

Er hatte den Ton auf die Flügel und den bunten, stummen Vogel gelegt, – ein Gedanke ohne rechten Sinn, aber voll von einem wenig jener ungeheuren Sinnlichkeit, mit der das Leben in seinem maßlosen

Leib alle nebenbuhlerischen Gegensätze gleichzeitig befriedigt; er bemerkte nun, daß seine Nachbarin das nicht im geringsten verstand, dennoch war der weiche Schneefall, den sie im Wagen verbreitete, noch dichter geworden. Da wandte er sich ihr ganz zu und fragte, ob sie vielleicht eine Abneigung habe, von solchen körperlichen Fragen zu sprechen? Das körperliche Treiben komme ja wirklich schon zu sehr in Mode, und im Grunde schließe es ein grauenvolles Gefühl ein, weil der Körper, wenn er ganz scharf trainiert sei, das Übergewicht habe und auf jeden Reiz ohne zu fragen, mit seinen automatisch eingeschliffenen Bewegungen so sicher antworte, daß dem Besitzer nur noch das unheimliche Gefühl des Nachsehens bleibt, während ihm sein Charakter mit irgendeinem Körperteil gleichsam durchgeht.

Es schien in der Tat, daß diese Frage die junge Frau tief berührte; sie zeigte sich erregt von diesen Worten, atmete lebhaft und rückte vorsichtig ein wenig ab. Ein ähnlicher Mechanismus wie der soeben beschriebene, ein Hochatmen, ein Erröten der Haut, Klopfen des Herzens, und vielleicht noch einiges andere schien in ihr in Bewegung gekommen zu sein. Aber gerade da hatte der Wagen vor Ulrichs Wohnung gehalten. Er konnte nur noch lächelnd um die Adresse seiner Retterin bitten, damit er ihr seinen Dank abstatte, aber zu seinem Erstaunen wurde ihm diese Gunst nicht gewährt. Also schlug das schwarze, schmiedeeiserne Gitter hinter einem verwunderten Fremdling zu. Vermutlich waren danach noch die Bäume eines alten Parks hoch und dunkel in dem Licht elektrischer Lampen aufgewachsen, Fenster entbrannt, und die niederen Flügel eines boudoirhaft kleinen Schlößchens über kurz geschorenem, smaragdhaftem Rasen hatten sich ausgebreitet, man hatte ein wenig von den Wänden gesehen, die mit Bildern und bunten Bücherreihen bedeckt waren, und der verabschiedete Wagengefährte wurde von einem unerwartet schönen Dasein aufgenommen.

So hatte es sich ereignet, und während Ulrich noch überlegte, wie unangenehm es gewesen wäre, wenn er seine Zeit wieder für eines dieser Liebesabenteuer hätte hergeben müssen, deren er längst satt war, wurde ihm eine Dame gemeldet, die ihren Namen nicht nennen wollte und tief verschleiert bei ihm eintrat. Es war sie selbst, die ihren Namen und ihre Wohnung nicht genannt hatte, aber auf diese romantisch-charitative Weise unter dem Vorwand, sich um sein Befinden zu sorgen, das Abenteuer eigenmächtig fortsetzte.

Zwei Wochen später war Bonadea schon seit vierzehn Tagen seine Geliebte.

8

Kakanien

In dem Alter, wo man noch alle Schneider- und Barbierangelegenheiten wichtig nimmt und gerne in den Spiegel blickt, stellt man sich oft auch einen Ort vor, wo man sein Leben zubringen möchte, oder wenigstens einen Ort, wo es Stil hat, zu verweilen, selbst wenn man fühlt, daß man für seine Person nicht gerade gern dort wäre. Eine solche soziale Zwangsvorstellung ist nun schon seit langem eine Art überamerikanische Stadt, wo alles mit der Stoppuhr in der Hand eilt oder stillsteht. Luft und Erde bilden einen Ameisenbau, von den Stockwerken der Verkehrsstraßen durchzogen. Luftzüge, Erdzüge, Untererdzüge, Rohrpostmenschensendungen, Kraftwagenketten rasen horizontal, Schnellaufzüge pumpen vertikal Menschenmassen von einer Verkehrsebene in die andre; man springt an den Knotenpunkten von einem Bewegungsapparat in den andern, wird von deren Rhythmus, der zwischen zwei losdonnernden Geschwindigkeiten eine Synkope, eine Pause, eine kleine Kluft von zwanzig Sekunden macht, ohne Überlegung angesaugt und hineingerissen, spricht hastig in den Intervallen dieses allgemeinen Rhythmus miteinander ein paar Worte. Fragen und Antworten klinken ineinander wie Maschinenglieder, jeder Mensch hat nur ganz bestimmte Aufgaben, die Berufe sind an bestimmten Orten in Gruppen zusammengezogen, man ißt während der Bewegung, die Vergnügungen sind in andern Stadtteilen zusammengezogen, und wieder anderswo stehen die Türme, wo man Frau, Familie, Grammophon und Seele findet. Spannung und Abspannung, Tätigkeit und Liebe werden zeitlich genau getrennt und nach gründlicher Laboratoriumserfahrung ausgewogen. Stößt man bei irgendeiner dieser Tätigkeiten auf Schwierigkeit, so läßt man die Sache einfach stehen; denn man findet eine andre Sache oder gelegentlich einen besseren Weg, oder ein andrer findet den Weg, den man verfehlt hat; das schadet gar nichts, während durch nichts so viel von der gemeinsamen Kraft verschleudert wird wie durch die Anmaßung, daß man berufen sei, ein bestimmtes persönliches Ziel nicht locker zu lassen. In einem von Kräften durchflossenen Gemeinwesen führt jeder Weg an ein gutes Ziel, wenn man nicht zu lange zaudert und überlegt. Die Ziele sind kurz gesteckt; aber auch das Leben ist kurz, man gewinnt ihm so ein Maximum des Erreichens ab, und mehr braucht der Mensch nicht zu seinem Glück, denn was man erreicht, formt die Seele, während das, was man ohne Erfüllung will, sie nur verbiegt; für das Glück kommt es sehr wenig auf das an, was man will, sondern nur darauf, daß man es erreicht. Außerdem lehrt die Zoologie, daß aus einer Summe von reduzierten Individuen sehr wohl ein geniales Ganzes bestehen kann.

Es ist gar nicht sicher, daß es so kommen muß, aber solche Vorstellungen gehören zu den Reiseträumen, in denen sich das Gefühl der rastlosen Bewegung spiegelt, die uns mit sich führt. Sie sind oberflächlich, unruhig und kurz. Weiß Gott, was wirklich werden wird. Man sollte meinen, daß wir in jeder Minute den Anfang in der Hand haben und einen Plan für uns alle machen müßten. Wenn uns die Sache mit den Geschwindigkeiten nicht gefällt, so machen wir doch eine andre! Zum Beispiel eine ganz langsame, mit einem schleierig wallenden, meerschneckenhaft geheimnisvollen Glück und dem tiefen Kuhblick, von dem schon die Griechen geschwärmt haben. Aber so ist es ganz und gar nicht. Die Sache hat uns in der Hand. Man fährt Tag und Nacht in ihr und tut auch noch alles andre darin; man rasiert sich, man ißt, man liebt, man liest Bücher, man übt seinen Beruf aus, als ob die vier Wände stillstünden, und das Unheimliche ist bloß, daß die Wände fahren, ohne daß man es merkt, und ihre Schienen vorauswerfen, wie lange, tastend gekrümmte Fäden, ohne daß man weiß wohin. Und überdies will man ja womöglich selbst noch zu den Kräften gehören, die den Zug der Zeit bestimmen. Das ist eine sehr unklare Rolle, und es kommt vor, wenn man nach längerer Pause hinaussieht, daß sich die Landschaft geändert hat; was da vorbeifliegt, fliegt vorbei, weil es nicht anders sein kann, aber bei aller Ergebenheit gewinnt ein unangenehmes Gefühl immer mehr Gewalt, als ob man über das Ziel hinausgefahren oder auf eine falsche Strecke geraten wäre. Und eines Tags ist das stürmische Bedürfnis da: Aussteigen! Abspringen! Ein Heimweh nach Aufgehaltenwerden, Nichtsichentwickeln, Steckenbleiben, Zurückkehren zu einem Punkt, der vor der falschen Abzweigung liegt! Und in der guten alten Zeit, als es das Kaisertum Österreich noch gab, konnte man in einem solchen Falle den Zug der Zeit verlassen, sich in einen gewöhnlichen Zug einer gewöhnlichen Eisenbahn setzen und in die Heimat zurückfahren.

Dort, in Kakanien, diesem seither untergegangenen, unverstandenen Staat, der in so vielem ohne Anerkennung vorbildlich gewesen ist, gab es auch Tempo, aber nicht zuviel Tempo. So oft man in der Fremde an dieses Land dachte, schwebte vor den Augen die Erinnerung an die weißen, breiten, wohlhabenden Straßen aus der Zeit der Fußmärsche und Extraposten, die es nach allen Richtungen wie Flüsse der Ordnung, wie Bänder aus hellem Soldatenzwillich durchzogen und die Länder mit dem papierweißen Arm der Verwaltung umschlangen. Und was für Länder! Gletscher und Meer, Karst und böhmische Kornfelder gab es dort, Nächte an der Adria, zirpend von Grillenunruhe, und slowakische Dörfer, wo der Rauch aus den Kaminen wie aus aufgestülpten Nasenlöchern stieg und das Dorf zwischen zwei kleinen Hügeln kauerte, als hätte die Erde ein wenig die Lippen geöffnet, um ihr Kind dazwischen zu wärmen. Natürlich rollten auf diesen Straßen auch Automobile; aber nicht zuviel Automobile! Man bereitete die Eroberung der Luft vor, auch hier; aber nicht zu intensiv. Man ließ hie und da ein Schiff nach Südamerika oder Ostasien fahren; aber nicht zu oft. Man hatte keinen Weltwirtschafts- und Weltmachtehrgeiz; man saß im Mittelpunkt Europas, wo die alten Weltachsen sich schneiden; die Worte Kolonie und Übersee hörte man an wie etwas noch gänzlich Unerprobtes und Fernes. Man entfaltete Luxus; aber beileibe nicht so überfeinert wie die Franzosen. Man trieb Sport; aber nicht so närrisch wie die Angelsachsen. Man gab Unsummen für das Heer aus; aber doch nur gerade so viel, daß man sicher die zweitschwächste der Großmächte blieb. Auch die Hauptstadt war um einiges kleiner als alle andern größten Städte der Welt, aber doch um ein Erkleckliches größer, als es bloß Großstädte sind. Und verwaltet wurde dieses Land in einer aufgeklärten, wenig fühlbaren, alle Spitzen vorsichtig beschneidenden Weise von der besten Bürokratie Europas, der man nur einen Fehler nachsagen konnte: sie empfand Genie und geniale Unternehmungssucht an Privatpersonen, die nicht durch hohe Geburt oder einen Staatsauftrag dazu privilegiert waren, als vorlautes Benehmen und Anmaßung. Aber wer ließe sich gerne von Unbefugten dreinreden! Und in Kakanien wurde überdies immer nur ein Genie für einen Lümmel gehalten, aber niemals, wie es anderswo vorkam, schon der Lümmel für ein Genie.

Überhaupt, wie vieles Merkwürdige ließe sich über dieses versunkene Kakanien sagen! Es war zum Beispiel kaiserlich-königlich und war kaiserlich und königlich; eines der beiden Zeichen k.k. oder k.u.k. trug dort jede Sache und Person, aber es bedurfte trotzdem einer Geheimwissenschaft, um immer sicher unterscheiden zu können, welche Einrichtungen und Menschen k.k. und welche k.u.k. zu rufen waren. Es nannte sich schriftlich Österreichisch-Ungarische Monarchie und ließ sich mündlich Österreich rufen; mit einem Namen also, den es mit feierlichem Staatsschwur abgelegt hatte, aber in allen Gefühlsangelegenheiten beibehielt, zum Zeichen, daß Gefühle ebenso wichtig sind wie Staatsrecht und Vorschriften nicht den wirklichen Lebensernst bedeuten. Es war nach seiner Verfassung liberal, aber es wurde klerikal regiert. Es wurde klerikal regiert, aber man lebte freisinnig. Vor dem Gesetz waren alle Bürger gleich, aber nicht alle waren eben Bürger. Man hatte ein Parlament, welches so gewaltigen Gebrauch von seiner Freiheit machte, daß man es gewöhnlich geschlossen hielt; aber man hatte auch einen Notstandsparagraphen, mit dessen Hilfe man ohne das Parlament auskam, und jedesmal, wenn alles sich schon über den Absolutismus freute, ordnete die Krone an, daß nun doch wieder parlamentarisch regiert werden müsse. Solcher Geschehnisse gab es viele in diesem Staat, und zu ihnen gehörten auch jene nationalen Kämpfe, die mit Recht die Neugierde Europas auf sich zogen und heute ganz falsch dargestellt werden. Sie waren so heftig, daß ihretwegen die Staatsmaschine mehrmals im Jahr stockte und stillstand, aber in den Zwischenzeiten und Staatspausen kam man ausgezeichnet miteinander aus und tat, als ob nichts gewesen wäre. Und es war auch nichts Wirkliches gewesen. Es hatte sich bloß die Abneigung jedes Menschen gegen die Bestrebungen jedes andern Menschen, in der wir heute alle einig sind, in diesem Staat schon früh, und man kann sagen, zu einem sublimierten Zeremoniell ausgebildet, das noch große Folgen hätte haben können, wenn seine Entwicklung nicht durch eine Katastrophe vor der Zeit unterbrochen worden wäre.

Denn nicht nur die Abneigung gegen den Mitbürger war dort bis zum Gemeinschaftsgefühl gesteigert, sondern es nahm auch das Mißtrauen gegen die eigene Person und deren Schicksal den Charakter tiefer Selbstgewißheit an. Man handelte in diesem Land – und mitunter bis zu den höchsten Graden der Leidenschaft und ihren Folgen – immer anders, als man dachte, oder dachte anders, als man handelte. Unkundige Beobachter haben das für Liebenswürdigkeit oder gar für Schwäche des ihrer Meinung nach österreichischen Charakters gehalten. Aber das war falsch; und es ist immer falsch, die Erscheinungen in einem Land einfach mit dem Charakter seiner Bewohner zu erklären. Denn ein Landesbewohner hat mindestens neun Charaktere, einen Berufs-, einen National-, einen Staats-, einen Klassen-, einen geographischen, einen Geschlechts-, einen bewußten, einen unbewußten und vielleicht auch noch einen privaten Charakter; er vereinigt sie in sich, aber sie lösen ihn auf, und er ist eigentlich nichts als eine kleine, von diesen vielen Rinnsalen ausgewaschene Mulde, in die sie hineinsickern und aus der sie wieder austreten, um mit andern Bächlein eine andre Mulde zu füllen. Deshalb hat jeder Erdbewohner auch noch einen zehnten Charakter, und dieser ist nichts als die passive Phantasie unausgefüllter Räume; er gestattet dem Menschen alles, nur nicht das eine: das ernst zu nehmen, was seine mindestens neun andern Charaktere tun und was mit ihnen geschieht; also mit andern Worten, gerade das nicht, was ihn ausfüllen sollte. Dieser, wie man zugeben muß, schwer zu beschreibende Raum ist in Italien anders gefärbt und geformt als in England, weil das, was sich von ihm abhebt, andre Farbe und Form hat, und ist doch da und dort der gleiche, eben ein leerer, unsichtbarer Raum, in dem die Wirklichkeit darinsteht wie eine von der Phantasie verlassene kleine Steinbaukastenstadt.

Soweit das nun überhaupt allen Augen sichtbar werden kann, war es in Kakanien geschehen, und darin war Kakanien, ohne daß die Welt es schon wußte, der fortgeschrittenste Staat; es war der Staat, der sich selbst irgendwie nur noch mitmachte, man war negativ frei darin, ständig im Gefühl der unzureichenden Gründe der eigenen Existenz und von der großen Phantasie des Nichtgeschehenen oder doch nicht unwiderruflich Geschehenen wie von dem Hauch der Ozeane umspült, denen die Menschheit entstieg.

Es ist passiert, sagte man dort, wenn andre Leute anderswo glaubten, es sei wunder was geschehen; das war ein eigenartiges, nirgendwo sonst im Deutschen oder einer andern Sprache vorkommendes Wort, in dessen Hauch Tatsachen und Schicksalsschläge so leicht wurden wie Flaumfedern und Gedanken. Ja, es war, trotz vielem, was dagegen spricht, Kakanien vielleicht doch ein Land für Genies; und wahrscheinlich ist es daran auch zugrunde gegangen.

9

Erster von drei Versuchen, ein bedeutender Mann zu werden

Dieser Mann, der zurückgekehrt war, konnte sich keiner Zeit seines Lebens erinnern, die nicht von dem Willen beseelt gewesen wäre, ein bedeutender Mensch zu werden; mit diesem Wunsch schien Ulrich geboren worden zu sein. Es ist wahr, daß sich in einem solchen Verlangen auch Eitelkeit und Dummheit verraten können; trotzdem ist es nicht weniger wahr, daß es ein sehr schönes und richtiges Begehren ist, ohne das es wahrscheinlich nicht viele bedeutende Menschen gäbe.

Das Fatale daran war bloß, daß er weder wußte, wie man einer wird, noch was ein bedeutender Mensch ist. In seiner Schulzeit hatte er Napoleon dafür gehalten; teils geschah es wegen der natürlichen Bewunderung der Jugend für das Verbrecherische, teils weil die Lehrpersonen ausdrücklich auf diesen Tyrannen, der Europa auf den Kopf zu stellen versuchte, als den gewaltigsten Übeltäter der Geschichte hinwiesen. Die Folge war, daß Ulrich, sobald er der Schule entrann, Fähnrich in einem Reiterregiment wurde. Wahrscheinlich hätte er damals, nach den Gründen dieser Berufswahl gefragt, schon nicht mehr geantwortet: um Tyrann zu werden; aber solche Wünsche sind Jesuiten; Napoleons Genie hatte sich erst zu entwickeln begonnen, nachdem er General geworden war, und wie hätte Ulrich als Fähnrich seinen Oberst von der Notwendigkeit dieser Bedingung überzeugen sollen?! Schon beim Eskadronsexerzieren zeigte es sich nicht selten, daß der Oberst anderer Meinung war als er. Trotzdem würde Ulrich den Exerzierplatz, auf dessen friedlicher Flur Anmaßung von Berufung nicht zu unterscheiden ist, nicht verflucht haben, wäre er nicht so ehrgeizig gewesen. Auf pazifistische Redensarten wie «Volkserziehung in Waffen» legte er damals nicht den geringsten Wert, sondern ließ sich von einer leidenschaftlichen Erinnerung an heroische Zustände des Herrentums, der Gewalt und des Stolzes erfüllen. Er ritt Rennen, duellierte sich und unterschied nur drei Arten von Menschen: Offiziere, Frauen und Zivilisten; letztere eine körperlich unentwickelte, geistig verächtliche Klasse, der von den Offizieren die Frauen und Töchter abgejagt wurden. Er gab sich einem großartigen Pessimismus hin: es schien ihm, da der Soldatenberuf ein scharfes und glühendes Instrument ist, müsse man mit diesem Instrument die Welt zu ihrem Heil auch brennen und schneiden.

Er hatte zwar das Glück, daß ihm nichts dabei geschah, aber eines Tages machte er eine Erfahrung. Er hatte in einer Gesellschaft mit einem bekannten Finanzmann eine kleine Mißhelligkeit, die er in seiner großartigen Weise erledigen wollte, aber es zeigte sich, daß auch im Zivil Männer vorhanden sind, die ihre weiblichen Familienangehörigen zu schützen wissen. Der Finanzier hatte eine Unterredung mit dem Kriegsminister, den er persönlich kannte, und die Folge war, daß Ulrich eine längere Aussprache mit seinem Obersten hatte, in der ihm der Unterschied zwischen einem Erzherzog und einem einfachen Offizier klargemacht wurde. Von da an freute ihn der Beruf des Kriegers nicht mehr. Er hatte erwartet, sich auf einer Bühne welterschütternder Abenteuer zu befinden, deren Held er sein werde, und sah mit einemmal einen betrunkenen jungen Mann auf einem leeren weiten Platz randalieren, dem nur die Steine antworten. Als er das begriff, nahm er Abschied von dieser undankbaren Laufbahn, in der er es soeben bis zum Leutnant gebracht hatte, und verließ den Dienst.

10

Der zweite Versuch. Ansätze zu einer Moral des Mannes ohne Eigenschaften

Aber Ulrich wechselte nur das Pferd, als er von der Kavallerie zur Technik überging; das neue Pferd hatte Stahlglieder und lief zehnmal so schnell.

In Goethes Welt ist das Klappern der Webstühle noch eine Störung gewesen, in der Zeit Ulrichs begann man das Lied der Maschinensäle, Niethämmer und Fabriksirenen schon zu entdecken. Man darf freilich nicht glauben, die Menschen hätten bald bemerkt, daß ein Wolkenkratzer größer sei als ein Mann zu Pferd; im Gegenteil, noch heute, wenn sie etwas Besonderes von sich hermachen wollen, setzen sie sich nicht auf den Wolkenkratzer, sondern aufs hohe Roß, sind geschwind wie der Wind und scharfsichtig, nicht wie ein Riesenrefraktor, sondern wie ein Adler. Ihr Gefühl hat noch nicht gelernt, sich ihres Verstandes zu bedienen, und zwischen diesen beiden liegt ein Unterschied der Entwicklung, der fast so groß ist wie der zwischen dem Blinddarm und der Großhirnrinde. Es bedeutet also kein gar kleines Glück, wenn man darauf kommt, wie es Ulrich schon nach Abbruch seiner Flegeljahre geschah, daß der Mensch in allem, was ihm für das Höhere gilt, sich weit altmodischer benimmt, als es seine Maschinen sind.

Ulrich war, als er die Lehrsäle der Mechanik betrat, vom ersten Augenblick an fieberhaft befangen. Wozu braucht man noch den Apollon von Belvedere, wenn man die neuen Formen eines Turbodynamo oder das Gliederspiel einer Dampfmaschinensteuerung vor Augen hat! Wen soll das tausendjährige Gerede darüber, was gut und bös sei, fesseln, wenn sich herausgestellt hat, daß das gar keine «Konstanten» sind, sondern «Funktionswerte», so daß die Güte der Werke von den geschichtlichen Umständen abhängt und die Güte der Menschen von dem psychotechnischen Geschick, mit dem man ihre Eigenschaften auswertet! Die Welt ist einfach komisch, wenn man sie vom technischen Standpunkt ansieht; unpraktisch in allen Beziehungen der Menschen zueinander, im höchsten Grade unökonomisch und unexakt in ihren Methoden; und wer gewohnt ist, seine Angelegenheiten mit dem Rechenschieber zu erledigen, kann einfach die gute Hälfte aller menschlichen Behauptungen nicht ernst nehmen. Der Rechenschieber, das sind zwei unerhört scharfsinnig verflochtene Systeme von Zahlen und Strichen; der Rechenschieber, das sind zwei weiß lackierte, ineinander gleitende Stäbchen von flach trapezförmigem Querschnitt, mit deren Hilfe man die verwickeltsten Aufgaben im Nu lösen kann, ohne einen Gedanken nutzlos zu verlieren; der Rechenschieber, das ist ein kleines Symbol, das man in der Brusttasche trägt und als einen harten weißen Strich über dem Herzen fühlt: wenn man einen Rechenschieber besitzt, und jemand kommt mit großen Behauptungen oder großen Gefühlen, so sagt man: Bitte einen Augenblick, wir wollen vorerst die Fehlergrenzen und den wahrscheinlichsten Wert von alledem berechnen!

Das war zweifellos eine kraftvolle Vorstellung vom Ingenieurwesen. Sie bildete den Rahmen eines reizvollen zukünftigen Selbstbildnisses, das einen Mann mit entschlossenen Zügen zeigte, der eine Shagpfeife zwischen den Zähnen hält, eine Sportmütze auf hat und in herrlichen Reitstiefeln zwischen Kapstadt und Kanada unterwegs ist, um gewaltige Entwürfe für sein Geschäftshaus zu verwirklichen. Zwischendurch hat man immer noch Zeit, gelegentlich aus dem technischen Denken einen Ratschlag für die Einrichtung und Lenkung der Welt zu nehmen oder Sprüche zu formen wie den von Emerson, der über jeder Werkstätte hängen sollte: «Die Menschen wandeln auf Erden als Weissagungen der Zukunft, und alle ihre Taten sind Versuche und Proben, denn jede Tat kann durch die nächste übertroffen werden!» – Genau genommen war dieser Satz sogar von Ulrich und aus mehreren Sätzen von Emerson zusammengestellt.

Es ist schwer zu sagen, warum Ingenieure nicht ganz so sind, wie es dem entsprechen würde. Warum tragen sie beispielsweise so oft eine Uhrkette, die in einseitigem, steilem Bogen von der Westentasche zu einem hochgelegenen Knopf führt, oder lassen sie über dem Bauch eine Hebung und zwei Senkungen bilden, als befände sie sich in einem Gedicht? Warum gefällt es ihnen, Busennadeln mit Hirschzähnen oder kleinen Hufeisen in ihre Halsbinden zu stecken? Warum sind ihre Anzüge so konstruiert wie die Anfänge des Automobils? Warum endlich sprechen sie selten von etwas anderem als ihrem Beruf; und wenn sie es doch tun, warum haben sie dann eine besondere, steife, beziehungslose, äußere Art zu sprechen, die nach innen nicht tiefer als bis zum Kehldeckel reicht? Beiweitem gilt das natürlich nicht von allen, aber es gilt von vielen, und die, welche Ulrich kennen lernte, als er zum erstenmal den Dienst in einem Fabrikbüro antrat, waren so, und die, die er beim zweitenmal kennen lernte, waren auch so. Sie zeigten sich als Männer, die mit ihren Reißbrettern fest verbunden waren, ihren Beruf liebten und in ihm eine bewundernswerte Tüchtigkeit besaßen; aber den Vorschlag, die Kühnheit ihrer Gedanken statt auf ihre Maschinen auf sich selbst anzuwenden, würden sie ähnlich empfunden haben wie die Zumutung, von einem Hammer den widernatürlichen Gebrauch eines Mörders zu machen.

So endete schnell der zweite und reifere Versuch, den Ulrich unternommen hatte, um auf dem Wege der Technik ein ungewöhnlicher Mann zu werden.

11

Der wichtigste Versuch

Über die Zeit bis dahin vermochte Ulrich heute den Kopf zu schütteln, wie wenn man ihm von seiner Seelenwanderung erzählen würde; über den dritten seiner Versuche nicht. Es läßt sich verstehen, daß ein Ingenieur in seiner Besonderheit aufgeht, statt in die Freiheit und Weite der Gedankenwelt zu münden, obgleich seine Maschinen bis an die Enden der Erde geliefert werden; denn er braucht ebensowenig fähig zu sein, das Kühne und Neue der Seele seiner Technik auf seine Privatseele zu übertragen, wie eine Maschine imstande ist, die ihr zugrunde liegenden Infinitesimalgleichungen auf sich selbst anzuwenden. Von der Mathematik aber läßt sich das nicht sagen; da ist die neue Denklehre selbst, der Geist selbst, liegen die Quellen der Zeit und der Ursprung einer ungeheuerlichen Umgestaltung.

Wenn es die Verwirklichung von Urträumen ist, fliegen zu können und mit den Fischen zu reisen, sich unter den Leibern von Bergriesen durchzubohren, mit göttlichen Geschwindigkeiten Botschaften zu senden, das Unsichtbare und Ferne zu sehen und sprechen zu hören, Tote sprechen zu hören, sich in wundertätigen Genesungsschlaf versenken zu lassen, mit lebenden Augen erblicken zu können, wie man zwanzig Jahre nach seinem Tode aussehen wird, in flimmernden Nächten tausend Dinge über und unter dieser Welt zu wissen, die früher niemand gewußt hat, wenn Licht, Wärme, Kraft, Genuß, Bequemlichkeit Urträume der Menschheit sind, – dann ist die heutige Forschung nicht nur Wissenschaft, sondern ein Zauber, eine Zeremonie von höchster Herzens- und Hirnkraft, vor der Gott eine Falte seines Mantels nach der anderen öffnet, eine Religion, deren Dogmatik von der harten, mutigen, beweglichen, messerkühlen und -scharfen Denklehre der Mathematik durchdrungen und getragen wird.

Allerdings, es ist nicht zu leugnen, daß alle diese Urträume nach Meinung der Nichtmathematiker mit einemmal in einer ganz anderen Weise verwirklicht waren, als man sich das ursprünglich vorgestellt hatte. Münchhausens Posthorn war schöner als die fabriksmäßige Stimmkonserve, der Siebenmeilenstiefel schöner als ein Kraftwagen, Laurins Reich schöner als ein Eisenbahntunnel, die Zauberwurzel schöner als ein Bildtelegramm, vom Herz seiner Mutter zu essen und die Vögel zu verstehn, schöner als eine tierpsychologische Studie über die Ausdrucksbewegungen der Vogelstimme. Man hat Wirklichkeit gewonnen und Traum verloren. Man liegt nicht mehr unter einem Baum und guckt zwischen der großen und der zweiten Zehe hindurch in den Himmel, sondern man schafft; man darf auch nicht hungrig und verträumt sein, wenn man tüchtig sein will, sondern muß Beefsteak essen und sich rühren. Genau so ist es, wie wenn die alte untüchtige Menschheit auf einem Ameisenhaufen eingeschlafen wäre, und als die neue erwachte, waren ihr die Ameisen ins Blut gekrochen, und sie muß seither die gewaltigsten Bewegungen ausführen, ohne dieses lausige Gefühl von tierischer Arbeitsamkeit abschütteln zu können. Man braucht wirklich nicht viel darüber zu reden, es ist den meisten Menschen heute ohnehin klar, daß die Mathematik wie ein Dämon in alle Anwendungen unseres Lebens gefahren ist. Vielleicht glauben nicht alle diese Menschen an die Geschichte vom Teufel, dem man seine Seele verkaufen kann; aber alle Leute, die von der Seele etwas verstehen müssen, weil sie als Geistliche, Historiker und Künstler gute Einkünfte daraus beziehen, bezeugen es, daß sie von der Mathematik ruiniert worden sei und daß die Mathematik die Quelle eines bösen Verstandes bilde, der den Menschen zwar zum Herrn der Erde, aber zum Sklaven der Maschine mache. Die innere Dürre, die ungeheuerliche Mischung von Schärfe im Einzelnen und Gleichgültigkeit im Ganzen, das ungeheure Verlassensein des Menschen in einer Wüste von Einzelheiten, seine Unruhe, Bosheit, Herzensgleichgültigkeit ohnegleichen, Geldsucht, Kälte und Gewalttätigkeit, wie sie unsre Zeit kennzeichnen, sollen nach diesen Berichten einzig und allein die Folge der Verluste sein, die ein logisch scharfes Denken der Seele zufügt! Und so hat es auch schon damals, als Ulrich Mathematiker wurde, Leute gegeben, die den Zusammenbruch der europäischen Kultur voraussagten, weil kein Glaube, keine Liebe, keine Einfalt, keine Güte mehr im Menschen wohne, und bezeichnenderweise sind sie alle in ihrer Jugend- und Schulzeit schlechte Mathematiker gewesen. Damit war später für sie bewiesen, daß die Mathematik, Mutter der exakten Naturwissenschaft, Großmutter der Technik, auch Erzmutter jenes Geistes ist, aus dem schließlich Giftgase und Kampfflieger aufgestiegen sind.

In Unkenntnis dieser Gefahren lebten eigentlich nur die Mathematiker selbst und ihre Schüler, die Naturforscher, die von alledem so wenig in ihrer Seele verspürten wie Rennfahrer, die fleißig darauf los treten und nichts in der Welt bemerken wie das Hinterrad ihres Vordermanns. Von Ulrich dagegen konnte man mit Sicherheit das eine sagen, daß er die Mathematik liebte, wegen der Menschen, die sie nicht ausstehen mochten. Er war weniger wissenschaftlich als menschlich verliebt in die Wissenschaft. Er sah, daß sie in allen Fragen, wo sie sich für zuständig hält, anders denkt als gewöhnliche Menschen. Wenn man statt wissenschaftlicher Anschauungen Lebensanschauung setzen würde, statt Hypothese Versuch und statt Wahrheit Tat, so gäbe es kein Lebenswerk eines ansehnlichen Naturforschers oder Mathematikers, das an Mut und Umsturzkraft nicht die größten Taten der Geschichte weit übertreffen würde. Der Mann war noch nicht auf der Welt, der zu seinen Gläubigen hätte sagen können: Stehlt, mordet, treibt Unzucht – unsere Lehre ist so stark, daß sie aus der Jauche eurer Sünden schäumend helle Bergwässer macht; aber in der Wissenschaft kommt es alle paar Jahre vor, daß etwas, das bis dahin als Fehler galt, plötzlich alle Anschauungen umkehrt oder daß ein unscheinbarer und verachteter Gedanke zum Herrscher über ein neues Gedankenreich wird, und solche Vorkommnisse sind dort nicht bloß Umstürze, sondern führen wie eine Himmelsleiter in die Höhe. Es geht in der Wissenschaft so stark und unbekümmert und herrlich zu wie in einem Märchen. Und Ulrich fühlte: die Menschen wissen das bloß nicht; sie haben keine Ahnung, wie man schon denken kann; wenn man sie neu denken lehren könnte, würden sie auch anders leben.

Nun wird man sich freilich fragen, ob es denn auf der Welt so verkehrt zugehe, daß sie immerdar umgedreht werden müsse? Aber darauf hat die Welt längst selbst zwei Antworten gegeben. Denn seit sie besteht, sind die meisten Menschen in ihrer Jugend für das Umdrehen gewesen. Sie haben es lächerlich empfunden, daß die Älteren am Bestehenden hingen und mit dem Herzen dachten, einem Stück Fleisch, statt mit dem Gehirn. Diese jüngeren Menschen haben immer bemerkt, daß die moralische Dummheit der Älteren ebenso ein Mangel an neuer Verbindungsfähigkeit ist wie die gewöhnliche intellektuelle Dummheit, und die ihnen selbst natürliche Moral ist eine der Leistung, des Heroismus und der Veränderung gewesen. Dennoch haben sie, sobald sie in die Jahre der Verwirklichung gekommen sind, nichts mehr davon gewußt und noch weniger wissen wollen. Darum werden auch viele, denen Mathematik oder Naturwissenschaft einen Beruf bedeuten, es als einen Mißbrauch empfinden, sich aus solchen Gründen wie Ulrich für eine Wissenschaft zu entscheiden.

Trotzdem hatte er nun aber in diesem dritten Beruf, seit er ihn vor Jahren ergriffen hatte, nach fachmännischem Urteil gar nicht wenig geleistet.

12

Die Dame, deren Liebe Ulrich nach einem Gespräch über Sport und Mystik gewonnen hat

Es stellte sich heraus, daß auch Bonadea nach großen Ideen strebte.

Bonadea war die Dame, die Ulrich in seiner unglücklichen Boxnacht gerettet und am folgenden Morgen tiefverschleiert besucht hatte. Er hatte sie Bonadea getauft, die gute Göttin, weil sie so in sein Leben getreten war und auch nach einer Göttin der Keuschheit, die im alten Rom einen Tempel besessen hat, der durch eine seltsame Umkehrung zum Mittelpunkt aller Ausschweifungen geworden ist. Sie wußte das nicht. Der klangvolle Name, den ihr Ulrich beigelegt hatte, gefiel ihr, und sie trug ihn bei ihren Besuchen wie ein prächtig gesticktes Hauskleid. «Ich bin also deine gute Göttin?» fragte sie – «deine Bona Dea?» – und die richtige Aussprache dieser beiden Worte erforderte es, daß sie ihm dabei die Arme um den Hals legte und ihn mit leicht zurückgeneigtem Kopf gefühlvoll anblickte.

Sie war die Gattin eines angesehenen Mannes und die zärtliche Mutter zweier schönen Knaben. Ihr Lieblingsbegriff war «hochanständig»; sie wandte ihn auf Menschen, Dienstboten, Geschäfte und Gefühle an, wenn sie etwas Gutes von ihnen sagen wollte. Sie war imstande, «das Wahre, Gute und Schöne» so oft und natürlich auszusprechen, wie ein anderer Donnerstag sagt. Was ihr Ideenbedürfnis am tiefsten befriedigte, war die Vorstellung einer stillen, idealen Lebensführung in einem Kreis, den Gatte und Kinder bilden, während tief darunter das dunkle Reich «Führe mich nicht in Versuchung» schwebt und mit seinen Schauern das strahlende Glück zum sanften Lampenschein dämpft. Sie hatte nur einen Fehler, den, daß sie in einem ganz ungewöhnlichen Maß schon durch den Anblick von Männern erregbar war. Sie war durchaus nicht lüstern; sie war sinnlich, wie andere Menschen andere Leiden haben, zum Beispiel an den Händen schwitzen oder leicht die Farbe wechseln, es war ihr scheinbar angeboren, und sie konnte niemals dagegen aufkommen. Als sie Ulrich unter so romanhaften, die Phantasie außerordentlich erregenden Umständen kennengelernt hatte, war sie vom ersten Augenblick an zur Beute einer Leidenschaft bestimmt gewesen, die als Mitgefühl begann, nach kurzem, aber heftigem Kampfe in verbotene Heimlichkeiten überging und sich als ein Wechselspiel von Bissen der Sünde und der Reue fortsetzte.

Aber Ulrich war in ihrem Leben der weiß Gott wievielte Fall. Männer pflegen solche liebessüchtige Frauen, sobald sie den Zusammenhang heraus haben, meist nicht viel besser zu behandeln als Idioten, die man mit den dümmsten Mitteln verleiten kann, immer wieder über das gleiche zu stolpern. Denn die zarteren Gefühle der männlichen Hingabe sind ungefähr so wie das Knurren eines Jaguars über einem Stück Fleisch, und eine Störung darin wird sehr übelgenommen. Das hatte zur Folge, daß Bonadea oft ein Doppelleben führte wie nur irgend ein achtbarer Tagesbürger, der in den dunklen Zwischenräumen seines Bewußtseins Eisenbahndieb ist, und diese stille, stattliche Frau wurde, sobald sie niemand in Armen hielt, bedrückt von der Selbstverachtung, die durch die Lügen und Entehrungen hervorgerufen wurde, denen sie sich aussetzte, um in Armen gehalten zu werden. Wurden ihre Sinne erregt, so war sie melancholisch und gut, ja sie gewann in ihrer Mischung von Begeisterung und Tränen, von brutaler Natürlichkeit und unweigerlich kommender Reue, in dem Ausreißen ihrer Manie vor der schon drohend wartenden Depression einen Reiz, der ähnlich aufregend war wie das ununterbrochene Wirbeln einer dunkel umflorten Trommel. Aber in dem anfallfreien Intervall, in der Reue zwischen zwei Schwächen, die sie ihre Hilflosigkeit fühlen machte, war sie voll ehrbarer Ansprüche, die den Umgang mit ihr nicht einfach gestalteten. Man mußte wahr und gut sein, mitfühlend mit allem Unglück, das Kaiserhaus lieben, alles Geachtete achten und sich moralisch so zartfühlend benehmen wie an einem Krankenlager.

Geschah es nicht, so änderte auch das nichts am Lauf der Dinge. Sie hatte zur Entschuldigung dafür das Märchen erfunden, daß sie von ihrem Gatten in den unschuldigen ersten Jahren der Ehe in ihren bedauerlichen Zustand gebracht worden sei. Dieser Gatte, der erheblich älter und körperlich größer war als sie, erschien als ein rücksichtsloses Untier, und schon in den ersten Stunden ihrer neuen Liebe hatte sie auch zu Ulrich traurig bedeutsam davon gesprochen. Erst einiges später kam er darauf, daß dieser Mann ein bekannter und angesehener Jurist war, mit werktätigen Fähigkeiten in der Ausübung seines Berufs, harmlos tötender Jagdliebhaber dazu und gern gesehener Gast an verschiedenen Stammtischen von Jägern und Rechtskundigen, wo von Männerfragen gesprochen wurde statt von Kunst und Liebe. Die einzige Verfehlung dieses etwas flausenlosen, gutmütigen und lebensfrohen Mannes bestand darin, daß er mit seiner Gattin verheiratet war und sich dadurch öfter als andere Männer in jenem Verhältnis zu ihr befand, das man in der Sprache der Delikte ein Gelegenheitsverhältnis nennt. Die seelische Wirkung jahrelangen einem Menschen Willfahrens, dessen Frau sie mehr aus Klugheit als aus Herzensverlangen geworden war, hatte in Bonadea die Täuschung ausgebildet, daß sie körperlich übererregbar sei, und hatte diese Einbildung beinahe unabhängig von ihrem Bewußtsein gemacht. Ein ihr selbst unbegreiflicher innerer Zwang kettete sie an diesen durch die Umstände begünstigten Mann; sie verachtete ihn wegen ihrer eigenen Willensschwäche und fühlte sich schwach, um ihn verachten zu können; sie betrog ihn, um ihm zu entfliehen, sprach aber dabei in den unpassendsten Augenblicken von ihm oder den Kindern, die sie von ihm hatte, und war niemals imstande, sich ganz von ihm loszumachen. Gleich vielen unglücklichen Frauen empfing sie schließlich ihre Haltung in einem sonst recht schwankenden Lebensraum von der Abneigung gegen ihren fest dastehenden Gatten und übertrug ihren Konflikt mit ihm in jedes neue Erlebnis, das sie von ihm erlösen sollte.

Es blieb kaum etwas anderes übrig, um ihre Klagen schweigen zu machen, als sie schleunigst aus dem Zustand der Depression in den der Manie zu versetzen. Dann sprach sie dem, der das tat und ihre Schwäche mißbrauchte, jede vornehme Gesinnung ab, aber ihr Leiden legte ihr einen Schleier nasser Zärtlichkeit über die Augen, wenn sie, wie sie das mit wissenschaftlichem Abstand auszudrücken pflegte, zu diesem Manne «inklinierte».

13

Ein geniales Rennpferd reift die Erkenntnis, ein Mann ohne Eigenschaften zu sein

Es ist nicht unwesentlich, daß sich Ulrich sagen durfte, in seiner Wissenschaft nicht wenig geleistet zu haben. Seine Arbeiten hatten ihm auch Anerkennung eingebracht. Bewunderung wäre zu viel verlangt gewesen, denn selbst im Reiche der Wahrheit hegt man Bewunderung nur für ältere Gelehrte, von denen es abhängt, ob man die Habilitation und Professur erreicht oder nicht. Genau gesprochen, er war das geblieben, was man eine Hoffnung nennt, und Hoffnungen nennt man in der Republik der Geister die Republikaner, das sind jene Menschen, die sich einbilden, man dürfe seine ganze Kraft der Sache widmen, statt einen großen Teil von ihr auf das äußere Vorwärtskommen zu verwenden; sie vergessen, daß die Leistung des Einzelnen gering, das Vorwärtskommen dagegen ein Wunsch aller ist, und vernachlässigen die soziale Pflicht des Strebens, bei der man als ein Streber beginnen muß, damit man in den Jahren des Erfolgs eine Stütze und Strebe abgeben kann, an deren Gunst sich andere emporarbeiten.

Und eines Tags hörte Ulrich auch auf, eine Hoffnung sein zu wollen. Es hatte damals schon die Zeit begonnen, wo man von Genies des Fußballrasens oder des Boxrings zu sprechen anhub, aber auf mindestens zehn geniale Entdecker, Tenöre oder Schriftsteller entfiel in den Zeitungsberichten noch nicht mehr als höchstens ein genialer Centrehalf oder großer Taktiker des Tennissports. Der neue Geist fühlte sich noch nicht ganz sicher. Aber gerade da las Ulrich irgendwo, wie eine vorverwehte Sommerreife, plötzlich das Wort «das geniale Rennpferd». Es stand in einem Bericht über einen aufsehenerregenden Rennbahnerfolg, und der Schreiber war sich der ganzen Größe des Einfalls vielleicht gar nicht bewußt gewesen, den ihm der Geist der Gemeinschaft in die Feder geschoben hatte. Ulrich aber begriff mit einemmal, in welchem unentrinnbaren Zusammenhang seine ganze Laufbahn mit diesem Genie der Rennpferde stehe. Denn das Pferd ist seit je das heilige Tier der Kavallerie gewesen, und in seiner Kasernenjugend hatte Ulrich kaum von anderem sprechen hören als von Pferden und Weibern und war dem entflohn, um ein bedeutender Mensch zu werden, und als er sich nun nach wechselvollen Anstrengungen der Höhe seiner Bestrebungen vielleicht hätte nahefühlen können, begrüßte ihn von dort das Pferd, das ihm zuvorgekommen war.

Das hat wohl gewiß zeitlich seine Berechtigung, denn es ist noch gar nicht lange her, daß man sich unter einem bewunderungswürdigen männlichen Geist ein Wesen vorgestellt hat, dessen Mut sittlicher Mut, dessen Kraft die Kraft einer Überzeugung, dessen Festigkeit die des Herzens und der Tugend gewesen ist, das Schnelligkeit für etwas Knabenhaftes, Finten für etwas Unerlaubtes, Beweglichkeit und Schwung für etwas der Würde Zuwiderlaufendes gehalten hat. Zum Schluß ist dieses Wesen allerdings nicht mehr lebendig, sondern nur noch in den Lehrkörpern von Gymnasien und in allerhand schriftlichen Äußerungen vorgekommen, es war zu einem ideologischen Gespenst geworden, und das Leben mußte sich ein neues Bild der Männlichkeit suchen. Da es sich danach umsah, machte es aber die Entdeckung, daß die Griffe und Listen, die ein erfinderischer Kopf in einem logischen Kalkül anwendet, wirklich nicht sehr verschieden von den Kampfgriffen eines hart geschulten Körpers sind, und es gibt eine allgemeine seelische Kampfkraft, die von Schwierigkeiten und Unwahrscheinlichkeiten kalt und klug gemacht wird, ob sie nun die dem Angriff zugängliche Seite einer Aufgabe oder eines körperlichen Feindes zu erraten gewohnt ist. Sollte man einen großen Geist und einen Boxlandesmeister psychotechnisch analysieren, so würden in der Tat ihre Schlauheit, ihr Mut, ihre Genauigkeit und Kombinatorik sowie die Geschwindigkeit der Reaktionen auf dem Gebiet, das ihnen wichtig ist, wahrscheinlich die gleichen sein, ja sie würden sich in den Tugenden und Fähigkeiten, die ihren besonderen Erfolg ausmachen, voraussichtlich auch von einem berühmten Hürdenpferd nicht unterscheiden, denn man darf nicht unterschätzen, wieviele bedeutende Eigenschaften ins Spiel gesetzt werden, wenn man über eine Hecke springt. Nun haben aber noch dazu ein Pferd und ein Boxmeister vor einem großen Geist voraus, daß sich ihre Leistung und Bedeutung einwandfrei messen läßt und der Beste unter ihnen auch wirklich als der Beste erkannt wird, und auf diese Weise sind der Sport und die Sachlichkeit verdientermaßen an die Reihe gekommen, die veralteten Begriffe von Genie und menschlicher Größe zu verdrängen.

Was Ulrich angeht, muß man sogar sagen, daß er in dieser Sache seiner Zeit um einige Jahre voraus gewesen ist. Denn gerade in dieser Art, bei der man seinen Rekord um einen Sieg, einen Zentimeter oder ein Kilogramm vermehrt, hatte er die Wissenschaft betrieben. Sein Geist sollte sich als scharf und stark beweisen und hatte die Arbeit der Starken geleistet. Diese Lust an der Kraft des Geistes war eine Erwartung, ein kriegerisches Spiel, eine Art unbestimmten herrischen Anspruches an die Zukunft. Es erschien ihm ungewiß, was er mit dieser Kraft zu Ende führen werde; man konnte alles mit ihr machen und nichts, ein Erlöser der Welt werden oder ein Verbrecher. Und so ist ja wohl ungefähr auch allgemein die seelische Lage beschaffen, aus deren Vorhandensein die Welt der Maschinen und Entdeckungen immer neuen Nachschub erhält. Ulrich hatte die Wissenschaft als eine Vorbereitung, Abhärtung und Art von Training betrachtet. Wenn es sich ergab, daß dieses Denken zu trocken, scharf, eng und ohne Ausblick war, so mußte man es eben so hinnehmen wie den Ausdruck von Entbehrung und Anspannung, der bei großen Körper- und Willensleistungen auf einem Gesicht liegt. Er hatte jahrelang die geistige Entbehrung geliebt. Er haßte die Menschen, die nicht nach dem Nietzsche-Wort «um der Wahrheit willen an der Seele Hunger leiden» können; die Umkehrenden, Verzagten, Weichlichen, die ihre Seele mit Faseleien von der Seele trösten und sie, weil ihr der Verstand angeblich Steine statt Brot gibt, mit religiösen, philosophischen und erdichteten Gefühlen ernähren, die wie in Milch aufgeweichte Semmeln sind. Seine Meinung war, man befinde sich in diesem Jahrhundert mit allem Menschlichen auf einer Expedition, der Stolz verlange, daß man allem unnützen Fragen ein «Noch nicht» entgegensetze und ein Leben mit Interimsgrundsätzen, aber im Bewußtsein eines Ziels führe, das später Kommende erreichen werden. Die Wahrheit ist, daß die Wissenschaft einen Begriff der harten, nüchternen geistigen Kraft entwickelt hat, der die alten metaphysischen und moralischen Vorstellungen des Menschengeschlechtes einfach unerträglich macht, obgleich er an ihre Stelle nur die Hoffnung setzen kann, daß ein ferner Tag kommen wird, wo eine Rasse geistiger Eroberer in die Täler der seelischen Fruchtbarkeit niedersteigt.

Das geht aber nur so lange gut, wie man nicht gezwungen wird, den Blick aus seherischer Ferne auf gegenwärtige Nähe zu richten, und den Satz lesen muß, daß inzwischen ein Rennpferd genial geworden ist. Am nächsten Morgen stand Ulrich mit dem linken Fuß auf und fischte mit dem rechten unentschlossen nach dem Morgenpantoffel. Das war in einer anderen Stadt und Straße gewesen als der, wo er jetzt wohnte, aber erst vor wenigen Wochen. Auf dem braunen Asphaltglanz unter seinem Fenster schossen schon die Autos vorbei; die Reinheit der Morgenluft fing an, sich mit der Säuerlichkeit des Tags zu füllen, und es erschien ihm unaussprechlich unsinnig, nun in dem milchfarbenen Licht, das durch die Vorhänge fiel, damit zu beginnen, daß er wie gewöhnlich seinen nackten Körper nach vorn und hinten biege, ihn mit den Bauchmuskeln von der Erde aufhebe und wieder hinlege und schließlich die Fäuste gegen einen Boxball prasseln lasse, wie es so viele Menschen zu der gleichen Stunde tun, ehe sie in ihr Büro gehen. Eine Stunde täglich, das ist ein Zwölftel des bewußten Lebens, und sie genügt, um einen geübten Leib in dem Zustand eines Panthers zu erhalten, der jedes Abenteuers gewärtig ist; aber sie wird hingegeben für eine sinnlose Erwartung, denn niemals kommen die Abenteuer, die einer solchen Vorbereitung würdig wären. Ganz das gleiche ist mit der Liebe der Fall, auf die der Mensch in der ungeheuerlichsten Weise vorbereitet wird, und schließlich entdeckte Ulrich noch, daß er auch in der Wissenschaft einem Manne glich, der eine Bergkette nach der anderen überstiegen hat, ohne ein Ziel zu sehen. Er besaß Bruchstücke einer neuen Art zu denken wie zu fühlen, aber der anfänglich so starke Anblick des Neuen hatte sich in immer zahlreicher werdende Einzelheiten verloren, und wenn er geglaubt hatte, von der Lebensquelle zu trinken, so hatte er jetzt fast alle seine Erwartungen ausgetrunken. Da hörte er mitten in einer großen und aussichtsreichen Arbeit auf. Seine Fachgenossen kamen ihm zum Teil wie unerbittlich verfolgungssüchtige Staatsanwälte und Sicherheitschefs der Logik vor, zum Teil wie Opiatiker und Esser einer seltsam bleichen Droge, die ihnen die Welt mit der Vision von Zahlen und dinglosen Verhältnissen bevölkerte. «Bei allen Heiligen!» dachte er «ich habe doch nie die Absicht gehabt, mein ganzes Leben lang Mathematiker zu sein?»

Aber welche Absicht hatte er eigentlich gehabt? In diesem Augenblick hätte er sich nur noch der Philosophie zuwenden können. Aber die Philosophie in dem Zustand, worin sie sich damals befand, erinnerte ihn an die Geschichte der Dido, wo eine Ochsenhaut auf Riemen geschnitten wird, während es sehr ungewiß blieb, ob man auch wirklich ein Königreich damit umspannt; und was sich von Neuem ansetzte, war von ähnlicher Art wie das, was er selbst getrieben hatte, und vermochte ihn nicht zu verlocken. Er konnte nur sagen, daß er sich von dem, was er eigentlich hatte sein wollen, weiter entfernt fühlte als in seiner Jugend, falls es ihm nicht überhaupt ganz und gar unbekannt geblieben war. In wundervoller Schärfe sah er, mit Ausnahme des Geldverdienens, das er nicht nötig hatte, alle von seiner Zeit begünstigten Fähigkeiten und Eigenschaften in sich, aber die Möglichkeit ihrer Anwendung war ihm abhandengekommen; und da es schließlich, wenn schon Fußballspieler und Pferde Genie haben, nur noch der Gebrauch sein kann, den man von ihm macht, was einem für die Rettung der Eigenheit übrigbleibt, beschloß er, sich ein Jahr Urlaub von seinem Leben zu nehmen, um eine angemessene Anwendung seiner Fähigkeiten zu suchen.

14

Jugendfreunde

Ulrich war seit seiner Rückkehr schon einigemal bei seinen Freunden Walter und Clarisse gewesen, denn diese beiden waren trotz des Sommers nicht verreist, und er hatte sie mehrere Jahre lang nicht gesehen.

Jedesmal, wenn er ankam, spielten sie Klavier. Sie fanden es selbstverständlich, ihn in einem solchen Augenblick nicht zu bemerken, ehe das Stück zu Ende war. Es war diesmal Beethovens Jubellied der Freude; die Millionen sanken, wie es Nietzsche beschreibt, schauervoll in den Staub, die feindlichen Abgrenzungen zerbrachen, das Evangelium der Weltenharmonie versöhnte, ver-einigte die Getrennten; sie hatten das Gehen und Sprechen verlernt und waren auf dem Wege, tanzend in die Lüfte emporzufliegen. Die Gesichter waren gefleckt, die Körper verbogen, die Köpfe hackten ruckweise auf und nieder, gespreizte Klauen schlugen in die sich aufbäumende Tonmasse. Unermeßliches geschah; eine undeutlich umgrenzte, mit heißem Empfinden gefüllte Blase schwoll bis zum Platzen an, und von den erregten Fingerspitzen, den nervösen Runzeln der Stirn, den Zuckungen des Leibs strahlte immer neues Gefühl in den ungeheuren Privataufruhr. Wie oft hatte sich das wohl schon wiederholt?

Ulrich hatte dieses stets offene Klavier mit den gefletschten Zähnen nie leiden mögen, diesen breitmäuligen, kurzbeinigen, aus Teckel und Bulldogg gekreuzten Götzen, der sich das Leben seiner Freunde unterworfen hatte, bis zu den Bildern an der Wand und den spindeldürren Entwürfen der Kunstfabrikmöbel; selbst die Tatsache, daß es kein Hausmädchen gab, sondern nur eine Zugeherin, die kochte und fegte, gehörte dazu. Hinter den Fenstern dieses Haushalts stiegen die Weinberge mit Gruppen alter Bäume und schiefen Häuschen zu den geschwungenen Wäldern an, aber in der Nähe war alles unordentlich, kahl, vereinzelt und verätzt, wie es ringsum ist, wo sich die Ränder großer Städte ins Land vorschieben. Zwischen solcher Nähe und holder Ferne den Bogen spannte das Instrument; schwarz schimmernd sandte es Feuersäulen von Sanftheit und Heroik zu den Wänden hinaus, wenn sie auch, zu feinster Tonasche zerrieben, schon wenige hundert Schritte weiter niederfielen, ohne auch nur den Hügel mit den Kiefern zu erreichen, wo die Schenke in der Hälfte des Wegs stand, der zum Wald führte. Jedoch die Wohnung vermochte das Klavier dröhnen zu machen und war eins jener Megaphone, durch welche die Seele ins All schreit wie ein brünstiger Hirsch, dem nichts antwortet als der wetteifernde gleiche Ruf tausend anderer einsam ins All röhrender Seelen. Ulrichs starke Stellung in diesem Haus beruhte darauf, daß er Musik für eine Ohnmacht des Willens und Zerrüttung des Geistes erklärte und geringschätziger von ihr sprach, als er es meinte; denn für Walter und Clarisse war sie zu jener Zeit höchste Hoffnung und Angst. Sie verachteten ihn teils dafür, teils verehrten sie ihn wie einen bösen Geist.

Als diesmal das Spiel endete, blieb Walter weich, ausgelaufen und verloren auf seinem halb umgedrehten Schemel vor dem Klavier sitzen, Clarisse aber stand auf und begrüßte lebhaft den Eindringling. In ihren Händen und ihrem Gesicht zuckte noch die elektrische Ladung des Spiels, ihr Lächeln zwängte sich zwischen einer Spannung von Begeisterung und Ekel durch.

«Froschkönig!» sagte sie, und ihr Kopf deutete hinter sich auf die Musik oder Walter. Ulrich fühlte die federnde Kraft des Bandes zwischen sich und ihr wieder gespannt. Sie hatte ihm bei seinem letzten Besuch von einem furchtbaren Traum erzählt; ein schlüpfriges Geschöpf wollte sie im Schlaf überwältigen, es war bauchig-weich, zärtlich und grauenvoll, und dieser große Frosch bedeutete Walters Musik. Die beiden Freunde wahrten vor Ulrich nicht viel Geheimnisse. Kaum hatte Clarisse ihn nun begrüßt, so wandte sie sich auch schon wieder von ihm ab, kehrte rasch zu Walter zurück, stieß abermals ihren Kriegsruf Froschkönig aus, den Walter, wie es schien, nicht begriff, und riß ihn mit ihren noch von der Musik zuckenden Händen schmerzlich und schmerzend wild an den Haaren. Ihr Gatte machte ein liebenswürdig verdutztes Gesicht und kehrte um einen Schritt näher aus der schlüpfrigen Leere der Musik zurück.

Dann gingen Clarisse und Ulrich ohne ihn im schrägen Pfeilregen der Abendsonne spazieren; er blieb am Klavier zurück. Clarisse sagte: «Sich etwas Schädliches verbieten können, ist die Probe der Lebenskraft! Den Erschöpften lockt das Schädliche! – Was meinst du dazu? Nietzsche behauptet, daß es ein Zeichen von Schwäche ist, wenn sich ein Künstler zuviel mit der Moral seiner Kunst beschäftigt?» Sie hatte sich auf einen kleinen Erdhügel gesetzt.

Ulrich zuckte die Achseln. Als Clarisse vor drei Jahren seinen Jugendfreund heiratete, war sie zweiundzwanzig Jahre alt gewesen, und er selbst hatte ihr zur Hochzeit die Werke Nietzsches geschenkt. «Wenn ich Walter wäre, würde ich Nietzsche zum Duell herausfordern» antwortete er lächelnd.

Clarissens schlanker, in zarten Linien unter dem Kleid schwebender Rücken spannte sich wie ein Bogen, und auch ihr Gesicht war gewaltsam gespannt; sie hielt es von dem des Freundes ängstlich abgewandt.

«Du bist noch immer mädchen- und heldenhaft zugleich...» fügte Ulrich hinzu; es war eine Frage oder auch keine, ein wenig Scherz, aber auch ein wenig zärtliche Verwunderung; Clarisse verstand nicht ganz, was er meine, aber die beiden Worte, die er schon einmal gebraucht hatte, bohrten sich in sie wie ein Brandpfeil in ein Strohdach.

Hie und da kam eine Welle planlos aufgewühlter Töne zu ihnen herüber. Ulrich wußte, daß sie sich Walter wochenlang verweigerte, wenn er Wagner spielte. Trotzdem spielte er Wagner; mit schlechtem Gewissen; wie ein Knabenlaster.

Clarisse hätte gerne Ulrich gefragt, wie viel er davon wisse; Walter konnte nie etwas für sich behalten; aber sie schämte sich zu fragen. Nun hatte sich auch Ulrich auf einen kleinen Erdhügel in ihre Nähe gesetzt, und endlich sagte sie etwas ganz anderes. «Du liebst Walter nicht» sagte sie. «Du bist in Wahrheit nicht sein Freund.» Es klang herausfordernd, aber sie lachte dazu.

Ulrich gab eine unerwartete Antwort. «Wir sind eben Jugendfreunde. Du bist noch ein Kind gewesen, Clarisse, als wir uns schon in dem unverkennbaren Verhältnis einer ausgehenden Jugendfreundschaft befanden. Wir haben uns vor unzählig vielen Jahren gegenseitig bewundert, und jetzt mißtrauen wir einander mit inniger Kenntnis. Jeder möchte sich von dem peinlichen Eindruck befreien, daß er den anderen einst mit sich selbst verwechselt hat, und so leisten wir uns den Dienst unbestechlicher Zerrspiegel.»

«Du glaubst also nicht,» sagte Clarisse «daß er doch noch etwas erreichen wird?»

«Es gibt kein zweites solches Beispiel der Unentrinnbarkeit wie das, das ein begabter junger Mensch bietet, wenn er sich zu einem gewöhnlichen alten Menschen einengt; ohne Schlag des Schicksals, nur durch die Einschrumpfung, die ihm vorher bestimmt war!»

Clarisse schloß die Lippen fest aufeinander. Das alte Jugendübereinkommen zwischen ihnen, daß Überzeugung vor Rücksicht gehe, preßte ihr das Herz hoch, aber es schmerzte. Musik! Immerzu wühlten die Klänge herüber. Sie horchte hin. Jetzt, während des Schweigens, hörte man deutlich das Kochen des Klaviers. Wenn man nicht aufpaßte, schien es wie «wabernde Lohe» aus den Erdhügeln aufzusteigen.

Es wäre schwer zu sagen gewesen, was Walter wirklich war. Er war ein angenehmer Mensch mit sprechenden, gehaltvollen Augen, noch heute, soviel stand fest, obgleich er das vierunddreißigste Jahr schon überschritten hatte, und seit einiger Zeit war er in irgendeinem Kunstamt angestellt. Sein Vater hatte ihm diese bequeme Beamtenstellung verschafft und die Drohung damit verknüpft, daß er ihm seine Geldunterstützung entziehen werde, wenn er sie nicht annehme. Denn eigentlich war Walter Maler; er hatte gleichzeitig mit dem Kunstgeschichtsstudium an der Universität in einer Malklasse der Staatsakademie gearbeitet und später eine Zeitlang in einem Atelier gewohnt. Auch als er mit Clarisse in dieses Haus unter dem freien Himmel gezogen war, er hatte sie kurz vorher geheiratet, war er Maler gewesen; aber jetzt, so schien es, war er wieder Musiker und im Lauf seiner zehnjährigen Liebeszeit war er bald das eine, bald das andere gewesen, dazu noch Dichter, hatte eine literarische Zeitschrift herausgegeben, war, um heiraten zu können, Angestellter eines Bühnenvertriebs geworden, hatte nach wenigen Wochen auf seine Absicht verzichtet, war, um heiraten zu können, nach einiger Zeit Theaterkapellmeister geworden, hatte nach einem halben Jahr auch diese Unmöglichkeit durchschaut, war Zeichenlehrer, Musikkritiker, Einsiedler und manches andere gewesen, bis sein Vater und sein zukünftiger Schwiegervater trotz aller Weitherzigkeit das nicht mehr ertrugen. Solche älteren Leute pflegten zu behaupten, daß es ihm einfach an Willen fehle; aber da hätte man ebensogut behaupten können, daß er sein Leben lang nur ein vielseitiger Dilettant gewesen sei, und das Merkwürdige war doch gerade, daß sich immer auch Fachleute in der Musik, der Malerei oder dem Schrifttum gefunden hatten, die über Walters Zukunft begeisterte Urteile abgaben. In Ulrichs Leben, zum Gegenbeispiel, obgleich er einiges fertiggebracht hatte, dessen Wert sich nicht bestreiten ließ, hatte es sich niemals ereignet, daß ein Mensch zu ihm gekommen wäre und gesagt hätte: Sie sind der Mann, den ich immer gesucht habe und auf den meine Freunde warten! In Walters Leben war das alle Vierteljahr vorgekommen. Und wenn das auch nicht gerade die maßgeblichsten Beurteiler gewesen sind, so waren alle doch Leute, die über irgendeinen Einfluß, einen aussichtsreichen Vorschlag, begonnene Unternehmen, Stellungen, Freundschaften und Förderung verfügten, die sie dem von ihnen entdeckten Walter zur Verfügung stellten, dessen Leben gerade dadurch einen so reichen Zickzacklauf nehmen konnte. Irgendetwas schwebte über ihm, das mehr zu bedeuten schien als eine bestimmte Leistung. Vielleicht war das eine eigene Begabung, für eine große Begabung zu gelten. Und wenn das Dilettantismus sein sollte, dann beruht das Geistesleben der deutschen Nation zu einem großen Teil auf Dilettantismus, denn diese Begabung gibt es in allen Abstufungen, bis zu den wirklich sehr begabten Menschen hinauf, denn erst bei diesen dürfte sie allem Anschein nach gewöhnlich fehlen.

Und selbst die Begabung, das zu durchschauen, hatte Walter. Obgleich er natürlich wie jedermann bereit war, an seine Erfolge als ein persönliches Verdienst zu glauben, hatte ihn doch sein Vorzug, daß er von jedem Glückszufall mit solcher Leichtigkeit emporgehoben wurde, seit je wie ein beängstigendes Mindergewicht beunruhigt, und so oft er seine Tätigkeiten und menschlichen Verbindungen wechselte, geschah es nicht bloß aus Unbeständigkeit, sondern in großen inneren Anfechtungen und von einer Angst gehetzt, er müsse um der Reinheit des inneren Sinnes willen weiterwandern, ehe er dort Boden fasse, wo sich das Trügerische schon andeute. Sein Lebensweg war eine Kette von erschütternden Erlebnissen, aus denen der heroische Kampf einer Seele hervorging, die allen Halbheiten widerstand und keine Ahnung davon hatte, daß sie damit der eigenen diente. Denn während er um die Moral seines geistigen Tuns litt und kämpfte, wie es einem Genie zukommt, und den vollen Einsatz für seine Begabung erlegte, die nicht zu Großem genügte, hatte ihn sein Schicksal still innen im Kreis zum Nichts zurückgeführt. Er hatte endlich den Platz erreicht, wo ihn nichts mehr hinderte; der stille, zurückgezogene, gegen alle Unreinlichkeiten des Kunstmarkts geschützte Dienst in seiner halbgelehrten Stellung ließ ihm reichlich Unabhängigkeit und Zeit, um ganz seinem inneren Ruf zu lauschen, der Besitz der Geliebten nahm die Dornen von seinem Herz, das Haus «am Rande der Einsamkeit», das er mit ihr nach seiner Heirat bezog, war wie geschaffen zur Schöpfung: aber, als nichts mehr da war, was überwunden werden mußte, geschah das Unerwartete, die Werke, welche die Größe seiner Gesinnung so lange versprochen hatte, blieben aus. Walter schien nicht mehr arbeiten zu können; er verbarg und vernichtete; er sperrte sich jeden Morgen oder nachmittags, wenn er heimkam, stundenlang ein, machte stundenweite Spaziergänge mit dem geschlossenen Skizzenbuch, aber das wenige, was dabei entstand, hielt er zurück oder vernichtete es. Er hatte hundert verschiedene Gründe dafür. Im ganzen begannen sich aber auch seine Anschauungen in dieser Zeit auffallend zu verändern. Er sprach nicht mehr von «Zeitkunst» und «Zukunftskunst», Vorstellungen, die für Clarisse seit ihrem fünfzehnten Jahre mit ihm verbunden waren, sondern zog irgendwo einen Strich – in der Musik etwa bei Bach, in der Dichtung bei Stifter, in der Malerei bei Ingres abschließend – und erklärte, daß alles, was später gekommen sei, überladen, entartet, überspitzt und abwärtsgerichtet wäre; ja es geschah immer heftiger, daß er behauptete, in einer derart in ihren geistigen Wurzeln vergifteten Zeit, wie es die gegenwärtige sei, müsse sich eine reine Begabung der Schöpfung überhaupt enthalten. Aber das Verräterische war, obgleich solche strenge Meinung aus seinem Munde kam, daß aus seinem Zimmer, sobald er sich einsperrte, immer öfter die Klänge Wagners zu dringen begannen, das heißt einer Musik, die er Clarisse in früheren Jahren als das Musterbeispiel einer philiströs überladenen, entarteten Zeit verachten gelehrt hatte, der er aber jetzt selbst wie einem dick gebrauten, heißen, betäubenden Getränk erlag.

Clarisse wehrte sich dagegen. Sie haßte Wagner schon wegen seiner Samtjacke und seines Baretts. Sie war die Tochter eines Malers, dessen Bühnenentwürfe in der weiten Welt berühmt waren. Sie hatte ihre Kindheit in einem Reich von Kulissenluft und Farbengeruch verbracht, zwischen drei verschiedenen Kunstjargons, denen des Schauspiels, der Oper und des Malerateliers, umgeben von Samt, Teppichen, Genie, Pantherfellen, Bibelots, Pfauenwedeln, Truhen und Lauten. Sie verabscheute darum aus ihrer ganzen Seele alle Wollust der Kunst und fühlte sich zu allem Mager-Strengen hingezogen, ob es nun die Metageometrie der atonalen neuen Tondichtung war oder der enthäutete, wie ein Muskelpräparat klar gewordene Wille klassischer Formen. In ihre jungfräuliche Gefangenschaft hatte Walter die erste Botschaft davon gebracht. «Lichtprinz» hatte sie ihn genannt, und schon als sie ein Kind war, hatten Walter und sie einander zugeschworen, nicht zu heiraten, ehe er ein König geworden sei. Die Geschichte seiner Veränderungen und Unternehmungen war zugleich eine Geschichte unermeßlicher Leiden und Entzückungen, deren Kampfpreis sie gebildet hatte. Clarisse war nicht so begabt wie Walter, das hatte sie immer gefühlt. Aber sie hielt Genie für eine Frage des Willens. Mit wilder Energie hatte sie sich das Studium der Musik anzueignen gesucht; es war nicht unmöglich, daß sie überhaupt nicht musikalisch war, aber sie besaß zehn sehnige Klavierfinger und Entschlossenheit; sie übte tagelang und trieb ihre Finger wie zehn magere Ochsen an, die etwas übermächtig Schweres aus dem Grund reißen sollen. In der gleichen Weise betrieb sie die Malerei. Sie hatte Walter seit ihrem fünfzehnten Jahr für ein Genie gehalten, weil sie stets die Absicht gehabt hatte, nur ein Genie zu heiraten. Sie erlaubte ihm nicht, keines zu sein. Und als sie sein Versagen merkte, wehrte sie sich wild gegen diese erstickende, langsame Veränderung in ihrer Lebensatmosphäre. Gerade da hätte nun Walter menschliche Wärme gebraucht, und er drängte, wenn ihn seine Ohnmacht quälte, zu ihr wie ein Kind, das Milch und Schlaf sucht, aber Clarissens kleiner, nervöser Leib war nicht mütterlich. Sie kam sich von einem Parasiten mißbraucht vor, der sich in ihr einnisten wollte, und sie verweigerte sich. Sie verhöhnte die wallende Waschküchenwärme, in der er Trost suchte. Es kann sein, daß das grausam war. Aber sie wollte die Gefährtin eines großen Menschen sein und rang mit dem Schicksal.

Ulrich hatte Clarisse eine Zigarette angeboten. Was hätte er noch sagen sollen, nachdem er so rücksichtslos gesagt hatte, was er dachte. Der Rauch ihrer Zigaretten, der den Strahlen der Abendsonne nachzog, vereinigte sich in einiger Entfernung von ihnen.

«Wieviel weiß Ulrich davon?» dachte Clarisse auf ihrem Erdhügel. «Ach, was könnte er überhaupt von solchen Kämpfen begreifen!» Sie erinnerte sich daran, wie Walters Gesicht zerfiel, schmerzhaft bis zur Nichtigkeit, wenn die Leiden der Musik und Sinnlichkeit ihn bedrängten und ihr Widerstand keinen Ausweg freigab; nein – nahm sie an – von diesem Ungeheuren eines Liebesspiels wie auf dem Himalaja, aufgebaut aus Liebe, Verachtung, Angst und den Pflichten der Höhe, wußte Ulrich nichts. Sie hatte keine sehr günstige Meinung von Mathematik, und niemals hatte sie ihn für ebenso begabt gehalten wie Walter. Er war gescheit, er war logisch, er wußte viel; aber ist das mehr als Barbarei? Er hatte allerdings früher unvergleichlich besser Tennis gespielt als Walter, und sie konnte sich erinnern, bei seinen rücksichtslosen Schlägen manchmal so heftig empfunden zu haben, der wird erreichen, was er will, wie sie es nie vor Walters Malerei, Musik oder Gedanken empfand. Und sie dachte: «Vielleicht weiß er doch alles von uns und sagt nichts!?» Schließlich hatte er ja vorhin ganz deutlich auf ihre Heldenhaftigkeit angespielt. Dieses Schweigen zwischen ihnen war nun ungemein spannend.

Aber Ulrich dachte: «Wie nett war Clarisse doch vor zehn Jahren gewesen; dieses halbe Kind mit seiner Feuersbrunst des Glaubens an die Zukunft von uns dreien.» Und unangenehm war sie ihm eigentlich nur ein einzigesmal geworden, damals, als Walter und sie geheiratet hatten; da hatte sie jene unangenehme Selbstsucht zu zweien gezeigt, die junge, in ihren Mann ehrgeizig verliebte Frauen für andere Männer oft so unerträglich macht. «Inzwischen ist das viel besser geworden» dachte er.

15

Geistiger Umsturz

Walter und er waren jung gewesen in der heute verschollenen Zeit kurz nach der letzten Jahrhundertwende, als viele Leute sich einbildeten, daß auch das Jahrhundert jung sei.

Das damals zu Grabe gegangene hatte sich in seiner zweiten Hälfte nicht gerade ausgezeichnet. Es war klug im Technischen, Kaufmännischen und in der Forschung gewesen, aber außerhalb dieser Brennpunkte seiner Energie war es still und verlogen wie ein Sumpf. Es hatte gemalt wie die Alten, gedichtet wie Goethe und Schiller und seine Häuser im Stil der Gotik und Renaissance gebaut. Die Forderung des Idealen waltete in der Art eines Polizeipräsidiums über allen Äußerungen des Lebens. Aber vermöge jenes geheimen Gesetzes, das dem Menschen keine Nachahmung erlaubt, ohne sie mit einer Übertreibung zu verknüpfen, wurde damals alles so kunstgerecht gemacht, wie es die bewunderten Vorbilder niemals zustandegebracht hätten, wovon man ja noch heute die Spuren in den Straßen und Museen sehen kann, und, ob das nun damit zusammenhängt oder nicht, die ebenso keuschen wie scheuen Frauen jener Zeit mußten Kleider von den Ohren bis zum Erdboden tragen, aber einen schwellenden Busen und ein üppiges Gesäß aufweisen. Im übrigen kennt man aus allerlei Gründen von keiner gewesenen Zeit so wenig wie von solchen drei bis fünf Jahrzehnten, die zwischen dem eigenen zwanzigsten Jahr und dem zwanzigsten Lebensjahr der Väter liegen. Es kann deshalb nützen, sich auch daran erinnern zu lassen, daß in schlechten Zeiten die schrecklichsten Häuser und Gedichte nach genau ebenso schönen Grundsätzen gemacht werden wie in den besten; daß alle Leute, die daran beteiligt sind, die Erfolge eines vorangegangenen guten Abschnitts zu zerstören, das Gefühl haben, sie zu verbessern; und daß sich die blutlosen jungen Leute einer solchen Zeit auf ihr junges Blut genau so viel einbilden wie die neuen Leute in allen anderen Zeiten.

Und es ist jedesmal wie ein Wunder, wenn nach einer solchen flach dahinsinkenden Zeit plötzlich ein kleiner Anstieg der Seele kommt, wie es damals geschah. Aus dem ölglatten Geist der zwei letzten Jahrzehnte des neunzehnten Jahrhunderts hatte sich plötzlich in ganz Europa ein beflügelndes Fieber erhoben. Niemand wußte genau, was im Werden war; niemand vermochte zu sagen, ob es eine neue Kunst, ein neuer Mensch, eine neue Moral oder vielleicht eine Umschichtung der Gesellschaft sein solle. Darum sagte jeder davon, was ihm paßte. Aber überall standen Menschen auf, um gegen das Alte zu kämpfen. Allenthalben war plötzlich der rechte Mann zur Stelle; und was so wichtig ist, Männer mit praktischer Unternehmungslust fanden sich mit den geistig Unternehmungslustigen zusammen. Es entwickelten sich Begabungen, die früher erstickt worden waren oder am öffentlichen Leben gar nicht teilgenommen hatten. Sie waren so verschieden wie nur möglich, und die Gegensätze ihrer Ziele waren unübertrefflich. Es wurde der Übermensch geliebt, und es wurde der Untermensch geliebt; es wurden die Gesundheit und die Sonne angebetet, und es wurde die Zärtlichkeit brustkranker Mädchen angebetet; man begeisterte sich für das Heldenglaubensbekenntnis und für das soziale Allemannsglaubensbekenntnis; man war gläubig und skeptisch, naturalistisch und preziös, robust und morbid; man träumte von alten Schloßalleen, herbstlichen Gärten, gläsernen Weihern, Edelsteinen, Haschisch, Krankheit, Dämonien, aber auch von Prärien, gewaltigen Horizonten, von Schmiede- und Walzwerken, nackten Kämpfern, Aufständen der Arbeitssklaven, menschlichen Urpaaren und Zertrümmerung der Gesellschaft. Dies waren freilich Widersprüche und höchst verschiedene Schlachtrufe, aber sie hatten einen gemeinsamen Atem; würde man jene Zeit zerlegt haben, so würde ein Unsinn herausgekommen sein wie ein eckiger Kreis, der aus hölzernem Eisen bestehen will, aber in Wirklichkeit war alles zu einem schimmernden Sinn verschmolzen. Diese Illusion, die ihre Verkörperung in dem magischen Datum der Jahrhundertwende fand, war so stark, daß sich die einen begeistert auf das neue, noch unbenützte Jahrhundert stürzten, indes die anderen sich noch schnell im alten wie in einem Hause gehen ließen, aus dem man ohnehin auszieht, ohne daß sie diese beiden Verhaltensweisen als sehr unterschiedlich gefühlt hätten.

Wenn man nicht will, braucht man also diese vergangene «Bewegung» nicht zu überschätzen. Sie vollzog sich ohnehin nur in jener dünnen, unbeständigen Menschenschicht der Intellektuellen, die von den heute Gott sei Dank wieder obenauf gekommenen Menschen mit unzerreißbarer Weltanschauung, trotz aller Unterschiede dieser Weltanschauung, einmütig verachtet wird, und wirkte nicht in die Menge. Aber immerhin, wenn es auch kein geschichtliches Ereignis geworden ist, ein Ereignislein war es doch, und die beiden Freunde Walter und Ulrich hatten, als sie jung waren, gerade noch einen Schimmer davon erlebt. Durch das Gewirr von Glauben ging damals etwas hindurch, wie wenn viele Bäume sich in *einem* Wind beugen, ein Sekten- und Besserergeist, das selige Gewissen eines Auf- und Anbruchs, eine kleine Wiedergeburt und Reformation, wie nur die besten Zeiten es kennen, und wenn man damals in die Welt eintrat, fühlte man schon an der ersten Ecke den Hauch des Geistes um die Wangen.

16

Eine geheimnisvolle Zeitkrankheit

Da waren sie also wirklich vor gar nicht so langer Zeit zwei junge Männer gewesen, – dachte Ulrich, als er wieder allein war – denen die größten Erkenntnisse seltsamerweise nicht nur zuerst und vor allen anderen Menschen einfielen, sondern noch dazu gleichzeitig, denn der eine brauchte nur den Mund zu öffnen, um etwas Neues zu sagen, so machte der andere schon die gleiche ungeheure Entdeckung. Es ist etwas Sonderbares um Jugendfreundschaften; sie sind wie ein Ei, das seine herrliche Vogelzukunft schon im Dotter fühlt, aber gegen die Welt kehrt es noch nichts heraus als eine etwas ausdruckslose Eilinie, die man von keiner anderen unterscheiden kann. Er sah deutlich das Knaben- und Studentenzimmer vor sich, wo sie einander trafen, wenn er von seinen ersten Ausflügen in die Welt für ein paar Wochen zurückgekehrt war. Walters mit Zeichnungen, Notizen und Notenblättern bedeckten Schreibtisch, der den Glanz der Zukunft eines berühmten Mannes vorausstrahlte, und das schmale Büchergestell gegenüber, an dem Walter zuweilen im Eifer wie Sebastian am Pfahle stand, Lampenlicht auf dem schönen Haar, das Ulrich immer heimlich bewundert hatte. Nietzsche, Altenberg, Dostojewski oder wen immer sie gerade gelesen hatten, mußten sich bescheiden, auf der Erde oder dem Bett liegen zu bleiben, wenn sie nicht mehr gebraucht wurden und der Strom des Gesprächs die kleinliche Störung, sie ordentlich zurückzustellen, nicht duldete. Die Überhebung der Jugend, der die größten Geister gerade gut genug sind, um sich ihrer nach Belieben zu bedienen, kam ihm in diesem Augenblick wunderlich hold vor.

Er suchte sich an die Gespräche zu erinnern. Sie waren wie Traum, wenn man im Erwachen noch die letzten Gedanken des Schlafs erwischt. Und er dachte mit einem leichten Staunen: wenn wir damals Behauptungen aufstellten, so hatten sie auch noch einen anderen Zweck als den, richtig zu sein; eben den, uns zu behaupten! – So viel stärker war in der Jugend der Trieb, selbst zu leuchten, als der, im Lichte zu sehen; er fühlte die Erinnerung an dieses wie auf Strahlen schwebende Gefühl der Jugend als einen schmerzlichen Verlust.

Es kam Ulrich vor, daß er beim Beginn der Mannesjahre in ein allgemeines Abflauen geraten war, das trotz gelegentlicher, rasch sich beruhigender Wirbel zu einem immer lustloseren, wirren Pulsschlag verrann. Es ließ sich kaum sagen, worin diese Veränderung bestand. Gab es mit einemmal weniger bedeutende Männer? Keineswegs! Und überdies, es kommt auf sie gar nicht an; die Höhe einer Zeit hängt nicht von ihnen ab, zum Beispiel hat weder die Ungeistigkeit der Menschen der Sechziger- und Achtzigerjahre das Werden Hebbels und Nietzsches zu unterdrücken vermocht, noch einer von diesen die Ungeistigkeit seiner Zeitgenossen. Stockte das allgemeine Leben? Nein; es war mächtiger geworden! Gab es mehr lähmende Widersprüche als früher? Es konnte kaum mehr davon geben! Waren früher keine Verkehrtheiten begangen worden? In Mengen! Unter uns gesagt: Man warf sich für schwache Männer ins Zeug und ließ starke unbeachtet; es kam vor, daß Dummköpfe eine Führer- und große Begabungen eine Sonderlingsrolle spielten; der deutsche Mensch las unbekümmert um alle Geburtswehen, die er als dekadente und krankhafte Übertreibungen bezeichnete, seine Familienzeitschriften weiter und besuchte in unvergleichlich größeren Mengen die Glaspaläste und Künstlerhäuser als die Sezessionen; die Politik schon gar kehrte sich nicht im geringsten an die Anschauungen der neuen Männer und ihrer Zeitschriften, und die öffentlichen Einrichtungen blieben gegen das Neue wie von einem Pestkordon umzogen. – Könnte man nicht geradezu sagen, daß seither alles besser geworden sei? Menschen, die früher bloß an der Spitze kleiner Sekten gestanden haben, sind inzwischen alte Berühmtheiten geworden; Verleger und Kunsthändler reich; Neues wird immer weiter gegründet; alle Welt besucht sowohl die Glaspaläste wie die Sezessionen und die Sezessionen der Sezessionen; die Familienzeitschriften haben sich die Haare kurz schneiden lassen; die Staatsmänner zeigen sich gern in den Künsten der Kultur beschlagen, und die Zeitungen machen Literaturgeschichte. Was ist also abhanden gekommen?

Etwas Unwägbares. Ein Vorzeichen. Eine Illusion. Wie wenn ein Magnet die Eisenspäne losläßt und sie wieder durcheinandergeraten. Wie wenn Fäden aus einem Knäuel herausfallen. Wie wenn ein Zug sich gelockert hat. Wie wenn ein Orchester falsch zu spielen anfängt. Es würden sich schlechterdings keine Einzelheiten haben nachweisen lassen, die nicht auch früher möglich gewesen wären, aber alle Verhältnisse hatten sich ein wenig verschoben. Vorstellungen, deren Geltung früher mager gewesen war, wurden dick. Personen ernteten Ruhm, die man früher nicht für voll genommen hätte. Schroffes milderte sich, Getrenntes lief wieder zusammen, Unabhängige zollten dem Beifall Zugeständnisse, der schon gebildete Geschmack erlitt von neuem Unsicherheiten. Die scharfen Grenzen hatten sich allenthalben verwischt, und irgendeine neue, nicht zu beschreibende Fähigkeit, sich zu versippen, hob neue Menschen und Vorstellungen empor. Die waren nicht schlecht, gewiß nicht; nein, es war nur ein wenig zu viel Schlechtes ins Gute gemengt, Irrtum in die Wahrheit, Anpassung in die Bedeutung. Es schien geradezu einen bevorzugten Prozentsatz dieser Mischung zu geben, der in der Welt am weitesten kam; eine kleine, eben ausreichende Beimengung von Surrogat, die das Genie erst genial und das Talent als Hoffnung erscheinen ließ, so wie ein gewisser Zusatz von Feigen- oder Zichorienkaffee nach Ansicht mancher Leute dem Kaffee erst die rechte gehaltvolle Kaffeehaftigkeit verleiht, und mit einemmal waren alle bevorzugten und wichtigen Stellungen des Geistes von solchen Menschen besetzt, und alle Entscheidungen fielen in ihrem Sinne. Man kann nichts dafür verantwortlich machen. Man kann auch nicht sagen, wie alles so geworden ist. Man kann weder gegen Personen noch gegen Ideen oder bestimmte Erscheinungen kämpfen. Es fehlt nicht an Begabung noch an gutem Willen, ja nicht einmal an Charakteren. Es fehlt bloß ebensogut an allem wie an nichts; es ist, als ob sich das Blut oder die Luft verändert hätte, eine geheimnisvolle Krankheit hat den kleinen Ansatz zu Genialem der früheren Zeit verzehrt, aber alles funkelt von Neuheit, und zum Schluß weiß man nicht mehr, ob wirklich die Welt schlechter geworden sei oder man selbst bloß älter. Dann ist endgültig eine neue Zeit gekommen.

So hatte sich also die Zeit geändert, wie ein Tag, der strahlend blau beginnt und sich sacht verschleiert, und hatte nicht die Freundlichkeit besessen, auf Ulrich zu warten. Er vergalt es seiner Zeit damit, daß er die Ursache der geheimnisvollen Veränderungen, die ihre Krankheit bildeten, indem sie das Genie aufzehrten, für ganz gewöhnliche Dummheit hielt. Durchaus nicht in einem beleidigenden Sinn. Denn wenn die Dummheit nicht von innen dem Talent zum Verwechseln ähnlich sehen würde, wenn sie außen nicht als Fortschritt, Genie, Hoffnung, Verbesserung erscheinen könnte, würde wohl niemand dumm sein wollen, und es würde keine Dummheit geben. Zumindest wäre es sehr leicht, sie zu bekämpfen. Aber sie hat leider etwas ungemein Gewinnendes und Natürliches. Wenn man zum Beispiel findet, daß ein Öldruck eine kunstvollere Leistung sei als ein handgemaltes Ölbild, so steckt eben auch eine Wahrheit darin, und sie ist sicherer zu beweisen als die, daß van Gogh ein großer Künstler war. Ebenso ist es sehr leicht und lohnend, als Dramatiker kräftiger als Shakespeare oder als Erzähler ausgeglichener als Goethe zu sein, und ein rechter Gemeinplatz hat immerdar mehr Menschlichkeit in sich als eine neue Entdeckung. Es gibt schlechterdings keinen bedeutenden Gedanken, den die Dummheit nicht anzuwenden verstünde, sie ist allseitig beweglich und kann alle Kleider der Wahrheit anziehen. Die Wahrheit dagegen hat jeweils nur ein Kleid und einen Weg und ist immer im Nachteil.

Nach einer Weile hatte Ulrich aber in Verbindung damit einen wunderlichen Einfall. Er stellte sich vor, der große Kirchenphilosoph Thomas von Aquino, gestorben 1274, nachdem er die Gedanken seiner Zeit unsäglich mühevoll in beste Ordnung gebracht hatte, wäre damit noch gründlicher in die Tiefe gegangen und soeben erst fertig geworden; nun trat er, durch besondere Gnade jung geblieben, mit vielen Folianten unter dem Arm aus seiner rundbogigen Haustür, und eine Elektrische sauste ihm an der Nase vorbei. Das verständnislose Staunen des Doctor universalis, wie die Vergangenheit den berühmten Thomas genannt hat, belustigte ihn. Ein Motorradfahrer kam die leere Straße entlang, oarmig, obeinig donnerte er die Perspektive herauf. Sein Gesicht hatte den Ernst eines mit ungeheurer Wichtigkeit brüllenden Kindes. Ulrich erinnerte sich dabei an das Bild einer berühmten Tennisspielerin, das er vor einigen Tagen in einer Zeitschrift gesehen hatte; sie stand auf der Zehenspitze, hatte das Bein bis über das Strumpfband entblößt und schleuderte das andere Bein gegen ihren Kopf, während sie mit dem Schläger hoch ausholte, um einen Ball zu nehmen; dazu machte sie das Gesicht einer englischen Gouvernante. In dem gleichen Heft war eine Schwimmerin abgebildet, wie sie sich nach dem Wettkampf massieren ließ; zu Füßen und zu Häupten stand ihr je eine ernst zusehende Frauensperson in Straßenkleidung, während sie nackt auf einem Bett am Rücken lag, ein Knie in einer Stellung der Hingabe hochgezogen, und der Masseur daneben hatte die Hände darauf ruhen, trug einen Ärztekittel und blickte aus der Aufnahme heraus, als wäre dieses Frauenfleisch enthäutet und hinge auf einem Haken. Solche Dinge begann man damals zu sehen, und irgendwie muß man sie anerkennen, so wie man die Hochbauten anerkennt und die Elektrizität. «Man kann seiner eignen Zeit nicht böse sein, ohne selbst Schaden zu nehmen» fühlte Ulrich. Er war auch jederzeit bereit, alle diese Gestaltungen des Lebendigen zu lieben. Was er niemals zustande brachte, war bloß, sie restlos, so wie es das soziale Wohlgefühl erfordert, zu lieben; seit langem blieb ein Hauch von Abneigung über allem liegen, was er trieb und erlebte, ein Schatten von Ohnmacht und Einsamkeit, eine universale Abneigung, zu der er die ergänzende Neigung nicht finden konnte. Es war ihm zuweilen geradeso zumute, als wäre er mit einer Begabung geboren, für die es gegenwärtig kein Ziel gab.

17

Wirkung eines Mannes ohne Eigenschaften auf einen Mann mit Eigenschaften

Während Ulrich sich mit Clarisse unterhielt, hatten die beiden nicht bemerkt, daß die Musik hinter ihnen zeitweilig aussetzte. Walter trat dann ans Fenster. Er konnte die beiden nicht sehn, aber er fühlte, daß sie knapp vor der Grenze seines Gesichtsfelds standen. Eifersucht quälte ihn. Gemeiner Rausch schwer sinnlicher Musik lockte ihn zurück. Das Klavier in seinem Rücken stand offen wie ein Bett, das ein Schläfer zerwühlt hat, der nicht aufwachen mag, um der Wirklichkeit nicht ins Gesicht sehen zu müssen. Die Eifersucht eines Gelähmten, der die Gesunden schreiten fühlt, peinigte ihn, und er brachte es nicht über sich, sich ihnen anzuschließen; denn sein Schmerz bot keine Möglichkeit, sich gegen sie zu verteidigen.

Wenn Walter sich morgens erhob und ins Büro eilen mußte, wenn er tagsüber mit Menschen sprach und wenn er nachmittags zwischen ihnen nach Hause fuhr, fühlte er, daß er ein bedeutender Mensch sei und zu Besonderem berufen. Er glaubte dann alles anders zu sehen; ihn konnte das ergreifen, woran andere achtlos vorbeigingen, und wo andere achtlos nach einem Ding griffen, dort war für ihn schon die Bewegung des eigenen Arms voll geistiger Abenteuer oder in sich selbst verliebter Lähmung. Er war empfindsam, und sein Gefühl war immer bewegt von Grübeleien, Gruben, wogenden Tälern und Bergen; er war niemals gleichgültig, sondern sah in allem ein Glück oder ein Unglück und hatte dadurch stets die Gelegenheit zu lebhaften Gedanken. Solche Menschen üben eine ungewöhnliche Anziehung auf andere aus, weil sich die moralische Bewegung, in der sie sich unausgesetzt befinden, diesen mitteilt; in ihren Gesprächen nimmt alles eine persönliche Bedeutung an, und weil man sich im Verkehr mit ihnen unausgesetzt mit sich selbst beschäftigen darf, bereiten sie ein Vergnügen, das man sonst nur gegen Honorar bei einem Psychoanalytiker oder Individualpsychologen gewinnt, noch dazu mit dem Unterschied, daß man sich dort krank fühlt, während Walter den Menschen dazu verhalf, sich aus Gründen, die ihnen bisher entgangen waren, sehr wichtig vorzukommen. Mit dieser Eigenschaft, geistige Selbstbeschäftigung zu verbreiten, hatte er auch Clarisse erobert und mit der Zeit alle Mitbewerber aus dem Feld geschlagen; er konnte, weil ihm alles zu ethischer Bewegung wurde, überzeugend von der Unmoral des Ornaments, der Hygiene der glatten Form und dem Bierdunst der Wagnermusik sprechen, wie es dem neuen Kunstgeschmack entsprach, und selbst seinen zukünftigen Schwiegerpapa, der ein Malergehirn wie ein Pfauenrad hatte, setzte er damit in Schrecken. Es stand also außer Zweifel, daß Walter auf Erfolge zurückblicken durfte.

Trotzdem, sobald er voll von Eindrücken und Plänen, die vielleicht so reif und neu waren wie nie vorher, zu Hause anlangte, ging jetzt eine entmutigende Veränderung mit ihm vor. Er brauchte nur eine Leinwand auf die Staffelei zu stellen oder ein Papier auf den Tisch zu legen, so war dies das Zeichen einer fürchterlichen Flucht aus seinem Herzen. Sein Kopf blieb klar, und der Plan darin schwebte gleichsam in einer sehr durchsichtigen und deutlichen Luft, ja der Plan spaltete sich und wurde zu zwei oder mehr Plänen, die um den Vorrang hätten streiten können; aber die Verbindung vom Kopf zu den ersten Bewegungen, die zur Ausführung notwendig gewesen wären, war wie abgeschnitten. Walter konnte sich nicht entschließen, auch nur einen Finger zu rühren. Er stand einfach nicht von dem Platz auf, wo er gerade saß, und seine Gedanken glitten an der Aufgabe, die er sich gestellt hatte, wie Schnee ab, der im Augenblick des Falls zergeht. Er wußte nicht, wovon die Zeit ausgefüllt wurde, aber ehe er sich dessen versah, ward es Abend, und da er nach einigen solchen Erfahrungen schon mit der Angst vor ihnen nach Hause kam, fingen ganze Wochenreihen zu gleiten an und vergingen wie ein wüster Halbschlaf. Durch Aussichtslosigkeit in allen seinen Entscheidungen und Bewegungen verlangsamt, litt er an bitterer Traurigkeit, und seine Unfähigkeit wurde zu einem Schmerz, der oft wie Nasenbluten hinter seiner Stirne saß, sobald er sich entschließen wollte, etwas zu unternehmen. Walter war furchtsam, und die Erscheinungen, die er an sich wahrnahm, hinderten ihn nicht nur an der Arbeit, sondern sie ängstigten ihn auch sehr, denn sie waren scheinbar so unabhängig von seinem Willen, daß sie oft auf ihn den Eindruck eines beginnenden geistigen Verfalls machten.

Aber während sein Zustand im Lauf des letzten Jahrs immer schlimmer geworden war, hatte er zugleich eine wunderbare Hilfe an einem Gedanken gefunden, den er früher nie genug geschätzt hatte. Dieser Gedanke war kein anderer als der, daß das Europa, in dem er zu leben gezwungen war, rettungslos entartet sei. In Zeitaltern, denen es äußerlich gut geht, während sie innerlich jenes Zurücksinken durchmachen, das wahrscheinlich jede Angelegenheit und darum auch die geistige Entwicklung erfährt, wenn man ihr nicht besondere Anstrengungen und neue Ideen zuwendet, müßte es wohl eigentlich die nächstliegende

Frage sein, was man dagegen unternehmen könne; aber das Gewirr von klug, dumm, gemein, schön ist gerade in solchen Zeiten so dicht und verwickelt, daß es offenbar vielen Menschen einfacher erscheint, an ein Geheimnis zu glauben, weshalb sie einen unaufhaltsamen Niedergang von irgendetwas verkünden, das sich dem genauen Urteil entzieht und von feierlicher Unschärfe ist. Es ist dabei im Grunde ganz gleich, ob das die Rasse, die Pflanzenrohkost oder die Seele sein soll, denn wie bei jedem gesunden Pessimismus kommt es nur darauf an, daß man etwas Unentrinnbares hat, woran man sich halten kann. Auch Walter, obgleich er in besseren Jahren über solche Lehren zu lachen vermocht hatte, kam, als er es selbst mit ihnen zu versuchen begann, bald auf ihre großen Vorteile. War bis dahin *er* arbeitsunfähig gewesen und hatte sich schlecht gefühlt, so war jetzt die *Zeit* unfähig und er gesund. Sein Leben, das zu nichts geführt hatte, fand mit einemmal eine ungeheure Erklärung, eine Rechtfertigung in säkularen Ausmaßen, die seiner würdig war, ja es nahm geradezu die Art eines großen Opfers an, wenn er den Stift oder die Feder in die Hand nahm und wieder weglegte.

Jedoch hatte Walter noch mit sich zu kämpfen, und Clarisse quälte ihn. Für zeitkritische Gespräche war sie nicht zu haben, sie glaubte schnurstracks an das Genie. Was das sei, wußte sie nicht; aber ihr ganzer Körper begann zu zittern und sich zu spannen, wenn davon die Rede war; man fühlt es oder man fühlt es nicht, das war ihr einziges Beweisstück. Immer blieb sie das kleine, grausame fünfzehnjährige Mädchen für ihn. Niemals hatte sie sein Fühlen ganz verstanden oder hatte er sie beherrschen können. Aber so kalt und hart, wie sie war, und dann wieder so begeistert, mit ihrem substanzlos flammenden Willen, besaß sie eine geheimnisvolle Fähigkeit, auf ihn einzuwirken, als ob Stöße durch sie hindurch aus einer Richtung kämen, die in den drei Dimensionen des Raums nicht unterzubringen war. Es grenzte manchmal ans Unheimliche. Namentlich wenn sie gemeinsam musizierten, fühlte er das. Clarissens Spiel war hart und farblos, einem ihm fremden Gesetz der Erregung gehorchend; wenn die Körper bis zum Durchschimmern der Seele glühten, kam es erschreckend zu ihm herüber. Etwas Unbestimmbares riß sich dann los in ihr und drohte mit ihrem Geist davonzufliegen. Es kam aus einem geheimen Hohlraum in ihrem Wesen, den man ängstlich verschlossen halten mußte: er wußte nicht, woran er das fühlte und was es war; aber es peinigte ihn mit einer unaussprechlichen Angst und dem Bedürfnis, etwas Entscheidendes dagegen zu tun, was er nicht vermochte, denn niemand außer ihm bemerkte etwas davon.

Es war ihm halbklar bewußt, während er durch das Fenster Clarisse zurückkehren sah, daß er dem Bedürfnis, schlecht von Ulrich zu sprechen, wieder nicht werde widerstehen können. Ulrich war zur Unzeit zurückgekommen. Er schädigte Clarisse. Er verschlimmerte ruchlos in ihr, woran Walter sich nicht zu rühren getraute, die Kaverne des Unheils, das Arme, Kranke, unselig Genialische in Clarisse, den geheimen leeren Raum, wo es an Ketten riß, die eines Tags ganz nachlassen konnten. Nun stand sie barhaupt vor ihm, eben eingetreten, den Gartenhut in der Hand, und er sah sie an. Ihre Augen waren spöttisch, klar, zärtlich; vielleicht ein wenig zu klar. Zuweilen hatte er das Gefühl, daß sie einfach eine Kraft besitze, die ihm fehle. Wie einen Stachel, der ihn nicht zur Ruhe kommen lassen sollte, hatte er sie schon als Kind empfunden, und offenbar hatte er sie selbst nie anders gewollt; das war vielleicht das Geheimnis seines Lebens, das die beiden anderen nicht verstanden.

«Tief sind unsere Schmerzen!» dachte er. «Ich glaube, daß es nicht oft vorkommt, daß zwei einander so tief lieben, wie wir es tun müssen.» Und er fing ohne Übergang zu sprechen an: «Ich will nicht wissen, was dir Ulo erzählt hat, aber ich kann dir sagen, seine Kraft, die du anstaunst, ist nichts als Leere!» Clarisse sah das Klavier an und lächelte; er hatte sich unwillkürlich wieder neben dem offenen Flügel niedergesetzt. Er fuhr fort: «Es muß leicht sein, heroisch zu empfinden, wenn man von Natur unempfindlich ist, und in Kilometern zu denken, wenn man gar nicht weiß, welche Fülle jeder Millimeter verbergen kann!» Sie sagten zuweilen Ulo von ihm, wie sie es in seiner Jugendzeit getan hatten, und er liebte sie deshalb, wie man seiner Amme eine lächelnde Ehrfurcht bewahrt. «Er ist steckengeblieben!» setzte Walter hinzu. «Das bemerkst du nicht; aber du brauchst nicht zu glauben, daß ich ihn nicht kenne!»

Clarisse zweifelte.

Walter sagte heftig: «Heute ist alles Zerfall! Ein bodenloser Abgrund von Intelligenz! Er hat auch Intelligenz, das gebe ich dir zu; aber von der Macht einer ganzen Seele weiß er nichts. Was Goethe Persönlichkeit nennt, was Goethe bewegliche Ordnung nennt, davon ahnt ihm nicht einmal etwas. ‹Dieser schöne Begriff von Macht und Schranken, von Willkür und Gesetz, von Freiheit und Maß, von beweglicher Ordnung – –›»

Der Vers schwebte in Wellen von den Lippen. Clarisse staunte die Lippen freundlich an, wie wenn sie ein nettes Spielzeug hätten abfliegen lassen. Dann erinnerte sie sich und schaltete als kleines Hausmütterchen ein: «Willst du Bier?» – «Ja? Warum nicht? Ich trinke doch immer eins.»

«Aber ich habe keines im Haus!»

«Schade, daß du mich gefragt hast» seufzte Walter. «Ich hätte vielleicht gar nicht daran gedacht.»

Damit war die Frage für Clarisse erledigt. Aber Walter war nun aus dem Gleichgewicht geraten, er fand nicht mehr die rechte Fortsetzung. «Erinnerst du dich noch an unser Gespräch vom Künstler?» fragte er unsicher.

«Welches?»

«Das vor ein paar Tagen. Ich habe dir erklärt, was ein lebendiges Formprinzip in einem Menschen bedeutet. Erinnerst du dich nicht, wie ich zu dem Schluß gekommen bin, daß früher statt Tod und logischer Mechanisierung Blut und Weisheit geherrscht haben?»

«Nein.»

Walter war gehemmt, suchte, schwankte. Auf einmal platzte er los: «Er ist ein Mann ohne Eigenschaften!»

«Was ist das?» fragte Clarisse kichernd.

«Nichts. Eben nichts ist das!»

Aber Clarisse war durch das Wort neugierig geworden.

«Das gibt es heute in Millionen» behauptete Walter. «Das ist der Menschenschlag, den die Gegenwart hervorgebracht hat!» Das unversehens gekommene Wort hatte ihm selbst gefallen; als begänne er ein Gedicht, trieb ihn das Wort vorwärts, ehe er den Sinn hatte. «Sieh ihn dir an! Wofür würdest du ihn halten? Sieht er aus wie ein Arzt, wie ein Kaufmann, ein Maler oder ein Diplomat?»

«Das ist er doch auch nicht» meinte Clarisse nüchtern.

«Nun, sieht er vielleicht wie ein Mathematiker aus?!»

«Das weiß ich nicht; ich weiß doch nicht, wie ein Mathematiker aussehen soll!»

«Da sagst du etwas, das sehr richtig ist! Ein Mathematiker sieht nach gar nichts aus; das heißt, er wird so allgemein intelligent aussehen, daß es keinen einzigen bestimmten Inhalt hat! Mit Ausnahme der römisch-katholischen Geistlichen sieht heute überhaupt niemand mehr so aus, wie er sollte, weil wir unseren Kopf noch unpersönlicher gebrauchen als unsere Hände; aber Mathematik, das ist der Gipfel, das weiß bereits so wenig von sich selbst, wie die Menschen, wenn sie sich dereinst statt von Fleisch und Brot von Kraftpillen nähren werden, noch von Wiesen und jungen Kälbern und Hühnern wissen dürften!» – Clarisse hatte inzwischen das einfache Abendbrot auf den Tisch gestellt, und Walter hatte sich schon tüchtig damit beschäftigt; vielleicht hatte ihm das diesen Vergleich eingegeben. Clarisse sah seinen Lippen zu. Sie erinnerten sie an seine verstorbene Mutter, es waren kräftig weibliche Lippen, die das Essen wie eine Hausarbeit betrieben und ein kleines geschnittenes Bärtchen obenauf trugen. Seine Augen glänzten wie frisch ausgeschälte Kastanien, auch wenn er nur ein Stück Käse in der Schüssel suchte. Obgleich er klein und eher weichlich als zart gebaut war, machte er Eindruck und gehörte zu den Menschen, die immer gut beleuchtet erscheinen. Er fuhr nun in seinem Gespräch weiter fort. «Du kannst keinen Beruf aus seiner Erscheinung erraten, und doch sieht er auch nicht wie ein Mann aus, der keinen Beruf hat. Und nun überleg dir einmal, wie er ist: Er weiß immer, was er zu tun hat; er kann einer Frau in die Augen schaun; er kann in jedem Augenblick tüchtig über alles nachdenken; er kann boxen. Er ist begabt, willenskräftig, vorurteilslos, mutig, ausdauernd, draufgängerisch, besonnen – ich will das gar nicht im einzelnen prüfen, er mag alle diese Eigenschaften haben. Denn er hat sie doch nicht! Sie haben das aus ihm gemacht, was er ist, und seinen Weg bestimmt, und sie gehören doch nicht zu ihm. Wenn er zornig ist, lacht etwas in ihm. Wenn er traurig ist, bereitet er etwas vor. Wenn er von etwas gerührt wird, lehnt er es ab. Jede schlechte Handlung wird ihm in irgendeiner Beziehung gut erscheinen. Immer wird für ihn erst ein möglicher Zusammenhang entscheiden, wofür er eine Sache hält. Nichts ist für ihn fest. Alles ist verwandlungsfähig, Teil in einem Ganzen, in unzähligen Ganzen, die vermutlich zu einem Überganzen gehören, das er aber nicht im geringsten kennt. So ist jede seiner Antworten eine Teilantwort, jedes seiner Gefühle nur eine Ansicht, und es kommt ihm bei nichts darauf an, was es ist, sondern nur auf irgendein danebenlaufendes ‹wie es ist›, irgendeine Zutat, kommt es ihm immer an. Ich weiß nicht, ob ich mich dir verständlich machen kann?»

«Doch» sagte Clarisse. «Aber ich finde das sehr nett von ihm.»

Walter hatte unwillkürlich mit Zeichen wachsender Abneigung gesprochen; das alte Knabengefühl des schwächeren Freunds vergrößerte seine Eifersucht. Denn obwohl er überzeugt war, daß Ulrich außer ein paar nackten Verstandesproben nie etwas geleistet habe, wurde er heimlich den Eindruck nicht los, ihm immer körperlich unterlegen gewesen zu sein. Das Bild, das er entwarf, befreite ihn wie das Gelingen eines Kunstwerks; nicht er stellte es aus sich hinaus, sondern an das geheimnisvolle Gelingen eines Anfangs geknüpft, hatte sich außen Wort an Wort gesetzt, und in seinem Inneren löste sich dabei etwas auf, das ihm nicht bewußt wurde. Als er fertig war, hatte er erkannt, daß Ulrich nichts ausdrücke als dieses aufgelöste Wesen, das alle Erscheinungen heute haben.

«Dir gefällt das?» fragte er nun, schmerzlich überrascht. «Das darfst du nicht im Ernst sagen!»

Clarisse kaute Brot mit weichem Käse; sie konnte nur mit den Augen lächeln.

«Ach,» sagte Walter «so ähnlich haben wir vielleicht früher auch gedacht. Aber man darf darin doch nicht mehr als eine Vorstufe sehen! So ein Mensch ist doch kein Mensch!»

Nun war Clarisse fertig. «Das sagt er doch selbst!» behauptete sie.

«Was sagt er selbst?!»

«Ach, weiß ich's!? Daß heute alles aufgelöst ist. Er sagt, alles ist jetzt steckengeblieben, nicht nur er. Aber er nimmt es nicht so übel wie du. Er hat mir einmal eine lange Geschichte erzählt: Wenn man das Wesen von tausend Menschen zerlegt, so stößt man auf zwei Dutzend Eigenschaften, Empfindungen, Ablaufarten, Aufbauformen und so weiter, aus denen sie alle bestehn. Und wenn man unseren Leib zerlegt, so findet man nur Wasser und einige Dutzend Stoffhäufchen, die darauf herumschwimmen. Das Wasser steigt in uns genau so wie in die Bäume, und es bildet die Tierleiber, wie es die Wolken bildet. Ich finde das hübsch. Man weiß dann bloß nicht recht, was man zu sich sagen soll. Und was man tun soll.» Clarisse kicherte. «Ich habe ihm darauf erzählt, daß du tagelang fischen gehst, wenn du frei hast, und am Wasser liegst.»

«Nun, und? Ich möchte wissen, ob er das auch nur zehn Minuten aushielte?! Aber *Menschen*» sagte Walter fest «tun das seit zehntausend Jahren, starren den Himmel an, spüren die Erdwärme und zerlegen das so wenig wie man seine Mutter zerlegt!»

Clarisse mußte wieder kichern. «Er sagt, das hat sich seither sehr verwickelt. So wie wir auf dem Wasser schwimmen, schwimmen wir auch in einem Meer von Feuer, einem Sturm von Elektrizität, einem Himmel von Magnetismus, einem Sumpf von Wärme und so weiter. Alles aber unfühlbar. Zum Schluß bleiben überhaupt nur Formeln übrig. Und was die menschlich bedeuten, kann man nicht recht ausdrücken; das ist das Ganze. Ich habe schon vergessen, was ich im Lyzeum gelernt habe, aber irgendwie stimmt es wohl. Und wenn einer heute, sagt er, so wie der heilige Franziskus oder du zu den Vögeln Bruder sagen wolle, dann dürfe er sichs nicht bloß so angenehm machen, sondern müsse sich auch entschließen können, in den Ofen zu fahren, durch die Leitungsstange einer Elektrischen in die Erde zu springen oder durch eine Abwaschvorrichtung in den Kanal zu pritscheln.»

«Ja, ja!» unterbrach Walter diesen Bericht. «Erst werden aus den vier Elementen einige Dutzend, und zum Schluß schwimmen wir bloß noch auf Beziehungen, auf Vorgängen, auf einem Spülicht von Vorgängen und Formeln, auf irgendetwas, wovon man weder weiß, ob es ein Ding, ein Vorgang, ein Gedankengespenst oder ein Ebengottweißwas ist! Dann besteht zwischen einer Sonne und einem Zündholz kein Unterschied mehr, und zwischen dem Mund als dem einen Ende des Verdauungskanals und seinem anderen Ende auch keiner! Die gleiche Sache hat hundert Seiten, die Seite hundert Beziehungen, und an jeder hängen andere Gefühle. Das Menschenhirn hat dann glücklich die Dinge geteilt; aber die Dinge haben das Menschenherz geteilt!» Er war aufgesprungen, aber er blieb hinter dem Tisch stehen.

«Clarisse!» sagte er. «Er ist eine Gefahr für dich! Schau, Clarisse, jeder Mensch braucht heute nichts so nötig wie Einfachheit, Erdnähe, Gesundheit – und ja, ganz gewiß, da kannst du sagen, was du willst – auch ein Kind, weil ein Kind es ist, was einen fest an den Boden bindet. Was dir Ulo erzählt, ist alles unmenschlich. Ich versichere dir, ich *habe* den Mut, wenn ich nach Hause komme, einfach mit dir Kaffee zu trinken, den Vögeln zuzuhören, ein bißchen spazierenzugehn, mit den Nachbarn ein paar Worte zu wechseln und den Tag ruhig ausklingen zu lassen: Das ist Menschenleben!»

Die Zärtlichkeit dieser Vorstellungen hatte ihn langsam ihr näher geführt; aber sowie Vatergefühle von fern ihre sanfte Baßstimme erhoben, wurde Clarisse störrisch. Ihr Gesicht verstummte, während er sich ihr näherte, und nahm eine Verteidigungsstellung an.

Als er bei ihr angelangt war, strömte er eine warme Sanftheit aus wie ein guter Bauernofen. Clarisse schwankte einen Augenblick in ihren Strömen. Dann sagte sie: «Nix, mein Lieber!» Sie raffte ein Stück Käse und Brot vom Tisch und küßte ihn rasch auf die Stirn.

«Ich geh nachschaun, ob keine Nachtfalter da sind.»

«Aber Clarisse,» bat Walter «in dieser Jahreszeit gibt es doch keine Schmetterlinge mehr.»

«Ach, das kann man nicht wissen!»

Es blieb von ihr nur das Lachen im Zimmer zurück. Mit ihrem Stück Brot und Käse streifte sie über die Wiesen; die Gegend war sicher, und sie brauchte keine Begleitung. Walters Zärtlichkeit sank zusammen wie ein vom Feuer zur Unzeit weggerissener Auflauf. Er seufzte tief auf. Dann setzte er sich zögernd wieder ans Klavier und schlug einige Tasten an. Ob er es wollte oder nicht, es wurden Phantasien über Motive aus Wagneropern daraus, und in dem Geplätscher dieser zuchtlos quellenden Substanz, die er sich einst in den Zeiten des Hochmuts versagt hatte, schilften und gurgelten seine Finger durch die Tonflut. Mochte man es weithin hören! Sein Rückenmark wurde von der Narkose dieser Musik gelähmt und sein Schicksal erleichtert.

18

Moosbrugger

Zu dieser Zeit beschäftigte der Fall Moosbrugger die Öffentlichkeit.

Moosbrugger war ein Zimmermann, ein großer, breitschultriger Mensch ohne überflüssiges Fett, mit einem Kopfhaar wie braunes Lammsfell und gutmütig starken Pranken. Gutmütige Kraft und der Wille zum Rechten sprachen auch aus seinem Gesicht, und hätte man sie nicht gesehn, so hätte man sie doch gerochen, an dem derben, biederen, trockenen Werktagsgeruch, der zu dem Vierunddreißigjährigen gehörte und vom Umgang mit Holz und einer Arbeit kam, die ebensoviel Bedachtsamkeit wie Anstrengung fordert.

Man blieb wie eingewurzelt stehn, wenn man diesem von Gott mit allen Zeichen der Güte gesegneten Gesicht zum erstenmal begegnete, denn Moosbrugger war gewöhnlich von zwei bewaffneten Justizsoldaten begleitet und hatte die eng aneinandergebundenen Hände vor dem Leib, an einem starken stählernen Kettchen, dessen Knebel einer seiner Begleiter hielt.

Wenn er bemerkte, daß man ihn ansah, zog über sein breites, gutmütiges Gesicht mit dem ungepflegten Haar und dem Schnurrbart samt dazugehöriger Fliege ein Lächeln; er hatte einen kurzen schwarzen Rock mit hellgrauen Beinkleidern an, seine Haltung war breitbeinig und militärisch, aber dieses Lächeln war es, was die Berichterstatter des Gerichtssaals am meisten beschäftigt hatte. Es mochte ein verlegenes Lächeln sein oder ein verschlagenes, ein ironisches, heimtückisches, schmerzliches, irres, blutrünstiges, unheimliches –: sie tasteten ersichtlich nach widersprechenden Ausdrücken und schienen in diesem Lächeln verzweifelt etwas zu suchen, das sie offenbar in der ganzen redlichen Erscheinung sonst nirgends fanden.

Denn Moosbrugger hatte eine Frauensperson, eine Prostituierte niedersten Ranges, in grauenerregender Weise getötet. Die Berichterstatter hatten genau eine vom Kehlkopf bis zum Genick reichende Halswunde, ebenso die zwei Stichwunden in der Brust, welche das Herz durchbohrten, die zwei in der linken Seite des Rückens und das Abschneiden der Brüste beschrieben, die man fast abheben konnte; sie hatten ihren Abscheu davor ausgedrückt, aber sie hörten nicht auf, bevor sie fünfunddreißig Stiche im Bauch gezählt und die fast vom Nabel bis zum Kreuzbein reichende Schnittwunde erklärt hatten, die sich in einer Unzahl kleinerer den Rücken hinauf fortsetzte, während der Hals Würgspuren trug. Sie fanden von solchen Schrecknissen den Weg zu Moosbruggers gutmütigem Gesicht nicht zurück, obgleich sie selbst gutmütige Menschen waren und trotzdem das Geschehene sachlich, fachkundig und sichtlich in atemloser Spannung beschrieben. Selbst von der nächstliegenden Erklärung, daß man einen Geisteskranken vor sich habe – denn Moosbrugger war wegen ähnlicher Verbrechen schon einigemal in Irrenhäusern gewesen – machten sie wenig Gebrauch, obgleich ein guter Berichterstatter sich heute in solchen Fragen trefflich auskennt; es sah so aus, als sträubten sie sich vorläufig noch, auf den Bösewicht zu verzichten und das Geschehnis aus der eigenen Welt in die der Kranken zu entlassen, worin sie mit den Psychiatern übereinstimmten, die ihn schon ebenso oft für gesund wie für unzurechnungsfähig erklärt hatten. Und es ereignete sich des weiteren auch das Merkwürdige, daß die krankhaften Ausschreitungen Moosbruggers, als sie noch kaum bekannt geworden waren, schon von tausenden Menschen, welche die Sensationsgier der Zeitungen tadeln, als «endlich einmal etwas Interessantes» empfunden wurden; von eiligen Beamten wie von vierzehnjährigen Söhnen und durch Haussorgen umwölkten Gattinnen. Man seufzte zwar über eine solche Ausgeburt, aber man wurde von ihr innerlicher beschäftigt als vom eigenen Lebensberuf. Ja, es mochte sich ereignen, daß in diesen Tagen beim Zubettgehen ein korrekter Herr Sektionschef oder ein Bankprokurist zu seiner schläfrigen Gattin sagte: «Was würdest du jetzt anfangen, wenn ich ein Moosbrugger wäre...»

Ulrich war, als sein Blick auf dieses Gesicht mit den Zeichen der Gotteskindschaft über Handschellen traf, rasch umgekehrt, hatte einem Wachsoldaten des nahegelegenen Landesgerichts einige Zigaretten geschenkt und nach dem Konvoi gefragt, der erst vor kurzem das Tor verlassen haben mußte; so erfuhr er – –: doch so muß derartiges sich wohl früher abgespielt haben, da man es oft in dieser Weise berichtet findet, und Ulrich glaubte beinahe selbst daran, aber die zeitgenössische Wahrheit war, daß er alles bloß in der Zeitung gelesen hatte. Es dauerte noch lange, ehe er Moosbrugger persönlich kennenlernte, und ihn vorher leibhaft zu sehn, gelang ihm nur einmal während der Verhandlung. Die Wahrscheinlichkeit, etwas Ungewöhnliches durch die Zeitung zu erfahren, ist weit größer als die, es zu erleben; mit anderen Worten, im Abstrakten ereignet sich heute das Wesentlichere, und das Belanglosere im Wirklichen.

Was Ulrich auf diesem Wege von der Geschichte Moosbruggers erfuhr, war ungefähr das Folgende:

Moosbrugger war als Junge ein armer Teufel gewesen, ein Hüterbub in einer Gemeinde, die so klein war, daß sie nicht einmal eine Dorfstraße hatte, und er war so arm, daß er niemals mit einem Mädel sprach. Er konnte Mädels immer nur sehn; auch später in der Lehre und dann gar auf den Wanderungen. Nun braucht man sich ja bloß vorzustellen, was das heißt. Etwas, wonach man so natürlich begehrt wie nach Brot oder Wasser, darf man immer nur sehn. Man begehrt es nach einiger Zeit unnatürlich. Es geht vorüber, die Röcke schwanken um seine Waden. Es steigt über einen Zaun und wird bis zum Knie sichtbar. Man blickt ihm in die Augen, und sie werden undurchsichtig. Man hört es lachen, dreht sich rasch um und sieht in ein Gesicht, das so reglos rund wie ein Erdloch ist, in das eben eine Maus schlüpfte.

Man könnte also verstehn, daß Moosbrugger schon nach dem ersten Mädchenmord sich damit verantwortete, daß er stets von Geistern verfolgt werde, die ihn bei Tag und Nacht riefen. Sie warfen ihn aus dem

Bett, wenn er schlief, und störten ihn bei der Arbeit; dann hörte er sie tags und nachts miteinander sprechen und streiten. Das war keine Geisteskrankheit, und Moosbrugger mochte es nicht leiden, wenn man derart davon sprach; er putzte es freilich selbst manchmal mit Erinnerungen an geistliche Reden auf oder legte es nach den Ratschlägen des Simulierens an, die man in den Gefängnissen erhält, aber das Material dazu war immer bereit; bloß etwas verblaßt, wenn man nicht gerade darauf achtete.

So war es auch auf den Wanderschaften gewesen. Im Winter ist für einen Zimmermann schwer Arbeit zu finden, und Moosbrugger lag oft wochenlang auf der Straße. Nun ist man tageweit gewandert, gelangt in den Ort und findet kein Unterkommen. Muß bis spät in die Nacht weitermarschieren. Für eine Mahlzeit hat man kein Geld, so trinkt man Schnaps, bis hinter den Augen zwei Kerzen leuchten und der Körper allein geht. In der «Station» will man nicht um ein Nachtlager bitten, trotz der warmen Suppe, teils wegen des Ungeziefers und teils wegen der kränkenden Schererei; so bettelt man lieber ein paar Kreuzer zusammen und kriecht einem Bauern ins Heu. Ohne ihn zu bitten, natürlich, denn was soll man erst lang fragen und sich doch nur beleidigen lassen. Am Morgen gibt das freilich oft Streit und Anzeigen wegen Gewalttätigkeit, Vagabondage und Bettelei, und schließlich ergibt es einen immer dicker werdenden Bund solcher Vorstrafen, den jeder neue Richter wichtigtuerisch aufmacht, als ob Moosbrugger darin erklärt wäre.

Und wer denkt daran, was es heißt, sich tage- und wochenlang nicht richtig waschen zu können. Die Haut wird so steif, daß sie nur grobe Bewegungen erlaubt, selbst wenn man zärtliche machen wollte, und unter einer solchen Kruste erstarrt die lebendige Seele. Der Verstand mag weniger davon berührt werden, das Notwendige wird man ganz vernünftig tun; er mag eben wie ein kleines Licht in einem riesigen wandelnden Leuchtturm brennen, der voll zerstampfter Regenwürmer oder Heuschrecken ist, aber alles Persönliche ist darin zerquetscht, und es wandelt nur die gärende organische Substanz. Dann begegneten dem wandernden Moosbrugger, wenn er durch die Dörfer kam oder auch auf der einsamen Straße, ganze Prozessionen von Frauen. Jetzt eine, und eine halbe Stunde später zwar erst wieder eine Frau, aber wenn sie selbst in so großen Zwischenräumen kamen und gar nichts miteinander zu tun hatten, im ganzen waren es doch Prozessionen. Sie gingen von einem Dorf zum andern oder hatten nur soeben vors Haus gesehn, sie trugen dicke Tücher oder Jacken, die in einer steifen Schlangenlinie um die Hüften standen, sie traten in warme Stuben ein oder trieben ihre Kinder vor sich her oder waren auf der Straße so allein, daß man sie mit einem Stein hätte werfen können wie eine Krähe.

Moosbrugger behauptete, daß er kein Lustmörder sein könne, weil ihn immer nur Gefühle der Abneigung gegen diese Frauenspersonen beseelt hätten, und das erscheint nicht unwahrscheinlich, denn man will doch auch eine Katze verstehn, die vor einem Bauer sitzt, in dem ein dicker blonder Kanarienvogel auf und nieder hüpft; oder eine Maus schlägt, ausläßt, wieder schlägt, nur um sie noch einmal fliehen zu sehn; und was ist ein Hund, der einem rollenden Rad nachläuft, nur noch im Spiel beißend, er, der Freund des Menschen?: da ist im Verhalten zum Lebendigen, Bewegten, stumm vor sich hin Rollenden oder Huschenden eine geheime Abneigung gegen das sich seiner selbst freuende Mitgeschöpf berührt. Und was sollte man schließlich machen, wenn sie schrie? Man könnte nur zur Besinnung kommen oder, wenn man das eben nicht kann, ihr Gesicht zu Boden drücken und Erde ihr in den Mund stopfen.

Moosbrugger war nur ein Zimmermannsgeselle, ein ganz einsamer Mensch, und obgleich er auf allen Plätzen, wo er arbeitete, von den Kameraden gut gelitten war, hatte er keinen Freund. Der stärkste Trieb wendete von Zeit zu Zeit sein Wesen grausam nach außen; aber vielleicht hatte ihm wirklich, wie er sagte, nur die Erziehung und die Gelegenheit gefehlt, um etwas anderes daraus zu machen, einen Massenwürgengel oder Theaterbrandstifter, einen großen Anarchisten; denn die Anarchisten, die sich in Geheimbünden zusammentun, nannte er mit Verachtung die falschen. Er war ersichtlich krank; aber wenn auch offenbar seine krankhafte Natur den Grund für sein Verhalten abgab, die ihn von den anderen Menschen absonderte, ihm kam das wie ein stärkeres und höheres Gefühl von seinem Ich vor. Sein ganzes Leben war ein zum Lachen und Entsetzen unbeholfener Kampf, um Geltung dafür zu erzwingen. Er hatte schon als Bursche einem Brotherrn die Finger gebrochen, als dieser ihn züchtigen wollte. Einem andern verschwand er mit Geld; aus notwendiger Gerechtigkeit, wie er sagte. Er hielt es auf keinem Platz lange aus; solang er in seiner wortkarg mit freundlicher Ruhe und riesigen Schultern arbeitenden Art, wie es anfangs immer geschah, die Leute in Scheu hielt, blieb er; sobald sie vertraulich und respektlos mit ihm umzugehen begannen, als würden sie ihn nun erkannt haben, packte er sich fort, denn ein unheimliches Gefühl ergriff ihn dann, so als wäre er nicht fest in seiner Haut. Einmal hatte er es zu spät getan; da verschworen sich vier Maurer auf einem Bau, ihn ihre Überlegenheit fühlen zu lassen und vom obersten Stockwerk das Gerüst hinunterzustürzen; er hörte sie schon hinter seinem Rücken kichern und herankommen, da warf er sich mit seiner unermeßlichen ganzen Kraft auf sie, stürzte den einen zwei Treppen hinab und zerschnitt zwei andren alle Sehnen des Arms. Daß er dafür bestraft wurde, hatte sein Gemüt erschüttert, wie er sagte. Er wanderte aus. In die Türkei; und wieder zurück, denn die Welt hielt überall gegen ihn zusammen; kein Zauberwort kam gegen diese Verschwörung auf und keine Güte.

Solche Worte hatte er in den Irrenhäusern und Gefängnissen eifrig gelernt; französische und lateinische Scherben, die er an den unpassendsten Stellen in seine Reden steckte, seit er herausbekommen hatte, daß es der Besitz dieser Sprachen war, was den Herrschenden das Recht gab, über sein Schicksal zu «befinden». Aus dem gleichen Grund bemühte er sich auch in Verhandlungen, ein gewähltes Hochdeutsch zu sprechen, sagte etwa, «das muß als Grundlage meiner Brutalität dienen» oder «ich hatte sie mir noch grausamer vorgestellt, als ich derlei Weiber sonst einschätze»; wenn er aber sah, daß auch das den Eindruck verfehlte, schwang er sich nicht selten zu einer großen schauspielerischen Pose auf und erklärte sich höhnisch als «theoretischen Anarchisten», der sich von den Sozialdemokraten jederzeit retten lassen könnte, wenn er von diesen ärgsten jüdischen Ausbeutern des arbeitenden, unwissenden Volks etwas geschenkt nehmen wollte: Da hatte auch er eine «Wissenschaft», ein Gebiet, auf das ihm die gelehrte Anmaßung seiner Richter nicht folgen konnte.

Gewöhnlich trug ihm das die Gerichtssaalzensur der «bemerkenswerten Intelligenz», ehrenvolle Beachtung während der Verhandlung und strengere Strafen ein, aber im Grunde empfand seine geschmeichelte Eitelkeit diese Verhandlungen als die Ehrenzeiten seines Lebens. Deshalb haßte er auch niemand so inbrünstig wie die Psychiater, die glaubten, sein ganzes schwieriges Wesen mit ein paar Fremdworten abtun zu können, als wäre es für sie eine alltägliche Sache. Wie immer in solchen Fällen, schwankten unter dem Druck der sich ihnen überordnenden juristischen Vorstellungswelt die medizinischen Gutachten über seinen Geisteszustand, und Moosbrugger ließ sich keine dieser Gelegenheiten entgehn, um in öffentlicher Verhandlung seine Überlegenheit über die Psychiater zu beweisen und sie als aufgeblasene Tröpfe und Schwindler zu entlarven, die ganz unwissend seien und ihn, wenn er simuliere, ins Irrenhaus aufnehmen müßten, statt ihn ins Zuchthaus zu schicken, wohin er gehöre. Denn er leugnete seine Taten nicht, er wollte sie als Unglücksfälle einer großen Lebensauffassung verstanden wissen. Die kichernden Weiber waren vor allem gegen ihn verschworen; sie hatten alle ihre Schürzenbuben, und das gerade Wort eines ernsten Mannes achteten sie für nichts, wenn nicht gar für eine Beleidigung. Er ging ihnen aus dem Weg, solang er konnte, um sich nicht reizen zu lassen; aber nicht allezeit war das möglich. Es kommen Tage, wo man als Mann ganz dumm im Kopf wird und nichts mehr anpacken kann, weil die Hände vor Unruhe schwitzen. Und muß man dann nachgeben, so kann man sicher sein, daß schon beim ersten

Schritt, fern über den Weg wie eine Vorpatrouille, welche die andren geschickt haben, solch ein wandelndes Gift kreuzt, eine Betrügerin, die den Mann heimlich auslacht, während sie ihn schwächt und ihm ihr Theater vormacht, wenn sie nicht noch viel Schlimmeres ihm in ihrer Gewissenlosigkeit antut!

Und so war das Ende jener Nacht gekommen, einer teilnahmslos durchzechten Nacht mit viel Lärm zur Beschwichtigung der inneren Unruhe. Es kann, auch ohne daß man betrunken ist, die Welt unsicher sein. Die Straßenwände wanken wie Kulissen, hinter denen etwas auf das Stichwort wartet, um herauszutreten. Am Rand der Stadt wird es ruhiger, wo man ins freie, vom Mond erhellte Feld kommt. Dort mußte Moosbrugger umkehren, um in einem Bogen nach Haus zu finden, und da, bei der eisernen Brücke, sprach ihn das Mädchen an. Es war so ein Mädchen, wie sie sich unten in den Auen an Männer vermieten, ein stellenloses, davongelaufenes Dienstmädchen, eine kleine Person, von der man nur zwei lockende Mausaugen unter dem Kopftuch sah. Moosbrugger wies sie ab und beschleunigte seinen Gang; aber sie bettelte, daß er sie mit nach Haus nehmen möge. Moosbrugger ging; gradaus, um die Ecke, schließlich hilflos hin und her; er machte große Schritte, und sie lief neben ihm; er blieb stehn, und sie stand wie ein Schatten. Er zog sie hinter sich drein, das war es. Da machte er noch einen Versuch, sie zu verscheuchen; er drehte sich um und spuckte ihr zweimal ins Gesicht. Aber es half nicht; sie war unverwundbar.

Das geschah in dem stundenweiten Park, den sie an seiner schmalsten Stelle durchqueren mußten. Da wurde es zunächst Moosbrugger gewiß, daß ein Beschützer des Mädchens in der Nähe sein müsse; denn woher hätte sie sonst den Mut nehmen können, ihm trotz seines Unwillens zu folgen? Er griff nach dem Steckmesser in die Hosentasche, denn man wollte ihn zum besten haben; vielleicht wieder über ihn herfallen; immer steckt ja hinter den Weibern der andere Mann, der einen verhöhnt. Überhaupt, kam sie ihm nicht wie ein verkleideter Mann vor? Er sah Schatten sich bewegen und hörte das Holz knacken, während die Schleicherin neben ihm wie eine ganz weit ausschwingende Uhr immer wieder nach einer Weile ihre Bitte wiederholte; aber es war nichts zu finden, worauf sich seine Riesenkraft hätte stürzen können, und er begann sich vor diesem unheimlichen Nichtgeschehen zu fürchten.

Als sie in die erste, noch sehr düstere Straße kamen, stand ihm der Schweiß auf der Stirn, und er zitterte. Er sah nicht zur Seite und wandte sich in ein Kaffeehaus, das noch offenstand. Er stürzte einen schwarzen Kaffee und drei Kognaks hinunter und durfte ruhig sitzen, vielleicht eine Viertelstunde lang; als er aber zahlte, war wieder der Gedanke da, was er beginnen werde, wenn sie nun draußen gewartet habe? Es gibt solche Gedanken, die wie Bindfaden sind und sich in endlosen Schlingen um Arme und Beine legen. Und als er kaum ein paar Schritte in die dunkle Straße getan hatte, fühlte er das Mädchen an seiner Seite. Sie war jetzt gar nicht mehr demütig, sondern frech und sicher; sie bat auch nicht mehr, sondern schwieg nur. Da erkannte er, daß er niemals von ihr loskommen werde, weil er es selbst war, der sie hinter sich herzog. Ein weinerlicher Ekel füllte seinen Hals aus. Er ging, und das, halb hinter ihm, war wiederum er. Genau so, wie er auch immer Prozessionen begegnet war. Er hatte sich einmal einen großen Holzsplitter selbst aus dem Bein geschnitten, weil er zu ungeduldig war, um auf den Arzt zu warten; ganz ähnlich fühlte er jetzt wieder sein Messer, lang und hart lag es in seiner Tasche.

Aber Moosbrugger verfiel mit einer geradezu überirdischen Anstrengung seiner Moral auf noch einen Ausweg. Hinter der Planke, längs der jetzt der Weg führte, lag ein Sportplatz; da war man ganz ungesehen, und er bog ein. In dem engen Kassenhäuschen legte er sich nieder und drängte den Kopf in die Ecke, wo es am dunkelsten war; das weiche verfluchte zweite Ich legte sich neben ihn. Er tat deshalb so, als ob er gleich einschliefe, um später davonschleichen zu können. Aber als er leise, mit den Füßen voran, hinauskroch, war es wieder da und schlang die Arme um seinen Hals. Da fühlte er etwas Hartes in ihrer oder seiner Tasche; er zerrte es hervor. Er wußte nicht recht, war es eine Schere oder ein Messer; er stach damit zu. Sie hatte behauptet, es sei nur eine Schere, aber es war sein Messer. Sie fiel mit dem Kopf in das Häuschen; er schleppte sie ein Stück heraus, auf die weiche Erde, und stach so lange auf sie ein, bis er sie ganz von sich losgetrennt hatte. Dann stand er vielleicht noch eine Viertelstunde bei ihr und betrachtete sie, während die Nacht wieder ruhiger und wundersam glatt wurde. Nun konnte sie keinen Mann mehr beleidigen und sich an ihn hängen. Schließlich trug er die Leiche über die Straße und legte sie vor ein Gebüsch, damit sie leichter gefunden und bestattet werden könne, wie er behauptete, denn nun konnte sie ja nichts mehr dafür.

In der Verhandlung bereitete Moosbrugger seinem Verteidiger die unvorhersehbarsten Schwierigkeiten. Er saß breit wie ein Zuschauer auf seiner Bank, rief dem Staatsanwalt Bravo zu, wenn dieser etwas für seine Gemeingefährlichkeit vorbrachte, das ihm seiner würdig erschien, und teilte lobende Zensuren an Zeugen aus, die erklärten, niemals etwas an ihm bemerkt zu haben, was auf Unzurechnungsfähigkeit schließen ließe. «Sie sind ein drolliger Kauz» schmeichelte ihm von Zeit zu Zeit der die Verhandlung leitende Richter und zog gewissenhaft die Schlingen zusammen, die sich der Angeklagte gelegt hatte. Dann stand Moosbrugger einen Augenblick lang erstaunt wie ein in der Arena gehetzter Stier, ließ die Augen wandern und merkte an den Gesichtern der Umsitzenden, was er nicht verstehen konnte, daß er sich abermals eine Lage tiefer in seine Schuld hineingearbeitet hatte.

Es zog Ulrich besonders an, daß seiner Verteidigung offenbar ein schattenhaft kenntlicher Plan zugrunde lag. Er war weder mit der Absicht ausgegangen zu töten, noch durfte er seiner Würde halber krank sein; von Lust konnte überhaupt nicht gesprochen werden, sondern nur von Ekel und Verachtung: also mußte die Tat ein Totschlag sein, zu dem ihn das verdächtige Benehmen des Weibes, «dieser Karikatur eines Weibes», wie er sich ausdrückte, verleitet hatte. Wenn man ihn recht verstand, verlangte er sogar, daß man seinen Mord für ein politisches Verbrechen ansehe, und machte manchmal den Eindruck, daß er gar nicht für sich, sondern für diese Rechtskonstruktion kämpfe. Die Taktik, die der Richter dagegen anwandte, war die übliche, in allem nur die plump listigen Anstrengungen eines Mörders zu sehn, der sich seiner Verantwortung entziehen will. «Warum haben Sie sich die blutigen Hände abgewischt? – Warum haben Sie das Messer weggeworfen? – Warum haben Sie nach der Tat frische Kleider und Wäsche angezogen? – Weil es Sonntag war? Nicht, weil sie blutig waren? – Weshalb sind Sie zu einer Unterhaltung gegangen? Die Tat hat Sie also nicht gehindert, das zu tun? Haben Sie überhaupt Reue empfunden?» Ulrich verstand gut die tiefe Entsagung, mit der Moosbrugger in solchen Augenblicken seine unzureichende Erziehung anklagte, die ihn verhinderte, dieses aus Unverständnis geflochtene Netz aufzuknoten, was aber in der Sprache des Richters mit strafendem Nachdruck hieß: «Sie wissen immer anderen die Schuld zu geben!» Dieser Richter faßte alles in eins zusammen, ausgehend von den Polizeiberichten und der Landstreicherei, und gab es als Schuld Moosbrugger; für den aber bestand es aus lauter einzelnen Vorfällen, die nichts miteinander zu tun hatten und jeder eine andere Ursache besaßen, die außerhalb Moosbruggers und irgendwo im Ganzen der Welt lag. In den Augen des Richters gingen seine Taten von ihm aus, in den seinen waren sie auf ihn zugekommen wie Vögel, die herbeifliegen. Für den Richter war Moosbrugger ein besonderer Fall; für sich war er eine Welt, und es ist sehr schwer, etwas Überzeugendes über eine Welt zu sagen. Es waren zwei Taktiken, die miteinander kämpften, zwei Einheiten und Folgerichtigkeiten; aber Moosbrugger hatte den ungünstigeren Stand, denn seine seltsamen Schattengründe hätte auch ein Klügerer nicht ausdrücken können. Sie kamen unmittelbar aus dem verwirrt Einsamen seines Lebens, und während alle anderen Leben hundertfach bestehen – in der gleichen Weise gesehn von denen, die sie führen, wie von allen anderen, die sie bestätigen – war sein wahres Leben nur für ihn vorhanden. Es war ein Hauch, der sich immerfort deformiert und die Gestalt wechselt. Freilich hätte er seine Richter fragen können, ob ihr Leben denn im Wesen anders sei? Aber so etwas dachte er gar nicht. Vor der Justiz lag alles, was nacheinander so natürlich gewesen war, sinnlos nebeneinander in ihm, und er bemühte sich mit den größten Anstrengungen, einen Sinn hineinzubringen, der der Würde seiner vornehmen Gegner in nichts nachstehen sollte. Der Richter wirkte beinahe gütig in seinem Bemühen, ihn dabei zu unterstützen und ihm Begriffe zur Verfügung zu stellen, selbst wenn es solche waren, die Moosbrugger den fürchterlichsten Folgen auslieferten.

Es war wie der Kampf eines Schattens mit der Wand, und zum Schluß flackerte Moosbruggers Schatten nur noch gräßlich. Bei dieser letzten Verhandlung war Ulrich dabei. Als der Vorsitzende das Gutachten vorlas, das ihn als verantwortlich erklärte, erhob sich Moosbrugger und tat dem Gerichtshof kund: «Ich bin damit zufrieden und habe meinen Zweck erreicht.» Spöttischer Unglaube in den Augen rings umher antwortete ihm, und er fügte zornig hinzu: «Dadurch, daß ich die Anklage erzwungen habe, bin ich mit dem Beweisverfahren zufrieden!» Der Vorsitzende, der jetzt ganz Strenge und Strafe geworden war, verwies es ihm mit der Bemerkung, daß es dem Gerichtshof nicht auf seine Zufriedenheit ankomme. Dann las er ihm das Todesurteil vor, genau so, als ob der Unsinn, den Moosbrugger zum Vergnügen aller Anwesenden während der ganzen Verhandlung gesprochen hatte, nun auch einmal ernst beantwortet werden müßte. Da sagte Moosbrugger nichts, damit es nicht wie ein Schreck aussehe. Dann wurde die Verhandlung geschlossen, und alles war vorbei. Da aber wankte doch sein Geist; er wich zurück, ohnmächtig gegen den Hochmut der Verständnislosen; er drehte sich um, den schon die Justizsoldaten hinausführten, kämpfte um Worte, reckte die Hände empor und rief mit einer Stimme, welche die Stöße seiner Wächter abschüttelte: «Ich bin damit zufrieden, wenn ich Ihnen auch gestehen muß, daß Sie einen Irrsinnigen verurteilt haben!»

Das war eine Inkonsequenz; aber Ulrich saß atemlos. Das war deutlich Irrsinn, und ebenso deutlich bloß ein verzerrter Zusammenhang unsrer eignen Elemente des Seins. Zerstückt und durchdunkelt war es; aber Ulrich fiel irgendwie ein: wenn die Menschheit als Ganzes träumen könnte, müßte Moosbrugger entstehn. Er ernüchterte sich erst, als der «elende Hanswurst von Verteidiger», wie ihn Moosbruggers Undank einmal im Lauf der Verhandlung genannt hatte, wegen irgendwelcher Einzelheiten die Nichtigkeitsbeschwerde anmeldete, während ihrer beider riesiger Klient abgeführt wurde.

19

Briefliche Ermahnung und Gelegenheit, Eigenschaften zu erwerben Konkurrenz zweier Thronbesteigungen

In solcher Weise verging die Zeit, da empfing Ulrich einen Brief seines Vaters. «Mein lieber Sohn! Es sind nunmehr wieder Monate verflossen, ohne daß Deinen spärlichen Nachrichten zu entnehmen gewesen wäre, daß Du auf Deiner Laufbahn den geringsten Schritt vorwärts getan oder einen solchen vorbereitet hättest.

Ich will freudig anerkennen, daß mir im Lauf der letzten Jahre von mehreren geschätzten Seiten die Genugtuung zuteil geworden ist, Deine Leistungen loben und auf Grund ihrer Dir eine aussichtsreiche Zukunft zusprechen zu hören. Aber einerseits Dein, allerdings nicht von mir, ererbter Hang, zwar, wenn Dich eine Aufgabe lockt, die ersten Schritte stürmisch zurückzulegen, dann aber gleichsam ganz zu vergessen, was Du Dir und denen schuldest, die ihre Hoffnungen auf Dich gesetzt haben, andrerseits der Umstand, daß ich Deinen Nachrichten auch nicht das geringste Zeichen zu entnehmen vermag, das auf einen Plan für Dein weiteres Verhalten schließen ließe, erfüllen mich mit schwerer Sorge.

Nicht nur bist Du in einem Alter, wo andere Männer sich schon eine feste Stellung im Leben geschaffen haben, sondern ich kann jederzeit sterben, und das Vermögen, das ich Dir und Deiner Schwester zu gleichen Teilen hinterlassen werde, wird zwar nicht gering sein, unter heutigen Verhältnissen aber doch nicht so groß, daß sein Besitz allein Dir eine gesellschaftliche Position sichern könnte, die Du Dir also vielmehr selbst endlich schaffen mußt. Der Gedanke, daß Du seit Deinem Doktorat nur ganz ungefähr von Plänen sprichst, die sich auf verschiedensten Gebieten bewegen sollen und die Du in Deiner gewohnten Art vielleicht stark überschätzt, nie aber von einer Befriedigung schreibst, die Dir ein Lehrauftrag gewähren würde, noch von einer Fühlungnahme wegen solcher Pläne mit irgendeiner Universität, noch sonst von Fühlung mit maßgebenden Kreisen, das ist es, was mich zuweilen mit schwerer Sorge erfüllt. Ich kann gewiß nicht in den Verdacht kommen, daß ich die wissenschaftliche Selbständigkeit herabsetzen will, der ich vor siebenundvierzig Jahren in meinem Dir bekannten, jetzt in 12. Auflage erscheinenden Werk ‹Die Zurechnungslehre des Samuel Pufendorf und die moderne Jurisprudenz›, die wahren Zusammenhänge ans Licht setzend, als erster mit den diesbezüglichen Vorurteilen der älteren Strafrechtsschule gebrochen habe, allein ebensowenig vermag ich nach den Erfahrungen eines arbeitsreichen

Lebens anzuerkennen, daß man sich nur auf sich selbst stelle und die wissenschaftlichen und gesellschaftlichen Beziehungen vernachlässige, welche der Arbeit des Einzelnen erst den Rückhalt leihen, durch welchen sie in einen fruchtbaren und förderlichen Zusammenhang gerät.

Ich hoffe deshalb zuversichtlich, baldigst von Dir zu hören und die Aufwendungen, welche ich für Dein Vorwärtskommen gemacht habe, dadurch belohnt zu finden, daß Du solche Beziehungen nun nach Deiner Rückkehr in die Heimat anknüpfest und nicht länger vernachlässigst. Ich habe auch in diesem Sinne an meinen langjährigen wahren Freund und Schützer, den ehemaligen Präsidenten der Rechnungskammer und jetzigen Vorsitzenden der Allerhöchsten Familiengerichtspartikularität beim Hofmarschallamt, Exzellenz Grafen Stallburg, geschrieben und ihn gebeten, Deine Bitte, die Du ihm demnächst vortragen wirst, wohlwollend entgegenzunehmen. Mein hochgestellter Freund hatte auch bereits die Güte, mir umgehend zu antworten, und Du hast das Glück, daß er Dich nicht nur empfangen wird, sondern Deinem, ihm von mir geschilderten Werdegang warmes Interesse entgegenbringt. Hiemit ist, soweit es in meiner Kraft und in meinem Ermessen steht und vorausgesetzt, daß Du es verstehst, Seine Exzellenz für Dich einzunehmen und gleichzeitig die Anschauungen der maßgebenden akademischen Kreise über Dich zu befestigen, Deine Zukunft gesichert.

Was die Bitte betrifft, die Du gewiß gerne Seiner Exzellenz vortragen wirst, sobald Du weißt, worum es sich handelt, so ist ihr Gegenstand der folgende:

In Deutschland soll im Jahre 1918, u. zw. in den Tagen um den 15. VI. herum, eine große, der Welt die Größe und Macht Deutschlands ins Gedächtnis prägende Feier des dann eingetretenen 30jährigen Regierungsjubiläums Kaiser Wilhelms II. stattfinden; obwohl es bis dahin noch mehrere Jahre sind, weiß man doch aus verläßlicher Quelle, daß heute schon Vorbereitungen dazu getroffen werden, wenn auch selbstverständlich vorläufig ganz inoffiziell. Nun weißt Du wohl auch, daß in dem gleichen Jahre unser verehrungswürdiger Kaiser das 70-jährige Jubiläum Seiner Thronbesteigung feiert und daß dieses Datum auf den 2. Dezember fällt. Bei der Bescheidenheit, die wir Österreicher allzusehr in allen Fragen haben, die unser eigenes Vaterland betreffen, steht zu befürchten, daß wir, ich muß schon sagen, wieder einmal ein Königgrätz erleben, das heißt, daß uns die Deutschen mit ihrer auf Effekt geschulten Methodik zuvorkommen werden, so wie sie damals das Zündnadelgewehr eingeführt hatten, bevor wir an eine Überraschung dachten.

Glücklicherweise wurde meine Befürchtung, die ich eben äußerte, von anderen patriotischen Persönlichkeiten mit guten Beziehungen schon vorweggenommen, und ich kann Dir verraten, daß in Wien eine Aktion im Gange ist, um das Eintreffen dieser Befürchtung zu verhindern und das volle Gewicht eines 70jährigen, segens- und sorgenreichen Jubiläums gegenüber einem bloß 30jährigen zur Geltung zu bringen. Da der 2. XII. natürlich durch nichts vor den 15.VI. gerückt werden könnte, ist man auf den glücklichen Gedanken verfallen, das ganze Jahr 1918 zu einem Jubiläumsjahr unseres Friedenskaisers auszugestalten. Ich bin darüber allerdings nur soweit unterrichtet, als die Körperschaften, denen ich angehöre, Gelegenheit hatten, zu der Anregung Stellung zu nehmen, das Nähere wirst Du selbst erfahren, sobald Du Dich bei Gf. Stallburg meldest, der Dir im vorbereitenden Komitee eine Deine Jugend ehrende Stellung zugedacht hat.

Desgleichen muß ich Dir nahelegen, die Beziehungen zu der Familie des Sektionschefs Tuzzi vom Ministerium des Äußern und des Kaiserlichen Hauses, die ich Dir schon so lange empfohlen habe, nicht länger in der gleichen, für mich geradezu peinlichen Weise nicht aufzunehmen, sondern sofort seiner Gattin, welche, wie Du weißt, die Tochter eines Vetters der Frau meines verstorbenen Bruders und sonach Deine Kusine ist, Deine Aufwartung zu machen, denn, wie man mir sagt, nimmt sie eine hervorragende Stellung in dem Projekt ein, von dem ich Dir soeben schrieb, und mein verehrter Freund, Graf Stallburg, hatte bereits die überaus große Güte, ihr Deinen Besuch in Aussicht zu stellen, weshalb Du keinen Augenblick zögern darfst, das zu erfüllen.

Von mir ist nichts weiter zu berichten; die Arbeit an der Neuauflage meines besagten Buchs nimmt außer den Vorlesungen meine ganze Zeit in Anspruch und den Rest von Arbeitskraft, über den man im Alter noch verfügt. Man muß seine Zeit gut ausnützen, denn sie ist kurz.

Von Deiner Schwester höre ich nur, daß sie gesund ist; sie hat einen tüchtigen und braven Mann, wenn sie auch niemals eingestehen wird, daß sie mit ihrem Lose zufrieden ist und sich darin glücklich fühlt.

Es segnet Dich Dein Dich liebender

Vater.»

Zweiter Teil

Seinesgleichen geschieht

20

Berührung der Wirklichkeit
Ungeachtet des Fehlens von Eigenschaften benimmt sich Ulrich tatkräftig und feurig

Daß Ulrich sich wirklich entschloß, dem Grafen Stallburg seine Aufwartung zu machen, hatte unter verschiedenen Gründen nicht zuletzt den, daß er neugierig geworden war.

Graf Stallburg amtierte in der kaiserlichen und königlichen Hofburg, und der Kaiser und König von Kakanien war ein sagenhafter alter Herr. Seither sind ja viele Bücher über ihn geschrieben worden, und man weiß genau, was er getan, verhindert oder unterlassen hat, aber damals, im letzten Jahrzehnt von seinem und Kakaniens Leben, gerieten jüngere Menschen, die mit dem Stand der Wissenschaften und Künste vertraut waren, manchmal in Zweifel, ob es ihn überhaupt gebe. Die Zahl der Bilder, die man von ihm sah, war fast ebenso groß wie die Einwohnerzahl seiner Reiche; an seinem Geburtstag wurde ebensoviel gegessen und getrunken wie an dem des Erlösers, auf den Bergen flammten die Feuer, und die Stimmen von Millionen Menschen versicherten, daß sie ihn wie einen Vater liebten; endlich war ein zu seinen Ehren klingendes Lied das einzige Gebilde der Dichtkunst und Musik, von dem jeder Kakanier eine Zeile kannte: aber diese Popularität und Publizität war so über-überzeugend, daß es mit dem Glauben an ihn leicht ebenso hätte bestellt sein können wie mit Sternen, die man sieht, obgleich es sie seit Tausenden von Jahren nicht mehr gibt.

Das erste, was nun geschah, als Ulrich zur kaiserlichen Hofburg fuhr, war, daß der Wagen, der ihn dahin bringen sollte, schon im äußeren Burghof anhielt, und es begehrte der Kutscher abgelohnt zu werden, indem er behauptete, daß er zwar durchfahren, aber im inneren Hof nicht stehenbleiben dürfe. Ulrich ärgerte sich über den Kutscher, den er für einen Schwindler oder einen Hasenfuß hielt, und suchte ihn anzutreiben; aber er verblieb ohnmächtig gegenüber dessen ängstlicher Weigerung, und plötzlich fühlte er in ihr die Ausstrahlung einer Gewalt, die mächtiger war als er. Als er den inneren Hof betrat, fielen ihm darauf die zahlreichen roten, blauen, weißen und gelben Röcke, Hosen und Helmbüsche sehr in die Augen, die dort steif in der Sonne standen wie Vögel auf einer Sandbank. Er hatte bis dahin «Die Majestät» für eine bedeutungslose Redewendung gehalten, die man eben noch beibehalten hat, geradeso wie man ein Atheist sein kann und doch «Grüß Gott» sagt; nun aber strich sein Blick an hohen Mauern empor, und er sah eine Insel grau, abgeschlossen und bewaffnet daliegen, an der die Schnelligkeit der Stadt ahnungslos vorbeischoß.

Er wurde, nachdem er sein Begehren angemeldet hatte, über Treppen und Gänge, durch Zimmer und Säle geführt. Obgleich er sehr gut gekleidet war, fühlte er sich dabei von jedem Blick, dem er begegnete, vollkommen richtig eingeschätzt. Kein Mensch schien hier daran zu denken, geistige Vornehmheit mit wirklicher zu verwechseln, und es verblieb Ulrich keine andere Genugtuung als die durch ironischen Protest und bürgerliche Kritik. Er stellte fest, daß er durch ein großes Gehäuse mit wenig Inhalt gehe; die Säle waren fast unmöbliert, aber dieser leere Geschmack hatte nicht die Bitterkeit eines großen Stils; er kam an einer lockeren Folge einzelner Gardisten und Diener vorbei, die einen mehr unbeholfenen als prunkvollen Schutz bildeten, den ein halbes Dutzend gut bezahlter und ausgebildeter Detektive wirkungsvoller besorgt hätte; und vollends die wie Bankboten grau bekleidete und bekappte Dienerart, die sich zwischen den Lakaien und Garden umtrieb, ließ ihn an einen Rechtsanwalt oder Zahnarzt denken, der Büro und Privatwohnung nicht genügend trennt. «Man fühlt deutlich hindurch,» dachte er «wie das als Pracht dereinst biedermeierische Menschen eingeschüchtert haben mag, aber heute hält es nicht einmal den Vergleich mit der Schönheit und Annehmlichkeit eines Hotels aus und gibt sich darum recht schlau als vornehme Zurückhaltung und Steifheit.»

Als er aber beim Grafen Stallburg eintrat, empfing ihn Se. Exzellenz in einem großen hohlen Prisma von bester Proportion, in dessen Mitte der unscheinbare, kahlköpfige Mann, leicht vorgeneigt und oranghaft geknickt in den Beinen, in einer Weise vor ihm stand, wie eine hohe Hofcharge aus vornehmer Familie unmöglich durch sich selbst aussehen konnte, sondern nur in Nachahmung von irgend etwas. Die Schultern hingen ihm vor, und die Lippe herunter; er glich einem alten Amtsdiener oder einem braven Rechnungsbeamten. Und plötzlich bestand kein Zweifel mehr, an wen er erinnerte; Graf Stallburg wurde durchsichtig, und Ulrich begriff, daß ein Mann, der seit siebzig Jahren der Allerhöchste Mittelpunkt höchster Macht ist, eine gewisse Genugtuung darin finden muß, hinter sich selbst zurückzutreten und dreinzuschaun wie der subalternste seiner Untertanen, wonach es einfach zu gutem Benehmen in der Nähe dieser Allerhöchsten Person und zur selbstverständlichen Form der Diskretion wird, nicht persönlicher auszusehen als sie. Dies scheint der Sinn dessen gewesen zu sein, daß sich die Könige so gern auch die ersten Diener ihres Staates nannten, und mit einem raschen Blick überzeugte sich Ulrich, daß Se. Exzellenz wirklich jenen eisgrauen, kurzen, am Kinn ausrasierten Backenbart trug, den alle Amtsdiener und Eisenbahnportiers in Kakanien besaßen. Man hatte geglaubt, daß sie in ihrem Aussehen ihrem Kaiser und Könige nachstrebten, aber das tiefere Bedürfnis beruht in solchen Fällen auf Gegenseitigkeit.

Ulrich hatte Zeit, sich das zu überlegen, weil er eine Weile warten mußte, ehe Se. Exzellenz ihn ansprach. Der schauspielerische Verkleidungs- und Verwandlungsurtrieb, der zu den Lüsten des Lebens gehört, bot sich ihm ohne den geringsten Beigeschmack, ja wohl ganz ohne Ahnung von Schauspielerei dar; so stark, daß ihm die bürgerliche Gepflogenheit, Theater zu baun und aus dem Schauspiel eine Kunst zu machen, die man stundenweise mietet, neben dieser unbewußten dauernden Kunst der Selbstdarstellung als etwas ganz und gar Unnatürliches, Spätes und Entzweigespaltenes vorkam. Und als Se. Exzellenz endlich eine Lippe von der anderen gehoben hatte und zu ihm sagte: «Ihr lieber Vater...» und schon steckenblieb, in der Stimme aber doch etwas lag, was die bemerkenswert schönen gelblichen Hände wahrnehmen machte und etwas wie eine gespannte Moralität rings um die ganze Erscheinung, fand Ulrich das reizend und beging einen Fehler, den geistige Menschen leicht begehn. Denn Se. Exzellenz fragte ihn dann, was er sei, und sagte: «So, sehr interessant, an welcher Schule?» als Ulrich Mathematiker geantwortet hatte; und als Ulrich versicherte, daß er mit Schule nichts zu tun habe, sagte Se. Exzellenz: «So, sehr interessant, ich verstehe, Wissenschaft, Universität.» Und das kam Ulrich so vertraut und ordentlich genau so vor, wie man sich ein feines Konversationsstück vorstellt, daß er sich unversehens benahm, als sei er hier zu Hause, und seinen Gedanken folgte, statt dem gesellschaftlichen Gebot der Lage. Es fiel ihm plötzlich Moosbrugger ein. Hier war die Macht der Begnadigung ja in der Nähe, und nichts erschien ihm einfacher als der Versuch, ob man von ihr Gebrauch machen könnte. «Exzellenz,» fragte er «darf ich mich bei dieser günstigen Gelegenheit für einen Mann verwenden, der mit Unrecht zum Tod verurteilt worden ist?»

Bei dieser Frage riß Exzellenz Stallburg die Augen auf.

«Einen Lustmörder, allerdings» gestand Ulrich zu, aber in diesem Augenblick sah er selbst ein, daß er sich unmöglich benahm. «Ein geisteskranker natürlich» suchte er sich rasch zu verbessern, und «Exzellenz wissen, daß unsere Gesetzgebung aus der Mitte des vorigen Jahrhunderts in diesem Punkt rückständig ist» hätte er beinahe hinzugefügt, aber er mußte schlucken und saß fest. Es war eine Entgleisung, diesem Mann eine Erörterung zuzumuten, wie sie Leute, denen an geistigen Umtrieben gelegen ist, oft ganz zwecklos auf sich nehmen. So ein paar Worte, richtig eingestreut, können fruchtbar wie lockere Gartenerde sein, aber an diesem Ort wirkten sie wie ein Häuflein Erde, das einer versehentlich an den Schuhen ins Zimmer getragen hat. Aber nun, da Graf Stallburg seine Verlegenheit bemerkte, bewies er ihm wahrhaft großes Wohlwollen. «Ja, ja, ich erinnere mich,» sagte er, nachdem Ulrich den Namen genannt hatte, mit einiger Überwindung «und Sie sagen also, daß das ein Geisteskranker sei, und möchten diesem Menschen helfen?»

«Er kann nichts dafür.»

«Ja, das sind immer besonders unangenehme Fälle.» Graf Stallburg schien sehr unter ihren Schwierigkeiten zu leiden. Er sah Ulrich hoffnungslos an und fragte ihn, als sei doch nichts anderes zu erwarten, ob Moosbrugger schon endgültig abgeurteilt sei. Ulrich mußte verneinen. «Ach, nun sehen Sie,» fuhr er erleichtert fort «dann hat es ja noch Zeit», und er begann von «Papa» zu sprechen, den Fall Moosbrugger in freundlicher Unklarheit zurücklassend.

Ulrich war durch seine Entgleisung einen Augenblick geistesungegenwärtig geworden, aber merkwürdigerweise hatte dieser Fehler auf Exzellenz keinen schlechten Eindruck gemacht. Graf Stallburg war zwar anfangs beinahe sprachlos gewesen, so als ob man in seiner Gegenwart den Rock ausgezogen hätte; dann aber kam ihm diese Unmittelbarkeit an einem so gut empfohlenen Mann tatkräftig und feurig vor, und er war froh, diese zwei Worte gefunden zu haben, denn er war des Willens, sich einen guten Eindruck zu bilden. Er schrieb sie («Wir dürfen hoffen, einen tatkräftigen und feurigen Helfer gefunden zu haben») sogleich in das Einführungsschreiben, das er an die Hauptperson der großen vaterländischen Aktion aufsetzte. Als Ulrich einige Augenblicke später dieses Schreiben empfing, kam er sich wie ein Kind vor, das man verabschiedet, indem man ihm ein Stückchen Schokolade ins Händchen preßt. Er hielt nun etwas zwischen den Fingern und nahm Weisungen für einen weiteren Besuch entgegen, die ebensogut ein Auftrag wie eine Bitte sein konnten, ohne daß sich eine Gelegenheit bot, Einspruch dagegen zu erheben. «Das ist ja ein Mißverständnis, ich habe doch nicht im mindesten die Absicht gehabt –» hätte er sagen mögen; aber da war er schon auf dem Weg, zurück durch die großen Gänge und Säle. Er blieb plötzlich stehen und dachte «Das hat mich ja wie einen Kork gehoben und irgendwo abgesetzt, wohin ich gar nicht wollte!» Er betrachtete neugierig die hinterlistige Einfachheit der Einrichtung. Er durfte sich ruhig sagen, sie mache auch jetzt keinen Eindruck auf ihn; das war bloß eine nicht weggeräumte Welt. Aber welche starke, sonderbare Eigenschaft hatte sie ihn doch fühlen lassen? Zum Teufel, man konnte es kaum anders ausdrücken: sie war einfach überraschend wirklich.

21

Die wahre Erfindung der Parallelaktion durch Graf Leinsdorf

Die wahrhaft treibende Kraft der großen patriotischen Aktion – die von nun an, der Abkürzung wegen und weil sie «das volle Gewicht eines 70jährigen segens- und sorgenreichen Jubiläums gegenüber einem bloß 30jährigen zur Geltung zu bringen» hatte, auch die Parallelaktion genannt werden soll – war aber nicht Graf Stallburg, sondern dessen Freund, Se. Erlaucht Graf Leinsdorf. In dem schönen, hochfenstrigen Arbeitszimmer dieses großen Herrn – inmitten vielfacher Schichten von Stille, Devotion, Goldtressen und Feierlichkeit des Ruhms – stand zu der Zeit, wo Ulrich seinen Besuch in der Hofburg machte, der Sekretär mit einem Buch in der Hand und las Sr. Erlaucht eine Stelle daraus vor, die zu finden er beauftragt gewesen war. Es war diesmal etwas aus Joh. Gottl. Fichte, das er in den «Reden an die deutsche Nation» aufgetrieben hatte und für sehr geeignet hielt. «Zur Befreiung von der Erbsünde der Trägheit» las er vor «und ihrem Gefolge, der Feigheit und Falschheit, bedürfen die Menschen der Vorbilder, die ihnen das Rätsel der Freiheit vorkonstruieren, wie ihnen solche in den Religionsstiftern erstanden sind. Die notwendige Verständigung über sittliche Überzeugung geschieht in der Kirche, deren Symbole nicht als Lehrstücke, sondern nur als Lehrmittel für die Verkündigung der ewigen Wahrheiten anzusehen sind.» Er hatte die Worte *Trägheit*, *vorkonstruieren* und *Kirche* betont, Se. Erlaucht hatte wohlwollend zugehört, ließ sich das Buch zeigen, aber schüttelte dann den Kopf. «Nein,» sagte der reichsunmittelbare Graf «das Buch wäre schon gut, aber diese protestantische Stelle mit der Kirche geht nicht!» – Der Sekretär sah bitter drein wie ein kleiner Beamter, der sich das Konzept eines Akts zum fünftenmal vom Vorstand zurückweisen lassen muß, und wandte vorsichtig ein: «Der Eindruck Fichtes auf nationale Kreise würde aber vorzüglich sein?» – «Ich glaube,» entgegnete Se. Erlaucht «daß wir vorläufig darauf verzichten müssen.» Mit dem zuklappenden Buch klappte auch sein Gesicht zu, mit dem wortlos befehlenden Gesicht klappte auch der Sekretär zu einer ergebenen Verbeugung zusammen und nahm Fichte in Empfang, um ihn abzuservieren und nebenan in der Bibliothek zwischen allen andren philosophischen Systemen der Welt wieder einzureihen; man kocht nicht selbst, sondern läßt das durch seine Leute besorgen.

«Es bleibt also» sagte Graf Leinsdorf «vorderhand bei den vier Punkten: Friedenskaiser, europäischer Markstein, wahres Österreich und Besitz und Bildung. Danach müssen Sie das Rundschreiben abfassen.»

Se. Erlaucht hatte in diesem Augenblick einen politischen Gedanken gehabt, und in Worte gebracht bedeutete er ungefähr: Sie werden von selbst kommen! Er meinte jene Kreise seines Vaterlands, die sich weniger diesem angehören fühlten als der deutschen Nation. Sie waren ihm unangenehm. Hätte sein Sekretär ein passenderes Zitat gefunden, um ihrem Empfinden zu schmeicheln (denn dazu war Joh. Gottl. Fichte ausgewählt worden), so wäre die Stelle auch niedergeschrieben worden; aber im Augenblick, wo eine störende Einzelheit das hinderte, atmete Graf Leinsdorf befreit auf.

Se. Erlaucht war der Erfinder der großen vaterländischen Aktion. Ihm war, als die aufregende Nachricht aus Deutschland kam, zuerst das Wort Friedenskaiser eingefallen. Es hatte sich sofort damit die Vorstellung eines 88jährigen Herrschers verknüpft, eines wahren Vaters seiner Völker, und einer 70jährigen ununterbrochenen Regierung. Diese beiden Vorstellungen trugen wohl natürlich die ihm vertrauten Züge seines kaiserlichen Herrn, aber die Glorie, die auf ihnen lag, war nicht die der Majestät, sondern der stolzen Tatsache, daß sein Vaterland den ältesten und am längsten regierenden Herrscher der Welt besaß. Unverständige könnten sich nun versucht fühlen, darin bloß die Freude an einer Rarität zu erblicken (etwa wie wenn Graf Leinsdorf den Besitz der viel selteneren quergestreiften Sahara mit Wasserzeichen und einem fehlenden Zahn höher gestellt hätte als den eines Greco, was er auch in Wahrheit tat, wenngleich er beide besaß und die berühmte Bildersammlung seines Hauses nicht ganz außer acht ließ), aber sie verstehen eben nicht, welche bereichernde Kraft ein Gleichnis selbst noch vor dem größten Reichtum voraus hat. In diesem Gleichnis von dem alten Herrscher lag für Graf Leinsdorf zugleich sein Vaterland, das er liebte, und die Welt, der es ein Vorbild sein sollte. Große und schmerzliche Hoffnungen bewegten Graf Leinsdorf. Er hätte nicht sagen können: war es mehr Schmerz über sein Vaterland, das er nicht ganz den Ehrenplatz «in der Familie der Völker» einnehmen sah, der ihm gebührte, oder war, was ihn bewegte, Eifersucht auf Preußen, das Österreich von diesem Platz hinabgestoßen hatte (im Jahre 1866, durch Heim-Tücke!), oder erfüllten ihn einfach Stolz auf den Adel eines alten Staats und das Verlangen, ihn vorbildlich zu beweisen; denn die Völker Europas trieben nach seiner Meinung alle im Strudel einer materialistischen Demokratie dahin, und es schwebte ihm ein erhabenes Symbol vor, das ihnen zugleich Mahnung und Zeichen der Einkehr sein sollte. Es war ihm klar, daß etwas geschehen müsse, was Österreich allen voranstellen sollte, damit diese «glanzvolle Lebenskundgebung Österreichs» für die ganze Welt «ein Markstein» sei, somit ihr diene, ihr eigenes wahres Wesen wiederzufinden, und daß dies alles mit dem Besitz eines 88jährigen Friedenskaisers verknüpft war. Mehr oder Genaueres wußte Graf Leinsdorf in der Tat noch nicht. Aber es war sicher, daß ihn ein großer Gedanke ergriffen hatte. Nicht nur entflammte dieser seine Leidenschaft – wogegen ein streng und verantwortlich erzogener Christ immerhin hätte mißtrauisch bleiben müssen –, sondern mit heller Evidenz ergoß sich dieser Gedanke unmittelbar in so erhabene und strahlende Vorstellungen wie die des Herrschers, des Vaterlands und des Weltglücks. Und was diesem Gedanken noch an Dunkel anhaftete, vermochte Se. Erlaucht nicht zu beunruhigen. Se. Erlaucht kannte sehr wohl die theologische Lehre von der contemplatio in caligine divina, der Beschauung im göttlichen Dunkel, das in sich unendlich klar ist, aber für den menschlichen Intellekt Blendung und Finsternis; und im übrigen war es seine Lebensüberzeugung, daß ein Mann, der Großes tut, gewöhnlich nicht weiß warum – sagt doch schon Cromwell: «Ein Mann kommt nie weiter, als wenn er nicht weiß, wohin er geht!» Graf Leinsdorf gab sich also befriedigt dem Genuß seines Gleichnisses hin, dessen Unsicherheit ihn, wie er fühlte, kräftiger erregte als Sicherheiten.

Von Gleichnissen abgesehn, hatten seine politischen Anschauungen aber eine außerordentliche Festigkeit und jene Freiheit eines großen Charakters, die nur durch die vollkommene Abwesenheit von Zweifeln ermöglicht wird. Er war als Majoratsherr Mitglied des Herrenhauses, aber weder politisch aktiv, noch bekleidete er ein Amt am Hofe oder im Staate; er war «nichts als Patriot». Aber gerade dadurch und durch seinen unabhängigen Reichtum war er zum Mittelpunkt aller anderen Patrioten geworden, die mit Besorgnis die Entwicklung des Reichs und der Menschheit verfolgten. Die ethische Verpflichtung, nicht ein gleichgültiger Zuschauer zu sein, sondern der Entwicklung «von oben helfend die Hand zu bieten», durchdrang sein Leben. Er war vom «Volk» überzeugt, daß es «gut» sei; da nicht nur seine vielen Beamten, Angestellten und Diener von ihm abhingen, sondern in ihrem wirtschaftlichen Bestehen zahllose Menschen, hatte er es nie anders kennengelernt, ausgenommen die Sonn- und Feiertage, wo es als freundlich buntes Gewimmel aus den Kulissen quillt wie ein Opernchor. Was nicht zu dieser Vorstellung stimmte, führte er deshalb auf «hetzerische Elemente» zurück; es war für ihn das Werk verantwortungsloser, unreifer und sensationssüchtiger Individuen. Religiös und feudal erzogen, niemals im Verkehr mit bürgerlichen Menschen dem Widerspruch ausgesetzt, nicht unbelesen, aber durch die Nachwirkung der geistlichen Pädagogik, die seine Jugend behütet hatte, zeitlebens gehindert, in einem Buch etwas anderes zu erkennen als Übereinstimmung oder irrende Abweichung von seinen eigenen Grundsätzen, kannte er das Weltbild zeitgemäßer Menschen nur aus den Parlaments- und Zeitungskämpfen; und da er genug Wissen besaß, um die vielen Oberflächlichkeiten in diesen zu erkennen, wurde er täglich in seinem Vorurteil bestärkt, daß die wahre, tiefer verstandene bürgerliche Welt nichts anderes sei, als was er selbst meine. Überhaupt war der Zusatz «der wahre» zu politischen Gesinnungen eine seiner Hilfen, um sich in einer von Gott geschaffenen, aber ihn zu oft verleugnenden Welt zurechtzufinden. Er war fest überzeugt, daß sogar der wahre Sozialismus mit seiner Auffassung übereinstimme, ja es war von Anfang an seine persönlichste Idee, die er sogar sich selbst noch teilweise verbarg, eine Brücke zu schlagen, auf der die Sozialisten in sein Lager marschieren sollten. Es ist ja klar, daß den Armen zu helfen eine ritterliche Aufgabe ist und daß für den wahren Hochadel eigentlich kein so großer Unterschied zwischen einem bürgerlichen Fabrikanten und seinem Arbeiter bestehen kann; «wir alle sind ja im Innersten Sozialisten» war ein Lieblingsausspruch von ihm und hieß ungefähr so viel und nicht mehr, wie daß es im Jenseits keine sozialen Unterschiede gibt. In der Welt hielt er sie aber für notwendige Tatsachen und erwartete von der Arbeiterschaft, wenn man ihr bloß in den Fragen des materiellen Wohlbefindens entgegenkomme, daß sie von unvernünftigen, in sie hineingetragenen Schlagworten abstehn und die natürliche Weltordnung einsehn werde, wo jeder in dem ihm bestimmten Kreis Pflicht und Gedeihen findet. Der wahre Adelige erschien ihm darum so wichtig wie der wahre Handwerker, und die Lösung der politischen und wirtschaftlichen Fragen lief für ihn eigentlich auf eine harmonische Vision hinaus, die er Vaterland nannte.

Se. Erlaucht hätte nicht anzugeben vermocht, was davon er während der Viertelstunde seit dem Abgang seines Sekretärs gedacht hatte. Vielleicht alles. Der mittelgroße, etwa sechzigjährige Mann saß reglos vor seinem Schreibtisch, die Hände im Schoß verschränkt, und wußte nicht, daß er lächelte. Er trug einen niederen Kragen, weil er Anlage zu einem Blähhals hatte, und einen Knebelbart entweder aus dem gleichen Grund oder weil er damit ein wenig an die Bilder böhmischer Aristokraten aus der Zeit Wallensteins erinnerte. Ein hohes Zimmer stand um ihn, und dieses war wieder von den großen, leeren Räumen des Vorzimmers und der Bibliothek umgeben, um welche, Schale über Schale, weitere Räume, Stille, Devotion, Feierlichkeit und der Kranz zweier geschwungenen Steintreppen sich legten; wo diese in die Einfahrt mündeten, stand in schwerem, tressenbeladenem Mantel, seinen Stab in der Hand, der große Türhüter, er sah durch das Loch des Torbogens in die helle Flüssigkeit des Tags, und die Fußgänger schwammen vorbei wie in einem Goldfischglas. An der Grenze dieser beiden Welten zogen sich die spielerischen Ranken einer Rokokofassade hoch, die unter den Kunstgelehrten nicht nur wegen ihrer Schönheit berühmt war, sondern auch weil sie höher war als breit; sie gilt heute als der erste Versuch, die Haut eines breit bequemen Landschlößchens über das auf bürgerlich beengtem Grundriß hochgeratene Gerüst des Stadthauses zu spannen, und damit als einer der wichtigsten Übergänge von der feudalen Grundherrlichkeit zum Stil der bürgerlichen Demokratie. Hier ging die Existenz der Leinsdorfs kunstbücherlich beglaubigt in den Weltgeist über. Wer das aber nicht wußte, sah so wenig davon wie der vorüberschießende Wassertropfen von der Wand seines Kanals; er bemerkte nur das weiche grauliche Torloch in der sonst festen Straße, eine überraschende, fast erregende Vertiefung, in deren Höhle das Gold der Tressen und des großen Knopfes am Türhüterstab erglänzten. Bei schönem Wetter kam dieser Türhüter vor die Einfahrt; dann stand er dort wie ein bunter, weit sichtbarer Edelstein, in eine Häuserflucht eingesprengt, die in niemandes Bewußtsein tritt, obgleich es erst ihre Wände sind, die das zahl- und namenlos vorbeitreibende Gewimmel zur Ordnung einer Straße erheben. Es ist zu wetten, daß ein großer Teil des «Volks», über dessen Ordnung Graf Leinsdorf besorgt und unablässig wachte, mit seinem Namen, wenn er fiel, nichts als die Erinnerung an diesen Türsteher verband.

Aber Se. Erlaucht würde darin keine Zurücksetzung erblickt haben; eher dürfte ihm schon der Besitz derartiger Türhüter als die «wahre Selbstlosigkeit» vorgekommen sein, die einem vornehmen Mann ansteht.

22

Die Parallelaktion steht in Gestalt einer einflußreichen Dame von unbeschreiblicher geistiger Anmut bereit, Ulrich zu verschlingen

Diesen Grafen Leinsdorf hatte Ulrich nach dem Wunsch des Grafen Stallburg aufsuchen sollen, aber er hatte beschlossen, es nicht zu tun; dagegen nahm er sich vor, seiner «großen Kusine» den ihm von seinem Vater empfohlenen Besuch zu machen, weil ihm daran gelegen war, sie einmal mit eigenen Augen zu sehn. Er kannte sie nicht, aber er hatte schon seit einiger Zeit eine ganz besondere Abneigung gegen sie, weil es wiederholt vorkam, daß ihm Leute, die von seiner Verwandtschaft wußten und es gut mit ihm meinten, rieten: «Diese Frau müßten gerade Sie kennenlernen!» Es geschah immer mit jener besonderen Betonung des Sie, die gerade den Angeredeten als ausnehmend geeignet zum Verständnis eines solchen Juwels hervorheben will und ebensogut eine aufrichtige Schmeichelei bedeuten kann wie ein Versteck für die Überzeugung, daß man der rechte Narr für eine solche Bekanntschaft sei. Er hatte sich deshalb schon oft nach den besondren

Eigenschaften dieser Frau erkundigt, aber niemals darauf befriedigende Antwort erhalten. Es hieß entweder: «Sie hat eine unbeschreibliche geistige Anmut» oder: «Sie ist unsere schönste und gescheiteste Frau», und manche sagen einfach: «Sie ist eine ideale Frau!» – «Wie alt ist denn diese Person?» fragte Ulrich, aber niemand wußte es, und gewöhnlich war der Befragte darüber erstaunt, daß er selbst noch nicht darauf gekommen sei, sich das zu fragen. «Und wer ist denn nun eigentlich ihr Geliebter?» fragte Ulrich schließlich ungeduldig. «Ein Verhältnis?» Der nicht unerfahrene junge Mann, zu dem er so sprach, staunte. «Sie haben ganz recht. Kein Mensch käme auf diese Vermutung.» «Also eine geistige Schönheit» sagte sich Ulrich; «eine zweite Diotima.» Und von diesem Tag an nannte er sie in Gedanken so, nach jener berühmten Dozentin der Liebe.

In Wirklichkeit hieß sie aber Ermelinda Tuzzi und in Wahrheit sogar nur Hermine. Nun ist Ermelinda zwar nicht einmal die Übersetzung von Hermine, aber sie hatte das Recht auf diesen schönen Namen doch eines Tags durch intuitive Eingebung erworben, indem er plötzlich als höhere Wahrheit vor ihrem geistigen Ohre stand, wenngleich ihr Gatte auch weiterhin Hans und nicht Giovanni hieß und trotz seines Familiennamens die italienische Sprache erst auf der Konsularakademie erlernt hatte. Gegen diesen Sektionschef Tuzzi besaß Ulrich kein geringeres Vorurteil wie gegen seine Gattin. Er war in einem Ministerium, das als Ministerium des Äußern und des Kaiserlichen Hauses noch viel feudaler war als die anderen Regierungsbüros, der einzige bürgerliche Beamte in maßgebender Stellung, leitete darin die einflußreichste Sektion, galt als die rechte Hand, gerüchtweise sogar als der Kopf seiner Minister und gehörte zu den wenigen Männern, die auf die Geschicke Europas Einfluß hatten. Wenn aber in so stolzer Umgebung ein Bürgerlicher zu solcher Stellung aufsteigt, darf man füglich einen Schluß auf Eigenschaften ziehen, die in einer vorteilhaften Weise persönliche Unentbehrlichkeit mit bescheidenem Zurücktretenkönnen vereinen müssen, und Ulrich war nicht weit davon entfernt, sich den einflußreichen Sektionschef als eine Art properen Kavalleriewachtmeister vorzustellen, der hochadelige Einjährige kommandieren muß. Dazu paßte als Ergänzung eine Lebensgefährtin, die er sich, trotz der Anpreisungen ihrer Schönheit, nicht mehr jung, ehrgeizig und mit einem bürgerlichen Korsett von Bildung dachte.

Aber Ulrich wurde heftig überrascht. Als er ihr seine Aufwartung machte, empfing ihn Diotima mit dem nachsichtigen Lächeln der bedeutenden Frau, die weiß, daß sie auch schön ist, und den oberflächlichen Männern verzeihen muß, daß sie daran immer zuerst denken.

«Ich habe Sie schon erwartet» sagte sie, und Ulrich wußte nicht recht, war das liebenswürdig oder tadelnd. Die Hand, welche sie ihm reichte, war fett und gewichtslos.

Er hielt sie einen Augenblick zu lang fest, seine Gedanken vermochten sich nicht gleich von dieser Hand zu trennen. Wie ein dickes Blütenblatt lag sie in der seinen; die spitzen Nägel wie Flügeldecken, schienen imstande zu sein, mit ihr jeden Augenblick ins Unwahrscheinliche davonzufliegen. Die Überspanntheit der Frauenhand hatte ihn überwältigt, eines im Grunde ziemlich schamlos menschlichen Organs, das wie eine Hundeschnauze alles betastet, aber öffentlich der Sitz von Treue, Adel und Zartheit ist. Während dieser Sekunden stellte er fest, daß Diotimas Hals mehrere Wülste trug, von zartester Haut überzogen; ihr Haar war zu einem griechischen Knoten geschlungen, der starr abstand und in seiner Vollkommenheit einem Wespennest glich. Ulrich fühlte sich von etwas Feindseligem bedrängt, einer Lust, diese lächelnde Frau zu empören, aber er konnte sich der Schönheit Diotimas nicht ganz entziehen.

Auch Diotima sah ihn lange und beinahe prüfend an. Sie hatte manches von diesem Vetter gehört, das für ihr Ohr eine leichte Schattierung von privatem Skandal besaß, und außerdem war dieser Mann mit ihr verwandt. Ulrich nahm wahr, daß auch sie sich dem körperlichen Eindruck nicht ganz entziehen konnte, den er auf sie machte. Er war ihn gewohnt. Er war glatt rasiert, groß, durchgebildet und biegsam muskulös, sein Gesicht war hell und undurchsichtig; mit einem Wort, er kam sich manchmal selbst wie ein Vorurteil vor, das sich die meisten Frauen von einem eindrucksvollen noch jungen Mann bilden, und hatte bloß nicht immer die Kraft, sie rechtzeitig davon abzubringen. Diotima aber wehrte sich dagegen, indem sie ihn geistig bemitleidete. Ulrich konnte beobachten, daß sie dauernd seine Erscheinung betrachtete und offenbar nicht ungefällige Gefühle dabei hatte, während sie sich vielleicht sagte, daß die edlen Eigenschaften, die er so sinnfällig zu besitzen schien, durch ein schlechtes Leben unterdrückt sein mußten und gerettet werden konnten. Von ihrem Aussehen ging, obgleich sie nicht viel jünger als Ulrich und körperlich in aufgeschlossener Vollblüte war, geistig etwas unerschlossen Jungfräuliches aus, das einen sonderbaren Gegensatz zu ihrem Selbstbewußtsein bildete. So betrachteten sie einander noch, während sie schon sprachen.

Diotima begann damit, daß sie die Parallelaktion für eine geradezu nie wiederkehrende Gelegenheit erklärte, das zu verwirklichen, was man für das Wichtigste und Größte halte. «Wir müssen und wollen eine ganz große Idee verwirklichen. Wir haben die Gelegenheit und dürfen uns ihr nicht entziehn!»

Ulrich fragte naiv: «Denken Sie an etwas Bestimmtes?»

Nein, Diotima dachte nicht an etwas Bestimmtes. Wie hätte sie das auch tun können! Niemand, der vom Größten und Wichtigsten der Welt spricht, meint, daß es das wirklich gebe. Aber welcher sonderbaren Eigenschaft der Welt kommt das gleich? Alles läuft darauf hinaus, daß das eine größer, wichtiger oder auch schöner oder trauriger ist als das andere, also auf eine Rangordnung und einen Komparativ, und dazu gibt es nun keine Spitze und keinen Superlativ? Macht man jedoch jemand, der gerade vom Wichtigsten und Größten sprechen will, darauf aufmerksam, so faßt er das Mißtrauen, es mit einem gefühllosen und unidealistischen Menschen zu tun zu haben. So ging es Diotima, und so hatte Ulrich gesprochen.

Diotima fand, als eine Frau, deren Geist bewundert wurde, Ulrichs Einwand respektlos. Sie lächelte nach einer Weile und antwortete: «Es gibt so viel Großes und Gutes, was noch nicht verwirklicht ist, daß die Wahl nicht leicht fallen wird. Aber wir werden Ausschüsse aus allen Kreisen der Bevölkerung einsetzen, die uns behilflich sein sollen. Oder glauben Sie nicht, Herr von..., daß es einen ungeheuren Vorzug bedeutet, eine Nation, ja eigentlich die ganze Welt bei einer solchen Gelegenheit dazu aufrufen zu dürfen, daß sie sich inmitten eines materialistischen Treibens auf das Geistige besinne? Sie sollen nicht annehmen, daß wir etwas im längst verbrauchten Sinn Patriotisches anstreben.»

Ulrich wich mit einem Scherz aus.

Diotima lachte nicht; sie lächelte bloß. Sie war geistreiche Männer gewohnt; aber diese waren auch sonst noch etwas. Paradoxe als solche erschienen ihr unreif und erregten das Bedürfnis, ihren Verwandten auf den Ernst der Wirklichkeit hinzuweisen, welcher dem großen patriotischen Unternehmen sowohl Würde wie Verantwortung lieh. Sie sprach nun in einem anderen Ton, abschließend und eröffnend; Ulrich suchte unwillkürlich zwischen ihren Worten nach jenen schwarz-gelben Bindfäden, mit denen in den Ministerien die Aktenblätter durchschossen und aneinandergeheftet werden. Es kamen aber keineswegs nur regierungsfähige, sondern auch geistige Kennerworte aus Diotimas Mund, wie «seelenlose, bloß von Logik und Psychologie beherrschte Zeit» oder «Gegenwart und Ewigkeit», und plötzlich war dazwischen auch von Berlin und dem «Schatz von Gefühl» die Rede, den das Österreichertum im Gegensatz zu Preußen noch bewahre.

Ulrich machte einigemal den Versuch, diese geistige Thronrede zu stören; aber augenblicklich wolkte Sakristeigeruch des hohen Bürokratismus über die Unterbrechung hin, ihre Taktlosigkeit zart verhüllend. Ulrich staunte. Er erhob sich, sein erster Besuch war offenbar zu Ende.

In diesen Augenblicken des Rückzugs behandelte ihn Diotima mit jener sanften, vorsichtshalber und ostensibel ein wenig übertriebenen Zuvorkommenheit, die sie ihrem Mann abgelernt hatte; der machte von ihr im Verkehr mit jungen Adeligen Gebrauch, die seine Untergebenen waren, aber eines Tags seine Minister sein konnten. Es lag etwas von der überheblichen Unsicherheit des Geistes gegenüber roherer Lebenskraft in der Art, wie sie ihn zum Wiederkommen aufforderte. Als er ihre milde, gewichtlose Hand wieder in der seinen hielt, sahen sie einander in die Augen. Ulrich hatte den bestimmten Eindruck, daß sie auserwählt seien, einander große Unannehmlichkeiten durch Liebe zu bereiten.

«Wahrhaftig,» dachte er «eine Hydra von Schönheit!» Er hatte die Absicht, die große vaterländische Aktion vergeblich auf sich warten zu lassen, aber sie schien in Diotima Gestalt angenommen zu haben und war bereit, ihn zu verschlingen. Es war ein halb spaßiger Eindruck; trotz seiner Jahre und Erfahrung kam er sich wie ein schädlicher kleiner Wurm vor, den ein großes Huhn aufmerksam betrachtet. «Um Gotteswillen,» dachte Ulrich «nur nicht von dieser Seelenriesin sich zu kleinen Schandtaten herausfordern lassen!» Er hatte von seinem Verhältnis zu Bonadea genug und machte sich äußerste Zurückhaltung zur Pflicht.

Beim Verlassen der Wohnung tröstete ihn ein Eindruck, den er schon beim Kommen angenehm empfunden hatte. Ein kleines Stubenmädchen mit träumerischen Augen geleitete ihn. Im Dunkel des Vorzimmers waren ihre Augen wie ein schwarzer Schmetterling gewesen, als sie zum erstenmal an ihm emporflatterten; jetzt beim Fortgehn sanken sie durch das Dunkel wie schwarze Schneeflocken. Etwas Arabisch- oder Algerisch-Jüdisches, eine Vorstellung, die er nicht deutlich in sich aufgenommen hatte, war so unbeachtet lieblich um diese Kleine, daß Ulrich auch jetzt vergaß, sich das Mädchen genau anzusehn; erst als er sich auf der Straße befand, fühlte er, daß nach Diotimas Gegenwart der Anblick dieser kleinen Person etwas ungemein Lebendiges und Erfrischendes gewesen war.

23

Erste Einmischung eines großen Mannes

Diotima und ihr Stubenmädchen blieben nach Ulrichs Fortgang in einer leisen Angeregtheit zurück. Aber während es der kleinen schwarzen Eidechse jedesmal, wenn sie einen vornehmen Besucher hinausbegleitete, zumute war, als ob sie blitzschnell an einer großen schimmernden Mauer hinaufhuschen dürfte, behandelte Diotima die Erinnerung an

Ulrich mit der Gewissenhaftigkeit einer Frau, die es nicht ungern sieht, unrecht berührt zu werden, weil sie in sich die Macht sanfter Zurechtweisung fühlt. Ulrich wußte nicht, daß am gleichen Tag ein anderer Mann in ihr Leben getreten war, der sich unter ihr wie ein riesiger Aussichtsberg emporhob.

Dr. Paul Arnheim hatte ihr kurz nach seinem Eintreffen seine Aufwartung gemacht.

Er war unermeßlich reich. Sein Vater war der mächtigste Beherrscher des «eisernen Deutschland», und sogar Sektionschef Tuzzi hatte sich zu diesem Wortspiel herbeigelassen; Tuzzis Grundsatz war, daß man im Ausdruck sparsam sein müsse und Wortspiele, wenn man ihrer auch im geistvollen Gespräch nicht ganz entbehren könne, niemals zu gut sein dürfen, weil das bürgerlich sei. Er selbst hatte seiner Gattin empfohlen, den Besuch mit Auszeichnung zu behandeln; denn wenn diese Art Leute im Deutschen Reich auch noch nicht obenauf waren und an Einfluß bei Hof nicht mit den Krupps verglichen werden konnten, so konnte dies seiner Ansicht nach immerhin morgen der Fall sein, und er fügte den Inhalt eines intimen Gerüchts hinzu, wonach dieser Sohn – der übrigens schon weit über Vierzig war – durchaus nicht bloß nach der Stellung seines Vaters strebe, sondern, auf den Zug der Zeit und seine internationalen Beziehungen gestützt, sich auf eine Reichministerschaft vorbereite. Nach der Meinung des Sektionschefs Tuzzi war dies freilich ganz und gar ausgeschlossen, außer es ginge ein Weltuntergang voran.

Er ahnte nicht, welchen Sturm er damit in der Phantasie seiner Gattin erregte. Es gehörte selbstverständlich zu den Überzeugungen ihres Kreises, «Händler» nicht allzu hoch zu schätzen, aber wie alle Menschen bürgerlicher Gesinnung, bewunderte sie Reichtum in einer Tiefe des Herzens, die von Überzeugungen ganz unabhängig ist, und die persönliche Begegnung mit einem so über die Maßen reichen Mann wirkte auf sie wie goldene Engelsfittiche, die sich zu ihr niedergelassen hatten. Ermelinda Tuzzi war seit dem Aufstieg ihres Gatten den Verkehr mit Ruhm und Reichtum wohl nicht ungewohnt; aber Ruhm, durch geistige Leistungen erworben, zerfließt merkwürdig rasch, sobald man mit seinen Trägern verkehrt, und feudaler Reichtum hat entweder die Form törichter Schulden junger Attachés oder er ist an einen überlieferten Lebensstil gebunden, ohne je das Überschäumende frei aufgehäufter Geldberge zu gewinnen und den sprühend ausgeschütteten Schauder des Goldes, mit dem große Banken oder Weltindustrien ihre Geschäfte besorgen. Das einzige, was Diotima vom Bankwesen wußte, war, daß selbst mittlere Angestellte auf Dienstreisen in der ersten Klasse fuhren, während sie immer zweiter reisen mußte, wenn sie sich nicht in Gesellschaft ihres Mannes befand, und sie hatte sich danach eine Vorstellung von dem Luxus gemacht, der die obersten Despoten eines solchen orientalischen Betriebs umgeben müsse.

Ihre kleine Zofe Rachel – es versteht sich von selbst, daß Diotima, wenn sie rief, diesen Namen französisch aussprach – hatte traumhafte Dinge gehört. Das mindeste, was sie zu erzählen wußte, war, daß der Nabob mit seinem eigenen Zuge angekommen sei, ein ganzes Hotel gemietet habe und einen kleinen Negersklaven mit sich führe. Die Wahrheit war wesentlich bescheidener; schon deshalb, weil Paul Arnheim sich niemals auffällig benahm. Nur der Mohrenknabe war Wirklichkeit. Ihn hatte Arnheim vor Jahren auf einer Reise im äußersten Süden Italiens aus einer Truppe von Tänzern herausgegriffen und zu sich genommen, in einer Mischung des Wunsches, sich selbst zu schmücken, mit der Anwandlung, eine Kreatur aus der Tiefe zu heben und, indem er ihr das Leben des Geistes erschloß, an ihr Gottes Werk zu tun. Er hatte aber später bald die Lust daran verloren und verwendete den Kleinen, der jetzt sechzehn Jahre alt war, nur noch als Bedienten, während er ihm vor dem vierzehnten Jahr Stendhal und Dumas zu lesen gegeben hatte. Aber obgleich die Gerüchte, die ihre Zofe nach Hause gebracht hatte, so kindlich in ihrer Übertreibung waren, daß Diotima lächeln mußte, ließ sie sich doch alles Wort für Wort wiederholen, denn sie fand es so unverdorben, wie das nur in dieser einzigen Großstadt vorkommen konnte, die «bis zur Unschuld kulturvoll» war. Und der Mohrenjunge ergriff merkwürdigerweise sogar ihre eigene Phantasie.

Sie war die älteste von den drei Töchtern eines Mittelschullehrers gewesen, der kein Vermögen besaß, so daß ihr Gatte für sie schon als gute Partie gegolten hatte, als er noch nichts als einen unbekannten bürgerlichen Vizekonsul darstellte. Sie hatte in ihrer Mädchenzeit nichts gehabt als ihren Stolz, und da dieser hinwieder nichts hatte, worauf er stolz sein konnte, war er eigentlich nur eine eingerollte Korrektheit mit ausgestreckten Taststacheln der Empfindsamkeit gewesen. Aber auch eine solche verbirgt manchmal Ehrgeiz und Träumerei und kann eine unberechenbare Kraft sein. Hatte Diotima anfangs die Aussicht auf ferne Verwicklungen in fernen Ländern gelockt, so kam bald die Enttäuschung; denn das bildete nach wenigen Jahren nur noch Freundinnen gegenüber, die sie um ihren Hauch von Exotik beneideten, einen diskret benützten Vorteil und vermochte nicht die Erkenntnis zurückzudämmen, daß in den Hauptdingen das Leben auf den Missionen das mit dem andren Gepäck von zu Hause mitgebrachte Leben bleibt. Diotimas Ehrgeiz war lange Zeit nahe daran gewesen, in der vornehmen Aussichtslosigkeit der fünften Rangsklasse zu enden, ehe durch einen Zufall plötzlich der Aufstieg ihres Mannes damit begann, daß ein wohlwollender und «fortschrittlich» gesinnter Minister sich den Bürgerlichen in die Präsidialkanzlei der Zentralstelle holte. In dieser Stellung kamen nun viele Leute zu Tuzzi, die etwas von ihm wollten, und von diesem Augenblick an belebte sich auch in Diotima fast zu ihrem eigenen Erstaunen ein Schatz von Erinnerungen an «geistige Schönheit und Größe», den sie sich angeblich im kulturvollen Elternhaus und in den Zentren der Welt, in Wahrheit aber wohl auf der höheren Töchterschule als vorzügliches Lernkind angeeignet hatte, und sie fing an, ihn vorsichtig zu verwerten. Der nüchterne, aber ungemein verläßliche Verstand ihres Mannes hatte die Aufmerksamkeit unwillkürlich auch auf sie gelenkt, und sie handelte nun vollkommen arglos wie ein feuchtes Schwämmchen, welches das wieder von sich gibt, was es ohne besondere Verwendung in sich aufgespeichert hat, indem sie, sobald sie wahrnahm, daß man ihre geistigen Vorzüge bemerkte, mit großer Freude kleine «hochgeistige» Ideen an passenden Plätzen in ihre Unterhaltung einflocht. Und allmählich, während ihr Mann weiter emporstieg, fanden sich immer mehr Leute ein, die seine Nähe suchten, und ihr Haus wurde zu einem «Salon», der in dem Ruf stand, daß «Gesellschaft und Geist» dort einander begegneten. Jetzt, im Verkehr mit Menschen, die auf verschiedenen Gebieten etwas bedeuteten, begann Diotima auch ernstlich sich selbst zu entdecken. Ihre Korrektheit, die noch immer aufpaßte wie in der Schule, das Gelernte gut behielt und es zu einer freundlichen Einheit verknüpfte, wurde geradezu von selbst zu Geist, einfach durch Erweiterung, und das Haus Tuzzi gewann eine anerkannte Stellung.

24

Besitz und Bildung; Diotimas Freundschaft mit Graf Leinsdorf und das Amt, berühmte Gäste in Einheit mit der Seele zu bringen

Zu einem feststehenden Begriff wurde es aber erst durch die Freundschaft Diotimas mit Sr. Erlaucht dem Grafen Leinsdorf.

Von den Körperteilen, nach denen Freundschaften benannt werden, lag der gräflich Leinsdorfsche an einem solchen Ort zwischen Kopf und Herz, daß man Diotima nicht anders als seine Busenfreundin nennen dürfte, wenn dieses Wort noch gebräuchlich wäre. Se. Erlaucht verehrte Diotimas Geist und Schönheit, ohne sich unerlaubte Absichten zu gestatten. Durch sein Wohlwollen gewann Diotimas Salon nicht nur eine unerschütterliche Stellung, sondern erfüllte, wie er sich auszudrücken pflegte, ein Amt.

Für seine Person war Se. Erlaucht der reichsunmittelbare Graf «nichts als Patriot». Aber der Staat besteht nicht nur aus der Krone und dem

Volk, dazwischen die Verwaltung, sondern es gibt in ihm außerdem noch eins: den Gedanken, die Moral, die Idee! – So religiös Se. Erlaucht war, so wenig verschloß er sich, als ein von Verantwortung durchdrungener Geist, der überdies auf seinen Gütern Fabriken betrieb, der Erkenntnis, daß sich heute der Geist in vielem der Bevormundung durch die Kirche entzogen habe. Denn er konnte sich nicht vorstellen, wie zum Beispiel eine Fabrik, eine Börsenbewegung in Getreide oder eine Zuckerkampagne nach religiösen Grundsätzen zu leiten wären, während andrerseits ohne Börse und Industrie ein moderner Großgrundbesitz rationell nicht zu denken ist; und wenn Se. Erlaucht den Vortrag seines Wirtschaftsdirektors empfing, der ihm zeigte, daß in Verbindung mit einer ausländischen Spekulantengruppe ein Geschäft besser zu machen sei als an der Seite des heimischen Grundadels, so mußte Se. Erlaucht sich in den meisten Fällen für das erste entscheiden, denn die sachlichen Zusammenhänge haben ihre eigene Vernunft, der man sich nicht einfach nach Gefühl entgegenstellen kann, wenn man als Leiter einer großen Wirtschaft die Verantwortung nicht für sich allein, sondern auch für ungezählte andere Existenzen trägt. Es gibt etwas wie ein fachliches Gewissen, das unter Umständen dem religiösen widerspricht, und Graf Leinsdorf war überzeugt, daß selbst der Kardinal Erzbischof dabei nicht anders handeln könnte als er. Freilich war Graf Leinsdorf auch jederzeit bereit, dies in öffentlicher Herrenhaussitzung zu bedauern und die Hoffnung auszusprechen, daß das Leben zu der Einfachheit, Natürlichkeit, Übernatürlichkeit, Gesundheit und Notwendigkeit der christlichen Grundsätze wieder zurückfinden werde. Das war, sobald er zu solchen Ausführungen den Mund öffnete, wie wenn man einen Kontaktstöpsel herausgezogen hätte, und er floß in einem anderen Stromkreis. Übrigens geht es den meisten Menschen so, wenn sie sich öffentlich äußern; und wenn jemand Sr. Erlaucht vorgeworfen hätte, daß er für seine Person das tue, was er in der Öffentlichkeit bekämpfe, so würde Graf Leinsdorf es mit heiliger Überzeugung als das demagogische Gerede von wieglerischen Elementen gebrandmarkt haben, die von der ausgebreiteten Verantwortlichkeit des Lebens keine Ahnung besäßen. Trotzdem erkannte er selbst, daß eine Verbindung zwischen den ewigen Wahrheiten und den Geschäften, die so viel verwickelter sind als die schöne Einfachheit der Überlieferung, eine Angelegenheit von größter Wichtigkeit darstelle, und er hatte auch erkannt, daß sie nirgends anders zu suchen sei als in der vertieften bürgerlichen Bildung; mit ihren großen Gedanken und Idealen auf den Gebieten des Rechts, der Pflicht, des Sittlichen und des Schönen reichte sie bis zu den Tageskämpfen und täglichen Widersprüchen und erschien ihm wie eine Brücke aus lebendem Pflanzengewirr. Man konnte zwar nicht so fest und sicher auf ihr fußen wie auf den Dogmen der Kirche, aber es war nicht weniger notwendig und verantwortungsvoll, und aus diesem Grunde war Graf Leinsdorf nicht nur ein religiöser, sondern auch ein leidenschaftlicher ziviler Idealist.

Diesen Überzeugungen Sr. Erlaucht entsprach in seiner Zusammensetzung der Salon Diotimas. Diotimas Gesellschaften waren berühmt dafür, daß man dort an großen Tagen auf Menschen stieß, mit denen man kein Wort wechseln konnte, weil sie in irgendeinem Fach zu bekannt waren, um mit ihnen über die letzten Neuigkeiten zu sprechen, während man den Namen des Wissensbezirks, in dem ihr Weltruhm lag, in vielen Fällen noch nie gehört hatte. Es gab da Kenzinisten und Kanisisten, es konnte vorkommen, daß ein Grammatiker des Bo auf einen Partigenforscher, ein Tokontologe auf einen Quantentheoretiker stieß, abzusehen von den Vertretern neuer Richtungen in Kunst und Dichtung, die jedes Jahr die Bezeichnung wechselten und neben ihren arrivierten Fachgenossen in beschränktem Maße dort verkehren durften. Im allgemeinen war dieser Verkehr so eingerichtet, daß alles durcheinander kam und sich harmonisch mischte; nur die jungen Geister hielt Diotima gewöhnlich durch gesonderte Einladungen abseits und seltene oder besondre Gäste verstand sie unauffällig zu bevorzugen und einzurahmen. Was das Haus Diotimas vor allen ähnlichen auszeichnete, war übrigens, wenn man so sagen darf, gerade das Laienelement; jenes Element der praktisch angewandten Ideen, das sich – um mit Diotima zu sprechen – einst um den Kern der Gotteswissenschaften als ein Volk von gläubig Schaffenden verteilte, eigentlich als eine Gemeinschaft von lauter Laienbrüdern und -schwestern, kurz gesagt, das Element der Tat; – und heute, wo die Gotteswissenschaften durch Nationalökonomie und Physik verdrängt worden sind und Diotimas Verzeichnis einzuladender Verweser des Geistes auf Erden mit der Zeit an den Catalogue of Scientific Papers der British Royal Society heranwuchs, bestanden die Laienbrüder und -schwestern dementsprechend aus Bankdirektoren, Technikern, Politikern, Ministerialräten und den Damen wie Herrn der hohen und der ihr angeschlossenen Gesellschaft. Besonders die Frauen ließ Diotima sich angelegen sein, aber sie bevorzugte dabei die «Damen» vor den «Intellektuellen». «Das Leben ist heute viel zu sehr von Wissen belastet,» pflegte sie zu sagen «als daß wir auf die ‹ungebrochene Frau› verzichten dürften.» Sie war überzeugt, daß nur die ungebrochene Frau noch jene Schicksalsmacht besitze, die den Intellekt mit Seinskräften zu umschlingen vermöge, was dieser ihrer Ansicht nach zu seiner Erlösung offenbar sehr nötig hatte. Diese Auffassung von der umschlingenden Frau und der Kraft des Seins wurde ihr übrigens auch von dem männlichen jungen Adel, der bei ihr verkehrte, weil es als Gepflogenheit galt und

Sektionschef Tuzzi nicht unbeliebt war, hoch angerechnet; denn das unzersplitterte Sein ist nun einmal etwas für den Adel, und im besondern war das Haus Tuzzi, wo man sich paarweise in Gespräche vertiefen durfte, ohne aufzufallen, für liebende Zusammenkünfte und lange Aussprachen, ohne daß Diotima das ahnte, noch viel beliebter als eine Kirche.

Se. Erlaucht Graf Leinsdorf umfaßte diese zwei in sich so vielfältigen Elemente, die sich bei Diotima mischten, wenn er sie nicht gerade die «wahre Vornehmheit» nannte, mit der Bezeichnung «Besitz und Bildung»; noch lieber verwandte er aber für sie jene Vorstellung «Amt», die in seinem Denken einen bevorzugten Platz einnahm. Er vertrat die Auffassung, daß jede Leistung – nicht nur die eines Beamten, sondern ebensogut die eines Fabrikarbeiters oder eines Konzertsängers – ein Amt darstelle. «Jeder Mensch» pflegte er zu sagen «besitzt ein Amt im Staate; der Arbeiter, der Fürst, der Handwerker sind Beamte!»; es war dies ein Ausfluß seines stets und unter allen Umständen sachlichen Denkens, das keine Protektion kannte, und in seinen Augen erfüllten auch die Herrn und Damen der obersten Gesellschaft, indem sie mit den Erforschern der Boghazkoitexte oder der Plättchenfrage plauderten und sich die anwesenden Gattinnen der Hochfinanz ansahen, ein wichtiges, wenn auch nicht genau zu umschreibendes Amt. Dieser Begriff Amt ersetzte ihm das, was Diotima als die seit dem Mittelalter abhanden gekommene religiöse Einheit des menschlichen Tuns bezeichnete.

Und im Grunde entspringt auch wirklich alle solche gewaltsame Geselligkeit wie die bei ihr, wenn sie nicht ganz naiv und roh ist, dem Bedürfnis, eine menschliche Einheit vorzutäuschen, welche die so sehr verschiedenen menschlichen Betätigungen umfassen soll und niemals vorhanden ist. Diese Täuschung nannte Diotima Kultur und gewöhnlich mit einem besonderen Zusatz die alte österreichische Kultur. Seit ihr Ehrgeiz durch Erweiterung zu Geist geworden war, hatte sie dieses Wort immer häufiger gebrauchen gelernt. Sie verstand darunter: Die schönen Bilder von Velasquez und Rubens, die in den Hofmuseen hingen. Die Tatsache, daß Beethoven sozusagen ein Österreicher gewesen ist. Mozart, Haydn, den Stefansdom, das Burgtheater. Das von Traditionen schwere höfische Zeremoniell. Den ersten Bezirk, wo sich die elegantesten Kleider- und Wäschegeschäfte eines Fünfzigmillionenreichs zusammengedrängt hatten. Die diskrete Art hoher Beamter. Die Wiener Küche. Den Adel, der sich nächst dem englischen für den vornehmsten hielt, und seine alten Paläste. Den, manchmal von echter, meist von falscher Schöngeistigkeit durchsetzten Ton der Gesellschaft. Sie verstand auch die Tatsache darunter, daß ihr in diesem Lande ein so großer Herr wie Graf Leinsdorf seine Aufmerksamkeit schenkte und seine eigenen kulturellen Bestrebungen in ihr Haus verlegte. Sie wußte nicht, daß Se. Erlaucht das auch deshalb tat, weil es ihm unpassend erschien, sein eigenes Palais einer Neuerung zu öffnen, über die man leicht die Aufsicht verliert. Graf Leinsdorf war oft heimlich entsetzt über die Freiheit und Nachsicht, mit der seine schöne Freundin von menschlichen Leidenschaften und den Verwirrungen sprach, die sie anrichten, oder von revolutionären Ideen. Aber Diotima bemerkte es nicht. Sie hielt eine Trennung ein, zwischen sozusagen amtlicher Unkeuschheit und privater Keuschheit, wie eine Ärztin oder eine soziale Fürsorgerin; sie war empfindlich wie an einer verletzten Stelle, wenn ein Wort ihr persönlich zu nahe kam, aber unpersönlich sprach sie über alles und konnte dabei nur fühlen, daß Graf Leinsdorf sich von dieser Mischung sehr angezogen zeige.

Allein, das Leben baut nichts auf, wozu es nicht die Steine anderswo ausbricht. Zu Diotimas schmerzlicher Überraschung war ein sehr kleiner, träumerisch süßer Mandelkern von Phantasie, den ihr Dasein einst einschloß, als es sonst noch gar nichts enthielt, der auch noch dagewesen war, als sie sich den wie ein lederner Reisekoffer mit zwei dunklen Augen aussehenden Vizekonsul Tuzzi zu heiraten entschloß, in den Jahren des Erfolgs verschwunden. Freilich war vieles von dem, was sie unter alter österreichischer Kultur verstand, wie Haydn oder die Habsburger, einst nur eine lästige Lernaufgabe gewesen, während mitten dazwischen sich leben zu wissen ihr jetzt als ein bezaubernder Reiz erschien, der ebenso heroisch ist wie das hochsommerliche Summen der Bienen; aber mit der Zeit wurde das nicht nur eintönig, sondern auch anstrengend und sogar hoffnungslos. Es ging Diotima mit ihren berühmten Gästen nicht anders wie dem Grafen Leinsdorf mit seinen Bankverbindungen; man mochte noch so sehr wünschen, sie in Einheit mit der Seele zu bringen, es gelang nicht. Von Automobilen und Röntgenstrahlen kann man ja sprechen, das löst noch Gefühle aus, aber was sollte man mit allen unzähligen anderen Erfindungen und Entdeckungen, die heute jeder Tag hervorbringt, anderes anfangen, als ganz im allgemeinen die menschliche Erfindungsgabe zu bewundern, was auf die Dauer recht schleppend wirkt! Se. Erlaucht kam gelegentlich und sprach mit einem Politiker oder ließ sich einen neuen Gast vorstellen, er hatte es leicht, von vertiefter Bildung zu schwärmen; wenn man aber so eingehend mit ihr zu tun hatte wie Diotima, zeigte es sich, daß nicht die Tiefe, sondern ihre Breite das Unüberwindliche war. Sogar die dem Menschen unmittelbar nahegehenden Fragen wie die edle Einfachheit Griechenlands oder der Sinn der Propheten lösten sich, wenn man mit Kennern sprach, in eine unüberblickbare Vielfältigkeit von Zweifeln und Möglichkeiten auf. Diotima machte die Erfahrung, daß sich auch die berühmten Gäste an ihren Abenden immer paarweise unterhielten, weil ein Mensch schon damals höchstens noch mit einem zweiten Menschen sachlich und vernünftig sprechen konnte, und sie konnte es eigentlich mit keinem. Damit hatte Diotima aber an sich das bekannte Leiden des zeitgenössischen Menschen entdeckt, das man Zivilisation nennt. Es ist ein hinderlicher Zustand, voll von Seife, drahtlosen Wellen, der anmaßenden Zeichensprache mathematischer und chemischer Formeln, Nationalökonomie, experimenteller Forschung und der Unfähigkeit zu einem einfachen, aber gehobenen Beisammensein der Menschen. Und auch das Verhältnis des ihr selbst innewohnenden Geistesadels zum gesellschaftlichen Adel, das Diotima große Vorsicht auferlegte und trotz aller Erfolge manche Enttäuschung eintrug, erschien ihr mit der Zeit immer mehr so beschaffen zu sein, wie es kein Kultur-, sondern nur ein Zivilisationszeitalter kennzeichnet.

Zivilisation war demnach alles, was ihr Geist nicht beherrschen konnte. Und darum war es seit langem und vor allem auch ihr Mann.

25

Leiden einer verheirateten Seele

Sie las in ihrem Leiden viel und entdeckte, daß ihr etwas verlorengegangen war, von dessen Besitz sie vordem nicht viel gewußt hatte: eine Seele.

Was ist das? – Es ist negativ leicht bestimmt: es ist eben das, was sich verkriecht, wenn man von algebraischen Reihen hört.

Aber positiv? Es scheint, daß es sich da allen Bemühungen, die es fassen wollen, erfolgreich entzieht. Es mag sein, daß einstmals etwas Ursprüngliches in Diotima gewesen war, eine ahnungsvolle Empfindsamkeit, damals eingerollt in das dünngebürstete Kleid ihrer Korrektheit, was sie jetzt Seele nannte und in der gebatikten Metaphysik Maeterlincks wiederfand, in Novalis, vor allem aber in der namenlosen Welle von Dünnromantik und Gottessehnsucht, die das Maschinenzeitalter als Äußerung des geistigen und künstlerischen Protestes gegen sich selbst eine Weile lang ausgespritzt hat. Es mag auch sein, daß dieses Ursprüngliche in Diotima als ein Etwas von Stille, Zärtlichkeit, Andacht und Güte genauer zu bestimmen war, das nie einen rechten Weg gefunden hatte und beim Bleigießen, welches das Schicksal mit uns veranstaltet, in die komische Form ihres Idealismus geraten war. Vielleicht war es Phantasie; vielleicht eine Ahnung von der instinktiven vegetativen Arbeit, die täglich unter der Decke des Leibes vor sich geht, über der der seelenvolle Ausdruck einer schönen Frau uns anblickt; vielleicht kamen bloß unbezeichenbare Stunden, wo sie sich weit und warm fühlte, die Empfindungen beseelter zu sein schienen als gewöhnlich, wo Ehrgeiz und Wille schwiegen, eine leise Lebensberauschung und Lebensfülle sie ergriff, die Gedanken sich weit weg von der Oberfläche nach der Tiefe richteten, selbst wenn sie nur dem Geringsten galten, und die Weltereignisse fern lagen wie Lärm vor einem Garten. Diotima meinte dann unmittelbar das Wahre in sich zu sehen, ohne sich darum zu bemühen; zarte Erlebnisse, die noch keine Namen trugen, hoben ihre Schleier; und sie fühlte sich – um nur einiges aus den vielen Beschreibungen anzuführen, die sie in der Literatur dafür vorfand – harmonisch, human, religiös, nah einer Ursprungstiefe, die alles heilig macht, was aus ihr aufsteigt, und alles sündhaft sein läßt, was nicht aus ihrer Quelle kommt: Aber wenn das auch alles recht schön zu denken war, über solche Ahnungen und Andeutungen eines besonderen Zustands kam nicht nur Diotima niemals hinaus, sondern ebensowenig taten es die zu Rate gezogenen prophetischen Bücher, die von dem Gleichen in den gleichen, geheimnisvollen und ungenauen Worten sprachen. Es blieb Diotima nichts übrig, als daß sie auch daran die Schuld einem Zivilisationszeitalter zuschrieb, worin der Zugang zur Seele eben verschüttet worden ist.

Wahrscheinlich war, was sie Seele nannte, nichts als ein kleines Kapital von Liebesfähigkeit, das sie zur Zeit ihrer Heirat besessen hatte; Sektionschef Tuzzi bot nicht die rechte Anlagemöglichkeit dafür. Seine Überlegenheit über Diotima war anfangs und durch lange Zeit die des älteren Mannes gewesen; später kam noch die des erfolgreichen Mannes in geheimnisvoller Stellung dazu, der seiner Frau wenig Einblick in sich gewährt und den Nichtigkeiten, die sie treibt, mit Wohlwollen zusieht. Und von der Zeit der Bräutigamszärtlichkeiten abgesehn, war Sektionschef Tuzzi immer ein Nützlichkeits- und Verstandesmensch gewesen, den sein Gleichgewicht niemals verließ. Dennoch umgaben ihn die gut sitzende Ruhe seiner Handlungen und seines Anzugs, der, man könnte sagen, höflich ernste Geruch seines Körpers und Bartes, der vorsichtig feste Bariton, in dem er sprach, mit einem Hauch, der die Seele des Mädchens Diotima ähnlich erregte wie die Nähe des Herrn die des Jagdhunds, der die Schnauze auf sein Knie legt. Und so wie dieser gefühlhaft umfriedet hinterdreintrabt, hatte auch Diotima unter ernster, sachlicher Führung die unendliche Landschaft der Liebe betreten.

Sektionschef Tuzzi bevorzugte darin die geraden Wege. Seine Lebensgewohnheiten waren die eines ehrgeizigen Arbeiters. Er stand früh am Morgen auf, um entweder auszureiten oder, noch lieber, eine Stunde spazierenzugehn, was nicht nur der Erhaltung der Elastizität diente, sondern auch eine pedantisch einfache Gewohnheit darstellte, die, unerschütterlich durchgeführt, vorzüglich zum Bild verantwortungsvoller Leistungen paßt. Und daß er abends, wenn sie nicht eingeladen waren oder Gäste hatten, sich alsbald in sein Arbeitszimmer zurückzog, versteht sich von selbst, denn er war gezwungen, sein großes sachliches Wissen auf jener Höhe zu halten, in der seine Überlegenheit über die adeligen Kollegen und Vorgesetzten bestand. Ein solches Leben setzt feste Schranken und ordnet die Liebe der übrigen Tätigkeit ein. Wie alle Männer, deren Phantasie nicht vom Erotischen versehrt wird, war Tuzzi in seiner Junggesellenzeit – wenn er sich auch hie und da des diplomatischen Rufes halber in Gesellschaft seiner Freunde mit kleinen Theaterchoristinnen gezeigt hatte – ein ruhiger Bordellbesucher gewesen und übertrug den regelmäßigen Atemzug dieser Gewohnheit auch in die Ehe. Diotima lernte deshalb die Liebe als etwas Heftiges, Anfallweises, kurz Angebundenes kennen, das von einer noch stärkeren Gewalt nur einmal in jeder Woche losgelassen wurde. Diese Veränderung des Wesens zweier Menschen, die auf die Minute begann, um wenige Minuten später in ein kurzes Gespräch über nachzutragende Tagesereignisse und dann in planen Schlaf überzugehn, etwas, wovon man in der Zwischenzeit nie oder höchstens in Andeutungen und Anspielungen sprach (etwa so, daß man über die «partie honteuse» des Körpers einen diplomatischen Scherz macht), hatte jedoch unerwartete und widerspruchsvolle Folgen für sie.

Einesteils wurde es die Ursache ihrer übermäßig angeschwollenen Idealität; jener offiziösen, nach außen gewandten Persönlichkeit, deren Liebeskraft, deren seelisches Verlangen sich auf alles Große und Edle ausdehnte, das in ihrem Umkreis sichtbar wurde, und so innig sich daran verteilte und damit verband, daß Diotima jenen die Männerbegriffe verwirrenden Eindruck einer mächtig glühenden, aber platonischen Liebessonne hervorrief, durch dessen Schilderung Ulrich auf ihre Bekanntschaft neugierig geworden war. Andrerseits aber hatte sich der breite Rhythmus ehelicher Berührung rein physiologisch in ihr zu einer Gewohnheit entwickelt, die ihre Bahnung für sich besaß und sich ohne Verbindung mit den höheren Teilen ihres Wesens wie der Hunger eines Knechts meldete, dessen Mahlzeiten spärlich, aber kräftig sind. Mit der Zeit, als kleine Härchen aus Diotimas Oberlippe brachen und in ihr mädchenhaftes Wesen sich die männliche Selbständigkeit der gereiften weiblichen Person mischte, kam ihr das als Schrecken zu Bewußtsein. Sie liebte ihren Gatten, aber es mengte sich ein wachsendes Maß Abscheu darein, ja eine fürchterliche Beleidigung der Seele, die man schließlich nur den Empfindungen vergleichen konnte, die der in seine großen Unternehmungen vertiefte Archimedes gehabt haben würde, wenn ihn der fremde Soldat nicht erschlagen, sondern ihm ein sexuelles Ansinnen gestellt hätte. Und da ihr Gatte das weder merkte, noch ebenso darüber gedacht haben würde, ihr Körper aber sie gegen ihren Willen schließlich doch jedesmal an ihn verriet, fühlte sie sich einer Zwangsherrschaft unterworfen; es war wohl eine, die nicht für untugendhaft gilt, aber ihr Ablauf war genau so quälend, wie sie sich das Auftreten eines Tics oder die Unentrinnbarkeit des Lasters vorstellte. Nun wäre Diotima dadurch vielleicht nur ein wenig schwermütig und noch mehr ideal geworden, aber das fiel unglücklicherweise gerade in die Zeit, wo auch ihr Salon begann, ihr seelische Schwierigkeiten zu bereiten. Sektionschef Tuzzi förderte sehr natürlich die geistigen Bestrebungen seiner Frau, da er bald erkannt hatte, welcher Vorteil für seine eigene Stellung sich mit ihnen verband, aber er hatte niemals Teil an ihnen genommen, und man kann wohl auch sagen, er nahm sie nicht ernst; denn ernst nahm dieser erfahrene Mann nur die Macht, die Pflicht, hohe Abkunft und in einigem Abstand davon die Vernunft. Er warnte sogar Diotima wiederholt davor, in ihre schöngeistigen Regierungsgeschäfte zu viel Ehrgeiz zu setzen, denn wenn Kultur auch sozusagen das Salz in der Speise des Lebens sei, so liebe feine Gesellschaft doch nicht eine allzu gesalzene Küche; er sagte das ganz ohne Ironie, denn es war seine Überzeugung, aber Diotima fühlte sich gering geschätzt. Sie fühlte beständig ein Lächeln in der Schwebe, mit dem ihr Gatte ihre idealen Bestrebungen begleitete; und ob er sich zu Hause befand oder nicht, und ob dieses Lächeln – falls er wirklich lächelte, was keineswegs immer sicher war – in besonderer Weise ihr galt oder nur zu dem Gesichtsausdruck eines Mannes gehörte, der von Berufswegen jederzeit überlegen aussehen muß, es wurde ihr mit der Zeit immer unerträglicher, ohne daß sie sich von dem infamen Schein von Berechtigung zu befreien vermochte, den es sich anmaßte. Diotima gab zuweilen einer materialistischen Geschichtsperiode die Schuld daran, die aus der Welt ein böses, zweckloses Spiel gemacht hat, zwischen dessen Atheismus, Sozialismus und Positivismus ein seelenvoller Mensch nicht die Freiheit findet, sich zu seinem wahren Wesen zu erheben; aber auch das nützte nicht oft.

So waren die Verhältnisse im Hause Tuzzi beschaffen, als die große patriotische Aktion die Ereignisse beschleunigte. Seit Graf Leinsdorf, um den Adel nicht zu exponieren, deren Mittelpunkt in das Haus seiner Freundin verlegt hatte, waltete dort eine unausgesprochene Verantwortung, denn Diotima war entschlossen, jetzt oder nie ihrem Gatten zu beweisen, daß ihr Salon kein Spielzeug sei. Se. Erlaucht hatte ihr anvertraut, daß die große patriotische Aktion eine krönende Idee brauche, und es war ihr brennender Ehrgeiz, sie zu finden. Die Vorstellung, mit den Mitteln eines ganzen Reichs und vor den aufmerksamen Augen der Welt etwas verwirklichen zu müssen, was einer der größten Kulturinhalte sein sollte, oder bescheidener eingeschränkt, vielleicht etwas, das die österreichische Kultur in ihrem innersten Wesen zeigen sollte, – diese Vorstellung wirkte auf Diotima, als ob die Türe ihres Salons aufgesprungen wäre und an die Schwelle schlüge wie eine Fortsetzung seines Fußbodens das unendliche Meer. – Es ließ sich nicht leugnen, daß das erste, was sie dabei empfand, eine unermeßliche, augenblicklich sich öffnende Leere war.

Erste Eindrücke haben so oft etwas Richtiges an sich! Diotima war sicher, daß etwas Unvergleichliches geschehen werde, und rief ihre vielen Ideale auf; sie mobilisierte das Pathos ihrer Geschichtsstunden als kleines Mädchen, wo sie mit Reichen und Jahrhunderten rechnen gelernt hatte; sie tat überhaupt alles, was man in einer solchen Lage tun muß, aber nachdem einige Wochen in dieser Weise vergangen waren, mußte sie beobachten, daß ihr keineswegs etwas eingefallen war. Es wäre Haß gewesen, was Diotima in diesem Augenblick gegen ihren Gatten empfand, wenn sie des Hasses – einer niederen Regung! – überhaupt fähig gewesen wäre; deshalb wurde es Schwermut, und ein bis dahin unbekannter «Groll gegen alles» stieg in ihr auf.

Das war der Zeitpunkt, wo Dr. Arnheim in Begleitung seines kleinen Negers eintraf und Diotima kurz darauf seinen bedeutungsvollen Besuch empfing.

26

Die Vereinigung von Seele und Wirtschaft. Der Mann, der das kann, will den Barockzauber alter österreichischer Kultur genießen Der Parallelaktion wird dadurch eine Idee geboren

Diotima kannte keine unrechten Gedanken, aber wahrscheinlich verbarg sich an diesem Tag vielerlei hinter dem unschuldigen kleinen Mohrenknaben, mit dem sie sich beschäftigte, nachdem sie ihre Zofe «Rachelle» aus dem Zimmer geschickt hatte. Sie hatte deren Erzählung noch einmal freundlich angehört, seit Ulrich das Haus seiner Großen Kusine verlassen hatte, und die schöne, gereifte Frau fühlte sich jung und wie mit einem klingelnden Spielzeug beschäftigt. Einst hatte sich der Adel, hatte die Vornehmheit sich Mohren gehalten; es fielen ihr reizende Bilder ein, von Schlittenfahrten mit bewimpelten Pferden, federgeschmückten Lakaien und reifgepuderten Bäumen; aber diese phantasievolle Seite der Vornehmheit war längst eingegangen. «Das Gesellschaftsleben ist heute seelenlos geworden» dachte sie. Es war etwas in ihrem Herzen, das für den kühnen Außenseiter Partei nahm, der es noch wagte, sich einen Mohren zu halten, für den inkorrekt vornehmen Bürgerlichen, den Eindringling, der die erbgesessene Macht beschämte, wie der gelehrte griechische Sklave einst seine römischen Herren beschämt hat. Ihr von vielerlei Rücksichten krummgeschlossenes Selbstbewußtsein desertierte ihm als Schwestergeist entgegen, und dieses, im Vergleich mit allen ihren anderen sehr natürliche Gefühl ließ sie sogar darüber hinwegsehn, daß Dr. Arnheim – wenn sich auch die Gerüchte widersprachen und verläßliche Nachrichten noch nicht vorlagen – von jüdischer Abstammung sein sollte: von seinem Vater wurde das nämlich mit Sicherheit erzählt, nur die Mutter war schon so lange tot, daß eine Weile vergehen mußte, ehe man Genaues erfuhr. Es wäre übrigens möglich gewesen, daß ein gewisser grausamer Weltschmerz in Diotimas Herz gar nicht nach einem Dementi verlangte.

Vorsichtig hatte Diotima ihren Gedanken erlaubt, den Mohren zu verlassen und sich seinem Herrn zu nähern. Dr. Paul Arnheim war nicht nur ein reicher Mann, sondern er war auch ein bedeutender Geist. Sein Ruhm ging darüber hinaus, daß er der Erbe weltumspannender Geschäfte war, und er hatte in seinen Mußestunden Bücher geschrieben, die in vorgeschrittenen Kreisen als außerordentlich galten. Die Menschen, die solche rein geistigen Kreise bilden, sind über Geld und bürgerliche Auszeichnung erhaben; aber man darf nicht vergessen, daß es gerade darum für sie etwas besonders Hinreißendes hat, wenn ein reicher Mann sich zu ihresgleichen macht, und Arnheim verkündete in seinen Programmen und Büchern noch dazu nichts Geringeres als gerade die Vereinigung von Seele und Wirtschaft oder von Idee und Macht. Die empfindsamen, mit der feinsten Witterung für das Kommende begabten Geister verbreiteten die Meldung, daß er diese beiden, in der Welt gewöhnlich getrennten Pole in sich vereine, und begünstigten das Gerücht, daß eine moderne Kraft auf dem Wege und berufen sei, einstmals noch die Geschicke des Reichs und wer weiß vielleicht der Welt zum Bessern zu lenken. Denn daß die Grundsätze und Verfahren der alten Politik und Diplomatie Europa in den Graben kutschierten, war ein seit langem allgemein verbreitetes Gefühl, und überhaupt hatte damals in allem schon die Periode der Abkehr von den Fachleuten begonnen.

Auch Diotimas Zustand ließ sich als Auflehnung gegen die Denkweise der älteren Diplomatenschule ausdrücken; darum begriff sie sogleich die wundersame Ähnlichkeit, die zwischen ihrer und der Stellung dieses genialen Außenseiters bestand. Der berühmte Mann hatte ihr überdies, sobald es nur anging, seine Aufwartung gemacht, ihr Haus war beiweitem das erste, dem diese Auszeichnung widerfuhr, und das Einführungsschreiben einer gemeinsamen Freundin sprach von der alten Kultur der Habsburgerstadt und ihrer Menschen, die der Arbeitsame zwischen unvermeidlichen Geschäften zu genießen hoffe; Diotima fühlte sich ausgezeichnet wie ein Schriftsteller, der zum erstenmal in die Sprache eines fremden Landes übersetzt wird, als sie daraus entnahm, daß dieser berühmte Ausländer den Ruf ihres Geistes kannte. Sie bemerkte, daß er nicht im geringsten jüdisch aussah, sondern ein vornehm bedachter Mann von phönikisch-antikem Typus war. Aber auch Arnheim wurde entzückt, als er in Diotima eine Frau antraf, die nicht nur seine Bücher gelesen hatte, sondern als eine von leichter Korpulenz bekleidete Antike auch seinem Schöheitsideal entsprach, das hellenisch war, mit einem bißchen mehr Fleisch, damit das Klassische nicht so starr ist. Es blieb Diotima bald nicht verborgen, daß der Eindruck, den sie in einem Gespräch von zwanzig Minuten Dauer auf einen Mann mit wirklichen Weltbeziehungen zu machen imstande war, gründlich alle Zweifel zerstreute, durch die ihr eigener, doch wohl in etwas veralteten diplomatischen Methoden befangener Mann ihre Bedeutung beleidigte.

Mit sanftem Behagen wiederholte sie sich dieses Gespräch. Es hatte noch kaum begonnen, als Arnheim schon sagte, er sei in diese alte Stadt nur gekommen, um sich im Barockzauber alter österreichischer Kultur ein wenig vom Rechnen, vom Materialismus, von der öden Vernunft eines heute schaffenden Zivilisationsmenschen zu erholen.

Es sei eine so heitere Seelenhaftigkeit in dieser Stadt – hatte Diotima erwidert, und sie war es zufrieden.

«Ja,» hatte er gesagt «wir haben keine inneren Stimmen mehr; wir wissen heute zuviel, der Verstand tyrannisiert unser Leben.»

Da hatte sie geantwortet: «Ich verkehre gern mit Frauen; weil sie nichts wissen und ungebrochen sind.» Und Arnheim hatte gesagt: «Trotzdem versteht eine schöne Frau weit mehr als ein Mann, der trotz Logik und Psychologie gar nichts vom Leben weiß.» Und da hatte sie ihm nun erzählt, daß ein ähnliches Problem wie die Befreiung der Seele von der Zivilisation, nur ins Große und Staatliche projiziert, hier die maßgebenden Kreise beschäftige; «man müßte –» hatte sie gesagt, und Arnheim unterbrach sie: Das sei ganz wundervoll; «neue Ideen oder, wenn es erlaubt sei zu sagen (hier seufzte er leicht), überhaupt erst Ideen in Machtsphären zu tragen!» Und Diotima war fortgefahren: Man wolle Komitees aus allen Kreisen der Bevölkerung bilden, um diese Ideen zu ermitteln. – Aber eben da hatte Arnheim etwas ungemein Wichtiges, und in einem solchen Ton freundschaftlicher Wärme und Achtung hatte er es gesagt, daß sich die Warnung Diotima tief einprägte: Nicht leicht, hatte er ausgerufen, werde auf diese Weise etwas Großes zustandekommen; nicht eine Demokratie von Ausschüssen, sondern nur einzelne starke Menschen, mit Erfahrung sowohl in der Wirklichkeit wie im Gebiet der Ideen, würden die Aktion lenken können! –

Bis hieher hatte sich Diotima das Gespräch wörtlich wiederholt, aber an diesem Punkt löste es sich in Glanz auf; sie konnte sich nicht mehr erinnern, was sie selbst erwidert habe. Ein unbestimmtes, spannendes Glücks- und Erwartungsgefühl hatte sie die ganze Zeit über immer höher gehoben; nun glich ihr Geist einem ausgekommenen, kleinen, bunten Kinderballon, der herrlich leuchtend hoch oben gegen die Sonne schwebt. Und im nächsten Augenblick zerplatzte er.

Da war der großen Parallelaktion eine Idee geboren, die ihr bis dahin gefehlt hatte.

27

Wesen und Inhalt einer großen Idee

Es wäre leicht zu sagen, worin diese Idee bestand, aber in seiner Bedeutung könnte es kein Mensch beschreiben! Denn das ist es, was eine ergreifende große Idee von einer gewöhnlichen, vielleicht sogar unbegreiflich gewöhnlichen und verkehrten unterscheidet, daß sie sich in einer Art Schmelzzustand befindet, durch den das Ich in unendliche Weiten gerät und umgekehrt die Weiten der Welten in das Ich eintreten, wobei man nicht mehr erkennen kann, was zum eigenen und was zum Unendlichen gehört. Deshalb bestehen ergreifende große Ideen aus einem Leib, welcher wie der des Menschen kompakt, aber hinfällig ist, und aus einer ewigen Seele, die ihre Bedeutung ausmacht, aber nicht kompakt ist, sondern bei jedem Versuch, sie mit kalten Worten anzufassen, sich in nichts auflöst.

Dies vorausgeschickt, muß gesagt werden, daß Diotimas große Idee in nichts anderem bestand, als daß der Preuße Arnheim die geistige Leitung der großen österreichischen Aktion übernehmen müsse, obgleich diese eine Eifersuchtsspitze gegen Preußen-Deutschland besaß. Aber das ist nur der tote Wortleib der Idee, und wer ihn unbegreiflich oder lächerlich findet, mißhandelt einen Leichnam. Was dagegen die Seele dieser Idee angeht, muß gesagt werden, daß es eine keusche und erlaubte war, und für alle Fälle hing Diotima ihrem Beschluß sozusagen noch ein Kodizill für Ulrich an. Sie wußte nicht, daß auch ihr Vetter – wenngleich auf einem weit tieferen Plan als Arnheim und durch dessen Wirkung verdeckt – ihr Eindruck gemacht hatte, und sie hätte sich wahrscheinlich verachtet, wenn ihr das klar gewesen wäre; aber instinktiv hatte sie trotzdem eine Gegenmaßnahme getroffen, indem sie ihn vor ihrem Bewußtsein für «unreif» erklärte, obgleich Ulrich älter war als sie selbst. Sie hatte sich vorgenommen, ihn zu bemitleiden, und das erleichterte die Überzeugung, daß es eine Pflicht sei, Arnheim statt seiner für die Führung der verantwortungsvollen

Aktion zu erwählen; aber andrerseits, nachdem sie diesen Entschluß geboren hatte, meldete sich auch die weibliche Vorstellung, daß der Zurückgesetzte nun ihrer Hilfe bedürftig und würdig sei. Fehlte ihm irgend etwas, so konnte er es auf keine Weise besser erwerben als durch eine Mitverwendung in der großen Aktion, die ihm Gelegenheit bot, viel in ihrer und Arnheims Nähe zu weilen. Also beschloß Diotima auch noch dies, aber das waren allerdings bloß ergänzende Überlegungen.

28

Ein Kapitel, das jeder überschlagen kann, der von der Beschäftigung mit Gedanken keine besondere Meinung hat

Ulrich saß inzwischen zu Hause an seinem Schreibtisch und arbeitete. Er hatte die Untersuchung hervorgeholt, die er vor Wochen, als er den Entschluß zur Rückkehr faßte, mitten abgebrochen hatte; er wollte sie nicht zu Ende führen, es machte ihm bloß Vergnügen, daß er alles das noch immer zuwege brachte. Das Wetter war schön, aber er hatte in den letzten Tagen nur für kurze Wege das Haus verlassen, er ging nicht einmal in den Garten hinaus, er hatte die Vorhänge zugezogen und arbeitete im gedämpften Licht wie ein Akrobat, der in einem halbdunklen Zirkus, ehe noch die Zuschauer zugelassen sind, einem Parkett von Kennern gefährliche neue Sprünge vorführt. Die Genauigkeit, Kraft und Sicherheit dieses Denkens, die nirgends im Leben ihresgleichen hat, erfüllte ihn fast mit Schwermut.

Er schob das mit Formeln und Zeichen bedeckte Papier nun zurück und hatte zuletzt eine Zustandsgleichung des Wassers darauf geschrieben, als physikalisches Beispiel, um einen neuen mathematischen Vorgang anzuwenden, den er beschrieb; aber seine Gedanken waren wohl schon vor einer Weile abgeschweift.

«Habe ich nicht Clarisse etwas vom Wasser erzählt?» fragte er sich, vermochte jedoch nicht, sich deutlich zu erinnern. Doch das war auch gleichgültig, und seine Gedanken breiteten sich nachlässig aus.

Es ist leider in der schönen Literatur nichts so schwer wiederzugeben wie ein denkender Mensch. Ein großer Entdecker hat, als man ihn einmal befragte, wie er es anstelle, daß ihm so viel Neues eingefallen sei, darauf geantwortet: indem ich unablässig daran dachte. Und in der Tat, man darf wohl sagen, daß sich die unerwarteten Einfälle durch nichts anderes einstellen, als daß man sie erwartet. Sie sind zu einem nicht kleinen Teil ein Erfolg des Charakters, beständiger Neigungen, ausdauernden Ehrgeizes und unablässiger Beschäftigung. Wie langweilig muß solche Beständigkeit sein! In anderer Hinsicht wieder vollzieht sich die Lösung einer geistigen Aufgabe nicht viel anders, wie wenn ein Hund, der einen Stock im Maul trägt, durch eine schmale Tür will; er dreht dann den Kopf solange links und rechts, bis der Stock hindurchrutscht, und ganz ähnlich tun wir's, bloß mit dem Unterschied, daß wir nicht ganz wahllos darauflos versuchen, sondern schon durch Erfahrung ungefähr wissen, wie man es zu machen hat. Und wenn ein kluger Kopf natürlich auch weit mehr Geschick und Erfahrung in den Drehungen hat als ein dummer, so kommt das Durchrutschen doch auch für ihn überraschend, es ist mit einemmal da, und man kann ganz deutlich ein leicht verdutztes Gefühl darüber in sich wahrnehmen, daß sich die Gedanken selbst gemacht haben, statt auf ihren Urheber zu warten. Dieses verdutzte Gefühl nennen viele Leute heutigentags Intuition, nachdem man es früher auch Inspiration genannt hat, und glauben etwas Überpersönliches darin sehen zu müssen; es ist aber nur etwas Unpersönliches, nämlich die Affinität und Zusammengehörigkeit der Sachen selbst, die in einem Kopf zusammentreffen.

Je besser der Kopf, desto weniger ist dabei von ihm wahrzunehmen. Darum ist das Denken, solange es nicht fertig ist, eigentlich ein ganz jämmerlicher Zustand, ähnlich einer Kolik sämtlicher Gehirnwindungen, und wenn es fertig ist, hat es schon nicht mehr die Form des Gedankens, in der man es erlebt, sondern bereits die des Gedachten, und das ist leider eine unpersönliche, denn der Gedanke ist dann nach außen gewandt und für die Mitteilung an die Welt hergerichtet. Man kann sozusagen, wenn ein Mensch denkt, nicht den Moment zwischen dem Persönlichen und dem Unpersönlichen erwischen, und darum ist offenbar das Denken eine solche Verlegenheit für die Schriftsteller, daß sie es gern vermeiden.

Der Mann ohne Eigenschaften dachte aber nun einmal nach. Man ziehe den Schluß daraus, daß dies wenigstens zum Teil keine persönliche Angelegenheit war. Was ist es dann? Aus- und eingehende Welt; Seiten der Welt, die sich in einem Kopf zusammenbilden. Es war ihm durchaus nichts Wichtiges eingefallen; nachdem er sich mit dem Wasser als Beispiel beschäftigt hatte, war ihm nichts eingefallen, als daß Wasser ein Wesen, dreimal so groß wie das Land ist, selbst wenn man bloß das berücksichtigt, was jeder als Wasser erkennt, Fluß, Meer, See, Quelle. Man hat lange geglaubt, es sei verwandt mit der Luft. Der große Newton hat das getan und ist in den meisten anderen seiner Gedanken trotzdem noch wie von heute. Nach der Meinung der Griechen waren die Welt und das Leben aus dem Wasser hervorgegangen. Es war ein Gott; Okeanos. Später erfand man Nixen, Elfen, Undinen, Nymphen. Man hat Tempel und Orakel an seinen Ufern gegründet. Man hat aber auch die Dome von Hildesheim, Paderborn, Bremen über Quellen gebaut, und siehe, diese Dome stehen doch noch? Und man tauft auch noch mit Wasser? Und gibt es nicht Wasserfreunde und Naturheilapostel, deren Seele so etwas eigenartig grabhaft Gesundes hat? Da war also in der Welt eine Stelle wie ein verwischter Punkt oder niedergetretenes Gras. Und natürlich hatte der Mann ohne Eigenschaften auch das neuzeitliche Wissen irgendwo im Bewußtsein, ob er daran gerade dachte oder nicht. Und da ist nun Wasser eine farblose, nur in dicken Schichten blaue, geruch- und geschmacklose Flüssigkeit, was man so oft in der Schule aufgesagt hat, daß man es nie wieder vergessen kann, obgleich physiologisch auch Bakterien, Pflanzenstoffe, Luft, Eisen, schwefelsaurer und doppeltkohlensaurer Kalk dazugehören und das Urbild aller Flüssigkeiten physikalisch im Grunde gar keine Flüssigkeit, sondern je nachdem ein fester Körper, eine Flüssigkeit oder ein Gas ist. Schließlich löst sich das Ganze in Systeme von Formeln auf, die untereinander irgendwie zusammenhängen, und es gibt in der weiten Welt nur einige Dutzend Menschen, die selbst von einem so einfachen Ding, wie es Wasser ist, das gleiche denken; alle anderen reden davon in Sprachen, die zwischen heute und einigen tausend Jahren früher irgendwo zu Hause sind. Man muß also sagen, daß ein Mensch, wenn er nur ein bißchen nachdenkt, gewissermaßen in recht unordentliche Gesellschaft gerät!

Und nun erinnerte sich Ulrich auch, daß er alles das wirklich Clarisse erzählt hatte, und sie war ungebildet wie ein kleines Tier, aber ungeachtet allen Aberglaubens, aus dem sie bestand, fühlte man undeutlich eine Einheit mit ihr. Es gab ihm einen Stich wie eine warme Nadel.

Er ärgerte sich.

Die bekannte, von den Ärzten entdeckte Fähigkeit der Gedanken, tief wuchernden, krankhaft verfilzten Hader, der aus dumpfen Bezirken des Ich entsteht, aufzulösen und zu zerstreuen, beruht wahrscheinlich auf nichts anderem als ihrer sozialen und außenweltlichen, das Einzelgeschöpf mit anderen Menschen und Dingen verknüpfenden Wesensart; aber leider scheint das, was ihnen ihre Heilkraft gibt, das gleiche zu sein, was ihre persönliche Erlebnishaftigkeit vermindert. Die beiläufige Erwähnung eines Haares auf einer Nase wiegt mehr als der bedeutendste Gedanke, und Taten, Gefühle und Empfindungen vermitteln bei ihrer Wiederholung den Eindruck, einem Vorgang, einem mehr oder weniger großen persönlichen Geschehnis beigewohnt zu haben, mögen sie noch so gewöhnlich und unpersönlich sein.

«Dumm,» dachte Ulrich «aber es ist so.» Er erinnerte an jenen dummtiefen, erregenden, unmittelbar das Ich berührenden Eindruck, den man hat, wenn man an seiner Haut riecht. Er stand auf und zog die Vorhänge seines Fensters beiseite.

Die Rinde der Bäume war noch vom Morgen feucht. Draußen auf der Straße lag veilchenblauer Benzindunst. Die Sonne schien hinein, und die Menschen bewegten sich lebhaft. Es war ein Asphaltfrühling, ein jahreszeitenloser Frühlingstag im Herbst, wie ihn die Städte hervorzaubern.

29

Erklärung und Unterbrechungen eines normalen Bewußtseinszustandes

Ulrich hatte mit Bonadea ein Zeichen verabredet, daß er allein zu Hause sei. Er war immer allein, aber er gab das Zeichen nicht. Er mußte schon lange gewärtig sein, daß Bonadea ungerufen mit Hut und Schleier eintrete. Denn Bonadea war über die Maßen eifersüchtig. Und wenn sie einen Mann aufsuchte – und sei es auch nur, um ihm zu sagen, daß sie ihn verachte, – kam sie immer voll innerer Schwäche an, denn die Eindrücke des Wegs und die Blicke der Männer, denen sie begegnete, schaukelten in ihr wie leichte Seekrankheit. Wenn der Mann dies aber erriet und geraden Wegs auf sie zusteuerte, obgleich er sich so lange Zeit lieblos nicht um sie gekümmert hatte, so war sie verletzt, zankte mit ihm, schob mit tadelnden Bemerkungen hinaus, was sie selbst kaum noch erwarten konnte, und hatte etwas von einer durch die Flügel geschossenen Ente, die ins Meer der Liebe gefallen ist und sich durch Schwimmen retten will.

Und mit einemmal saß also Bonadea wirklich hier, weinte und fühlte sich mißbraucht.

In solchen Augenblicken, wo sie sich über ihren Liebhaber ärgerte, bat sie ihrem Gatten leidenschaftlich ihre Fehltritte ab. Nach einer guten alten Regel der untreuen Frauen, die sie anwenden, damit sie sich nicht durch ein unbedachtes Wort verraten können, hatte sie ihm von dem interessanten Gelehrten erzählt, den sie manchmal in der Familie einer Freundin treffe, aber nicht einlade, weil er gesellschaftlich zu verwöhnt sei, um aus eigenem in ihr Haus zu kommen, und sie sich nicht genug aus ihm mache, um ihn trotzdem aufzufordern. Die halbe Wahrheit, die darin lag, erleichterte ihr das Lügen, und die andere Hälfte nahm sie ihren Liebhabern übel. – Was solle ihr Mann denken, fragte sie, wenn sie nun mit einemmal den Verkehr mit der vorgeschobenen Freundin wieder einschränke?! Wie solle sie ihm solche Schwankungen der Sympathie verständlich machen?! Sie schätze die Wahrheit hoch, weil sie alle Ideale hochschätze, und Ulrich entehre sie, indem er sie zwinge, weiter davon abzuweichen als nötig!

Sie machte ihm einen leidenschaftlichen Auftritt, und als er vorbei war, stürzten Vorwürfe, Beteuerungen, Küsse in das dadurch entstandene Vakuum. Als auch die vorbei waren, war nichts geschehn; zurückquellendes Tagesgerede füllte die Leere aus, und die Zeit setzte Bläschen an wie ein Glas schalen Wassers.

«Wie viel schöner ist sie, wenn sie wild wird,» überlegte Ulrich «und wie mechanisch hat sich dann wieder alles vollzogen.» Ihr Anblick hatte ihn ergriffen und zu Zärtlichkeiten verführt; jetzt, nachdem es geschehen war, fühlte er wieder, wie wenig es ihn anging. Das unglaublich Schnelle solcher Veränderungen, die einen gesunden Menschen in einen schäumenden Narren verwandeln, wurde überaus deutlich daran. Es kam ihm aber vor, daß diese Liebesverwandlung des Bewußtseins nur ein besonderer Fall von etwas weit Allgemeinerem sei; denn auch ein Theaterabend, ein Konzert, ein Gottesdienst, alle Äußerungen des Inneren sind heute solche rasch wieder aufgelöste Inseln eines zweiten Bewußtseinszustands, der in den gewöhnlichen zeitweilig eingeschoben wird.

«Vor kurzem habe ich doch noch gearbeitet,» dachte er «und vorher war ich auf der Straße und habe Papier gekauft. Ich grüßte einen Herrn, den ich aus der Physikalischen Gesellschaft kenne. Ich habe mit ihm vor kurzer Zeit eine ernste Aussprache gehabt. Und jetzt, wenn Bonadea sich etwas beeilen wollte, könnte ich in den Büchern dort, die ich durch den Türspalt sehe, etwas nachschlagen. Zwischendurch sind wir aber durch eine Wolke des Irrsinns geflogen, und nicht weniger unheimlich ist es, wie sich jetzt die soliden Erlebnisse über dieser verschwindenden Lücke wieder schließen und sich in ihrer Zähigkeit zeigen.»

Aber Bonadea beeilte sich nicht, und Ulrich mußte an etwas anderes denken. Sein Jugendfreund Walter, dieser etwas wunderlich gewordene Gatte der kleinen Clarisse, hatte einmal von ihm behauptet: «Ulrich tut mit der größten Energie immer nur das, was er nicht für notwendig hält!» Es fiel ihm gerade in diesem Augenblick ein; «das könnte man heute von uns allen sagen» dachte er. Er erinnerte sich recht gut: Ein Holzbalkon lief um das Sommerhaus. Ulrich war Gast von Clarissens Eltern; es war wenige Tage vor der Hochzeit, und Walter war auf ihn eifersüchtig. Walter konnte wundervoll eifersüchtig sein. Ulrich stand außen im Sonnenschein, als Clarisse und Walter das hinter dem Balkon liegende Zimmer betraten. Er belauschte sie, ohne sich zu verstecken. Übrigens erinnerte er sich heute nur noch an jenen einen Satz. Und dann an das Bild; die Schattentiefe des Zimmers hing wie ein faltiger, wenig geöffneter Beutel an der grellen Besonntheit der Außenmauer. In den Falten dieses Beutels erschienen Walter und Clarisse; Walters Gesicht war schmerzlich in die

Länge gezogen und sah aus, als ob es lange, gelbe Zähne hätte. Man könnte auch sagen, ein Paar langer, gelber Zähne lag in einem mit schwarzem Samt ausgeschlagenen Kästchen, und diese zwei Menschen standen geisternd dabei. Die Eifersucht war natürlich Unsinn; Ulrich hatte keine Lust auf Frauen seiner Freunde. Aber Walter hatte immer eine ganz besondere Fähigkeit besessen, heftig zu erleben. Er kam nie zu dem, was er wollte, weil er so viel empfand. Er schien einen sehr melodischen Schallverstärker für das kleine Glück und Unglück in sich zu tragen. Er gab stets kleine Gefühlsmünze in Gold und Silber aus, während Ulrich mehr im großen operierte, mit Gedankenschecks sozusagen, auf denen gewaltige Ziffern standen; aber schließlich war das nur Papier. Wenn Ulrich sich Walter recht bezeichnend vorstellen wollte, lag er an einem Waldrand. Er hatte dann kurze Hosen an und merkwürdigerweise schwarze Strümpfe. Er hatte nicht die Beine eines Mannes, weder die kräftig muskulösen noch die dürr sehnigen, sondern die eines Mädchens; eines nicht sehr schönen Mädchens, mit sanften unschönen Beinen. Die Hände unter den Kopf gelegt, schaute er hinaus in die Landschaft, und der Himmel wußte, daß man ihn dann störte. Ulrich erinnerte sich nicht, Walter bei einer bestimmten Gelegenheit, die sich einprägte, so gesehen zu haben; dieses Bild prägte sich vielmehr heraus, wie ein zusammenschließendes Siegel, nach anderthalb Jahrzehnten. Und von der Erinnerung, daß Walter damals auf ihn eifersüchtig gewesen sei, ging eine sehr angenehme Erregung aus. Alles das hatte sich eben zu einer Zeit ereignet, wo man noch Freude an sich hatte. Und Ulrich dachte: «Ich war jetzt schon einigemale bei ihnen, ohne daß Walter meine Besuche erwidert hat. Aber ich könnte trotzdem heute abend wieder hinausfahren; was braucht mich das zu kümmern!»

Er nahm sich vor, wenn Bonadea endlich mit dem Ankleiden fertig sein werde, ihnen Nachricht zu schicken; in Bonadeas Gegenwart war so etwas nicht ratsam, wegen des langweiligen Kreuzverhörs, das unweigerlich folgte.

Und da Gedanken schnell sind und Bonadea noch lange nicht fertig war, fiel ihm eben noch etwas ein. Diesmal war es eine kleine Theorie; sie war einfach, einleuchtend und vertrieb ihm die Zeit. «Ein junger Mensch, wenn er geistig bewegt ist,» sagte Ulrich zu sich, und meinte damit wahrscheinlich noch seinen Jugendfreund Walter, «sendet unaufhörlich Ideen in allen Richtungen aus. Aber nur das, was auf die Resonanz der Umgebung trifft, strahlt wieder auf ihn zurück und verdichtet sich, während alle anderen Ausschickungen sich im Raum verstreuen und verlorengehn!» Ulrich nahm ohne weiteres an, daß ein Mensch, der Geist hat, jede Art davon besitzt, so daß Geist ursprünglicher wäre als Eigenschaften; er selbst war ein Mensch mit vielen Gegensätzen und stellte sich vor, daß alle Eigenschaften, die in der Menschheit je zum Ausdruck gekommen sind, ziemlich nah beieinander in dem Geist jedes Menschen ruhen, wenn er überhaupt Geist hat. Das mag nicht ganz richtig sein, aber was wir vom Entstehen des Guten wie des Bösen wissen, stimmt noch am ehesten dazu, daß jeder zwar seine innere Größennummer hat, aber in dieser Größe die verschiedensten Kleider ausfüllen kann, wenn sie ihm das Schicksal bereit hält. Und so kam Ulrich auch das, was er soeben gedacht hatte, nicht ganz bedeutungslos vor. Denn wenn sich im Lauf der Zeit die gewöhnlichen und unpersönlichen Einfälle ganz von selbst verstärken und die ungewöhnlichen verlieren, so daß fast jeder mit der Sicherheit, die ein mechanischer Zusammenhang hat, immer mittelmäßiger wird, so erklärt das ja, warum trotz der tausendfältigen Möglichkeiten, die wir vor uns hätten, der gewöhnliche Mensch nun einmal der gewöhnliche ist! Und es erklärt auch, daß es selbst unter den bevorzugten Menschen, die sich durchsetzen und zu Anerkennung kommen, eine gewisse Mischung gibt, die ungefähr 51% Tiefe und 49% Seichtheit hat und den meisten Erfolg findet, und das erschien Ulrich schon seit langem so verwickelt sinnlos und unerträglich traurig, daß er gerne weiter darüber nachgedacht haben würde.

Er wurde davon gestört, daß Bonadea noch immer kein Zeichen ihres Fertigseins gab; vorsichtig durch die Türe spähend, gewahrte er, daß sie sich im Ankleiden unterbrochen hatte. Sie fand Zerstreutheit, wenn es sich um die letzten Tropfen der Köstlichkeit des Beisammenseins handelte, unfein; gekränkt von seinem Schweigen, wartete sie ab, was er tun werde. Sie hatte ein Buch genommen, und glücklicherweise enthielt es schöne Abbildungen aus der Geschichte der Kunst.

Ulrich fühlte sich, als er wieder seine Betrachtungen aufnahm, durch dieses Warten gereizt und geriet in eine unbestimmte Ungeduld.

30

Ulrich hört Stimmen

Und plötzlich zogen sich seine Gedanken zusammen, und als ob er durch einen entstandenen Riß blickte, sah er Christian Moosbrugger, den Zimmermann, und seine Richter.

Quälend lächerlich für einen Menschen, der nicht so denkt, sprach der Richter: «Warum haben Sie sich die blutigen Hände abgewischt? – Warum haben Sie das Messer weggeworfen? – Warum haben Sie nach der Tat frische Kleider und Wäsche angezogen? – Weil es Sonntag war? Nicht, weil sie blutig waren? – Weshalb sind Sie am Abend darauf zu einer Tanzunterhaltung gegangen? Die Tat hat Sie also nicht gehindert, das zu tun? Haben Sie überhaupt keine Reue empfunden?»

In Moosbrugger erwacht ein Flackern: alte Zuchthauserfahrung, man müsse Reue heucheln. Das Flackern verzieht Moosbruggers Mund, und er spricht: «Gewiß!»

«Bei der Polizei haben Sie aber gesagt: Ich empfinde keine Reue, sondern nur Haß und Wut bis zum Paroxysmus!» hakt der Richter sofort ein.

«Möglich» sagt Moosbrugger, wieder fest werdend und vornehm. «Möglich, daß ich damals keine anderen Empfindungen hatte.»

«Sie sind ein großer, starker Mann,» fällt der Staatsanwalt ein «wie konnten Sie sich vor der Hedwig fürchten!»

«Herr Gerichtsrat,» antwortet Moosbrugger lächelnd «sie war schmeichelhaft geworden. Ich stellte sie mir noch grausamer vor, als ich derlei Weiber sonst einschätze. Ich sehe wohl kräftig aus, bin es auch –»

«Nun also» brummt der Vorsitzende, im Akt blätternd.

«Aber in gewissen Situationen» sagt Moosbrugger laut «bin ich ängstlich und sogar feig.»

Die Augen des Vorsitzenden schnellen aus dem Akt; wie zwei Vögel einen Ast, verlassen sie den Satz, auf dem sie soeben gesessen haben. «Damals, als Sie mit Ihren Kollegen auf dem Bau Streit bekommen haben, sind Sie aber gar nicht feig gewesen!» sagt der Vorsitzende. «Den einen haben Sie zwei Stock tief hinunter geworfen und die andern mit dem Messer –»

«Herr Präsident,» ruft Moosbrugger mit gefährlicher Stimme «ich stehe heute noch auf dem Standpunkt –»

Der Vorsitzende winkt ab.

«Unrecht,» sagt Moosbrugger «das muß als Grundlage meiner Brutalität dienen. Ich bin als naiver Mensch vor Gericht gestanden und habe gedacht, die Herren Richter werden ohnehin alles wissen. Aber man hat mich enttäuscht!»

Das Gesicht des Richters steckt längst wieder im Akt.

Der Staatsanwalt lächelt und sagt freundlich: «Aber die Hedwig war doch ein ganz harmloses Mädchen!»

«*Mir* erschien sie nicht so!» erwidert Moosbrugger, immer noch aufgebracht.

«*Mir* scheint,» schließt der Vorsitzende mit Nachdruck «daß Sie immer anderen die Schuld zu geben wissen!»

«Also warum haben Sie auf sie losgestochen?» fängt der Staatsanwalt freundlich von vorne an.

31

Wem gibst du recht?

Das war aus der Verhandlung, der Ulrich beigewohnt hatte, oder bloß aus den Berichten, die er gelesen hatte? Er erinnerte sich jetzt so lebhaft, als würde er diese Stimme hören. Er hatte noch nie in seinem Leben «Stimmen gehört»; bei Gott, so war er nicht. Aber wenn man sie hört, so senkt sich das etwa so herab wie die Ruhe eines Schneefalls. Mit einemmal stehn Wände da, von der Erde bis in den Himmel; wo früher Luft gewesen ist, schreitet man durch weiche dicke Mauern, und alle Stimmen, die im Käfig der Luft von einer Stelle zur anderen gehüpft sind, gehen nun frei in den bis ins innerste zusammengewachsenen weißen Wänden.

Er war wohl überreizt von der Arbeit und Langweile, da kommt so etwas manchmal vor; aber er fand es gar nicht übel, Stimmen zu hören. Und plötzlich sagte er halblaut: «Man hat eine zweite Heimat, in der alles, was man tut, unschuldig ist.»

Bonadea nestelte an einer Schnur. Sie war inzwischen in sein Zimmer hereingekommen. Das Gespräch mißfiel ihr, sie fand es undelikat; den Namen des Mädchenmörders, von dem man so viel in den Zeitungen gelesen hatte, hatte sie längst wieder vergessen, und er näherte sich nur widerstrebend ihrer Erinnerung, als Ulrich von ihm zu sprechen anhob.

«Aber wenn Moosbrugger» sagte er nach einer Weile «diesen beunruhigenden Eindruck von Unschuld hervorrufen kann, so kann das doch erst recht diese arme, verwahrloste, frierende Person mit den Mausaugen unter dem Kopftuch, diese Hedwig, die um Aufenthalt in seinem Zimmer gebettelt hat und deshalb von ihm getötet worden ist?»

«Laß doch!» schlug Bonadea vor und hob die weißen Schultern. Denn als Ulrich dem Gespräch diese Wendung gab, war es gerade in dem boshaft gewählten Augenblick geschehen, wo die halb hochgezogenen Kleider seiner gekränkten und nach Versöhnung durstenden Freundin, nachdem sie ins Zimmer gekommen war, von neuem am Teppich den kleinen, reizend mythologischen Schaumkrater bildeten, aus dem Aphrodite hervorsteigt. Bonadea war darum bereit, Moosbrugger zu verabscheuen und über sein Opfer mit einem flüchtigen Schauder hinwegzukommen. Aber Ulrich ließ es nicht zu und malte ihr kräftig das Schicksal aus, das Moosbrugger bevorstand. «Zwei Männer werden ihm die Schlinge um den Hals legen, ohne daß sie im geringsten böse Gefühle gegen ihn hegen, sondern bloß weil sie dafür bezahlt sind. Vielleicht hundert Menschen werden zusehen, teils weil es ihr Dienst verlangt, teils weil ein jeder gern einmal im Leben eine Hinrichtung gesehen haben will. Ein feierlicher Herr in Zylinder, Frack und schwarzen Handschuhen zieht die Schlinge an, und im gleichen Augenblick hängen sich seine zwei Gehilfen an die zwei Beine Moosbruggers, damit das Genick bricht. Dann legt der Herr mit dem schwarzen Handschuh die Hand auf Moosbruggers Herz und prüft mit der sorgenden Miene eines Arztes, ob es noch lebt; denn wenn es noch lebt, wird das Ganze etwas ungeduldiger und weniger feierlich noch einmal wiederholt. Bist du nun eigentlich für Moosbrugger oder gegen ihn?» fragte Ulrich.

Bonadea hatte langsam und schmerzlich wie ein zur Unzeit Geweckter «die Stimmung» verloren, – so pflegte sie ihre Anfälle von Ehebruch zu nennen. Jetzt mußte sie sich setzen, nachdem ihre Hände eine Weile lang unentschlossen die sinkenden Kleider und das geöffnete Mieder gehalten hatten. Wie jede Frau in ähnlicher Lage hatte sie das feste Vertrauen in eine öffentliche Ordnung, die so gerecht sei, daß man, ohne an sie denken zu müssen, seinen privaten Angelegenheiten nachgehen könne; nun, wo sie an das Gegenteil gemahnt wurde, stand aber rasch die mitleidige Parteinahme für Moosbrugger, das Opfer, in ihr fest, mit Ausschaltung jedes Gedankens an Moosbrugger, den Schuldigen.

«Du bist also» behauptete Ulrich «jedesmal für das Opfer und gegen die Tat.»

Bonadea äußerte das naheliegende Gefühl, daß ein solches Gespräch in einer solchen Lage ungehörig sei.

«Aber wenn sich dein Urteil so konsequent gegen die Tat richtet,» antwortete Ulrich, statt sich sofort zu entschuldigen, «wie willst du dann deine Ehebrüche rechtfertigen, Bonadea?!»

Besonders die Mehrzahl war undelikat! Bonadea schwieg, setzte sich mit verächtlicher Miene in einen der weichen Armstühle und sah gekränkt zu der Schnittlinie von Wand und Zimmerdecke empor.

32

Die vergessene, überaus wichtige Geschichte mit der Gattin eines Majors

Es ist nicht angezeigt, sich einem aufgelegten Narren verwandt zu fühlen, und Ulrich tat das auch nicht. Aber warum behauptete der eine Sachverständige, Moosbrugger sei ein Narr, und der andere, er sei keiner? Woher hatten die Berichterstatter die flinke Sachlichkeit genommen, mit der sie die Arbeit seines Messers beschrieben? Und durch welche Eigenschaften erregte Moosbrugger jenes Aufsehen und Gruseln, das für die Hälfte der zwei Millionen Menschen, die in dieser Stadt wohnten, ungefähr so viel war wie ein Streit in der Familie oder eine zurückgehende Verlobung; ungemein persönlich aufregend, sonst ruhende Gebiete der Seele packend, während sein Fall in den Provinzstädten schon eine gleichgültigere Neuigkeit bedeutete und in Berlin oder Breslau gar nichts mehr, wo man von Zeit zu Zeit seine eigenen, die Moosbruggers der eigenen Familie hatte? Dieses fürchterliche Spiel der Gesellschaft mit ihren Opfern beschäftigte Ulrich. Er fühlte es in sich selbst wiederholt. Kein Wille zuckte in ihm, weder um Moosbrugger zu befrein, noch um der Gerechtigkeit beizuspringen, und das Gefühl sträubte sich wie das Haar einer Katze. Moosbrugger ging ihn durch etwas Unbekanntes näher an als sein eigenes Leben, das er führte; er ergriff ihn wie ein dunkles Gedicht, worin alles ein wenig verzerrt und verschoben ist und einen zerstückt in der Tiefe des Gemüts treibenden Sinn offenbart.

«Schauerromantik!» warf er sich ein. Das Schaurige oder Unerlaubte in der zugelassenen Gestalt von Träumen und Neurosen zu bewundern, schien ihm recht zu den Menschen der Bürgerzeit zu passen. «Entweder oder!» dachte er. «Entweder du gefällst mir oder nicht! Entweder ich verteidige dich in all deiner Scheusäligkeit, oder ich sollte mich ins Gesicht schlagen, weil ich mit ihr spiele!» Und schließlich wäre sogar auch ein kühles, aber tatkräftiges Bedauern wohl am Platz; es ließe sich heute schon eine Menge tun, um solche Vorkommnisse und Gestalten zu verhüten, wenn die Gesellschaft nur die Hälfte der moralischen Anstrengung selbst aufwenden wollte, die sie von solchen Opfern verlangt. Aber dann ergab sich auch noch eine ganz andere Seite, von der sich die Angelegenheit betrachten ließ, und merkwürdige Erinnerungen stiegen in Ulrich auf.

Niemals ist unser Urteil über eine Tat ein Urteil über jene Seite der Tat, die Gott lohnt oder straft: das hat, sonderbar genug, Luther gesagt. Wahrscheinlich unter dem Einfluß eines der Mystiker, mit denen er eine Zeitlang befreundet war. Sicher hätte es auch mancher andere Gläubige sagen können. Sie waren, im bürgerlichen Sinn, alle Immoralisten. Sie unterschieden zwischen den Sünden und der Seele, die trotz der Sünden unbefleckt bleiben kann, fast ähnlich wie Machiavell zwischen dem Zweck und den Mitteln unterscheidet. Das «menschliche Herz» war ihnen «genommen». «Auch in Christus war ein äußerer und ein innerer Mensch, und alles, was er in Bezug auf äußere Dinge tat, tat er vom äußeren Menschen aus, und stand dabei der innere Mensch in unbeweglicher Abgeschiedenheit» sagt Eckehart. Solche Heilige und Gläubige wären am Ende imstande gewesen, sogar

Moosbrugger freizusprechen!? Wohl ist die Menschheit fortgeschritten seither; aber wenn sie Moosbrugger auch töten wird, hat sie doch noch die Schwäche, jene Männer zu verehren, die ihn, wer weiß, freigesprochen haben würden.

Und nun kam Ulrich ein Satz in Erinnerung, dem eine Welle von Unbehagen voranging. Dieser Satz lautete: «Die Seele des Sodomiten könnte mitten durch die Menge gehn, ohne etwas zu ahnen, und in ihren Augen läge das durchsichtige Lächeln eines Kindes; denn alles hängt von einem unsichtbaren Prinzip ab». Das war nicht viel anders als die ersten Sätze, aber es strömte in seiner kleinen Übertriebenheit den süß schwächlichen Geruch der Verdorbenheit aus. Und wie es sich zeigte, gehörte ein Raum zu diesem Satz, ein Zimmer mit gelben französischen Broschüren auf den Tischen, mit Vorhängen aus geknüpften Glasstäbchen anstelle der Türen, – und ein Gefühl entstand in der Brust, wie wenn eine Hand in eine geöffnete Hühnerleiche greift, um das Herz herauszuziehn: Denn diesen Satz hatte Diotima bei seinem Besuch von sich gegeben. Er stammte noch dazu von einem zeitgenössischen Schriftsteller, den Ulrich in jungen Jahren geliebt, aber seither für einen Salonphilosophen halten gelernt hatte, und Sätze wie dieser schmecken so schlecht wie Brot, auf das Parfüm ausgegossen wurde, so daß man jahrzehntelang mit alledem nichts mehr zu tun haben mag.

Aber so lebhaft auch die Abneigung war, die dadurch in Ulrich erregt wurde, kam es ihm in diesem Augenblick doch schmählich vor, daß er sich sein Leben lang hatte abhalten lassen, zu den anderen, den echten Sätzen jener geheimnisvollen Sprache zurückzukehren. Denn er hatte ein besonderes, ein unmittelbares Verständnis für sie, eher noch eine Vertrautheit zu nennen, die das Verstehen übersprang; doch ohne daß er sich je hätte entschließen können, sich ganz zu ihnen zu bekennen. Sie lagen – solche Sätze, die ihn mit einem Laut von Geschwisterlichkeit ansprachen; mit einer weich dunklen Innerlichkeit, die entgegengesetzt war dem befehlshaberischen Ton der mathematischen und wissenschaftlichen Sprache, ohne daß man aber sagen konnte, worin sie bestehe – wie Inseln zwischen seiner Beschäftigung, ohne Zusammenhang und selten aufgesucht; überblickte er sie aber, soweit er sie kennengelernt hatte, so kam es ihm vor, daß man ihren Zusammenhang spürte, wie wenn diese Inseln, nur wenig voneinander getrennt, einer Küste vorgelagert wären, die sich hinter ihnen verbarg, oder die Reste eines Festlands darstellten, das vor Urzeiten zugrunde gegangen ist. Er fühlte das Weiche von Meer, Nebel und niedrigen schwarzen Landrücken, die in gelbgrauem Licht schlafen. Er erinnerte sich an eine kleine Seereise, eine Flucht nach dem Muster «Reisen Sie», «Bringen Sie sich auf andere Gedanken», und wußte genau, welches sonderbare, lächerlich verzauberte Erlebnis sich durch seine abschreckende Kraft ein für allemal vor alle ähnlichen geschoben hatte. Einen Augenblick lang klopfte das Herz eines Zwanzigjährigen in seiner Brust, deren behaarte Haut sich mit den Jahren seither verdickt und vergröbert hatte. Das Klopfen eines zwanzigjährigen Herzens in seiner zweiunddreißigjährigen Brust kam ihm vor wie der unsittliche Kuß, den ein Jüngling einem Mann gibt. Trotzdem wich er diesmal der Erinnerung nicht aus. Es war die Erinnerung an eine sonderbar ausgegangene Leidenschaft, die er als Zwanzigjähriger für eine Frau empfunden hatte, die an Jahren und vornehmlich nach dem Grad ihrer häuslichen Abgerührtheit beträchtlich älter war als er.

Bezeichnenderweise erinnerte er sich nur ungenau an ihr Aussehen; eine steife Photographie und das Gedächtnis der Stunden, wo er allein war und an sie dachte, nahm die Stelle der unmittelbaren Erinnerungen an Gesicht, Kleider, Bewegungen und Stimme dieser Frau ein. Ihre Welt war ihm inzwischen so fremd geworden, daß ihn die Aussage, sie sei die Frau eines Majors gewesen, ergötzlich unglaubhaft anmutete. «Nun wird sie wohl schon längst eine Frau Oberst außer Dienst sein» dachte er. Es war im Regiment erzählt worden, daß sie eine ausgebildete Künstlerin sei, eine Klaviervirtuosin, davon aber auf Wunsch ihrer Familie nie öffentlich Gebrauch gemacht habe, und später wurde dies durch ihre Heirat ohnehin unmöglich. Wirklich spielte sie bei Regimentsfesten sehr schön Klavier, mit dem Strahlenglanz einer gut vergoldeten Sonne, die über Schluchten des Gemüts schwebt, und Ulrich hatte sich von Beginn an weniger in die sinnliche Anwesenheit dieser Frau verliebt als in ihren Begriff. Der Leutnant, der damals seinen Namen trug, war nicht schüchtern; sein Blick hatte sich schon an kleinem Weibszeug geübt und sogar bei mancher ehrbaren Frau den leicht ausgetretenen Diebspfad erspäht, der zu ihr führte. Aber die «große Liebe», das war für diese zwanzigjährigen Offiziere, wenn sie überhaupt Verlangen danach hatten, etwas anderes, das war ein Begriff; er lag außerhalb der Reichweite ihrer Unternehmungen und war so arm an Erfahrungsinhalt und eben darum auch so blendend leer, wie es nur ganz große Begriffe sind. Und als Ulrich zum erstenmal in seinem Leben die Möglichkeit in sich sah, diesen Begriff anzuwenden, mußte es darum auch geschehen; der Frau Major fiel hiebei keine andere Rolle zu wie die des letzten Anlasses, der einer Krankheit zum Ausbruch verhilft. Ulrich wurde liebeskrank. Und da echte Liebeskrankheit kein Verlangen nach Besitz ist, sondern ein sanftes Sichentschleiern der Welt, um deswillen man gern auf den Besitz der Geliebten verzichtet, erklärte der Leutnant der Frau Major die Welt auf eine so ungewohnte und ausdauernde Weise, wie sie es noch nicht gehört hatte. Gestirne, Bakterien, Balzac und Nietzsche wirbelten in einem Trichter von Gedanken, dessen Spitze sie mit wachsender Deutlichkeit auf gewisse, nach der damaligen Zeitmode dem Anstand verwehrte Unterschiede gerichtet fühlte, die ihren Leib von dem Leib des Leutnants trennten. Sie wurde verwirrt durch diese eindringliche Beziehung der Liebe zu Fragen, die ihres Dafürhaltens bis dahin noch nie mit Liebe zu tun gehabt hatten; auf einem Spazierritt überließ sie Ulrich, als sie neben ihren Pferden gingen, einen Augenblick ihre Hand und bemerkte mit Schrecken, daß die Hand wie ohnmächtig in der seinen liegen blieb. In der nächsten Sekunde flammte von ihren Handgelenken bis zu den Knien ein Feuer, und ein Blitz fällte die beiden Menschen, so daß sie fast auf den Wegrain gestürzt wären, in dessen Moos sie nun zu sitzen kamen, sich leidenschaftlich küßten und schließlich verlegen wurden, weil die Liebe so groß und ungewöhnlich war, daß ihnen zu ihrer Überraschung nichts anderes zu sprechen und zu tun einfiel, als man bei solchen Umarmungen gewöhnt ist. Die Pferde, die ungeduldig wurden, befreiten endlich die beiden Liebenden aus dieser Lage.

Die Liebe der Frau Major und des zu jungen Leutnants blieb auch in ihrem ganzen Ablauf kurz und unwirklich. Sie staunten beide, sie preßten sich noch einigemal aneinander, sie fühlten beide, daß etwas nicht in Ordnung sei und sie auch dann nicht bei ihren Umarmungen Leib an Leib kommen lassen würde, wenn sie sich aller Hindernisse der Kleidung und Sitte entledigten. Die Frau Major wollte sich einer Leidenschaft nicht verweigern, über die sie kein Urteil zu haben fühlte, aber heimlich pochten Vorwürfe in ihr, wegen ihres Gatten und des Altersunterschieds, und als ihr Ulrich mit dürftig erfundenen Begründungen eines Tages mitteilte, daß er einen langen Urlaub antreten müsse, atmete die Offiziersfrau unter ihren Tränen auf. Ulrich aber hatte damals schon keinen anderen Wunsch mehr, als vor lauter Liebe so rasch und weit wie möglich aus der Nähe des Ursprungs dieser Liebe zu kommen. Er reiste blindlings darauflos, bis eine Küste dem Schienenweg ein Ende machte, ließ sich noch von einem Boot auf die nächste Insel übersetzen, die er sah, und hier, an einem unbekannten Zufallsort blieb er, notdürftig behaust und verpflegt, und schrieb gleich in der ersten Nacht den ersten einer Reihe langer Briefe an die Geliebte, die er niemals absandte.

Diese nachtstillen Briefe, die sein Denken auch bei Tag erfüllten, hatte er später verloren; und das war wohl auch ihre Bestimmung. Er hatte anfangs darin noch viel von seiner Liebe und allerhand durch sie eingegebenen Gedanken geschrieben, aber bald wurde das immer mehr durch die Landschaft verdrängt. Die Sonne hob ihn morgens aus dem Schlaf, und wenn die Fischer auf dem Wasser, die Weiber und Kinder bei den Häusern waren, so schienen er und ein die Büsche und Steinrücken zwischen den beiden kleinen Ortschaften der Insel abweidender Esel die einzigen höheren Lebewesen zu sein, die es auf diesem abenteuerlich vorgeschobenen Stück Erde gab. Er tat es seinem Gefährten gleich und stieg auf einen der Steinriegel oder er legte sich am Inselrand zwischen die Gesellschaft von Meer, Fels und Himmel. Das ist nicht anmaßend gesagt, denn der Größenunterschied verlor sich, so wie sich übrigens auch der Unterschied zwischen Geist, tierischer und toter Natur in solchem Beisammensein verlor und jede Art Unterschied zwischen den Dingen geringer wurde. Um das ganz nüchtern auszudrücken, diese Unterschiede werden sich wohl weder verloren noch verringert haben, aber die Bedeutung fiel von ihnen ab, man war «keinen Scheidungen des Menschentums mehr untertan», genau so wie es die von der Mystik der Liebe ergriffenen Gottgläubigen beschrieben haben, von denen der junge Reiterleutnant damals nicht das geringste wußte. Er dachte auch nicht über diese Erscheinungen nach – wie man sonst, einem Jäger auf der Wildspur gleich, einer Beobachtung nachspürt und hinter ihr dreindenkt –, ja er nahm sie wohl nicht einmal wahr, sondern er nahm sie in sich. Er versank in der Landschaft, obgleich das ebensogut ein unaussprechliches Getragenwerden war, und wenn die Welt seine Augen überschritt, so schlug ihr Sinn von innen an ihn in lautlosen Wellen. Er war ins Herz der Welt geraten; von ihm zu der weit entfernten Geliebten war es ebenso weit wie zum nächsten Baum; Ingefühl verband die Wesen ohne Raum, ähnlich wie im Traum zwei Wesen einander durchschreiten können, ohne sich zu vermischen, und änderte alle ihre Beziehungen. Der Zustand hatte aber sonst nichts mit Traum gemeinsam. Er war klar und übervoll von klaren Gedanken; bloß bewegte sich nichts in ihm nach Ursache, Zweck und körperlichem Begehren, sondern alles breitete sich in immer erneuten Kreisen aus, wie wenn ein Strahl ohne Ende in ein Wasserbecken fällt. Und eben das war es, was er auch in seinen Briefen beschrieb, und sonst nichts. Es war eine völlig veränderte Gestalt des Lebens; nicht in den Brennpunkt der gewöhnlichen Aufmerksamkeit gestellt, von der Schärfe befreit und so gesehen, eher ein wenig zerstreut und verschwommen war alles, was zu ihr gehörte; aber offenbar wurde es von anderen Zentren aus wieder mit zarter Sicherheit und Klarheit erfüllt. Denn alle Fragen und Vorkommnisse des Lebens nahmen eine unvergleichliche Milde, Weichheit und Ruhe an und zugleich eine gänzlich veränderte Bedeutung. Lief da zum Beispiel ein Käfer an der Hand des Denkenden vorbei, so war das nicht ein Näherkommen, Vorbeigehn und Entfernen, und es war nicht Käfer und Mensch, sondern es war ein unbeschreiblich das Herz rührendes Geschehen, ja nicht einmal ein Geschehen, sondern obgleich es geschah, ein Zustand. Und mit Hilfe solcher stillen Erfahrungen erhielt alles, was sonst das gewöhnliche Leben ausmacht, eine umstürzende Bedeutung, wo immer Ulrich damit zu tun bekam. Auch seine Liebe zu der Frau Major nahm in diesem Zustand rasch die ihr vorherbestimmte Gestalt an. Er suchte sich manchmal die Frau, an die er unablässig dachte, vorzustellen und sich einzubilden, was sie im gleichen Augenblick tun möge, worin er durch seine genaue Kenntnis ihrer Lebensumstände mächtig unterstützt wurde; aber sowie es gelang und er die Geliebte vor Augen sah, wurde sein so unendlich hellsichtig gewordenes Gefühl blind, und er mußte sich bemühen, ihr Bild rasch wieder auf die selige Gewißheit des Irgendwo-für-ihn-daseins einer großen Geliebten zu ermäßigen. Es dauerte nicht lange, da war sie ganz zum unpersönlichen Kraftzentrum, zum versenkten Dynamo seiner Erleuchtungsanlage geworden, und er schrieb ihr einen letzten Brief, worin er ihr auseinandersetzte, daß das große Zu-Liebe-leben eigentlich gar nichts mit Besitz und dem Wunsche Seimein zu tun habe, die aus der Sphäre des Sparens, Aneignens und der Freßsucht stammten. Das war der einzige Brief, den er abschickte, und ungefähr der Höhepunkt seiner Liebeskrankheit gewesen, auf den bald deren Ende und plötzlicher Abbruch folgte.

33

Bruch mit Bonadea

Bonadea hatte sich inzwischen, da sie nicht dauernd gegen die Zimmerdecke schauen konnte, am Diwan auf den Rücken gestreckt, ihr zarter mütterlicher Bauch atmete im weißen Batist unbeengt von Schnürleib und Bunden; sie nannte diese Lage: Nachdenken. Es fuhr ihr durch den Sinn, daß ihr Mann nicht nur Richter, sondern auch Jäger sei und zuweilen mit funkelnden Augen vom Raubzeug spreche, welches das Wild verfolge; es schien ihr, daß daraus etwas sowohl zugunsten Moosbruggers wie auch seiner Richter folgen müsse. Andererseits wünschte sie aber nicht, ihren Mann von ihrem Geliebten ins Unrecht setzen zu lassen, außer in dem einen Punkt der Liebe; ihr Familiengefühl forderte, den Hausvorstand würdig und geachtet zu sehn. So kam sie zu keinem Entschluß. Und während dieser Gegensatz wie zwei ungestalt ineinander fließende Wolkenzüge ihren Horizont schläfrig verfinsterte, genoß Ulrich die Freiheit, seinen Gedanken nachzuhängen. Das hatte nun freilich etwas lang gedauert, und weil Bonadea nichts eingefallen war, das der Angelegenheit eine Wendung hätte geben können, kehrte ihr Gram darüber, daß Ulrich sie achtlos beleidigt habe, wieder zurück, und die Zeit, die er verstreichen ließ, ohne es gutzumachen, begann erregend auf ihr zu lasten. «Du findest also, daß ich Unrecht tue, wenn ich dich besuche?» Diese Frage richtete sie schließlich langsam und betont an ihn, traurig, aber mit gesammeltem Kampfwillen.

Ulrich schwieg und zuckte die Achseln; er wußte längst nicht mehr, wovon sie sprach, aber er fand es unmöglich, sie in diesem Augenblick zu ertragen.

«Du bist wirklich imstande, *mir* Vorwürfe zu machen, wegen unserer Leidenschaft??»

«An jeder solchen Frage hängen so viel Antworten, wie Bienen in einem Stock sind» antwortete Ulrich. «Die ganze seelische Unordnung der Menschheit, mit ihren niemals erledigten Fragen, hängt in einer ekelhaften Weise an jeder einzelnen.» Damit sagte er nun freilich nichts anderes, als er an diesem Tage schon einigemale gedacht hatte; aber Bonadea bezog die seelische Unordnung auf sich und fand, daß dies zuviel sei. Sie hätte gerne die Vorhänge wieder zugezogen, um auf solche Weise diesen Zwist aus der Welt zu schaffen, aber ebenso gerne hätte sie vor Schmerz geheult. Und sie glaubte mit einemmal zu verstehen, daß Ulrich ihrer überdrüssig geworden sei. Dank ihrer Natur hatte sie bis dahin ihre Geliebten nie anders verloren als in der Art, wie man etwas verlegt und aus den Augen verliert, wenn man selbst von etwas Neuem angezogen wird; oder in jener anderen, daß sie sich ebenso schnell von ihnen getrennt wie mit ihnen vereinigt sah, was bei allem persönlichen Ärger doch etwas von dem Walten einer höheren Kraft hatte. Ihr erstes Gefühl war darum, bei dem ruhigen Widerstand Ulrichs, alt geworden zu sein. Ihre hilflose und obszöne Lage, halb entblößt auf einem Diwan allen Beleidigungen preisgegeben zu sein, beschämte sie. Sie richtete sich ohne Besinnen auf und ergriff ihre Kleider. Aber das Raschelnde, Rauschende der seidenen Kelche, in die sie zurückschlüpfte, bewog Ulrich nicht zur Reue. Der stechende Schmerz der Ohnmacht saß über Bonadeas Augen. «Er ist roh, er hat mich mit Absicht verletzt!» wiederholte sie sich. «Er rührt sich nicht!» stellte sie fest. Und mit jedem Band, das sie knüpfte, und jedem Haken, den sie schloß, sank sie tiefer in den abgrundschwarzen Brunnen dieses lang vergessenen Kinderschmerzes, verlassen zu sein. Finsternis zog ringsum auf; Ulrichs Gesicht war wie in letztem Licht zu sehen, hart und roh setzte es sich gegen das Dunkel des Kummers durch. «Wie habe ich dieses Gesicht nur lieben können?!» fragte sich Bonadea; aber zugleich krampfte ihr der Satz: «Auf ewig verloren!» die ganze Brust zusammen.

Ulrich, der ihren Beschluß, nicht wiederzukehren, ahnend erriet, hinderte ihn nicht. Bonadea strich nun mit kräftiger Bewegung das Haar vor dem Spiegel zurecht, dann setzte sie den Hut auf und band den Schleier. Jetzt war, da der Schleier vor dem Gesicht saß, alles vorbei; das war feierlich wie ein Todesurteil oder wie wenn ein Reisekoffer ins Schloß schnappt. Er sollte sie nicht mehr küssen und nicht ahnen, daß er die letzte Gelegenheit, es zu dürfen, versäume!

Sie wäre ihm deshalb beinahe vor Mitleid um den Hals gefallen und hätte sich daran ausgeweint.

34

Ein heißer Strahl und erkaltete Wände

Als Ulrich Bonadea hinunterbegleitet hatte und wieder allein war, hatte er keine Lust mehr, weiterzuarbeiten. Er ging auf die Straße hinaus, mit dem Vorsatz, Walter und Clarisse einen Boten mit einigen Zeilen zu schicken und ihnen seinen Besuch für den Abend anzukündigen. Als er die kleine Halle durchschritt, bemerkte er an der Wand ein Hirschgeweih, das hatte eine ähnliche Bewegung in sich wie Bonadea, während sie vor dem Spiegel den Schleier gebunden hatte; nur lächelte es nicht verzichtend vor sich hin. Er blickte umher, seine Umgebung betrachtend. Alle diese Olinien, Kreuzlinien, Geraden, Schwünge und Geflechte, aus denen sich eine Wohnungseinrichtung zusammensetzt und die sich um ihn angehäuft hatten, waren weder Natur noch innere Notwendigkeit, sondern starrten bis ins Einzelne von barocker Überüppigkeit. Der Strom und Herzschlag, der beständig durch alle Dinge unserer Umgebung fließt, hatte einen Augenblick ausgesetzt. Ich bin nur zufällig, feixte die Notwendigkeit; ich sehe nicht wesentlich anders aus als das Gesicht eines Lupuskranken, wenn man mich ohne Vorurteil betrachtet, gestand die Schönheit. Im Grunde gehörte gar nicht viel dazu; ein Firnis war abgefallen, eine Suggestion hatte sich gelöst, ein Zug von Gewohnheit, Erwartung und Spannung war abgerissen, ein fließendes, geheimes Gleichgewicht zwischen Gefühl und Welt war eine Sekunde lang beunruhigt worden. Alles, was man fühlt und tut, geschieht irgendwie «in der Richtung des Lebens», und die kleinste Bewegung aus dieser Richtung hinaus ist schwer oder erschreckend. Das ist schon genau so, wenn man einfach nur geht: man hebt den Schwerpunkt, schiebt ihn vor und läßt ihn fallen; aber eine Kleinigkeit daran verändert, ein bißchen Scheu vor diesem Sich-in-die-Zukunft-Fallenlassen oder bloß Verwunderung darüber – und man kann nicht mehr aufrecht stehn! Man darf nicht darüber nachdenken. Und Ulrich fiel ein, daß alle Augenblicke, die in seinem Leben etwas Entscheidendes bedeuteten, ein ähnliches Gefühl hinterlassen hatten wie dieser.

Er winkte einem Dienstmann und übergab ihm sein Schreiben. Es war ungefähr vier Uhr Nachmittag, und er beschloß, den Weg ganz langsam zu Fuß zurückzulegen. Der Spätfrühling-Herbsttag beseligte ihn. Die Luft gor. Die Gesichter der Menschen hatten etwas von schwimmendem Schaum. Nach der eintönigen Anspannung seiner Gedanken in den letzten Tagen, fühlte er sich aus einem Kerker in ein weiches Bad versetzt. Er bemühte sich, freundlich und nachgiebig zu gehen. In einem gymnastisch durchgebildeten Körper liegt soviel Bereitschaft zu Bewegung und Kampf, daß es ihn heute unangenehm anmutete wie das Gesicht eines alten Komödianten, das voll oft gespielter unwahrer Leidenschaften ist. In der gleichen Weise hatte das Streben nach Wahrheit sein Inneres mit Bewegungsformen des Geistes angefüllt, es in gut gegeneinander exerzierende Gruppen von Gedanken zerlegt und ihm einen, streng genommen, unwahren und komödienhaften Ausdruck gegeben, den alles, sogar die Aufrichtigkeit selbst, in dem Augenblick annimmt, wo sie zur Gewohnheit wird. So dachte Ulrich. Er floß wie eine Welle durch die Wellenbrüder, wenn man so sagen darf; und warum sollte man es nicht dürfen, wenn ein Mensch, der sich einsam abgearbeitet hat, in die Gemeinschaft zurückkehrt und das Glück empfindet, in der gleichen Richtung zu fließen wie sie!

In einem solchen Augenblick mag nichts so fern liegen wie die Vorstellung, daß das Leben, das sie führen, und das sie führt, die Menschen nicht viel, nicht innerlich angeht. Dennoch weiß das jeder Mensch, solange er jung ist. Ulrich erinnerte sich, wie ein solcher Tag in diesen Straßen vor einem oder anderthalb Jahrzehnten für ihn ausgesehen hatte. Da war alles noch einmal so herrlich, und doch war ganz deutlich in diesem siedenden Begehren eine quälende Ahnung des Gefangenwerdens; ein beunruhigendes Gefühl: alles, was ich zu erreichen meine, erreicht mich; eine nagende Vermutung, daß in dieser Welt die unwahren, achtlosen und persönlich unwichtigen Äußerungen kräftiger widerhallen werden als die eigensten und eigentlichen. Diese Schönheit? – hat man gedacht – ganz gut, aber ist es die meine? Ist denn die Wahrheit, die ich kennen lerne, meine Wahrheit? Die Ziele, die Stimmen, die Wirklichkeit, all dieses Verführerische, das lockt und leitet, dem man folgt und worein man sich stürzt: – ist es denn die wirkliche Wirklichkeit, oder zeigt sich von der noch nicht mehr als ein Hauch, der ungreifbar auf der dargebotenen Wirklichkeit ruht?! Es sind die fertigen Einteilungen und Formen des Lebens, was sich dem Mißtrauen so spürbar macht, das Seinesgleichen, dieses von Geschlechtern schon Vorgebildete, die fertige Sprache nicht nur der Zunge, sondern auch der Empfindungen und Gefühle. Ulrich war vor einer Kirche stehengeblieben. Du lieber Himmel, wenn da im Schatten eine riesige Matrone gesessen wäre, mit großem, in Treppen fallendem Bauch, den Rücken an die Häuserwände gelehnt, und oben, in tausend Falten, auf Wärzchen und Pickeln, den Sonnenuntergang im Gesicht: hätte er es nicht ebensogut schön finden können? O Himmel, wie schön war es ja! Man will sich dem doch keineswegs entziehn, daß man mit der Pflicht ins Leben gesetzt worden ist, das zu bewundern; aber wie gesagt, es wäre auch nicht unmöglich, die breiten, ruhig hängenden Formen und das Filigran des Faltenwerks an einer ehrwürdigen Matrone schön zu finden, es ist bloß einfacher, zu sagen, sie sei alt. Und dieser Übergang vom Alt- zum Schönfinden der Welt ist ungefähr der gleiche wie jener von der Gesinnung der jungen Menschen zu der höheren Moral der Erwachsenen, die so lange ein lächerliches Lehrstück bleibt, bis man sie mit einemmal selbst hat. Es waren nur Sekunden, die Ulrich vor dieser Kirche stand, aber sie wuchsen in die Tiefe und preßten sein Herz mit dem ganzen Urwiderstand, den man ursprünglich gegen diese zu Millionen Zentnern Stein verhärtete Welt, gegen diese erstarrte Mondlandschaft des Gefühls hat, in die man willenlos hineingesetzt wurde.

Es mag sein, daß es den meisten Menschen eine Annehmlichkeit und Unterstützung bedeutet, die Welt bis auf ein paar persönliche Kleinigkeiten fertig vorzufinden, und es soll in keiner Weise in Zweifel gezogen werden, daß das im Ganzen Beharrende nicht nur konservativ, sondern auch das Fundament aller Fortschritte und Revolutionen ist, obgleich von einem tiefen, schattenhaften Unbehagen gesprochen werden muß, das auf eigene Faust lebende Menschen dabei empfinden. Es drang Ulrich, während er mit vollem Verständnis für die architektonische Feinheit das heilige Bauwerk betrachtete, überraschend lebhaft ins Bewußtsein, daß man genau so leicht Menschen fressen könnte, wie solche Sehenswürdigkeiten zu bauen oder stehen zu lassen. Die Häuser daneben, die Himmelsdecke darüber, überhaupt eine unaussprechliche Übereinstimmung in allen Linien und Räumen, die den Blick aufnahmen und leiteten, das Aussehen und der Ausdruck der Leute, die unten vorbeigingen, ihre Bücher und ihre Moral, die Bäume auf der Straße...: das alles ist ja manchmal so steif wie spanische Wände und so hart wie der geschnittene Stempel einer Presse und so – man kann gar nicht anders sagen als vollständig, so vollständig und fertig, daß man ein überflüssiger Nebel daneben ist, ein ausgestoßener kleiner Atemzug, um den sich Gott weiter nicht kümmert. In diesem Augenblick wünschte er es sich, ein Mann ohne Eigenschaften zu sein. Aber so ganz unähnlich ist das wohl überhaupt bei niemandem. Im Grunde wissen in den Jahren der Lebensmitte wenig Menschen mehr, wie sie eigentlich zu sich selbst gekommen sind, zu ihren Vergnügungen, ihrer Weltanschauung, ihrer Frau, ihrem Charakter, Beruf und ihren Erfolgen, aber sie haben das Gefühl, daß sich nun nicht mehr viel ändern kann. Es ließe sich sogar behaupten, daß sie betrogen worden seien, denn man kann nirgends einen zureichenden Grund dafür entdecken, daß alles gerade so kam, wie es gekommen ist; es hätte auch anders kommen können; die Ereignisse sind ja zum wenigsten von ihnen selbst ausgegangen, meistens hingen sie von allerhand Umständen ab, von der Laune, dem Leben, dem Tod ganz anderer Menschen, und sind gleichsam bloß im gegebenen Zeitpunkt auf sie zugeeilt. So lag in der Jugend das Leben noch wie ein unerschöpflicher Morgen vor ihnen, nach allen Seiten voll von Möglichkeit und Nichts, und schon am Mittag ist mit einemmal etwas da, das beanspruchen darf, nun ihr Leben zu sein, und das ist im ganzen doch so überraschend, wie wenn eines Tags plötzlich ein Mensch dasitzt, mit dem man zwanzig Jahre lang korrespondiert hat, ohne ihn zu kennen, und man hat ihn sich ganz anders vorgestellt. Noch viel sonderbarer aber ist es, daß die meisten Menschen das gar nicht bemerken; sie adoptieren den Mann, der zu ihnen gekommen ist, dessen Leben sich in sie eingelebt hat, seine Erlebnisse erscheinen ihnen jetzt als der Ausdruck ihrer Eigenschaften, und sein Schicksal ist ihr Verdienst oder Unglück. Es ist etwas mit ihnen umgegangen wie ein Fliegenpapier mit einer Fliege; es hat sie da an einem Härchen, dort in ihrer Bewegung festgehalten und hat sie allmählich eingewickelt, bis sie in einem dicken Überzug begraben liegen, der ihrer ursprünglichen Form nur ganz entfernt entspricht. Und sie denken dann nur noch unklar an die Jugend, wo etwas wie eine Gegenkraft in ihnen gewesen ist. Diese andere Kraft zerrt und schwirrt, sie will nirgends bleiben und löst einen Sturm von ziellosen Fluchtbewegungen aus; der Spott der Jugend, ihre Auflehnung gegen das Bestehende, die Bereitschaft der Jugend zu allem, was heroisch ist, zu Selbstaufopferung und Verbrechen, ihr feuriger Ernst und ihre Unbeständigkeit, – alles das bedeutet nichts als ihre Fluchtbewegungen. Im Grunde drücken diese bloß aus, daß nichts von allem, was der junge Mensch unternimmt, aus dem Innern heraus notwendig und eindeutig erscheint, wenn sie es auch in der Weise ausdrücken, als ob alles, worauf er sich gerade stürzt, überaus unaufschiebbar und notwendig wäre. Irgend jemand erfindet einen schönen neuen Gestus, einen äußeren oder einen inneren – Wie übersetzt man das? Eine Lebensgebärde? Eine Form, in die das Innere strömt wie das Gas in einen Glasballon? Einen Ausdruck des Indrucks? Eine Technik des Seins? Es kann ein neuer Schnurrbart sein oder ein neuer Gedanke. Es ist Schauspielerei, aber hat wie alle Schauspielerei natürlich einen Sinn – und augenblicklich stürzen, wie die Spatzen von den Dächern, wenn man Futter streut, die jungen Seelen darauf zu. Man braucht es sich ja bloß vorzustellen: wenn außen eine schwere Welt auf Zunge, Händen und Augen liegt, der erkaltete Mond aus

Erde, Häusern, Sitten, Bildern und Büchern, – und innen ist nichts wie ein haltlos beweglicher Nebel: welches Glück es bedeuten muß, sobald einer einen Ausdruck vormacht, in dem man sich selbst zu erkennen vermeint. Ist irgend etwas natürlicher, als daß jeder leidenschaftliche Mensch sich noch vor den gewöhnlichen Menschen dieser neuen Form bemächtigt?! Sie schenkt ihm den Augenblick des Seins, des Spannungsgleichgewichtes zwischen innen und außen, zwischen Zerpreßtwerden und Zerfliegen. Auf nichts anderem beruht – dachte Ulrich, und natürlich berührte ihn alles das auch persönlich; er hatte die Hände in den Taschen, und sein Gesicht sah so still und schlafend glücklich aus, als stürbe er in den Sonnenstrahlen, die hineinwirbelten, einen milden Erfrierungstod – auf nichts anderem, dachte er, beruht also auch die immerwährende Erscheinung, die man neue Generation, Väter und Söhne, geistige Umwälzung, Stilwechsel, Entwicklung, Mode und Erneuerung nennt. Was diese Renoviersucht des Daseins zu einem Perpetuum mobile macht, ist nichts als das Ungemach, daß zwischen dem nebelhaften eigenen und dem schon zur fremden Schale erstarrten Ich der Vorgänger wieder nur ein Schein-Ich, eine ungefähr passende Gruppenseele eingeschoben wird. Und wenn man bloß ein bißchen achtgibt, kann man wohl immer in der soeben eingetroffenen letzten Zukunft schon die kommende Alte Zeit sehen. Die neuen Ideen sind dann bloß um dreißig Jahre älter, aber befriedigt und ein wenig fettüberpolstert oder überlebt, so ähnlich wie man neben den schimmernden Gesichtszügen eines Mädchens das erloschene Gesicht der Mutter erblickt; oder sie haben keinen Erfolg gehabt, sind abgezehrt und zu einem Reformvorschlag eingeschrumpft, den ein alter Narr verficht, der von seinen fünfzig Bewunderern der große Soundso genannt wird.

Er blieb nun wieder stehen, diesmal auf einem Platz, wo er einige Häuser erkannte und sich an die öffentlichen Kämpfe und geistigen Aufregungen erinnerte, die ihr Entstehen begleitet hatten. Er gedachte seiner Jugendfreunde; alle waren sie seine Jugendfreunde gewesen, ob er sie persönlich kannte oder nur dem Namen nach, ob sie so alt waren wie er oder älter, die Rebellen, die neue Dinge und Menschen auf die Welt bringen wollten, und ob das hier war oder über alle Orte verstreut, die er kennengelernt hatte. Jetzt standen diese Häuser wie brave Tanten mit altmodischen Hüten in dem Spätnachmittagslicht, das schon zu verblassen begann, ganz nett und belanglos und alles andere eher als aufregend. Es lockte, zu lächeln. Aber die Leute, die diese anspruchslos gewordenen Reste zurückgelassen hatten, waren inzwischen Professoren, Berühmtheiten und Namen, ein bekannter Teil der bekannten fortschrittlichen Entwicklung geworden, sie waren auf einem mehr oder weniger kurzen Weg aus dem Nebel ins Erstarren gelangt, und deshalb wird die Geschichte von ihnen gelegentlich der Schilderung ihres Jahrhunderts einst melden: Anwesend waren...

35

Direktor Leo Fischel und das Prinzip des unzureichenden Grundes

In diesem Augenblick wurde Ulrich durch einen Bekannten unterbrochen, der ihn unversehens ansprach. Dieser Bekannte hatte am gleichen Tag in seiner Aktenmappe, als er sie morgens vor dem Verlassen der Wohnung öffnete, in einem abseitigen Fach, unangenehm überrascht, ein Rundschreiben des Grafen Leinsdorf entdeckt, das er schon des längeren zu beantworten vergessen hatte, weil sein gesunder Geschäftssinn vaterländischen Aktionen, die von hohen Kreisen ausgingen, abhold war. «Faule Sache» hatte er wohl seinerzeit zu sich gesagt; beileibe sollte es das nicht sein, was er darüber öffentlich gesagt haben wollte, aber da, wie Gedächtnisse schon einmal sind, hatte ihm das seine einen üblen Streich gespielt, indem es sich nach dem gefühlhaften ersten inoffiziellen Auftrag richtete und die Sache nachlässig fallen ließ, statt die überlegte Entscheidung abzuwarten. Und deshalb stand in der Zuschrift, als er sie wieder öffnete, etwas, das ihm äußerst peinlich war, obgleich er es früher gar nicht beachtet hatte; es war eigentlich nur ein Ausdruck, zwei kleine Worte waren es, die sich in dem Sendschreiben an den verschiedensten Stellen wiederfanden, aber dieses Wortpaar hatte den stattlichen Mann, mit seiner Mappe in der Hand, vor dem Fortgehn mehrere Minuten Unentschlossenheit gekostet, und es hieß: der wahre.

Direktor Fischel – denn so hieß er, Direktor Leo Fischel von der Lloyd-Bank, eigentlich nur Prokurist mit dem Titel Direktor, – Ulrich durfte sich seinen jüngeren Freund aus früheren Zeiten nennen und war bei seinem letzten Aufenthalt mit seiner Tochter Gerda recht befreundet gewesen, hatte sie aber seit seiner Rückkehr nur ein einzigesmal besucht – Direktor Fischel kannte Se. Erlaucht als einen Mann, der sein Geld arbeiten ließ und mit den Methoden der Zeit Schritt hielt, ja er «erkannte ihn», wie der Geschäftsausdruck lautet, in dem Augenblick, wo er die Eintragungen in seinem Gedächtnis prüfte, «für» einen Mann von großer Wichtigkeit, denn die Lloyd-Bank war eines jener Institute, durch die Graf Leinsdorf seine Börsenaufträge besorgen ließ. Leo Fischel konnte darum die Nachlässigkeit nicht begreifen, mit der er eine so bewegliche Einladung behandelt hatte, wie es die war, in der Se. Erlaucht einen auserlesenen Kreis von Menschen aufforderte, sich zu einem großen und gemeinsamen Werk bereit zu halten. Er selbst war eigentlich nur durch ganz besondere, später zu erwähnende Umstände in diesen Kreis einbezogen worden, und alles das war der Grund, warum er, Ulrichs kaum ansichtig geworden, sich auf ihn gestürzt hatte; er hatte erfahren, daß Ulrich mit der Sache, und noch dazu in «prominenter Weise», zu tun habe, – was eine jener unbegreiflichen, aber nicht seltenen Gerüchtsbildungen war, die das Richtige treffen, ehe es noch richtig ist, – und setzte ihm nun wie ein Terzerol die drei Fragen vor die Brust, was er sich eigentlich unter «wahrer Vaterlandsliebe», «wahrem Fortschritt» und «wahrem Österreich» vorstelle?

Dieser, aus seiner Stimmung aufgeschreckt und doch diese fortsetzend, antwortete in der Art, wie er mit Fischel immer verkehrt hatte: «Das PDUG.»

«Das –?» Direktor Fischel buchstabierte es harmlos nach und dachte diesmal an keinen Scherz, denn solche Abkürzungen, obgleich sie damals noch nicht so zahlreich waren wie heute, kannte man von Kartellen und Spitzenverbänden, und sie strömten Vertrauen aus. Aber dann sagte er doch: «Machen Sie, bitte, keine Witze; ich bin in Eile und muß zu einer Sitzung.»

«Das Prinzip des unzureichenden Grundes!» wiederholte Ulrich. «Sie sind doch Philosoph und werden wissen, was man unter dem Prinzip des zureichenden Grundes versteht. Nur bei sich selbst macht der Mensch davon eine Ausnahme; in unserem wirklichen, ich meine damit unserem persönlichen Leben und in unserem öffentlich-geschichtlichen geschieht immer das, was eigentlich keinen rechten Grund hat.»

Leo Fischel schwankte, ob er widersprechen solle oder nicht; Direktor Leo Fischel von der Lloyd-Bank philosophierte gern, es gibt noch solche Menschen in den praktischen Berufen, aber er war wirklich in Eile; darum erwiderte er: «Sie wollen mich nicht verstehn. Ich weiß, was Fortschritt ist, ich weiß was Österreich ist, und ich weiß wahrscheinlich auch, was Vaterlandsliebe ist. Aber vielleicht vermag ich mir, was wahre Vaterlandsliebe, wahres Österreich und wahrer Fortschritt ist, nicht ganz richtig vorzustellen. Und um das frage ich Sie!»

«Gut; wissen Sie, was ein Enzym oder was ein Katalysator ist?»

Leo Fischel hob nur abwehrend die Hand.

«Das trägt materiell nichts bei, aber es setzt die Geschehnisse in Gang. Sie müssen aus der Geschichte wissen, daß es den wahren Glauben, die wahre Sittlichkeit und die wahre Philosophie niemals gegeben hat; dennoch haben die Kriege, Gemeinheiten und Gehässigkeiten, die ihretwegen entfesselt worden sind, die Welt fruchtbar umgestaltet.»

«Ein andermal!» beteuerte Fischel und versuchte, den Aufrichtigen zu spielen. «Hören Sie einfach, ich habe damit an der Börse zu tun und möchte wirklich gerne die eigentlichen Absichten des Grafen Leinsdorf kennen; worauf hat er es mit diesem Zusatz ‹wahr› abgesehen?»

«Ich schwöre Ihnen,» erwiderte Ulrich ernst «daß weder ich noch irgend jemand weiß, was der, die, das Wahre ist; aber ich kann Ihnen versichern, daß es im Begriff steht, verwirklicht zu werden!»

«Sie sind ein Zyniker!» erklärte Direktor Fischel und eilte davon, war aber nach dem ersten Schritt noch einmal umgekehrt und hatte sich verbessert: «Ich habe erst unlängst zu Gerda gesagt, daß Sie einen großartigen Diplomaten hätten abgeben können. Ich hoffe, Sie besuchen uns bald wieder.»

36

Dank des genannten Prinzips besteht die Parallelaktion greifbar, ehe man weiß, was sie ist

Direktor Leo Fischel von der Lloyd-Bank glaubte, wie es alle Bankdirektoren vor dem Kriege taten, an den Fortschritt. Als ein Mann, der in seinem Fach tüchtig war, wußte er natürlich, daß man nur dort, wo man sich wirklich sehr genau auskennt, eine Überzeugung haben kann, auf die man selbst setzen möchte; die ungeheure Ausbreitung der Tätigkeiten läßt ihre Bildung anderswo nicht zu. Darum haben die tüchtigen und arbeitsamen Menschen, außer auf ihrem engsten Fachgebiet, keine Überzeugung, die sie nicht sofort preisgeben würden, wenn sie einen äußeren Druck dagegen spüren; man könnte geradezu sagen, sie sehen sich aus Gewissenhaftigkeit gezwungen, anders zu handeln, als sie denken. Direktor Fischel zum Beispiel stellte sich unter wahrer Vaterlandsliebe und wahrem Österreich überhaupt nichts vor, vom wahren Fortschritt dagegen hatte er eine persönliche Meinung, und diese war gewiß anders als die des Grafen Leinsdorf; aufgebraucht von Lombarden und Effekten oder was immer er unter sich hatte, einmal jede Woche einen Sitz in der Oper als einzige Erholung, glaubte er an einen Fortschritt des Ganzen, der irgendwie dem Bild der fortschreitenden Rentabilität seiner Bank ähneln mußte. Aber als Graf Leinsdorf auch das besser zu wissen vorgab und auf das Gewissen Leo Fischels zu wirken begann, fühlte dieser, daß man «doch nie wissen könne» (außer eben in Lombarden und Effekten), und da man zwar nicht weiß, es aber andererseits auch nicht verfehlen möchte, nahm er sich vor, bei seinem Generaldirektor ganz nebenbei anzufragen, was dieser von der Angelegenheit halte.

Als er das aber tat, hatte der Generaldirektor aus ganz ähnlichen Gründen darüber schon mit dem Gouverneur der Staatsbank gesprochen und war voll im Bilde. Denn nicht nur der Generaldirektor der Lloyd-, sondern selbstverständlich auch der Gouverneur der Staatsbank hatte vom Grafen Leinsdorf eine Einladung erhalten, und Leo Fischel, der nur ein Abteilungsleiter war, verdankte die seine überhaupt bloß den Familienbeziehungen seiner Frau, die aus der hohen Bürokratie stammte und diesen Zusammenhang niemals vergaß, weder in ihren gesellschaftlichen Beziehungen noch in ihren häuslichen Streitigkeiten mit Leo. Deshalb begnügte er sich, als er mit seinem Vorgesetzten von der Parallelaktion sprach, vielsagend den Kopf zu wiegen, was «große Sache» hieß, dereinst aber auch «faule Sache» geheißen haben konnte; das mochte unter keinen Umständen schaden, aber wegen seiner Frau hätte es Fischel wohl mehr gefreut, wenn sich die Sache als faul herausgestellt hätte.

Vorläufig hatte v. Meier-Ballot, der Gouverneur, der vom Generaldirektor zu Rate gezogen worden, jedoch selbst den besten Eindruck. Als er die «Anregung» des Grafen Leinsdorf empfing, trat er vor den Spiegel – natürlich, wenn auch nicht deshalb – und es blickte ihm daraus über Frack und Ordenskettchen das wohlgeordnete Gesicht eines bürgerlichen Ministers entgegen, in dem sich von der Härte des Gelds höchstens ganz hinten in den Augen noch etwas hielt, und seine Finger hingen wie Fahnen in der Windstille von seinen Händen herab, als hätten sie nie im Leben die hastigen Rechenbewegungen eines Banklehrlings ausführen müssen. Dieser bürokratisch überzüchtete Hochfinanzier, der mit den hungrigen, frei streifenden wilden Hunden des Börsenspiels kaum noch etwas gemeinsam hatte, sah unbestimmte, aber angenehm temperierte Möglichkeiten vor sich und hatte noch am gleichen Abend Gelegenheit, sich in dieser Auffassung zu bestärken, da er im Industriellenklub mit den früheren Ministern von Holtzkopf und Baron Wisnieczky sprach.

Diese beiden Herren waren unterrichtete, vornehme und zurückhaltende Männer in irgendwelchen hohen Stellungen, auf die man sie zur Seite gesetzt hatte, als die kurze Übergangsregierung zwischen zwei politischen Krisen, der sie angehört hatten, wieder überflüssig geworden war; es waren Männer, die ihr Leben im Dienst des Staats und der Krone hingebracht hatten, ohne hervortreten zu wollen, außer wenn ihr Allerhöchster Herr es ihnen befahl. Sie wußten von dem Gerücht, daß die große Aktion eine feine Spitze gegen Deutschland erhalten werde. Es bildete ihre Überzeugung nach wie vor dem Scheitern ihrer Mission, daß die beklagenswerten Erscheinungen, die das politische Leben der Doppelmonarchie damals schon zu einem Ansteckungsherd für Europa machten, außerordentlich verwickelt seien. Aber ebenso, wie sie sich verpflichtet gefühlt hatten, diese Schwierigkeiten für lösbar zu halten, als der Befehl dazu an sie erging, wollten sie auch jetzt es nicht für ausgeschlossen erklären, daß mit Mitteln, wie sie Graf Leinsdorf anregte, etwas zu erreichen sei; namentlich fühlten sie, daß ein «Markstein», eine «glanzvolle Lebenskundgebung», ein «machtvolles Auftreten nach außen, das auch auf die Verhältnisse im Innern aufrichtend wirkt» so zutreffend von Graf Leinsdorf formulierte Wünsche seien, daß man sich ihnen ebensowenig entziehen konnte, wie wenn verlangt worden wäre, jeder solle sich melden, der das Gute will.

Möglich wäre es immerhin, daß Holtzkopf und Wisnieczky als Männer, die in öffentlichen Geschäften Kenntnis und Erfahrung besaßen, mancherlei Bedenken empfunden hatten, zumal sie annehmen durften, daß sie selbst zu irgendeiner Rolle in der weiteren Entwicklung dieser Aktion ausersehen seien. Aber Menschen ebener Erde haben es leicht, kritisch zu sein und etwas abzulehnen, das ihnen nicht paßt; wenn man sich jedoch in seiner Lebensgondel dreitausend Meter hoch befindet, so steigt man nicht einfach aus, auch wenn man nicht mit allem einverstanden sein sollte. Und da man in diesen Kreisen wirklich loyal ist und, in Gegensatz zum vorhin erwähnten bürgerlichen Lebensgedränge, nicht gerne anders handeln will, als man denkt, so muß man sich in vielen Fällen damit begnügen, nicht allzu eingehend über eine Sache nachzudenken. Der Gouverneur v. Meier-Ballot wurde darum in seinem günstigen Eindruck von der Sache durch die Ausführungen der beiden Herrn noch bestärkt; und wenn er auch für seine Person und durch seinen Beruf zu einer gewissen Vorsicht neigte, so reichte das Gehörte doch zu der Entscheidung hin, daß man es mit einer Angelegenheit zu tun habe, deren weiterer Entwicklung man – sowohl jedenfalls wie abwartend – beiwohnen werde.

Indes bestand die Parallelaktion eigentlich damals noch gar nicht, und worin sie bestehen werde, wußte selbst Graf Leinsdorf noch nicht. Wie sich mit Sicherheit sagen läßt, war das einzige Bestimmte, was ihm bis zu jenem Zeitpunkt eingefallen war, eine Reihe von Namen.

Aber auch das ist ungemein viel. Denn so bestand in diesem Zeitpunkt, ohne daß irgend jemand eine sachliche Vorstellung zu haben brauchte, schon ein Netz von Bereitschaft, das einen großen Zusammenhang umspannte; und man darf wohl behaupten, daß dies die richtige Reihenfolge ist. Denn erst mußten Messer und Gabel erfunden werden, und dann lernte die Menschheit anständig essen; so erklärte es Graf Leinsdorf.

37

Ein Publizist bereitet Graf Leinsdorf durch die Erfindung «Österreichisches Jahr» große Unannehmlichkeiten; Se. Erlaucht verlangt heftig nach Ulrich

Graf Leinsdorf hatte zwar nach vielen Seiten Aufforderungen verschickt, die «den Gedanken erwecken» sollten, aber er wäre vielleicht doch nicht so schnell vorwärtsgekommen, wenn nicht ein einflußreicher Publizist, der in Erfahrung gebracht hatte, es liege etwas in der Luft, rasch in seinem Blatt zwei große Aufsätze veröffentlicht hätte, in denen er als seine Anregung alles das aussprach, was seiner Vermutung nach im Werden war. Er wußte nicht viel – denn wo hätte er es erfahren sollen? – aber man merkte es nicht, ja gerade das gab seinen beiden Aufsätzen erst die Möglichkeit hinreißender Wirkung. Er war eigentlich der Erfinder der Vorstellung «Österreichisches Jahr», über die er seine Spalten schrieb, ohne selbst sagen zu können, was damit gemeint war, aber in immer neuen Sätzen, so daß dieses Wort wie in einem Traum sich mit anderen Worten verband und wandelte und eine ungeheure Begeisterung auslöste. Graf Leinsdorf war anfangs entsetzt, aber mit Unrecht. Man kann an dem Wort Österreichisches Jahr ermessen, was ein publizistisches Genie bedeutet, denn dieses Wort hatte der rechte Instinkt erfunden. Es ließ Regungen ertönen, die bei der Vorstellung eines österreichischen Jahrhunderts stumm geblieben wären, während die Aufforderung, ein solches herbeizuführen, bei vernünftigen Menschen sogar für einen Einfall gegolten haben würde, den niemand ernst nimmt. Warum das so ist, es wäre schwer zu sagen. Vielleicht beflügelte eine gewisse Ungenauigkeit und Gleichnishaftigkeit, bei der man weniger an die Wirklichkeit denkt als sonst, nicht nur das Gefühl des Grafen Leinsdorf. Denn Ungenauigkeit hat eine erhebende und vergrößernde Kraft.

Es scheint, daß der brave, praktische Wirklichkeitsmensch die Wirklichkeit nirgends restlos liebt und ernst nimmt. Als Kind kriecht er unter den Tisch, um das Zimmer der Eltern, wenn sie nicht zu Hause sind, durch diesen genial einfachen Trick abenteuerlich zu machen; er sehnt sich als Knabe nach der Uhr; als Jüngling mit der goldenen Uhr nach der zu ihr passenden Frau; als Mann mit Uhr und Frau nach der gehobenen Stellung; und wenn er glücklich diesen kleinen Kreis von Wünschen zustande gebracht hat und ruhig darin hin und her schwingt wie ein Pendel, scheint sich dennoch sein Vorrat unbefriedigter Träume um nichts verringert zu haben. Denn wenn er sich erheben will, so gebraucht er dann ein Gleichnis. Offenbar weil ihm

Schnee zuweilen unangenehm ist, vergleicht er ihn mit schimmernden Frauenbrüsten, und sobald ihn die Brüste seiner Frau zu langweilen beginnen, vergleicht er sie mit schimmerndem Schnee; er wäre entsetzt, wenn ihre Schnäbel sich eines Tags als hornige Taubenschnäbel herausstellen würden oder als eingesetzte Korallen, aber poetisch erregt es ihn. Er ist imstande, alles zu allem zu machen – Schnee zu Haut, Haut zu Blüten, Blüten zu Zucker, Zucker zu Puder, und Puder wieder zu Schneegeriesel –, denn es kommt ihm anscheinend nur darauf an, etwas zu dem zu machen, was es nicht ist, was wohl ein Beweis dafür ist, daß er es nirgends lange aushält, wo immer er sich befinde. Vollends aber kein richtiger Kakanier hielt es innerlich in Kakanien aus. Wenn man von ihm nun ein österreichisches Jahrhundert gefordert hätte, so würde ihm das wie eine Höllenstrafe vorgekommen sein, die er sich und der Welt mit lächerlich freiwilliger Anstrengung auferlegen solle. Ganz etwas anderes dagegen war ein Österreichisches Jahr. Das hieß, wir wollen einmal zeigen, was wir eigentlich sein könnten; aber sozusagen auf Widerruf und höchstens ein Jahr lang. Man konnte sich darunter denken, was man wollte, es war ja nicht für die Ewigkeit, und das griff ans Herz, man wußte nicht wie. Es machte die tiefste Liebe zum Vaterland lebendig.

So kam es, daß Graf Leinsdorf einen ungeahnten Erfolg hatte. Auch er hatte ja seine Idee ursprünglich als ein solches Gleichnis empfangen, aber außerdem war ihm eine Reihe von Namen eingefallen, und seine moralische Natur strebte über den Zustand der Unfestheit hinaus; er besaß eine ausgeprägte Vorstellung davon, daß man die Phantasie des Volks, oder wie er nun zu einem ihm ergebenen Journalisten sagte, die Phantasie des Publikums auf ein Ziel lenken müsse, das klar, gesund, vernünftig und in Übereinstimmung mit den wahren Zielen der Menschheit und des Vaterlands sei. Dieser Journalist schrieb, angeeifert von dem Erfolg seines Berufsgenossen, das sogleich nieder, und da er vor seinem Vorgänger voraus hatte, es aus «authentischer Quelle» zu wissen, so lag es in der Technik seines Berufs, daß er sich in großen Lettern auf diese «Informationen aus einflußreichen Kreisen» berief; und gerade das war es auch, was Graf Leinsdorf von ihm erwartet hatte, denn Se. Erlaucht legte großen Wert darauf, kein Ideologe, sondern ein erfahrener Realpolitiker zu sein, und wollte einen feinen Strich zwischen dem Österreichischen Jahr eines genialen publizistischen Kopfes und der Bedachtsamkeit verantwortlicher Kreise gezogen wissen. Er bediente sich zu diesem Zweck der Technik des sonst von ihm nicht gerne als Vorbild angesehenen Bismarcks, die wahren Absichten Zeitungsschreibern in den Mund zu legen, um sie je nach dem Gebot der Stunde bekennen oder verleugnen zu können.

Aber während Graf Leinsdorf mit solcher Klugheit handelte, hatte er eines nicht bedacht. Denn nicht nur ein Mann wie er sah das Wahre, das uns not tut, sondern auch unzählige andere Menschen wähnen sich in seinem Besitz. Man kann das geradezu als eine Verhärtungsform des vorerwähnten Zustandes bezeichnen, in welchem man noch Gleichnisse macht. Irgendwann schwindet die Lust auch an ihnen dahin, und viele von den Menschen, in denen dann ein Vorrat von endgültig unbefriedigten Träumen zurückbleibt, schaffen sich da einen Punkt an, auf den sie heimlich starren, als ob dort eine Welt beginnen müßte, die man ihnen schuldig geblieben sei. Binnen kürzester Zeit, nachdem er seine Zeitungsnachricht ausgesandt hatte, glaubte Se. Erlaucht schon zu bemerken, daß alle Menschen, die kein Geld haben, dafür einen unangenehmen Sektierer in sich tragen. Dieser eigensinnige Mensch im Menschen geht morgens mit ins Büro und vermag überhaupt in keiner wirksamen Weise gegen den Weltlauf zu protestieren, aber er wendet statt dessen zeit seines Lebens die Augen nicht mehr von einem heimlichen Punkt ab, den kein andrer bemerken will, obgleich dort doch offenbar das ganze Unglück der Welt anhebt, die ihren Erlöser nicht erkennt. Solche fixierte Punkte, in denen das Gleichgewichtszentrum einer Person mit dem Gleichgewichtszentrum der Welt übereinfällt, sind zum Beispiel ein Spucknapf, der sich durch einen einfachen Griff schließen läßt, oder die Abschaffung der Salzfässer in den Gasthäusern, in die man mit den Messern fährt, wodurch mit einem Schlag die Verbreitung der die Menschheit geißelnden Tuberkulose verhindert würde, oder die Einführung des Kurzschriftsystems Öhl, das durch seine unvergleichliche Zeitersparnis gleich auch die soziale Frage löst, oder die Bekehrung zu einer naturgemäßen, der herrschenden Verwüstung Einhalt gebietenden Lebensweise, aber auch eine metapsychische Theorie der Himmelsbewegungen, die Vereinfachung des Verwaltungsapparats und eine Reform des Sexuallebens. Wollen die Umstände dem Menschen wohl, so hilft er sich, indem er eines Tags über seinen Punkt ein Buch verfaßt oder eine Broschüre oder wenigstens einen Zeitungsaufsatz und seinen Protest dadurch gewissermaßen bei den Akten der Menschheit zu Protokoll gibt, was ungeheuer beruhigt, selbst wenn es von niemand gelesen wird; gewöhnlich aber lockt es einige Leute an, die dem Verfasser versichern, daß er ein neuer Kopernikus sei, wonach sie sich ihm als unverstandene Newtons vorstellen. Diese Gepflogenheit, sich gegenseitig die Punkte aus dem Fell zu suchen, ist sehr wohltuend und weitverbreitet, aber ihre Wirkung ist nicht dauerhaft, weil die Beteiligten sich nach einer Weile verzanken und wieder ganz allein bleiben; doch kommt es auch vor, daß einer oder der andere einen kleinen Kreis von Bewunderern um sich sammelt, die mit vereinter Kraft den Himmel anklagen, der seinen gesalbten Sohn nicht genügend unterstütze. Und fällt dann plötzlich ein Hoffnungsstrahl aus großer Höhe auf solche Punktehäufchen – wie es geschah, als Graf Leinsdorf öffentlich äußern ließ, daß ein Österreichisches Jahr, wenn es ein solches wirklich geben werde, was damit noch nicht gesagt sein solle, jedenfalls in Übereinstimmung mit den wahren Zielen des Daseins stehen müßte – so nehmen sie das auf wie die Heiligen, denen Gott eine Erscheinung schickt.

Graf Leinsdorf hatte gedacht, daß sein Werk eine machtvolle, aus der Mitte des Volkes selbst aufsteigende Kundgebung werden solle. Er hatte dabei an die Universität, an die Geistlichkeit, an einige Namen, die niemals in den Berichten über charitative Veranstaltungen fehlen, ja sogar an die Zeitungen selbst gedacht; er rechnete mit den patriotischen Parteien, mit dem «gesunden Sinn» des Bürgertums, das an Kaisers Geburtstag die Fahnen herausstreckt, und mit der Beihilfe der Hochfinanz, ja er rechnete auch mit der Politik, denn er hoffte insgeheim, durch sein großes Werk gerade sie überflüssig zu machen, indem er sie auf den gemeinsamen Nenner Vaterland brachte, den er später durch Land zu dividieren beabsichtigte, um den väterlichen Herrscher als einzigen Rest übrig zu behalten; aber an eines hatte Se. Erlaucht eben nicht gedacht, und er wurde überrascht von dem weit verbreiteten Weltverbesserungsbedürfnis, das von der Wärme einer großen Gelegenheit ausgebrütet wird wie Insekteneier bei einem Brand. Damit hatte Se. Erlaucht nicht gerechnet; er hatte sehr viel Patriotismus erwartet, aber er war nicht vorbereitet auf Erfindungen, Theorien, Weltsysteme und Menschen, die von ihm die Erlösung aus geistigen Kerkern verlangten. Sie belagerten sein Palais, priesen die Parallelaktion als eine Möglichkeit, der Wahrheit endlich zum Durchbruch zu verhelfen, und Graf Leinsdorf wußte nicht, was er mit ihnen beginnen solle. Im Bewußtsein seiner gesellschaftlichen Stellung konnte er sich doch nicht mit allen diesen Leuten an einen Tisch setzen, als ein von gespannter Moralität erfüllter Geist wollte er sich ihnen aber auch nicht entziehen, und da seine Bildung politisch und philosophisch, aber durchaus nicht naturwissenschaftlich und technologisch war, wurde er in keiner Weise klug daraus, ob an diesen Vorschlägen etwas daran sei oder nicht.

In dieser Lage sehnte er sich immer heftiger nach Ulrich, der ihm gerade als der Mann empfohlen worden war, den er gebraucht hätte, denn sein Sekretär oder überhaupt jeder gewöhnliche Sekretär war solchen Anforderungen natürlich nicht gewachsen. Er betete sogar einmal, als er sich sehr über seinen Angestellten geärgert hatte, zu Gott – obgleich er sich am nächsten Tag dessen schämte –, daß Ulrich doch endlich zu ihm kommen möge. Und als dies nicht geschah, machte sich Se. Erlaucht systematisch selbst auf die Suche. Er ließ im Adreßbuch nachschlagen, aber Ulrich war darin noch nicht enthalten.

Er begab sich sodann zu seiner Freundin Diotima, die gewöhnlich Rat wußte, und tatsächlich hatte die Bewundernswerte Ulrich auch schon gesprochen, aber sie hatte vergessen, sich seine Wohnung angeben zu lassen, oder schützte das vor, denn sie wollte die Gelegenheit benützen, um Sr. Erlaucht einen neuen und viel besseren Vorschlag für die Sekretärstelle der großen Aktion zu unterbreiten. Aber Graf Leinsdorf war sehr aufgeregt und erklärte auf das bestimmteste, daß er sich an Ulrich bereits gewöhnt habe, einen Preußen nicht brauchen könne, auch einen Reformpreußen nicht, und überhaupt von noch mehr Komplikationen nichts wissen wolle. Er war bestürzt, als seine Freundin sich danach gekränkt zeigte, und bekam dadurch einen selbständigen Einfall; er erklärte ihr, daß er nun geradeswegs zu seinem Freund, dem Polizeipräsidenten, fahren werde, der schließlich doch die Adresse eines jeden Staatsbürgers herausbringen müsse.

38

Clarisse und ihre Dämonen

Als Ulrichs Brief eintraf, spielten Walter und Clarisse wieder so heftig Klavier, daß die dünnbeinigen Kunstfabrikmöbel tanzten und die Dante Gabriel Rossetti-Stiche an den Wänden zitterten. Dem alten Dienstmann, der Haus und Wohnung offen gefunden hatte, ohne angehalten zu werden, schlug Blitz und Donner ins Gesicht, als er bis in den Wohnraum vordrang, und der heilige Lärm, in den er hineingeraten war, preßte ihn ehrfürchtig an die Wand. Clarisse war es, welche die weiterdrängende musikalische Erregung schließlich in zwei gewaltigen Schlägen entlud und ihn befreite. Während sie den Brief las, wand sich der unterbrochene Erguß noch aus Walters Händen; eine Melodie lief zuckend wie ein Storch und breitete dann die Flügel. Clarisse beobachtete das mißtrauisch, während sie Ulrichs Schreiben entzifferte.

Als sie ihm das Kommen des Freundes ankündigte, sagte Walter: «Schade!»

Sie setzte sich wieder neben ihn auf den kleinen drehbaren Klavierstuhl, und ein Lächeln, das Walter aus irgendeinem Grund als grausam empfand, spaltete ihre Lippen, die sinnlich aussahen. Es war der Augenblick, wo die Spieler ihr Blut anhalten, um es in gleichem Rhythmus loslassen zu können, und die Augenachsen ihnen wie vier gleichgerichtete lange Stiele aus dem Kopf stehn, während sie mit der Sitzfläche gespannt das Stühlchen festhalten, das auf dem langen Hals seiner Holzschraube immer wackeln will.

Im nächsten Augenblick waren Clarisse und Walter wie zwei nebeneinander dahinschießende Lokomotiven losgelassen. Das Stück, das sie spielten, flog wie blitzende Schienenstränge auf ihre Augen zu, verschwand in der donnernden Maschine und lag als klingende, gehörte, in wunderbarer Weise gegenwärtig bleibende Landschaft hinter ihnen. Während dieser rasenden Fahrt wurde das Gefühl dieser beiden Menschen zu einem einzigen zusammengepreßt; Gehör, Blut, Muskeln wurden willenlos von dem gleichen Erlebnis hingerissen; schimmernde, sich neigende, sich biegende Tonwände zwangen ihre Körper in das gleiche Geleis, bogen sie gemeinsam, weiteten und verengten die Brust im gleichen Atemzug. Auf den Bruchteil einer Sekunde genau, flogen Heiterkeit, Trauer, Zorn und Angst, Lieben und Hassen, Begehren und Überdruß durch Walter und Clarisse hindurch. Es war ein Einswerden, ähnlich dem in einem großen Schreck, wo hunderte Menschen, die eben noch in allem verschieden gewesen sind, die gleichen rudernden Fluchtbewegungen ausführen, die gleichen sinnlosen Schreie ausstoßen, in der gleichen Weise Mund und Augen aufreißen, von einer zwecklosen Gewalt gemeinsam vor- und zurückgerissen werden, links und rechts gerissen werden, brüllen, zucken, wirren und zittern. Aber es hatte nicht die gleiche, stumpfe, übermächtige Gewalt, wie sie das Leben hat, wo solches Geschehen sich nicht so leicht ereignet, dafür aber alles Persönliche widerstandslos auslöscht. Der Zorn, die Liebe, das Glück, die Heiterkeit und Trauer, die Clarisse und Walter im Flug durchlebten, waren keine vollen Gefühle, sondern nicht viel mehr als das zum Rasen erregte körperliche Gehäuse davon. Sie saßen steif und entrückt auf ihren Sesselchen, waren auf nichts und in nichts und über nichts oder jeder auf, in und über etwas anderes zornig, verliebt und traurig, dachten Verschiedenes und meinten jeder das Seine; der Befehl der Musik vereinigte sie in höchster Leidenschaft und ließ ihnen zugleich etwas Abwesendes wie im Zwangsschlaf der Hypnose.

Jeder dieser beiden Menschen spürte es in seiner Weise. Walter war glücklich und erregt. Er hielt, wie das die meisten musikalischen Menschen tun, diese wogenden Wallungen und gefühlsartigen Bewegungen des Inneren, das heißt den wolkig aufgerührten körperlichen Untergrund der Seele für die einfache, alle Menschen verbindende Sprache des Ewigen. Es entzückte ihn, Clarisse mit dem starken Arm des Urgefühls an sich zu pressen. Er war an diesem Tag früher aus seinem Büro nach Hause gekommen als sonst. Er hatte mit der Katalogisierung von Kunstwerken zu tun gehabt, die noch die Form großer, ungebrochener Zeiten trugen und eine geheimnisvolle Willenskraft ausströmten. Clarisse war ihm freundlich begegnet, sie war nun in der ungeheuren Welt der Musik fest an ihn gebunden. Es trug alles an diesem Tag ein geheimes Gelingen in sich, einen lautlosen Marsch, wie wenn Götter auf dem Wege sind. «Vielleicht ist heute der Tag?» dachte Walter. Er wollte Clarisse ja nicht durch Zwang zu sich zurückbringen, sondern zu innerst aus ihr selbst sollte die Erkenntnis aufsteigen und sie sanft zu ihm herüberneigen.

Das Klavier hämmerte schimmernde Notenköpfe in eine Wand aus Luft. Obgleich dieser Vorgang in seinem Ursprung ganz und gar wirklich war, verschwanden die Mauern des Zimmers, und es erhob sich an ihrer Stelle das goldene Gewände der Musik, dieser geheimnisvolle Raum, in dem Ich und Welt, Wahrnehmung und Gefühl, Innen und Außen auf das Unbestimmteste ineinanderstürzen, während er selbst ganz und gar aus Empfindung, Bestimmtheit, Genauigkeit, ja aus einer Hierarchie des Glanzes geordneter Einzelheiten besteht. An diesen sinnlichen Einzelheiten waren die Fäden des Gefühls befestigt, die sich aus dem wogenden Dunst der Seelen spannen; und dieser Dunst spiegelte sich in der Präzision der Wände und kam sich selbst deutlich vor. Wie puppige Kokons hingen die Seelen der beiden Menschen in den Fäden und Strahlen. Je dicker eingewickelt und breiter ausgestrahlt sie wurden, desto wohliger fühlte sich Walter, und seine Träume nahmen so sehr die Gestalt eines kleinen Kindes an, daß er hie und da begann, die Töne falsch und zu gefühlig zu betonen.

Aber ehe das kam und bewirkte, daß ein durch den goldenen Nebel schlagender Funke gewöhnlichen Gefühls die beiden wieder in irdische Beziehung zu einander brachte, waren Clarissens Gedanken von den seinen schon der Art nach so verschieden, wie es zwei Menschen nur zuwege bringen können, die mit zwillingshaften Gebärden der Verzweiflung und Seligkeit nebeneinander hinstürmen. In flatternden Nebeln sprangen Bilder auf, verschmolzen, überzogen einander, verschwanden, das war Clarissens Denken; sie hatte darin eine eigene Art; oft waren mehrere Gedanken gleichzeitig ineinander da, oft gar keiner, aber dann konnte man die Gedanken wie Dämonen hinter der Bühne stehen fühlen, und das zeitliche Nacheinander der Erlebnisse, das anderen Menschen eine richtige Stütze abgibt, wurde in Clarisse zu einem Schleier, der seine Falten bald dicht übereinander warf, bald in einen kaum noch sichtbaren Hauch auflöste.

Drei Personen waren diesmal um Clarisse; Walter, Ulrich und der Frauenmörder Moosbrugger.

Von Moosbrugger hatte ihr Ulrich erzählt.

Anziehung und Abstoßung mischten sich darin zu einem sonderbaren Bann.

Clarisse nagte an der Wurzel der Liebe. Zwiespältig ist sie, mit Kuß und Biß, mit Aneinanderhängen der Blicke und gequältem Wegdrehen des Auges im letzten Augenblick. «Drängt das gute Miteinanderauskommen zum Haß?» fragte sie sich. «Will das anständige Leben die

Roheit? Bedarf das Friedliche der Grausamkeit? Verlangt die Ordnung nach Zerrissenwerden?» Das war es, und war es nicht, was Moosbrugger erregte. Unter dem Donner der Musik schwebte ein Weltbrand um sie, ein noch nicht ausgebrochener Weltbrand; innerlich am Gebälk fressend. Aber so wie in einem Gleichnis, wo die Dinge die gleichen sind, dawider aber auch ganz verschieden sind, und aus der Ungleichnis des Gleichen wie aus der Gleichnis des Ungleichen zwei Rauchsäulen aufsteigen, mit dem märchenhaften Geruch von Bratäpfeln und ins Feuer gestreuten Fichtenzweigen, war es auch.

«Man dürfte nie zu spielen aufhören» sagte sich Clarisse und begann mit raschem Herumwerfen der Notenblätter das Stück von vorne, als es zu Ende war. Walter lächelte befangen und folgte ihr.

«Was macht Ulrich eigentlich mit der Mathematik?» fragte sie ihn.

Walter zuckte im Spiel die Schultern, als steuerte er einen Rennwagen.

«Man müßte weiter und weiter spielen, bis zum Ende» dachte Clarisse. «Wenn man bis ans Lebensende ununterbrochen spielen könnte, was wäre dann Moosbrugger? Schauerlich? Ein Narr? Ein schwarzer Vogel des Himmels?» Sie wußte es nicht.

Sie wußte überhaupt nichts. Eines Tags – sie hätte auf den Tag ausrechnen können, wann das geschah, – war sie aus dem Schlaf der Kindheit erwacht, und da war auch schon die Überzeugung fertig gewesen, daß sie berufen sei, etwas auszurichten, eine besondere Rolle zu spielen, vielleicht sogar zu etwas Großem ausersehen sei. Sie wußte damals noch gar nichts von der Welt. Sie glaubte auch nichts von dem, was man ihr darüber erzählte, die Eltern, der ältere Bruder: das waren klappernde Worte, ganz gut und ganz schön, aber man konnte sich nicht aneignen, was sie sagten; man konnte einfach nicht, so wenig wie ein chemischer Körper einen anderen aufnimmt, der ihm nicht «eignet». Dann kam Walter, das war der Tag; von diesem Tag an war alles «eigen». Walter trug einen kleinen Schnurrbart, ein Bürstchen; er sagte: Fräulein; mit einemmal war die Welt keine wüste, regellose, zerbrochene Fläche mehr, sondern ein schimmernder Kreis, Walter ein Mittelpunkt, sie ein Mittelpunkt, zwei in einen zusammenfallende Mittelpunkte waren sie. Erde, Häuser, abgefallene und nicht weggefegte Blätter, schmerzende Luftlinien (sie erinnerte sich an den Augenblick, als einen der quälendsten der Kindheit, wo sie mit ihrem Vater auf einer «Aussicht» stand und er, der Maler, sich eine Endlosigkeit lang daran entzückte, während sie der Blick in die Welt längs dieser langen Luftlinien bloß schmerzte, als ob sie mit dem Finger über eine Linealkante fahren müßte): aus solchen Dingen hatte früher das Dasein bestanden und war nun mit einemmal ihr zu eigen geworden, wie Fleisch von ihrem Fleische.

Sie wußte nun, daß sie etwas Titanenhaftes tun werde; was es sein würde, vermochte sie noch nicht zu sagen, aber einstweilen empfand sie es am heftigsten bei Musik und hoffte dann, daß Walter ein noch größeres Genie sein werde als Nietzsche; von Ulrich zu schweigen, der später auftauchte und ihr bloß Nietzsches Werke geschenkt hatte.

Von da an war es vorwärts gegangen. Wie rasch, war nun gar nicht mehr zu sagen. Wie schlecht hatte sie früher Klavier gespielt, wie wenig von Musik verstanden; jetzt spielte sie besser als Walter. Und wieviel Bücher hatte sie gelesen! Woher waren sie alle gekommen? Sie sah das vor sich wie schwarze Vögel, die in Scharen um ein kleines Mädchen flattern, das im Schnee steht. Aber etwas später sah sie eine schwarze Wand und weiße Flecken darin; schwarz war alles, was sie nicht kannte, und obgleich das Weiße zu kleinen und größeren Inseln zusammenlief, blieb das Schwarze unverändert unendlich. Von diesem Schwarz ging Angst und Aufregung aus. «Es ist der Teufel?» dachte sie. «Ist der Teufel Moosbrugger geworden??» dachte sie. Zwischen den weißen Flecken bemerkte sie jetzt dünne graue Wege: so war sie in ihrem Leben von einem zum anderen gekommen; das waren Geschehnisse; Abreisen, Ankünfte, erregte Aussprachen, Kampf mit den Eltern, die Heirat, das Haus, unerhörtes Ringen mit Walter. Die dünnen grauen Wege schlängelten sich. «Schlangen!» dachte Clarisse «Schlingen!» Diese Geschehnisse umschlangen sie, hielten sie fest, ließen sie nicht dorthin kommen, wohin sie wollte, waren schlüpfrig und machten sie unversehens an einen Punkt schießen, den sie nicht wünschte.

Schlangen, Schlingen, schlüpfrig: so lief das Leben. Ihre Gedanken fingen an zu laufen wie das Leben. Die Spitzen ihrer Finger tauchten in den Sturzbach der Musik. Im Bachbett der Musik kamen Schlangen und Schlingen herunter. Da tat sich rettend wie eine stille Bucht das Gefängnis auf, in dem Moosbrugger verborgengehalten wurde. Clarissens Gedanken traten schaudernd in seine Zelle ein. «Man muß bis zum Ende Musik machen!» wiederholte sie sich aufmunternd, aber ihr Herz zitterte heftig. Als es sich beruhigt hatte, war die ganze Zelle mit ihrem Ich angefüllt. Das war ein so mildes Gefühl wie eine Wundsalbe, aber als sie es für immer festhalten wollte, fing es sich zu öffnen an und auseinanderzuschieben wie ein Märchen oder ein Traum. Moosbrugger saß mit aufgestütztem Haupt, und sie löste seine Fesseln. Während sich ihre Finger bewegten, kam Kraft, Mut, Tugend, Güte, Schönheit, Reichtum in die Zelle, wie ein Wind, durch ihre Finger gerufen, der von verschiedenen Wiesen kommt. «Es ist ganz gleichgültig, warum ich das tun mag;» fühlte Clarisse «wichtig ist nur, daß ich es jetzt tue!» Sie legte ihm ihre Hände, einen Teil ihres eigenen Körpers, auf die Augen, und als sie die Finger wegzog, war Moosbrugger ein schöner Jüngling geworden, und sie selbst stand als eine wunderbar schöne Frau neben ihm, deren Körper so süß und weich war wie Südwein und gar nicht widerspenstig, wie es der Körper der kleinen Clarisse sonst war. «Es ist unsre Unschuldsgestalt!» stellte sie in einer tief unten denkenden Schicht ihres Bewußtseins fest.

Aber warum war Walter nicht so?! Aufsteigend aus der Tiefe des Musiktraums, erinnerte sie sich, wie kindisch sie noch war, als sie Walter schon liebte, mit ihren fünfzehn Jahren damals, und ihn durch Mut, Stärke und Güte aus allen Gefahren retten wollte, die sein Genie bedrohten. Und wie schön es war, wenn Walter überall diese tiefen seelischen Gefahren erblickte! Und sie fragte sich, ob alles das nur kindisch gewesen sei? Die Heirat hatte es mit einem störenden Licht überstrahlt. Es war plötzlich eine große Verlegenheit für die Liebe aus dieser Heirat entstanden. Obgleich diese letzte Zeit natürlich auch wunderbar war, vielleicht inhaltsreicher und dingvoller als die vorangegangene, war doch der Riesenbrand, das über den Himmel Hinflackernde zu den Schwierigkeiten eines Herdfeuers geworden, das nicht recht brennen will. Clarisse war nicht ganz sicher, ob ihre Kämpfe mit Walter wirklich noch groß waren. Und das Leben lief wie diese Musik, die unter den Händen verschwand. Im Nu würde es vorüber sein! Heillose Angst kam allmählich über Clarisse. Und in diesem Augenblick bemerkte sie, wie Walters Spiel unsicher wurde. Wie große Regentropfen klatschte sein Gefühl in die Tasten. Sie erriet sofort, woran er dachte: das Kind. Sie wußte, daß er sie mit einem Kind an sich anbinden wollte. Das war ihr Streit alle Tage. Und die Musik hielt keinen Augenblick still, die Musik kannte kein Nein. Wie ein Netz, dessen Umgarnung sie nicht bemerkt hatte, zog sich das rasend schnell zusammen.

Da sprang Clarisse mitten im Spiel auf und schlug das Klavier zu, so daß Walter kaum die Finger retten konnte.

Oh, tat es weh! Noch ganz erschrocken, begriff er alles. Das war Ulrichs Kommen, das Clarisse bloß schon durch die Ankündigung in exzessive Gemütsstimmung brachte! Er schädigte sie, indem er brutal das aufregte, was Walter selbst sich kaum anzurühren getraute, das unselig Genialische in Clarisse, die geheime Kaverne, wo etwas Unheilvolles an Ketten riß, die eines Tages nachlassen konnten.

Er rührte sich nicht und sah Clarisse bloß fassungslos an.

Und Clarisse gab keine Erklärungen, stand da und atmete heftig.

Ganz und gar liebe sie Ulrich nicht, versicherte sie, nachdem Walter gesprochen. Wenn sie ihn lieben würde, würde sie es sofort sagen. Aber sie fühle sich angesteckt durch ihn wie ein Licht. Sie fühle sich wieder etwas mehr leuchten und gelten, wenn er in der Nähe sei. Wogegen Walter nur jederzeit die Fensterladen schließen möchte. Und was sie fühle, ginge keinen an, Ulrich nicht und Walter nicht!

Aber Walter glaubte doch, zwischen Zorn und Entrüstung, die aus ihren Worten atmeten, ein betäubendes tödliches Körnchen von etwas duften zu fühlen, das nicht Zorn war.

Es war Abend geworden. Das Zimmer war schwarz. Das Klavier war schwarz. Die Schatten zweier sich liebenden Menschen waren schwarz. Clarissens Auge leuchtete im Dunkel, angesteckt wie ein Licht, und in dem vor Schmerz unruhigen Munde Walters schimmerte der Schmelz auf einem Zahn wie Elfenbein. Es schien, mochten draußen in der Welt auch die größten Staatsaktionen vor sich gehn und trotz seiner Unannehmlichkeiten, einer der Augenblicke zu sein, um deretwillen Gott die Erde geschaffen hat.

39

Ein Mann ohne Eigenschaften besteht aus Eigenschaften ohne Mann

Allein Ulrich kam an diesem Abend nicht. Nachdem ihn Direktor Fischel eilig verlassen hatte, beschäftigte ihn wieder die Frage seiner Jugend, warum alle uneigentlichen und im höheren Sinn unwahren Äußerungen von der Welt so unheimlich begünstigt werden. «Man kommt gerade dann immer einen Schritt vorwärts, wenn man lügt» dachte er; «das hätte ich ihm auch noch sagen sollen.»

Ulrich war ein leidenschaftlicher Mensch, aber man darf dabei unter Leidenschaft nicht das verstehen, was man im einzelnen die Leidenschaften nennt. Es mußte wohl etwas gegeben haben, das ihn immer wieder in diese hineingetrieben hatte, und das war vielleicht Leidenschaft, aber im Zustand der Erregung und der erregten Handlungen selbst war sein Verhalten zugleich leidenschaftlich und teilnahmlos. Er hatte so ziemlich alles mitgemacht, was es gibt, und fühlte, daß er sich noch jetzt jederzeit in etwas hineinstürzen könnte, das ihm gar nichts zu bedeuten brauchte, wenn es bloß seinen Aktionstrieb reizte. Mit wenig Übertreibung durfte er darum von seinem Leben sagen, daß sich alles darin so vollzogen habe, wie wenn es mehr zueinander gehörte als zu ihm. Auf A war immer B gefolgt, ob das nun im Kampf oder in der Liebe geschah. Und so mußte er wohl auch glauben, daß die persönlichen Eigenschaften, die er dabei erwarb, mehr zueinander als zu ihm gehörten, ja jede einzelne von ihnen hatte, wenn er sich genau prüfte, mit ihm nicht inniger zu tun als mit anderen Menschen, die sie auch besitzen mochten.

Aber ohne Zweifel wird man trotzdem durch sie bestimmt und besteht aus ihnen, auch wenn man mit ihnen nicht einerlei ist, und so kommt man sich manchmal im ruhenden Verhalten genau so fremd vor wie im bewegten. Wenn Ulrich hätte sagen sollen, wie er eigentlich sei, er wäre in Verlegenheit geraten, denn er hatte sich so wie viele Menschen noch nie anders geprüft als an einer Aufgabe und im Verhältnis zu ihr. Sein Selbstbewußtsein war weder beschädigt worden, noch war es verzärtelt und eitel, und es kannte nicht das Bedürfnis nach jener Wiederinstandsetzung und Ölung, die man Gewissenserforschung nennt. War er ein starker Mensch? Das wußte er nicht; darüber befand er sich vielleicht in einem verhängnisvollen Irrtum. Aber sicher war er immer ein Mensch gewesen, der seiner Kraft vertraute. Auch jetzt zweifelte er nicht daran, daß dieser Unterschied zwischen dem Haben der eigenen Erlebnisse und Eigenschaften und ihrem Fremdbleiben nur ein Haltungsunterschied sei, in gewissem Sinn ein Willensbeschluß oder ein gewählter Grad zwischen Allgemeinheit und Personhaftigkeit, auf dem man lebt. Ganz einfach gesprochen, man kann sich zu den Dingen, die einem widerfahren oder die man tut, mehr allgemein oder mehr persönlich verhalten. Man kann einen Schlag außer als Schmerz auch als Kränkung empfinden, wodurch er unerträglich wächst; aber man kann ihn auch sportlich aufnehmen, als ein Hindernis, von dem man sich weder einschüchtern noch in blinden Zorn bringen lassen darf, und dann kommt es nicht selten vor, daß man ihn überhaupt nicht bemerkt. In diesem zweiten Fall ist aber nichts anderes geschehen, als daß man ihn in einen allgemeinen Zusammenhang, nämlich den der Kampfhandlung, eingeordnet hat, wobei sich sein Wesen abhängig von der Aufgabe erwies, die er zu erfüllen hat. Und gerade diese Erscheinung, daß ein Erlebnis seine Bedeutung, ja seinen Inhalt erst durch seine Stellung in einer Kette folgerichtiger Handlungen erhält, zeigt jeder Mensch, der es nicht als ein nur persönliches Geschehnis, sondern als eine Herausforderung seiner geistigen Kraft ansieht. Auch er wird, was er tut, dann schwächer empfinden; aber wunderlicherweise nennt man das, was man beim Boxen als überlegene Geisteskraft empfindet, nur kalt und gefühllos, sobald es bei Menschen, die nicht boxen können, aus Neigung zu einer geistigen Lebenshaltung entsteht. Es sind da eben noch allerhand Unterscheidungen gebräuchlich, um je nach der Lage ein allgemeines oder ein persönliches Verhalten anzuwenden und zu fordern. Einem Mörder wird es, wenn er sachlich vorgeht, als besondere Roheit ausgelegt; einem Professor, der in den Armen seiner Gattin an einer Aufgabe weiterrechnet, als knöcherne Trockenheit; einem Politiker, der über vernichtete Menschen in die Höhe steigt, je nach dem Erfolg als Gemeinheit oder Größe; von Soldaten, Henkern und Chirurgen dagegen fordert man geradezu diese Unerschütterlichkeit, die man an anderen verurteilt. Ohne daß man sich weiter auf die Moral dieser Beispiele einzulassen brauchte, fällt die Unsicherheit auf, mit der jedesmal ein

Kompromiß zwischen sachlich richtigem und persönlich richtigem Verhalten geschlossen wird.

Diese Unsicherheit gab der persönlichen Frage Ulrichs einen weiten Hintergrund. Man ist früher mit besserem Gewissen Person gewesen als heute. Die Menschen glichen den Halmen im Getreide; sie wurden von Gott, Hagel, Feuersbrunst, Pestilenz und Krieg wahrscheinlich heftiger hin und her bewegt als jetzt, aber im ganzen, stadtweise, landstrichweise, als Feld, und was für den einzelnen Halm außerdem noch an persönlicher Bewegung übrig blieb, das ließ sich verantworten und war eine klar abgegrenzte Sache. Heute dagegen hat die Verantwortung ihren Schwerpunkt nicht im Menschen, sondern in den Sachzusammenhängen. Hat man nicht bemerkt, daß sich die Erlebnisse vom Menschen unabhängig gemacht haben? Sie sind aufs Theater gegangen; in die Bücher, in die Berichte der Forschungsstätten und Forschungsreisen, in die Gesinnungs- und Religionsgemeinschaften, die bestimmte Arten des Erlebens auf Kosten der anderen ausbilden wie in einem sozialen Experimentalversuch, und sofern die Erlebnisse sich nicht gerade in der Arbeit befinden, liegen sie einfach in der Luft; wer kann da heute noch sagen, daß sein Zorn wirklich sein Zorn ist, wo ihm so viele Leute dreinreden und es besser verstehen als er?! Es ist eine Welt von Eigenschaften ohne Mann entstanden, von Erlebnissen ohne den, der sie erlebt, und es sieht beinahe aus, als ob im Idealfall der Mensch überhaupt nichts mehr privat erleben werde und die freundliche Schwere der persönlichen Verantwortung sich in ein Formelsystem von möglichen Bedeutungen auflösen solle. Wahrscheinlich ist die Auflösung des anthropozentrischen Verhaltens, das den Menschen so lange Zeit für den Mittelpunkt des Weltalls gehalten hat, aber nun schon seit Jahrhunderten im Schwinden ist, endlich beim Ich selbst angelangt, denn der Glaube, am Erleben sei das wichtigste, daß man es erlebe, und am Tun, daß man es tue, fängt an, den meisten Menschen als eine Naivität zu erscheinen. Es gibt wohl noch Leute, die ganz persönlich leben; sie sagen «Wir waren gestern bei dem und dem» oder «Wir machen heute das und das», und ohne daß es sonst noch Inhalt und Bedeutung zu haben brauchte, freuen sie sich darüber. Sie lieben alles, was mit ihren Fingern in Berührung tritt, und sind so rein Privatperson, wie das nur möglich ist; die Welt wird Privatwelt, sobald sie mit ihnen zu tun bekommt, und leuchtet wie ein Regenbogen. Vielleicht sind sie sehr glücklich; aber diese Art Leute erscheint den anderen gewöhnlich schon absurd, obgleich es noch keineswegs sicher ist, warum. – Und mit einemmal mußte sich Ulrich angesichts dieser Bedenken lächelnd eingestehn, daß er mit alledem ja doch ein Charakter sei, auch ohne einen zu haben.

40

Ein Mann mit allen Eigenschaften, aber sie sind ihm gleichgültig
Ein Fürst des Geistes wird verhaftet,
und die Parallelaktion erhält ihren Ehrensekretär

Es ist nicht schwer, diesen zweiunddreißigjährigen Mann Ulrich in seinen Grundzügen zu beschreiben, auch wenn er von sich selbst nur weiß, daß er es gleich nah und weit zu allen Eigenschaften hätte und daß sie ihm alle, ob sie nun die seinen geworden sind oder nicht, in einer sonderbaren Weise gleichgültig sind. Mit der seelischen Beweglichkeit, die einfach eine sehr mannigfaltige Anlage zur Voraussetzung hat, verbindet sich bei ihm noch eine gewisse Angriffslust. Er ist ein männlicher Kopf. Er ist nicht empfindsam für andere Menschen und hat sich selten in sie hinein versetzt, außer um sie für seine Zwecke kennen zu lernen. Er achtet Rechte nicht, wenn er nicht den achtet, der sie besitzt, und das geschieht selten. Denn es hat sich mit der Zeit eine gewisse Bereitschaft zur Verneinung in ihm entwickelt, eine biegsame Dialektik des Gefühls, die ihn leicht dazu verleitet, in etwas, das allgemein gut geheißen wird, einen Schaden zu entdecken, dagegen etwas Verbotenes zu verteidigen und Pflichten mit dem Unwillen abzulehnen, der aus dem Willen zur Schaffung eigener Pflichten hervorgeht. Trotz dieses Willens überläßt er aber seine moralische Führung, mit gewissen Ausnahmen, die er sich gestattet, einfach jenem ritterlichen Anstand, der in der bürgerlichen Gesellschaft so ziemlich alle Männer leitet, solange sie in geordneten Verhältnissen leben, und führt auf diese Weise mit dem Hochmut, der Rücksichtslosigkeit und Nachlässigkeit eines Menschen, der zu seiner Tat berufen ist, das Leben eines anderen Menschen, der von seinen Neigungen und Fähigkeiten einen mehr oder weniger gewöhnlichen, nützlichen und sozialen Gebrauch macht. Er war es gewohnt, sich aus natürlichem Trieb und ohne Eitelkeit für das Werkzeug zu einem nicht unbedeutenden Zweck zu halten, den er schon noch rechtzeitig zu erfahren gedachte, und selbst jetzt, in diesem begonnenen Jahr der suchenden Unruhe, nachdem er das steuerlose Treiben seines Lebens eingesehen hatte, stellte sich bald wieder das Gefühl ein, auf dem Wege zu sein, und er gab sich mit seinem Plan gar keine besondere Mühe. Es ist nicht ganz leicht, in einer solchen Natur die sie treibende Leidenschaft zu erkennen; Anlage und Umstände haben sie vieldeutig geformt, ihr Schicksal ist noch durch keinen wirklich harten Gegendruck entblößt worden, die Hauptsache ist aber, daß ihr zur Entscheidung noch etwas fehlt, das ihr unbekannt ist. Ulrich ist ein Mensch, der von irgend etwas gezwungen wird, gegen sich selbst zu leben, obgleich er sich scheinbar ohne Zwang gehen läßt.

Der Vergleich der Welt mit einem Laboratorium hatte in ihm nun eine alte Vorstellung wiedererweckt. So wie eine große Versuchsstätte, wo die besten Arten, Mensch zu sein, durchgeprobt und neue entdeckt werden müßten, hatte er sich früher oft das Leben gedacht, wenn es ihm gefallen sollte. Daß das Gesamtlaboratorium etwas planlos arbeitete und daß die Leiter und die Theoretiker des Ganzen fehlten, gehörte auf ein anderes Blatt. Man konnte ja wohl sagen, daß er selbst so etwas wie ein Fürst und Herr des Geistes hätte werden wollen: Wer allerdings nicht?! Es ist so natürlich, daß der Geist als das Höchste und über allem Herrschende gilt. Es wird gelehrt. Was kann, schmückt sich mit Geist, verbrämt sich. Geist ist, in Verbindung mit irgendetwas, das Verbreitetste, das es gibt. Der Geist der Treue, der Geist der Liebe, ein männlicher Geist, ein gebildeter Geist, der größte Geist der Gegenwart, wir wollen den Geist dieser und jener Sache hochhalten, und wir wollen im Geiste unserer Bewegung handeln: wie fest und unanstößig klingt das bis in die untersten Stufen. Alles übrige, das alltägliche Verbrechen oder die emsige Erwerbsgier, erscheint daneben als das Uneingestandene, der Schmutz, den Gott aus seinen Zehennägeln entfernt.

Aber wenn Geist allein dasteht, als nacktes Hauptwort, kahl wie ein Gespenst, dem man ein Leintuch borgen möchte, – wie ist es dann? Man kann die Dichter lesen, die Philosophen studieren, Bilder kaufen und nächteweise Gespräche führen: aber ist es Geist, was man dabei gewinnt? Angenommen, man gewönne ihn: aber besitzt man ihn dann? Dieser Geist ist so fest verbunden mit der zufälligen Gestalt seines Auftretens! Er geht durch den Menschen, der ihn aufnehmen möchte, hindurch und läßt nur ein wenig Erschütterung zurück. Was fangen wir mit all dem Geist an? Er wird auf Massen von Papier, Stein, Leinwand in geradezu astronomischen Ausmaßen immer von neuem erzeugt, wird ebenso unablässig unter riesenhaftem Verbrauch von nervöser Energie aufgenommen und genossen: Aber was geschieht dann mit ihm? Verschwindet er wie ein Trugbild? Löst er sich in Partikel auf? Entzieht er sich dem irdischen Gesetz der Erhaltung? Die Staubteilchen, die in uns hinabsinken und langsam zur Ruhe kommen, stehen in keinem Verhältnis zu dem Aufwand. Wohin, wo, was ist er? Vielleicht würde es, wenn man mehr davon wüßte, beklommen still werden um dieses Hauptwort Geist?!

Es war Abend geworden; Häuser, wie aus dem Raum gebrochen, Asphalt, Stahlschienen bildeten die erkaltende Muschel Stadt. Die Muttermuschel, voll kindlicher, freudiger, zorniger Menschenbewegung. Wo jeder Tropf als Tröpfchen anfängt, das sprüht und spritzt; mit einem Explosiönchen beginnt, von den Wänden aufgefangen und abgekühlt wird, milder, unbeweglicher wird, zärtlich an der Schale der Muttermuschel hängen bleibt und schließlich zu einem Körnchen an ihrer Wand erstarrt. «Warum» dachte Ulrich plötzlich «bin ich nicht Pilger geworden?» Reine, unbedingte Lebensweise, zehrend frisch wie ganz klare Luft, lag vor seinen Sinnen; wer das Leben nicht bejahen will, sollte wenigstens das Nein des Heiligen sagen: und doch war es einfach unmöglich, ernsthaft daran zu denken. Ebensowenig konnte er Abenteurer werden, obgleich da das Leben etwas von einer immerwährenden Brautzeit haben mochte und seine Glieder wie sein Mut diese Lust spürten. Er hatte weder Dichter werden können noch einer von den Enttäuschten, die nur an Geld und Gewalt glauben, obgleich er zu allem eine Anlage hatte. Er vergaß sein Alter, er stellte sich vor, er wäre zwanzig: trotzdem war es innerlich ebenso entschieden, daß er davon nichts werden konnte; zu allem, was es gab, zog ihn etwas hin, und etwas Stärkeres ließ ihn nicht dazu kommen. Warum lebte er also unklar und unentschieden? Ohne Zweifel, – sagte er sich – was ihn in eine abgeschiedene und unbenannte Daseinsform bannte, war nichts als der Zwang zu jenem Lösen und Binden der Welt, das man mit einem Wort, dem man nicht gerne allein begegnet, Geist nennt. Und Ulrich wußte selbst nicht warum, aber er wurde mit einemmal traurig und dachte: «Ich liebe mich einfach selbst nicht.» In dem erfrorenen, versteinten Körper der Stadt fühlte er ganz zu innerst sein Herz schlagen. Da war etwas in ihm, das hatte nirgends bleiben wollen, hatte sich die Wände der Welt entlang gefühlt und gedacht, es gibt ja noch Millionen anderer Wände; dieser langsam erkaltende, lächerliche Tropfen Ich, der sein Feuer, den winzigen Glutkern nicht abgeben wollte.

Der Geist hat erfahren, daß Schönheit gut, schlecht, dumm oder bezaubernd macht. Er zerlegt ein Schaf und einen Büßer und findet in beiden Demut und Geduld. Er untersucht einen Stoff und erkennt, daß er in großen Mengen ein Gift, in kleineren ein Genußmittel sei. Er weiß, daß die Schleimhaut der Lippen mit der Schleimhaut des Darms verwandt ist, weiß aber auch, daß die Demut dieser Lippen mit der Demut alles Heiligen verwandt ist. Er bringt durcheinander, löst auf und hängt neu zusammen. Gut und bös, oben und unten sind für ihn nicht skeptisch-relative Vorstellungen, wohl aber Glieder einer Funktion, Werte, die von dem Zusammenhang abhängen, in dem sie sich befinden. Er hat es den Jahrhunderten abgelernt, daß Laster zu Tugenden und Tugenden zu Lastern werden können, und hält es im Grunde bloß für eine Ungeschicklichkeit, wenn man es noch nicht fertigbringt, in der Zeit eines Lebens aus einem Verbrecher einen nützlichen Menschen zu machen. Er anerkennt nichts Unerlaubtes und nichts Erlaubtes, denn alles kann eine Eigenschaft haben, durch die es eines Tages teil hat an einem großen, neuen Zusammenhang. Er haßt heimlich wie den Tod alles, was so tut, als stünde es ein für allemal fest, die großen Ideale und Gesetze und ihren kleinen versteinten Abdruck, den gefriedeten Charakter. Er hält kein Ding für fest, kein Ich, keine Ordnung; weil unsre Kenntnisse sich mit jedem Tag ändern können, glaubt er an keine Bindung, und alles besitzt den Wert, den es hat, nur bis zum nächsten Akt der Schöpfung, wie ein Gesicht, zu dem man spricht, während es sich mit den Worten verändert.

So ist der Geist der große Jenachdem-Macher, aber er selbst ist nirgends zu fassen, und fast könnte man glauben, daß von seiner Wirkung nichts als Zerfall übrigbleibe. Jeder Fortschritt ist ein Gewinn im Einzelnen und eine Trennung im Ganzen; es ist das ein Zuwachs an Macht, der in einen fortschreitenden Zuwachs an Ohnmacht mündet, und man kann nicht davon lassen. Ulrich fühlte sich an diesen fast stündlich wachsenden Leib von Tatsachen und Entdeckungen erinnert, aus dem der Geist heute herausblicken muß, wenn er irgendeine Frage genau betrachten will. Dieser Körper wächst dem Inneren davon. Unzählige Auffassungen, Meinungen, ordnende Gedanken aller Zonen und Zeiten, aller Formen gesunder und kranker, wacher und träumender Hirne durchziehen ihn zwar wie Tausende kleiner empfindlicher Nervenstränge, aber der Strahlpunkt, wo sie sich vereinen, fehlt. Der Mensch fühlt die Gefahr nahe, wo er das Schicksal jener Riesentierrassen der Vorzeit wiederholen wird, die an ihrer Größe zugrundegegangen sind; aber er kann nicht ablassen. – Dadurch wurde nun Ulrich wieder an jene recht fragwürdige Vorstellung erinnert, die er lange Zeit geglaubt und selbst heute noch nicht ganz in sich ausgemerzt hatte, daß die Welt am besten von einem Senat der Wissenden und Vorgeschrittenen gelenkt würde. Es ist ja sehr natürlich, zu denken, daß der Mensch, der sich von fachlich gebildeten Ärzten behandeln läßt, wenn er krank ist, und nicht von Schafhirten, keinen Grund hat, wenn er gesund ist, sich von hirtenähnlichen Schwätzern behandeln zu lassen, wie er es in seinen öffentlichen Angelegenheiten tut, und junge Menschen, denen an den wesenhaften Inhalten des Lebens gelegen ist, halten darum anfangs alles auf der Welt, was weder wahr, noch gut, noch schön ist, also zum Beispiel auch eine Finanzbehörde oder eben eine Parlamentsdebatte, für nebensächlich; wenigstens waren sie damals so, denn heute sollen sie ja dank der politischen und wirtschaftlichen Erziehung anders sein. Aber auch damals lernte man, wenn man älter wurde und bei längerer Bekanntschaft mit der Räucherkammer des Geistes, in der die Welt ihren geschäftlichen Speck selcht, sich der Wirklichkeit anzupassen, und der endgültige Zustand eines geistig angebildeten Menschen war ungefähr der, daß er sich auf sein «Fach» beschränkte und für den Rest seines Lebens die Überzeugung mitnahm, das Ganze sollte ja vielleicht anders sein, aber es habe gar keinen Zweck, darüber nachzudenken. So ungefähr sieht das innere Gleichgewicht der Menschen aus, die geistig etwas leisten. Und mit einemmal stellte sich Ulrich das Ganze komischer Weise in der Frage dar, ob es nicht am Ende, da es doch sicher genug Geist gebe, bloß daran fehle, daß der Geist selbst keinen Geist habe?

Er wollte darüber lachen. Er war ja selbst einer von diesen Verzichtenden. Aber enttäuschter, noch lebendiger Ehrgeiz fuhr durch ihn wie ein Schwert. Zwei Ulriche gingen in diesem Augenblick. Der eine sah sich lächelnd um und dachte: «Da habe ich also einmal eine Rolle spielen wollen, zwischen solchen Kulissen wie diesen. Ich bin eines Tags erwacht, nicht weich wie in Mutters Körbchen, sondern mit der harten Überzeugung, etwas ausrichten zu müssen. Man hat mir Stichworte gegeben, und ich habe gefühlt, sie gehen mich nichts an. Wie von flimmerndem Lampenfieber war damals alles mit meinen eigenen Vorsätzen und Erwartungen ausgefüllt gewesen. Unmerklich hat sich aber inzwischen der Boden gedreht, ich bin ein Stück meines Wegs voran gekommen und stehe vielleicht schon beim Ausgang. Über kurz wird es mich hinausgedreht haben, und ich werde von meiner großen Rolle gerade gesagt haben: ‹Die Pferde sind gesattelt.› Möge euch alle der Teufel holen!» Aber während der eine mit diesen Gedanken lächelnd durch den schwebenden Abend ging, hielt der andre die Fäuste geballt, in Schmerz und Zorn; er war der weniger sichtbare, und woran er dachte, war, eine Beschwörungsformel zu finden, einen Griff, den man vielleicht packen könnte, den eigentlichen Geist des Geistes, das fehlende, vielleicht nur kleine Stück, das den zerbrochenen Kreis schließt. Dieser zweite Ulrich fand keine Worte zu seiner Verfügung. Worte springen wie die Affen von Baum zu Baum, aber in dem dunklen Bereich, wo man wurzelt, entbehrt man ihrer freundlichen Vermittlung. Der Boden strömte unter seinen Füßen. Er konnte die Augen kaum öffnen. Kann ein Gefühl blasen wie ein Sturm und doch ganz und gar kein stürmisches Gefühl sein? Wenn man von einem Sturm des Gefühls spricht, meint man einen, wo die Rinde des Menschen ächzt und die Äste des Menschen fliegen, als sollten sie abbrechen. Das aber war ein Sturm bei ganz ruhig bleibender Oberfläche. Nur beinahe ein Zustand der Bekehrung, der Umkehrung; keine Miene verschob sich von ihrem Platz, aber innen schien kein Atom an seiner Stelle zu bleiben. Ulrichs Sinne waren klar, doch wurde jeder begegnende Mensch vom Auge anders als sonst aufgenommen, und jeder Ton vom Ohr. Man konnte nicht sagen schärfer; eigentlich auch nicht tiefer, noch weicher, nicht natürlicher oder unnatürlicher. Ulrich konnte gar nichts sagen, aber er dachte in diesem Augenblick an das sonderbare Erlebnis «Geist» wie an eine Geliebte, von der man zeitlebens betrogen wird, ohne sie weniger zu lieben, und es verband ihn mit allem, was ihm begegnete. Denn wenn man liebt, ist alles Liebe, auch wenn es Schmerz und Abscheu ist. Der kleine Zweig am Baum und die blasse Fensterscheibe im Abendlicht wurden zu einem tief ins eigene Wesen versenkten Erlebnis, das sich kaum mit Worten aussprechen ließ. Die Dinge schienen nicht aus Holz und Stein, sondern aus einer grandiosen und unendlich zarten Immoralität zu bestehen, die in dem Augenblick, wo sie sich mit ihm berührte, zu tiefer moralischer Erschütterung wurde.

Das hatte die Dauer eines Lächelns, und eben dachte Ulrich: «Nun will ich einmal da bleiben, wohin es mich getragen hat», als es das Unglück wollte, daß diese Spannung an einem Hindernis zerschellte.

Was nun geschah, stammt in der Tat aus einer völlig anderen Welt, als es die war, in der Ulrich soeben noch Baum und Stein wie eine empfindsame Fortsetzung seines eigenen Leibes erlebt hatte.

Denn ein Arbeiterblatt hatte, wie Graf Leinsdorf das nennen würde, destruktiven Speichel über die Große Idee ergossen, indem es behauptete, daß diese sich bloß als eine neue Sensation der Herrschenden an den letzten Lustmord reihe, und ein braver Arbeiter, der ein wenig viel getrunken hatte, fühlte sich dadurch gereizt. Er war an zwei Bürger gestreift, die sich mit den Geschäften des Tages zufrieden fühlten und im Bewußtsein, daß gute Gesinnung sich jederzeit zeigen dürfe, ziemlich laut ihr Einverständnis mit der vaterländischen Aktion austauschten, von der sie in ihrer Zeitung gelesen hatten. Es entstand ein Wortwechsel, und weil die Nähe eines Schutzmanns die Gutgesinnten ebenso ermutigte, wie sie den Angreifer reizte, nahm dieser Auftritt immer heftigere Formen an. Der Schutzmann betrachtete ihn erst über die Schulter, später von vorn und dann aus der Nähe; er wohnte ihm beobachtend bei wie ein hervorstehender Ausläufer des eisernen Hebelwerks Staat, der in Knöpfen und andren Metallteilen endet. Nun hat der ständige Lebensaufenthalt in einem wohlgeordneten Staat aber durchaus etwas Gespenstisches; man kann weder auf die Straße treten, noch ein Glas Wasser trinken oder die Elektrische besteigen, ohne die ausgewogenen Hebel eines riesigen Apparats von Gesetzen und Beziehungen zu berühren, sie in Bewegung zu setzen oder sich von ihnen in der Ruhe seines Daseins erhalten zu lassen; man kennt die wenigsten von ihnen, die tief ins Innere greifen, während sie auf der anderen Seite sich in ein Netzwerk verlieren, dessen ganze Zusammensetzung überhaupt noch kein Mensch entwirrt hat; man leugnet sie deshalb, so wie der Staatsbürger die Luft leugnet und von ihr behauptet, daß sie die Leere sei, aber scheinbar liegt gerade darin, daß alles Geleugnete, alles Farb-, Geruch-, Geschmack-, Gewicht- und Sittenlose wie Wasser, Luft, Raum, Geld und Dahingehn der Zeit in Wahrheit das Wichtigste ist, eine gewisse Geisterhaftigkeit des Lebens; es kann den Menschen zuweilen eine Panik erfassen wie im willenlosen Traum, ein Bewegungssturm tollen Umsichschlagens wie ein Tier, das in den unverständlichen Mechanismus eines Netzes geraten ist. Eine solche Wirkung übten die Knöpfe des Schutzmanns auf den Arbeiter aus, und in diesem Augenblick schritt das Staatsorgan, das sich nicht in der gebührenden Weise geachtet fühlte, zur Verhaftung.

Sie verlief nicht ohne Widerstand und wiederholte Kundgebungen aufrührerischer Gesinnung. Das erregte Aufsehen schmeichelte dem Betrunkenen, und eine bis dahin verheimlichte völlige Abneigung gegen das Mitgeschöpf zeigte sich entfesselt. Ein leidenschaftlicher Kampf um Geltung begann. Ein höheres Gefühl von seinem Ich setzte sich mit einem unheimlichen Gefühl auseinander, als wäre er nicht fest in seiner Haut. Auch die Welt war nicht fest; sie war ein unsicherer Hauch, der sich immerzu deformierte und die Gestalt wechselte. Häuser standen schief aus dem Raum gebrochen; lächerliche, wimmelnde, doch geschwisterliche Tröpfe waren dazwischen die Menschen. Ich bin berufen, bei ihnen Ordnung zu machen, fühlte der ungewöhnlich Betrunkene. Der ganze Schauplatz war von etwas Flimmerndem ausgefüllt, irgendein Stück Weg des Geschehens kam klar auf ihn zu, aber dann drehten sich wieder die Wände. Die Augenachsen standen wie Stiele aus dem Kopf, während die Fußsohlen die Erde festhielten. Ein wundersames Strömen aus dem Mund hatte begonnen; Worte kamen aus dem Inneren herauf, von denen nicht zu begreifen war, wie sie vorher hineingekommen waren, möglicherweise waren es Schimpfworte. Das ließ sich nicht so genau unterscheiden. Außen und Innen stürzten ineinander. Der Zorn war kein innerer Zorn, sondern bloß das bis zum Rasen erregte leibliche Gehäuse des Zorns, und das Gesicht eines Schutzmanns näherte sich ganz langsam einer geballten Faust, bis es blutete.

Aber auch der Schutzmann hatte sich inzwischen verdreifacht; mit den hinzueilenden Sicherheitsbeamten waren Menschen zusammengelaufen, der Betrunkene hatte sich zur Erde geworfen und wollte sich nicht festnehmen lassen. Da beging Ulrich eine Unvorsichtigkeit. Er hatte aus dem Auflauf das Wort «Majestätsbeleidigung» vernommen und bemerkte nun, daß dieser Mensch in seinem Zustand nicht imstande sei, eine Beleidigung zu begehen, und daß man ihn schlafen schicken solle. Er dachte sich nicht viel dabei, aber er kam an die Unrechten. Der Mann schrie nun, daß ihn sowohl Ulrich wie die Majestät...! – und ein Schutzmann, der die Schuld an diesem Rückfall offenbar der Einmischung zuschrieb, forderte Ulrich barsch auf, sich weiterzuscheren. Nun war es dieser aber ungewohnt, den Staat anders zu betrachten als ein Hotel, in dem man Anspruch auf höfliche Bedienung hat, und verbat sich den Ton, in dem man zu ihm sprach, was unerwarteterweise die Schutzmannschaft zu der Einsicht brachte, daß *ein* Betrunkener für die Anwesenheit von drei Schutzleuten nicht genüge, so daß sie Ulrich gleich auch mitnahmen.

Die Hand eines Uniformierten umspannte seinen Arm. Sein Arm war beiweitem stärker als diese beleidigende Umklammerung, aber er durfte sie nicht sprengen, wenn er sich nicht in einen aussichtslosen Boxkampf mit der bewaffneten Staatsgewalt einlassen wollte, so daß ihm schließlich nichts übrigblieb, als höflich darum zu ersuchen, daß man ihn freiwillig mitgehen lasse. Die Wachstube befand sich im Gebäude eines Polizeikommissariats, und als er sie betrat, fühlte sich Ulrich durch Boden und Wände an eine Kaserne erinnert; der gleiche düstere Kampf zwischen hartnäckig hineingetragenem Schmutz und groben Reinigungsmitteln erfüllte sie. Als nächstes bemerkte er darin das eingesetzte Symbol ziviler Herrschaft, zwei Schreibtische mit einer Balustrade, an der einige Säulchen fehlten, Schreibkisten eigentlich, mit zerrissenem und verbranntem Tuchbelag, auf ganz niedrigen, kugeligen Füßen ruhend und zur Zeit Kaiser Ferdinands mit gelbbraunem Lack poliert, von dem nur noch die letzten Blätter am Holz hingen. Als drittes erfüllte das dicke Gefühl den Raum, daß man hier zu warten habe, ohne fragen zu dürfen. Sein Schutzmann stand, nachdem er den Grund der Verhaftung gemeldet hatte, wie eine Säule neben Ulrich, Ulrich versuchte, sofort irgendeine Aufklärung zu geben, der Wachtmeister und Befehlshaber dieser Festung hob ein Auge von einem Aktenbogen, auf dem er schon geschrieben hatte, als das Geleite eingetreten war, musterte Ulrich, dann senkte sich das Auge wieder, und der Beamte fuhr wortlos fort, auf seinem Aktenbogen zu schreiben. Ulrich hatte den Eindruck der Unendlichkeit. Dann schob der Wachtmeister den Bogen zur Seite, griff ein Buch vom Bord, trug etwas ein, streute Sand darauf, legte das Buch zurück, nahm ein anderes, trug ein, streute, zog ein Aktenbündel aus einem Stoß ähnlicher hervor und setzte seine Tätigkeit an diesem fort. Ulrich hatte den Eindruck, daß eine zweite Unendlichkeit abrolle, während deren die Gestirne regelmäßig kreisten, ohne daß er auf der Welt sei.

Aus der Kanzlei führte eine geöffnete Türe in einen Gang, an dem die Kotter lagen. Dorthin hatte man sogleich Ulrichs Schützling geführt, und da man weiter nichts von ihm hörte, mochte ihm sein Rausch wohl die Segnung des Schlafs geschenkt haben; aber unheimliche andere Vorgänge waren zu spüren. Der Flur mit den Zellen mußte noch einen zweiten Eingang besitzen; Ulrich hörte wiederholt schweres Kommen und Gehn, Türenschlagen, unterdrückte Stimmen, und mit einemmal, als wieder ein Mensch eingeliefert wurde, hob sich eine solche Stimme, und Ulrich hörte sie verzweifelt flehen: «Wenn Sie auch nur einen Funken menschlichen Gefühls haben, verhaften Sie mich nicht!» Die Worte kippten über, und er klang merkwürdig unangebracht, fast zum Lachen, dieser Weckruf an einen Funktionär, er solle Gefühl haben, da doch Funktionen nur sachlich vollzogen werden. Der Wachtmeister hob für einen Augenblick den Kopf, ohne ganz von seinen Akten zu lassen. Ulrich hörte das heftige Scharren vieler Füße, deren Körper offenbar stumm einen widerstrebenden Körper drängten. Dann taumelte allein der Laut zweier Füße wie nach einem Stoß. Dann schlug eine Tür heftig ins Schloß, ein Riegel klirrte, der Mann in Uniform am Schreibtisch hatte schon wieder den Kopf gebeugt, und in der Luft lag das Schweigen eines Punktes, der an der richtigen Stelle hinter einen Satz gesetzt worden ist.

Aber Ulrich schien sich in der Annahme, daß er selbst für den Kosmos der Polizei noch nicht erschaffen sei, geirrt zu haben, denn mit dem nächsten Heben des Kopfes blickte der Wachtmeister nun ihn an, die zuletzt geschriebenen Zeilen blieben feucht glänzen, ohne daß sie gelöscht wurden, und der Fall Ulrich zeigte sich mit einemmal als schon seit längerer Zeit ins hieramtliche Dasein getreten. Name? Alter? Beruf? Wohnung? ...: Ulrich wurde befragt.

Er glaubte, in eine Maschine geraten zu sein, die ihn in unpersönliche, allgemeine Bestandteile zergliederte, ehe von seiner Schuld oder Unschuld auch nur die Rede war. Sein Name, diese zwei vorstellungsärmsten, aber gefühlsreichsten Worte der Sprache, sagte hier gar nichts. Seine Arbeiten, die ihm in der wissenschaftlichen Welt, die doch sonst für solid gilt, Ehre eingetragen hatten, waren in dieser Welt hier nicht vorhanden; er wurde nicht ein einziges Mal nach ihnen gefragt. Sein Gesicht galt nur als Signalement; er hatte den Eindruck, nie früher bedacht zu haben, daß seine Augen graue Augen waren, eines von den vorhandenen vier, amtlich zugelassenen Augenpaaren, das es in Millionen Stücken gab; seine Haare waren blond, seine Gestalt groß, sein Gesicht oval, und besondere Kennzeichen hatte er keine, obgleich er selbst eine andere Meinung davon besaß. Nach seinem Gefühl war er groß, seine Schultern waren breit, sein Brustkorb saß wie ein gewölbtes Segel am Mast, und die Gelenke seines Körpers schlossen wie schmale Stahlglieder die Muskeln ab, sobald er sich ärgerte, stritt oder Bonadea sich an ihn schmiegte; er war dagegen schmal, zart, dunkel und weich wie eine im Wasser schwebende Meduse, sobald er ein Buch las, das ihn ergriff, oder von einem Atem der heimatlosen großen Liebe gestreift wurde, deren In-der-Welt-Sein er niemals hatte begreifen können. Er besaß darum selbst in diesem Augenblick noch Sinn für die statistische Entzauberung seiner Person, und das von dem

Polizeiorgan auf ihn angewandte Maß- und Beschreibungsverfahren begeisterte ihn wie ein vom Satan erfundenes Liebesgedicht. Das Wunderbarste daran war, daß die Polizei einen Menschen nicht nur so zergliedern kann, daß von ihm nichts übrigbleibt, sondern daß sie ihn aus diesen nichtigen Bestandteilen auch wieder unverwechselbar zusammensetzt und an ihnen erkennt. Es ist für diese Leistung nur nötig, daß etwas Unwägbares hinzutritt, daß sie Verdacht nennt.

Ulrich begriff mit einemmal, daß er sich nur durch kälteste Klugheit aus der Lage ziehen könne, in die er durch seine Torheit geraten war. Man befragte ihn weiter. Er stellte sich vor, welche Wirkung es haben würde, wenn er, nach seiner Wohnung gefragt, antworten wollte, meine Wohnung ist die einer mir fremden Person? Oder auf die Frage, warum er getan habe, was er getan hatte, erwiderte, er tue immer etwas anderes als das, worauf es ihm wirklich ankomme? Aber nach außen gab er brav Straße und Hausnummer an und versuchte eine entschuldigende Darstellung seines Verhaltens zu erfinden. Die innere Autorität des Geistes war dabei in einer äußerst peinlichen Weise ohnmächtig gegenüber der äußeren Autorität des Wachtmeisters. Endlich erspähte er trotzdem eine rettende Wendung. Noch als er, nach seinem Beruf gefragt, «privat» angab – Privatgelehrter hätte er nicht über die Lippen gebracht – hatte er einen Blick auf sich ruhen gefühlt, der genau so dreinsah, als ob er «obdachlos» gesagt hätte; aber als nun bei der Abgabe des Nationales sein Vater darankam und es in Erscheinung trat, daß er Mitglied des Herrenhauses sei, da wurde das ein anderer Blick. Er war noch immer mißtrauisch, aber irgendetwas gab Ulrich sofort ein Gefühl, wie wenn ein von Meereswogen hin und her gewälzter Mann mit der großen Zehe festen Grund streift. Mit rasch erwachender Geistesgegenwart nützte er es aus. Er schwächte augenblicklich alles ab, was er schon zugegeben hatte, setzte der Autorität von Ohren, die sich im Eideszustand des Dienstes befunden hatten, das nachdrückliche Verlangen entgegen, vom Kommissär selbst vernommen zu werden, und als dies bloß Lächeln hervorrief, log er – in glücklich gefundener Natürlichkeit, sehr nebenbei und bereit, die Behauptung sogleich wieder zu verreden, falls man ihm aus ihr die Schlinge eines genaue Angaben heischenden Fragezeichens drehen sollte – daß er der Freund des Grafen Leinsdorf und Sekretär der großen patriotischen Aktion sei, von der man in den Zeitungen wohl gelesen haben werde. Er konnte sogleich bemerken, daß er damit jene ernstere Nachdenklichkeit über sein Wesen erregte, die ihm bisher versagt geblieben war, und hielt seinen Vorteil fest. Die Folge war, daß der Wachtmeister ihn erzürnt musterte, weil er weder die Verantwortung übernehmen wollte, diesen Fang länger zurückzubehalten, noch ihn laufen zu lassen; und weil um diese Stunde kein höherer Beamter im Hause war, verfiel er auf einen Ausweg, der dem einfachen Wachtmeister ein schönes Zeugnis darüber ausstellte, daß er von der Art, wie seine vorgesetzten Konzeptsbeamten unangenehme Akten behandelten, etwas gelernt hatte. Er setzte eine wichtige Miene auf und äußerte ernste Vermutungen, daß sich Ulrich nicht nur der Wachbeleidigung und Störung einer Amtshandlung schuldig gemacht habe, sondern gerade wenn man die Stellung bedenke, die er einzunehmen behaupte, auch unaufgeklärter, vielleicht politischer Umtriebe verdächtig sei, weshalb er sich damit vertraut zu machen habe, der politischen Abteilung des Polizeipräsidiums übergeben zu werden.

So fuhr Ulrich wenige Minuten später in einem Wagen, den man ihm verstattet hatte, durch die Nacht dahin, einen wenig zu Gespräch geneigten Zivilschutzmann an seiner Seite. Als sie sich dem Polizeipräsidium näherten, sah der Verhaftete die Fenster des ersten Stockwerks festlich erleuchtet, denn es fand eine wichtige Sitzung beim obersten Chef noch zu später Stunde statt, das Haus war kein finsterer Stall, sondern glich einem Ministerium, und er atmete bereits eine vertrautere Luft. Er bemerkte auch bald, daß der Beamte vom Nachtdienst, dem er vorgeführt wurde, rasch den Unsinn erkannte, den das gereizte periphere Organ mit seiner Anzeige angerichtet hatte; dennoch schien es ihm ungemein unangezeigt zu sein, einen Menschen aus den Fängen der Gerechtigkeit zu entlassen, der die Unbekümmertheit besessen hatte, selbst in sie hineinzurennen. Auch der Beamte des Präsidiums trug in seinem Gesicht eine eiserne Maschine und versicherte dem Gefangenen, daß seine Unüberlegtheit es äußerst schwer erscheinen lasse, eine Enthaftung zu verantworten. Dieser hatte schon zweimal alles vorgebracht, was so günstig auf den Wachtmeister gewirkt hatte, aber dem höher stehenden Beamten gegenüber blieb das vergeblich, und Ulrich wollte seine Sache schon verlorengeben, als mit einemmal in das Gesicht seines Richters eine merkwürdige, fast glückliche Veränderung kam. Er betrachtete die Anzeige noch einmal genau, ließ sich Ulrichs Namen noch einmal vorsprechen, versicherte sich seiner Adresse und ersuchte ihn höflich, einen Augenblick zu warten, während er das Zimmer verließ. Es dauerte zehn Minuten, bis er wie ein Mensch wiederkam, der sich an etwas Angenehmes erinnert hat, und den Arrestanten nun schon auffallend höflich einlud, ihm zu folgen. An der Türe eines der erleuchteten Zimmer im oberen Stockwerk sagte er nichts weiter als «Der Herr Polizeipräsident wünscht Sie selbst zu sprechen», und im nächsten Augenblick stand Ulrich vor einem aus dem benachbarten Sitzungssaal gekommenen Herrn mit dem geteilten Backenbart, den er nun schon kannte. Er war entschlossen, seine Anwesenheit als einen Mißgriff des Reviers mit sanftem Vorwurf zu erklären, aber der Präsident kam ihm zuvor und begrüßte ihn mit den

Worten: «Ein Mißverständnis, lieber Doktor, der Herr Kommissär hat mir schon alles erzählt. Trotzdem müssen wir Sie in eine kleine Strafe nehmen, denn –» Er sah ihn bei diesen Worten schelmisch an (soweit schelmisch von einem höchsten Polizeibeamten überhaupt gesagt werden darf), als wolle er ihn selbst das Rätsel erraten lassen.

Ulrich erriet es jedoch durchaus nicht.

«Seine Erlaucht!» half der Präsident.

«Seine Erlaucht Graf Leinsdorf» fügte er hinzu «hat sich erst vor wenigen Stunden bei mir auf das lebhafteste nach Ihnen erkundigt.»

Ulrich begriff erst zur Hälfte. «Sie stehn nicht im Adreßbuch, Herr Doktor!» erläuterte der Präsident mit scherzhaftem Vorwurf, als wäre nur das Ulrichs Verbrechen.

Ulrich verbeugte sich, gemessen lächelnd.

«Ich nehme an, daß Sie morgen Seiner Erlaucht in einer Angelegenheit von großer öffentlicher Wichtigkeit Ihren Besuch machen müssen, und bringe es nicht über mich, Sie durch Einkerkerung daran zu hindern.» So schloß der Herr der eisernen Maschine seinen kleinen Scherz.

Man darf annehmen, daß der Präsident die Verhaftung in jedem anderen Falle auch als unrecht empfunden hätte und daß der Kommissär, der sich zufällig des Zusammenhangs entsann, in dem Ulrichs Name wenige Stunden früher zum erstenmal in diesem Haus aufgetaucht war, dem Präsident den Vorfall genau so dargestellt hatte, wie ihn der Präsident zu diesem Zweck sehen mußte, so daß niemand willkürlich in den Lauf der Dinge eingegriffen hatte. Se. Erlaucht erfuhr übrigens niemals diesen Zusammenhang. Ulrich fühlte sich verpflichtet, ihm an dem Tag, der auf diesen Majestätsbeleidigungsabend folgte, seine Aufwartung zu machen, und wurde bei dieser Gelegenheit sofort ehrenamtlicher Sekretär der großen patriotischen Aktion. Graf Leinsdorf, wenn er den Zusammenhang gewußt hätte, würde nichts anderes gesagt haben können, als es sei wie durch ein Wunder geschehn.

41

Rachel und Diotima

Kurz darauf fand bei Diotima die erste große Sitzung der vaterländischen Aktion statt.

Das Speisezimmer neben dem Salon war in ein Beratungszimmer umgewandelt worden. Der Eßtisch stand, auseinandergezogen und mit grünem Tuch beschlagen, in der Mitte des Raums. Bogen beinweißen Ministerpapiers und Bleistifte verschiedener Härte lagen vor jedem Platz. Die Anrichte war entfernt. Die Ecken des Raumes standen leer und streng. Die Wände waren ehrfürchtig kahl, bis auf ein Bild Seiner Majestät, das Diotima hingehängt hatte, und jenes einer Dame mit Schnürleib, das Herr Tuzzi als Konsul einst von irgendwo heimgebracht hatte, obgleich es ebensogut als das Bild einer Ahnin gelten durfte. Am liebsten hätte Diotima noch ein Kruzifix an das Kopfende des Tisches gestellt, aber Sektionschef Tuzzi hatte sie ausgelacht, ehe er aus Taktrücksichten an diesem Tag sein Haus verließ.

Denn die Parallelaktion sollte ganz privat beginnen. Keine Minister oder Amtsgrößen erschienen; auch jeder Politiker fehlte; das war Absicht; es sollten anfangs im engsten Kreis nur selbstlose Diener des Gedankens versammelt werden. Der Gouverneur der Staatsbank, die Herren von Holtzkopf und Baron Wisnieczky, einzelne Damen des hohen Adels, bekannte Personen des bürgerlichen Wohlfahrtswesens und getreu dem gräflich Leinsdorfschen Grundsatz «Besitz und Bildung» Vertreter der Hochschulen, der Kunstvereinigungen, der Industrie, des bodenständigen Hausbesitzes und der Kirche wurden erwartet. Die Regierungsstellen hatten unauffällige junge Beamte mit ihrer Vertretung beauftragt, die gesellschaftlich in diesen Kreis paßten und das Vertrauen ihrer Chefs genossen. Diese Zusammensetzung entsprach den Wünschen des Grafen Leinsdorf, der ja an eine ohne Zwang aus der Mitte des Volks aufsteigende Kundgebung dachte, aber nach dem Erlebnis mit den Punkten es doch auch als große Beruhigung empfand, zu wissen, mit wem man es dabei zu tun habe.

Die kleine Kammerzofe Rachel (ihr Name wurde von ihrer Herrin etwas frei als Rachelle ins Französische übersetzt) war schon seit sechs Uhr morgens auf den Beinen. Sie hatte den großen Eßtisch aufgeschlagen, zwei Kartentische daran geschoben, grünes Tuch aufgespannt, staubte nun besonders gut ab und vollzog jede dieser lästigen Tätigkeiten in heller Begeisterung. Am Abend vorher hatte Diotima zu ihr gesagt «Morgen wird bei uns vielleicht Weltgeschichte gemacht!» und Rachel brannte am ganzen Körper vor Glück, Hausgenossin eines solchen Ereignisses zu sein, was sehr für dieses Ereignis sprach, denn Rachels Körper unter dem schwarzen Kleidchen war entzückend wie Meißner Porzellan.

Rachel war neunzehn Jahre alt und glaubte an Wunder. Sie war in einer häßlichen Hütte in Galizien geboren worden, wo an dem Türpfosten der Thorastreifen hing und der Fußboden Spalten hatte, durch die Erde heraufquoll. Sie war verflucht und zur Türe hinausgestoßen worden. Die Mutter hatte eine hilflose Miene dazu gemacht, und die Geschwister hatten mit ängstlichen Gesichtern gegrinst. Sie war bettelnd auf den Knien gelegen, und die Scham hatte ihr das Herz gewürgt, aber nichts hatte ihr geholfen. Ein gewissenloser Bursche hatte sie verführt; sie wußte nicht mehr, wie; sie hatte bei fremden Leuten gebären müssen und dann das Land verlassen. Und Rachel war gereist; unter dem schmutzigen Holzkasten, in dem sie fuhr, rollte die Verzweiflung mit; leergeweint, sah sie die Hauptstadt, zu der sie, von irgendeinem Instinkt getrieben, flüchtete, nur wie eine große Feuerwand vor sich, in die sie sich stürzen wollte, um zu sterben. Aber, o echtes Wunder, diese Wand teilte sich und nahm sie auf; seither war Rachel nie anders zumute gewesen, als lebte sie im Innern einer goldenen Flamme. Der Zufall hatte sie in das Haus Diotimas geführt, und diese hatte es sehr natürlich gefunden, daß man aus einem galizischen Elternhaus entlief, wenn man dadurch zu ihr gekommen war. Sie erzählte der Kleinen, nachdem sie vertraut geworden waren, zuweilen von den berühmten und hochgestellten Menschen, die in dem Hause verkehrten, wo «Rachelle» die Ehre genoß, dienen zu dürfen; und selbst von der Parallelaktion hatte sie ihr schon einiges anvertraut, weil es eine Freude war, sich an Rachels Augensternen zu weiden, die bei jeder Mitteilung flammten und goldenen Spiegeln glichen, die das Bild der Herrin strahlend zurückwarfen.

Denn die kleine Rachel war zwar wegen eines gewissenlosen Burschen von ihrem Vater verflucht worden, aber sie war trotzdem ein ehrbares Mädchen und liebte einfach alles an Diotima: das weiche, dunkle Haar, das sie morgens und abends bürsten durfte, die Kleider, in die sie hineinhalf, die chinesischen Lackarbeiten und geschnitzten indischen Tischchen, die umherliegenden fremdsprachigen Bücher, von denen sie kein Wort verstand, sie liebte auch Herrn Tuzzi und neuestens den Nabob, der schon am zweiten Tag nach seiner Ankunft – sie machte den ersten daraus – ihre gnädige Frau besucht hatte; Rachel hatte ihn im Vorzimmer in so heller Begeisterung angestarrt wie den Heiland der Christen, der aus seinem goldenen Schrank gestiegen ist, und das einzige, was sie verdroß, war, daß er seinen Soliman nicht mitgebracht hatte, um ihrer Herrin aufzuwarten.

Aber heute, in der Nachbarschaft eines solchen Weltereignisses, war sie überzeugt, daß sich auch für sie etwas ereignen müsse, und sie nahm an, daß diesmal wahrscheinlich Soliman in Gesellschaft seines Herrn kommen werde, wie es die Feierlichkeit des Geschehens erforderte. Diese Erwartung war jedoch keineswegs die Hauptsache, sondern nur die gehörige Verwicklung, der Knoten oder die Intrige, die in keinem der Romane fehlten, mit denen Rachel sich erzog. Denn Rachel durfte die Romane lesen, welche Diotima weglegte, so wie sie auch die Wäsche für sich zurechtschneidern durfte, welche Diotima nicht mehr trug. Rachel schneiderte und las geläufig, das war ihr jüdisches Erbgut, aber wenn sie einen Roman in der Hand hatte, den ihr Diotima als großes Kunstwerk bezeichnete, – und solche las sie am liebsten –, dann verstand sie die Geschehnisse natürlich nur so, wie man einem lebhaften Vorgang aus großer Entfernung oder in einem fremden Land zusieht; sie wurde von der ihr unverständlichen Bewegung beschäftigt, ja ergriffen, ohne etwas dareinreden zu können, und das liebte sie überaus. Wenn man sie über die Straße schickte oder vornehmer Besuch ins Haus kam, genoß sie in der gleichen Weise die große und aufregende Gebärde einer Kaiserstadt, eine weit über allen Begriff gehende Fülle von glänzenden Einzelheiten, an denen sie einfach dadurch teil hatte, daß sie sich auf einem bevorzugten Platz in ihrer Mitte befand. Sie wollte das gar nicht besser verstehen; ihre elementare jüdische Vorbildung, die klugen Sprüche ihres Elternhauses hatte sie aus Zorn vergessen und bedurfte ihrer so wenig, wie eine Blume Löffel und Gabel braucht, um sich mit den Säften des Bodens und der Luft zu nähren.

So nahm sie jetzt noch einmal alle Bleistifte zusammen und steckte ihre gleißenden Spitzen vorsichtig in die kleine Maschine, die an der Tischecke stand und so vollkommen das Holz schälte, wenn man an ihrer Kurbel drehte, daß bei der Wiederholung des Vorgangs nicht ein Fäserchen mehr abfiel; dann legte sie die Bleistifte wieder zu den samtweichen Papierbogen zurück, drei von verschiedener Art neben jeden, und dachte daran, daß diese vollkommene Maschine, die sie bedienen durfte, aus dem Ministerium des Äußern und des kaiserlichen Hauses stammte, denn ein Diener hatte sie gestern am Abend von dort gebracht und auch die Bleistifte und das Papier. Es war inzwischen sieben Uhr geworden; Rachel warf schnell einen Generalsblick über alle Einzelheiten der Ordnung und eilte aus dem Zimmer, um Diotima zu wecken, denn eine Viertelstunde nach zehn Uhr war schon die Sitzung angesetzt, und Diotima war nach dem Weggang des Herrn noch ein wenig im Bett geblieben.

Diese Morgen mit Diotima waren eine besondere Freude Rachels. Das Wort Liebe bezeichnet das nicht; eher das Wort Verehrung, wenn man es sich in seinem ganzen Sinn vergegenwärtigt, wo die übertragene Ehre einen Menschen dermaßen durchdringt, daß er bis ins Innerste von ihr erfüllt und geradezu von seinem eigenen Platz in sich weggedrängt wird. Rachel besaß seit ihrem heimatlichen Abenteuer ein kleines Mädchen, das jetzt anderthalb Jahre alt war, und führte einer Pflegemutter pünktlich an jedem ersten Sonntag im Monat einen großen Teil ihres Lohnes ab, wobei sie dann auch ihre Tochter sah; aber obwohl sie ihre Pflicht als Mutter nicht versäumte, erblickte sie darin nur eine in der Vergangenheit verwirkte Strafe, und ihre Empfindungen waren wieder die eines Mädchens geworden, dessen keuscher Körper noch nicht von der Liebe geöffnet ist. Sie trat an Diotimas Bett, und ihr Auge glitt, anbetend wie ein Bergsteiger den Schneegipfel erblickt, der aus dem Morgendunkel ins erste Blau steigt, über deren Schulter, ehe sie die perlmutterzarte Wärme der Haut mit den Fingern berührte. Dann kostete sie von dem fein verwickelten Geruch der Hand, die schläfrig unter der Decke hervorkam, um sich küssen zu lassen, und nach Schmuckwässern des Vortags roch, aber auch nach den Dünsten der Nachtruhe; hielt den Morgenpantoffel dem suchenden nackten Fuß entgegen und empfing den erwachenden Blick. Es wäre aber die sinnliche Berührung mit dem großartigen Frauenkörper beiweitem nicht so schön für sie gewesen, würde sie nicht völlig durchstrahlt worden sein von der moralischen Bedeutung Diotimas.

«Hast du für Seine Erlaucht den Stuhl mit den Armlehnen hingestellt? An meinen Platz die kleine silberne Glocke? Auf den Platz des Schriftführers zwölf Bogen Papier gelegt? Und sechs Bleistifte, Rachelle, sechs, nicht bloß drei, am Platz des Schriftführers?» sagte Diotima diesmal. Rachel zählte bei jeder dieser Fragen innerlich noch einmal an den Fingern alles ab, was sie getan hatte, und erschrak heftig vor Ehrgeiz, als stünde ein Leben auf dem Spiel. Ihre Herrin hatte einen Morgenrock umgeworfen und begab sich ins Beratungszimmer. Ihre Art, «Rachelle» zu erziehen, bestand darin, daß sie diese bei allem, was sie tat oder unterließ, daran erinnerte, man dürfe es nie bloß als seine persönliche Angelegenheit betrachten, sondern müsse an die allgemeine Bedeutung denken. Zerschlug Rachel ein Glas, so erfuhr «Rachelle», daß der Schaden an sich ganz bedeutungslos sei, daß aber das durchsichtige Glas ein Symbol der alltäglichen kleinen Pflichten bedeute, die das Auge kaum noch wahrnehme, weil es sich gerne auf Höheres richte, denen man indes gerade darum besondere Aufmerksamkeit widmen müsse –; und Rachel konnten bei solcher ministeriell höflichen Behandlung die Tränen in die Augen treten, vor Reue und Glück, während sie die Scherben zusammenfegte. Die Köchinnen, von denen Diotima korrektes Denken und Erkenntnis begangener Fehler verlangte, hatten schon oft gewechselt, seit Rachel im Dienst war, aber Rachel liebte diese wundervollen Phrasen von ganzem Herzen, so wie sie den Kaiser, die Begräbnisse und die strahlenden Kerzen im Dunkel der katholischen Kirchen liebte. Hie und da log sie, um sich aus einer Patsche zu ziehen, aber sie kam sich danach sehr schlecht vor; ja sie liebte vielleicht sogar kleine Lügen, weil sie dabei im Vergleich mit Diotima ihre ganze Schlechtigkeit fühlte, gestattete sich das aber gewöhnlich nur dann, wenn sie etwas Falsches heimlich schnell noch in Wahrheit umwandeln zu können hoffte.

Wenn ein Mensch zu einem anderen derart in allem und jedem aufblickt, kommt es vor, daß ihm sein Körper geradezu entzogen wird und wie ein kleiner Meteorit in die Sonne des anderen Körpers stürzt. Diotima hatte nichts auszusetzen gefunden und ihre kleine Dienerin freundlich auf die Schulter geklopft; dann begaben sie sich in die Badestube und begannen die Toilette für den großen Tag. Wenn Rachel das warme Wasser mischte, Seife schäumen ließ oder mit dem Frottiertuch Diotimas Körper so dreist abtrocknen durfte, als wäre es ihr eigener Körper, so machte ihr das viel mehr Vergnügen, als wenn es wirklich bloß ihr eigener Körper gewesen wäre. Der kam ihr nichtig und vertrauensunwürdig vor, es lag ihr ferne, auch nur vergleichsweise an ihn zu denken, ihr war, wenn sie die statuenhafte Fülle Diotimas berührte, zumute wie einem Bauernlümmel von Rekrut, der einem strahlend schönen Regiment angehört.

So wurde Diotima für den großen Tag gewappnet.

42

Die große Sitzung

Als die letzte Minute zur bestimmten Stunde hinüberschwang, erschien Graf Leinsdorf in Begleitung Ulrichs. Rachel, die schon glühte, weil bis dahin ununterbrochen Gäste gekommen waren, denen sie öffnen und aus den Kleidern helfen mußte, erkannte diesen sofort wieder und nahm befriedigt zur Kenntnis, daß auch er kein beliebiger Besucher gewesen sei, sondern ein Mann, den bedeutungsvolle Zusammenhänge in das Haus ihrer Herrin geführt hatten, wie sich jetzt zeigte, da er in Gesellschaft Sr. Erlaucht wiederkam. Sie flatterte an die Zimmertüre, die sie feierlich öffnete, und hockte sich danach vor dem Schlüsselloch hin, um zu erfahren, was nun vor sich gehen werde. Es war ein breites Schlüsselloch, und sie sah das rasierte Kinn des Gouverneurs, die violette Halsbinde des Prälaten Niedomansky sowie die goldene Säbelquaste des Generals Stumm von Bordwehr, den das Kriegsministerium entsandt hatte, obgleich es eigentlich nicht eingeladen worden war; es hatte trotzdem in einer Zuschrift an den Grafen Leinsdorf erklärt, daß es bei einer so «hochpatriotischen Angelegenheit» nicht fehlen wolle, wenn es auch mit ihrem Ursprung und zu gewärtigenden Verlauf nicht unmittelbar zu tun habe. Das hatte Diotima aber vergessen, Rachel mitzuteilen, und so war diese durch die Anwesenheit eines Offiziers bei der Besprechung sehr erregt, konnte aber vorläufig von den Dingen, die im Zimmer vor sich gingen, nichts weiter herausbringen.

Diotima hatte unterdessen Se. Erlaucht empfangen und für Ulrich nicht viel Aufmerksamkeit gezeigt, denn sie stellte die Anwesenden vor und präsentierte Sr. Erlaucht als ersten Dr. Paul Arnheim, wobei sie erklärte, daß ein glücklicher Zufall diesen berühmten Freund ihres Hauses hergeführt habe, und wenn er auch als Ausländer nicht beanspruchen dürfe, in aller Form an den Sitzungen teilzunehmen, so bäte sie doch, ihn ihr persönlich als Ratgeber zu lassen; denn – und hier fügte sie sofort eine sanfte Drohung an – seine großen Erfahrungen und Beziehungen auf international kulturellem Gebiet und in den Zusammenhängen dieser Fragen mit denen der Wirtschaft seien für sie eine unschätzbare Stütze, und sie habe bisher allein darüber berichten müssen und würde wohl auch in Zukunft nicht so bald ersetzt werden können und sei sich trotzdem ihrer ungenügenden Kraft nur zu sehr bewußt.

Graf Leinsdorf sah sich überfallen und mußte sich zum erstenmal seit dem Beginn ihrer Beziehungen über eine Taktlosigkeit seiner bürgerlichen Freundin wundern. Auch Arnheim fühlte sich betreten, wie ein Souverän, dessen Einzug nicht gebührend geordnet worden ist, denn er war fest überzeugt gewesen, daß Graf Leinsdorf von seiner Einladung wisse und sie gebilligt habe. Aber Diotima, deren Gesicht in diesem Augenblick rot und eigensinnig aussah, ließ nicht locker, und wie alle Frauen, die in Fragen der Ehemoral ein zu reines Gewissen haben, vermochte sie eine unausstehliche weibliche Zudringlichkeit zu entwickeln, wenn es sich um eine ehrbare Angelegenheit handelte.

Sie war damals bereits verliebt in Arnheim, der in der Zwischenzeit einigemal bei ihr gewesen war, aber in ihrer Unerfahrenheit hatte sie keine Ahnung von der Natur ihres Gefühls. Sie besprachen miteinander, was eine Seele bewegt, die zwischen Fußsohle und Haarwurzel das Fleisch adelt und die wirren Eindrücke der Zivilisation in harmonische Geistesschwingungen verwandelt. Aber auch das war schon viel, und weil Diotima an Vorsicht gewöhnt und zeitlebens bedacht gewesen war, sich niemals bloßzustellen, kam ihr diese Vertraulichkeit zu plötzlich vor, und sie mußte sehr große Gefühle mobilisieren, geradezu schlechthin große, und wo findet man die am ehesten? Dort, wohin alle Welt sie verlegt: im historischen Geschehen. Die Parallelaktion war für Diotima und Arnheim sozusagen die Verkehrsinsel in ihrem anschwellenden seelischen Verkehr; sie betrachteten es als ein besonderes Schicksal, was sie in einem so wichtigen Augenblick zusammengeführt hatte, und es gab zwischen ihnen nicht die kleinste Meinungsverschiedenheit darüber, daß das große vaterländische Unternehmen eine ungeheure Gelegenheit und Verantwortung für geistige Menschen sei. Auch Arnheim sagte das, obschon er niemals anzufügen vergaß, daß es dabei in erster Linie auf starke, im Wirtschaftlichen ebenso wie im Bereich der Ideen erfahrene Menschen ankäme und dann erst auf den Umfang der Organisation. So hatte sich in Diotima die Parallelaktion untrennbar mit Arnheim verknotet, und die Vorstellungsleere, die anfangs mit diesem Unternehmen verbunden gewesen war, hatte einer reichen Fülle Platz gemacht. Es rechtfertigte sich die Erwartung, daß der Schatz von Gefühl, der im Österreichertum ruhe, durch preußische Gedankenzucht gekräftigt werden könne, auf das glücklichste, und so stark waren diese Eindrücke, daß die korrekte Frau kein Empfinden für den Gewaltstreich hatte, den sie unternahm, als sie Arnheim einlud, der gründenden Sitzung beizuwohnen. Nun war es zu spät, um sich eines anderen zu besinnen; aber Arnheim, der diesen Zusammenhang ahnend begriff, fand in ihm etwas wesentlich Versöhnliches, so unwillig ihn auch die Lage machte, in die er gebracht worden war, und Se. Erlaucht war im Grunde seiner Freundin viel zu wohlgesinnt, um seinem Erstaunen einen schärferen als den unwillkürlichen Ausdruck zu geben; er schwieg zu Diotimas Erklärung, und nach einer peinlichen kleinen Pause reichte er Dr. Arnheim liebenswürdig die Hand, wobei er ihn in der höflichsten und schmeichelhaftesten Weise so willkommen hieß, wie er es war. Von den andern Anwesenden hatten wohl die meisten den kleinen Auftritt bemerkt, und sie wunderten sich auch, soweit sie wußten, wer er war, über Arnheims Gegenwart, aber unter wohlerzogenen Menschen setzt man voraus, daß alles einen guten Grund habe, und es gilt als schlechte Lebensart, neugierig nach ihm zu forschen.

Inzwischen hatte Diotima ihre bildhafte Ruhe wiedergefunden, eröffnete nach einigen Augenblicken die Sitzung und bat Se. Erlaucht, ihrem Hause die Ehre anzutun, darin den Vorsitz zu übernehmen.

Se. Erlaucht hielt eine Ansprache. Er hatte sie schon tagelang vorbereitet, und der Charakter seines Denkens war ein viel zu fester, als daß er vermocht hätte, im letzten Augenblick daran etwas zu ändern; er konnte nur gerade noch die unverhohlensten Anspielungen auf das preußische Zündnadelsystem (das im Jahre sechsundsechzig den österreichischen Vorderladern heimtückisch zuvorgekommen war) mildern. «Was uns zusammengeführt hat,» sagte Graf Leinsdorf «ist die Übereinstimmung darin, daß eine machtvolle, aus der Mitte des Volks aufsteigende Kundgebung nicht dem Zufall überlassen bleiben darf, sondern eine weit vorausblickende und von einer Stelle, die einen weiten Überblick hat, also von oben kommende Einflußnahme erfordert. Seine Majestät, unser geliebter Kaiser und Herr, wird im Jahre 1918 das hochseltene Fest seiner 70jährigen segensreichen Thronbesteigung feiern; so Gott will in jener Rüstigkeit und Frische, die wir an ihm zu bewundern gewohnt sind. Wir sind sicher, daß dieses Fest von den dankbaren Völkern Österreichs in einer Weise begangen werden wird, die der Welt nicht nur unsere tiefe Liebe zeigen soll, sondern auch, daß die österreichisch-ungarische Monarchie fest wie ein Felsen um ihren Herrscher geschart steht.» Hier schwankte Graf Leinsdorf, ob er etwas von den Zerfallserscheinungen erwähnen solle, denen dieser Fels selbst bei einer gemeinsamen Feier des Kaisers und Königs ausgesetzt war; denn man mußte dabei mit dem Widerstande Ungarns rechnen, das nur einen König anerkannte. Se. Erlaucht hatte darum ursprünglich von zwei Felsen sprechen wollen, die fest geschart standen. Aber auch das drückte sein österreichisch-ungarisches Staatsgefühl noch nicht richtig aus.

Dieses österreichisch-ungarische Staatsgefühl war ein so sonderbar gebautes Wesen, daß es fast vergeblich erscheinen muß, es einem zu erklären, der es nicht selbst erlebt hat. Es bestand nicht etwa aus einem österreichischen und einem ungarischen Teil, die sich, wie man dann glauben könnte, ergänzten, sondern es bestand aus einem Ganzen und einem Teil, nämlich aus einem ungarischen und einem österreichisch-ungarischen Staatsgefühl, und dieses zweite war in Österreich zu Hause, wodurch das österreichische Staatsgefühl eigentlich vaterlandslos war. Der Österreicher kam nur in Ungarn vor, und dort als Abneigung; daheim nannte er sich einen Staatsangehörigen der im Reichsrate vertretenen Königreiche und Länder der österreichisch-ungarischen Monarchie, was das gleiche bedeutet wie einen Österreicher mehr einem Ungarn weniger diesen Ungarn, und er tat das nicht etwa mit Begeisterung, sondern einer Idee zuliebe, die ihm zuwider war, denn er konnte die Ungarn ebensowenig leiden wie die Ungarn ihn, wodurch der Zusammenhang noch verwickelter wurde. Viele nannten sich deshalb einfach einen Tschechen, Polen, Slowenen oder Deutschen, und damit begannen jener weitere Zerfall und jene bekannten «unliebsamen Erscheinungen innerpolitischer Natur», wie sie Graf Leinsdorf nannte, die nach ihm «das Werk unverantwortlicher, unreifer, sensationslüsterner Elemente» waren, die in der politisch zu wenig geschulten Masse der Bewohner nicht die nötige Zurückweisung fanden. Nach diesen Andeutungen, über deren Gegenstand seither viele kenntnisreiche und gescheite Bücher geschrieben worden sind, wird man gerne die Versicherung entgegennehmen, daß weder an dieser Stelle noch in der Folge der glaubwürdige Versuch unternommen werden wird, ein Historienbild zu malen und mit der Wirklichkeit in Wettbewerb zu treten. Es genügt vollauf, wenn man bemerkt, daß die Geheimnisse des Dualismus (so lautete der Fachausdruck) mindestens ebenso schwer einzusehen waren wie die der Trinität; denn mehr oder minder überall gleicht der historische Prozeß einem juridischen mit hundert Klauseln, Anhängseln, Vergleichen und Verwahrungen, und nur darauf sollte die Aufmerksamkeit gelenkt werden. Ahnungslos lebt und stirbt der gewöhnliche Mensch zwischen ihnen, aber ganz und gar zu seinem Heil, denn wenn er sich darüber Rechenschaft geben wollte, in was für einen Prozeß, mit welchen Anwälten, Spesen und Motiven er verstrickt ist, könnte ihn wahrscheinlich in jedem Staat der Verfolgungswahnsinn packen. Das Verständnis der Wirklichkeit ist ausschließlich eine Sache für den historisch-politischen Denker. Für ihn folgt die Gegenwart auf die Schlacht bei Mohács oder bei Lietzen wie der Braten auf die Suppe, er kennt alle Protokolle und hat in jedem Augenblick das Gefühl einer prozessual begründeten Notwendigkeit; und ist er gar wie Graf Leinsdorf ein aristokratischer politisch-historisch geschulter Denker, dessen Großväter, Schwert- und Spindelmagen selbst an den Vorverhandlungen mitwirkten, so ist das Ergebnis für ihn glatt wie eine aufsteigende Linie zu überblicken.

Darum hatte sich Se. Erlaucht Graf Leinsdorf vor der Sitzung gesagt: «Wir dürfen nicht vergessen, daß der hochherzige Entschluß Sr. Majestät, dem Volk ein gewisses Mitbestimmungsrecht in seinen Angelegenheiten zu schenken, noch nicht so lange her ist, daß auch schon überall jene politische Reife hätte eintreten können, welche in jeder Hinsicht des von höchster Stelle großmütig entgegengebrachten Vertrauens würdig erscheint. Man wird also nicht, wie das mißgünstige Ausland, in solchen an sich verdammungswürdigen Erscheinungen, wie wir sie leider mitmachen, ein greisenhaftes Zeichen der Auflösung zu erblicken haben, sondern weit eher ein Zeichen noch nicht reifer, darum unverwüstlicher Jugendkraft des österreichischen Volks!» Und daran hatte er auch in der Sitzung mahnen wollen, aber weil Arnheim dabei war, sagte er nicht alles, was er sich ausgedacht hatte, sondern begnügte sich mit einem an die Unkenntnis des Auslandes von den wahren österreichischen Verhältnissen und die Überschätzung gewisser unliebsamer Erscheinungen gerichteten Wink. «Denn» so schloß Se. Erlaucht «wenn wir einen nicht zu übersehenden Hinweis auf unsere Kraft und Einigkeit wünschen, so tun wir dies durchaus auch im internationalen Interesse, da ein glückliches Verhältnis innerhalb der europäischen Staatenfamilie auf gegenseitigem Respekt und Achtung vor der Macht des anderen beruht.» Er wiederholte dann nur noch einmal, daß eine solche urwüchsige Kraftleistung wirklich aus der Mitte des Volks kommen und deshalb von oben geleitet werden müsse, wozu die Wege zu finden, eben diese Versammlung berufen sei. Wenn man sich erinnert, daß dem Grafen Leinsdorf vor kurzem noch nicht mehr als eine Reihe von Namen eingefallen war, wozu er von außen bloß den Gedanken eines österreichischen Jahrs empfing, so wird man einen großen Fortschritt verzeichnen, obgleich Se. Erlaucht nicht einmal alles aussprach, was er gedacht hatte.

Nach dieser Rede ergriff Diotima das Wort, um die Absichten des Vorsitzenden zu erläutern. Die große patriotische Aktion, erklärte sie, müsse ein großes Ziel finden, das, wie Se. Erlaucht gesagt habe, aus der Mitte des Volks aufsteigt. «Wir, die heute zum erstenmal Versammelten, fühlen uns nicht berufen, dieses Ziel schon festzusetzen, sondern wir sind vorerst nur zusammengetreten, damit wir eine Organisation schaffen, welche die Bildung von Vorschlägen, die zu diesem Ziel führen, in die Wege leiten soll.» Mit diesen Worten eröffnete sie die Diskussion.

Zunächst trat Schweigen ein. Sperre Vögel von verschiedener Herkunft und Sprache, die nicht wissen, was ihnen bevorsteht, in einen gemeinsamen Käfig, dann schweigen sie im ersten Augenblick genau so.

Endlich erbat sich ein Professor das Wort; Ulrich kannte ihn nicht, Se. Erlaucht hatte diesen Herrn wohl im letzten Augenblick durch seinen Privatsekretär einladen lassen. Er sprach vom Weg der Geschichte. Wenn wir vor uns blicken – sagte er –: eine undurchsichtige Wand! Wenn wir links und rechts blicken: ein Übermaß wichtiger Geschehnisse, ohne erkennbare Richtung! Er führe bloß einiges an: Den augenblicklichen Konflikt mit Montenegro. Die schweren Kämpfe, welche die Spanier in Marokko zu bestehen hätten. Die Obstruktion der Ukrainer im österreichischen Reichsrat. Wenn man aber zurückblickt, ist wie durch eine wunderbare Fügung alles Ordnung und Ziel geworden... Darum, wenn er so sagen dürfe: wir erleben in jedem Augenblick das Geheimnis einer wunderbaren Führung. Und er begrüße es als einen großen Gedanken, einem Volk sozusagen die Augen dafür zu öffnen, es einen bewußten Blick in die Vorsehung tun zu lassen, indem man es auffordert, in einem bestimmten Fall von besonderer Erhabenheit... Nur das habe er sagen wollen. Es sei nämlich so, wie man ja auch in der zeitgenössischen Pädagogik den Schüler mit dem Lehrer gemeinsam arbeiten lasse, statt ihm fertige Ergebnisse vorzusetzen.

Die Versammlung sah versteint vor sich hin, freundlich auf das grüne Tischtuch; selbst der Prälat, der den Erzbischof vertrat, hatte bei dieser geistlichen Laienleistung nur die gleiche höflich abwartende Haltung wie die Ministerialen bewahrt, ohne die kleinste Kundgebung herzlicher Übereinstimmung seinem Gesicht entschlüpfen zu lassen. Man schien ein Gefühl zu haben, wie wenn unerwartet auf der Straße jemand laut und zu allen zu sprechen beginnt; alle, auch die, welche eben an gar nichts dachten, fühlen dann plötzlich, daß sie zu ernsten, sachlichen Zwecken unterwegs sind oder daß mit der Straße Mißbrauch getrieben wird. Der Professor hatte, während er sprach, mit Befangenheit zu kämpfen gehabt, gegen die er seine Worte abgerissen und bescheiden durchpreßte, als verschlüge ihm Wind den Atem; nun aber wartete er, ob ihm Antwort werde, und zog diese Wartehaltung auf dem Gesicht nicht ohne Würde wieder ein.

Es wirkte auf alle gleich einer Rettung, als sich nach diesem Zwischenfall der Vertreter der kaiserlichen Zivilkanzlei rasch zum Wort meldete und der Versammlung eine Übersicht der Stiftungen und Widmungen gab, die im Jubiläumsjahr aus Allerhöchster Privatschatulle zu gewärtigen sein würden. Es begann mit der Zuwendung für den Bau einer Wallfahrtskirche und einer Stiftung zur Unterstützung unbemittelter Kooperatoren, dann marschierten die Veteranenvereine Erzherzog Karl und Radetzky, die Kriegerwitwen und -waisen aus den Feldzügen 66 und 78 auf, es kamen ein Fonds zur Unterstützung ausgedienter Unteroffiziere und die Akademie der Wissenschaften, und so ging es weiter; diese Listen hatten nichts Aufregendes an sich, sondern ihren festen Ablauf und gewohnten Platz bei allen öffentlichen Äußerungen des Allerhöchsten Wohlwollens. Als sie herabgelassen waren, stand denn auch gleich eine Frau Fabrikant Weghuber auf, die eine um das Wohltätigkeitswesen sehr verdiente Dame war, völlig unzugänglich der Vorstellung, daß es etwas Wichtigeres geben könne als die Gegenstände ihrer Sorgen, und sie trat mit dem Vorschlag einer «Groß-Österreichischen-Franz-Josefs-Suppenanstalt» an die Versammlung heran, die mit Zustimmung zuhörte. Nur bemerkte der Vertreter des Ministeriums für Kultus und Unterricht, daß auch bei seiner Behörde eine gewissermaßen ähnliche Anregung eingelaufen sei, nämlich ein Monumentalwerk «Kaiser Franz Josef I. und seine Zeit» herauszugeben. Aber nach diesem glücklichen Anlauf trat wieder Schweigen ein, und die meisten der Anwesenden fühlten sich in eine peinliche Lage gebracht.

Wenn man sie am Herweg gefragt hätte, ob sie wüßten, was geschichtliche, große oder dergleichen Ereignisse seien, würden sie das gewiß bejaht haben, doch gegenüber der gespannten Zumutung, ein solches Ereignis zu erfinden, war ihnen allmählich flau zumute geworden, und es regte sich so etwas wie das Murren einer sehr natürlichen Natur in ihnen.

In diesem gefährlichen Augenblick unterbrach die taktsichere Diotima, die Erfrischungen vorbereitet hatte, die Sitzung.

43

Erste Begegnung Ulrichs mit dem großen Mann
In der Weltgeschichte geschieht nichts Unvernünftiges, aber Diotima stellt die Behauptung auf, das wahre Österreich sei die ganze Welt

In der Pause bemerkte Arnheim: Je umfassender die Organisation sei, desto weiter würden die Vorschläge auseinander gehen. Dies sei ein Kennzeichen der nur auf den Verstand aufgebauten gegenwärtigen Entwicklung. Aber gerade deshalb stelle es einen ungeheuren Vorsatz dar, ein ganzes Volk zu zwingen, daß es sich auf den Willen, die Eingebung und das Wesentliche besinne, welches tiefer als der Verstand liege.

Ulrich antwortete mit der Frage, ob er denn glaube, daß aus dieser Aktion etwas entstehen werde?

«Ohne Zweifel;» erwiderte Arnheim «große Geschehnisse sind immer der Ausdruck einer allgemeinen Lage!» Diese sei heute gegeben; und schon die Tatsache, daß eine Zusammenkunft wie die heutige irgendwo möglich gewesen sei, beweise ihre tiefe Notwendigkeit.

Da sei aber etwas schwer zu Unterscheidendes dabei, meinte Ulrich. Etwa angenommen, der Komponist des letzten Operettenwelterfolgs wäre ein Intrigant und würde sich zum Weltpräsidenten aufwerfen, was doch bei seiner ungeheuren Beliebtheit im Bereich des Möglichen läge: wäre dies nun ein Sprung in der Geschichte oder ein Ausdruck der geistigen Lage?

«Das ist ganz unmöglich!» sagte Dr. Arnheim ernst. «Ein solcher Komponist kann weder ein Intrigant noch ein Politiker sein; es ließe sich sein komisch-musikalisches Genie sonst nicht begreifen, und in der Weltgeschichte geschieht nichts Unvernünftiges.»

«In der Welt aber doch so viel?»

«In der Weltgeschichte niemals!»

Arnheim war sichtlich nervös. In der Nähe standen Diotima und Graf Leinsdorf in lebhaft leisem Gespräch. Se. Erlaucht hatte der Freundin nun doch sein Erstaunen darüber ausgedrückt, bei diesem ausnehmend österreichischen Anlaß einen Preußen zu treffen. Er hielt es schon aus Taktgründen für gänzlich ausgeschlossen, daß ein Staatsfremder in der Parallelaktion eine führende Rolle spielen könne, obgleich Diotima auf den vorzüglichen und beruhigenden Eindruck hinwies, den solche Freiheit von politischem Eigennutz auf das Ausland ausüben müsse. Da änderte sie aber ihre Kampfweise und vergrößerte überraschend ihren Plan. Sie sprach vom Takt der Frau, der eine Gefühlssicherheit sei und sich zu innerst an die Vorurteile der Gesellschaft nicht kehre. Se. Erlaucht solle nur einmal auf diese Stimme hören. Arnheim sei ein Europäer, ein in ganz Europa bekannter Geist; und gerade weil er kein Österreicher sei, beweise man durch seine Teilnahme, daß der Geist als solcher in Österreich eine Heimat habe, und plötzlich stellte sie die Behauptung auf, das wahre Österreich sei die ganze Welt. Die Welt, erläuterte sie, werde nicht eher Beruhigung finden, als die Nationen in ihr so in höherer Einheit leben wie die österreichischen Stämme in ihrem Vaterland. Ein Größer-Österreich, ein Weltösterreich, darauf habe sie in diesem glücklichen Augenblick Se. Erlaucht gebracht, das sei die krönende Idee, die der Parallelaktion bisher gefehlt habe. – Hinreißend, pazifistisch gebietend stand die schöne Diotima vor ihrem erlauchten Freund. Graf Leinsdorf konnte sich noch nicht entschließen, seine Einwände aufzugeben, aber er bewunderte wieder einmal den flammenden Idealismus und die Weite des Blicks dieser Frau und erwog, ob es nicht doch vorteilhafter wäre, Arnheim ins Gespräch zu ziehen, als gleich auf so folgenschwere Anregungen zu antworten.

Arnheim war unruhig, weil er dieses Gespräch witterte, ohne es beeinflussen zu können. Er und Ulrich wurden von Neugierigen umgeben, welche die Person des Krösus angezogen hatte, und Ulrich sagte gerade: «Es gibt mehrere tausend Berufe, in denen die Menschen aufgehen; dort steckt ihre Klugheit. Wenn man aber das allgemein Menschliche und allen Gemeinsame von ihnen verlangt, so kann eigentlich nur dreierlei übrigbleiben: die Dummheit, das Geld oder höchstens ein wenig religiöse Erinnerung!» «Ganz richtig, die Religion!» schaltete Arnheim nachdrücklich ein und fragte Ulrich, ob er denn glaube, daß sie schon völlig und bis auf die Wurzeln verschwunden sei? – Er hatte das Wort Religion so laut betont, daß Graf Leinsdorf es hören mußte.

Se. Erlaucht schien inzwischen mit Diotima einen Ausgleich geschlossen zu haben, denn geführt von der Freundin näherte er sich jetzt der Gruppe, die sich taktvoll auflöste, und sprach Dr. Arnheim an.

Ulrich sah sich mit einemmal allein und konnte die Lippen nagen.

Er begann – weiß Gott wieso, um sich die Zeit zu vertreiben oder um nicht so verlassen dazustehn – an die Wagenfahrt zu dieser Zusammenkunft zu denken. Graf Leinsdorf, der ihn mit sich genommen hatte, besaß als moderner Geist Kraftwagen, aber da er zugleich am Überlieferten festhielt, benützte er zuweilen auch ein Gespann zweier prächtigen Braunen, das er samt Kutscher und Kalesche beibehielt, und als der Haushofmeister seine Befehle einholte, hatte Se. Erlaucht es angemessen gefunden, zur gründenden Sitzung der Parallelaktion mit solchen zwei schönen, fast schon historischen Geschöpfen zu fahren. «Das ist der Pepi, und das ist der Hans», erläuterte Graf Leinsdorf unterwegs; man sah die tanzenden braunen Hügel der Kruppen und zuweilen einen der nickenden Köpfe, der im Rhythmus zur Seite blickte, daß der Schaum vom Maul flog. Es war schwer zu begreifen, was in den Tieren vor sich ging; es war ein schöner Vormittag, und sie liefen. Vielleicht sind Futter und Laufen die einzigen großen Pferdeleidenschaften, wenn man berücksichtigt, daß Pepi und Hans verschnitten waren und die Liebe nicht als greifbares Verlangen kannten, sondern nur als einen Hauch und Schmelz, der ihr Weltbild zuweilen mit dünn leuchtenden Wolken überzog. Die Leidenschaft des Futters war in einer marmornen Krippe mit köstlichen Haferkörnern aufbewahrt, in einer Raufe mit grünem Heu, dem Schnurren der Stallhalfter am Ring; und in dem Brodgeruch des warmen Stalls zusammengezogen, durch dessen würzigen, glatten Duft wie Nadeln das ammoniakhaltige starke Ichgefühl drang: hier sind Pferde! Etwas anderes mochte es um das

Laufen sein. Da ist die arme Seele noch mit dem Rudel verknüpft, wo voran in den Leithengst oder in alle auf einmal von irgendwoher eine Bewegung kommt und die Schar Sonne und Wind entgegensprengt; denn wenn das Tier einsam ist und ihm alle vier Weiten des Raums offen stehn, so läuft oft ein irrsinniges Zittern durch seinen Schädel, und es stürmt ziellos fort, stürzt sich in eine schreckliche Freiheit, die in einer Richtung so leer ist wie in der anderen, bis es vor Ratlosigkeit still steht und mit einer Schüssel Hafer zurückzulocken ist. Pepi und Hans waren wohleingefahrene Pferde; sie griffen aus, schlugen die sonnenbeschienene, von Häusern eingezäunte Straße mit den Hufen; die Menschen waren ein graues Gewimmel für sie, das weder Freude noch Schreck verbreitete; die bunten Auslagen der Geschäfte, die in leuchtenden Farben prangenden Frauen – Wiesenstücke, die nicht genießbar sind; die Hüte, Krawatten, Bücher, Brillanten längs der Straße: eine Einöde. Nur die zwei Trauminseln von Stall und Traben hoben sich daraus, und zuweilen erschraken Hans und Pepi wie im Traum oder Spiel vor einem Schatten, drängten an die Deichsel, ließen sich von einem flachen Peitschenschlag wieder erfrischen und lehnten sich dankbar in die Zügel.

Und plötzlich hatte sich Graf Leinsdorf in den Polstern aufgerichtet und Ulrich gefragt: «Der Stallburg hat mir erzählt, Herr Doktor, daß Sie sich für einen Menschen verwenden?» Ulrich fand in der Überraschung gar nicht gleich den rechten Zusammenhang, und Leinsdorf fuhr fort: «Sehr schön von Ihnen. Ich weiß alles. Ich meine, es wird sich nicht viel tun lassen, das ist ja ein schrecklicher Kerl; aber das unfaßbar Persönliche und Gnadenbedürftige, das jeder Christenmensch in sich hat, zeigt sich oft gerade an so einem Subjekt, und wenn man selbst etwas Großes unternehmen will, soll man am demütigsten der Hilflosen gedenken. Vielleicht kann man ihn noch einmal ärztlich untersuchen lassen.» Nachdem Graf Leinsdorf im Rütteln des Wagens diese lange Rede aufgerichtet von sich gegeben hatte, ließ er sich wieder in die Polster zurückfallen und fügte hinzu: «Aber wir dürfen nicht vergessen, daß wir jetzt im Augenblick alle unsere Kraft einem geschichtlichen Ereignis schuldig sind!»

Ulrich fühlte eigentlich ein wenig Neigung für diesen naiven alten Aristokraten, der noch immer im Gespräch mit Diotima und Arnheim stand, und fast etwas Eifersucht. Denn die Unterhaltung schien sehr angeregt zu verlaufen; Diotima lächelte, Graf Leinsdorf hielt bestürzt die Augen offen, um folgen zu können, und Arnheim führte in vornehmer Ruhe das Wort. Ulrich fing den Ausdruck auf: «Gedanken in Machtsphären tragen». Er mochte Arnheim nicht ausstehen, schlechtweg als Daseinsform nicht, grundsätzlich, das Muster Arnheim. Diese Verbindung von Geist, Geschäft, Wohlleben und Belesenheit war ihm im höchsten Grade unerträglich. Er war überzeugt, daß Arnheim schon am Abend vorher alles darauf angelegt hatte, um am Morgen zu dieser Sitzung weder als erster noch als letzter einzutreffen; aber daß er trotzdem bestimmt, ehe er aufbrach, nicht nach der Uhr gesehen hatte, sondern vielleicht zum letztenmal, bevor er sich zum Frühstück niedersetzte und den Vortrag seines Sekretärs empfing, der ihm die Post überreichte: da hatte er die Zeit, die zur Verfügung stand, in die innere Tätigkeit verwandelt, die er bis zum Aufbruch leisten wollte, und wenn er sich dieser Tätigkeit dann mit Unbefangenheit überließ, war er sicher, daß sie genau die Zeit ausfüllen werde, denn das Richtige und seine Zeit hängen durch geheimnisvolle Kraft zusammen wie eine Plastik und der Raum, in den sie gehört, oder ein Speerschütze und das Ziel, das er trifft, ohne hinzusehen. Ulrich hatte schon viel von Arnheim gehört und manches gelesen. In einem seiner Bücher stand, daß ein Mann, der seinen Anzug im Spiegel überwache, zu einer ungebrochenen Handlungsweise nicht fähig sei. Denn der Spiegel, ursprünglich zur Freude geschaffen, so führte er aus, sei zu einem Instrument der Angst geworden, wie die Uhr, die ein Ersatz dafür ist, daß unsere Tätigkeiten sich nicht mehr natürlich ablösen.

Ulrich mußte sich ablenken, um nicht ungezogen auf die benachbarte Gruppe zu starren, und seine Augen blieben auf dem kleinen Stubenmädchen ruhen, das zwischen den plaudernden Gruppen hindurchstrich und mit ehrfürchtigem Augenaufschlag Erfrischungen anbot. Aber die kleine Rachel bemerkte ihn nicht; sie hatte ihn vergessen und verabsäumte sogar, mit ihrem Brett zu ihm zu kommen. Sie hatte sich Arnheim genähert und bot ihm ihre Erfrischungen an wie einem Gott; sie hätte ihm am liebsten die kurze, ruhige Hand geküßt, als diese nach der Limonade griff und das Glas zerstreut festhielt, ohne daß der Nabob trank. Nachdem dieser Höhepunkt überschritten war, tat sie ihre Pflicht wie ein verwirrter kleiner Automat und strebte schleunigst aus dem Zimmer der Weltgeschichte, wo alles voll Beinen und Gespräch war, wieder ins Vorzimmer hinaus.

44

Fortgang und Schluß der großen Sitzung
Ulrich findet an Rachel Wohlgefallen
Rachel an Soliman
Die Parallelaktion erhält eine feste Organisation

Ulrich liebte diese Art Mädchen, die ehrgeizig sind, sich gut benehmen und in ihrer wohlerzogenen Einschüchterung Fruchtbäumchen gleichen, deren süße Reife eines Tags einem jungen Schlaraffenkavalier in den Mund fällt, wenn er geruht, die Lippen zu öffnen. «Sie müssen tapfer und abgehärtet sein wie die Steinzeitweiber, die nachts das Lager teilten und tagsüber auf den Märschen Waffen und Hausrat ihres Kriegers trugen» dachte er, obwohl er selbst, außer im fernen ersten Voralter der erwachenden Männlichkeit, niemals auf solchem Kriegspfad gewandelt war. Seufzend nahm er Platz, denn die Beratung hatte wieder begonnen.

In der Erinnerung fiel ihm auf, daß das schwarz-weiße Ornat, in das man diese Mädchen steckt, die gleichen Farben habe wie das der Nonnen; er bemerkte es zum erstenmal, und er wunderte sich darüber. Aber da sprach schon die göttliche Diotima und erklärte: Die Parallelaktion müsse in einem großen Zeichen gipfeln. Das heiße, sie könne nicht jedes beliebige weithin sichtbare Ziel haben, und wenn es noch so patriotisch wäre. Sondern dieses Ziel müsse das Herz der Welt ergreifen. Es dürfe nicht nur praktisch, es müsse eine Dichtung sein. Es müsse ein Markstein sein. Es müsse ein Spiegel sein, in den die Welt blicke und erröte. Nicht nur erröte, sondern wie im Märchen ihr wahres Antlitz erschaut habe und nicht mehr vergessen könne. Se. Erlaucht habe dafür die Anregung «Friedenskaiser» gegeben.

Dies vorausgeschickt, lasse sich nicht verkennen, daß die bisher erörterten Vorschläge dem nicht entsprächen. Wenn sie im ersten Teile der Sitzung Symbole gesagt habe, so meine sie natürlich nicht Suppenanstalten, sondern es handle sich um nichts Geringeres, als jene menschliche Einheit wiederzufinden, welche durch die so sehr verschieden gewordenen menschlichen Interessen verlorengegangen sei. Da dränge sich freilich die Frage auf, ob die gegenwärtige Zeit und die Völker von heute überhaupt solcher ganz großer gemeinsamer Ideen noch fähig seien? Alles sei ja vortrefflich, was vorgeschlagen worden, aber es gehe weit auseinander, worin sich schon zeige, daß keiner dieser Vorschläge die vereinheitlichende Kraft besitze, auf die es ankomme!

Ulrich beobachtete Arnheim, während Diotima sprach. Aber es waren nicht Einzelheiten der Physiognomie, woran sein Unwille hängen blieb, sondern das Ganze schlechtweg. Obgleich diese Einzelheiten – der phönikisch harte Herrenkaufmannsschädel, das scharfe, aber wie aus etwas zu wenig Material und darum flach gebildete Gesicht, die englische Herrenschneiderruhe der Figur, und an der zweiten Stelle, wo der Mensch aus dem Anzug hervorsieht, die etwas zu kurzfingrigen Hände – genügend bemerkenswert waren. Das gute Verhältnis, in dem alles zueinander stand, war es, was Ulrich reizte. Diese Sicherheit besaßen auch Arnheims Bücher; die Welt war in Ordnung, sobald sie Arnheim betrachtet hatte. In Ulrich erwachte eine Gassenjungenlust, mit Steinen oder Straßendreck nach diesem in Vollkommenheit und Reichtum aufgewachsenen Menschen zu werfen, während er zusah, mit welcher Aufmerksamkeit der sich anstellte, um den albernen Vorgängen zu folgen, denen sie beiwohnen mußten; er trank sie förmlich wie ein Kenner, dessen Gesicht ausdrückt: ich will nicht zuviel sagen, aber das ist ganz edles Gewächs!

Diotima war inzwischen zu Ende gekommen. Gleich nach der Pause, als sie sich wieder hingesetzt hatten, war allen Anwesenden anzusehen gewesen, daß sie überzeugt waren, nun werde ein Ergebnis gefunden werden. Keiner hatte inzwischen darüber nachgedacht, aber alle nahmen die Haltung ein, in der man etwas Wichtiges erwartet. Und nun schloß Diotima: – Wenn sich also die Frage aufdränge, ob die gegenwärtige Zeit und die heutigen Völker überhaupt noch ganz großer gemeinsamer Ideen fähig seien, so müsse und dürfe man hinzufügen: der erlösenden Kraft! Denn um eine Erlösung handle es sich. Um einen erlösenden Aufschwung. Kurz gesagt; wenn man sich ihn auch noch nicht genau vorstellen könne. Er müsse aus der Gesamtheit kommen oder er werde überhaupt nicht kommen. Deshalb erlaube sie sich, nach Rücksprache mit Sr. Erlaucht, folgenden, die heutige Sitzung abschließenden Vorschlag zu erstatten: Se. Erlaucht habe mit Recht bemerkt, daß eigentlich schon die hohen Ministerien eine Einteilung der Welt nach ihren Hauptgesichtspunkten wie Religion und Unterricht, Handel, Industrie, Recht und so weiter darstellen. Wenn man deshalb beschließen wolle, Ausschüsse einzusetzen, an deren Spitze je ein Beauftragter dieser Regierungsstellen stehe, und an seine Seite Vertreter der ressortzuständigen Körperschaften und Volksteile wähle, so werde man einen Aufbau schaffen, welcher die hauptsächlichen moralischen Kräfte der Welt schon geordnet enthalte, durch den sie einströmen und in dem sie gesiebt werden können. Die letzte Zusammenfassung würde dann im Hauptausschuß erfolgen, und dieser Bau müsse nur noch durch einige besondere Ausschüsse und Unterausschüsse wie ein Propagandakomitee, einen Ausschuß zur Beschaffung von Geldmitteln und dergleichen ergänzt werden, wobei sie sich persönlich die Gründung eines geistigen Ausschusses zur weiteren Bearbeitung der grundlegenden Ideen, natürlich im Einvernehmen mit allen anderen Ausschüssen, vorbehalten möchte.

Wieder schwiegen alle, aber diesesmal erleichtert. Graf Leinsdorf nickte mehrmals mit dem Kopf. Jemand fragte zur Ergänzung des Verständnisses, wie in die so gedachte Aktion das vornehmlich Österreichische hineinkommen werde?

Zur Antwort erhob sich der General Stumm von Bordwehr, während alle Redner vor ihm sitzend gesprochen hatten. Er wisse wohl, – sagte er – dem Soldaten sei im Beratungszimmer eine bescheidene Rolle angewiesen. Wenn er dennoch spreche, so geschehe es nicht, um sich in die unübertreffliche Kritik der bisher aufgetauchten Vorschläge zu mengen, die alle vortrefflich waren. Dennoch möchte er zum Schlusse folgenden Gedanken einer wohlwollenden Prüfung anheimstellen. Die geplante Kundgebung solle nach außen wirken. Was nach außen wirke, sei aber die Macht eines Volks. Auch sei die Lage in der europäischen Staatenfamilie derart, wie Se. Erlaucht gesagt habe, daß eine solche Kundgebung gewiß nicht zwecklos wäre. Der Gedanke des Staats sei nun einmal der der Macht, wie Treitschke sage; Staat sei die Macht, sich im Völkerkampf zu erhalten. Er rühre nur an eine bekannte Wunde, wenn er an den unbefriedigenden Zustand erinnere, in dem sich durch die Teilnahmlosigkeit des Parlaments der Ausbau unserer Artillerie und jener der Marine befinde. Er gebe darum zu bedenken, wenn kein anderes Ziel gefunden werden sollte, was ja noch ausstehe, daß dann eine breite, volkstümliche Teilnahme an den Fragen des Heeres und seiner Bewaffnung ein sehr würdiges Ziel wäre. Si vis pacem para bellum! Die Kraft, die man im Frieden entfalte, halte den Krieg fern oder kürze ihn zumindest ab. Er könne also wohl versichern, daß eine solche Maßnahme auch völkerversöhnend zu wirken vermöge und eine ausdrucksvolle Kundgebung friedlicher Gesinnung darstellen würde.

In diesem Augenblick war etwas Merkwürdiges im Zimmer. Die meisten der Anwesenden hatten anfangs den Eindruck gehabt, daß diese Rede nicht zu der eigentlichen Aufgabe ihres Beisammenseins passe, aber als sich der General akustisch immer weiter verbreitete, hörte sich das an wie der beruhigende Marschtritt geordneter Bataillone. Der ursprüngliche Sinn der Parallelaktion «Besser als Preußen» erhob sich schüchtern, als bliese ferne eine Regimentskapelle den Marsch vom Prinz Eugenius, der gegen die Türken zog, oder das Gott erhalte.. Allerdings wenn da Se. Erlaucht, was er jedoch ganz und gar nicht beabsichtigte, aufgestanden wäre, um vorzuschlagen, daß man den preußischen Bruder Arnheim an die Spitze der Regimentskapelle stellen solle, so würde man in dem ungewissen inneren Hebezustand, in dem man sich befand, geglaubt haben, Heil dir im Siegerkranz zu hören, und hätte kaum etwas dagegen einwenden können.

Am Schlüsselloch signalisierte «Rachelle»: «Jetzt sprechen sie von Krieg!»

Ein wenig war es nämlich auch deshalb geschehen, daß sie am Ende der Pause ins Vorzimmer zurückgestrebt hatte, weil Arnheim diesmal wirklich seinen Soliman nach sich gezogen hatte. Da das Wetter sich verschlechterte, war der kleine Mohr seinem Herrn mit einem Mantel gefolgt. Er hatte eine freche kleine Schnauze gemacht, als ihm Rachel öffnete, denn er war ein verdorbener junger Berliner, den die Frauen in einer Weise verwöhnten, mit der er noch nicht das Rechte anzufangen wußte. Aber Rachel hatte gedacht, daß man mit ihm in der Mohrensprache reden müsse, und war einfach nicht auf den Einfall gekommen, es deutsch zu versuchen; sie hatte, da sie sich unbedingt verständigen mußte, rundweg den Arm um die Schulter des sechzehnjährigen Jungen gelegt, auf die Küche gezeigt, ihm einen Stuhl hingesetzt und an Kuchen und Getränken herangeschoben, was in der Nähe war. Sie hatte so etwas noch nie in ihrem Leben unternommen, und als sie sich vom Tisch aufrichtete, hatte ihr Herz geklopft, wie wenn in einem Mörser Zucker zerstoßen wird.

«Wie heißen Sie?» fragte Soliman; da sprach er deutsch!

«Rachelle!» hatte Rachel gesagt und war davongelaufen.

Soliman hatte sich inzwischen in der Küche Kuchen, Wein und Brötchen schmecken lassen, eine Zigarette angezündet und ein Gespräch mit der Köchin begonnen. Als Rachel vom Servieren zurückkehrte, gab ihr das einen Stich. Sie sagte: «Da drinnen wird jetzt gleich wieder etwas sehr Wichtiges beraten werden!» Aber auf Soliman machte das keinen Eindruck, und die Köchin, die eine ältere Person war, lachte. «Daraus kann auch ein Krieg werden!» hatte Rachel erregt hinzugefügt, und als höchste Steigerung kam nun ihre Meldung vom Schlüsselloch, daß es fast schon soweit sei.

Soliman horchte auf. «Sind österreichische Generale dabei?» fragte er.

«Sehen Sie selbst!» sagte Rachel. «Einer ist schon da»; und sie gingen miteinander zum Schlüsselloch.

Da fiel denn der Blick bald auf ein weißes Papier, bald auf eine Nase, bald ging ein großer Schatten vorbei, bald glänzte ein Ring auf. Das Leben zerfiel in helle Einzelheit; man sah grünes Tuch sich wie einen Rasen erstrecken; eine weiße Hand ruhte ohne Gegend, irgendwo, wächsern wie in einem Panoptikum; und wenn man ganz schief durchblickte, konnte man in einer Ecke die goldene Säbelquaste des Generals glimmen sehn. Selbst der verwöhnte Soliman zeigte sich ergriffen. Märchenhaft und unheimlich schwoll das Leben an, durch einen Türspalt und eine Einbildung gesehen. Die gebückte Haltung machte das Blut in den Ohren sausen, und die Stimmen hinter der Tür polterten bald wie Felsblöcke, bald glitten sie wie auf geseiften Bohlen. Rachel richtete sich langsam auf. Der Boden schien sich unter ihren Füßen zu heben, und der Geist des Ereignisses umschloß sie, als ob sie den Kopf unter eines jener schwarzen Tücher gesteckt hätte, welche die Zauberer und Photographen benutzen. Dann richtete sich auch Soliman auf, und das Blut senkte sich zitternd aus ihren Köpfen. Der kleine Neger lächelte, und hinter den blauen Lippen schimmerte ein scharlachrotes Zahnfleisch.

Während diese Sekunde im Vorzimmer zwischen den an den Wänden hängenden Überkleidern einflußreicher Personen langsam wie auf der Trompete geblasen dahinging, wurde im Zimmer innen alles zum Beschluß erhoben, nachdem Graf Leinsdorf dort ausgesprochen hatte, daß man den hochwichtigen Anregungen des Herrn Generals großen Dank schulde, aber vorerst noch nicht ins Meritorische eingehen, sondern nur das Organisatorisch-Grundlegende beschließen wolle. Dazu war aber, außer der Anpassung des Plans an die Welt nach den Hauptgesichtspunkten der Ministerien, nur noch eine Schlußresolution vonnöten, die zum Inhalt hatte, daß die Anwesenden einstimmig übereingekommen seien, sobald sich durch ihre Aktion der Wunsch des Volks herausgestellt haben werde, diesen Sr. Majestät mit der untertänigsten Bitte zu unterbreiten, über die bis dahin bereitzustellenden Mittel zu seiner materiellen Durchführung aus Allerhöchster Gnade frei zu verfügen. – Dies hatte den Vorteil, daß das Volk in die Lage kam, sich selbst, aber doch durch Vermittlung des Allerhöchsten Willens sein als würdigst erkanntes Ziel zu setzen, und war auf besonderen Wunsch Sr. Erlaucht beschlossen worden, denn obgleich es sich dabei nur um eine Formfrage handelte, fand er es wichtig, daß das Volk nichts aus sich allein und ohne den zweiten konstitutionellen Faktor tue; auch nicht diesen ehren.

Die übrigen Teilnehmer würden es nicht so genau genommen haben, aber eben deshalb wandten sie auch nichts dagegen ein. Und daß die Sitzung mit einer Resolution schloß, war in Ordnung. Denn ob man bei einer Rauferei mit dem Messer den Schlußpunkt setzt oder am Ende eines Musikstücks alle zehn Finger ein paarmal gleichzeitig in die Tasten schlägt, oder ob der Tänzer sich vor seiner Dame verbeugt, oder ob man eine Resolution beschließt: es wäre eine unheimliche Welt, wenn die Geschehnisse sich einfach davonschlichen und nicht am Ende noch einmal gehörig versichern würden, daß sie geschehen seien; und darum tut man es.

45

Schweigende Begegnung zweier Berggipfel

Als die Sitzung zu Ende war, hatte Dr. Arnheim unauffällig so manövriert, daß er als letzter zurückblieb, die Anregung dazu war von Diotima ausgegangen; Sektionschef Tuzzi hielt eine Respektsfrist ein, um sicher nicht vor dem Ende der Sitzung in sein Haus zurückzukehren.

In diesen Minuten zwischen dem Weggang der Gäste und der Festigung der zurückbleibenden Lage, während des Wegs von einem Zimmer ins andre, der von kleinen, in die Quere laufenden Anordnungen, Überlegungen und der Unruhe unterbrochen wurde, die ein davonziehendes großes Ereignis hinter sich läßt, war Arnheim lächelnd Diotima mit den Blicken gefolgt. Diotima fühlte, daß ihre Wohnung sich in zitternder Bewegung befand; alle Dinge, die wegen des Ereignisses ihren Platz hatten verlassen müssen, kehrten nun nacheinander zurück, es war, wie wenn eine große Welle aus unzähligen kleinen Grübchen und Gräben wieder über den Sand abrinnt. Und während Arnheim in vornehmem Schweigen wartete, bis sie und diese Bewegung um sie wieder zur Ruhe gekommen seien, erinnerte sich Diotima, daß, so viel Menschen auch schon bei ihr verkehrt hatten, noch nie ein Mann mit ihr so häuslich allein gewesen war, daß man das stumme Leben der leeren Wohnung spürte, außer Sektionschef Tuzzi. Und plötzlich wurde ihre Keuschheit durch eine ganz ungewohnte Vorstellung verwirrt; ihre leer gewordene Wohnung, in der auch ihr Mann fehlte, kam ihr wie eine Hose vor, in die Arnheim hineingefahren war. Es gibt solche Augenblicke, sie können wie Ausgeburten der Nacht dem keuschesten Menschen widerfahren, und der wunderbare Traum einer Liebe, wo Seele und Leib ganz eins sind, erstrahlte in Diotima.

Arnheim ahnte nichts davon. Seine Hose stellte eine einwandfreie senkrechte Linie auf das spiegelnde Parkett, sein Cut, seine Binde, sein ruhig lächelnder vornehmer Kopf redeten nicht, so vollkommen waren sie. Er hatte eigentlich den Plan gehabt, Diotima Vorwürfe wegen des Zwischenfalls bei seinem Kommen zu machen und Vorsorge für die Zukunft zu treffen; aber es gab in diesem Augenblick etwas, das diesen Mann, der mit amerikanischen Geldmagnaten als seinesgleichen verkehrte und von Kaisern und Königen empfangen worden war, diesen Nabob, der jede Frau mit Platin aufwiegen konnte, statt dessen gebannt auf Diotima starren ließ, die in Wahrheit Ermelinda oder gar nur Hermine Tuzzi hieß und bloß die Frau eines hohen Beamten war. Für dieses Etwas muß hier wieder einmal das Wort Seele gebraucht werden.

Es ist das ein Wort, das schon des öftern, aber nicht gerade in den klarsten Beziehungen aufgetreten ist. Zum Beispiel als das, was der heutigen Zeit verlorengegangen ist oder sich nicht mit der Zivilisation vereinen läßt; als das, was in Widerstreit mit körperlichen Trieben und ehelichen Gewohnheiten steht; als das, was von einem Mörder nicht nur unwillig erregt wurde; als das, was durch die Parallelaktion befreit werden sollte; als religiöse Betrachtung und contemplatio in caligine divina beim Grafen Leinsdorf; als Liebe zu Gleichnissen bei vielen Menschen, und so fort. Von allen Eigentümlichkeiten dieses Wortes Seele ist aber die merkwürdigste, daß junge Menschen es nicht aussprechen können, ohne zu lachen. Selbst Diotima und Arnheim scheuten sich, es ohne Verbindung zu gebrauchen; denn eine große, edle, feige, kühne, niedrige Seele zu haben, das läßt sich noch behaupten, aber schlechtweg zu sagen, meine Seele, das bringt man nicht über sich. Es ist ein ausgeprägtes Wort für ältere Leute, und das ist nur so zu verstehn, daß man annimmt, es müsse sich im Lauf des Lebens irgend etwas immer fühlbarer machen, für das man dringend einen Namen braucht, ohne ihn zu finden, bis man schließlich den ursprünglich verschmähten dafür widerstrebend in Gebrauch nimmt.

Wie soll man es also beschreiben? Man kann stehn oder gehn, wie man will, das Wesentliche ist nicht, was man vor sich hat, sieht, hört, will, angreift, bewältigt. Es liegt als Horizont, als Halbkreis voraus; aber die Enden dieses Halbkreises verbindet eine Sehne, und die Ebene dieser Sehne geht mitten durch die Welt hindurch. Vorn sehen das Gesicht und die Hände aus ihr heraus, laufen die Empfindungen und Bestrebungen vor ihr her, und niemand bezweifelt: was man da tut, ist immer vernünftig oder wenigstens leidenschaftlich; das heißt, die Verhältnisse außen verlangen in einer Weise unsere Handlungen, die jedermann begreiflich ist, oder wenn wir, von Leidenschaft befangen, Unbegreifliches tun, so hat schließlich auch das seine Weise und Art. Aber so vollständig dabei alles verständlich und in sich geschlossen erscheint, wird es doch von einem dunklen Gefühl begleitet, daß es bloß etwas Halbes sei. Es fehlt etwas am Gleichgewicht, und der Mensch dringt vor, um nicht zu wanken, wie es ein Seilläufer tut. Und da er durchs Leben dringt und Gelebtes hinter sich läßt, bilden das noch zu Lebende und das Gelebte eine Wand, und sein Weg gleicht schließlich dem eines Wurms im Holz, der sich beliebig winden, ja auch zurückwenden kann, aber immer den leeren Raum hinter sich läßt. Und an diesem entsetzlichen Gefühl eines blinden, abgeschnittenen Raums hinter allem Ausgefüllten, an dieser Hälfte, die immer noch fehlt, wenn auch alles schon ein Ganzes ist, bemerkt man schließlich das, was man die Seele nennt.

Man denkt, ahnt, fühlt sie natürlich allezeit hinzu; in den verschiedensten Arten von Ersätzen und je nach Temperament. In der Jugend als ein deutliches Gefühl der Unsicherheit bei allem, was man tut, ob es wohl auch das rechte sei. Im Alter als Staunen darüber, wie wenig man von dem getan hat, was man eigentlich vorhatte. Dazwischen als Trost, daß man ein verfluchter, tüchtiger, braver Kerl sei, wenn auch nicht alles im einzelnen zu rechtfertigen ist, was man tut; oder daß ja auch die Welt nicht so sei, wie sie sollte, so daß am Ende alles, was man verfehlt hat, noch einen gerechten Ausgleich darstellt; und schließlich denken manche Leute sogar über alles hinaus an einen Gott, der das ihnen fehlende Stück in der Tasche trägt. Eine besondere Stellung nimmt dabei nur die Liebe ein; in diesem Ausnahmefall wächst nämlich die zweite Hälfte zu. Der geliebte Mensch scheint dort zu stehen, wo sonst stets etwas fehlt. Die Seelen vereinigen sich sozusagen dos à dos und machen sich dabei überflüssig. Weshalb die meisten Menschen nach dem Vorübergehn der einen großen Jugendliebe das Fehlen der Seele nicht mehr empfinden, und diese sogenannte Torheit eine dankbare soziale Aufgabe erfüllt.

Weder Diotima noch Arnheim hatten geliebt. Von Diotima weiß man es, aber auch der große Finanzmann besaß eine in erweitertem Sinn keusche Seele. Er hatte immer Angst gehabt, daß die Gefühle, die er in Frauen erregte, nicht ihm, sondern seinem Geld gelten könnten, und lebte deshalb nur mit Frauen, denen auch er nicht Gefühle, sondern Geld gab. Er hatte niemals einen Freund besessen, weil er sich fürchtete, mißbraucht zu werden, sondern nur Geschäftsfreunde, auch wenn der geschäftliche Austausch ein geistiger war. So war er durchtrieben von Lebenserfahrung, doch unberührt und in der Gefahr des Alleinbleibens, als ihm Diotima begegnete, die das Schicksal für ihn bestimmt hatte. Die geheimnisvollen Kräfte in ihnen stießen aufeinander. Es läßt sich das nur mit dem Streichen der Passatwinde vergleichen, dem Golfstrom, den vulkanischen Zitterwellen der Erdrinde; Kräfte, ungeheuer denen des Menschen überlegen, den Sternen verwandt, setzten sich in Bewegung, vom einen zum anderen, über die Grenzen der Stunde und des Tags hinaus; unermeßliche Ströme. Es ist in solchen Augenblicken ganz gleichgültig, was gesprochen wird. Aus der senkrechten Bügelfalte empor, schien Arnheims Leib in der Gotteseinsamkeit der Bergriesen dazustehn; durch die Welle des Tals mit ihm vereint, stand auf der anderen Seite einsamkeitsüberglänzt Diotima, in ihrem Kleid der damaligen Mode, das an den Oberarmen kleine Puffen bildete, über dem Magen den Busen in eine kunstvoll gefaltete Weite auflöste und unter der Kniekehle sich wieder an die Wade legte. Die Glasschnüre der Türbehänge spiegelten wie Weiher, die Lanzen und Pfeile an den Wänden zitterten ihre gefiederte und tödliche Leidenschaft aus, und die gelben Calman-Lévy-Bände auf den Tischen schwiegen wie Zitronenhaine. Wir übergehen mit Ehrfurcht, was anfangs gesprochen wurde.

46

Ideale und Moral sind das beste Mittel, um das große Loch zu füllen, das man Seele nennt

Arnheim schüttelte als erster den Zauberbann ab. Denn längeres Verweilen in einem solchen Zustand war nach seiner Ansicht nicht möglich, ohne daß man entweder zu einem dumpfen, inhaltslosen, ruhseligen Brüten hinabsinkt oder der Andacht ein festes Gerüst von Gedanken und Überzeugungen unterschiebt, das ihr aber nicht mehr ganz wesensgleich ist.

Ein solches Mittel, das die Seele zwar tötet, aber dann gleichsam in kleinen Konserven zum allgemeinen Gebrauch aufbewahrt, ist seit je ihre Verbindung mit der Vernunft, den Überzeugungen und dem praktischen Handeln gewesen, wie sie alle Moralen, Philosophien und Religionen erfolgreich durchgeführt haben. Weiß Gott, wie gesagt, was überhaupt eine Seele ist! Es kann gar kein Zweifel daran bestehen, daß der glühende Wunsch, nur auf sie zu hören, einen unermeßlichen Spielraum, eine wahre Anarchie übrig läßt, und man hat Beispiele dafür, daß sozusagen chemisch reine Seelen geradezu Verbrechen begehn. Sobald dagegen eine Seele Moral hat oder Religion, Philosophie, vertiefte bürgerliche Bildung und Ideale auf den Gebieten der Pflicht und des Schönen, ist ihr ein System von Vorschriften, Bedingungen und Durchführungsbestimmungen geschenkt, das sie auszufüllen hat, ehe sie daran denken darf, eine beachtenswerte Seele zu sein, und ihre Glut wird wie die eines Hochofens in schöne Sandrechtecke geleitet. Es bleiben dann im Grunde nur noch logische Fragen der Auslegung übrig, von der Art, ob eine Handlung unter dieses oder jenes Gebot fällt, und es hat die Seele die ruhige Übersichtlichkeit eines Feldes nach geschlagener Schlacht, wo die Toten still liegen und man sofort bemerken kann, wo ein Stückchen Leben sich noch erhebt oder stöhnt. Darum vollzieht der Mensch, so rasch er kann, diesen Übergang. Wenn ihn Glaubenssorgen quälen, wie es zuweilen in der Jugend vorkommt, geht er alsbald zur Verfolgung Ungläubiger über; wenn ihn die Liebe verstört, macht er aus ihr die Ehe; und wenn ihn irgendeine andere Begeisterung überwältigt, entzieht er sich der Unmöglichkeit, dauernd in ihrem Feuer zu leben, dadurch, daß er für dieses Feuer zu leben beginnt. Das heißt, er füllt die vielen Augenblicke seines Tags, von denen jeder einen Inhalt und Antrieb braucht, an Stelle seines Idealzustands mit der Tätigkeit für seinen Idealzustand, das heißt mit den vielen Mitteln zum Zweck, Hindernissen und Zwischenfällen aus, die ihm sicher verbürgen, daß er ihn niemals zu erreichen braucht. Denn dauernd vermögen bloß Narren, Geistesgestörte und Menschen mit fixen Ideen, im Feuer der Beseeltheit auszuharren; der gesunde Mensch muß sich damit begnügen, die Erklärung abzugeben, daß ihm ohne eine Flocke dieses geheimnisvollen Feuers das Leben nicht lebenswert vorkäme.

Arnheims Dasein war von Tätigkeit ausgefüllt; er war ein Mann der Wirklichkeit und hatte mit wohlwollendem Lächeln und nicht ohne Gefühl für die gute gesellschaftliche Haltung der Altösterreicher zugehört, wie man in der Sitzung, deren Zeuge er war, von einer Kaiser-Franz-Josef-Suppenanstalt und dem Zusammenhang zwischen Pflichtgefühl und Militärmärschen gesprochen hatte; er war weit davon entfernt, sich darüber lustig zu machen, wie es Ulrich getan hatte, denn er war überzeugt, daß es weit weniger Mut und Überlegenheit anzeige, großen Gedanken zu folgen, als in solchen alltäglichen und etwas lächerlichen Gemütern von gutem Aussehen den rührenden Kern von Idealismus gelten zu lassen.

Als aber mitten darin Diotima, diese Antike mit einem wienerischen Plus, das Wort Welt-Österreich ausgesprochen hatte, ein Wort, das so heiß und fast auch so menschlich unverständlich war wie eine Flamme, da hatte ihn etwas ergriffen.

Man erzählte eine Geschichte von ihm. Er besaß in seinem Berliner Wohnhaus einen Saal, der ganz voll mit barocken und gotischen Skulpturen war. Nun bildet aber die katholische Kirche (und Arnheim hatte große Liebe zu ihr) ihre Heiligen und die Bannerträger des Guten meistens in sehr beglückten, ja verzückten Stellungen ab. Da starben Heilige in allen Lagen, und die Seele wrang die Körper wie ein Stück Wäsche, aus dem man das Wasser preßt. Die wie Säbel gekreuzten Gebärden der Arme und der verwundenen Hälse, losgelöst aus ihrer ursprünglichen Umgebung und in einem fremden Zimmer vereinigt, machten den Eindruck einer Katatonikerversammlung in einem Irrenhaus. Diese Sammlung wurde sehr geschätzt und führte viele Kunstgelehrte zu Arnheim, mit denen er sich gebildet unterhielt, aber er setzte sich auch oft allein und einsam in seinen Saal, und dann war ihm ganz anders zumute; ein schreckartiges Staunen war in ihm wie vor einer halb irrsinnigen Welt. Er fühlte, wie in der Moral ursprünglich ein unsägliches Feuer geglüht hat, bei dessen Anblick selbst ein Geist wie er nicht viel mehr tun konnte, als in die ausgebrannten Kohlen starren. Diese dunkle Erscheinung von dem, was alle Religionen und Mythen durch die Erzählung ausdrücken, daß die Gesetze uranfänglich dem Menschen von den Göttern geschenkt worden seien, die Ahnung also eines Frühzustands der Seele, der nicht ganz geheuerlich und doch den Göttern liebenswert gewesen sein mußte, bildete dann einen seltsamen Rand von Unruhe um sein sonst so selbstgefällig ausgebreitetes Denken. Und Arnheim besaß einen Gärtnergehilfen, einen tiefschlichten Menschen, wie er das nannte, mit dem er sich oft über das Leben der Blumen unterhielt, weil man von so einem Mann mehr lernen kann als von Gelehrten. Bis Arnheim eines Tags entdeckte, daß dieser Gehilfe ihn bestahl. Man kann sagen, er trug geradezu verzweifelt alles weg, was er erreichen konnte, und sparte den Erlös auf, um sich selbständig zu machen, das war der einzige Gedanke, der ihn Tag und Nacht besaß; aber einmal verschwand auch eine kleine Skulptur, und die zu Hilfe genommene Polizei deckte den Zusammenhang auf. An dem Abend, wo Arnheim von dieser Entdeckung benachrichtigt wurde, ließ er den Mann rufen und machte ihm die ganze Nacht lang Vorwürfe wegen der Irrwege seines leidenschaftlichen Erwerbtriebs. Man erzählte, daß er selbst dabei sehr aufgeregt gewesen sei und zeitweise nahe daran, in einem dunklen Nebenzimmer zu weinen. Denn er beneidete diesen Mann, aus Ursachen, die er sich nicht erklären konnte, und am nächsten Morgen ließ er ihn von der Polizei abführen.

Diese Geschichte wurde von nahen Freunden Arnheims bestätigt, und ähnlich war ihm auch diesmal zumute gewesen, als er mit Diotima allein in einem Zimmer stand und etwas wie das lautlose Lodern der Welt um die vier Wände fühlte.

47

Was alle getrennt sind, ist Arnheim in einer Person

In den folgenden Wochen nahm der Salon Diotimas einen gewaltigen neuen Aufschwung. Man kam hin, um das Neueste von der Parallelaktion zu erfahren und um den neuen Mann zu sehen, von dem es hieß, daß sich Diotima ihn verschrieben habe, einen deutschen Nabob, einen reichen Juden, einen Sonderling, der Gedichte schrieb, den Kohlenpreis diktierte und der persönliche Freund des deutschen Kaisers war. Nicht nur Damen und Herren aus den Kreisen des Grafen Leinsdorf erschienen und aus der Diplomatie, sondern auch das bürgerliche Wirtschafts- und Geistesleben zeigte sich in erhöhtem Maße angezogen. So stießen Spezialisten der Ewesprache und Komponisten aufeinander, die voneinander noch nie einen Ton gehört hatten, Webstühle und Beichtstühle, Menschen, die bei dem Worte Kurs an den Rennkurs, Börsenkurs oder Seminarkurs dachten.

Nun ereignete sich aber etwas noch nie Dagewesenes: es gab einen Mann, der mit jedem in seiner Sprache reden konnte, und das war Arnheim.

Er hielt sich von den offiziellen Sitzungen, nach dem peinlichen Eindruck, den er am Beginn der ersten empfangen hatte, weiterhin fern, aber er nahm auch nicht immer an den Gesellschaften teil, denn er war viel von der Stadt abwesend. Von der Sekretärstelle war selbstverständlich nicht mehr die Rede; er selbst hatte Diotima auseinandergesetzt, daß sich dieser Einfall nicht schicken würde, auch für ihn nicht, und Diotima konnte zwar Ulrich nicht ansehn, ohne ihn als einen Usurpator zu empfinden, aber sie fügte sich dem Urteil Arnheims. Er kam und ging; während drei oder fünf Tage wie nichts verflossen, kehrte er aus Paris, Rom, Berlin zurück; was sich bei Diotima ereignete, war nur ein kleiner Ausschnitt aus seinem Leben. Aber er bevorzugte ihn und war mit ganzer Person in ihm anwesend.

Daß er mit Großindustriellen über die Industrie und mit Bankleuten über die Wirtschaft zu sprechen vermochte, war verständlich; aber er war imstande, ebenso unumschränkt über Molekularphysik, Mystik oder Taubenschießen zu plaudern. Er war ein außerordentlicher Redner; wenn er einmal angefangen hatte, hörte er so wenig auf, wie man ein Buch abschließen kann, ehe darin alles gesagt ist, was zum Wort drängt; aber er hatte eine still vornehme, fließende Art zu sprechen, eine Art, die fast traurig über sich selbst war, wie ein von dunklen Büschen eingesäumter Bach, und das gab dem Vielreden gleichsam etwas Notwendiges. Seine Belesenheit und sein Gedächtnis hatten wirklich einen ungewöhnlichen Umfang; er vermochte Kennern die feinsten Stichworte ihres Wissensgebiets zu bringen, kannte aber ebensogut jede wichtige Person aus dem englischen, dem französischen oder japanischen Adel und wußte auf Renn- und Golfplätzen nicht nur in Europa, sondern auch in Australien und Amerika Bescheid. So verließen selbst die Gemsjäger, Pferdebändiger und Stammlogenbesitzer der Hoftheater, die gekommen waren, um einen verrückten reichen Juden zu sehn (halt auch so was Neiches – hieß das in ihrer Mundart), Diotimas Haus mit einem achtungsvollen Kopfschütteln.

Se. Erlaucht nahm einmal Ulrich beiseite und sagte zu ihm: «Wissen Sie, der Hochadel hat in den letzten hundert Jahren Pech mit seinen Hauslehrern gehabt! Früher sind das Menschen gewesen, von denen ein großer Teil nachher in das Konversationslexikon gekommen ist; und diese Hofmeister haben wieder Musik- und Zeichenlehrer mit sich gebracht, die zum Dank dafür Sachen gemacht haben, die man heute unsre alte Kultur nennt. Aber seit es die neue und allgemeine Schule gibt und Leute aus meinen Kreisen, entschuldigen Sie, den Doktortitel erwerben, sind irgendwie die Hauslehrer schlecht geworden. Unsere Jugend hat ja ganz recht, wenn sie Fasanen und Säue schießt, reitet und sich hübsche Frauenzimmer aussucht, – dagegen ist wenig zu sagen, wenn man jung ist; aber früher haben eben die Hauslehrer einen Teil dieser Jugendkraft darauf gelenkt, daß man den Geist und die Kunst ebenso hegen muß wie die Fasanen, und das fehlt heute.» Es war das Sr. Erlaucht eben so eingefallen, und es fielen ihm manchmal solche Dinge ein; plötzlich wandte er sich ganz zu Ulrich und schloß: «Sehen Sie, das ist das verhängnisvolle Jahr Achtundvierzig, welches das Bürgertum vom Adel zu beider Schaden getrennt hat!» Er blickte besorgt in die Gesellschaft. Er ärgerte sich jedesmal, wenn in den Oppositionsreden des Parlaments die Wortführer mit der bürgerlichen Kultur protzten, und würde es gerne gesehen haben, wenn die wahre bürgerliche Kultur beim Adel zu finden gewesen wäre; der arme Adel aber konnte nichts an ihr finden, sie war eine für ihn unsichtbare Waffe, mit der man ihn schlug, und da er im Lauf dieser Entwicklung immer mehr an Macht verloren hatte, kam man schließlich zu Diotima und besah sich die Sache. So empfand es Graf Leinsdorf manchmal mit bekümmertem Herzen, wenn er den Betrieb beobachtete; er würde gewünscht haben, daß man das Amt, zu dem in diesem Hause Gelegenheit gegeben war, ernster genommen hätte. «Erlaucht, dem Bürgertum geht es heute mit den Intellektuellen genau so, wie es seinerzeit dem Hochadel mit seinen Hofmeistern gegangen ist!» suchte ihn Ulrich zu trösten. «Das sind ihm fremde Leute. Bitte, sehn Sie sich an, wie alle diesen Doktor Arnheim bestaunen.»

Aber Graf Leinsdorf hatte ohnedies die ganze Zeit über nur auf Arnheim gesehn. «Das ist übrigens schon kein Geist mehr,» ging Ulrich auf dieses Staunen ein «das ist ein Phänomen wie ein Regenbogen, den man beim Fuß fassen und ganz richtig betasten kann. Er spricht von Liebe und Wirtschaft, von Chemie und Kajakfahrten, er ist ein Gelehrter, ein Gutsbesitzer und ein Börsenmann; mit einem Wort, was wir alle getrennt sind, das ist er in einer Person, und da staunen wir eben. Erlaucht schütteln den Kopf? Aber ich bin überzeugt, die Wolke des sogenannten Fortschritts der Zeit, in die niemand hineinsieht, hat ihn uns aufs Parkett gestellt.»

«Ich habe nicht über Sie den Kopf geschüttelt,» berichtigte Se. Erlaucht «ich habe an den Doktor Arnheim gedacht. Alles in allem muß man zugeben, daß er eine interessante Persönlichkeit ist.»

48

Die drei Ursachen von Arnheims Berühmtheit und das Geheimnis des Ganzen

Aber alles das war nur die gewöhnliche Wirkung der Person Dr. Arnheims.

Er war ein Mann großen Formats.

Seine Tätigkeit breitete sich über Kontinente der Erde wie des Wissens aus. Er kannte alles: die Philosophen, die Wirtschaft, die Musik, die Welt, den Sport. Er drückte sich geläufig in fünf Sprachen aus. Die berühmtesten Künstler der Welt waren seine Freunde, und die Kunst von morgen kaufte er am Halm, zu noch nicht hinaufgesetzten Preisen. Er verkehrte am kaiserlichen Hof und unterhielt sich mit Arbeitern. Er besaß eine Villa in modernstem Stil, die in allen Zeitschriften für zeitgenössische Baukunst abgebildet wurde, und ein wackliges altes Schloß irgendwo in der kargsten adeligen Mark, das geradezu wie die morsche Wiege des preußischen Gedankens aussah.

Solche Ausbreitung und Aufnahmefähigkeit ist selten von eigenen Leistungen begleitet; aber auch darin machte Arnheim eine Ausnahme. Er zog sich ein- oder zweimal im Jahr auf sein Landgut zurück und schrieb dort die Erfahrungen seines geistigen Lebens nieder. Diese Bücher und Abhandlungen, deren er nun schon eine stattliche Reihe verfaßt hatte, waren sehr gesucht, erreichten hohe Auflagen und wurden in viele Sprachen übersetzt; denn zu einem kranken Arzt hat man kein Vertrauen, was aber einer zu sagen hat, der es verstanden hat, für sich selbst zu sorgen, daran muß doch wohl mancherlei Wahres sein. Dies war die erste Quelle seiner Berühmtheit.

Die zweite entsprang dem Wesen der Wissenschaft. Die Wissenschaft steht bei uns in hohem Ansehen, und mit Recht; aber wenn es auch sicher ein Menschenleben ganz ausfüllt, wenn man sich der Erforschung der Nierentätigkeit widmet, so gibt es doch Augenblicke dabei, wo man sich veranlaßt sieht, humanistische Augenblicke will dies sagen, an den Zusammenhang der Nieren mit dem Volksganzen zu erinnern. Darum wird in Deutschland so viel Goethe zitiert. Will ein Akademiker aber ganz besonders zeigen, daß er nicht nur Gelehrsamkeit, sondern auch lebendigen, zukunftsfrohen Geist besitzt, so weist er sich am besten durch den Hinweis auf Schriften aus, deren Bekanntschaft nicht nur Ehre macht, sondern noch mehr Ehre verspricht, wie ein Papier, das im Steigen ist, und in solchen Fällen erfreuten sich Zitate aus Paul Arnheim zunehmender Beliebtheit. Die Ausflüge in die Gebiete der Wissenschaften, die er unternahm, um seine allgemeinen Auffassungen zu stützen, genügten freilich nicht immer den strengsten Anforderungen. Sie zeigten wohl ein spielendes Verfügen über eine große Belesenheit, aber der Fachmann fand unweigerlich in ihnen jene kleinen Unrichtigkeiten und Mißverständnisse, an denen man eine Dilettantenarbeit so genau erkennen kann, wie sich schon an der Naht ein Kleid, das von einer Hausschneiderin gemacht ist, von einem unterscheiden läßt, das aus einem richtigen Atelier stammt. Nur darf man durchaus nicht glauben, daß das die Fachleute hinderte, Arnheim zu bewundern. Sie lächelten selbstgefällig; er imponierte ihnen als etwas ganz Neuzeitliches, als ein Mann, von dem alle Zeitungen sprachen, ein Wirtschaftskönig, seine Leistungen waren, mit den geistigen Leistungen älterer Könige verglichen, immerhin überragend, und wenn sie bemerken durften, daß sie auf ihrem eigenen Gebiet doch noch etwas beträchtlich anderes darstellten als er, so erwiesen sie sich dafür dankbar, indem sie ihn einen geistvollen Mann nannten, einen genialen oder ganz einfach einen universalen, was unter

Fachleuten soviel sagt, wie wenn man unter Männern von einer Frau erklärt, daß sie eine Schönheit für den Frauengeschmack sei.

Die dritte Quelle von Arnheims Berühmtheit lag in der Wirtschaft. Es erging ihm nicht schlecht mit ihren alten, seebefahrenen Kapitänen; wenn er ein großes Geschäft mit ihnen zu vereinbaren hatte, legte er selbst die gerissensten hinein. Sie hielten zwar nicht viel von ihm als Kaufmann und nannten ihn den «Kronprinzen», zum Unterschied von seinem Vater, dessen kurze, dicke Zunge nicht beweglich zu reden vermochte, aber dafür im weitesten Umkreis und an den feinsten Anzeichen herausschmeckte, was ein Geschäft war. Diesen fürchteten sie und verehrten ihn; wenn sie aber von den philosophischen Forderungen hörten, die der Kronprinz an ihren Stand stellte und sogar in die sachlichsten Unterredungen verflocht, so lächelten sie. Er war berüchtigt dafür, daß er in Verwaltungsratsitzungen die Dichter zitierte und darauf bestand, daß die Wirtschaft etwas sei, das man von den anderen menschlichen Tätigkeiten nicht absondern könne und nur im großen Zusammenhang aller Fragen des nationalen, des geistigen, ja selbst des innerlichsten Lebens behandeln dürfe. Aber immerhin, wenn sie auch dazu lächelten, konnten sie doch nicht ganz übersehen, daß Arnheim junior gerade mit diesen Zutaten zum Geschäft die öffentliche Meinung in steigendem Maße beschäftigte. Bald im wirtschaftlichen, bald im politischen oder im kulturellen Teil der großen Blätter aller Nationen erschien eine Nachricht über ihn, die Würdigung einer Arbeit aus seiner Feder, der Bericht über eine bemerkenswerte Rede, die er irgendwo gehalten hatte, die Mitteilung von seinem Empfang durch irgendeinen Herrscher oder Kunstverein, und es gab in dem sonst in der Stille und hinter doppelt verschlossenen Türen wirkenden Kreis der Großunternehmer bald keinen Mann, von dem draußen so viel die Rede gewesen wäre, wie von ihm. Und man darf nicht glauben, daß die Herren Präsidenten, Aufsichtsräte, Generaldirektoren und Direktoren der Banken, Hütten, Konzerne, Bergwerke und Schiffahrtsgesellschaften in ihrem Innern die böswilligen Menschen seien, als die sie oft hingestellt werden. Abgesehen von ihrem sehr entwickelten Familiensinn, ist die innere Vernunft ihres Lebens die des Geldes, und das ist eine Vernunft mit sehr gesunden Zähnen und schlichtem Magen. Sie alle waren überzeugt, daß die Welt viel besser wäre, wenn man sie einfach dem freien Spiel von Angebot und Nachfrage überließe, statt Panzerschiffen, Bajonetten, Majestäten und wirtschaftsunkundigen Diplomaten; bloß weil die Welt ist, wie sie ist, und einem alten Vorurteil zuliebe ein Leben, das zuerst dem eigenen und dadurch erst dem allgemeinen Vorteil dient, tiefer bewertet wird als Ritterlichkeit und Staatsgesinnung, und Staatsaufträge moralisch höher stehen als private, waren sie die letzten, nicht damit zu rechnen, und machten sich bekanntlich die Vorteile, die bewaffnete Zollverhandlungen oder gegen Streikende eingesetztes Militär dem öffentlichen Wohl bieten, kräftig zunutze. Auf diesem Wege führt aber das Geschäft zur Philosophie, denn ohne Philosophie wagen heute nur noch Verbrecher anderen Menschen zu schaden, und so gewöhnten sie sich daran, in Arnheim junior eine Art vatikanischen Vertreters ihrer Angelegenheiten zu erblicken. Bei aller Ironie, die sie für seine Neigungen bereit hatten, war es ihnen angenehm, an ihm einen Mann zu besitzen, der ihre Bedürfnisse auf einer Bischofsversammlung ebensogut zu vertreten vermochte wie auf einem Soziologenkongreß; ja er gewann schließlich einen ähnlichen Einfluß auf sie, wie ihn eine schöne und schöngeistige Gattin ausübt, welche die ewige Kontortätigkeit schmält, aber dem Geschäft nützt, weil sie von allen bewundert wird. Nun braucht man sich dazu nur noch die Wirkung Maeterlinckscher oder Bergsonscher Philosophie, angewendet auf die Fragen von Kohlenpreis und Kartellierungspolitik vorzustellen, um zu ermessen, wie niederdrückend bald in Paris, bald in Petersburg oder Kapstadt der jüngere Arnheim auf Industriellenversammlungen und in Direktionsbüros wirken konnte, sobald er dahin als der Gesandte seines Vaters kam und von Anfang bis zu Ende angehört werden mußte. Die Erfolge für das Geschäft waren ebenso bedeutend wie geheimnisvoll, und aus alledem entstand das bekannte Gerücht von des Mannes überragender Bedeutung und seiner glücklichen Hand.

So könnte noch mancherlei von Arnheims Erfolg erzählt werden. Von den Diplomaten, welche das ihnen wesensfremde, aber wichtige Gebiet der Wirtschaft mit der Vorsicht von Männern behandelten, die einen nicht ganz verläßlichen Elefanten zu pflegen haben, während er mit ihm in der Sorglosigkeit des eingeborenen Wärters umging. Von den Künstlern, denen er selten nützte, ungeachtet dessen sie doch das Gefühl hatten, mit einem Mäzen zu verkehren. Endlich von den Journalisten, die sogar den ersten Anspruch hätten, daß man von ihnen erzähle, weil sie es waren, die durch ihre Bewunderung Arnheim erst zu einem großen Mann machten, ohne den verkehrten Zusammenhang zu bemerken; denn man hatte ihnen einen Floh ins Ohr gesetzt, und sie glaubten das Gras der Zeit wachsen zu hören. Die Grundgestalt seines Erfolgs war überall die gleiche; umgeben von dem Zauberschein seines Reichtums und dem Gerücht seiner Bedeutung, mußte er immer mit Menschen verkehren, die ihn auf ihrem Gebiet überragten, aber er gefiel ihnen als Fachfremder mit überraschenden Kenntnissen von ihrem Fach und schüchterte sie ein, indem er in seiner Person Beziehungen ihrer Welt zu anderen Welten darstellte, von denen sie keine Ahnung hatten. So war es ihm zur Natur geworden, einer Gesellschaft von Spezialmenschen gegenüber als Ganzes und ein Ganzer zu wirken. Zuweilen schwebte ihm eine Art Weimarer oder Florentiner Zeitalter der Industrie und des Handels vor, die Führerschaft starker, den Wohlstand mehrender Persönlichkeiten, die befähigt sein müßten, die Einzelleistungen der Technik, Wissenschaften und Künste in sich zu vereinen und von hohem Standpunkt zu lenken. Die Fähigkeit dazu fühlte er in sich. Er besaß das Talent, niemals in etwas Nachweisbarem und Einzelnem überlegen zu sein, wohl aber durch ein fließendes und jeden Augenblick sich aus sich selbst erneuerndes Gleichgewicht in jeder Lage obenauf zu kommen, was vielleicht wirklich die Grundfähigkeit eines Politikers ist, aber Arnheim war außerdem überzeugt, daß es ein tiefes Geheimnis sei. Er nannte es «das Geheimnis des Ganzen». Denn auch die Schönheit eines Menschen besteht beinahe in nichts Einzelnem und Nachweisbarem, sondern in jenem zauberhaften Etwas, das sich sogar kleine Häßlichkeiten dienstbar macht; und genau so sind die tiefe Güte und Liebe, die Würde und Größe eines Wesens fast unabhängig von dem, was es tut, ja sie sind imstande, alles, was es tut, zu adeln. Auf geheimnisvolle Weise geht im Leben das Ganze vor den Einzelheiten. Mögen also immerhin kleine Leute aus ihren Tugenden und Fehlern bestehn, so verleiht der große Mensch seinen Eigenschaften erst ihren Rang; und wenn es das Geheimnis seines Erfolgs ist, daß dieser aus keinem seiner Verdienste und keiner seiner Eigenschaften recht verstanden werden kann, so ist eben dieses Vorhandensein einer Kraft, die mehr ist als jede ihrer Äußerungen, das Geheimnis, auf dem alles Große im Leben ruht. So hatte es Arnheim in einem seiner Bücher beschrieben, und als er dies niederschrieb, glaubte er beinahe, das Überirdische an der Mantelfalte gefaßt zu haben, und ließ das auch im Text durchblicken.

49

Beginnende Gegensätze zwischen alter und neuer Diplomatie

Der Verkehr mit Personen, deren Sonderfach der Geburtsadel war, machte darin keine Ausnahme. Arnheim dämpfte seine eigene Vornehmheit ab und beschränkte sich so bescheiden auf Geistesadel, der seine Vorzüge und Grenzen kennt, daß nach einer Weile die Träger hochadeliger Namen neben ihm wirkten, als hätten sie vom Tragen dieser Last einen gekrümmten Arbeiterrücken. Wer das am schärfsten beobachtete, war Diotima. Sie erkannte das Geheimnis des Ganzen mit dem Verstand eines Künstlers, der seinen Lebenstraum in einer Weise verwirklicht sieht, die jedes Bessermachen ausschließt.

Sie war nun wieder völlig mit ihrem Salon ausgesöhnt. Arnheim warnte vor Überschätzung der äußeren Organisation; grobe materielle Interessen würden sich der reinen Absicht bemächtigen; er legte mehr Wert auf den Salon.

Sektionschef Tuzzi sprach dagegen die Befürchtung aus, daß man auf diesem Wege über einen Abgrund von Reden nicht hinauskommen werde.

Er hatte ein Bein über das andere geschlagen und die stark geäderten, mageren dunklen Hände davor gekreuzt; er sah mit seinem Bärtchen und den südländischen Augen neben dem in einem tadellosen Anzug aus weichem Stoff aufgerichtet dasitzenden Arnheim aus wie ein levantinischer Taschendieb neben einem Bremenser Handelsherrn. Es stießen da zwei Vornehmheiten aufeinander, und die österreichische, die sich, einem vielfach zusammengesetzten Hochgeschmack entsprechend, gerne mit einem Stich ins Nachlässige gab, hielt sich keineswegs für die geringere. Sektionschef Tuzzi hatte eine nette Art, sich nach den Fortschritten der Parallelaktion zu erkundigen, als ob er nicht selbst und unmittelbar wissen dürfte, was in seinem Hause vorgehe. «Wir wären froh, wenn wir möglichst bald erfahren könnten, was geplant wird» sagte er und blickte seine Gattin und Arnheim mit einem freundlichen Lächeln an, das ausdrücken sollte, ich bin in diesem Fall ja hier ein Fremder. Danach erzählte er, daß das gemeinsame Werk seiner Frau und Sr. Erlaucht den Amtsstellen schon schwere Sorgen bereite. Der Minister hatte während des letzten Vortrags bei Sr. Majestät vorgefühlt, welche äußeren Kundgebungen aus Anlaß des Jubiläums unter Umständen auf Allerhöchste Billigung rechnen dürften, namentlich, wie weit an Allerhöchster Stelle der Plan genehm sein möchte, dem Zuge der Zeit vorgreifend, sich an die Spitze einer internationalen pazifistischen Aktion zu stellen; – denn das wäre die einzige Möglichkeit, erläuterte Tuzzi, wenn man den bei Sr. Erlaucht aufgetauchten Gedanken eines Weltösterreich politisch fassen wolle. Aber Se. Majestät in Allerhöchst Ihrer weltbekannten Gewissenhaftigkeit und Zurückhaltung, erzählte er weiter, hätte sofort mit der energischen Bemerkung abgewehrt: «Ah, i mag mi net vordrängen lassen»; und nun wisse man nicht, ob es sich dabei um eine ausgesprochen entgegenstehende Allerhöchste Willensmeinung handle oder nicht.

Tuzzi verfuhr so in einer zarten Weise unzart mit den kleinen Geheimnissen seines Berufs, wie es ein Mann tut, der gleichzeitig größere gut zu bewahren weiß. Er schloß damit, daß die Gesandtschaften jetzt die Stimmung der fremden Höfe zu ergründen hätten, weil man der Stimmung des eigenen nicht sicher sei und doch irgendwo einen festen Punkt gewinnen müsse. Denn am Ende wären rein handwerklich ja viele Möglichkeiten gegeben, von der Einberufung einer allgemeinen Friedenskonferenz, über eine Zwanzig-Herrscher-Zusammenkunft, bis hinab zur Ausstattung des Haager Palastes mit Wandgemälden österreichischer Künstler oder einer Stiftung für die Kinder und Waisen der Hausangestellten im Haag. Er knüpfte die Frage daran, wie man am preußischen Hofe über das Jubiläumsjahr denke. – Arnheim erklärte, darüber nicht unterrichtet zu sein. Der österreichische Zynismus stieß ihn ab; der er selbst so elegant zu plaudern wußte, fühlte sich in Tuzzis Nachbarschaft zugeknöpft wie ein Mann, der zu betonen wünscht, daß es kalt und ernst zu werden hat, sobald von Staatsgeschäften die Rede ist. Dergestalt stellten sich zwei gegensätzliche Vornehmheiten, Staats- und Lebensstile, nicht ganz ohne nebenbuhlerische Absicht vor Diotima dar. Aber stelle einen Windhund neben einen Mops, eine Weide neben eine Pappel, ein Weinglas auf einen Sturzacker oder ein Porträt statt in eine Kunstausstellung in ein Segelboot, kurz, bringe zwei hochgezüchtete und ausgeprägte Formen des Lebens nebeneinander, so entsteht zwischen ihnen beiden eine Leere, eine Aufhebung, eine ganz bösartige Lächerlichkeit ohne Boden. Das fühlte Diotima in ihren Augen und Ohren, ohne es zu verstehen, und gab erschreckt dem Gespräch eine Wendung, indem sie mit großer Entschiedenheit ihrem Mann erklärte, sie beabsichtige, mit der Parallelaktion in erster Linie etwas geistig Großes zu erreichen, und werde nur die Bedürfnisse wirklich moderner Menschen in deren Führung einströmen lassen!

Arnheim empfand es dankbar, daß dem Gedanken seine Würde wieder zurückgegeben sei, denn gerade weil er sich gegen gewisse Augenblicke des Versinkens wehren mußte, wünschte er mit den Ereignissen, die sein Beisammensein mit Diotima in großer Weise rechtfertigten, so wenig zu spaßen wie ein Ertrinkender mit seinem Schwimmgürtel. Aber zu seiner eigenen Überraschung fragte er Diotima nicht ohne Zweifel in der Stimme, wen sie dann wohl in die geistige Spitzengruppe der Parallelaktion wählen wolle?

Diotima war dies natürlich noch ganz unklar; die Tage des Beisammenseins mit Arnheim hatten ihr eine solche Fülle von Anregungen und Ideen geschenkt, daß sie nicht dazu gekommen war, bestimmte Ergebnisse auszuwählen. Wohl hatte Arnheim einigemale ihr gegenüber wiederholt, daß es nicht auf die Demokratie der Ausschüsse, sondern auf starke und umfassende Persönlichkeiten ankomme, aber dabei hatte sie einfach das Gefühl gehabt: du und ich, – wenn auch noch keineswegs den Entschluß, ja nicht einmal die Einsicht; nun war es wahrscheinlich gerade das, woran sie durch den Pessimismus, der in Arnheims Stimme lag, erinnert wurde, denn sie antwortete: «Gibt es denn heute überhaupt etwas, das man ganz wichtig und groß nennen kann, um es mit aller Kraft zu verwirklichen?!»

«Es ist das Kennzeichen einer Zeit, welche die innere Sicherheit gesunder Zeiten verloren hat,» bemerkte Arnheim darauf «daß sich in ihr nur schwer etwas als das Wichtigste und Größte herausbildet.»

Sektionschef Tuzzi hatte die Augen zu einem Stäubchen auf seiner Hose niedergeschlagen, so daß man sein Lächeln als Zustimmung deuten konnte.

«In der Tat, was sollte es sein?» fuhr Arnheim prüfend fort. «Die Religion?»

Sektionschef Tuzzi richtete nun sein Lächeln empor; Arnheim hatte das Wort zwar nicht so nachdrücklich und zweifelsfrei ausgesprochen wie seinerzeit in Nachbarschaft Sr. Erlaucht, aber immerhin mit wohlklingendem Ernst.

Diotima verwahrte sich gegen das Lächeln ihres Gatten und warf ein: «Warum nicht? Auch die Religion!»

«Gewiß, aber da wir einen praktischen Entschluß fassen müssen: Haben Sie je daran gedacht, einen Bischof in den Ausschuß zu wählen, der für die Aktion ein zeitgemäßes Ziel finden soll? Gott ist im tiefsten unmodern: Wir vermögen nicht, ihn uns in Frack, glattrasiert und mit einem Scheitel vorzustellen, sondern tun es nach Patriarchenart. Und was ist außer der Religion vorhanden? Die Nation? Der Staat?»

Hier freute sich Diotima, weil Tuzzi gewöhnlich den Staat als eine männliche Angelegenheit behandelte, über die man mit Frauen nicht spricht. Jetzt schwieg er aber und tat nur so in den Augen, als ob darüber doch noch einiges mehr zu sagen wäre.

«Die Wissenschaft?» fragte Arnheim weiter; «die Kultur? Bleibt die Kunst. Wahrhaftig, sie wäre es, die am ersten die Einheit des Daseins und seine innere Ordnung spiegeln müßte. Aber wir kennen doch das Bild, das sie heute bietet. Allgemeine Zerrissenheit; Extreme ohne Zusammenhang. Dem neuen, mechanisierten Gesellschafts- und Gefühlsleben haben bereits im Anfang Stendhal, Balzac und Flaubert die Epopöe geschaffen, das Dämonium der Unterschichten haben Dostojewski, Strindberg und Freud aufgedeckt: wir heute Lebenden haben das tiefe Gefühl, daß in alledem nichts mehr für uns zu tun übrig ist.»

Hier schaltete Sektionschef Tuzzi ein, daß er den Homer vornehme, wenn er etwas Gediegenes lesen wolle, oder den Peter Rosegger.

Arnheim griff die Anregung auf. «Sie müßten noch die Bibel hinzunehmen. Mit Bibel, Homer und Rosegger oder Reuter läßt es sich auskommen! Und da sind wir auch in der innersten Zone des Problems! Angenommen, wir hätten einen neuen Homer: Fragen wir uns mit letzter Aufrichtigkeit, ob wir überhaupt fähig wären, ihm zuzuhören? Ich glaube, wir müssen das verneinen. Wir haben ihn nicht, weil wir ihn nicht brauchen!» Arnheim saß nun im Sattel und ritt. «Wenn wir ihn brauchen würden, würden wir ihn haben! Denn letzten Endes geschieht in der Weltgeschichte nichts Negatives. Was kann es darum bedeuten, daß wir alles wahrhaft Große und Wesentliche in die Vergangenheit verlegen? Homer und Christus sind nicht wieder erreicht, geschweige denn übertroffen worden; es gibt nichts Schöneres als das Hohelied; Gotik und Renaissance stehn vor der Neuzeit wie ein Gebirgsland vor dem Eingang einer Ebene; wo sind heute große Herrschergestalten?! Wie kurzatmig erscheint selbst die Tat Napoleons neben der der Pharaonen, das Werk Kants neben dem Buddhas, das Goethes neben dem Homers! Aber schließlich leben wir und müssen für etwas leben: welchen Schluß haben wir also daraus zu ziehen? Keinen anderen, als daß –» Hier brach Arnheim jedoch ab und versicherte, daß er zaudere, es auszusprechen: denn es bliebe nur der Schluß übrig, daß alles, was man wichtig nehme und für groß halte, nichts mit dem zu tun habe, was die innerste Kraft unseres Lebens sei.

«Und diese wäre?» fragte Sektionschef Tuzzi; dagegen, daß man das meiste viel zu wichtig nehme, hatte er wenig einzuwenden.

«Kein Mensch kann das heute sagen» erwiderte Arnheim. «Die Zivilisationsfrage ist nur mit dem Herzen zu lösen. Durch das Auftreten einer neuen Person. Durch das innere Gesicht und den reinen Willen. Der Verstand hat nichts anderes zuwege gebracht, als die große Vergangenheit bis zum Liberalismus abzuschwächen. Aber vielleicht sehen wir nicht weit genug und rechnen mit zu kleinen Maßen; jeder Augenblick kann der einer Weltwende sein!»

Diotima hatte einwenden wollen, daß dann für die Parallelaktion überhaupt nichts mehr übrig bleibe. Aber merkwürdigerweise wurde sie von Arnheims dunklen Gesichten hingerissen. Vielleicht war ein Rest von «lästigen Lernaufgaben» in ihr zurückgeblieben und beschwerte sie, wenn sie immer wieder die neuesten Bücher lesen und über die neuesten Bilder reden mußte; der Pessimismus der Kunst gegenüber befreite sie von vielen Schönheiten, die ihr im Grunde gar nicht gefallen hatten; jener gegenüber der Wissenschaft erleichterte ihre Angst vor der Zivilisation, dem Übermaß des Wissenswürdigen und Einflußreichen. So war Arnheims hoffnungsloses Urteil über die Zeit für sie eine Wohltat, die sie mit einemmal spürte. Und angenehm fuhr ihr der Gedanke durchs Herz, daß Arnheims Melancholie irgendwie mit ihr zusammenhänge.

50

Weitere Entwicklung. Sektionschef Tuzzi beschließt, sich über die Person Arnheims Klarheit zu verschaffen

Diotima hatte recht geraten. Seit dem Augenblick, wo Arnheim bemerkt hatte, daß der Busen dieser wundervollen Frau, die seine Bücher über die Seele gelesen hatte, von einer Macht gehoben und bewegt wurde, die man nicht mißverstehen konnte, war er einer Verzagtheit verfallen, die ihm sonst fremd war. Um es kurz und nach seiner eigenen Erkenntnis auszudrücken, es war die Verzagtheit des Moralisten, dem auf einmal und unerwartet der Himmel auf Erden begegnet, und will man ihm das nachempfinden, so braucht man sich bloß vorzustellen, wie es wäre, wenn rings um uns nichts als diese stille blaue Pfütze mit schwimmenden weichen, weißen Federballen läge.

An sich betrachtet, ist der moralische Mensch lächerlich und unangenehm, wie der Geruch jener ergebenen armen Leute lehrt, die nichts ihr eigen nennen als ihre Moral; die Moral braucht große Aufgaben, von denen sie ihre Bedeutung empfängt, und darum hatte Arnheim die Ergänzung seiner zur Moral neigenden Natur immer im Weltgeschehen gesucht, in der Weltgeschichte, in der ideologischen Durchdringung seiner Tätigkeit. Das war seine Lieblingsvorstellung, Gedanken in Machtsphären zu tragen und Geschäfte nur in Zusammenhang mit geistigen Fragen zu behandeln. Er nahm gern Vergleiche für sich aus der Geschichte, um sie mit neuem Leben zu füllen; die Rolle der Finanz in der Gegenwart schien ihm jener der katholischen Kirche ähnlich zu sein, als einer aus dem Hintergrund wirkenden, im Verkehr mit den herrschenden Gewalten unnachgiebig-nachgiebigen Macht, und er betrachtete sich zuweilen in seiner Tätigkeit wie einen Kardinal. Aber diesmal war er doch eigentlich mehr aus Laune gereist; und wenn er auch ganz absichtslos selbst eine Reise aus Laune nicht unternahm, so konnte er sich doch nicht entsinnen, wie der Plan dazu, übrigens ein bedeutsamer Plan, ursprünglich in ihm entstanden sei. Es waltete etwas von unvorhergesehener Eingebung und plötzlichem Entschluß über seiner Fahrt, und es war wahrscheinlich dieser kleine Umstand von Freiheit, der es bewirkte, daß eine Urlaubsreise nach Bombay schwerlich einen exotischeren Eindruck auf ihn gemacht haben würde, als es die abseitige deutsche Großstadt tat, in die er geraten war. Der in Preußen völlig unmögliche Gedanke, daß er eingeladen wurde, um in der Parallelaktion eine Rolle zu spielen, hatte das übrige dazu getan und stimmte ihn phantasievoll unlogisch wie ein Traum, dessen Widersinn seiner praktischen Klugheit nicht entging, ohne daß diese jedoch imstande gewesen wäre, den Reiz des Märchenhaften zu durchbrechen. Er hätte den Zweck seines Kommens wahrscheinlich viel einfacher und auf geraden Wegen auch erreichen können, aber er betrachtete es wie einen Erholungsurlaub von der Vernunft, immer wieder hieher zurückzukehren, und wurde von seinem Geschäftsgeist für solchen Märchenwandel dadurch bestraft, daß er den schwarzen Sittenpunkt, den er sich selbst hätte geben müssen, als graue Färbung ins Allgemeine verrieb.

Zu einer so weitgehenden Betrachtung in Dunkel wie jenesmal in Gegenwart Tuzzis kam es allerdings kein zweites Mal; schon deshalb nicht, weil sich Sektionschef Tuzzi gewöhnlich nur flüchtig zeigte, und Arnheim seine Worte auf die verschiedensten Personen verteilen mußte, die er in diesem schönen Land erstaunlich aufnahmefähig fand. Er nannte in Gegenwart Sr. Erlaucht Kritik unfruchtbar und die Jetztzeit entgöttert, wobei er nochmals zu verstehen gab, daß der Mensch aus solcher negativen Existenz nur durch das Herz erlöst werden könne, und für Diotima die Behauptung anschloß, einzig der kulturvolle Süden Deutschlands könnte noch imstande sein, das deutsche Wesen und so vielleicht auch die Welt von den Ausschreitungen des Rationalismus und Rechentriebs zu befreien. Er sprach, umgeben von Damen, über die notwendige Organisierung der inneren Zartheit, um die Menschheit vor Wettrüsten und Seelenlosigkeit zu retten. Er erläuterte einem Kreis von schaffenden Männern das Hölderlin-Wort, daß es in Deutschland keine Menschen mehr gebe, sondern nur noch Berufe. «Und niemand kann in seinem Beruf ohne Gefühl für eine höhere Einheit etwas leisten; am wenigsten der Finanzmann!» schloß er diese Ausführung.

Man hörte ihm gerne zu, weil es schön war, daß ein Mann, der so viele Gedanken hatte, auch Geld besaß; und der Umstand, daß jeder, der ihn sprach, mit dem Eindruck davonging, ein Unternehmen wie die Parallelaktion sei eine höchst verdächtige, mit den gefährlichsten geistigen Widersprüchen behaftete Angelegenheit, bestärkte alle in dem Eindruck, daß niemand anderer sich so gut dazu eignen würde wie er, die Führung in diesem Abenteuer zu übernehmen.

Allein Sektionschef Tuzzi wäre nicht in aller Stille einer der führenden Diplomaten seines Landes gewesen, wenn er von der gründlichen Anwesenheit Arnheims in seinem Hause nichts bemerkt hätte; er konnte bloß in keiner Weise klug daraus werden. Aber er zeigte es nicht, weil ein Diplomat niemals seine Gedanken zeigt. Dieser Fremde war ihm im höchsten Grade unangenehm, persönlich, aber sozusagen auch grundsätzlich; und daß er offenkundig den Salon seiner Frau zum Operationsfeld für irgendwelche geheime Absichten erwählt hatte, empfand Tuzzi als eine Herausforderung. Er glaubte nicht einen Augenblick den Versicherungen Diotimas, daß der Nabob die Kaiserstadt an der Donau nur darum so oft aufsuche, weil sich sein Geist inmitten ihrer alten Kultur am wohlsten fühle, stand jedoch zunächst vor einer Aufgabe, für deren Lösung ihm jeder Anhaltspunkt fehlte, denn ein solcher Mensch war ihm in seinen amtlichen Beziehungen noch nicht vorgekommen.

Und seit ihm Diotima ihren Plan auseinandergesetzt hatte, Arnheim eine führende Stellung in der Parallelaktion einzuräumen, und sich über den Widerstand Sr. Erlaucht beklagte, war Tuzzi ernstlich betroffen. Er hielt weder von der Parallelaktion noch vom Grafen Leinsdorf etwas, aber er hatte den Einfall seiner Frau politisch so überraschend taktlos gefunden, daß ihm in diesem Augenblick zumute war, es stürze die langjährige männliche Erziehungsarbeit, die er sich schmeicheln durfte geleistet zu haben, wie ein Kartenhaus zusammen. Sogar dieses Gleichnis hatte Sektionschef Tuzzi in seinem Inneren gebraucht, obwohl er sich sonst niemals Gleichnisse gestattete, weil sie zu literarisch sind und nach schlechter gesellschaftlicher Haltung riechen; diesmal aber war ihm ganz erschüttert dabei zumute.

Diotima verbesserte allerdings in der Folge ihre Stellung wieder durch ihren Eigensinn. Sie war sanft ausfällig geworden und hatte von einer neuen Art Menschen erzählt, welche die geistige Verantwortung für den Weltlauf nicht mehr untätig den Berufslenkern überlassen könne. Dann hatte sie vom Takt der Frau gesprochen, der zuweilen eine Sehergabe sein könne und den Blick möglicherweise in weitere Fernen lenke als die tägliche Berufsarbeit. Schließlich sagte sie, Arnheim sei ein Europäer, ein in ganz Europa bekannter Geist, die Leitung der Staatsgeschäfte in Europa geschehe zu wenig europäisch und viel zu ungeistig, und die Welt werde nicht Frieden finden, ehe ein weltösterreichischer Geist sie so durchwehe, wie die alte österreichische Kultur sich um die verschiedensprachigen Stämme auf dem Boden der Monarchie schlinge. – Sie hatte noch nie sich so entschieden der Überlegenheit ihres Mannes entgegenzusetzen gewagt, aber Sektionschef Tuzzi wurde dadurch vorübergehend wieder beruhigt, denn er hatte die Bestrebungen seiner Gattin nie für wichtiger als Schneiderfragen angesehn, war glücklich, wenn andere sie bewunderten, und betrachtete nun auch diese Angelegenheit milder und ungefähr so, wie wenn eine farbenfreudige Frau einmal ein zu buntes Band ausgewählt hätte. Er beschränkte sich darauf, ihr mit ernster Höflichkeit die Gründe zu wiederholen, die es in der Männerwelt ausgeschlossen erscheinen ließen, einem Preußen vor aller Augen die Entscheidung österreichischer Angelegenheiten anzuvertraun, räumte aber im übrigen ein, daß es Vorteile bieten möge, sich mit einem Mann in so eigenartiger Stellung zu befreunden, und versicherte Diotima, daß sie seine Bedenken mißdeuten würde, wenn sie aus ihnen schließen wollte, daß es ihm nicht angenehm sei, Arnheim so oft wie möglich in ihrer Gesellschaft zu sehn. Er hoffte bei sich, daß sich auf diesem Wege die Gelegenheit, dem Fremden eine Falle zu stellen, schon finden werde.

Erst als Tuzzi mitansehen mußte, wie Arnheim überall Erfolg hatte, kam er wieder darauf zurück, daß Diotima sich allzu engagiert mit diesem Manne zeige, aber er erfuhr nun abermals, daß sie seinen Willen nicht wie sonst achtete, ihm widersprach und seine Besorgnisse für Hirngespinste erklärte. Er beschloß, als Mann nicht gegen die Dialektik einer Frau zu streiten, sondern die Stunde abzuwarten, wo seine Voraussicht von selbst triumphieren werde; da ereignete es sich jedoch, daß er einen gewaltigen Antrieb erhielt. Denn eines Nachts beunruhigte ihn etwas, das ihm wie ein unendlich fernes Weinen vorkam; es störte ihn anfangs kaum, er begriff es einfach nicht, aber von Zeit zu Zeit verringerte sich die seelische Entfernung um einen Sprung, und mit einemmal war die bedrohliche Unruhe dicht an seinen Ohren, und er fuhr so jäh aus dem Schlaf, daß er sich im Bett aufsetzte. Diotima lag zur Seite gewandt und gab kein Zeichen, aber er fühlte an irgendetwas, daß sie wache. Er rief sie leise beim Namen, wiederholte diese Frage und versuchte mit zärtlichen Fingern ihre weiße Schulter zu sich zu drehn. Aber wie er drehte, und ihr Gesicht im Dunkel über der Schulter aufging, sah es ihn böse an, drückte Trotz aus und hatte geweint. Leider hatte sein fester Schlaf Tuzzi inzwischen wieder halb überwältigt, zog ihn eigensinnig von hinten zurück zu den Polstern, und Diotimas Gesicht schwebte nur noch wie eine schmerzende helle Verzerrung vor ihm, die er in keiner Weise mehr begriff. «Was ist denn?» brummte er im leisen Baß des Einschlafens und erhielt eine klare, gereizte, unangenehme Antwort ins Ohr geprägt, die in seine Schlaftrunkenheit fiel und darin liegen blieb wie eine blinkende Münze im Wasser. «Du schläfst so unruhig, daß niemand neben dir schlafen kann!» hatte Diotima hart und deutlich gesagt; sein Ohr hatte es aufgenommen, aber damit war Tuzzi vom Wachen auch schon abgeschieden, ohne auf den Vorwurf weiter eingehen zu können.

Er fühlte bloß, daß ihm schweres Unrecht geschehen sei. Ruhig zu schlafen, gehörte nach seiner Ansicht zu den Haupttugenden eines Diplomaten, denn es war eine Bedingung jedes Erfolgs. Man durfte ihn da nicht antasten, und er empfand sich durch Diotimas Bemerkung ernstlich in Frage gestellt. Er begriff, daß Veränderungen mit ihr vorgegangen seien. Es fiel ihm zwar nicht einmal im Schlaf ein, seine Frau greifbarer Untreue zu verdächtigen, dennoch stand es keinen Augenblick in Zweifel für ihn, daß das persönliche Unbehagen, das ihm zugefügt worden, mit Arnheim zusammenhängen müsse. Er schlief sozusagen zornig bis zum Morgen durch und wachte mit dem festen Entschluß auf, um diese störende Person Klarheit zu schaffen.

51

Das Haus Fischel

Direktor Fischel von der Lloyd-Bank war jener Bankdirektor, oder richtiger gesagt Bankprokurist mit dem Titel Direktor, der eine Einladung des Grafen Leinsdorf aus zunächst unbegreiflichen Gründen zu beantworten vergessen hatte und danach nicht wieder eingeladen wurde. Und auch jene erste Aufforderung hatte er nur den Beziehungen seiner Gattin Klementine verdankt. Klementine Fischel stammte aus einer alten Beamtenfamilie, ihr Vater war Präsident des Obersten Rechnungshofes gewesen, ihr Großvater Kameralrat, und drei ihrer Brüder nahmen hohe Stellungen in verschiedenen Ministerien ein. Sie hatte vor vierundzwanzig Jahren Leo aus zwei Gründen geheiratet; erstens weil hohe Beamtenfamilien manchmal mehr Kinder als Vermögen besitzen, zweitens aber auch aus Romantik, weil ihr im Gegensatz zu der peinlich sparsamen Begrenztheit ihres Elternhauses das Bankwesen als ein freigeistiger, zeitgemäßer Beruf erschienen war und ein gebildeter Mensch im neunzehnten Jahrhundert den Wert eines anderen Menschen nicht danach beurteilt, ob er Jude oder Katholik ist; ja, wie es damals war, empfand sie nahezu etwas besonders Gebildetes dabei, sich über das naive antisemitische Vorurteil des gewöhnlichen Volks hinwegzusetzen.

Die Arme mußte später erleben, daß in ganz Europa ein Geist des Nationalismus emporkam und mit ihm auch eine Welle der Judenangriffe hochstieg, die ihren Mann sozusagen in ihren Armen aus einem geachteten Freigeist in den Ätzgeist eines bodenfremden Abstämmlings verwandelte. Anfangs hatte sie sich dagegen mit dem ganzen Ingrimm eines «groß denkenden Herzens» aufgelehnt, aber mit den Jahren wurde sie von der naiv grausamen, immer weiter um sich greifenden Feindseligkeit zermürbt und von dem allgemeinen Vorurteil eingeschüchtert. Ja, sie mußte es sogar erleben, daß sie vor sich selbst bei den Gegensätzen, die sich zwischen ihr und ihrem Mann allmählich immer heftiger auftaten, – als er aus Gründen, über die er niemals richtig Auskunft geben wollte, über die Stufe eines Prokuristen nicht wegkam und alle Aussicht verlor, jemals wirklicher Bankdirektor zu werden – manches, was sie verletzte, achselzuckend damit erklärte, daß Leos Charakter eben doch dem ihren fremd sei, wenn sie auch gegen Außenstehende die Grundsätze ihrer Jugend niemals preisgab.

Diese Gegensätze bestanden freilich im Grunde aus nichts anderem als dem Mangel an Übereinstimmung; wie in vielen Ehen ein sozusagen natürliches Unglück an die Oberfläche kommt, sobald sie aufhören, verblendet glücklich zu sein. Seit die Laufbahn Leos zögernd auf dem Posten eines Börsendisponenten stecken geblieben war, vermochte Klementine nicht mehr, gewisse seiner Eigenheiten damit zu entschuldigen, daß er eben nicht in einem spiegelstillen alten Ministerialbüro, sondern am «sausenden Webstuhl der Zeit» sitze, und wer weiß, ob sie ihn nicht gerade wegen dieses Goethezitats geheiratet hatte?! Sein ausrasierter Backenbart, der sie seinerzeit gemeinsam mit dem auf der Mitte der Nase thronenden Kneifer an einen englischen Lord mit Favorits erinnert hatte, mahnte sie jetzt an einen Börsenmakler, und einzelne Angewohnheiten in Gebärde und Redeweise begannen ihr geradezu unerträglich zu werden. Klementine versuchte anfangs, ihren Gatten zu verbessern, aber sie stieß dabei auf außergewöhnliche Schwierigkeiten, denn es zeigte sich, daß nirgends in der Welt ein Maß dafür vorhanden ist, ob ein Backenbart rechtmäßig an einen Lord oder an einen Makler erinnert und ein Kneifer einen Platz auf der Nase hat, der zusammen mit einer Handbewegung Enthusiasmus oder Zynismus ausdrückt. Außerdem war aber Leo Fischel auch gar nicht der Mann, der sich hätte verbessern lassen. Er erklärte die Bemängelungen, die das christlich-germanische Schönheitsideal eines Ministerialrats aus ihm machen wollten, für gesellschaftliche Faxen und lehnte ihre Erörterung als eines vernünftigen Mannes unwürdig ab, denn je mehr seine Gattin an Einzelheiten Anstoß nahm, desto mehr betonte er die großen Richtlinien der Vernunft. Dadurch verwandelte sich das Haus Fischel allmählich in den Kampfplatz zweier Weltanschauungen.

Der Lloyd-Bank-Direktor Fischel philosophierte gern, aber nur zehn Minuten täglich. Er liebte es, das menschliche Dasein als vernünftig begründet zu erkennen, glaubte an seine geistige Rentabilität, die er sich gemäß der wohlgegliederten Ordnung einer Großbank vorstellte, und nahm täglich mit Gefallen zur Kenntnis, was er von neuen Fortschritten in der Zeitung las. Dieser Glaube an die unerschütterlichen Richtlinien der Vernunft und des Fortschritts hatte es ihm lange Zeit ermöglicht, über die Ausstellungen seiner Frau mit einem Achselzucken oder einer schneidenden Antwort hinwegzugehn. Aber da es das Unglück gewollt hatte, daß sich im Verlauf dieser Ehe die Zeitstimmung von den alten, Leo Fischel günstigen Grundsätzen des Liberalismus, den großen Richtbildern der Freigeistigkeit, der Menschenwürde und des Freihandels abwandte, und Vernunft und Fortschritt in der abendländischen Welt durch Rassentheorien und Straßenschlagworte verdrängt wurden, so blieb auch er nicht unberührt davon. Er hatte diese Entwicklung anfangs schlechtweg geleugnet, genau so wie Graf Leinsdorf gewisse «unliebsame Erscheinungen öffentlicher Natur» zu leugnen pflegte; er wartete darauf, daß sie von selbst verschwinden würden, und dieses Warten ist der erste, kaum noch fühlbare Grad der Tortur des Ärgers, die das Leben über Menschen mit aufrechter Gesinnung verhängt. Der zweite Grad heißt gewöhnlich, und hieß darum auch bei Fischel so, das «Gift». Das Gift ist das tropfenweise Auftreten neuer Anschauungen in Moral, Kunst, Politik, Familie, Zeitungen, Büchern und Verkehr, das bereits von einem ohnmächtigen Gefühl der Unwiderruflichkeit begleitet wird und von empörter Leugnung, die eine gewisse Anerkennung des Vorhandenseins nicht vermeiden kann. Direktor Fischel blieb aber auch der dritte und letzte Grad nicht erspart, wo die einzelnen Schauer und Strähnen des Neuen zu einem dauernden Regen zusammengeronnen sind, und mit der Zeit wird das zu einer der entsetzlichsten Martern, die ein Mensch erleben kann, der täglich nur zehn Minuten Zeit für Philosophie hat.

Leo lernte kennen, in wieviel Dingen der Mensch verschiedene Meinungen haben kann. Der Trieb, recht zu haben, ein Bedürfnis, das fast gleichbedeutend mit Menschenwürde ist, begann im Hause Fischel Ausschreitungen zu feiern. Dieser Trieb hat in Jahrtausenden Tausende bewundernswerter Philosophien, Kunstwerke, Bücher, Taten und Parteigängerschaften hervorgebracht, und wenn dieser bewundernswerte, aber auch fanatische und ungeheure, mit der menschlichen Natur geborene Trieb sich mit zehn Minuten Lebensphilosophie oder Aussprache über die grundsätzlichen Fragen des Hauswesens begnügen muß, so ist es unvermeidlich, daß er wie ein Tropfen glühenden Bleis in ungezählte Spitzen und Zacken zerplatzt, die auf das schmerzhafteste verwunden können. Er zersprang an der Frage, ob ein Hausmädchen zu entlassen sei oder nicht, und ob Zahnstocher auf den Tisch gehören oder nicht; aber woran immer er zersprang, besaß er die Fähigkeit, sich sofort zu zwei, an Einzelheiten unerschöpflich reichen, Weltanschauungen zu ergänzen.

Das ging bei Tage an, denn da war Direktor Fischel in seinem Büro, in der Nacht aber war er Mensch, und das verschlimmerte ungemein das Verhältnis zwischen ihm und Klementine. Im Grunde kann sich ein Mensch bei der heutigen Kompliziertheit aller Dinge doch nur auf einem Gebiet voll auskennen, und das waren bei ihm Lombarden und Effekten, weshalb er nachts zu einer gewissen Nachgiebigkeit neigte. Klementine dagegen blieb auch dann spitz und unnachgiebig, denn sie war in der pflichtbewußten, beständigen Atmosphäre eines Beamtenhauses aufgewachsen, und dazu duldete ihr Standesbewußtsein nicht getrennte Schlafräume, um die ohnehin unzureichende Wohnung nicht noch mehr zu verkleinern. Gemeinsame Schlafräume aber bringen einen Mann, wenn sie verfinstert sind, in die Lage eines Schauspielers, der vor einem unsichtbaren Parkett die dankbare, aber schon sehr abgespielte Rolle eines Helden darstellen muß, der einen fauchenden Löwen vorzaubert. Seit Jahren hatte sich Leos dunkler Zuschauerraum dabei weder den leisesten Applaus noch das geringste Zeichen von Ablehnung entschlüpfen lassen, und man darf sagen, daß das die stärksten Nerven erschüttern konnte. Am Morgen, beim Frühstück, das nach ehrbarer Überlieferung gemeinsam eingenommen wurde, war Klementine steif wie eine gefrorene Leiche und Leo zuckend von Empfindlichkeit. Selbst ihre Tochter Gerda merkte jedesmal etwas davon und malte sich voll Grauen und bitterem Widerwillen das Eheleben als einen Katzenkampf in nächtlicher Dunkelheit aus.

Gerda war dreiundzwanzig Jahre alt und bildete das bevorzugte Kampfobjekt zwischen ihren beiden Erzeugern. Leo Fischel fand, daß es für sie an der Zeit wäre, ihn an eine günstige Heirat denken zu lassen. Gerda dagegen sagte: «Du bist altmodisch, lieber Papa» und hatte ihre Freunde in einem Schwarm christlich-germanischer Altersgenossen gewählt, die nicht die geringste Aussicht auf Versorgung boten, dafür aber das Kapital verachteten und lehrten, daß noch nie ein Jude die Fähigkeit bewiesen habe, ein großes Menschheitssymbol aufzustellen. Leo Fischel nannte sie antisemitische Lümmel und wollte ihnen das Haus verbieten, aber Gerda sagte: «Das verstehst du nicht, Papa, das ist doch bloß symbolisch», und Gerda war nervös und blutarm und regte sich gleich so sehr auf, wenn man nicht vorsichtig mit ihr umging. So duldete Fischel diesen Verkehr, wie einst Odysseus die Freier der Penelope in seinem Hause hatte dulden müssen, denn Gerda war der Lichtstrahl in seinem Leben; aber er duldete nicht schweigend, denn das lag nicht in seiner Natur. Er glaubte selbst zu wissen, was Moral und große Ideen seien, und er sagte es bei jeder Gelegenheit, um auf Gerda einen günstigen Einfluß zu nehmen. Und Gerda antwortete jedesmal: «Ja, du hättest unbedingt recht, Papa, wenn man diese Sache nicht von Grund aus anders ansehen müßte, als du es noch tust!» Und was tat Klementine, wenn Gerda so sprach? Nichts! Sie schwieg mit einem ergebenen Gesicht dazu, aber Leo konnte sicher sein, daß sie hinter seinem Rücken Gerdas Willen unterstützen würde, als ob *sie* wüßte, was Symbole seien! Leo Fischel hatte stets jede Ursache zu der Annahme gehabt, daß sein guter jüdischer Kopf dem seiner Gattin überlegen sei, und nichts empörte ihn so sehr wie die Beobachtung, daß sie aus Gerdas Verrücktheit Nutzen zog. Warum sollte ausgerechnet er plötzlich nicht mehr imstande sein, modern zu denken? Das war ein System! Er erinnerte sich dann der Nacht. Das war schon nicht mehr Ehrabschneidung; das war die Ehre mit der Wurzel abgraben! In der Nacht hat der Mensch nur ein Nachthemd an, und darunter kommt gleich der Charakter. Keine Fachkenntnisse und -klugheit schützen ihn. Man setzt seine ganze Person ein. Nichts sonst. Was sollte es also heißen, daß Klementine, wenn von christlich-germanischer Auffassung die Rede war, ein Gesicht machte, als ob er ein Wilder wäre?

Nun ist der Mensch ein Wesen, das Verdächtigungen so wenig verträgt wie ein Seidenpapier den Regen. Seit Klementine Leo nicht mehr schön fand, fand sie ihn unerträglich, und seit Leo sich von Klementine angezweifelt fühlte, erspähte er bei jedem Anlaß eine Verschwörung in seinem Haus. Dabei waren Klementine und Leo, wie alle Welt, der das durch Sitte und Literatur eingeredet wird, in dem Vorurteil befangen, daß sie durch ihre Leidenschaften, Charaktere, Schicksale und Handlungen voneinander abhingen. In Wahrheit besteht aber natürlich das Dasein mehr als zur Hälfte nicht aus Handlungen, sondern aus Abhandlungen, deren Meinung man in sich aufnimmt, aus Dafürhalten mit entgegensprechendem Dagegenhalten und aus der aufgestapelten Unpersönlichkeit dessen, was man gehört hat und weiß. Das Schicksal dieser beiden Gatten hing zum größern Teil von einer trüben, zähen, ungeordneten Schichtung von Gedanken ab, die gar nicht ihrer, sondern der öffentlichen Meinung angehörten und sich mit dieser verändert hatten, ohne daß sie sich davor bewahren konnten. Neben dieser Abhängigkeit war die persönliche von einander nur ein winziger Teil, ein irrsinnig überschätzter Rückstand. Und während sie sich einredeten, ein Privatleben zu haben, und gegenseitig ihren Charakter und Willen in Frage stellten, lag die verzweifelte Schwierigkeit in der Unwirklichkeit dieses Streites, die sie durch alle möglichen Verdrießlichkeiten verdeckten.

Es war das Unglück Leo Fischels, daß er weder Karten spielte, noch Vergnügen daran fand, hübsche Mädchen auszuführen, sondern, ermüdet von seinem Dienst, an einem ausgeprägten Familiensinn litt, wogegen seine Gattin, die nichts zu tun hatte, als Tag und Nacht den Schoß dieser Familie zu bilden, durch keinerlei romantische Vorstellungen davon mehr beirrt wurde. Es befiel Leo Fischel manchmal ein Erstickungsgefühl, das, nirgends greifbar, von allen Seiten auf ihn eindrang. Er war eine tüchtige kleine Zelle im sozialen Körper, die brav ihre Pflicht tat, aber von überall vergiftete Säfte erhielt. Und obgleich das weit über seinen Bedarf an Philosophie hinausging, so begann er, von seiner Lebensgefährtin im Stich gelassen, als alternder Mensch, der keinen Grund einsah, von der vernünftigen Mode seiner Jugend abzulassen, die tiefe Nichtigkeit des seelischen Lebens zu ahnen, seine Gestaltlosigkeit, die ewig die Gestalten wechselt, die langsame, aber ruhelose Umwälzung, die immer alles mit sich dreht.

An einem solchen Morgen, wo sein Denken durch Familienfragen beansprucht war, hatte Fischel vergessen, die Zuschrift Sr. Erlaucht zu beantworten, und an vielen folgenden Morgen bekam er Schilderungen von den Vorgängen im Kreise der Sektionschefsgattin Tuzzi, die es sehr bedauerlich erscheinen ließen, daß eine solche Gelegenheit für Gerda, in die beste Gesellschaft zu kommen, nicht wahrgenommen worden sei. Fischel selbst hatte kein ganz reines Gewissen, da ja doch sein eigener Generaldirektor und der Gouverneur der Staatsbank hingingen, aber bekanntlich weist man Vorwürfe umso heftiger zurück, je stärker man selbst zwischen Schuld und Unschuld gespannt ist. Aber jedesmal, wenn Fischel sich mit der Überlegenheit des schaffenden Mannes über diese patriotische Angelegenheit lustig zu machen suchte, wurde ihm erklärt, daß ein auf der Zeithöhe stehender Finanzmann wie Paul Arnheim eben schon anders denke. Es war zum Staunen, wie viel Klementine und auch Gerda – die ansonsten den Wünschen ihrer Mutter natürlich widersprach – von diesem Manne in Erfahrung gebracht hatten, und da man auch auf der Börse mancherlei Verwunderliches von ihm redete, so fühlte sich Fischel in die Verteidigung gedrängt, denn er konnte einfach nicht mit und vermochte auch nicht, von einem Mann mit solchen Geschäftsverbindungen zu behaupten, daß man ihn nicht ernst nehmen dürfe.

Wenn Fischel sich aber in die Verteidigung gedrängt fühlte, so nahm das sachgemäß die Form der Kontermine an, das heißt, er schwieg so undurchsichtig wie möglich zu allen Anspielungen, die sich auf das Haus Tuzzi, Arnheim, die Parallelaktion und sein eigenes Versagen bezogen, zog Erkundigungen über den Aufenthalt Arnheims ein und wartete heimlich auf ein Ereignis, das die innere Hohlheit von alledem mit einem Schlage offenbaren und den hohen Familienkurs dieser Angelegenheit zerschmettern sollte.

52

Sektionschef Tuzzi stellt eine Lücke im Betrieb seines Ministeriums fest

Sektionschef Tuzzi hatte nach seinem Entschluß, Klarheit um die Person Dr. Arnheims zu schaffen, bald die Genugtuung, im Aufbau des seine Sorge bildenden Ministeriums des Äußern und des Kaiserlichen Hauses eine wesentliche Lücke zu entdecken: es war auf Personen wie Arnheim nicht eingerichtet. Er selbst las von schöngeistigen Büchern, außer Memoirenwerken, nur die Bibel, Homer und Rosegger und darauf tat er sich etwas zugute, weil es ihn vor Zersplitterung bewahrte; aber daß auch im ganzen Auswärtigen Amt kein Mann zu finden war, der ein Buch von Arnheim gelesen hatte, erkannte er als einen Fehler.

Sektionschef Tuzzi besaß das Recht, die übrigen leitenden Beamten zu sich rufen lassen zu können, aber am Morgen nach jener von Tränen beunruhigten Nacht hatte er sich zum Chef des Pressedepartements hinbegeben, geleitet von einem Gefühl, daß man nicht gut dem Anlaß, der ihn eine Aussprache suchen hieß, schon volle Amtswürde zubilligen könne. Der Chef des Pressedepartements bewunderte Sektionschef Tuzzi wegen der Fülle persönlicher Einzelheiten, die dieser von Arnheim wußte, gab zu, für seine Person den Namen auch schon oft gehört zu haben, verwahrte sich aber gleich gegen die Vermutung, daß der Mann aktenmäßig in seinem Departement vorkomme, da er seines Erinnerns niemals den Gegenstand einer amtlichen Relation gebildet habe und die Bearbeitung des Zeitungsmaterials sich begreiflicherweise nicht auf die Lebensäußerungen von Privatpersonen erstreckte. Tuzzi räumte ein, daß etwas anderes keinesfalls zu erwarten wäre, machte aber die Bemerkung, daß die Grenze zwischen amtlicher und privater Bedeutung von Personen und Erscheinungen heute nicht immer klar zu bestimmen sei, was der Chef des Pressedepartements sehr scharf gesehen fand, worauf sich die beiden Sektionschefs in der Auffassung einigten, einen sehr interessanten Mangel des Systems vor sich zu haben.

Es war offenbar ein Vormittag, an dem Europa ein wenig Ruhe hatte, denn die beiden Sektionschefs ließen den Kanzleidirektor kommen und ein Faszikel anlegen, das mit Arnheim, Dr. Paul, zu überschreiben war, wenn es auch vorläufig noch leer blieb. Nach dem Kanzleidirektor kamen die Leiter des Aktenarchivs und des Archivs für Zeitungsausschnitte an die Reihe, die sofort aus dem Kopf und strahlend vor Tüchtigkeit zu sagen wußten, daß in ihren Registern ein Arnheim nicht vorkomme. Endlich ließ man noch die Amtsjournalisten holen, die täglich die Blätter zu bearbeiten und den Chefs die Auszüge vorzulegen hatten, und sie alle machten ein bedeutsames Gesicht, als sie nach Arnheim gefragt wurden, und versicherten, daß er in ihren Blättern sehr oft und mit günstigster Betonung genannt werde, vermochten jedoch nichts über den Inhalt seiner Schriften mitzuteilen, weil seine Tätigkeit, wie sie sofort zu sagen wußten, nicht in den Aufgabenkreis der amtlichen Berichterstattung einbezogen sei. Das tadellose Funktionieren der Maschinerie des Auswärtigen Amtes erwies sich, sowie man nur auf den Knopf drückte, und alle Beamten verließen das Zimmer mit dem Gefühl, ihre Verläßlichkeit in gutem Licht gezeigt zu haben. «Es ist genau so, wie ich es Ihnen gesagt habe,» der Chef des Pressedepartements wandte sich befriedigt an Tuzzi «kein Mensch weiß etwas.»

Die beiden Sektionschefs hatten die Berichte mit würdigem Lächeln angehört, saßen – von der Umgebung gleichsam für die Ewigkeit präpariert, wie die Fliege im Bernstein – in prächtigen Lederstühlen, auf dem weichen roten Teppich, hinter den dunkelroten hohen Fenstervorhängen des weiß-goldenen Zimmers, das noch aus Maria Theresias Zeiten stammte, und erkannten, daß die Lücke im System, die sie nun wenigstens entdeckt hatten, schwer zu schließen sein würde. «Im Departement» rühmte dessen Chef «wird jede öffentliche Äußerung bearbeitet; aber irgendwelche Ufer muß man dem Begriff der Öffentlichkeit lassen. Ich kann mich verbürgen, daß jeder Zwischenruf, den ein Abgeordneter in irgend einem Landtag im laufenden Jahr gemacht hat, binnen zehn Minuten in unseren Archiven zu finden ist, und jeder

Zwischenruf der letzten zehn Jahre, sofern er sich auf die Außenpolitik bezieht, in längstens einer halben Stunde. Das gilt auch von jedem politischen Zeitungsartikel; meine Herren arbeiten gewissenhaft. Aber das sind greifbare, sozusagen verantwortliche Äußerungen, die in Zusammenhang mit festen Verhältnissen, Mächten und Begriffen stehn. Und wenn ich mich rein fachlich frage, unter welchem Stichwort der Beamte, der die Auszüge oder den Katalog macht, einen Essay von jemand eintragen soll, der nur für seine Person... also wen soll ich da nennen?»

Tuzzi nannte hilfreich den Namen eines der jüngsten Schriftsteller, die bei Diotima verkehrten.

Der Chef des Pressedepartements blickte schwerhörig und beunruhigt zu ihm auf. «Also sagen wir den; aber wo ist die Grenze zu ziehen zwischen dem, was man beachtet, und dem, was man übergeht? Es hat sogar auch schon politische Gedichte gegeben. Soll man da jeden Verslmacher –? Oder soll man vielleicht nur Burgtheaterautoren –?»

Die beiden Herren lachten.

«Wie will man überhaupt genau herausziehn, was solche Leute meinen, und wenn sie der Schiller und Goethe wären?! Einen höheren Sinn hat es natürlich immer, aber so für praktische Zwecke widersprechen sie sich bei jedem zweiten Wort.»

Es war den beiden Herrn inzwischen klar geworden, daß sie Gefahr liefen, sich um etwas «Unmögliches» zu bemühn, das Wort auch mit jenem Geschmack von gesellschaftlicher Lächerlichkeit genommen, für den Diplomaten ein so feines Empfinden haben. «Man kann dem Ministerium nicht einen ganzen Stab von Buch- und Theaterkritikern angliedern,» stellte Tuzzi lächelnd fest «aber andererseits, wenn man einmal darauf aufmerksam wird, ist nicht zu leugnen, daß solche Leute auf die Bildung der in der Welt herrschenden Anschauungen nicht ohne Einfluß sind und auf diesem Wege auch in die Politik wirken.»

«In keinem Auswärtigen Amt der Welt macht man das» kam ihm der Pressechef zu Hilfe.

«Gewiß. Aber steter Tropfen höhlt den Stein.» Tuzzi fand, daß dieses Zitat sehr gut eine gewisse Gefahr ausdrücke. «Irgend etwas Organisatorisches sollte man vielleicht doch versuchen?»

«Ich weiß nicht, ich habe Widerstände» meinte der andere Sektionschef.

«Ich natürlich auch!» fügte Tuzzi hinzu. Er hatte gegen Ende dieser Unterredung ein peinliches Empfinden wie bei belegter Zunge und vermochte nicht recht zu unterscheiden, ob es Unsinn sei, wovon er geredet habe, oder ob es sich nicht doch noch als eine Folge des Scharfsinns herausstellen werde, für den er berühmt war. Auch der Chef des

Pressedepartements vermochte das nicht zu trennen, und deshalb versicherten die beiden Herren einander, daß sie über diese Frage später noch einmal sprechen wollten.

Der Chef des Pressedepartements gab den Auftrag, die gesamten Werke Arnheims für die Amtsbibliothek zu bestellen, damit die Sache doch auch einen gewissen Abschluß habe, und Sektionschef Tuzzi begab sich in eine politische Abteilung, wo er ersuchte, die Botschaft in Berlin mit einem eingehenden Bericht über die Person Arnheims zu betrauen. Es war dies das einzige, was ihm im Augenblick zu tun übrig blieb, und ehe dieser Bericht eintraf, hatte er nur seine Frau, um sich über Arnheim zu unterrichten, was ihm gänzlich unangenehm geworden war. Er erinnerte sich an den Ausspruch Voltaires, daß die Menschen die Worte nur anwenden, um ihre Gedanken zu verbergen, und der Gedanken sich nur bedienen, um ihre Ungerechtigkeiten zu begründen. Gewiß, das war immer Diplomatie gewesen. Aber daß ein Mensch soviel sprach und schrieb wie Arnheim, um seine wahren Absichten hinter Worten zu verbergen, das beunruhigte ihn als etwas Neues, hinter das er kommen mußte.

53

Man führt Moosbrugger in ein neues Gefängnis

Der Prostituiertenmörder Christian Moosbrugger war, wenige Tage nachdem in den Zeitungen die Berichte über die gegen ihn geführte Verhandlung zu erscheinen aufgehört hatten, vergessen worden, und die Erregung der Öffentlichkeit hatte sich anderen Gegenständen zugewandt. Nur ein Kreis von Sachverständigen beschäftigte sich noch weiter mit ihm. Sein Verteidiger hatte die Nichtigkeitsbeschwerde angemeldet, eine neue Überprüfung seines Geisteszustandes verlangt und sonst noch einiges getan: die Hinrichtung war auf unbestimmte Zeit verschoben worden, und man führte Moosbrugger in ein anderes Gefängnis.

Die Vorsicht, die dabei angewandt wurde, schmeichelte ihm; geladene Gewehre, viele Personen, Eisenschellen an Arm und Bein: man erwies ihm Aufmerksamkeit, man hatte Furcht vor ihm, und Moosbrugger liebte das. Als er in den Zellenwagen stieg, blickte er nach Bewunderung aus und warf ein Auge in den erstaunten Blick der Vorübergehenden. Kalter Wind, der die Straße herabblies, spielte in seinen Locken, die Luft zehrte an ihm. Zwei Sekunden lang; dann schob ein Justizsoldat an seinem Hintern, um ihn in den Wagen zu bringen.

Moosbrugger war eitel; er liebte es nicht, so geschoben zu werden;

er fürchtete, daß ihn die Wache stoßen, anschreien oder über ihn lachen könnte; der gefesselte Riese wagte keinen seiner Führer anzusehen und rutschte freiwillig bis an die Vorderwand des Wagens.

Er fürchtete sich aber nicht vor dem Tod. Man muß im Leben vieles aushalten, das bestimmt weher tut als das Aufhängen, und ob man ein paar Jahre mehr oder weniger lebt, darauf kommt es schon gar nicht an. Der passive Stolz eines Mannes, der viel eingesperrt worden ist, verbot ihm, sich vor der Strafe zu fürchten; aber er hing auch sonst nicht am Leben. Was hätte er daran lieben sollen? Doch nicht den Frühlingswind oder die weiten Landstraßen oder die Sonne? Das macht nur müde, heiß und staubig. Niemand liebt das, der es wirklich kennt. «Erzählen können,» dachte Moosbrugger «gestern habe ich dort an der Ecke in dem Wirtshaus einen ausgezeichneten Schweinsbraten gegessen!» Das war schon mehr. Aber auch darauf konnte man verzichten. Was ihn gefreut hätte, wäre eine Befriedigung seines Ehrgeizes gewesen, der immer nur dummen Beleidigungen begegnet war. Ein wirres Geholper kam aus den Rädern durch die Bank in seinen Körper; hinter den Gitterstäben in der Türe liefen die Pflastersteine zurück, Lastfuhrwerke blieben zurück, zuweilen torkelten Männer, Frauen oder Kinder quer durch die Stäbe, von weit hinten schob sich ein Fiaker heran, wuchs, kam näher, begann Leben zu sprühen wie ein Schmiedeblock Funken, die Pferdeköpfe schienen die Türe durchstoßen zu wollen, dann lief das Geklapper der Hufe und der weiche Laut der Gummireifen hinter der Wand vorbei. Moosbrugger drehte den Kopf langsam zurück und sah wieder die Decke an, wo sie vor ihm an die Seitenwand stieß. Der Lärm draußen rauschte, schmetterte; war wie ein Tuch gespannt, über das hie und da der Schatten irgendeines Vorgangs huschte. Moosbrugger empfand diese Fahrt als Abwechslung, ohne auf ihren Inhalt viel zu achten. Zwischen zwei dunklen, ruhenden Gefängniszeiten schoß eine Viertelstunde undurchsichtig weiß schäumender Zeit. So hatte er auch seine Freiheit immer empfunden. Nicht eigens schön. «Die Geschichte mit der letzten Mahlzeit,» dachte er «dem Gefängnisgeistlichen, den Henkern und der Viertelstunde, bis alles aus ist, wird nicht viel anders sein; sie wird auch auf ihren Rädern vorwärts tanzen, man wird fortwährend zu tun haben wie jetzt, um bei den Stößen nicht von der Bank zu rutschen, und wird nicht viel sehen und hören, weil lauter Leute um einen herumspringen. Es wird schon das Gescheiteste sein, wenn man endlich von allem Ruhe hat!»

Die Überlegenheit eines Mannes, der sich von dem Wunsch zu leben befreit hat, ist sehr groß. Moosbrugger erinnerte sich an den Kommissär, der ihn als erster bei der Polizei einvernommen hatte. Das war ein feiner Mann gewesen, der leise sprach. «Schaun Sie, Herr Moosbrugger,» hatte er gesagt «ich bitte Sie einfach inständig: gönnen Sie mir doch den Erfolg!» Und Moosbrugger hatte erwidert: «Gut, wenn Sie den Erfolg haben wollen, so machen wir jetzt Protokoll.» Der Richter hatte das später nicht glauben wollen, aber der Kommissär hatte es vor Gericht bestätigt. «Wenn Sie schon nicht aus eigenem Ihr Gewissen erleichtern wollen, so schenken Sie mir doch die persönliche Genugtuung, daß Sie es mir zuliebe tun»: Das hatte der Kommissär vor dem ganzen Gericht wiederholt, sogar der Vorsitzende hatte freundlich geschmunzelt, und Moosbrugger hatte sich erhoben. «Meine volle Hochachtung vor dieser Aussage des Herrn Polizeikommissärs!» hatte er laut verkündet und mit einer eleganten Verbeugung hinzugefügt: «Obwohl der Herr Kommissär mich mit den Worten entlassen haben: ‹Wir sehen uns wohl nie wieder›, so habe ich doch die Ehre und das Vergnügen, den Herrn Kommissär heute wiederzusehn.»

Das Lächeln des Einverständnisses mit sich selbst verklärte Moosbruggers Gesicht, und er vergaß die Soldaten, die ihm gegenüber saßen und geradeso wie er von den Stößen des Wagens hin und her geschleudert wurden.

54

Ulrich zeigt sich im Gespräch mit Walter und Clarisse reaktionär

Clarisse sagte zu Ulrich: «Man muß für Moosbrugger etwas tun, dieser Mörder ist musikalisch!»

Ulrich hatte endlich an einem freien Nachmittag den Besuch nachgeholt, der durch seine Verhaftung so folgenschwer verhindert worden war.

Clarisse hielt den Rand seines Rocks in Brusthöhe gefaßt; Walter stand mit einem nicht ganz aufrichtigen Gesicht daneben.

«Wie meinst du das: musikalisch?» fragte Ulrich lächelnd.

Clarisse machte ein lustig beschämtes Gesicht. Unwillkürlich. Als drängte Scham bei allen Zügen heraus, und sie müßte das Gesicht lustig spannen, um sie zurück zu halten. Sie ließ ihn los. «Nun eben so» sagte sie. «Du bist doch jetzt ein einflußreicher Mann geworden!» Es war nicht immer klug aus ihr zu werden.

Der Winter hatte schon einmal begonnen und dann wieder aufgehört. Hier, außer der Stadt, gab es noch Schnee; weiße Felder und dazwischen wie dunkles Wasser die schwarze Erde. Die Sonne übergoß alles gleichmäßig. Clarisse hatte eine orangefarbene Jacke an und eine blaue Wollmütze. Sie gingen zu dritt spazieren, und Ulrich mußte ihr inmitten der wüst aufgebrochenen Natur die Schriften Arnheims erklären. Es war darin von algebraischen Reihen die Rede und von Benzolringen, von der materialistischen Geschichtsauffassung und der universalistischen, von Brückenträgern, der Entwicklung der Musik, dem Geist des Kraftwagens, Hata 606, der Relativitätstheorie, der Bohrschen Atomistik, dem autogenen Schweißverfahren, der Flora des Himalaja, der Psychoanalyse, der Individualpsychologie, der Experimentalpsychologie, der physiologischen Psychologie, der Sozialpsychologie und allen anderen Errungenschaften, die eine an ihnen reich gewordene Zeit verhindern, gute, ganze und einheitliche Menschen hervorzubringen. Aber alles das kam in einer sehr beruhigenden Weise in den Schriften Arnheims vor, denn er versicherte, daß alles, was man nicht verstehe, nur eine Ausschreitung unfruchtbarer Verstandeskräfte bedeute, während das Wahre immer das Einfache, die menschliche Würde und der Instinkt für übermenschliche Wahrheiten sei, den jeder erwerben könne, wenn er einfach lebe und mit den Sternen im Bunde sei. «Viele behaupten heute etwas Ähnliches,» erläuterte Ulrich «aber Arnheim glaubt man es, weil man sich ihn als einen großen, reichen Mann vorstellen darf, der bestimmt alles genau kennt, wovon er spricht, selbst am Himalaja war, Kraftwagen besitzt und Benzolringe trägt, so viele er will!»

Clarisse wollte wissen, wie Benzolringe aussehen; eine unklare Erinnerung an Karneolringe leitete sie.

«Du bist trotzdem reizend, Clarisse!» meinte Ulrich.

«Gott sei Dank, braucht sie nicht jeden chemischen Unsinn zu verstehn!» verteidigte sie Walter; dann aber begann er die Schriften Arnheims zu verteidigen, die er gelesen hatte. Er wolle nicht sagen, daß Arnheim das Beste sei, was man sich vorzustellen vermöge, aber immerhin sei er das Beste, was die Gegenwart hervorgebracht habe; das sei neuer Geist! Zwar einwandfreie Wissenschaft, aber zugleich auch über das Wissen hinaus! So ging der Spaziergang vorbei. Das Endergebnis für alle waren nasse Füße, ein gereiztes Gehirn, als ob die dünnen, in der Wintersonne glänzenden nackten Baumäste als Splitter in der Netzhaut stecken geblieben wären, der gemeine Wunsch nach heißem Kaffee und das Gefühl menschlicher Verlorenheit.

Verdampfender Schnee stieg von den Schuhen auf, Clarisse freute sich, weil die Stube schmutzig wurde, und Walter hielt die weiblich kräftigen Lippen die ganze Zeit über geschürzt, weil er Streit suchte. Ulrich erzählte von der Parallelaktion. Bei Arnheim kamen sie wieder in Streit.

«Ich werde dir sagen, was ich gegen ihn habe» wiederholte Ulrich. «Der wissenschaftliche Mensch ist heute eine ganz unvermeidliche Sache; man kann nicht, nicht wissen wollen! Und zu keiner Zeit ist der Unterschied zwischen der Erfahrung eines Fachmanns und der eines

Laien so groß gewesen wie in der jetzigen. An dem Können eines Masseurs oder eines Klavierspielers merkt es jeder; man schickt heute kein Pferd mehr ohne besondere Vorbereitung auf die Rennbahn. Bloß in den Fragen des Menschseins glaubt sich noch jeder zur Entscheidung berufen, und ein altes Vorurteil behauptet, daß man als Mensch geboren wird und stirbt! Weiß ich aber, daß die Frauen vor fünftausend Jahren wörtlich die gleichen Briefe an ihre Liebhaber geschrieben haben wie heute, so kann ich doch keinen solchen Brief mehr lesen, ohne mich zu fragen, ob es nicht einmal anders werden sollte!»

Clarisse zeigte sich zum Einverständnis geneigt. Walter dagegen lächelte wie ein Fakir, der mit keiner Wimper zucken will, wenn man ihm eine Hutnadel durch die Wangen stößt.

«Das heißt also nichts anderes, als daß du dich bis auf weiteres weigerst, ein Mensch zu sein!» warf er ein.

«Ungefähr. Es haftet ein unangenehmes Gefühl von Dilettantismus daran!»

«Aber ich will dir noch etwas ganz anderes zugeben» fuhr Ulrich nach einiger Überlegung fort. «Die Fachleute werden niemals fertig. Nicht nur sind sie heute unfertig; sondern sie vermögen sich die Vollendung ihrer Tätigkeit überhaupt nicht auszudenken. Vielleicht nicht einmal zu wünschen. Kann man sich zum Beispiel vorstellen, daß der Mensch noch eine Seele haben wird, sobald er sie biologisch und psychologisch völlig zu begreifen und behandeln gelernt hat? Trotzdem streben wir diesen Zustand an! Das ist es. Das Wissen ist ein Verhalten, eine Leidenschaft. Im Grunde ein unerlaubtes Verhalten; denn wie die Trunksucht, die Geschlechtssucht und die Gewaltsucht, so bildet auch der Zwang, wissen zu müssen, einen Charakter aus, der nicht im Gleichgewicht ist. Es ist gar nicht richtig, daß der Forscher der Wahrheit nachstellt, sie stellt ihm nach. Er erleidet sie. Das Wahre ist wahr, und die Tatsache ist wirklich, ohne sich um ihn zu kümmern: er hat bloß die Leidenschaft dafür, die Trunksucht am Tatsächlichen, die seinen Charakter zeichnet, und schert sich den Teufel darum, ob ein Ganzes, Menschliches, Vollkommenes oder was überhaupt aus seinen Feststellungen wird. Das ist ein widerspruchsvolles, ein leidendes und dabei ungeheuer tatkräftiges Wesen!»

«Und?» fragte Walter.

«Was: und?»

«Du willst doch nicht behaupten, daß man es dabei bewenden lassen kann?!»

«Ich möchte es dabei bewenden lassen» sagte Ulrich ruhig. «Unsere Anschauung von unserer Umgebung, aber auch von uns selbst, ändert sich mit jedem Tag. Wir leben in einer Durchgangszeit. Vielleicht dauert sie, wenn wir unsere tiefsten Aufgaben nicht besser anpacken als bisher, bis zum Ende des Planeten. Trotzdem soll man, wenn man ins Dunkel gestellt ist, nicht wie ein Kind aus Angst zu singen beginnen. Ein solcher Gesang aus Angst ist es aber, wenn man so tut, als wüßte man, wie man sich hienieden zu benehmen hat; da kannst du grundstürzend brüllen, es ist doch nur Angst! Übrigens bin ich überzeugt: Wir galoppieren! Wir sind noch weit von den Zielen entfernt, sie rücken nicht näher, wir sehen sie überhaupt nicht, wir werden uns noch oft verreiten und die Pferde wechseln müssen; aber eines Tags – übermorgen oder in zweitausend Jahren – wird der Horizont zu fließen beginnen und uns brausend entgegenstürzen!»

Es war dämmerig geworden. «Niemand kann mir ins Gesicht sehn» dachte Ulrich. «Ich weiß nicht einmal selbst, ob ich lüge.» Er sprach, wie man in einem Augenblick, der seiner selbst nicht gewiß ist, das Ergebnis jahrzehntelanger Gewißheit zusammenfaßt. Er erinnerte sich daran, daß doch dieser Jugendtraum längst hohl geworden war, den er Walter vorhielt. Er wollte nicht mehr weiter reden.

«Und wir sollen» erwiderte Walter mit Schärfe «auf jeden Sinn des Lebens verzichten?!»

Ulrich fragte ihn, wozu er eigentlich einen Sinn brauche? Es ginge doch auch so, meinte er.

Clarisse kicherte. Sie meinte es nicht bös, die Frage war ihr so spaßhaft vorgekommen.

Walter zündete Licht an, denn es schien ihm nicht nötig zu sein, daß Ulrich vor Clarisse den Vorteil des dunklen Mannes ausnütze. Ärgerliche Blendung überschüttete die drei.

Ulrich erläuterte verstockt: «Was man im Leben braucht, ist bloß die Überzeugung, daß das Geschäft besser geht als das des Nachbarn. Das heißt: deine Bilder, meine Mathematik, irgendjemandes Kinder und Frau; alles das, was einem Menschen versichert, daß er zwar in keiner Weise etwas Ungewöhnliches ist, aber in dieser Weise, keinerweise etwas Ungewöhnliches zu sein, doch nicht so leicht seinesgleichen hat!»

Walter hatte sich noch nicht wieder hingesetzt. Unruhe war in ihm. Triumph. Er rief aus: «Weißt du, was du da sagst? Fortwursteln! Du bist einfach ein Österreicher. Du lehrst die österreichische Staatsphilosophie des Fortwurstelns!»

«Das ist vielleicht nicht so übel, wie du denkst» gab Ulrich zur Antwort. «Man kann aus einem leidenschaftlichen Bedürfnis nach Schärfe und Genauigkeit oder Schönheit dahin kommen, daß einem Fortwursteln besser gefällt als alle Anstrengungen in neuem Geiste! Ich wünsche dir dazu Glück, daß du Österreichs Weltsendung entdeckt hast.»

Walter wollte erwidern. Aber es zeigte sich, daß das Gefühl, das ihn in die Höhe getrieben hatte, nicht nur Triumph war, sondern – wie sagt man es? – auch der Wunsch, einen Augenblick hinauszugehen. Er schwankte zwischen den zwei Wünschen. Aber beides ließ sich nicht vereinen, und sein Blick glitt von Ulrichs Augen ab auf den Weg zur Türe.

Als sie allein waren, sagte Clarisse: «Dieser Mörder ist musikalisch. Das heißt –» sie hielt ein, dann fuhr sie geheimnisvoll fort: «Man kann gar nichts sagen, aber du mußt etwas für ihn tun.»

«Was soll ich denn tun?»

«Ihn befrein.»

«Du träumst wohl?»

«Du meinst doch alles gar nicht so, wie du es zu Walter sagst?!» fragte Clarisse, und ihre Augen schienen ihn zu einer Antwort zu drängen, deren Inhalt er nicht erraten konnte.

«Ich weiß nicht, was du willst?» sagte er.

Clarisse sah ihm eigensinnig auf die Lippen; dann wiederholte sie: «Du solltest trotzdem das tun, was ich gesagt habe; du würdest verwandelt werden.»

Ulrich betrachtete sie. Er begriff nicht recht. Er mußte etwas überhört haben; einen Vergleich oder irgendein Wiewenn, das ihrer Rede Sinn gab. Es klang sehr sonderbar, sie ohne diesen Sinn so natürlich sprechen zu hören, als handelte es sich um eine gewöhnliche Erfahrung, die sie gemacht habe.

Aber da kehrte Walter zurück. «Ich kann dir ja zugeben –» begann er. Die Unterbrechung hatte das Gespräch entschärft.

Er saß wieder auf seinem Stühlchen am Klavier und sah befriedigt seine Schuhe an, an denen Erde haftete. Er dachte: «Warum haftet an Ulrichs Schuh keine Erde? Sie ist die letzte Rettung des europäischen Menschen.»

Ulrich aber sah die Beine über Walters Schuhen an; sie staken in schwarzen Strümpfen aus Baumwolle und hatten die unschöne Form weicher Mädchenbeine. «Man muß es schätzen, wenn ein Mann heute noch das Bestreben hat, etwas Ganzes zu sein» sagte Walter.

«Das gibt es nicht mehr» meinte Ulrich. «Du brauchst bloß in eine Zeitung hineinzusehn. Sie ist von einer unermeßlichen Undurchsichtigkeit erfüllt. Da ist die Rede von so viel Dingen, daß es das Denkvermögen eines Leibniz überschritte. Aber man merkt es nicht einmal; man ist anders geworden. Es steht nicht mehr ein ganzer Mensch einer ganzen Welt gegenüber, sondern ein menschliches Etwas bewegt sich in einer allgemeinen Nährflüssigkeit.»

«Sehr richtig» sagte Walter sofort. «Es gibt eben keine ganze Bildung mehr im Goetheschen Sinn. Aber darum gibt es heute auch zu jedem Gedanken einen Gegengedanken und zu jeder Neigung gleich die entgegengesetzte. Jede Tat und ihr Gegenteil finden heute im Intellekt die scharfsinnigsten Gründe, mit denen man sie sowohl verteidigen wie verurteilen kann. Ich begreife nicht, wie du das in Schutz nehmen magst!»

Ulrich zuckte die Achseln.

«Man muß sich ganz zurückziehn» sagte Walter leise.

«Es geht doch auch so» erwiderte ihm der Freund. «Vielleicht sind wir auf dem Weg zum Ameisenstaat oder irgend einer anderen unchristlichen Aufteilung der Leistungen.» Ulrich bemerkte bei sich, daß man ebensogut übereinstimmen könne wie sich streiten. In der Höflichkeit lag die Verachtung so klar wie ein Leckerbissen in Aspik. Er wußte, daß auch seine letzten Worte Walter ärgern mußten, aber er begann sich danach zu sehnen, einmal mit einem Menschen zu sprechen, mit dem er ganz übereinstimmen könnte. Solche Gespräche hatte es zwischen Walter und ihm einst gegeben. Da werden die Worte von einer geheimen Kraft aus der Brust geholt, und keines verfehlt sein Ziel. Wenn man dagegen mit Abneigung spricht, steigen sie wie Nebel von einer Eisfläche auf. Er sah Walter ohne Groll an. Er war sicher, daß auch der das Gefühl hatte, sich durch dieses Gespräch, je weiter es gehe, desto mehr in seiner inneren Meinung zu verunstalten, aber die Schuld daran ihm beimaß. «Alles, was man denkt, ist entweder Zuneigung oder Abneigung!» dachte Ulrich. Das kam ihm in diesem Augenblick so lebhaft als richtig vor, daß er es wie einen körperlichen Zwang empfand, ähnlich dem berührenden Schwanken eng aneinandergeschlossener Menschen. Er sah sich nach Clarisse um.

Aber Clarisse hörte scheinbar schon seit längerem nicht mehr zu; sie hatte irgendwann die Zeitung aufgenommen, die vor ihr auf dem Tisch gelegen war; dann hatte sie in sich geforscht, warum ihr das ein so tiefes Vergnügen mache. Sie fühlte die unermeßliche Undurchsichtigkeit, von der Ulrich gesprochen hatte, vor den Augen und die Zeitung zwischen den Händen. Die Arme entfalteten die Dunkelheit und öffneten sich selbst. Die Arme bildeten mit dem Stamm des Leibes zwei Kreuzbalken, und dazwischen hing die Zeitung. Das war das Vergnügen, aber die Worte, mit denen es zu beschreiben ist, kamen nicht in Clarisse vor. Sie wußte bloß, daß sie auf die Zeitung sah, ohne zu lesen, und daß ihr vorkam, in Ulrich stecke etwas barbarisch Geheimnisvolles, eine ihr selbst verwandte Kraft, ohne daß ihr etwas Genaueres darüber einfiel. Ihre Lippen hatten sich zwar geöffnet, als ob sie lächeln würde, aber es geschah ohne Bewußtsein, nur in lose erstarrter Spannung.

Walter fuhr leise fort: «Du hast recht, wenn du sagst, daß heute nichts mehr ernst, vernünftig oder auch nur durchschaubar ist; aber warum willst du nicht verstehen, daß gerade die steigende Vernünftigkeit, die das Ganze durchseucht, schuld daran ist. In alle Gehirne hat sich das Verlangen gelegt, immer vernünftiger zu werden, mehr denn je das Leben zu rationalisieren und zu spezialisieren, und zugleich das Unvermögen, sich denken zu können, was aus uns werden soll, wenn wir alles erkennen, zerteilen, typisieren, in Maschinen verwandeln und normen. Es kann so nicht weitergehn.»

«Mein Gott,» antwortete Ulrich gleichmütig «der Christ der Mönchszeiten hat gläubig sein müssen, obwohl er sich nur einen Himmel denken konnte, der mit seinen Wolken und Harfen etwas langweilig war; und wir fürchten uns vor dem Himmel der Vernunft, der uns an die Lineale, geraden Bänke und entsetzlichen Kreidefiguren der Schulzeit erinnert.»

«Ich habe das Gefühl, daß eine zügellose Ausschreitung der Phantastik die Folge sein wird» fügte Walter nachdenklich hinzu. Es war eine kleine Feigheit und List in dieser Rede. Er dachte an das geheimnisvolle Widervernünftige in Clarisse, und während er von der Vernunft sprach, die es zu Ausschreitungen treibe, dachte er an Ulrich. Die beiden anderen nahmen es nicht wahr, und das gab ihm den Schmerz und den Triumph des Unverstandenen. Er würde Ulrich am liebsten gebeten haben, solange er in der Stadt weile, sein Haus nicht mehr zu betreten, wenn es nur, ohne einen Aufstand bei Clarisse zu erregen, möglich gewesen wäre.

So sahen die beiden Männer Clarisse schweigend zu.

Clarisse bemerkte plötzlich, daß sie nicht mehr stritten, rieb sich die Augen und blinzelte Ulrich und Walter freundlich an, die, von gelbem Licht bestrahlt, wie in einem Glasschrank vor den abendblauen Fensterscheiben saßen.

55

Soliman und Arnheim

Der Mädchenmörder Christian Moosbrugger besaß aber noch eine zweite Freundin. Die Frage seiner Schuld oder seines Leidens hatte vor einigen Wochen ihr Herz so lebhaft ergriffen wie das vieler anderer, und sie hatte eine Auffassung des Falls, die von der gerichtlichen etwas abwich. Der Name Christian Moosbrugger gefiel ihr wohl, und sie stellte sich darunter einen einsamen, hochgewachsenen Mann vor, der an einer moosüberwachsenen Mühle saß und dem Donnern des Wassers lauschte. Sie war fest überzeugt, daß sich auf eine ganz unerwartete Weise die Beschuldigungen aufklären würden, die man gegen ihn erhob. Wenn sie in der Küche oder im Speisezimmer mit ihrer Näharbeit saß, kam es vor, daß Moosbrugger, nachdem er seine Ketten abgeschüttelt hatte, neben sie trat, und dann spannen sich ganz wilde Phantasien an. Es war in ihnen keineswegs ausgeschlossen, daß Christian, wenn er sie, Rachel, rechtzeitig kennen gelernt hätte, seine Laufbahn als Mädchenmörder aufgegeben und sich als ein Räuberhauptmann von ungeheurer Zukunft entpuppt haben würde.

Dieser arme Mann in seinem Kerker ahnte das Herz nicht, das, über Diotimas auszubessernde Wäsche gebeugt, für ihn klopfte. Es war gar nicht weit von der Wohnung des Sektionschefs Tuzzi zum Landesgericht. Von einem Dach zum anderen würde ein Adler nur wenige Flügelschläge gebraucht haben; aber der modernen Seele, die Ozeane und Kontinente spielend überbrückt, ist nichts so unmöglich, wie die Verbindung zu den Seelen zu finden, die um die nächste Ecke wohnen.

So hatten sich die magnetischen Ströme wieder aufgelöst, und Rachel liebte seit einiger Zeit die Parallelaktion statt Moosbrugger. Selbst wenn in den Zimmern drinnen die Dinge nicht ganz so in Gang kamen, wie sie sollten, ging in den Vorzimmern ungemein viel vor sich. Rachel, die früher immer Muße gefunden hatte, die Zeitungen zu lesen, die von der Herrschaft in die Küche gelangten, kam nicht mehr dazu, seit sie von früh bis spät als kleine Schildwache vor der Parallelaktion stand. Sie liebte Diotima, Sektionschef Tuzzi, Se. Erlaucht Graf Leinsdorf, den Nabob, und seit sie bemerkt hatte, daß er eine Rolle in diesem Hause zu spielen beginne, auch Ulrich; so liebt ein Hund die Freunde seines Hauses mit einem Gefühl und doch verschiedenen Gerüchen, die aufregende Abwechslung bedeuten. Aber Rachel war klug. An Ulrich zum Beispiel bemerkte sie recht wohl, daß er immer ein wenig in Gegensatz zu den anderen stand, und ihre Phantasie hatte begonnen, ihm eine besondere und noch nicht aufgeklärte Rolle in der Parallelaktion zuzuschreiben. Er sah sie immer freundlich an, und die kleine Rachel nahm wahr, daß er sie besonders lange dann betrachtete, wenn er glaubte, daß sie es nicht sehe. Sie hielt es für gewiß, daß er etwas von ihr wünsche; mochte es nur kommen; ihr weißes Fellchen zog sich erwartungsvoll zusammen, und aus ihren schönen schwarzen Augen schoß hie und da eine ganz kleine goldene Spitze zu ihm hinüber! Ulrich fühlte das Knistern dieser kleinen Person, ohne sich darüber Rechenschaft geben zu können, während sie um die statiösen Möbel und Besucher herumstrich, und es bot ihm einige Zerstreuung.

Er verdankte seinen Platz in Rachels Aufmerksamkeit nicht zum geringsten geheimnisvollen Vorzimmergesprächen, durch die Arnheims beherrschende Stellung ins Wanken geraten war; denn dieser strahlende Mann hatte, ohne es zu wissen, außer ihm und Tuzzi noch einen dritten Feind in seinem kleinen Diener Soliman. Dieser Mohrenknabe war die funkelnde Schließe in dem Zaubergürtel, den die Parallelaktion um Rachel gelegt hatte. Ein komischer Kleiner, der hinter seinem Herrn aus dem Märchenland in die Straße gekommen war, wo Rachel diente, war er von ihr einfach als der unmittelbar für sie bestimmte Teil des Märchens in Besitz genommen worden; so war es sozial vorgesehen; der Nabob war die Sonne und gehörte Diotima, Soliman gehörte Rachel und war ein in der Sonne leuchtender, entzückend bunter Scherben, den sie für sich aufhob. Aber das war nicht ganz des Knaben Meinung. Er stand, trotz seiner körperlichen Kleinheit, schon zwischen dem sechzehnten und dem siebzehnten Jahr und war ein Wesen voll Romantik, Bosheit und persönlichen Ansprüchen. Arnheim hatte ihn einst im Süden Italiens aus einer Truppe von Tänzern herausgeholt und zu sich genommen; der sonderbar zappelige Kleine, mit der Melancholie seines Affenblicks, hatte ihm ans Herz gegriffen, und der reiche Mann beschloß, ihm ein höheres Leben zu eröffnen. Es war dies eine Sehnsucht nach inniger, treuer Gesellschaft, wie sie den Einsamen nicht selten als Schwäche anwandelte, die er aber gewöhnlich hinter vermehrter Tätigkeit verbarg, und er hatte Soliman bis zu dessen vierzehntem Jahr ungefähr so unachtsam als gleichgestellt behandelt, wie man früher in reichen Häusern die Milchgeschwister der eigenen Kinder aufzog, die an allen Spielen und Vergnügungen teilhaben dürfen, ehe der Augenblick kommt, wo man herauskehren muß, daß die Milch einer Mutterbrust mit Geringerem säugt als die der Ammenbrust. Soliman hatte Tag und Nacht, am Schreibtisch oder während stundenlanger Gespräche mit berühmten Besuchern zu Füßen, hinter dem Rücken oder auf den Knien seines Herrn gekauert. Er hatte Scott, Shakespeare und Dumas gelesen, wenn gerade Scott, Shakespeare und Dumas auf den Tischen herumlagen, und hatte am Handwörterbuch der Geisteswissenschaften buchstabieren gelernt. Er aß die Bonbons seines Herrn und begann frühzeitig, wenn es niemand sah, auch seine Zigaretten zu rauchen. Ein eigener Lehrer kam und gab ihm – etwas unregelmäßig wegen der vielen Reisen – Elementarunterricht. Bei alledem hatte sich Soliman fürchterlich gelangweilt und nichts so sehr geliebt wie die Aufgaben eines Kammerdieners, an denen er gleichfalls teilhaben durfte, denn das war eine wirkliche und erwachsene Tätigkeit, die seinem Tatendrang schmeichelte. Aber eines Tags, und es war noch nicht lange her, hatte ihn sein Herr zu sich rufen lassen und ihm freundlich erklärt, daß er nicht ganz das gehalten habe, was er sich von ihm versprochen hätte, daß er nun kein Kind mehr sei und daß Arnheim, der Herr, die Verantwortung dafür trage, daß aus Soliman, dem kleinen Diener, ein ordentlicher Mensch werde; weshalb er beschlossen habe, ihn von nun an genau als das zu behandeln, was er einst sein müsse, so daß er sich noch rechtzeitig daran gewöhnen könne. Viele erfolgreiche Männer

– fügte Arnheim hinzu – hätten als Stiefelputzer und Tellerwäscher angefangen, worin gerade ihre Kraft gelegen habe, denn das Wichtigste sei, daß man von allem Anfang an alles ganz tue.

Diese Stunde, wo er von einem unbestimmten Luxusgeschöpf zum Diener mit freier Station und kleinem Salär befördert worden war, richtete in Solimans Herzen eine Verwüstung an, von der Arnheim nichts ahnte. Soliman hatte die Eröffnungen, die ihm Arnheim machte, überhaupt nicht verstanden, wohl aber hatte er sie mit dem Gefühl erraten und haßte seinen Herrn seit der Veränderung, die mit ihm vollzogen worden war. Er verzichtete auch weiterhin keineswegs auf Bücher, Bonbons und Zigaretten, aber während er sich früher bloß genommen hatte, was ihn freute, bestahl er Arnheim nun mit vollem Bewußtsein und konnte sich an diesem Rachegefühl so wenig genugtun, daß er manchmal auch einfach Dinge zerbrach, versteckte oder wegwarf, die zur Verwunderung Arnheims, der sich dunkel an sie zu erinnern glaubte, nie wieder zum Vorschein kamen. Während sich Soliman derart wie ein Kobold rächte, nahm er sich aber in seinen dienstlichen Obliegenheiten und im gefälligen Auftreten ungemein zusammen. Er war nach wie vor eine Sensation bei allen Köchinnen, Stubenmädchen, Hotelangestellten und weiblichen Besuchern, wurde von ihren Blicken und ihrem Lächeln verwöhnt, von Gassenbuben spöttisch begafft und blieb es gewohnt, sich als eine fesselnde und wichtige Persönlichkeit zu fühlen, auch wenn er unterdrückt wurde. Selbst sein Herr schenkte ihm noch zuweilen einen zufriedenen und geschmeichelten Blick oder ein freundliches und weises Wort, man lobte ihn allgemein als anstelligen, gefälligen Jungen, und wenn es sich gerade so traf, daß Soliman kurz vorher etwas besonders Verwerfliches auf sein Gewissen geladen hatte, so genoß er dienstwillig grinsend seine Überlegenheit wie eine verschluckte Kugel glühend kalten Eises.

Das Vertrauen dieses Jungen hatte Rachel in dem Augenblick gewonnen, wo sie ihm mitteilte, daß in ihrem Hause vielleicht ein Krieg vorbereitet werde, und seither mußte sie die schändlichsten Eröffnungen über ihren Abgott Arnheim von ihm entgegennehmen. Trotz all seiner Blasiertheit sah Solimans Phantasie aus wie ein Nadelkissen voll Schwertern und Dolchen, und in allem, was er Rachel von Arnheim erzählte, donnerte es von Roßhufen, und es schwankten Fackeln und Strickleitern. Er vertraute ihr an, daß er gar nicht Soliman heiße, und nannte ihr einen langen, sonderbar klingenden Namen, den er so schnell aussprach, daß sie sich ihn niemals merken konnte. Später fügte er das Geheimnis hinzu, daß er der Sohn eines Negerfürsten und seinem Vater, der tausende Krieger, Rinder, Sklaven und Edelsteine besitze, als Kind gestohlen worden sei; Arnheim habe ihn gekauft, um ihn dereinst dem Fürsten furchtbar teuer wieder zu verkaufen, aber er wolle fliehen und habe es bisher bloß deshalb nicht tun können, weil sein Vater so weit weg wohne.

Rachel war nicht so dumm, diesen Geschichten zu glauben; aber sie glaubte ihnen, weil ihr in der Parallelaktion kein Maß des Unglaublichen groß genug war. Sie würde auch gerne Soliman verboten haben, so von Arnheim zu sprechen; aber sie mußte es sich an einem mit Grauen vermengten Mißtrauen gegen seine Vermessenheit genug sein lassen, denn irgendwie fühlte sie die Behauptung, daß seinem Herrn nicht zu trauen sei, trotz aller Zweifel als eine ungeheure, herannahende, spannende Verwicklung in der Parallelaktion.

Es waren Gewitterwolken, hinter denen der hochgewachsene Mann in der moosbewachsenen Mühle verschwand, und ein fahles Licht sammelte sich in den faltigen Grimassen von Solimans kleinem Affengesicht.

56

Lebhafte Arbeit in den Ausschüssen der Parallelaktion Clarisse schreibt an Se. Erlaucht und schlägt ein Nietzsche-Jahr vor

Zu dieser Zeit mußte Ulrich zwei- bis dreimal in jeder Woche Se. Erlaucht besuchen. Er fand ein hohes, schlankes, schon als Raum entzückendes Zimmer für sich bereit. Am Fenster stand ein großer Maria-Theresia-Schreibtisch. An der Wand hing ein dunkles Bild, mit verschlossen leuchtenden roten, blauen und gelben Flecken darin, das irgendwelche Reiter darstellte, die anderen, gestürzten Reitern Lanzen in die Weichteile bohrten; und an der gegenüberliegenden Wand befand sich eine vereinsamte Dame, deren Weichteile sorgfältig durch ein goldgesticktes Wespenkorsett geschützt waren. Es war nicht einzusehen, warum man sie ganz allein an diese Wand verbannt hatte, denn sie hatte offenbar der Familie Leinsdorf angehört, und ihr junges gepudertes Gesicht sah dem des Grafen so ähnlich wie eine Fußstapfe in trockenem Schnee einer Fußstapfe in nasser Lehmerde. Ulrich hatte übrigens wenig Gelegenheit, das Gesicht des Grafen Leinsdorf zu betrachten. Der äußere Verlauf der Parallelaktion hatte seit der letzten Sitzung einen solchen Aufschwung genommen, daß Se. Erlaucht niemals dazukam, sich den großen Gedanken zu widmen, sondern seine Zeit mit dem Durchlesen von Eingaben, mit Besuchern, Unterredungen und Ausfahrten verbringen mußte. So hatte er schon eine Aussprache mit dem Ministerpräsidenten, eine Unterredung mit dem Erzbischof, eine Besprechung in der Hofkanzlei gehabt und einigemale im Herrenhaus mit den Mitgliedern des Hochadels und der Nobelbourgeoisie Fühlung genommen. Ulrich war diesen Erörterungen nicht zugezogen worden und erfuhr nur soviel, daß man auf allen Seiten mit starken politischen Widerständen der Gegenseite rechne, weshalb alle diese Stellen erklärten, die Parallelaktion desto kräftiger unterstützen zu können, je weniger sie darin genannt würden, und sich vorläufig nur durch Beobachter in den Ausschüssen vertreten ließen.

Erfreulicherweise machten diese Ausschüsse von Woche zu Woche große Fortschritte. Sie hatten, wie es in der gründenden Sitzung beschlossen worden war, die Welt nach den großen Gesichtspunkten der Religion, des Unterrichts, des Handels, der Landwirtschaft und so weiter eingeteilt, in jedem Ausschuß saß schon ein Vertreter des entsprechenden Ministeriums, und alle Ausschüsse widmeten sich bereits ihrer Aufgabe, daß jeder Ausschuß im Einvernehmen mit allen anderen Ausschüssen auf die Vertreter der ressortzuständigen Körperschaften und Volksteile warte, um deren Wünsche, Anregungen und Bitten zu erfassen und dem Hauptausschuß zuzuleiten. Auf diese Weise hoffte man, ihm die «hauptsächlichsten» moralischen Kräfte des Landes geordnet und zusammengefaßt zuströmen zu lassen, und hatte schon die Genugtuung, daß dieser schriftliche Verkehr anwuchs. Die Zuschriften der Ausschüsse an den Hauptausschuß konnten sich bereits nach kurzer Zeit auf andere Zuschriften berufen, die dem Hauptausschuß bereits geschickt worden waren, und begannen mit einem Satz zu beginnen, der von einem zum andern Mal wichtiger wurde und mit den Worten anfing: «Unter Bezugnahme auf diesstellige Zahl Nummer soundsoviel, beziehungsweise Nummer soundso, gebrochen durch römisch...», worauf wieder eine Zahl folgte; und alle diese Zahlen wurden mit jeder Zuschrift größer. Das hatte schon etwas von gesundem Wachstum an sich, und dazu kam, daß auch die Gesandtschaften auf halbamtlichem Wege über den Eindruck zu berichten begannen, den die Kraftäußerung des österreichischen Patriotismus auf das Ausland mache; daß bereits die fremden Gesandten vorsichtig Gelegenheit suchten, um sich Auskunft zu holen; daß aufmerksam gewordene Volksabgeordnete sich nach den Absichten erkundigten; und die private Tatkraft sich in den Anfragen von Geschäftshäusern zu äußern begann, die sich die Freiheit nahmen, Anregungen zu unterbreiten, oder um einen festen Anhaltspunkt für die Verbindung ihrer Firma mit dem Patriotismus ersuchten. Ein Apparat war da, und weil er da war, mußte er arbeiten, und weil er arbeitete, begann er zu laufen, und wenn ein Automobil in einem weiten Feld zu laufen beginnt, und es säße selbst niemand am Steuer, so wird es doch einen bestimmten, sogar sehr eindrucksvollen und besonderen Weg zurücklegen.

Auf diese Weise entstand also ein mächtiger Vortrieb, und Graf

Leinsdorf bekam ihn zu fühlen. Er setzte seinen Kneifer auf und las alle Zuschriften mit großem Ernst vom Anfang bis zum Ende. Dies waren nicht mehr die Vorschläge und Wünsche unbekannter leidenschaftlicher Personen, die ihn anfangs überschwemmt hatten, ehe die Angelegenheit in eine geregelte Bahn gebracht worden war, und selbst wenn diese Eingaben oder Anfragen aus dem Schoß des Volkes kamen, so waren sie von den Vorständen alpiner Genossenschaften unterzeichnet, von Freidenkerbünden, Jungfrauenkongregationen, gewerblichen Vereinen, Geselligkeitsbünden, Bürgerklubs und anderen jener groben Grüppchen, die dem Übergang vom Individualismus zum Kollektivismus vorauslaufen wie Kehrichthäufchen einem wirbelnden Wind. Und wenn Se. Erlaucht auch nicht mit allem einverstanden war, was von ihm verlangt wurde, so stellte er doch im ganzen einen wesentlichen Fortschritt fest. Er setzte seinen Kneifer ab, reichte die Zuschrift dem Ministerialrat oder Sekretär zurück, der sie ihm übergeben hatte, und nickte befriedigt, ohne ein Wort zu äußern; er hatte das Gefühl, daß die Parallelaktion auf einem guten und ordentlichen Wege sei, und der wahre Weg werde sich schon finden.

Der Ministerialrat, der die Zuschrift wieder übernahm, legte sie gewöhnlich auf einen Stapel anderer Zuschriften, und wenn die letzte oben lag, las er in den Augen Sr. Erlaucht. Dann pflegte der Mund Sr. Erlaucht zu sprechen: «Das ist alles ausgezeichnet, aber man kann nicht ja und nicht nein sagen, solange wir über den Mittelpunkt unserer Ziele nichts Grundsätzliches wissen.» Das aber war es, was der Ministerialrat schon bei jeder vorangegangenen Zuschrift in den Augen Sr. Erlaucht gelesen hatte, und es bildete genau auch seine eigene Meinung, und er hielt einen goldgefaßten Taschenbleistift in der Hand, mit dem er schon an das Ende einer jeden Zuschrift die Zauberformel «Ass.» geschrieben hatte. Diese Zauberformel Ass., die in den kakanischen Ämtern in Gebrauch war, hieß «Asserviert», auf deutsch soviel wie «Zu späterer Entscheidung aufgehoben», und war ein Vorbild der Umsicht, die nichts verloren gehen läßt und nichts übereilt. Asserviert wurde zum Beispiel die Bitte des kleinen Beamten um eine außergewöhnliche Wöchnerinnenbeihilfe so lange, bis das Kind erwachsen und selbständig erwerbsfähig war, aus keinem anderen Grunde als dem, daß die Materie bis dahin vielleicht gesetzlich geregelt sein konnte und das Herz der Vorgesetzten vorher die Bitte nicht abschlagen wollte; asserviert wurde aber auch die Eingabe einer einflußreichen Person oder Amtsstelle, die man durch Ablehnung nicht kränken durfte, obgleich man wußte, daß eine andere einflußreiche Stelle gegen ihre Eingabe war, und grundsätzlich wurde alles, was zum erstenmal an ein Amt herantrat, solange asserviert, bis ihm ein ähnlicher Fall voranging.

Aber es wäre ganz falsch, sich über diese Gewohnheit der Ämter lustig zu machen, denn außerhalb der Büros wird noch viel mehr asserviert. Wie wenig will es sogar bedeuten, daß in den Thronschwüren der Könige noch immer das Versprechen vorkommt, die Türken oder die Heiden zu bekriegen, wenn man bedenkt, daß in der Geschichte der Menschheit noch nie ein Satz ganz durchstrichen oder ganz zu Ende geschrieben worden ist, woraus zuweilen jenes verwirrende Tempo des Fortschritts entsteht, das täuschend einem geflügelten Ochsen gleicht. Dabei geht in den Ämtern doch wenigstens einiges verloren, in der Welt aber nichts. So ist Asservation eine der Grundformeln unseres Lebensgebäudes. Wenn Sr. Erlaucht aber etwas besonders dringend erschien, so mußte er eine andere Methode wählen. Er schickte dann die Anregung zunächst zum Hof, an seinen Freund Graf Stallburg, mit der Anfrage, ob man sie als «vorläufig definitiv», wie er das nannte, in Aussicht nehmen dürfe. Nach einiger Zeit kam dann jedesmal die Antwort zurück, daß in diesem Punkte eine Allerhöchste Willensmeinung derzeit nicht übermittelt werden könne, vielmehr es erwünscht erscheine, sich zunächst die öffentliche Meinung selbst bilden zu lassen, und je nach der Aufnahme, die der Vorschlag in ihr finde, und sonstigen sich herausstellen sollenden Erfordernissen ihn später wieder in Erwägung zu ziehn. Der Akt, zu dem die Anregung damit geworden war, ging dann an die ressortzuständige Ministerialstelle und kam von dort mit dem Vermerk zurück, daß man sich hieramts zur alleinigen Entscheidung nicht für zuständig erachte, und wenn das geschehen war, merkte sich Graf Leinsdorf vor, in einer der nächsten Sitzungen des Hauptausschusses zu beantragen, daß ein interministerieller Unterausschuß zum Studium der Angelegenheit eingesetzt werde.

Unerbittlich entschieden war er nur in dem einen Fall, wo ein Schriftstück einlief, das weder die Unterschrift eines Vereinsvorstandes noch einer staatlich anerkannten kirchlichen, wissenschaftlichen oder künstlerischen Korporation trug. Ein solcher Brief kam in diesen Tagen von Clarisse, worin sie sich auf Ulrich berief und vorschlug, ein österreichisches Nietzsche-Jahr zu veranstalten, wobei man gleichzeitig für den Frauenmörder Moosbrugger etwas tun müsse; als Frau fühle sie sich berufen, das vorzuschlagen, schrieb sie, und dann wegen der bedeutungsvollen Übereinstimmung, die darin bestehe, daß Nietzsche geisteskrank gewesen sei und Moosbrugger es auch sei. Ulrich konnte seinen Ärger kaum unter einem Scherz verbergen, als Graf Leinsdorf ihm diesen Brief zeigte, den er schon an der eigenartig unreifen, aber von dicken Balkenstrichen und Unterstreichungen durchkreuzten Schrift erkannte. Jedoch Graf Leinsdorf, als er seine Verlegenheit wahrzunehmen glaubte, sagte ernst und gütig: «Das ist nicht uninteressant. Es ist, ich möchte sagen, feurig und tatkräftig; aber wir müssen leider alle solchen Einzelvorschläge ad acta legen, sonst kommen wir zu keinem Ziel. Vielleicht übergeben Sie diesen Brief, da Sie die Dame, die ihn schreibt, doch persönlich zu kennen scheinen, Ihrer Frau Kusine?»

57

Großer Aufschwung. Diotima macht sonderbare Erfahrungen mit dem Wesen großer Ideen

Ulrich steckte den Brief zu sich, um ihn verschwinden zu lassen, aber es wäre auch gar nicht leicht gewesen, mit Diotima darüber zu sprechen, denn diese fühlte sich, seit der Artikel über das Österreichische Jahr erschienen war, von einem ganz ungeordneten Aufschwung erfaßt. Nicht nur übergab ihr Ulrich, wenn möglich ungelesen, alle Akten, die er von Graf Leinsdorf erhielt, sondern auch die Post brachte täglich Stöße von Zuschriften und Zeitungsausschnitten, die Buchhändler schickten ihr gewaltige Mengén von Büchern zur Ansicht, der Verkehr in ihrem Hause schwoll an, wie die See schwillt, wenn Wind und Mond vereint an ihr saugen, auch das Telefon kam keinen Augenblick zur Ruhe, und wenn die kleine Rachel nicht mit dem Eifer eines Erzengels am Apparat amtiert und die meisten Auskünfte selbst erteilt hätte, weil sie einsah, daß man ihre Herrin nicht unausgesetzt bemühen könne, so wäre Diotima unter der Last der Anforderungen zusammengebrochen.

Dieser Nervenzusammenbruch, der niemals eintrat und immer zitternd in ihrem Körper pochte, schenkte Diotima aber nun ein Glück, das sie noch nicht gekannt hatte. Es war ein Schaudern, ein Überrieseltwerden von Bedeutsamkeit, ein Knistern wie das des Drucks in einem Stein, der im Scheitel des Weltgebäudes sitzt, ein Prickeln wie das Gefühl des Nichts, wenn man auf einer weithin alles überragenden Bergspitze steht. Mit einem Wort, es war das Gefühl der Position, das der Tochter eines bescheidenen Mittelschullehrers und jungen Gattin eines bürgerlichen Vizekonsuls, die sie ungeachtet ihres Aufstiegs in den frischesten Teilen ihres Wesens bisher doch wohl geblieben war, mit einemmal zu Bewußtsein kam. – Ein solches Gefühl der Position gehört zu den unbemerkten, aber grundwichtigen Zuständen des Daseins so wie das Nichtbemerken der Erddrehung oder des persönlichen Anteils, den wir zu unseren Wahrnehmungen beisteuern. Der Mensch trägt den größten Teil seiner Eitelkeit, da man ihn gelehrt hat, daß er ihn nicht im Herzen tragen dürfe, unter den Füßen, indem er auf dem

Boden eines großen Vaterlandes, einer Religion oder einer Einkommensteuerstufe wandelt, und in Ermangelung solcher Position genügt ihm sogar, was jeder haben kann, sich auf der augenblicklich höchsten Spitze der aus dem Nichts aufgestiegenen Zeitsäule zu befinden, das heißt, gerade jetzt zu leben, wo alle Früheren zu Staub geworden sind und keine Späteren noch da sind. Steigt diese Eitelkeit aber, die gewöhnlich unbewußt ist, aus irgendwelchen Ursachen mit einemmal von den Füßen in den Kopf, so kann das eine gelinde Verrücktheit erzeugen, ähnlich der jener Jungfrauen, die glauben, mit der Weltkugel schwanger zu gehn. Sogar Sektionschef Tuzzi erwies Diotima jetzt die Ehre, sich bei ihr nach den Vorgängen zu erkundigen und sie manchmal zu bitten, diesen und jenen kleinen Auftrag zu übernehmen, wobei das Lächeln, mit dem er sonst über ihren Salon zu sprechen pflegte, einem würdigen Ernst gewichen war. Man wußte noch immer nicht, wie weit an Allerhöchster Stelle etwa der Plan genehm sein würde, sich an die Spitze einer internationalen pazifistischen Kundgebung gestellt zu sehen, aber er knüpfte an diese Möglichkeit wiederholt die besorgte Bitte, daß sich Diotima auf außenpolitischem Gebiet nicht in das Geringste einlassen möge, ohne ihn vorher um Rat zu fragen. Er gab sogar auf der Stelle den Ratschlag, daß man, wenn ernstlich irgendwann die Anregung einer internationalen Friedensaktion auftauchen sollte, sofort dafür Sorge tragen müßte, daß nicht politische Verwicklungen aus ihr entstünden. Man brauche eine so schöne Idee keinesfalls abzulehnen, erklärte er seiner Gattin, selbst dann nicht, wenn die Möglichkeit bestehen sollte, sie zu verwirklichen, aber es sei unbedingt nötig, sich von Anfang an alle Durchführungs- und Rückzugsmöglichkeiten offenzuhalten. Er legte Diotima sodann die Unterschiede zwischen einer Abrüstung, einer Friedenskonferenz, einer Herrscherzusammenkunft bis hinab zu jener schon erwähnten Stiftung zur Ausstattung des Haager Friedenspalastes mit Wandgemälden heimischer Künstler dar und hatte noch nie so sachlich mit seiner Ehefrau gesprochen. Er kehrte sogar zuweilen, mit der Ledermappe im Arm, noch einmal ins Schlafzimmer zurück, um seine Darlegungen zu ergänzen, etwa wenn er beizufügen vergessen hatte, daß er persönlich alles, was mit dem Namen Weltösterreich zusammenhänge, selbstverständlich nur in Verbindung mit einem pazifistischen oder humanitären Unternehmen für möglich halte, wenn man nicht für gefährlich unberechenbar gelten solle, oder ähnliches.

Diotima antwortete mit geduldigem Lächeln: «Ich werde mich bemühen, deinen Wünschen Rechnung zu tragen, aber du darfst dir von der Bedeutung der Außenpolitik für uns keine übertriebenen Vorstellungen machen. Es ist ein geradezu erlösender Aufschwung im Innern da und kommt aus der anonymen Tiefe des Volks; du weißt nicht, von wieviel Bitten und Vorschlägen ich täglich überschwemmt werde.»

Sie war bewundernswert; denn sie hatte, ohne es sich merken zu lassen, mit gewaltigen Schwierigkeiten zu kämpfen. In den Beratungen des großen, nach den Gesichtspunkten der Religion, der Gerechtigkeit, der Landwirtschaft, des Unterrichts und so weiter aufgebauten Zentralausschusses begegneten alle höheren Anregungen jener eisigen und ängstlichen Zurückhaltung, welche Diotima gar wohl von ihrem Mann kannte, als er noch nicht so aufmerksam geworden war; und sie fühlte sich manchmal ganz mutlos vor Ungeduld und konnte sich nicht verhehlen, daß dieser Widerstand der trägen Welt schwer zu brechen sein werde. So klar für sie selbst das österreichische Jahr als weltösterreichisches Jahr dastand und die österreichischen Nationen als das Vorbild der Nationen der Welt darstellen sollte, wozu eigentlich nichts anderes nötig war, wie zu beweisen, daß der Geist in Österreich seine wahre Heimat habe, so deutlich zeigte es sich, daß dies für die Köpfe der Schwerfälligen noch eines besonderen Inhalts bedurfte und durch einen Einfall ergänzt werden mußte, der durch seine mehr sinnfällige als allgemeine Natur dem Verständnis entgegenkam. Und Diotima studierte stundenlang in vielen Büchern, um eine Idee zu finden, die das leiste, und natürlich sollte es in besonderer Weise auch eine symbolisch österreichische Idee sein; aber Diotima machte sonderbare Erfahrungen mit dem Wesen großer Ideen.

Es zeigte sich, daß sie in einer großen Zeit lebte, denn die Zeit war voll von großen Ideen; aber man sollte nicht glauben, wie schwierig es ist, das Größte und Wichtigste davon zu verwirklichen, sobald alle Bedingungen dafür gegeben sind, bis auf die eine, was man dafür halten soll! Jedesmal, wenn Diotima sich beinahe schon für eine solche Idee entschieden hatte, mußte sie bemerken, daß es auch etwas Großes wäre, das Gegenteil davon zu verwirklichen. So ist es nun einmal, und sie konnte nichts dafür. Ideale haben merkwürdige Eigenschaften und darunter auch die, daß sie in ihren Widersinn umschlagen, wenn man sie genau befolgen will. Da waren zum Beispiel Tolstoi und die Berta Suttner – zwei Schriftsteller, von deren Ideen man damals ungefähr gleichviel hörte –, aber wie kann sich, dachte Diotima, die Menschheit ohne Gewalt auch nur Brathühner verschaffen? Und was fängt man mit den Soldaten an, wenn man, wie jene es verlangten, nicht töten soll? Sie werden erwerbslos, die Armen, und die Verbrecher haben goldene Zeiten. Solche Anträge lagen aber vor, und man hörte, daß schon Unterschriften gesammelt würden. Diotima hätte sich ein Leben ohne ewige Wahrheiten niemals vorzustellen vermocht, aber nun bemerkte sie zu ihrer Verwunderung, daß es jede ewige Wahrheit doppelt und mehrfach gibt. Darum hat der vernünftige Mensch, und das war in diesem Fall Sektionschef Tuzzi, der dadurch sogar eine gewisse Ehrenrettung erfuhr, ein tief eingewurzeltes Mißtrauen gegen ewige Wahrheiten; er wird zwar niemals bestreiten, daß sie unentbehrlich seien, aber er ist überzeugt, daß Menschen, die sie wörtlich nehmen, verrückt sind. Nach seiner Einsicht – die er seiner Gattin hilfreich darbot –, enthalten die menschlichen Ideale ein Unmaß der Forderung, das ins Verderben führen muß, wenn man es nicht schon von vornherein nicht ganz ernst nimmt. Als den besten Beweis dafür führte Tuzzi an, daß solche Worte wie Ideal und ewige Wahrheit in Büros, wo es sich um ernste Dinge handelt, überhaupt nicht vorkommen; einem Referenten, der es sich einfallen ließe, sie in einem Akt anzuwenden, würde augenblicklich nahegelegt werden, sich zur Erlangung eines Erholungsurlaubes amtsärztlich untersuchen zu lassen. Aber Diotima, wenn sie ihm auch wehmütig zuhörte, schöpfte aus solchen Stunden der Schwäche am Ende doch wieder neue Kraft, sich in ihre Studien zu stürzen.

Sogar Graf Leinsdorf war überrascht von ihrer geistigen Energie, als er endlich die Zeit fand, zu einer Rücksprache zu erscheinen. Se. Erlaucht wollte eine aus der Mitte des Volkes aufsteigende Kundgebung. Er wünschte aufrichtig, den Volkswillen zu erkunden und durch vorsichtig von oben kommende Einflußnahme zu läutern, denn er wollte ihn dereinst Sr. Majestät nicht als eine Gabe des Byzantinismus, sondern als Zeichen der Selbstbesinnung der im Strudel der Demokratie treibenden Völker unterbreiten. Diotima wußte, daß Se. Erlaucht noch immer an dem Gedanken «Friedenskaiser» festhielt und an einer glanzvollen Kundgebung des wahren Österreich, wenn er auch den Vorschlag Weltösterreich nicht grundsätzlich ablehnte, sofern nur darin das Gefühl einer um ihren Patriarchen gescharten Völkerfamilie richtig zum Ausdruck komme. Von dieser Familie nahm Se. Erlaucht allerdings unter der Hand und stillschweigend Preußen aus, obgleich er gegen die Person des Dr. Arnheim nichts einzuwenden fand und sie sogar ausdrücklich als eine interessante Person bezeichnet hatte. «Wir wollen ja sicher nichts im verbrauchten Sinn Patriotisches haben,» mahnte er «wir müssen die Nation, die Welt aufrütteln. Ich finde die Idee, ein österreichisches Jahr zu machen, recht schön und habe ja eigentlich selbst zu den Journalisten gesagt, daß man die Phantasie des Publikums auf ein solches Ziel lenken müsse. Aber haben Sie sich schon einmal überlegt, meine Liebe, wenn es bei diesem Österreichischen Jahr bleibt, was wir in diesem Jahr machen sollen? Sehen Sie, das ist es! Das muß man auch wissen. Man muß da ein bißchen von oben nachhelfen, sonst gewinnen die unreifen Elemente die Oberhand. Und ich finde absolut nicht Zeit, mir etwas einfallen zu lassen!»

Diotima fand Se. Erlaucht sorgenvoll und erwiderte lebhaft: «Die

Aktion muß in einem großen Zeichen gipfeln oder gar nicht! Das ist gewiß. Sie muß das Herz der Welt ergreifen, erfordert aber auch eine von oben kommende Einflußnahme. Das ist nicht zu bestreiten. Das österreichische Jahr ist ein ausgezeichneter Vorschlag, aber meiner Meinung nach wäre ein Weltjahr noch schöner; ein weltösterreichisches Jahr, wo der europäische Geist in Österreich seine wahre Heimat erblicken könnte!»

«Vorsichtig! Vorsichtig!» warnte Graf Leinsdorf, der von der geistigen Kühnheit seiner Freundin schon oft erschreckt worden war. «Ihre Ideen sind vielleicht immer ein klein wenig zu groß, Diotima! Sie haben das ja schon einmal gesagt, aber man kann nicht vorsichtig genug sein! Was haben Sie sich also ausgedacht, das wir in diesem Weltjahr tun sollen?»

Mit dieser Frage hatte Graf Leinsdorf aber, von jener Geradheit geleitet, die sein Denken so charaktervoll machte, genau den schmerzhaftesten Punkt in Diotima berührt. «Erlaucht,» sagte sie nach einigem Zögern «das ist die schwierigste Frage der Welt, auf die Sie eine Antwort von mir wollen. Ich beabsichtige, so bald als möglich einen Kreis der bedeutendsten Männer einzuladen, Dichter und Denker, und ich will die Anregungen dieser Versammlung abwarten, ehe ich etwas sage.»

«So ist es recht!» rief Se. Erlaucht aus, sofort für das Abwarten gewonnen. «So ist es recht! Man kann nicht vorsichtig genug sein! Wenn Sie wüßten, was ich jetzt alle Tage zu hören bekomme!»

58

Die Parallelaktion erregt Bedenken. In der Geschichte der Menschheit gibt es aber kein freiwilliges Zurück

Einmal hatte Se. Erlaucht auch Zeit, mit Ulrich eingehender zu sprechen. «Mir ist dieser Doktor Arnheim nicht sehr angenehm» vertraute er ihm an. «Gewiß, ein überaus geistvoller Mann, man kann sich über Ihre Kusine nicht wundern; aber schließlich ein Preuße. Er schaut so zu. Wissen Sie, wie ich ein kleiner Bub war, im Jahr fünfundsechzig, da hat mein seliger Vater auf Schloß Chrudim einen Jagdgast gehabt, der hat auch immer so zugeschaut, und ein Jahr danach hat sich herausgestellt, daß kein Mensch wußte, wer ihn eigentlich bei uns eingeführt hatte, und daß er ein preußischer Generalstabsmajor gewesen ist! Ich will damit selbstverständlich gar nichts gesagt haben, aber es ist mir nicht angenehm, daß der Arnheim alles von uns weiß.»

«Erlaucht,» sagte Ulrich «ich bin froh, daß Sie mir Gelegenheit geben, mich auszusprechen. Es ist Zeit, daß etwas geschieht; ich mache Erfahrungen, die mich nachdenklich stimmen und für einen ausländischen Beobachter nicht geeignet sind. Die Parallelaktion sollte doch alle Leute glücklich erregen, das beabsichtigen Erlaucht doch auch?»

«Na, ja, natürlich!»

«Aber das Gegenteil gelingt!» rief Ulrich aus. «Ich habe den Eindruck, daß sie alle gebildeten Leute auffallend bedenklich und traurig macht!»

Se. Erlaucht schüttelte den Kopf und drehte einen Daumen um den anderen, wie er es immer tat, wenn sich sein Gemüt nachdenklich verfinsterte. In der Tat hatte auch er schon Erfahrungen gemacht, die ähnlich denen waren, die ihm Ulrich nun berichtete.

«Seit es bekanntgeworden ist, daß ich mit der Parallelaktion etwas zu tun habe,» erzählte dieser «vergehen nicht drei Minuten, wenn ich mit jemand zusammenkomme, der mit mir ein wenig allgemeiner sprechen will, ohne daß er mir sagt: ‹Was wollen Sie eigentlich mit der Parallelaktion erreichen? Es gibt ja heute doch keine großen Leistungen und keine großen Männer mehr!›»

«Ja, damit meinen sie bloß sich selber nicht!» warf Se. Erlaucht ein. «Ich kenne das, ich bekomme es auch zu hören. Die Großindustriellen schimpfen auf die Politik, die ihnen nicht genug Schutzzölle abwirft, und die Politiker schimpfen auf die Industrie, die zu wenig Wahlgelder hergibt.»

«Sehr richtig!» nahm Ulrich seine Darlegung wieder auf. «Ganz bestimmt glauben die Chirurgen, daß die Chirurgie seit den Tagen Billroths Fortschritte gemacht hat; sie sagen bloß, daß die übrige Medizin und die ganze Naturforschung der Chirurgie zu wenig nützt. Ich möchte sogar behaupten, wenn Erlaucht es mir gestatten, daß auch die Theologen überzeugt sind, die Theologie sei heute irgendwie weiter als zu Christi Zeit –»

Graf Leinsdorf hob in nachsichtiger Abwehr die Hand.

«Also ich bitte um Entschuldigung, wenn ich etwas Unpassendes gesagt habe, es hätte auch gar nicht sein müssen; denn das, worauf ich hinaus will, scheint etwas ganz Allgemeines zu bedeuten. Die Chirurgen, habe ich gesagt, behaupten, daß die Naturforschung nicht ganz das hält, was man von ihr verlangen müßte. Spricht man dagegen mit einem Naturforscher über die Gegenwart, so klagt er darüber, daß er im allgemeinen gern seinen Blick ein bißchen erheben möchte, sich aber im Theater langweilt und keinen Roman findet, der ihn unterhält und anregt. Spricht man mit einem Dichter, so sagt dieser, es gibt keinen Glauben. Und spricht man, da ich die Theologen jetzt auslassen will, mit einem Maler, so kann man ziemlich sicher sein, er wird behaupten, daß die Maler in einer Zeit mit so miserabler Dichtung und

Philosophie nicht ihr Bestes geben können. Die Reihenfolge, in der das einer auf den anderen schiebt, ist natürlich nicht immer die gleiche, aber jedesmal hat es etwas vom Schwarzen Peter, wenn Erlaucht das kennen oder vom Gevatter, leih mir die Scheer an sich; und die Regel, die dem zugrunde liegt, oder das Gesetz kann ich nicht herausbringen! Ich fürchte, man muß sagen, daß ein jeder Mensch im besonderen und mit sich gerade noch zufrieden ist, aber im allgemeinen ist ihm aus irgend einem universalen Grund in seiner Haut nicht wohl, und es scheint, daß die Parallelaktion dazu bestimmt ist, das an den Tag zu bringen.»

«Du lieber Gott,» antwortete Se. Erlaucht auf diese Ausführungen, ohne daß recht klar wurde, was er damit meine, «nichts als Undankbarkeit!»

«Ich habe übrigens» fuhr Ulrich fort «schon zwei Mappen voll schriftlicher Anträge allgemeiner Natur, die Ew. Erlaucht zurückzustellen ich noch nicht Gelegenheit fand. Ich habe eine davon mit der Überschrift ‹Zurück zu...!› versehen. Merkwürdig viel Menschen teilen uns nämlich mit, daß die Welt in früheren Zeiten auf einem besseren Punkt gewesen sei als jetzt, zu dem sie die Parallelaktion bloß zurückzuführen brauchte. Wenn ich von dem selbstverständlichen Verlangen Zurück zum Glauben absehe, so ist noch ein Zurück zum Barock, zur Gotik, zum Naturzustand, zu Goethe vertreten, zum deutschen Recht, zur Sittenreinheit und etliches andere.»

«Hm ja; aber vielleicht ist ein wahrer Gedanke darunter, und man sollte ihn nicht entmutigen?» meinte Graf Leinsdorf.

«Das wäre möglich; aber wie soll man antworten? Ihr Geschätztes vom Soundsovielten reiflich erwogen, halten wir derzeit den Zeitpunkt noch nicht geeignet...? Oder: Mit Interesse gelesen, bitten wir Sie um detaillierte Bekanntgabe Ihrer Wünsche für Wiedereinrichtung der Welt in Barock, Gotik, und so weiter?»

Ulrich lächelte, aber Graf Leinsdorf fand, daß er in diesem Augenblick ein wenig zu heiter sei, und drehte abwehrend, mit gesammelter Kraft einen Daumen um den anderen. Sein Gesicht mit dem Knebelbart erinnerte, in der Härte, die es annahm, an die Zeit Wallensteins, und dann tat er eine Äußerung, die sehr bemerkenswert war. «Lieber Doktor,» sagte er «in der Geschichte der Menschheit gibt es kein freiwilliges Zurück!»

Diese Äußerung überraschte vor allen Dingen Graf Leinsdorf selbst, denn er hatte eigentlich etwas ganz anderes sagen wollen. Er war konservativ, ärgerte sich über Ulrich und hatte bemerken wollen, daß das Bürgertum den universalen Geist der katholischen Kirche verschmäht habe und nun an den Folgen leide. Auch wäre es nahegelegen, die Zeiten des absoluten Zentralismus zu preisen, wo die Welt noch von verantwortungsbewußten Personen nach einheitlichen Gesichtspunkten geleitet worden ist. Aber mit einemmal war ihm, während er noch nach Worten suchte, eingefallen, daß er wirklich unangenehm überrascht sein würde, wenn er eines Morgens ohne warmes Bad und Eisenbahn aufwachen müßte und statt der Morgenblätter bloß ein kaiserlicher Ausrufer durch die Straßen ritte. Graf Leinsdorf dachte also «Was einmal war, wird niemals wieder in der gleichen Weise sein», und während er das dachte, war er sehr erstaunt. Denn angenommen, daß es in der Geschichte kein freiwilliges Zurück gebe, so glich die Menschheit einem Mann, den ein unheimlicher Wandertrieb vorwärtsführt, für den es keine Rückkehr gibt und kein Erreichen, und das war ein sehr bemerkenswerter Zustand.

Nun besaß zwar Se. Erlaucht eine außerordentliche Fähigkeit, zwei Gedanken, die einander widersprechen konnten, mit glücklicher Hand so auseinander zu halten, daß sie in seinem Bewußtsein nie zusammentrafen, aber diesen Gedanken, der gegen alle seine Grundsätze gerichtet war, hätte er ablehnen müssen. Allein er hatte eine gewisse Neigung für Ulrich gefaßt, und soweit ihm seine Pflichten Zeit ließen, bereitete es ihm großes Vergnügen, diesem geistig regsamen und ihm so gut empfohlenen Mann, der bloß als Bürgerlicher ein wenig abseits von den wirklich großen Fragen stand, politische Gegenstände streng logisch zu erklären. Wenn man aber einmal mit Logik beginnt, wo ein Gedanke von selbst aus dem vorangehenden folgt, weiß man zum Schluß nie, wie das endet. Graf Leinsdorf nahm darum seine Äußerung nicht zurück, sondern sah Ulrich bloß eindringlich schweigend an.

Ulrich nahm noch eine zweite Mappe zur Hand und benützte die Pause, um beide Mappen Sr. Erlaucht zu übergeben. «Der zweiten habe ich die Überschrift ‹Vorwärts zu...!› geben müssen» begann er zu erläutern, aber Se. Erlaucht fuhr auf und fand, daß seine Zeit schon abgelaufen sei. Er bat dringend, die Fortsetzung für ein andermal zu lassen, wenn mehr Zeit zum Nachdenken bleibe. «Ihre Kusine wird übrigens eine Gesellschaft der bedeutendsten Köpfe für diese Zwecke einladen» erzählte er, schon im Stehen. «Gehn Sie hin; gehen Sie, bitte, gewiß hin; ich weiß nicht, ob es mir selbst erlaubt sein wird, dabei zu sein!»

Ulrich packte die Mappen ein, und Graf Leinsdorf kehrte sich im Dunkel des Türrahmens noch einmal um. «Ein großer Versuch macht natürlich alle Leute verzagt; aber wir werden sie schon aufrütteln!» Sein Pflichtgefühl ließ es nicht zu, Ulrich ohne Trost zurückzulassen.

59

Moosbrugger denkt nach

Inzwischen hatte sich Moosbrugger in seinem neuen Gefängnis eingerichtet, so gut es ging. Kaum hatte sich das Tor geschlossen, so war er angebrüllt worden. Man hatte ihm, als er aufbegehrte, mit Prügeln gedroht, wenn er sich recht erinnerte. Man hatte ihn in eine Einzelzelle gesteckt. Beim Spaziergang im Hof waren seine Hände gefesselt, und die Augen der Wärter hingen an ihm. Er war geschoren worden, ungeachtet seine Verurteilung noch nicht rechtskräftig war, angeblich, um ihn zu messen. Man hatte ihn mit einer stinkenden Schmierseife abgerieben, unter dem Vorwand einer Desinfektion. Er war ein alter Reisender, er wußte, daß nichts von alledem erlaubt war, aber hinter dem Eisentor ist es nicht einfach, in Ehren zu bestehn. Sie machten mit ihm, was sie wollten. Er ließ sich dem Gefangenhausleiter vorführen und beschwerte sich. Der Vorstand mußte zugeben, daß einiges nicht der Vorschrift entspreche, aber es sei keine Strafe, sagte er, sondern Vorsicht. Moosbrugger beklagte sich bei dem Anstaltsgeistlichen; aber der war ein guter Greis, dessen freundliche Seelsorge die veraltete Schwäche hatte, daß sie vor Sexualverbrechen versagte. Er verabscheute sie mit dem Unverständnis eines Körpers, der nicht einmal ihren Rand gestreift hat, und erschrak sogar darüber, daß Moosbrugger mit seinem ehrlichen Aussehen die Schwäche des persönlichen Mitleids in ihm erregte; er wies ihn an den Anstaltsarzt, während er selbst, wie in allen solchen Fällen, nur eine große Bitte zum Schöpfer sandte, die auf keine Einzelheiten einging und so allgemein von Verwirrungen des Irdischen sprach, daß im Augenblick des Gebets Moosbrugger ebenso inbegriffen war wie die Freidenker und Atheisten. Der Gefängnisarzt aber meinte zu Moosbrugger, alles, worüber er sich beklage, sei doch gar nicht so schlimm, gab ihm einen behaglichen Klaps und ließ sich durch nichts bewegen, auf seine Beschwerden einzugehn, denn wenn Moosbrugger recht verstand, sei das überflüssig, solang die Frage, ob er krank sei oder simuliere, keine Antwort durch die Fakultät gefunden habe. Ergrimmt ahnte Moosbrugger, daß jeder von denen sprach, wie es ihm paßte, und daß es dieses Sprechen war, was ihnen die Kraft gab, mit ihm umzugehn, wie sie wollten. Er hatte das Gefühl einfacher Leute, daß man den Gebildeten die Zunge abschneiden sollte. Er blickte in das Doktorsgesicht mit den Schmissen, in das von innen ausgetrocknete geistliche Gesicht, in das streng aufgeräumte Kanzleigesicht des Verwalters, sah jedes in einer anderen Weise in das seine schaun, und etwas für ihn Unerreichbares, aber ihnen Gemeinsames lag in diesen Gesichtern, das lebenslang sein Feind gewesen war.

Die zusammenziehende Kraft, die draußen jeden Menschen mit seinem Eigendünkel mühsam zwischen all das andere Fleisch preßt, war unter dem Dach des Strafhauses, trotz aller Disziplin um ein weniges schlaffer, wo alles auf Warten lebte und die lebendige Beziehung der Menschen zueinander, selbst wenn sie grob und heftig war, von einem Schatten der Unwirklichkeit ausgehöhlt wurde. Moosbrugger reagierte auf die Entspannung nach dem Kampf der Verhandlungen mit dem gesamten starken Körper. Er kam sich vor wie ein lockerer Zahn. Die Haut juckte ihn. Er fühlte sich angesteckt und elend. Es war eine wehleidige, zart nervöse Überempfindlichkeit, wie sie ihn manchmal befiel; die Frau, die unter der Erde lag und ihm das eingebrockt hatte, erschien ihm als ein derbes böses Weibsstück gegenüber einem Kind, wenn er sie mit sich verglich. Trotzdem war Moosbrugger im ganzen nicht unzufrieden; er konnte an vielem bemerken, daß er hier eine wichtige Person sei, und das schmeichelte ihm. Sogar die Fürsorge, die allen Sträflingen unterschiedslos zuteil wurde, bereitete ihm Genugtuung. Der Staat mußte sie nähren, baden, kleiden und sich um ihre Arbeit, Gesundheit, ihre Bücher und ihren Gesang kümmern, seit sie sich etwas hatten zuschulden kommen lassen, während er das vordem niemals getan hatte. Moosbrugger genoß diese Achtsamkeit, wenn sie auch streng war, wie ein Kind, dem es gelungen ist, seine Mutter zu zwingen, sich zornig mit ihm zu beschäftigen; aber er wünschte nicht, daß sie lange dauere; die Vorstellung, daß er zu lebenslänglichem Zuchthaus begnadigt oder wieder einer Irrenanstalt übergeben werden könnte, erregte jenen Widerstand in ihm, den wir fühlen, wenn uns alle Anstrengungen, unserem Leben zu entkommen, immer wieder in die gleichen, verhaßten Lebenslagen zurückführen. Er wußte, daß sein Verteidiger sich um die Wiederaufnahme des Verfahrens bemühte und daß er noch einmal untersucht werden sollte, aber er nahm sich vor, rechtzeitig dagegen aufzutreten und darauf zu bestehen, daß man ihn töte.

Daß sein Abschied seiner würdig sein müsse, stand für ihn fest, denn sein Leben war ein Kampf um sein Recht gewesen. In der Einzelzelle dachte Moosbrugger darüber nach, was sein Recht sei. Das konnte er nicht sagen. Aber es war das, was man ihm sein Leben lang vorenthalten hatte. In dem Augenblick, wo er daran dachte, schwoll sein Gefühl an. Seine Zunge wölbte sich und setzte zu einer Bewegung an wie ein Hengst im spanischen Schritt; so vornehm wollte sie es betonen. «Recht,» dachte er außerordentlich langsam, um diesen Begriff zu bestimmen, und dachte so, als ob er mit jemand spräche, «das ist, wenn man nicht unrecht tut oder so, nicht wahr?» – und plötzlich fiel ihm ein: «Recht ist Jus.» So war es; sein Recht war sein Jus! Er sah sein Holzlager an, um sich darauf zu setzen, drehte sich umständlich um, rückte vergebens an der am Boden festgeschraubten Pritsche und ließ sich zögernd nieder. Sein Jus hatte man ihm vorenthalten! Er erinnerte sich an die Meisterin, die er mit sechzehn Jahren hatte. Er hatte geträumt, daß ihn etwas Kaltes am Bauch anblase, dann war es in seinem Leib verschwunden, er hatte geschrien, war aus dem Bett gefallen, und am nächsten Morgen hatte er sich am ganzen Körper zerschlagen gefühlt. Nun hatten ihm aber andere Lehrburschen einmal gesagt, wenn man einer Frau die Faust so zeige, daß der Daumen zwischen dem Mittel- und dem Zeigefinger ein wenig hervorschaut, so könne sie nicht wiederstehn. Es war ihm wirr zumut; sie wollten es alle schon erprobt haben, aber wenn er daran dachte, so ging der Boden unter den Füßen fort oder sein Kopf fing an, anders am Hals zu sitzen, als er es gewohnt war, kurz es ging etwas mit ihm vor, das um Haaresbreite von der natürlichen Ordnung abrückte und nicht ganz sicher war. «Meisterin,» sagte er «ich möchte Ihnen etwas Liebes tun...» Sie waren allein, da sah sie ihm in die Augen, mußte darin etwas gelesen haben und erwiderte: «Scher dich nur aus der Küche!» Darauf hielt er ihr die Faust mit dem hindurchgesteckten Daumen entgegen. Der Zauber wirkte aber nur halb; die Meisterin wurde blutrot und schlug ihn so schnell, daß er nicht davonkommen konnte, mit dem Holzlöffel, den sie in der Hand hielt, über das Gesicht; er begriff es erst, als ihm das Blut über die Lippen zu rinnen begann. Aber an diesen Augenblick erinnerte er sich nun genau, denn das Blut kehrte mit einemmal um, floß aufwärts und stieg über die Augen hinaus; er stürzte sich auf das mächtige Frauenzimmer, das ihn so schändlich beleidigt hatte, der Meister kam herbei, und was von da an geschah, bis zu dem Augenblick, wo er mit wankenden Beinen auf der Straße stand und seine Sachen ihm nachgeworfen wurden, war, als ob man ein großes rotes Tuch in Fetzen risse. So hatte man sein Jus verhöhnt und geschlagen, und er begann wieder zu wandern. Findet man das Jus auf der Straße?! Alle Weiber waren schon das Jus von irgendwem, und alle Äpfel und Schlafstätten; und die Gendarmen und Bezirksrichter waren schlimmer als die Hunde.

Aber was das eigentlich war, woran ihn die Leute immer zu packen bekamen und weshalb sie ihn in die Gefängnisse und Irrenanstalten warfen, das konnte Moosbrugger niemals recht herauskriegen. Er stierte lange zu Boden und angestrengt in die Ecken seiner Zelle; ihm war zumute wie jemand, dem ein Schlüssel auf die Erde gefallen ist. Aber er konnte ihn nicht finden; der Boden und die Ecken wurden wieder taghell grau und nüchtern, nachdem sie soeben noch wie ein Traumboden gewesen waren, wo plötzlich ein Ding oder ein Mensch aufwächst, wenn ein Wort hinfällt. Moosbrugger nahm seine ganze Logik zusammen. Genau zu erinnern vermochte er sich nur an alle

Orte, wo das begann. Er hätte sie aufzuzählen und zu beschreiben vermögen. Einmal war es in Linz und ein andermal in Braila gewesen. Jahre lagen dazwischen. Und zuletzt hier in der Stadt. Er sah jeden Stein vor sich. So deutlich, wie Steine es gewöhnlich gar nicht sind. Er erinnerte sich auch an die schlechte Laune, die das jedesmal begleitete. Als ob er Gift statt Blut in den Adern hätte, konnte man sagen, oder so ähnlich. Er arbeitete zum Beispiel im Freien, und Frauen gingen vorbei; er mochte sie nicht ansehen, weil sie ihn störten, aber immerzu gingen neue vorbei; da folgten ihnen dann schließlich seine Augen mit Abscheu, und das war wieder so, dieses langsame Hin- und Herdrehen der Augen, wie wenn sie innen in Pech oder erstarrendem Zement rühren würden. Dann merkte er, daß sein Denken anfing schwer zu werden. Er dachte ohnehin langsam, die Worte bereiteten ihm Mühe, er hatte nie genug Worte, und zuweilen, wenn er mit jemand sprach, kam es vor, daß der ihn plötzlich erstaunt ansah und nicht begriff, wieviel ein einzelnes Wort sagte, wenn Moosbrugger es langsam hervorbrachte. Er beneidete alle Menschen, die schon in der Jugend gelernt hatten, leicht zu sprechen; ihm klebten die Worte zu Trotz gerade in den Zeiten, wo er sie am dringendsten brauchte, wie Gummi am Gaumen fest, und es verging dann manchmal eine unermeßliche Weile, ehe er eine Silbe losriß und wieder vorwärtskam. Die Erklärung war nicht abzuweisen, daß das schon keine natürliche Ursache mehr habe. Wenn er aber bei Gericht sagte, es seien die Freimaurer oder die Jesuiten oder die Sozialisten, die ihn auf diese Weise verfolgten, so verstand ihn kein Mensch. Die Juristen konnten zwar besser reden als er und hielten ihm alles mögliche entgegen, aber von den wirklichen Zusammenhängen hatten sie keine Ahnung.

Und wenn das einige Zeit gedauert hatte, so bekam Moosbrugger Angst. Versuche einer, sich mit gefesselten Händen auf die Straße zu stellen und abzuwarten, wie sich die Leute benehmen! Das Bewußtsein, daß seine Zunge oder etwas, das noch weiter drinnen in ihm sich befand, wie mit Leim gefesselt sei, bereitete ihm eine klägliche Unsicherheit, die zu verbergen er sich tagelang Mühe geben mußte. Aber dann kam plötzlich eine scharfe, man könnte fast auch sagen lautlose Grenze. Mit einemmal war ein kalter Hauch da. Oder in der Luft tauchte ganz nah vor ihm eine große Kugel auf und flog in seine Brust. Und im gleichen Augenblick fühlte er etwas an sich, in seinen Augen, auf den Lippen oder in den Gesichtsmuskeln; in die ganze Umgebung kam ein Schwinden, ein Schwärzen, und während sich die Häuser auf die Bäume legten, huschten aus dem Gebüsch vielleicht ein paar rasch davonspringende Katzen hervor. Es dauerte nur eine Sekunde, und dann war dieser Zustand vorbei.

Und damit begann eigentlich erst die Zeit, von der sie alle etwas erfahren wollten und immerzu redeten. Sie machten ihm die unnützesten Einwände, und leider konnte er sich selbst an seine Erlebnisse nur unscharf und dem Sinn nach erinnern. Denn diese Zeiten waren ganz Sinn! Sie dauerten manchmal Minuten, manchmal hielten sie aber auch tagelang an, und manchmal gingen sie in andere, ähnliche über, die monatelang dauern konnten. Um mit diesen zu beginnen, weil sie die einfacheren sind, die auch ein Richter nach Moosbruggers Meinung begreifen konnte, so hörte er dann Stimmen oder Musik oder ein Wehen und Summen, auch Sausen und Rasseln oder Schießen, Donnern, Lachen, Rufen, Sprechen und Flüstern. Das kam von überall her; es saß in den Wänden, in der Luft, in den Kleidern und in seinem Körper. Er hatte den Eindruck, daß er es im Körper mit sich trage, solange es schwieg; und sobald es ausgekommen war, verbarg es sich in der Umgebung, aber auch nie sehr weit von ihm. Wenn er arbeitete, so sprachen die Stimmen meist in sehr abgerissenen Worten und kurzen Sätzen auf ihn ein, sie beschimpften und kritisierten ihn, und wenn er etwas dachte, so sprachen sie es aus, ehe er selbst dazu kam, oder sagten boshaft das Gegenteil von dem, was er wollte. Moosbrugger konnte nur darüber lachen, daß man ihn deshalb für krank erklären wollte; er selbst behandelte diese Stimmen und Gesichte nicht anders wie die Affen. Es unterhielt ihn, zu hören und zu sehen, was sie trieben; das war unvergleichlich schöner als die zähen, schweren Gedanken, die er selbst hatte; wenn sie ihn aber sehr ärgerten, so geriet er in Zorn, das war schließlich nur natürlich. Da er auf alle Worte, die man für ihn verwendete, stets sehr gut aufgepaßt hatte, wußte Moosbrugger, daß man das Halluzinieren nennt, und war einverstanden damit, daß er diese Eigenschaft Halluzinieren vor anderen voraus habe, die es nicht können; denn er sah auch vieles, was andere nicht sehen, schöne Landschaften und höllische Tiere, aber er fand die Wichtigkeit, die man dem beilegte, sehr übertrieben, und wenn ihm der Aufenthalt in den Irrenanstalten zu unangenehm wurde, so behauptete er ohne weiteres, daß er nur schwindle. Die Klugköpfe fragten ihn, wie laut es sei; diese Frage hatte wenig Vernunft: natürlich war es manchmal so laut wie ein Donnerschlag, was er hörte, und manchmal war es das leiseste Flüstern. Auch die Schmerzen, die ihn zuweilen quälten, konnten unerträglich sein oder bloß so leicht wie eine Einbildung. Das war nicht das Wichtige. Oft hätte er nicht genau beschreiben können, was er sah, hörte und spürte; dennoch wußte er, was es war. Es war manchmal sehr undeutlich; die Gesichte kamen von außen, aber ein Schimmer von Beobachtung sagte ihm zugleich, daß sie trotzdem von ihm selbst kämen. Das Wichtige war, daß es gar nichts Wichtiges bedeutet, ob etwas draußen ist oder innen; in seinem Zustand war das wie helles Wasser zu beiden Seiten einer durchsichtigen Glaswand.

Und in seinen großen Zeiten beachtete Moosbrugger gar nicht die Stimmen und Gesichte, sondern er dachte. Er nannte das so, weil ihm dieses Wort immer Eindruck gemacht hatte. Er dachte besser als andere, denn er dachte außen und innen. Es wurde gegen seinen Willen in ihm gedacht. Er sagte, Gedanken würden ihm gemacht. Und ohne daß er seine langsame männliche Bedächtigkeit verlor, erregten ihn auch die geringsten Nebensachen, wie es einer Frau geschieht, wenn ihr die Milch in den Brüsten steht. Sein Denken floß dann wie ein von Hunderten springender Bäche getränkter Bach durch eine fette Wiese. Moosbrugger hatte nun den Kopf sinken lassen und sah auf das Holz zwischen seinen Fingern. «Da sagen hier die Leute zu einem Eichhörnchen Eichkatzl» fiel ihm ein; «aber es sollte bloß einmal einer versuchen, mit dem richtigen Ernst auf der Zunge und im Gesicht ‹Die Eichenkatze› zu sagen! Alle würden aufschaun, wie wenn mitten im furzenden Plänklerfeuer eines Manöverangriffs ein scharfer Schuß fällt! In Hessen sagen sie dagegen Baumfuchs. Ein weitgewanderter Mensch weiß so etwas.» Und da taten die Psychiater wunder wie neugierig, wenn sie Moosbrugger das gemalte Bild eines Eichhörnchens zeigten, und er darauf antwortete: «Das ist halt ein Fuchs oder vielleicht ist es ein Hase; es kann auch eine Katz sein oder so.» Sie fragten ihn dann jedesmal recht schnell: «Wieviel ist vierzehn mehr vierzehn?» Und er antwortete ihnen bedächtig: «So ungefähr achtundzwanzig bis vierzig.» Dieses «Ungefähr» bereitete ihnen Schwierigkeiten, über die Moosbrugger schmunzelte. Denn es ist ganz einfach; er weiß auch, daß man bei achtundzwanzig anlangt, wenn man von der Vierzehn um vierzehn weitergeht, aber wer sagt denn, daß man dort stehen bleiben muß?! Moosbruggers Blick schweift noch um ein Stück weiter, wie der eines Mannes, der einen in den Himmel gezeichneten Hügelkamm erreicht hat und nun sieht, daß es ähnliche Hügelkämme dahinter noch mehrere gibt. Und wenn ein Eichkatzl keine Katze ist und kein Fuchs und statt eines Horns Zähne hat wie der Hase, den der Fuchs frißt, so braucht man die Sache nicht so genau zu nehmen, aber sie ist in irgend einer Weise aus alledem zusammengenäht und läuft über die Bäume. Nach Moosbruggers Erfahrung und Überzeugung konnte man kein Ding für sich herausgreifen, weil eins am anderen hing. Und es war in seinem Leben auch schon vorgekommen, daß er zu einem Mädchen sagte: «Ihr lieber Rosenmund!», aber plötzlich ließ das Wort in den Nähten nach, und es entstand etwas sehr Peinliches: das Gesicht wurde grau, ähnlich wie Erde, über der Nebel liegt, und auf einem langen Stamm stand eine Rose hervor; dann war die Versuchung, ein Messer zu nehmen und sie abzuschneiden oder ihr einen Schlag zu versetzen, damit sie sich wieder ins Gesicht zurückziehe, ungeheuer groß. Gewiß, Moosbrugger nahm nicht immer gleich das Messer; er tat das nur, wenn er nicht mehr anders fertig wurde. Gewöhnlich wendete er eben seine ganze Riesenkraft an, um die Welt zusammenzuhalten.

Er konnte bei guter Laune einem Mann ins Gesicht schauen und bemerkte darin sein eigenes Gesicht, wie es zwischen Fischchen und hellen Steinen aus einem seichten Bach zurückblickt; in schlechter Laune brauchte er aber nur flüchtig das Gesicht eines Mannes zu prüfen und erkannte, daß es derselbe Mann war, mit dem er noch überall Streit bekommen hatte, wie sehr sich der auch jedesmal anders verstellte. Was will man ihm einwenden?! Wir alle haben fast immer mit dem gleichen Mann Streit. Wenn man untersuchen würde, wer die Menschen sind, an denen wir so unsinnig hängen bleiben, so müßte sich zeigen, es ist der Mann mit dem Schlüsselbart, zu dem wir das Schloß haben. Und in der Liebe? Wieviel Menschen sehen tagaus, tagein in das gleiche geliebte Gesicht, aber wissen, wenn sie die Augen schließen, nicht zu sagen, wie es aussieht. Oder auch ohne Liebe und Haß: welchen Veränderungen sind die Dinge unaufhörlich je nach Gewohnheit, Laune und Standpunkt ausgesetzt! Wie oft brennt Freude ab, und es kommt ein unzerstörbarer Kern von Trauer hervor?! Wie oft schlägt ein Mensch gleichmütig auf einen anderen ein, aber könnte ihn ebenso in Ruhe lassen. Das Leben bildet eine Oberfläche, die so tut, als ob sie so sein müßte, wie sie ist, aber unter ihrer Haut treiben und drängen die Dinge. Moosbrugger stand immer mit den Beinen auf zwei Schollen und hielt sie zusammen, vernünftig bemüht, alles zu vermeiden, was ihn verwirren konnte; aber manchmal brach ihm ein Wort im Munde auf, und welche Revolution und welcher Traum der Dinge quoll dann aus so einem erkalteten, ausgeglühten Doppelwort wie Eichkätzchen oder Rosenlippe!

Wie er da auf seiner Bank in der Zelle saß, die zugleich sein Bett und sein Tisch war, beklagte er seine Erziehung, die ihn nicht gelehrt hatte, seine Erfahrungen so auszudrücken, wie es sein müßte. Die kleine Person mit den Mausaugen, die ihm noch jetzt, wo sie schon lang unter der Erde lag, soviel Unannehmlichkeiten bereitete, ärgerte ihn. Alle waren auf ihrer Seite. Er stand schwerfällig auf. Er fühlte sich morsch wie verkohltes Holz. Er hatte wieder Hunger; die Anstaltskost war zu gering für den gewaltigen Mann, und er besaß kein Geld, um sie zu verbessern. In einem solchen Zustand konnte er sich unmöglich auf alles besinnen, was man von ihm wissen wollte. Es war eben so eine Veränderung gekommen, tagelang, wochenlang, wie der März kommt oder der April, und obenauf war dann die Geschichte geschehn. Er wußte auch nicht mehr von ihr, als im Polizeiprotokoll stand, und wußte nicht einmal, wie das dort hineingekommen war. Die Gründe, die Überlegungen, an die er sich erinnerte, die hatte er ohnedies schon in der Verhandlung gesagt; aber was wirklich geschehen war, das kam ihm so vor, als ob er plötzlich fließend etwas in einer fremden Sprache gesprochen hätte, das ihn sehr glücklich gemacht hatte, das er aber nicht mehr wiederholen konnte.

«Soll das alles nur so bald wie möglich ein Ende nehmen!» dachte Moosbrugger.

60

Ausflug ins logisch-sittliche Reich

Was über Moosbrugger von Rechts wegen zu sagen war, das hätte man in einem Satz vorbringen können. Moosbrugger war einer jener Grenzfälle, die aus der Jurisprudenz und Gerichtsmedizin auch den Laien als die Fälle der verminderten Zurechnungsfähigkeit bekannt sind.

Bezeichnend für diese Unglücklichen ist es, daß sie nicht nur eine minderwertige Gesundheit, sondern auch eine minderwertige Krankheit haben. Die Natur hat eine merkwürdige Vorliebe dafür, solche Personen in Hülle und Fülle hervorzubringen; natura non fecit saltus, sie macht keinen Sprung, sie liebt die Übergänge und hält auch im großen die Welt in einem Übergangszustand zwischen Schwachsinn und Gesundheit. Aber die Jurisprudenz nimmt nicht Notiz davon. Sie sagt: non datur tertium sive medium inter duo contradictoria, zu deutsch: der Mensch ist entweder imstande, rechtswidrig zu handeln, oder er ist es nicht, denn zwischen zwei Gegensätzen gibt es nichts Drittes und Mittleres. Durch diese Fähigkeit wird er strafbar, durch diese seine Eigenschaft der Strafbarkeit wird er Rechtsperson, und als Rechtsperson hat er teil an der überpersönlichen Wohltat des Rechts. Wer das nicht gleich versteht, der denke an die Kavallerie. Wenn ein Pferd sich bei jedem Versuch, es zu reiten, wie toll benimmt, so wird es mit besonderer Sorgfalt gewartet, bekommt die weichsten Bandagen, die besten Reiter, das ausgewählteste Futter und die geduldigste Behandlung. Wenn sich dagegen ein Reiter etwas zuschulden kommen läßt, so steckt man ihn in einen von Flöhen besetzten Käfig, entzieht ihm das Essen und gibt ihm Eisenschellen. Die Begründung dieses Unterschieds liegt darin, daß das Pferd bloß dem tierisch empirischen Reich angehört, während der Dragoner an dem logisch-sittlichen teilhat. In diesem Sinne zeichnet es den Menschen vor dem Tiere, und man darf hinzufügen, auch vor dem Geisteskranken aus, daß er nach seinen geistigen und sittlichen Eigenschaften imstande ist, rechtswidrig zu handeln und ein Verbrechen zu begehn; und da also erst die Strafbarkeit jene Eigenschaft ist, die ihn zum sittlichen Menschen erhebt, wird es verständlich, daß der Jurist eisern an ihr festhalten muß.

Leider tritt noch hinzu, daß die Gerichtspsychiater, die berufen wären, sich dem entgegenzusetzen, gewöhnlich viel ängstlicher in ihrem Beruf sind als die Juristen; sie erklären nur solche Personen für wirklich krank, die sie nicht heilen können, was eine bescheidene Übertreibung ist, denn sie können die anderen auch nicht heilen. Sie unterscheiden zwischen unheilbaren Geisteskrankheiten, zwischen solchen, die mit Gottes Hilfe nach einiger Zeit von selbst besser werden, und endlich solchen, die der Arzt zwar auch nicht heilen kann, wohl aber der Patient vermeiden könnte, vorausgesetzt natürlich, daß durch höhere Fügung rechtzeitig die richtigen Einflüsse und Überlegungen auf ihn einwirken. Diese zweite und dritte Gruppe liefert jene nur minderwertigen Kranken, die der Engel der Medizin zwar als Kranke behandelt, wenn sie zu ihm in die Privatpraxis kommen, die er aber schüchtern dem Engel des Rechts überläßt, wenn er mit ihnen in der Gerichtspraxis zusammenstößt.

Ein solcher Fall war Moosbrugger. Man hatte ihn während seines von den Verbrechen eines unheimlichen Blutrausches unterbrochenen ehrlichen Lebens ebenso oft in Irrenhäusern zurückgehalten wie entlassen, und er hatte als Paralytiker, Paranoiker, Epileptiker und zirkulär Irrer gegolten, ehe ihm in der letzten Verhandlung zwei besonders gewissenhafte Gerichtsärzte seine Gesundheit wieder zurückgaben. Natürlich befand sich damals in dem großen, menschenerfüllten Saal keine einzige Person, sie inbegriffen, die nicht davon überzeugt gewesen wäre, daß Moosbrugger in irgendeiner Weise krank sei; aber es war keine Weise, die den vom Gesetz gestellten Bedingungen entsprach und von gewissenhaften Gehirnen anerkannt werden durfte. Denn wenn man teilweise krank ist, ist man nach Ansicht der Rechtslehrer auch teilweise gesund; ist man aber teilweise gesund, so ist man wenigstens teilweise zurechnungsfähig; und ist man teilweise zurechnungsfähig, so ist man es ganz; denn Zurechnungsfähigkeit ist, wie sie sagen, der Zustand des Menschen, in dem er die Kraft besitzt, unabhängig von jeder ihn zwingenden Notwendigkeit sich aus sich selbst für einen bestimmten Zweck zu bestimmen, und eine solche Bestimmtheit kann man nicht gleichzeitig besitzen und entbehren.

Zwar schließt das nicht aus, daß es Personen gibt, deren Zustände und Anlagen es ihnen erschweren, «unsittlichen Antrieben» zu widerstehn und den «Ausschlag zum Guten» zu finden, wie die Juristen das nennen, und eine solche Person, in der Umstände, die einen anderen noch gar nicht berühren, schon den «Entschluß» zu einer Straftat hervorrufen, war Moosbrugger. Aber erstens waren seine Geistes- und Verstandeskräfte nach Ansicht des Gerichts soweit unbeschädigt, daß bei ihrer Anwendung die Tat ebensogut unausgeführt hätte bleiben können, und es bestand sonach kein Grund, ihn von dem sittlichen

Gut der Verantwortung auszuschließen. Zweitens fordert es eine geordnete Rechtspflege, daß jede schuldige Handlung bestraft wird, wenn sie mit Wissen und Willen vollendet wurde. Und drittens nimmt die juristische Logik an, daß in allen Geisteskranken – mit Ausnahme jener ganz unglücklichen, welche die Zunge herausstrecken, wenn man sie fragt, wieviel sieben mal sieben ist, oder «Ich» sagen, wenn sie den Namen Sr. Kaiser- und Königlichen Majestät angeben sollen – ein Minimum von Unterscheidungs- und Selbstbestimmungsfähigkeit noch vorhanden sei, und es hätte bloß einer besonderen Anspannung der Intelligenz und Willenskraft bedurft, um den verbrecherischen Charakter der Tat zu erkennen und den verbrecherischen Antrieben zu widerstehn. Das ist aber wohl das mindeste, was man von so gefährlichen Personen verlangen darf!

Gerichtshöfe gleichen Kellern, in denen die Weisheit der Vorvordern in Flaschen liegt; man öffnet diese und möchte darüber weinen, wie ungenießbar der höchste, ausgegorenste Grad menschlicher Genauigkeitsanstrengung wird, ehe er vollkommen ist. Dennoch scheint er unabgehärtete Personen zu berauschen. Es ist eine bekannte Erscheinung, daß der Engel der Medizin, wenn er längere Zeit den Ausführungen der Juristen zugehört hat, sehr oft seine eigene Sendung vergißt. Er schlägt dann klirrend die Flügel zusammen und benimmt sich im Gerichtssaal wie ein Reserveengel der Jurisprudenz.

61

Das Ideal der drei Abhandlungen oder die Utopie des exakten Lebens

Auf diese Weise war Moosbrugger zu seinem Todesurteil gekommen und verdankte es nur dem Einfluß des Grafen Leinsdorf und dessen freundlicher Gesinnung für Ulrich, daß Aussicht bestand, sein Geisteszustand werde noch einmal geprüft werden. Ulrich hatte jedoch damals keineswegs die Absicht, für Moosbruggers Schicksal auch im weiteren Verlauf zu sorgen. Die entmutigende Mischung von Grausamkeit und Erleiden, die das Wesen solcher Menschen ist, war ihm ebenso unangenehm wie die Mischung von Genauigkeit und Fahrlässigkeit, die das Merkmal der Urteile bildet, die man über sie zu fällen pflegt. Er wußte genau, was er von ihm zu denken hatte, wenn er den Fall nüchtern ansah, und welche Maßnahmen man mit solchen Menschen versuchen könnte, die weder ins Gefängnis noch in die Freiheit gehören und für die auch die Irrenanstalten nicht ausreichen. Es war ihm aber ebenso gegenwärtig, daß Tausende anderer Menschen das auch wußten, daß von ihnen jede solche Frage unablässig erörtert und nach den Seiten gewendet wird, an denen sie besonderen Anteil nehmen, und daß der Staat schließlich Moosbrugger umbringen wird, weil das in einem solchen Zustand der Unfertigkeit einfach das Klarste, Billigste und Sicherste ist. Es mag ein rohes Verhalten sein, sich damit abzufinden, aber auch die schnellen Verkehrsmittel fordern mehr Opfer als alle Tiger Indiens, und offenbar befähigt uns die rücksichtslose, gewissenlose und fahrlässige Gesinnung, in der wir das ertragen, auf der anderen Seite zu den Erfolgen, die uns nicht abzusprechen sind.

Ihren bedeutendsten Ausdruck gewinnt diese Geistesverfassung, die für das Nächste so scharfsichtig und für das Ganze so blind ist, in einem Ideal, das man das Ideal eines Lebenswerks nennen könnte, das aus nicht mehr als drei Abhandlungen besteht. Es gibt geistige Tätigkeiten, wo nicht die großen Bücher, sondern die kleinen Abhandlungen den Stolz eines Mannes ausmachen. Wenn jemand beispielsweise entdecken würde, daß die Steine unter bisher noch nicht beobachteten Umständen zu sprechen vermögen, er würde nur wenige Seiten zur Darstellung und Erklärung einer so umwälzenden Erscheinung brauchen. Über die gute Gesinnung dagegen kann man immer wieder ein Buch schreiben, und das ist durchaus nicht bloß eine gelehrte Angelegenheit, denn es bedeutet eine Methode, bei der man mit den wichtigsten Lebensfragen niemals ins klare kommt. Man könnte die menschlichen Tätigkeiten nach der Zahl der Worte einteilen, die sie nötig haben; je mehr von diesen, desto schlechter ist es um ihren Charakter bestellt. Alle Erkenntnisse, durch die unsere Gattung von der Fellkleidung zum Menschenflug geführt worden ist, würden samt ihren Beweisen in fertigem Zustand nicht mehr als eine Handbibliothek füllen; wogegen ein Bücherschrank von der Größe der Erde beiweitem nicht genügen möchte, um alles übrige aufzunehmen, ganz abgesehen von der sehr umfangreichen Diskussion, die nicht mit der Feder, sondern mit Schwert und Ketten geführt worden ist. Der Gedanke liegt nahe, daß wir unser menschliches Geschäft äußerst unrationell betreiben, wenn wir es nicht nach der Art der Wissenschaften anfassen, die in ihrer Weise so beispielgebend vorangegangen sind.

Das ist auch wirklich die Stimmung und Bereitschaft eines Zeitalters – einer Anzahl von Jahren, kaum von Jahrzehnten – gewesen, von der Ulrich noch etwas miterlebt hatte. Man dachte damals daran – aber dieses «man» ist mit Willen eine ungenaue Angabe; man könnte nicht sagen, wer und wieviele so dachten, immerhin, es lag in der Luft –, daß man vielleicht exakt leben könnte. Man wird heute fragen, was das heiße? Die Antwort wäre wohl die, daß man sich ein Lebenswerk ebensogut wie aus drei Abhandlungen auch aus drei Gedichten oder Handlungen bestehend denken kann, in denen die persönliche

Leistungsfähigkeit auf das Äußerste gesteigert ist. Es hieße also ungefähr soviel wie schweigen, wo man nichts zu sagen hat; nur das Nötige tun, wo man nichts Besonderes zu bestellen hat; und was das Wichtigste ist, gefühllos bleiben, wo man nicht das unbeschreibliche Gefühl hat, die Arme auszubreiten und von einer Welle der Schöpfung gehoben zu werden! Man wird bemerken, daß damit der größere Teil unseres seelischen Lebens aufhören müßte, aber das wäre ja vielleicht auch kein so schmerzlicher Schaden. Die These, daß der große Umsatz an Seife von großer Reinlichkeit zeugt, braucht nicht für die Moral zu gelten, wo der neuere Satz richtiger ist, daß ein ausgeprägter Waschzwang auf nicht ganz saubere innere Verhältnisse hindeutet. Es würde ein nützlicher Versuch sein, wenn man den Verbrauch an Moral, der (welcher Art sie auch sei) alles Tun begleitet, einmal auf das äußerste einschränken und sich damit begnügen wollte, moralisch nur in den Ausnahmefällen zu sein, wo es dafür steht, aber in allen anderen über sein Tun nicht anders zu denken wie über die notwendige Normung von Bleistiften oder Schrauben. Es würde dann allerdings nicht viel Gutes geschehn, aber einiges Besseres; es würde kein Talent übrig bleiben, sondern nur das Genie; es würden aus dem Bild des Lebens die faden Abzugbilder verschwinden, die aus der blassen Ähnlichkeit entstehen, welche die Handlungen mit den Tugenden haben, und an ihre Stelle deren berauschendes Einssein in der Heiligkeit treten. Mit einem Wort, es würde von jedem Zentner Moral ein Milligramm einer Essenz übrigbleiben, die noch in einem Millionstelgramm zauberhaft beglückend ist.

Aber man wird einwenden, daß dies ja eine Utopie sei! Gewiß, es ist eine. Utopien bedeuten ungefähr so viel wie Möglichkeiten; darin, daß eine Möglichkeit nicht Wirklichkeit ist, drückt sich nichts anderes aus, als daß die Umstände, mit denen sie gegenwärtig verflochten ist, sie daran hindern, denn andernfalls wäre sie ja nur eine Unmöglichkeit; löst man sie nun aus ihrer Bindung und gewährt ihr Entwicklung, so entsteht die Utopie. Es ist ein ähnlicher Vorgang, wie wenn ein Forscher die Veränderung eines Elements in einer zusammengesetzten Erscheinung betrachtet und daraus seine Folgerungen zieht; Utopie bedeutet das Experiment, worin die mögliche Veränderung eines Elements und die Wirkungen beobachtet werden, die sie in jener zusammengesetzten Erscheinung hervorrufen würde, die wir Leben nennen. Ist nun das beobachtete Element die Exaktheit selbst, hebt man es heraus und läßt es sich entwickeln, betrachtet man es als Denkgewohnheit und Lebenshaltung und läßt es seine beispielgebende Kraft auf alles auswirken, was mit ihm in Berührung kommt, so wird man zu einem Menschen geführt, in dem eine paradoxe Verbindung von Genauigkeit und Unbestimmtheit stattfindet. Er besitzt jene unbestechliche gewollte Kaltblütigkeit, die das Temperament der Exaktheit darstellt; über diese Eigenschaft hinaus ist aber alles andere unbestimmt. Die festen Verhältnisse des Inneren, welche durch eine Moral gewährleistet werden, haben für einen Mann wenig Wert, dessen Phantasie auf Veränderungen gerichtet ist; und vollends wenn die Forderung genauester und größter Erfüllung vom intellektuellen Gebiet auf das der Leidenschaften übertragen wird, zeigt sich, wie angedeutet worden, das verwunderliche Ergebnis, daß die Leidenschaften verschwinden und an ihrer Stelle etwas Urfeuerähnliches von Güte zum Vorschein kommt. – Das ist die Utopie der Exaktheit. Man wird nicht wissen, wie dieser Mensch seinen Tag zubringen soll, da er doch nicht beständig im Akt der Schöpfung schweben kann und das Herdfeuer eingeschränkter Empfindungen einer imaginären Feuersbrunst geopfert haben wird? Aber dieser exakte Mensch ist heute vorhanden! Als Mensch im Menschen lebt er nicht nur im Forscher, sondern auch im Kaufmann, im Organisator, im Sportsmann, im Techniker; wenn auch vorläufig nur während jener Haupttageszeiten, die sie nicht ihr Leben, sondern ihren Beruf nennen. Denn er, der alles so gründlich und vorurteilslos nimmt, verabscheut nichts so sehr wie die Idee, sich selbst gründlich zu nehmen, und es läßt sich leider kaum zweifeln, daß er die Utopie seiner selbst als einen unsittlichen Versuch, begangen an ernsthaft beschäftigten Personen, ansehen würde.

Darum war Ulrich in der Frage, ob man der mächtigsten Gruppe innerer Leistungen die übrigen anpassen solle oder nicht, mit anderen Worten, ob man zu etwas, das mit uns geschieht und geschehen ist, ein Ziel und einen Sinn finden kann, sein Leben lang immer ziemlich allein geblieben.

62

Auch die Erde, namentlich aber Ulrich, huldigt der Utopie des Essayismus

Genauigkeit, als menschliche Haltung, verlangt auch ein genaues Tun und Sein. Sie verlangt Tun und Sein im Sinne eines maximalen Anspruchs. Allein hier ist eine Unterscheidung zu machen.

Denn in Wirklichkeit gibt es ja nicht nur die phantastische Genauigkeit (die es in Wirklichkeit noch gar nicht gibt), sondern auch eine pedantische, und diese beiden unterscheiden sich dadurch, daß sich die phantastische an die Tatsachen hält und die pedantische an Phantasiegebilde. Die Genauigkeit zum Beispiel, mit der der sonderbare Geist Moosbruggers in ein System von zweitausendjährigen Rechtsbegriffen gebracht wurde, glich den pedantischen Anstrengungen eines Narren, der einen freifliegenden Vogel mit einer Nadel aufspießen will, aber sie kümmerte sich ganz und gar nicht um die Tatsachen, sondern um den phantastischen Begriff des Rechtsguts. Die Genauigkeit dagegen, die die Psychiater in ihrem Verhalten zu der großen Frage, ob man Moosbrugger zum Tode verurteilen dürfe oder nicht, an den Tag legten, war ganz und gar exakt, denn sie traute sich nicht mehr zu sagen, als daß sein Krankheitsbild keinem bisher beobachteten Krankheitsbild genau entspreche, und überließ die weitere Entscheidung den Juristen. Es ist ein Bild des Lebens, das der Gerichtssaal bei dieser Gelegenheit bot, denn alle die lebhaften Menschen des Lebens, die es gänzlich unmöglich finden würden, einen Kraftwagen zu benützen, der älter als fünf Jahre ist, oder eine Krankheit nach den Grundsätzen behandeln zu lassen, die vor zehn Jahren die besten waren, die überdies ihre ganze Zeit freiwillig-unfreiwillig der Förderung solcher Erfindungen widmen und davon eingenommen sind, alles zu rationalisieren, was in ihren Bereich kommt, überlassen die Fragen der Schönheit, der Gerechtigkeit, der Liebe und des Glaubens, kurz alle Fragen der Humanität, soweit sie nicht geschäftliche Beteiligung daran haben, am liebsten ihren Frauen, und solange diese noch nicht ganz dazu genügen, einer Abart von Männern, die ihnen von Kelch und Schwert des Lebens in tausendjährigen Wendungen erzählen, denen sie leichtsinnig, verdrossen und skeptisch zuhören, ohne daran zu glauben und ohne an die Möglichkeit zu denken, daß man es auch anders machen könnte. Es gibt also in Wirklichkeit zwei Geistesverfassungen, die einander nicht nur bekämpfen, sondern die gewöhnlich, was schlimmer ist, nebeneinander bestehen, ohne ein Wort zu wechseln, außer daß sie sich gegenseitig versichern, sie seien beide wünschenswert, jede auf ihrem Platz. Die eine begnügt sich damit, genau zu sein, und hält sich an die Tatsachen; die andere begnügt sich nicht damit, sondern schaut immer auf das Ganze und leitet ihre Erkenntnisse von sogenannten ewigen und großen Wahrheiten her. Die eine gewinnt dabei an Erfolg, und die andere an Umfang und Würde. Es ist klar, daß ein Pessimist auch sagen könnte, die Ergebnisse der einen seien nichts wert und die der anderen nicht wahr. Denn was fängt man am Jüngsten Tag, wenn die menschlichen Werke gewogen werden, mit drei Abhandlungen über die Ameisensäure an, und wenn es ihrer dreißig wären?! Andererseits, was weiß man vom Jüngsten Tag, wenn man nicht einmal weiß, was alles bis dahin aus der Ameisensäure werden kann?!

Zwischen den beiden Polen dieses Weder-Noch pendelte die Entwicklung, als es rund länger als achtzehn und noch keine zwanzig Jahrhunderte her war, seit die Menschheit zum erstenmal erfuhr, daß es am Ende aller Tage ein solches geistiges Gericht geben werde. Es entspricht der Erfahrung, daß dabei auf eine Richtung immer die entgegengesetzte folgt. Und obgleich es denkbar und wünschbar wäre, daß eine solche Umkehr sich wie ein Schraubengang vollzöge, der bei jedem Richtungswechsel höher steigt, gewinnt aus unbekannten Gründen die Entwicklung dabei selten mehr, als sie durch Umweg und Zerstörung verliert. Dr. Paul Arnheim hatte also ganz recht, als er zu Ulrich sagte, die Weltgeschichte gestatte niemals etwas Negatives; die Weltgeschichte ist optimistisch, sie entscheidet sich immer mit Begeisterung für das eine und erst nachher für sein Gegenteil! So folgte auch auf die ersten Phantasien der Exaktheit keineswegs der Versuch, sie zu verwirklichen, sondern man überließ sie dem flügellosen Gebrauch der Ingenieure und Gelehrten und wandte sich wieder der würdigeren und umfangreicheren Geistesverfassung zu.

Ulrich konnte sich noch gut erinnern, wie das Unsichere wieder zu Ansehen gekommen war. Immer mehr hatten sich Äußerungen gehäuft, wo Menschen, die ein etwas unsicheres Metier betrieben, Dichter, Kritiker, Frauen und die den Beruf einer neuen Generation Ausübenden, Klage erhoben, daß das pure Wissen einem unseligen Etwas gleiche, das alles hohe Menschenwerk zerreiße, ohne es je wieder zusammensetzen zu können, und sie verlangten einen neuen Menschheitsglauben, Rückkehr zu den inneren Urtümern, geistigen Aufschwung und allerlei von solcher Art. Er hatte anfangs naiver Weise angenommen, das seien Leute, die sich aufgeritten haben und hinkend vom Pferd steigen, schreiend, daß man sie mit Seele einschmiere; aber er mußte allmählich erkennen, daß der sich wiederholende Ruf, der ihm anfangs so komisch erschienen war, einen breiten Widerhall fand; das Wissen fing an, unzeitgemäß zu werden, der unscharfe Typus Mensch, der die Gegenwart beherrscht, hatte sich durchzusetzen begonnen.

Ulrich hatte sich dagegen aufgelehnt, das ernst zu nehmen, und bildete nun seine geistigen Neigungen auf eigene Art weiter.

Aus der frühesten Zeit des ersten Selbstbewußtseins der Jugend, die später wieder anzublicken oft so rührend und erschütternd ist, waren heute noch allerhand einst geliebte Vorstellungen in seiner Erinnerung vorhanden, und darunter das Wort «hypothetisch leben». Es drückte noch immer den Mut und die unfreiwillige Unkenntnis des Lebens aus, wo jeder Schritt ein Wagnis ohne Erfahrung ist, und den Wunsch nach großen Zusammenhängen und den Hauch der Widerruflichkeit, den ein junger Mensch fühlt, wenn er zögernd ins Leben tritt. Ulrich dachte, daß davon eigentlich nichts zurückzunehmen sei. Ein spannendes Gefühl, zu irgendetwas ausersehen zu sein, ist das Schöne und einzig Gewisse in dem, dessen Blick zum erstenmal die Welt mustert. Er kann, wenn er seine Empfindungen überwacht, zu nichts ohne

Vorbehalt ja sagen; er sucht die mögliche Geliebte, aber weiß nicht, ob es die richtige ist; er ist imstande zu töten, ohne sicher zu sein, daß er es tun muß. Der Wille seiner eigenen Natur, sich zu entwickeln, verbietet ihm, an das Vollendete zu glauben; aber alles, was ihm entgegentritt, tut so, als ob es vollendet wäre. Er ahnt: diese Ordnung ist nicht so fest, wie sie sich gibt; kein Ding, kein Ich, keine Form, kein Grundsatz sind sicher, alles ist in einer unsichtbaren, aber niemals ruhenden Wandlung begriffen, im Unfesten liegt mehr von der Zukunft als im Festen, und die Gegenwart ist nichts als eine Hypothese, über die man noch nicht hinausgekommen ist. Was sollte er da Besseres tun können, als sich von der Welt freizuhalten, in jenem guten Sinn, den ein Forscher Tatsachen gegenüber bewahrt, die ihn verführen wollen, voreilig an sie zu glauben?! Darum zögert er, aus sich etwas zu machen; ein Charakter, Beruf, eine feste Wesensart, das sind für ihn Vorstellungen, in denen sich schon das Gerippe durchzeichnet, das zuletzt von ihm übrig bleiben soll. Er sucht sich anders zu verstehen; mit einer Neigung zu allem, was ihn innerlich mehrt, und sei es auch moralisch oder intellektuell verboten, fühlt er sich wie einen Schritt, der nach allen Seiten frei ist, aber von einem Gleichgewicht zum nächsten und immer vorwärts führt. Und meint er einmal, den rechten Einfall zu haben, so nimmt er wahr, daß ein Tropfen unsagbarer Glut in die Welt gefallen ist, deren Leuchten die Erde anders aussehen macht.

In Ulrich war später, bei gemehrtem geistigen Vermögen, daraus eine Vorstellung geworden, die er nun nicht mehr mit dem unsicheren Wort Hypothese, sondern aus bestimmten Gründen mit dem eigentümlichen Begriff eines Essays verband. Ungefähr wie ein Essay in der Folge seiner Abschnitte ein Ding von vielen Seiten nimmt, ohne es ganz zu erfassen, – denn ein ganz erfaßtes Ding verliert mit einem Male seinen Umfang und schmilzt zu einem Begriff ein – glaubte er, Welt und eigenes Leben am richtigsten ansehen und behandeln zu können. Der Wert einer Handlung oder einer Eigenschaft, ja sogar deren Wesen und Natur erschienen ihm abhängig von den Umständen, die sie umgaben, von den Zielen, denen sie dienten, mit einem Wort, von dem bald so, bald anders beschaffenen Ganzen, dem sie angehörten. Das ist übrigens nur die einfache Beschreibung der Tatsache, daß uns ein Mord als ein Verbrechen oder als eine heroische Tat erscheinen kann und die Stunde der Liebe als die Feder, die aus dem Flügel eines Engels oder einer Gans gefallen ist. Aber Ulrich verallgemeinerte sie. Dann fanden alle moralischen Ereignisse in einem Kraftfeld statt, dessen Konstellation sie mit Sinn belud, und sie enthielten das Gute und das Böse wie ein Atom chemische Verbindungsmöglichkeiten enthält. Sie waren gewissermaßen das, was sie wurden, und so wie das eine Wort Hart, je nachdem, ob die Härte mit Liebe, Roheit, Eifer oder Strenge zusammenhängt, vier ganz verschiedene Wesenheiten bezeichnet, erschienen ihm alle moralischen Geschehnisse in ihrer Bedeutung als die abhängige Funktion anderer. Es entstand auf diese Weise ein unendliches System von Zusammenhängen, in dem es unabhängige Bedeutungen, wie sie das gewöhnliche Leben in einer groben ersten Annäherung den Handlungen und Eigenschaften zuschreibt, überhaupt nicht mehr gab; das scheinbare Feste wurde darin zum durchlässigen Vorwand für viele andere Bedeutungen, das Geschehende zum Symbol von etwas, das vielleicht nicht geschah, aber hindurch gefühlt wurde, und der Mensch als Inbegriff seiner Möglichkeiten, der potentielle Mensch, das ungeschriebene Gedicht seines Daseins trat dem Menschen als Niederschrift, als Wirklichkeit und Charakter entgegen. Im Grunde fühlte sich Ulrich nach dieser Anschauung jeder Tugend und jeder Schlechtigkeit fähig, und daß Tugenden wie Laster in einer ausgeglichenen Gesellschaftsordnung allgemein, wenn auch uneingestanden, als gleich lästig empfunden werden, bewies ihm gerade das, was in der Natur allenthalben geschieht, daß jedes Kräftespiel mit der Zeit einem Mittelwert und Mittelzustand, einem Ausgleich und einer Erstarrung zustrebt. Die Moral im gewöhnlichen Sinn war für Ulrich nicht mehr als die Altersform eines Kräftesystems, das nicht ohne Verlust an ethischer Kraft mit ihr verwechselt werden darf.

Es mag sein, daß sich auch in diesen Anschauungen eine gewisse Lebensunsicherheit ausdrückte; allein Unsicherheit ist mitunter nichts als das Ungenügen an den gewöhnlichen Sicherungen, und im übrigen darf wohl daran erinnert werden, daß selbst eine so erfahrene Person, wie es die Menschheit ist, scheinbar nach ganz ähnlichen Grundsätzen handelt. Sie widerruft auf die Dauer alles, was sie getan hat, und setzt anderes an seine Stelle, auch ihr verwandeln sich im Lauf der Zeit Verbrechen in Tugenden und umgekehrt, sie baut große geistige Zusammenhänge aller Geschehnisse auf und läßt sie nach einigen Menschenaltern wieder einstürzen; nur geschieht das nacheinander, statt in einem einheitlichen Lebensgefühl, und die Kette ihrer Versuche läßt keine Steigerung erkennen, während ein bewußter menschlicher Essayismus ungefähr die Aufgabe vorfände, diesen fahrlässigen Bewußtseinszustand der Welt in einen Willen zu verwandeln. Und viele einzelne Entwicklungslinien weisen dahin, daß dies bald geschehen könnte. Die Gehilfin in einem Krankenhaus, die, blütenweiß gekleidet, den Kot eines Patienten in einem weißen Porzellanschüsselchen mit helfenden Säuren zu einem purpurfarbenen Aufstrich verreibt, dessen richtige Farbe ihre Aufmerksamkeit belohnt, befindet sich schon jetzt, auch wenn sie es nicht weiß, in einer wandelbareren Welt als die junge Dame, die vor dem gleichen Gegenstand auf der Straße erschauert. Der Verbrecher, der in das moralische Kraftfeld seiner Tat geraten ist, bewegt sich nur noch wie ein Schwimmer, der mit einem reißenden Strom mitmuß, und jede Mutter, deren Kind einmal hineingerissen worden ist, weiß das; man hat es ihr bisher bloß nicht geglaubt, weil man keinen Platz für diesen Glauben hatte. Die Psychiatrie nennt die große Heiterkeit eine heitere Verstimmung, als ob sie heitere Unlust wäre, und hat erkennen lassen, daß alle großen Steigerungen, die der Keuschheit wie der Sinnlichkeit, der Gewissenhaftigkeit wie des Leichtsinns, der Grausamkeit wie des Mitleidens ins Krankhafte münden; wie wenig würde da noch das gesunde Leben bedeuten, wenn es nur einen mittleren Zustand zwischen zwei Übertreibungen zum Ziel hätte! Wie dürftig wäre es schon, wenn sein Ideal wirklich nichts anderes als die Leugnung der Übertreibung seiner Ideale wäre!? Solche Erkenntnisse führen also dazu, in der moralischen Norm nicht länger die Ruhe starrer Satzungen zu sehen, sondern ein bewegliches Gleichgewicht, das in jedem Augenblick Leistungen zu seiner Erneuerung fordert. Man beginnt, es immer mehr als beschränkt zu empfinden, unwillkürlich erworbene Wiederholungsdispositionen einem Menschen als Charakter zuzuschreiben und dann seinen Charakter für die Wiederholungen verantwortlich zu machen. Man lernt das Wechselspiel zwischen Innen und Außen erkennen, und gerade durch das Verständnis für das Unpersönliche am Menschen ist man dem Persönlichen auf neue Spuren gekommen, auf gewisse einfache Grundverhaltensweisen, einen Ichbautrieb, der wie der Nestbautrieb der Vögel aus vieler Art Stoff nach ein paar Verfahren sein Ich aufrichtet. Man ist bereits so nahe daran, durch bestimmte Einflüsse allerhand entartete Zustände verbauen zu können wie einen Wildbach, daß es beinahe nur noch auf eine soziale Fahrlässigkeit hinausläuft oder auf einen Rest von Ungeschicklichkeit, wenn man aus Verbrechern nicht rechtzeitig Erzengel macht. Und so ließe sich sehr vieles anführen, Zerstreutes, einander noch nicht nahe Gekommenes, was zusammenwirkt, daß man der groben Annäherungen müde wird, die unter einfacheren Bedingungen für ihre Anwendung entstanden sind, und allmählich die Nötigung erlebt, eine Moral, die seit zweitausend Jahren immer nur im kleinen dem wechselnden Geschmack angepaßt worden ist, in den Grundlagen der Form zu verändern und gegen eine andere einzutauschen, die sich der Beweglichkeit der Tatsachen genauer anschmiegt.

Nach Ulrichs Überzeugung fehlte dazu eigentlich nur noch die Formel; jener Ausdruck, den das Ziel einer Bewegung, noch ehe es erreicht ist, in irgendeinem glücklichen Augenblick finden muß, damit das letzte Stück des Wegs zurückgelegt werden kann, und es ist das immer ein gewagter, nach dem Stande der Dinge noch nicht zu rechtfertigender Ausdruck, eine Verbindung von exakt und nichtexakt, von Genauigkeit und Leidenschaft Aber es war gerade in den

Jahren, die ihn hätten aneifern sollen, mit ihm etwas Merkwürdiges vor sich gegangen. Er war kein Philosoph. Philosophen sind Gewalttäter, die keine Armee zur Verfügung haben und sich deshalb die Welt in der Weise unterwerfen, daß sie sie in ein System sperren. Wahrscheinlich ist das auch der Grund dafür, daß es in den Zeiten der Tyrannis große philosophische Naturen gegeben hat, während es in den Zeiten der fortgeschrittenen Zivilisation und Demokratie nicht gelingt, eine überzeugende Philosophie hervorzubringen, wenigstens soweit sich das nach dem Bedauern beurteilen läßt, das man allgemein darüber äußern hört. Darum wird heute in kurzen Stücken erschrekkend viel philosophiert, so daß es gerade nur noch die Kaufläden gibt, wo man ohne Weltanschauung etwas bekommt, während gegen große Stücke Philosophie ein ausgesprochenes Mißtrauen herrscht. Man hält sie einfach für unmöglich, und auch Ulrich war keineswegs frei davon, ja er dachte nach seinen wissenschaftlichen Erfahrungen etwas spöttisch über sie. Das gab die Richtung für sein Verhalten, so daß er immer wieder von dem, was er sah, zum Nachdenken aufgefordert wurde und doch mit einer gewissen Scheu vor zuviel Denken behaftet war. Aber was sein Verhalten schließlich entschied, war noch etwas anderes. Es gab etwas in Ulrichs Wesen, das in einer zerstreuten, lähmenden, entwaffnenden Weise gegen das logische Ordnen, gegen den eindeutigen Willen, gegen die bestimmt gerichteten Antriebe des Ehrgeizes wirkte, und auch das hing mit dem seinerzeit von ihm gewählten Namen Essayismus zusammen, wenn es auch gerade die Bestandteile enthielt, die er mit der Zeit und mit unbewußter Sorgfalt aus diesem Begriff ausgeschaltet hatte. Die Übersetzung des Wortes Essay als Versuch, wie sie gegeben worden ist, enthält nur ungenau die wesentlichste Anspielung auf das literarische Vorbild; denn ein Essay ist nicht der vor- oder nebenläufige Ausdruck einer Überzeugung, die bei besserer Gelegenheit zur Wahrheit erhoben, ebensogut aber auch als Irrtum erkannt werden könnte (von solcher Art sind bloß die Aufsätze und Abhandlungen, die gelehrte Personen als «Abfälle ihrer Werkstätte» zum besten geben); sondern ein Essay ist die einmalige und unabänderliche Gestalt, die das innere Leben eines Menschen in einem entscheidenden Gedanken annimmt. Nichts ist dem fremder als die Unverantwortlichkeit und Halbfertigkeit der Einfälle, die man Subjektivität nennt, aber auch wahr und falsch, klug und unklug sind keine Begriffe, die sich auf solche Gedanken anwenden lassen, die dennoch Gesetzen unterstehn, die nicht weniger streng sind, als sie zart und unaussprechlich erscheinen. Es hat nicht wenige solcher Essayisten und Meister des innerlich schwebenden Lebens gegeben, aber es würde keinen Zweck haben, sie zu nennen; ihr Reich liegt zwischen Religion und Wissen, zwischen Beispiel und Lehre, zwischen amor intellectualis und Gedicht, sie sind Heilige mit und ohne Religion, und manchmal sind sie auch einfach Männer, die sich in einem Abenteuer verirrt haben.

Nichts ist übrigens bezeichnender als die unfreiwillige Erfahrung, die man mit gelehrten und vernünftigen Versuchen macht, solche große Essayisten auszulegen, die Lebenslehre, so wie sie ist, in ein Lebenswissen umzuwandeln und der Bewegung der Bewegten einen «Inhalt» abzugewinnen; es bleibt von allem ungefähr so viel übrig wie von dem zarten Farbenleib einer Meduse, nachdem man sie aus dem Wasser gehoben und in Sand gelegt hat. Die Lehre der Ergriffenen zerfällt in der Vernunft der Unergriffenen zu Staub, Widerspruch und Unsinn, und doch darf man sie nicht eigentlich zart und lebensunbeständig nennen, da man sonst auch einen Elefanten zu zart nennen müßte, um in einem luftleeren, seinen Lebensbedürfnissen nicht entsprechenden Raum auszudauern. Es wäre sehr zu beklagen, wenn diese Beschreibungen den Eindruck eines Geheimnisses hervorrufen würden oder auch nur den einer Musik, in der die Harfenklänge und seufzerhaften Glissandi überwiegen. Das Gegenteil ist wahr, und die ihnen zugrunde liegende Frage stellte sich Ulrich durchaus nicht nur als Ahnung dar, sondern auch ganz nüchtern in der folgenden Form: Ein Mann, der die Wahrheit will, wird Gelehrter; ein Mann, der seine Subjektivität spielen lassen will, wird vielleicht Schriftsteller; was aber soll ein Mann tun, der etwas will, das dazwischen liegt? Solche Beispiele, die «dazwischen» liegen, liefert aber jeder moralische Satz, etwa gleich der bekannte und einfache: Du sollst nicht töten. Man sieht auf den ersten Blick, daß er weder eine Wahrheit ist noch eine Subjektivität. Man weiß, daß wir uns in mancher Hinsicht streng an ihn halten, in anderer Hinsicht sind gewisse und sehr zahlreiche, jedoch genau begrenzte Ausnahmen zugelassen, aber in einer sehr großen Zahl von Fällen dritter Art, so in der Phantasie, in den Wünschen, in den Theaterstücken oder beim Genuß der Zeitungsnachrichten, schweifen wir ganz ungeregelt zwischen Abscheu und Verlockung. Man nennt etwas, das weder eine Wahrheit noch eine Subjektivität ist, zuweilen eine Forderung. Man hat diese Forderung an den Dogmen der Religion und an denen des Gesetzes befestigt und ihr dadurch den Charakter einer abgeleiteten Wahrheit gegeben, aber die Romanschriftsteller erzählen uns von den Ausnahmen, angefangen beim Opfer Abrahams bis zur jüngsten schönen Frau, die ihren Geliebten niedergeschossen hat, und lösen es wieder in Subjektivität auf. Man kann sich also entweder an den Pflöcken festhalten oder zwischen ihnen von der breiten Welle hin und her tragen lassen; aber mit welchem Gefühl!? Das Gefühl des Menschen für diesen Satz ist ein Gemisch von vernageltem Gehorchen (einschließlich der «gesunden

Natur», die sich sträubt, an so etwas auch nur zu denken, aber, durch Alkohol oder Leidenschaft nur ein wenig von ihrem Platz verrückt, es sofort tut) und gedankenlosem Plätschern in einer Woge voll Möglichkeiten. Soll dieser Satz wirklich nur so verstanden werden? Ulrich fühlte, daß ein Mann, der etwas mit ganzer Seele tun möchte, auf diese Weise weder weiß, ob er es tun, noch ob er es unterlassen soll. Und ihm ahnte doch, daß man es aus dem ganzen Wesen heraus tun oder lassen könnte. Ein Einfall oder ein Verbot sagten ihm gar nichts. Die Anknüpfung an ein Gesetz nach oben oder innen erregte die Kritik seines Verstandes, ja mehr als das, es lag auch eine Entwertung in diesem Bedürfnis, den seiner selbst gewissen Augenblick durch eine Abstammung zu nobilitieren. Bei alledem blieb seine Brust stumm, und nur sein Kopf sprach; aber er fühlte, daß in einer anderen Weise seine Entscheidung übereinfallen könnte mit seinem Glück. Er könnte glücklich sein, weil er nicht tötet, oder glücklich sein, weil er tötet, aber er könnte niemals der gleichgültige Eintreiber einer an ihn gestellten Forderung sein. Das, was er in diesem Augenblick empfand, war kein Gebot, es war ein Gebiet, das er betreten hatte. Er begriff, daß alles darin schon entschieden sei und den Sinn besänftigt wie Muttermilch. Aber es war kein Denken mehr, was ihm das sagte, und auch kein Fühlen in der gewöhnlichen, wie in Stücke gebrochenen Weise; es war ein «ganz Begreifen» und doch auch wieder nur so, wie wenn der Wind eine Botschaft fern herüberträgt, und sie kam ihm weder wahr noch falsch, weder vernünftig noch widervernünftig vor, sondern ergriff ihn, als wäre ihm eine leise selige Übertreibung in die Brust gefallen.

Und so wenig man aus den echten Teilen eines Essays eine Wahrheit machen kann, vermag man aus einem solchen Zustand eine Überzeugung zu gewinnen; wenigstens nicht, ohne ihn aufzugeben, so wie ein Liebender die Liebe verlassen muß, um sie zu beschreiben. Die grenzenlose Rührung, die ihn zuweilen untätig bewegte, widersprach dem Tätigkeitstrieb Ulrichs, der auf Grenzen und Formen drang. Nun ist es ja wahrscheinlich richtig und natürlich, erst wissen zu wollen, ehe man das Gefühl sprechen läßt, und unwillkürlich stellte er sich vor, was er dereinst finden wollte, werde, wenn es auch nicht Wahrheit sei, dieser doch an Festigkeit nichts nachgeben; aber in seinem besonderen Fall ähnelte er dadurch einem Mann, der sich ein Rüstzeug zusammenstellt, indes ihm darüber die Absicht erstirbt. Wann immer man ihn bei der Abfassung mathematischer und mathematisch-logischer Abhandlungen oder bei der Beschäftigung mit den Naturwissenschaften gefragt haben würde, welches Ziel ihm vorschwebe, so würde er geantwortet haben, daß nur eine Frage das Denken wirklich lohne, und das sei die des rechten Lebens. Aber wenn man eine Forderung lange Zeit erhebt, ohne daß mit ihr etwas geschieht, schläft das Gehirn genau so ein, wie der Arm einschläft, wenn er lange Zeit etwas hochhält, und unsere Gedanken können ebensowenig dauernd stehen bleiben wie Soldaten im Sommer auf einer Parade; wenn sie zu lange warten müssen, fallen sie einfach ohnmächtig um. Da Ulrich ungefähr in seinem sechsundzwanzigsten Jahr den Entwurf seiner Lebensauffassung abgeschlossen hatte, kam sie ihm in seinem zweiunddreißigsten Jahr nicht mehr ganz aufrichtig vor. Er hatte seine Gedanken nicht weitergebildet, und abgesehen von einem ungewissen und spannenden Gefühl, wie man es bei geschlossenen Augen hat, wenn man etwas erwartet, zeigte sich in ihm auch nicht viel von persönlicher Bewegung, seit die Tage der zitternden ersten Erkenntnisse vorbei waren. Wahrscheinlich war es trotzdem eine unterirdische Bewegung von solcher Art, was ihn mit der Zeit in der wissenschaftlichen Arbeit verlangsamte und daran hinderte, in sie seinen ganzen Willen zu setzen. Er geriet durch sie in einen eigentümlichen Zwiespalt. Man darf nicht vergessen, daß die exakte Geistesverfassung im Grunde gottgläubiger ist als die schöngeistige; denn sie würde sich «Ihm» unterwerfen, sobald er geruht, sich ihr unter den Bedingungen zu zeigen, die sie für die Anerkennung seiner Tatsächlichkeit vorschreibt, wogegen unsere schönen Geister, wenn Er sich äußerte, nur finden würden, daß sein Talent nicht ursprünglich und sein Weltbild nicht verständlich genug seien, um ihn auf eine Stufe mit wirklich gottbegnadeten Begabungen zu stellen. So leicht wie irgendwer von dieser Gattung konnte sich Ulrich also nicht unbestimmten Ahnungen hingeben, aber andererseits konnte er sich ebensowenig verhehlen, daß er in lauter Exaktheit jahrelang bloß gegen sich selbst gelebt habe, und er wünschte, daß etwas Unvorhergesehenes mit ihm geschehen möge, denn als er das tat, was er etwas spöttisch seinen «Urlaub vom Leben» nannte, besaß er in der einen wie in der anderen Richtung nichts, was ihm Frieden gab.

Vielleicht könnte man zu seiner Entschuldigung anführen, daß das Leben in gewissen Jahren unglaublich schnell entflieht. Aber der Tag, wo man beginnen muß, seinen letzten Willen zu leben, ehe man dessen Rest hinterläßt, liegt weit voran und läßt sich nicht verschieben. Das war ihm drohend klar geworden, seit fast ein halbes Jahr vergangen war, ohne daß sich etwas änderte. Während er sich in der kleinen und närrischen Tätigkeit, die er übernommen hatte, hin und her bewegen ließ, sprach, gerne zuviel sprach, mit der verzweifelten Beharrlichkeit eines Fischers lebte, der seine Netze in einen leeren Fluß senkt, indes er nichts tat, was der Person entsprach, die er immerhin bedeutete, und es mit Absicht nicht tat, wartete er. Er wartete hinter seiner Person, sofern dieses Wort den von Welt und Lebenslauf geformten Teil eines Menschen bezeichnet, und seine ruhige, dahinter abgedämmte

Verzweiflung stieg mit jedem Tag höher. Er befand sich in dem schlimmsten Notstand seines Lebens und verachtete sich für seine Unterlassungen. Sind große Prüfungen das Vorrecht großer Naturen? Er würde gerne daran geglaubt haben, aber es ist nicht richtig, denn auch die simpelsten nervösen Naturen haben ihre Krisen. So blieb ihm eigentlich nur in der großen Erschütterung jener Rest von Unerschütterlichkeit übrig, den alle Helden und Verbrecher besitzen, es ist nicht Mut, es ist nicht Wille, es ist keine Zuversicht, sondern einfach ein zähes Festhalten an sich, das sich so schwer austreiben läßt wie das Leben aus einer Katze, selbst wenn sie von den Hunden schon ganz zerfleischt ist.

Will man sich vorstellen, wie solch ein Mensch lebt, wenn er allein ist, so kann höchstens erzählt werden, daß in der Nacht die erhellten Fensterscheiben ins Zimmer schauen, und die Gedanken, nachdem sie gebraucht sind, herumsitzen wie die Klienten im Vorzimmer eines Anwalts, mit dem sie nicht zufrieden sind. Oder vielleicht, daß Ulrich einmal in solcher Nacht die Fenster öffnete und in die schlangenkahlen Baumstämme blickte, deren Windungen zwischen den Schneedecken der Wipfel und des Bodens seltsam schwarz und glatt dastanden, und plötzlich Lust bekam, im Schlafanzug, wie er war, in den Garten hinunterzugehn; er wollte die Kälte in den Haaren fühlen. Als er unten war, schaltete er das Licht aus, um nicht vor der erleuchteten Türe zu stehn, und nur aus seinem Arbeitszimmer ragte ein Lichtdach in den Schatten hinein. Ein Weg führte zum Gittertor, das auf die Straße mündete, ein zweiter kreuzte ihn dunkel deutlich. Ulrich ging langsam auf diesen zu. Und dann erinnerte ihn die zwischen den Baumkronen emporragende Dunkelheit plötzlich phantastisch an die riesige Gestalt Moosbruggers, und die nackten Bäume kamen ihm merkwürdig körperlich vor; häßlich und naß wie Würmer und trotzdem so, daß man sie umarmen und mit Tränen im Gesicht an ihnen niedersinken mochte. Aber er tat es nicht. Die Sentimentalität der Regung stieß ihn im gleichen Augenblick zurück, wo sie ihn berührte. Durch den Milchschaum des Nebels kamen vor dem Gitter des Gartens in diesem Augenblick verspätete Fußgänger vorbei, und er hätte ihnen wohl wie ein Narr erscheinen können, wie sich sein Bild, in rotem Schlafanzug zwischen schwarzen Stämmen, nun von diesen loslöste; aber er trat fest auf den Weg und ging verhältnismäßig zufrieden in sein Haus zurück, denn wenn etwas für ihn aufbewahrt war, so mußte es etwas ganz anderes sein.

63

Bonadea hat eine Vision

Als Ulrich an dem Morgen, der auf diese Nacht folgte, spät und sehr zerschlagen aufstand, wurde ihm der Besuch Bonadeas gemeldet; es war zum erstenmal seit ihrem Zerwürfnis, daß sie sich wieder sehen sollten.

Bonadea hatte in der Zeit der Trennung viel geweint. Bonadea hatte sich während dieser Zeit oft mißbraucht gefühlt. Sie hatte oft gewirbelt wie eine umflorte Trommel. Sie hatte viele Abenteuer gehabt und viele Enttäuschungen. Und obgleich die Erinnerung an Ulrich bei jedem Abenteuer in einen tiefen Brunnen versank, stieg sie nach jeder Enttäuschung daraus wieder auf; ohnmächtig und vorwurfsvoll wie der verlassene Schmerz in einem Kindergesicht. Bonadea hatte ihrem Freund schon hundertmal im stillen ihre Eifersucht abgebeten, ihren «bösen Stolz gestraft», wie sie es nannte, und endlich entschloß sie sich, ihm einen Friedensschluß anzutragen.

Sie war liebenswürdig, melancholisch und schön, als sie vor ihm saß, und fühlte sich im Magen elend. Er stand «wie ein Jüngling» vor ihr. Seine Haut marmorn poliert von großen Vorgängen und Diplomatie, die sie ihm zutraute. Sie hatte noch nie bemerkt, wie kräftig und entschlossen sein Gesicht aussehe. Sie hätte gerne mit ganzer Person kapituliert, aber sie traute sich nicht, so weit zu gehen, und er machte keine Miene, sie dazu einzuladen. Diese Kälte war unsagbar traurig für sie, aber groß wie eine Statue. Bonadea nahm unvermutet seine herabhängende Hand und küßte sie. Ulrich strich ihr nachdenklich über das Haar. Ihre Beine wurden auf die weiblichste Weise von der Welt schwach, und sie wollte in die Knie sinken. Da drückte sie Ulrich sanft in den Stuhl, brachte Whisky mit Soda und zündete eine Zigarette an.

«Eine Dame trinkt nicht am Vormittag Whisky!» protestierte Bonadea; einen Augenblick lang fand sie wieder die Kraft zum Gekränktsein, und ihr Herz stieg bis in den Kopf, denn es schien ihr, daß die Selbstverständlichkeit, mit der ihr Ulrich ein so derbes und, wie sie dachte, zügelloses Getränk anbot, eine lieblose Anspielung enthalte.

Aber Ulrich sagte freundlich: «Es wird dir gut tun; alle Frauen, die große Politik gemacht haben, haben auch Whisky getrunken.» Denn Bonadea hatte, um sich bei Ulrich wieder einzuführen, gesagt, daß sie die große patriotische Aktion bewundere und gerne dabei mithelfen möchte.

Das war ihr Plan. Sie glaubte immer mehreres gleichzeitig, und halbe Wahrheiten erleichterten ihr das Lügen.

Der Whisky war dünngoldig und wärmte wie Maisonne.

Bonadea hatte das Gefühl, siebzig Jahre alt zu sein und vor einem Haus auf einer Gartenbank zu sitzen. Sie wurde alt. Ihre Kinder wuchsen heran. Der Älteste war jetzt schon zwölf Jahre. Es war ohne Zweifel schändlich, einem Mann, den man nicht einmal genau kannte, in eine Wohnung zu folgen, bloß weil er Augen hatte, mit denen er einen ansah wie ein Mann hinter einem Fenster. Man unterscheidet ganz gut, dachte sie, Einzelheiten an diesem Menschen, die einem mißfallen und eine Warnung sein könnten; man könnte überhaupt – wenn einen nur etwas in solchen Augenblicken anhalten würde! – schamübergossen und vielleicht sogar zornflammend abbrechen; aber weil es nicht geschieht, wächst dieser Mann immer leidenschaftlicher in seine Rolle hinein. Und man selbst fühlt sich dabei ganz deutlich wie eine von künstlichem Licht angestrahlte Kulisse; es sind Bühnenaugen, ein Bühnenschnurrbart, sich öffnende Kostümknöpfe, was man vor sich hat, und die Augenblicke vom Betreten des Zimmers bis zur entsetzlichen ersten wieder nüchternen Bewegung spielen sich in einem Bewußtsein ab, das aus dem Kopf hinausgetreten ist und die Zimmerwände mit einer Tapete des Wahns überzieht. Bonadea gebrauchte nicht ganz die gleichen Worte, dachte es überhaupt nur teilweise in Worten, aber während sie es sich zu vergegenwärtigen trachtete, fühlte sie sich sofort wieder dieser Veränderung des Bewußtseins ausgeliefert. «Wer das beschreiben könnte, wäre ein großer Künstler; nein, er wäre ein Pornograph!» dachte sie, während sie Ulrich ansah. Denn die guten Vorsätze und den besten Willen zur Anständigkeit verlor sie auch während solcher Zustände keinen Augenblick; sie standen dann draußen und warteten und hatten zu dieser von den Begierden veränderten Welt bloß kein Wort zu sagen. Wenn Bonadeas Vernunft wiederkehrte, war das ihre größte Qual. Die Bewußtseinsveränderung durch den Geschlechtsrausch, über die andere Menschen als etwas Natürliches hinwegsehen, nahm bei ihr durch die Tiefe und Plötzlichkeit des Rausches wie auch der Reue eine Stärke an, die sie beängstigte, sobald sie wieder in den Friedenskreis der Familie zurückgekehrt war. Sie kam sich dann wie eine Wahnsinnige vor. Sie traute sich kaum, ihre Kinder anzusehen, aus Angst, sie mit ihrem verdorbenen Blick zu schädigen. Und sie zuckte zusammen, wenn ihr Mann sie etwas freundlicher anschaute, und fürchtete sich vor der Zwanglosigkeit des Alleinseins. Darum war in den Wochen der Trennung der Plan in ihr gereift, keinen anderen Geliebten mehr zu haben als Ulrich; er sollte ihr Halt geben und sie vor fremden Ausschreitungen bewahren. «Wie habe ich mir nur erlauben können, ihn zu tadeln,» dachte sie jetzt, wo sie zum erstenmal wieder vor ihm saß, «er ist so viel vollkommener als ich», und sie schrieb ihm das Verdienst zu, daß sie in der Zeit seiner Umarmungen ein gebesserter Mensch gewesen sei, und dachte wohl auch daran, daß er sie bei der nächsten Wohltätigkeitsveranstaltung in seinen neuen Gesellschaftskreis einführen müsse. Bonadea legte lautlos einen Fahnenschwur ab und bekam Tränen der Rührung in die Augen, während sie alles das bedachte.

Aber Ulrich trank mit der Langsamkeit eines Mannes, der einen schweren Entschluß bekräftigen muß, seinen Whisky aus. – Es sei im Augenblick noch nicht möglich, sie bei Diotima einzuführen, erklärte er ihr.

Bonadea wollte selbstverständlich genau Bescheid haben, warum es nicht möglich sei; und dann wollte sie genau wissen, wann es möglich sein werde.

Ulrich mußte ihr auseinandersetzen, daß sie weder in der Kunst, noch in der Wissenschaft, noch im Wohlfahrtswesen hervorgetreten sei, und daß es darum sehr lange dauern werde, ehe er Diotima die Notwendigkeit ihrer Mitwirkung begreiflich machen könne.

Nun war aber Bonadea in der Zwischenzeit von eigentümlichen Gefühlen für Diotima erfüllt worden. Sie hatte genug von deren Tugenden gehört, um nicht eifersüchtig zu sein; vielmehr beneidete und bewunderte sie diese Frau, die ihren Geliebten an sich fesselte, ohne ihm unsittliche Zugeständnisse zu machen. Sie schrieb die statuenhafte Gelassenheit, die sie an Ulrich zu bemerken glaubte, diesem Einfluß zu. Sich selbst nannte sie «leidenschaftlich», worunter sie ebensowohl ihre Ehrlosigkeit wie eine immerhin ehrenvolle Entschuldigung für diese verstand; aber sie bewunderte kühle Frauen mit dem gleichen Empfinden, wie unglückliche Besitzer ewig feuchter Hände ihre Hand in eine besonders trockene und schöne Hand legen. «Sie ist es!» dachte sie. «Sie hat Ulrich so verändert!» Ein harter Bohrer in ihrem Herzen, ein süßer Bohrer in ihren Knien: diese beiden sich gleichzeitig und gegeneinander drehenden Bohrer machten Bonadea beinahe ohnmächtig, als sie bei Ulrich Widerstand fand. Sie spielte ihren letzten Trumpf aus: Moosbrugger!

Es war ihr durch schmerzliches Nachdenken klargeworden, daß Ulrich eine eigentümliche Vorliebe für diese fürchterliche Erscheinung habe. Sie selbst widerte die «rohe Sinnlichkeit», die sich ihrer Überzeugung nach in Moosbruggers Taten ausdrückte, einfach mit Abscheu an; sie empfand in dieser Frage, natürlich ohne davon zu wissen, genau so wie die Prostituierten, die mit ganz ungemischtem Gefühl und ohne alle bürgerliche Romantik in einem Lustmörder einfach eine Gefährdung ihres Berufs erblicken. Aber sie brauchte, einschließlich ihrer unvermeidlichen Verfehlungen, eine ordentliche und wahre Welt, und Moosbrugger sollte ihr zu deren Wiederherstellung dienen. Da Ulrich eine Schwäche für ihn, und sie einen Gatten hatte, der Richter war und dienliche Auskunft zu geben vermochte, war in ihrer Verlassenheit ganz von selbst der Gedanke gereift, ihre Schwäche mit Ulrichs Schwäche durch die Vermittlung ihres Gatten zu vereinen, und diese sehnsüchtige Vorstellung hatte die tröstende Kraft einer vom Rechtsgefühl gesegneten Sinnlichkeit. Aber als sie sich ihrem guten Gatten damit näherte, war dieser über ihre juridische Entbranntheit erstaunt, obwohl er wußte, daß sie sich leicht für alles menschlich Gute und Hohe begeistere; und da er nicht nur Richter, sondern auch Jäger war, antwortete er gutmütig abweisend, daß es einzig das Richtige sei, das Raubzeug allerorten ohne viel Sentimentalität auszurotten, und ließ sich auf weitere Auskünfte nicht ein. Bei einem zweiten Versuch, den sie einige Zeit später unternahm, erfuhr Bonadea von ihm nur die zusätzliche Meinung, daß er das Gebären für Frauensache, das Töten aber für eine Männerangelegenheit halte, und da sie sich in dieser gefährlichen Frage nicht durch zu große Beflissenheit verdächtigen durfte, war ihr damit der Weg des Rechts vorläufig verschlossen. So war sie auf den Weg der Gnade gelangt, der einzig übrig blieb, wenn sie zu Ulrichs Freude etwas für Moosbrugger ausrichten sollte, und dieser Weg führte, man kann nicht einmal sagen überraschenderweise, eher anziehenderweise, über Diotima.

Sie sah sich im Geiste als Diotimas Freundin und erfüllte sich den Wunsch, die bewunderte Rivalin um der unaufschieblichen Sache willen kennenlernen zu müssen, selbst wenn sie zu stolz sein sollte, es aus persönlichem Bedürfnis zu tun. Sie hatte sich vorgenommen, sie für Moosbrugger zu gewinnen, was Ulrich, wie sie gleich erraten hatte, offenbar nicht gelang, und ihre Phantasie malte es ihr in schönen Bildern aus. Die marmorne große Diotima legte ihren Arm um die warme, sündengebeugte Schulter Bonadeas, und Bonadea erwartete für sich ungefähr die Rolle, dieses himmlisch unberührte Herz mit einem Tropfen Hinfälligkeit zu salben. Dies war der Plan, den sie ihrem verlorenen Freund auseinandersetzte.

Aber Ulrich war an diesem Tag für den Gedanken, Moosbrugger zu retten, in keiner Weise zu gewinnen. Er kannte die edlen Gefühle Bonadeas und wußte, wie leicht bei ihr aus dem Aufflammen einer einzelnen schönen Regung die Panik einer den ganzen Körper ergreifenden Feuersbrunst wurde. Er erklärte ihr, daß er nicht im geringsten die Absicht habe, sich in das Verfahren einzumengen, das man Moosbrugger mache.

Bonadea sah ihn mit gekränkten schönen Augen an, in denen das Wasser über dem Eis schwamm wie an der Grenze zwischen Frühjahr und Winter.

Nun hatte Ulrich niemals ganz eine gewisse Dankbarkeit für ihre kindisch schöne erste Begegnung in jener Nacht verloren, wo er ohnmächtig auf dem Pflaster lag, Bonadea zu seinen Häupten hockte und die unsichere, abenteuerliche Unbestimmtheit der Welt, der Jugend und der Gefühle aus den Augen dieser jungen Frau in sein erwachendes Bewußtsein träufelte. Er suchte also die kränkende Abweisung zu lindern und in ein längeres Gespräch aufzulösen. «Nimm an,» schlug er vor «du gehst nachts durch einen weiten Park, und es machen sich zwei Strolche an dich heran: würdest du daran denken, daß es bedauernswerte Menschen sind, an deren Roheit die Gesellschaft schuld hat?»

«Aber ich gehe nie nachts durch einen Park» erwiderte Bonadea sofort.

«Aber wenn ein Schutzmann daherkäme, würdest du die zwei doch verhaften lassen?»

«Ich würde ihn ersuchen, mich zu schützen!»

«Das heißt doch, daß er sie verhaftet?!»

«Das weiß ich nicht, was er dann mit ihnen tut. Übrigens ist Moosbrugger kein Strolch.»

«Also dann nimm an, er arbeite als Tischler in deiner Wohnung. Du bist mit ihm allein im Haus, und er fängt an, so hin und her rutschende Augen zu machen.»

Bonadea verwahrte sich. «Das ist doch abscheulich, was du von mir verlangst!»

«Sicher» sagte Ulrich. «Aber ich will dir ja zeigen, daß solche leicht aus dem Gleichgewicht geratende Menschen äußerst unangenehm sind. Unparteilichkeit darf man sich ihnen gegenüber eigentlich nur erlauben, wenn die Schläge ein anderer kriegt. Dann allerdings fordern sie unsere äußerste Zartheit heraus und sind die Opfer einer Gesellschaftsordnung oder des Schicksals. Du mußt zugeben, daß niemand für seine Fehler kann, wenn man sie mit seinen eigenen Augen betrachtet; sie sind für ihn im schlimmsten Fall Irrtümer oder schlechte Eigenschaften an einem Ganzen, das ihrethalben nicht weniger gut wird, und natürlich hat er vollkommen recht!»

Bonadea hatte etwas an ihrem Strumpf zu richten und fühlte sich gezwungen, Ulrich mit etwas zurückgeneigtem Kopf dabei anzusehen, so daß sich am Knie, unbeaufsichtigt von ihrem Auge, ein gegensatzreiches Leben von spitzen Säumen, glattem Strumpf, gespannten Fingern und sanft entspanntem Perlenschmelz der Haut entwickelte.

Ulrich zündete sich rasch eine Zigarette an und fuhr fort: «Der Mensch ist nicht gut, sondern er ist immer gut; das ist ein gewaltiger Unterschied, verstehst du? Man lächelt über diese Sophistik der Eigenliebe, aber man sollte aus ihr die Folgerung ableiten, daß der Mensch überhaupt nichts Böses tun kann; er kann nur bös wirken. Mit dieser Erkenntnis wären wir am rechten Ausgangspunkt einer sozialen Moral.»

Bonadea streifte mit einem Seufzer ihren Rock wieder an die rechte Stelle zurück, richtete sich auf und suchte sich mit einem Schluck von dem matten Goldfeuer zu beruhigen.

«Und nun will ich dir erklären,» setzte Ulrich lächelnd hinzu «warum man für Moosbrugger wohl allerhand fühlen, aber trotzdem nichts tun kann. Im Grunde gleichen alle diese Fälle einem herausstehenden Fadenende, und wenn man daran zieht, beginnt sich das ganze Gesellschaftsgewebe aufzutrennen. Ich werde dir das zunächst an rein verstandesmäßigen Fragen zeigen.»

Bonadea verlor auf unaufgeklärte Weise einen Schuh. Ulrich bückte sich danach, und der Fuß kam mit den warmen Zehen dem Schuh in seiner Hand entgegen wie ein kleines Kind. «Laß nur, laß, ich mache es selbst!» sagte Bonadea, während sie ihm den Fuß hinhielt.

«Da sind zuerst die psychiatrisch-juridischen Fragen» erklärte Ulrich unerbittlich weiter, während ihm aus dem Bein der Hauch der verminderten Zurechnungsfähigkeit in die Nase stieg. «Diese Fragen, von denen wir wissen, daß die Ärzte beinahe jetzt schon so weit sind, daß sie die meisten solcher Verbrechen verhindern könnten, wenn wir nur die dazu benötigten Geldmittel aufwenden wollten. Das ist also nur noch eine soziale Frage.»

«Ach, weißt du, die laß!» bat Bonadea, als er nun schon zum zweitenmal sozial sagte. «Wenn davon gesprochen wird, geh ich zu Hause aus dem Zimmer; das langweilt mich zu Tod.»

«Nun gut,» lenkte Ulrich ein «ich habe sagen wollen, wie die Technik aus Kadavern, Unrat, Bruch und Giften längst schon nützliche Dinge bereitet, könnte dies fast auch schon der psychologischen Technik gelingen. Aber die Welt läßt sich mit der Lösung dieser Fragen unmäßig viel Zeit. Der Staat gibt Geld für jede Dummheit her, für die Lösung der wichtigsten moralischen Fragen hat er aber nicht einen Kreuzer übrig. Das liegt in seiner Natur, denn der Staat ist das dümmste und boshafteste Menschenwesen, das es gibt.»

Er sagte es mit Überzeugung; aber Bonadea suchte ihn zum Kern der Sache zurückzubringen. «Liebster,» sagte sie schmachtend «es ist doch gerade das Beste für Moosbrugger, daß er unverantwortlich ist!?»

«Es wäre wahrscheinlich wichtiger, etliche Verantwortliche umzubringen, als einen Unverantwortlichen vor dem Umgebrachtwerden zu schützen!» wehrte Ulrich ab.

Er ging jetzt nahe vor ihr auf und ab. Bonadea fand ihn revolutionär und zündend; es gelang ihr, seine Hand einzufangen, und sie legte sie sich auf den Busen.

«Gut,» sagte er «ich werde dir jetzt die gefühlsmäßigen Fragen erklären.»

Bonadea entfaltete seine Finger und breitete seine Hand auf ihrer

Brust aus. Der begleitende Blick würde ein steinernes Herz gerührt haben; Ulrich glaubte in den nächsten Augenblicken zwei Herzen in der Brust zu fühlen, wie in einem Uhrmacherladen die Uhrschläge durcheinanderwimmeln. Mit dem Aufgebot aller Willenskraft brachte er die Brust in Ordnung und sagte sanft: «Nein, Bonadea!»

Bonadea war nun den Tränen nahe, und Ulrich redete ihr zu. «Ist es denn nicht widerspruchsvoll, daß du dich wegen dieser einen Sache aufregst, weil ich dir zufällig davon erzählt habe, während du von den Millionen ebenso großer Ungerechtigkeiten, die täglich geschehn, nichts merkst?»

«Aber das hat doch damit gar nichts zu tun» verwahrte sich Bonadea. «Das eine weiß ich nun eben! Und ich wäre ein schlechter Mensch, wenn ich ruhig bliebe!»

Ulrich meinte, daß man ruhig zu bleiben habe; geradezu stürmisch ruhig, – fügte er hinzu. Er hatte sich losgemacht und in einiger Entfernung vor Bonadea niedergesetzt. «Alles geschieht heute ‹inzwischen› und ‹einstweilen›,» bemerkte er «das muß so sein. Denn wir werden von der Gewissenhaftigkeit unseres Verstandes zu einer entsetzlichen Gewissenlosigkeit unseres Gemüts gezwungen.» Nun hatte er auch sich noch einmal Whisky eingeschenkt und die Beine auf den Diwan gezogen. Er fing an, müde zu werden. «Jeder Mensch denkt ursprünglich über das ganze Leben nach,» erklärte er «aber je genauer er nachdenkt, desto mehr engt sich das ein. Wenn er reif ist, hast du einen Menschen vor dir, der sich auf einem bestimmten Quadratmillimeter so gut auskennt wie in der ganzen Welt höchstens zwei Dutzend anderer Menschen, der genau sieht, wie alle Menschen, die sich nicht so genau auskennen, Unsinn über seine Angelegenheit reden, und sich doch nicht rühren darf, denn wenn er seinen Platz nur um einen Mikromillimeter verläßt, redet er selbst Unsinn.» Seine Müdigkeit war jetzt dünngolden wie das Getränk, das am Tisch stand. «Auch ich rede also schon eine halbe Stunde lang Unsinn» dachte er; aber dieser herabgeminderte Zustand war angenehm. Er fürchtete bloß das eine, daß Bonadea auf den Einfall kommen könnte, sich zu ihm zu setzen. Dagegen gab es nur ein Mittel: reden. Er hatte den Kopf aufgestützt und lag ausgestreckt da wie die Grabfiguren in der Mediceerkapelle. Mit einemmal fiel ihm das ein, und wirklich, während er diese Stellung einnahm, floß Großartigkeit durch seinen Körper, ein Schweben in ihrer Ruhe, und er kam sich gewaltiger vor, als er war; zum erstenmal glaubte er, aus der Ferne, diese Kunstwerke zu verstehen, die er bis dahin nur wie fremde Dinge angesehen hatte. Und statt zu reden, schwieg er. Auch Bonadea fühlte etwas. Es war ein «Augenblick», wie man das nennt, was man nicht bezeichnen kann. Etwas schauspielerisch Gehobenes vereinigte die beiden, die plötzlich stumm wurden.

«Was ist von mir übrig geblieben?» dachte Ulrich bitter. «Vielleicht ein Mensch, der tapfer und unverkäuflich ist und sich einbildet, daß er um der Freiheit des Inneren willen nur wenige äußere Gesetze achtet. Aber diese Freiheit des Inneren besteht darin, daß man sich alles denken kann, daß man in jeder menschlichen Lage weiß, warum man sich nicht an sie zu binden braucht, und niemals weiß, wovon man sich binden lassen möchte!» In diesem wenig glücklichen Augenblick, wo sich die sonderbare kleine Gefühlswelle, die ihn für eine Sekunde gefaßt hatte, wieder auflöste, wäre er bereit gewesen, zuzugeben, daß er nichts besitze als eine Fähigkeit, an jeder Sache zwei Seiten zu entdecken, jene moralische Ambivalenz, die fast alle seine Zeitgenossen auszeichnete und die Anlage seiner Generation bildete oder auch deren Schicksal. Seine Beziehungen zur Welt waren blaß, schattenhaft und verneinend geworden. Welches Recht hatte er, Bonadea schlecht zu behandeln? Es war immer das gleiche ärgerliche Gespräch, das sich zwischen ihnen wiederholte. Es entstand aus der inneren Akustik der Leere, in der ein Schuß doppelt so laut widerhallt und nicht aufhört zu rollen; es beschwerte ihn, daß er zu ihr gar nicht mehr anders sprechen konnte als in dieser Art, für deren besondere Qual, die sie beiden bereitete, ihm der halbsinnig hübsche Name Barock der Leere einfiel. Und er richtete sich auf, um ihr etwas Liebenswürdiges zu sagen. «Mir ist jetzt etwas aufgefallen» wandte er sich an Bonadea, die noch immer in würdiger Weise dasaß. «Es ist eine komische Sache. Ein merkwürdiger Unterschied: Der zurechnungsfähige Mensch kann immer auch anders, der unzurechnungsfähige nie!»

Bonadea erwiderte etwas sehr Bedeutendes. «Ach du!» erwiderte sie. Das war die einzige Unterbrechung, und das Schweigen schloß sich wieder.

Wenn Ulrich in ihrer Gegenwart von allgemeinen Dingen sprach, so mochte sie es nicht. Sie fühlte sich mit Recht bei allen ihren Fehltritten doch immer inmitten einer Menge ihr ähnlicher Menschen und hatte ein richtiges Empfinden für das Ungesellige, Übertriebene und Einsame seiner Art, sie mit Gedanken, statt mit Gefühlen zu bewirten. Immerhin hatten sich in ihr dabei Verbrechen, Liebe und Traurigkeit jetzt zu einem Ideenkreis vereint, der höchst gefährlich war. Ulrich kam ihr nun beiweitem nicht mehr so einschüchternd und vollkommen vor wie beim Beginn des Wiedersehns; aber zur Entschädigung hatte er etwas Knabenhaftes gewonnen, das ihren Idealismus aufregte wie ein Kind, das sich an etwas nicht vorbeitraut, um seiner Mutter ans Herz zu eilen. Sie empfand schon die längste Zeit eine aufgelokkerte, nicht in Rand noch in Band gefaßte Zärtlichkeit für ihn. Aber seit Ulrich ihre erste Andeutung davon abgewiesen hatte, legte sie sich gewaltsam Zurückhaltung auf. Sie hatte die Erinnerung, wie sie bei ihrem letzten Besuch hier entkleidet und hilflos auf seinem Diwan gelegen war, noch nicht verwunden und hatte sich vorgenommen, wenn es sein müßte, lieber mit Hut und Schleier bis zum Ende auf ihrem Stuhl sitzen zu bleiben, damit er verstehen lerne, daß er jemand vor sich habe, der sich nötigenfalls ebenso zu beherrschen wisse wie die Rivalin Diotima. Bonadea vermißte immer zu der großen Erregung, in die sie durch die Nähe eines Liebhabers geriet, die große Idee; freilich ist das etwas, das man leider vom ganzen Leben sagen könnte, das viel Erregung und wenig Sinn hat, aber Bonadea wußte das nicht, und sie suchte irgendeine Idee zu äußern. An denen Ulrichs fehlte ihr die Würde, die sie nötig hatte, und es ist wahrscheinlich, daß sie eine schönere und gefühlvollere suchte. Aber ideales Zögern und gemeine Anziehung, Anziehung und eine schreckliche Angst, vorzeitig angezogen zu werden, mischten sich dabei mit dem Antrieb des Schweigens, in dem die versagten Handlungen zuckten, und der Erinnerung an die große Ruhe, die sie für eine Sekunde mit ihrem Geliebten verbunden hatte. Schließlich war das so, wie wenn ein Regen in der Luft hängt und es kann nicht regnen: eine Benommenheit, die sich über die ganze Haut ausbreitete und Bonadea mit der Vorstellung schreckte, sie könnte die Beherrschung verlieren ohne es zu merken.

Und plötzlich zuckte eine körperliche Illusion daraus hervor, ein Floh. Bonadea wußte nicht, ob er Wirklichkeit oder Einbildung war. Sie fühlte einen Schauer im Gehirn, einen unglaubwürdigen Eindruck, als ob sich dort eine Vorstellung aus der schattenhaften Gebundenheit der übrigen losgemacht hätte, aber doch nur eine Einbildung wäre; und zugleich einen unbezweifelbaren, wirklichkeitsgetreuen Schauer auf der Haut. Sie hielt den Atem an. Wenn etwas, tripp trapp, die Treppe heraufkommt, und man weiß, die Treppe ist leer, und doch hört man ganz deutlich tripp trapp, ist es so. Bonadea begriff wie von einem Blitz erhellt, daß das eine unfreiwillige Fortsetzung des verlorenen Schuhes sei. Es bedeutete ein verzweifeltes Auskunftsmittel für eine Dame. Dennoch fühlte sie in dem Augenblick, wo sie den Spuk bannen wollte, einen heftigen Stich. Sie kreischte leise auf, bekam hochrote Wangen und forderte Ulrich auf, ihr suchen zu helfen. Ein Floh bevorzugt die gleichen Gegenden wie ein Liebhaber; der Strumpf wurde bis zum Schuh untersucht, die Bluse mußte an der Brust geöffnet werden. Bonadea erklärte, daß er von der Straßenbahn käme oder von Ulrich gekommen sei. Aber er war nicht zu finden und hatte keine Spuren hinterlassen.

«Ich weiß nicht, was das war!» sagte Bonadea.

Ulrich lächelte unerwartet freundlich.

Da fing Bonadea wie ein kleines Mädchen, das sich schlecht aufgeführt hat, zu weinen an.

64

General Stumm von Bordwehr besucht Diotima

General Stumm von Bordwehr hatte Diotima seine Aufwartung gemacht. Das war jener Offizier, den das Kriegsministerium in die große gründende Sitzung entsandt hatte, wo er eine Rede hielt, die auf alle Eindruck machte, ohne aber hindern zu können, daß bei der Aufstellung der Ausschüsse für das große Friedenswerk, die nach dem Muster der Ministerien geschah, das Ministerium des Krieges aus naheliegenden Gründen übergangen wurde. – Er war ein nicht sehr stattlicher General mit einem kleinen Bauch und einer kleinen Lippenbürste an der Stelle des Schnurrbarts. Sein Gesicht war rund und hatte etwas von Familienkreis bei Abwesenheit jedes Vermögens über das in der Heiratsvorschrift für Truppenoffiziere geforderte hinaus. Er sagte zu Diotima, dem Soldaten sei im Beratungszimmer eine bescheidene Rolle angemessen. Es verstehe sich überdies aus politischen Rücksichten von selbst, daß das Kriegsministerium bei der Bildung der Ausschüsse nicht berücksichtigt werden konnte. Dennoch wage er zu behaupten, die geplante Aktion solle nach außen wirken, was aber nach außen wirke, sei die Macht eines Volks. Er wiederholte, daß der berühmte Philosoph Treitschke gesagt habe, Staat sei die Macht, sich im Völkerkampf zu erhalten. Die Kraft, die man im Frieden entfalte, halte den Krieg fern oder kürze seine Grausamkeit zumindest ab. Er sprach noch eine Viertelstunde lang, bediente sich einiger klassischer Zitate, an die er sich, wie er hinzufügte, noch aus der Gymnasialzeit mit Vorliebe erinnerte, und behauptete, daß diese Jahre des humanistischen Studiums die schönsten seines Lebens gewesen seien; suchte Diotima fühlen zu lassen, daß er sie bewundere und von der Art, wie sie die große Sitzung geleitet habe, entzückt gewesen sei; wollte nur noch einmal wiederholen, daß recht verstanden ein Ausbau der Wehrmacht, die hinter der anderer Großstaaten weit zurückstehe, die ausdrucksvollste Bekundung friedlicher Gesinnung bedeuten könnte, und erklärte im übrigen, vertrauensvoll zu erwarten, daß eine breite, volkstümliche Teilnahme an den Fragen des Heeres von selbst kommen werde.

Dieser liebenswürdige General versetzte Diotima in tödlichen Schreck. Es gab damals in Kakanien Familien, wo Offiziere verkehrten, weil ihre Töchter Offiziere heirateten, und Familien, deren Töchter Offiziere nicht heirateten, entweder weil kein Geld für die Heiratskaution vorhanden war oder aus Grundsatz, so daß dort auch keine Offiziere verkehrten; Diotimas Familie hatte aus beiden Gründen zu der zweiten Sorte gehört, und die Folge war, daß die gewissenhaft schöne Frau eine Vorstellung vom Militär mit ins Leben nahm, ungefähr so wie die Vorstellung eines mit bunten Lappen behängten Todes. Sie erwiderte, es gebe so viel Großes und Gutes auf der Welt, daß die Wahl nicht leicht falle. Es sei ein großer Vorzug, inmitten eines materialistischen Treibens der Welt ein großes Zeichen geben zu dürfen, aber auch eine schwere Pflicht. Und schließlich solle die Kundgebung aus der Mitte des Volks selbst aufsteigen, weshalb sie ihre eigenen Wünsche ein wenig zurückstellen müsse. Sie setzte ihre Worte sorgfältig, wie mit schwarzgelben Bindfäden geheftet, und verbrannte sanfte Räucherwerkworte der hohen Bürokratie auf ihren Lippen.

Aber als der General sich verabschiedet hatte, brach das Innere der hohen Frau ohnmächtig zusammen. Wenn sie eines so niederen Gefühls wie Hasses fähig gewesen wäre, würde sie diesen rundlichen kleinen Mann mit den schwänzelnden Augen und den Goldknöpfen am Bauch gehaßt haben, aber da ihr das unmöglich blieb, empfand sie eine dumpfe Beleidigung und konnte sich nicht sagen, warum. Sie öffnete trotz der Winterkälte die Fenster und rauschte mehrmals im Zimmer auf und ab. Als sie die Fenster wieder schloß, hatte sie Tränen in den Augen. Sie war sehr erstaunt. Das geschah nun schon zum zweitenmal, daß sie grundlos weinte. Sie erinnerte sich an die Nacht, wo sie an der Seite ihres Gatten Tränen vergossen hatte, ohne eine Erklärung dafür zu besitzen. Diesmal war das lediglich Nervöse des Vorgangs, dem kein Inhalt entsprach, noch deutlicher; dieser dicke Offizier trieb ihr die Tränen aus den Augen wie eine Zwiebel, ohne daß ein vernünftiges Gefühl mitsprach. Mit Recht wurde sie davon beunruhigt; eine ahnungsvolle Angst sagte ihr, daß irgendein unsichtbarer Wolf um ihre Hürden schleiche und daß es hoch an der Zeit sei, ihn durch die Macht der Idee zu bannen. Auf diese Weise kam es, daß daß sie sich nach dem Besuch des Generals vornahm, mit größter Beschleunigung die in Aussicht genommene Versammlung großer Geister zustandezubringen, die ihr behilflich sein sollte, der patriotischen Aktion einen Inhalt zu sichern.

65

Aus den Gesprächen Arnheims und Diotimas

Es erleichterte Diotimas Herz, daß Arnheim gerade von einer Reise zurückgekehrt war und ihr zur Verfügung stand.

«Ich habe erst vor einigen Tagen mit Ihrem Vetter ein Gespräch über Generäle gehabt» erwiderte er sofort und machte diese Mitteilung mit der Miene eines Mannes, der einen bedenklichen Zusammenhang andeutet, ohne angeben zu wollen, worum es sich handle. Diotima empfing den Eindruck, daß ihr widerspruchsvoller, von der großen Idee der Aktion wenig begeisterter Vetter auch noch die unklaren Gefahren begünstige, die vom General ausgingen, und Arnheim fuhr fort:

«Ich möchte es in Gegenwart Ihres Vetters nicht dem Spott aussetzen,» mit diesen Worten leitete er eine neue Wendung ein «aber es liegt mir daran, Sie etwas fühlen zu lassen, worauf Sie als Fernestehende kaum von selbst kommen könnten: den Zusammenhang zwischen Geschäft und Dichtung. Ich meine natürlich das Geschäft im großen, das Weltgeschäft, wie ich es durch die Stelle, auf der ich geboren, zu betreiben bestimmt worden bin; es ist verwandt mit der Dichtung, es besitzt irrationale, ja geradezu mystische Seiten; ich möchte sogar sagen, besonders das Geschäft besitzt sie. Sehen Sie wohl, das Geld ist eine außerordentlich unduldsame Macht.»

«In allem, was Menschen mit dem Einsatz ihrer ganzen Person betreiben, liegt wahrscheinlich eine gewisse Unduldsamkeit» antwortete Diotima, die noch dem unvollendeten ersten Teil des Gesprächs nachhing, mit einigem Zögern.

«Besonders im Geld!» sagte Arnheim rasch. «Törichte Menschen bilden sich ein, Geld zu besitzen sei Genuß! Es ist in Wahrheit eine unheimliche Verantwortung. Ich will nicht von den zahllosen Existenzen sprechen, die von mir abhängen, so daß ich für sie fast das Schicksal vertrete; lassen Sie mich bloß davon sprechen, daß mein Großvater mit einem Müllabfuhrgeschäft in einer rheinischen Mittelstadt begonnen hat.»

Bei diesen Worten fühlte Diotima wirklich einen plötzlichen Schauer, der ihr wie wirtschaftlicher Imperialismus vorkam; es war das aber eine Verwechslung, denn sie entbehrte nicht ganz der Vorurteile ihres Gesellschaftskreises, und da sie bei Müllabfuhrgeschäft in der Sprechweise ihrer Heimat an den Mistbauer gedacht hatte, machte sie das mutige Bekenntnis ihres Freundes erröten.

«In diesem Veredlungsverkehr für Abfälle» fuhr der Bekenner fort «hat mein Großvater den Grund zum Einfluß der Arnheims gelegt. Aber noch mein Vater erscheint als Selfmademan, wenn man bedenkt, daß er in vierzig Jahren diese Firma zum Welthaus ausgeweitet hat. Er hat nicht mehr als zwei Klassen einer Handelsschule durchgemacht, aber durchschaut mit einem Blick die verwickeltsten Weltverhältnisse und weiß alles, was er zu wissen braucht, früher als es andere Leute wissen. Ich habe Nationalökonomie und alle erdenklichen Wissenschaften studiert, aber ihm sind sie ganz unbekannt, und man kann in keiner Weise erklären, wie er das macht, aber es mißlingt ihm nie das geringste. Das ist das Geheimnis des kraftvollen, einfachen, großen und gesunden Lebens!»

Arnheims Stimme, wie er von seinem Vater sprach, hatte einen ungewöhnlichen, ehrfürchtigen Ton angenommen, als hätte ihre dozierende Ruhe irgendwo einen kleinen Sprung. Es fiel Diotima umsomehr auf, als ihr Ulrich erzählt hatte, daß man den alten Arnheim einfach als einen kleinen, breitschultrigen Kerl schildere, mit einem knochigen Gesicht und einer Knopfnase, der immer einen weit offenen Schwalbenschwanz trage und mit seinem Aktienbesitz so zäh und umsichtig verfahre wie ein Schachspieler mit seinen Bauern. Und ohne ihre Antwort abzuwarten, fuhr Arnheim nach einer kleinen Pause fort: «Wenn ein Geschäft eine Ausbreitung erreicht wie die ganz wenigen, von denen ich hier spreche, so gibt es kaum eine Angelegenheit des Lebens, mit der es nicht verflochten wäre. Es ist ein Kosmos im kleinen. Sie würden staunen, wenn Sie wüßten, welche scheinbar ganz unkommerziellen Fragen, künstlerische, moralische, politische, ich zuweilen in den Unterredungen mit dem Seniorchef zur Sprache bringen muß. Aber die Firma schießt nicht mehr so in die Höhe wie in den Anfangszeiten, die ich die heroischen nennen möchte. Es gibt auch für Geschäfte trotz allen Wohlergehens eine geheimnisvolle Grenze des Wachstums wie für alles Organische. Haben Sie sich schon einmal gefragt, warum über Elefantengröße heute kein Tier mehr hinauswächst? Sie finden das gleiche Geheimnis in der Geschichte der Kunst und in den sonderbaren Beziehungen des Lebens von Völkern, Kulturen und Zeiten.»

Diotima bereute jetzt, daß sie vor dem Veredelungsverkehr für Abfälle zurückgeschaudert war, und fühlte sich verwirrt.

«Von solchen Geheimnissen ist das Leben voll. Es gibt etwas, wogegen aller Verstand ohnmächtig ist. Mein Vater ist damit im Bunde. Aber ein Mensch wie Ihr Vetter,» sagte Arnheim «ein Aktivist, der immer den Kopf voll davon hat, wie die Dinge anders und besser zu machen wären, hat kein Empfinden dafür.»

Diotima drückte, als Ulrichs Name noch einmal vorkam, durch ein Lächeln aus, daß ein Mann wie ihr Vetter keineswegs Anspruch habe, auf sie Einfluß auszuüben. Die gleichmäßige, etwas gelbliche Haut Arnheims, die im Gesicht so glatt wie eine Birne war, hatte sich über die Wangen hinaus gerötet. Er hatte einem wunderlichen Bedürfnis nachgegeben, das Diotima seit längerer Zeit in ihm erregte, sich ihr bis ins letzte Unbekannte ungeschützt anzuvertrauen. Nun schloß er sich wieder ein, nahm ein Buch vom Tisch, las seinen Titel, ohne ihn zu entziffern, legte es ungeduldig zurück und sagte mit seiner gewöhnlichen Stimme, die auf Diotima in diesem Augenblick so erschütternd wirkte wie die Bewegung eines Menschen, der seine Kleider an sich nimmt, woran sie erkannte, daß er nackt gewesen war: «Ich bin weit abgekommen. Was ich Ihnen über den General zu sagen habe, ist, daß Sie nichts Besseres tun können, als so bald wie möglich Ihren Plan zu verwirklichen und durch den Einfluß humanen Geistes und seiner anerkannten Vertreter unsere Aktion zu heben. Aber Sie brauchen auch den General nicht grundsätzlich abzulehnen. Er ist vielleicht persönlich guten Willens, und Sie kennen ja meinen Grundsatz, daß man der Gelegenheit, Geist in eine Sphäre bloßer Macht zu tragen, niemals aus dem Wege gehen soll.»

Diotima ergriff seine Hand und faßte diese Unterredung in den Abschied zusammen: «Ich danke Ihnen für Ihre Aufrichtigkeit!»

Arnheim ließ die milde Hand einen Augenblick lang unentschlossen in der seinen ruhn und starrte nachdenklich darauf, als hätte er etwas zu sagen vergessen.

66

Zwischen Ulrich und Arnheim ist einiges nicht in Ordnung

Ihr Vetter machte sich damals nicht selten das Vergnügen, Diotima die dienstlichen Erfahrungen zu beschreiben, die er an der Seite Sr. Erlaucht sammelte, und legte besonders Wert darauf, ihr immer wieder die Mappen mit den Vorschlägen zu zeigen, die bei Graf Leinsdorf einliefen.

«Mächtige Kusine,» berichtete er, mit einem dicken Aktenstoß in der Hand, «ich kann mir allein nicht mehr helfen; die ganze Welt scheint von uns Verbesserungen zu erwarten, und die eine Hälfte von ihnen beginnt mit den Worten ‹Los von...›, während die andere Hälfte mit den Worten ‹Vorwärts zu...› beginnt! Ich habe hier Aufforderungen, die von Los von Rom bis Vorwärts zur Gemüsekultur reichen. Wofür wollen Sie sich entscheiden?»

Es war nicht leicht, in die Wünsche, welche die Mitwelt an Graf Leinsdorf richtete, Ordnung zu bringen, aber zwei Gruppen hoben sich aus den Zuschriften durch ihren Umfang hervor. Die eine machte für den Mißstand der Zeit eine bestimmte Einzelheit verantwortlich und verlangte ihre Beseitigung, und solche Einzelheiten waren nichts geringeres als die Juden oder die römische Kirche, der Sozialismus oder der Kapitalismus, die mechanistische Denkweise oder die Vernachlässigung der technischen Entwicklung, die Rassenmischung oder die Rassenentmischung, der Großgrundbesitz oder die Großstädte, die Intellektualisierung oder der ungenügende Volksunterricht. Die andere Gruppe dagegen bezeichnete ein vorausliegendes Ziel, das zu erreichen vollkommen genügen würde, und sie unterschieden sich, diese erstrebenswerten Ziele der zweiten, von den zerstörungswerten Einzelheiten der ersten Gruppe gewöhnlich durch nichts als durch das Gefühlsvorzeichen des Ausdrucks, offenbar, weil es in der Welt eben kritische und bejahende Naturen gibt. So ließen denn die Zuschriften der zweiten Gruppe etwa mit freudiger Verneinung verlauten, daß man mit dem lächerlichen Kultus der Künste endlich brechen möge, weil das Leben ein größerer Dichter sei als alle Skribenten, und forderten Sammlungen von Gerichtssaalberichten und Reisebeschreibungen zu allgemeinem Gebrauch; wogegen im gleichen Fall die Zuschriften der ersten Gruppe mit freudiger Bejahung behaupteten, daß das Gipfelgefühl der Bergfahrer über alle Erhebungen der Kunst, Philosophie und Religion hinausreiche, weshalb man statt dieser lieber Alpenvereine fördern solle. In solcher doppelwegigen Weise wurde Verlangsamung des Zeittempos ebenso gefordert wie ein Preisausschreiben für das beste Feuilleton, weil das Leben unerträglich oder köstlich kurz sei, und man wünschte die Befreiung der Menschheit durch und von Gartensiedlungen, Entsklavung der Frau, Tanz, Sport oder Wohnkultur ebenso wie durch unzählig anderes von unzählig anderem.

Ulrich klappte die Mappe zu und begann ein Privatgespräch. «Mächtige Kusine,» sagte er «es ist eine verwunderliche Erscheinung, daß die eine Hälfte das Heil in der Zukunft sucht und die andere in der Vergangenheit. Ich weiß nicht, was man daraus schließen soll. Se. Erlaucht würde sagen, daß die Gegenwart heillos ist.»

«Beabsichtigt Erlaucht etwas Kirchliches?» fragte Diotima.

«Er hat sich augenblicklich zu der Erkenntnis durchgerungen, daß es in der Geschichte der Menschheit kein freiwilliges Zurück gibt. Aber das Erschwerende ist, daß wir ja auch kein brauchbares Vorwärts haben. Gestatten Sie mir, es als eine merkwürdige Lage zu bezeichnen, wenn es weder vorwärts noch zurück geht und der gegenwärtige Augenblick auch als unerträglich empfunden wird.»

Diotima verschanzte sich, wenn Ulrich so sprach, in ihrem hohen Körper wie in einem Turm, der im Reisehandbuch drei Sterne hat.

«Glauben Sie, gnädige Frau, daß irgendein Mensch, der heute für oder gegen eine Sache kämpft,» fragte Ulrich «wenn er morgen durch ein Wunder zum unumschränkten Beherrscher der Welt gemacht würde, noch am gleichen Tag das täte, was er sein Leben lang gefordert hat? Ich bin überzeugt, er würde sich einige Tage Aufschub gönnen.»

Da Ulrich danach eine kleine Pause machte, wandte sich ihm Diotima überraschend zu, ohne zu antworten, und fragte streng: «Aus welchem Grund haben Sie dem General Aussichten auf unsere Aktion gemacht?»

«Welchem General?»

«Dem General von Stumm!»

«Das ist der runde, kleine General aus der großen ersten Sitzung? Ich? Ich habe ihn seither nicht einmal gesehen, geschweige denn ihm etwas in Aussicht gestellt!»

Ulrichs Erstaunen war überzeugend und heischte eine Erklärung. Aber da auch ein Mann wie Arnheim nicht die Unwahrheit sprechen konnte, mußte ein Mißverständnis vorliegen, und Diotima erläuterte, worauf sich ihre Annahme stütze.

«Ich soll also mit Arnheim über General von Stumm gesprochen haben? Auch das niemals!» versicherte Ulrich. «Ich habe mit Arnheim – geben Sie mir, bitte, einen Augenblick Zeit» – er dachte nach, und mit einemmal lachte er. «Das wäre ja sehr schmeichelhaft, wenn Arnheim solches Gewicht auf jedes meiner Worte legen sollte! Ich habe mich in der letzten Zeit mehrmals mit ihm unterhalten, wenn Sie unsere Gegensätze so nennen wollen, und einmal habe ich dabei in der Tat auch von einem General gesprochen, aber von keinem bestimmten und nur nebenbei als Beispiel. Ich habe behauptet, daß ein General, der aus einem strategischen Grund Bataillone in den sicheren Untergang schickt, ein Mörder ist, wenn man ihn in Zusammenhang damit bringt, daß das tausende Söhne von Müttern sind; daß er aber sofort etwas anderes wird, wenn man ihn mit anderen Gedanken in Zusammenhang bringt, zum Beispiel mit der Notwendigkeit von Opfern oder der Gleichgültigkeit des kurzen Lebens. Ich habe auch eine Menge anderer Beispiele benützt. Aber hier müssen Sie mir eine Abschweifung gestatten. Aus sehr naheliegenden Gründen behandelt jede Generation das Leben, das sie vorfindet, als fest gegeben, bis auf das wenige, an dessen Veränderung sie interessiert ist. Das ist nützlich, aber falsch. Die Welt könnte ja in jedem Augenblick auch nach allen Richtungen verändert werden oder doch nach jeder beliebigen; es liegt ihr sozusagen in den Gliedern. Es wäre darum eine eigenartige Weise zu leben, wenn man einmal versuchen würde, sich nicht so zu benehmen wie ein bestimmter Mensch in einer bestimmten Welt, in der, möchte ich sagen, nur ein paar Knöpfe zu verschieben sind, was man Entwicklung nennt; sondern von vornherein so wie ein zum Verändern geborener Mensch, der von einer zum Verändern geschaffenen Welt eingeschlossen wird, also ungefähr so wie ein Wassertröpfchen in einer Wolke. Verachten Sie mich, weil ich wieder undeutlich bin?»

«Ich verachte Sie nicht, aber ich kann Sie nicht verstehn» befahl Diotima; «erzählen Sie mir doch das ganze Gespräch!»

«Nun, Arnheim hat es hervorgerufen; er hat mich angehalten und förmlich zum Gespräch gestellt» begann Ulrich. «‹Wir Kaufleute› hat er mit einem sehr elementischen Lächeln zu mir gesagt, das zu der ruhigen Haltung, die er sonst beobachtet, etwas in Widerspruch stand, aber doch sehr hoheitsvoll war, ‹wir Kaufleute rechnen nicht, wie Sie vielleicht glauben könnten. Sondern wir – ich meine natürlich die führenden Leute; die kleinen mögen immerhin unausgesetzt rechnen – lernen unsere wirklich erfolgreichen Einfälle als etwas betrachten, das jeder Berechnung spottet, ähnlich wie es der persönliche Erfolg des Politikers und schließlich auch der des Künstlers tut.› Dann hat er mich gebeten, was er jetzt sagen werde, mit der Nachsicht zu beurteilen, die etwas Irrationales beanspruchen dürfe. Er mache sich seit dem ersten Tag, wo er mich gesehen habe, gewisse Gedanken über mich, hat er mir anvertraut, und Sie, gnädigste Kusine, sollen ihm allerdings auch manches von mir erzählt haben, aber er hätte es gar nicht erst zu hören brauchen, versicherte er, und er hat mir erklärt, daß ich merkwürdigerweise einen ganz abstrakten, begrifflichen Beruf erwählt habe, denn so sehr ich auch dafür begabt sein könne, ginge ich doch irre, indem ich Wissenschafter sei, und meine wesentliche Begabung liege, wenn mich das auch wundern möge: im Gebiet des Handelns und der persönlichen Wirkung!»

«So?» sagte Diotima.

«Ich bin ganz Ihrer Meinung» beeilte sich Ulrich zu erwidern. «Ich bin für nichts unbegabter wie für mich selbst.»

«Sie spötteln immer, statt sich dem Leben zu widmen» meinte Diotima, die sich über ihn noch wegen der Mappen ärgerte.

«Arnheim behauptet das Gegenteil. Ich habe das Bedürfnis, aus meinem Denken zu gründliche Schlüsse auf das Leben zu ziehn, – behauptet er.»

«Sie spötteln und sind negativistisch; Sie sind immer auf dem Sprung ins Unmögliche und weichen jeder wirklichen Entscheidung aus!» bestimmte Diotima.

«Es ist einfach meine Überzeugung,» erwiderte Ulrich «daß Denken eine Einrichtung für sich ist, und das wirkliche Leben eine andere. Denn der Stufenunterschied zwischen den beiden ist gegenwärtig zu groß. Unser Gehirn ist einige tausend Jahre alt, aber wenn es alles nur halb zu Ende gedacht und zur andern Hälfte vergessen hätte, so wäre sein getreues Abbild die Wirklichkeit. Man kann ihr nur die geistige Teilnahme verweigern.»

«Heißt das nicht, sich die Aufgabe allzu leicht machen?» fragte Diotima ohne beleidigende Absicht, nur so, wie ein Berg auf einen kleinen Bach zu seinen Füßen blickt. «Arnheim liebt auch die Theorien, aber ich glaube, daß er sich wenig durchgehen läßt, ohne es auf alle Zusammenhänge zu prüfen: Meinen Sie nicht, daß es der Sinn alles Denkens ist, gedrängte Anwendungsfähigkeit zu sein...?»

«Nein» sagte Ulrich.

«Ich möchte hören, was Ihnen Arnheim darauf geantwortet hat?»

«Er hat mir gesagt, daß der Geist heute ein machtloser Zuschauer der wirklichen Entwicklung ist, weil er den großen Aufgaben, die das Leben stellt, aus dem Weg geht. Er hat mich aufgefordert, zu betrachten, wovon die Künste handeln, welche Kleinlichkeiten die Kirchen erfüllen, wie eng selbst das Blickfeld der Gelehrsamkeit ist! Und ich sollte daran denken, daß währenddessen die Erde buchstäblich aufgeteilt werde. Dann erklärte er mir, daß er gerade davon zu mir habe reden wollen!»

«Und was haben Sie erwidert?» fragte Diotima gespannt, denn sie glaubte zu erraten, daß Arnheim ihrem Vetter wegen dessen teilnahmslosen Verhaltens zu den Fragen der Parallelaktion habe Vorwürfe machen wollen.

«Ich habe ihm erwidert, daß mich das Verwirklichen jederzeit weniger anzieht als das Nichtverwirklichte, und ich meine damit nicht etwa nur das der Zukunft, sondern ebenso sehr das Vergangene und Verpaßte. Es kommt mir vor, daß es unsere Geschichte ist, jedesmal wenn wir von einer Idee einiges weniges verwirklicht haben, in der Freude darüber den größeren Rest von ihr unvollendet stehen zu lassen. Großartige Einrichtungen sind gewöhnlich verpatzte Ideenentwürfe; übrigens auch großartige Personen: das habe ich ihm gesagt. Es war gewissermaßen ein Unterschied in der Richtung der Betrachtung».

«Das war streitsüchtig von Ihnen!» sagte Diotima gekränkt.

«Er hat mir dafür mitgeteilt, wie ich ihm vorkomme, wenn ich die Tatkraft verleugne um irgendeiner ausständigen gedanklichen Generalregelung willen. Wollen Sie es hören? Wie ein Mann, der sich neben ein für ihn bereitetes Bett auf die Erde legt. Es sei Energievergeudung, also selbst etwas physikalisch Unmoralisches, hat er persönlich für mich hinzugefügt. Er hat mir zugesetzt, doch zu verstehen, daß geistige Ziele von großem Ausmaß nur mit Benützung der heute bestehenden wirtschaftlichen, politischen und nicht zuletzt geistigen Machtverhältnisse zu erreichen seien. Er für seine Person halte es für ethischer, sich ihrer zu bedienen, als sie zu vernachlässigen. Er hat mir sehr zugesetzt. Er hat mich einen sehr aktiven Menschen in Abwehrstellung, in verkrampfter Abwehrstellung genannt. Ich glaube, er hat irgendeinen nicht ganz geheuerlichen Grund, warum er meine Achtung gewinnen will!»

«Er will Ihnen nützen!» rief Diotima strafend aus.

«O nein» meinte Ulrich. «Ich bin vielleicht nur ein kleiner Kiesel, und er ist wie eine prächtige bauchige Glaskugel. Aber ich habe den Eindruck, daß er Angst vor mir hat.»

Diotima antwortete nichts darauf. Das, was Ulrich sprach, mochte anmaßend sein, aber es war ihr eingefallen, daß das Gespräch, das er wiedergegeben hatte, keineswegs ganz so war, wie es nach dem Eindruck, den Arnheim in ihr hervorgerufen hatte, hätte sein müssen. Das beunruhigte sie sogar. Obgleich sie Arnheim eines intriganten Zuges ganz unfähig hielt, gewann Ulrich doch an Vertrauen, und sie richtete die Frage an ihn, was also er in der Angelegenheit des Generals Stumm raten würde.

«Fernhalten!» gab Ulrich zur Antwort, und Diotima konnte sich nicht den Vorwurf ersparen, daß ihr das gut gefiel.

67

Diotima und Ulrich

Das Verhältnis Diotimas zu Ulrich hatte sich in dieser Zeit durch das zur Gewohnheit gewordene Beisammensein sehr gebessert. Sie mußten oft gemeinsam ausfahren, um Besuche zu machen, und er kam mehrmals wöchentlich und nicht selten unangekündigt und zu ungebräuchlichen Zeiten zu ihr. Es war ihnen beiden unter diesen Umständen bequem, aus ihrem verwandtschaftlichen Verhältnis Nutzen zu ziehen und die strengen gesellschaftlichen Vorschriften häuslich zu mildern. Diotima empfing ihn nicht immer im Salon und vom Haarknoten bis zum Rocksaum in Vollendung gepanzert, sondern zuweilen in leichter häuslicher Auflösung, wenn das auch bloß eine sehr vorsichtige Auflösung bedeutete. Es war eine Art Zusammengehörigkeit zwischen ihnen entstanden, die hauptsächlich in der Form des Verkehrs lag; aber Formen haben eine Wirkung nach innen, und die Gefühle, aus denen sie gebildet sind, können durch sie auch geweckt werden.

Ulrich fühlte zuweilen mit aller Eindringlichkeit, daß Diotima sehr schön sei. Sie kam ihm dann wie ein junges, hohes, volles Rind von guter Rasse vor, sicher wandelnd und mit tiefem Blick die trockenen Gräser betrachtend, die es ausrupfte. Er sah sie also auch dann nicht ohne jene Bosheit und Ironie an, die sich durch Vergleiche aus dem Tierreich an Diotimas Geistesadel rächte und aus einem tiefen Zürnen kam; es galt weniger diesem törichten Musterkind als der Schule, in der seine Leistungen Erfolg hatten. «Wie angenehm könnte sie sein,» dachte er «wenn sie ungebildet, nachlässig und so gutmütig wäre, wie es ein großgestalteter warmer weiblicher Körper immer ist, wenn er sich keine besonderen Ideen einbildet!» Die berühmte Gattin des vielberaunten Sektionschefs Tuzzi verflüchtigte sich sodann aus ihrem Körper, und es blieb nur dieser selbst übrig wie ein Traum, der samt Polstern, Bett und Träumendem zu einer weißen Wolke wird, die mit ihrer Zärtlichkeit ganz allein auf der Welt ist.

Kehrte Ulrich aber von einem solchen Ausflug der Einbildungskraft zurück, so sah er einen strebsamen bürgerlichen Geist vor sich, der Verkehr mit adeligen Gedanken suchte. Körperliche Verwandtschaft bei starkem Wesensgegensatz beunruhigt übrigens, und es genügt dazu auch schon die Vorstellung der Verwandtschaft, das Selbstbewußtsein; Geschwister können sich manchmal in einer Weise nicht ausstehen, die weit über alles hinausreicht, was daran gerechtfertigt sein könnte, und bloß davon kommt, daß sie einander schon durch ihr Dasein in Zweifel ziehen und eine leise verzerrende Spiegelwirkung aufeinander haben. Es genügte manchmal, daß Diotima ungefähr ebenso groß war wie Ulrich, um den Gedanken zu wecken, daß sie mit ihm verwandt sei, und ihn Abneigung gegen ihren Körper fühlen zu machen. Er hatte ihr da, wenn auch mit einigen Veränderungen, eine Aufgabe übertragen, die sonst sein Jugendfreund Walter innehatte; eigentlich die, seinen Stolz zu demütigen und zu reizen, ähnlich wie uns alte unangenehme Bilder, in denen wir uns wiedersehen, vor uns demütigen und zugleich in unserem Stolz herausfordern. Es ging daraus hervor, daß auch in dem Mißtrauen, das Ulrich Diotima schenkte, etwas Bindendes und Zusammenschließendes, kurz ein Hauch echter Neigung vorhanden sein mußte, so wie die einstige herzliche Zugehörigkeit zu Walter sich noch in der Form des Mißtrauens fortfristete.

Das befremdete Ulrich, da er doch Diotima nicht mochte, lange Zeit sehr, ohne daß er dahinter kommen konnte. Sie machten manchmal gemeinsame kleine Ausflüge; mit Tuzzis Unterstützung wurde das gute Wetter benützt, um Arnheim trotz der ungünstigen Jahreszeit «die Schönheiten der Umgebung Wiens» zu zeigen – Diotima gebrauchte niemals einen anderen Ausdruck dafür als dieses Klischee –, und Ulrich hatte sich in der Rolle einer älteren Verwandten, die den Ehrenschutz besorgt, jedesmal mitgenommen gesehen, da Sektionschef Tuzzi nicht abkömmlich war, und später hatte es sich herausgestellt, daß Ulrich mit Diotima auch allein fuhr, wenn Arnheim verreist war. Dieser hatte für solche Ausflüge, wie dann auch für die unmittelbaren Zwecke der Aktion Wagen zur Verfügung gestellt, so viel man brauchte, denn das Fuhrwerk Sr. Erlaucht war in seiner Wappengeschmücktheit zu stadtbekannt und auffällig; es waren übrigens auch nicht Arnheims eigene Wagen, da reiche Leute immer andere finden, die sich ein Vergnügen daraus machen, ihnen gefällig zu sein.

Solche Ausfahrten dienten nicht nur dem Vergnügen, sondern hatten auch den Zweck, um die Teilnahme einflußreicher oder wohlhabender Personen an dem vaterländischen Unternehmen zu werben, und fanden noch öfter in der städtischen Bannmeile statt als über Land. Die beiden Verwandten sahen gemeinsam viel Schönes; Maria-Theresien-Möbel, Barockpaläste, Menschen, die sich noch auf den Händen ihrer Dienerschaft durch die Welt tragen ließen, neuzeitliche Häuser mit großen Zimmerfluchten, Bankpaläste und die Mischung spanischer Strenge mit den Lebensgewohnheiten des Mittelstands in den Wohnungen hoher Staatsdiener. Im ganzen waren es, was den Adel anging, die Reste einer großen Lebenshaltung ohne fließendes Wasser, und in den Häusern und Konferenzzimmern des bürgerlichen Reichtums wiederholte sich diese als hygienisch verbesserte, geschmackvollere, aber blassere Kopie. Eine Herrenkaste bleibt immer ein wenig barbarisch: Schlacken und Reste, die das Weiterglimmen der Zeit nicht verbrannt hatte, waren in den adeligen Schlössern liegen geblieben, wo sie lagen, knapp neben Prunkstiegen trat der Fuß auf Dielen aus weichem Holz, und abscheuliche neue Möbel standen unbekümmert zwischen wundervollen alten Stücken. Die Klasse der Emporgekommenen dagegen, verliebt in die imposanten und großen Momente ihrer Vorgänger, hatte unwillkürlich eine wählerische und verfeinernde Auslese getroffen. War ein Schloß in bürgerlichem Besitz, so zeigte es sich nicht nur wie ein Familienstück von Kronleuchter, durch das man elektrische Drähte gezogen hat, mit moderner Bequemlichkeit versehen, sondern auch in der Einrichtung war weniger Schönes ausgeschieden und Wertvolles dazu gesammelt worden, entweder nach eigener Wahl oder nach dem unwidersprechlichen Rat von Sachverständigen. Am eindringlichsten zeigte sich diese Verfeinerung übrigens nicht einmal in Schlössern, sondern in den Stadtwohnungen, die zeitgemäß mit dem unpersönlichen Prunk eines Ozeandampfers eingerichtet waren, aber in diesem Lande verfeinerten gesellschaftlichen Ehrgeizes durch einen unwiedergeblichen Hauch, ein kaum merkliches Auseinandergestelltsein der Möbel oder die beherrschende Stellung eines Bildes an einer Wand, das zart deutliche Echo einer großen Verklungenheit bewahrten.

Diotima war entzückt von so viel «Kultur»; sie hatte immer gewußt, daß ihre Heimat solche Schätze berge, aber das Ausmaß überraschte selbst sie. Sie wurden bei Landbesuchen gemeinsam eingeladen, und es fiel Ulrich auf, daß er Obst nicht selten ungeschält aus der Hand essen sah oder ähnliches, während in Großbürgerhäusern das Zeremoniell von Messer und Gabel strenge gewahrt wurde; die gleiche Beobachtung ließ sich auch an der Unterhaltung anstellen, die von vollendeter Distinktion fast nur in Bürgerhäusern war, wogegen in Adelskreisen die bekannte zwanglose, an Kutscher erinnernde Redeweise überwog. Diotima verteidigte das mit Schwärmerei gegen ihren Vetter. Bürgerliche Edelsitze, gab sie zu, seien mit mehr Hygiene und größerer Intelligenz eingerichtet. In den adeligen Landschlössern friere man im Winter; schmale, ausgetretene Treppen seien keine Seltenheit, und muffige, niedrige Schlafräume fänden sich neben prunkvollen

Empfangszimmern. Es gebe auch keinen Speisenaufzug und kein Dienerbad. Aber gerade das sei nun einmal in gewissem Sinn das Heroischere, das Ererbte und großartig Nachlässige! schloß sie entzückt.

Ulrich benützte solche Ausfahrten, um dem Gefühl nachzuforschen, das ihn Diotima verband. Aber da alles dabei voll von Abschweifungen war, muß man ihnen ein wenig folgen, ehe man an das Entscheidende herankommt:

Damals trugen die Frauen Kleider, die vom Hals bis zu den Knöcheln geschlossen waren, und den Männern, obgleich sie noch heute ähnliche Kleider tragen wie damals, waren sie zu jener Zeit angemessener, denn sie stellten noch in lebendigem Zusammenhang die tadellose Geschlossenheit und strenge Zurückhaltung nach außen dar, die als Zeichen des Mannes von Welt galt. Die wasserhelle Aufrichtigkeit, sich nackt zur Schau zu stellen, würde selbst einem Menschen, der wenig Vorurteile hatte und in der Würdigung des entkleideten Leibes von keinerlei Scham behindert wurde, damals als ein Rückfall ins Tierische erschienen sein, nicht wegen der Nacktheit, sondern wegen des Verzichtes auf das zivilisierte Liebesmittel der Bekleidung. Ja eigentlich hätte man zu jener Zeit wohl gesagt, unter das Tierische; denn ein dreijähriges Pferd von guter Zucht und ein spielender Windhund sind viel ausdrucksvoller in ihrer Nacktheit, als es ein menschlicher Leib erreichen kann. Dagegen können sie keine Kleider tragen; sie haben nur eine Haut, die Menschen aber hatten damals noch viele Häute. Mit dem großen Kleid, seinen Rüschen, Puffen, Glocken, Glockenfällen, Spitzen und Raffungen hatten sie sich eine Oberfläche geschaffen, die fünfmal so groß war wie die ursprüngliche und einen faltenreichen, schwer zugänglichen, mit erotischer Spannung geladenen Kelch bildete, der in seinem Inneren das schmale weiße Tier verbarg, das sich suchen ließ und fürchterlich begehrenswert machte. Es war das vorgezeichnete Verfahren, das die Natur selbst anwendet, wenn sie ihre Geschöpfe Bälge sträuben oder Wolken von Dunkelheit ausspritzen heißt, um in Liebe und Schreck die nüchternen Vorgänge, auf die es dabei ankommt, bis zur unirdischen Torheit zu steigern.

Diotima fühlte sich zum erstenmal in ihrem Leben von diesem Spiel, wenn auch in dezentester Weise, tiefer berührt. Koketterie war ihr nicht fremd, denn sie gehörte zu den gesellschaftlichen Aufgaben, die eine Dame beherrschen muß; auch war es ihr nie entgangen, wenn die Blicke junger Männer dabei etwas anderes als Ehrfurcht für sie ausdrückten, ja sie hatte das sogar gern, weil es sie die Macht sanfter weiblicher Zurechtweisung fühlen ließ, wenn sie den wie die Hörner eines Stiers auf sie gerichteten Blick eines Mannes zwang, sich idealen Ablenkungen zuzuwenden, die ihr Mund äußerte. Aber Ulrich, gedeckt durch die verwandtschaftliche Nähe und die Selbstlosigkeit seiner Mithilfe an der Parallelaktion, beschützt auch durch das zu seinen Gunsten errichtete Kodizill, erlaubte sich Freiheiten, die das verästelte Geflecht ihres Idealismus senkrecht durchdrangen. So war es einmal bei einer Ausfahrt über Land vorgekommen, daß der Wagen an entzückenden Tälern vorbeirollte, zwischen denen von dunklen Fichtenwäldern bedeckte Berghänge nahe an die Straße herantraten, und Diotima mit den Versen «Wer hat dich, du schöner Wald, aufgebaut so hoch da droben...?» darauf hindeutete; sie zitierte diese Verse selbstverständlich als Gedicht, ohne den dazugehörigen Gesang auch nur anzudeuten, denn das wäre ihr verbraucht und nichtssagend erschienen. Aber Ulrich erwiderte: «Die Niederösterreichische Bodenbank. Das wissen Sie nicht, Kusine, daß alle Wälder hier der Bodenbank gehören? Und der Meister, den Sie loben wollen, ist ein bei ihr angestellter Forstmeister. Die Natur hier ist ein planmäßiges Produkt der Forstindustrie, ein reihenweise gesetzter Speicher der Zellulosefabrikation, was man ihr auch ohne weiteres ansehen kann.» Von dieser Art waren sehr oft seine Antworten. Wenn sie von Schönheit sprach, sprach er von einem Fettgewebe, das die Haut stützt. Wenn sie von Liebe sprach, sprach er von der Jahreskurve, die das automatische Steigen und Sinken der Geburtenziffer anzeigt. Wenn sie von den großen Gestalten der Kunst sprach, fing er mit der Kette der Entlehnungen an, die diese Gestalten untereinander verbindet. Es kam eigentlich immer so, daß Diotima zu sprechen begann, als ob Gott den Menschen am siebenten Tag als Perle in die Weltmuschel hineingesetzt hätte, worauf er daran erinnerte, daß der Mensch ein Häuflein von Pünktchen auf der äußersten Rinde eines Zwergglobus sei. Es war nicht ganz einfach zu durchschauen, was Ulrich damit wollte; offenbar galt es jener Sphäre des Großen, der sie sich verbunden fühlte, und Diotima empfand es vor allem als kränkende Besserwisserei. Sie konnte nicht vertragen, daß ihr Vetter, der nun einmal für sie ein Schreckenskind war, etwas besser wissen wolle als sie, und seine materialistischen Einwände, von denen sie nichts verstand, weil er sie aus der niederen Zivilisation des Rechnens und der Genauigkeit holte, ärgerten sie gröblich. – «Es gibt gottlob noch Menschen,» erwiderte sie ihm einmal scharf «die trotz großer Erfahrungen an das Einfache zu glauben vermögen!» «Zum Beispiel Ihr Gatte» antwortete Ulrich. «Ich wollte Ihnen schon lange sagen, daß ich ihn beiweitem Arnheim vorziehe!»

Sie hatten damals die Gewohnheit angenommen, ihre Gedanken oft in der Form auszutauschen, daß sie über Arnheim sprachen. Denn wie allen Verliebten, bereitete es Diotima Vergnügen, von dem Gegenstand ihrer Liebe zu reden, ohne sich, wie sie wenigstens glaubte, dabei zu verraten; und weil Ulrich das so unausstehlich fand, wie es für jeden Mann ist, der keine hintergründige Absicht mit seinem eigenen Zurücktreten verbindet, kam es bei solchen Gelegenheiten oft vor, daß er Ausfälle gegen Arnheim machte. Ihn mit diesem verbindend, war ein Verhältnis eigener Art entstanden. Sie begegneten einander, wenn Arnheim nicht verreist war, fast täglich. Ulrich wußte, daß Sektionschef Tuzzi den Fremden beargwöhnte, so wie er selbst dessen Wirkung auf Diotima vom ersten Tag an hatte beobachten können. Zwischen diesen beiden schien es etwas Unrechtes freilich noch nicht zu geben, sofern ein Dritter das beurteilen kann, der in dieser Mutmaßung sehr dadurch bestärkt wurde, daß es unausstehlich viel Rechtes zwischen dem Liebespaar gab, das offenbar den höchsten Vorbildern platonischer Seelengemeinschaft nacheiferte. Dabei bekundete Arnheim eine auffallende Neigung, den Vetter seiner Freundin (oder vielleicht doch Geliebten? – fragte sich Ulrich; für das Wahrscheinlichste hielt er etwas wie Geliebte mehr Freundin, geteilt durch zwei) in das vertrauliche Verhältnis einzubeziehn. Er richtete oft sein Wort an Ulrich in der Weise eines älteren Freundes, die durch den Altersunterschied erlaubt war, aber durch den Unterschied der Stellung einen unangenehmen Zug von Herablassung gewann. Ulrich erwiderte das auch fast immer abweisend und in ziemlich herausfordernder Art, so als wüßte er nicht im geringsten den Verkehr mit einem Mann zu schätzen, der sich, statt mit ihm, mit Königen und Kanzlern über seine Ideen unterhalten konnte. Er widersprach ihm unhöflich oft und ungeziemend ironisch und ärgerte sich selbst über diesen Mangel an Haltung, den er besser durch das Vergnügen schweigender Beobachtung ersetzt haben würde. Aber es geschah zu seinem eigenen Erstaunen, daß er sich durch Arnheim so heftig gereizt fühlte. Er sah den von der Gunst der Verhältnisse gemästeten, vorbildlichen Einzelfall einer geistigen Entwicklung in ihm, die er haßte. Denn dieser berühmte Schriftsteller war klug genug, um die fragwürdige Lage zu begreifen, in die sich der Mensch gebracht hat, seit er sein Bild nicht mehr im Spiegel der Bäche sucht, sondern in den scharfen Bruchflächen seiner Intelligenz; aber dieser schreibende Eisenkönig gab die Schuld daran dem Auftreten der Intelligenz und nicht ihrer Unvollkommenheit. Es lag ein Schwindel in dieser Vereinigung von Kohlenpreis und Seele, die zugleich eine zweckdienliche Trennung dessen war, was Arnheim mit hellem Wissen tat, von dem, was er in dämmeriger Ahnung redete und schrieb. Dazu kam, um noch mehr Unbehagen in Ulrich zu erregen, etwas, das ihm neu war, die Verbindung von Geist mit Reichtum; denn wenn Arnheim annähernd wie ein Spezialist über irgendeine Einzelfrage sprach, um dann plötzlich mit einer lässigen Gebärde die Einzelheiten im Licht eines «großen Gedankens» verschwinden zu lassen, so mochte das wohl einem nicht unberechtigten Bedürfnis entspringen, aber zugleich erinnerte dieses freie Verfügen nach zwei Richtungen an den reichen Mann, der sich alles leistet, was gut und teuer ist. Er war geistreich in einer immer ein wenig an das Verfahren des wirklichen Reichtums gemahnenden Bedeutung. Und vielleicht war es auch das noch nicht, was Ulrich am meisten reizte, dem berühmten Mann Schwierigkeiten zu bereiten, sondern das war vielleicht die Neigung, die dessen Geist zu einer würdigen Hof- und Haushaltung bekundete, die von selbst zur Verbindung mit den besten Marken des Herkömmlichen wie des Ungewöhnlichen führt; denn im Spiegel ihrer genießerischen Kennerschaft sah Ulrich die affektierte Fratze, die das Gesicht der Zeit ist, wenn man daraus die wenigen wirklich starken Züge der Leidenschaft und des Denkens entfernt, und fand darüber kaum Gelegenheit, auf den Mann besser einzugehen, dem man wahrscheinlich auch allerlei Verdienste nachsagen konnte. Es war natürlich ein völlig sinnloser Kampf, den er da führte, in einer Umgebung, die Arnheim von vornherein rechtgab, und für eine Sache, die gar keine Wichtigkeit besaß; bestenfalls hätte man sagen können, daß diese Sinnlosigkeit den Sinn restloser Selbstverschwendung hatte. Es war aber auch ein ganz aussichtsloser Kampf, denn wenn es Ulrich wirklich einmal gelang, seinen Gegner zu verwunden, so mußte er erkennen, daß er die falsche Seite getroffen hatte; gleich einem geflügelten Wesen erhob sich dann, wenn der Geistmensch Arnheim besiegt am Boden zu liegen schien, der Wirklichkeitsmensch Arnheim mit einem nachsichtigen Lächeln und eilte von solcher Gespräche müßigem Wesen zu Taten nach Bagdad oder Madrid.

Diese Unverwundbarkeit ermöglichte es ihm, der Ungezogenheit des jüngeren Mannes jene freundschaftliche Kameradschaft entgegenzusetzen, über deren Ursprung dieser mit sich nicht ins reine kam. Allerdings war Ulrich selbst daran gelegen, seinen Gegner nicht zu sehr herabzusetzen, denn er hatte sich vorgenommen, nicht so leicht wieder eines der halben und unwürdigen Abenteuer zu beginnen, an denen seine Vergangenheit viel zu reich war, und die Fortschritte, die er zwischen Arnheim und Diotima bemerkte, schenkten diesem Vorsatz eine große Sicherheit. Er richtete die Spitzen seiner Angriffe darum gewöhnlich so ein wie die eines Floretts, die biegsam nachgeben und von einer den Stoß freundschaftlich abschwächenden kleinen Hülle umgeben sind. Diesen Vergleich hatte übrigens Diotima gefunden. Es erging ihr verwunderlich mit ihrem Vetter. Sein offenes Gesicht mit der klaren Stirn, seine ruhig atmende Brust, die freie Beweglichkeit in allen seinen Gliedern verrieten ihr, daß bösartige, hämische, umgebogen-wollüstige Bedürfnisse in diesem Körper nicht zu Hause sein konnten; sie war ja auch nicht ganz ohne Stolz auf solche gute Erscheinung eines Mitglieds ihrer Familie und hatte gleich bei

Beginn ihrer Bekanntschaft den Entschluß gefaßt, ihn unter ihre Leitung zu nehmen. Hätte er nun schwarze Haare, eine schiefe Schulter, unreine Haut und eine niedere Stirn gehabt, so würde sie gesagt haben, daß seine Anschauungen dazu stimmten; wie er aber in Wirklichkeit aussah, fiel ihr nur eine gewisse Nichtübereinstimmung mit seinen Ansichten auf und machte sich als unerklärliche Beunruhigung fühlbar. Die Tastfäden ihrer berühmten Intuition fahndeten vergeblich nach der Ursache, aber dieses Fahnden bereitete ihr am anderen Fadenende Vergnügen. In gewissem Sinn, natürlich nicht in einem ganz ernsten, unterhielt sie sich sogar mit Ulrich zuweilen lieber als mit Arnheim. Ihr Überlegenheitsbedürfnis fand an ihm mehr Befriedigung, sie hatte sich sicherer in der Hand, und was sie für seine Frivolität, Verstiegenheit oder nicht erlangte Reife hielt, gab ihr eine gewisse Genugtuung, die den täglich gefährlicher werdenden Idealismus ausglich, den sie in ihren Gefühlen für Arnheim unberechenbar anwachsen sah. Seele ist eine furchtbar schwere Angelegenheit und demzufolge Materialismus eine heitere. Die Regelung ihrer Beziehungen zu Arnheim strengte sie manchmal ebensosehr an wie ihr Salon, und die Geringschätzung für Ulrich erleichterte ihr das Leben. Sie begriff sich nicht, stellte aber diese Einwirkung fest, und das ermöglichte es ihr, wenn sie ihrem Vetter wegen einer seiner Bemerkungen zürnte, ihm einen Blick von der Seite zu senden, der nur ein winziges Lächeln im Augenwinkel war, indes das Auge idealistisch ungerührt, ja sogar ein bißchen verächtlich geradeaus blickte.

Jedenfalls, was immer auch die Gründe gewesen sein mögen, verhielten sich Diotima und Arnheim so zu Ulrich wie zwei Kämpfende, die sich an einem Dritten anhalten, den sie in wechselnder Angst zwischen sich schieben, und solche Lage war für ihn nicht ungefährlich, denn durch Diotima wurde dabei die Frage lebendig: müssen Menschen mit ihrem Körper übereinstimmen oder nicht?

68

Eine Abschweifung: Müssen Menschen mit ihrem Körper übereinstimmen?

Unabhängig von dem, wovon die Gesichter sprachen, schaukelte die Bewegung des Wagens auf ihren langen Fahrten die beiden Verwandten, so daß sich die Kleider berührten, ein wenig übereinanderschoben und wieder voneinander entfernten; man konnte es nur an den Schultern erkennen, weil das andere von einer gemeinsamen Decke verhüllt war, aber die Körper empfanden dieses von den Kleidern gedämpfte

Berühren so zart verschwommen, wie man die Dinge in einer Mondnacht sieht. Ulrich war für dieses Kunstspiel der Liebe nicht unempfänglich, ohne es sonderlich ernst zu nehmen. Das überfeinerte Übertragen des Begehrens vom Leib auf die Kleidung, von der Umarmung auf die Widerstände oder mit einem Wort vom Ziel auf den Weg kam seiner Natur entgegen; sie wurde durch ihre Sinnlichkeit zur Frau hingetrieben, aber durch ihre höheren Kräfte von dem fremden, nicht zu ihr passenden Menschen zurückgehalten, den sie plötzlich unerbittlich deutlich vor sich sah, so daß sie sich immer in lebhaften Widersprüchen zwischen Neigung und Abneigung befand. Aber das heißt, daß die hohe Schönheit des Leibes, die menschliche, der Augenblick, wo die Melodie des Geistes aus dem Instrument der Natur aufsteigt, oder jener andere Augenblick, wo der Körper wie ein Kelch ist, den ein mystischer Trank erfüllt, ihm Zeit seines Lebens fremd geblieben war, wenn man von den Träumen absieht, die der Frau Major gegolten und solche Neigungen für die längste Zeit in ihm abgeschafft hatten.

Alle seine Beziehungen zu Frauen waren seither unrecht gewesen, und bei einigem guten Willen auf beiden Seiten geht das leider sehr einfach. Da gibt es ein Schema von Gefühlen, Handlungen und Verwicklungen, das Mann und Frau, sobald sie nur den ersten Gedanken daran wenden, bereit finden, sich ihrer zu bemächtigen, und es ist ein im inneren Sinn verkehrter Ablauf, bei dem die letzten Geschehnisse voran sich aufdrängen, kein Strömen von der Quelle mehr; das reine Gefallen zweier Menschen aneinander, dieses schlichteste und tiefste der Liebesgefühle, das der natürliche Ursprung aller anderen ist, kommt bei dieser psychischen Verkehrung überhaupt nicht mehr vor. So erinnerte sich auch Ulrich nicht selten bei seinen Fahrten mit Diotima an ihren Abschied bei seinem ersten Besuch. Er hatte damals ihre milde Hand in der seinen gehalten, eine künstlich und edel vervollkommnete Hand ohne Schwere, und sie hatten einander dabei in die Augen gesehn; sie hatten sicher beide Abneigung gefühlt, aber daran gedacht, daß sie einander doch bis zum Verhauchen durchdringen könnten. Etwas von dieser Vision war zwischen ihnen stehen geblieben. So wenden oben zwei Köpfe einander eine entsetzliche Kälte zu, während unten die Körper widerstandslos und glühend ineinanderfließen. Es liegt etwas bösartig Mythisches darin, wie in einem zweiköpfigen Gott oder dem Pferdefuß des Teufels, und hatte Ulrich in seiner Jugend, als er es öfter erlebte, viel irre geführt, aber mit den Jahren hatte sich erwiesen, daß es nichts sei als ein sehr bürgerliches Reizmittel der Liebe, ganz im gleichen Sinn wie der Ersatz der Nacktheit durch das Entkleidete. An nichts entzündet sich die bürgerliche Liebe so sehr wie an der schmeichelhaften Erfahrung, daß man die Kraft besitzt, einen Menschen in ein Entzücken zu jagen, worin er sich so toll benimmt, daß man geradezu zum Mörder werden müßte, wenn man auf zweite Weise die Ursache solcher Veränderungen werden wollte. – Und wahrhaftig, daß es solche Veränderungen zivilisierter Menschen gibt, daß solche Wirkung von uns ausgeht!: liegt nicht diese Frage und Verwunderung in den kühnen und verglasten Augen all derer, die an der einsamen Insel der Wollust anlegen, wo sie Mörder, Schicksal und Gott sind und auf äußerst bequeme Weise den höchsten ihnen erreichbaren Grad von Irrationalität und Abenteuerlichkeit erleben?

Die Abneigung, die er mit der Zeit gegen diese Art Liebe erwarb, erstreckte sich schließlich auch auf seinen eigenen Körper, der das Zustandekommen solcher verkehrten Verbindungen immer begünstigt hatte, indem er den Frauen eine gangbare Männlichkeit vorspiegelte, für die Ulrich zu viel Geist und innere Widersprüche besaß. Er war mitunter geradezu auf seine Erscheinung wie auf einen mit billigen und nicht ganz lauteren Mitteln arbeitenden Rivalen eifersüchtig, worin Widerspruch zutage trat, der auch in anderen vorhanden ist, die ihn nicht fühlen. Denn er war es selbst, der diesen Körper mit athletischen Übungen pflegte und ihm die Gestalt, den Ausdruck, die Handlungsbereitschaft gab, deren Wirkung nach innen nicht zu gering ist, als daß man sie mit dem Einfluß eines ewig lächelnden oder eines ewig ernsten Gesichtes auf die Gemütsstimmung vergleichen könnte; und merkwürdigerweise hat die Mehrzahl der Menschen entweder einen verwahrlosten, von Zufällen geformten und entstellten Körper, der zu ihrem Geist und Wesen in fast keinen Beziehungen zu stehen scheint, oder einen von der Maske des Sports bedeckten, die ihm das Aussehen der Stunden gibt, wo er sich auf Urlaub von sich selbst befindet. Denn das sind die Stunden, wo der Mensch einen nachlässig aus den Journalen der schönen und großen Welt aufgenommenen Wachtraum des Aussehenwollens weiterspinnt. Alle diese gebräunten und muskulösen Tennisspieler, Reiter und Wagenlenker, die nach höchsten Rekorden aussehen, obgleich sie gewöhnlich ihre Sache bloß gut beherrschen, diese Damen in großer Kleidung oder Entkleidung sind Tagesträumer und unterscheiden sich von den gewöhnlichen Wachträumern nur dadurch, daß ihr Traum nicht im Gehirn bleibt, sondern gemeinsam in freier Luft, als ein Gebilde der Massenseele körperlich, dramatisch, man möchte in Erinnerung an mehr als zweifelhafte okkulte Phänomene sagen, ideoplastisch gestaltet wird. Aber sie haben mit den gewöhnlichen Spinnern von Phantasien ganz und gar eine gewisse Seichtheit ihres Traums gemeinsam, sowohl was seine Nähe am Erwachen angeht wie seinen Inhalt. Das Problem der Gesamtphysiognomie scheint sich heute noch zu verstecken; obgleich man aus Schrift, Stimme, Schlafstellung und Gott weiß was Schlüsse auf das Wesen von Menschen zu ziehen gelernt hat, die manchmal sogar überraschend richtig sind, hat man für den Körper als Ganzes nur Modevorbilder, nach denen er sich gestaltet, oder höchstens eine Art moralischer Naturheilphilosophie.

Aber ist das der Körper unseres Geistes, unserer Ideen, Ahnungen und Pläne oder – die hübschen inbegriffen – der unserer Torheiten? Daß Ulrich diese Torheiten geliebt hatte und zum Teil noch besaß, hinderte ihn nicht, sich in dem von ihnen geschaffenen Körper nicht zu Hause zu fühlen.

69

Diotima und Ulrich. Fortsetzung

Und vornehmlich war es Diotima, die dieses Gefühl, daß die Oberfläche und die Tiefe seiner Lebensgestalt nicht eins seien, auf eine neue Weise in ihm bestärkte. Auf den Fahrten mit ihr, die zuweilen wie Fahrten durch den Mondschein waren, wo sich die Schönheit dieser jungen Frau von ihrer ganzen Person löste und wie ein Traumgespinst für Augenblicke seine Augen bedeckte, kam es deutlich zum Ausbruch. Er wußte wohl, daß Diotima alles, was er sagte, mit dem verglich, was allgemein – wenn auch auf einer gewissen Höhe der Allgemeinheit – gesagt wird, und es war ihm angenehm, daß sie es «unreif» fand, so daß er beständig wie vor einem verkehrt auf ihn gerichteten Fernglas dasaß. Er wurde immer kleiner und glaubte, wenn er mit ihr sprach, oder war wenigstens nicht weit davon es zu glauben, in seinen eigenen Worten, wenn er den Anwalt des Bösen und Nüchternen machte, die Gespräche seiner letzten Schulzeit zu hören, wo er mit seinen Kameraden just deshalb von allen Übeltätern und Unholden der Weltgeschichte geschwärmt hatte, weil sie von den Lehrern mit idealistischem Abscheu so bezeichnet wurden. Und wenn ihn Diotima mit Unwillen ansah, wurde er noch einmal kleiner und langte von der Moral des Heroismus und Expansionsdrangs bei der trotzig verlogenen, roh und unsicher ausschweifenden der Flegeljahre an, – natürlich nur sehr bildlich gesprochen, wie man in einer Gebärde, einem Wort eine entfernte Ähnlichkeit mit Gebärden oder Worten entdecken kann, die man längst abgelegt hat, ja sogar mit Gebärden, die man nur geträumt oder unwillig an anderen gesehen hat; aber immerhin, in seiner Lust, bei Diotima Anstoß zu erregen, klang das mit. Der Geist dieser Frau, die ohne ihren Geist so schön gewesen wäre, erregte ein unmenschliches Gefühl, vielleicht eine Furcht vor Geist in ihm, eine Abneigung gegen alle großen Dinge, ein Gefühl, das ganz schwach, kaum unterscheidbar war, – und vielleicht war schon Gefühl ein viel zu anspruchsvoller

Ausdruck für solchen hingeblasenen Hauch! Aber wenn man es in Worte vergrößerte, hätten die etwa so lauten müssen, daß er zuweilen nicht bloß den Idealismus dieser Frau, sondern den ganzen Idealismus der Welt, in seiner Verzweigtheit und Ausbreitung, körperlich vor sich sah, eine Handbreit über dem griechischen Scheitel schwebend; gerade daß es nicht des Teufels Hörner waren! Dann wurde er noch einmal kleiner und kehrte, weiter bildlich gesprochen, in die leidenschaftliche erste Moral der Kindheit zurück, in deren Auge Verlockung und Schreck ist wie im Blick einer Gazelle. Die zärtlichen Empfindungen dieser Zeit können in einem einzigen Augenblick der Hingabe die ganze, da noch kleine Welt entflammen, denn sie haben weder einen Zweck noch eine Möglichkeit, irgend etwas zu bewirken, und sind ganz und gar grenzenloses Feuer; es paßte schlecht zu Ulrich, aber nach diesen Gefühlen der Kindheit, die er sich kaum noch vorstellen konnte, weil sie mit den Bedingungen, unter denen ein Erwachsener lebt, so wenig mehr gemein haben, sehnte er sich schließlich in Gesellschaft Diotimas.

Und einmal fehlte nicht viel daran, daß er es ihr eingestanden hätte. Sie hatten auf einer Fahrt den Wagen verlassen und gingen zu Fuß in ein kleines Tal hinein, das wie eine Flußmündung aus Wiesen mit bewaldeten Steilufern war und ein krummes Dreieck bildete, in dessen Mitte ein geschlängelter, von leichtem Frost erstarrter Bach lag. Die Hänge waren teilweise abgeholzt, mit einzelnen stehen gelassenen Bäumen, die auf den Kahlschlägen und Hügelkämmen wie eingepflanzte Federwimpel aussahen. Diese Landschaft hatte sie zum Gehen verlockt; es war einer jener rührenden schneefreien Tage, die mitten im Winter wie ein verblaßtes, aus der Mode gekommenes Sommerkleid anzusehen sind. Diotima fragte plötzlich ihren Vetter: «Warum nennt Sie Arnheim eigentlich einen Aktivisten? Er sagt, Sie hätten immer den Kopf voll davon, wie die Dinge anders und besser zu machen wären.» Sie hatte sich mit einemmal erinnert, daß ihr Gespräch mit Arnheim über Ulrich und den General geendet hatte, ohne einen Abschluß zu finden. «Ich verstehe das nicht,» fuhr sie fort «denn mir kommt vor, daß Sie selten etwas ernst meinen. Aber ich muß Sie fragen, da wir eine verantwortungsvolle Aufgabe gemeinsam haben! Erinnern Sie sich noch an unser letztes Gespräch? Sie haben da etwas gesagt, Sie haben behauptet, niemand würde, wenn er alle Macht hätte, das verwirklichen, was er will. Ich möchte jetzt wissen, wie Sie das gemeint haben. War denn das nicht ein entsetzlicher Gedanke?»

Ulrich schwieg zunächst. Und während dieser Stille, nachdem sie ihre Rede so keck wie möglich vorgebracht hatte, wurde ihr klar, wie lebhaft sie die unerlaubte Frage beschäftigte, ob Arnheim und sie das verwirklichen würden, was sie jeder im geheimen wollten. Sie glaubte plötzlich, daß sie sich vor Ulrich verraten habe. Sie wurde rot, suchte es zu verhindern, wurde noch röter und trachtete, mit möglichst unbeteiligtem Ausdruck über das Tal von ihm fortzublicken.

Ulrich hatte den Vorgang beobachtet. «Ich fürchte sehr, daß der einzige Grund, warum mich Arnheim, wie Sie sagen, einen Aktivisten nennt, der ist, daß er meinen Einfluß im Hause Tuzzi überschätzt» erwiderte er. «Sie wissen selbst, wie wenig Sie auf meine Worte geben. Aber in dem Augenblick jetzt, wo Sie mich gefragt haben, ist mir klar geworden, welchen Einfluß ich auf Sie haben sollte. Darf ich es Ihnen sagen, ohne daß Sie mich sofort wieder tadeln?»

Diotima nickte stumm, zum Zeichen des Einverständnisses, und suchte sich hinter dem Anschein der Zerstreutheit wieder zu sammeln.

«Ich habe also behauptet,» begann Ulrich «niemand würde, auch wenn er könnte, verwirklichen, was er will. Erinnern Sie sich an unsere Mappen voll Vorschläge? Und nun frage ich Sie: Würde irgendeiner nicht in Verlegenheit geraten, wenn plötzlich das geschehen sollte, was er sein Leben lang leidenschaftlich gefordert hat? Wenn zum Beispiel plötzlich über die Katholiken das Gottesreich hereinbräche oder über die Sozialisten der Zukunftsstaat? Aber vielleicht beweist das nichts; man gewöhnt sich an das Fordern und ist nicht gleich darauf gefaßt, ans Verwirklichen zu kommen; vielleicht werden das viele nur natürlich finden. Ich frage also weiter: Ohne Zweifel hält ein Musiker die Musik für das Wichtigste, und ein Maler das Malen; wahrscheinlich sogar ein Betonfachmann das Bauen von Betonhäusern. Glauben Sie, daß der eine sich darum den lieben Gott als einen Spezialfachmann für Eisenbeton vorstellen wird und die anderen eine gemalte oder auf dem Flügelhorn geblasene Welt der wirklichen vorziehen? Sie werden diese Frage für unsinnig halten, aber der ganze Ernst liegt darin, daß man doch dieses Unsinnige verlangen müßte!

Und jetzt glauben Sie, bitte, nicht,» wandte er sich ihr vollkommen ernst zu «daß ich damit nichts anderes sagen will, als daß jeden das schwer zu Verwirklichende reizt und daß er das verschmäht, was er wirklich haben kann. Ich will sagen: daß in der Wirklichkeit ein unsinniges Verlangen nach Unwirklichkeit steckt!»

Er hatte Diotima weit in das kleine Tal hineingeführt, ohne auf sie Rücksicht zu nehmen; der Boden war, vielleicht durch Schnee, der von den Hängen absickerte, je höher hinauf, desto nässer geworden, und sie mußten von einem der kleinen Graspolster auf den nächsten hüpfen, was die Rede gliederte und es Ulrich ermöglichte, sie immer wieder sprunghaft fortzusetzen. Es gab darum auch so viele naheliegende Einwände gegen das, was er sagte, daß Diotima sich für keinen entscheiden konnte. Sie hatte sich die Füße naß gemacht und blieb verführt und ängstlich, mit etwas gehobenen Röcken auf einer Erdscholle stehn.

Ulrich wandte sich zurück und lachte: «Sie haben etwas ungemein Gefährliches begonnen, große Kusine. Die Menschen sind unendlich froh, wenn man sie so läßt, daß sie ihre Ideen nicht verwirklichen können!»

«Und was würden denn Sie tun,» fragte Diotima ärgerlich «wenn Sie einen Tag lang das Weltregiment hätten??»

«Es würde mir wohl nichts übrigbleiben, als die Wirklichkeit abzuschaffen!»

«Ich würde wirklich wissen wollen, wie Sie das anfingen!»

«Das weiß ich auch nicht. Ich weiß nicht einmal genau, was ich damit meine. Wir überschätzen maßlos das Gegenwärtige, das Gefühl der Gegenwart, das, was da ist; ich meine, so wie Sie jetzt mit mir in diesem Tale da sind, als ob man uns in einen Korb gesteckt hätte, und der Deckel des Augenblicks ist daraufgefallen. Wir überschätzen das. Wir werden es uns merken. Wir werden vielleicht noch nach einem Jahr erzählen können, wie wir da gestanden haben. Aber das, was uns wahrhaft bewegt, mich wenigstens, steht – vorsichtig gesprochen; ich will keine Erklärung und keinen Namen dafür suchen! – immer in einem gewissen Gegensatz zu dieser Weise des Erlebens. Es ist verdrängt von Gegenwart; das kann in dieser Weise nicht gegenwärtig werden!»

Was Ulrich da sagte, klang in der Talenge laut und verworren. Diotima fühlte sich mit einemmal unheimlich und trachtete zum Wagen zurück. Aber Ulrich hielt sie auf und zeigte ihr die Landschaft. «Das war vor etlichen tausend Jahren ein Gletscher. Auch die Welt ist nicht mit ganzer Seele das, was sie augenblicklich zu sein vorgibt» erklärte er. «Dieses rundliche Wesen hat einen hysterischen Charakter. Heute spielt es die nährende bürgerliche Mutter. Damals war die Welt frigid und eisig wie ein bösartiges Mädchen. Und noch einige tausend Jahre früher hat sie sich mit heißen Farrenwäldern, glühenden Sümpfen und dämonischen Tieren üppig aufgeführt. Man kann nicht sagen, daß sie eine Entwicklung zur Vollkommenheit durchgemacht hat, noch was ihr wahrer Zustand ist. Und das gleiche gilt von ihrer Tochter, der Menschheit. Stellen Sie sich bloß die Kleider vor, in denen im Lauf der Zeit Menschen hier gestanden haben, wo wir jetzt stehen. In Begriffen eines Narrenhauses ausgedrückt, gleicht das alles lang andauernden Zwangsvorstellungen mit plötzlich einsetzender Ideenflucht, nach deren Ablauf eine neue Lebensvorstellung da ist. Sie sehen also wohl, die Wirklichkeit schafft sich selbst ab!»

«Ich möchte Ihnen noch etwas sagen» fing Ulrich nach einer Weile von vorne an. «Das Gefühl, einen festen Boden unter den Füßen und eine feste Haut um mich zu haben, das den meisten Menschen so natürlich erscheint, ist bei mir nicht sehr stark entwickelt. Denken Sie doch einmal daran, wie Sie ein Kind waren: ganz weiche Glut. Und dann ein Backfisch, dem die Sehnsucht auf den Lippen brannte. In mir wenigstens lehnt sich etwas dagegen auf, daß das sogenannte reife Mannesalter der Gipfel solcher Entwicklung sein soll. In gewissem Sinn ja und in gewissem Sinn nicht. Wenn ich die libellenartige Myrmeleonina, die Ameisenjungfer wäre, würde mir furchtbar davor grauen, daß ich ein Jahr vorher der breite, graue, rückwärtslaufende Myrmeleon, der Ameisenlöwe war, der am Rand der Wälder eingegraben unter der Spitze eines Sandtrichters lebt und mit seiner unsichtbaren Zange Ameisen um die Taille faßt, nachdem er sie vorher durch eine geheimnisvolle Beschießung mit Sandkörnern erschöpft hat. Und zuweilen graut mir wirklich ganz ähnlich vor meiner Jugend, auch wenn ich damals eine Libelle gewesen und jetzt ein Untier sein sollte.» Er wußte selbst nicht recht, was er wollte. Er hatte mit Myrmeleon und Myrmeleonina ein wenig die gebildete Allwissenheit Arnheims nachgeäfft. Er hatte es aber auf den Lippen, zu sagen: «Schenken Sie mir eine Umarmung, rein aus Liebenswürdigkeit. Wir sind verwandt; nicht ganz getrennt, keineswegs ganz eins; jedenfalls der äußerste Gegensatz zu einer würdigen und strengen Beziehung.»

Aber Ulrich irrte. Diotima gehörte zu den Menschen, die mit sich zufrieden sind und darum ihre Altersstufen wie eine Treppe ansehen, die von unten nach oben führt. Was Ulrich sagte, war ihr also gänzlich unverständlich, zumal da sie ja das nicht wußte, was zu sagen er unterlassen hatte; aber sie waren mittlerweile beim Wagen angelangt, so daß sie sich ruhig fühlte und nun seine Rede wieder als das ihr bekannte, zwischen Unterhaltung und Ärgernis schwankende Gerede hinnahm, dem sie nicht mehr als einen Augenwinkel schenkte. Er hatte in Wahrheit in diesem Augenblick ganz und gar keinen Einfluß auf sie, außer dem der Ernüchterung. Eine zarte Wolke von Befangenheit, aufgestiegen aus irgendeinem Winkel ihres Herzens, hatte sich in trokkene Leere aufgelöst. Vielleicht zum erstenmal erblickte sie klar und hart die Tatsache, daß ihre Beziehungen zu Arnheim sie über kurz oder lang vor eine Entscheidung stellen mußten, die ihr ganzes Leben verändern konnte. Man hätte nicht sagen können, daß sie das jetzt glücklich machte; aber es hatte die Schwere eines wirklich dastehenden Gebirges. Eine Schwäche war vorbei. Jenes «Nicht tun, was man möchte» hatte für einen Augenblick einen ganz unsinnigen Glanz gehabt, den sie nicht mehr begriff.

«Arnheim ist ganz und gar das Gegenteil von mir; er überschätzt das Glück, das Zeit und Raum haben, wenn sie mit ihm zum gegenwärtigen Augenblick zusammentreffen, beständig!» seufzte Ulrich lächelnd, in dem ordentlichen Bedürfnis, was er geäußert hatte, zu einem Ende zu führen; aber von der Kindheit sprach auch er nicht mehr, und so kam es nicht dazu, daß ihn Diotima als gefühlvoll kennen lernte.

70

Clarisse besucht Ulrich, um ihm eine Geschichte zu erzählen

Die Neueinrichtung alter Schlösser bildete die besondere Fähigkeit des bekannten Malers van Helmond, dessen genialstes Werk seine Tochter Clarisse war, und eines Tags trat diese unerwartet bei Ulrich ein.

«Papa schickt mich,» teilte sie mit «ich soll nachsehn, ob du deine großartigen aristokratischen Beziehungen nicht auch ein wenig für ihn ausnützen könntest!» Sie sah sich neugierig im Zimmer um, warf sich in einen Stuhl und ihren Hut auf einen anderen. Dann reichte sie Ulrich die Hand.

«Dein Papa überschätzt mich» wollte er sagen, aber sie schnitt ihm das Wort ab.

«Ach, Unsinn! Du weißt doch, der Alte braucht immer Geld. Das Geschäft geht nicht mehr so wie früher!» Sie lachte. «Sehr elegant hast du's. Hübsch!» Sie musterte abermals die Umgebung und sah dann Ulrich an; ihre ganze Haltung hatte etwas von der liebenswürdigen Unsicherheit eines Hündchens, das sein böses Gewissen im Fell juckt. «Na!» sagte sie. «Also wenn du kannst, wirst du's tun! Wenn nicht, dann nicht! Ich hab es ihm natürlich versprochen. Aber ich bin aus einem anderen Grund gekommen; er hat mich mit seinem Anliegen auf eine Idee gebracht. Bei uns liegt nämlich etwas in der Familie. Ich möchte einmal hören, was du dazu sagst.» Mund und Augen zögerten und zuckten einen Augenblick, dann setzte sie mit einem Ruck über das Anfangshindernis. «Kannst du dir etwas vorstellen, wenn ich Schönheitsarzt sage? Ein Maler ist ein Schönheitsarzt.»

Ulrich begriff; er kannte das Haus ihrer Eltern.

«Also dunkel, vornehm, prächtig, üppig, gepolstert, bewimpelt und bewedelt!» fuhr sie fort. «Papa ist Maler, der Maler ist eine Art Schönheitsarzt, und mit uns zu verkehren, hat in der Gesellschaft immer für ebenso schick gegolten wie eine Badereise anzutreten. Du verstehst. Und eine Haupteinnahme Papas bildet seit je die Einrichtung von Palästen und Landschlössern. Du kennst die Pachhofens?»

Das war eine Patrizierfamilie, aber Ulrich kannte sie nicht; bloß ein Fräulein Pachhofen hatte er vor Jahren in Clarissens Gesellschaft einmal angetroffen.

«Das war meine Freundin» erklärte Clarisse. «Sie war damals siebzehn und ich fünfzehn; Papa sollte das Schloß einrichten und umbaun.»

«? Nun ja, natürlich, das Pachhofensche. Wir waren alle eingeladen. Auch Walter war zum erstenmal mit uns. Und Meingast.»

«Meingast?» Ulrich wußte nicht, wer Meingast sei.

«Aber ja, du kennst ihn doch auch; Meingast, der dann in die Schweiz gegangen ist. Damals war er noch nicht Philosoph, sondern Hahn in allen Familien, die Töchter hatten.»

«Ich habe ihn nie persönlich gekannt;» stellte Ulrich fest «aber jetzt weiß ich wohl, wer er ist.»

«Also gut,» – Clarisse rechnete angestrengt im Kopf «warte: Walter war damals dreiundzwanzig Jahre alt und Meingast etwas älter. Ich glaube, Walter hat im geheimen mächtig Papa bewundert. Er war zum erstenmal auf einem Schloß eingeladen. Papa hatte oft so etwas wie einen inneren Königsmantel. Ich glaube, Walter war anfangs mehr in Papa verliebt als in mich. Und Lucy –»

«Um Gotteswillen, langsam, Clarisse!» bat Ulrich. «Ich glaube, ich habe den Zusammenhang verloren.»

«Lucy» sagte Clarisse «ist doch Fräulein Pachhofen, die Tochter der Pachhofens, bei denen wir alle eingeladen waren. Verstehst du es jetzt? Also nun verstehst du; wenn Papa Lucy in Samt oder Brokat wickelte und mit einer langen Schleppe auf eins ihrer Pferde setzte, so bildete sie sich ein, er sei ein Tizian oder ein Tintoretto. Sie waren ganz ineinander verschossen.»

«Also Papa in Lucy, und Walter in Papa?»

«So warte doch nur! Damals gab es den Impressionismus. Papa malte altmodisch-musikalisch, wie er es noch heute tut, braune Soße mit Pfauenschwänzen. Aber Walter war für freie Luft, klarlinige englische Gebrauchsformen, das Neue und Ehrliche. Papa mochte ihn insgeheim so wenig ausstehen wie eine protestantische Predigt; er mochte übrigens auch Meingast nicht ausstehen, aber er hatte zwei Töchter zu verheiraten, hatte immer mehr Geld ausgegeben als eingenommen und war duldsam gegen die Seele der zwei jungen Männer. Walter dagegen liebte heimlich Papa, das habe ich schon gesagt; aber er mußte ihn öffentlich verachten, wegen der neuen Kunstrichtung, und Lucy hat überhaupt nie etwas von Kunst verstanden, aber sie hatte Angst, sich vor Walter zu blamieren, und befürchtete, daß Papa, wenn Walter recht behalte, bloß als ein komischer alter Mann erscheinen würde. Bist du jetzt im Bild?»

Ulrich wollte zu diesem Zweck noch wissen, wo Mama gewesen sei.

«Mama war natürlich auch da. Sie stritten wie immer alle Tage, nicht mehr und nicht weniger. Du verstehst, daß unter diesen Umständen Walter eine begünstigte Position hatte. Er wurde eine Art Schnittpunkt von uns allen, Papa fürchtete sich vor ihm, Mama hetzte ihn auf, und ich fing an, mich in ihn zu verlieben. Lucy aber tat ihm schön. So hatte Walter eine gewisse Macht über Papa, und er begann, sie mit vorsichtiger Wollust auszukosten. Ich meine, damals ist ihm seine eigene Bedeutung aufgegangen; ohne Papa und mich wäre er nichts geworden. Verstehst du diese Zusammenhänge?»

Ulrich glaubte diese Frage bejahen zu können.

«Aber ich wollte etwas anderes erzählen!» versicherte Clarisse. Sie überlegte und sagte nach einer Weile: «Warte! Denk zunächst nur an mich und Lucy: Das war ein aufregend verworrenes Verhältnis! Ich habe natürlich Angst um Vater gehabt, der in seiner Verliebtheit Miene machte, die ganze Familie zu ruinieren. Und dabei wollte ich doch natürlich auch wissen, wie so etwas eigentlich vor sich geht. Sie waren beide ganz toll. In Lucy mischte sich selbstverständlich die Freundschaft für mich mit dem Gefühl, daß sie den Mann zum Geliebten hatte, zu dem ich noch gehorsam Papa sagen mußte. Sie bildete sich nicht wenig darauf ein, aber schämte sich auch heftig vor mir. Ich glaube, das alte Schloß hatte seit seiner Erbauung noch keine solchen Komplikationen beherbergt! Den ganzen Tag über trieb sich Lucy, wo sie nur konnte, mit Papa herum, und nachts kam sie zu mir in den Turm beichten. Ich schlief nämlich im Turm, und wir brannten fast die ganze Nacht Licht.»

«Wie weit hat sich denn Lucy mit deinem Vater eingelassen?»

«Das war das einzige, was ich nie erfahren konnte. Aber denk dir solche Sommernächte! Die Eulen haben gewimmert, die Nacht hat gestöhnt, und wenn es uns zu unheimlich wurde, haben wir uns beide in mein Bett gelegt, um dort weiter zu erzählen. Wir konnten uns die Sache nicht anders vorstellen, als daß ein Mann, den eine so unselige Leidenschaft erfaßt hat, sich erschießen müsse. Eigentlich warteten wir alle Tage darauf –»

«Ich habe doch den Eindruck,» unterbrach Ulrich «daß zwischen ihnen nicht viel vorgefallen war.»

«Ich glaube auch: nicht alles. Aber doch manches. Du wirst gleich sehen. Lucy hat nämlich plötzlich das Schloß verlassen müssen, weil ihr Vater unerwartet ankam und sie zu einer Spanienreise abholte. Da hättest du nun Papa sehen sollen, wie er allein blieb! Ich glaube, es fehlte manchmal nicht viel dazu, daß er Mama erwürgt hätte. Mit einer zusammenlegbaren Staffelei, die er hinter den Sattel schnallte, ist er von morgens bis abends umhergeritten, ohne einen Strich zu malen, und wenn er zu Hause blieb, rührte er auch keinen Pinsel an. Du mußt wissen, daß er sonst wie eine Maschine malt, aber damals traf ich ihn oft, wie er in einem der großen, leeren Säle hinter einem Buch saß und hatte es nicht geöffnet. So hat er manchmal stundenlang gebrütet, dann ist er aufgestanden, und in einem anderen Zimmer oder im

Garten war es das gleiche; mitunter den ganzen Tag lang. Schließlich war er ein alter Mann, und die Jugend hatte ihn im Stich gelassen; nicht, das läßt sich begreifen?! Und ich denke mir, das Bild, wie er Lucy und mich oft gesehen hat, als zwei Freundinnen, die einander den Arm um den Leib legen und vertraut miteinander plaudern, muß in ihm damals aufgegangen sein, – wie ein wilder Samen. Vielleicht hat er auch davon gewußt, daß Lucy immer zu mir in den Turm gekommen ist. Kurz, einmal, so gegen elf Uhr nachts, alle Lichter waren im Schloß schon ausgelöscht, war er da! Du, das war etwas!» Clarisse wurde jetzt lebhaft von der Bedeutung ihrer eigenen Geschichte hingerissen. «Du hörst dieses Tasten und Scharren auf der Treppe und weißt nicht, was das ist; hörst dann das ungeschickte Drücken an der Klinke und das abenteuerliche Aufgehen der Tür...»

«Warum hast du nicht um Hilfe gerufen?»

«Das ist das Sonderbare. Ich habe vom ersten Ton an gewußt, wer er ist. Er muß reglos in der Tür stehen geblieben sein, denn man hörte eine ganze Weile nichts. Er war wahrscheinlich auch erschrocken. Dann zog er vorsichtig die Türe zu und hat mich leise angerufen. Ich bin wie durch alle Sphären gesaust. Ich habe ihm keineswegs antworten wollen, aber das ist das Sonderbare: ganz aus mir heraus, als wäre ich ein tiefer Raum, ist ein Laut gekommen, der wie ein Winseln war. Kennst du das?»

«Nein. Erzähl weiter!»

«Nun einfach, und im nächsten Augenblick hat er sich mit unendlicher Verzweiflung an mir festgehalten; er ist beinahe auf mein Bett gefallen, und sein Kopf ist neben dem meinen in den Polstern gelegen.»

«Tränen?»

«Zuckende Trockenheit! Ein alter, verlassener Körper! Ich habe das augenblicklich verstanden. Oh, ich sage dir, wenn man später sagen könnte, was man in solchen Augenblicken gedacht hat, das wäre etwas ganz Großes! Ich glaube, daß ihn wegen des Versäumten tolle Wut gegen alle Sittsamkeit gepackt hatte. Ich merke also mit einemmal, daß er wieder aufwacht, und weiß sofort, obgleich es stockfinster war, daß er jetzt ganz zusammengekrampft ist von rücksichtslosem Hunger nach mir. Ich weiß, jetzt gibt es keine Schonung und Rücksicht; seit meinem Stöhnen war es noch immer ganz still; mein Körper war glühend trocken, und seiner war wie ein Papier, das man an den Rand des Feuers legt. Ordentlich leicht ist er geworden; ich habe gefühlt, wie sein Arm sich an meinem Körper hinabschlängelt und von meiner Schulter loslöst. Und da wollte ich dich etwas fragen. Deshalb bin ich gekommen –»

Clarisse unterbrach sich.

«Was? Du hast doch nichts gefragt!» half ihr Ulrich nach kurzer Pause.

«Nein. Ich muß vorher noch etwas anderes sagen: Ich habe mich bei dem Gedanken, daß er meine Reglosigkeit für ein Zeichen des Einverständnisses halten müsse, verabscheut; aber ich bin ganz ratlos liegengeblieben, eine steinerne Angst hat auf mir gelastet. Wie denkst du darüber?»

«Ich kann da gar nichts sagen.»

«Mit einer Hand hat er mich immerzu im Gesicht gestreichelt, die andere ist gewandert. Zitternd, mit gespielter Harmlosigkeit, weißt du, über meine Brust wie ein Kuß hinweg, dann, als wartete sie und lauschte auf Antwort. Und zuletzt wollte sie – nun du verstehst wohl, und sein Gesicht suchte zugleich das meine. Aber da habe ich mich doch mit letzter Kraft ihm entwunden und zur Seite gedreht; und wieder ist dabei dieser Laut, den ich sonst nicht an mir kenne, so zwischen Bitte und Stöhnen liegt er, aus meiner Brust gekommen. Ich habe nämlich ein Muttermal, ein schwarzes Medaillon –»

«Und wie hat sich dein Vater verhalten?» unterbrach sie Ulrich kühl.

Aber Clarisse ließ sich nicht unterbrechen. «Hier!» Sie lächelte gespannt und zeigte durch das Kleid eine Stelle einwärts der Hüfte. «Bis hieher ist er gekommen, hier ist das Medaillon. Dieses Medaillon besitzt eine wunderbare Kraft oder es hat damit eine sonderbare Bewandtnis!»

Das Blut strömte ihr plötzlich ins Gesicht. Ulrichs Schweigen ernüchterte sie und löste den Gedanken, der sie gefangen gehalten. Sie lächelte verlegen und schloß mit raschen Worten: «Mein Vater? Er hat sich augenblicklich aufgerichtet. Ich habe nicht sehen können, was in seinem Gesicht vorging; ich denke, es wird wohl Verlegenheit gewesen sein. Vielleicht Dankbarkeit. Ich hatte ihn doch im letzten Augenblick erlöst. Du mußt denken: ein alter Mann, und ein junges Mädchen hat die Kraft dazu! Ich muß ihm merkwürdig vorgekommen sein, denn er hat mir ganz zart die Hand gedrückt und mit der anderen zweimal über den Kopf gestreichelt, dann ist er fortgegangen, ohne etwas zu sagen. Also du wirst für ihn tun, was du kannst?! Schließlich mußte ich dir das aber auch erklären.»

Knapp und korrekt, in einem Schneiderkleid, das sie nur trug, wenn sie in die Stadt kam, stand sie da, um fortzugehen, und streckte die Hand zum Gruß aus.

71

Der Ausschuß zur Fassung eines leitenden Beschlusses in bezug auf das Siebzigjährige Regierungsjubiläum Sr. Majestät beginnt zu tagen

Von ihrem Brief an Graf Leinsdorf und von ihrer Aufforderung, daß Ulrich Moosbrugger retten solle, hatte Clarisse kein Wort gesagt; sie schien das alles vergessen zu haben. Aber auch Ulrich kam nicht so bald dazu, sich wieder daran zu erinnern. Denn endlich war Diotima mit allen Vorbereitungen so weit, daß innerhalb der «Enquete zur Fassung eines leitenden Beschlusses und Feststellung der Wünsche der beteiligten Kreise der Bevölkerung in bezug auf das Siebzigjährige Regierungsjubiläum Sr. Majestät» der besondere «Ausschuß zur Fassung eines leitenden Beschlusses in bezug auf das Siebzigjährige Regierungsjubiläum Sr. Majestät» einberufen werden konnte, dessen Leitung Diotima sich persönlich vorbehalten hatte. Se. Erlaucht hatte selbst die Einladung verfaßt, Tuzzi hatte sie korrigiert, und Arnheim hatte seine Verbesserungen von Diotima zu sehen bekommen, ehe sie genehmigt wurden. Trotzdem kam alles darin vor, was den Geist Sr. Erlaucht beschäftigte. «Was uns zu dieser Zusammenkunft führt,» – stand in dem Schreiben – «ist die Übereinstimmung in der Frage, daß eine machtvolle, aus der Mitte des Volks aufsteigende Kundgebung nicht dem Zufall überlassen bleiben dürfe, sondern eine weit vorausblickende und von einer Stelle, die einen weiten Überblick hat, also von oben kommende Einflußnahme erfordere.» Es folgten dann das «hochseltene Fest der siebzigjährigen segensreichen Thronbesteigung», die «dankbar gescharten» Völker, der Friedenskaiser, die mangelnde politische Reife, das weltösterreichische Jahr, und schließlich kam die Mahnung an «Besitz und Bildung», das alles zu einer glanzvollen Kundgebung des «wahren» Österreichertums zu gestalten, aber recht vorsichtig zu erwägen.

Aus Diotimas Listen waren die Gruppen Kunst, Literatur und Wissenschaft herausgehoben und durch umfassende Bemühungen sorgfältig ergänzt worden, während andererseits von den Personen, die dem Ereignis beiwohnen durften, ohne daß man Tätigkeit von ihnen erwartete, nach strengster Siebung nur eine ganz kleine Anzahl übrig geblieben war; dennoch hob sich die Zahl der Eingeladenen so hoch, daß von einem regelrechten Tafeln am grünen Tisch nicht die Rede sein konnte und die lockere Form von Empfangabenden mit kaltem Büfett gewählt werden mußte. Man saß und stand, wie man es möglich machen konnte, und Diotimas Räume glichen einem geistigen

Heerlager, das mit belegten Broten, Torten, Weinen, Likören und Tee in solchen Maßen verpflegt wurde, wie sie nur durch besondere budgetäre Zugeständnisse möglich wurden, die Herr Tuzzi seiner Gattin gemacht hatte; widerspruchslos, wie hinzugefügt werden muß, woraus sich schließen läßt, daß er darauf aus war, sich neuer, geistiger diplomatischen Methoden zu bedienen.

Die gesellschaftliche Bewältigung dieses Auflaufs stellte große Anforderungen an Diotima, und sie würde vielleicht an manchem Anstoß genommen haben, hätte ihr Kopf nicht einer prächtigen Fruchtschale geglichen, aus deren Überfülle die Worte beständig über den Rand fielen; Worte, mit denen die Hausfrau jeden Erschienenen begrüßte und durch genaue Kenntnis seines letzten Werks entzückte. Die Vorbereitungen dazu waren außerordentlich gewesen und konnten nur mit Hilfe Arnheims bewältigt werden, der ihr seinen Privatsekretär zur Verfügung gestellt hatte, um das Material zu ordnen und auszugsweise die wichtigsten Angaben zu sammeln. Die wundervolle Schlacke dieses Feuereifers bildete eine große Bibliothek, die aus den Mitteln angeschafft worden, die Graf Leinsdorf für den Anfang der Parallelaktion ausgeworfen hatte, und gemeinsam mit den eigenen Büchern Diotimas wurde sie als einziger Schmuck im letzten der ausgeräumten Zimmer aufgestellt, dessen blumige Tapete, soweit sie überhaupt noch zu sehen war, das Boudoir verriet, ein Zusammenhang, der zu schmeichelhaftem Nachdenken über die Bewohnerin anregte. Diese Bibliothek erwies sich aber auch noch in anderer Weise als vorteilhafte Anlage; denn jeder der Geladenen steuerte, nachdem er Diotimas huldvolle Begrüßung in Empfang genommen, unschlüssig durch die Zimmer und wurde dabei unfehlbar von der am Ende befindlichen Bücherwand angezogen, sobald er ihrer ansichtig wurde; es hob und senkte sich immer eine Schar von Rücken musternd vor ihr, wie die Bienen vor einer Blumenhecke, und wenn die Ursache auch nur jene edle Neugier war, die jeder Schaffende für Büchersammlungen hegt, so drang doch süße Befriedigung ins Mark, wenn der Schauende endlich seine eigenen Werke entdeckte, und das patriotische Unternehmen hatte seinen Nutzen davon.

In der geistigen Leitung der Versammlung ließ Diotima zunächst schöne Willkür walten, wenn sie auch Wert darauf legte, namentlich den Dichtern gleich zu versichern, daß alles Leben im Grunde auf einer inneren Dichtung ruhe, sogar das Geschäftsleben, wenn man es «großzügig ansehe». Es wunderte keinen, nur stellte es sich heraus, daß die meisten der durch solche Ansprachen Ausgezeichneten in der Überzeugung erschienen waren, man habe sie eingeladen, damit sie selbst kurz, das heißt in etwa fünf bis fünfundvierzig Minuten, der Parallelaktion einen Rat geben sollten, den befolgend, sie nicht mehr fehlgehen könne, mochten auch spätere Redner die Zeit mit zwecklosen und falschen Vorschlägen vergeuden. Diotima geriet anfangs geradezu in eine weinerliche Gemütsstimmung dadurch und konnte ihre unbefangene Haltung nur mühsam bewahren, denn es kam ihr vor, daß jeder etwas anderes sage, ohne daß sie imstande sei, es auf einen gemeinsamen Nenner zu bringen. Sie hatte noch keine Erfahrung in solchen Konzentrationsgraden des schönen Geistes, und da ein so universales Zusammentreffen großer Männer auch nicht so leicht ein zweitesmal vorkommt, ließ es sich nur Schritt um Schritt, ordentlich mühsam und methodisch begreifen. Es gibt übrigens in der Welt viele Dinge, die einzeln für den Menschen etwas ganz anderes bedeuten als beisammen; zum Beispiel Wasser ist in zu großen Mengen ein genau um den Unterschied zwischen Trinken und Ertrinken geringeres Vergnügen als in kleinen, und um Gifte, Vergnügungen, Muße, Klavierspiel, Ideale ist es ähnlich bestellt, ja wahrscheinlich um alles, so daß es ganz und gar von dem Grad seiner Dichtigkeit und anderen Umständen abhängt, was etwas ist. Hinzugefügt werden muß also bloß, daß auch das Genie keine Ausnahme davon macht, damit man in den folgenden Eindrükken nicht etwa eine Herabsetzung der großen Persönlichkeiten erblickt, die sich in selbstloser Weise Diotima zur Verfügung gestellt hatten.

Denn man konnte gleich bei diesem ersten Zusammentreffen den Eindruck gewinnen, daß sich jeder große Geist in einer äußerst unsicheren Lage fühle, sobald er den Schutz seines Gipfelhorstes verläßt und sich auf gemeinem Boden verständigen soll. Die außerordentliche Rede, die gleichsam wie ein Himmelsvorgang über Diotima hinwegging, solange sie sich mit einem der Gewaltigen im Gespräch allein befand, machte, wenn ein Dritter oder Vierter hinzutrat und nun mehrere Reden in Widerspruch zueinander gerieten, einem peinlichen Unvermögen, zur Ordnung zu gelangen, Platz, und wer sich nicht vor solchen Vergleichen scheut, konnte das Bild eines Schwans empfangen, der sich nach stolzem Flug auf der Erde weiter bewegt. Jedoch nach längerer Bekanntschaft läßt sich auch das sehr gut verstehen. Das Leben großer Geister beruht heute auf einem «Man weiß nicht wozu». Sie genießen große Verehrung, die sich an ihrem fünfzigsten bis hundertsten Geburtstag äußert oder beim Fest des zehnjährigen Bestehens einer landwirtschaftlichen Hochschule, die sich mit Ehrendoktoren schmückt, aber auch sonst bei verschiedenen Gelegenheiten, wo man von deutschem Geistesgut reden muß. Wir haben in unserer Geschichte große Männer gehabt und betrachten das als eine zu uns gehörende Einrichtung, geradeso wie die Gefängnisse oder das Militär; man muß, wenn sie da ist, auch jemand hineinstecken. Also nimmt man, mit einem gewissen Automatismus, der solchen sozialen Bedürfnissen eignet, immer den dazu, der gerade an der Reihe ist, und erweist ihm die Ehren, die zur Verleihung reif sind. Aber diese Verehrung ist nicht ganz reell; auf ihrem Grunde gähnt die allgemein bekannte Überzeugung, daß eigentlich doch kein einziger sie verdient, und es läßt sich schwer unterscheiden, ob sich der Mund aus Begeisterung oder zum Gähnen öffnet. Es hat etwas von Totenverehrung an sich, wenn heute ein Mann genial genannt wird, mit dem stillschweigenden Zusatz, daß es das gar nicht mehr gibt, und hat etwas von jener hysterischen Liebe, die ein großes Spektakel aus keiner anderen Ursache aufführt, als weil ihr eigentlich das Gefühl fehlt.

Ein solcher Zustand ist begreiflicherweise nicht angenehm für empfindsame Geister, und sie suchen sich seiner auf verschiedene Art zu entledigen. Die einen werden aus Verzweiflung wohlhabend, indem sie den Bedarf benützen lernen, der nun einmal nicht nur nach großen Geistern, sondern auch nach wilden Männern, geistvollen Romanciers, schwellenden Naturkindern und Führern der neuen Generation besteht; die anderen tragen eine unsichtbare Königskrone auf dem Haupte, die sie unter gar keinen Umständen ablegen, und versichern erbittert bescheiden, daß sie über den Wert des von ihnen Geschaffenen erst in drei bis zehn Jahrhunderten urteilen lassen wollen; alle aber empfinden es als eine furchtbare Tragik des deutschen Volks, daß die wirklich Großen niemals sein lebender Kulturbesitz werden, da sie ihm zu weit voraus sind. Es muß jedoch betont werden, daß bis hieher von den sogenannten schönen Geistern gesprochen worden ist, denn es gibt in den Beziehungen des Geistes zur Welt einen sehr bemerkenswerten Unterschied. Während der schöne Geist in der gleichen Weise wie Goethe und Michelangelo, Napoleon und Luther bewundert sein will, weiß heute kaum noch irgendwer den Namen des Mannes, der den Menschen den unsagbaren Segen der Narkose geschenkt hat, niemand forscht im Leben von Gauß, Euler oder Maxwell nach einer Frau von Stein, und die wenigsten kümmert es, wo Lavoisier und Cardanus geboren wurden und gestorben sind. Statt dessen lernt man, wie ihre Gedanken und Erfindungen durch die Gedanken und Erfindungen anderer, ebenso uninteressanter Personen weiter entwickelt worden sind, und beschäftigt sich unausgesetzt mit ihrer Leistung, die in anderen weiterlebt, nachdem das kurze Feuer der Person längst schon abgebrannt ist. Man staunt im ersten Augenblick, wenn man wahrnimmt, wie scharf dieser Unterschied zwei Weisen menschlichen Verhaltens voneinander abteilt, aber alsbald melden sich die Gegenbeispiele, und er will als die natürlichste aller Grenzen erscheinen. Vertraute Gewohnheit versichert uns, es sei die Grenze zwischen Person und Arbeit, zwischen Größe des Menschen und der einer Sache, zwischen Bildung und Wissen, Humanität und Natur. Arbeit und industriöses Genie vermehren nicht die moralische Größe, das Mannsein unter den Augen des Himmels, die unzerlegbare Lehre des Lebens, die sich nur in Beispielen weitererbt, von Staatsmännern, Helden, Heiligen, Sängern, allerdings auch von Filmschauspielern; eben jene große, irrationale Macht, an der sich auch der Dichter teilhaben fühlt, solange er an sein Wort glaubt und daran festhält, daß aus ihm, je nach seinen Lebensverhältnissen, die Stimme des Inneren, des Blutes, des Herzens, der Nation, Europas oder der Menschheit spricht. Es ist das geheimnisvolle Ganze, als dessen Werkzeug er sich fühlt, während die anderen bloß im Begreiflichen wühlen, und an diese Sendung muß man glauben, ehe man sie sehen lernen kann! Was uns dessen versichert, ist zweifellos eine Stimme der Wahrheit, aber bleibt nicht eine Sonderbarkeit an dieser Wahrheit hängen? Denn dort, wo man weniger auf die Person als auf die Sache sieht, ist merkwürdigerweise immer von frischem eine neue Person da, die die Sache vorwärts führt; wogegen sich dort, wo man auf die Person achtet, nach Erreichung einer gewissen Höhe das Gefühl einstellt, es sei keine ausreichende Person mehr da und das wahrhaft Große gehöre der Vergangenheit an!?

Sie waren lauter Ganze, die sich bei Diotima versammelt hatten, und das war viel auf einmal. Dichten und Denken, jedem Menschen so natürlich wie einer jungen Ente das Schwimmen, sie übten es als Beruf aus und trafen es ja auch wirklich besser als andere. Aber wozu? Ihr Tun war schön, war groß, war einmalig, aber so viel Einmaligkeit war wie Friedhofstimmung und gesammelter Hauch der Vergänglichkeit, ohne geraden Sinn und Zweck, Herkunft und Fortsetzung. Unzählige Erinnerungen an Erlebnisse, Myriaden einander kreuzender Schwingungen des Geistes waren in diesen Köpfen versammelt, die wie die Nadeln eines Teppichwirkers in einem Gewebe staken, das sich rings um sie, vor ihnen und nach ihnen ohne Naht und Rand ausbreitete, und sie wirkten an irgendeiner Stelle ein Muster, das sich ähnlich anderswo wiederholte und doch ein wenig verschieden war. Aber ist es der richtige Gebrauch von sich, einen solchen kleinen Fleck auf die Ewigkeit zu setzen?!

Es wäre wahrscheinlich viel zuviel gesagt, daß Diotima das begriffen haben sollte, aber den Gräberwind über den Gefilden des Geistes fühlte sie und sank, je weiter dieser erste Tag zu Ende ging, in eine desto tiefere Mutlosigkeit. Zu ihrem Glück erinnerte sie sich dabei an eine gewisse Hoffnungslosigkeit, der Arnheim bei einer anderen Gelegenheit, damals nicht ganz verständlich für sie, als von ähnlichen Fragen die Rede war, Ausdruck gegeben hatte; ihr Freund war verreist, aber sie dachte daran, daß er sie davor gewarnt hatte, zu große Hoffnungen auf diese Zusammenkunft zu setzen. Und so war es eigentlich diese Arnheimsche Schwermut, in die sie hineinsank, was ihr am Ende doch noch ein schönes, fast sinnlich trauriges und schmeichelndes Vergnügen bereitete. «Ist es nicht im tiefsten» fragte sie sich, seiner Voraussage nachgrübelnd, «der Pessimismus, den allemal Menschen der Tat empfinden, wenn sie mit Menschen der Worte in Berührung kommen?!»

72

Das In den Bart Lächeln der Wissenschaft oder Erste ausführliche Begegnung mit dem Bösen

Es müssen nun ein paar Worte über ein Lächeln folgen, noch dazu ein Männerlächeln, und es war ein Bart dabei, geschaffen für die männliche Tätigkeit des In den Bart Lächelns; es handelt sich um das Lächeln der Gelehrten, die der Einladung Diotimas Folge geleistet hatten und den berühmten Schöngeistern zuhörten. Obgleich sie lächelten, darf man beileibe nicht glauben, daß sie es ironisch taten. Im Gegenteil, es war ihr Ausdruck der Ehrerbietung und Inkompetenz, wovon ja schon die Rede gewesen. Aber man darf sich auch dadurch nicht täuschen lassen. In ihrem Bewußtsein stimmte das, jedoch in ihrem Unterbewußtsein, um dieses gebräuchliche Wort zu benützen, oder richtiger gesagt, in ihrem Gesamtzustand waren es Menschen, in denen ein Hang zum Bösen rumorte wie das Feuer unter einem Kessel.

Das sieht nun natürlich wie eine paradoxe Bemerkung aus, und ein o. ö. Universitätsprofessor, in dessen Angesicht man sie aufstellen wollte, würde vermutlich entgegnen, daß er schlicht der Wahrheit und dem Fortschritt diene und sonst von nichts wisse; denn das ist seine Berufsideologie. Aber alle Berufsideologien sind edel, und die Jäger zum Beispiel sind weit davon entfernt, sich die Fleischer des Waldes zu nennen, nennen sich vielmehr den weidgerechten Freund der Tiere und der Natur, ebenso wie die Kaufleute den Grundsatz des ehrbaren Nutzens hegen und die Diebe den Gott der Kaufleute, nämlich den vornehmen und völkerverbindend internationalen Merkur, auch den ihren nennen. Auf die Darstellung einer Tätigkeit im Bewußtsein derer, die sie ausüben, ist also nicht allzuviel zu geben.

Fragt man sich unbefangen, wie die Wissenschaft ihre heutige Gestalt bekommen hat – was an und für sich wichtig ist, da sie uns ja beherrscht und nicht einmal ein Analphabet vor ihr sicher ist, denn er lernt es, mit unzähligen gelehrt geborenen Dingen zusammen zu leben –, so erhält man schon ein anderes Bild. Nach glaubwürdigen Überlieferungen hat das im sechzehnten Jahrhundert, einem Zeitalter stärkster seelischer Bewegtheit, damit begonnen, daß man nicht länger, wie es bis dahin durch zwei Jahrtausende religiöser und philosophischer Spekulation geschehen war, in die Geheimnisse der Natur einzudringen versuchte, sondern sich in einer Weise, die nicht anders als oberflächlich genannt werden kann, mit der Erforschung ihrer Oberfläche begnügte. Der große Galileo Galilei, der dabei immer als erster genannt wird, räumte zum Beispiel mit der Frage auf, aus welchem in ihrem Wesen liegenden Grund die Natur eine Scheu vor leeren Räumen habe, sodaß sie einen fallenden Körper solange Raum um Raum durchdringen und ausfüllen lasse, bis er endlich auf festem Boden anlange, und begnügte sich mit einer viel gemeineren Feststellung: er ergründete einfach, wie schnell ein solcher Körper fällt, welche Wege er zurücklegt, Zeiten verbraucht und welche Geschwindigkeitszuwüchse er erfährt. Die katholische Kirche hat einen schweren Fehler begangen, indem sie diesen Mann mit dem Tode bedrohte und zum Widerruf zwang, statt ihn ohne viel Federlesens umzubringen; denn aus seiner und seiner Geistesverwandten Art, die Dinge anzusehen, sind danach – binnen kürzester Zeit, wenn man historische Zeitmaße anlegt, – die Eisenbahnfahrpläne, die Arbeitsmaschinen, die physiologische Psychologie und die moralische Verderbnis der Gegenwart entstanden, gegen die sie nicht mehr aufkommen kann. Sie hat diesen Fehler wahrscheinlich aus zu großer Klugheit begangen, denn Galilei war ja nicht nur der Entdecker des Fallgesetzes und der Erdbewegung, sondern auch ein Erfinder, für den sich, wie man heute sagen würde, das Großkapital interessierte, und außerdem war er nicht der einzige, der damals von dem neuen Geist ergriffen wurde; im Gegenteil, die historischen Berichte zeigen, daß sich die Nüchternheit, von der er beseelt war, weit und ungestüm wie eine Ansteckung ausbreitete, und so anstößig das heute klingt, jemand von Nüchternheit beseelt zu nennen, wo wir davon schon zu viel zu haben glauben, damals muß das Erwachen aus der Metaphysik zur harten Betrachtung der Dinge nach allerhand Zeugnissen geradezu ein Rausch und Feuer der Nüchternheit gewesen sein! Aber wenn man sich fragt, was der Menschheit nun eigentlich eingefallen sei, sich so zu verändern, so ist die Antwort, sie tat damit nichts anderes, als jedes vernünftige Kind tut, wenn es zu früh versucht hat, zu laufen; sie setzte sich auf die Erde und berührte diese mit einem verläßlichen und wenig edlen Körperteil, es muß gesagt werden: sie tat es mit eben jenem, auf dem man sitzt. Denn das Merkwürdige ist, daß sich die Erde dafür so ungemein empfänglich gezeigt hat und seit dieser Berührung sich Erfindungen, Bequemlichkeiten und Erkenntnisse in einer Fülle entlocken läßt, die ans Wunder grenzt.

Man könnte nach dieser Vorgeschichte nicht ganz mit Unrecht meinen, es sei das Wunder des Antichrist, in dem wir uns mitten darin befinden; denn das gebrauchte Berührungsgleichnis ist nicht nur in der Richtung der Verläßlichkeit zu deuten, sondern ebensosehr in der Richtung des Anstandslosen und Verpönten. Und wirklich haben, ehe geistige Menschen ihre Lust an den Tatsachen entdeckten, nur Krieger, Jäger und Kaufleute, gerade also listige und gewalttätige Naturen, diese besessen. Im Kampf ums Leben gibt es keine denkerischen Sentimentalitäten, sondern nur den Wunsch, den Gegner auf dem kürzesten und tatsächlichsten Wege umzubringen, da ist jedermann Positivist; und ebenso wenig wäre es im Geschäft eine Tugend, sich etwas vormachen zu lassen, statt aufs Feste zu gehn, wobei der Gewinn letzten Endes eine psychologische und den Umständen entspringende Überwältigung des anderen bedeutet. Sieht man andererseits zu, welche Eigenschaften es sind, die zu Entdeckungen führen, so gewahrt man Freiheit von übernommener Rücksicht und Hemmung, Mut, ebensoviel Unternehmungs- wie Zerstörungslust, Ausschluß moralischer Überlegungen, geduldiges Feilschen um den kleinsten Vorteil, zähes Warten auf dem Weg zum Ziel, falls es sein muß, und eine Verehrung für Maß und Zahl, die der schärfste Ausdruck des Mißtrauens gegen alles Ungewisse ist; mit anderen Worten, man erblickt nichts anderes als eben die alten Jäger-, Soldaten- und Händlerlaster, die hier bloß ins Geistige übertragen und in Tugenden umgedeutet worden sind. Und sie sind damit zwar dem Streben nach persönlichem und verhältnismäßig gemeinem Vorteil entrückt, aber das Element des Urbösen, wie man es nennen könnte, ist ihnen auch bei dieser Verwandlung nicht verlorengegangen, denn es ist scheinbar unzerstörbar und ewig, wenigstens so ewig wie alles menschlich Hohe, da es in nichts geringerem und anderem als der Lust besteht, dieser Höhe ein Bein zu stellen und sie auf die Nase fallen zu sehn. Wer kennt nicht die boshafte Verlockung, die bei der Betrachtung eines schönglasierten üppigen Topfes in dem Gedanken liegt, daß man ihn mit *einem* Stockhieb in hundert Scherben schlagen könnte? Zum Heroismus der Bitterkeit gesteigert, daß man sich im Leben auf nichts verlassen könne, als was niet- und nagelfest sei, ist sie ein in die Nüchternheit der Wissenschaft eingeschlossenes Grundgefühl, und wenn man es aus Achtbarkeit nicht den Teufel nennen will, so ist doch zumindest ein leichter Geruch von verbranntem Pferdehaar daran.

Man kann gleich mit der eigenartigen Vorliebe beginnen, die das wissenschaftliche Denken für mechanische, statistische, materielle Erklärungen hat, denen gleichsam das Herz ausgestochen ist. Die Güte nur für eine besondere Form des Egoismus anzusehn; Gemütsbewegungen in Zusammenhang mit inneren Ausscheidungen zu bringen; festzustellen, daß der Mensch zu acht oder neun Zehnteln aus Wasser besteht; die berühmte sittliche Freiheit des Charakters als ein automatisch entstandenes Gedankenanhängsel des Freihandels zu erklären;

Schönheit auf gute Verdauung und ordentliche Fettgewebe zurückzuführen; Zeugung und Selbstmord auf Jahreskurven zu bringen, die das, was freieste Entscheidung zu sein scheint, als zwangsmäßig zeigen; Rausch und Geisteskrankheit als verwandt zu empfinden; After und Mund als das rektale und orale Ende derselben Sache einander gleichzustellen –: derartige Vorstellungen, die im Zauberkunststück der menschlichen Illusionen gewissermaßen den Trick bloßlegen, finden immer eine Art günstiger Vormeinung, um für besonders wissenschaftlich zu gelten. Es ist allerdings die Wahrheit, was man da liebt; aber rings um diese blanke Liebe liegt eine Vorliebe für Desillusion, Zwang, Unerbittlichkeit, kalte Abschreckung und trockene Zurechtweisung, eine hämische Vorliebe oder wenigstens eine unfreiwillige Gefühlsausstrahlung von solcher Art.

Mit einem anderen Wort, die Stimme der Wahrheit hat ein verdächtiges Nebengeräusch, aber die am nächsten Beteiligten wollen nichts davon hören. Nun, die Psychologie kennt heute viele solcher unterdrückten Nebengeräusche, und sie hat auch den Rat bereit, daß man sie hervorholen und sich so deutlich wie möglich machen solle, um ihre schädlichen Wirkungen zu verhindern. Wie wäre es also, wenn man die Probe machen wollte und sich versucht fühlte, den zweideutigen Geschmack an der Wahrheit und ihren boshaften Nebenstimmen des Menschengehässigen und Höllenhundsmäßigen offen zur Schau zu tragen, ihn gleichsam vertrauend ins Leben zu wenden? Nun, es käme ungefähr jener Mangel an Idealismus heraus, der unter dem Titel einer Utopie des exakten Lebens schon beschrieben worden ist, eine Gesinnung auf Versuch und Widerruf, aber dem eisernen Kriegsgesetz der geistigen Eroberung unterstehend. Dieses Verhalten zur Lebensgestaltung ist nun freilich keineswegs pflegend und befriedend; es würde das Lebenswürdige keineswegs nur mit Ehrfurcht ansehen, sondern eher wie eine Demarkationslinie, die der Kampf um die innere Wahrheit beständig verschiebt. Es würde an der Heiligkeit des Augenblickszustandes der Welt zweifeln, aber nicht aus Skepsis, sondern in der Gesinnung des Steigens, wo der Fuß, der fest steht, jederzeit auch der tiefere ist. Und in dem Feuer einer solchen Ecclesia militans, welche die Lehre haßt um des noch nicht Geoffenbarten willen und Gesetz und Gültiges beiseite schiebt im Namen einer anspruchsvollen Liebe zu ihrer nächsten Gestalt, würde der Teufel wieder zu Gott zurückfinden, oder, einfacher gesprochen, die Wahrheit wäre dort wieder die Schwester der Tugend und müßte nicht mehr gegen sie die versteckten Bosheiten verüben, welche eine junge Nichte gegen eine altjüngferliche Tante ausheckt.

Alles das nimmt nun, mehr oder weniger bewußt, ein junger Mensch in den Lehrsälen des Wissens in sich auf, und er lernt dazu die Elemente einer großen konstruktiven Gesinnung kennen, die das Entfernte wie einen fallenden Stein und einen kreisenden Stern spielend zusammenbringt und etwas, das scheinbar eins und unteilig ist, wie das Entstehen einer einfachen Handlung aus den Zentren des Bewußtseins, in Ströme zerlegt, deren innere Quellen um Jahrtausende voneinander verschieden sind. Wollte sich aber jemand einfallen lassen, von so erworbener Gesinnung außerhalb der Grenzen besonderer Fachaufgaben Gebrauch zu machen, so würde ihm alsbald begreiflich gemacht werden, daß die Bedürfnisse des Lebens andere seien als die des Denkens. Im Leben spielt sich ungefähr von allem, was der ausgebildete Geist gewohnt ist, das Gegenteil ab. Die natürlichen Unterschiede und Gemeinsamkeiten werden hier sehr hoch geschätzt; das Bestehende, mag es sein, wie es will, wird bis zu einem gewissen Grad als natürlich empfunden und nicht gern angetastet; die notwendig werdenden Veränderungen vollziehen sich nur zögernd und gleichsam in einem hin und her walzenden Vorgang. Und wenn jemand etwa aus reiner vegetarischer Gesinnung zu einer Kuh Sie sagen würde (in richtiger Erwägung des Umstandes, daß man sich gegen ein Wesen, dem man du sagt, viel leichter rücksichtslos benimmt), so würde man ihn einen Gecken, wenn nicht einen Narren schelten; aber nicht wegen seiner tierfreundlichen oder vegetarischen Gesinnung, die man hoch human findet, sondern wegen ihrer unmittelbaren Übertragung in die Wirklichkeit. Mit einem Wort, zwischen Geist und Leben besteht ein verwickelter Ausgleich, bei dem der Geist höchstens ein Halb vom Tausend seiner Forderungen ausbezahlt erhält und dafür mit dem Titel eines Ehrengläubigers geschmückt wird.

Ist aber der Geist, in der mächtigen Gestalt, die er zuletzt gefunden hat, wie vorhin angenommen worden, selbst ein sehr männlicher Heiliger mit kriegerischen und jägerischen Nebenuntugenden, so wäre aus den geschilderten Umständen zu schließen, daß die in ihm steckende Neigung zum Lästerlichen nirgends in ihrer immerhin großartigen Gänze herauskönne, noch die Gelegenheit finde, sich an der Wirklichkeit zu läutern, und darum auf allerhand recht sonderbaren, unkontrollierten Wegen anzutreffen sein dürfte, auf denen sie der unfruchtbaren Eingeschlossenheit entschlüpft. Es mag nun offen bleiben, ob bis hieher alles ein Spiel mit Einbildungen gewesen sei oder nicht, so läßt sich doch nicht leugnen, daß diese letzte Vermutung ihre eigenartige Bestätigung hat. Es gibt eine namenlose Lebensstimmung, die nicht gerade wenig Menschen heute im Blut liegt, ein Gewärtigsein des Böseren, eine Tumultbereitschaft, ein Mißtrauen gegen alles, was man verehrt. Es gibt Menschen, die über die Ideallosigkeit der Jugend klagen, aber in dem Augenblick, wo sie handeln müssen, sich ganz von selbst nicht anders entscheiden wie jemand, der aus gesündestem

Mißtrauen gegen die Idee deren sanfte Kraft durch die Wirkung irgendeines Knüttels verstärkt. Gibt es, anders gesagt, irgendeinen frommen Zweck, der sich nicht mit ein klein wenig Korruption und Berechnung der niederen menschlichen Eigenschaften ausstatten müßte, um in dieser Welt für ernst und ernst gemeint zu gelten? Worte wie: binden, zwingen, in die Schraube nehmen, vor zerbrochenen Fensterscheiben nicht zurückscheuen, starke Methode, haben einen angenehmen Klang von Verläßlichkeit. Vorstellungen von der Art, daß der größte Geist, in einen Kasernhof gesteckt, binnen acht Tagen vor der Stimme eines Feldwebels springen lernt, oder daß ein Leutnant und acht Mann genügen, um jedes Rednerparlament der Welt zu verhaften, haben zwar erst später ihren klassischen Ausdruck in der Entdeckung gefunden, daß man mit einigen Löffeln Rhizinusöl, die man einem Idealisten einflößt, die unbeugsamsten Überzeugungen lächerlich machen kann, aber sie hatten schon lange, obgleich sie mit Entrüstung verfemt wurden, den wilden Auftrieb unheimlicher Träume. Es ist nun einmal so, daß zumindest der zweite Gedanke eines jeden Menschen, der vor eine überwältigende Erscheinung gestellt wird, und sei es auch, daß sie ihn durch ihre Schönheit überwältige, heute der ist: du wirst mir nichts vormachen, ich werde dich schon kleinkriegen! Und diese Verkleinerungswut einer nicht nur mit allen Hunden gehetzten, sondern auch hetzenden Zeit ist wohl kaum noch die dem Leben natürliche Zweiteilung in Rohes und Hohes, weit eher ein selbstquälerischer Zug des Geistes, eine unaussprechliche Lust an dem Schauspiel, daß sich das Gute erniedrigen und wunderbar einfach zerstören lasse. Es sieht einem leidenschaftlichen Sich-selbst-Lügen-strafen-Wollen nicht unähnlich, und vielleicht ist es gar nicht das Trostloseste, an eine Zeit zu glauben, die mit dem Steiß voraus zur Welt gekommen ist und von des Schöpfers Händen bloß gewendet zu werden braucht.

Es wird also ein Männerlächeln vielerlei von solcher Art ausdrükken, auch wenn es sich der Selbstbeobachtung entzieht oder überhaupt noch nie durchs Bewußtsein gegangen ist, und so beschaffen war das Lächeln, mit dem sich die meisten der eingeladenen berühmten Fachleute in die lobenswerten Bestrebungen Diotimas fügten. Es stieg als Kitzel an den Beinen empor, die nicht recht wußten, wohin sie sich hier wenden sollten, und landete als wohlwollendes Staunen im Gesicht. Man war froh, wenn man einen Bekannten oder näheren Kollegen sah und ansprechen konnte. Man hatte das Gefühl, daß man beim Nachhausegehn, nach Verlassen des Tors ein paarmal probeweise fest auftreten werde. Aber ganz schön war die Veranstaltung doch. Solche allgemeinen Unternehmungen sind freilich etwas, das nie einen rechten Inhalt gewinnt, wie überhaupt alle allgemeinsten und höchsten Vorstellungen; schon Hund können Sie sich nicht vorstellen, das ist nur eine Anweisung auf bestimmte Hunde und Hundeeigenschaften, und Patriotismus oder die schönste vaterländischeste Idee können Sie sich erst recht nicht vorstellen. Aber wenn das auch keinen Inhalt hat, einen Sinn hat es ja doch, und es ist sicher gut, von Zeit zu Zeit diesen Sinn zu wecken! So sprachen die meisten zueinander, allerdings mehr im schweigsam Unbewußten; Diotima aber, die noch immer im Hauptempfangszimmer stand und Nachzügler durch eine Anrede auszeichnete, hörte erstaunt und undeutlich, daß sich rings um sie lebhafte Gespräche anknüpften, aus denen, wenn nicht alles täuschte, nicht selten sogar Erörterungen über den Unterschied von böhmisch und bayrisch Bier oder über Verlegerhonorare an ihr Ohr schlugen.

Es war schade, daß sie ihrer Gesellschaft nicht auch von der Straße aus zusehen konnte. Von dort sah sie wunderbar aus. Das Licht schimmerte hell durch die Vorhänge der hohen Fensterfront, vermehrt durch den Schein der Autorität und Vornehmheit, den die wartenden Wagen dazutaten, und durch die Blicke der Gaffer, die im Vorbeigehen stehenblieben und eine Weile hinaufsahen, ohne daß sie recht wußten, warum. Es hätte Diotima gefreut, wenn sie das wahrgenommen haben würde. Es standen immer Leute in der Halbhelle, die das Fest auf die Straße streute, und hinter ihren Rücken begann die große Dunkelheit, die in einiger Entfernung rasch undurchdringlich wurde.

73

Leo Fischels Tochter Gerda

In diesem Getriebe fand Ulrich lange nicht Zeit, das Versprechen, das er Direktor Fischel gegeben hatte, einzulösen und dessen Familie zu besuchen. Ja, recht gesagt, er fand die Zeit überhaupt nicht, ehe ihn nicht ein unerwartetes Ereignis traf; es war der Besuch von Fischels Gattin Klementine.

Sie hatte sich telefonisch angemeldet, und Ulrich sah ihr nicht ohne Besorgnis entgegen. Er hatte in ihrem Haus zuletzt vor drei Jahren verkehrt, als er einige Monate in dieser Stadt zubrachte; diesmal war er aber bloß ein einzigesmal dahin gekommen, weil er eine vergangene Liebelei nicht aufrühren wollte und Angst vor der mütterlichen Enttäuschung Frau Klementinens hatte. Allein Klementine Fischel war eine Frau mit «großdenkendem Herzen», und in den täglichen Kleinkämpfen mit ihrem Gatten Leo hatte sie so wenig Gelegenheit, davon Gebrauch zu machen, daß für besondere Fälle, die leider selten eintraten, eine geradezu heldenhafte Gefühlshöhe zu ihrer Verfügung stand. Immerhin war die magere Frau mit dem strengen, etwas vergrämten Gesicht ein wenig verlegen, als sie sich Ulrich gegenüber befand und ihn um eine Unterredung unter vier Augen bat, obgleich sie ohnedies allein waren. – Aber er sei der einzige, auf dessen Meinung Gerda noch hören würde, sagte sie, und er möge ihre Bitte nicht mißverstehen, fügte sie nachträglich hinzu.

Ulrich kannte die Verhältnisse im Hause Fischel. Nicht nur lagen Vater und Mutter beständig im Krieg, auch Gerda, die schon dreiundzwanzigjährige Tochter, hatte sich mit einem Schwarm sonderbarer junger Leute umgeben, die den zähneknirschenden Papa Leo sehr gegen seinen Willen zum Mäzen und Förderer ihres «Neugeistes» machten, da man nirgends so bequem zusammenkommen konnte wie bei ihm. – Gerda sei so nervös und blutarm und rege sich gleich so fürchterlich auf, wenn man versuche, diesen Verkehr einzuschränken, – berichtete Frau Klementine – und es seien schließlich bloß dumme Jungen ohne Lebensart, aber ihr geflissentlich zur Schau getragener mystischer Antisemitismus sei nicht nur taktlos, sondern auch ein Zeichen von innerer Roheit. – Nein, fügte sie hinzu, sie wolle nicht über den Antisemitismus klagen, der sei eine Zeiterscheinung, und darin müsse man nun einmal resigniert sein; man könne sogar zugeben, daß in mancher Hinsicht etwas daran sein möge. – Klementine machte eine Pause und würde mit dem Taschentuch eine Träne getrocknet haben, hätte sie nicht einen Schleier getragen; aber so unterließ sie es, die Träne zu weinen, und begnügte sich, ihr weißes Tüchlein aus dem Handtäschchen bloß hervorzuziehn.

«Sie wissen, wie Gerda ist;» sagte sie «ein schönes und begabtes Mädchen, aber –»

«Ein bißchen brüsk» ergänzte Ulrich.

«Ja, Gott sei es geklagt, immer extrem.»

«Und also noch immer germanisch?»

Klementine sprach von den Gefühlen von Eltern. «Den Gang einer Mutter» nannte sie etwas pathetisch ihren Besuch, der den Nebenzweck hatte, Ulrich wieder für ihr Haus zu gewinnen, nachdem er in der Parallelaktion, wie man hörte, so große Erfolge hatte. «Ich möchte mich selbst strafen,» fuhr sie weiter fort «weil ich diesen Verkehr gegen Leos Willen in den letzten Jahren unterstützt habe. Ich fand nichts daran; diese jungen Leute sind in ihrer Art Idealisten; und wenn man unbefangen ist, muß man auch einmal ein verletzendes Wort vertragen können. Aber Leo – Sie wissen ja, wie er ist – regt sich über den Antisemitismus auf, ob dieser nun bloß mystisch und symbolisch ist oder nicht.»

«Und Gerda in ihrer freien, deutsch blonden Art will das Problem nicht anerkennen?» ergänzte Ulrich.

«Sie ist darin so, wie ich selbst in meiner Jugend gewesen bin. Glauben Sie übrigens, daß Hans Sepp eine Zukunft in sich hat?»

«Ist Gerda mit ihm verlobt?» fragte Ulrich vorsichtig.

«Dieser Junge bietet doch nicht die geringste Aussicht auf Versorgung!» seufzte Klementine. «Wie kann man da von Verlobung reden; aber als ihm Leo das Haus verbot, aß Gerda drei Wochen lang so wenig, daß sie bis auf die Knochen abgemagert ist.» Und plötzlich sagte sie zornig: «Wissen Sie, mir kommt das wie eine Hypnose vor, wie eine geistige Infektion! Ja, Gerda kommt mir manchmal wie hypnotisiert vor! Der Junge setzt in unserem Haus unaufhörlich seine Weltanschauung auseinander, und Gerda bemerkt nicht die fortgesetzte Beleidigung ihrer Eltern, die darin liegt, obgleich sie sonst immer ein gutes und herzliches Kind gewesen ist. Wenn ich ihr aber etwas sage, so antwortet sie: ‹Du bist altmodisch, Mama›. Ich dachte mir – Sie sind der einzige, auf den sie etwas gibt, und Leo hält so viel von Ihnen! – könnten Sie nicht einmal zu uns kommen und Gerda ein wenig die Augen für die Unreife von Hans und seinen Gefährten öffnen?»

Da Klementine sehr korrekt und das ein Gewaltstreich war, mußte sie sehr ernste Sorgen haben. Trotz allen Zwistes fühlte sie in dieser Lage etwas wie eine solidarische Gesamthaftung mit ihrem Gatten. Ulrich hob besorgt die Augenbrauen.

«Ich fürchte, Gerda wird sagen, daß auch ich altmodisch sei. Diese neuen jungen Leute hören nicht auf uns ältere, und das sind Prinzipienfragen.»

«Ich dachte schon, daß es Gerda vielleicht am ehesten auf andere Gedanken bringen würde, wenn Sie irgend eine Aufgabe für sie in dieser großen Aktion hätten, von der man so viel spricht» flocht Klementine ein, und Ulrich zog es vor, ihr eilig seinen Besuch zuzusagen, aber zu versichern, daß die Parallelaktion für eine solche Verwendung noch lange nicht reif genug sei.

Als ihn Gerda einige Tage später eintreten sah, bekam sie kreisrunde rote Flecken auf den Wangen, aber sie schüttelte ihm kräftig die Hand. Sie war eines jener reizend zielbewußten heutigen Mädchen, die auf der Stelle Omnibusschaffner würden, wenn eine allgemeine Idee dies verlangte.

Ulrich hatte sich in der Annahme, daß er sie allein antreffen würde, nicht getäuscht; Mama besorgte um diese Stunde Einkäufe, und Papa war noch im Büro. Und Ulrich hatte kaum die ersten Schritte ins Zimmer getan, als ihn alles zum Verwechseln an einen Tag ihres früheren Beisammenseins erinnerte. Das Jahr war damals allerdings schon um etliche Wochen weiter voran gewesen; es war Frühling gewesen, aber einer jener stechend heißen Tage, die dem Sommer zuweilen wie Glutflocken voranfliegen und von den noch nicht abgehärteten Körpern schlecht ertragen werden. Gerdas Gesicht sah angegriffen und schmal aus. Sie war weiß gekleidet und roch weiß wie auf der Wiese getrocknetes Leinen. Die Markisen waren in allen Zimmern herabgelassen, und die ganze Wohnung war voll widerspenstigen Halblichts und Wärmepfeilen, die mit abgebrochenen Spitzen durch das sackgraue Hindernis drangen. Ulrich hatte von Gerda das Gefühl, sie bestehe durch und durch aus solchen frischgewaschenen Leinenkulissen, wie es ihr Kleid war. Es war ein völlig sachliches Gefühl, und er hätte ruhig eine nach der anderen von ihr wegheben können, ohne im geringsten dazu eines verliebten Antriebs zu bedürfen. Und eben dieses Gefühl hatte er auch jetzt wieder. Es war eine scheinbar ganz natürliche, aber zwecklose Vertraulichkeit, und sie fürchteten sich beide davor.

«Warum sind Sie so lang nicht bei uns gewesen?» fragte Gerda.

Ulrich sagte ihr geradezu, daß er den Eindruck gewonnen hätte, ihre Eltern wünschten keinen so intimen Verkehr ohne das Ziel einer Heirat.

«Ach, Mama,» sagte Gerda «Mama ist lächerlich. Wir dürfen also nicht Freunde sein, ohne daß man gleich daran denkt?! Aber Papa wünscht, daß Sie häufiger kommen; Sie sollen doch bei dieser großen Geschichte etwas Wichtiges geworden sein?»

Sie sprach das ganz offen aus, diese Dummheit der alten Leute; von dem natürlichen Bündnis überzeugt, das sie beide dagegen vereinte.

«Ich werde kommen,» entgegnete Ulrich «aber nun sagen Sie mir, Gerda, wohin wird uns das führen?»

Die Sache war die, daß sie einander nicht liebten. Sie hatten früher oft gemeinsam Tennis gespielt oder sich in Gesellschaft getroffen, waren miteinander gegangen, hatten Anteil aneinander genommen und auf diese Weise unmerklich die Grenze überschritten, die einen vertrauten Menschen, dem man sich zeigt, wie man in seiner Gefühlsunordnung ist, von allen unterscheidet, vor denen man sich fein macht. Sie waren unversehens so vertraut geworden wie zwei, die sich schon lange lieben, ja fast schon nicht mehr lieben, aber hatten sich dabei die Liebe erlassen. Sie zankten einander aus, so daß man glauben konnte, sie möchten einander nicht, aber das war zugleich Hindernis und Verbindung. Sie wußten, daß nur ein kleiner Funke fehlte, um daraus ein Feuer anzurichten. Wäre der Altersunterschied zwischen ihnen geringer oder Gerda eine verheiratete Frau gewesen, so wäre wahrscheinlich aus der Gelegenheit der Dieb und aus dem Diebstahl wenigstens nachträglich eine Leidenschaft geworden, denn man redet sich in die Liebe hinein wie in den Zorn, wenn man ihre Gebärden macht. Aber gerade weil sie das wußten, taten sie es nicht. Gerda war Mädchen geblieben und ärgerte sich leidenschaftlich darüber.

Statt auf Ulrichs Frage zu antworten, hatte sie sich im Zimmer zu schaffen gemacht, und plötzlich stand er neben ihr. Das war sehr unüberlegt, denn man kann nicht in so einem Augenblick nah einem Mädchen stehn und von einer Sache zu reden beginnen. Sie folgten dem Weg des geringsten Widerstandes, wie ein Bach, der, Hindernissen ausweichend, eine Wiese hinabfließt, und Ulrich legte seinen Arm um Gerdas Hüfte, mit den Spitzen der Finger bis an die Linie gelangend, der, abwärts schießend, das innere Band des Strumpfhalters zu folgen pflegt. Er wandte sich Gerdas Gesicht zu, das verstört und verschwitzt dreinsah, und küßte sie auf die Lippen. Dann standen sie da, ohne sich loslösen oder vereinigen zu können. Seine Fingerspitzen gerieten an das breite Gummiband ihres Strumpfhalters und ließen es leise einigemal gegen ihr Bein schlagen. Nun riß er sich los und wiederholte achselzuckend seine Frage: «Wohin soll uns das führen, Gerda?»

Gerda kämpfte ihre Aufregung nieder und sagte: «Muß es denn so sein?!»

Sie klingelte und ließ eine Erfrischung bringen; sie setzte das Haus in Betrieb.

«Erzählen Sie mir etwas von Hans!» bat Ulrich sanft, als sie saßen und ein neues Gespräch beginnen mußten. Gerda, die ihre Fassung noch nicht ganz wiedergefunden hatte, antwortete erst nicht, aber nach einer Weile sagte sie: «Sie sind ein eitler Mensch, Sie werden uns Jüngere nie verstehen!»

«Bange machen gilt nicht!» entgegnete Ulrich ableitend. «Ich glaube, Gerda, daß ich die Wissenschaft jetzt aufgebe. Ich gehe also zur neuen Generation über. Genügt es Ihnen, wenn ich beschwöre, daß das Wissen mit der Habsucht verwandt ist; einen schäbigen Spartrieb darstellt; ein überheblicher innerer Kapitalismus ist? Ich habe mehr Gefühl in mir, als Sie glauben. Aber ich möchte Sie vor allen Redereien beschützen, die bloß Worte sind!»

«Sie müssen Hans besser kennenlernen» erwiderte Gerda matt, aber fügte dann plötzlich heftig an: «Übrigens werden Sie es doch nie verstehn, daß man mit anderen Menschen zu einer Gemeinschaft ohne Selbstsucht verschmelzen kann!»

«Kommt Hans noch immer so oft zu Ihnen?» beharrte Ulrich vorsichtig. Gerda zuckte die Achseln.

Ihre klugen Eltern hatten Hans Sepp nicht das Haus verboten, sondern ihm einige Tage im Monat eingeräumt. Dafür mußte Hans Sepp, der Student, der nichts war und noch keine Aussicht hatte, etwas zu werden, ihnen sein Ehrenwort geben, fortab Gerda zu nichts Unrechtem zu verleiten und die Propaganda der deutschen mystischen Tat einzustellen. Sie hofften, ihm damit den Zauber des Verbotenen zu nehmen. Und Hans Sepp hatte in seiner Keuschheit (denn nur Sinnlichkeit will Besitz, ist aber jüdisch-kapitalistisch) das abverlangte

Ehrenwort ruhig gegeben, worunter er jedoch nicht verstand, daß er heimlich öfter ins Haus kommen oder glühende Reden, begeisterte Händedrücke und selbst Küsse unterlassen werde, was alles noch zum natürlichen Leben befreundeter Seelen gehört; sondern nur die Propaganda für ein priester- und staatsloses Bündnis, die er bis dahin theoretisch betrieben hatte. Er hatte sein Ehrenwort umso lieber gegeben, als er die seelische Reife für die Tatung seiner Grundsätze bei sich und Gerda noch nicht für gekommen erachtete und ein Riegel gegen die Einflüsterungen der niederen Natur ganz nach seinem Sinne war.

Aber die beiden jungen Leute litten natürlich unter diesem Zwang, der ihnen von außen eine Grenze setzte, ehe sie noch die innere, eigene gefunden hatten. Namentlich Gerda hätte sich diesen Eingriff ihrer Eltern nicht gefallen lassen, wäre sie nicht selbst unsicher gewesen; aber umso bitterer empfand sie ihn. Sie liebte ihren jungen Freund eigentlich nicht sehr; weit mehr war es der Gegensatz zu ihren Eltern, den sie in Anhänglichkeit an ihn übersetzte. Wäre Gerda einige Jahre später geboren worden, so wäre ihr Papa einer der reichsten Männer der Stadt gewesen, wenn auch gerade dann kein besonders gut angesehener, und ihre Mutter würde ihn wieder bewundert haben, ehe Gerda in die Lage hätte kommen können, die Streitigkeiten zwischen ihren Erzeugern als Zwiespalt in sich selbst zu empfinden. Sie würde sich dann wahrscheinlich mit Stolz als ein Rassenmischwesen gefühlt haben; wie die Verhältnisse aber in Wirklichkeit waren, lehnte sie sich gegen ihre Eltern und deren Lebensprobleme auf, wollte nicht von ihnen erblich belastet sein und war blond, frei, deutsch und kraftvoll, als hätte sie mit ihnen nichts zu tun. Das besaß, so gut es aussah, den Nachteil, daß sie nie dazu gekommen war, den Wurm, der an ihr fraß, ans Licht zu befördern. In ihrer häuslichen Umgebung wurde die Tatsache, daß es Nationalismus und Rassenideologie gebe, obgleich diese halb Europa in hysterische Gedanken verwickelten und sich gerade innerhalb der Fischelschen Mauern alles um sie drehte, als nicht vorhanden behandelt. Was Gerda davon wußte, war von außen, in den dunklen Formen des Gerüchts, als Andeutung und Übertreibung zu ihr gedrungen. Der Widerspruch, der darin lag, daß ihre Eltern sonst von allem, was viele Leute sagten, einen starken Eindruck empfingen, in diesem Fall aber eine sonderbare Ausnahme machten, hatte sich ihr früh eingeprägt; und weil ihr ein bestimmter und nüchterner Sinn in dieser gespenstischen Frage abging, setzte sie mit ihr namentlich in den Jahren der Halbreife alles in Verbindung, was ihr in ihrem Elternhaus unangenehm und unheimlich war.

Eines Tags lernte sie den christgermanischen Kreis junger Leute kennen, dem Hans Sepp angehörte, und fühlte sich mit einemmal in ihrer wahren Heimat. Es wäre schwer zu sagen, woran diese jungen

Menschen glaubten; sie bildeten eine jener unzähligen kleinen, unabgegrenzten freien Geistessekten, von denen die deutsche Jugend seit dem Zerfall des humanistischen Ideals wimmelt. Sie waren keine Rasseantisemiten, sondern Gegner der «jüdischen Gesinnung», worunter sie Kapitalismus und Sozialismus, Wissenschaft, Vernunft, Elternmacht und -anmaßung, Rechnen, Psychologie und Skepsis verstanden. Ihr Hauptlehrstück war das «Symbol»; soweit Ulrich folgen konnte, und er hatte ja einiges Verständnis für derlei Dinge, nannten sie Symbol die großen Gebilde der Gnade, durch die das Verwirrte und Verzwergte des Lebens, wie Hans Sepp sagte, klar und groß wird, die den Lärm der Sinne verdrängen und die Stirn in den Strömen der Jenseitigkeit netzen. Den Isenheimer Altar, die ägyptischen Pyramiden und Novalis nannten sie so; Beethoven und Stefan George ließen sie als Andeutungen gelten, und was ein Symbol, in nüchternen Worten ausgedrückt, sei, das sagten sie nicht, erstens weil sich Symbole in nüchternen Worten nicht ausdrücken lassen, zweitens weil Arier nicht nüchtern sein dürfen, weshalb ihnen im letzten Jahrhundert nur Andeutungen von Symbolen gelungen sind, und drittens weil es eben Jahrhunderte gibt, die den menschenfernen Augenblick der Gnade im menschenfernen Menschen nur noch spärlich hervorbringen.

Gerda, die ein kluges Mädchen war, empfand heimlich nicht wenig Mißtrauen gegen diese übertriebenen Anschauungen, aber sie mißtraute auch diesem Mißtrauen, in dem sie ein Erbteil der elterlichen Vernunft zu erkennen glaubte. So unabhängig sie sich gab, war sie ängstlich bemüht, ihren Eltern nicht zu gehorchen, und litt unter der Bangigkeit, daß ihre Abstammung sie hindern könnte, Hansens Gedanken zu folgen. Sie regte sich gegen die Tabugrenzen der Moral des sogenannten guten Hauses, den anmaßenden und erstickenden Eingriff des elterlichen Verfügungsrechts in die Persönlichkeit aus dem Innersten auf, indessen Hans, der aus «gar keinem Haus» stammte, wie ihre Mutter das ausdrückte, weit weniger litt; er hatte sich aus dem Kreis der Gefährten als der «Seelenführer» Gerdas herausgeschält, sprach leidenschaftlich mit der gleichaltrigen Freundin und versuchte, sie mit seinen von Küssen begleiteten großen Auseinandersetzungen in die «Region der Unbedingtheit» zu entrücken, aber praktisch fand er sich mit der Bedingtheit des Hauses Fischel ganz geschickt ab, sofern man ihm nur erlaubte, es «aus Gesinnung» abzulehnen, was freilich fortwährend Anlaß zu Krach mit Papa Leo gab.

«Liebe Gerda,» sagte Ulrich nach einer Weile «Ihre Freunde quälen Sie mit Ihrem Vater und sind die schrecklichsten Erpresser, die ich kenne!»

Gerda wurde blaß und rot. «Sie selbst sind kein junger Mensch mehr,» entgegnete sie «Sie denken anders als wir!» Sie wußte, daß sie

Ulrichs Eitelkeit getroffen hatte, und fügte versöhnlich hinzu: «Ich stelle mir unter Liebe überhaupt nicht riesig viel vor. Vielleicht verliere ich meine Zeit mit Hans, wie Sie sagen; vielleicht muß ich überhaupt verzichten und werde nie jemand so gern haben, daß ich ihm jede Falte meiner Seele im Denken und Fühlen, im Arbeiten und Träumen öffnen kann: Ich stelle es mir nicht einmal so schrecklich vor!»

«Sie sind so altklug, Gerda, wenn Sie wie Ihre Freunde reden!» unterbrach sie Ulrich.

Gerda wurde heftig. «Wenn ich mit meinen Freunden rede,» rief sie aus «so gehen die Gedanken von einem zum andern, und wir wissen, daß wir in unserm Volk leben und sprechen: verstehen Sie das denn überhaupt? Wir stehen zwischen ungezählten Artgenossen und fühlen sie; das ist in einer Weise sinnkörperlich, die Sie bestimmt – nein, die Sie sich bestimmt nicht einmal vorstellen können; weil Sie immer nur nach *einem* Menschen begehrt haben; Sie denken wie ein Raubtier!»

Warum wie ein Raubtier? Der Satz, wie er in der Luft war, verräterisch, kam ihr selbst unsinnig vor, und sie schämte sich ihrer Augen, die sich, angstvoll aufgerissen, auf Ulrich richteten.

«Ich will nicht darauf antworten» sagte Ulrich sanft. «Ich will Ihnen, um das Gespräch zu ändern, lieber eine Geschichte erzählen. Kennen Sie» – und er zog sie mit seiner Hand, in der das Gelenk der ihren verschwand wie ein Kind zwischen Bergfelsen, näher an sich heran – «die aufregende Geschichte vom Mondeinfang? Sie wissen doch, daß unsere Erde früher mehrere Monde hatte? Und es gibt eine Theorie, die viele Anhänger besitzt, nach der solche Monde nicht das sind, wofür wir sie halten, erkaltete Himmelskörper, ähnlich der Erde selbst, sondern große, durch den Weltraum eilende Eiskugeln, die der Erde zu nahe gekommen sind und von ihr festgehalten werden. Unser Mond wäre die letzte davon. Sehen Sie ihn sich doch einmal an!» Gerda war ihm gefolgt und suchte im Sonnenhimmel den bleichen Mond. «Sieht er nicht aus wie eine Eisscheibe?» fragte Ulrich. «Das ist nicht Beleuchtung! Haben Sie schon einmal darüber nachgedacht, wie es kommt, daß der Mann im Mond uns immer die gleiche Ansicht zukehrt? Er dreht sich nämlich nicht mehr, unser letzter Mond, er ist schon festgehalten! Sehen Sie, wenn der Mond einmal in die Gewalt der Erde gekommen ist, so kreist er ja nicht nur um sie, sondern sie zieht ihn auch immer näher an sich. Wir bemerken es bloß nicht, weil dieses Heranschrauben Jahrhunderttausende dauert oder noch länger. Aber es ist nicht wegzuleugnen, und in der Geschichte der Erde müssen Jahrtausende vorgekommen sein, wo die Monde vor diesem von ihr ganz nah herangezogen worden waren und mit einer ungeheuren Geschwindigkeit um die Erde rasten. Und so wie heute der Mond eine Flutwelle nach sich zieht, die einen Meter oder zwei hoch ist, so schleifte er damals einen Wasser- und Schlammberg so hoch wie ein Gebirge in taumelnder Fahrt um die Erde. Man kann sich eigentlich die Angst kaum vorstellen, in der durch solche Jahrtausende Geschlecht um Geschlecht auf der wahnsinnigen Erde gelebt haben muß –»

«Hat es denn damals schon Menschen gegeben?» fragte Gerda.

«Gewiß. Denn zum Schluß zerreißt solch ein Eismond, prasselt nieder, und die Flut, die er unter seiner Bahn berghoch zusammengezogen hat, fällt zurück und schlägt mit einer ungeheuren Welle über der ganzen Kugel zusammen, ehe sie sich wieder von neuem verteilt: Das ist nichts anderes als die Sintflut, was so viel heißt wie große allgemeine Überschwemmung! Wie könnten alle Sagen das so übereinstimmend überliefern, wenn die Menschen es nicht wirklich mitgemacht hätten? Und da wir einen Mond noch haben, werden solche Jahrtausende auch noch einmal wiederkommen. Es ist ein sonderbarer Gedanke...»

Gerda blickte atemlos zum Fenster hinaus auf den Mond; sie hatte ihre Hand noch immer in der seinen liegen, der Mond lag als blasser, häßlicher Fleck im Himmel, und gerade dieses unscheinbare Dasein gab dem phantastischen Weltabenteuer, als dessen Opfer sie in irgendeiner Gefühlsverbindung sich selbst empfand, schlichte Alltagswahrheit.

«Diese Geschichte ist aber gar nicht wahr» sagte Ulrich. «Die Sachverständigen nennen es eine verrückte Theorie, und in Wirklichkeit kommt der Mond auch nicht der Erde näher, sondern ist sogar um zweiunddreißig Kilometer weiter von ihr entfernt, als es rechnungsgemäß sein sollte, wenn ich mich recht erinnere.»

«Warum haben Sie mir dann diese Geschichte erzählt?» fragte Gerda und versuchte ihre Hand aus der seinen zu ziehn. Ihre Auflehnung hatte jedoch alle Kraft verloren; es ging ihr immer so, wenn sie mit einem Mann sprach, der keineswegs dümmer war als Hans, aber Ansichten ohne Übertreibung hatte, geputzte Fingernägel und gekämmtes Haar. Ulrich beobachtete den feinen schwarzen Flaum, der auf Gerdas blonder Haut als Widerspruch hervorbrach; das vielfältig Zusammengesetzte armer Menschen von heute schien mit diesen Härchen aus dem Leib zu sprossen. «Ich weiß es nicht» antwortete er. «Soll ich wiederkommen?»

Gerda ließ die Aufregung ihrer freigewordenen Hand an verschiedenen kleinen Gegenständen aus, die sie hin und her rückte, und erwiderte nichts.

«Ich komme also bald wieder» versprach Ulrich, obgleich das vor diesem Wiedersehn nicht seine Absicht gewesen war.

74

Das 4. Jahrhundert v. Chr. gegen das Jahr 1797
Ulrich erhält abermals einen Brief seines Vaters

Es hatte sich rasch das Gerücht verbreitet, daß die Zusammenkünfte bei Diotima ein außerordentlicher Erfolg seien. In dieser Zeit erhielt Ulrich einen ungewöhnlich langen Brief seines Vaters, dem ein dickes Konvolut von Broschüren und Separatabdrucken beigeschlossen war. In dem Brief stand ungefähr: «Mein lieber Sohn! Dein längeres Schweigen... Ich habe dennoch von dritter Seite mit Vergnügen gehört, daß meine Bemühungen um Dich... mein wohlmeinender Freund Graf Stallburg... Se. Erlaucht Graf Leinsdorf... Unsere Verwandte, die Gattin des Sektionschefs Tuzzi... Wofür ich Dich jetzt ersuchen muß in Deinem neuen Kreis Deinen ganzen Einfluß einzusetzen, ist das Folgende:

Die Welt zerrisse, wenn alles als wahr gelten dürfte, was dafür gehalten wird, und jeder Wille als erlaubt, der sich selbst so vorkommt. Es ist darum unser aller Pflicht, die eine Wahrheit und den rechten Willen festzustellen und, soweit uns dies gelungen ist, mit unerbittlichem Pflichtbewußtsein darüber zu wachen, daß es auch in der klaren Form wissenschaftlicher Anschauung niedergelegt werde. Du magst daraus entnehmen, was es bedeutet, wenn ich Dir mitteile, daß in Laienkreisen, aber leider vielfach auch in solchen der Wissenschaft, welche den Einflüsterungen einer verworrenen Zeit erliegen, schon seit langem eine höchst gefährliche Bewegung im Gang ist, um bei der Neufassung unseres Strafrechts gewisse vermeintliche Verbesserungen und Milderungen zu erzielen. Ich muß vorausschicken, daß schon seit einigen Jahren zum Zweck dieser Neufassung ein vom Minister einberufener Ausschuß von bekannten Sachverständigen besteht, dem ich anzugehören die Ehre habe, ebenso wie mein Universitätskollege Professor Schwung, an den Du Dich vielleicht von früher, aus einer Zeit erinnerst, wo ich ihn noch nicht durchschaut hatte, so daß er durch lange Jahre als mein bester Freund gelten durfte. Was nun die Milderungen betrifft, von denen ich gesprochen habe, so habe ich einstweilen in der Form des Gerüchts erfahren – was aber auch an und für sich leider nur allzu wahrscheinlich ist –, daß im bevorstehenden Jubiläumsjahr unseres ehrwürdigen und milden Herrschers, sozusagen also unter Ausnützung aller Stimmungen der Großmut, besondere Anstrengungen zu erwarten sein werden, um jener unheilvollen Verweichlichung der Rechtspflege bei uns Eingang zu verschaffen. Dem einen Riegel vorzuschieben, sind selbstverständlich Professor Schwung und ich gleich fest entschlossen.

Ich will darauf Rücksicht nehmen, daß Du juridisch nicht gebildet bist, aber soviel wird Dir bekannt sein, daß die beliebteste Einbruchspforte dieser sich fälschlich Humanität nennenden Rechtsunsicherheit die Bestrebung bildet, den die Strafe ausschließenden Begriff der Unzurechnungsfähigkeit in der unklaren Form einer verminderten Zurechnungsfähigkeit auch auf jene zahlreichen Individuen auszudehnen, die weder geisteskrank, noch moralisch normal sind und das Heer jener Minderwertigen, moralisch Schwachsinnigen bilden, von dem unsere Kultur leider immer mehr verseucht wird. Du wirst Dir selbst sagen, daß der Begriff einer solchen verminderten Zurechnungsfähigkeit – wenn sich das überhaupt einen Begriff nennen läßt, was ich bestreite! – aufs engste mit der Fassung zusammenhängen muß, die wir den Vorstellungen der vollen Zurechnungsfähigkeit, bzw. Unzurechnungsfähigkeit geben, und ich komme damit auf den eigentlichen Gegenstand meiner Mitteilung.

Anschließend an schon vorhandene Gesetzesfassungen und in Erwägung der angeführten Umstände habe ich nämlich in dem vorerwähnten vorberatenden Ausschuß vorgeschlagen, dem betr. § 318 des künftigen Strafrechts die folgende Fassung zu geben:

‹Eine strafbare Handlung ist dann nicht vorhanden, wenn der Täter zur Zeit der Begehung der Handlung sich in einem Zustand von Bewußtlosigkeit oder krankhafter Störung der Geistestätigkeit befand, so daß –›,und Professor Schwung unterbreitete einen Vorschlag, der genau mit den gleichen Worten anfing.

Dann aber fuhr der seine mit den Worten fort: ‹– so daß seine freie Willensbestimmung ausgeschlossen war›, während der meine den Wortlaut haben sollte: ‹– so daß er nicht die Fähigkeit besaß, das Unrecht seiner Handlung einzusehen›. – Ich muß gestehn, daß ich die boshafte Absicht dieses Widerspruchs anfangs selbst gar nicht bemerkt hatte. Ich habe persönlich immer die Auffassung vertreten, daß der Wille sich bei fortschreitender Verstandes- und Vernunftentwicklung das Begehren bzw. den Trieb in Gestalt der Überlegung und des daraus folgenden Entschlusses unterwirft. Ein gewolltes ist somit immer ein mit dem Denken verknüpftes, kein instinktmäßiges Handeln. Insoweit der Mensch seinen Willen kürt, ist er frei; wenn er menschliche Begehrungen hat, d.h. Begehrungen, die seinem sinnlichen Organismus entsprechen, also sein Denken gestört ist, so ist er unfrei. Das Wollen ist eben nichts Zufälliges, sondern notwendig aus unserem Ich folgende Selbstbestimmung, und also ist der Wille im Denken bestimmt, und wenn das Denken gestört ist, so ist der Wille nicht mehr Wille, sondern der Mensch handelt nur aus der Natur seines Begehrens! – Es ist mir aber natürlich bekannt, daß in der Literatur auch die gegenteilige Ansicht vertreten wird, derzufolge das Denken im Wollen bestimmt sein solle. Es ist das eine Auffassung, die unter den modernen Juristen allerdings erst seit dem Jahre 1797 ihre Anhänger hat, wogegen die von mir adoptierte seit dem 4. Jahrhundert v. Chr. allen Angriffen widerstanden hat, aber ich wollte mein Entgegenkommen beweisen und schlug deshalb eine beide Vorschläge vereinigende Fassung vor, die dann also gelautet hätte:

‹Eine strafbare Handlung ist dann nicht vorhanden, wenn der Täter zur Zeit der Begehung der Handlung sich in einem Zustand von Bewußtlosigkeit oder krankhafter Störung der Geistestätigkeit befand, so daß er nicht die Fähigkeit besaß, das Unrecht seiner Handlung einzusehn, und seine freie Willensbestimmung ausgeschlossen war.›

Da aber zeigte sich nun Professor Schwung in seiner wahren Natur! Er mißachtete mein Entgegenkommen und behauptete anmaßend, daß das ‹und› in diesem Satze durch ein ‹oder› ersetzt werden müsse. Du verstehst die Absicht. Das ist es doch gerade, was den Denker vom Laien abhebt, daß er ein Oder unterscheidet, wo dieser einfach ein Und setzt, und Schwung machte den Versuch, mich oberflächlichen Denkens zu bezichtigen, indem er meine sich in dem ‹und› ausdrükkende Verständigungsbereitschaft, welche beide Fassungen in eine ziehen wollte, dem Verdacht preisgab, ich hätte die Größe des zu überbrückenden Gegensatzes nicht in ihrer ganzen Tragweite erfaßt!

Es versteht sich von selbst, daß ich ihm von diesem Augenblick an mit aller Härte entgegengetreten bin.

Ich habe meinen Vermittlungsvorschlag zurückgezogen und mich gezwungen gefühlt, ohne Abweichungen auf der Annahme meiner ersten Fassung zu beharren; Schwung aber trachtet mit perfidem Raffinement seither, mir Schwierigkeiten zu bereiten. So wendet er ein, daß nach meinem Vorschlag, der die Fähigkeit, das Unrecht einzusehn, zur Grundlage nimmt, eine Person, welche, wie es vorkommt, an besonders gearteten Wahnvorstellungen leidet, sonst aber gesund ist, nur dann wegen Geisteskrankheit freigesprochen werden dürfte, wenn sich nachweisen ließe, daß sie infolge ihrer besonderen Wahnvorstellungen das Vorhandensein von Umständen annahm, welche ihre Handlung rechtfertigen oder deren Strafbarkeit aufheben würden, so daß sie sich also in einer wenn auch falsch vorgestellten Welt doch korrekt benommen hätte. Das ist aber ein ganz nichtiger Einwand, denn wenn auch die empirische Logik Personen kennt, die teils krank und teils gesund sind, die Logik des Rechts darf in Betreff derselbigen Tat niemals ein Mischverhältnis zweier Rechtszustände zugeben, für sie sind die Personen entweder zurechnungsfähig, oder sie sind es nicht, und wir dürfen annehmen, daß auch in Personen, welche an besonders gearteten Wahnvorstellungen leiden, die Fähigkeit, das Rechte vom Unrechten zu unterscheiden, i. a. erhalten ist. Wenn sie ihnen in einem besonderen Fall durch Wahnvorstellungen verschleiert wurde, so hätte es eben nur einer besonderen Anspannung ihrer Intelligenz bedurft, um das in Übereinstimmung mit ihrem übrigen Ich zu bringen, und es ist gar kein Grund vorhanden, darin eine besondere Schwierigkeit zu sehen.

Ich habe denn auch Professor Schwung sofort entgegnet, daß, wenn die Zustände der Zurechnungsfähigkeit und Unzurechnungsfähigkeit logisch nicht gleichzeitig zu bestehen vermögen, man bei solchen Individuen annehmen müsse, daß sie in schnellem Wechsel aufeinander folgen, woraus dann gerade für seine Theorie die Schwierigkeit entsteht, für die einzelne Tat die Frage zu beantworten, aus welchem dieser wechselnden Zustände sie hervorgegangen sei; denn zu diesem Behufe müßte man alle Ursachen anführen, die auf den Angeklagten seit seiner Geburt eingewirkt haben, und alle Ursachen, welche auf seine Vorfahren gewirkt haben, die ihn mit ihren guten und schlechten Eigenschaften belasten. – Du wirst es nun kaum glauben, aber Schwung hatte in der Tat die Stirn, mir zu erwidern, daß dies ganz recht so sei, denn die Logik des Rechts dürfe in Betreff derselbigen Tat niemals ein Mischungsverhältnis zweier Rechtszustände zulassen, und darum müsse auch in Bezug auf jedes einzelne Wollen entschieden werden, ob es dem Inkulpanten nach seiner psychischen Entwicklung möglich gewesen sei, das Wollen zu beherrschen oder nicht. Wir wüßten, findet er gut, zu behaupten, mit weit mehr Deutlichkeit, daß unser Wille frei sei, als daß alles, was geschieht, eine Ursache habe, und solange wir im Grunde frei seien, seien wir es auch den einzelnen Gründen nach, weshalb man annehmen müsse, daß es in solchem Fall nur einer besonderen Anspannung der Willenskraft bedürfe, um den ursächlich bedingten verbrecherischen Antrieben zu widerstehn.»

An dieser Stelle unterbrach Ulrich die weitere Erforschung der Pläne seines Vaters und wog nachdenklich die am Rand zitierten vielen Beilagen des Briefs in der Hand. Er warf nur noch einen Blick auf das Ende des Schreibens und unterrichtete sich, daß sein Vater von ihm eine «objektive Beeinflussung» der Grafen Leinsdorf und Stallburg erwartete und den nachdrücklichen Rat gab, in den zuständigen Ausschüssen der Parallelaktion rechtzeitig auf die Gefahren hinzuweisen, die für den Geist des Staatsganzen entstehen könnten, wenn im Jubiläumsjahr eine so wichtige Frage eine falsche Fassung und Lösung erhielte.

75

General Stumm von Bordwehr betrachtet Besuche bei Diotima als eine schöne Abwechslung in den dienstlichen Obliegenheiten

Der kleine, dicke General hatte Diotima abermals seine Aufwartung gemacht. – Obgleich dem Soldaten im Beratungszimmer eine bescheidene Rolle angemessen sei, hatte er begonnen, wage er doch zu prophezeien, daß Staat die Macht sei, sich im Völkerkampf zu behaupten, und daß die militärische Kraft, die man im Frieden entfalte, den Krieg fernhalte. Aber Diotima war ihm sofort ins Wort gefallen. «Herr General!» sagte sie, zitternd vor Zorn «Alles Leben ruht auf Friedenskräften; selbst das Geschäftsleben, wenn man es richtig zu betrachten weiß, ist eine Dichtung.» Der kleine General sah sie einen Augenblick lang bestürzt an, rückte sich aber sogleich im Sattel zurecht. «Exzellenz» pflichtete er bei – und um diese Anrede zu verstehen, muß daran erinnert werden, daß Diotimas Gatte Sektionschef war, daß in Kakanien ein Sektionschef den gleichen Rang hatte wie ein Divisionskommandeur, daß aber nur die Divisionskommandeure ein Anrecht auf die Ansprache Exzellenz besaßen und daß auch ihnen dieses Anrecht nur im dienstlichen Verkehr zukam; da aber der Soldatenberuf ein ritterlicher ist, hätte man darin nicht vorwärtskommen können, wenn man sie nicht auch außer Dienst mit Exzellenz angesprochen hätte, und im Geiste ritterlichen Strebens redete man ihre Gattinnen gleich auch mit Exzellenz an, ohne lang über die Frage nachzudenken, wann sich diese im Dienst befanden –: so verwickelte Zusammenhänge durcheilte der kleine General im Fluge, um Diotima gleich mit dem ersten Wort seiner unbedingten Zustimmung und Ergebenheit zu versichern, und sagte also: «Exzellenz nehmen mir das Wort aus dem Munde. Das Kriegsministerium hat selbstverständlich bei der Bildung der Komitees aus politischen Gründen nicht berücksichtigt werden können, aber wir haben gehört, daß die große Bewegung ein pazifistisches Ziel erhalten soll – eine internationale Friedensaktion, sagt man, oder die Stiftung von heimischen Wandgemälden für den Haager Palast? – und ich kann Exzellenz versichern, wie ungeheuer sympathisch uns das ist. Man macht sich ja gewöhnlich falsche Vorstellungen vom Militär; natürlich, ich will nicht behaupten, daß sich ein junger Leutnant nicht den Krieg wünsche, aber alle verantwortlichen Stellen sind aufs tiefste überzeugt, daß man die Sphäre der Gewalt, die wir nun einmal leider darstellen, mit den Segnungen des Geistes verbinden müsse, genau so, wie Exzellenz es eben gesagt haben.»

Er grub ein kleines Bürstchen aus der Hosentasche und fuhr damit einigemale über seinem kleinen Bart hin und her; es war das eine schlechte Angewohnheit aus seiner Kadettenzeit, wo der Bart noch die ungeduldig erwartete große Lebenshoffnung bildet, und er wußte es gar nicht. Mit seinen großen braunen Augen starrte er Diotima ins Gesicht und suchte die Wirkung seiner Worte abzulesen. Diotima zeigte sich besänftigt, wenn sie es auch niemals in seiner Gegenwart gänzlich war, und geruhte, dem General Aufschlüsse über das zu geben, was seit der großen Sitzung vor sich gegangen war. Der General zeigte sich namentlich von dem großen Konzil begeistert, gab seiner Bewunderung für Arnheim Ausdruck und sprach die Überzeugung aus, daß eine solche Zusammenkunft hervorragend segensreich wirken müsse. «Es gibt ja viele Menschen, die gar nicht wissen, wie wenig Ordnung der Geist hat!» führte er aus. «Ich bin sogar, wenn Exzellenz gestatten, überzeugt, daß die meisten Menschen glauben, täglich einen Fortschritt der allgemeinen Ordnung zu erleben. Sie sehen alles voll von Ordnung; die Fabriken, die Büros, die Eisenbahnfahrpläne und Unterrichtsanstalten, – ich darf da wohl auch mit Stolz unsere Kasernen erwähnen, die mit bescheidenen Mitteln geradezu an die Disziplin eines guten Musikorchesters erinnern –, und man kann hinschaun, wo man will, so sieht man eine Ordnung, eine Geh-, Fahr-, Steuer-, Kirchen-, Geschäfts-, Rang-, Ball-, Sittenordnung und so weiter. Also ich bin überzeugt, daß fast jeder Mensch heute unser Zeitalter für das geordnetste hält, was es je gegeben hat. Haben Exzellenz nicht auch, so im Innersten, dieses Gefühl? Ich wenigstens hab' es. Also ich, wenn ich nicht sehr aufpasse, habe ich sofort das Gefühl, daß der Geist der Neuzeit eben in dieser größeren Ordnung liegt und daß die Reiche von Ninive und Rom an irgendeiner Schlamperei zugrunde gegangen sein müssen. Ich glaube, die meisten Menschen empfinden so und setzen stillschweigend voraus, daß die Vergangenheit zur Strafe vergangen ist, für irgendetwas, das nicht in Ordnung war. Aber diese Vorstellung ist ja freilich eine Täuschung, der sich gebildete Menschen nicht hingeben sollten. Und darin liegt leider die Notwendigkeit der Macht und des Soldatenberufs!»

Der General empfand tiefe Befriedigung darüber, mit dieser geistvollen jungen Frau so zu plaudern; da hatte er einmal eine schöne Abwechslung in den dienstlichen Obliegenheiten. Aber Diotima wußte nicht, was sie ihm antworten sollte; aufs Geratewohl wiederholte sie: «Wir hoffen ja wirklich die bedeutendsten Männer zu versammeln, aber die Aufgabe bleibt auch dann noch schwer. Sie machen sich keine Vorstellung davon, wie mannigfaltig die Anregungen sind, die man empfängt, und man möchte doch das Beste wählen. Aber Sie haben Ordnung gesagt, Herr General: Niemals wird man durch Ordnung, durch nüchternes Abwägen, Vergleichen und Prüfen ans Ziel kommen; die Lösung muß ein Blitz, ein Feuer, eine Intuition, eine Synthese sein! Wenn man die Geschichte der Menschheit betrachtet, so ist sie keine logische Entwicklung, wohl aber erinnert sie mit ihren plötzlichen Eingebungen, deren Sinn sich erst nachträglich herausstellt, an eine Dichtung!»

«Halten zugute, Exzellenz,» erwiderte der General «der Soldat versteht wenig von Dichtung; aber wenn jemand einer Bewegung Blitz und Feuer schenken kann, so sind es Exzellenz, das versteht ein alter Offizier!»

76

Graf Leinsdorf zeigt sich zurückhaltend

So weit war der dicke General ja ganz urban, wenn er auch seine Besuche machte, ohne aufgefordert worden zu sein, und Diotima hatte ihm mehr anvertraut, als sie wollte. Was ihn trotzdem mit Schreck umgab und sie nachträglich ihre Liebenswürdigkeit wieder bedauern hieß, war eigentlich nicht er selbst, sondern, wie Diotima es sich erklärte, ihr alter Freund Graf Leinsdorf. War Se. Erlaucht eifersüchtig? Und wenn, auf wen? Leinsdorf zeigte sich dem Konzil, obgleich er es jedesmal mit kurzer Anwesenheit beehrte, nicht so günstig, wie Diotima erwartet hatte. Se. Erlaucht hatte eine ausgesprochene Abneigung gegen etwas, das er Nur-Literatur nannte. Es war das eine Vorstellung, die sich für ihn mit Juden, Zeitungen, sensationssüchtigen Buchhändlern und dem liberalen, ohnmächtig schwätzenden, für Geld produzierenden Geist des Bürgertums verband, und das Wort Nur-Literatur war geradezu ein neuer Ausdruck von ihm geworden. Jedesmal, wenn Ulrich Anstalten traf, ihm die mit der Post eingelaufenen Vorschläge vorzulesen, worunter sich alle die Anregungen befanden, die Welt vorwärts oder zurück zu bewegen, wehrte er jetzt mit den Worten ab, die jedermann gebraucht, wenn er neben seinen eigenen Absichten auch noch die Absichten aller anderen Menschen erfährt, er sagte: «Nein, nein, ich habe heute etwas Wichtiges vor, und das da ist ja doch nur Literatur!» Er dachte dann an Felder, Bauern, kleine Landkirchen und jene fest von Gott wie die Garben auf einem geschnittenen Feld gebundene Ordnung, die so schön, gesund und lohnend ist, wenn sie auf den Gütern auch zuweilen Schnapsbrennereien zuläßt, um der Entwicklung Rechnung zu tragen. Hat man aber diese ruhige Weite des Blicks, so erscheinen in ihr Schützenvereine und Molkereigenossenschaften, mögen sie noch so abseits zu Hause sein, als ein Stück fester

Ordnung und Bindung; und sollten sie sich veranlaßt sehen, auf weltanschaulicher Grundlage eine Forderung zu stellen, so hat diese, wie man sagen könnte, den Vorrang eines grundbücherlich eingetragenen Geistesbesitzes vor den Forderungen, die der Geist irgendeines Privatmannes aufstellt. So kam es, daß Graf Leinsdorf, wenn Diotima mit ihm ernst über das reden wollte, was sie von den großen Geistern in Erfahrung gebracht hatte, gewöhnlich die Eingabe irgendeines Vereines von fünf Dummköpfen in der Hand hatte oder aus der Tasche zog und die Behauptung aufstellte, dieses Papier wiege in der Welt der realen Sorgen schwerer als die Einfälle von Genies.

Das war ein ähnlicher Geist wie der, den Sektionschef Tuzzi an den Archiven seines Ministeriums rühmte, die es ausschlossen, das Konzil amtlich als vorhanden anzusehen, dagegen jeden Flohstich des kleinsten Provinzboten blutig ernst nahmen; und Diotima hatte in solchen Sorgen niemand, dem sie sich anvertrauen konnte, außer Arnheim. Aber gerade Arnheim nahm Se. Erlaucht in Schutz. Er war es, der ihr die ruhige Weite des Blicks dieses Grandseigneurs auseinandersetzte, als sie sich über die Vorliebe beklagte, die Graf Leinsdorf für Standschützen und Molkereigenossenschaften an den Tag lege. «Se. Erlaucht glaubt an die richtunggebende Kraft des Bodens und der Zeit» erläuterte er ernst. «Glauben Sie mir, das kommt vom Landbesitz. Der Boden entkompliziert, so wie er das Wasser reinigt. Selbst ich auf meinem sehr bescheidenen Gut verspüre bei jedem Aufenthalt diese Wirkung. Das wirkliche Leben macht einfach.» Und nach einigem Zögern fügte er hinzu: «Se. Erlaucht ist in seiner großlinigen Lebensgestaltung auch äußerst tolerant, um nicht zu sagen, waghalsig duldsam –» Da diese Seite an ihrem erlauchten Gönner Diotima neu war, blickte sie lebhaft auf. «Ich möchte nicht mit Sicherheit behaupten,» fuhr Arnheim mit unbestimmtem Nachdruck fort «daß Graf Leinsdorf bemerkt, wie sehr Ihr Vetter als Sekretär sein Vertrauen mißbraucht, natürlich nur gesinnungsmäßig, will ich gleich hinzufügen, durch seine Skepsis gegen hohe Pläne und spöttische Sabotage. Ich würde befürchten, daß sein Einfluß auf Graf Leinsdorf kein günstiger sei; wenn nicht dieser wahre Pair eben so sicher eingefügt wäre, in die großen überlieferten Gefühle und Ideen, auf denen das wirkliche Leben ruht, daß er sich dieses Vertrauen wahrscheinlich gestatten kann.»

Das war eine starke und verdiente Äußerung über Ulrich, aber Diotima achtete nicht so sehr darauf, weil ihr der andere Teil von Arnheims Auffassung Eindruck machte, gleichsam Güter nicht wie ein Gutsbesitzer zu besitzen, sondern wie eine seelische Massage; sie fand das großartig und sann dem Gedanken nach, sich als Gattin auf einem solchen Gut zu denken. «Ich bewundere manchmal,» sagte sie «mit wieviel Nachsicht Sie über Se. Erlaucht urteilen! Das ist doch schließlich ein versinkender Geschichtsabschnitt?» «Ja, gewiß;» erwiderte Arnheim «aber die einfachen Tugenden, Mut, Ritterlichkeit und Selbstzucht, welche diese Kaste vorbildlich entwickelt hat, werden immer ihren Wert behalten. Mit einem Wort, der Herr! Ich habe dem Element des Herrn auch im Geschäftsleben immer größeren Wert beilegen gelernt.»

«Dann wäre der Herr am Ende beinahe das gleiche wie das Gedicht?» fragte Diotima nachdenklich.

«Sie haben ein wunderbares Wort gesagt!» bekräftigte ihr Freund. «Es ist das Geheimnis des kraftvollen Lebens. Man kann mit dem Verstand allein weder moralisch sein, noch Politik machen. Der Verstand reicht nicht aus, die entscheidenden Dinge vollziehen sich über ihn hinweg. Menschen, die Großes erreichten, haben immer die Musik, das Gedicht, die Form, Zucht, Religion und Ritterlichkeit geliebt. Ja ich möchte sogar behaupten, daß nur Menschen, die das tun, Glück haben! Denn das sind die sogenannten Imponderabilien, die den Herrn, den Mann ausmachen, und noch was in der Bewunderung des Volks für den Schauspieler mitschwingt, ist ein unverstandener Rest davon. Aber um auf Ihren Vetter zurückzukommen: Es ist natürlich nicht einfach so, daß man anfängt, konservativ zu werden, wenn man zu bequem für Ausschweifungen geworden ist; sondern, wenn wir auch alle als Revolutionäre geboren werden, eines Tages bemerkt man, daß ein einfach guter Mensch, wie immer seine Intelligenz zu bewerten sein möge, ein verläßlicher, heiterer, tapferer, treuer Mensch also, nicht nur einen unerhörten Genuß bereitet, sondern auch der wirkliche Erdstoff ist, in dem das Leben ruht. Das ist eine Altvordernweisheit, aber sie bedeutet den entscheidenden Wechsel des Geschmacks, der in der Jugend natürlich auf das Exotische gerichtet ist, zum Geschmack des Mannes. Ich bewundere in vielem Ihren Vetter, oder wenn das zu viel gesagt sein sollte, denn man kann wenig von dem verantworten, was er spricht, so möchte ich beinahe sagen, ich liebe ihn, denn er hat etwas außerordentlich Freies und Unabhängiges neben vielem, was innerlich steif und sonderbar ist; eben diese Mischung von Freiheit und innerer Steifigkeit macht übrigens vielleicht seinen Reiz aus, aber er ist ein gefährlicher Mensch, mit seiner infantilen moralischen Exotik und seinem ausgebildeten Verstand, der immer ein Abenteuer sucht, ohne zu wissen, was ihn eigentlich dazu treibt.»

77

Arnheim als Freund der Journalisten

Diotima hatte wiederholt Gelegenheit, die Imponderabilien der Haltung an Arnheim zu beobachten.

So wurden zum Beispiel auf seinen Rat den Tagungen des «Konzils» (wie Sektionschef Tuzzi etwas spöttisch den «Ausschuß zur Fassung eines leitenden Beschlusses in Bezug auf das siebzigjährige Regierungsjubiläum Sr. Majestät» getauft hatte) manchmal auch die Repräsentanten großer Zeitungen zugezogen, und Arnheim erfreute sich, obgleich er nur als Gast ohne Amt anwesend war, einer Aufmerksamkeit bei ihnen, vor der alle andere Berühmtheit zurücktrat. Denn aus irgendeinem imponderablen Grund sind ja die Zeitungen nicht Laboratorien und Versuchsstätten des Geistes, was sie zum allgemeinen Segen sein könnten, sondern gewöhnlich Magazine und Börsen. Es würde Platon – um ihn als Beispiel zu nehmen, weil man ihn neben einem Dutzend anderer den größten Denker nennt, – ganz bestimmt, wenn er noch lebte, entzückt sein von einem Zeitungsbetrieb, wo jeden Tag eine neue Idee erschaffen, ausgewechselt, verfeinert werden kann, wo von allen Enden der Welt, mit einer Geschwindigkeit, die er nie erlebt hat, die Nachrichten zusammenströmen und ein Stab von Demiurgen bereit ist, sie augenblicklich auf ihren Gehalt an Geist und Wirklichkeit zu prüfen. Er würde in einer Zeitungsredaktion jenen Topos uranios, den himmlischen Ort der Ideen vermutet haben, dessen Vorhandensein er so eindringlich beschrieben hat, daß noch heute alle besseren Menschen, wenn sie zu ihren Kindern oder Angestellten sprechen, Idealisten sind. Und natürlich würde Platon, wenn er heute plötzlich in einer Redaktion vorsprechen und nachweisen würde, daß er wirklich jener große Schriftsteller sei, der vor mehr als zweitausend Jahren gestorben ist, damit ungeheures Aufsehen erregen und die lohnendsten Anträge erhalten. Wäre er dann imstande, binnen drei Wochen einen Band philosophischer Reisebriefe zu schreiben und einige tausend seiner bekannten Kurzgeschichten, vielleicht auch eines oder das andere seiner älteren Werke zu verfilmen, so würde es ihm sicher auf längere Zeit ganz gut gehen. Sobald jedoch die Aktualität seiner Wiederkehr vorbei wäre und Herr Platon wollte dann noch eine seiner bekannten Ideen, die sich niemals ganz durchsetzen konnten, verwirklichen, so würde ihn der Chefredakteur nur noch auffordern, zuweilen für die Unterhaltungsbeilage des Blattes ein hübsches Feuilleton darüber zu schreiben (aber möglichst locker und flott, nicht so schwer im Stil, mit Rücksicht auf den Leserkreis), und der Feuilletonredakteur würde hinzufügen, daß er einen solchen Beitrag leider höchstens einmal im Monat unterbringen könne, weil doch noch so viele andere Talente zu berücksichtigen seien. Und beide Herren würden danach das Gefühl besitzen, sehr viel für einen Mann getan zu haben, der zwar der Nestor der europäischen Publizisten ist, aber doch etwas überholt und an Gegenwartswert keineswegs einem Mann wie etwa Paul Arnheim gleichzustellen sei.

Was nun Arnheim angeht, so würde er zwar niemals dem beipflichten, weil seine Ehrfurcht vor allem Großen dadurch verletzt würde, aber in mancher Hinsicht würde er es doch sehr begreiflich finden. Heute, wo alles mögliche durcheinander geredet wird, wo Propheten und Schwindler die gleichen Redensarten gebrauchen, bis auf kleine Unterschiede, denen nachzuspüren kein beschäftigter Mensch die Zeit hat, wo die Redaktionen fortwährend damit belästigt werden, daß irgendwer ein Genie sei, ist es sehr schwer, den Wert des Menschen oder einer Idee richtig zu erkennen; man kann sich eigentlich nur auf das Gehör verlassen, um zu erkennen, wann das Gemurmel, Raunen und Scharren vor der Redaktionstür laut genug ist, um als Stimme der Allgemeinheit eingelassen zu werden. Von diesem Augenblick an tritt dann allerdings das Genie in einen anderen Zustand ein. Es ist nicht mehr bloß eine windige Angelegenheit der Buch- oder Theaterkritik, deren Widersprüche ein Leser, wie ihn sich die Zeitung wünscht, so wenig ernst nimmt wie das Gerede von Kindern, sondern es erhält den Rang einer Tatsache, mit allen Folgen, die das hat.

Törichte Eiferer übersehen das verzweifelte Bedürfnis nach Idealismus, das dahinter steckt. Die Welt des Schreibens und Schreibenmüssens ist voll von großen Worten und Begriffen, die ihre Gegenstände verloren haben. Die Attribute großer Männer und Begeisterungen leben länger als ihre Anlässe, und darum bleiben eine Menge Attribute übrig. Sie sind irgendeinmal von einem bedeutenden Mann für einen anderen bedeutenden Mann geprägt worden, aber diese Männer sind längst tot, und die überlebenden Begriffe müssen angewendet werden. Deshalb wird immerzu zu den Beiwörtern der Mann gesucht. Die «gewaltige Fülle» Shakespeares, die «Universalität» Goethes, die «psychologische Tiefe» Dostojewskis und alle die anderen Vorstellungen, die eine lange literarische Entwicklung hinterlassen hat, hängen zu hunderten in den Köpfen der Schreibenden umher, und aus reiner Absatzstockung nennen diese heute schon einen Tennisstrategen abgründig oder einen Modedichter groß. Man begreift, daß sie dann dankbar sind, wenn sie ihre vorrätigen Worte ohne Verlust an den Mann bringen können. Aber es muß ein Mann sein, dessen Bedeutung bereits eine Tatsache ist, so daß man es versteht, daß die Worte an ihm Platz finden, wenn es auch gar nicht darauf ankommt, wo. Und ein solcher Mann war Arnheim; denn Arnheim war Arnheim, an Arnheim war Arnheim daran, als Erbe seines Vaters war er schon als Ereignis geboren worden, und es konnte keine Zweifel an der Aktualität dessen geben, was er sagte. Er brauchte sich nur der kleinen Anstrengung zu unterziehen, irgend etwas zu äußern, das man mit gutem Willen bedeutend finden konnte. Und Arnheim selbst faßte das auch in einen richtigen Grundsatz. «Ein großer Teil der wirklichen Bedeutung eines Mannes liegt darin, sich seinen Zeitgenossen verständlich machen zu können» pflegte er zu sagen.

Er kam also auch diesmal ausgezeichnet mit den Zeitungen aus, die sich seiner bemächtigten. Er lächelte bloß über ehrgeizige Finanzleute oder Politiker, die am liebsten ganze Wälder von Blättern aufkaufen möchten; dieser Versuch, die öffentliche Meinung zu beeinflussen, erschien ihm so ungeschlacht und verzagt, wie wenn ein Mann einer Frau Geld für ihre Liebe anträgt, obgleich er alles doch viel billiger dadurch haben kann, daß er ihre Phantasie erregt. Er hatte den Journalisten, die ihn über das Konzil befragten, geantwortet, daß schon die Tatsache dieser Zusammenkunft ihre tiefe Notwendigkeit beweise, denn in der Weltgeschichte geschehe nichts Unvernünftiges, und damit hatte er so ausgezeichnet ihre Berufsstimmung getroffen, daß dieser Ausspruch in mehreren Zeitungen wiedergegeben wurde. Es war, wenn man ihn näher betrachtet, auch wirklich ein guter Satz. Denn Menschen, die alles, was geschieht, wichtig nehmen, müßte übel werden, wenn sie nicht die Überzeugung hätten, daß nichts Unvernünftiges geschieht; aber andererseits würden sie sich, wie bekannt, auch lieber in die Zunge beißen, als etwas zu wichtig zu nehmen, und sei es gerade das Bedeutende selbst. Die leichte Prise von Pessimismus, die in Arnheims Äußerung lag, trug viel dazu bei, dem Unternehmen reelle Würdigkeit zu geben, und nun konnte auch der Umstand, daß er ein Landfremder war, als Teilnahme des gesamten Auslandes an ungeheuer interessanten geistigen Vorgängen in Österreich gedeutet werden.

Die anderen Berühmtheiten, die am Konzil teilnahmen, hatten nicht die gleiche unbewußte Gabe, der Presse zu gefallen, aber sie bemerkten die Wirkung; und da Berühmtheiten im allgemeinen wenig voneinander wissen und sich im Ewigkeitszug, der sie alle miteinander führt, meist nur im Speisewagen zu Gesicht bekommen, wirkte die besondere öffentliche Geltung, die Arnheim fand, ohne Nachprüfung auch auf sie ein, und obgleich er sich den Sitzungen aller bestallten Ausschüsse nach wie vor fernhielt, fiel ihm im Konzil ganz von selbst die Rolle eines Mittelpunktes zu. Je mehr diese Zusammenkunft fortschritt, desto deutlicher stellte es sich heraus, daß er ihre eigentliche Sensation war, obgleich er im Grunde nichts dafür tat, ausgenommen vielleicht, daß er auch im Verkehr mit den berühmten Mitteilnehmern ein Urteil an den Tag legte, das man als bekennensfreudigen Pessimismus in dem Sinne deuten konnte, daß wohl kaum etwas von dem Konzil zu erwarten sei, andererseits aber eine so edle Aufgabe für sich allein schon alle vertrauende Hingabe erfordere, über die man verfüge. Ein solcher zarter Pessimismus erwirbt auch unter großen Geistern Vertrauen; denn aus irgendwelchen Gründen ist die Vorstellung, daß der Geist heute überhaupt niemals wirklichen Erfolg hat, sympathischer als die, daß der Geist eines der Kollegen diesen Erfolg haben sollte, und man konnte Arnheims zurückhaltendes Urteil über das Konzil als eine Anpassung an diese Chance auffassen.

78

Verwandlungen Diotimas

Die Gefühle Diotimas hatten nicht ganz die gleiche geradlinig aufsteigende Entwicklung wie der Erfolg Arnheims.

Es kam vor, daß sie inmitten einer Gesellschaft und ihrer in allen Zimmern kahl geräumten und verwandelten Wohnung in einem geträumten Land zu erwachen glaubte. Sie stand dann von Raum und Menschen umgeben, das Licht des Kronleuchters floß über ihr Haar und von da über Schultern und Hüften hinab, so daß sie seine hellen Fluten zu fühlen meinte, und sie war ganz Statue, Brunnenfigur hätte sie sein können, im Mittelpunkt eines Weltmittelpunkts, von höchster geistiger Anmut überströmt. Sie hielt diese Lage für eine nie wiederkehrende Gelegenheit, alles das zu verwirklichen, woran man im Lauf des Lebens als das Wichtigste und Größte geglaubt hat, und machte sich wenig mehr daraus, daß sie sich nichts Bestimmtes dabei denken konnte. Die ganze Wohnung, die Anwesenheit der Menschen darin, der ganze Abend umgab sie wie ein Kleid, das innen gelbseiden ist; sie fühlte es ihrer Haut zugekehrt, aber sie sah es nicht. Von Zeit zu Zeit wandte sich ihr Blick Arnheim zu, der gewöhnlich anderswo in einer Gruppe von Männern stand und redete; aber dann bemerkte sie, daß ihr Blick schon die ganze Zeit auf ihm geruht hatte, und es war nur ihr Erwachen, das sich ihm nachwandte. Es ruhten, wenn man so sagen darf, auch ohne daß sie hinsah, die äußersten Flügelspitzen ihrer Seele immer auf seinem Gesicht und meldeten, was darin vorging.

Und um bei Federn zu bleiben, wäre hinzuzufügen, daß etwas Geträumtes auch in seiner Erscheinung war, etwa ein Händler mit goldenen Engelsflügeln, der sich in die Versammlung herabgelassen hatte. Das Klirren von Expreß- und Luxuszügen, das Surren von

Autos, die Stille von Jagdhütten, das Klatschen von Jachtsegeln war in diesen unsichtbaren, zusammengefalteten, bei einer erklärenden Gebärde seines Arms leise rauschenden Fittichen, mit denen ihr Gefühl ihn ausstattete. Arnheim war nach wie vor oft auf Reisen abwesend, und seine Gegenwart hatte dadurch immer etwas über den Augenblick und die lokalen Ereignisse Hinausreichendes, die für Diotima schon so wichtig waren. Sie wußte, daß ein geheimes Kommen und Gehen von Depeschen, Besuchern und Abgesandten des eigenen Geschäftes, während er hier war, stattfand. Sie hatte allmählich eine Vorstellung und vielleicht sogar eine übertriebene von der Bedeutung eines Welthauses und seiner Verflochtenheit mit den Vorgängen des großen Lebens erlangt. Arnheim erzählte zuweilen atemraubend interessant von den Beziehungen des internationalen Kapitals, Überseegeschäften und politischen Zusammenhängen; ganz neue Horizonte, zum erstenmal überhaupt Horizonte, taten sich vor Diotima auf, man brauchte ihn etwa nur ein einzigesmal über den französisch-deutschen Gegensatz sprechen gehört zu haben, von dem Diotima nicht viel mehr wußte, als daß beinahe alle Personen ihrer Umgebung eine leichte Abneigung gegen Deutschland, gemischt mit einer gewissen lästigen Bruderverpflichtung, hatten: in seiner Darstellung wurde es ein gallisch-keltisch-ostisch-thyreologisches Problem, verbunden mit dem der lothringischen Kohlengruben und weiterhin dem der mexikanischen Ölfelder und dem Gegensatz zwischen Englisch- und Lateinamerika. Von solchen Zusammenhängen hatte Sektionschef Tuzzi keine Ahnung oder zeigte sie wenigstens nicht. Er begnügte sich damit, Diotima von Zeit zu Zeit erneut darauf aufmerksam zu machen, daß seiner Ansicht nach Arnheims Anwesenheit und Bevorzugung ihres Hauses keinesfalls ohne die Annahme verborgener Zwecke zu verstehen sei, aber über deren mögliche Natur schwieg er und wußte selbst nichts davon.

So fühlte seine Gattin eindrucksvoll die Überlegenheit neuer Menschen über die Methoden veralteter Diplomatie. Sie hatte den Augenblick, wo sie den Entschluß faßte, Arnheim an die Spitze der Parallelaktion zu bringen, nicht vergessen. Es war die erste große Idee ihres Lebens gewesen, und sie hatte sich dabei in einem wunderlichen Zustand befunden; es war eine Art Traum- und Schmelzzustand über sie gekommen, die Idee war in so wunderbare Weiten geraten, und alles, was die Welt Diotimas bis dahin ausgemacht hatte, war dieser Idee entgegen geschmolzen. Was man davon in Worte zu fassen vermochte, bedeutete ja recht wenig; ein Glitzern war es, ein Flimmern, eine eigentümliche Leere und Ideenflucht, und man konnte sogar ruhig zugeben, – dachte Diotima – daß der darin enthaltene Kern, eben der, Arnheim an die Spitze der neuartigen patriotischen Aktion zu bringen, unmöglich gewesen sei. Arnheim war Ausländer, das blieb richtig. So unmittelbar, wie sie ihn Graf Leinsdorf und ihrem Gatten vorgetragen hatte, war dieser Einfall also nicht zu verwirklichen. Aber trotzdem war alles so gekommen, wie es ihr in diesem Zustande eingegeben worden war. Denn auch alle anderen Anstrengungen, der Aktion einen wirklich erhebenden Inhalt zu geben, waren bisher vergeblich geblieben; die große erste Sitzung, die Arbeiten der Ausschüsse, selbst dieser Privatkongreß, vor dem Arnheim übrigens, einer merkwürdigen Ironie des Schicksals gehorchend, gewarnt hatte, hatten bisher nichts anderes hervorgebracht als – Arnheim, um den man sich drängte, der unaufhörlich sprechen mußte und den geheimen Mittelpunkt aller Hoffnungen bildete. Das war der neue Typus Mensch, der berufen ist, die alten Mächte in der Lenkung der Geschicke abzulösen. Sie durfte sich schmeicheln, daß sie es gewesen war, die ihn sofort entdeckt, mit ihm über das Eindringen des neuen Menschen in die Sphären der Macht gesprochen und ihm geholfen hatte, gegen den Widerstand aller anderen hier seinen Weg zu gehen. Sollte also Arnheim wirklich dabei noch etwas Besonderes im Schilde geführt haben, wie Sektionschef Tuzzi vermutete, so wäre Diotima auch dann beinahe von vornherein entschlossen gewesen, ihn mit allen Mitteln zu unterstützen, denn eine große Stunde verträgt keine kleinliche Prüfung, und sie fühlte deutlich, daß sich ihr Leben auf einem Gipfel befand.

Von den Unglücksvögeln und Glückspilzen abgesehen, leben alle Menschen gleich schlecht, aber sie leben es in verschiedenen Etagen. Diese Selbstgefühlslage der Etage ist für den Menschen heute, der ja im allgemeinen wenig Ausblick auf den Sinn seines Lebens hat, ein überaus anstrebenswerter Ersatz. In großen Fällen kann sie sich zu einem Höhen- und Machtrausch steigern, so wie es Leute gibt, die in einem hohen Stockwerk schwindlig werden, auch wenn sie sich bei geschlossenen Fenstern in der Zimmermitte stehen wissen. Wenn Diotima bedachte, daß einer der einflußreichsten Männer Europas gemeinsam mit ihr daran arbeite, Geist in Machtsphären zu tragen, und wie sie beide geradezu durch Fügung des Schicksals zusammengeführt worden seien und was vor sich ging, auch wenn in dem hohen Stockwerk eines weltösterreichischen Menschheitswerks an diesem Tag gerade nichts Besonderes vorging: wenn sie das bedachte, so glichen die Verknüpfungen ihrer Gedanken alsbald Knoten, die sich zu Schlingen aufgelöst haben, die Denkgeschwindigkeit nahm zu, der Ablauf war erleichtert, ein eigentümliches Gefühl des Glücks und Gelingens begleitete ihre Einfälle, und ein Zustand des Zuströmens brachte ihr Einsichten, die sie selbst überraschten. Ihr Selbstbewußtsein war gesteigert; Erfolge, an die zu glauben sie früher nicht gewagt hätte, lagen in greifbarer Nähe, sie fühlte sich heiterer, als sie es gewohnt war, manchmal fielen ihr sogar gewagte Scherze ein, und etwas, das sie in ihrem ganzen Leben noch nie an sich beobachtet hatte, Wellen von Fröhlichkeit, ja Ausgelassenheit gingen durch sie. Sie fühlte sich wie in einem Turmzimmer mit vielen Fenstern. Aber das hatte auch sein Unheimliches an sich. Sie wurde von einem unbestimmten, allgemeinen, unsäglichen Wohlgefühl geplagt, das nach irgendwelchen Handlungen drängte, nach einem allseitigen Handeln, von dem sie sich keine Vorstellung zu machen vermochte. Man könnte fast sagen, die Drehung des Globus unter ihren Füßen kam ihr plötzlich zu Bewußtsein, und sie wurde sie nicht los; oder diese heftigen Vorgänge ohne greifbaren Inhalt waren so hemmend wie ein vor den Beinen herspringender Hund, den niemand kommen gesehn hat. Diotima ängstigte sich darum zuweilen vor der Veränderung, die ohne ihre ausdrückliche Genehmigung mit ihr vor sich gegangen war, und alles in allem glich ihr Zustand am ehesten jenem hellen nervösen Grau, das die Farbe des zarten, von aller Schwere befreiten Himmels in der mutlosen Stunde der größten Hitze ist.

Diotimas Streben nach dem Ideal machte dabei eine wichtige Wandlung durch. Dieses Streben war nie ganz sicher von der korrekten Bewunderung großer Dinge zu unterscheiden gewesen, es war ein vornehmer Idealismus, eine dezente Gehobenheit, und da man in den gegenwärtigen robusteren Zeiten kaum noch weiß, was das ist, mag einiges davon in Kürze noch einmal beschrieben werden. Er war nicht sachlich, dieser Idealismus, weil Sachlichkeit handwerksmäßig und Handwerk immer unsauber ist; er hatte vielmehr etwas von der Blumenmalerei von Erzherzoginnen, denen andere Modelle als Blumen unangemessen waren, und ganz bezeichnend für diesen Idealismus war der Begriff Kultur, er fühlte sich kulturvoll. Man konnte ihn aber auch harmonisch nennen, weil er alle Unausgeglichenheit verabscheute und die Aufgabe der Bildung darin sah, die leider in der Welt vorhandenen rohen Gegensätze in Harmonie miteinander zu bringen; mit einem Wort, er war vielleicht gar nicht so sehr verschieden von dem, was man noch heute – allerdings nur dort, wo man an der großen bürgerlichen Überlieferung festhält, – unter einem gediegenen und sauberen Idealismus versteht, der ja sehr zwischen Gegenständen unterscheidet, die seiner würdig, und solchen, die es nicht sind, und aus Gründen der höheren Humanität keineswegs an die Überzeugung der Heiligen (und der Ärzte und Ingenieure) glaubt, daß auch in den moralischen Abfällen unausgenützte himmlische Heizkraft stecke. Wenn man Diotima früher aus dem Schlaf geweckt und gefragt hätte, was sie wolle, so würde sie, ohne sich besinnen zu müssen, geantwortet haben, die Liebeskraft einer lebendigen Seele habe das Bedürfnis, sich aller Welt mitzuteilen; aber nach einigem Wachsein würde sie es durch die Bemerkung eingeschränkt haben, daß man in der heutigen Welt, wie sie durch Überwuchern von Zivilisation und Verstand geworden sei, allerdings selbst bei den höchsten Naturen vorsichtigerweise nur noch von einem der Liebeskraft analogen Streben sprechen könne. Und sie würde es wirklich so gemeint haben. Es gibt noch heute Tausende solcher Menschen, die den Verstäubern von Liebeskraft gleichen. Wenn Diotima sich zum Lesen ihrer Bücher hinsetzte, so strich sie das schöne Haar aus der Stirn, was ihr ein logisches Ansehen gab, und sie las mit Verantwortungsbewußtsein und in dem Bestreben, sich aus dem, was sie Kultur nannte, eine Hilfe in der nicht leichten gesellschaftlichen Lage zu bilden, in der sie sich befand; so lebte sie auch, sie verteilte sich in kleinen Tröpfchen feinster Liebe an alle Dinge, die es verdienten, schlug sich als Hauch, in einiger Entfernung von sich selbst an diesen nieder, und für sie selbst blieb eigentlich nur die leere Flasche des Körpers zurück, die zum Hausstand des Sektionschefs Tuzzi gehörte. Das hatte vor dem Eintreffen Arnheims zuletzt zu Anwandlungen schwerer Melancholie geführt, als Diotima noch allein zwischen ihrem Gatten und der größten Ausstrahlung ihres Lebens, der Parallelaktion, gestanden war, seither hatte sich aber ihr Zustand in einer sehr natürlichen Weise neu gruppiert. Die Liebeskraft hatte sich kräftig zusammengezogen und war sozusagen in den Körper zurückgekehrt, und aus dem «analogen» Streben war ein sehr selbstisches und eindeutiges geworden. Jene, zuerst von ihrem Vetter hervorgerufene Vorstellung, daß sie sich im Vorzustand einer Tat befinde und daß etwas, das sie sich noch nicht vorstellen wollte, im Begriffe sei, zwischen ihr und Arnheim zu geschehen, besaß einen so viel höheren Konzentrationsgrad als alle Vorstellungen, die sie bisher beschäftigt hatten, daß sie nicht anders empfand, als wäre sie vom Traum zum Wachen übergegangen. Auch eine Leere, wie sie diesem Übergang im ersten Augenblick eigentümlich ist, war dadurch in Diotima entstanden, und sie vermochte sich aus Beschreibungen zu erinnern, daß das ein Zeichen beginnender großer Leidenschaften sei. Sie glaubte vieles, was Arnheim in letzter Zeit gesprochen hatte, in diesem Sinn verstehen zu können. Seine Berichte über seine Stellung, über die für sein Leben nötigen Tugenden und Pflichten waren Vorbereitungen auf etwas Unabwendbares, und Diotima fühlte, alles betrachtend, was bisher ihr Ideal gewesen war, den geistigen Pessimismus der Tat, so wie ein Mensch, dessen Koffer gepackt sind, einen letzten Blick auf die schon halb entseelten Räume wirft, die ihn jahrelang beherbergt haben. Unerwarteterweise hatte das zur Folge, daß Diotimas Seele, vorübergehend ohne Aufsicht der höheren Kräfte, sich wie ein ausgelassener Schuljunge benahm, der so lange umhertollt, bis ihn die Traurigkeit seiner sinnlosen Freiheit befällt, und durch diesen merkwürdigen Umstand trat in ihren Beziehungen zu ihrem Gatten, trotz zunehmender Abwendung für kurze Zeit etwas ein, das, wenn nicht einem Spätliebesfrühling, so doch einer Mischung aus allen Jahreszeiten der Liebe befremdlich ähnlich sah.

Der kleine Sektionschef mit dem angenehmen Geruch einer braunen, trockenen Haut begriff nicht, was vor sich ging. Es war ihm einigemal aufgefallen, daß seine Frau während der Anwesenheit der Gäste einen eigenartig verträumten, in sich gekehrten, fernen und hochnervösen Eindruck mache, wirklich nervös und irgendwie hoch abwesend zugleich; aber wenn sie allein waren, und er, etwas eingeschüchtert und befremdet, sich ihr näherte, um sie danach zu fragen, fiel sie ihm in unbegründeter Heiterkeit plötzlich um den Hals und drückte ein außerordentlich heißes Lippenpaar auf seine Stirn, das ihn an die Brennschere des Friseurs erinnerte, wenn sie beim Bartkräuseln zu nahe an die Haut kommt. Sie war unangenehm, solche unerwartete Zärtlichkeit, und er wischte sie heimlich wieder fort, wenn Diotima nicht hinsah. Wollte aber einmal er sie in seine Arme schließen, oder hatte er sie geschlossen, was noch ärgerlicher war, so warf sie ihm erregt vor, daß er sie nie geliebt habe, sondern nur wie ein Tier über sie herfalle. Nun gehörte ja ein gewisses Maß von Empfindlichkeit und Launen ganz zu dem Bilde, das er sich seit seiner Jugend von einer begehrenswerten, das Wesen des Mannes ergänzenden Frau gemacht hatte, und die durchgeistigte Anmut, mit der Diotima eine Tasse Tee reichte, ein neues Buch in die Hand nahm oder über irgendeine Frage urteilte, von der sie nach der Überzeugung ihres Gatten unmöglich etwas verstehen konnte, hatte ihn immer durch ihre vollendete Form entzückt. Das wirkte auf ihn wie eine unaufdringliche Tafelmusik, etwas, das er ungemein liebte; aber freilich war Tuzzi auch ganz der Meinung, daß die Loslösung der Musik vom Essen (oder vom Kirchgang) und das Bestreben, sie für sich zu betreiben, schon eine bürgerliche Aufgeblasenheit sei, wenngleich er wußte, daß man es nicht laut sagen dürfe, und sich außerdem nie mit solchen Gedanken ausführlich abgab. Was sollte er also tun, wenn Diotima bald ihn umarmte, bald gereizt behauptete, daß an seiner Seite ein seelenvoller Mensch nicht die Freiheit finde, sich zu seinem wahren Wesen zu erheben? Was war auf Forderungen zu erwidern wie diese, mehr an die Tiefen des inneren Schönheitsmeeres zu denken, als sich mit ihrem Körper zu beschäftigen? Er sollte sich plötzlich den Unterschied zwischen einem Erotiker, in dem der Geist der Liebe, unbelastet von Begehrlichkeit, frei schwebt, und einem Sexualiker klarmachen. Es waren das nun freilich Leseklugheiten, über die man lachen könnte; wenn sie aber von einer Frau vorgetragen werden, die sich dabei entkleidet, – mit solchen Belehrungen auf den Lippen! – dachte Tuzzi, so werden sie zu Kränkungen. Denn es entging ihm nicht, daß Diotimas Unterkleidung Fortschritte zu einem gewissen mondänen Leichtsinn gemacht hatte. Sie hatte sich ja immer mit Sorgfalt und Überlegung angezogen, da ihre gesellschaftliche Stellung sowohl erforderte, daß sie elegant sei, wie daß sie den großen Damen keine Konkurrenz mache; aber bei den zwischen ehrbarer Unzerreißbarkeit und dem Spinnengewebe der Lüsternheit liegenden Abstufungen der Wäsche machte sie jetzt Zugeständnisse an die Schönheit, die sie vordem als unwürdig einer intelligenten Frau bezeichnet haben würde. Bemerkte es jedoch Giovanni (Tuzzi hieß Hans, aber er wurde aus Stilgründen zu seinem Nachnamen passend umgetauft), so errötete sie bis an die Schultern und erzählte etwas von der Frau von Stein, welche sogar einem Goethe keine Zugeständnisse gemacht hätte! Sektionschef Tuzzi sollte also nicht mehr, wenn *er* die Zeit für gekommen hielt, aus dem Umgang mit wichtigen, dem Privaten unzugänglichen Staatsgeschäften sich loslösen und die Entspannung im Schoß des Hauses finden, sondern er fühlte sich Diotima ausgeliefert, und was sich sauber getrennt hatte, Anspannung des Geistes und erholendes Sichergehen des Körpers, sollte geradezu wieder in die anstrengende und ein wenig lächerliche werbende Einheit der Bräutigamszeit gebracht werden, wie bei einem Birkhahn oder einem versemachenden Jüngling.

Man sagt kaum zuviel mit der Behauptung, daß er zuweilen in seinem Innersten geradezu Ekel davor hatte, und in Zusammenhang damit tat ihm der öffentliche Erfolg, den seine Gattin um diese Zeit fand, beinahe weh. Diotima hatte die allgemeine Stimmung für sich, und das war etwas, das Sektionschef Tuzzi unter allen Umständen so achtete, daß er sich fürchtete, verständnislos zu erscheinen, wenn er mit Machtworten oder zu scharfem Spott gegen die ihm unbegreiflichen Launen Diotimas auftrete. Es wurde ihm allmählich klar, daß es ein peinigendes und sorgfältig zu verbergendes Leiden ist, der Gatte einer bedeutenden Frau zu sein, ja in gewissem Sinne ähnlich der Entmannung durch einen Unglücksfall. Er verwandte große Sorgfalt darauf, es sich nicht merken zu lassen, kam und ging, in eine Wolke liebenswürdig amtlicher Undurchsichtigkeit gehüllt, lautlos und unauffällig, wenn bei Diotima Besuch war oder Besprechungen stattfanden, gab gelegentlich höflich zweckdienliche oder auch tröstlich ironische Bemerkungen dazu, schien sein Dasein in einer abgeschlossenen freundlichen Nachbarwelt zu verbringen, schien immer im Einverständnis mit Diotima zu sein, hatte sogar unter vier Augen immer noch von Zeit zu Zeit einen kleinen Auftrag für sie, begünstigte öffentlich den Verkehr Arnheims in seinem Hause, und in den Stunden, die ihm die wichtigen Sorgen seines Dienstes freiließen, studierte er

Arnheims Schriften und haßte Männer, die schreiben, als die Ursache seiner Leiden.

Denn das war eine Frage, zu der sich die Hauptfrage, aus welchem Grunde Arnheim in seinem Hause verkehre, jetzt zuweilen zuspitzte: Warum schrieb Arnheim? Schreiben ist eine besondere Form des Schwätzens, und schwätzende Männer waren Tuzzi unausstehlich. Er hatte dann das lebhafte Bedürfnis, die Kinnbacken aufeinander zu pressen und durch die geschlossenen Zähne zu spucken wie ein Matrose. Davon gab es natürlich Ausnahmen, die er gelten ließ. Er kannte einige höhere Beamte, die nach ihrer Pensionierung ihre Erinnerungen verfaßt hatten, und auch solche, die zuweilen in den Zeitungen schrieben; Tuzzi erklärte es damit, daß ein Beamter nur schreibt, wenn er unzufrieden oder wenn er ein Jude ist, denn Juden waren nach seiner Überzeugung ehrgeizig und unzufrieden. Sodann hatten große Männer der Praxis Bücher über ihre Erfahrungen geschrieben; aber an ihrem Lebensabend und in Amerika oder höchstens in England. Ferner war Tuzzi ja überhaupt literarisch gebildet und bevorzugte wie alle Diplomaten Memoiren, aus denen man geistvolle Aussprüche und Menschenkenntnis lernen konnte; aber irgendetwas sollte es doch bedeuten, daß solche heute nicht mehr geschrieben werden, und wahrscheinlich handelt es sich da um ein veraltetes Bedürfnis, das einer Zeit neuer Sachlichkeit nicht mehr angemessen ist. Endlich schreibt man auch, weil das ein Beruf ist; das anerkannte Tuzzi voll und ganz, wenn man genügend damit verdient oder unter den nun einmal irgendwie gegebenen Begriff Dichter fällt; er fühlte sich sogar ziemlich geehrt, die Spitzen dieses Berufs bei sich zu sehen, zu dem er bisher die vom Reptilfonds des Auswärtigen Amtes genährten Schriftsteller gerechnet hatte, aber ohne viel nachzudenken, würde er auch die Ilias und die Bergpredigt, die er doch beide sehr verehrte, zu diesen Leistungen gezählt haben, deren Entstehen aus freiwillig oder abhängig ausgeübtem Beruf zu erklären ist. Bloß wie ein Mann gleich Arnheim, der das in gar keiner Weise nötig hatte, dazu kam, so viel zu schreiben, das war etwas, hinter dem Tuzzi jetzt erst recht etwas vermutete, dem er in keiner Weise nähergekommen war.

79

Soliman liebt

Soliman, der kleine Negersklave, oder auch Negerfürst, hatte Rachel, der kleinen Zofe oder auch Freundin Diotimas während dieser Zeit die Überzeugung beigebracht, daß sie die Vorgänge im Hause überwachen müßten, um einem dunklen Plane Arnheims vorzubeugen, wenn der Augenblick gekommen sein werde. Genauer gesagt, er hatte sie zwar nicht überzeugt, aber sie paßten beide wie Verschwörer auf und lauschten jedesmal an der Türe, wenn Besuch da war. Soliman erzählte fürchterlich viel von hin und her reisenden Kurieren und geheimnisvollen Personen, die im Hotel bei seinem Herrn ein und aus gingen, und erklärte sich bereit, einen afrikanischen Fürsteneid darauf abzulegen, daß er die geheime Bedeutung entdecken werde; der afrikanische Fürsteneid bestand darin, daß Rachel ihre Hand zwischen den Knöpfen seiner Joppe und seines Hemdes auf seine nackte Brust legen sollte, während er die Beteuerung aussprechen und mit seiner eigenen Hand Rachel das gleiche tun würde wie sie ihm; aber Rachel wollte nicht. Immerhin, die kleine Rachel, die ihre Herrin an- und auskleiden und für sie telefonieren durfte, durch deren Hände jeden Morgen und Abend Diotimas schwarzes Haar floß, während durch ihre Ohren goldene Reden flossen, diese kleine Ehrgeizige, die auf der Spitze einer Säule gelebt hatte, seit es die Parallelaktion gab, und täglich in den Strömen der Anbetung zitterte, die von ihren Augen zu der gottgleichen Frau aufstiegen, fand seit einiger Zeit ihr Vergnügen daran, diese Frau schlicht und einfach auszuspähen.

Durch offene Türen aus Nebenzimmern oder durch den zögernd geschlossenen Spalt einer Türe oder schlechtweg während sie langsam irgend etwas in ihrer Nähe verrichtete, belauschte sie Diotima und Arnheim, Tuzzi und Ulrich und nahm Blicke, Seufzer, Handküsse, Worte, Lachen, Bewegungen in ihre Obhut, die wie die Schnitzel eines zerrissenen Dokuments waren, das sie nicht zusammensetzen konnte. Aber namentlich die kleine Öffnung des Schlüssellochs zeigte ein Vermögen, das Rachel merkwürdig genug an die lang vergessene Zeit erinnerte, wo sie ihre Ehre verlor. Weit drang der Blick ins Innere der Zimmer; in flächenhafte Teile aufgelöst, schwammen die Personen darin, und die Stimmen waren nicht mehr in den schmalen Rand der Worte gefaßt, sondern wucherten als sinnloser Klang; Scheu, Verehrung und Bewunderung, durch die Rachel an diese Personen geknüpft war, wurden dann von einer wilden Auflösung zerrissen, und das war aufregend, wie wenn ein Geliebter mit seinem ganzen Wesen plötzlich so tief in die Geliebte eindringt, daß es finster wird vor den Augen und hinter dem geschlossenen Vorhang der Haut das Licht aufflammt. Die kleine Rachel kauerte vor dem Schlüsselloch, ihr schwarzes Kleid spannte sich um Knie, Hals und Schultern, Soliman kauerte in seiner Livree neben ihr wie eine heiße Tasse Schokolade in einer dunkelgrünen Schale, und zuweilen hielt er sich mit einer schnellen, einen Augenblick ruhenden, dann sich bis auf die Fingerspitzen und zärtlich zögernd schließlich auch diese loslösenden Bewegung der Hand an Rachels Schulter, Knie oder Rock fest, wenn er das Gleichgewicht verlor. Er mußte kichern, und Rachel legte ihre kleinen weichen Finger auf die prallen Polster seiner Lippen.

Soliman fand übrigens das Konzil nicht interessant, im Gegensatz zu Rachel, und drückte sich von der Aufgabe, gemeinsam mit ihr die Gäste zu bedienen, wie er nur konnte. Er zog es vor, mitzukommen, wenn Arnheim allein Besuch machte. Dann mußte er freilich in der Küche sitzen und warten, bis Rachel wieder frei war, und die Köchin, die sich am ersten Tag mit ihm so gut unterhalten hatte, wurde ärgerlich, weil er seither beinahe stumm geworden war. Aber Rachel hatte niemals Zeit, lange in der Küche zu sitzen, und wenn sie wieder ging, erwies die Köchin, die ein Mädchen in den Dreißig war, Soliman mütterliche Freundlichkeiten. Er duldete sie eine kleine Weile mit seinem hochmütigsten Schokoladengesicht, dann pflegte er aufzustehn und so zu tun, wie wenn er etwas vergessen hätte oder suchte, richtete nachdenklich seine Augen zur Decke, stellte sich mit dem Rücken zur Tür und fing an rückwärts zu gehn, geradeso, als ob er dadurch bloß besser die Decke sehen wollte; die Köchin erkannte dieses ungeschickte Theater schon, sobald er nur aufstand und das Weiße der Augen herauskugelte, aber aus Ärger und Eifersucht tat sie so, als ob sie sich nichts dabei dächte, und Soliman gab sich schließlich auch gar nicht mehr viel Mühe mit der Darstellung, die bereits wie eine abgekürzte Formel war, bis zu dem Augenblick, wo er auf der Schwelle der hellen Küche stand und mit möglichst unbefangenem Gesicht noch eine kleine Weile zögerte. Die Köchin sah nun just nicht hin. Soliman glitt wie ein dunkles Bild in dunkles Wasser mit dem Rücken voran ins finstere Vorzimmer, lauschte überflüssigerweise noch eine Sekunde und begann dann plötzlich mit phantastischen Sprüngen auf Rachels Spur durch das fremde Haus zu setzen.

Sektionschef Tuzzi war niemals daheim, und vor Arnheim und Diotima fürchtete sich Soliman nicht, weil er wußte, daß sie nur füreinander Ohren hatten. Er hatte sogar einigemal den Versuch unternommen, etwas umzuwerfen, und war nicht bemerkt worden. Er war Herr in allen Zimmern wie ein Hirsch im Walde. Das Blut drängte wie ein Geweih mit achtzehn dolchscharfen Sprossen aus seinem Kopf. Die Spitzen dieses Geweihs streiften Wände und Decke. Es war Haussitte, daß in allen Zimmern, wenn sie augenblicklich nicht benützt wurden, die Vorhänge zugezogen wurden, damit die Farben der Möbel nicht unter der Sonne litten, und Soliman ruderte durch das Halbdunkel wie durch Blätterdickicht. Es machte ihm Freude, das mit übertriebenen Bewegungen auszuführen. Sein Trachten war Gewalt. Dieser von der Neugierde der Frauen verwöhnte Knabe hatte in Wahrheit noch nie mit einer Frau verkehrt, sondern nur die Laster der europäischen Knaben kennen gelernt, und seine Begierden waren noch so ungesänftigt von Erfahrung, so ungezügelt und nach allen Seiten brennend, daß seine Lust nicht wußte, ob sie sich in Rachels Blut, in ihren Küssen oder in einem Erstarren aller Adern in seinem Leib stillen solle, sobald er die Geliebte erblicke.

Wo immer sich Rachel auch verbarg, tauchte er plötzlich auf und lächelte über seine gelungene List. Er schnitt ihr den Weg ab, und weder das Arbeitszimmer des Herrn noch Diotimas Schlafzimmer war ihm heilig; er kam hinter Vorhängen, Schreibtisch, Schränken und Betten hervor, und Rachel brach jedesmal beinahe das Herz ab, über solche Keckheit und beschworene Gefahr, sobald sich irgendwo das Halbdunkel zu einem schwarzen Gesicht verdichtete, aus dem zwei weiße Zahnreihen aufleuchteten. Aber sobald Soliman der wirklichen Rachel gegenüberstand, überwältigte ihn die Sitte. Dieses Mädchen war so viel älter als er und so schön wie ein zartes Herrenhemd, das man bei bestem Willen nicht gleich verderben kann, wenn es frisch aus der Wäsche kommt, und überhaupt einfach so wirklich, daß alle Phantasien in ihrer Gegenwart erblichen. Sie machte ihm Vorwürfe wegen seines ungezogenen Benehmens und pries Diotima, Arnheim und die Ehre, an der Parallelaktion mitwirken zu dürfen; Soliman aber hatte immer kleine Geschenke für sie bei sich und brachte ihr bald eine Blume mit, die er aus dem Strauß rupfte, den sein Herr Diotima übersandte, bald eine Zigarette, die er zu Hause gestohlen hatte, oder eine Handvoll Bonbons, die er im Vorbeigehn aus einer Schale raubte; er preßte dann bloß Rachels Finger und führte ihre Hand, während er ihr das Präsent überreichte, an sein Herz, das in seinem schwarzen Körper wie eine rote Fackel in dunkler Nacht brannte.

Und einmal war Soliman sogar in Rachels Kammer gedrungen, wohin sie sich auf strengen Befehl Diotimas, die tags vorher während Arnheims Anwesenheit durch eine Unruhe im Vorzimmer gestört worden war, mit einer Näharbeit hatte zurückziehen müssen. Sie hatte sich, ehe sie ihren Hausarrest antrat, schnell nach ihm umgesehen, ohne ihn zu finden, und als sie traurig in ihre kleine Stube trat, saß er leuchtend auf ihrem Bett und sah ihr entgegen. Rachel zögerte, die Tür zu schließen, aber Soliman sprang auf und tat es. Dann kramte er in seinen Taschen, zog etwas hervor, blies es sauber und näherte sich dem Mädchen wie ein heißes Bügeleisen.

«Gib deine Hand!» befahl er.

Rachel hielt sie ihm hin. Er hatte ein paar bunte Hemdknöpfe in der seinen und machte den Versuch, sie in die Stulpe von Rachels Ärmel einzusetzen. Rachel dachte, es sei Glas.

«Edelsteine!» erläuterte er stolz.

Das Mädchen, dem bei diesem Wort Böses ahnte, zog rasch den

Arm an sich. Sie dachte sich nichts Bestimmtes; der Sohn eines Mohrenfürsten mochte, auch wenn er gestohlen worden war, heimlich im Hemd eingenäht noch einige Edelsteine besitzen, darüber weiß man nichts Sicheres; aber sie fürchtete sich unwillkürlich vor diesen Knöpfen, als ob ihr Soliman Gift hinhielte, und mit einemmal kamen ihr alle Blumen und Bonbons, die er ihr schon geschenkt hatte, recht sonderbar vor. Sie preßte die Hände an den Leib und sah Soliman entgeistert an. Sie fühlte, daß sie ihm ernste Worte sagen müßte; sie war älter als er und diente bei einer gütigen Herrschaft. Aber es fielen ihr in diesem Augenblick nur solche Sprüche ein wie «Ehrlich währt am längsten» oder «Üb immer Treu und Redlichkeit». Sie wurde bleich; das erschien ihr zu einfach. Sie hatte ihre Lebensweisheit im Elternhaus empfangen, und das war eine strenge Weisheit, so schön und einfach wie alter Hausrat, aber man konnte nicht viel damit anfangen, denn bei solchen Sprüchen kam immer nur ein Satz und dann gleich der Schlußpunkt. Und sie schämte sich in diesem Augenblick solcher Kinderweisheit, wie man sich alter, abgetragener Sachen schämt. Daß die alte Truhe, die auf dem Boden armer Leute steht, nach hundert Jahren eine Zierde im Salon der reichen wird, wußte sie nicht, und wie alle ehrlichen einfachen Leute bewunderte sie einen neuen Rohrstuhl. Darum suchte sie in ihrem Gedächtnis nach Ergebnissen ihres neuen Lebens. Aber so vieler wunderbaren Liebes- und Schreckensszenen sie sich auch aus den Büchern erinnerte, die sie von Diotima bekommen hatte, keine war gerade so, wie sie es hier gebraucht hätte, alle die schönen Worte und Gefühle hatten ihre eigenen Situationen und paßten so wenig in die ihre wie ein Schlüssel in ein fremdes Schloß. Das gleiche begab sich mit den herrlichen Aussprüchen und Ermahnungen, die sie von Diotima empfangen hatte. Rachel fühlte einen glühenden Nebel kreisen und war den Tränen nahe. Endlich sagte sie heftig: «Ich bestehle nicht meine Herrschaft!»

«Warum nicht?» Soliman zeigte die Zähne.

«Ich tue es nicht!»

«Ich habe nicht gestohlen. Das gehört mir!» rief Soliman aus.

«Eine gute Herrschaft sorgt für uns Arme» fühlte Rachel. Liebe zu Diotima fühlte sie. Grenzenlose Achtung vor Arnheim. Tiefen Abscheu vor jenen wiegelnden und wühlenden Menschen, die eine gute Polizei subversive Elemente nennt; – aber sie hatte für alles das nicht die Worte. Wie ein riesiger, mit Heu und Frucht überladener Wagen, an dem Bremse und Hemmschuh versagen, kam dieser ganze Ballen von Gefühl in ihr ins Rollen.

«Das ist mein! Nimm es!» wiederholte Soliman, der wieder nach Rachels Hand griff. Sie riß den Arm zurück, er wollte ihn festhalten, geriet allmählich in Wut, und als er nahe daran war, loslassen zu müssen, weil seine Knabenkraft gegen Rachels Widerstand nicht ausreichte, die sich mit dem ganzen Gewicht ihres Körpers aus dem Griff seiner Hände zog, beugte er sich besinnungslos nieder und biß wie ein Tier in den Arm des Mädchens.

Rachel schrie auf, mußte den Schrei zurückhalten und stieß Soliman ins Gesicht.

Aber in diesem Augenblick standen ihm schon die Tränen in den Augen, er warf sich auf die Knie, preßte seine Lippen an Rachels Kleid und weinte so leidenschaftlich, daß Rachel fühlte, wie die heiße Nässe bis auf ihre Schenkel drang.

Sie blieb ohnmächtig vor dem Knienden stehn, der sich an ihren Rock klammerte und den Kopf an ihrem Leib vergrub. Sie hatte noch nie im Leben ein solches Gefühl kennengelernt und strich Soliman leise mit den Fingern durch den weichen Draht seiner Haarbüschel.

80

Man lernt General Stumm kennen, der überraschend auf dem Konzil erscheint

Eine merkwürdige Bereicherung hatte inzwischen das Konzil erfahren: Trotz der strengen Sichtung derer, die aufgefordert wurden, war eines Abends der General aufgetaucht und hatte sich bei Diotima aufs höchste für die Ehre bedankt, die ihm ihre Einladung erweise. Dem Soldaten sei im Beratungszimmer eine bescheidene Rolle angewiesen, erklärte er, aber einer so hervorragenden Zusammenkunft auch nur als stummer Zuhörer beiwohnen zu dürfen, sei seit seiner Jugend seine persönliche Sehnsucht gewesen. Diotima sah sich schweigend über seinen Kopf hinweg um und suchte nach dem Schuldigen; Arnheim sprach wie ein Staatsmann mit einem anderen zu Sr. Erlaucht, Ulrich sah unsäglich gelangweilt aufs Büfett und schien die dort stehenden Torten zu zählen; die Front gewohnten Anblicks war lückenlos geschlossen und gewährte dem Eindringen eines so ungewöhnlichen Argwohns nicht den kleinsten Raum. Andererseits wußte aber Diotima nichts so genau, wie daß sie selbst den General nicht eingeladen habe, außer sie müßte annehmen, daß sie nachtwandle oder Anfälle von Bewußtseinsabwesenheit habe. Es war ein unheimlicher Augenblick. Da stand der kleine General und hatte unzweifelhaft eine Einladung in der Brusttasche seines vergißmeinnichtfarbenen Waffenrocks, denn ein so freches Wagnis, wie es sein Kommen sonst gewesen wäre, war einem Mann in seiner Stellung nicht zuzumuten; andererseits stand dort im Bücherzimmer Diotimas graziöser Schreibtisch, und in seiner Lade lagen versperrt die überschüssigen gedruckten Einladungskarten, zu denen kaum jemand außer Diotima Zugang hatte. Tuzzi? – fuhr ihr durch den Kopf; allein auch das hatte wenig Wahrscheinlichkeit für sich. Es blieb ein sozusagen spiritistisches Rätsel, wie die Einladung und der General zusammengekommen seien, und da Diotima in persönlichen Angelegenheiten leicht geneigt war, an überirdische Kräfte zu glauben, fühlte sie einen Schauder vom Scheitel bis zu den Sohlen. Es blieb ihr aber nichts übrig, als den General willkommen zu heißen.

Übrigens hatte auch er sich ein wenig über die Einladung gewundert; ihr nachträgliches Eintreffen hatte ihn überrascht, weil Diotima bei seinen zwei Besuchen sich doch leider nicht das geringste von solcher Absicht hatte anmerken lassen, und es war ihm aufgefallen, daß die, offenbar von Miethand geschriebene, Adresse in der Bezeichnung und Anrede seines Ranges und Amtes Unrichtigkeiten aufwies, die einer Dame in Diotimas gesellschaftlicher Stellung nicht entsprochen haben würden. Aber der General war ein fröhlicher Mensch und kam nicht so leicht darauf, sich etwas Ungewöhnliches zu denken, geschweige denn etwas Überirdisches. Er nahm an, daß da irgend ein kleines Versehen unterlaufen sei, was ihn nicht hindern sollte, seinen Erfolg zu genießen.

Denn Generalmajor Stumm von Bordwehr, Leiter der Abteilung für Militär-Bildungs- und Erziehungswesen im Kriegsministerium, freute sich ehrlich über den dienstlichen Auftrag, den er ergattert hatte. Als seinerzeit die gründende große Sitzung der Parallelaktion bevorgestanden war, hatte ihn der Chef der Präsidialsektion zu sich rufen lassen und zu ihm gesagt: «Du Stumm, du bist ja so ein Gelehrter, wir schreiben dir einen Einführungsbrief, und du gehst hin. Schau ein bissel zu und erzähl uns, was sie eigentlich vorhaben.» Und er hatte nachträglich beteuern können, was er wollte; daß es ihm nicht möglich gewesen war, in der Parallelaktion Fuß zu fassen, bedeutete einen Rußfleck auf seinem Qualifikationsbogen, den er durch seine Besuche bei Diotima vergeblich auszuwischen suchte. Darum war er spornstreichs zur Präsidialsektion gelaufen, als dann doch die Einladung kam, und hatte, zierlich und etwas nachlässig frech unter seinem Bauch ein Bein vor das andere stellend, aber atemlos gemeldet, daß das von ihm eingeleitete und erwartete Ereignis nun natürlich doch eingetreten sei.

«Na also,» sagte Feldmarschalleutnant Frost von Aufbruch darauf, «ich hab es auch nicht anders erwartet.» Er bot Stumm Platz und eine Zigarette an, stellte das Lichtsignal vor der Tür auf «Eintrittverbot, wichtige Konferenz» und gab Stumm nun seinen Auftrag bekannt, der im wesentlichen auf Beobachten und Berichten hinauslief. «Verstehst du, wir wollen ja nichts besonderes, aber du gehst so oft, als du kannst, hin und zeigst, daß wir da sind; daß wir nicht in den Komitees drin sind, ist ja vielleicht soweit in Ordnung, aber daß wir nicht dabei sein sollten, wenn für den Geburtstag unseres Allerhöchsten Kriegsherrn sozusagen über ein geistiges Geschenk beraten wird, dafür gibt es keinen Grund. Darum hab ich auch gerade dich Sr. Exzellenz dem Herrn Minister vorgeschlagen, da kann niemand etwas dagegen sagen; also Servus, mach deine Sach' gut!» Feldmarschalleutnant Frost von Aufbruch nickte freundlich, und General Stumm von Bordwehr vergaß, daß der Soldat keine Gemütsbewegungen zeigen solle, schlug die Sporen, man könnte fast sagen, von Herzen kommend, zusammen und sagte: «Danke dir gehorsamst, Exzellenz!»

Wenn es Zivilisten gibt, die kriegerisch sind, weshalb sollte es dann nicht Offiziere geben, die die Künste des Friedens lieben? Kakanien hatte von ihnen eine Menge. Sie malten, sammelten Käfer, legten Briefmarkenalbums an oder studierten Weltgeschichte. Die vielen Zwerggarnisonen und der Umstand, daß es dem Offizier verboten war, mit geistigen Leistungen ohne Approbation der Oberen an die Öffentlichkeit zu treten, gaben ihren Bestrebungen gewöhnlich etwas besonders Persönliches, und auch General Stumm hatte in früheren Jahren solchen Liebhabereien gefrönt. Er hatte ursprünglich bei der Kavallerie gedient, aber er war ein untauglicher Reiter; seine kleinen Hände und Beine eigneten sich nicht zur Umklammerung und Zügelung eines so törichten Tiers, wie es das Pferd ist, und es fehlte ihm auch der befehlshaberische Sinn in solchem Maße, daß seine Vorgesetzten zu jener Zeit von ihm zu behaupten pflegten, er sei, wenn man eine Eskadron im Kasernhof mit den Köpfen, statt, wie es gewöhnlich geschieht, mit den Schwänzen zur Stallwand aufstelle, schon nicht mehr imstande, sie aus dem Kaserntor zu führen. Zur Rache hatte der kleine Stumm sich damals einen Vollbart wachsen lassen, schwarzbraun und rund geschnitten; er war der einzige Offizier in des Kaisers Kavallerie, der einen Vollbart trug, aber ausdrücklich verboten war es nicht. Und er hatte angefangen, wissenschaftlich Taschenmesser zu sammeln; zu einer Waffensammlung reichte sein Einkommen nicht, aber Messer, nach ihrer Bauart, mit und ohne Korkzieher und Nagelfeile geordnet, und nach den Stählen, der Herkunft, dem Material der Schale und so weiter, besaß er bald eine Menge, und hohe Kasten mit vielen flachen Schubfächern und beschriebenen Zetteln standen in seinem Zimmer, was ihn in den Ruf der Gelehrsamkeit brachte. Auch Gedichte konnte er machen, hatte schon als Militärzögling in Religion und Deutschaufsatz immer «vorzüglich» gehabt, und eines Tags ließ ihn der Oberst in die Regimentskanzlei holen. «Ein brauchbarer Kavallerieoffizier werden Sie nie werden» sprach er zu ihm. «Wenn ich einen Säugling aufs Pferd setze und vor die Front stelle, kann er sich auch nicht anders benehmen wie Sie. Aber das Regiment hat schon lange niemand auf der Kriegsschule gehabt, und du könntest dich melden, Stumm!»

So kam Stumm zu zwei herrlichen Jahren an der Generalstabsschule in der Hauptstadt. Er ließ dort auch geistig die Schärfe vermissen, die man zum Reiten braucht, aber er machte alle Militärkonzerte mit, besuchte die Museen und sammelte Theaterzettel. Er faßte den Plan, zum Zivil überzutreten, aber er wußte nicht, wie er ihn durchführen solle. Das Schlußergebnis war, daß er für den Generalstabsdienst weder für geeignet noch für ausgesprochen ungenügend befunden wurde; er galt für ungeschickt und unambitiös, aber für einen Philosophen, wurde auf weitere zwei Jahre probeweise dem Generalstab beim Kommando einer Infanterietruppendivision zugeteilt und gehörte nach Ablauf dieser Zeit als Rittmeister zur großen Zahl derer, die als Notreserve des Generalstabs niemals wieder von der Truppe fortkommen, außer es treten ganz ungewöhnliche Verhältnisse ein. Rittmeister Stumm diente jetzt bei einem anderen Regiment, galt nun auch für militärisch gelehrt, aber die Sache mit dem Säugling und den praktischen Fähigkeiten hatten auch seine neuen Vorgesetzten bald heraus. Er machte die Laufbahn eines Märtyrers durch, bis zum Rang eines Oberstleutnants, aber schon als Major träumte er nur noch von einem langen Urlaub auf Wartegebühr, um den Zeitpunkt zu erreichen, wo er als Oberst ad honores, das heißt mit dem Titel und der Uniform, wenn auch ohne den Ruhesold eines Obersten, in Pension geschickt würde. Er wollte nichts mehr von Beförderung wissen, die bei der Truppe nach der Rangliste vorrückte wie eine unsagbar langsame Uhr; nichts mehr von den Vormittagen, wo man noch bei aufsteigender Sonne, von oben bis unten beschimpft, vom Exerzierplatz zurückkehrt und mit bestaubten Reitstiefeln das Kasino betritt, um die Leere des Tags, der noch so lang sein wird, um leere Weinflaschen zu vermehren; nichts mehr von ärarischer Geselligkeit, Regimentsgeschichten und jenen Regimentsdianen, die ihr Leben an der Seite ihrer Männer verbringen, deren Rangstufenleiter auf einer silbern genauen, unerbittlich zart gerade noch hörbaren Tonleiter wiederholend; und nichts wollte er von jenen Nächten wissen, wo Staub, Wein, Langeweile, Weite durchrittener Äcker und Zwang des ewigen Gesprächgegenstandes Pferd verheiratete wie unverheiratete Herrn in jene fensterverhängte Geselligkeit trieben, wo man Weiber auf den Kopf stellte, um ihnen Champagner in die Röcke zu gießen, und vom Universaljuden der verdammten galizischen Garnisonnester, der wie ein kleines, schiefes Warenhaus war, wo man von der Liebe bis zur Sattelseife alles auf Kredit und Zins bekam, Mädchen anschleppen ließ, die vor Respekt, Angst und Neugierde zitterten. Seinen einzigen Trost in diesen

Zeiten bildete das umsichtige Weitersammeln von Messern und Korkziehern, und auch von diesen brachte viele der Jude dem meschuggenen Oberstleutnant ins Haus und putzte sie am Ärmel ab, bevor er sie auf den Tisch legte, mit einem ehrfürchtigen Gesicht, wie wenn es prähistorische Gräberfunde wären.

Die unerwartete Wendung war eingetreten, als sich ein Jahrgangskamerad aus der Kriegsschule an Stumm erinnert hatte und seine Kommandierung ins Kriegsministerium vorschlug, wo man in der Abteilung für Bildungswesen einen Gehilfen für den Leiter suchte, der hervorragenden Zivilverstand haben sollte. Zwei Jahre später hatte man Stumm, der inzwischen Oberst geworden war, schon die Abteilung anvertraut. Er war ein anderer, seit er statt des heiligen Tiers der Kavallerie einen Sessel unter sich hatte. Er wurde General und konnte sich ziemlich sicher fühlen, auch noch Feldmarschalleutnant zu werden. Er hatte sich seinen Bart natürlich schon lange vorher abnehmen lassen, aber nun wuchs ihm mit zunehmendem Alter eine Stirn, und seine Neigung zu Rundlichkeit gab seiner Erscheinung eine gewisse universale Bildung. Er wurde auch glücklich, und das Glück vervielfacht erst recht die Leistungsfähigkeit. Er hatte in große Verhältnisse gehört, und es zeigte sich in allem. Im Kleid einer ungewöhnlich angezogenen Frau, in den kühnen Geschmacklosigkeiten des damals neuen Wiener Baustiles, im hingebreiteten Bunten eines großen Gemüsemarkts, in der graubraun asphaltigen Luft der Straßen, diesem weichen Luftasphalt, voll von Miasmen, Gerüchen und Wohlgerüchen, im Lärm, der für Sekunden zerbarst, um ein einzelnes Geräusch herauszulassen, in der unzähligen Vielfältigkeit der Zivilisten und selbst in den kleinen weißen Tischen der Restaurants, die so unerhört individuell sind, wenn sie auch unleugbar alle gleich aussehen, in alledem war ein Glück, das wie Sporenklingeln im Kopf tönte. Es war ein Glück, wie es zivile Menschen nur bei einer Bahnfahrt ins Freie finden; man weiß nicht wie, aber man wird den Tag grün, glücklich und von irgend etwas überwölbt verbringen. In diesem Gefühl lag die eigene Bedeutsamkeit eingeschlossen, die des Kriegsministeriums, der Bildung, die Bedeutsamkeit jedes anderen Menschen, und alles so stark, daß Stumm, seit er hier war, noch kein einzigesmal daran gedacht hatte, wieder die Museen oder ein Theater zu besuchen. Es war das eben etwas, das selten zu Bewußtsein kommt, aber alles durchdrang, von den Generalsborten bis zu den Stimmen der Turmglocken, und ebensoviel wie eine Musik bedeutet, ohne die der Tanz des Lebens augenblicklich stillstehen würde.

Der Teufel, er war seinen Weg gegangen! So dachte Stumm von sich selbst, wie er nun zu allem Überfluß auch noch hier, in solcher berühmten Versammlung des Geistes, inmitten der Zimmer stand. –

Nun stand er da! Er war die einzige Uniform in dieser durchgeistigten Umgebung! Und es kam noch etwas hinzu, um ihn staunen zu machen. Man stelle sich die himmelblaue Weltkugel vor, ein wenig ins Vergißmeinnichtblau des Stummschen Waffenrocks aufgehellt und ganz und gar bestehend aus Glück, aus Bedeutsamkeit, aus dem geheimnisvollen Gehirnphosphor innerer Erleuchtung, inmitten dieser Kugel aber das Herz des Generals und auf diesem Herzen, wie Maria auf dem Kopf der Schlange stehend, eine göttliche Frau, deren Lächeln mit allen Dingen verwoben und die geheime Schwere aller Dinge ist: so erreicht man ungefähr den Eindruck, den Diotima seit der ersten Stunde, wo ihr Bild seine sich langsam bewegenden Augen gefüllt hatte, auf Stumm von Bordwehr machte. General Stumm liebte eigentlich Frauen ebensowenig wie Pferde. Seine rundlichen, etwas kurzen Beine hatten sich im Sattel heimatlos gefühlt, und wenn er dann auch noch in der dienstfreien Zeit von Pferden sprechen mußte, hatte ihm nachts geträumt, er sei bis auf die Knochen aufgeritten und könne nicht absteigen; ebenso hatte seine Bequemlichkeit aber auch seit je Liebesausschreitungen mißbilligt, und da ihn schon der Dienst genügend ermüdete, brauchte er seine Kräfte nicht durch nächtliche Ventile ausströmen zu lassen. Gewiß war er seinerzeit auch nicht ein Spaßverderber gewesen, aber wenn er seine Abende nicht mit seinen Messern, sondern mit seinen Kameraden verbrachte, so griff er gewöhnlich zu einem weisen Auskunftsmittel, denn sein Sinn für körperliche Harmonie hatte ihn bald gelehrt, daß man sich durch das exzessive Stadium rasch in das schläfrige durchtrinken könne, und das war ihm viel bequemer gewesen als die Gefahren und Enttäuschungen der Liebe. Als er später heiratete und über kurz zwei Kinder samt ihrer ehrgeizigen Mutter zu erhalten hatte, kam ihm erst ganz zu Bewußtsein, wie vernünftig seine Lebensgewohnheiten früher gewesen waren, ehe er der Verführung zu ehelichen erlegen war, wozu ihn zweifellos nur das etwas Unmilitärische verleitet hatte, das der Vorstellung eines verheirateten Kriegers anhängt. Seit dieser Zeit entwickelte sich lebhaft ein außereheliches Weibesideal in ihm, das er offenbar unbewußt auch vorher schon in sich getragen hatte, und es bestand in einer milden Schwärmerei für Frauen, die ihn einschüchterten und dadurch jeder Bemühung enthoben. Wenn er die Frauenbildnisse ansah, die er in seiner Junggesellenzeit aus illustrierten Zeitschriften geschnitten hatte – aber es war das immer nur ein Nebenzweig seiner Sammeltätigkeit gewesen –, so hatten sie alle diesen Zug; aber er hatte es früher nicht gewußt, und zu überwältigender Schwärmerei wurde es erst durch seine Begegnung mit Diotima. Ganz abgesehen von dem Eindruck ihrer Schönheit, hatte er zu allem Anfang schon, als er hörte, daß sie eine zweite Diotima sei, im Konversationslexikon nachschlagen müssen, was überhaupt eine Diotima bedeute; dann verstand er die Bezeichnung nicht ganz und bemerkte nur so viel, daß sie mit dem großen Kreis der zivilen Bildung zusammenhänge, von der er leider trotz seiner Stellung noch immer viel zu wenig wisse, und die geistige Übermacht der Welt verschmolz mit der körperlichen Anmut dieser Frau. Heute, wo die Beziehungen der Geschlechter so vereinfacht sind, muß man wohl betonen, daß dies das Höchste ist, was ein Mann erleben kann. General Stumms Arme fühlten sich in Gedanken viel zu kurz, um die hohe Fülle Diotimas zu umspannen, während sein Geist im gleichen Augenblick der Welt und ihrer Kultur gegenüber das gleiche erlebte, so daß in alle Geschehnisse eine sanfte Liebe kam und in des Generals rundlichen Leib etwas wie die schwebende Rundheit der Weltkugel.

Es war diese Schwärmerei, die Stumm von Bordwehr, kurze Zeit nachdem ihn Diotima aus ihrer Nähe entlassen hatte, wieder dahin zurückführte. Er stellte sich nahe der bewunderten Frau auf, zumal er niemanden anderen kannte, und lauschte auf ihre Gespräche. Er würde sich am liebsten Notizen gemacht haben, denn er hätte es nicht für möglich gehalten, mit solchem geistigen Reichtum lächelnd wie mit einer Perlenkette zu spielen, wäre er nicht Ohrenzeuge der Gespräche gewesen, mit denen Diotima die verschiedensten Berühmtheiten begrüßte. Erst ihr Blick, nachdem sie sich einigemal ungnädig zur Seite gedreht hatte, führte ihm das für einen General Unpassende seines Lauschens zu Gemüt und scheuchte ihn fort. Er strich ein paarmal einsam durch die übervolle Wohnung, trank ein Glas Wein und wollte sich gerade an einer Zimmerwand eine dekorative Stellung suchen, da entdeckte er Ulrich, den er schon bei der ersten Sitzung gesehen hatte, und der Augenblick erleuchtete sein Gedächtnis, denn Ulrich war ein einfallsreicher, unruhiger Leutnant in einer der beiden Schwadronen gewesen, die General Stumm seinerzeit als Oberstleutnant sanft geleitet hatte. «Ein ähnlicher Mensch wie ich,» dachte Stumm «und er hat es schon in jungen Jahren zu dieser hohen Stellung gebracht!» Er steuerte auf ihn los, und nachdem sie ihr Wiedererkennen bekräftigt und eine Weile über die eingetretenen Veränderungen geplaudert hatten, wies Stumm auf die Versammlung ringsum und meinte: «Eine hervorragende Gelegenheit für mich, die wichtigsten Zivilfragen der Welt kennen zu lernen!»

«Du wirst staunen, Herr General» antwortete ihm Ulrich.

Der General, der einen Bundesgenossen suchte, schüttelte ihm warm die Hand: «Du warst Leutnant im neunten Uhlanenregiment,» sagte er bedeutungsvoll «und es wird einmal eine große Ehre für uns gewesen sein, wenn es die anderen jetzt auch noch nicht so begreifen wie ich!»

81

Graf Leinsdorf äußert sich über Realpolitik
Ulrich gründet Vereine

Während am Konzil sich noch nicht der kleinste Ansatz zu einem Ergebnis bemerken ließ, machte die Parallelaktion im Graf Leinsdorfschen Palais heftige Fortschritte. Dort liefen die Fäden der Wirklichkeit zusammen, und Ulrich kam zweimal wöchentlich hin.

Nichts setzte ihn so in Erstaunen wie die Zahl der Vereine, die es gibt. Es meldeten sich Land- und Wasser-, Mäßigkeits- und Trinkvereine, kurz Vereine und Gegenvereine. Diese Vereine förderten die Bestrebungen ihrer Mitglieder und störten die der anderen. Es machte den Eindruck, daß jeder Mensch mindestens einem Vereine angehöre. «Erlaucht,» sagte Ulrich erstaunt «das kann man nicht mehr Vereinsmeierei nennen, wie man es arglos gewohnt ist; das ist der ungeheuerliche Zustand, daß in der Art von Ordnungsstaat, die wir erfunden haben, jeder Mensch noch einer Räuberbande angehört... !»

Graf Leinsdorf hatte aber eine Vorliebe für Vereine. «Bedenken Sie,» erwiderte er «daß die Ideologenpolitik noch nie zu etwas Gutem geführt hat; wir müssen Realpolitik machen. Ich stehe nicht an, die allzu geistigen Bestrebungen in der Umgebung Ihrer Kusine sogar für eine gewisse Gefahr zu halten!»

«Wollen mir Erlaucht Richtlinien geben?» bat der andere.

Graf Leinsdorf sah ihn an. Er überlegte, ob das, was er eröffnen wollte, für den unerfahrenen jüngeren Mann nicht doch zu kühn sei. Aber dann entschloß er sich. «Ja, sehen Sie,» begann er vorsichtig «ich werde Ihnen jetzt etwas sagen, was Sie vielleicht noch nicht wissen, weil Sie jung sind; Realpolitik heißt: Gerade das nicht tun, was man gern möchte; dagegen kann man die Menschen gewinnen, indem man ihnen kleine Wünsche erfüllt!»

Sein Zuhörer glotzte Graf Leinsdorf fassungslos an, der geschmeichelt lächelte.

«Also nicht wahr,» erläuterte er «ich habe doch soeben gesagt, die Realpolitik darf sich nicht von der Macht der Idee, sondern sie muß sich vom praktischen Bedürfnis leiten lassen. Die schönen Ideen würde natürlich jeder gerne verwirklichen, das versteht sich doch ganz von selbst. Also soll man gerade das nicht tun, was man gern möchte! Das hat schon Kant gesagt.»

«Wahrhaftig!» rief der also Belehrte überrascht. «Aber ein Ziel muß man doch haben?!»

«Ein Ziel? Bismarck wollte den preußischen König groß sehen: das war sein Ziel. Er hat nicht von Anfang an gewußt, daß er dazu Österreich und Frankreich bekriegen und das Deutsche Reich gründen werde.»

«Erlaucht wollen also sagen, daß wir Österreich groß und mächtig wünschen sollen und weiter nichts?»

«Wir haben noch vier Jahre Zeit. In diesen vier Jahren kann sich alles mögliche ergeben. Man kann ein Volk auf die Beine stellen, aber gehen muß es dann selbst. Verstehen Sie mich? Auf die Beine stellen, das müssen wir tun! Die Beine eines Volks sind aber seine festen Einrichtungen, seine Parteien, seine Vereine und so weiter und nicht das, was geredet wird!»

«Erlaucht! Das ist ja, wenn es auch nicht ganz so klingt, ein wahrhaft demokratischer Gedanke!»

«Na ja, aristokratisch ist er vielleicht auch, obwohl meine Standesgenossen mich nicht verstehn. Der alte Hennenstein und der Majoratsherr Türckheim haben mir geantwortet, daß bei dem Ganzen doch bloß eine Schweinerei herauskommen wird. Bauen wir also vorsichtig auf. Wir müssen klein aufbauen, seien Sie nett zu den Leuten, die zu uns kommen.»

Ulrich wies darum in der nächsten Zeit niemand ab. So kam ein Mann zu ihm und erzählte ihm lange vom Markensammeln. Erstens sei es international verbindend; zweitens befriedige es das Streben nach Besitz und Geltung, von dem sich nicht leugnen lasse, daß es die Grundlage der Gesellschaft bilde; drittens verlange es nicht nur Kenntnisse, sondern auch geradezu künstlerische Entschlüsse. Ulrich sah sich den Mann an, sein Äußeres war verhärmt und ärmlich; er aber schien die Frage dieses Blicks aufgefangen zu haben, denn er entgegnete, Marken seien auch ein wertvoller Handelsartikel, man dürfe das nicht unterschätzen, Millionenumsätze würden darin gemacht; zu den großen Markenbörsen reisten Händler und Sammler aus aller Herren Ländern. Man könnte reich werden. Aber er sei für seine Person Idealist; er bilde eine besondere Sammlung, für die derzeit niemand Interesse habe, zur Vollendung aus. Er wolle bloß, daß im Jubiläumsjahr eine große Markenausstellung eröffnet werde, in der er sein Sondergebiet den Menschen schon zu Bewußtsein bringen würde!

Ein anderer kam ihm nach und erzählte folgendes: Wenn er durch die Straßen gehe – noch viel aufregender sei es aber, wenn man auf der Elektrischen fährt –, zähle er schon seit Jahren an den großen lateinischen Buchstaben der Geschäftsschilder die Balken (A bestehe zum Beispiel aus dreien, M aus vieren) und dividiere ihre Zahl durch die Anzahl der Buchstaben. Bisher sei das durchschnittliche Ergebnis gleichbleibend zweieinhalb gewesen; ersichtlich sei dies aber keineswegs unverbrüchlich und könne sich mit jeder neuen Straße ändern: so wird man von großer Sorge bei Abweichungen, von großer Freude beim Zutreffen erfüllt, was den läuternden Wirkungen ähnle, die man der Tragödie zuschreibt. Wenn man dagegen die Buchstaben selbst zähle, so sei, wovon sich der Herr nur überzeugen möge, die Teilbarkeit durch drei ein großer Glücksfall, weshalb die meisten Aufschriften geradezu ein Gefühl der Nichtbefriedigung hinterlassen, das man deutlich bemerkt, bis auf jene, die aus Massenbuchstaben, das heißt aus solchen mit vier Balken, bestehn, zum Beispiel WEM, die unter allen Umständen ganz besonders glücklich machen. Was folge daraus, fragte der Besucher. Nichts anderes, als daß das Ministerium für Volksgesundheit eine Verordnung herausgeben müsse, die bei Firmenbezeichnungen die Wahl von vierbalkigen Buchstabenfolgen begünstige und die Verwendung einbalkiger wie O, S, I, C möglichst unterdrücke, denn sie machten durch ihre Unergiebigkeit traurig!

Ulrich sah sich den Menschen an und wahrte Raum zwischen sich und ihm; aber jener machte eigentlich nicht den Eindruck eines Geisteskranken, sondern war ein den «besseren Ständen» angehöriger Mann von einigen dreißig Jahren, der intelligent und freundlich dreinsah. Er erklärte ruhig weiter, daß Kopfrechnen eine unentbehrliche Fähigkeit in allen Berufen sei, daß es der modernen Pädagogik entspreche, den Unterricht in die Form eines Spiels zu kleiden, daß die Statistik schon oft tiefe Zusammenhänge viel früher sichtbar gemacht habe, als man ihre Erklärung besaß, daß der tiefe Schaden, den die Lesebildung anrichte, bekannt sei und daß schließlich die große Erregung, die seine Feststellungen bisher noch jedem bereitet hätten, der sich entschloß, sie zu wiederholen, für sich selbst spräche. Wenn das Ministerium für Volksgesundheit veranlaßt würde, sich seiner Entdeckung zu bemächtigen, so würden andere Staaten bald nachfolgen, und das Jubiläumsjahr könnte sich zu einem Segen der Menschheit gestalten.

Ulrich gab allen solchen Leuten den Rat: «Gründen Sie einen Verein; Sie haben dazu fast noch vier Jahre Zeit, und wenn es Ihnen gelingt, wird sich Se. Erlaucht gewiß mit seinem ganzen Einfluß für Sie einsetzen!»

Die meisten hatten aber schon einen Verein, und da war die Sache anders. Verhältnismäßig einfach, wenn ein Fußballverein anregte, seinem Rechtsaußen den Professortitel zu verleihen, um die Wichtigkeit der neuzeitlichen Körperkultur zu dokumentieren; denn da konnte man immerhin Entgegenkommen in Aussicht stellen. Schwierig jedoch in Fällen wie dem folgenden, wo der Besuch eines etwa fünfzigjährigen Mannes zu empfangen war, der sich als Kanzleioberoffizial vorstellte; seine Stirn hatte das Leuchten von Märtyrerstirnen, und er erklärte, der Gründer und Obmann des Stenographievereins «Öhl» zu sein, der sich erlaube, das Interesse des Sekretärs der großen patriotischen Aktion auf das Kurzschriftsystem «Öhl» zu lenken.

Das Kurzschriftsystem Öhl, führte er aus, sei eine österreichische Erfindung, woraus sich wohl zur Genüge erkläre, daß es keine Verbreitung und Förderung finde. Er frage den Herrn, ob er Stenograph sei; was dieser verneinte, und also wurden ihm die geistigen Vorzüge einer Kurzschrift auseinandergesetzt. Zeitersparnis, Ersparnis geistiger Energie; was er wohl glaube, welche Menge geistiger Arbeitsleistung täglich an diese Häkelchen, Weitschweifigkeiten, Ungenauigkeiten, verwirrenden Wiederholungen ähnlicher Teilbilder, Vermengung von wirklich ausdrückenden, signifikanten Schriftbestandteilen mit lediglich floskelhaften und persönlich willkürlichen verschwendet werde? – Ulrich lernte zu seinem Erstaunen einen Mann kennen, der die scheinbar harmlose Alltagsschrift mit einem unerbittlichen Haß verfolgte. Vom Standpunkt der Ersparnis geistiger Arbeit war die Kurzschrift eine Lebensfrage der sich im Zeichen der Hast vorwärtsentwickelnden Menschheit. Aber auch vom Standpunkt der Moral zeigte sich die Frage Kurz oder Lang von entscheidender Bedeutung. Die Langohr-Schrift, wie man sie nach des Oberoffizials bitterem Ausdruck wegen ihrer sinnlosen Schlingen füglich nennen dürfte, verleite zur Ungenauigkeit, Willkür, Verschwendungssucht und nachlässigem Zeitgebrauch, wogegen die Kurzschrift zu Präzision, Willensanspannung und männlicher Haltung erziehe. Die Kurzschrift lehre das Notwendige tun und dem Unnötigen, nicht zum Zweck Dienenden, sich entziehen. Ob der Herr nicht glaube, daß hierin ein Stück praktischer Moral stecke, das zumal für den Österreicher von größter Bedeutung wäre? Aber auch vom ästhetischen Standpunkt dürfe man die Frage behandeln. Ob Weitschweifigkeit nicht mit Recht als häßlich gelte? Ob der Ausdruck höchster Zweckmäßigkeit nicht schon von den großen Klassikern für einen wesentlichen Bestandteil des Schönen erklärt worden sei? Aber auch vom Standpunkt der Volksgesundheit – fuhr der Oberoffizial fort – sei es von hervorragender Wichtigkeit, die Zeit gebückten Über-dem-Schreibtisch-Sitzens abzukürzen. Nachdem dergestalt die Frage der Kurzschrift zu des Zuhörers Erstaunen auch noch von anderen Wissenschaften her erörtert war, ging sein Besuch erst dazu über, ihm die unendliche Überlegenheit des Systems Öhl über alle andern Systeme darzulegen. Er zeigte ihm, daß nach sämtlichen dargelegten Gesichtspunkten jedes andere Kurzschriftsystem nur ein Verrat am Gedanken der Kurzschrift sei. Und dann entwickelte er die Geschichte seiner Leiden. Es waren da die älteren, mächtigeren Systeme, die bereits Zeit gefunden hatten, sich mit allen möglichen materiellen Interessen zu verbinden. Die Handelsschulen lehrten das System Vogelbauch und setzten jeder Änderung ihren Widerstand entgegen, dem sich – dem Gesetz der Trägheit folgend – die Kaufmannschaft natürlich anschließe. Die Zeitungen, die an den Anzeigen der Handelsschulen, wie man sehen könne, eine Menge Geld verdienen, verschließen sich allen Reformvorschlägen. Und das Unterrichtsministerium? Dies sei geradezu Hohn! – sagte Herr Öhl. Vor fünf Jahren, als die obligatorische Einführung des Stenographieunterrichts an den Mittelschulen beschlossen worden sei, wurde vom Unterrichtsministerium eine Enquete zur Beratung des zu erwählenden Systems eingesetzt, und natürlich befanden sich in dieser Enquete die Vertreter der Handelsschulen, des Kaufmannsstandes, der Parlamentsstenographen, die mit den Zeitungsberichterstattern verwachsen sind, und sonst niemand! Es sei klar, daß das System Vogelbauch zur Annahme gelangen solle. Der Stenographieverein Öhl habe vor diesem Verbrechen an kostbarem Volksgut gewarnt und dagegen protestiert! Aber seine Vertreter würden im Ministerium nicht einmal mehr empfangen!

Solche Fälle meldete Ulrich Sr. Erlaucht. «Öhl?» fragte Graf Leinsdorf. «Und Beamter ist er?» Se. Erlaucht rieb sich lange die Nase, aber kam zu keinem Entschluß. «Vielleicht sollten Sie mit seinem vorgesetzten Hofrat sprechen, ob etwas an ihm ist...?» meinte er nach einer Weile, aber er war in schöpferischer Laune und widerrief es wieder. «Nein, wissen Sie was, wir wollen lieber einen Akt machen; sollen sie sich äußern!» Und er fügte etwas Vertrauliches hinzu, das dem andern Einblick gewähren sollte. «Man kann ja bei allen diesen Sachen nicht wissen,» sagte er «ob sie Unsinn sind. Aber sehen Sie, Doktor, etwas Wichtiges entsteht regelmäßig gerade daraus, daß man es wichtig nimmt! Ich seh das wieder an dem Dr. Arnheim, dem die Zeitungen nachlaufen. Die Zeitungen könnten ja auch etwas anderes tun. Aber wenn sie das tun, dann wird der Dr. Arnheim eben wichtig. Sie sagen, der Öhl hat einen Verein? Das beweist natürlich auch nichts. Aber andrerseits, wie gesagt, man soll modern denken; und wenn viele Leute für etwas sind, kann man schon ziemlich sicher sein, daß etwas daraus wird!»

82

Clarisse verlangt ein Ulrich-Jahr

Ihr Freund machte ihr gewiß aus keinem anderen Grund seinen Besuch, als weil er Clarisse noch den Kopf wegen des Briefes zurechtsetzen mußte, den sie an Graf Leinsdorf geschrieben hatte; als sie zuletzt bei ihm war, hatte er es völlig vergessen. Dennoch fiel ihm während der Fahrt ein, daß Walter bestimmt eifersüchtig auf ihn sei und dieser Besuch seine Gefühle erregen würde, sobald er davon erführe; aber Walter konnte einfach nichts dagegen unternehmen, und diese

Lage, in der sich die Mehrzahl der Männer befindet, war ja eigentlich recht komisch: sie haben erst nach Büroschluß Zeit, wenn sie eifersüchtig sind, über ihre Frauen zu wachen.

Die Stunde, zu der sich Ulrich entschlossen hatte hinauszufahren, machte es nicht wahrscheinlich, daß er Walter zu Hause antreffen würde. Es war sehr früh am Nachmittag. Er hatte sich telefonisch angemeldet. Die Fenster schienen keine Vorhänge zu haben, so stark drang durch die Scheiben das Weiß der Schneeflächen herein. In diesem gnadenlosen Licht, das alle Gegenstände umzingelte, stand Clarisse und sah von der Zimmermitte aus lachend ihrem Freund entgegen. Wo sich die flache Wölbung ihres schmalen Körpers gegen das Fenster bog, leuchtete sie in starken Farben, während die Schattenseite blaubrauner Nebel war, aus dem Stirn, Nase und Kinn wie ein Schneegrat hervorsprangen, dessen Schärfe Wind und Sonne verwischen. Sie erinnerte weniger an einen Menschen als an die Begegnung von Eis und Licht in der gespenstigen Einsamkeit des Hochgebirgswinters. Ulrich begriff ein wenig von dem Zauber, den sie in manchen Augenblicken auf Walter ausüben mußte, und seine geteilten Empfindungen für den Jugendfreund wichen für kurze Zeit dem Einblick in das Schaubild, das zwei Menschen einander darboten, deren Leben er vielleicht doch kaum kannte.

«Ich weiß nicht, ob du Walter von dem Brief erzählt hast, den du an Graf Leinsdorf geschrieben hast,» begann er «aber ich bin gekommen, um dich allein zu sprechen und zu warnen, damit du solche Unternehmungen künftig unterläßt.» Clarisse schob zwei Stühle zusammen und nötigte ihn zu sitzen. «Sprich nicht mit Walter davon,» bat sie «aber sag mir, was du dagegen hast. Du meinst doch das Nietzsche-Jahr? Was hat dein Graf dazu gesagt?»

«Was denkst du wohl, daß er dazu gesagt haben könnte?! Die Verbindung, in die du das mit Moosbrugger gebracht hast, war doch geradezu irrsinnig. Und ohnedies hätte er den Brief wohl auch fortgeworfen.»

«So?» Clarisse war sehr enttäuscht. Dann erklärte sie: «Zum Glück hast doch auch du etwas dreinzureden!»

«Ich habe dir schon gesagt, daß du einfach verrückt bist!»

Clarisse lächelte und nahm das als Schmeichelei auf. Sie legte dem Freund die Hand auf den Arm und fragte: «Das österreichische Jahr hältst du doch für einen Unsinn?»

«Natürlich.»

«Ein Nietzschejahr wäre aber etwas Gutes; warum soll man nun etwas bloß deshalb nicht wollen dürfen, weil es auch nach unseren Begriffen gut wäre?!»

«Wie denkst du dir denn eigentlich ein Nietzsche-Jahr?» fragte er.

«Das ist deine Sache!»

«Du bist lustig!»

«Gar nicht. Sag mir, warum es dir lustig vorkommt, das zu verwirklichen, was dir geistig ernst ist?!»

«Das will ich gern tun» erwiderte Ulrich und machte sich von ihrer Hand los. «Es muß ja nicht gerade Nietzsche sein, es könnte sich um Christus oder Buddha auch handeln.»

«Oder um dich. Denk dir doch ein Ulrich-Jahr aus!» Sie sagte das genau so ruhig, wie sie ihn aufgefordert hatte, er möge Moosbrugger befreien. Aber diesmal war er nicht zerstreut, sondern blickte ihr ins Gesicht, während er ihre Worte hörte. In dem Gesicht war nur das gewöhnliche Lächeln Clarissens, das unfreiwillig immer wie eine kleine, lustige, von der Anstrengung emporgepreßte Grimasse hervorkam.

«Also gut,» dachte er «sie meint es nicht schlimm.»

Aber Clarisse näherte sich ihm wieder. «Warum machst du kein Dein-Jahr? Du hättest doch jetzt vielleicht die Macht dazu. Du darfst, das habe ich dir schon gesagt, Walter nichts davon erzählen und auch nichts von dem Moosbrugger-Brief. Überhaupt nicht, daß ich mit dir darüber spreche! Aber glaube mir, dieser Mörder ist musikalisch; er kann bloß nicht komponieren. Hast du noch nie beobachtet, daß jeder Mensch im Mittelpunkt einer Himmelskugel steht? Wenn er von seinem Platz weggeht, geht sie mit. So muß man Musik machen; ohne Gewissen, einfach wie die Himmelskugel, unter der man steht!...»

«Und etwas Ähnliches sollte ich mir als mein Jahr ausdenken, glaubst du?»

«Nein» erwiderte Clarisse auf alle Fälle. Ihre schmalen Lippen wollten etwas sagen, schwiegen aber, und die Flamme schoß stumm bei den Augen heraus. Man konnte nicht sagen, was in solchen Augenblicken von ihr ausging. Es brannte, wie wenn man etwas Glühendem zunahe gekommen wäre. Nun lächelte sie, aber dieses Lächeln kräuselte sich auf ihren Lippen wie zurückgebliebene Asche, nachdem der Vorgang in ihren Augen erloschen war.

«Gerade so etwas könnte ich mir aber äußerstenfalls noch ausdenken» wiederholte Ulrich. «Nur fürchte ich, du meinst, ich soll einen Staatsstreich machen?!»

Clarisse überlegte. «Also sagen wir, ein Buddha-Jahr» meinte sie, ohne auf seinen Einwand einzugehen. «Ich weiß nicht, was Buddha verlangt hat; nur so ungefähr; aber nehmen wir's einfach an, und wenn man es nun für bedeutend hält, dann sollte man es eben ausführen! Denn entweder verdient etwas, daß man daran glaubt, oder nicht.»

«Na schön, gib acht: Du hast Nietzschejahr gesagt. Aber was hat denn Nietzsche eigentlich verlangt?»

Clarisse dachte nach. «Nun, ich meine natürlich nicht ein Nietzschedenkmal oder eine Nietzschestraße» sagte sie verlegen. «Aber man müßte die Menschen dahin bringen, zu leben, wie – –»

«Wie er es verlangt hat?!» unterbrach er sie. «Aber was hat er verlangt?»

Clarisse versuchte zu antworten, wartete, schließlich erwiderte sie: «Na ja, das weißt du doch selbst...»

«Gar nichts weiß ich» neckte er. «Aber eines will ich dir sagen: Man kann die Forderungen der Kaiser-Franz-Josef-Jubiläums-Suppenanstalt oder die des Schutzverbands der Hauskatzenbesitzer verwirklichen, aber gute Gedanken kann man so wenig verwirklichen wie Musik! Was das bedeutet? Ich weiß es nicht. Aber es ist so.»

Er hatte jetzt endlich auf dem kleinen Sofa Platz gefunden, hinter dem Tischchen; dieser Platz war widerstandsfähiger als der auf dem Stühlchen. In der leeren Zimmermitte, gleichsam am anderen Ufer einer die Tischplatte verlängernden Luftspiegelung, stand noch immer Clarisse und sprach. Ihr schmaler Körper redete und dachte leise mit; sie empfand eigentlich alles, was sie sagen wollte, zuerst mit dem ganzen Körper und hatte beständig das Bedürfnis, mit ihm etwas zu tun. Ihr Freund hatte ihren Körper immer für hart und knabenhaft gehalten, aber jetzt, in dieser weichen Bewegtheit auf geschlossenen Beinen kam ihm Clarisse mit einemmal wie eine javanische Tänzerin vor. Und plötzlich dachte er, es würde ihn nicht wundern, wenn sie in Trance fiele. Oder war er selbst in Trance? Er hielt eine lange Rede. «Du möchtest nach deiner Idee leben» hatte er begonnen «und möchtest wissen, wie man das kann. Aber eine Idee, das ist das Paradoxeste von der Welt. Das Fleisch verbindet sich mit Ideen wie ein Fetisch. Es wird zauberhaft, wenn eine Idee dabei ist. Eine gemeine Ohrfeige kann durch die Idee von Ehre, Strafe und dergleichen tödlich werden. Und doch können sich Ideen niemals in dem Zustand, wo sie am stärksten sind, erhalten; sie gleichen jenen Stoffen, die sich sofort an der Luft in eine dauerhaftere andere, aber verdorbene Form umsetzen. Das hast du oft mitgemacht. Denn eine Idee: das bist du; in einem bestimmten Zustand. Irgendetwas haucht dich an; wie wenn in das Rauschen von Saiten plötzlich ein Ton kommt; es steht etwas vor dir wie eine Luftspiegelung; aus dem Gewirr deiner Seele hat sich ein unendlicher Zug geformt, und alle Schönheiten der Welt scheinen an seinem Wege zu stehn. Das bewirkt oft eine einzige Idee. Aber nach einer Weile wird sie allen anderen Ideen, die du schon gehabt hast, ähnlich, sie ordnet sich ihnen unter, sie wird ein Teil deiner Anschauungen und deines Charakters, deiner Grundsätze oder deiner Stimmungen, sie hat die Flügel verloren und eine geheimnislose Festigkeit angenommen.»

Clarisse erwiderte: «Walter ist eifersüchtig auf dich. Nicht etwa meinetwegen. Sondern weil du so aussiehst, als ob du das tun könntest, was er gern möchte. Verstehst du? Es ist etwas an dir, das ihn sich wegnimmt. Ich weiß nicht, wie ich das ausdrücken soll.»

Sie sah ihn prüfend an.

Diese beiden Reden flochten sich ineinander.

Walter war immer das zärtliche Lieblingskind des Lebens gewesen, er saß ihm auf dem Schoß. Mochte ihm geschehen, was immer, er verwandelte es in zärtliche Lebendigkeit. Walter war immer der gewesen, der mehr erlebte. «Aber Mehrerleben ist eines der frühesten und feinsten Zeichen, an denen man den Durchschnittsmenschen erkennt» dachte Ulrich; «Zusammenhänge nehmen dem Erlebnis die persönliche Giftigkeit oder Süße!» So ungefähr war es. – Und diese Versicherung selbst, daß es so wäre, war ein Zusammenhang, und man bekam keinen Kuß und keinen Abschied dafür. Und trotzdem war Walter auf ihn eifersüchtig? Es freute ihn.

«Ich habe zu ihm gesagt, daß er dich töten soll» berichtete Clarisse.

«Was?»

«Umbringen, habe ich gesagt. Wenn an dir nicht so viel daran sein sollte, wie du dir einbildest, oder wenn er besser wäre als du und nur dadurch zur Ruhe kommen könnte, wäre das doch ganz richtig gedacht? Und außerdem kannst du dich ja wehren.»

«Das gibst du nicht schlecht...!» antwortete Ulrich unsicher.

«Nun, wir haben ja nur so gesprochen. Was meinst du übrigens!? Walter sagt, man darf so etwas nicht einmal denken.»

«Doch; denken schon» erwiderte er zögernd und sah sich Clarisse genau an. Sie hatte einen eigentümlichen Reiz. Kann man sagen, als stünde sie neben sich? Sie war abwesend und anwesend, beides dicht nebeneinander.

«Ach was, denken!» unterbrach sie ihn. Sie sprach gegen die Wand, vor der er saß, als wäre ihr Auge auf einen Punkt dazwischen gerichtet. «Du bist ebenso passiv wie Walter!» Auch dieses Wort lag zwischen zwei Entfernungen; es nahm Distanz wie eine Beleidigung und versöhnte doch durch eine vertrauliche Nähe, die es voraussetzte. «Ich sage dagegen: Wenn man etwas denken kann, dann soll man es auch tun können» wiederholte sie trocken.

Dann verließ sie ihren Platz, ging zum Fenster und verschränkte die Hände am Rücken. Ulrich stand rasch auf, ging ihr nach und legte den Arm um ihre Schulter. «Kleine Clarisse, du bist soeben recht sonderbar gewesen. Aber ich muß ein gutes Wort für mich einlegen; ich gehe dich doch eigentlich nichts an, möchte ich meinen» sagte er.

Clarisse starrte zum Fenster hinaus. Aber jetzt scharf; sie faßte irgendetwas draußen ins Auge, um sich daran einen Halt zu sichern. Sie hatte den Eindruck, ihre Gedanken wären außerhalb gewesen und nun wieder zurückgekehrt. Diese Empfindung, wobei sie wie ein Raum war, in dem man noch fühlt, daß soeben die Türe geschlossen worden, war ihr nicht neu. Sie hatte zuweilen Tage und Wochen, da alles, was sie umgab, lichter und leichter war als sonst, so als müßte es nicht viel Mühe machen, hineinzuschlüpfen und außer sich in der Welt spazieren zu gehn; ebenso wie danach wieder schwere Zeiten kamen, in denen sie sich wie eingekerkert fühlte, gewöhnlich dauerten diese zweiten ja nur kurz, aber sie fürchtete sie wie eine Strafe, weil dann alles eng und traurig wurde. Und im gegenwärtigen Augenblick, der sich durch seine klare, nüchterne Ruhe auszeichnete, war ihr unsicher zumute; sie wußte nicht mehr recht, was sie eben noch gewollt hatte, und solche bleierne Klarheit und scheinbar stille Beherrschtheit leitete oft die Zeit der Strafe ein. Clarisse spannte sich an und hatte das Empfinden, wenn sie das Gespräch überzeugend fortführen könnte, sich damit selbst in Sicherheit zu bringen. «Sag nicht Kleine zu mir,» schmollte sie «sonst bringe ich dich am Ende selbst um!» Das kam ihr jetzt wie reiner Spaß heraus, es war also gelungen. Sie drehte vorsichtig den Kopf, um ihn anzugucken. «Ich habe mich natürlich nur so ausgedrückt,» fuhr sie fort «aber du mußt verstehn, daß ich etwas meine. Wo waren wir stehengeblieben? Du hast gesagt, man kann nicht nach einer Idee leben. Ihr habt nicht die rechte Energie, weder du noch Walter!»

«Passivist hast du mich schrecklicherweise genannt. Aber es gibt zwei Arten davon. Einen passiven Passivismus, das ist der von Walter; und einen aktiven!»

«Was ist das, ein aktiver Passivismus?» fragte Clarisse neugierig.

«Das Warten eines Gefangenen auf die Gelegenheit des Ausbruchs.»

«Bah!» sagte Clarisse. «Ausreden!»

«Nun ja,» räumte er ein «vielleicht.»

Clarisse hielt noch immer die Hände hinter dem Rücken verschränkt und hatte die Beine auseinandergestellt, wie in Reitstiefeln. «Weißt du, was Nietzsche sagt? Sicher wissen wollen, ist so wie sicher gehn wollen, eine Feigheit. Man muß irgendwo anfangen, seine Sache zu machen, nicht nur davon zu reden! Ich habe gerade von dir erwartet, daß du einmal etwas Besonderes unternimmst!»

Sie hatte plötzlich einen Knopf an seiner Weste zu fassen bekommen und drehte daran, das Gesicht zu ihm emporgerichtet. Unwillkürlich legte er seine Hand über die ihre, um seinen Knopf zu schützen.

«Ich habe mir etwas lange überlegt» fuhr sie zögernd fort: «die ganz große Gemeinheit entsteht heutzutage nicht dadurch, daß man sie tut, sondern dadurch, daß man sie gewähren läßt. Sie wächst ins Leere.» Sie sah ihn nach dieser Leistung an. Dann fuhr sie heftig fort: «Gewährenlassen ist zehnmal gefährlicher als Tun! Verstehst du mich?» Sie kämpfte mit sich, ob sie das noch genauer beschreiben solle. Aber sie fügte hinzu: «Nicht wahr, du verstehst mich ausgezeichnet, mein Lieber? Du sagst zwar immer, daß man alles gehen lassen soll, wie es geht. Aber ich weiß schon, wie du es meinst! Ich habe mir schon manchmal gedacht, du bist der Teufel!» Dieser Satz war Clarisse nun wieder wie eine Eidechse aus dem Mund geschlüpft. Sie erschrak. Sie hatte ja ursprünglich nur an Walters Bitten wegen eines Kinds gedacht. Ihr Freund bemerkte ein Zucken in ihren Augen, die ihn begehrlich anblickten. Aber ihr emporgerichtetes Gesicht war von etwas überströmt. Nicht von etwas Schönem, sondern eher von etwas Häßlich-Rührendem. Wie es ein gewaltiger Schweißausbruch wäre, hinter dem ein Gesicht verschwimmt. Aber es war unkörperlich, rein imaginär. Er fühlte sich wider Willen angesteckt und in eine leichte Gedankenabwesenheit versetzt. Er konnte diesem abersinnigen Reden keinen rechten Widerstand mehr entgegenstellen und packte Clarisse schließlich bei der Hand, setzte sie aufs Sofa und sich neben sie.

«Jetzt werde ich dir also erzählen, warum ich nichts tue» begann er und schwieg.

Clarisse, die im Augenblick der Berührung wieder zu ihrem gewöhnlichen Wesen zurückgefunden hatte, munterte ihn auf.

«Man kann nichts tun, weil – aber das wirst du doch nicht verstehn –» holte er aus, zog eine Zigarette hervor und widmete sich dem Anzünden.

«He?» half Clarisse. «Was willst du sagen?» Aber er schwieg weiter. Da schob sie den Arm hinter seinen Rücken und rüttelte ihn wie ein Knabe, der seine Kraft zeigt. Es war das Nette an ihr, daß man gar nichts zu sagen brauchte, bloß die Gebärde des Außerordentlichen genügte schon, um sie in Einbildung zu versetzen. «Du bist ein großer Verbrecher!» rief sie dazu und versuchte vergeblich, ihm weh zu tun.

In diesem Augenblick wurden sie jedoch durch die Rückkehr Walters unangenehm unterbrochen.

83

Seinesgleichen geschieht oder warum erfindet man nicht Geschichte?

Was hätte Ulrich eigentlich Clarisse sagen können?

Er hatte es verschwiegen, weil sie in ihm eine eigentümliche Lust erregt hatte, das Wort Gott auszusprechen. Er hatte etwa sagen wollen: Gott meint die Welt keineswegs wörtlich; sie ist ein Bild, eine Analogie, eine Redewendung, deren er sich aus irgendwelchen Gründen bedienen muß, und natürlich immer unzureichend; wir dürfen ihn nicht beim Wort nehmen, wir selbst müssen die Lösung herausbekommen, die er uns aufgibt. Er fragte sich, ob Clarisse einverstanden gewesen wäre, das wie ein Indianer- oder Räuberspiel aufzufassen? Sicher. Wenn einer voranginge, sie würde sich an seine Seite drücken wie eine Wölfin und scharf aufpassen.

Aber er hatte noch etwas auf der Zunge gehabt; etwas von mathematischen Aufgaben, die keine allgemeine Lösung zulassen, wohl aber Einzellösungen, durch deren Kombination man sich der allgemeinen Lösung nähert. Er hätte hinzufügen können, daß er die Aufgabe des menschlichen Lebens für eine solche ansah. Was man ein Zeitalter nennt – ohne zu wissen, ob man Jahrhunderte, Jahrtausende oder die Spanne zwischen Schule und Enkelkind darunter verstehen soll –, dieser breite, ungeregelte Fluß von Zuständen würde dann ungefähr ebensoviel bedeuten wie ein planloses Nacheinander von ungenügenden und einzeln genommen falschen Lösungsversuchen, aus denen, erst wenn die Menschheit sie zusammenzufassen verstünde, die richtige und totale Lösung hervorgehen könnte.

In der Straßenbahn erinnerte er sich auf dem Heimweg daran; einige Leute fuhren mit ihm der Stadt zu, und er schämte sich ein wenig vor diesen Menschen solcher Gedanken. Man konnte es ihnen ansehen, daß sie von bestimmten Beschäftigungen zurückkamen oder sich zu bestimmten Vergnügungen begaben, ja man sah es schon ihrer Kleidung an, was sie hinter sich oder vorhatten. Er betrachtete seine Nachbarin; sie war sicher Frau, Mutter, gegen vierzig Jahre alt, sehr wahrscheinlich die Gattin eines akademischen Beamten und hatte ein kleines Opernglas im Schoß liegen. Er kam sich mit seinen Gedanken neben ihr wie ein spielender Knabe vor; sogar wie ein nicht ganz anständig spielender Knabe.

Denn ein Gedanke, der nicht einen praktischen Zweck hat, ist wohl eine nicht sehr anständige heimliche Beschäftigung; namentlich aber solche Gedanken, die ungeheure Stelzschritte machen und die Erfahrung nur mit winzigen Sohlen berühren, sind unordentlicher Entstehung verdächtig. Früher hat man ja wohl von Gedankenflug gesprochen, und zur Zeit Schillers wäre ein Mann mit solchen hochgemuten Fragen im Busen sehr angesehen gewesen; heute dagegen hat man das Gefühl, daß mit so einem Menschen etwas nicht in Ordnung sei, wenn das nicht gerade zufällig sein Beruf ist und seine Einkommensquelle. Man hat die Sache offenbar anders verteilt. Man hat gewisse Fragen den Menschen aus dem Herzen genommen. Man hat für hochfliegende Gedanken eine Art Geflügelfarm geschaffen, die man Philosophie, Theologie oder Literatur nennt, und dort vermehren sie sich in ihrer Weise immer unübersichtlicher, und das ist ganz recht so, denn kein Mensch braucht sich bei dieser Ausbreitung mehr vorzuwerfen, daß er sich nicht persönlich um sie kümmern kann. Ulrich in seiner Achtung vor Fachlichkeit und Spezialistentum, war im Grunde entschlossen, nichts gegen eine solche Teilung der Tätigkeiten einzuwenden. Aber er gestattete sich immerhin noch selbst zu denken, obgleich er kein Berufsphilosoph war, und augenblicklich malte er sich aus, daß das auf den Weg zum Bienenstaat führen werde. Die Königin wird Eier legen, die Drohnen werden ein der Wollust und dem Geist gewidmetes Leben führen, und die Spezialisten werden arbeiten. Auch eine solche Menschheit ist denkbar; die Gesamtleistung möchte vielleicht sogar gesteigert werden. Jetzt hat jeder Mensch sozusagen noch die ganze Menschheit in sich, aber das ist offenkundig schon zuviel geworden und bewährt sich gar nicht mehr; so daß das Humane fast schon der reinste Schwindel ist. Es würde für den Erfolg vielleicht darauf ankommen, bei der Zerteilung neue Vorkehrungen zu treffen, damit in einer besonderen jener Arbeitergruppen auch eine geistige Synthese entsteht. Denn ohne Geist –? Ulrich wollte sagen, daß es ihn nicht freuen würde. Aber das war natürlich ein Vorurteil. Man weiß ja nicht, worauf es ankommt. Er rückte sich zurecht und betrachtete sein Gesicht in der seinem Sitz gegenüber befindlichen Glasscheibe, um sich abzulenken. Aber da schwebte nun sein Kopf in dem flüssigen Glas nach einer Weile wunderbar eindringlich zwischen Innen und Außen und verlangte nach irgendeiner Ergänzung.

War eigentlich Balkankrieg oder nicht? Irgendeine Intervention fand wohl statt; aber ob das Krieg war, er wußte es nicht genau. Es bewegten so viele Dinge die Menschheit. Der Höhenflugrekord war wieder gehoben worden; eine stolze Sache. Wenn er sich nicht irrte, stand er jetzt auf 3700 Meter, und der Mann hieß Jouhoux. Ein Negerboxer hatte den weißen Champion geschlagen und die Weltmeisterschaft erobert; Johnson hieß er. Der Präsident von Frankreich fuhr nach Rußland; man sprach von Gefährdung des Weltfriedens. Ein neuentdeckter Tenor verdiente in Südamerika Summen, die selbst in Nordamerika noch nie dagewesen waren. Ein fürchterliches Erdbeben hatte Japan heimgesucht; die armen Japaner. Mit einem Wort, es geschah viel, es war eine bewegte Zeit, die um Ende 1913 und Anfang 1914. Aber auch die Zeit zwei oder fünf Jahre vorher war eine bewegte Zeit gewesen, jeder Tag hatte seine Erregungen gehabt, und trotzdem ließ sich nur noch schwach oder gar nicht erinnern, was damals eigentlich los gewesen war. Man konnte es abkürzen. Das neue Heilmittel gegen die Lues machte –; in der Erforschung des Pflanzenstoffwechsels wurden –; die Eroberung des Südpols schien –; die Steinachexperimente erregten –; man konnte auf diese Weise gut die Hälfte der Bestimmtheit weglassen, es machte nicht viel aus. Welche sonderbare Angelegenheit ist doch Geschichte! Es ließ sich mit

Sicherheit von dem und jenem Geschehnis behaupten, daß es seinen Platz in ihr inzwischen schon gefunden hatte oder bestimmt noch finden werde; aber ob dieses Geschehnis überhaupt stattgefunden hatte, das war nicht sicher. Denn zum Stattfinden gehört doch auch, daß etwas in einem bestimmten Jahr und nicht in einem anderen oder gar nicht stattfindet; und es gehört dazu, daß es selbst stattfindet und nicht am Ende bloß etwas Ähnliches oder seinesgleichen. Gerade das ist es aber, was kein Mensch von der Geschichte behaupten kann, außer er hat es aufgeschrieben, wie es die Zeitungen tun, oder es handelt sich um Berufs- und Vermögensangelegenheiten, denn in wieviel Jahren man pensionsberechtigt sein wird oder wann man eine bestimmte Summe besitzen wird oder ausgegeben hat, das ist natürlich wichtig, und in solchem Zusammenhang können auch Kriege zu Denkwürdigkeiten werden. Sie sieht unsicher und verfilzt aus, unsere Geschichte, wenn man sie in der Nähe betrachtet, wie ein nur halb festgetretener Morast, und schließlich läuft dann sonderbarerweise doch ein Weg über sie hin, eben jener «Weg der Geschichte», von dem niemand weiß, woher er gekommen ist. Dieses Der Geschichte zum Stoff Dienen war etwas, das Ulrich empörte. Die leuchtende, schaukelnde Schachtel, in der er fuhr, kam ihm wie eine Maschine vor, in der einige hundert Kilogramm Menschen hin und her geschüttelt wurden, um Zukunft aus ihnen zu machen. Vor hundert Jahren sind sie mit ähnlichen Gesichtern in einer Postkutsche gesessen, und in hundert Jahren wird weiß Gott was mit ihnen los sein, aber sie werden als neue Menschen in neuen Zukunftsapparaten genau so dasitzen, – fühlte er und empörte sich gegen dieses wehrlose Hinnehmen von Veränderungen und Zuständen, die hilflose Zeitgenossenschaft, das planlos ergebene, eigentlich menschenunwürdige Mitmachen der Jahrhunderte, so als ob er sich plötzlich gegen den Hut auflehnte, den er, sonderbar genug geformt, auf dem Kopf sitzen hatte.

Unwillkürlich erhob er sich und legte den Rest des Weges zu Fuß zurück. In dem größeren Menschenbehältnis der Stadt, worin er sich nun befand, beruhigte sich sein Unbehagen wieder zur Heiterkeit. Es war ein verrückter Einfall der kleinen Clarisse, daß sie ein Geistesjahr machen wollte. Er richtete seine Aufmerksamkeit auf diesen Punkt. Warum war das so unsinnig? Man konnte übrigens ebensogut fragen, warum Diotimas vaterländische Aktion unsinnig sei?

Antwort Nummer eins: Weil Weltgeschichte zweifellos ebenso entsteht wie alle anderen Geschichten. Es fällt den Autoren nichts Neues ein, und sie schreiben einer vom anderen ab. Das ist der Grund, warum alle Politiker Geschichte studieren, statt Biologie oder dergleichen. Soviel von den Autoren.

Nummer zwei: Größtenteils entsteht Geschichte aber ohne Autoren.

Sie entsteht nicht von einem Zentrum her, sondern von der Peripherie. Aus kleinen Ursachen. Wahrscheinlich gehört gar nicht so viel dazu, wie man glaubt, um aus dem gotischen Menschen oder dem antiken Griechen den modernen Zivilisationsmenschen zu machen. Denn das menschliche Wesen ist ebenso leicht der Menschenfresserei fähig wie der Kritik der reinen Vernunft; es kann mit den gleichen Überzeugungen und Eigenschaften beides schaffen, wenn die Umstände danach sind, und sehr großen äußeren Unterschieden entsprechen dabei sehr kleine innere.

Abschweifung Nummer eins: Ulrich erinnerte sich einer ähnlichen Erfahrung aus seiner Militärzeit: Die Eskadron reitet in Zweierreihen, und man läßt «Befehl weitersagen» üben, wobei ein leise gesprochener Befehl von Mann zu Mann weitergegeben wird; befiehlt man nun vorne: «Der Wachtmeister soll vorreiten», so kommt hinten heraus: «Acht Reiter sollen sofort erschossen werden» oder so ähnlich. Auf die gleiche Weise entsteht auch Weltgeschichte.

Antwort Nummer drei: Würde man darum eine Generation heutiger Europäer im Alter der frühesten Kindheit in das ägyptische Jahr 5000 v. Chr. versetzen und dort lassen, so würde die Weltgeschichte noch einmal beim Jahr 5000 beginnen, sich zunächst eine Weile lang wiederholen und dann aus Gründen, die kein Mensch errät, allmählich abzuweichen beginnen.

Abschweifung zwei: Das Gesetz der Weltgeschichte – fiel ihm dabei ein – ist nichts anderes als der Staatsgrundsatz des «Fortwurstelns» im alten Kakanien. Kakanien war ein ungeheuer kluger Staat.

Abschweifung drei oder Antwort Nummer vier? Der Weg der Geschichte ist also nicht der eines Billardballs, der, einmal abgestoßen, eine bestimmte Bahn durchläuft, sondern er ähnelt dem Weg der Wolken, ähnelt dem Weg eines durch die Gassen Streichenden, der hier von einem Schatten, dort von einer Menschengruppe oder einer seltsamen Verschneidung von Häuserfronten abgelenkt wird und schließlich an eine Stelle gerät, die er weder gekannt hat, noch erreichen wollte. Es liegt im Verlauf der Weltgeschichte ein gewisses Sich-Verlaufen. Die Gegenwart ist immer wie das letzte Haus einer Stadt, das irgendwie nicht mehr ganz zu den Stadthäusern gehört. Jede Generation fragt erstaunt, wer bin ich und was waren meine Vorgänger? Sie sollte lieber fragen, wo bin ich, und voraussetzen, daß ihre Vorgänger nicht anderswie, sondern bloß anderswo waren; damit wäre schon einiges gewonnen – dachte er.

Er war es selbst, der seinen Antworten und Abschweifungen bisher diese Nummern gegeben hatte, und er hatte dazu bald in ein vorübergleitendes Gesicht gesehn, bald in eine Geschäftsauslage, um die Gedanken nicht ganz von sich fortlaufen zu lassen; aber nun hatte er sich trotzdem dabei ein wenig vergangen und mußte einen Augenblick anhalten, um zu begreifen, wo er war, und den nächsten Weg nach Hause zu finden. Ehe er ihn einschlug, bemühte er sich, seine Frage sich noch einmal genau zurechtzulegen. Die kleine verrückte Clarisse hatte also ganz recht, man sollte Geschichte machen, man müßte sie erfinden, wenn er es auch vor ihr bestritten hatte; aber warum tut man es nicht? In diesem Augenblick fiel ihm als Antwort nichts als Direktor Fischel von der Lloyd-Bank ein, sein Freund Leo Fischel, mit dem er in früheren Jahren hie und da im Sommer vor einem Kaffeehaus gesessen war; denn der würde ihm in diesem Augenblick, wenn er dieses Gespräch mit ihm statt als Selbstgespräch geführt hätte, in seiner Weise geantwortet haben: «Ihre Sorgen in meinem Kopf!» Ulrich war ihm dankbar für diese erfrischende Antwort, die er gegeben haben würde. «Lieber Fischel,» erwiderte er sofort in Gedanken «das ist nicht so einfach. Ich sage Geschichte, aber ich meine, wenn Sie sich erinnern, unser Leben. Und ich habe doch schon von Anfang an zugegeben, daß es etwas sehr Anstößiges ist, wenn ich frage: Warum macht der Mensch nicht Geschichte, das heißt, warum greift er aktiv Geschichte nur wie ein Tier an, wenn er verwundet ist, wenn es hinter ihm brennt, warum macht er, mit einem Wort, nur im Notfall Geschichte? Also warum klingt das anstößig? Was haben wir dagegen, obgleich es doch ebensoviel heißt wie daß der Mensch das Menschenleben nicht einfach gehen lassen sollte, wie es geht?»

«Man weiß doch,» würde Direktor Fischel entgegnen «wie das geschieht. Man muß froh sein, wenn die Politiker und die Geistlichen und die großen Herrn, die nichts zu tun haben, und alle anderen Menschen, die mit einer fixen Idee herumrennen, das tägliche Leben nicht stören. Und im übrigen hat man die Bildung. Würden sich bloß heute nicht so viele Menschen ungebildet betragen!» Und Direktor Fischel hat natürlich recht. Man muß froh sein, wenn man sich in Lombarden und Effekten genügend auskennt und andere Leute nicht zuviel in Geschichte machen, weil sie sich in ihr auszukennen behaupten. Man könnte, Gott bewahre, nicht ohne Ideen leben, aber das Richtige ist ein gewisses Gleichgewicht zwischen ihnen, eine balance of power, ein bewaffneter Ideenfriede, wo von keiner Seite viel geschehen kann. Er hatte als Beruhigungsmittel die Bildung. Das ist ein Grundgefühl der Zivilisation. Und doch ist nun einmal auch das Gegengefühl vorhanden und wird immer lebendiger, daß sich die Zeit der heroisch-politischen Geschichte, die vom Zufall und seinen Rittern gemacht wird, zum Teil überlebt hat und durch eine planmäßige Lösung, an der alle beteiligt sind, die es angeht, ersetzt werden muß.

Aber da endete das Ulrich-Jahr damit, daß Ulrich inzwischen zu Hause angelangt war.

84

Behauptung, daß auch das gewöhnliche Leben von utopischer Natur ist

Er fand dort den üblichen Haufen von Schriftstücken vor, den ihm Graf Leinsdorf schickte. Ein Industrieller hatte einen Preis in ungewöhnlicher Höhe für die beste Leistung in der militärischen Erziehung der zivilen Jugend in Aussicht gestellt. Das Erzbischöfliche Ordinariat nahm Stellung zu dem Vorschlag einer großen Waisenhausstiftung und erklärte, gegen jede konfessionelle Vermischung Bedenken erheben zu müssen. Das Komitee für Kultus und Unterricht berichtete über den Erfolg der definitiv vorläufig hinausgegebenen Anregung eines großen Friedenskaiser-und-Völker-Österreichs-Denkmals in der Nähe der Residenz; nach Fühlungnahme mit dem k.k. Ministerium für Kultus und Unterricht und Befragung der führenden Künstlervereinigungen, Ingenieur- und Architektenvereine hatten sich derartige Meinungsverschiedenheiten ergeben, daß sich das Komitee in die Lage versetzt sah, unbeschadet später sich herausstellen sollender Erfordernisse, falls der Zentralausschuß zustimme, einen Wettbewerb um die beste Idee eines Wettbewerbs in Hinsicht auf das eventuell zu errichtende Denkmal auszuschreiben. Die Hofkanzlei schickte dem Zentralausschuß nach genommener Einsicht die vor drei Wochen zur Einsichtnahme vorgelegten Vorschläge zurück und erklärte, eine Allerhöchste Willensmeinung derzeit dazu nicht übermitteln zu können, aber es als erwünscht zu erachten, auch in diesen Punkten die öffentliche Meinung zunächst noch sich selbst bilden zu lassen. Das k. k. Ministerium für Kultus und Unterricht erklärte auf dortortige Zuschrift Nummer soundsoviel, eine besondere Förderung des Stenographievereins Öhl nicht befürworten zu können; der Volksgesundheitsverein «Balkenbuchstabe» zeigte seine Bildung an und ersuchte um eine Geldzuwendung.

Und in solcher Art ging es weiter. Ulrich schob das Paket wirklicher Welt zurück und überlegte eine Weile. Plötzlich stand er auf, ließ sich Hut und Rock geben und sagte an, daß er in einer oder anderthalb Stunden wieder zu Hause sein werde. Er rief einen Wagen an und kehrte zu Clarisse zurück.

Es war finster geworden, das Haus warf nur aus einem Fenster ein wenig Licht auf die Straße, die Fußstapfen bildeten hartgefrorene Löcher, in denen man stolperte, das Tor war geschlossen, und der Besuch kam unerwartet, so daß Rufen, Klopfen und In die Hände Klatschen durch die längste Zeit unverstanden blieb. Als Ulrich endlich im Zimmer stand, schien es nicht das Zimmer zu sein, das er doch soeben erst verlassen hatte, sondern eine fremde, erstaunte Welt, mit einem für das einfache Beisammensein zweier Menschen gedeckten Tisch, Stühlen, auf deren jedem etwas lag, das sich dort häuslich gemacht hatte, und Wänden, die sich mit einem gewissen Widerstand dem Eindringling öffneten.

Clarisse hatte einen einfachen wollenen Schlafrock an und lachte. Walter, der den Spätling eingeholt hatte, blinzelte und versorgte den großen Hausschlüssel in einer Tischlade. Ulrich sagte ohne Umschweife: «Ich bin umgekehrt, weil ich Clarisse noch eine Antwort schulde.» Dann begann er in der Mitte, wo seine Unterhaltung durch Walter unterbrochen worden war. Nach einer Weile waren Zimmer, Haus, Zeitgefühl verschwunden, und das Gespräch hing irgendwo über dem blauen Raum im Netz der Sterne. Ulrich entwickelte das Programm, Ideengeschichte statt Weltgeschichte zu leben. Der Unterschied, schickte er voraus, würde zunächst weniger in dem liegen, was geschähe, als in der Bedeutung, die man ihm gäbe, in der Absicht, die man mit ihm verbände, in dem System, das das einzelne Geschehnis umfinge. Das jetzt geltende System sei das der Wirklichkeit und gleiche einem schlechten Theaterstück. Man sage nicht umsonst Welttheater, denn es erstehen immer die gleichen Rollen, Verwicklungen und Fabeln im Leben. Man liebt, weil und wie es die Liebe gibt; man ist stolz wie die Indianer, die Spanier, die Jungfrauen oder der Löwe; man mordet sogar in neunzig von hundert Fällen nur deshalb, weil es für tragisch und großartig gehalten wird. Vollends die erfolgreichen politischen Gestalter der Wirklichkeit haben, von den ganz großen Ausnahmen abgesehen, viel mit den Schreibern von Kassenstücken gemein; die lebhaften Vorgänge, die sie erzeugen, langweilen durch ihren Mangel an Geist und Neuheit, bringen uns aber gerade dadurch in jenen widerstandslosen schläfrigen Zustand, worin wir uns jede Veränderung gefallen lassen. So betrachtet, entsteht Geschichte aus der ideellen Routine und aus dem ideell Gleichgültigen, und die Wirklichkeit entsteht vornehmlich daraus, daß nichts für die Ideen geschieht. Man könne es kurz so zusammenfassen, behauptete er, daß es uns zu wenig darauf ankäme, was geschehe, und zuviel darauf, wem, wo und wann es geschehe, so daß uns nicht der Geist der Geschehnisse, sondern ihre Fabel, nicht die Erschließung neuen Lebensgehalts, sondern die Verteilung des schon vorhandenen wichtig seien, genau so, wie es wirklich dem Unterschied von guten und bloß erfolgreichen Stücken entspreche. Daraus ergebe sich aber als das wahre Gegenteil, daß man zuerst die Haltung der persönlichen Habgier gegenüber den Erlebnissen aufgeben müßte. Man müßte die also weniger wie persönlich und wirklich und mehr wie allgemein und gedacht oder persönlich so frei ansehn, als ob sie gemalt oder gesungen wären. Man dürfte ihnen nicht die Wendung zu sich geben, sondern müßte sie nach oben und außen wenden. Und wenn das persönlich gälte, so müßte außerdem kollektiv etwas geschehen, was Ulrich nicht recht beschreiben konnte und eine Art Keltern und Kellern und Eindicken des geistigen Saftes nannte, ohne das sich der Einzelne natürlich nur ohnmächtig und seinem Gutdünken überlassen fühlen könne. Und während er so sprach, erinnerte er sich an den Augenblick, wo er zu Diotima gesagt hatte, man müsse die Wirklichkeit abschaffen.

Es verstand sich wohl beinahe von selbst, daß Walter alles das zunächst für eine ganz und gar gewöhnliche Behauptung erklärte. Als ob nicht die ganze Welt, Literatur, Kunst, Wissenschaft, Religion ohnehin «kellern und keltern» würde! Als ob irgendein Gebildeter den Wert der Ideen bestritte oder nicht auf Geist, Schönheit und Güte achtete! Als ob alle Erziehung etwas anderes als Einführung in ein System des Geistes wäre!

Ulrich verdeutlichte sich mit dem Hinweis darauf, daß Erziehung bloß eine Einführung in das jeweils Gegenwärtige und Herrschende bedeute, das aus planlosen Vorkehrungen entstanden sei, weshalb man, um Geist zu gewinnen, vor allem erst überzeugt sein müsse, noch keinen zu haben! Eine ganz und gar offene, moralisch im Großen experimentierende und dichtende Gesinnung nannte er das.

Nun erklärte es Walter für eine unmögliche Behauptung. «Wie pikant du es hinstellst» sagte er; «als ob wir überhaupt die Wahl hätten, Ideen zu leben oder unser Leben zu leben! Aber am Ende kennst du vielleicht das Zitat: ‹Ich bin kein ausgeklügelt Buch, ich bin ein Mensch mit seinem Widerspruch›? Warum gehst du nicht noch weiter? Warum verlangst du nicht gleich, daß wir um unserer Ideen willen unseren Bauch abschaffen? Ich aber erwidere dir: ‹Aus Gemeinem ist der Mensch gemacht›! Daß wir den Arm ausstrecken und zurückziehen, nicht wissen, ob wir uns rechts oder links wenden sollen, daß wir aus Gewohnheiten, Vorurteilen und Erde bestehn und dennoch nach Kräften unseren Weg gehen: gerade das macht das Humane aus! Man braucht also, was du sagst, nur ein wenig an der Wirklichkeit zu messen, so zeigt es sich bestenfalls als Literatur!»

Ulrich räumte ein: «Wenn du mir erlaubst, darunter auch alle anderen Künste zu verstehn, die Lebenslehren, Religionen und so weiter, dann will ich allerdings etwas dem Ähnliches behaupten, daß unser Dasein ganz und gar aus Literatur bestehen sollte!»

«Ach? Du nennst die Güte des Erlösers oder das Leben Napoleons Literatur?!» rief Walter aus. Aber dann fiel ihm etwas Besseres ein, er wandte sich mit der Ruhe, die ein guter Trumpf gibt, seinem Freunde zu und erklärte: «Du bist ein Mensch, der das Büchsengemüse für den Sinn des frischen Gemüses erklärt!»

«Du hast gewiß recht. Du könntest auch sagen, ich sei einer, der nur mit Salz kochen will» gab Ulrich ruhig zu. Er wollte nun nicht mehr darüber reden.

Hier mengte sich aber Clarisse ein und wandte sich an Walter. «Ich weiß nicht, warum du ihm widersprichst! Hast du nicht selbst jedesmal, wenn mit uns etwas Besonderes los war, gesagt: Das sollte man jetzt auf einer Bühne allen Leuten vorspielen können, damit sie es sehen und verstehen müßten! – Eigentlich müßte man singen!» wandte sie sich zustimmend an Ulrich. «Singen müßte man sich!»

Sie war aufgestanden und in den kleinen Kreis getreten, den die Stühle bildeten. Ihre Haltung war eine etwas ungeschickte Selbstdarstellung ihrer Wünsche, als wollte sie sich zu einem Tanz anschicken; und Ulrich, der gegen geschmacklose Entblößungen des Gemüts empfindlich war, erinnerte sich in diesem Augenblick daran, daß die meisten Menschen, also um es rund heraus zu sagen, die Durchschnittsmenschen, deren Geist gereizt ist, ohne etwas schaffen zu können, diesen Wunsch hegen, sich darstellen zu dürfen. Sie sind es ja auch, in denen so leicht «Unaussprechliches» vorgeht, wahrhaft ein Leibwort und der nebelhafte Untergrund, worauf das, was sie aussprechen, ungewiß vergrößert erscheint, so daß sie nie seinen richtigen Wert erkennen. Um dem ein Ende zu machen, sagte er: «Ich habe das nicht gemeint; aber Clarisse hat recht: Das Theater beweist, daß heftige persönliche Erlebniszustände einem unpersönlichen Zweck, einem Bedeutungs- und Bildzusammenhang dienen können, der sie halb und halb von der Person lostrennt.»

«Ich verstehe Ulrich sehr gut!» fiel Clarisse wieder ein. «Ich kann mich nicht erinnern, daß mir je etwas eine besondere Freude gemacht hätte, weil es mir persönlich widerfahren ist; wenn es nur überhaupt geschah! Musik willst du doch auch nicht ‹haben›,» wandte sie sich an ihren Gatten «es gibt kein anderes Glück, als daß sie da ist. Man zieht die Erlebnisse an sich und breitet sie im gleichen Zug wieder aus, man will sich, aber man will sich doch nicht als Krämer seiner selbst!»

Walter griff sich an die Schläfen; um Clarissens willen ging er aber zu einer neuen Widerlegung über. Er bemühte sich, seine Worte wie einen ruhigen kalten Strahl kommen zu lassen. «Wenn du den Wert eines Verhaltens nur in das Aussenden geistiger Kraft verlegst,» wandte er sich an Ulrich «so möchte ich dich jetzt etwas fragen: Das wäre doch nur möglich in einem Leben, das keinen anderen Zweck hätte, als das Erzeugen geistiger Kraft und Macht?»

«Es ist das Leben, das alle vorhandenen Staaten anzustreben behaupten!» entgegnete dieser.

«In einem solchen Staat würden die Menschen also nach großen Empfindungen und Ideen leben, nach Philosophien und Romanen?»

fuhr Walter fort. «Ich frage dich nun weiter: Würden sie so leben, daß große Philosophie und Dichtung *entstünde*, oder so, daß alles, was sie lebten, sozusagen schon Philosophie und Dichtung in Fleisch und Blut *wäre*? Ich zweifle ja nicht, was du meinst, denn das erste wäre nichts anderes, als man ohnehin heute unter einem Kulturstaat versteht; aber da du das zweite meinst, so übersiehst du, daß Philosophie und Dichtung dort recht überflüssig sein würden. Abgesehen davon, daß man sich dein Leben nach der Art der Kunst, oder wie du es nennen willst, überhaupt nicht vorstellen kann, bedeutet es also nichts anderes als das Ende der Kunst!» So schloß er und spielte mit Rücksicht auf Clarisse diesen Trumpf mit Nachdruck aus.

Es wirkte. Sogar Ulrich brauchte eine Weile, bis er sich gefaßt hatte. Aber dann lachte er und fragte: «Weißt du denn nicht, daß jedes vollkommene Leben das Ende der Kunst wäre? Mir scheint, du bist doch selbst auf dem Wege, um der Vollkommenheit deines Lebens willen mit der Kunst Schluß zu machen?»

Er meinte es nicht bös, aber Clarisse horchte auf.

Und Ulrich fuhr fort: «Jedes große Buch atmet diesen Geist aus, der die Schicksale einzelner Personen liebt, weil sie sich mit den Formen nicht vertragen, die ihnen die Gesamtheit aufnötigen will. Es führt zu Entscheidungen, die sich nicht entscheiden lassen; man kann nur ihr Leben wiedergeben. Zieh den Sinn aus allen Dichtungen, und du wirst eine zwar nicht vollständige, aber erfahrungsmäßige und endlose Leugnung in Einzelbeispielen aller gültigen Regeln, Grundsätze und Vorschriften erhalten, auf denen die Gesellschaft ruht, die diese Dichtungen liebt! Vollends ein Gedicht mit seinem Geheimnis schneidet ja den Sinn der Welt, wie er an tausenden alltäglichen Worten hängt, mitten durch und macht ihn zu einem davonfliegenden Ballon. Wenn man das, wie es üblich ist, Schönheit nennt, so sollte Schönheit ein unsagbar rücksichtsloser und grausamerer Umsturz sein, als es je eine politische Revolution gewesen ist!»

Walter war bis in die Lippen blaß geworden. Diese Auffassung der Kunst als eine Lebensverneinung, als einen Widerspruch zum Leben haßte er. Das war in seinen Augen Boheme, Rest eines veralteten Wunsches, den «Bürger» zu ärgern. Die ironische Selbstverständlichkeit, daß es in einer vollendeten Welt keine Schönheit mehr geben könne, weil sie dort zur Überflüssigkeit wird, bemerkte er darin; aber die unausgesprochene Frage seines Freundes hörte er nicht. Denn die Einseitigkeit in dem, was er behauptete, lag auch für Ulrich klar zu Tage. Er hätte ebensogut das Gegenteil davon sagen können, daß Kunst Leugnung sei, denn Kunst ist Liebe; indem sie liebt, macht sie schön, und es gibt vielleicht auf der ganzen Welt kein anderes Mittel, ein Ding oder Wesen schön zu machen, als es zu lieben. Und nur weil auch unsere Liebe bloß aus Stücken besteht, ist die Schönheit so etwas wie Steigerung und Gegensatz. Und es gibt nur das Meer der Liebe, worin die einer Steigerung nicht mehr fähige Vorstellung der Vollkommenheit und die auf Steigerung beruhende der Schönheit eins sind! Wieder einmal hatten Ulrichs Gedanken das «Reich» gestreift, und er hielt unwillig ein. Auch Walter hatte sich inzwischen gesammelt, und nachdem er die Andeutung seines Freundes, man sollte ungefähr so leben, wie man lese, zuerst für eine gewöhnliche und sodann für eine unmögliche Behauptung erklärt hatte, ging er nun dazu über, sie als eine sündhafte und gemeine zu beweisen.

«Wenn ein Mensch» begann er in der gleichen kunstvoll zurückhaltenden Weise wie zuvor «nur deinen Vorschlag zur Grundlage seines Lebens nähme, so müßte er ungefähr – um von anderen Unmöglichkeiten zu schweigen – alles das gut heißen, was eine schöne Idee in ihm anregt; ja sogar alles das, was die Möglichkeit in sich trägt, unter eine solche gefaßt zu werden. Das würde natürlich den allgemeinen Verfall bedeuten, aber da dir diese Seite voraussichtlich gleichgültig ist – oder vielleicht denkst du an jene ungewissen allgemeinen Vorkehrungen, von denen du nichts Näheres gesagt hast, – so möchte ich bloß Auskunft über die persönlichen Folgen. Mir scheint es nicht anders möglich zu sein, als daß ein solcher Mensch dann in allen Fällen, wo er nicht gerade der Dichter seines Lebens ist, schlimmer als ein Tier daran wäre; wenn ihm keine Idee einfiele, würde ihm auch keine Entscheidung einfallen, er wäre einfach für einen großen Teil des Lebens seinen Trieben, Launen, den gewöhnlichen Allerweltsleidenschaften, mit einem Wort, dem Allerunpersönlichsten ausgeliefert, woraus ein Mensch nur besteht, und müßte sozusagen, solange die Obstruktion der oberen Leitung andauert, standhaft mit sich machen lassen, was ihm gerade einfällt!?»

«Er müßte sich dann weigern, etwas zu tun!» antwortete statt Ulrichs Clarisse. «Das ist der aktive Passivismus, dessen man unter Umständen fähig sein muß!»

Walter brachte nicht den Mut auf, sie anzublicken. Die Fähigkeit der Weigerung spielte ja unter ihnen eine große Rolle; Clarisse, im langen, die Füße bedeckenden Nachthemd wie ein kleiner Engel anzusehen, stand aufgesprungen im Bett und deklamierte mit blitzenden Zähnen frei nach Nietzsche. «Wie ein Senkblei werfe ich meine Frage in deine Seele! Du wünschest dir Kind und Ehe, aber ich frage dich: Bist du der Mensch, der ein Kind sich wünschen darf?! Bist du der Siegreiche, der Gebieter deiner Tugenden? Oder reden aus dir Tier und Notdurft...!?»; im Halbdunkel des Schlafzimmers war das ganz grausig anzusehen gewesen, während Walter sie vergeblich in die Polster herab zu locken versuchte. Und nun würde sie in Zukunft also über ein neues Schlagwort verfügen; aktiver Passivismus, dessen man gegebenenfalls fähig sein müsse, das klang ganz nach einem Mann ohne Eigenschaften; vertraute sie sich ihm an? bestärkte er sie am Ende in ihren Eigenheiten? Diese Fragen krümmten sich wie Würmer in Walters Brust, und es wurde ihm beinahe übel. Er wurde jetzt aschfahl, und aus seinem Gesicht wich alle Spannung, so daß es sich kraftlos runzelte.

Ulrich bemerkte es und fragte ihn teilnehmend, ob ihm etwas fehle?

Mit Mühe sagte Walter nein und brachte forsch lächelnd hervor, daß er seinen Unsinn nur zu Ende führen möge.

«Ach Gott im Himmel,» räumte Ulrich nachgiebig ein «du hast ja nicht unrecht. Aber sehr oft haben wir aus einer Art Sportgeist Nachsicht mit Handlungen, die uns selbst schaden, wenn der Gegner sie in einer hübschen Weise durchführt; der Wert der Durchführung konkurriert dann mit dem Wert des Schadens. Sehr oft haben wir auch eine Idee, nach der wir ein Stück weit handeln, aber bald springen Gewohnheit, Beharrung, Nutzen, Einflüsterung für sie ein, weil es nicht anders geht. Ich habe also vielleicht einen Zustand beschrieben, der in keiner Weise bis zu Ende durchführbar ist, aber eines muß man ihm lassen: er ist ganz und gar der bestehende Zustand, in dem wir leben.»

Walter hatte sich wieder beruhigt. «Wenn man die Wahrheit umkehrt, kann man immer etwas sagen, das ebenso wahr wie verkehrt ist» meinte er sanft, ohne zu verbergen, daß ein weiterer Streit keinen Wert mehr für ihn habe. «Es sieht dir ähnlich, von etwas zu behaupten, es sei unmöglich, aber wirklich.»

Allein Clarisse rieb sich sehr energisch die Nase. «Ich finde das doch sehr wichtig,» sagte sie «daß in uns allen etwas Unmögliches ist. Es erklärt so vieles. Ich habe, wie ich zuhörte, den Eindruck gehabt, wenn man uns aufschneiden könnte, so würde unser ganzes Leben vielleicht wie ein Ring aussehen, bloß so rund um etwas.» Sie hatte schon vorher ihren Ehering abgezogen und guckte nun durch seine Öffnung gegen die belichtete Wand. «Ich meine, in seiner Mitte ist doch nichts, und doch sieht er genau so aus, als ob es ihm nur darauf ankäme. Ulrich kann das eben auch nicht gleich vollkommen ausdrücken!»

So endete diese Diskussion leider doch noch mit einem Schmerz für Walter.

85

General Stumms Bemühung, Ordnung in den Zivilverstand zu bringen

Ulrich mochte ungefähr eine Stunde länger fortgeblieben sein, als er es beim Weggehen angegeben hatte, und als er heimkehrte, wurde ihm gemeldet, daß ein Offizier schon lange auf ihn warte. Er traf oben zu seiner Überraschung General von Stumm an, der ihn in alter Kameradschaftlichkeit begrüßte. «Lieber Freund,» rief ihm dieser entgegen «du mußt entschuldigen, daß ich dich noch so spät überfalle, aber ich habe vom Dienst nicht früher abkommen können und sitze überdies schon zwei Stunden hier zwischen deiner Büchersammlung, die ordentlich zum Fürchten ist!» Es stellte sich nach einigem Austausch von Höflichkeiten heraus, daß Stumm durch ein dringendes Anliegen hergeführt worden. Er hatte ein Bein unternehmend über das andere geschlagen, was bei seiner Statur ein wenig Mühe machte, streckte den Arm mit der kleinen Hand aus und erklärte: «Dringend? Ich pflege meinen Referenten, wenn sie mir einen dringenden Akt bringen, zu sagen: Dringend ist nichts auf der Welt außer dem Weg zu einem gewissen Locus. Aber im Ernst gesprochen ist das, was mich zu dir führt, hervorragend wichtig. Ich habe dir schon gesagt, daß ich das Haus deiner Kusine als eine besondere Gelegenheit für mich betrachte, die wichtigsten Zivilfragen der Welt kennenzulernen. Schließlich ist das einmal etwas Nicht-Ärarisches, und ich kann dir versichern, daß es mir kolossal imponiert. Aber andererseits sind wir Militärs, auch wenn wir unsere Schwächen haben, lange nicht so dumm, wie man allgemein glaubt. Ich hoffe, du wirst mir zugeben, daß wir, wenn wir einmal etwas machen, es gründlich und ordentlich tun. Also du gibst es zu? Das habe ich mir auch erwartet, und dann kann ich offen mit dir reden, wenn ich dir trotzdem gestehe, daß ich mich für unseren militärischen Geist schäme. Schäme, habe ich gesagt! Ich bin heute neben dem Feldbischof wohl der Mann in der Armee, der am meisten mit dem Geist zu tun hat. Aber ich kann dir sagen, wenn man unseren militärischen Geist genau anschaut, so hervorragend er ist, er schaut aus wie ein Frührapport. Du weißt hoffentlich noch, was ein Frührapport ist? Also nicht wahr, da schreibt der Inspektionsoffizier hinein, soviel Mann sind da und Pferde, soviel Mann und Pferde sind nicht da, sie sind krank oder dergleichen, der Ulan Leitomischl ist über die Zeit ausgeblieben und so weiter. Aber warum soviel Mann und Pferde da oder krank sind und so weiter, das schreibt er nicht hinein. Und gerade das ist es, was man immer wissen müßte, wenn man mit Herren vom

Zivil zu tun hat. Die Rede des Soldaten ist kurz, einfach und sachlich, aber ich habe sehr oft mit Herren von den Zivilministerien zu konferieren, und dann fragen sie bei jeder Gelegenheit, warum das sein soll, was ich vorschlage, und berufen sich auf Rücksichten und Zusammenhänge höherer Natur. Also ich hab – du gibst mir dein Ehrenwort, daß das, was jetzt kommt, unter uns bleibt! – meinem Chef, dem Exzellenz Frost vorgeschlagen oder richtiger gesagt, ich will ihn mehr damit überraschen, daß ich die Gelegenheit bei deiner Kusine benutze, um diese Rücksichten und Zusammenhänge höherer Natur einmal ordentlich kennen zu lernen und, wenn ich so sagen darf, ohne unbescheiden zu sein, für den militärischen Geist heranzuziehen. Schließlich haben wir beim Militär Ärzte, Tierärzte, Apotheker, Geistliche, Auditoren, Intendanten, Ingenieure und Kapellmeister: aber eine zentrale Stelle für den Zivilgeist fehlt noch.»

Ulrich bemerkte jetzt erst, daß Stumm von Bordwehr eine Dienstmappe mitgebracht hatte; sie lehnte zu Füßen des Schreibtisches und war eine jener großen, an einem starken Riemen um die Schultern zu tragenden Rindsledertaschen, die dem Verbringen von Akten in den weitläufigen Baulichkeiten der Ministerien und über die Straße von einer Dienststelle zur anderen dienen. Offenbar war der General mit einer Ordonnanz gekommen, die unten wartete, ohne daß Ulrich sie bemerkt hatte, denn Stumm zog nur mit Mühe die schwere Tasche an seine Knie und ließ das kleine Stahlschloß aufspringen, das ungeheuer kriegstechnisch aussah. «Ich bin nicht müßig gegangen, seit ich eurem Unternehmen beiwohne,» lächelte er, indes sich sein hellblauer Rock beim Bücken an den Goldknöpfen spannte «aber verstehst du, da gibt es Sachen, mit denen ich nicht ganz zurechtkomme.» Er fingerte aus der Mappe eine ganze Anzahl loser, mit sonderbaren Aufzeichnungen und Strichen bedeckter Blätter hervor. «Deine Kusine,» erläuterte er «ich habe mich einmal eingehend mit deiner Kusine darüber besprochen, sie möchte begreiflicherweise, daß aus ihren Bemühungen, unserem Allerhöchsten Herrn ein geistiges Denkmal zu setzen, eine Idee hervorgeht, die gleichsam die rangshöchste unter allen Ideen darstellt, die man heute hat; aber ich habe jetzt schon bemerkt, so sehr ich alle diese Leute bewundern muß, die sie dazu eingeladen hat, daß das verteufelte Schwierigkeiten bereitet. Sagt der eine das, so behauptet der andere das Gegenteil – ist dir das nicht auch schon aufgefallen? – aber was mir wenigstens noch weit schlimmer vorkommt: der Zivilgeist scheint das zu sein, was man bei einem Pferd einen schlechten Fresser nennt. Du erinnerst dich doch noch? So einer Bestie kannst du die doppelte Futterration geben, sie wird trotzdem nicht dicker! Oder sagen wir halt,» verbesserte er sich auf einen kurzen Widerspruch des Hausherrn «meinetwegen kannst du auch sagen, daß er mit jedem Tag dicker wird, aber die Knochen wachsen ihm nicht, und das Fell bleibt glanzlos; was er kriegt, ist nur ein Grasbauch. Also das interessiert mich, weißt du, und ich habe mir vorgenommen, mich um diese Frage zu kümmern, warum da eigentlich keine Ordnung hineinzubringen ist.»

Stumm reichte seinem ehemaligen Leutnant lächelnd das erste der Blätter hin. «Man mag gegen uns sagen, was man will,» erläuterte er «aber auf Ordnung haben wir uns beim Militär immer verstanden. Hier das ist die Konsignation der Hauptideen, die ich aus den Teilnehmern an den Versammlungen bei deiner Kusine herausbekommen habe. Du siehst, wenn man ihn unter vier Augen fragt, hält eigentlich jeder etwas anderes für das Wichtigste.» Ulrich betrachtete das Blatt mit Staunen. Es war nach der Art eines Meldezettels oder eben der militärischen Verzeichnisse durch Kreuz- und Querlinien in Felder geteilt, deren Eintragungen aus Worten bestanden, die einer solchen Anlage einigermaßen widerstrebten, denn er las in ärarischer Schönschrift die Namen Jesus Christus; Buddha, Gautama auch Siddharta; Laotse; Luther, Martin; Goethe, Wolfgang; Ganghofer, Ludwig; Chamberlain und viele weitere, die offenbar noch auf einem anderen Blatt ihre Fortsetzung fanden; sodann in einer zweiten Spalte die Worte Christentum, Imperialismus, Jahrhundert des Verkehrs und so weiter, an die sich in anderen Spalten andere Wortsäulen schlossen.

«Ich könnte es auch das Grundbuchsblatt der modernen Kultur nennen,» erläuterte Stumm «denn wir haben das dann erweitert, und es enthält jetzt die Namen der Ideen und ihrer Urheber, von denen wir in den letzten fünfundzwanzig Jahren bewegt worden sind. Ich habe keine Ahnung davon gehabt, was das für eine Mühe macht!» Da Ulrich wissen wollte, wie er dieses Verzeichnis zustandegebracht, erklärte er gerne den Vorgang nach seinem System. «Ich habe einen Hauptmann, zwei Leutnants und fünf Unteroffiziere dazu gebraucht, um das in so kurzer Zeit fertigzustellen! Wenn wir ganz modern hätten sein dürfen, so würden wir ja an alle Regimenter die Frage geschickt haben ‹Wen halten Sie für den größten Menschen?›, wie man das heute macht, bei den Rundfragen der Zeitungen und dergleichen, weißt du, zugleich mit dem Befehl, das perzentuelle Abstimmungsergebnis anher zu melden; aber beim Militär geht so etwas nicht, weil natürlich kein Truppenkörper etwas anderes melden darf als Se. Majestät. Ich hab dann daran gedacht, erheben zu lassen, welche Bücher am meisten gelesen werden und die höchsten Auflagen haben, aber da hat sich gleich herausgestellt, daß das außer der Bibel die Neujahrsbüchel der Post mit den Tarifen und alten Witzen sind, die jeder Adressat für sein Trinkgeld von seinem Briefträger bekommt, was uns wieder darauf aufmerksam gemacht hat, wie schwierig der Zivilgeist ist, denn im allgemeinen gelten ja doch die Bücher für die besten, die sich für jeden Leser eignen, oder es muß wenigstens, hat man mir gesagt, ein Autor in Deutschland sehr viele Gleichgesinnte haben, damit er für einen ungewöhnlichen Geist gilt. Also, diesen Weg haben wir auch nicht einschlagen können, und wie es schließlich gemacht worden ist, das kann ich dir im Augenblick nicht sagen, das war eine Idee des Korporals Hirsch, gemeinsam mit dem Leutnant Melichar, aber es ist uns gelungen.»

General Stumm legte das Blatt beiseite und nahm mit einer bedeutende Enttäuschungen ankündigenden Miene ein anderes vor. Er hatte nach vollzogener Bestandaufnahme des mitteleuropäischen Ideenvorrats nicht nur zu seinem Bedauern festgestellt, daß er aus lauter Gegensätzen bestehe, sondern auch zu seinem Erstaunen gefunden, daß diese Gegensätze bei genauerer Beschäftigung mit ihnen ineinander überzugehen anfangen. «Daß mir von den berühmten Leuten bei deiner Kusine jeder etwas anderes sagt, wenn ich ihn um Belehrung bitte, daran habe ich mich schon gewöhnt» meinte er; «aber daß es mir, wenn ich längere Zeit mit ihnen gesprochen habe, trotzdem vorkommt, als ob sie alle das gleiche sagen würden, das ist es, was ich in keiner Weise kapieren kann, und vielleicht reicht mein Kommißverstand einfach nicht dafür aus!» Wovon General Stumms Verstand in solcher Weise geängstigt wurde, war keine Kleinigkeit und hätte eigentlich nicht nur dem Kriegsministerium überlassen bleiben dürfen, obgleich sich zeigen ließe, daß es zum Kriege allerhand beste Beziehungen unterhält. Dem gegenwärtigen Zeitalter sind eine Anzahl großer Ideen geschenkt worden und zu jeder Idee durch eine besondere Güte des Schicksals gleich auch ihre Gegenidee, so daß Individualismus und Kollektivismus, Nationalismus und Internationalismus, Sozialismus und Kapitalismus, Imperialismus und Pazifismus, Rationalismus und Aberglaube gleich gut darin zu Hause sind, wozu sich noch die unverbrauchten Reste unzähliger anderer Gegensätze von gleichem oder geringerem Gegenwartswert gesellen. Das scheint schon so natürlich zu sein, wie daß es Tag und Nacht, heiß und kalt, Liebe und Haß und zu jedem Beugemuskel im menschlichen Körper den widersprechend gesinnten Streckmuskel gibt, und General Stumm wäre ebensowenig wie irgendwer auf den Einfall gekommen, darin etwas Ungewöhnliches zu bemerken, wenn nicht sein Ehrgeiz durch seine Liebe zu Diotima in dieses Abenteuer gestürzt worden wäre. Denn die Liebe begnügt sich nicht damit, daß die Einheit der Natur auf Gegensätzen ruht, sondern sie will in ihrem Verlangen nach zärtlicher Gesinnung eine Einheit ohne Widersprüche, und so hatte der General auf alle mögliche Weise versucht, diese Einheit herzustellen. «Ich habe hier» erzählte er Ulrich, indem er gleichzeitig die dazugehörenden Blätter vorwies «ein Verzeichnis der Ideenbefehlshaber anlegen lassen, das heißt, es enthält alle Namen, welche in letzter Zeit sozusagen größere Heereskörper von Ideen zum Siege geführt haben; hier dieses andere ist eine Ordre de bataille; das da ein Aufmarschplan; dieses ein Versuch, die Depots oder Waffenplätze festzulegen, aus denen der Nachschub an Gedanken kommt. Aber du bemerkst wohl – ich habe es in der Zeichnung auch deutlich hervorheben lassen –, wenn du eine der heute im Gefecht stehenden Gedankengruppen betrachtest, daß sie ihren Nachschub an Kombattanten und Ideenmaterial nicht nur aus ihrem eigenen Depot, sondern auch aus dem ihres Gegners bezieht; du siehst, daß sie ihre Front fortwährend verändert und ganz unbegründet plötzlich mit verkehrter Front, gegen ihre eigene Etappe kämpft; du siehst andersherum, daß die Ideen ununterbrochen überlaufen, hin und zurück, so daß du sie bald in der einen, bald in der anderen Schlachtlinie findest: Mit einem Wort, man kann weder einen ordentlichen Etappenplan, noch eine Demarkationslinie, noch sonst etwas aufstellen, und das Ganze ist, mit Respekt zu sagen – woran ich aber andererseits doch wieder nicht glauben kann! – das, was bei uns jeder Vorgesetzte einen Sauhaufen nennen würde!» Stumm ließ einige Dutzend Blätter auf einmal in Ulrichs Hand gleiten. Sie waren bedeckt mit Aufmarschplänen, Bahnlinien, Straßennetzen, Portéeskizzen, Truppenzeichen, Kommandostandorten, Kreisen, Rechtecken, schraffierten Räumen; wie bei einem regelrechten Generalstabselaborat liefen rote, grüne, gelbe, blaue Linien hindurch, und Fähnchen verschiedenster Art und Bedeutung, wie sie ein Jahr später so volkstümlich werden sollten, waren hineingemalt. «Es nützt alles nichts!» seufzte Stumm. «Ich habe die Darstellungsart gewechselt und der Sache militärgeographisch statt strategisch beizukommen versucht, in der Hoffnung, auf diese Weise wenigstens einen festgegliederten Operationsraum zu gewinnen, aber es hat ebensowenig geholfen. Da hast du die oro- und hydrographischen Darstellungsversuche!» Ulrich sah Berggipfel markiert, von denen Verzweigungen ausliefen, die sich an anderer Stelle wieder massierten, Quellen, Flußnetze und Seen. «Ich habe» sagte der General, und in seinem lebenslustigen Auge glomm etwas Gereiztes oder Gehetztes auf, «noch die verschiedensten Versuche angestellt, das Ganze in eine Einheit zu bringen: aber weißt du, wie es ist?! So wie wenn man in Galizien zweiter Klasse reist und sich Filzläuse holt! Es ist das dreckigste Gefühl von Ohnmacht, das ich kenne. Wenn man sich lange zwischen Ideen aufgehalten hat, juckt es einen am ganzen Körper, und man bekommt noch nicht Ruhe, wenn man sich bis aufs Blut kratzt!»

Der Jüngere mußte über diese kräftige Darstellung lachen. Aber der General bat: «Nein, lach nicht! Ich habe mir gedacht: Du bist ein hervorragender Zivilist geworden; in deiner Stellung wirst du die Sache verstehn, aber du wirst auch mich verstehen. Ich bin zu dir gekommen, damit du mir hilfst. Ich habe viel zu viel Respekt vor allem, was Geist ist, als daß ich glauben könnte, daß ich im Recht bin!»

«Du nimmst das Denken viel zu ernst, Herr Oberstleutnant» tröstete ihn Ulrich. Er hatte unwillkürlich Oberstleutnant gesagt und entschuldigte sich: «Du hast mich so angenehm in die Vergangenheit zurückversetzt, General Stumm, wo du mich manchmal im Kasino zum Philosophieren in eine Ecke kommandiert hast. Aber ich wiederhole dir, man darf das Denken nicht so ernst nehmen, wie du es augenblicklich tust.»

«Nicht ernst nehmen?!» stöhnte Stumm. «Aber ich kann nicht mehr leben ohne eine höhere Ordnung in meinem Kopf! Verstehst du das nicht? Mich schaudert einfach, wenn ich mich daran erinnere, wie lange ich ohne sie auf dem Exerzierplatz und in der Kaserne, zwischen Offizierswitzen und Weibergeschichten gelebt habe!»

Sie setzten sich zu Tisch; Ulrich war gerührt von den kindlichen Einfällen, die der General mit Mannesmut ausführte, und der unverwüstlichen Jugendlichkeit, die ein rechtzeitiger Aufenthalt in kleinen Garnisonen verleiht. Er hatte den Genossen versunkener Jahre eingeladen, sein Abendbrot mit ihm zu teilen, und der General stand so sehr unter dem Eindruck des Wunsches, an seinen Geheimnissen teilzuhaben, daß er jedes Scheibchen Wurst mit Aufmerksamkeit auf die Gabel nahm. – «Deine Kusine» sagte er und hob das Weinglas «ist die bewundernswerteste Frau, die ich kenne. Man sagt mit Recht, daß sie eine zweite Diotima sei, ich habe so etwas noch nie gesehn. Weißt du, meine Frau, du kennst sie nicht, ich kann in keiner Weise klagen, und Kinder haben wir auch: aber so ein Weib wie Diotima, das ist doch ganz etwas anderes! Wenn Empfang ist, stelle ich mich manchmal hinter sie: Eine imponierend weibliche Fülle! Und dabei spricht sie auf der vorderen Seite mit irgendeinem hervorragenden Zivilisten gleichzeitig so gelehrt, daß ich mir am liebsten Notizen machen möchte! Und der Sektionschef, mit dem sie verheiratet ist, weiß absolut nicht, was er an ihr hat. Ich bitte um Verzeihung, wenn dir dieser Tuzzi vielleicht besonders sympathisch sein sollte, aber ich kann ihn nicht ausstehn! Der schleicht bloß herum und lächelt, als ob er wüßte, wo Bartel den Most holt, und es uns nicht verraten wollte. Und das soll er mir nicht vormachen, denn bei aller meiner Verehrung für das Zivil, die Regierungsbeamten nehmen darin den letzten Platz ein; die sind nichts als eine Art ziviles Militär, die mit uns bei jeder Gelegenheit um den Vorrang streiten und dabei eine so unverschämte Höflichkeit haben wie eine Katz, wenn sie auf einem Baum sitzt und einen Hund anschaut. Da ist der Dr. Arnheim ein anderes Kaliber» plauderte Stumm weiter; «vielleicht auch eingebildet, aber solche Überlegenheit muß man eben anerkennen.» Er hatte offenbar ein wenig rasch getrunken, nach dem vielen Sprechen, denn er wurde behaglich und vertraulich. «Ich weiß nicht, was das ist,» fuhr er fort «wahrscheinlich verstehe ich es nicht, weil man heute selbst schon einen so komplizierten Intellekt hat, aber obgleich ich doch selbst deine Kusine bewundere, als ob ich – also ich muß geradezu sagen, als ob ich einen zu großen Bissen im Hals stecken hätte! – so ist es mir doch auch eine Erleichterung, daß sie in den Arnheim verliebt ist.»

«Wie? Du bist sicher, daß sie miteinander etwas haben?» Ulrich hatte das etwas lebhaft gefragt, obgleich es ihm eigentlich nicht nahegehen sollte; Stumm glotzte ihn mit seinen kurzsichtigen, von der Erregung noch getrübten Augen mißtrauisch an und setzte seinen Zwicker auf. «Ich habe nicht behauptet, daß er sie gehabt hat» entgegnete er in unverblümter Offiziersweise, steckte seinen Zwicker wieder ein und fügte ganz unsoldatisch hinzu: «Ich würde aber auch nichts dagegen haben; hol mich der Teufel, ich habe dir schon gesagt, daß man in dieser Gesellschaft einen komplizierten Intellekt bekommt; ich bin gewiß kein Buserant, aber wenn ich mir die Zärtlichkeit vorstelle, die Diotima diesem Mann schenken könnte, dann fühle auch ich Zärtlichkeiten für ihn, und umgekehrt ist mir, als ob es meine eigenen Küsse wären, die er Diotima gibt.»

«Er gibt ihr Küsse?»

«Aber das weiß ich doch nicht, ich spioniere ihnen ja nicht nach. Ich denk mir nur so, wenn. Ich versteh mich eben selbst nicht. Übrigens habe ich schon einmal gesehn, wie er ihre Hand gefangen hat, als sie geglaubt haben, daß niemand zusieht, und da sind sie eine Weile so still gewesen, wie wenn ‹Kniet nieder zum Gebet, Tschako ab!› kommandiert worden wäre, und dann hat sie ihn ganz leise etwas gebeten, und er hat etwas darauf geantwortet, was ich mir beides wörtlich gemerkt habe, weil es so schwer verständlich ist; nämlich sie hat gesagt: ‹Ach, wenn man nur den erlösenden Gedanken fände!› und er hat geantwortet: ‹Nur ein reiner, ungebrochener Liebesgedanke kann uns die Erlösung bringen!› Offenbar hatte er das zu persönlich aufgefaßt, denn sie hat bestimmt den erlösenden Gedanken gemeint, den sie für ihr großes Unternehmen braucht –: Was lachst du? Tu dir nur keinen Zwang an, ich habe nun einmal immer schon meine Eigenheiten gehabt, und jetzt habe ich mir in den Kopf gesetzt, ihr zu helfen! Das muß sich machen lassen; es gibt so viele Gedanken, und einer muß schließlich der erlösende sein! Du mußt mir bloß an die Hand gehn!»

«Lieber General,» wiederholte Ulrich «ich kann dir bloß noch einmal sagen, du nimmst das Denken zu ernst. Aber da du Wert darauf legst, kann ich dir ja zu erklären versuchen, wie ein Zivilist denkt, so gut ich es vermag.» Sie waren an die Zigarren gelangt, und er begann: «Du bist erstens auf einem falschen Weg, General; der Geist ist nicht im Zivil zu finden, und das Körperliche beim Militär, wie du glaubst, sondern es verhält sich genau umgekehrt! Denn Geist ist Ordnung, und wo gibt es mehr Ordnung als beim Militär? Alle Halskragen haben dort eine Höhe von vier Zentimetern, die Zahl der Knöpfe ist genau festgesetzt, und selbst in den träumereichsten Nächten stehen die Betten schnurgerade an den Wänden! Die Aufstellung einer Eskadron in entwickelter Linie, die Massierung eines Regiments, die rechte Lage einer Kopfriemenschnalle sind also geistige Güter von hoher Bedeutung, oder es gibt geistige Güter überhaupt nicht!»

«Halte deine Großmutter zum Narren!» knurrte der General vorsichtig, der im Zweifel war, ob er seinen Ohren oder dem genossenen Wein nicht trauen sollte.

«Du bist vorschnell» beharrte Ulrich. «Wissenschaft ist nur dort möglich, wo sich die Geschehnisse wiederholen oder doch kontrollieren lassen, und wo gäbe es mehr Wiederholung und Kontrolle als beim Militär? Ein Würfel wäre kein Würfel, wenn er nicht um neun Uhr so rechteckig wäre wie um sieben. Die Gesetze der Planetenbahnen sind eine Art Schießvorschrift. Und wir könnten uns überhaupt von nichts einen Begriff oder ein Urteil machen, wenn alles nur einmal vorüberhuschte. Was etwas gelten soll und einen Namen tragen, das muß sich wiederholen lassen, muß in vielen Exemplaren vorhanden sein, und wenn du noch nie den Mond gesehen hättest, würdest du ihn für eine Taschenlampe halten; nebenbei bemerkt, die große Verlegenheit, die Gott der Wissenschaft bereitet, besteht darin, daß er nur ein einzigesmal gesehen worden ist, und das bei Erschaffung der Welt, ehe noch geschulte Beobachter da waren.»

Man muß sich in Stumm von Bordwehr versetzen; seit der Kadettenschule war ihm alles vorgeschrieben worden, von der Form der Kappe bis zum Heiratskonsens, und er verspürte wenig Neigung, seinen Geist solchen Erklärungen zu öffnen. – «Lieber Freund,» entgegnete er tückisch «das mag alles sein, aber es geht mich eigentlich nichts an; du machst ja ganz gute Witze, wenn du sagst, daß wir beim Militär die Wissenschaft erfunden haben, aber ich rede nicht von der Wissenschaft, sondern, wie deine Kusine sagt, von der Seele, und wenn sie von der Seele spricht, dann möchte ich mich am liebsten nackt ausziehen, so wenig paßt das zu einer Uniform!»

«Lieber Stumm,» fuhr Ulrich unbeirrt fort «sehr viele Menschen werfen der Wissenschaft vor, daß sie seelenlos und mechanisch sei und auch alles, was sie berühre, dazu mache; aber wunderlicherweise bemerken sie nicht, daß in den Angelegenheiten des Gemüts eine noch weit ärgere Regelmäßigkeit steckt als in denen des Verstandes! Denn wann ist ein Gefühl recht natürlich und einfach? Wenn sein Auftreten bei allen Menschen in gleicher Lage geradezu automatisch zu erwarten ist! Wie könnte man von allen Menschen Tugend verlangen, wenn eine tugendhafte Handlung nicht eine solche wäre, die sich beliebig oft wiederholen ließe?! Ich könnte dir noch viele andere solche Beispiele nennen, und wenn du vor dieser öden Regelmäßigkeit in die dunkelste Tiefe deines Wesens fliehst, wo die unbeaufsichtigten Bewegungen zuhause sind, in diese feuchte Kreaturtiefe, die uns vor dem Verdunsten am Verstande schützt, was findest du? Reize und Reflexbahnen, Einbahnung von Gewohnheiten und Geschicklichkeiten, Wiederholung, Fixierung, Einschleifung, Serie, Monotonie! Das ist Uniform, Kaserne, Reglement, lieber Stumm, und es hat die zivile Seele merkwürdige Verwandtschaft mit dem Militär. Man könnte sagen, daß sie sich an dieses Vorbild, an das sie nie ganz heranreicht, anklammert, wo sie nur kann. Und wo ihr das nicht möglich ist, ist sie wie ein Kind, das man allein gelassen hat. Nimm bloß die Schönheit einer Frau zum Beispiel: was dich als Schönheit überrascht und überwältigt, wovon du glaubst, daß du es zum erstenmal in deinem Leben erblickst, das hast du innerlich längst schon gekannt und gesucht, davon war immer ein Vorglanz in deinen Augen, der jetzt bloß zur vollen Tageshelle verstärkt wird; dagegen, wenn es sich wirklich um Liebe auf den ersten Blick, um Schönheit handelt, die du noch nie wahrgenommen hast, so weißt du einfach nicht, was du damit anfangen sollst; dem ist nichts Ähnliches vorangegangen, du weißt keinen Namen dafür, du hast kein Gefühl als Antwort, du bist einfach grenzenlos verwirrt, geblendet, in ein blindes Staunen, in einen trottelhaften Stumpfsinn versetzt, der mit Glück kaum noch etwas gemeinsam zu haben scheint –»

Hier unterbrach der General lebhaft seinen Freund. Er hatte ihm bisher mit jener Geübtheit zugehört, die man auf dem Exerzierplatz an dem Tadel und den Belehrungen seiner Vorgesetzten erwirbt, die man nötigenfalls wiederholen können muß und doch nicht in sich aufnehmen darf, weil man sonst ebensogut auf einem ungesattelten Igel nachhause reiten könnte; jetzt hatte ihn aber Ulrich getroffen, und er rief heftig aus: «Der Wahrheit die Ehre, das beschreibst du hervorragend richtig! Wenn ich mich so recht in die Bewunderung für deine Kusine versenke, so löst sich alles in mir in nichts auf. Und wenn ich mich ganz angestrengt zusammennehme, damit mir endlich eine Idee einfalle, mit der ich ihr nützen könnte, so entsteht ebenfalls eine äußerst unangenehme Leere in mir; trottelhaft darf man das wohl nicht nennen, aber sehr ähnlich ist es bestimmt. Und du meinst also, wenn ich dich recht verstanden habe, daß wir Militärs ganz ordentlich denken; daß der Zivilverstand – also daß wir sein Vorbild sein sollen, das muß ich ablehnen, das ist wohl nur ein Witz von dir! – aber daß wir den gleichen Verstand haben, das denk ich mir auch manchmal; und was darüber hinausgeht, meinst du, also alle diese Dinge, die uns Soldaten so ungemein zivilistisch vorkommen, wie Seele, Tugend, Innigkeit, Gemüt – der Arnheim kann unglaublich geläufig damit umgehn, aber du meinst, daß das zwar Geist ist, ja natürlich, du sagst ja wohl, daß gerade das diese sogenannten Rücksichten höherer Natur sind, aber du sagst eben auch, daß man ganz blöd davon wird, und das stimmt alles ausgezeichnet, aber schließlich ist der Zivilgeist doch der überlegene, und das willst du doch gewiß nicht bestreiten, und jetzt frage ich dich, wie stimmt denn das?»

«Ich habe vorhin erstens gesagt, und das hast du vergessen; ich habe erstens gesagt, daß der Geist beim Militär zu Hause ist, und nun sage ich zweitens: beim Zivil das Körperliche –»

«Aber das ist doch Unsinn?» lehnte sich Stumm mißtrauisch auf. Die körperliche Überlegenheit des Militärs war ein Dogma genau so wie die Überzeugung, daß der Stand des Offiziers dem Thron am nächsten stehe; und wenn sich Stumm auch nie für einen Athleten gehalten hatte, so meldete sich in dem Augenblick, wo man daran zu zweifeln schien, doch die Gewißheit, daß ein Zivilbauch, bei gleichem Vorhandensein, noch um einiges weicher sein müsse als der seine.

«Nicht mehr oder weniger Unsinn als alles andere» verteidigte sich Ulrich. «Aber du mußt mich ausreden lassen. Siehst du, es mögen ungefähr hundert Jahre her sein, da haben die führenden Köpfe des deutschen Zivils geglaubt, daß der denkende Bürger die Gesetze der Welt an seinem Schreibtisch sitzend aus seinem Kopf herleiten werde, so wie man die Sätze von den Dreiecken beweisen kann; und der Denker war damals ein Mann in Nankinghosen, der das Haar aus der Stirn schleuderte und noch nicht die Petroleumlampe, geschweige denn die Elektrizität oder ein Phonogramm kannte. Diese Überhebung ist uns seither gründlich ausgetrieben worden; wir haben in diesen hundert Jahren uns und die Natur und alles sehr viel besser kennen gelernt, aber der Erfolg ist sozusagen, daß man alles, was man an Ordnung im einzelnen gewinnt, am Ganzen wieder verliert, so daß wir immer mehr Ordnungen und immer weniger Ordnung haben.»

«Das stimmt zu meinen Untersuchungen» bestätigte Stumm.

«Bloß ist man nicht so eifrig wie du, eine Zusammenfassung zu suchen» fuhr Ulrich fort. «Nach den vergangenen Anstrengungen sind wir in einen Zeitabschnitt des Zurücksinkens geraten. Stell dir bloß vor, wie das heute vor sich geht: Wenn ein bedeutender Mann eine Idee in die Welt setzt, so wird sie sogleich von einem Verteilungsvorgang ergriffen, der aus Zuneigung und Abneigung besteht; zunächst reißen die Bewunderer große Fetzen daraus, so wie sie ihnen passen, und verzerren ihren Meister wie die Füchse das Aas, dann vernichten die Gegner die schwachen Stellen, und über kurz bleibt von keiner Leistung mehr übrig als ein Aphorismenvorrat, aus dem sich Freund und Feind, wie es ihnen paßt, bedienen. Die Folge ist eine allgemeine Vieldeutigkeit. Es gibt kein Ja, an dem nicht ein Nein hinge. Du kannst tun, was du willst, so findest du zwanzig der schönsten Ideen, die dafür, und wenn du willst, zwanzig, die dagegen sind. Man könnte fast schon glauben, es ist wie in der Liebe und im Haß und beim Hunger, wo der Geschmack verschieden sein muß, damit jeder zum Seinen kommt.»

«Ausgezeichnet!» rief Stumm, wieder gewonnen, aus. «Etwas Ähnliches habe ich selbst schon Diotima gesagt! Aber bedenkst du nicht, daß man in dieser Unordnung die Rechtfertigung des Militärs sehen müßte, und ich schäme mich doch, auch nur einen Augenblick daran zu glauben!»

«Ich würde dir raten,» meinte Ulrich «Diotima den Tip zu geben, daß Gott, aus Gründen, die uns noch unbekannt sind, ein Zeitalter der Körperkultur heraufzuführen scheint; denn das einzige, was den Ideen einigermaßen Halt gibt, ist der Körper, zu dem sie gehören, und dabei hättest du als Offizier überdies einen gewissen Vorsprung.»

Der kleine, dicke General zuckte zurück. «Ich bin, was Körperkultur betrifft, nicht schöner wie ein geschälter Pfirsich» sagte er nach einer Weile mit einer bitteren Genugtuung. «Und ich muß dir auch sagen,» fügte er hinzu «daß ich an Diotima nur auf eine ordentliche Weise denke und auf ebensolche Art vor ihr zu bestehen wünsche.»

«Schade,» meinte Ulrich «deine Absicht wäre eines Napoleon würdig, aber du wirst kein geeignetes Jahrhundert dafür vorfinden!»

Der General steckte den Spott mit der Würde ein, die ihm der Gedanke verlieh, für die Dame seines Herzens zu leiden, und sagte nach einigem Nachdenken: «Ich danke dir jedenfalls für deine interessanten Ratschläge.»

86

Der Königskaufmann und die Interessenfusion Seele-Geschäft Auch: Alle Wege zum Geist gehen von der Seele aus, aber keiner führt zurück

Zu dieser Zeit, wo des Generals Liebe vor seiner Bewunderung für Diotima und Arnheim zurücktrat, hätte Arnheim längst schon den Beschluß gefaßt haben müssen, nicht mehr wiederzukehren. Statt dessen traf er Anstalten zu längerem Aufenthalt; er behielt die Zimmer, die er im Hotel bewohnte, dauernd bei, und sein bewegtes Leben machte den Eindruck, stillzustehen.

Die Welt wurde damals von allerlei erschüttert, und wer gegen das Ende des Jahres neunzehnhundertdreizehn gute Nachrichten besaß, hatte das Bild eines kochenden Vulkans, wenn auch die von der friedlichen Arbeit ausgehende Suggestion, dieser könne niemals wieder ausbrechen, allgemein war. Sie war nicht allgemein gleich stark. Die Fenster des schönen alten Palais am Ballhausplatz, wo Sektionschef Tuzzi waltete, warfen oft noch spät abends Licht in die kahlen Bäume des gegenüberliegenden Gartens, und gebildete Bummler, wenn sie nachts vorbeikamen, faßte Schauer an. Denn so wie der heilige Josef den gewöhnlichen Zimmermann Josef durchdringt, durchdrang der Name «der Ballhausplatz» den dort stehenden Palast mit dem Geheimnis, eine des halben Dutzends mysteriöser Küchen zu sein, wo hinter verhängten Fenstern das Geschick der Menschheit bereitet wurde. Dr. Arnheim war von diesen Vorgängen ziemlich gut unterrichtet. Er erhielt chiffrierte Depeschen und von Zeit zu Zeit den Besuch eines seiner Beamten, der mit persönlichen Informationen aus der Zentrale kam, die Fenster seiner Hotelwohnung waren auch oft in Front erleuchtet, und ein einbildungskräftiger Beobachter hätte glauben können, hier nächtige eine zweite, eine Gegenregierung, eine moderne, apokryphe Kampfanlage der wirtschaftlichen Diplomatie.

Übrigens vernachlässigte es Arnheim niemals, einen solchen Eindruck selbst hervorzurufen; denn ohne die Suggestionen der Äußerlichkeit ist der Mensch nur eine süße wässerige Frucht ohne Schale. Schon beim Frühstück, das er aus diesem Grunde nicht allein, sondern in dem allen zugänglichen Raum des Hotels einnahm, gab er mit der Regierungsgeübtheit des erfahrenen Herrschers und der höflich stillen Haltung des Mannes, der sich beobachtet weiß, die Tagesanordnungen seinem Sekretär, der sie stenographisch festhielt; keine von ihnen hätte genügt, um Arnheim Freude zu bereiten, aber indem sie den Platz in seinem Bewußtsein nicht nur untereinander teilten, sondern darin auch noch durch die Reize des Frühstücks eingeschränkt wurden, hoben sie sich in die Höhe. Wahrscheinlich braucht menschliche Begabung – und das war einer seiner Lieblingsgedanken – überhaupt eine gewisse Einengung, um sich entfalten zu können; der wirklich fruchtbare Streifen zwischen übermütiger Gedankenfreiheit und mutloser Gedankenflucht ist, wie jeder Kenner des Lebens weiß, überaus schmal. Außerdem war er aber auch noch davon überzeugt, daß es sehr darauf ankomme, wer einen Gedanken habe; denn man weiß, daß neue und bedeutende Gedanken selten einen einzigen Finder haben, und andererseits bringt das Gehirn eines Menschen, der zu denken gewohnt ist, unaufhörlich Gedanken von verschiedenem Wert hervor: den Abschluß, die wirksame, erfolgreiche Form müssen Einfälle darum immer von außen erhalten, nicht nur aus dem Denken, sondern aus den ganzen Lebensumständen der Person. Eine Frage des Sekretärs, ein Blick auf einen Nebentisch, der Gruß eines Eintretenden, irgendetwas von dieser Art erinnerte Arnheim jedesmal im rechten Augenblick an die Notwendigkeit, aus sich eine eindrucksvolle Erscheinung zu machen, und diese Einheit der Erscheinung übertrug sich denn auch sogleich auf sein Denken. Er hatte diese Lebenserfahrung in die zu seinen Bedürfnissen passende Überzeugung gefaßt, daß der denkende Mensch immer zugleich auch ein handelnder sein müsse.

Trotz solcher Überzeugung maß er aber seiner augenblicklichen Tätigkeit keine sehr große Bedeutung bei; wenngleich er damit ein Ziel verfolgte, das unter Umständen überraschend lohnend sein konnte, fürchtete er, daß er seinem Aufenthalt Opfer an Zeit bringe, die nicht zu rechtfertigen seien. Er rief sich wiederholt die alte kühle Weisheit «Divide et impera» ins Gedächtnis: sie gilt von jedem Verkehr mit Menschen und Dingen und fordert eine gewisse Entwertung jeder einzelnen Beziehung durch die Gesamtheit aller, denn das Geheimnis der Stimmung, in der man erfolgreich handeln will, ist das gleiche wie das des Mannes, den viele Frauen lieben, während er keine ausschließlich bevorzugt. Doch nützte das nichts; sein Gedächtnis stellte ihm die Forderungen vor, welche die Welt einem zu großer Tätigkeit geborenen Mann auferlegt, er konnte sich aber, nach vielfach wiederholter Befragung seines Inneren, trotzdem nicht dem Ergebnis verschließen, daß er liebte. Und das war eine sonderbare Sache, denn ein Herz, das gegen fünfzig Jahre alt ist, ist ein zäher Muskel, der sich nicht mehr so einfach ausdehnen mag wie der eines Zwanzigjährigen in der Zeit der Liebesblüte, und es bereitete ihm beträchtliche Unannehmlichkeiten.

Er stellte zunächst mit Besorgnis fest, daß seine ausgebreiteten Weltinteressen wie eine der Wurzel beraubte Blume abwelkten und unbedeutende Eindrücke des Alltags, bis zu einem Sperling am Fenster oder zum freundlichen Lächeln eines Kellners hinunter, geradezu aufblühten. An seinen moralischen Begriffen, die sonst ein großes System des Rechthabens darstellten, dem nichts entschlüpfte, bemerkte er, daß sie beziehungsärmer wurden, dagegen etwas Körperliches ansetzten. Man konnte es Hingabe nennen, aber das war gleich ein Wort, das sonst einen viel weiteren und jedenfalls auch anderen Sinn hatte, denn ohne sie kommt man nirgends aus; Hingabe an eine Pflicht, an einen Höheren oder Führer, auch die an das Leben selbst, in seinem Reichtum und seiner Mannigfaltigkeit, war sonst, als männliche Tugend verstanden, für ihn der Inbegriff eines aufrechten Verhaltens gewesen, das bei aller Aufgeschlossenheit mehr Zurückhaltung als Hinausgabe enthielt. Und gleiches ließe sich von der Treue sagen, die, auf eine Frau beschränkt, einen engen Beigeschmack hat; von Ritterlichkeit und Sanftmut, Selbstlosigkeit und Zartgefühl, alles Tugenden, die wohl gewöhnlich in Verbindung mit der Frau vorgestellt werden, aber dabei ihren besten Reichtum verlieren, so daß sich schwer sagen läßt, ob auch das Erlebnis der Liebe nur zu ihr, wie Wasser an die tiefste und gewöhnlich nicht einwandfreie Stelle zusammenströmt oder ob das Erlebnis der Frauenliebe die vulkanische Stelle ist, von deren Wärme alles lebt, was auf der Erdoberfläche blüht. Ein sehr hoher Grad von männlicher Eitelkeit fühlt sich darum in der Gesellschaft von Männern wohler als in der von Frauen, und wenn Arnheim seinen in die Sphären der Macht getragenen Ideenreichtum mit dem durch Diotima bewirkten Zustand der Glückseligkeit verglich, so konnte er sich des Eindrucks einer rückläufigen Bewegung, die mit ihm vor sich gegangen sei, durchaus nicht erwehren.

Er hatte zuweilen das Bedürfnis nach Umarmungen und Küssen wie ein Knabe, der sich, wenn sein Wunsch nicht erfüllt wird, leidenschaftlich zu Füßen der Versagenden stürzt, oder er ertappte sich bei dem Verlangen, zu schluchzen, Worte hervorzustoßen, welche die Welt herausfordern sollten, und schließlich gar die Geliebte auf seinen eigenen Händen zu entführen. Nun weiß man ja wohl, daß am verantwortungslosen Rand der bewußten Person, von wo die Märchen und Gedichte kommen, auch allerhand kindische Erinnerungen zu Hause sind und sichtbar werden, wenn ausnahmsweise der leichte Rausch einer Ermüdung, das fessellose Spiel des Alkohols oder irgendeine Erschütterung diese Bezirke durchhellen; und leibhaftiger als solche Schemen waren auch Arnheims Anwandlungen nicht, so daß er nicht Ursache gehabt hätte, sich über sie aufzuregen (und durch solche Erregung die ursprüngliche gewichtig zu verstärken), wenn ihn diese infantilen Rückwandlungen aufdringlich davon überzeugt hätten, daß sein Seelenleben voll von verblaßten Moralpräparaten sei. Das Allgemeingültige, das er immer seinen Handlungen zu geben bestrebt war, als ein vor ganz Europa lebender Mensch, zeigte sich ihm mit einemmal als etwas Uninnerliches. Vielleicht ist das nur natürlich, wenn etwas für alle gelten soll; das Befremdliche war aber die Umkehrung dieses Schlusses, die sich Arnheim gleichfalls aufdrängte, denn wenn das Allgemeingültige uninnerlich ist, dann ist umgekehrt der innere Mensch das Ungültige, und so verfolgte Arnheim jetzt nicht nur auf Schritt und Tritt der Drang, irgend etwas unrichtig Schmetterndes, unvernünftig Illegitimes zu tun, sondern auch noch die Belästigung, daß dies im Sinne irgendeiner Übervernunft das Richtige wäre. Seit er das Feuer wieder kennengelernt hatte, das ihm die Zunge verdorrte, überwältigte ihn das Gefühl, er habe einen Weg, den er ursprünglich gegangen, vergessen, und die gesamte Ideologie eines großen Mannes, die ihn erfüllte, sei nur der Notersatz für etwas, das ihm verlorengegangen war.

Auf diese Weise erinnerte er sich in natürlicher Folge seiner Kindheit. Auf seinen Jugendbildnissen hatte er große, schwarze, runde Augen, wie man den Knaben Jesus malt, wenn er im Tempel mit den Schriftgelehrten disputiert, und er sah alle Erzieherinnen und Erzieher in einem Kreis um sich versammelt stehn und sich über seine Geistesgaben wundern, denn er war ein kluges Kind gewesen und hatte immer kluge Erzieher gehabt. Er hatte sich aber auch als glühendes, gefühlvolles Kind bewährt, das kein Unrecht leiden konnte; da er selbst viel zu behütet gewesen, als daß ihm eins hätte geschehen können, nahm er sich auf der Straße fremden Unrechts an und warf sich seinetwillen in Kämpfe. Das war eine sehr bedeutende Leistung, wenn berücksichtigt wird, wie sehr man ihn daran hinderte, so daß niemals mehr als eine Minute verstrich, ohne daß jemand herbeistürzte, um ihn von seinem Gegner zu trennen. Und weil auf diese Weise solche Kämpfe gerade lange genug dauerten, um die eine oder andere schmerzliche Erfahrung zu sammeln, aber rechtzeitig genug unterbrochen wurden, um in ihm den Eindruck ungebeugter Tapferkeit zu hinterlassen, dachte Arnheim noch heute mit Einverständnis an sie zurück, und die Herreneigenschaft vor nichts zurückscheuenden Mutes überging später auf seine Bücher und Überzeugungen, wie es ein Mensch braucht, der seinen Zeitgenossen zu sagen hat, wie sie sich zu verhalten haben, um würdig und glücklich zu sein.

Dieser Zustand seiner Kinderzeit war ihm also verhältnismäßig lebhaft erhalten geblieben, aber ein anderer, der sich etwas später und teilweise als die umbildende Fortsetzung eingestellt hatte, zeigte sich dem Betrachter entschlafen oder, richtiger gesagt, versteint, wenn man erlaubt, dabei unter Steinen Brillanten zu verstehen. Es war der, nun in der Berührung mit Diotima zu neuem Leben aufschreckende der Liebe, und das Bezeichnende war, daß ihn Arnheim in seiner Jünglingszeit ursprünglich ganz ohne Frauen, überhaupt ohne bestimmte Personen, kennengelernt hatte, und daran war etwas Verwirrendes, womit er sein Leben lang nicht fertiggeworden, obgleich er im Lauf der Zeit die modernsten Erklärungen dafür kennenlernte. «Was er meinte, war vielleicht nur das unbegreiflich Hergekommene von etwas noch Abwesendem, wie jene seltenen Mienen in Gesichtern, die gar nicht mit diesen, sondern mit irgendwelchen anderen, plötzlich jenseits alles Gesehenen vermuteten Gesichtern zusammenhängen, waren kleine Melodien mitten in Geräuschen, Gefühle in Menschen, ja es gab in ihm Gefühle, die, wenn seine Worte sie suchten, noch gar keine Gefühle waren, sondern nur, als hätte sich etwas in ihm verlängert, mit den Spitzen sich schon hineintauchend, benetzend, wie die Dinge manchmal sich verlängern, an fieberhellen Frühlingstagen, wenn ihre Schatten über sie hinauskriechen und so still und nach einer Richtung bewegt stehen wie Spiegelbilder im Bach.» So hatte es, freilich viel später und mit anderem Akzent, ein Dichter ausgedrückt, den Arnheim schätzte, weil es für ein Zeichen von Eingeweihtheit galt, von diesem, dem Gesicht des Publikums entzogenen, heimlichen Mann zu wissen; ohne daß er ihn übrigens selbst verstand, denn Arnheim verband solche Andeutungen mit den Reden vom Erwachen einer neuen Seele, wie sie zu seiner Jugendzeit im Schwange gewesen waren, oder mit den langen mageren Mädchenkörpern, die man damals im Bilde liebte und durch ein Lippenpaar auszeichnete, das wie ein fleischiger Blütenkelch aussah.

Damals, es war um das Jahr achtzehnhundertsiebenundachtzig – «du lieber Gott, also fast vor einem Menschenalter!» dachte Arnheim – zeigten seine eigenen Photographien einen modernen, «neuen» Menschen, wie man das zu jener Zeit nannte, das heißt, er trug auf ihnen eine hochgeschlossene schwarze Atlasweste und eine breite Kragenbinde aus schwerer Seide, die an die Mode der Biedermeierzeit anknüpfte, der Absicht nach aber an Baudelaire erinnern sollte, was durch eine Orchidee unterstützt wurde, die als neue Erfindung zauberhaft bösartig in einem Knopfloch stak, wenn Arnheim jun. zu Tafel gehn und seine junge Person in einer Gesellschaft von robusten Kaufleuten und Freunden seines Vaters durchsetzen mußte. An Werktagen dagegen zeigten die Bilder gerne einen Zollstab als Schmuck, der aus einem weichen englischen Strapazanzug guckte, zu dem recht komisch, aber die Bedeutung des Kopfes erhöhend, ein viel zu hoher steifer Stehkragen getragen wurde. So hatte Arnheim ausgesehen und vermochte noch heute nicht, seinem Abbild ein gewisses Maß von Wohlwollen zu versagen. Er spielte gut und mit dem Eifer einer noch ungewöhnlichen Leidenschaft Tennis, das man in jener ersten Zeit auf Grasplätzen betrieb; besuchte zum Staunen seines Vaters und allen sichtbar Arbeiterversammlungen, denn er hatte während eines Studienjahrs in Zürich die anstößige Bekanntschaft der sozialistischen Ideen gemacht; bedachte sich aber auch nicht, andern Tags rücksichtslos zu Pferd durch ein Arbeiterdorf zu sprengen. Kurz, alles das war ein Wirbel von widerspruchsvollen, aber neuen geistigen Elementen gewesen, welche die bezaubernde Einbildung erweckten, zur rechten Zeit geboren worden zu sein, die so wichtig ist, wenngleich man später natürlich erkennt, daß ihr Wert nicht gerade in ihrer Seltenheit liegt. Ja Arnheim war, späterhin immer mehr Raum konservativen Erkenntnissen gebend, sogar im Zweifel, ob dieses sich beständig erneuende Gefühl, der zuletzt Gekommene zu sein, nicht eine

Verschwendung der Natur darstelle; er gab es jedoch nicht preis, weil er nur sehr ungern überhaupt etwas preisgab, was er einmal besessen, und sein sammelndes Wesen sorgfältig alles in sich aufbewahrt hatte, was es damals gegeben. Nur kam ihm heute vor, so abgerundet und mannigfaltig sein Leben sich ihm auch darstellte, es hätte darin von allem doch gerade das eine ihn ganz anders nachwirkend ergriffen, was zuerst unter allem als das Unwirklichste erschienen war: eben jener romantisch ahnungsvolle Zustand, der ihm eingeflüstert hatte, nicht nur der lebhaft bewegten Welt, sondern noch einer anderen anzugehören, die wie ein angehaltener Atem in ihr schwebte.

Diese schwärmerische Ahnung, die ihm nun durch Diotima wieder in ihrer ganzen Ursprünglichkeit gegenwärtig war, gebot jeder Tätigkeit und Regsamkeit Stille, der Tumult der jugendlichen Widersprüche und die hoffnungsvollen wechselnden Aussichten machten dem Tagtraum Platz, daß alle Worte, Geschehnisse und Forderungen in ihrer von der Oberfläche abgewandten Tiefe ein und dasselbe seien. In solchen Augenblicken schwieg selbst der Ehrgeiz, die Ereignisse der Wirklichkeit waren fern wie der Lärm vor einem Garten, ihn dünkte, die Seele sei aus ihren Ufern getreten und nun erst wahrhaft anwesend. Man kann nicht lebhaft genug versichern, daß dies keine Philosophie war, sondern ein ebenso körperhaftes Erlebnis, wie wenn man den vom Tageshimmel überstrahlten Mond stumm im Vormittagslicht hängen sieht. In diesem Zustand speiste zwar schon der junge Paul Arnheim beherrscht in einem vornehmen Restaurant, ging sorgfältig gekleidet in jede Gesellschaft und tat überall das, was zu tun war; aber man konnte sagen, daß es dabei von ihm zu ihm ebensoweit war wie zum nächsten Menschen oder Ding, daß die Außenwelt nicht an seiner Haut aufhörte und die Innenwelt nicht bloß durch das Fenster der Überlegung hinausleuchtete, sondern daß sie beide sich zu einer ungeteilten Abgeschiedenheit und Anwesenheit vereinten, die so mild, ruhig und hoch war wie ein traumloser Schlaf. In moralischer Beziehung zeigte sich dann eine wahrhaft große Gleichgültigkeit und Gleichwertigkeit; es war nichts klein und nichts groß, ein Gedicht und ein Kuß auf eine Frauenhand wogen ebensoviel wie ein mehrbändiges Werk oder eine politische Großtat, und alles Böse war so sinnlos, wie im Grund auch alles Gute in diesem Umfangensein von der zärtlichen Urverwandtschaft aller Wesen überflüssig wurde. Arnheim benahm sich also ganz wie gewöhnlich, nur schien es in einer ungreifbaren Bedeutung zu geschehen, hinter deren zitternder Flamme der innere Mensch unbeweglich stand und dem äußeren zusah, der vor ihr einen Apfel aß oder sich vom Schneider gerade einen Anzug anmessen ließ.

War das nun eine Einbildung oder der Schatten einer Wirklichkeit, die man niemals ganz verstehen wird? Es kann darauf nur erwidert werden, daß alle Religionen in gewissen Zuständen ihrer Entwicklung behauptet haben, es sei Wirklichkeit, desgleichen alle Liebenden, alle Romantiker und alle Menschen, die eine Neigung für den Mond haben, den Frühling und das selige Sterben der ersten Herbsttage. In der Folge verliert sich das aber wieder; es verflüchtigt sich oder trocknet ein, das läßt sich nicht unterscheiden, jedoch eines Tags stellt man fest, daß anderes an seiner Stelle da ist, und man vergißt es so rasch, wie man nur unwirkliche Erlebnisse, Träume oder Einbildungen vergißt. Da dieses Ur- und Weltliebeserlebnis zumeist gleichzeitig mit der ersten persönlichen Verliebtheit aufzutreten pflegt, glaubt man überdies später auch beruhigt zu wissen, wie es einzuschätzen sei, und rechnet es zu den Torheiten, die man sich nur vor Erlangen des politischen Wahlrechts gestatten darf. So war dies also beschaffen, aber da es sich bei Arnheim niemals mit einer Frau verbunden hatte, konnte es auch nicht in der natürlichen Weise mit ihr aus seinem Herzen verschwinden; dafür wurde es von den Eindrücken überdeckt, die sein Wesen erfuhr, sobald er nach Vollendung seiner Studien- und Freizeit in die Geschäfte seines Vaters eintrat. Da er nichts halb tat, entdeckte er dort alsbald, daß das schaffende und recht beschaffene Leben beiweitem ein größeres Gedicht sei als alle, die Dichter in ihren Schreibstuben ersannen, und das war nun etwas ganz anderes.

Dabei zeigte sich zum erstenmal seine Begabung zur Vorbildlichkeit. Denn das Gedicht des Lebens hat vor allen übrigen Gedichten voraus, daß es gleichsam in großen Buchstaben gesetzt ist, wie immer sein Inhalt sonst beschaffen sein möge. Um den kleinsten Volontär, der in einem Weltgeschäft tätig ist, kreist die Welt, und Erdteile gucken ihm über die Schulter, so daß nichts, was er tut, ohne Bedeutung ist; um den einsamen Verfasser in seinem Zimmer kreisen dagegen höchstens die Fliegen, er mag sich anstrengen, wie er will. Das ist so einleuchtend, daß vielen Menschen in dem Augenblick, wo sie anfangen, in Lebensmaterial zu schaffen, alles, was sie früher bewegt hat, «nur Literatur» zu sein scheint, das heißt, es übt bestenfalls eine schwächliche und verworrene, meistens aber eine widerspruchsvolle, sich selbst aufhebende Wirkung aus, die in gar keinem Verhältnis zu dem Aufheben steht, das man von ihrer Veranstaltung macht. Nicht ganz so ging das natürlich bei Arnheim vor sich, der weder die schönen Regungen der Kunst verleugnete, noch irgendetwas, das ihn einmal heftig bewegt hatte, als Torheit oder Einbildung anzusehen vermochte; sobald er die Überlegenheit seiner männlichen Verhältnisse über die träumerisch jugendlichen erkannte, ging er daran, unter Führung der neuen Manneserkenntnisse eine Verschmelzung beider Erlebnisgruppen zu bewerkstelligen. Tatsächlich tat er damit eben das, was alle die vielen und die Mehrzahl der Gebildeten ausmachenden Menschen tun, die nach dem Eintritt ins Erwerbsleben ihre früheren Interessen nicht ganz verleugnen wollen, ja im Gegenteil jetzt erst ein ruhiges, reifes Verhältnis zu den schwärmerischen Antrieben ihrer Jugend finden. Die Entdeckung des großen Gedichtes des Lebens, an dem sie sich mitarbeiten wissen, schenkt ihnen den Mut des Dilettanten wieder, den sie zur Zeit, wo sie ihre eigenen Gedichte verbrannten, verloren hatten; sie dürfen sich, am Leben dichtend, wahrhaft als *geborene* Fachleute ansehen und gehen daran, ihr tägliches Tun mit geistiger Verantwortung zu durchdringen, fühlen sich vor tausend kleine Entscheidungen gestellt, damit es sittlich und schön sei, nehmen sich an der Vorstellung ein Muster, daß Goethe so gelebt habe, und erklären, daß sie ohne Musik, ohne Natur, ohne Betrachtung des unschuldigen Spiels von Kindern und Tieren und ohne ein gutes Buch das Leben nicht freuen würde. Dieser so durchseelte Mittelstand ist unter Deutschen noch immer der Hauptkonsument der Künste und aller nicht zu schwierigen Literatur, aber seine Mitglieder sehen auf Kunst und Literatur, die ihnen früher als Vollendung ihrer Wünsche vorgekommen waren, begreiflicherweise und wenigstens mit einem Auge so herab wie auf eine Frühstufe – wenn diese auch in ihrer Art vollendeter ist, als es ihnen gegönnt war, – oder sie halten davon, was etwa ein Eisenblechfabrikant von einem Gipsfigurenbildhauer halten müßte, wenn er die Schwäche besäße, dessen Produkte schön zu finden.

Diesem Mittelstand der Bildung glich nun Arnheim wie eine prächtige gefüllte Gartennelke einer dürftigen, am Wegrand entstandenen Steinnelke. Niemals kam für ihn geistiger Umsturz, grundsätzliche Neuerung in Frage, sondern stets nur Verflechtung ins Bestehende, Besitzergreifung, sanfte Korrektur, moralische Neubelebung des verblaßten Privilegs der in Geltung befindlichen Mächte. Er war kein Snob, kein Anbeter des ihm überlegenen Teils der Vornehmen; bei Hof eingeführt und in Berührung mit dem Hochadel wie mit den Spitzen der Bürokratie getreten, suchte er sich keineswegs dieser Umgebung als Nachahmer, sondern nur als Liebhaber konservativ feudaler Lebensgewohnheiten anzupassen, der seine bürgerliche, sozusagen Frankfurterisch-Goethesche Herkunft weder vergißt, noch vergessen machen will. Aber mit dieser Leistung war seine Gegenstellung erschöpft, und ein größerer Gegensatz wäre ihm schon lebensungerecht erschienen. Er war wohl innerlich überzeugt, daß die schaffenden Menschen – und an ihrer Spitze, sie zu einem neuen Zeitalter zusammenfassend, die das Leben lenkenden Kaufleute – berufen seien, die alten Mächte des Seins irgendwann in der Herrschaft abzulösen, und das gab ihm einen gewissen stillen Hochmut, dem die seither eingetretene Entwicklung das Zeugnis der Berechtigung ausgestellt hat; aber wenn man diesen Herrschaftsanspruch des Geldes auch als gegeben voraussetzt, so war doch noch die Frage offen, die angestrebte Macht richtig anzuwenden. Die Vorgänger der Bankdirektoren und Großindustriellen hatten es leicht, sie waren Ritter und machten aus ihren Gegnern Hirschsuppe, wofür sie die Waffen des Geistes dem Klerus überließen; der zeitgenössische Mensch dagegen besitzt zwar im Geld, wie Arnheim es verstand, die heute sicherste Methode der Behandlung aller Beziehungen, aber wenn sie auch hart und genau wie ein Fallbeil sein kann, kann sie auch so empfindlich wie ein Rheumatiker sein – man denke bloß an das Ziehen und Lahmen in den Kursen beim geringsten Anlaß! – und hängt auf das zarteste mit allem zusammen, was von ihr beherrscht wird. Durch dieses zarte Zusammenhängen aller Lebensgebilde, das nur blinder Ideologenhochmut vergessen kann, kam Arnheim dazu, im königlichen Kaufmann die Synthese von Umsturz und Beharren, Macht und bürgerlicher Zivilisiertheit, vernünftigem Wagnis und charaktervollem Wissen zu erblicken, zuinnerst aber eine Symbolgestalt der sich vorbereitenden Demokratie; durch rastlose und strenge Arbeit an seiner eigenen Persönlichkeit, geistige Organisation der ihm zugänglichen wirtschaftlichen und gesellschaftlichen Zusammenhänge und durch Gedanken über Führung und Aufbau des ganzes Staats wollte er einer neuen Zeit in die Arme wirken, wo die durch Geschick und Natur ungleichen Gesellschaftskräfte richtig und fruchtbar geordnet sind und das Ideal an den notwendigerweise einschränkenden Realitäten nicht zerbricht, sondern sich reinigt und befestigt. Um das mit sachlichem Anklang auszudrücken, hatte er also die Interessenfusion Seele-Geschäft durch Ausbildung der Dachvorstellung Königs-Kaufmann zur Durchführung gebracht, und das Gefühl der Liebe, das ihn einstens empfinden geheißen, alles sei im Grunde nur eines, lag jetzt als Kern in seiner Überzeugung von Einheit und Harmonie der Kultur und der menschlichen Interessen.

Ungefähr zu dieser Zeit begann Arnheim auch seine Schriften zu veröffentlichen, und das Wort Seele tauchte in ihnen auf. Man kann vermuten, daß er es wie eine Methode, einen Vorsprung, als Königswort gebrauchte, denn sicher ist, daß Fürsten und Generale keine Seele haben, und von Finanzleuten war er der erste. Gewiß ist auch, daß dabei ein Bedürfnis eine Rolle spielte, sich gegen seine sehr vernünftige engere Umwelt, namentlich gegen die im Geschäftlichen überlegene Führernatur seines Vaters, neben dem er allmählich die Figur des alternden Kronprinzen zu spielen begann, in einer dem Geschäftsverstande unzugänglichen Weise zu verteidigen. Und ebenso gewiß ist es, daß sein Ehrgeiz, alles Wissenswerte zu beherrschen, – ein Hang zur Polyhistorie, dem in solchem Ausmaße, wie es seinem Bedürfnis entsprach, kein Mensch gewachsen wäre – in der Seele ein Mittel fand, um alles, was sein Verstand nicht beherrschen konnte, zu entwerten. Denn er war darin nicht anders wie sein ganzes Zeitalter, das nicht aus religiöser Bestimmung eine starke religiöse Neigung neu entwickelt hat, sondern nur, wie es scheint, aus einer weiblich reizbaren Auflehnung gegen Geld, Wissen und Rechnen, denen es leidenschaftlich unterliegt. Aber fraglich und ungewiß war es, ob Arnheim, wenn er von Seele sprach, selbst an sie glaubte und dem Besitz einer Seele die gleiche Wirklichkeit zuschrieb wie seinem Aktienbesitz. Er benützte sie als einen Ausdruck für etwas, wofür er keinen anderen hatte. Hingerissen von seinem Bedürfnis – denn er war ein Redner, der nicht leicht einen anderen zu Worte kommen ließ; späterhin, nachdem er von dem Eindruck, den er in anderen zu erregen fähig war, Kenntnis genommen hatte, auch immer häufiger in seinen Schriften – brachte er die Rede auf sie, als wäre ihr Dasein so sicher anzunehmen, wie man das des Rückens voraussetzt, obgleich man ihn nicht sieht. Es faßte ihn eine wahre Leidenschaft, in dieser Weise von etwas Ungewissem und Ahnungsvollem zu schreiben, das in das Allzugewisse der Weltgeschäfte verflochten ist wie ein tiefes Schweigen in lebhafte Worte; er leugnete nicht den Nutzen des Wissens, ja im Gegenteil, er machte selbst Eindruck durch sein emsiges Zusammentragen, wie es nur ein Mann vermag, dem dazu alle Mittel zu Gebote stehn, aber nachdem er diesen Eindruck gemacht hatte, erklärte er, daß sich über dem Bereich des Scharfsinns und der Genauigkeit ein Reich der Weisheit befinde, das nur noch seherisch erkannt werden könne; er beschrieb den Willen, der Staaten und Weltgeschäfte gründet, um verstehen zu lassen, daß er bei aller Größe nichts sei wie ein Arm, der von einem im Unsichtbaren schlagenden Herzen bewegt werden muß; er erklärte seinen Zuhörern die Fortschritte der Technik oder den Wert der Tugenden in der allergewöhnlichsten Weise, wie es jeder Bürger sich vorstellt, um aber hinzuzufügen, daß solcher Gebrauch der Natur- und Geisteskräfte doch nur verhängnisvolle Unkenntnis bleibe, wenn man nicht ahne, daß sie die Erregungen eines Ozeans sind, der tief unter ihnen liege und von den Wellen kaum geritzt werde. Und er trug solche Äußerungen im Stil von Erlassen des Statthalters einer vertriebenen Königin vor, der seine Weisungen von ihr persönlich empfangen hat und die Welt nach ihnen ordnet.

Vielleicht war dieses Ordnen seine eigentliche und heftigste Leidenschaft, ein Machtdrang, der weit alles überschritt, was selbst ein Mensch in seiner Stellung sich gewähren konnte, und unmittelbar dazu führte, daß der in den Bezirken der Wirklichkeit so mächtige Mann mindestens einmal im Jahr sich auf sein Schloß in der Mark zurückziehen und seinem Sekretär ein Buch ins Stenogramm diktieren mußte. Jene sonderbare Ahnung, die zuerst und am lebhaftesten in seinen schwärmerischen Jugendstunden hervorgekommen war, hatte sich diesen

Weg gebahnt, aber sie suchte ihn zuweilen auch noch unmittelbar, wenngleich mit geschwundener Kraft, heim. Inmitten der Weltgeschäfte befiel es ihn dann wie eine süße Lähmung und Klostersehnsucht, die ihm zuflüsterte, daß alle Widersprüche, alle großen Ideen, alle Welterfahrungen und -anstrengungen nicht nur so Eines seien, wie man es ungenau als Kultur und Humanität versteht, sondern auch in einer wild-wörtlichen und flimmernd untätigen Bedeutung, so wie man an einem kränkelnd schönen Tag die Hände kreuzen, über Fluß und Wiesen hinschauen und nimmer sich lösen mag. In diesem Sinne war sein Schreiben ein Kompromiß. Und weil es nur eine Seele gibt und diese nicht greifbar, sondern im Exil und von dort sich nur auf eine einzige, so merkwürdig undeutliche oder vieldeutige Weise meldend, dagegen unzählige, schlechthin unendlich viele und alle Fragen der Welt, auf die man diese königliche Botschaft anwenden kann, so entstand mit den Jahren jene ernste Verlegenheit für ihn, in die alle Legitimisten und Propheten geraten, wenn es zu lange dauert. Arnheim brauchte sich nur in der Einsamkeit zum Schreiben hinzusetzen, so führte die Feder geradezu mit gespenstischer Ergiebigkeit seine Gedanken von der Seele zu den Problemen des Geistes, der Tugenden, der Wirtschaft und der Politik, die, aus unsichtbarer Quelle bestrahlt, in einer deutlichen und magisch einheitlichen Beleuchtung erschienen. Dieser Ausdehnungsdrang hatte Berauschendes, dafür war er aber an jene Spaltung des Bewußtseins gebunden, die bei vielen die Voraussetzung der schriftlichen Schöpfung ist, indem der Geist alles ausschaltet und vergißt, was ihm nicht ins Konzept paßt; im Angesicht eines Unterredners sprechend und durch dessen Person den Beziehungen der Erde verbunden, würde sich Arnheim niemals so weit ausgelassen haben, aber über ein Papier gebeugt, das bereitlag, seine Anschauung widerzuspiegeln, ließ er es sich mit Freuden an einem gleichnishaften Ausdruck von Überzeugungen genug sein, die nur zum geringsten Teil fest, zum größeren ein Nebel von Worten waren, dessen einziger, übrigens nicht unbeträchtlicher Wirklichkeitsanspruch darin bestand, daß er unwillkürlich an immer den gleichen Stellen aufstieg.

Wer ihn deshalb tadeln möchte, sollte bedenken, daß eine doppelte geistige Persönlichkeit zu besitzen, schon längst nicht mehr ein Kunststück ist, das nur Narren fertigbringen, sondern daß im Tempo der Gegenwart die Möglichkeit politischer Einsicht, die Fähigkeit, einen Zeitungsartikel zu schreiben, die Kraft, an neue Richtungen in Kunst und Literatur zu glauben, und unzähliges andere ganz und gar auf der Begabung gegründet ist, für bestimmte Stunden gegen seine Überzeugung überzeugt zu sein, von dem vollen Bewußtseinsinhalt einen Teil abzuspalten und diesen zu einem neuen Vollüberzeugtsein auszubreiten. Es bedeutete auf diese Weise noch einen Vorzug, daß

Arnheim ganz ehrlich niemals von dem überzeugt war, was er sagte. Als er sich auf der Höhe der Mannesjahre befand, hatte er sich zu allem und jedem, was es gab, geäußert, besaß ausgebreitete Überzeugungen und sah keine Grenze, an der er hätte aufhören müssen, auch in Zukunft neue, harmonisch aus den alten entwickelte Überzeugungen zu gewinnen, wenn er in der gleichen Weise weiter fortfuhr. Einem so wirksam denkenden Mann, der in anderen Bewußtseinszuständen Rentabilitätsberechnungen und Bilanzen durchsah, konnte es nicht entgehen, daß das ein Tun ohne Ränder und Lauf war, wenn es sich auch schier unerschöpflich ausbreitete; es fand seine einzige Umgrenzung in der Einheit seiner Person, und obgleich Arnheim viel Selbstgefühl vertrug, war das doch für seinen Verstand kein befriedigender Zustand. Er schob wohl die Ursache auf den irrationalen Rest, den das Leben dem unterrichteten Betrachter allerorten zeigt; er suchte sich auch achselzuckend damit zu beruhigen, daß in der gegenwärtigen Zeit alles ins Uferlose gehe, und da niemand sich ganz über die Schwächen seines Jahrhunderts hinausheben kann, erspähte er darin sogar eine wertvolle Möglichkeit, die allen großen Männern eigene Tugend der Bescheidenheit zu üben, indem er neidlos Erscheinungen wie einen Homer oder Buddha, weil sie in günstigeren Zeitaltern gelebt hatten, über sich setzte: aber mit der Zeit, wo sein literarischer Erfolg auf die Höhe kam, ohne daß sich in seinem Kronprinzenleben Entscheidendes geändert hatte, wuchs jener irrationale Rest, wuchsen der Mangel greifbarer Ergebnisse und das Mißbehagen, sein Ziel verfehlt und seinen ersten Willen vergessen zu haben, drückend an. Er überblickte sein Werk, und wenn er auch mit ihm zufrieden sein durfte, so glaubte er sich nun doch manchmal durch alle diese Gedanken bloß einem sehnsüchtig nachwirkenden Ursprung wie durch eine Mauer von Brillanten entrückt zu sehen, die täglich dicker wurde.

Es war ihm von solcher Art gerade in der letzten Zeit etwas Unangenehmes widerfahren, das ihn tief berührt hatte. Er hatte die Muße, die er sich jetzt öfter als sonst gönnte, dazu benützt, seinem Sekretär einen Aufsatz über die Übereinstimmung von Staatsbauten und Staatsauffassung in die Maschine zu diktieren, und hatte einen Satz «Wir sehen das Schweigen der Mauern, wenn wir diesen Bau betrachten» nach dem Worte Schweigen unterbrochen, um für einen Augenblick das Bild der römischen Cancelleria zu genießen, das soeben ungerufen vor seinem inneren Gesicht aufgestiegen war; aber als er wieder ins Manuskript blickte, bemerkte er, daß der Sekretär, gewohnheitsmäßig voraneilend, schon niedergeschrieben hatte: «Wir sehen das Schweigen der Seele, wenn –». An diesem Tag diktierte Arnheim nicht weiter, und am folgenden ließ er den Satz streichen.

Was wog nun gegen Erlebnisse von solcher Ausdehung und Tiefe des Hintergrunds das etwas gewöhnliche der körperlich an eine Frau geknüpften Liebe? Arnheim mußte sich leider gestehen, daß es genau so viel wog wie die sein Leben zusammenfassende Erkenntnis, daß alle Wege zum Geist von der Seele ausgehen, aber keiner zurückführt! Gewiß hatten sich schon viele Frauen naher Beziehungen zu ihm glücklich geschätzt, aber wenn es nicht parasitäre Naturen waren, so waren es tätige, studierte Frauen und Künstlerinnen, denn mit der ausgehaltenen und der selbst erwerbenden Gattung Frau konnte man sich auf Grund klarer Verhältnisse verständigen; die moralischen Bedürfnisse seiner Natur hatten ihn immer in Beziehungen geführt, wo der Instinkt und die ihn begleitenden unvermeidlichen Auseinandersetzungen mit Frauen an der Vernunft einen gewissen Halt hatten. Aber Diotima war das erste Weib, das sein hintermoralisches, geheimeres Leben ergriff, und er sah sie deshalb manchesmal geradezu mit Scheelsucht an. Sie war schließlich nichts als eine Beamtengattin, von bestem Stil zwar, aber doch ohne jene höchste menschliche Bildung, die nur die Macht verleihen kann, und er hätte Anspruch auf ein Mädchen aus der amerikanischen Hochfinanz oder dem englischen Hochadel besessen, wenn er sich ganz binden wollte. Er hatte Augenblicke, wo ein ganz ursprünglicher Unterschied der Kinderstube, ein grausam naiver Kinderhochmut oder das Entsetzen des gepflegten Kindes, das zum erstenmal in die öffentliche Schule geführt wird, in ihm zum Vorschein kam, so daß ihm seine wachsende Verliebtheit wie eine drohende Schande erschien. Und wenn er in solchen Augenblicken seine Geschäfte mit einer eisigen Überlegenheit aufnahm, wie sie nur ein abgestorbener und zurückgekehrter Geist hat, so erschien ihm die kühle, von nichts zu verunreinigende Vernunft des Geldes im Vergleich mit der Liebe als eine außerordentlich saubere Macht.

Aber das bedeutete nichts, als daß für ihn die Zeit gekommen war, wo der Gefangene nicht begreift, wie er sich die Freiheit hat rauben lassen können, ohne sie bis auf den Tod zu verteidigen. Denn wenn Diotima sagte: «Was sind Weltereignisse? Un peu de bruit autour de notre âme...!» – so fühlte er das Gebäude seines Lebens erzittern.

87

Moosbrugger tanzt

Moosbrugger saß indessen noch immer in einer Untersuchungszelle des Landesgerichts. Sein Verteidiger hatte frischen Wind in die Segel bekommen und bemühte sich bei den Behörden, die Causa nicht so rasch zum letzten Federstrich kommen zu lassen.

Moosbrugger lächelte dazu. Er lächelte aus Langweile.

Die Langweile wiegte seine Gedanken. Gewöhnlich löscht sie sie ja aus; aber die seinen wiegte sie; diesmal; es war ein Zustand, wie wenn ein Schauspieler in der Garderobe sitzt und auf seinen Auftritt wartet.

Wenn Moosbrugger einen großen Säbel gehabt hätte, würde er ihn jetzt genommen und dem Stuhl den Kopf abgeschlagen haben. Er würde dem Tisch den Kopf abgeschlagen haben und dem Fenster, dem Kübel und der Türe. Er würde dann allem, dem er den Kopf abschlug, seinen eigenen aufgesetzt haben, denn es gab in dieser Zelle nur seinen eigenen Kopf, und das war schön. Er konnte sich ihn vorstellen, wie er auf den Dingen saß, mit dem breiten Schädel, dem Haar, das sich wie ein Fell vom Scheitel in die Stirn zog. Er hatte die Dinge dann gern.

Wenn der Raum nur größer gewesen wäre und das Essen besser!

Er war recht froh, daß er keine Menschen sehen konnte. Menschen waren für ihn schwer erträglich. Sie hatten oft eine Art, auszuspucken oder die Schulter hochzuziehen, daß man ganz hoffnungslos wurde und sie mit der Faust in den Rücken stoßen mochte, so als ob man ein Loch durch die Wand schlagen müßte. Moosbrugger glaubte nicht an Gott, sondern an seine persönliche Vernunft. Die ewigen Wahrheiten hießen bei ihm verächtlich: der Richter, der Pfaffe, der Gendarm. Er mußte sich seine Sache allein machen, und da hat man schon manchmal den Eindruck, daß einem alle den Weg verstellen! Er sah vor sich, was er oft gesehen: die Tintenfässer, das grüne Tuch, die Bleistifte, dann das Kaiserbildnis an der Wand und wie sie alle dasaßen; in seiner Anordnung kam ihm das wie ein Schnappeisen vor, zugedeckt mit dem Gefühl, es muß so sein, statt mit Gras und Blättern. Dann fiel ihm gewöhnlich ein, wie draußen ein Busch an einem Flußknie stand, das Kreischen eines Schöpfbrunnens, Bruchstücke durcheinandergeratender Gegenden, ein endloser Vorrat an Erinnerungen, von denen er gar nicht gewußt hatte, daß sie ihm ihrerzeit gefällig gewesen waren. Und er träumte: «Ich könnte ihnen etwas erzählen!» Wie ein junger Mensch träumt. Und den hatte man so oft eingesperrt, daß er nie alt wurde. «Das nächste Mal werde ich mir das genauer anschauen müssen,» dachte Moosbrugger «sonst verstehen sie mich ja doch nicht.» Und dann lächelte er streng und sprach wie ein Vater über sich mit den Richtern, der von seinem Sohn sagt: er taugt nichts, sperrt ihn nur tüchtig ein, vielleicht nimmt er sich dann zusammen!

Natürlich ärgerte er sich jetzt zuweilen über die Anordnungen im Gefängnis. Oder es tat ihm etwas weh. Aber dann konnte er sich dem Gefängnisarzt vorführen lassen oder dem Direktor, und so kam alles doch wieder in eine gewisse Ordnung und Ruhe, wie das Wasser über einer toten Ratte, die hineingefallen ist. Freilich stellte er sich das nicht gerade unter diesem Bild vor; aber einen Eindruck, wie ein großes, spiegelndes Wasser ausgebreitet zu sein, das durch nichts zu stören ist, den hatte er jetzt fast immer, wenn er auch die Worte dafür nicht hatte.

Die Worte, die er hatte, waren: – Hmhm, soso.

Der Tisch war Moosbrugger.

Der Stuhl war Moosbrugger.

Das vergitterte Fenster und die verschlossene Tür war er selbst.

Er meinte das keineswegs verrückt und ungewöhnlich. Die Gummibänder waren einfach weg. Hinter jedem Ding oder Geschöpf, wenn es einem anderen ganz nah kommen möchte, ist ein Gummiband, das sich spannt. Sonst könnten ja auch am Ende die Dinge durch einander hindurchgehen. Und in jeder Bewegung ist ein Gummiband, das einen nie ganz das tun läßt, was man möchte. Diese Gummibänder waren nun mit einemmal fort. Oder war es bloß das hinderliche Gefühl wie von Gummibändern?

Das kann man wohl nicht so genau unterscheiden? «Zum Beispiel, Frauen halten ihre Strümpfe mit Gummibändern. Da hat man's!» – dachte Moosbrugger. «Sie tragen wie ein Amulett Gummibänder ums Bein. Unter den Kitteln. Wie die Ringe, mit denen man die Obstbäume beschmiert, damit die Würmer nicht hinaufsteigen.»

Aber das sei nur nebenbei erwähnt. Damit man nicht glaube, Moosbrugger hätte das Bedürfnis gehabt, zu allem Bruder zu sagen. So war er nun nicht gerade. Er war bloß innen und außen.

Er beherrschte jetzt alles und herrschte es an. Er brachte alles in Ordnung, ehe man ihn tötete. Er konnte denken, woran er wollte, augenblicklich war es so fügsam wie ein gut erzogener Hund, zu dem man «Kusch!» sagt. Er hatte, obgleich er eingesperrt war, ein ungeheures Gefühl der Macht.

Pünktlich kam die Suppe. Pünktlich wurde er geweckt und spazierengeführt. Alles in der Zelle war pünktlich streng und unverrückbar. Das kam ihm manchmal ganz unglaublich vor. In einer merkwürdigen Umkehrung hatte er den Eindruck, diese Ordnung gehe von ihm aus, obwohl er wußte, daß sie ihm auferlegt war.

Andere Leute haben solche Erlebnisse, wenn sie im Sommerschatten einer Hecke liegen, die Bienen summen, die Sonne klein und hart durch den milchhellen Himmel zieht; die Welt dreht sich dann wie ein mechanisches Spielwerk um solche Leute. In Moosbrugger besorgte das schon der geometrische Anblick, den ihm seine Zelle bot.

Er bemerkte dabei, daß er sich wie verrückt nach gutem Essen sehnte; er träumte davon, und bei Tag lagen die Umrisse eines guten Tellers Schweinsbraten mit fast unheimlicher Beständigkeit vor seinem Auge, sobald sein Geist von anderen Beschäftigungen zurückkehrte. «Zwei Teller!» befahl Moosbrugger dann. «Oder drei!» Er dachte es so stark und die Vorstellung gierig vergrößernd, daß ihm augenblicklich voll und übel wurde, er überfraß sich im Gedanken. «Warum» überlegte er kopfwiegend «folgt so schnell auf daß man essen möchte, daß man schon zu platzen glaubt?» Zwischen Essen und Platzen liegen alle Genüsse der Welt; ach, was für eine Welt, man könnte an hundert Beispielen nachweisen, wie schmal dieser Raum ist! Nur eines davon: Eine Frau, die man nicht hat, ist so, wie wenn der Mond nachts immer höher steigt und saugt und saugt am Herzen; wenn man sie aber gehabt hat, möchte man mit dem Stiefel in ihrem Gesicht herumtreten. Warum ist das so? Er erinnerte sich, daß er oft danach gefragt worden war. Also man konnte antworten, Frauen sind Frauen und Männer; weil die ihnen nachrennen. Aber auch das wollten die, die ihn fragten, nie recht verstehn. Sie wollten wissen, warum er sich einbilde, daß die Leute gegen ihn verschworen seien. Als ob nicht sogar sein eigener Körper mit ihnen konspiriert hätte! Bei Frauen ist das ja ganz klar. Aber auch mit Männern verstand sich sein Körper besser als er selbst; ein Wort gibt das andere, man weiß, was sich gehört, man dreht sich den ganzen Tag einer um den anderen, und im Nu ist man über den schmalen Streif hinaus, wo man ungefährlich miteinander verkehrt: wenn ihm das aber sein Körper zugezogen hatte, dann sollte er ihn nur auch davon befreien! Soweit sich Moosbrugger erinnerte, war er ärgerlich gewesen oder hatte Furcht gehabt, und seine Brust mit den Armen stürzte sich vor wie ein großer Hund, dem das befohlen worden ist. Weiter konnte es Moosbrugger auch nicht verstehn; der Raum zwischen Freundlichkeit und Genughaben ist eben schmal, und wenn es einmal so anfängt, dann wird es rasch entsetzlich eng.

Er erinnerte sich sehr gut, daß die Leute, die sich in Fremdworten ausdrücken können und immerzu über ihn zu Gericht saßen, ihm oft vorgehalten hatten: «Aber deswegen bringt man einen anderen doch nicht gleich um?!» Moosbrugger zuckte die Achseln. Es sind schon Leute wegen ein paar Kreuzern umgebracht worden oder für nichts, weil ein anderer es sich gerade so eingebildet hat. Aber er hielt auf sich, er war nicht so einer. Der Vorwurf hatte ihm mit der Zeit Eindruck gemacht; er würde gerne gewußt haben, warum ihm von Zeit zu Zeit so eng wurde oder wie man das nennen soll, so daß er sich mit Gewalt Platz schaffen mußte, damit ihm das Blut wieder aus dem Kopf rinnen konnte. Er dachte nach. Aber war es nicht mit dem Nachdenken selbst gerade so? Wenn eine gute Zeit dafür begann, hätte er vor Vergnügen nur lächeln mögen. Da juckten nicht mehr die Gedanken unter dem Schädel, sondern plötzlich war nur noch ein einziger Gedanke da. Der Unterschied war so groß wie zwischen dem Watscheln eines kleinen Kindes und dem Tanz eines schönen Weibsbilds. Einfach wie behext. Eine Ziehharmonika wird gespielt, ein Licht steht auf dem Tisch, Schmetterlinge kommen aus der Sommernacht geflogen: so fielen jetzt alle Einfälle in das Licht des einen, oder Moosbrugger packte sie, wenn sie heran kamen, mit seinen großen Fingern und zerdrückte sie, und einen Augenblick lang waren sie dazwischen abenteuerlich wie kleine Drachen anzuschaun. Ein Tropfen von Moosbruggers Blut war in die Welt gefallen. Man konnte das nicht sehen, weil es finster war, aber er fühlte, was im Unsichtbaren vor sich ging. Wirres richtete sich dort draußen gleich. Krauses wurde glatt. Ein lautloser Tanz löste das unerträgliche Surren ab, mit dem ihn die Welt sonst oft quälte. Alles, was geschah, war jetzt schön; so wie ein häßliches Mädel schön wird, wenn es nicht mehr allein dasteht, sondern von anderen an der Hand gefaßt wird, von einem Reigen mitgedreht wird und das Gesicht eine Treppe hinaufgerichtet hat, von der schon andere herunterblicken. Das war sonderbar, und wenn Moosbrugger die Augen öffnete und sich die Leute ansah, die in einem solchen Augenblick, wo ihm alles tanzend gehorchte, gerade in seiner Nähe waren, so kamen auch sie ihm schön vor. Dann waren sie nicht gegen ihn verschworen, bildeten keine Mauer, und es zeigte sich, daß es nur die Anstrengung war, ihn übertrumpfen zu wollen, was das Gesicht von Menschen und Dingen wie eine Last verzerrte. Und dann tanzte Moosbrugger vor ihnen. Tanzte würdig unsichtbar, er, der im Leben mit niemand tanzte, von einer Musik bewegt, die immer mehr zu Einkehr und Schlaf wurde, zum Schoß der Gottesmutter und schließlich zur Ruhe Gottes selbst, zu einem wunderbar unglaubwürdigen und tödlich gelösten Zustand; tanzte tagelang, ohne daß es jemand sah, bis alles außen, aus ihm heraus war, steif und fein wie ein Spinngewebe, das der Frost unbrauchbar gemacht hat, an den Dingen hing.

Wenn man das nicht mitgemacht hat, wie will man dann über das andere urteilen?! Nach den leichten Tagen und Wochen, wo Moosbrugger fast aus seiner Haut schlüpfen konnte, kamen immer wieder die langen Zeiten der Einkerkerung. Die Staatskerker waren nichts dagegen. Wenn er dann denken wollte, zog sich alles bitter leer in ihm zusammen. Die Arbeiterheime und Volksbildungsvereine, wo man ihm sagen wollte, wie er denken solle, haßte er; der sich noch erinnerte, wie die Gedanken große Stelzschritte in ihm machen konnten! Auf Bleisohlen schleppte er sich dann durch die Welt, in der Hoffnung, einen Ort zu finden, wo es wieder anders werden sollte.

Heute konnte er dieser Hoffnung nur noch herablassend nachlächeln. Es war ihm niemals gelungen, die Mitte zwischen seinen zwei Zuständen zu finden, bei der er vielleicht hätte bleiben können. Er hatte genug davon. Er lächelte großartig dem Tod entgegen.

Viel hatte er übrigens gesehn. Bayern und Österreich bis in die Türkei hinunter. Und viel war geschehn, was er in den Zeitungen gelesen hatte, solang er lebte. Es war eine bewegte Zeit, im ganzen. Und im geheimen war er eigentlich recht stolz, darin gelebt zu haben. Wenn man es so bedachte, im einzelnen war es ja eine verworrene und öde Angelegenheit, aber schließlich lief sein Weg mitten durch, und hinterdrein konnte man ihn ganz deutlich sehn, von der Geburt bis zum Tode. Moosbrugger hatte keineswegs das Gefühl, daß man ihn hinrichten werde; er richtete sich selbst, mit Hilfe der anderen Leute hin: so sah er das, was kommen mußte. Und alles war doch irgendwie zusammengefaßt zu einem Ganzen: die Landstraßen, die Städte, die Gendarmen und die Vögel, die Toten und sein Tod. Er selbst verstand es nicht ganz, und die anderen noch weniger, wenn sie auch mehr darüber reden konnten.

Er spuckte aus und dachte an den Himmel, der wie eine blau überzogene Mausefalle aussieht. «In der Slowakei machen sie solche runden, hohen Mausefallen» dachte er.

88

Die Verbindung mit großen Dingen

Es wäre schon längst eines Umstands zu erwähnen gewesen, der in verschiedenen Verbindungen gestreift worden ist; die Formel für ihn mag etwa lauten: Es gibt nichts, was dem Geist so gefährlich wäre wie seine Verbindung mit großen Dingen.

Ein Mensch wandert durch einen Wald, besteigt einen Berg und sieht die Welt unter sich ausgebreitet, betrachtet sein Kind, das man ihm zum erstenmal in die Arme legt, oder genießt das Glück, irgendeine Lage einzunehmen, die allgemein beneidet wird; wir fragen: was mag dabei in ihm vorgehen? Sicher ist es, so kommt es ihm vor, sehr Vieles, Tiefes und Wichtiges; nur hat er nicht die Geistesgegenwart, es sozusagen beim Wort zu nehmen. Das Bewundernswerte vor und außer ihm, das ihn wie ein magnetisches Gehäuse einschließt, zieht seine Gedanken aus ihm heraus. Da stecken seine Blicke in tausend Einzelheiten, aber ihm ist heimlich zumute, als hätte er all seine Munition verschossen. Draußen überzieht die durchseelte, durchsonnte, vertiefte oder große Stunde die Welt mit einem galvanischen Silber bis in alle Blättchen und Äderchen; an ihrem anderen, persönlichen Ende aber macht sich bald ein gewisser, innerer Stoffmangel merklich, es entsteht dort sozusagen ein großes, leeres, rundes «O». Dieser Zustand ist das klassische Symptom der Berührung mit allem Ewigen und Großen wie des Verweilens auf den Höhepunkten der Menschheit und Natur. Personen, welche die Gesellschaft großer Dinge bevorzugen – und dazu gehören vornehmlich auch die großen Seelen, für die es überhaupt keine kleinen Dinge gibt, – wird unwillkürlich das Innere zu einer ausgedehnten Oberflächlichkeit herausgezogen.

Man könnte die Gefahr der Verbindung mit großen Dingen darum auch als ein Gesetz von der Erhaltung der geistigen Materie bezeichnen, und es scheint ziemlich allgemein zu gelten. Die Reden hochgestellter, im Großen wirkender Personen sind gewöhnlich inhaltsloser als unsere eigenen. Gedanken, die in einer besonders nahen Beziehung zu besonders würdigen Gegenständen stehen, sehen gewöhnlich so aus, daß sie ohne diese Begünstigung für sehr zurückgeblieben gehalten würden. Die uns teuersten Aufgaben, die der Nation, des Friedens, der Menschheit, der Tugend und ähnlich teuere tragen auf ihrem Rükken die billigste Geistesflora. Das wäre eine sehr verkehrte Welt; aber wenn man annimmt, daß die Behandlung eines Themas desto unbedeutender sein darf, je bedeutender dieses Thema selbst ist, dann ist es eine Welt der Ordnung.

Allein, dieses Gesetz, das so viel zum Verständnis des europäischen Geisteslebens beizutragen vermag, liegt nicht immer gleich klar zu Tage, und in Zeiten des Übergangs von einer Gruppe großer Gegenstände zu einer neuen kann der den Dienst der großen Gegenstände suchende Geist sogar umstürzlerisch aussehen, obgleich er nur die Livree wechselt. Ein solcher Übergang war schon damals zu bemerken, als die Menschen, von denen hier berichtet wird, ihre Sorgen und Triumphe hatten. So gab es zum Beispiel schon Bücher, um mit einem Gegenstand zu beginnen, an dem Arnheim besonders viel gelegen war, die in sehr großen Auflagen verkauft wurden, aber man erwies ihnen noch nicht den größten Respekt, obgleich bereits großer Respekt nur Büchern von einer gewissen Auflagenhöhe aufwärts erwiesen wurde. Es gab einflußreiche Industrien, wie die des Fußballspiels oder des Tennis, aber man zögerte noch, ihnen an den technischen Hochschulen Lehrstühle aufzustellen. Alles in allem: ob nun der selige Raufbold und Admiral Drake seinerzeit die Kartoffel aus Amerika eingeführt hat, womit das Ende der regelmäßigen Hungersnöte in Europa begann, oder ob das der weniger selige, sehr gebildete und ebenso rauflustige Admiral Raleigh getan hat oder ob es namenlose spanische Soldaten gewesen sind oder gar der brave Gauner und Sklavenhändler Hawkins – lange Zeit ist es niemand eingefallen, wegen der Kartoffeln diese Männer für bedeutender zu halten als etwa den Physiker Al Schîrasî, von dem man nur weiß, daß er den Regenbogen richtig erklärt hat; aber mit dem bürgerlichen Zeitalter hatte eine Umwertung im Range solcher Leistungen begonnen, und zur Zeit

Arnheims war sie schon weit gediehen und wurde nur noch durch ältere Vorurteile gehemmt. Die Quantität der Wirkung und Wirkung der Quantität, als neuer, sonnenklarer Gegenstand der Verehrung, kämpfte noch mit einer veraltenden und erblindeten adeligen Verehrung der großen Qualität, aber in der Vorstellungswelt waren schon die tollsten Kompromisse daraus entstanden, wie gleich die Vorstellung des großen Geistes selbst, die so, wie wir sie im letzten Menschenalter kennen gelernt haben, eine Synthese von eigener und Kartoffelbedeutung sein mußte, denn man wartete auf einen Mann, der die Einsamkeit des Genies haben sollte, aber dabei doch die Gemeinverständlichkeit einer Nachtigall.

Es war schwer, vorher zu sagen, was auf diese Weise herauskommen werde, da man die Gefahr der Verbindung mit großen Dingen gewöhnlich erst durchschaut, wenn die Größe dieser Dinge schon halb vorbei ist. Nichts ist einfacher, als über den Amtsdiener zu lächeln, der im Namen Sr. Majestät die erschienenen Parteien herablassend behandelt hat, aber ob der Mann, der im Namen des Morgen das Heute emporführend behandelt, ein Amtsdiener ist oder nicht, das weiß man gewöhnlich nicht, ehe übermorgen ist. Die Gefahr der Verbindung mit großen Dingen hat die sehr unangenehme Eigenschaft, daß die Dinge wechseln, aber die Gefahr immer gleich bleibt.

89

Man muß mit seiner Zeit gehn

Dr. Arnheim hatte den angemeldeten Besuch zweier leitenden Beamten seiner Firma erhalten und lange konferiert; im Salon lagen am Morgen, unaufgeräumt und des Sekretärs harrend, die Akten und Berechnungen umher. Arnheim mußte Beschlüsse fassen, die Delegaten sollten einen Nachmittagszug zur Rückkehr benützen, und er genoß heute wie immer solche Umstände, denn sie gewährleisteten unter allen Bedingungen eine gewisse Spannung. «In zehn Jahren» überlegte er «wird die Technik so weit sein, daß die Firma ihre eigenen Reiseflugzeuge hat; dann werde ich auch aus einer Sommerfrische im Himalaja meine Leute dirigieren können.» Da er seine Beschlüsse schon über Nacht gefaßt und sie bei Tageslicht nur noch einmal zu prüfen und gut zu heißen hatte, war er in diesem Augenblick frei; er hatte sich das Frühstück aufs Zimmer kommen lassen und gab sich bei der Morgenzigarre geistiger Entspannung hin, indem er nun der Zusammenkunft bei Diotima gedachte, die er am Abend vorher etwas vorzeitig hatte verlassen müssen.

Es war diesmal eine höchst unterhaltsame Gesellschaft gewesen; sehr viele der Besucher unter dreißig, höchstens fünfunddreißig Jahre alt, fast noch Boheme, aber doch schon bekannt und von den Zeitungen zur Kenntnis genommen; nicht nur Einheimische, sondern auch Gäste aus aller Welt, die von der Kunde angezogen worden, daß in Kakanien eine Frau aus den höchsten Kreisen dem Geiste eine Gasse in die Welt bahne. Zuweilen hatte man fast den Eindruck von einem Kaffeehaus, und Arnheim lächelte, wenn er Diotimas gedachte, die sich in ihren eigenen vier Wänden zu fürchten schien; aber im ganzen war es doch sehr anregend und jedenfalls ein außerordentliches Experiment gewesen, wie ihm vorkam. Seine Freundin hatte, enttäuscht von den ergebnislosen Zusammenkünften der ganz großen Männer, einen entschlossenen Versuch gemacht, den neuesten Geist in die Parallelaktion einströmen zu lassen, und Arnheims Verbindungen waren ihr dabei zunutze gewesen. Er schüttelte bloß den Kopf, wenn er sich an die Gespräche erinnerte, die er hatte anhören müssen; reichlich verrückt fand er sie, aber «man muß der Jugend nachgeben,» sagte er zu sich «man wird unmöglich, wenn man sie einfach ablehnt.» Er fühlte sich also, wenn man so sagen darf, ernsthaft belustigt davon, denn es war ein bißchen viel auf einmal gewesen.

Was sollte nur gleich der Teufel holen? Das Erlebnis. Jenes persönliche Erlebnis meinten sie, von dessen Erdwärme und Wirklichkeitsnähe fünfzehn Jahre zuvor der Impressionismus wie von einer Wunderpflanze geschwärmt hatte. Weichlich und kopflos nannten sie jetzt den Impressionismus. Sie verlangten Beherrschung der Sinnlichkeit und geistige Synthese!

Und Synthese, das war wohl im ganzen der Gegensatz zu Skepsis, Psychologie, Untersuchen und Zerlegen, den literarischen Neigungen der Väterzeit?

Soweit man verstand, meinten sie es nicht sehr philosophisch; eher war es das Bedürfnis junger Knochen und Muskeln nach ungehinderter Bewegung, was sie unter Synthese verstanden, ein Springen und Tanzen, bei dem man sich jede Störung durch Kritik verbietet. Wenn es ihnen paßte, standen sie nicht an, auch die Synthese zum Teufel zu wünschen, gleich mitsamt der Analyse und dem gesamten Denken. Dann behaupteten sie, daß der Geist vom Saft des Erlebens emporgetrieben werden müsse. Gewöhnlich waren es natürlich Mitglieder einer anderen Gruppe, die das behaupteten; aber manchmal waren es auch im Eifer die gleichen.

Was sie für famose Worte hatten! Das intellektuelle Temperament forderten sie. Den rapiden Denkstil, der der Welt an die Brust springt. Das zugespitzte Hirn des kosmischen Menschen. Was hatte er denn sonst noch gehört?

Die Neugestaltung des Menschen auf Grund eines amerikanischen Weltarbeitsplans, durch das Medium der mechanisierten Kraft.

Den Lyrismus, verbunden mit dem eindringlichsten Dramatismus des Lebens.

Den Technismus; einen Geist, der des Zeitalters der Maschine würdig ist.

Blériot – hatte einer ausgerufen – schwebe soeben über dem Ärmelkanal mit fünfzig Kilometern Stundengeschwindigkeit! Dieses Fünfzig-Kilometer-Gedicht müßte man schreiben und die ganze andere, mulmige Literatur auf den Mist schicken!

Den Akzelerismus forderten sie, das ist die maximale Steigerung der Erlebensgeschwindigkeit auf Grund sportlicher Biomechanik und zirkusspringerischer Präzision!

Die photogenische Erneuerung durch den Film.

Dann hatte einer gesagt, der Mensch sei ein geheimnisvoller Innenraum, weswegen man ihm durch Kegel, Kugel, Zylinder und Kubus Beziehung zum Kosmos geben müsse. Aber auch das Gegenteil, die dieser Meinung zugrundeliegende individualistische Kunstauffassung gehe zu Ende, wurde behauptet; man müsse dem kommenden Menschen durch Volksbauten und Siedlungen neues Wohngefühl geben. Und während sich so eine individualistische und eine soziale Partei gebildet hatte, warf eine dritte ein, nur religiöse Künstler seien im wahren Sinn soziale. Darauf forderte eine Gruppe neuer Architekten die Führung für sich, denn das Ziel der Architektur sei eben Religion; außerdem mit der Nebenwirkung der Vaterlandsliebe und Bodenständigkeit. Die religiöse Gruppe, verstärkt durch die kubische, wandte ein, die Kunst sei keine abhängige, sondern eine zentrale Angelegenheit, Erfüllung kosmischer Gesetze; im weiteren Verlauf wurde aber die religiöse Gruppe von der kubischen wieder verlassen, die sich nun mit den Architekten zu der Behauptung verband, Beziehung zum Kosmos gebe man eben doch am besten durch Raumformen, die das Individuelle gültig und typisch machen. Der Satz fiel, man müsse sich in die Seele des Menschen hineinschaun und sie dann dreidimensional bannen. Dann stellte jemand streitbar und wirkungsvoll die Frage, was man denn nun eigentlich glaube: ob zehntausend hungernde Menschen wichtiger seien oder ein Kunstwerk?! In der Tat, da sie fast alle in irgendeiner Art Künstler waren, vertraten sie die Meinung, daß die seelische Genesung der Menschheit nur in der Kunst zu holen sei, und hatten sich bloß über die Natur dieser Genesung und die Ansprüche, die man ihretwillen an die Parallelaktion stellen solle, nicht zu einigen vermocht. Nun aber kam die ursprüngliche soziale Gruppe wieder in Führung und entfaltete neue Stimmen. Aus der Frage, ob ein Kunstwerk oder die Not zehntausender Menschen wichtiger sei, wurde die Frage, ob zehntausend Kunstwerke die Not eines einzigen Menschen aufwiegen? Ganz robuste Künstler verlangten, daß der Künstler sich nicht so wichtig nehmen dürfe; fort mit seiner Selbstverherrlichung, er werde hungrig und sozial, war ihre Forderung! Das Leben sei das größte und einzige Kunstwerk, sagte jemand. Eine Kraftstimme warf ein: Nicht Kunst macht einig, sondern Hunger! Eine Kompromißstimme erinnerte daran, daß das beste Mittel gegen die Selbstüberschätzung in der Kunst eine gesunde handwerkliche Basis sei. Und nach dieser Kompromißmeinung benützte jemand die aus Übermüdung oder gegenseitigem Ekel entstandene Pause und fragte wieder ruhig, ob man denn glaube, irgend etwas ausrichten zu können, solange nicht einmal der Kontakt zwischen Mensch und Raum hergestellt sei?! Dies war zum Signal geworden, daß sich nun auch wieder der Technismus, der Akzelerismus und so weiter zum Worte meldeten, und die Debatte ging noch lange hin und her. Schließlich einigte man sich aber, weil man nach Hause gehen und doch auch ein Ergebnis haben wollte; man stimmte sich darum gegenseitig in einer Behauptung zu, die ungefähr so aussah: Die gegenwärtige Zeit sei erwartungsvoll, ungeduldig, ungebärdig und unglückselig; der Messias, auf den sie hoffe und warte, sei aber noch nicht in Sicht.

Arnheim überlegte einen Augenblick.

Es hatte sich beständig um ihn ein Kreis versammelt gehalten; wenn sich vom Umfang Menschen, die schlecht hörten oder schlecht zur Geltung kamen, ablösten, so setzten sich sofort neue an ihrer Stelle an; er war entschieden zum Mittelpunkt auch dieser neuen Versammlung geworden, selbst wenn das in der etwas unmanierlichen Debatte nicht immer zum Ausdruck kam. Er kannte sich in dem, was sie beschäftigte, ja auch schon seit langem aus. Er wußte von den Beziehungen im Kubus; er hatte Gartensiedlungen für seine Angestellten angelegt; die Maschinen mit ihrer Vernunft und ihrem Tempo waren ihm vertraut; er verstand von der Einschau in die Seele zu reden und in der beginnenden Filmindustrie hatte er Geld stehn. Den Inhalt dieser Auseinandersetzung wieder herstellend, erinnerte er sich überdies, daß sie beiweitem nicht so geordnet verlaufen sei, wie sein Gedächtnis es unwillkürlich darstellte. Solche Gespräche haben einen eigentümlichen Gang, als ob man die Parteien mit verbundenen Augen in einem Vieleck aufstellte und mit einem Stock bewaffnet gerade vorgehen hieße; es ist ein wirres und ermüdendes Schauspiel ohne Logik. Aber ist es nicht ein Abbild des Ganges der Dinge im Großen? Auch der erfolgt nicht aus den Verboten und Gesetzen der Logik, denen höchstens die Wirksamkeit einer Polizei zukommt, sondern aus den ungeordneten Triebkräften des Geistes. So fragte sich Arnheim, wenn er sich an die Aufmerksamkeit erinnerte, die er empfangen hatte, und er fand, daß man auch sagen könne, die neue Art zu denken gliche dem freien Assoziieren bei gelockerter Vernunft, das unleugbar sehr anregend sei.

Er zündete sich ausnahmsweise eine zweite Zigarre an, obgleich er sich solche sinnlichen Schwächen sonst nicht gestattete. Und während er noch das Streichholz vorhielt und seine Gesichtsmuskeln für die ersten Saugebewegungen brauchte, mußte er plötzlich lächeln, weil er sich an den kleinen General erinnerte, der ihn während der Gesellschaft angesprochen hatte. Da die Arnheims eine Kanonen- und Panzerplattenfabrik besaßen und für den Ernstfall auf ungeheure Munitionserzeugung eingerichtet waren, hatte er ihn sehr gut verstanden, als der etwas komische, aber sympathische General (er sprach ganz anders als preußische Generale; schlapper, natürlich, aber man könnte doch auch sagen, von einer alten Kultur gesegnet! Freilich müßte man nun wohl schon hinzufügen: von einer untergehenden Kultur) sich vertraulich zu ihm – und seufzend, geradezu philosophisch! – über die Gespräche äußerte, die an diesem Abend ringsum geführt wurden und zum Teil wenigstens, wie man zugeben mußte, auch einen radikal pazifistischen Charakter hatten.

Der General, als der einzige Offizier, fühlte sich offenbar nicht ganz am Platze und beklagte sich über die Wandelbarkeit der öffentlichen Meinung, weil einige Ausführungen über die Heiligkeit des Menschenlebens Beifall fanden. «Ich verstehe diese Leute nicht», mit solchen Worten hatte er sich an Arnheim gewandt und ihn, als einen international hervorragenden Geist um Aufklärung gebeten. «Ich verstehe nicht, warum diese neuen Leute mit solcher Unkenntnis von ‹Blutgeneralen› sprechen? Ich habe das Gefühl, daß ich die älteren Herren, die sonst hieher kommen, ganz gut verstehe, obgleich sie doch gewiß auch ganz und gar unmilitärisch sind. Zum Beispiel wenn der berühmte Dichter – ich weiß nicht, wie er heißt, dieser große ältere Herr mit Bauch, der die Verse über die griechischen Götter, die Sterne und die ewigen Menschengefühle gemacht haben soll; die Dame des Hauses hat mir gesagt, er soll wirklich ein Dichter sein, in einer Zeit, die sonst höchstens Intelligenz hervorbringt – also wie gesagt, ich habe nichts von ihm gelesen, aber ich würde ihn bestimmt verstehn, wenn seine Bedeutung wirklich in der Hauptsache darin liegt, daß er sich mit nichts Kleinem abgibt, denn schließlich nennen wir beim Militär das einen Strategen. Der Feldwebel, wenn Sie mir dieses untergeordnete Beispiel gestatten, muß sich natürlich um das Wohlergehen jedes einzelnen Mannes in seiner Kompanie kümmern; der Stratege dagegen rechnet mit dem Menschentausend als kleinster Einheit und muß auch zehn solcher Einheiten auf einmal opfern können, wenn es ein höherer Zweck verlangt. Ich finde, daß es keine Logik hat, wenn man das in dem einen Fall einen Blutgeneral, in dem andern eine ewige Gesinnung nennt, und bitte Sie, es mir zu erklären, wenn das möglich ist!»

Arnheims sonderbare Lage in dieser Stadt und Gesellschaft hatte eine gewisse, sonst sorgsam zurückgehaltene Lust zu Spott in ihm geweckt. Er wußte, wen der kleine Herr meinte, wenn er es auch nicht zu erkennen gab; außerdem kam es auch nicht darauf an, er selbst hätte ihm noch einige andere Spielarten von dieser großen Sorte anführen können. Sie hatten an diesem Abend schlechte Figur gemacht, das war nicht zu übersehen.

Arnheim hielt, unangenehm einen Augenblick nachdenkend, den Rauch der Zigarre zwischen den geöffneten Lippen zurück. Seine eigene Lage war in diesem Kreis auch keine ganz leichte gewesen. Er hatte trotz aller Geltung manche böse Bemerkung zu hören bekommen, als wäre sie gegen ihn selbst gerichtet, und was verdammt wurde, war oft nicht weniger als das, was er in seiner Jugend geliebt hatte, gerade so wie diese jungen Leute nun die Ideen ihrer Generation liebten. Er erlebte es als ein sehr eigentümliches Gefühl, man könnte es beinahe unheimlich nennen, von jungen Leuten geehrt zu werden, die im gleichen Atem eine Vergangenheit, an der er selbst heimlich beteiligt war, rücksichtslos verhöhnten; Arnheim verspürte dabei Elastizität, Verwandlungsfähigkeit, Unternehmungslust in sich, fast könnte man sagen, die kühne Rücksichtslosigkeit eines gut verborgenen schlechten Gewissens. Er überlegte blitzschnell, was ihn von dieser neuen Generation trennte. Die jungen Leute widersprachen einander in allem und jedem, eindeutig gemeinsam war ihnen nur, daß es der Objektivität, der geistigen Verantwortung, der ausgeglichenen Person zu Leibe ging.

Ein besonderer Umstand erlaubte Arnheim, beinahe etwas wie Schadenfreude dabei zu empfinden. Die Überschätzung gewisser seiner Altersgenossen, an denen das Persönliche in einer besonders großen Weise hervortrat, war ihm immer schon unsympatisch gewesen. Namen nannte ein so vornehmer Gegner wie er natürlich nicht einmal in Gedanken, aber er wußte genau, an wen er dachte. «Ein nüchterner, modester Junge, lüstern nach illüstrer Lust» – um mit Heine zu sprechen, den Arnheim in verborgener Weise liebte und in diesem Augenblick zu sich zitierte. «Man muß seine Bestrebungen rühmen und seinen Fleiß in der Poesie... die bittere Mühe, die unsägliche Beharrlichkeit, die ingrimmigen Anstrengungen, womit er seine Verse ausarbeitet...» «Die Musen sind ihm nicht hold, aber er hat den Genius der Sprache in der Hand» «Den beängstigenden Zwang, den er sich antun muß, nennt er eine große Tat in Worten». Arnheim besaß ein vortreffliches Gedächtnis und konnte seitenlang auswendig zitieren. Er schweifte ab. Er bewunderte, wie Heine, einen Mann seiner eigenen Zeit bekämpfend, Erscheinungen da vorweggenommen hatte, die jetzt erst in vollem Ansehen standen, und es regte ihn zu eigenen Leistungen an, als er sich nun dem zweiten Vertreter großer deutscher idealistischer Gesinnung, dem Dichter des Generals zuwandte. Das war nach dem mageren der fette Geistesschlag. Sein feierlicher Idealismus entsprach jenen großen tiefen Blasinstrumenten in den Orchestern, welche in die Höhe gestellten Lokomotivkesseln gleichen und ein ungefüges Grunzen und Schollern hervorbringen. Sie decken mit einem Ton tausend Möglichkeiten zu. Sie pusten große Pakete voll der ewigen Gefühle aus. Wer in einer von diesen Arten in Versen zu blasen vermag, – dachte Arnheim nicht ganz ohne Bitterkeit – gilt bei uns heute für einen Dichter, im Unterschied vom Literaten. Warum also wirklich nicht gleich für einen General? Solche Leute stehen doch mit dem Tod auf bestem Fuß und brauchen beständig einige Tausend Verstorbener, um den Augenblick des Lebens mit Würde zu genießen.

Aber da hatte jemand behauptet, daß sogar des Generals Hund, der in einer Rosennacht den Mond anheult, zur Rede gestellt, antworten könnte: Was wollt ihr, es ist ja doch der Mond, und es sind die ewigen Gefühle meiner Rasse; genau wie einer der Herrn, die dafür berühmt seien! Ja er könnte eigens noch hinzufügen, daß sein Gefühl ohne Zweifel erlebnisstark sei, sein Ausdruck reich bewegt und doch so einfach, daß ihn das Publikum verstehe, und was seine Gedanken anlange, so treten sie wohl hinter sein Gefühl zurück, aber das entspreche ganz und gar den geltenden Forderungen und sei in der Literatur noch nie ein Hindernis gewesen.

Arnheim hielt, unangenehm betroffen, den Rauch seiner Zigarre noch einmal zwischen den Lippen zurück, die als halbaufgezogene Grenzschranken zwischen Person und Außenwelt einen Augenblick offen blieben. Er hatte einige von diesen besonders reinen Dichtern, weil es sich so gehört, bei jeder Gelegenheit gelobt und bei einigen Gelegenheiten auch mit Geld unterstützt; aber eigentlich mochte er sie, wie er jetzt bemerkte, samt ihren aufgeblasenen Versen nicht ausstehn. «Diese heraldischen Herrschaften, die sich nicht einmal selbst erhalten können,» dachte er «gehören im Grunde genommen in einen Naturschutzpark, gemeinsam mit den letzten Wisenten und Adlern!» Und da es also, wie der verflossene Abend gezeigt hatte, unzeitgemäß war, sie zu unterstützen, schloß Arnheims Überlegung nicht ohne Gewinn für ihn.

90

Die Entthronung der Ideokratie

Es ist wahrscheinlich eine gut begründete Erscheinung, daß in Zeiten, deren Geist einem Warenmarkt gleicht, für den richtigen Gegensatz dazu Dichter gelten, die gar nichts mit ihrer Zeit zu tun haben. Sie beschmutzen sich nicht mit zeitgenössischen Gedanken, liefern sozusagen reine Dichtung und sprechen in ausgestorbenen Mundarten der Größe zu ihren Gläubigen, als wären sie soeben bloß zu vorübergehendem Erdaufenthalt aus der Ewigkeit zurückgekommen, genau so wie ein Mann, der vor drei Jahren nach Amerika ging und bei seinem Besuch in der Heimat schon gebrochen deutsch spricht. Diese Erscheinung ist ungefähr die gleiche, als ob man über ein hohles Loch zum Ausgleich eine hohle Kuppel setzen würde, und da die erhabene Hohlheit die gewöhnliche nur vergrößert, ist schließlich nichts natürlicher, als daß auf eine Zeit dieser Personenverehrung eine andere folgt, die sich von dem ganzen Wesen, das mit Verantwortung und Größe getrieben wird, gründlich abwendet.

Arnheim versuchte vorsichtig, probeweise und im behaglichen Gefühl, persönlich gegen Schaden versichert zu sein, sich in diese seiner Vermutung nach kommende Entwicklung hineinzufinden. Das war allerdings keine Kleinigkeit. Er dachte dabei an alles, was er in den letzten Jahren in Amerika und Europa gesehen hatte; an die neue Tanzleidenschaft, ob nun Beethoven tiefgetanzt wurde oder neue Sinnlichkeit rhythmisch; an die Malerei, wo ein Höchstmaß von geistigen Beziehungen durch ein Mindestmaß von Linien und Farben ausgedrückt werden sollte; an den Film, wo eine Gebärde, in ihrer Bedeutung aller Welt bekannt, durch eine kleine Neuheit in ihrer Erscheinung alle Welt hinriß; und schließlich einfach an den gewöhnlichen Menschen, wie er damals schon, vom Sport überzeugt, mit den Mitteln eines strampelnden Kindes sich des großen Busens der Natur zu bemächtigen glaubte. Das Auffällige aller dieser Erscheinungen ist ein gewisser Hang zur Allegorie, wenn man darunter eine geistige Beziehung versteht, wo alles mehr bedeutet, als ihm redlich zukommt. Denn so wie ein Helm und ein paar gekreuzte Schwerter die Gesellschaft des Barock an alle Götter und ihre Geschichten erinnerten und nicht ein Herr von Hinz die Komtesse Kunz küßte, sondern ein Kriegsgott die Göttin der Keuschheit, erleben Hinz und Kunz heute, wenn sie sich knutschen, das Zeittempo oder irgendetwas aus der Kollektion von zehn Dutzend neuen Mustervorstellungen, die nun freilich nicht mehr einen über Taxusalleen schwebenden Olymp bilden, sondern das ganze moderne Durcheinander selbst. Im Kino, auf dem Theater, auf der Tanzbühne, im Konzert, in Auto, Flugzeug, Wasser, Sonne, Schneiderwerkstätten und Kaufmannsbüros entsteht fortwährend eine ungeheure Oberfläche, die aus Ein- und Ausdrücken, Gebärden, Gehaben und Erlebnissen besteht. Im Einzelnen und Äußeren sehr gestaltet, gleicht dieses Geschehen einem lebhaft kreisenden Körper, wo alles an die Oberfläche drängt und sich dort untereinander verbindet, während das Innere ungestalt, wallend und drängend zurückbleibt. Und wenn Arnheim um einige Jahre vorauszublicken vermocht hätte, so würde er schon gesehen haben, daß neunzehnhundertzwanzig Jahre christlicher Moral, Millionen Toter eines erschütternden Kriegs und ein deutscher Wald von Poesien, der über dem weiblichen Schamgefühl gerauscht hatte, es auch nicht um eine Stunde zu verzögern vermochten, als eines Tags die Frauenröcke und -haare kürzer zu werden begannen und die Mädchen Europas aus tausendjährigen Verboten sich für eine Weile nackt herausschälten wie die Bananen. Auch andere Veränderungen würde er gesehen haben, die er kaum für möglich gehalten hätte, und es kommt nicht darauf an, was davon dauern oder wieder verschwinden wird, sofern man bedenkt, welche großen und wahrscheinlich vergeblichen Anstrengungen es erfordert haben würde, solche Revolutionen der Lebensumstände auf dem verantwortungsreichen Weg der geistigen Entwicklung über Philosophen, Maler und Dichter herbeizuführen, statt des Wegs über Schneider, Modegeschehnisse und Zufälle; denn man kann daraus ermessen, welche Schöpfungskraft der Oberfläche, verglichen mit dem unfruchtbaren Eigensinn des Gehirns, zukommt.

Das ist die Entthronung der Ideokratie, des Gehirns, die Verlegung des Geistes an die Peripherie, die letzte Problematik, wie es Arnheim vorkam. Freilich ist das Leben diesen Weg immer gegangen, es hat den Menschen beständig von außen nach innen umgebaut; aber früher mit dem Unterschied, daß man sich verpflichtet fühlte, von innen nach außen auch etwas hervorzubringen. Selbst der Hund des Generals, an den er sich in diesem Augenblick freundlich erinnerte, würde niemals imstande sein, eine andere Entwicklung zu begreifen, denn diesen treuen Begleiter des Menschen hat noch der stabile, gehorsame Mann des vorigen Jahrhunderts nach seinem Ebenbild geformt; aber sein Vetter, der wilde Steppenhahn, der stundenlang tanzt, würde schon alles verstehen. Wenn er die Federn sträubt und mit den Zehen scharrt, entsteht wahrscheinlich mehr Seele, als wenn ein Gelehrter an seinem Schreibtisch einen Gedanken mit dem nächsten verbindet. Denn letzten Endes kommen alle Gedanken aus den Gelenken, Muskeln, Drüsen, Augen, Ohren und den schattenhaften Gesamteindrücken, die der Hautsack, zu dem sie gehören, von sich im ganzen hat. Die vergangenen

Jahrhunderte haben vielleicht einen schweren Irrtum begangen, indem sie auf Verstand und Vernunft, auf Überzeugung, Begriff und Charakter zu viel Wert legten; es war so, wie wenn man Registratur und Archiv für den wichtigsten Teil eines Amts halten wollte, weil sie ihr Büro in der Zentrale haben, obgleich sie nur Hilfsämter sind, die ihre Weisungen von außen empfangen.

Und plötzlich fand Arnheim, möglicherweise angeregt von leichten Auflösungserscheinungen, welche die Liebe in ihm hervorrief, die Gegend, wo der erlösende und diese Verwicklungen ordnende Gedanke zu suchen sei: er hing irgendwie in sympathischer Weise mit der Vorstellung gesteigerten Umsatzes zusammen. Ein gesteigerter Umsatz an Gedanken und Erlebnissen ließ sich dieser neuen Zeit nicht absprechen und mußte schon als natürliche Folge aus der Vermeidung zeitraubender geistiger Verarbeitung entstehen. Er dachte sich das Zeitgehirn durch Angebot und Nachfrage ersetzt, den umständlichen Denker durch den regelnden Kaufmann, und er genoß unwillkürlich das ergreifende Schauspiel einer ungeheuren Produktion von Erlebnissen, die sich frei verbinden und lösen, einer Art nervösen Puddings, der bei jeder Erschütterung in allen Teilen zitterte, eines riesigen Tam-Tams, das ungeheuer dröhnte, wenn man es auch nur im leisesten berührte. Daß diese Bilder nicht ganz zueinander stimmten, war schon die Folge einer träumerischen Verfassung, in die sie Arnheim versetzten; denn es schien ihm, daß man gerade ein solches Leben auch einem Traum vergleichen könnte, wo man gleichzeitig draußen bei den wunderlichsten Geschehnissen ist und still innen in der Mitte liegt, mit einem verdünnten Ich, durch dessen Vakuum alle Gefühle wie blaue Glühröhren strahlen. Es denkt das Leben um den Menschen herum und stiftet tanzend für ihn die Verbindungen, die er mühsam und lange nicht so kaleidoskopartig zusammenstoppelt, wenn er sich dazu der Vernunft bedient. Also sann Arnheim als Kaufmann und zugleich bis in die zwanzig Spitzen seiner Finger und Zehen erregt über den freien geistig-körperlichen Verkehr einer bevorstehenden Zeit, und es erschien ihm nicht ausgeschlossen, daß etwas Kollektives, Panlogisches im Entstehen sei und daß man sich, den veralteten Individualismus verlassend, mit der ganzen Überlegenheit und Erfindungsgabe der weißen Rasse auf dem Rückweg zu einer Reform des Paradieses befinde, um in die ländliche Zurückgebliebenheit des Gartens Eden ein abwechslungsreiches modernes Programm zu bringen.

Nur eines wirkte störend. Denn so wie man im Traum die Fähigkeit hat, daß man in ein Geschehen ein unerklärliches, die ganze Person durchschneidendes Gefühl hineinlegt, so hat man die gleiche Fähigkeit auch im Wachen, aber nur, wenn man fünfzehn oder sechzehn Jahre alt ist und auf die Schule geht. Auch dann sind bekanntlich große

Wallungen im Menschen, antreibendes Drängen und ungestaltes Erleben; die Gefühle sind sehr bewegt, aber noch nicht sehr gesondert, Liebe und Zorn, Menschenglück und -hohn, kurz alle moralischen Abstrakta sind zuckende Geschehnisse, die bald die ganze Welt bedecken, bald in nichts zusammenschrumpfen; Traurigkeit, Zärtlichkeit, Größe und Edelmut wölben leere hohe Himmel. Und was geschieht? Von außen, aus der gegliederten Welt kommt eine fertige Form – ein Wort, ein Vers, ein dämonisches Lachen, kommen Napoleon, Cäsar, Christus oder vielleicht auch nur die Trän' am Elterngrab – und es entsteht in blitzartiger Verbindung das Werk. Dieses Primanerwerk ist, was man allzuleicht übersieht, Zug um Zug ein vollendeter Ausdruck des Gefühls, die genaueste Deckung von Absicht und Erfüllung, und das vollkommene Hineingehn der Erlebnisse eines jungen Mannes in das Leben des großen Napoleon. Es scheint jedoch die Verbindung vom Großen zum Kleinen irgendwie nicht umkehrbar zu sein. Man erlebt es sowohl in Träumen wie in der Jugend, wenn man eine große Rede gehalten hat und beim Aufwachen unseligerweise noch die letzten Worte erhascht, daß diese eigentlich gar nicht so ungewöhnlich schön sind, wie es einem geschienen hat. Man kommt sich dann nicht ganz so schwerlos schillernd vor wie der tanzende Hahn, sondern hat bloß mit sehr viel Gefühl den Mond angeheult wie der mehrfach zur Würdigung gelangte Foxl des Herrn Generals.

Also konnte da doch nicht alles stimmen; – überlegte Arnheim, sich ermunternd – aber freilich muß man allen Ernstes mit seiner Zeit gehn, fügte er wachsam hinzu; denn was lag ihm schließlich näher, als diesen bewährten Fabrikationsgrundsatz auch auf die Herstellung des Lebens anzuwenden?

91

Spekulation in Geist à la baisse und à la hausse

Die Zusammenkünfte nahmen bei Tuzzis jetzt ihren regelmäßigen und gedrängten Fortgang.

Sektionschef Tuzzi sprach auf dem «Konzil» den «Vetter» an. «Wissen Sie, daß es das alles schon einmal gegeben hat?»

Er wies mit den Augen auf den brodelnden Menscheninhalt seiner ihm entfremdeten Wohnung. «In den Anfängen des Christentums; in den Jahrhunderten um Christi Geburt. In dem christlich-levantinisch-hellenistisch-jüdischen Glutkessel hatten sich damals unzählige Sekten gebildet.» Und er begann aufzuzählen: «Die Adamiten, Kainiten, Ebioniten, Kollyridianer, Archontiker, Enkratiten, Ophiten...»; mit einer merkwürdigen, hastigen Langsamkeit, wie sie entsteht, wenn jemand eilende Geläufigkeit seines Tuns mäßigend verbergen will, führte er eine lange Liste früh- und vorchristlicher religiöser Bünde an; es erweckte den Eindruck, er wünsche den Vetter seiner Frau behutsam verstehen zu lassen, daß er mehr von den Vorgängen in seinem Hause wisse, als er aus besonderen Gründen zu zeigen pflege.

Er fuhr dann fort, unter Erläuterung der genannten Namen zu erzählen, daß sich die eine Sekte gegen die Ehe stellte, weil sie Keuschheit forderte, indes die andere Keuschheit forderte, aber komischerweise dieses Ziel durch Riten der Ausschweifung zu erreichen wünschte. Die Angehörigen der einen verstümmelten sich, weil sie das Frauenfleisch für eine Erfindung des Teufels hielten, bei anderen kamen in den Kirchenversammlungen Mann und Weib nackt zusammen. Gläubige Grübler, die zu dem Schluß gelangten, daß die Schlange, die im Paradies Eva verführt habe, eine göttliche Person gewesen sei, trieben Sodomie; und andere duldeten keine Jungfrauen, weil nach ihrer wissenschaftlichen Überzeugung die Gottesmutter außer Jesus noch andere Kinder geboren haben sollte, so daß Jungfräulichkeit ein gefährlicher Irrtum wäre. Immer taten die einen etwas, wovon die anderen das Gegenteil taten, und beide ungefähr aus den gleichen Gründen und Überzeugungen. – Tuzzi erzählte es mit dem Ernst, der historischen Vorkommnissen gebührt, auch wenn sie sonderbar sind, und einem Unterton von Herrenwitzen. Sie standen an der Wand; der Sektionschef warf mit einem kleinen ärgerlichen Lächeln seinen Zigarettenrest in eine Aschenschale, blickte noch immer zerstreut ins Gewühl und schloß, als hätte er genau nur soviel sagen wollen, wie die Dauer einer Zigarette es verlange, mit den Worten: «Ich finde, daß der Zustand der Meinungsverschiedenheiten und subjektiven Auffassungen, der damals geherrscht hat, nicht wenig an die Streitigkeiten unserer Literaten erinnert. Sie werden morgen verweht sein. Wenn nicht durch verschiedene geschichtliche Umstände zur rechten Zeit ein geistliches Beamtensystem mit politischer Wirksamkeit entstanden wäre, so würde heute vom christlichen Glauben kaum eine Spur übrig sein...»

Ulrich pflichtete bei. «Ordnungsmäßig von der Gemeinde bezahlte Glaubensbeamte lassen mit den Amtsvorschriften nicht spaßen. Ich meine überhaupt, daß wir gegen unsere gemeinen Eigenschaften ungerecht sind; ohne ihre Verläßlichkeit könnte niemals Geschichte entstehn, denn die geistigen Anstrengungen bleiben ewig strittig und windig.»

Der Sektionschef sah mißtrauisch auf und dann gleich wieder weg. Äußerungen dieser Art waren ihm zu ungebunden. Dennoch gab er sich zu diesem Vetter seiner Frau, obgleich er ihn erst seit kurzem kannte, auffallend freundschaftlich und verwandt. Er kam und ging und erweckte den Anschein, inmitten dessen, was sich in seinem Hause zutrug, in einer anderen, abgeschlossenen Welt zu leben, deren höhere Bedeutung er jedem Einblick entzog; zuweilen schien er aber doch nicht länger widerstehen zu können und mußte sich jemandem für einen Augenblick, wenn auch undeutlich zeigen, und es war dann jedesmal der Vetter, mit dem er ein Gespräch anknüpfte. Es war das eine menschliche Folge des Entzuges an Anerkennung, den er im Verhältnis zu seiner Gattin trotz gelegentlicher Zärtlichkeitsanfälle erdulden mußte. Diotima küßte ihn dann wie ein kleines Mädchen; ein Mädchen vielleicht von vierzehn Jahren, wenn es einen noch kleineren Knaben aus weiß Gott welcher Affektation mit Küssen bedeckt. Unwillkürlich zog sich Tuzzis Oberlippe unter dem gekräuselten Bärtchen schamvoll ein. Die neuen Verhältnisse, die in seinem Hause entstanden waren, brachten seine Frau und ihn in unmögliche Lagen. Er hatte Diotimas Klage über sein Schnarchen keineswegs vergessen, er hatte inzwischen auch Arnheims Schriften gelesen und war bereit, darüber zu sprechen; manches konnte er anerkennen, sehr vieles als unrichtig bezeichnen, und einiges verstand er nicht, mit jener sicheren Ruhe, die voraussetzt, daß das der Schaden des Autors sei: aber er war immer gewohnt gewesen, in solchen Fragen einfach das geachtete Urteil des erfahrenen Mannes abzugeben, und die jetzt vorhandene Aussicht darauf, daß ihm Diotima jedesmal widersprechen würde, die Notwendigkeit also, sich gemeinsam mit ihr auf diese weichliche Diskussion einlassen zu müssen, empfand er als eine so unrechte Veränderung seines Privatlebens, daß er sich nicht zu einer Aussprache entschließen konnte und in halbbewußten Wünschen sogar vorgezogen hätte, sich mit Arnheim zu schießen. Tuzzi zog plötzlich seine schönen, braunen Augen ärgerlich zusammen und sagte sich, daß er strenger auf seine Stimmungen achtgeben müsse. Der Vetter neben ihm (seiner Ansicht nach durchaus kein Mann, mit dem man sich zu sehr liieren durfte!) erinnerte ihn eigentlich nur durch die kaum von einem wirklichen Gehalt erfüllte Gedankenbindung der Verwandtschaftlichkeit an seine Frau; auch hatte er seit langem schon bemerkt, daß Arnheim diesen jüngeren Mann in einer gewissen, vorsichtigen Weise verwöhnte, wogegen der sich deutliche Abneigung anmerken ließ: das waren zwei wirklich nicht inhaltsreiche Beobachtungen, und doch genügten sie, um Tuzzi mit einer unerklärlichen Zuneigung zu beunruhigen. Er öffnete seine braunen Augen und sah eine Weile groß wie ein Uhu in das Zimmer, ohne etwas sehen zu wollen.

Der Vetter seiner Frau sah übrigens gerade so wie er, in gelangweilter Vertraulichkeit, vor sich hin und hatte die Pause des Gesprächs nicht einmal bemerkt. Tuzzi empfand, daß man etwas sagen müsse; er fühlte sich unsicher, so als ob einen Menschen, der an Einbildungen leidet, das Schweigen verraten könnte. «Sie denken gerne schlecht von allem,» bemerkte er lächelnd, als hätte der Ausspruch über die Glaubensbeamten bis jetzt vor seinem Ohr auf Eintritt warten müssen «und meine Frau tut wohl nicht unrecht, bei aller verwandtschaftlicher Sympathie Ihre Mithilfe etwas zu fürchten. Wenn ich so sagen darf, neigen Ihre Gedanken über den Mitmenschen zur Spekulation à la baisse.»

«Das ist ein ausgezeichneter Ausdruck,» gab Ulrich erfreut zurück «wenn ich mich auch bescheiden muß, ihm nicht zu genügen! Denn es ist die Weltgeschichte, die immer à la baisse oder à la hausse in Menschen spekuliert hat; auf Baisse-Weise durch List und Gewalt, à la hausse ungefähr so, wie es Ihre Frau Gemahlin hier versucht, durch den Glauben an die Kraft der Ideen. Auch Dr. Arnheim ist, soweit man seinen Worten trauen kann, ein Haussier. Dagegen müssen Sie als berufsmäßiger Baissier in diesem Chor der Engel Empfindungen haben, die ich gerne kennen würde.»

Er musterte den Sektionschef mit Teilnahme. Tuzzi zog seine Zigarettendose aus der Tasche und zuckte die Schultern. «Warum glauben Sie, daß ich anders darüber denken soll, als meine Frau?» antwortete er. Er wollte die persönliche Wendung des Gesprächs ablehnen, hatte sie aber durch seine Antwort verstärkt; der andere bemerkte es glücklicherweise nicht und fuhr fort: «Wir sind eine Masse, die jede Form annimmt, in die sie auf die eine oder die andere Weise hineingerät!»

«Das ist mir zu hoch» erwiderte Tuzzi ausweichend.

Ulrich freute sich darüber. Das war Gegensatz zu ihm selbst; er genoß es ordentlich, mit einem Mann zu sprechen, der auf geistige Reizung nicht antwortete, sondern kein anderes Mittel der Abwehr hatte oder gebrauchen wollte, als gleich seine ganze Person vorzuschützen. Seine ursprüngliche Abneigung gegen Tuzzi hatte sich unter dem Druck der viel größeren Abneigung gegen das Getue in dessen Haus längst umgekehrt; er verstand bloß nicht, warum Tuzzi dieses duldete, und machte sich allerhand Vermutungen darüber. Er lernte ihn nur sehr langsam und wie ein Tier, das man beobachtet, von außen kennen, ohne den erleichternden Einblick, den das Wort in Menschen gewährt, die aus offenem Bedürfnis reden. Zuerst hatte ihm das gedörrte Aussehen des knapp mittelgroßen Mannes gefallen, und das dunkle, starke, viel unsicheres Gefühl verratende Auge, das nicht im geringsten ein Beamtenauge war, aber auch in keiner Weise zu Tuzzis gegenwärtiger Person stimmte, wie sie sich in den Gesprächen zeigte; außer man nahm an, was ja nicht selten vorkommt, daß es ein Knabenauge war, das zwischen den andersgearteten Manneszügen durchblickte, wie ein Fenster, das zu einem unbenützten, abgesperrten und längst vergessenen Teil des Inneren führt. Das nächste, was dem Vetter auffiel, war dann Tuzzis Körpergeruch gewesen; es war ein Geruch an ihm wie von China oder von trockenen Holzschachteln oder ein

Gemisch der Wirkungen von Sonne, See, Exotik, Hartleibigkeit und den diskreten Spuren des Raseurs. Dieser Geruch machte ihn nachdenklich; er hatte nur zwei Menschen mit persönlichem Geruch in seiner Bekanntschaft, diesen und Moosbrugger; wenn er sich Tuzzis scharfzartes Aroma vergegenwärtigte und zugleich an Diotima dachte, über deren großer Oberfläche ein dünner Pudergeruch lag, der nichts zu verdecken schien, so kam man zu Gegensätzen der Leidenschaft, denen das etwas komische wirkliche Zusammenleben dieser beiden Personen in keiner Weise zu entsprechen schien. Ulrich mußte seine Gedanken zurückholen, bis sie wieder jener Distanz von den Dingen entsprachen, die man zulässig nennt, ehe er auf Tuzzis ablehnende Antwort erwidern konnte.

«Es ist anmaßend von mir,» begann er von neuem in jenem leicht gelangweilten, aber entschlossenen Ton, der gesellschaftlich das Bedauern ausdrückt, auch den anderen langweilen zu müssen, weil die Lage, in der sie sich augenblicklich befänden, nichts Besseres gestatte «es ist sicher anmaßend, wenn ich vor Ihnen zu definieren versuche, was Diplomatie sei; aber ich wünsche verbessert zu werden. Ich versuche also zu sagen: Diplomatie nimmt an, daß eine verläßliche Ordnung nur durch Benützung der Lügenhaftigkeit, der Feigheit, des Kannibalismus, kurz der soliden Niedrigkeiten der Menschheit erreichbar sei; sie ist Idealismus à la baisse, um Ihren trefflichen Ausdruck noch einmal zu gebrauchen. Und ich finde, daß dies bezaubernd melancholisch ist, weil es eben voraussetzt, daß die Unzuverlässigkeit unserer höheren Kräfte uns den Weg zum Menschenfressen ebenso gangbar macht wie den zur Kritik der reinen Vernunft.»

«Sie denken leider» verwahrte sich der Sektionschef «romantisch von der Diplomatie und verwechseln wie so viele Menschen Politik mit Intrige. Das mochte zur Not stimmen, als sie noch von fürstlichen Amateuren gemacht wurde; aber es stimmt nicht in einer Zeit, wo alles von bürgerlichen Rücksichten abhängt. Wir sind nicht melancholisch, sondern optimistisch. Wir müssen an eine gute Zukunft glauben, sonst können wir vor unserem Gewissen nicht bestehn, das doch keineswegs anders geartet ist als das anderer Menschen. Wenn Sie durchaus das Wort Menschenfresserei gebrauchen wollen, so kann ich nur sagen, daß es das Verdienst der Diplomatie ist, die Welt vom Menschenfressen abzuhalten; um das zu können, muß man aber an etwas Höheres glauben.»

«Woran glauben Sie?» unterbrach ihn der Vetter ohne Umschweife.

«Aber nun wissen Sie!» sagte Tuzzi. «Ich bin doch kein Knabe mehr, daß ich darauf so ohne weiteres antworten könnte! Ich habe nur sagen wollen, je mehr sich ein Diplomat mit den geistigen Strömungen seiner Zeit zu identifizieren weiß, desto leichter wird ihm sein Beruf fallen. Und umgekehrt hat sich in den letzten Menschenaltern gezeigt, daß man desto mehr Diplomatie braucht, je größer die Fortschritte des Geistes auf allen Seiten sind; aber das ist doch schließlich natürlich!?»

«Natürlich?! Aber damit sagen Sie ja das gleiche wie ich!» rief Ulrich so lebhaft aus, wie es das Bild zweier sich mäßig unterhaltender Herren, das sie abgeben wollten, nur gestattete. «Ich habe mit Bedauern hervorgehoben, daß das Geistige und Gute ohne Mithilfe des Bösen und Materiellen nicht dauernd existenzfähig sei, und Sie antworten mir ungefähr, je mehr Geist vorhanden, desto mehr Vorsicht nötig. Sagen wir also: Man kann den Menschen als einen gemeinen Kerl behandeln und auf diese Weise nicht ganz zu allem bringen; man kann ihn aber auch begeistern und damit nicht ganz zu allem bringen. Zwischen beiden Methoden schwanken wir darum, beide Methoden mischen wir; das ist das Ganze. Mir scheint, daß ich mich einer viel weitergehenden Übereinstimmung mit Ihnen erfreue, als Sie zugeben wollen.»

Sektionschef Tuzzi drehte sich dem unbequemen Frager zu; ein kleines Lächeln hob sein Bärtchen, seine glänzenden Augen blickten mit einem spöttisch nachgiebigen Ausdruck; er wünschte, diese Art von Gespräch zu beenden, sie war unsicher wie Glatteis und zwecklos kindisch, wie das Schlittern von Knaben auf Glatteis. «Schauen Sie, Sie werden das wahrscheinlich für eine Barbarei halten,» erwiderte er «aber ich werde es Ihnen erklären: Philosophieren sollten eigentlich nur Professoren dürfen! Ich nehme unsere anerkannten großen Philosophen davon natürlich aus, die schätze ich sehr hoch und habe sie sämtlich gelesen; aber die sind sozusagen nun einmal da. Und unsere Professoren sind angestellt dafür, da ist es ein Beruf und braucht weiter nichts auf sich zu haben; schließlich braucht man auch die Lehrer, damit die Sache nicht ausstirbt. Aber sonst hat die alt-österreichische Maxime, daß der Staatsbürger nicht über alles nachdenken soll, schon recht gehabt. Es kommt selten etwas Gutes dabei heraus, und es hat leicht etwas von Anmaßung.»

Der Sektionschef drehte sich eine Papyros und schwieg; er hatte weiter kein Bedürfnis, seine «Barbarei» zu entschuldigen. Ulrich sah seinen schlanken, braunhäutigen Fingern zu und war entzückt von der unverschämten Halbdummheit, die Tuzzi zum besten gegeben hatte. «Sie haben den gleichen, sehr modernen Grundsatz ausgesprochen, wie ihn seit Jahrtausenden die Kirchen gegenüber ihren Mitgliedern anwenden und neuerdings der Sozialismus» bemerkte er höflich. Tuzzi sah flüchtig auf, um zu erkennen, was der Vetter mit seiner Zusammenstellung meine. Dann erwartete er, daß dieser wieder eine lange Überlegung loslassen werde, und ärgerte sich im voraus über solche ewige geistige Indiskretion. Aber der Vetter tat nichts, als daß er den vormärzlich gesinnten Mann neben sich wohlgefällig betrachtete. Er nahm schon seit langem an, daß Tuzzi Gründe habe, die Beziehungen seiner Frau zu Arnheim innerhalb gewisser Grenzen gewähren zu lassen, und hätte gerne erfahren, was er dadurch zu erreichen wünschte? Es blieb ungewiß. Vielleicht verhielt sich Tuzzi nur so, wie die Banken von der Parallelaktion dachten, von der sie sich bisher nach Möglichkeit zurückhielten, ohne jedoch ganz darauf zu verzichten, wenigstens einen Finger der Hand mit im Spiel zu haben, und bemerkte dabei Diotimas zweiten Liebesfrühling nicht, obgleich dieser doch so sichtbar wurde. Es war kaum anzunehmen. Ulrich fand Vergnügen daran, die tiefen Falten und Risse in dem Gesicht seines Nachbarn zu betrachten und der harten Modelung der Kiefermuskeln zuzusehn, wenn die Zähne in die Zigarettenspitze bissen. Dieser Mensch erweckte in ihm eine Vorstellung reiner Männlichkeit. Er war des vielen Redens mit sich selbst ein wenig überdrüssig, und das Vergnügen, sich einen wortkargen Menschen auszumalen, war ihm sehr angenehm. Er stellte sich vor, daß Tuzzi gewiß schon als Knabe andere Knaben nicht habe leiden können, wenn sie viel redeten; aus denen entstehen später die schöngeistigen Männer, während die Knaben, die lieber zwischen den Zähnen durchspucken, als daß sie den Mund öffneten, Männer werden, die nicht gerne etwas Unnützes denken und in der Tat, in der Intrige, im einfachen Ertragen oder Abwehren eine Entschädigung für den unentbehrlichen Zustand des Fühlens und Denkens suchen, der sie irgendwie so sehr beschämt, daß sie Gedanken und Gefühle am liebsten nur benützen, um andere Menschen irrezuführen. Natürlich würde Tuzzi, wenn man ihm gegenüber eine derartige Bemerkung gemacht hätte, sie geradeso zurückgewiesen haben wie eine zu gefühlvolle; denn es war sein Grundsatz, nur keine Übertreibungen und Ungewöhnlichkeiten zuzulassen, weder in der einen noch in der anderen Richtung. Man durfte überhaupt mit ihm so wenig über das sprechen, was er als Person sehr gut darstellte, wie man einen Musiker, Schauspieler oder Tänzer fragen darf, was er eigentlich meint, und Ulrich würde in diesem Augenblick am liebsten den Sektionschef auf die Schulter geklopft [haben] oder ihm sanft in die Haare gefahren sein, um auf wortlos pantomimischem Wege das Einverständnis zwischen ihnen spielen zu lassen.

Was sich Ulrich nicht richtig vorstellte, war bloß das eine, daß Tuzzi nicht nur als Knabe, sondern auch jetzt in diesem Augenblick das Bedürfnis empfand, zwischen seinen Zähnen in männlichem Strahl hindurch zu spucken. Denn er spürte etwas von dem ungewissen Wohlwollen an seiner Seite, und die Situation war ihm unbehaglich. Er wußte selbst, daß sich in der Äußerung über Philosophie, die er abgegeben hatte, für einen fremden Hörer allerhand mischte, das nicht gerade willkommen war, und der Teufel mußte ihn geritten haben, daß er dem «Vetter» (denn aus irgendwelchen Gründen nannte er Ulrich immer nur so) diesen burschikosen Beweis seines Zutrauens gab. Er mochte schwätzende Männer nicht leiden und fragte sich bestürzt, ob er am Ende, ohne es zu wissen, diesen als Bundesgenossen bei seiner Frau gewinnen wollte; seine Haut wurde bei diesem Gedanken schamdunkel, denn solche Hilfe lehnte er ab, und unwillkürlich trat er mit einigen, schlecht durch einen zufälligen Vorwand maskierten Schritten weiter von Ulrich fort.

Aber dann überlegte er es sich anders, kehrte zurück und fragte: «Haben Sie eigentlich schon einmal darüber nachgedacht, warum sich Dr. Arnheim so lange bei uns aufhält?» Er bildete sich plötzlich ein, durch eine solche Frage am besten zu zeigen, daß er jede Verbindung mit seiner Frau als ausgeschlossen behandle.

Der Vetter sah ihn unverschämt fassungslos an. Die richtige Antwort lag so nahe, daß es schwer war, eine andere zu finden. «Meinen Sie,» fragte er stockend «daß es wirklich einen besonderen Grund hat? Also dann doch nur einen geschäftlichen?»

«Ich vermag nichts zu behaupten» gab Tuzzi zur Antwort, der sich nun wieder als Diplomat fühlte. «Aber kann es einen anderen Grund geben?»

«Natürlich kann es eigentlich keinen anderen Grund geben» räumte Ulrich höflich ein. «Sie haben eine ausgezeichnete Beobachtung gemacht. Ich muß gestehn, daß ich mir überhaupt nichts dabei gedacht habe; ich nahm ungefähr an, daß es mit seinen literarischen Neigungen zusammenhänge. Übrigens wäre das doch wohl auch möglich.»

Der Sektionschef gönnte dem bloß ein zerstreutes Lächeln. «Dann müßten Sie mir erklären, aus welchem Grund ein Mann wie Arnheim literarische Neigungen besitzt?» fragte er; aber er bereute es augenblicklich, denn der Vetter holte schon wieder zu einer breiten Antwort aus. «Ist Ihnen noch nicht aufgefallen,» sagte er «daß heutzutage merkwürdig viel Menschen auf der Straße mit sich selbst reden?»

Tuzzi zuckte gleichgültig die Achseln.

«Etwas stimmt mit ihnen nicht. Sie können offenbar ihre Erlebnisse nicht ganz erleben oder in sich einleben und müssen Reste davon abgeben. Und so, denke ich mir, entsteht auch ein übertriebenes Bedürfnis, zu schreiben. Vielleicht sieht man das nicht so deutlich am Schreiben selbst, denn da kommt je nach Talent und Übung etwas zustande, das weit über seinen Ursprung hinauswächst, aber am Lesen ist es ganz unzweideutig kenntlich: beinahe kein Mensch liest heute noch, jeder benützt den Schriftsteller nur, um in der Form von Zustimmung oder Ablehnung auf eine perverse Weise seinen eigenen Überschuß an ihm abzustreifen.»

«Sie meinen also, daß in Arnheims Leben etwas nicht stimmt?» fragte

Tuzzi nun doch mit Aufmerksamkeit. «Ich habe in der letzten Zeit seine Bücher gelesen, rein aus Neugierde, weil ihm viele Leute so große politische Chancen geben; ich muß aber gestehn, daß ich weder ihre Notwendigkeit noch ihren Zweck einsehe.»

«Man könnte die Frage viel allgemeiner stellen» meinte der Vetter. «Wenn ein Mensch so reich an Geld und Einfluß ist, daß er alles wirklich haben kann, warum schreibt er dann? Eigentlich müßte ich ganz naiv fragen, warum alle Berufserzähler schreiben? Sie erzählen etwas, das es nicht gegeben hat; so, als ob es das gegeben hätte. Das ist offenbar. Aber bewundern sie nun das Leben wie die Schnorrer den reichen Mann, die sich nicht genug tun können, davon zu erzählen, wie wenig es ihm auf sie ankommt? Oder käuen sie wiederholend wieder? Oder treiben sie Glücksdiebstahl, indem sie etwas, das sie in Wirklichkeit nicht erreichen oder nicht ertragen können, in der Phantasie herstellen?»

«Haben Sie selbst nie geschrieben?» unterbrach ihn Tuzzi.

«Zu meiner Beunruhigung nie. Denn ich bin keineswegs so glücklich, daß ich es nicht tun müßte. Ich habe mir vorgenommen, wenn ich nicht bald das Bedürfnis danach empfinden sollte, mich wegen ganz und gar abnormer Veranlagung zu töten!»

Er sagte das mit einer so ernsten Liebenswürdigkeit, daß sich dieser Scherz aus dem Fluß des Gesprächs, ohne daß er es wollte, heraushob, wie ein überströmter Stein auftaucht.

Tuzzi bemerkte es, und sein Taktgefühl ließ ihn rasch den Zusammenhang wiederherstellen. «Also alles in allem» stellte er fest «sagen Sie damit das gleiche wie ich, wenn ich behaupte, daß Beamte erst zu schreiben anfangen, wenn sie in Pension gehn. Aber wie stimmt das auf Dr. Arnheim?»

Der Vetter schwieg.

«Wissen Sie, daß Arnheim vollkommen pessimistisch und gar nicht ‹à la hausse› von dem Unternehmen hier denkt, an dem er sich so aufopfernd beteiligt?!» sagte Tuzzi plötzlich mit gesenkter Stimme. Er hatte sich mit einemmal erinnert, wie sich Arnheim ganz zu Beginn im Gespräch mit ihm und seiner Gattin sehr zweifelnd über die Aussichten der Parallelaktion ausgelassen hatte, und daß ihm das nach so langer Zeit gerade in diesem Augenblick einfiel, kam ihm, er wußte selbst nicht wie, aber es kam ihm als ein Erfolg seiner Diplomatie vor, obwohl er über die Gründe von Arnheims Aufenthalt bisher so gut wie noch nichts hatte in Erfahrung bringen können.

Der Vetter machte in der Tat ein überraschtes Gesicht.

Vielleicht nur aus Liebenswürdigkeit, weil er noch schweigen wollte. Aber jedenfalls behielten beide Herrn auf diese Weise, als sie unmittelbar danach durch Gäste, die sich ihnen näherten, getrennt wurden, den Eindruck eines anregenden Gesprächs.

92

Aus den Lebensregeln reicher Leute

Soviel Aufmerksamkeit und Bewunderung, wie Arnheim sie fand, hätte einen anderen Mann vielleicht mißtrauisch und unsicher gemacht; er hätte sich einbilden können, sie seinem Gelde zu verdanken. Aber Arnheim hielt Mißtrauen für ein Zeichen von unadeliger Gesinnung, das sich ein Mann auf seiner Höhe nur auf Grund eindeutiger kaufmännischer Auskünfte gestatten dürfe, und außerdem war er überzeugt, daß Reichtum eine Charaktereigenschaft sei. Jeder reiche Mann betrachtet Reichtum als eine Charaktereigenschaft. Jeder arme Mann gleichfalls. Alle Welt ist stillschweigend davon überzeugt. Nur die Logik macht einige Schwierigkeiten, indem sie behauptet, daß Geldbesitz vielleicht gewisse Eigenschaften verleihen, aber niemals selbst eine menschliche Eigenschaft sein könne. Der Augenschein straft das Lügen. Jede menschliche Nase riecht unweigerlich sofort den zarten Hauch von Unabhängigkeit, Gewohnheit, zu befehlen, Gewohnheit, überall das Beste für sich zu wählen, leichter Weltverachtung und beständig bewußter Machtverantwortung, der von einem großen und sicheren Einkommen aufsteigt. Man sieht es der Erscheinung eines solchen Menschen an, daß sie von einer Auslese der Weltkräfte genährt und täglich erneuert wird. Das Geld zirkuliert in seiner Oberfläche wie der Saft in einer Blüte; da gibt es kein Verleihen von Eigenschaften, kein Erwerben von Gewohnheiten, nichts Mittelbares und aus zweiter Hand Empfangenes: zerstöre Bankkonto und Kredit, und der reiche Mann hat nicht bloß kein Geld mehr, sondern er ist am Tag, wo er es begriffen hat, eine abgewelkte Blume. Mit der gleichen Unmittelbarkeit wie früher die Eigenschaft seines Reichseins bemerkt jetzt jeder die unbeschreibliche Eigenschaft des Nichts an ihm, die wie eine brenzliche Wolke von Unsicherheit, Unverläßlichkeit, Untüchtigkeit und Armut riecht. Reichtum ist also eine persönliche, einfache, nicht ohne Zerstörung zerlegbare Eigenschaft.

Aber Wirkung und Beziehungen dieser seltenen Eigenschaft sind außerordentlich verwickelt und erfordern große seelische Kraft, um sie zu beherrschen. Nur Leute, die kein Geld haben, stellen sich Reichtum wie einen Traum vor; Menschen, die ihn besitzen, beteuern dagegen bei jeder Gelegenheit, wo sie mit Leuten zusammentreffen, die ihn nicht besitzen, welche Unannehmlichkeit er bedeute. Arnheim hatte zum Beispiel oft darüber nachgedacht, daß ihn doch eigentlich jeder technische oder kaufmännische Abteilungsleiter seines Hauses an besonderem Können beträchtlich übertreffe, und er mußte es sich jedesmal versichern, daß, von einem genügend hohen Standpunkt betrachtet, Gedanken, Wissen, Treue, Talent, Umsicht und dergleichen als Eigenschaften erscheinen, die man kaufen kann, weil sie in Hülle und Fülle vorhanden sind, wogegen die Fähigkeit, sich ihrer zu bedienen, Eigenschaften voraussetzt, welche nur die wenigen besitzen, die eben schon auf der Höhe geboren und aufgewachsen sind. Eine andere, nicht geringere Schwierigkeit für reiche Leute ist die, daß alle Leute Geld von ihnen wollen. Geld spielt keine Rolle; das ist richtig, und einige tausend oder zehntausend Mark sind etwas, dessen Dasein oder Fehlen ein reicher Mann nicht empfindet. Reiche Leute versichern denn auch mit Vorliebe bei jeder Gelegenheit, daß das Geld am Werte eines Menschen nichts ändere; sie wollen damit sagen, daß sie auch ohne Geld soviel wert wären wie jetzt, und sind immer gekränkt, wenn ein anderer sie mißversteht. Leider widerfährt ihnen das gerade im Verkehr mit geistvollen Menschen nicht selten. Solche besitzen merkwürdig oft kein Geld, sondern nur Pläne und Begabung, aber sie fühlen sich dadurch in ihrem Wert nicht gemindert, und nichts scheint ihnen näher zu liegen, als einen reichen Freund, für den das Geld keine Rolle spielt, zu bitten, daß er sie aus seinem Überfluß zu irgendeinem guten Zweck unterstütze. Sie begreifen nicht, daß der reiche Mann sie mit seinen Ideen unterstützen möchte, mit seinem Können und seiner persönlichen Anziehungskraft. Man bringt ihn auf diese Weise außerdem in einen Gegensatz zu der Natur des Geldes, denn diese will die Vermehrung genau so, wie die Natur des Tieres die Fortpflanzung anstrebt. Man kann Geld in schlechte Anlagen stekken, dann geht es auf dem Feld der Geldehre zugrunde; man kann damit einen neuen Wagen kaufen, obgleich der alte noch so gut wie neu ist, in Begleitung seiner Polopferde in den teuersten Hotels der Weltkurorte absteigen, Renn- und Kunstpreise stiften oder für hundert Gäste an einem Abend soviel ausgeben, daß davon hundert Familien ein Jahr lang leben könnten: mit alledem wirft man das Geld wie ein Sämann zum Fenster hinaus, und es kommt vermehrt bei der Türe wieder herein. Es aber im stillen für Zwecke und Menschen verschenken, die ihm nichts nützen, das läßt sich nur mit einem Meuchelmord am Geld vergleichen. Es kann sein, daß diese Zwecke gut und diese Menschen unvergleichlich sind; dann soll man sie mit allen Mitteln fördern, nur nicht mit Geldmitteln. Das war ein Grundsatz Arnheims, und seine beharrliche Anwendung hatte ihm den Ruf eingebracht, an der geistigen Entwicklung der Zeit schöpferisch und tätig Anteil zu haben.

Arnheim konnte auch von sich sagen, daß er wie ein Sozialist denke, und viele reiche Leute denken wie Sozialisten Sie haben nichts dagegen, daß es ein Naturgesetz der Gesellschaft sei, dem sie ihr Kapitel verdanken, und sind fest überzeugt, daß es der Mensch ist, der dem Besitz seine Bedeutung leiht, und nicht der Besitz dem Menschen. Sie diskutieren ruhig darüber, daß in der Zukunft der Besitz aufhöre, wenn sie nicht mehr da sind, und werden in der Meinung, daß sie einen sozialen Charakter besäßen, noch dadurch bestärkt, daß nicht selten charaktervolle Sozialisten, in überzeugter Erwartung des ohnehin unausbleiblichen Umsturzes, bis dahin lieber bei reichen Leuten verkehren als bei armen. Man könnte auf diese Weise lange fortfahren, wenn man alle Beziehungen des Geldes schildern wollte, die Arnheim bemeisterte. Die wirtschaftliche ist eben keine Tätigkeit, die sich von den übrigen geistigen Tätigkeiten absondern ließe, und es war wohl natürlich, daß er seinen geistigen und künstlerischen Freunden, wenn sie ihn dringend darum baten, außer Ratschlägen auch Geld gab; aber er gab ihnen nicht immer und niemals viel. Sie versicherten ihm, daß sie auf der ganzen Welt nur ihn darum zu bitten vermöchten, weil er allein auch die dazu nötigen geistigen Eigenschaften besäße, und er glaubte es ihnen, denn er war überzeugt, daß das Bedürfnis nach Kapital alle menschlichen Beziehungen durchdringe und so natürlich sei wie das Bedürfnis nach Atemluft, während er andererseits auch ihrer Auffassung, daß das Geld eine spirituelle Macht sei, entgegenkam, indem er diese nur mit feinfühliger Zurückhaltung anwandte.

Und weshalb wird man überhaupt bewundert und geliebt? Ist das nicht ein schwer zu ergründendes Mysterium, rund und zart wie ein Ei? Wird man wahrer geliebt, wenn es wegen eines Schnurrbarts geschieht, als wenn es wegen eines Automobils geschieht? Ist die Liebe, die man erregt, weil man ein sonnengebräunter Sohn des Südens ist, persönlicher als die, die man dadurch erregt, daß man ein Sohn eines der größten Unternehmer ist? Arnheim trug in jener Zeit, wo fast alle modischen Männer sich glatt rasieren ließen, genau so wie früher einen kleinen, spitzen Kinn- und einen kurz geschorenen Schnurrbart: dieses kleine, fremd ansitzende und doch zu ihm gehörende Gefühl in seinem Gesicht erinnerte ihn, aus Gründen, die ihm selbst nicht klar waren, wenn er allzu selbstvergessen vor eifrigen Zuhörern sprach, in einer angenehmen Weise an sein Geld.

93

Dem Zivilverstand ist auch auf dem Weg der Körperkultur schwer beizukommen

Der General saß schon lange Zeit auf einem der Stühle, die man rings um den geistigen Turnierplatz an die Wand gerückt hatte, sein

«Gönner», wie er Ulrich gern nannte, neben ihm, und zwischen beiden war ein Stuhl frei, auf dem zwei labende Kelchgläser standen, die sie am Büfett erbeutet hatten. Des Generals hellblauer Rock hatte sich im Sitzen emporgeschoben und bildete über dem Bauch Runzeln wie eine besorgte Stirn. Die beiden Männer schwiegen und hörten einem Gespräch zu, das vor ihnen geführt wurde. «Beauprés Spiel» sagte jemand «muß man genial nennen; ich habe ihn im Sommer hier und im Winter zuvor an der Riviera spielen gesehn. Wenn er einen Fehler macht, hilft ihm das Glück. Er macht sogar oft Fehler, sein Spiel widerspricht im Aufbau einem realen Tenniswissen; aber dieser gottbegnadete Mensch steht außerhalb normaler Tennisgesetze.»

«Ich ziehe wissenschaftliches Tennis dem intuitiven vor,» wurde eingewendet «Braddock zum Beispiel. Vielleicht gibt es keine Vollkommenheit, aber Braddock ist nahe dabei.»

Der erste Redner entgegnete: «Das Genie Beauprés, sein planloses, geniales Durcheinander ist auf dem Höhepunkt, wenn das Wissen versagt!»

Ein dritter Mann: «Genie ist vielleicht doch etwas zu viel gesagt.»

«Wie wollen Sie es nennen? Es ist das Genie, das einem Mann im unwahrscheinlichsten Moment die richtige Art der Ballbehandlung eingibt!»

«Ich würde auch sagen,» half der Braddockianer «Persönlichkeit muß sich zeigen, ob ein Tennisschläger in der Hand gehalten wird oder Völkerschicksale.»

«Nein, nein; Genie ist zuviel!» verwahrte sich der Dritte.

Der Vierte war ein Musiker. Er sagte: «Sie haben ganz unrecht. Sie übersehen das reale Denken, das im Sport liegt, weil Sie offenbar noch an die Überschätzung des logisch-systematischen gewöhnt sind. Das ist ungefähr ebenso veraltet wie das Vorurteil, daß Musik eine Gefühlsbereicherung sei und der Sport eine Willensschule. Aber reine Bewegungsleistung ist so magisch, daß der Mensch sie nicht ungeschützt vertragen kann; das sehen Sie im Kino, wenn die Musik fehlt. Und Musik ist innere Bewegung, sie fördert die Bewegungsphantasie. Wenn man das Magische an der Musik erfaßt hat, wird man sich nicht eine Sekunde bedenken, dem Sport Genie zuzusprechen; nur Wissenschaft hat kein Genie, das ist Gehirnakrobatik!»

«Also habe ich recht,» sagte der Anhänger Beauprés «wenn ich Braddocks wissenschaftlichem Spiel das Genie abspreche.»

«Sie übersehen,» verteidigte diesen sein Anhänger «daß man da von einer neuen Belebung des Begriffes Wissenschaft ausgehen muß!»

«Welcher von beiden schlägt eigentlich den anderen?» fragte jemand.

Niemand wußte es; beide hatten einander schon öfters besiegt, aber niemand hatte die genauen Zahlen im Kopf.

«Fragen wir Arnheim» schlug jemand vor.

Die Gruppe löste sich auf. Das Schweigen auf den drei Stühlen dauerte an. Endlich sagte General Stumm nachdenklich: «Entschuldige, ich habe die ganze Zeit zugehört, aber alles das könnte man doch auch von einem siegreichen General sagen, die Musik ausgenommen? Warum finden sie es eigentlich an einem Tennisspieler genial und an einem General barbarisch?» Er hatte, seit ihm sein Gönner den Rat gab, es bei Diotima mit Körperkultur zu versuchen, verschiedene Male darüber nachgedacht, wie er diesen hoffnungsvollen Zugang zu den Zivilideen, trotz seiner ursprünglichen Abneigung dagegen, doch benutzen könnte, aber die Schwierigkeiten waren, wie er leider jedesmal wahrnehmen mußte, auch in dieser Richtung ungewöhnlich groß.

94

Diotimas Nächte

Diotima wunderte sich darüber, daß Arnheim alle diese Leute sichtlich mit Wohlgefallen ertrug, denn der Zustand ihrer Gefühle entsprach allzu sehr dem, was sie einigemale mit den Worten ausgedrückt hatte, Weltgeschäfte seien nicht mehr als un peu de bruit autour de notre âme.

Es wurde ihr manchmal wirr zumute, wenn sie um sich sah und ihr Haus voll vom Adel der Welt und des Geistes erblickte. Von der Geschichte ihres Lebens war nur der äußerste Gegensatz zwischen Tiefe und Höhe übrig geblieben, ihre Lage als Mädchen, voll banger Mittelstandsbeengtheit, und jetzt der die Seele blendende Erfolg. Und sie fühlte die Forderung, obgleich sie schon auf schwindelnd schmaler Stufe stand, den Fuß noch einmal zu heben, in der Erwartung, daß es noch höher gehe. Die Unsicherheit zog sie an. Sie rang mit dem Beschluß, in ein Leben einzutreten, wo Tätigkeit, Geist, Seele und Traum eins sind. Sie machte sich im Grunde keine Sorgen mehr darüber, daß sich keine krönende Idee der Parallelaktion zeigen wollte; auch Weltösterreich war ihr gleichgültiger geworden; selbst das Erlebnis, daß es zu jedem großen Entwurf des menschlichen Geistes einen Gegenentwurf gibt, hatte keine Schrecken mehr für sie. Der Gang der Dinge ist dort, wo sie wichtig sind, nicht logisch; eher erinnert er an Blitz und Feuer, und sie hatte sich daran gewöhnt, daß sie sich über die Größe, von der sie sich umgeben fühlte, nichts denken konnte. Am liebsten würde sie ihre Aktion stehen gelassen und Arnheim geheiratet haben, so wie für ein kleines Mädchen alle Schwierigkeiten gut sind, wenn es sie fallen läßt und an die Brust des Vaters stürzt. Aber das unsagbare äußere Wachstum ihrer Tätigkeit hielt sie fest. Sie fand nicht die Zeit, sich zu entscheiden. Die äußere Verknüpfung der Geschehnisse und die innere liefen als zwei unabhängige Reihen nebeneinander weiter, mit vergeblichen Versuchen, sie zu verbinden. Es war das gleiche wie in ihrer Ehe, die sogar scheinbar glücklicher als früher weiterlief, indes sich alles Seelische in Auflösung befand.

Ihrem Charakter nach hätte Diotima offen mit ihrem Gatten reden müssen; aber es gab nichts, was sie ihm sagen konnte. Liebte sie Arnheim? Ihrer Beziehung zu ihm konnte man so viele Namen geben, daß dieser sehr triviale ausnahmsweise auch unter ihren Gedanken vorkam. Sie hatten sich noch nicht einmal geküßt, und äußerste Umarmungen der Seelen würde Tuzzi nicht verstehen, auch wenn sie ihm gebeichtet würden. Diotima wunderte sich zuweilen selbst darüber, daß nicht mehr Erzählbares zwischen ihr und Arnheim vor sich ging. Aber sie hatte niemals die Gewohnheit des braven, jungen Mädchens, das zu älteren Männern ehrgeizig aufblickt, ganz abgelegt, und sie hätte sich eher noch mit ihrem Vetter, der ihr jünger vorkam, als sie es selbst war, und von ihr ein wenig verachtet wurde, wenn nicht handgreifliche, so doch erzählerisch greifbare Vorgänge vorstellen können als mit dem Mann, den sie liebte und der es so sehr zu würdigen wußte, wenn sie ihre Gefühle in allgemeine Betrachtungen von großer geistiger Höhe auflöste. Diotima wußte, daß man in grundstürzende Veränderungen der Lebensumstände hineintaumeln und zwischen seinen neuen vier Wänden erwachen muß, ohne sich recht erinnern zu können, wie man hineingekommen ist, aber fühlte sich Einflüssen ausgesetzt, die sie wachsam erhielten. Sie war nicht ganz frei von der Abneigung, die der Durchschnittsösterreicher ihrer Zeit gegen den deutschen Bruder empfand. Diese Abneigung entsprach in ihrer klassischen, inzwischen selten gewordenen Form ungefähr einer Vorstellung, die arglos die verehrten Köpfe Goethes und Schillers auf einen Leib setzte, der mit klibbrigen Puddings und Tunken ernährt wurde und etwas von deren unmenschlicher Innerlichkeit hatte. Und so groß Arnheims Erfolg in ihrem Kreise war, entging ihr nicht, daß sich nach der ersten Zeit der Überraschung auch Widerstände regten, die nirgends Form annahmen oder zu Tage traten, aber sie doch raunend unsicher machten und ihr den Unterschied zu Bewußtsein brachten, der zwischen ihrer eigenen Haltung und der Zurückhaltung mancher Personen bestand, nach denen sie ihr Benehmen sonst zu richten gewohnt war. Nun sind völkische Abneigungen gewöhnlich nichts anderes als Abneigung gegen sich selbst, tief aus der Dämmerung eigener Widersprüche geholt und an ein geeignetes Opfer geheftet, ein seit den Urzeiten bewährtes Verfahren, wo der Medizinmann mit einem Stäbchen, das er zum Sitz des Dämons erklärte, die Krankheit aus dem Leib des Kranken gezogen hat. Daß ihr Geliebter ein Preuße war, verwirrte Diotimas Herz zu allem anderen also auch noch mit Schrecknissen, von denen sie sich keine rechte Vorstellung machen konnte, und es war wohl nicht ganz unberechtigt, wenn sie diesen unentschlossenen Zustand, der sich so deutlich von der einfachen Derbheit des Ehelebens unterschied, Leidenschaft nannte.

Diotima hatte schlaflose Nächte; in diesen Nächten schwankte sie zwischen einem preußischen Industriechef und einem österreichischen Sektionschef. In der Verklärung des Halbtraums zog Arnheims großes, durchglänztes Leben an ihr vorüber. Sie flog an der Seite des geliebten Mannes durch einen Himmel neuer Ehrungen, aber dieser Himmel hatte ein unangenehmes Preußischblau. In der schwarzen Nacht lag der gelbe Körper des Sektionschefs Tuzzi inzwischen noch neben dem ihren. Sie ahnte es bloß, wie ein schwarz-gelbes Symbol alter kakanischer Kultur, wenn er von solcher auch nur wenig besaß. Die Barockfassade am Palast des Grafen Leinsdorf, ihres erlauchten Freundes, war dahinter, die Nähe Beethovens, Mozarts, Haydns, des Prinzen Eugen schwebte wie Heimweh darum, das sich schon vor der Flucht wieder zurücksehnt. Diotima konnte sich zu dem Schritt aus dieser Welt hinaus nicht ohneweiters entschließen, obgleich sie ihren Gatten deshalb beinahe haßte. In ihrem schönen, großen Leib saß die Seele hilflos wie in einem weiten blühenden Land.

«Ich darf nicht ungerecht sein» sprach Diotima zu sich. «Der Amts- und Berufsmensch ist wohl nicht mehr wach und weit und empfangend, aber in seiner Jugend hätte er vielleicht doch die Möglichkeit dazu gehabt.» Sie erinnerte sich an Stunden aus der Bräutigamszeit, obgleich Sektionschef Tuzzi schon damals kein Jüngling mehr gewesen war. «Er hat durch Fleiß und Pflichttreue seine Stellung und Persönlichkeit errungen» dachte sie gutmütig; «er ahnt doch selbst nicht, daß dies auf Kosten des Lebens seiner Persönlichkeit geschehen ist.»

Seit ihrem gesellschaftlichen Sieg dachte sie nachsichtiger von ihrem Gatten, und ihre Gedanken machten darum noch ein Zugeständnis. «Niemand ist reiner Verstandes- und Nützlichkeitsmensch; jeder begann damit, daß er mit einer lebenden Seele lebte» überlegte sie. «Aber der Alltag versandet ihn, die gewöhnlichen Leidenschaften ziehen über ihn hin wie ein Brand, und die kalte Welt ruft in ihm jene Kälte hervor, in der seine Seele dahinsiecht.» Vielleicht war sie zu bescheiden gewesen, um ihm das rechtzeitig mit Strenge vorzuhalten. Es war so traurig. Es kam ihr vor, daß sie niemals den Mut finden werde, Sektionschef Tuzzi in den Skandal einer Scheidung zu verwickeln, der ihn, mit seinem Amt verflochten wie er war, aufs tiefste erschüttern mußte.

«Dann lieber Ehebruch!» sagte sie sich plötzlich.

Ehebruch, diesen Gedanken hatte Diotima seit einiger Zeit gefaßt.

Es ist ein unfruchtbarer Begriff, seine Pflicht dort zu tun, wohin man gestellt worden ist; man verausgabt Kraftsummen um nichts; die wahre Pflicht ist es, seinen Platz zu wählen und die Verhältnisse bewußt zu gestalten! Wenn sie sich schon dazu verurteilte, an der Seite ihres Gatten auszuharren, so gab es doch ein unnützes und ein fruchtbares Unglück, und sie hatte die Pflicht, sich zu entscheiden. Allerdings, Diotima hatte bisher noch nie über jenes peinlich Kokottenhafte und unschön Leichtsinnige hinwegkommen können, das an allen Ehebruchsschilderungen haftete, die sie kannte. Sie vermochte sich selbst in einer solchen Lage nicht recht vorzustellen. Die Klinke eines Absteigequartiers zu berühren, erschien ihr wie das Tauchen in einen Pfuhl. Mit rauschenden Röcken fremde Stiegen hinaufzuhuschen: eine gewisse moralische Geruhsamkeit ihres Körpers wehrte sich dagegen. In Eile gegebene Küsse widersprachen ihrer Natur genau so wie flüchtig flatternde Liebesworte. Eher war sie für Katastrophen. Letzte Gänge, in der Kehle ersterbende Abschiedsworte, tiefe Konflikte zwischen der Pflicht der Geliebten und der Mutter, das entsprach viel besser ihrer Anlage. Aber sie besaß wegen der Sparsamkeit ihres Gatten keine Kinder, und die Tragödie sollte gerade vermieden werden. So entschloß sie sich, wenn es so weit käme, für Renaissancemuster. Eine Liebe, die mit dem Dolch im Herzen lebt. Das konnte sie sich nicht genau vorstellen, aber es war zweifellos etwas Aufrechtes; mit geborstenen Säulen, über denen Wolken fliegen, als Hintergrund. Schuld und Überwindung des Schuldgefühls, Lust, gesühnt durch Leid, zitterte in diesem Bild und erfüllte Diotima mit einer unerhörten Steigerung und Andacht. «Wo ein Mensch seine höchsten Möglichkeiten findet und seine reichste Kraftentfaltung erfährt, dort gehört er auch hin,» dachte sie «denn dort nützt er zugleich der tiefsten Lebenssteigerung des Ganzen!»

Sie sah, so gut es die Nacht erlaubte, ihren Gatten an. Wie das Auge die ultravioletten Strahlen des Spektrums nicht wahrnimmt, würde dieser Intelligenzmensch gewisse seelische Wirklichkeiten überhaupt nicht bemerken!

Sektionschef Tuzzi atmete ahnungslos, ruhig und eingewiegt von dem Gedanken, daß während seiner verdienten Geistesabwesenheit von acht Stunden in Europa nichts von Wichtigkeit vor sich gehen könne. Dieser Frieden verfehlte nicht, auch auf Diotima Eindruck zu machen, und nicht nur einmal erwog sie dann den Gedanken: Entsagung! Abschied von Arnheim, große, edle Worte des Leids, himmelstürmender Verzicht, Beethovensches Scheiden: der kräftige Muskel ihres Herzens spannte sich unter solchen Anforderungen. Zitternde, herbstlich glänzende Gespräche, voll von der Wehmut ferner blauer

Berge, erfüllten die Zukunft. Aber Entsagen und eheliches Doppelbett?! Diotima fuhr in den Polstern empor, ihr schwarzes Haar ringelte sich wild. Sektionschef Tuzzis Schlaf war jetzt nicht mehr jener der Unschuld, sondern der der Schlange, die ein Kaninchen in ihrem Leibe hat. Es fehlte nicht viel, so hätte Diotima ihn geweckt und ihm angesichts dieser neuen Frage ins Gesicht geschrien, daß sie ihn verlassen müsse, müsse, wolle!! Eine solche Flucht in eine hysterische Szene wäre in ihrer zwiespältigen Lage gut zu verstehen gewesen; aber ihr Leib war zu gesund dazu, sie fühlte, daß er einfach nicht mit äußerstem Entsetzen auf Tuzzis Nähe antwortete. Vor diesem fehlenden Entsetzen fühlte sie ein trockenes Grauen. Tränen versuchten dann vergeblich, über ihre Wange zu rinnen, aber merkwürdigerweise bedeutete ihr gerade in diesem Zustand der Gedanke an Ulrich einen gewissen Trost. Sie dachte in dieser Zeit sonst nie an ihn, aber seine wunderlichen Äußerungen, er möchte die Wirklichkeit abschaffen und Arnheim überschätze sie, hatten einen unverständlichen Nebenton, einen schwebenden, über den Diotima seinerzeit weggehört hatte, der aber in diesen Nächten wieder zum Vorschein kam. «Das heißt doch nichts anderes, als daß man sich nicht zu sehr um das kümmern soll, was geschehen wird» sagte sie sich ärgerlich; «es ist das Gewöhnlichste von der Welt!» Und während sie diesen Gedanken so schlecht und einfach übersetzte, wußte sie, daß sie etwas daran nicht verstand, und gerade davon ging die Beruhigung aus, die wie ein Schlafpulver war, das ihre Verzweiflung samt dem Bewußtsein lähmte. Die Zeit huschte wie ein dunkler Strich davon, sie fühlte getröstet, daß man irgendwie ihren Mangel an anhaltender Verzweiflung auch anerkennenswert finden könne, aber es wurde ihr nicht mehr klar.

In der Nacht fließen die Gedanken bald im Hellen, bald durch Schlaf, wie Wasser im Karst, und wenn sie nach einer Weile wieder ruhig zum Vorschein kamen, hatte Diotima den Eindruck, sie habe das vorangegangene Schäumen bloß geträumt. Der kochende kleine Fluß, der hinter dem dunklen Gebirgsstock lag, war nicht der gleiche wie der stille Strom, in den Diotima schließlich hineinglitt. Zorn, Abscheu, Mut, Angst waren verronnen, es durfte solche Gefühle nicht geben, es gab sie nicht: in den Kämpfen der Seelen hat niemand Schuld! Auch Ulrich war dann wieder vergessen. Denn es waren nun bloß noch die letzten Geheimnisse, das ewige Sehnen der Seele vorhanden. Ihre Sittlichkeit liegt nicht in dem, was man tut. Sie liegt nicht in den Bewegungen des Bewußtseins noch in denen der Leidenschaft. Auch die Leidenschaften sind nur un peu de bruit autour de notre âme. Man kann Königreiche gewinnen oder verlieren, aber die Seele rührt sich nicht, und man kann nichts tun, um sein Schicksal zu erreichen, aber zuweilen wächst es aus der Tiefe des Wesens, still und täglich, wie der

Gesang der Sphären. Diotima lag dann so wach wie zu keiner anderen Stunde, aber voll Vertrauen. Diese Gedanken, mit ihrem dem Auge entzogenen Schlußpunkt, hatten den Vorzug, sie selbst in den schlaflosesten Nächten nach ganz kurzer Weile einzuschläfern. Wie eine samtene Vision spürte sie ihre Liebe in das unendliche Dunkel übergehen, das über die Sterne hinausreicht, untrennbar von ihr, untrennbar von Paul Arnheim, durch keine Pläne und Absichten zu berühren. Sie fand kaum noch Zeit, nach dem Glas Zuckerwasser zu greifen, das sie zur Bekämpfung ihrer Schlaflosigkeit auf dem Nachttischlein stehen hatte, aber immer erst in diesem letzten Augenblick benutzte, weil sie es in denen der Aufregung vergaß. Der leise Laut des Trinkens perlte wie das Flüstern von Liebenden hinter einer Wand neben dem Schlaf ihres Gatten, der nichts davon hörte; dann legte sich Diotima andächtig in die Polster zurück und versank in das Schweigen des Seins.

95

Der Großschriftsteller, Rückansicht

Es ist fast zu bekannt, um davon zu sprechen: Seit ihre berühmten Gäste sich davon überzeugt hatten, daß der Ernst des Unternehmens keine großen Anstrengungen von ihnen fordere, gaben sie sich als Menschen, und Diotima, die ihr Haus von Lärm und Geist erfüllt sah, war enttäuscht. Sie kannte als eine hohe Seele das Gesetz der Vorsicht nicht, wonach man sich als Privatmann entgegengesetzt benimmt wie in seinem Beruf. Sie wußte nicht, daß Politiker, nachdem sie sich im Sitzungssaal Spitzbuben und Betrüger genannt haben, im Erfrischungssaal freundlich nebeneinander frühstücken. Daß Richter, die als Juristen einen Unglücklichen zu schwerer Strafe verurteilt haben, ihm nach Schluß der Verhandlung als Menschen teilnehmend die Hand drücken, wußte sie wohl, aber sie hatte nie daran etwas auszusetzen gefunden. Daß Tänzerinnen außerhalb ihres zweideutigen Berufs oft einen hausmütterlich einwandfreien Lebenswandel führen, hatte sie manchmal erzählen gehört und fand es sogar rührend. Auch erschien es ihr als schönes Sinnbild, daß Fürsten zu Zeiten die Krone ablegen, um nichts als Mensch zu sein. Aber als sie wahrnahm, daß auch Fürsten des Geistes sich inkognito ergehen, kam ihr dieses Doppelverhalten sonderbar vor. Welche Leidenschaft ist es und welches Gesetz liegt dieser allgemeinen Neigung zugrunde und bewirkt, daß Männer außerhalb des Berufs sich nichts wissen machen von den Männern, die sie innerhalb des Berufs sind? Sie sehen nach Schluß ihrer Arbeit, wenn sie aufgeräumt sind, genau so aus wie ein aufgeräumtes Büro, wo das Schreibzeug in den Laden verwahrt ist und die Sessel auf den Tischen stehn. Sie bestehen aus zwei Männern, und man weiß nicht, ob sie nun eigentlich am Abend oder am Morgen zu sich zurückkehren?

So sehr es ihr darum schmeichelte, daß ihr Seelengeliebter allen Männern gefiel, die sie um sich versammelt hatte, und namentlich mit den jüngeren unternehmend verkehrte, entmutigte es sie doch zuweilen, ihn in diese Betriebsamkeit verflochten zu sehn, und sie fand, daß sich ein Geistesfürst weder den Verkehr mit dem gewöhnlichen Geistesadel so angelegen sein lassen dürfte, noch dem beweglichen Markten der Gedanken zugänglich sein sollte.

Die Ursache lag darin, daß Arnheim kein Geistesfürst war, sondern ein Großschriftsteller.

Der Großschriftsteller ist der Nachfolger des Geistesfürsten und entspricht in der geistigen Welt dem Ersatz der Fürsten durch die reichen Leute, der sich in der politischen Welt vollzogen hat. So wie der Geistesfürst zur Zeit der Fürsten, gehört der Großschriftsteller zur Zeit des Großkampftages und des Großkaufhauses. Er ist eine besondere Form der Verbindung des Geistes mit großen Dingen. Das mindeste, was man von einem Großschriftsteller verlangt, ist darum, daß er einen Kraftwagen besitzt. Er muß viel reisen, von Ministern empfangen werden, Vorträge halten; den Chefs der öffentlichen Meinung den Eindruck machen, daß er eine nicht zu unterschätzende Gewissensmacht darstelle; er ist chargé d'affaires des Geistes der Nation, wenn es gilt, im Ausland Humanität zu beweisen; empfängt, wenn er zu Hause ist, notable Gäste und hat bei alledem noch an sein Geschäft zu denken, das er mit der Geschmeidigkeit eines Zirkuskünstlers machen muß, dem man die Anstrengung nicht anmerken darf. Denn der Großschriftsteller ist keineswegs einfach das gleiche wie ein Schriftsteller, der viel Geld verdient. Das «gelesenste Buch» des Jahres oder Monats braucht er niemals selbst zu schreiben, es genügt, daß er gegen diese Art der Bewertung nichts einzuwenden hat. Denn er sitzt in allen Preisgerichten, unterzeichnet alle Aufrufe, schreibt alle Vorworte, hält alle Geburtstagsreden, äußert sich zu allen wichtigen Ereignissen und wird überall gerufen, wo es zu zeigen gilt, wie weit man es gebracht hat. Denn der Großschriftsteller vertritt bei allen seinen Tätigkeiten niemals die ganze Nation, sondern gerade nur ihren fortschrittlichen Teil, die große, beinahe schon in der Mehrheit befindliche Auserlesenheit, und das umgibt ihn mit einer bleibenden geistigen Spannung. Es ist natürlich das Leben in seiner heutigen Ausbildung, das zur Großindustrie des Geistes führt, so wie es umgekehrt die Industrie zum Geist, zur Politik, zur Beherrschung des öffentlichen Gewissens drängt; in der Mitte berühren sich beide Erscheinungen. Darum weist die

Rolle des Großschriftstellers auch nicht etwa auf eine bestimmte Person hin, sondern stellt eine Figur am gesellschaftlichen Schachbrett dar, mit einer Spielregel und Obliegenheit, wie sie die Zeit ausgebildet hat. Die des Guten beflissenen Menschen dieser Zeit stehen auf dem Standpunkt, daß es ihnen wenig nützt, wenn irgendwer Geist habe (es ist davon so viel vorhanden, daß es auf etwas mehr oder weniger nicht ankommt, jedenfalls glaubt jeder für seine Person genug zu haben), sondern daß man den Ungeist bekämpfen müsse, wozu es nötig ist, daß der Geist gezeigt, gesehen, zur Wirkung gebracht werde, und weil sich dazu ein Großschriftsteller besser eignet als selbst ein größerer Schriftsteller, den vielleicht nicht mehr so viele verstehen könnten, trägt man nach Kräften dazu bei, daß die Größe recht ins Große gerät.

Wenn man das so versteht, war Arnheim daraus, daß er eine der ersten, probeweisen, wenn auch schon sehr vollkommenen Verkörperungen dieser Verhältnisse bedeutete, kein schwerer Vorwurf zu machen, doch gehörte immerhin eine gewisse Anlage dazu. Denn die meisten Schriftsteller würden gerne Großschriftsteller sein, wenn sie es nur könnten, aber das ist so wie mit den Bergen: zwischen Graz und Sankt Pölten gibt es viele, die genau so auszusehen vermöchten wie der Monte Rosa, bloß stehen sie zu niedrig. Die unerläßlichste Voraussetzung, um ein Großschriftsteller zu werden, bleibt also die, daß man Bücher oder Theaterstücke schreibt, die sich für hoch und niedrig eignen. Man muß wirken, ehe man das Gute wirken kann; dieser Grundsatz ist der Boden eines jeden Großschriftstellerdaseins. Und das ist ein wundersames, gegen die Versuchungen der Einsamkeit gerichtetes Prinzip, geradezu das Goethesche Prinzip des Wirkens, daß man sich nur in der freundlichen Welt regen müsse, so komme dann alles andere von selbst. Denn wenn ein Schriftsteller einmal zu wirken anfängt, so tritt eine bedeutsame Wandlung in seinem Leben ein. Sein Verleger hört auf, zu bemerken, daß ein Kaufmann, der Verleger werde, einem tragischen Idealisten gleiche, weil er doch mit Tuch oder unverdorbenem Papier ganz anders verdienen könnte. Die Kritik entdeckt in ihm einen würdigen Gegenstand für ihr Schaffen, denn Kritiker sind sehr oft keine bösen Menschen, sondern, dank den ungünstigen Zeitumständen, gewesene Lyriker, die ihr Herz an etwas hängen müssen, um sich aussprechen zu können; sie sind Kriegs- oder Liebeslyriker, je nach dem inneren Erträgnis, das sie günstig anbringen müssen, und es ist begreiflich, daß sie dazu lieber das Buch eines Großschriftstellers als das eines gewöhnlichen Schriftstellers wählen. Nun hat natürlich jeder Mensch nur eine begrenzte Arbeitsfähigkeit, deren beste Ergebnisse verteilen sich leicht auf die jährlichen Neuerscheinungen aus Großschriftstellerfedern, und so werden diese zu Sparkassen des nationalen Geisteswohlstandes, indem jede von ihnen kritische Interpretationen nach sich zieht, die keineswegs nur Auslegungen, vielmehr geradezu Einlagen sind, während für alles übrige entsprechend wenig übrig bleibt. Ins Größte wächst das aber erst durch die Essayisten, Biographen und Schnellhistoriker, die ihr Bedürfnis an einem großen Mann verrichten. Mit Respekt zu sagen, Hunde ziehen zu ihren recht gemeinen Zwecken eine belebte Ecke einem einsamen Felsen vor; wie sollten da nicht Menschen, die den höheren Drang haben, ihren Namen öffentlich zu hinterlassen, einen Fels wählen, der offenkundig einsam ist?! Ehe er sich dessen versieht, ist so der Großschriftsteller kein Wesen mehr für sich allein, sondern eine Symbiose, das Ergebnis nationaler Arbeitsgemeinschaft im zartesten Sinn und erlebt die schönste Versicherung, die das Dasein zu geben vermag, daß sein Gedeihen mit dem Gedeihen zahlloser anderer Menschen auf das innigste verflochten ist.

Und wahrscheinlich ist das der Grund, warum man oft als einen allgemeinen Zug im Charakter der Großschriftsteller auch ein ausgeprägtes Wohlverhaltensgefühl findet. Von den kämpferischen Mitteln des Schreibens machen sie nur Gebrauch, wenn sie ihre Geltung bedroht fühlen; in allen übrigen Fällen zeichnet sich ihr Verhalten durch Ausgeglichenheit und Wohlwollen aus. Sie sind vollendet tolerant gegen Nichtigkeiten, die zu ihrem Lobe gesagt werden. Sie lassen sich nicht leicht dazu herab, andere Autoren zu besprechen; aber wenn sie es tun, dann schmeicheln sie selten einem Mann von hohem Rang, sondern ziehen es vor, eines jener unaufdringlichen Talente zu ermuntern, die aus neunundvierzig Prozent Begabung und einundfünfzig Prozent Unbegabung bestehen und vermöge dieser Mischung so geschickt zu allem sind, wo man eine Kraft braucht, aber ein starker Mann schaden könnte, daß über kurz oder lang ein jedes von ihnen einen einflußreichen Posten in der Literatur hat. Aber ist damit diese Beschreibung nicht schon über das hinausgegangen, was nur dem Großschriftsteller eigentümlich ist? Ein gutes Sprichwort sagt, wo Tauben sind, fliegen Tauben zu, und man macht sich schwer eine Vorstellung davon, wie bewegt es heutzutage schon um einen gewöhnlichen Schriftsteller zugeht, lange ehe er Großschriftsteller, schon wenn er Buchbesprecher, Feuilletonredakteur, Funkverweser, Filmmixer oder Herausgeber eines Literaturblättchens ist; manche von ihnen gleichen jenen kleinen Eselchen und Schweinchen aus Gummi, die hinten ein Loch haben, wo man sie aufbläst. Wenn man die Großschriftsteller solche Umstände sorgsam erwägen und sie bemüht sieht, daraus das Bild eines tüchtigen Volks zu machen, das seine Großen ehrt, muß man es ihnen nicht danken? Sie veredeln das Leben, wie es ist, durch ihre Teilnahme. Man versuche, sich das Gegenteil vorzustellen, einen schreibenden Mann, der alles das nicht täte. Er müßte herzliche Einladungen ablehnen, Menschen zurückstoßen, Lob nicht wie ein Belobter, sondern wie ein Richter bewerten, natürliche Gegebenheiten zerreißen, große Wirkungsmöglichkeiten als verdächtig behandeln, nur weil sie groß sind, und hätte als Gegengabe nichts zu bieten als schwer ausdrückbare, schwer zu bewertende Vorgänge in seinem Kopf und die Leistung eines Schriftstellers, worauf ein Zeitalter, das schon Großschriftsteller besitzt, wirklich nicht viel Wert zu legen braucht! Würde ein solcher Mann nicht außerhalb der Gemeinschaft stehen und sich mit allen Folgen, die das hat, der Wirklichkeit entziehen müssen?! – Es war jedenfalls die Meinung Arnheims.

96

Der Großschriftsteller, Vorderansicht

Die eigentliche Schwierigkeit im Dasein eines Großschriftstellers entsteht erst dadurch, daß man im geistigen Leben zwar kaufmännisch handelt, aber aus alter Überlieferung idealistisch spricht, und diese Verbindung von Handel und Idealismus war es auch, die in Arnheims Lebensbemühungen eine entscheidende Stelle innehatte.

Man findet solche unzeitgemäße Verbindungen heute überall. Während zum Beispiel die Toten schon im Benzintrab auf den Friedhof befördert werden, verzichtet man doch nicht darauf, bei einer schönen Kraftleiche oben auf dem Wagendeckel einen Helm und zwei gekreuzte Ritterschwerter anzubringen, und so ist es auf allen Gebieten; die menschliche Entwicklung ist ein lang auseinandergezogener Zug, und so, wie man sich vor ungefähr zwei Menschenaltern noch in Geschäftsbriefen mit blauen Redeblümlein geschmückt hat, könnte man heute schon alle Beziehungen von der Liebe bis zur reinen Logik in der Sprache von Angebot und Nachfrage, Deckung und Eskompte ausdrücken, jedenfalls ebenso gut, wie man sie psychologisch oder religiös ausdrücken kann, aber man tut es doch nicht. Der Grund liegt darin, daß die neue Sprache noch zu unsicher ist. Der ehrgeizige Geldmann ist heute in einer schwierigen Lage. Wenn er den älteren Mächten des Seins ebenbürtig sein will, so muß er seine Tätigkeit an große Ideen knüpfen; große Gedanken, die widerspruchslos geglaubt würden, gibt es aber heute nicht mehr, denn diese skeptische Gegenwart glaubt weder an Gott noch an die Humanität, weder an Kronen noch an Sittlichkeit – oder sie glaubt an alles zusammen, was auf das gleiche hinauskommt. Also mußte der Kaufmann, der des Großen so wenig entbehren will wie eines Kompasses, den demokratischen Kunstgriff anwenden, die unmeßbare Wirkung der Größe durch die meßbare Größe der Wirkung zu ersetzen. Groß ist nun, was für groß gilt; allein das heißt, daß letzten Endes auch das groß ist, was durch tüchtige Reklame dafür ausgeschrien wird, und es ist nicht jedermann gegeben, diesen innersten Kern der Zeit ohne Beschwernis zu schlukken, und Arnheim hatte viele Versuche darüber angestellt, wie das zu machen sei.

Ein gebildeter Mann kann da zum Beispiel an das Verhältnis von Forschung und Kirche im Mittelalter denken. Es mußte sich dazumal der Philosoph mit der Kirche vertragen, wenn er Erfolg haben und das Denken seiner Zeitgenossen beeinflussen wollte, und billiges Freidenkertum könnte darum meinen, daß diese Fesseln seinen Aufstieg zur Größe behindert hätten; aber das Gegenteil war der Fall. Nach der Kundigen Meinung ist bloß eine unvergleichliche gotische Schönheit des Denkens daraus entstanden, und wenn man solche Rücksicht ohne Schaden des Geistes auf die Kirche hatte nehmen können, weshalb sollte man sie nicht auch auf die Reklame nehmen dürfen? Kann, wer wirken will, nicht auch unter dieser Bedingung wirken? Arnheim war überzeugt, daß es ein Zeichen von Größe ist, an seiner eigenen Zeit nicht zuviel Kritik zu üben! Der beste Reiter mit dem besten Pferd kommt, wenn er mit ihm hadert, schlechter über ein Hindernis als ein Reiter, der sich den Bewegungen seines Kleppers anpaßt.

Ein anderes Beispiel: Goethe! – Er war ein Genie, wie die Erde leicht kein zweites hervorbringen mag, aber er war auch der geadelte Sohn einer deutschen Kaufmannsfamilie und, so wie ihn Arnheim empfand, der allererste Großschriftsteller, den diese Nation hervorgebracht hat. Arnheim nahm sich an ihm in vielem ein Beispiel. Seine Lieblingsgeschichte war aber die bekannte Affäre, wie Goethe, obgleich er heimlich mit ihm sympathisierte, den armen Johann Gottlieb Fichte im Stich ließ, als er in Jena als Philosophieprofessor gemaßregelt wurde, weil er sich «mit Großheit, aber vielleicht nicht ganz gehörig» über Gott und göttliche Dinge geäußert hatte und in seiner Verteidigung «leidenschaftlich zu Werke ging», statt sich «auf das Gelindeste» herauszuhelfen, wie der weltfähige Dichter-Meister in seinen Memoiren bemerkt. Arnheim würde sich nun nicht nur gerade so verhalten haben wie Goethe, sondern er würde, unter Berufung auf ihn, sogar die Welt zu überzeugen versucht haben, daß es einzig das Goethesche und Bedeutsame sei. Er hätte sich kaum mit der Wahrheit begnügt, daß man merkwürdigerweise wirklich mehr Sympathie empfindet, wenn ein großer Mann etwas Schlechtes tut, als wenn ein weniger großer sich recht beträgt, sondern würde dazu übergegangen sein, daß der bedingungslose Kampf für seine Überzeugung sowohl unfruchtbar wie auch ein Verhalten ohne Tiefe und historische Ironie sei, und was diese letztere angeht, so würde er sie eben auch die Goethesche genannt haben, das heißt die Ironie des ernsten Sich-in-die-Umstände-Bequemens, mit handelndem Humor, dem die Distanz der Zeit recht gibt. Wenn man bedenkt, daß heute, nach knapp zwei Menschenaltern, das Unrecht, das dem wackeren, aufrechten und etwas übertriebenen Fichte widerfuhr, längst eine Privatangelegenheit geworden ist, die seiner Bedeutung nichts hinzutut, hingegen die Bedeutung Goethes, obgleich er sich schlecht betrug, auf die Dauer nichts Wesentliches verlor, so muß man zugeben, daß die Weisheit der Zeit tatsächlich mit der Weisheit Arnheims übereinstimmte.

Ein drittes Beispiel, das zugleich – Arnheim war immer von guten Beispielen umgeben – den tiefen Sinn der beiden ersten eröffnet: Napoleon. Heine schildert ihn in den Reisebildern in einer so sehr mit Arnheims Begriffen übereinstimmenden Weise, daß man es am besten in seinen eigenen Worten wiedergibt, die dieser auswendig wußte. «Ein solcher Geist» sagte Heine, also von Napoleon sprechend, aber er hätte es ebensogut auf Goethe anwenden können, dessen diplomatische Natur er stets mit dem Scharfsinn des Liebhabers verteidigte, der sich heimlich mit dem Gegenstand seiner Bewunderung nicht einverstanden weiß, «ein solcher Geist ist es, worauf Kant hindeutet, wenn er sagt, daß wir uns einen Verstand denken können, der nicht wie der unsrige, sondern intuitiv ist. Was wir durch langsames analytisches Nachdenken und lange Schlußfolgen erkennen, das hatte jener Geist im selben Momente angeschaut und tief begriffen. Daher sein Talent, die Zeit, die Gegenwart zu verstehen, ihren Geist zu cajoliren, ihn nie zu beleidigen und immer zu benutzen. – Da aber dieser Geist der Zeit nicht bloß revolutionär ist, sondern durch den Zusammenfluß beider Ansichten, der revolutionären und contrerevolutionären, gebildet worden, so handelte Napoleon nie ganz revolutionär und nie ganz contrerevolutionär, sondern immer im Sinne beider Ansichten, beider Principien, beider Bestrebungen, die in ihm ihre Vereinigung fanden, und demnach handelte er beständig naturgemäß, einfach, groß, nie krampfhaft barsch, immer ruhig milde. Daher intriguierte er nie im Einzelnen, und seine Schläge geschahen immer durch seine Kunst, die Massen zu begreifen und zu lenken. – Zur verwickelten, langsamen Intrigue neigen sich kleine analytische Geister, hingegen synthetische, intuitive Geister wissen auf wunderbar geniale Weise die Mittel, die ihnen die Gegenwart bietet, so zu verbinden, daß sie dieselben zu ihrem Zwecke schnell benutzen können.»

Heine dürfte das vielleicht ein wenig anders gemeint haben, als sein Bewunderer Arnheim es auffaßte, aber dieser fühlte sich geradezu durch seine Worte mitbeschrieben.

97

Clarissens geheimnisvolle Kräfte und Aufgaben

Clarisse im Zimmer; Walter war ihr abhanden gekommen, sie hat einen Apfel und ihren Schlafrock. Das sind, Apfel und Schlafrock, die zwei Quellen, aus denen ein unbeachteter, dünner Strahl von Wirklichkeit in ihr Bewußtsein fließt. Warum erschien ihr Moosbrugger musikalisch? Sie wußte es nicht. Vielleicht sind alle Mörder musikalisch. Sie weiß, daß sie einen Brief an Se. Erlaucht Graf Leinsdorf geschrieben hat, wegen dieser Frage; sie erinnert sich auch ungefähr an den Inhalt, doch hat sie keinen Zugang dazu.

Aber der Mann ohne Eigenschaften war unmusikalisch?

Da ihr keine rechte Antwort einfiel, ließ sie diesen Gedanken stehn und ging weiter.

Nach einer Weile fiel ihr jedoch ein: Ulrich ist der Mann ohne Eigenschaften. Ein Mann ohne Eigenschaften kann natürlich auch nicht musikalisch sein. Er kann aber auch nicht unmusikalisch sein?

Sie ging weiter.

Er hatte von ihr gesagt: Du bist mädchen- und heldenhaft.

Sie wiederholte: «mädchen- und heldenhaft!» Die Wärme stieg ihr in die Wangen. Es erwuchs daraus eine Pflicht, die ihr nicht klar wurde.

Ihre Gedanken drängten in zwei Richtungen, wie bei einem Handgemenge. Sie fühlte sich angezogen und abgestoßen, wußte aber nicht, wohin und wovon; schließlich lockte sie eine leise Zärtlichkeit, die davon, sie wußte nicht wie, übrig geblieben war, Walter suchen zu gehn. Sie stand auf und legte den Apfel weg.

Es tat ihr leid, daß sie Walter immer quälte. Sie war erst fünfzehn Jahre alt gewesen, da hatte sie schon bemerkt, daß sie ihn zu quälen vermochte. Sie brauchte bloß entschieden auszurufen, etwas sei in Wahrheit nicht so, wie er behaupte, da zuckte er zusammen, und wenn es noch so richtig war, was er gesagt hatte! Sie wußte, daß er sich vor ihr fürchtete. Er fürchtete, daß sie verrückt werden könnte. Er hatte es sich einmal entschlüpfen lassen, schnell wieder verredet; sie aber wußte seither, daß er daran dachte. Sie fand das sehr schön. Nietzsche sagt: «Gibt es einen Pessimismus der Stärke? Eine intellektuelle Vorneigung für das Harte, Schauerliche, Böse? Eine Tiefe des widermoralischen Hangs? Das Verlangen nach dem Furchtbaren als dem würdigen Feind?» – Solche Worte bereiteten ihr, wenn sie sie dachte, eine sinnliche Erregung im Mund, die so sanft und stark wie Milch war, sie konnte kaum schlucken.

Sie dachte an das Kind, das Walter von ihr wollte. Auch davor fürchtete er sich. Begreiflich, wenn er glaubte, daß sie einmal verrückt werden könnte. Es gab ihr Zärtlichkeit für ihn, auch wenn sie sich heftig weigerte. Sie hatte aber vergessen, daß sie Walter suchen wollte. Es ging jetzt etwas in ihrem Körper vor. Die Brüste füllten sich, durch die Adern an Armen und Beinen rollte ein dickerer Blutstrom, sie spürte ein unbestimmtes Drängen gegen Blase und Darm. Ihr schmaler Körper wurde nach innen tief, empfindlich, lebendig, fremd, eins nach dem andern; ein Kind lag licht und lächelnd in ihrem Arm; von ihren Schultern strahlte das Goldkleid der Gottesmutter zu Boden, und die Gemeinde sang. Es war außer ihr, der Herr war der Welt geboren!

Aber kaum war das vor sich gegangen, so schnellte ihr Körper über dem klaffenden Bild wieder zusammen, wie Holz einen Keil aus sich herausschleudert; sie war schlank, bei sich, ekelte sich, fühlte eine grausame Heiterkeit. So einfach wollte sie es Walter nicht machen. «Ich will, daß dein Sieg und deine Freiheit sich nach einem Kinde sehnen!» sagte sie sich vor. «Lebendige Denkmäler sollst du über dich selbst hinausbauen. Aber erst mußt du mir selber gebaut sein an Leib und Seele!» Clarisse lächelte; es war ihr Lächeln, das so schmal züngelte wie ein Feuer, das mit einem großen Stein zugedeckt ist.

Dann fiel ihr ein, daß ihr Vater sich vor Walter gefürchtet hatte. Sie begab sich um Jahre zurück. Das war sie gewohnt; Walter und sie fragten einander gern: erinnerst du dich? und dann floß vergangenes Licht zauberhaft aus der Weite zurück auf die Gegenwart. Es ist das schön, sie hatten es gern. Es ist vielleicht das gleiche, wie wenn man unlustig stundenlang gegangen ist und kehrt sich um, und die ganze durchwanderte Leere liegt, mit einemmal in Fernsicht verwandelt, als schöne Befriedigung da; aber so faßten sie es nie auf, sondern nahmen ihre Erinnerungen sehr wichtig. Darum kam es ihr auch ungemein anregend und verwickelt vor, daß ihr Vater, der alternde Maler, damals Gewaltperson für sie, sich vor Walter, der ihm die neue Zeit ins Haus gebracht hatte, fürchtete, während Walter sich vor ihr fürchtete. Es war dem ähnlich, wenn sie den Arm um ihre Freundin Lucy Pachhofen legte, «Papa» sagen mußte und dabei wußte, daß Papa Lucys Geliebter war, denn das ereignete sich in der gleichen Zeit.

Clarisse schoß nun wieder die Hitze in die Wangen. Es beschäftigte sie auf das lebhafteste, sich das eigenartige Winseln zu vergegenwärtigen, dieses fremde Winseln, von dem sie ihrem Freund erzählt hatte. Sie nahm einen Spiegel und suchte das Gesicht mit den angstvoll zusammengepreßten Lippen wiederzufinden, das sie in jener Nacht gemacht haben mußte, wo ihr Vater an ihr Bett kam. Es gelang ihr nicht, den Laut hervorzubringen, der sich unter der Versuchung aus ihrer Brust gelöst hatte. Sie überlegte, daß dieser Laut heute noch genau so in ihrer Brust drinnen sein müsse wie damals. Es war ein Laut ohne Schonung und Rücksicht; aber er war niemals wieder zur Oberfläche emporgekommen. Sie legte den Spiegel weg und sah sich vorsichtig um, das Bewußtsein, daß sie allein sei, mit tastendem Auge bekräftigend. Dann suchte sie, mit den Fingerspitzen durch ihr Kleid fühlend, das samtschwarze Muttermal, mit dem es eine so sonderbare Bewandtnis hatte. In der Gegend der Leistenbeuge, halb versteckt im Schenkelschluß und am Rande der Haare, die dort ein wenig unregelmäßig auswichen, lag es; sie ließ ihre Hand darauf ruhen, wehrte jeden Gedanken ab und lauerte auf die Veränderung, die vor sich gehen sollte. Sofort spürte sie diese. Es war nicht das weiche Strömen der Wollust, sondern ihr Arm wurde steif, starr wie ein Männerarm; sie hatte den Eindruck, wenn sie ihn einmal richtig heben würde, könnte sie alles mit ihm niederschmettern! Sie nannte diese Stelle an ihrem Leib das Auge des Teufels. An dieser Stelle war ihr Vater umgekehrt. Das Auge des Teufels hatte einen Blick, der durch die Kleider drang; dieser Blick «faßte» die Männer «ins Auge», zog sie gebannt an, aber erlaubte ihnen nicht, sich zu rühren, solange Clarisse wollte. Clarisse dachte manche Worte in Anführungszeichen, herausgehoben, so wie sie beim Schreiben manche Worte mit dicken Tintenbalken unterfuhr; solche herausgehobenen Worte hatten dann einen gespannten Sinn, ähnlich gespannt, wie es ihr Arm war; wer hat je daran gedacht, daß man mit dem Auge wirklich etwas fassen könne? Aber sie war der erste Mensch, der dieses Wort in der Hand hielt wie einen Stein, den man auf ein Ziel schleudern kann. Es war ein Teil der schmetternden Kraft ihres Arms. Und über all dem hatte sie das Winseln, worüber sie nachdenken wollte, vergessen und dachte an ihre jüngere Schwester Marion. Mit vier Jahren hatte man Marion nachts die Hände festbinden müssen, weil sie sonst ahnungslos, aus bloßer Freude am Angenehmen, unter die Decke gingen, wie zwei junge Bären in einen Honigbaum. Und später hatte sie, Clarisse, einmal Walter von Marion wegreißen müssen. Die Sinnlichkeit ging in ihrer Familie um, wie der Wein unter Weinbauern. Es war ein Schicksal. Sie trug schwere Last. Aber trotzdem gingen ihre Gedanken nun in der Vergangenheit spazieren, die Spannung im Arm löste sich zu einem natürlichen Zustand auf, und ihre Hand blieb vergessen im Schoß liegen. Sie sagte damals noch Sie zu Walter. Sie verdankte ihm eigentlich sehr viel. Er brachte die Botschaft, daß es neue Menschen gebe, die nur kühle, klare Möbel vertrügen und Bilder in ihre Zimmer hängten, auf denen die Wahrheit dargestellt sei. Er las ihr vor: Peter Altenberg, kleine Geschichten von kleinen Mädchen, die zwischen liebestollen Tulpenbeeten Reifen werfen und Augen besitzen, die so hell-süß unschuldig sind wie Marons glacés; und Clarisse wußte von diesem Augenblick an, daß ihre schlanken Beine, die ihr noch kindisch vorgekommen waren, ebensoviel bedeuteten wie ein Scherzo von «ich weiß nicht wem».

Sie lebten gerade alle in einem Sommerquartier, ein großer Kreis, mehrere Familien aus der Bekanntschaft hatten Villen an einem See gemietet, und alle Schlafzimmer waren doppelt besetzt mit Freunden und Freundinnen, die man eingeladen hatte. Clarisse schlief mit Marion, und um elf Uhr kam manchmal Dr. Meingast auf einer heimlichen Mondscheinrunde zu ihnen ins Zimmer, um zu plaudern, der jetzt in der Schweiz ein berühmter Mann war und damals den Vergnügungsmeister und Abgott aller Mütter abgab. Wie alt war sie damals? Fünfzehn oder sechzehn Jahre oder zwischen vierzehn und fünfzehn, als sein Schüler Georg Gröschl mitkam, der nur um weniges älter war als Marion und Clarisse? Und Dr. Meingast war an jenem Abend zerstreut, hielt bloß eine kurze Rede über Mondstrahlen, empfindungslos schlafende Eltern und neue Menschen, verschwand plötzlich und schien nur gekommen zu sein, um den stämmigen kleinen Georg, der sein Bewunderer war, bei den Mädchen zurückzulassen. Georg sagte nun nichts, fühlte sich wahrscheinlich eingeschüchtert, und die beiden Mädchen, die bis dahin Meingast geantwortet hatten, schwiegen auch. Aber dann biß wohl Georg im Dunkel die Zähne zusammen und trat an Marions Bett. Das Zimmer war von außen ein wenig erleuchtet, aber in den Ecken, wo die Betten standen, ragten undurchdringliche Schattenmassen, und Clarisse konnte nicht ausnehmen, was geschah; sie gewahrte nur, daß Georg aufrecht neben dem Bett zu stehen schien und auf Marion hinabsah, jedoch kehrte er Clarisse den Rücken zu, und Marion gab keinen Laut von sich, so als wäre sie nicht im Zimmer. Das dauerte sehr lange. Schließlich aber löste sich, während Marion sich so wenig wie vorher regte, Georg wie ein Mörder aus dem Schatten los, wurde in der mondhellen Zimmermitte einen Augenblick lang an Schulter und Seite bleich sichtbar und kam zu Clarisse, die sich rasch wieder niedergelegt und die Decke bis ans Kinn gezogen hatte. Sie wußte, nun würde sich das Heimliche wiederholen, das bei Marion geschehen war, und war starr vor Erwartung, indes Georg stumm neben ihrem Bett stand und, wie es ihr schien, die Lippen unheimlich fest aufeinander preßte. Endlich kam seine Hand, wie eine Schlange, und machte sich an Clarisse zu schaffen. Was er sonst tat, blieb ihr unklar; sie hatte keine Vorstellung davon und konnte das wenige, was sie trotz ihrer Erregung von seinen Bewegungen wahrnahm, nicht zusammenreimen. Sie selbst empfand da gar keine Wollust, die kam erst später, im Augenblick war nur eine starke, namenlose, ängstliche Aufregung vorhanden; sie verhielt sich still wie ein zitternder Stein in einer Brücke, über die endlos langsam ein schweres Fuhrwerk rollt, vermochte nichts zu sagen und ließ alles mit sich geschehen. Nachdem Georg sie losgelassen hatte, verschwand er ohne Abschied, und keine der beiden Schwestern wußte sicher, ob der anderen das gleiche widerfahren war wie ihr selbst; sie hatten einander ebensowenig zu Hilfe gerufen wie zur Teilnahme eingeladen, und es vergingen Jahre, ehe sie das erste Wort über den Vorfall wechselten.

Clarisse hatte wieder ihren Apfel gefunden, benagte ihn und zerkaute kleine Stückchen. Georg hatte sich nie verraten oder zu dem Geschehenen bekannt, außer daß er vielleicht in der allerersten Zeit hie und da steinern bedeutungsvolle Augen machte; er war heute ein aussichtsvoller und eleganter Regierungsjurist, und Marion war verheiratet. Mit Dr. Meingast aber war mehr vor sich gegangen; er hatte den Zyniker abgelegt, als er ins Ausland ging, wurde, was man außerhalb der Universitäten einen berühmten Philosophen nennt, hielt beständig eine Schar von Schülern und Schülerinnen um sich versammelt und hatte Walter und Clarisse vor kurzem einen Brief geschrieben, worin er ankündigte, daß er demnächst die Heimat besuchen wolle, um dort eine Weile ungestört von seinen Anhängern arbeiten zu können; er hatte auch angefragt, ob sie ihn bei sich aufzunehmen vermöchten, da er gehört habe, daß sie «an der Grenze von Natur und Großstadt» lebten. Und vielleicht war das überhaupt der Ursprung aller Wege, die Clarissens Gedanken an diesem Tage gingen. «O Gott, war jene Zeit sonderbar!» dachte sie. Und nun wußte sie auch das: es war der Sommer vor dem Sommer mit Lucy gewesen. Meingast küßte sie damals, wann es ihm beliebte. «Sie erlauben, daß ich Sie jetzt küsse!» sagte er höflich, ehe er es tat, und er küßte auch alle ihre Freundinnen, und Clarisse wußte sogar von einer, deren Rock sie seither nicht anschauen konnte, ohne an scheinheilig niedergeschlagene Augen denken zu müssen. Meingast hatte es ihr selbst erzählt, und Clarisse – sie war damals doch erst fünfzehn Jahre alt gewesen! – sagte zu dem völlig erwachsenen Dr. Meingast, wenn er ihr seine Abenteuer mit ihren Freundinnen berichtete: «Sie sind ein Schwein!» Es bereitete ihr ein Vergnügen, das wie Stiefel und Sporn war, dieses niedrige Wort zu gebrauchen und ihn zu beschimpfen; aber sie hatte trotzdem Angst davor, daß sie am Ende auch nicht widerstehen könnte, und wenn er sie um einen Kuß bat, getraute sie sich nicht zu widersprechen, weil sie sich fürchtete, einen blöden Eindruck zu machen.

Als ihr aber Walter zum erstenmal einen Kuß gab, sagte sie sehr ernst: «Ich habe Mama versprochen, so etwas nie zu tun.» Das war eben der Unterschied; Walter sprach so schön wie das Evangelium, und er sprach sehr viel, Kunst und Philosophie umgaben ihn wie eine weite Wolkenschar den Mond. Er las ihr vor. Aber in der Hauptsache sah er sie bloß immerzu an, sie unter allen ihren Freundinnen, darin bestand anfangs ihre Beziehung, und das war eben so, wie wenn der Mond herschaut, man faltet die Hände. Wirklich ging ihre Beziehung zueinander dann auch durch Händedrücke weiter; stille Händedrücke, jetzt ohne Worte, in denen eine einzigartig bindende Kraft lag. Clarisse fühlte ihren ganzen Körper gereinigt durch seine Hand; gab er ihr diese einmal zerstreut und kühl, so war sie unglücklich. «Du weißt nicht, was ich daran hab!» bat sie ihn. Sie sagten sich doch schon heimlich Du, damals. Er entwickelte in ihr das Verständnis für Berge und Käfer, während sie bisher in der Natur nur eine Landschaft gesehen hatte, die Papa oder einer seiner Kollegen malte und verkaufte. Ihre Kritik an der Familie war urplötzlich erwacht; sie fühlte sich neu und anders. Nun erinnerte sich Clarisse auch genau, wie sich die Sache mit dem Scherzo verhielt: «Ihre Beine, Fräulein Clarisse,» sagte Walter «haben mit wirklicher Kunst mehr zu tun als alle Bilder, die Ihr Papa malt!» Es gab ein Klavier in der Sommerfrische, und sie spielten vierhändig. Clarisse lernte von ihm; sie wollte über ihre Freundinnen und ihre Familie hinauskommen; niemand begriff, wie man an schönen Sommertagen Klavier spielen könne, statt zu rudern oder ins Bad zu kommen, sie aber hatte ihre Hoffnung an Walter geknüpft, sie hatte sich sofort und schon damals vorgenommen, «Sein Weib» zu werden, ihn zu heiraten, und wenn er sie wegen eines Spielfehlers anherrschte, so kochte alles in ihr, doch die Lust überwog. Und Walter herrschte sie wirklich manchmal an, denn der Geist kennt keine Zugeständnisse; aber nur am Klavier. Außerhalb der Musik kam es noch vor, daß sie von Meingast geküßt wurde, und bei einer Mondscheinfahrt, wo Walter ruderte, legte sie ganz aus eigenem ihren Kopf an Meingasts Brust, der neben ihr am Steuerplatz saß. Meingast war unheimlich geschickt in solchen Dingen, sie wußte nicht, was daraus werden sollte; als Walter sie dagegen das zweitemal, nach der Klavierstunde, im letzten Augenblick, als sie schon in der Tür standen, von hinten faßte und abküßte, hatte sie nur das ganz unangenehme Empfinden, keine Luft zu bekommen, und entwand sich ihm ungestüm; trotzdem stand es in ihr fest, was immer mit dem anderen noch kommen möge, diesen dürfe sie nicht loslassen!

Es geht ja sonderbar zu in solchen Dingen; Dr. Meingasts Atem hatte etwas, worin der Widerstand schmolz, etwas wie reine leichte Luft, in der man sich glücklich fühlt, ohne sie zu merken, wogegen Walter, der immer, wie Clarisse längst wußte, an zögernder Verdauung litt, genau so, wie seine Entschlüsse zögernd waren, auch etwas Gestocktes im Atem hatte, teils war dieser zu heiß, teils brandig und lähmend. Solches Körperlich-Geistige hatte von Anfang an seltsam mitgespielt, und Clarisse wunderte sich auch gar nicht darüber, denn nichts erschien gerade ihr natürlicher als dieses, was Nietzsche sagt, daß der Körper eines Menschen seine Seele ist. Ihre Beine hatten nicht mehr Genie als ihr Kopf, sie hatten genau das gleiche, sie waren es selbst; ihre Hand, von Walter berührt, setzte augenblicklich einen Strom von Vorsätzen und Versicherungen in Bewegung, der vom Scheitel bis zur Sohle floß, aber keine Worte mit sich führte; und ihre Jugend, sobald sie nur einmal zum Selbstbewußtsein geführt worden war, lehnte sich gegen die Überzeugungen und anderen Torheiten ihrer Eltern einfach mit der Frische eines harten Körpers auf, der alle Gefühle verachtet, die im entferntesten an üppige Ehebetten und türkische Prunkteppiche erinnern, wie sie bei der sittenstrengen Vorgeneration so beliebt waren. Und darum spielte das Körperliche auch weiterhin eine Rolle, die sie anders ansah, als es andere vielleicht tun werden. Aber hier gebot Clarisse ihren Erinnerungen halt; oder eigentlich war es nicht ganz so, vielmehr setzten sie ihre Erinnerungen mit einemmal und ganz ohne Landungsstoß wieder in der Gegenwart ab. Denn alles das und was noch folgte, hatte sie ihrem Freund ohne Eigenschaften mitteilen wollen. Vielleicht nahm Meingast augenblicklich einen zu großen Raum darin ein, denn er war ja bald nach jenem bewegten Sommer verschwunden, in die Fremde geflüchtet, jene ungeheure Verwandlung hatte in ihm begonnen, die aus dem leichtfertigen Lebemann einen berühmten Denker machte, und Clarisse hatte ihn seither nur flüchtig wiedergesehen, ohne daß sie dabei der Vergangenheit gedachten. Aber wie sie es bei sich betrachtete, war ihr der Anteil klar, den sie an seiner Verwandlung hatte. Es war noch viel zwischen ihr und ihm in den Wochen vor seinem Verschwinden geschehn; ohne Walter und unter eifersüchtiger Teilnahme Walters, Walter verdrängend, Walter anspornend und hochtreibend, geistige Gewitter, noch verrücktere Stunden, wie sie vor einem Gewitter Mann und Frau von Sinnen bringen, und ausgetobte Stunden, die alle Leidenschaft ausgeschieden haben und wie Wiesengrün nach Regen in der reinen Luft der Freundschaft liegen. Clarisse hatte mancherlei über sich ergehen lassen müssen und nicht ungern ergehen lassen, aber das neugierige Kind hatte sich in seiner Art hinterdrein gewehrt, indem es dem zügellosen Freund seine Meinung sagte, und weil Meingast schon in der letzten Zeit, ehe er fortging, freundschaftlich ernster geworden war, fast edel- und schwermütig im Wettkampf mit Walter, war sie heute fest davon überzeugt, daß sie alles, was sein Wesen trübte, ehe er in die Schweiz ging, auf sich gezogen und es ihm dadurch ermöglicht hatte, sich so unerwartet zu verwandeln. In dieser Auffassung wurde sie durch das bestärkt, was sich anschließend zwischen ihr und Walter vollzogen hatte; Clarisse konnte diese lange vergangenen Jahre und Monate nicht mehr genau auseinanderhalten, aber es war schließlich auch gleich, wann das eine oder das andere geschehen war, im ganzen war nach der widerstrebensvollen Annäherung an Walter dann eine schwärmerische Zeit, mit Spaziergängen und Geständnissen und geistiger Besitzergreifung gekommen, die zugleich von jenen unzähligen kleinen, unendlich qualseligen Ausschweifungen ausgefüllt war, zu denen zwei Liebende hingerissen werden, denen noch ebensoviel zum ganz entschlossenen Mut fehlt, wie ihnen von der Keuschheit schon abhanden gekommen ist. Das war nicht anders, als ob ihnen Meingast seine Sünden zurückgelassen hätte, damit sie in einem höheren Sinn noch einmal durchlebt und bis zum höchsten Sinn zerlebt würden, und sie faßten es beide so auf. Und heute, wo Clarisse sich so wenig aus Walters Liebe machte, daß sie oft von ihr angewidert wurde, sah sie es noch deutlicher, daß der Rausch des Liebesdurstes, der sie in solchem Ausmaß toll gemacht hatte, nichts gewesen sein konnte als eine Inkarnation, was, wie sie wußte, Einfleischung hieß, von etwas Unfleischlichem, einem Sinn, einer Aufgabe, einem Schicksal, wie sie für Auserwählte zwischen den Sternen vorbereitet werden.

Sie schämte sich nicht, sie hätte eher weinen mögen, wenn sie Damals und Jetzt verglich; aber Clarisse konnte auch niemals weinen, sondern sie preßte die Lippen aufeinander, und es wurde etwas daraus, das ihrem Lächeln ähnlich sah. Ihr Arm, geküßt bis zur Achselhöhle, ihr Bein, bewacht von dem Auge des Teufels, ihr biegsamer Leib, tausendfach gedreht vom Verschmachten des Geliebten und wie ein Seil sich zurückdrehend, bewahrten das wunderbare Begleitgefühl der Liebe: in allen Gebärden, die man tut, von geheimnisvoller Wichtigkeit zu sein. Clarisse saß da und kam sich wie eine Schauspielerin in der Pause vor. Allerdings wußte sie nicht, was kommen sollte; aber sie war überzeugt, daß es die unendliche Aufgabe aller Liebenden sei, sich als das zu erhalten, was man füreinander in den höchsten Augenblicken gewesen ist. Und ihr Arm war da, ihre Beine waren da, ihr Kopf saß auf dem Leib, mit einer unheimlichen Bereitschaft, als erster das Zeichen wahrzunehmen, das nicht ausbleiben konnte. Es ist vielleicht schwer zu begreifen, was Clarisse meinte, aber ihr bereitete es keine Mühe. Sie hat einen Brief an den Grafen Leinsdorf geschrieben, mit der Forderung eines Nietzsche-Jahrs und zugleich der Befreiung des Frauenmörders und vielleicht seiner öffentlichen Ausstellung, zur Erinnerung an die Passionswege derer, die die verstreuten Sünden aller auf sich vereinigen müssen; und nun weiß sie auch, warum sie es getan hat. Man muß das erste Wort sprechen. Wahrscheinlich hat sie sich nicht gut ausgedrückt, aber das tut nichts; die Hauptsache ist, daß man beginnt und mit dem Dulden und Gewährenlassen Schluß macht. Es ist historisch bewiesen, daß die Welt von Zeit zu Zeit – dahinter klang das Wort «Aeon zu Aeon», wie zwei Glocken, die man nicht sieht, obgleich sie nahe sind – solcher Menschen bedarf, die nicht mitwirken und mitlügen können und dadurch unliebsames Aufsehen erregen. Soweit war die Sache klar.

Und es ist auch klar, daß Menschen, die unliebsames Aufsehen erregen, den Druck der Welt zu spüren bekommen. Clarisse weiß, daß die großen aus der Menschheit hervorgegangenen Genies fast immer zu leiden hatten, und sie wundert sich nicht darüber, daß manche Tage und Wochen in ihrem Leben unter einem bleiernen Druck stehen, so als ob eine schwere Platte darüberhin gezogen würde; aber es ging noch jedesmal vorbei, und alle Menschen sind so, die Kirche hat in ihrer Weisheit sogar Trauerzeiten eingeführt, um die Trauer zusammenzuziehn und zu verhindern, daß halbe Jahrhunderte von Mutlosigkeit und Gefühllosigkeit überflutet werden, was auch schon vorgekommen ist. Schwieriger sind in Clarissens Leben gewisse andere Augenblicke zu behandeln, allzu befreite und gegendrucklose, wo manchmal ein Wort genügt, um sie gleichsam aus den Schienen springen zu machen; sie ist dann außer sich, sie kann nicht angeben, wo; aber keineswegs ist sie abwesend, im Gegenteil, man könnte eher sagen, sie sei inwesend, in einem tieferen Raum, der in einer den gewöhnlichen Vorstellungen unfaßbaren Weise in dem Raum steckt, den ihr Körper in der Welt einnimmt; aber wozu Worte für etwas suchen, das nicht an der Straße der Worte liegt, sie landet nach einer Weile ohnedies wieder bei den anderen und ist nur noch ein wenig hell gekitzelt im Kopf, so wie nach Nasenbluten. Clarisse versteht, daß das gefährliche Augenblicke sind, die sie manchmal erlebt. Es sind offenbar Vorbereitungen und Proben. Sie besaß ohnehin die Gewohnheit, mehreres zugleich zu denken, so wie sich ein Fächer auf- und zuschiebt, und eines halb neben, halb unter dem anderen ist, und wenn das zu verwirrt wird, ist das Bedürfnis begreiflich, daß man mit einem Ruck hinausschlüpfen möchte; das hätten viele Leute, nur treffen sie es eben nicht.

Clarisse erlebt also Vorbereitungen und Vorboten so, wie andere Leute sich etwas auf ihr Gedächtnis oder ihre eiserne Verdauung zugute tun; sie könnten Glassplitter essen, sagen sie. Clarisse hat aber schon einigemal bewiesen, daß sie wirklich etwas auf sich nehmen kann; ihre Kraft hat sich an ihrem Vater gezeigt, an Meingast, an Georg Gröschl, und mit Walter waren noch Anstrengungen nötig, da waren die Dinge, wenn auch stockend, noch in Fluß; aber Clarisse hatte seit einiger Zeit die Absicht, ihre Kraft an dem Mann ohne Eigenschaften zu beweisen. Sie hätte nicht genau angeben können, seit wann; es hing mit diesem Namen zusammen, den Walter aufgebracht und Ulrich gebilligt hatte; vorher, das mußte sie sagen, in den früheren Jahren, hatte sie ihm nie ernste Beachtung geschenkt, wenn sie auch ganz gute Freunde waren. Aber «Mann ohne Eigenschaften», das erinnerte sie zum Beispiel an Klavierspielen, das heißt an alle diese Melancholien, Freudensprünge, Zornausbrüche, die man dabei durchrast, ohne daß es doch ganz wirkliche Leidenschaften wären. Damit fühlte sie sich verwandt. Von da ging es ganz ohne Umwege zu der Behauptung, daß man sich alles zu tun weigern müsse, was nicht mit ganzer Seele geschieht, und damit war sie mitten in der aufgewühlten tiefen Wirklichkeit ihrer Ehe. Ein Mann ohne Eigenschaften sagt nicht Nein zum Leben, er sagt Noch nicht! und spart sich auf; das hatte sie mit dem ganzen Körper verstanden. Vielleicht war es der Sinn aller der Augenblicke, wo sie aus sich hinaustrat, daß sie Gottesmutter werden sollte. Sie erinnerte sich an das Gesicht, das sie, es war noch keine Viertelstunde her, heimgesucht hatte. «Vielleicht kann jede Mutter Gottesmutter werden,» dachte sie «wenn sie nicht gewähren läßt, nicht lügt noch wirkt, sondern das, was zutiefst in ihr ist, als Kind außer sich bringt! Vorausgesetzt, daß sie für sich selbst nichts erreicht!» fügte sie traurig hinzu. Denn der Gedanke bereitete ihr keineswegs reine Annehmlichkeit, sondern erfüllte sie mit der zwischen Qual und Seligkeit geteilten Empfindung, für etwas geopfert zu werden. War jedoch ihre Vision so gewesen, wie wenn in den Zweigen eines Baumes zwischen Blättern, die mit einemmal wie Kerzen flackern, ein Bild hervorträte, während gleich nachher das Holz wieder zusammenschlug, so blieb jetzt ihre Stimmung andauernd verändert. Ein Zufall schenkte ihr im nächsten Augenblick die für jeden anderen Menschen bedeutungslose Entdeckung, daß das Wort Mutter in dem Wort Muttermal enthalten sei; für sie bedeutete das so viel, als ob ihr Schicksal plötzlich in den Sternen geschrieben stünde. Der wundervolle Gedanke, daß die Frau den Mann sowohl als Mutter wie als Geliebte in sich aufnehmen müsse, machte sie weich und aufgeregt. Sie wußte nicht, wie er dahergekommen sei, aber er schmolz ihre Widerstände und gab ihr doch Macht.

Aber sie traute dem Mann ohne Eigenschaften noch keineswegs. Er meinte vieles nicht so, wie er es sagte. Wenn er behauptete, daß man seine Gedanken nicht ausführen könne oder daß er nichts ganz ernst nehme, so war das nur ein Versteck, das verstand sie deutlich; sie hatten einander ausgewittert und erkannten sich an Zeichen, während Walter meinte, Clarisse sei zuweilen verrückt! Und doch war in Ulrich etwas bitter Böses, teuflisch dem Schlendergang der Welt Anhängendes. Man mußte ihn lösen. Sie mußte ihn holen.

Sie hatte zu Walter gesagt: Töte ihn. Es hatte nicht viel bedeutet, sie hatte nicht recht gewußt, was sie damit meinte; aber es hieß soviel wie, es müsse etwas getan werden, um ihn aus sich herauszureißen, und man dürfe vor nichts haltmachen.

Sie mußte mit ihm ringen.

Sie lachte, sie rieb ihre Nase. Sie ging im Dunkel hin und her. Es mußte mit der Parallelaktion etwas geschehen. Was, wußte sie nicht.

98

Aus einem Staat, der an einem Sprachfehler zugrundegegangen ist

Der Zug der Zeit ist ein Zug, der seine Schienen vor sich her rollt. Der Fluß der Zeit ist ein Fluß, der seine Ufer mitführt. Der Mitreisende bewegt sich zwischen festen Wänden auf festem Boden; aber Boden und Wände werden von den Bewegungen der Reisenden unmerklich auf das lebhafteste mitbewegt. Es war ein unschätzbares Glück für Clarissens Seelenruhe, daß unter ihren Gedanken dieser noch nicht vorgekommen war.

Aber auch Graf Leinsdorf war gegen ihn geschützt. Er war gegen ihn durch die Überzeugung geschützt, daß er Realpolitik mache.

Die Tage schaukelten und bildeten Wochen. Die Wochen blieben nicht stehn, sondern verkränzten sich. Es geschah unaufhörlich etwas. Und wenn unaufhörlich etwas geschieht, hat man leicht den Eindruck, daß man etwas Reales bewirkt. So sollten die Prunkgemächer des Leinsdorfschen Palais dem Publikum bei einem großen Fest zugunsten lungenleidender Kinder geöffnet werden, und diesem Ereignis liefen eingehende Unterredungen zwischen Sr. Erlaucht und deren Hausverwalter voraus, in denen bestimmte Tage genannt wurden, an denen bestimmte Leistungen vollzogen sein mußten. Die Polizei veranstaltete in der gleichen Zeit eine Jubiläumsausstellung, zu deren Eröffnung die ganze Gesellschaft erschien, und der Polizeipräsident hatte persönlich bei Sr. Erlaucht vorgesprochen, um ihm die Einladung zu überbringen, und als Graf Leinsdorf eintraf und empfangen wurde, erkannte der Polizeipräsident den «freiwilligen Helfer und Ehrensekretär» an seiner Seite, der mit ihm überflüssigerweise noch einmal bekannt gemacht wurde, was dem Präsidenten Gelegenheit gab, sein sagenhaftes Personengedächtnis zu zeigen, denn er stand im Ruf, jeden zehnten Staatsbürger persönlich zu kennen oder mindestens über ihn unterrichtet zu sein. Auch Diotima kam in Begleitung ihres Gemahls, und alle, die erschienen waren, warteten auf ein Mitglied des Kaiserhauses, dem ein Teil von ihnen vorgestellt wurde, und es gab nur eine Stimme, daß die Ausstellung sehr gelungen und fesselnd sei. Sie bestand aus dem innigen Ineinander von Bildern, die an den Wänden hingen, und Erinnerungsgegenständen an große Verbrechen, die in Glasschränken und -pulten aufgestellt waren. Zu diesen gehörten

Einbruchsgerät, Fälscherwerkstätten, verlorene Knöpfe, die auf Spuren geführt hatten, und das tragische Werkzeug bekannter Mörder samt den dazugehörigen Legenden, während die Bilder an den Wänden, im Gegensatz zu diesem Schreckensarsenal, erbauliche Vorwürfe aus dem Leben der Polizei darstellten. Da waren der brave Wachmann zu sehen, der das alte Mütterchen über die Straße geleitet, der ernste Wachmann vor der vom Fluß angeschwemmten Leiche, der tapfere Wachmann, der sich scheuenden Pferden in die Zügel wirft, eine «Allegorie der Sicherheitsbehörde als Hüterin der Stadt», das verirrte Kind zwischen den mütterlichen Schutzleuten auf der Wachstube, der brennende Wachmann, der auf seinen Armen ein Mädchen aus Feuersnot trägt, und dann noch viele solcher Bilder wie «Erste Hilfe», «Auf einsamem Posten», nebst den Photographien wackerer Schutzleute, bis auf das Dienstjahr 1869 zurück, den Beschreibungen ihrer Lebensläufe und eingerahmten Gedichten, die das Wirken der Polizei oder einzelner ihrer Funktionäre verherrlichten. Ihr höchster Vorgesetzter, der Chef jenes Ministeriums, das in Kakanien den psychologischen Titel «für innere Angelegenheiten» führte, wies in seiner Eröffnungsansprache auf diese Darstellungen hin, die den Geist der Polizei als etwas wahrhaft Volkstümliches zeigten, und nannte die Bewunderung für solchen Geist der Hilfsbereitschaft und Strenge einen Jungbrunnen der Moral, in einer Zeit, wo Kunst und Leben nur zu sehr zum feigen Kultus sinnlicher Sorglosigkeit neigen. Diotima, die neben Graf Leinsdorf stand, fühlte sich in ihren Bestrebungen zur Förderung moderner Kunst beunruhigt und verwandte Sorgfalt darauf, mit einem sanften, aber unnachgiebigen Gesicht in die Luft zu blicken, um dieses verbindliche Element fühlen zu lassen, daß es in Kakanien auch andere Köpfe gebe als den dieses Ministers. Und ihr Vetter, der sie während der Rede mit den achtbaren Gedanken eines Ehrensekretärs der Parallelaktion aus einiger Entfernung beobachtete, fühlte plötzlich in der dichtgedrängten Menge eine vorsichtig leichte Hand auf seinem Arm ruhen und erkannte zu seiner Überraschung Bonadea an seiner Seite, die mit ihrem Gatten, dem hohen Gerichtsbeamten, zu der Eröffnung gekommen war und den Augenblick, wo sich alle Hälse dem Minister und dem vor ihm stehenden Erzherzog zuwandten, benutzte, um sich ihrem ungetreuen Freund zu nähern. Diesem kühnen Angriff war langes Planen vorangegangen; unglücklich getroffen durch die Abwendung ihres Geliebten, in einem Augenblick, wo sie von dem schwermütigen Bedürfnis erfaßt worden war, die flatterhafte Fahne ihrer Lust, bildlich gesprochen, auch am freien Ende festzubinden, hatte sich ihr Denken in den letzten Wochen nur mit seiner Wiedergewinnung beschäftigt. Er wich ihr aus, und Aussprachen, gewaltsam erzwungen, setzten sie nur in den Nachteil des Verlangenden gegenüber dem, der lieber alleinbleiben möchte; so hatte sie sich vorgenommen, ihren Eintritt in den Kreis zu erzwingen, wo ihr Geliebter täglich verkehrte, und aufgehoben in dieser Absicht war die zweite, die fachlichen Beziehungen, die ihr Gatte zu dem scheußlichen Mörder Moosbrugger hatte, und die Absicht ihres Freundes, das Schicksal dieses Mörders auf irgendeine Weise zu erleichtern, für sich, zur inneren Anknüpfung nach beiden Seiten, zu benutzen. Sie hatte darum ihrem Gemahl zuletzt nicht wenig mit der Anteilnahme zugesetzt, die einflußreiche Kreise an der Fürsorge für kriminelle Geisteskranke nähmen, und als die Schaffung der Polizeiausstellung und deren festliche Eröffnung bekannt wurde, ihn bewogen, sie dahin mitzunehmen, denn ihr Instinkt sagte ihr, daß dies die lange gesuchte Wohltätigkeitsveranstaltung sei, bei der sie Diotima kennenlernen werde. Als der Minister seine Ansprache geschlossen hatte und die Gesellschaft sich in Umlauf setzte, wich sie nicht von der Seite ihres bestürzten Geliebten und begann in seiner Begleitung die fürchterlichen blutbefleckten Werkzeuge zu besichtigen, trotz ihres fast unüberwindlichen Abscheus vor ihnen. «Du hast gesagt, daß man das alles verhindern könnte, wenn man nur wollte» lispelte sie und erinnerte ihn damit wie ein gutes Kind, das seine Aufmerksamkeit zeigen will, an ihre letzte eingehendere Aussprache über diesen Gegenstand. Etwas später lächelte sie, ließ sich vom Gedränge eng an ihn heben und benutzte diesen Augenblick, um ihm zuzuflüstern: «Du hast einmal gesagt, daß jeder Mensch unter den richtigen Umständen zu jeder Schwäche fähig ist!» Ulrich sah sich durch diese nachdrückliche Art, neben ihm zu gehen, in große Verlegenheit gebracht, und weil seine Geliebte trotz der Ablenkungsversuche, an denen er es nicht fehlen ließ, auf Diotimas Nähe hinsteuerte und er ihr nicht gut vor allen Leuten auch noch ernsthafte Vorhaltungen dagegen machen konnte, wußte er, daß ihm an diesem Tag nichts anderes übrigbleiben werde, als die Bekanntschaft zwischen den beiden Frauen zu stiften, der er sich bisher widersetzt hatte. Sie standen schon dicht neben einer Gruppe, deren Mittelpunkt Diotima und Se. Erlaucht waren, als Bonadea ganz laut vor einer der Vitrinen ausrief: «Sehen Sie doch, da liegt Moosbruggers Messer!» In der Tat, es lag da, und Bonadea sah es begeistert an, so als ob sie in einer Lade Großmamas ersten Kotillonorden entdeckt hätte; da entschloß sich ihr Freund hastig und bat unter einem schicklichen Vorwand seine Kusine um die Gunst, sie mit einer Dame bekannt zu machen dürfen, die sich das wünsche und ihm als eine leidenschaftliche Verehrerin aller guten, wahren und schönen Bestrebungen bekannt sei.

Man konnte also nicht gerade sagen, daß im Schaukeln der Tage und Wochen wenig vor sich ging, und die Polizeiausstellung, mitsamt allem, was sich an sie knüpfte, war ja eigentlich das wenigste davon.

In England zum Beispiel hatte man etwas weit Großartigeres, wovon man sich hier in der Gesellschaft viel erzählte; ein Puppenhaus, das der Königin geschenkt worden, von einem berühmten Architekten erbaut, mit einem Speisesaal von einem Meter Länge, worin Miniaturporträts von berühmten modernen Malern hingen, Stuben, in denen warmes und kaltes Wasser aus Hähnen floß, und einer Bibliothek, mit einem kleinen Buch, das ganz aus Gold war, worein die Königin die Photographien der königlichen Familie klebte, einem mikroskopisch gedruckten Eisenbahn- und Schiffskursbuch und an die zweihundert winzigen Bändchen, in die berühmte Autoren mit eigener Hand Gedichte und Geschichten für die Königin geschrieben hatten. Diotima besaß das zweibändige englische, soeben erschienene Prachtwerk darüber, das alles Sehenswerte in kostbaren Abbildungen wiedergab, und sie verdankte dieser Ausgabe eine verstärkte Beteiligung der höchsten Gesellschaftskreise an ihrem Salon. Aber auch sonst ereignete sich unaufhörlich allerlei, wofür man nicht schnell die Worte fand, so daß es wie ein Trommelwirbel in der Seele einem Etwas voranging, das hinter der Ecke noch nicht sichtbar war. Da streikten kaiserlich königliche Telegraphenbeamte zum erstenmal und auf eine außerordentlich beunruhigende Weise, die den Namen Passive Resistenz bekam und aus nichts anderem bestand, als daß sie alle ihre dienstlichen Vorschriften mit dem pünktlichsten Gewissen beobachteten; es zeigte sich, daß die genaue Befolgung des Gesetzes rascher alle Arbeit zum Stillstand brachte, als es die zügelloseste Anarchie vermocht hätte. Gemeinsam mit dem Hauptmann von Köpenick in Preußen, der sich, wie heute noch erinnerlich, durch eine beim Trödler gekaufte Uniform zum Offizier gemacht hatte, auf der Straße eine Patrouille anhielt und mit ihrer und des königlich preußischen Gehorsams Hilfe eine städtische Kasse aushob, war die Passive Resistenz etwas, das den Mund kitzelte, aber zugleich in unterirdischer Weise die Ideen ins Schwanken brachte, auf die sich die Mißbilligung stützte, die man aussprechen wollte. Man las gleichzeitig unter den Neuigkeiten, daß die Regierung Sr. Majestät mit der Regierung einer anderen Majestät einen Vertrag eingegangen sei, der Sicherung des Friedens, wirtschaftliche Hebung, herzliche Zusammenarbeit und Achtung vor den Rechten aller zum Inhalt habe, aber auch Maßnahmen für den Fall, daß diese bedroht seien oder bedroht werden könnten. Sektionschef Tuzzis vorgesetzter Minister hatte wenige Tage darauf eine Rede gehalten, worin er die dringende Notwendigkeit eines engen Zusammenhaltens der drei kontinentalen Kaiserreiche bewies, die an der modernen sozialen Entwicklung nicht vorbeisehen dürften, sondern im gemeinsamen Interesse der Dynastien gegen soziale Neubildungen Front machen müßten; Italien war in ein bewaffnetes Unternehmen in Libyen verwickelt; Deutschland und

England hatten eine Bagdadfrage; Kakanien traf im Süden gewisse militärische Vorbereitungen, um der Welt zu zeigen, daß es Serbiens Ausdehnung ans Meer nicht erlauben, sondern nur eine Eisenbahnverbindung gestatten werde; und ebenbürtig mit allen Ereignissen von solcher Art, gestand die weltberühmte schwedische Schauspielerin Fräulein Vogelsang, daß sie noch nie so gut geschlafen habe wie diese erste Nacht nach ihrem Eintreffen in Kakanien und sich über den Schutzmann gefreut habe, der sie vor der Begeisterung der Menge rettete, aber dann selbst um die Erlaubnis bat, ihre Hand mit seinen beiden Händen dankbar drücken zu dürfen. Damit wären also die Gedanken wieder bei der Polizeiausstellung angelangt. Es geschah viel, und man merkte es auch. Man fand es gut, wenn man es selbst tat, und war bedenklich, wenn es andere taten. Im einzelnen konnte es jeder Schuljunge verstehen, aber im ganzen wußte niemand recht, was eigentlich vor sich ging, bis auf wenige Personen, und die waren nicht sicher, ob sie es wußten. Einige Zeit später hätte alles auch in geänderter oder umgekehrter Reihenfolge gekommen sein können, und man würde keinen Unterschied gefunden haben, mit Ausnahme gewisser Veränderungen, die auf die Dauer der Zeit eben unbegreiflicherweise zurückbleiben und die Schleimspuren der historischen Schnecke bilden.

Es ist verständlich, daß eine fremde Gesandtschaft unter solchen Umständen vor einer schweren Aufgabe steht, wenn sie herausbringen möchte, was eigentlich vor sich geht. Die diplomatischen Vertreter hätten ihre Klugheit gerne aus Graf Leinsdorf geschöpft, aber Se. Erlaucht bereitete ihnen Schwierigkeiten. Er fand täglich von neuem in seinem Wirken jene Befriedigung, die feste Gediegenheit zu verleihen vermag, und sein Gesicht zeigte den fremden Beobachtern die strahlende Ruhe in Ordnung fortschreitender Vorgänge. Stelle Eins schrieb, Stelle Zwei antwortete; wenn Stelle Zwei geantwortet hatte, mußte man Stelle Eins davon Mitteilung machen, und am besten war es, man regte eine mündliche Aussprache an; wenn Stelle Eins und Zwei sich geeinigt hatten, wurde festgestellt, daß nichts veranlaßt werden könne; so gab es unaufhörlich etwas zu tun. Es gab außerdem unzählig viele Nebenrücksichten zu beachten. Man arbeitete ja mit allen verschiedenen Ministerien Hand in Hand; man wollte die Kirche nicht verletzen; man mußte gewissen Personen und gesellschaftlichen Beziehungen Rechnung tragen; mit einem Wort, auch an Tagen, wo man nichts besonderes tat, durfte man so vieles nicht tun, daß man den Eindruck großer Tätigkeit hatte. Se. Erlaucht wußte das richtig zu schätzen. «Je höher ein Mann vom Schicksal gestellt wird,» pflegte er zu sagen «desto deutlicher erkennt er, daß es nur auf wenige, einfache Grundsätze, aber auf festen Willen und ein planmäßiges Tun ankommt.»

Und einmal ließ er sich seinem «jungen Freund» gegenüber auch näher über diese Erfahrung aus. Er knüpfte an die deutschen Einheitsbestrebungen an und gab zu, daß zwischen Achtzehnhundertachtundvierzig und -sechsundsechzig eine Menge der gescheitesten Leute in die Politik dareingeredet hätten; «aber dann» fuhr er fort «ist dieser Bismarck gekommen, und das eine Gute hat er jedenfalls gehabt, daß er gezeigt hat, wie man Politik machen muß: Nicht mit Reden und Gescheitheit! Trotz seiner Schattenseiten hat er erreicht, daß seit seiner Zeit, so weit die deutsche Zunge reicht, jeder Mensch weiß, daß in der Politik von Gescheitheit und Reden nichts zu erhoffen ist, sondern nur von schweigender Überlegung und Tat!» Ähnliche Äußerungen tat Graf Leinsdorf auch auf dem Konzil, und die Vertreter der auswärtigen Mächte, die dort zuweilen ihre Beobachter hatten, fanden es schwer, sich von seinen Absichten ein zutreffendes Bild zu machen. Man maß der Teilnahme Arnheims Wichtigkeit bei so wie der Stellung des Sektionschefs Tuzzi und schloß im allgemeinen daraus, daß unter diesen beiden Männern und dem Grafen Leinsdorf ein geheimes Einvernehmen bestehe, dessen politisches Ziel vorläufig hinter lebhaften Ablenkungen der Aufmerksamkeit verborgen werde, die Frau Sektionschef Tuzzi durch ihre pankulturellen Bestrebungen liefere. Bedenkt man diesen Erfolg, durch den Graf Leinsdorf, ohne sich auch nur im geringsten anzustrengen, sogar gewiegte Beobachter in ihrer Neugierde täuschte, so läßt sich ihm jene realpolitische Begabung, die er zu besitzen glaubte, keineswegs absprechen.

Aber auch die Herren, die bei festlichen Anlässen goldgesticktes Laubwerk und ähnliche Bukolika auf den Fräcken tragen, hielten sich an die realpolitischen Vorurteile ihres Metiers, und da sie auf der Suche in den Hintergründen der Parallelaktion keine greiflichen Erscheinungen fanden, richteten sie bald ihr Augenmerk auf das, was die Ursache der meisten ungeklärten Erscheinungen in Kakanien war und «die nicht erlösten Nationen» genannt wurde. Man tut heute so, als ob der Nationalismus lediglich eine Erfindung der Armeelieferanten wäre, aber man sollte es auch einmal mit einer erweiterten Erklärung versuchen, und zu einer solchen lieferte Kakanien einen wichtigen Beitrag. Die Bewohner dieser kaiserlich und königlichen kaiserlich königlichen Doppelmonarchie fanden sich vor eine schwere Aufgabe gestellt; sie hatten sich als kaiserlich und königlich österreichisch-ungarische Patrioten zu fühlen, zugleich aber auch als königlich ungarische oder kaiserlich königlich österreichische. Ihr begreiflicher Wahlspruch angesichts solcher Schwierigkeiten war «Mit vereinten Kräften!» Das hieß viribus unitis. Die Österreicher brauchten aber dazu weit größere Kräfte als die Ungarn. Denn die Ungarn waren zuerst und zuletzt nur Ungarn, und bloß nebenbei galten sie bei anderen Leuten, die ihre Sprache nicht verstanden, auch für Österreich-Ungarn; die Österreicher dagegen waren zuerst und ursprünglich nichts und sollten sich nach Ansicht ihrer Oberen gleich als Österreich-Ungarn oder Österreicher-Ungarn fühlen, – es gab nicht einmal ein richtiges Wort dafür. Es gab auch Österreich nicht. Die beiden Teile Ungarn und Österreich paßten zu einander wie eine rot-weiß-grüne Jacke zu einer schwarz-gelben Hose; die Jacke war ein Stück für sich, die Hose aber war der Rest eines nicht mehr bestehenden schwarz-gelben Anzugs, der im Jahre achtzehnhundertsiebenundsechzig zertrennt worden war. Die Hose Österreich hieß seither in der amtlichen Sprache «Die im Reichsrate vertretenen Königreiche und Länder», was natürlich gar nichts bedeutete und ein Name aus Namen war, denn auch diese Königreiche, zum Beispiel die ganz Shakespeareschen Königreiche Lodomerien und Illyrien gab es längst nicht mehr und hatte es schon damals nicht mehr gegeben, als noch ein ganzer schwarz-gelber Anzug vorhanden war. Fragte man darum einen Österreicher, was er sei, so konnte er natürlich nicht antworten: Ich bin einer aus den im Reichsrate vertretenen Königreichen und Ländern, die es nicht gibt, – und er zog es schon aus diesem Grunde vor, zu sagen: Ich bin ein Pole, Tscheche, Italiener, Friauler, Ladiner, Slowene, Kroate, Serbe, Slowake, Ruthene oder Wallache, und das war der sogenannte Nationalismus. Man stelle sich ein Eichhörnchen vor, das nicht weiß, ob es ein Eichhorn oder eine Eichkatze ist, ein Wesen, das keinen Begriff von sich hat, so wird man verstehn, daß es unter Umständen vor seinem eigenen Schwanz eine heillose Angst bekommen kann; in solchem Verhältnis zu einander befanden sich aber die Kakanier und betrachteten sich mit dem panischen Schreck von Gliedern, die einander mit vereinten Kräften hindern, etwas zu sein. Seit Bestehen der Erde ist noch kein Wesen an einem Sprachfehler gestorben, aber man muß wohl hinzufügen, der österreichischen und ungarischen österreichisch-ungarischen Doppelmonarchie widerfuhr es trotzdem, daß sie an ihrer Unaussprechlichkeit zugrunde gegangen ist.

Es ist für den Fremden nicht ohne Wert, zu erfahren, in welcher Weise ein gewiegter und hochstehender Kakanier wie Graf Leinsdorf sich mit diesen Schwierigkeiten abfand. Er trennte zunächst in seinem wachenden Geist sorgfältig Ungarn ab, von dem er als weiser Diplomat niemals sprach, so wie man von einem Sohn, der sich gegen den Willen der Eltern selbständig gemacht hat, niemals spricht, wenn man auch hofft, daß es ihm noch einmal schlecht gehen werde; das Übrigbleibende aber bezeichnete er als die Nationalitäten oder auch als die österreichischen Stämme. Es war das eine sehr feinsinnige Erfindung. Se. Erlaucht hatte Staatsrecht studiert und dort als eine ziemlich über die ganze Welt verbreitete Definition gefunden, daß ein Volk nur dann

Anspruch habe, für eine Nation zu gelten, wenn es eine eigene Staatsform besitze, und daraus folgte für ihn, daß die kakanischen Nationen eben höchstens Nationalitäten seien. Andererseits wußte Graf Leinsdorf, daß der Mensch erst in dem ihm übergeordneten Gemeinschaftsleben einer Nation seine volle und wahre Bestimmung finden könne, und weil er das niemand vorenthalten wissen wollte, schloß er daraus auf die Notwendigkeit, den Nationalitäten und Stämmen einen Staat überzuordnen. Er glaubte überdies an eine göttliche Ordnung, wenn diese auch für das menschliche Auge nicht jederzeit durchsichtig sei, und in den revolutionär modernen Stunden, die er manchmal hatte, war er sogar zu dem Gedanken imstande, daß die in der Neuzeit so sehr bekräftigte Idee des Staats vielleicht nichts anderes sein könnte als die von Gott eingesetzte Idee der Majestät, in einer eben erst beginnenden verjüngten Erscheinungsform. Wie dem immer sei – als Realpolitiker lehnte er zu weit getriebenes Denken ab und würde sich auch mit Diotimas Auffassung abgefunden haben, daß die Idee des kakanischen Staats die gleiche sei wie die des Weltfriedens –, die Hauptsache war, daß es einen kakanischen Staat nun einmal gab, wenn auch ohne richtigen Namen, und daß ein kakanisches Staatsvolk dazu erfunden werden mußte. Er pflegte das durch das Beispiel zu verdeutlichen, daß niemand ein Schüler sei, der nicht in eine Schule gehe, daß die Schule aber eine Schule bleibe, auch wenn sie leer stehe. Je mehr sich die Völkerschaften gegen die kakanische Schule sträubten, die aus ihnen ein Volk machen sollte, desto notwendiger erschien ihm gegebenermaßen die Schule. Sie betonten kräftig, daß sie Nationen seien, verlangten verlorengegangene historische Rechte zurück, liebäugelten mit Stammesbrüdern und -verwandten jenseits der Grenzen und nannten das Reich ganz öffentlich ein Gefängnis, aus dem sie erlöst sein wollten. Graf Leinsdorf dagegen nannte sie desto beschwichtigender Stämme; er betonte ebenso sehr wie sie selbst das Unfertige ihres Zustandes, nur wollte er ihn ergänzen, indem er aus den Stämmen das österreichische Staatsvolk erzeugte, und was nicht zu seinem Plan paßte oder gar zu aufgewiegelt war, erklärte er sich in der an ihm schon bekannten Weise als Folgen noch nicht überwundener Unreife und hielt dafür, daß gegen solches am besten eine weise Mischung aus kluger Nachgiebigkeit und strafender Milde anzuwenden sei.

Als Graf Leinsdorf die Parallelaktion ins Leben rief, galt diese darum bei den Nationalitäten sofort als ein geheimnisvoller pangermanischer Anschlag, und die Anteilnahme, die Se. Erlaucht der Polizeiausstellung bezeigte, wurde in Zusammenhang mit der politischen Polizei gebracht und als Bekräftigung einer Sinnesverwandtschaft gedeutet. Alles das wußten die fremden Beobachter und hatten so viele schreckliche

Dinge über die Parallelaktion gehört, wie sie nur wollten. Sie hatten sie im Sinn, während man ihnen vom Empfang der Schauspielerin Vogelsang, vom Puppenhaus der Königin und den streikenden Beamten erzählte oder sie nach ihrer Auffassung der jüngst veröffentlichten Staatsverträge fragte; und obzwar man das Wort vom Geist der Strenge, das der Minister in seiner Ansprache gebraucht hatte, als eine Ankündigung auffassen konnte, wenn man wollte, hatten sie wohl den Eindruck, daß an der Eröffnung der vielberedeten Polizeiausstellung bei unvoreingenommener Prüfung nicht das geringste zu bemerken sei, worüber etwas zu bemerken wäre, aber sie hatten doch auch den Eindruck wie alle anderen, daß etwas Allgemeines und Ungewisses vor sich gehe, das sich der Prüfung augenblicklich noch entziehe.

99

Von der Halbklugheit und ihrer fruchtbaren anderen Hälfte; von der Ähnlichkeit zweier Zeitalter, von dem liebenswerten Wesen Tante Janes und dem Unfug, den man neue Zeit nennt

Es war jedoch auch unmöglich, von den Vorgängen in den Sitzungen des Konzils eine geordnete Auffassung zu gewinnen. Im allgemeinen war man damals unter vorgeschrittenen Leuten für aktiven Geist; man hatte die Pflicht der Hirnmenschen erkannt, die Führung der Bauchmenschen an sich zu reißen. Außerdem gab es etwas, was man Expressionismus nannte; man konnte nicht genau angeben, was das sei, aber es war, wie das Wort sagte, eine Hinauspressung; vielleicht von konstruktiven Visionen, jedoch waren diese, mit der künstlerischen Überlieferung verglichen, auch destruktiv, darum kann man sie auch einfach struktiv nennen, es verpflichtet zu nichts, und eine struktive Weltauffassung, das klingt ganz respektabel. Es ist jedoch nicht alles. Man war damals tag- und weltzugewandt von innen nach außen, aber auch schon von außen nach innen; das Intellektuelle und der Individualismus galten bereits für überlebt und egozentrisch, die Liebe war wieder einmal unten durch, und man stand im Begriff, die gesunde Massenwirkung der Kitschkunst neu zu entdecken, wenn sie in die Seelen gereinigter Tatmenschen fällt. «Man ist» wechselt, wie es scheint, ebenso schnell wie «Man trägt» und hat mit ihm gemeinsam, daß niemand, wahrscheinlich nicht einmal die an der Mode beteiligten Geschäftsleute, das eigentliche Geheimnis dieses «Man» kennt. Wer sich dagegen auflehnte, würde jedoch unfehlbar den etwas lächerlichen

Eindruck eines Mannes machen, der zwischen die Pole einer Faradisationsmaschine geraten ist und gewaltig zuckt und rüttelt, ohne daß man seinen Gegner wahrnehmen kann. Denn der Gegner ist nicht durch die Leute gegeben, welche die vorhandene Geschäftslage mit schnellem Witz ausnützen, sondern ihn bildet die flüssig-luftartige Unfestheit des allgemeinen Zustandes selbst, sein Zusammenströmen aus unzähligen Gebieten, seine unbegrenzte Verbindungs- und Wandlungsfähigkeit, wozu auf seiten der Empfänger noch der Mangel oder das Versagen von geltenden, haltenden und ordnenden Grundsätzen kommt.

In diesem Wechsel der Erscheinungen Halt finden zu wollen, ist so schwer wie ein Nagel in einen Brunnenstrahl zu schlagen; dennoch gibt es etwas darin, das sich gleich zu bleiben scheint. Denn was geschieht zum Beispiel, wenn die bewegliche Art Mensch einen Tennisspieler genial nennt? Sie läßt etwas aus. Wenn sie ein Rennpferd genial nennt? Sie läßt noch etwas mehr aus. Sie läßt etwas aus, ob sie einen Fußballspieler wissenschaftlich, einen Fechter geistvoll nennt, oder ob sie von der tragischen Niederlage eines Boxers spricht; sie läßt überhaupt immer etwas aus. Sie übertreibt; aber es ist die Ungenauigkeit, welche die Übertreibung verursacht, so wie in einer kleinen Stadt die Ungenauigkeit der Vorstellungen die Ursache davon ist, daß man den Sohn des Kaufhausbesitzers für einen Weltmann hält. Irgendetwas wird schon daran stimmen; und warum sollten nicht auch die Überraschungen eines Champions an die eines Genies und seine Überlegungen an die eines erfahrenen Forschers erinnern? Irgendetwas anderes und noch dazu weit mehr stimmt natürlich nicht; aber dieser Rest wird im Gebrauch gar nicht oder nur unwillig empfunden. Er gilt für unsicher; er wird übergangen und ausgelassen, und es ist wahrscheinlich weniger ihr Begriff von Genie, den diese Zeit hat, wenn sie ein Rennpferd oder einen Tennisspieler genial nennt, als ihr Mißtrauen gegen die ganze höhere Sphäre.

Hier wäre nun der Ort, um von Tante Jane zu reden, an die sich Ulrich dadurch erinnerte, daß er in alten Familienalben blätterte, die ihm Diotima geliehen hatte, und die Gesichter darin mit den Gesichtern verglich, die er in ihrem Hause sah. Denn als Knabe hatte Ulrich oft lange Zeit bei einer Großtante zugebracht, und deren Freundin war Tante Jane vor undenklichen Zeiten geworden. Sie war ursprünglich auch keine Tante; sie war als Klavierlehrerin der Kinder ins Haus gekommen und da hatte sie nicht gerade viel Ehre aufgesteckt, wohl aber viel Liebe gewonnen, denn ihr Grundsatz war, daß es wenig Sinn habe, Klavieraufgaben zu üben, wenn man doch nicht für die Musik geboren sei, wie sie sagte. Ihre Freude war größer, wenn die Kinder auf Bäume kletterten, und auf diese Weise wurde sie ebensowohl Tante zweier Generationen wie durch die rückwirkende Kraft der Jahre die Jugendfreundin ihrer enttäuschten Brotgeberin.

«Ja, der Mucki!» konnte Tante Jane zum Beispiel voll zeitunlöslichen Gefühls, mit einer solchen Nachsicht und Bewunderung für den kleinen Onkel Nepomuk sagen, der damals schon vierzig Jahre alt war, daß ihre Stimme heute noch für den, der sie einmal gehört hatte, lebte. Diese Stimme von Tante Jane war wie mit Mehl bestaubt gewesen; geradezu wie wenn man den nackten Arm in ganz feines Mehl getaucht hätte. Eine belegte, eine mild panierte Stimme; es kam davon, daß sie sehr viel schwarzen Kaffee trank und dazu lange, dünne, schwere Virginiazigarren rauchte, die zusammen mit dem Alter ihre Zähne schwarz und klein gemacht hatten. Sah man ihr ins Gesicht, so konnte man übrigens auch glauben, daß der Klang ihrer Stimme mit den unzählbaren kleinen, feinen Strichen zusammenhängen müsse, von denen ihre Haut wie eine Radierung überzogen war. Ihr Gesicht war lang und sanft, und es hatte sich für die späteren Generationen niemals geändert, so wenig wie irgend etwas anderes an Tante Jane. Sie trug nur ein einziges Kleid durchs Leben, wenn es auch, wie das immerhin wahrscheinlich zu sein scheint, mehrfach vorhanden war; es war ein enges Futteral aus rilliger schwarzer Seide, das bis zum Boden reichte, keinerlei körperlichen Ausschweifungen huldigte und mit vielen kleinen schwarzen Knöpfen zu schließen ging wie die Sutane eines Priesters. Oben kam knapp ein niederer steifer Stehkragen daraus hervor, mit umgebrochenen Ecken, zwischen denen die Gurgel in der fleischlosen Haut des Halses bei jedem Zug an der Zigarre tätige Rinnen bildete; die engen Ärmel wurden von steifen, weißen Stulpen abgeschlossen, und das Dach bestand aus einer rötlichblonden, ein wenig gekräuselten Männerperücke, die in der Mitte gescheitelt war. Mit den Jahren wurde in diesem Scheitel ein wenig die Leinwand sichtbar, aber rührender waren noch die beiden Stellen, wo man die greisen Schläfen neben dem farbigen Haar sah, als einziges Zeichen davon, daß Tante Jane während ihres Lebens nicht immer gleich alt geblieben war.

Man könnte glauben, daß sie die männliche Frauenart um viele Jahrzehnte vorweggenommen hatte, die seither in Mode gekommen ist; aber dem war doch nicht so, denn in ihrer männlichen Brust ruhte ein sehr weibliches Herz. Man konnte auch glauben, daß sie einmal eine sehr berühmte Pianistin gewesen sei, die später den Zusammenhang mit ihrer Zeit verloren hatte, denn so sah sie aus; aber auch das war nicht so, sie war nie mehr als eine Klavierlehrerin gewesen, und der Männerkopf wie die Sutane kamen nur davon, daß Tante Jane als Mädchen für Franz Liszt geschwärmt hatte, dem sie während kurzer Zeit einigemal in Gesellschaft begegnet war, und auf irgendeine

Weise hatte da ihr Name seine englische Form angenommen. Denn dieser Begegnung hielt sie die Treue, wie ein verliebter Ritter die Farben seiner Dame bis ins Greisenalter trägt, ohne je mehr begehrt zu haben; und an Tante Jane war das rührender, als wenn sie die Uniform ihrer eigenen Ruhmestage in Pension weiter getragen hätte. Auch das Geheimnis ihres Lebens, das man in der Familie den Herangewachsenen nur nach ernster Ermahnung zur Achtung wie bei einer Jünglingsweihe weitergab, hatte etwas von dieser Art. Jane war kein junges Mädchen mehr gewesen (denn eine anspruchsvolle Seele wählt lange), als sie den Mann fand, den sie liebte und gegen den Willen ihrer Angehörigen heiratete, und dieser Mann war natürlich ein Künstler gewesen, wenn auch durch schnödes Mißgeschick provinzstädtischer Verhältnisse nur Photograph. Aber er machte schon nach kurzer Ehe Schulden wie ein Genie und trank leidenschaftlich. Tante Jane entbehrte für ihn, sie holte ihn aus dem Wirtshaus zu den Göttern zurück, sie weinte heimlich und vor ihm, zu seinen Knien. Er sah wie ein Genie aus, mit mächtigem Mund und stolzem Haar, und wenn Tante Jane die Fähigkeit besessen hätte, die Leidenschaft ihrer Verzweiflung auf ihn zu übertragen, so wäre er mit dem Unglück seiner Laster groß wie Lord Byron gewesen. Aber der Photograph machte der Übertragung von Gefühlen Schwierigkeiten, er verließ Jane nach einem Jahr mit ihrer bäurischen Magd, die er geschwängert hatte, und starb bald darauf ziemlich verkommen. Jane schnitt eine Locke von seinem gewaltigen Haupt und bewahrte sie auf; sie nahm das uneheliche Kind, das er hinterließ, an eigen Statt und zog es unter Opfern groß; sie sprach selten von dieser vergangenen Zeit, denn man kann vom Leben, wenn es gewaltig ist, nicht auch noch fordern, daß es gut sein soll.

In Tante Janes Leben war also nicht gar wenig romantische Unnatur. Aber später, als der Photograph in seiner irdischen Unvollkommenheit schon längst keinen Zauber mehr auf sie ausübte, war gewissermaßen auch die unvollkommene Substanz ihrer Liebe zu ihm verwest, und die ewige Form der Liebe und Begeisterung blieb übrig; es wirkte in weiter Ferne dieses Erlebnis kaum anders, als es ein wirklich gewaltiges getan hätte. So aber war Tante Jane überhaupt. Ihr geistiger Inhalt war vermutlich nicht groß, aber seine seelische Form war so schön. Ihre Gebärde war heroisch, und solche Gebärden sind nur unangenehm, solange sie falsche Inhalte haben; wenn sie ganz leer sind, werden sie wieder wie Flammenspiel und Glaube. Tante Jane lebte nur von Tee, schwarzem Kaffee und zwei Tassen Fleischbrühe täglich, aber auf den Straßen der kleinen Stadt blieben die Leute nicht stehen und sahen ihr nach, wenn sie in ihrer schwarzen Sutane vorbeikam, weil man wußte, daß sie ein ordentlicher Mensch war; ja mehr als das, man hatte eine gewisse Ehrfurcht vor ihr, weil sie ein ordentlicher Mensch war und sich trotzdem die Fähigkeit bewahrt hatte, so auszusehen, wie es ihr offenbar ums Herz war, wenn man gleich nichts Näheres davon wußte.

Das wäre also wohl die Geschichte von Tante Jane, die längst in hohem Alter gestorben ist, und die Großtante ist tot, und Onkel Nepomuk ist tot, und warum haben sie eigentlich alle gelebt? fragte sich Ulrich. Aber er würde zu dieser Zeit etwas darum gegeben haben, wenn er noch einmal mit Tante Jane hätte sprechen dürfen. Er blätterte in den dicken, alten Alben mit Lichtbildern seiner Familie, die irgendwie zu Diotima gekommen waren, und je näher er den Anfängen dieser neuen Bildkunst zu blätterte, desto stolzer, kam ihm vor, hatten sich die Menschen ihr dargeboten. Sie setzten, wie man sah, den Fuß auf Felsblöcke aus Karton, die von Efeu aus Papier umsponnen waren; wenn sie Offiziere waren, stellten sie die Beine auseinander und den Säbel dazwischen; wenn sie Mädchen waren, legten sie die Hände in den Schoß und öffneten weit die Augen; wenn sie freie Männer waren, stiegen ihre Hosen in kühner Romantik, ohne Bügelfalte, gleich gekräuseltem Rauch von der Erde auf, und ihre Röcke hatten einen runden Schwung, etwas Stürmisches, das die steife Würde des bürgerlichen Gehrocks verdrängt hatte. Das mag so zwischen achtzehnhundertsechzig und -siebzig gewesen sein, nachdem die Anfänge des Verfahrens überwunden waren. Die Revolution der Vierzigerjahre lag als wüste Zeit längst zurück, und es gab neue Lebensinhalte, man weiß heute nicht mehr recht, welche; auch die Tränen, Umarmungen und Geständnisse, in denen das neue Bürgertum zu Beginn seiner Zeit seine Seele gesucht hatte, gab es nicht mehr; aber wie eine Welle auf Sand ausläuft, war dieser Edelmut nun bei den Kleidern angelangt und einer gewissen privaten Schwunghaftigkeit, wofür es wohl ein besseres Wort geben mag, von dem aber vorläufig nur die Photographien da sind. Das war die Zeit, wo die Photographen Samtjoppen und Knebelbärte trugen und wie die Maler aussahen, und die Maler große Kartons entwarfen, auf denen sie kompagnieweise mit bedeutsamen Figuren exerzierten; und den Privatmenschen schien es zu dieser Zeit gerade an der Zeit zu sein, daß auch für sie ein Verewigungsverfahren erfunden wurde. Es bleibt nur noch hinzuzufügen, daß sich nicht leicht Menschen einer anderen Zeit so genialisch und großartig gefühlt haben wie gerade die Menschen dieser Zeit, unter denen es so wenig ungewöhnliche Menschen gab – oder es gelang ihnen so selten, zwischen den anderen hochzukommen – wie noch nie.

Und oft frug sich Ulrich dabei, ob es einen Zusammenhang gebe zwischen dieser Zeit, wo sich ein Photograph für genial halten konnte, weil er trank, einen offenen Halskragen trug und den seelischen Adel, den er besaß, mit Hilfe des modernsten Verfahrens auch an allen Zeitgenossen nachwies, die sich vor sein Objektiv stellten, und einer gewissen anderen Zeit, wo man nur noch Rennpferde, wegen ihrer alles übersteigenden Fähigkeit, sich zu strecken und zusammenzuziehen, aufrichtig für genial hält. Sie sehen verschieden aus; die Gegenwart sieht stolz auf die Vergangenheit herab, und wenn die Vergangenheit zufällig später gekommen wäre, so würde sie stolz auf die Gegenwart herabsehen, aber in der Hauptsache kommen beide auf etwas sehr Ähnliches hinaus, denn es spielen da wie dort Ungenauigkeit und Auslassung der entscheidenden Unterschiede die größte Rolle. Es wird ein Teil des Großen für das Ganze genommen, eine entfernte Analogie für die Erfüllung der Wahrheit, und der leergewordene Balg eines großen Worts wird nach der Mode des Tags ausgestopft. Das geht großartig, wenn es auch nicht lange hält. Die Menschen, die in Diotimas Salon sprachen, hatten in nichts ganz unrecht, weil ihre Begriffe so unscharf waren wie Gestalten in einer Waschküche. «Diese Begriffe, in denen das Leben hängt wie der Adler in seinen Schwingen!» dachte Ulrich. «Diese unzähligen moralischen und künstlerischen Begriffe des Lebens, die ihrem Wesen nach so zart sind wie harte Gebirge in undeutlicher Ferne!» Auf ihren Zungen vermehrten sie sich durch Drehung, und man konnte von keiner ihrer Ideen eine Weile sprechen, ohne unversehens schon in die nächste zu geraten.

Diese Art Menschen hat sich zu allen Zeiten die neue Zeit genannt. Es ist das ein Wort wie ein Sack, in dem man die Winde des Aeolus fangen möchte; dieses Wort ist die beständige Entschuldigung dafür, die Dinge nicht in Ordnung zu bringen, das heißt, nicht in ihre eigene, eine sachliche Ordnung, sondern in den eingebildeten Zusammenhang eines Undings. Und doch liegt ein Bekenntnis darin. Die Überzeugung, daß sie die Aufgabe hätten, Ordnung in die Welt zu tragen, lebte in der sonderbarsten Weise in diesen Menschen. Wenn man das, was sie zu diesem Zweck unternahmen, Halbklugheit nennen wollte, so wäre bemerkenswert, daß gerade die andere, ungenannte, oder, um sie zu nennen, die dumme, niemals genaue und richtige Hälfte dieses Halbklugseins eine unerschöpfliche Erneuerungskraft und Fruchtbarkeit besaß. Es war Leben in ihr, Wandelbarkeit, Ruhelosigkeit, Standpunktwechsel. Aber sie spürten wohl selbst, wie das war. Es rüttelte an ihnen, es blies durch ihren Kopf, sie gehörten einem nervösen Zeitalter an, und es stimmte etwas nicht, jeder hielt sich für klug, aber alle zusammen fühlten sich unfruchtbar. Hatten sie noch dazu Talent – und ihre Ungenauigkeit schloß das ja keineswegs aus – so war es in ihrem Kopf, als ob man das Wetter und die Wolken, die Eisenbahnen, Telegraphendrähte, Bäume und Tiere und das ganze bewegte Bild unserer lieben Welt durch ein schmales, verkrustetes Fenster sähe; und keiner merkte es so leicht an seinem eigenen, aber jeder am Fenster des andren.

Ulrich hatte sich einmal den Scherz gemacht, von ihnen genaue Angaben über das zu verlangen, was sie meinten; sie sahen ihn darauf mißbilligend an, nannten sein Begehren mechanische Lebensauffassung und Skepsis und stellten die Behauptung auf, daß das Komplizierteste nur auf das einfachste gelöst werden dürfe, so daß die neue Zeit, sobald sie sich erst aus der Gegenwart herauserlöst habe, ganz einfach ausschauen werde. Ulrich machte, im Gegensatz zu Arnheim, gar keinen Eindruck auf sie, und Tante Jane würde ihm das Gesicht gestreichelt und gesagt haben: «Ich verstehe sie sehr gut; du störst sie mit deinem Ernst.»

100

General Stumm dringt in die Staatsbibliothek ein und sammelt Erfahrungen über Bibliothekare, Bibliotheksdiener und geistige Ordnung

General Stumm hatte den Mißerfolg seines «Kameraden» beobachtet und machte Miene, ihn zu trösten. «Was ist das für ein zweckloses Durcheinanderreden!» tadelte er die Konzilleute entrüstet, und nach einer Weile, obzwar er keine Aufmunterung fand, begann er, sich aufgeregt und doch mit einem gewissen Behagen zu eröffnen. «Du erinnerst dich,» sagte er «daß ich mir in den Kopf gesetzt habe, den erlösenden Gedanken, den Diotima sucht, ihr zu Füßen zu legen. Es gibt, wie sich zeigt, sehr viele bedeutende Gedanken, aber einer muß schließlich der bedeutendste sein; das ist doch nur logisch? Es handelt sich also bloß darum, Ordnung in sie zu bringen. Du hast selbst gesagt, daß das ein Entschluß ist, der eines Napoleon würdig wäre. Erinnerst du dich? Dann hast du mir noch eine Reihe ausgezeichneter Ratschläge gegeben, wie es von dir nicht anders zu erwarten war, aber es ist nicht dazu gekommen, daß ich sie benütze. Also, um es kurz zu sagen, ich habe die Sache selbst in die Hand genommen!»

Er trug eine Hornbrille, die er jetzt statt des Kneifers aus der Tasche zog und auf die Nase setzte, wenn er eine Person oder eine Sache scharf ins Auge fassen wollte.

Eine der wichtigsten Bedingungen der Feldherrnkunst ist es, sich über die Stärke des Gegners Klarheit zu verschaffen. «Ich habe mir also» erzählte der General «einen Eintrittsschein in unsere weltberühmte Hofbibliothek besorgen lassen und bin unter Führung eines Bibliothekars, der sich mir liebenswürdig zur Verfügung stellte, als ich ihm sagte, wer ich bin, in die feindlichen Linien eingedrungen. Wir sind den kolossalen Bücherschatz abgeschritten, und ich kann sagen, es hat mich weiter nicht erschüttert, diese Bücherreihen sind nicht schlimmer als eine Garnisonsparade. Nur habe ich nach einer Weile anfangen müssen, im Kopf zu rechnen, und das hatte ein unerwartetes Ergebnis. Siehst du, ich hatte mir vorher gedacht, wenn ich jeden Tag da ein Buch lese, so müßte das zwar sehr anstrengend sein, aber irgendwann müßte ich damit zu Ende kommen und dürfte dann eine gewisse Position im Geistesleben beanspruchen, selbst wenn ich ein oder das andere auslasse. Aber was glaubst du, antwortet mir der Bibliothekar, wie unser Spaziergang kein Ende nimmt und ich ihn frage, wieviel Bände denn eigentlich diese verrückte Bibliothek enthält? Dreieinhalb Millionen Bände, antwortet er!! Wir sind da, wie er das sagte, ungefähr beim siebenhunderttausendsten Buch gewesen, aber ich habe von dem Augenblick an ununterbrochen gerechnet; – ich will es dir ersparen, ich habe es im Ministerium noch einmal mit Bleistift und Papier nachgerechnet: Zehntausend Jahre würde ich auf diese Weise gebraucht haben, um mich mit meinem Vorsatz durchzusetzen!

In diesem Augenblick sind mir die Beine auf der Stelle stecken geblieben, und die Welt ist mir wie ein einziger Schwindel vorgekommen. Ich versichere dir noch jetzt, wo ich mich beruhigt habe: da stimmt etwas ganz grundlegend nicht!

Du kannst sagen, man braucht nicht alle Bücher zu lesen. Ich werde dir darauf erwidern: Man braucht auch im Krieg nicht jeden einzelnen Soldaten zu töten, und doch ist jeder notwendig! Du wirst mir sagen: Auch jedes Buch ist notwendig. Aber siehst du, da stimmt schon etwas nicht, denn das ist nicht wahr; ich habe den Bibliothekar gefragt!

Lieber Freund, ich habe mir einfach gedacht, dieser Mensch lebt doch zwischen diesen Millionen Büchern, kennt jedes, weiß von jedem, wo es steht: der müßte mir also helfen können. Natürlich habe ich ihn nicht ohne weiteres fragen wollen: wie finde ich den schönsten Gedanken von der Welt? Das würde ja geradezu wie der Anfang von einem Märchen klingen, und so schlau bin ich schon, daß ich das merke, und überdies habe ich Märchenerzählen schon als Kind nicht leiden können; aber was willst du tun, irgend etwas Ähnliches mußte ich ihn schließlich fragen! Andererseits hat mir mein Gefühl für das Schickliche auch verboten, ihm die Wahrheit zu sagen, etwa meinem Anliegen Auskünfte über unsere Aktion vorauszuschicken und den Mann zu bitten, mich auf die Spur des würdigsten Ziels für sie zu setzen; dazu habe ich mich nicht ermächtigt gesehn. Also, ich hab schließlich eine kleine List angewendet. ‹Ach› – habe ich ganz harmlos zu sagen angefangen – ‹ach, ich habe mich zu unterrichten vergessen, wie Sie es eigentlich beginnen, in diesem unendlichen Bücherschatz immer das richtige Buch zu finden?!› – weißt du, genau so habe ich das gesagt, wie ich mir dachte, daß Diotima es sagen würde, und für ein paar Kreuzer Bewunderung für ihn habe ich auch in den Ton gelegt, damit er mir auf den Leim geht.

Und richtig fragt er mich sehr gehonigelt und diensteifrig, was der Herr General denn zu wissen wünschen. Nun, das hat mich ein wenig in Verlegenheit gebracht. – ‹Oh, sehr vieles› – sage ich gedehnt.

‹Ich meine, mit welcher Frage oder welchem Autor beschäftigen Sie sich? Kriegsgeschichtliches?› sagte er.

‹Nein, gewiß nicht; eher Friedensgeschichtliches.›

‹Historisch? Oder aktuelle pazifistische Literatur?›

Nein, sage ich, das ließe sich durchaus nicht so einfach sagen. Zum Beispiel eine Zusammenstellung aller großen Menschheitsgedanken, ob es das gibt, frag ich ihn listig; du erinnerst dich ja, was ich auf dem Gebiet schon hab arbeiten lassen.

Er schweigt. ‹Oder ein Buch über die Verwirklichung des Wichtigsten?› sag ich.

‹Also eine theologische Ethik?› meint er.

‹Es kann auch eine theologische Ethik sein, aber es muß darin auch etwas über die alte österreichische Kultur und über Grillparzer vorkommen› verlange ich. Weißt du, es muß offenbar in meinen Augen ein solcher Wissensdurst gebrannt haben, daß der Kerl plötzlich Angst bekommen hat, er könnte bis auf den Grund ausgetrunken werden; ich sage noch etwas von etwas wie von Eisenbahnfahrplänen, die es gestatten müssen, zwischen den Gedanken jede beliebige Verbindung und jeden Anschluß herzustellen, da wird er geradezu unheimlich höflich und bietet mir an, mich ins Katalogzimmer zu führen und dort allein zu lassen, obgleich das eigentlich verboten ist, weil es nur von den Bibliothekaren benützt werden darf. Da war ich dann also wirklich im Allerheiligsten der Bibliothek. Ich kann dir sagen, ich habe die Empfindung gehabt, in das Innere eines Schädels eingetreten zu sein; rings herum nichts wie diese Regale mit ihren Bücherzellen, und überall Leitern zum Herumsteigen, und auf den Gestellen und den Tischen nichts wie Kataloge und Bibliographien, so der ganze Succus des Wissens, und nirgends ein vernünftiges Buch zum Lesen, sondern nur Bücher über Bücher: es hat ordentlich nach Gehirnphosphor gerochen, und ich bilde mir nichts ein, wenn ich sage, daß ich den Eindruck hatte, etwas erreicht zu haben! Aber natürlich war mir, wie der Mann mich allein lassen will, auch ganz sonderbar zumute, ich möchte sagen, unheimlich; andächtig und unheimlich. Er fährt wie ein Affe eine Leiter hinauf und auf einen Band los, förmlich von unten gezielt, gerade auf diesen einen, holt ihn mir herunter, sagt: ‹Herr General, hier habe ich für Sie eine Bibliographie der Bibliographien› – du weißt, was das ist? – also das alphabetische Verzeichnis der alphabetischen Verzeichnisse der Titel jener Bücher und Arbeiten, die sich in den letzten fünf Jahren mit den Fortschritten der ethischen Fragen, ausschließlich der Moraltheologie und der schönen Literatur, beschäftigt haben – oder so ähnlich erklärt er es mir und will verschwinden. Aber ich packe ihn noch rechtzeitig an seinem Jackett und halte mich an ihm fest. ‹Herr Bibliothekar,› rufe ich aus ‹Sie dürfen mich nicht verlassen, ohne mir das Geheimnis verraten zu haben, wie Sie sich in diesem› – also ich habe unvorsichtigerweise Tollhaus gesagt, denn so war mir plötzlich zumute geworden – ‹wie Sie sich›, sage ich also, ‹in diesem Tollhaus von Büchern selbst zurechtfinden.› Er muß mich mißverstanden haben; nachträglich ist mir eingefallen, daß man behauptet, Wahnsinnige sollen mit Vorliebe anderen Menschen vorwerfen, daß sie wahnsinnig seien; jedenfalls hat er immerzu auf meinen Säbel geschaut und war nicht zu halten. Und dann hat er mir einen ordentlichen Schrecken eingejagt. Wie ich ihn nicht gleich loslasse, richtet er sich plötzlich auf, er ist förmlich aus seinen schwankenden Hosen herausgewachsen, und sagt mit einer Stimme, die jedes Wort bedeutungsvoll gedehnt hat, als ob er jetzt das Geheimnis dieser Wände aussprechen müßte: ‹Herr General,› sagt er ‹Sie wollen wissen, wieso ich jedes Buch kenne? Das kann ich Ihnen nun allerdings sagen: Weil ich keines lese!›

Weißt du, das war mir nun beinahe wirklich zu viel! Aber er hat es mir, wie er meine Bestürzung gesehen hat, auseinandergesetzt. Es ist das Geheimnis aller guten Bibliothekare, daß sie von der ihnen anvertrauten Literatur niemals mehr als die Büchertitel und das Inhaltsverzeichnis lesen. ‹Wer sich auf den Inhalt einläßt, ist als Bibliothekar verloren!› hat er mich belehrt. ‹Er wird niemals einen Überblick gewinnen!›

Ich frage ihn atemlos: ‹Sie lesen also niemals eines von den Büchern?›

‹Nie; mit Ausnahme der Kataloge.›

‹Aber Sie sind doch Doktor?›

‹Gewiß. Sogar Universitätsdozent; Privatdozent für Bibliothekswesen. Die Bibliothekswissenschaft ist eine Wissenschaft auch allein und für sich› erklärte er. ‹Wieviele Systeme, glauben Sie, Herr General,› frägt er ‹gibt es, nach denen man Bücher aufstellt, konserviert, ihre Titel ordnet, die Druckfehler und falschen Angaben auf ihren Titelseiten richtigstellt und so weiter?›

Ich muß dir gestehn, wie er mich danach allein gelassen hat, hat es nur zweierlei gegeben, was ich gern getan hätte: entweder in Tränen ausbrechen oder mir eine Zigarette anzünden; aber beides war mir an diesem Ort nicht gestattet! Und was glaubst du, ist geschehen?» fuhr der General vergnügt fort. «Wie ich so verdutzt dastehe, nähert sich mir ein alter Diener, der uns wahrscheinlich schon beobachtet hatte, und er schlurft ein paarmal höflich um mich herum und bleibt dann auch stehn, schaut mich an und fängt mit einer Stimme zu sprechen an, die entweder vom Bücherstaub oder vom Trinkgeldgeschmack ganz mild war. ‹Was brauchen der Herr General?› fragt er mich. Ich wehre ab, aber der Alte fährt fort: ‹Es kommen oft Herren von der Kriegsschule zu uns: der Herr General brauchen mir nur zu sagen, für welches Thema Herr General augenblicklich Interesse haben? Julius Caesar, Prinz Eugen, Graf Daun? Oder soll es etwas Modernes sein? Wehrgesetz? Budgetverhandlungen?› Ich versichere dir, der Mann hat so vernünftig gesprochen und hat so viel gewußt, was in den Büchern drinsteht, daß ich ihm ein Trinkgeld gegeben und ihn gefragt habe, wie er das macht. Also was glaubst du? Er erzählt mir wieder, daß die Kriegsschüler, wenn sie eine schriftliche Aufgabe haben, manchmal zu ihm kommen und Bücher verlangen; ‹und dann schimpfen sie halt oft ein bißl, wenn ich ihnen die Bücher bring,› fährt er fort, ‹was das für ein Unsinn ist, den sie lernen müssen, und dabei erfährt unsereiner allerhand. Oder es kommt der Herr Abgeordnete, der den Bericht über das Schulbudget abzufassen hat, und fragt mich, was der Herr Abgeordnete, der den Bericht im vergangenen Jahr abgefaßt hat, dazu für Unterlagen benutzt hat. Oder es kommt der Herr Prälat, der schon seit fünfzehn Jahren über bestimmte Käfer schreibt, oder einer von den Herrn Universitätsprofessoren beschwert sich, daß er schon drei Wochen lang ein bestimmtes Buch verlangt, ohne daß er es bekommt, und da müssen alle Nachbarregale durchsucht werden, ob es nicht verstellt worden ist, bis sich herausstellt, daß er es schon seit zwei Jahren bei sich zu Haus und nicht zurückgegeben hat. Und das geht jetzt schon so fast vierzig Jahre; da merkt man sich ganz von selbst, was der Mensch will und was er dazu liest.›

‹Na,› sag ich ihm ‹mein Lieber, was ich zu lesen suche, das kann ich Ihnen trotzdem nicht ganz so einfach auseinandersetzen!›

Und was glaubst du, antwortet er mir? Er schaut mich bescheiden an, nickt und sagt: ‹Ich bitte gehorsamst, Herr General, das kommt natürlich vor. Erst unlängst hat eine Dame mit mir gesprochen, die genau das gleiche gesagt hat; vielleicht kennen sie Herr General, es ist die Frau Gemahlin vom Herrn Sektionschef Tuzzi aus dem Ministerium des Äußern?›

Also was sagst du? Ich denke, mich trifft der Schlag! Und wie der Alte das merkt, bringt er mir richtig alle Bücher herbei, die sich Diotima dort reservieren läßt, und wenn ich jetzt in die Bibliothek komme, ist das geradezu wie eine heimliche geistige Hochzeit, und hie und da mach ich vorsichtig mit dem Blei an den Rand einer Seite ein Zeichen oder ein Wort und weiß, daß sie es am nächsten Tag finden wird, ohne eine Ahnung zu haben, wer da in ihrem Kopf drinnen ist, wenn sie darüber nachdenkt, was das heißen soll!»

Der General machte eine selige Pause. Aber danach riß er sich zusammen, bitterer Ernst strömte in sein Gesicht, und er fuhr von neuem fort: «Nimm dich jetzt, so gut du kannst, einen Augenblick zusammen, ich will dich etwas fragen. Wir alle sind doch überzeugt, daß unser Zeitalter so ziemlich das geordnetste ist, das es je gegeben hat. Ich habe das zwar einmal vor Diotima als ein Vorurteil bezeichnet, aber natürlich habe ich dieses Vorurteil selbst. Und nun habe ich sehen müssen, daß die einzigen Menschen, die eine wirklich verläßliche geistige Ordnung besitzen, die Bibliotheksdiener sind, und frage dich – nein, ich frage dich nicht; wir haben ja schon seinerzeit darüber gesprochen, und ich habe seit meinen letzten Erfahrungen natürlich von neuem darüber nachgedacht und ich sage dir: Stell dir vor, du trinkst Schnaps, ja? Gut in gewissen Lagen. Aber du trinkst noch und noch und noch Schnaps; kannst du mir folgen? So bekommst du zuerst einen Rausch, später das Delirium tremens und schließlich den Ehrenkondukt, und der Kurat spricht irgendetwas von eiserner Pflichterfüllung an deinem Grab. Hast du dir das vorgestellt? Also, wenn du dir das vorgestellt hast, da ist ja weiter nichts dabei, so stell dir jetzt Wasser vor. Und stell dir vor, du mußt immer mehr davon trinken, so bist du schließlich ersoffen. Und stell dir Essen vor bis zur Darmverschlingung. Und jetzt die Heilmittel, Chinin oder Arsen oder Opium. Wozu? wirst du fragen. Aber lieber Kamerad, jetzt mache ich dir erst den hervorragendsten Vorschlag: Stell dir Ordnung vor. Oder stell dir lieber zuerst einen großen Gedanken vor, dann einen noch größeren, dann einen, der noch größer ist, und dann immer einen noch größeren; und nach diesem Muster stell dir auch immer mehr Ordnung in deinem Kopf vor. Zuerst ist das so nett wie das Zimmer eines alten Fräuleins und so sauber wie ein ärarischer Pferdestall; dann großartig wie eine Brigade in entwickelter Linie; dann toll, wie wenn man nachts aus dem Kasino kommt und zu den Sternen ‹Ganze Welt, habt acht; rechts schaut!› hinaufkommandiert. Oder sagen wir, im Anfang ist Ordnung so, wie wenn ein Rekrut mit den Beinen stottert und du bringst ihm das Gehen bei; dann so, wie wenn du im Traum außer der Tour zum Kriegsminister avancierst; aber jetzt stell dir bloß eine ganze, universale, eine Menschheitsordnung, mit einem Wort eine vollkommene zivilistische Ordnung vor: so behaupte ich, das ist der Kältetod, die Leichenstarre, eine Mondlandschaft, eine geometrische Epidemie!

Ich habe mich mit meinem Bibliotheksdiener darüber unterhalten. Er hat mir vorgeschlagen, daß ich Kant lesen soll oder so etwas dergleichen, über die Grenzen der Begriffe und des Erkenntnisvermögens. Aber ich will eigentlich nichts mehr lesen. Ich habe so etwas Komisches im Gefühl: ein Verständnis dafür, warum wir beim Militär, die wir die größte Ordnung haben, gleichzeitig bereit sein müssen, in jedem Augenblick unser Leben hinzugeben. Ich kann nicht ausdrükken, warum. Irgendwie geht Ordnung in das Bedürfnis nach Totschlag über. Und ich bin jetzt ehrlich besorgt, daß deine Kusine mit ihren Bestrebungen am Ende noch etwas anrichtet, das ihr sehr schaden kann, während ich ihr weniger helfen kann als je! Kannst du mir folgen? Was so die Wissenschaft und Kunst nebenbei leistet, an großen und bewundernswerten Gedanken, das natürlich in Ehren, dagegen will ich nichts gesagt haben!»

101

Die feindlichen Verwandten

Auch Diotima sprach in dieser Zeit wieder einmal ihren Vetter an. Es war hinter den Wirbeln, die sich zäh und unablässig durch ihre Zimmer drehten, eines Abends eine Lagune von Stille an der Wand entstanden, wo er auf einem Bänkchen saß, und Diotima kam wie eine ermüdete Tänzerin und setzte sich neben ihn. Das war lange nicht geschehen. Seit jenen Spazierfahrten und als ob es ihre Folge gewesen wäre, hatte sie den «außerdienstlichen» Verkehr mit ihm gemieden.

Diotimas Gesicht war von Hitze oder Ermüdung leicht gefleckt.

Sie stützte die Hände auf die Bank, sagte «Wie geht es Ihnen?» und sonst nichts, obgleich sie doch unbedingt anderes hätte sagen müssen, und blickte mit etwas geneigtem Kopf geradeaus. Es erweckte den Eindruck, daß sie stark «angeschlagen» sei, so es erlaubt ist, das boxerisch auszudrücken. Sie verwandte nicht einmal Sorgfalt darauf, daß ihr Kleid gute Figur machte, wie sie da hockte.

Ihr Vetter dachte an zerzaustes Haar, einen Bauernkittel und blanke Beine. Es blieb, wenn man den falschen Putz von ihr herunterschlug, ein kräftiges und schönes Stück Mensch übrig, und er mußte sich zurückhalten, um nicht einfach ihre Hand in seine Faust zu nehmen, wie es die Bauern tun.

«Arnheim macht Sie also nicht glücklich» stellte er ruhig fest.

Sie hätte diese Zumutung vielleicht zurückweisen sollen, fühlte sich aber recht sonderbar bewegt und schwieg; erst nach einer Weile entgegnete sie: «Seine Freundschaft macht mich sehr glücklich.»

«Ich hatte den Eindruck, daß Sie seine Freundschaft etwas quält.»

«Oh, was Sie sagen!?» Diotima richtete sich auf und war wieder Dame. «Wissen Sie, wer mich quält?» fragte sie und war bemüht, den Ton einer leichten Unterhaltung zu finden «Ihr Freund, der General!

Was will dieser Mensch? Warum kommt er her? Warum starrt er mich immer an?»

«Er liebt Sie!» entgegnete der Vetter.

Diotima lachte nervös. Sie setzte fort: «Wissen Sie, daß ich vom Kopf bis zum Fuß erschauere, wenn ich ihn sehe? Er erinnert mich an den Tod!»

«Ein ungewöhnlich lebensfreundlich aussehender Tod, wenn man ihn unbefangen betrachtet!»

«Ich bin offenbar nicht unbefangen. Ich kann es mir nicht erklären. Aber mich ergreift eine Panik, wenn er mich anspricht und mir auseinandersetzt, daß ich ‹hervorragende› Ideen bei einer ‹hervorragenden› Gelegenheit ‹hervorragen› mache. Mich beschleicht eine unbeschreibliche, unbegreifliche, traumhafte Angst!»

«Vor ihm?»

«Wovor sonst?! Er ist eine Hyäne!»

Der Vetter mußte lachen. Sie schmälte hemmungslos wie ein Kind weiter. «Er schleicht herum und wartet, bis unsere schönen Bemühungen tot zusammenbrechen werden!»

«Und wahrscheinlich ist es das, was Sie fürchten! Große Kusine, erinnern Sie sich daran, daß ich Ihnen diesen Zusammenbruch seit je vorhergesagt habe? Er ist unvermeidlich; Sie müssen sich auf ihn gefaßt machen!»

Diotima sah Ulrich hoheitsvoll an. Sie erinnerte sich recht gut; mehr als das, sie erinnerte sich in diesem Augenblick an die Worte, die sie zu ihm gesagt hatte, als er seinen ersten Besuch machte, und diese waren wohlgeeignet, sie jetzt zu schmerzen. Sie hatte ihm vorgehalten, daß es ein großer Vorzug sei, eine Nation, ja eigentlich die Welt aufrufen zu dürfen, damit sie sich inmitten der Materie auf den Geist besinne. Sie hatte nichts Verbrauchtes, Altgeistiges gewollt; dennoch war der Blick, mit dem sie heute ihren Vetter ansah, eher schon überhoben zu nennen, als noch überheblich. Sie hatte ein Weltjahr erwogen, einen Aufschwung, einen krönenden Kulturinhalt gesucht; sie war bald nahe daran gewesen, bald wieder weit weg; sie hatte viel geschwankt und viel gelitten; die letzten Monate kamen ihr vor, wie eine lange Überfahrt, wo man von Wogen ungeheuer gehoben und fallen gelassen wird, die sich in gleicher Weise wiederholen, so daß sie, was früher oder später war, kaum noch unterscheiden konnte. Nun saß sie hier, wie ein Mensch, der nach ungeheuren Anstrengungen auf einer Bank sitzt, die sich, Gott sei Dank, nicht bewegt, und augenblicklich nichts tun will, als etwa dem Rauch seiner Pfeife nachzuschaun; ja so lebhaft beherrschte eine solche Stimmung Diotima, daß sie selbst diesen Vergleich wählte, der an einen alten Mann im Spätsonnenschein erinnerte. Sie kam sich wie ein Mensch vor, der große, leidenschaftliche

Kämpfe hinter sich hat. Mit einer müden Stimme sprach sie zu ihrem Vetter: «Ich habe sehr viel mitgemacht; ich habe mich sehr verändert.»

«Wird es mir zugute kommen?» fragte der.

Diotima schüttelte den Kopf und lächelte, ohne ihn anzusehn.

«Dann will ich Ihnen verraten, daß Arnheim hinter dem General steckt, nicht ich; Sie haben ja doch die Schuld an seinem Vorhandensein allezeit nur mir gegeben!» sagte Ulrich plötzlich. «Erinnern Sie sich aber, was ich Ihnen geantwortet habe, als Sie mich deshalb zur Rede stellten?»

Diotima erinnerte sich. Fernhalten, hatte der Vetter gesagt. Aber Arnheim, der hatte gesagt, sie solle den General nur freundlich aufnehmen! Sie fühlte in diesem Augenblick etwas, das ließ sich nicht beschreiben; so, als ob sie in einer Wolke säße, die ihr rasch über die Augen stieg. Aber gleich war das Bänkchen unter ihr wieder hart und fest, und sie sagte: «Ich weiß nicht, wie dieser General zu uns gekommen ist, ich selbst habe ihn nicht eingeladen. Und Doktor Arnheim, den ich gefragt habe, weiß selbstverständlich auch nichts davon. Es muß irgendein Versehen unterlaufen sein.»

Der Vetter lenkte nur wenig ein. «Ich kenne den General von früher, aber wir haben uns zum erstenmal wieder bei Ihnen gesehn» erklärte er. «Es ist natürlich sehr wahrscheinlich, daß er hier im Auftrag des Kriegsministeriums ein wenig herumspioniert, aber er möchte Ihnen auch ehrlich helfen. Und ich habe es aus seinem Mund, daß sich Arnheim auffallend viel Mühe mit ihm gibt!»

«Weil Arnheim an allem Teil nimmt!» entgegnete Diotima. «Er hat mir geraten, den General nicht zurückzustoßen, da er an seinen guten Willen glaubt und in seiner einflußreichen Stellung eine Gelegenheit sieht, unseren Bestrebungen zu nützen.»

Ulrich schüttelte heftig den Kopf. «Hören Sie sich das Gegacker rings um ihn an!» sagte er so unvermittelt, daß die Umstehenden es hören konnten und die Hausfrau in Verlegenheit geriet. «Er läßt es sich gefallen, weil er reich ist. Er hat Geld, gibt allen recht und weiß, daß sie freiwillig Reklame für ihn machen!»

«Warum sollte er das denn tun?!» erwiderte Diotima ablehnend.

«Weil er eitel ist!» fuhr Ulrich fort. «Maßlos eitel! Ich weiß nicht, wie ich Ihnen den ganzen Inhalt dieser Behauptung begreiflich machen soll. Es gibt eine Eitelkeit im biblischen Sinn: man macht aus der Leere eine Schelle! Eitel ist ein Mensch, der sich beneidenswert vorkommt, wenn zu seiner Linken der Mond über Asien aufgeht, während zu seiner Rechten Europa im Sonnenuntergang verdämmert; so hat er mir einmal eine Reise über das Marmarameer beschrieben! Wahrscheinlich geht der Mond hinter dem Blumentopf eines verliebten kleinen Mädchens schöner auf als über Asien!»

Diotima suchte nach einem Platz, wo man nicht von den Leuten, die herumstreiften, gehört würde. Sie sagte leise: «Sie sind durch seinen Erfolg gereizt» und leitete ihn durch die Zimmer; dann richtete sie es mit einer klugen Bewegung so ein, daß sie unauffällig durch die Türe schritten und ins Vorzimmer traten. Alle anderen Räume waren von Gästen besetzt. «Warum» hub sie dort an «sind Sie ihm feindlich gesinnt? Sie bringen mich dadurch in Schwierigkeiten.»

«Ich bringe Sie in Schwierigkeiten?» fragte Ulrich erstaunt.

«Es könnte mich doch vielleicht verlangen, mich mit Ihnen auszusprechen? Aber solange Sie sich so verhalten, darf ich Ihnen nichts anvertraun!»

Sie war in der Mitte des Vorzimmers stehengeblieben. «Bitte vertrauen Sie mir ruhig an, was Sie zu sagen haben» bat Ulrich. «Sie haben sich ineinander verliebt, das weiß ich. Wird er Sie heiraten?»

«Er hat es mir angetragen» erwiderte Diotima, ohne Rücksicht auf den unsicheren Platz, wo sie sich befanden. Sie war von ihren eigenen Gefühlen überwältigt und stieß sich nicht an ihres Vetters unziemlicher Geradheit.

«Und Sie?» fragte dieser.

Sie wurde rot wie ein ausgefragtes Schulkind. «Oh, das ist eine Frage voll schwerer Verantwortung!» entgegnete sie zögernd. «Man darf sich zu keiner Ungerechtigkeit hinreißen lassen. Bei wirklich großen Erlebnissen kommt es auch nicht so sehr darauf an, was man tut!»

Diese Worte waren Ulrich unverständlich, da er die Nächte nicht kannte, in denen Diotima die Stimme der Leidenschaft überwand und bis zur reglosen Gerechtigkeit der Seelen gelangte, deren Liebe wie ein nach zwei Seiten ausgerichteter Wagbalken schwebt. Darum hatte er den Eindruck, daß es vorläufig besser sei, den schnurgeraden Weg der Aussprache zu verlassen, und er sagte: «Ich möchte über mein Verhältnis zu Arnheim gern mit Ihnen sprechen, weil es mir unter diesen Umständen leid tut, daß Sie den Eindruck von Feindseligkeit haben. Ich glaube Arnheim gut zu verstehen. Sie müssen sich vorstellen: Was sich in Ihrem Haus vollzieht, ich will es nach Ihrem Wunsch eine Synthese nennen, das hat er schon unzähligemale mitgemacht. Die geistige Bewegung, wo sie in der Form von Überzeugungen auftritt, tritt sogleich auch in der Form entgegengesetzter Überzeugungen auf. Und wo sie sich in einer sogenannten großen geistigen Persönlichkeit verkörpert, dort fühlt sie sich so unsicher wie in einer ins Wasser geworfenen Pappschachtel, sobald dieser Persönlichkeit nicht freiwillig von allen Seiten Bewunderung erwiesen wird. Wir sind, wenigstens in Deutschland, von der Liebe zu anerkannten Persönlichkeiten wie die Betrunkenen gerührt, die einem neuen Mann um den Hals fallen und ihn aus ebenso dunklen Gründen nach einer Weile umstoßen. Ich kann mir also lebhaft vorstellen, was Arnheim empfindet: Es muß wie eine Seekrankheit sein; und wenn er sich in solcher Umgebung erinnert, was man mit Reichtum, durch geschickte Anwendung, ausrichten kann, so hat er nach langer Wasserreise zum erstenmal wieder festen Boden unter den Füßen. Er wird bemerken, wie Vorschlag, Anregung, Wunsch, Bereitwilligkeit, Leistung in die Nähe des Reichtums streben, und das ist durchaus ein Abbild des Geistes selbst. Denn auch Gedanken, die Macht gewinnen wollen, hängen sich an Gedanken, die schon Macht haben. Ich weiß nicht, wie ich das ausdrücken soll; der Unterschied zwischen einem strebenden und einem streberischen Gedanken läßt sich kaum fassen. Ist aber diese falsche Verknüpfung mit dem Großen einmal anstelle der weltlichen Armut und Reinheit des Geistes getreten, so drängt sich, und natürlich mit Recht, auch das für groß Geltende und schließlich das ein, was durch Reklame für groß gilt und durch kaufmännisches Geschick. Dann haben Sie Arnheim in aller Unschuld und Schuld!»

«Sie denken sehr heilig heute!» erwiderte Diotima spitz.

«Ich gebe zu, daß er mich wenig angeht; aber die Art und Weise, wie er die gemischten Wirkungen der äußeren und inneren Größe hinnimmt und eine vorbildliche Humanität daraus machen möchte, könnte mich allerdings zu wilder Heiligkeit reizen!»

«Oh, wie Sie irren!» unterbrach ihn nun Diotima heftig. «Sie stellen sich einen blasierten reichen Mann vor. Aber für Arnheim ist Reichtum eine unglaublich durchdringende Verantwortung. Er sorgt sich um sein Geschäft, wie es ein anderer um einen Menschen täte, der ihm anvertraut ist. Und Wirken ist für ihn eine tiefe Notwendigkeit; er begegnet der Welt freundlich, weil man sich regen muß, um, wie er sagt, geregt zu werden! Oder sagt das Goethe? Er hat es mir einmal eingehend auseinandergesetzt. Er steht auf dem Standpunkt, daß man Gutes erst dann zu wirken beginnen könne, wenn man überhaupt zu wirken begonnen hat; denn ich gestehe, daß auch ich manchmal den Eindruck hatte, er lasse sich zu sehr mit jedermann ein.»

Sie waren unter diesen Worten in dem leeren Vorzimmer auf und ab gegangen, wo nur Spiegel und Kleider hingen. Jetzt blieb Diotima stehn und legte die Hand auf den Arm ihres Vetters. «Dieser in jeder Weise vom Schicksal ausgezeichnete Mensch» sagte sie «hat den bescheidenen Grundsatz, daß der Einzelne nicht stärker ist als ein verlassener Kranker! Können Sie ihm nicht beipflichten: Wenn ein Mensch einsam ist, so gerät er in tausend Übertreibungen!» Sie blickte zu Boden, als ob sie dort etwas suchte, während sie den Blick ihres Vetters auf ihren gesenkten Augenlidern ruhen fühlte. «Oh, ich könnte von mir selbst sprechen, ich bin in der letzten Zeit sehr einsam gewesen,» fuhr sie fort «aber ich sehe es auch an Ihnen. Sie sind verbittert und nicht glücklich. Sie stehen in einem Mißverhältnis zu Ihrer Umgebung, das man an allen Ihren Ansichten merkt. Ein eifersüchtiges Naturell, stellen Sie sich allem entgegen. Ich will Ihnen offen gestehn, daß sich Arnheim bei mir darüber beklagt hat, daß Sie seine Freundschaft zurückweisen.»

«Er hat Ihnen erzählt, daß er meine Freundschaft wünscht? Da lügt er!»

Diotima sah auf und lachte. «Gleich sind Sie wieder übertrieben! Beide wünschen wir Ihre Freundschaft. Vielleicht gerade deshalb, weil Sie so sind. Aber da muß ich etwas weiter ausholen; Arnheim hat folgende Beispiele dafür gebraucht: –» Sie zögerte einen Augenblick, dann verbesserte sie sich: «Nein, es würde zu weit führen. Also kurz: Arnheim sagt, man müsse die Mittel gebrauchen, die einem seine Zeit an die Hand gebe; man soll sogar immer im Sinne zweier Ansichten handeln, nie ganz revolutionär und nie ganz gegenrevolutionär, nie völlig liebend, noch völlig hassend, nie einem Hang folgend, sondern alles entfaltend, was man in sich hat: Das ist aber nicht klug, wie Sie es ihm zumuten, sondern das Zeichen einer umfassenden, Oberflächenunterschiede durchstoßenden synthetisch-einfachen Natur, einer Herrennatur!»

«Und was hat das mit mir zu tun?» fragte Ulrich.

Der Einwand hatte die Wirkung, daß er die Erinnerung an ein Gespräch über Scholastik, Kirche, Goethe und Napoleon und den Nebel von Bildung zerriß, der sich um Diotimas Kopf verdickt hatte, und sie sah sich plötzlich sehr deutlich neben ihrem Vetter auf dem länglichen Schuhkasten sitzen, auf den sie ihn im Eifer niedergezogen hatte; sein Rücken wich eigensinnig den hinter ihm hängenden fremden Mänteln aus, während sich ihr Haar darinnen verwirrt hatte und gerichtet werden mußte. Indes sie es tat, antwortete sie: «Sie sind doch das Gegenteil davon! Sie möchten die Welt nach Ihrem Ebenbild umschaffen! Sie machen immer irgendwie passive Resistenz, wie dieses schreckliche Wort lautet!» Sie war sehr glücklich darüber, daß sie ihm so ausgiebig ihre Meinung sagen konnte. Aber sie durften nicht da sitzen bleiben, wo sie saßen, das überlegte sie zwischendurch, denn jeden Augenblick konnten Gäste aufbrechen oder aus anderen Gründen ins Vorzimmer kommen. «Sie sind voll Kritik, ich erinnere mich nicht, daß Sie je etwas gut gefunden hätten» fuhr sie fort; «aus Opposition loben Sie alles, was heute unerträglich ist. Wenn man angesichts der toten Wüste unserer entgötterten Zeit sich ein wenig Gefühl und Intuition retten möchte, kann man sicher sein, daß Sie das Spezialistentum, die Unordnung, das negative Sein schwärmerisch verteidigen!» Sie stand dabei lächelnd auf und gab ihm zu verstehen, daß sie einen anderen Platz suchen müßten. Sie konnten nur in die Zimmer zurückkehren oder, wenn sie das Gespräch fortsetzen wollten, sich vor den anderen verstecken; das Tuzzische Schlafzimmer wäre wohl durch eine Tapetentüre auch von dieser Seite zu erreichen gewesen, aber es kam Diotima doch zu vertraut vor, ihren Vetter dorthin zu führen, zumal beim Ausräumen der Wohnung für den Empfang jedesmal eine unberechenbare Unordnung in diesem Raum angehäuft wurde, und so blieben als Zuflucht nur die beiden Mägdekammern übrig. Der Gedanke, daß es eine lustige Mischung von Zigeunerei und Aufsichtspflicht sei, Rachels Zimmer, das sie sonst nie betrat, einmal unerwartet zu besichtigen, entschied. Im Gehen und während sie den Vorschlag entschuldigte und dann in der Kammer sprach sie weiter auf Ulrich ein: «Man gewinnt den Eindruck, daß Sie Arnheim bei jeder Gelegenheit konterminieren wollen. Ihr Widerspruch schmerzt ihn. Er ist ein großer Fall des heutigen Menschen. Er hat und braucht darum den Anschluß an die Wirklichkeit. Sie sind dagegen immer auf dem Sprung ins Unmögliche. Er ist Bejahung und ganz ausgeglichen; Sie sind eigentlich asozial. Er strebt nach Einheit, ist bis in die Fingernägel um Entscheidung bemüht; Sie setzen eine formlose Gesinnung dagegen. Er hat Sinn für Gewordenes; Sie aber? Was tun Sie? Sie tun, als ob die Welt erst morgen anfangen sollte. So sprechen Sie doch?! Vom ersten Tag an, gleich als ich Ihnen sagte, daß uns eine Gelegenheit geboten sei, Großes zu tun, haben Sie sich so gegeben. Und wenn man diese Gelegenheit als ein Schicksal ansieht und im entscheidenden Augenblick zusammengeführt worden ist und sozusagen mit schweigend fragendem Auge auf Antwort wartet, gebärden Sie sich recht wie ein böser Junge, der stören will!» Sie hatte das Bedürfnis, durch gescheite Worte die verfängliche Situation in dieser Kammer zu unterdrücken, und indem sie ihren Vetter etwas übertrieben auszankte, gewann sie Mut zu dieser Situation.

«Und wenn ich so bin, wozu können Sie mich verwenden?» fragte Ulrich. Er saß auf Rachels, der kleinen Zofe, kleinem Eisenbett, und Diotima saß auf dem kleinen Strohstuhl, eine Armlänge vor ihm. Aber da erhielt er von Diotima eine bewundernswerte Antwort. «Wenn ich mich einmal vor Ihnen» sagte sie unvermittelt «ganz gemein und schlecht benehmen könnte, würden Sie sicher wundervoll wie ein Erzengel sein!» Sie erschrak selbst darüber. Sie hatte bloß seine Widerspruchslust bezeichnen und den Scherz machen wollen, daß er gut und lieb sein würde, wenn man es nicht verdiente; aber unbewußt war dabei eine Quelle aufgesprungen und hatte Worte zum Vorschein gebracht, die ihr, nachdem sie ausgesprochen waren, sofort etwas sinnlos vorkamen und doch überraschenderweise ihr und ihrer Beziehung zu diesem Vetter anzugehören schienen.

Dieser fühlte es; er sah sie schweigend an, und nach einer Pause erwiderte er mit der Frage: «Sind Sie sehr, sind Sie maßlos in ihn verliebt?»

Diotima blickte zu Boden. «Was gebrauchen Sie für ungehörige Worte! Ich bin doch kein Backfisch, der sich verschossen hat!»

Aber ihr Vetter beharrte. «Ich frage aus einem Grund, den ich ungefähr angeben kann: ich will wissen, ob Sie schon das Verlangen kennen gelernt haben, daß alle Menschen – ich denke dabei auch an die ärgsten Scheusale, die nebenan in Ihrem Zimmer sind – sich nackt ausziehen, einander die Arme um die Schultern schlingen und statt zu reden singen möchten; Sie aber müßten sodann von einem zum andern gehen und ihn schwesterlich auf die Lippen küssen. Wenn Sie es für zu anstößig halten, kann ich vielleicht Nachthemden zugestehen.»

Diotima erwiderte auf jeden Fall: «Sie geben sich mit netten Vorstellungen ab!»

«Aber sehen Sie, ich, ich kenne dieses Verlangen, wenn es auch lange her ist! Es hat doch sehr angesehene Leute gegeben, die behauptet haben, so sollte es eigentlich auf der Welt zugehen!»

«Dann sind Sie selbst schuld, wenn Sie es nicht tun!» fiel ihm Diotima ins Wort. «Man braucht es außerdem nicht so lächerlich auszumalen!» Sie hatte sich daran erinnert, daß ihr Abenteuer mit Arnheim unbezeichenbar sei und das Verlangen nach einem Leben weckte, wo die sozialen Unterschiede verschwinden und Tätigkeit, Seele, Geist und Traum eines sein sollten.

Ulrich erwiderte nichts. Er bot seiner Kusine eine Zigarette an. Sie nahm sie. Wie die Duftwolken das «enge Kämmerlein» füllten, überlegte Diotima, was sich Rachel denken werde, wenn sie die verhauchten Spuren dieses Besuchs finden wird. Sollte man lüften? Oder am kommenden Morgen der Kleinen Aufklärung geben? Merkwürdigerweise bewog sie gerade der Gedanke an Rachel zum Bleiben; sie war schon nahe daran gewesen, das allzu sonderbar werdende Beisammensein aufzuheben, aber die Vorrechte geistiger Überlegenheit und der für ihre Zofe unerklärliche Zigarettenduft eines geheimnisvollen Besuchs wurden irgendwie das gleiche und bereiteten ihr Vergnügen.

Ihr Vetter betrachtete sie. Es wunderte ihn, daß er so zu ihr gesprochen hatte, aber er fuhr fort; er sehnte sich nach Gesellschaft. «Ich will Ihnen sagen,» nahm er wieder das Wort «unter welchen Bedingungen ich so seraphisch sein könnte; denn seraphisch ist wohl kein zu großer Ausdruck dafür, daß man seinen Nebenmenschen nicht bloß körperlich erträgt, sondern sich ihm sozusagen bis unter den psychologischen Lendenschurz auch anfühlen kann, ohne einen Schauder zu empfinden.»

«Ausgenommen, er ist eine Frau!» schaltete Diotima in Erinnerung des üblen Rufes ein, den ihr Vater in der Familie genoß.

«Auch das nicht ausgenommen!»

«Sie haben recht! Was ich den Menschen in der Frau lieben nenne, kommt ungeheuer selten vor!» Ulrich hatte nach Diotimas Auffassung seit einiger Zeit die Eigenschaft, daß seine Ansichten den ihren nahe kamen, aber es blieb doch immer verfehlt und nicht ganz ausreichend, was er sagte.

«Ich will es Ihnen ernst beschreiben» sagte er diesmal hartnäckig. Er saß vorgebeugt, hatte die Unterarme auf die muskulösen Schenkel gelegt und blickte finster zu Boden. «Wir sagen heute noch: ich liebe diese Frau, und ich hasse jenen Menschen, statt zu sagen, sie ziehen mich an oder stoßen mich ab. Und um einen Schritt genauer müßte man hinzufügen, daß ich es bin, der in ihnen die Fähigkeit erweckt, mich anzuziehen oder abzustoßen. Und noch um einen Schritt genauer müßte man dem hinzufügen, daß sie in mir die Eigenschaften hervorkehren, die dazu gehören. Und so weiter; man kann nicht sagen, wo da der erste Schritt geschieht, denn das ist eine gegenseitige, eine funktionale Abhängigkeit so wie zwischen zwei elastischen Bällen oder zwei geladenen Stromkreisen. Und wir wissen natürlich längst, daß wir auch so fühlen müßten, aber wir ziehen es noch immer beiweitem vor, die Ursache und Ur-Sache in den Kraftfeldern des Gefühls zu sein, die uns umgeben; selbst wenn unsereiner zugibt, er mache einen anderen nach, drückt er es so aus, als ob das eine aktive Leistung wäre! Darum habe ich Sie gefragt und frage Sie noch einmal, ob Sie schon je maßlos verliebt oder zornig oder verzweifelt gewesen sind. Denn dann begreift man bei einiger Beobachtungsgabe ganz genau, daß es einem mitten in der höchsten Erregung seiner selbst nicht anders geht wie einer Biene am Fenster oder einem Infusorium in vergiftetem Wasser: man erleidet einen Bewegungssturm, man fährt blind nach allen Seiten, man schlägt hundertmal gegen das Undurchdringliche und einmal, wenn man Glück hat, durch eine Pforte ins Freie, was man sich natürlich hinterdrein, in erstarrtem Bewußtseinszustand, als planvolle Handlung auslegt.»

«Ich muß Ihnen einwenden,» bemerkte Diotima «daß das eine trostlose und unwürdige Auffassung von Gefühlen wäre, die das ganze Leben eines Menschen zu entscheiden vermögen.»

«Es schwebt Ihnen vielleicht die alte, langweilig gewordene Streitfrage vor, ob der Mensch Herr seiner selbst sei oder nicht» entgegnete Ulrich, rasch aufblickend. «Wenn alles eine Ursache hat, dann kann man für nichts, und dergleichen? Ich muß Ihnen gestehn, daß mich das in meinem ganzen Leben nicht eine Viertelstunde lang interessiert hat. Es ist die Fragestellung einer Zeit, die unmerklich überholt worden ist; sie kommt von der Theologie, und außer Juristen, die noch sehr viel Theologie und Ketzerverbrennung in der Nase haben, fragen nach Ursachen heute nur noch Familienmitglieder, die sagen: Du bist die Ursache meiner schlaflosen Nächte, oder: der Kurssturz in Getreide war die Ursache seines Unglücks. Aber fragen Sie einen Verbrecher, nachdem Sie sein Gewissen aufgerüttelt haben, wie er dazu gekommen ist! Er weiß es nicht; auch dann nicht, wenn sein Bewußtsein nicht während eines einzigen Augenblicks der Tat abwesend war!»

Diotima richtete sich höher auf. «Warum sprechen Sie so oft von Verbrechern? Sie lieben das Verbrechen besonders. Das muß doch etwas bedeuten?»

«Nein» entgegnete der Vetter. «Es bedeutet nichts. Höchstens eine gewisse Angeregtheit. Das gewöhnliche Leben ist ein Mittelzustand aus allen uns möglichen Verbrechen. Aber da wir schon das Wort Theologie gebraucht haben, möchte ich Sie etwas fragen.»

«Gewiß wieder, ob ich schon einmal maßlos verliebt oder eifersüchtig war!?»

«Nein. Überlegen Sie einmal: Wenn Gott alles vorher bestimmt und weiß, wie kann der Mensch sündigen? So wurde ja früher gefragt, und sehen Sie, es ist noch immer eine ganz moderne Fragestellung. Eine ungemein intrigante Vorstellung von Gott hatte man sich da gemacht. Man beleidigt ihn mit seinem Einverständnis, er zwingt den Menschen zu einer Verfehlung, die er ihm übelnehmen wird; er weiß es ja nicht nur vorher – für solche resignierte Liebe hätten wir immer Beispiele –, sondern er veranlaßt es! In einer ähnlichen Lage zu einander befinden wir uns heute alle. Das Ich verliert die Bedeutung, die es bisher gehabt hat, als ein Souverän, der Regierungsakte erläßt; wir lernen sein gesetzmäßiges Werden verstehn, den Einfluß seiner Umgebung, die Typen seines Aufbaus, sein Verschwinden in den Augenblicken der höchsten Tätigkeit, mit einem Wort, die Gesetze, die seine Bildung und sein Verhalten regeln. Bedenken Sie: die Gesetze der Persönlichkeit, Kusine! Es ist das wie ein gewerkschaftlicher Zusammenschluß der einsamen Giftschlangen oder eine Handelskammer für Räuber! Denn da Gesetze wohl das Unpersönlichste sind, was es auf der Welt gibt, wird die Persönlichkeit bald nicht mehr sein als ein imaginärer Treffpunkt des Unpersönlichen, und es wird schwerhalten, für sie jenen ehrenvollen Standpunkt zu finden, den Sie nicht entbehren mögen...»

So sprach ihr Vetter, und Diotima wandte gelegentlich ein: «Aber lieber Freund, man soll doch alles gerade so persönlich tun wie nur möglich!» – Schließlich sagte sie: «Sie sind wirklich sehr theologisch heute; von dieser Seite habe ich Sie ja gar nicht gekannt!» Sie saß wieder wie eine ermüdete Tänzerin da. Ein kräftiges und schönes Stück Weib; irgendwie fühlte sie das selbst in ihren Gliedern. Sie hatte ihren Vetter wochenlang gemieden, vielleicht waren es sogar schon Monate. Aber sie mochte den Gleichaltrigen. Er sah lustig aus, im Frack, in der schwach beleuchteten Kammer, schwarz und weiß wie ein Ordensritter; dieses Schwarz und Weiß hatte etwas von der Leidenschaft eines Kreuzes. Sie sah sich in der bescheidenen Kammer um, die Parallelaktion war weit, große leidenschaftliche Kämpfe lagen hinter ihr, dieses Zimmer war einfach wie die Pflicht, gemildert durch Palmkätzchen und unbeschriebene ausgemalte Ansichtskarten in den Spiegelecken; zwischen diesen, von der Pracht der Großstadt umkränzt, erschien also Rachels Gesicht, wenn die Kleine sich im Spiegel betrachtete. Wo wusch sie sich eigentlich? In jenem schmalen Kästchen mußte, wenn man es aufklappte, eine Blechschüssel stehn – erinnerte sich Diotima, und dann dachte sie: dieser Mann will und will nicht.

Sie sah ihn ruhig an, eine freundliche Zuhörerin. «Will mich Arnheim wirklich heiraten?» fragte sie sich. Er hat es gesagt. Aber er hat dann weiter nicht darauf gedrungen. Er hat so viel anderes zu reden. Aber auch ihr Vetter hätte eigentlich, statt von abliegenden Dingen zu reden, fragen müssen: Wie steht es also? Warum frug er nicht?! Es kam ihr vor, daß er sie verstehen müßte, wenn sie ihm ausführlich von ihren inneren Kämpfen erzählen würde. «Wird es mir zugute kommen?» hatte er gewohnheitsgemäß gefragt, als sie ihm erzählte, daß sie sich geändert habe. Frech! Diotima lächelte.

Diese beiden Männer waren im Grunde gemeinsam recht sonderbar. Warum war ihr Vetter auf Arnheim so schlecht zu sprechen? Sie wußte, daß Arnheim seine Freundschaft suchte; aber auch Ulrich, nach seinen eigenen heftigen Bemerkungen zu schließen, wurde von Arnheim beschäftigt. «Und wie er ihn mißversteht,» dachte sie noch einmal «man kann nicht dagegen aufkommen!» Übrigens lehnte sich jetzt nicht nur ihre Seele gegen ihren an Sektionschef Tuzzi verheirateten Körper auf, sondern zuweilen lehnte sich auch ihr Körper gegen die Seele auf, die durch Arnheims zögernde und übersteigernde Liebe am Rand einer Wüste schmachtete, über der vielleicht nur eine täuschende Spiegelung der Sehnsucht zitterte. Sie hätte ihr Leid und ihre Schwäche mit ihrem Vetter teilen mögen; die entschlossene Einseitigkeit, die er gewöhnlich an den Tag legte, gefiel ihr. Arnheims ausgeglichene Vielseitigkeit war ja gewiß höher zu stellen, aber Ulrich würde im Augenblick einer Entscheidung nicht so schwanken, trotz seiner Theorien, die alles am liebsten ins völlig Unbestimmte aufgelöst hätten. Das fühlte sie und wußte nicht, woran; wahrscheinlich gehörte es zu dem, was sie von Anfang ihrer Bekanntschaft an für ihn gefühlt hatte. Wenn ihr in diesem Augenblick Arnheim als eine ungeheure Anstrengung, eine königliche Bürde ihrer Seele vorkam, eine Bürde, die ihre Seele nach allen Richtungen überragte, so schien ihr alles, was Ulrich sagte, einzig und allein die Wirkung zu haben, daß man über hunderterlei Beziehungen die der Verantwortung verlor und in einen verdächtigen Zustand der

Freiheit geriet. Sie hatte plötzlich das Bedürfnis, sich schwerer zu machen, als sie war; und nicht recht zu sagen wodurch, aber es erinnerte sie gleichzeitig daran, wie sie als Mädchen einmal einen kleinen Knaben auf ihren Armen aus einer Gefahr getragen, und er hatte sie eigensinnig mit den Knien immerzu gegen den Bauch gestoßen, um sich dagegen zu wehren. Die Kraft dieser Erinnerung, die ihr so unvorhergesehen eingefallen war, als wäre sie durch den Schornstein in das einsame kleine Zimmer gefahren, brachte sie ganz aus dem Gleichgewicht. «Maßlos?» dachte sie. Warum frug er sie immerzu danach? Als ob sie nicht maßlos sein könnte?! Sie hatte vergessen, ihm zuzuhören, sie wußte nicht, ob es am Platz sei oder nicht, sie unterbrach ihn einfach, schob alles fort, was er sprach, und gab ihm auf alles und ein für allemal und lachend (nur daß ihr vorkam, sie lache, war in der plötzlichen planlosen Aufregung nicht ganz verläßlich) die Antwort: «Aber ich bin ja maßlos verliebt!»

Ulrich lächelte ihr ins Gesicht. «Das können Sie gar nicht» sagte er.

Sie war aufgestanden, hatte die Hände am Haar, sah ihn mit erstaunt stehenbleibenden Augen an.

«Um maßlos zu sein,» erklärte er ruhig «muß man ganz genau und sachlich sein. Zwei Ich, die es wissen, wie fraglich Ich heute ist, halten sich aneinander, so stelle ich mir das vor, wenn es durchaus Liebe sein muß, und nicht bloß eine übliche Betätigung; sie sind so ineinander verkettet, daß eines die Ursache des anderen ist, wenn sie fühlen, ins Große verändert zu werden, und treiben wie ein Schleier. Da ist es ungeheuer schwer, keine falschen Bewegungen zu machen, selbst wenn man eine Zeitlang schon die richtigen hat. Es ist einfach schwer, in der Welt das Richtige zu fühlen! Ganz entgegen einem allgemeinen Vorurteil, gehört beinahe Pedanterie dazu. Übrigens habe ich Ihnen gerade das sagen wollen. Sie haben mir sehr geschmeichelt, Diotima, als Sie mir die Möglichkeit eines Erzengels zusprachen; bei aller Bescheidenheit, wie Sie gleich sehen werden. Denn nur wenn Menschen ganz sachlich wären – und das ist ja beinahe dasselbe wie unpersönlich –, dann wären sie auch ganz Liebe. Weil sie nur dann auch ganz Empfindung und Gefühl und Gedanke wären; und alle Elemente, die den Menschen bilden, sind zärtlich, denn sie streben zueinander, nur der Mensch selbst ist es nicht. Maßlos verliebt sein, ist also etwas, das Sie vielleicht gar nicht möchten...!»

Er hatte versucht, das möglichst unfeierlich zu sagen; er zündete sich zur Regelung des Gesichtsausdrucks sogar eine neue Zigarette an, und auch Diotima nahm aus Verlegenheit eine, die er ihr anbot. Sie machte eine spaßhaft trotzige Miene und blies den Rauch in die Luft, um ihre Unabhängigkeit zu zeigen, denn sie hatte ihn nicht ganz verstanden. Aber in seiner Gänze als Geschehnis wirkte es doch lebhaft auf sie, daß ihr Vetter alles das mit einemmal gerade in dieser Kammer, wo sie allein waren, zu ihr sagte und sich dabei nicht die kleinste gewöhnliche Mühe gab, ihre Hand zu fassen oder ihr Haar zu berühren, obgleich sie die Anziehung, die die Körper aufeinander in dieser Enge ausübten, wie einen magnetischen Strom spürten. – Wenn sie sich nun...? dachte sie. – Aber was konnte man überhaupt in dieser Kammer tun? Sie sah sich um. Wie eine Dirne benehmen? Aber wie macht man das? Wenn sie flennen würde? Flennen, das war ein Schulmädelwort, das ihr plötzlich einfiel. Wenn sie plötzlich täte, was er verlangt, sich ausziehen, den Arm um seine Schulter legen und singen, was singen? Harfe spielen? Sie sah ihn lächelnd an. Er kam ihr wie ein ungezogener Bruder vor, in dessen Gesellschaft man treiben könnte, was man wollte. Auch Ulrich lächelte. Aber sein Lächeln war wie ein blindes Fenster; denn nachdem er der Verführung unterlegen war, dieses Gespräch mit Diotima zu führen, fühlte er sich bloß davon beschämt. Dennoch ahnte ihr dabei etwas von der Möglichkeit, diesen Mann zu lieben; es kam ihr so vor, wie ihrer Ansicht nach die moderne Musik war, ganz unbefriedigend, aber voll einer aufregenden Andersartigkeit. Und obgleich sie annahm, daß sie natürlich mehr davon ahne als er selbst, begannen, wie sie vor ihm stand, ihre Beine heimlich zu glühen, so daß sie mit einer Miene, als ob das Gespräch schon zu lange gedauert hätte, ihrem Vetter etwas plötzlich sagte: «Lieber Freund, wir tun etwas ganz Unmögliches; bleiben Sie noch einen Augenblick hier allein, ich werde vorausgehn, um mich wieder unseren Gästen zu zeigen.»

102

Kampf und Liebe im Hause Fischel

Gerda wartete vergeblich auf Ulrichs Besuch. Die Wahrheit war, er hatte dieses Versprechen vergessen oder erinnerte sich in Augenblicken daran, wo er anderes vorhatte.

«Laß ihn!» sagte Frau Klementine, wenn Direktor Fischel murrte. «Früher waren wir ihm gut genug, und jetzt ist er wahrscheinlich anmaßend geworden. Wenn du ihn aufsuchst, machst du es noch schlechter; du bist viel zu ungeschickt dazu.»

Gerda sehnte sich nach dem älteren Freund. Sie wünschte ihn herbei und wußte, daß sie ihn fortwünschen würde, wenn er käme. Sie hatte trotz ihrer dreiundzwanzig Jahre noch nichts erlebt, außer einem Herrn Glanz, der sich, von ihrem Vater unterstützt, vorsichtig um sie bewarb, und ihren christ-germanischen Freunden, die ihr manchmal nicht wie Männer, sondern wie Schulbuben vorkamen. «Warum kommt er nie?»

frug sie sich, wenn sie an Ulrich dachte. Es galt im Kreis ihrer Freunde für sicher, daß die Parallelaktion den Ausbruch einer geistigen Vernichtung des deutschen Volks bedeute, und sie schämte sich seiner Beteiligung; sie würde gerne gehört haben, wie er selbst darüber denke, und hoffte, daß er Gründe habe, die ihn entlasteten.

Ihre Mutter sagte zu ihrem Vater: «Du hast den Anschluß an diese Sache versäumt. Es wäre für Gerda gut gewesen und hätte sie auf andere Gedanken gebracht; eine Menge Leute verkehren bei Tuzzis.» Es war herausgekommen, daß er die Einladung Sr. Erlaucht zu beantworten verabsäumt hatte. Er hatte zu leiden.

Die jungen Leute, die Gerda ihre Freundgeister nannte, hatten sich in seinem Haus festgesetzt wie die Freier der Penelope und berieten darin, was ein junger und deutscher Mensch angesichts der Parallelaktion zu tun habe. «Ein Finanzmann muß unter Umständen den Sinn eines Mäzens zeigen!» verlangte Frau Klementine von ihm, wenn er heftig beteuerte, daß er Hans Sepp, den «Seelenführer» Gerdas, nicht für sein gutes Geld seinerzeit als Hauslehrer aufgenommen habe, damit nun das daraus entstünde! – Denn so war es: Hans Sepp, der Student, der nicht die geringste Aussicht auf eine Versorgung bot, war als Lehrer ins Haus gekommen und hatte sich durch nichts als die darin herrschenden Gegensätze zum Tyrannen aufgeworfen; nun beriet er mit seinen Freunden, die Gerdas Freunde geworden waren, bei Fischels, wie man den deutschen Adel retten solle, der bei Diotima (von der es hieß, daß sie keinen Unterschied zwischen rasseneigenen und rassenfremden Personen mache) in die Netze des Judengeistes fiel. Und wenn das auch in Leo Fischels Gegenwart gewöhnlich nur mit einer gewissen schonenden Sachlichkeit erörtert wurde, zeitigte es noch genug Worte und Grundsätze, die ihm auf die Nerven fielen. Man beunruhigte sich darüber, daß in einem Jahrhundert, dem es nicht gegeben sei, große Symbole hervorzubringen, ein solcher Versuch gemacht werde, der zur vollendeten Katastrophe führen müsse, und die Worte hochbedeutsam, Empormenschlichung und freie Menschbarkeit machten allein schon den Zwicker auf Fischels Nase erzittern, jedesmal wenn er sie hörte. In seinem Hause wuchsen Begriffe wie Lebensdenkkunst, geistiges Wuchsbild und Tatschwebung. Er kam darauf, daß alle vierzehn Tage bei ihm eine «Läuterungsstunde» abgehalten wurde. Er drang auf Aufklärung. Es stellte sich heraus, daß dabei gemeinsam Stefan George gelesen wurde. Leo Fischel suchte vergeblich in seinem alten Konversationslexikon, wer das sei. Was ihn, den alten Liberalen, aber am meisten ärgerte, war, daß diese Grünschnäbel, wenn sie von der Parallelaktion sprachen, alle beteiligten Ministerialreferenten, Bankpräsidenten und Gelehrten «aufgestutzte Menschlein» nannten; daß sie blasiert behaupteten, es gebe heutzutage keine großen Ideen mehr oder es sei niemand mehr da, der sie verstünde; daß sie sogar die Humanität für eine Phrase erklärten und nur noch die Nation oder, wie sie es nannten, das Volkstum und Brauchtum für etwas Wirkliches gelten ließen.

«Ich kann mir unter Menschheit nichts vorstellen, Papa» erwiderte Gerda, wenn er ihr Vorhaltungen machte, «das hat heute keinen Inhalt mehr; aber meine Nation, das ist körperlich!»

«Deine Nation!» begann dann Leo Fischel und wollte etwas von den großen Propheten sagen und von seinem eigenen Vater, der Rechtsanwalt in Triest gewesen war.

«Ich weiß» unterbrach ihn Gerda. «Aber meine Nation ist die geistige; von der spreche ich.»

«Ich werde dich solange in dein Zimmer sperren, bis du Vernunft annimmst!» sagte dann Papa Leo. «Und deinen Freunden werde ich das Haus verbieten. Das sind undisziplinierte Menschen, die sich unausgesetzt mit ihrem Gewissen beschäftigen, statt zu arbeiten!»

«Ich weiß, Papa,» erwiderte Gerda «wie du denkst. Ihr älteren Menschen glaubt, daß ihr uns entwürdigen dürft, weil Ihr uns ernährt. Ihr seid patriarchalische Kapitalisten.»

Solche Gespräche ereigneten sich durch väterliche Sorge nicht selten.

«Und wovon wolltest du leben, wenn ich nicht Kapitalist wäre?!» fragte der Herr des Hauses.

«Ich kann nicht alles wissen» schnitt Gerda gewöhnlich eine solche Erweiterung des Gesprächs ab. «Aber ich weiß, daß Wissenschafter, Erzieher, Seelsorger, Politiker und andere Werkmenschen schon daran sind, neue Glaubenswerte zu schaffen!»

Vielleicht bemühte sich Direktor Fischel noch, ironisch zu fragen «Diese Seelsorger und Politiker seid Ihr wohl selbst?!» aber er tat es nur, um das letzte Wort zu behalten; er war am Ende immer froh, daß Gerda nicht merkte, wie sehr ihm etwas, das unvernünftig war, schon durch Gewohnheit die Befürchtung nahelegte, daß er werde nachgeben müssen. Es kam so weit, daß er am Schluß solcher Unterredungen einigemal sogar die Ordnung der Parallelaktion vorsichtig zu loben anfing, als Gegensatz zu den wilden Gegenbemühungen in seinem Haus; aber es geschah nur, wenn Klementine nicht in Hörweite war.

Was Gerdas Widerstand gegen die Ermahnungen ihres Vaters einen stillen Märtyrereigensinn verlieh und auch von Leo und Klementine verwirrt empfunden wurde, war ein durch dieses Haus schwebender Hauch von unschuldiger Wollust. Es wurde unter den jungen Menschen über vielerlei gesprochen, wovon die Eltern erbittert schwiegen. Selbst was sie nationales Gefühl nannten, diese Verschmelzung ihrer Ichs, die sich immerzu stritten, in eine erträumte Einigkeit, die bei ihnen germanische Christbürgergemeinschaft hieß, hatte im Gegensatz zu den wurmenden Liebesbeziehungen der Älteren etwas von geflügeltem Eros an sich. Sie verachteten altklug die «Gier», die «aufgestutzte Lüge des plumpen Daseinsgenusses», wie sie es nannten, aber von Übersinnlichkeit und Inbrunst sprachen sie so viel, daß in der Seele des betroffenen Zuhörers unwillkürlich und durch Kontrast ein zartes Gedenken an Sinnlichkeit und Brunst entstand, und sogar Leo Fischel mußte zugeben, daß der rückhaltlose Eifer, mit dem sie sprachen, zuweilen den Zuhörer die Wurzeln ihrer Ideen bis in die Beine fühlen mache, was er jedoch tadelte, denn er verlangte, daß man angesichts großer Ideen ein Aufschauen empfinden müsse.

Klementine dagegen sagte: «Du solltest nicht einfach alles von dir weisen, Leo!»

«Wie können sie behaupten: Besitz entgeistigt!» fing er dann mit ihr zu streiten an. «Bin ich entgeistigt?! Vielleicht bist du es schon zur Hälfte, weil du ihre Redereien ernst nimmst!»

«Das verstehst du nicht, Leo; sie meinen es christlich, sie wollen an diesem Leben vorbei, zu einem höheren Leben auf Erden gelangen.»

«Das ist nicht christlich, sondern verdreht!» verwahrte sich Leo.

«Die wahre Wirklichkeit sehen am Ende vielleicht doch nicht die Realisten, sondern die, welche nach innen schaun» meinte Klementine.

«Ich lache!» behauptete Fischel. Aber er irrte sich, er weinte; innerlich, vor Unmacht, der geistigen Veränderungen in seiner Umgebung Herr zu werden.

Direktor Fischel empfand jetzt öfter als früher das Bedürfnis nach frischer Luft; nach Schluß der Arbeit drängte es ihn nicht, nach Hause zu eilen, und wenn er noch bei Tag aus seinem Büro kam, liebte er es, sich ein wenig in einem der Stadtgärten herumzutreiben, obgleich es Winter war. Er hatte noch aus seiner Praktikantenzeit eine Vorliebe für diese Gärten. Aus einem Grund, den er nicht einsehen konnte, hatte die Stadtverwaltung im Spätherbst die eisernen Klappstühle darin neu anstreichen lassen; nun standen sie frischgrün, aneinander gelehnt auf den schneeweißen Wegen und erregten die Phantasie mit Frühlingsfarben. Leo Fischel ließ sich zuweilen auf einem solchen Stuhl nieder, ganz allein und eingemummt, am Rand eines Spielplatzes oder einer Promenade, und sah den Kinderfräulein zu, die sich mit ihren Pfleglingen in der Sonne ein Ansehen von Wintergesundheit gaben. Sie spielten Diavolo oder warfen kleine Schneeballen, und die kleinen Mädchen machten große Frauenaugen; – ach, – dachte Fischel – es sind gerade jene Augen, die im Antlitz einer erwachsenen schönen Frau den herrlichen Eindruck hervorrufen, daß sie Kinderaugen habe. Es tat ihm wohl, den kleinen spielenden Mädchen zuzusehen, in deren Augen die Liebe noch im Märchenteich schwamm, aus dem sie später der Storch holt; und zuweilen auch den Erzieherinnen. In seinen jungen Jahren hatte er oft diesen Anblick genossen, als er noch *vor* der

Auslagenscheibe des Lebens stand und kein Geld besaß, um einzutreten, sondern nur darüber nachdenken durfte, was ihm sein Schicksal später bescheren würde. Es sei kläglich genug ausgefallen, fand er und glaubte einen Augenblick voll der Spannung der Jugend wieder zwischen weißem Krokus und grünem Gras zu sitzen. Kehrte danach sein Wirklichkeitsbewußtsein zu der Feststellung von Schnee und grünem Eisenlack zurück, so dachte er, merkwürdig genug, jedesmal an sein Einkommen; Geld gibt Unabhängigkeit, aber derzeit ging sein Gehalt ganz für die Bedürfnisse der Familie und die von der Vernunft geforderten Rücklagen auf; man müßte also wohl – überlegte er – neben seinem Dienst noch irgendetwas anderes tun, um sich unabhängig zu machen, vielleicht die Kenntnis der Börse ausnutzen, die man besitzt, so wie es die Hauptdirektoren taten. Solche Gedanken nahten Leo aber nur, wenn er den spielenden Mädchen zusah, und er wies sie zurück, weil er keineswegs das zur Spekulation nötige Temperament in sich fühlte. Er war Prokurist, trug bloß den Titel Direktor, hatte keine Aussicht, darüber hinauszukommen, und schüchterte sich sofort geflissentlich mit dem Gedanken ein, daß ein solcher armer Arbeitsrücken wie der seine schon zu gebückt sei, um sich frei aufzurichten. Er wußte nicht, daß er das bloß dachte, um zwischen sich und den schönen Kindern und Kinderfräulein, die in diesen Gartenaugenblicken die Stelle der Lebenslockung bei ihm vertraten, ein unübersteigliches Hindernis aufzurichten; denn er war, selbst in der mißmutigen Stimmung, die ihn abhielt, nach Hause zu gehn, ein unverbesserlicher Familienmensch und würde alles darum gegeben haben, wenn er bloß den Höllenkreis daheim in einen um Gottvater-Titulardirektor schwebenden Kreis von Engeln hätte verwandeln können.

Auch Ulrich hatte die Gärten gern und kreuzte sie, wenn sein Weg es erlaubte; so kam es, daß er in dieser Zeit wieder mit Fischel zusammenstieß, und diesem fiel augenblicklich alles ein, was er wegen der Parallelaktion zu Hause schon erlitten hatte. Er äußerte sich unbefriedigt darüber, daß sein junger Freund die Einladungen seiner alten Freunde nicht besser schätze, was er sich um so viel ehrlicher einreden konnte, als auch flüchtige Freundschaften mit der Zeit ebenso zu alten werden wie die lebhaftesten.

Der alte junge Freund behauptete, daß es ihm wirklich die größte Freude bereite, Fischel wiederzusehn, und klagte über seine lächerliche Tätigkeit, die ihn bisher daran verhindert habe.

Fischel klagte über schlechte Zeitentwicklung und schweres Geschäft. Überhaupt Lockerung der Moral. Es sei alles so materiell und überhastet.

«Und ich dachte gerade, daß ich Sie beneiden könnte!» gab Ulrich zurück. «Der Beruf des Kaufmanns muß doch ein wahres Sanatorium der Seele sein! Zumindest ist er der einzige Beruf mit einer ideell sauberen Grundlage!»

«Das ist er!» bekräftigte Fischel. «Der Kaufmann dient dem menschlichen Fortschritt und begnügt sich mit einem erlaubten Nutzen. Er hat es dabei genau so schlecht wie jeder andere!» fügte er dunkel melancholisch hinzu.

Ulrich hatte sich bereit erklärt, ihn nach Hause zu begleiten.

Als sie dort eintrafen, fanden sie schon eine aufs äußerste gespannte Stimmung vor.

Alle Freunde hatten sich eingefunden, und es war eine große Wortschlacht im Gange. Diese jungen Leute besuchten noch das Gymnasium oder sie waren in den ersten Semestern der Hochschulen, einige von ihnen hatten auch eine Anstellung als Kaufleute. Wie ihr Kreis sich zusammengeschlossen hatte, wußten sie selbst nicht mehr. Von Mann zu Mann. Die einen hatten sich in nationalen Studentenverbindungen kennengelernt, andere in sozialistischen oder in der katholischen Jugendbewegung, dritte in einer Wandervogelhorde.

Man geht nicht ganz fehl, wenn man annimmt, daß das einzige ihnen allen Gemeinsame Leo Fischel war. Eine geistige Bewegung braucht, wenn sie dauern soll, einen Körper, und das war die Fischelsche Wohnung, samt Verpflegung und einer gewissen Regelung des Verkehrs durch Frau Klementine. Zu dieser Wohnung gehörte Gerda, zu Gerda gehörte Hans Sepp, und Hans Sepp, der Student mit dem unreinen Teint und der umso reineren Seele, war zwar nicht der Führer, weil die jungen Leute keinen Führer anerkannten, aber er war die stärkste Leidenschaft unter ihnen. Gelegentlich kamen sie wohl auch anderswo zusammen, und es hospitierten dann auch andere Frauen als Gerda; aber so, wie geschildert, war der Kern der Bewegung beschaffen.

Trotz alledem war es so merkwürdig, woher der Geist dieser jungen Leute kam, wie es das Auftreten einer neuen Krankheit oder das einer langen Trefferreihe im Glücksspiel ist. Als die Sonne des alten europäischen Idealismus zu verlöschen begann und der weiße Geist sich verdunkelte, wurden viele Fackeln von Hand zu Hand gereicht – Ideenfackeln; weiß Gott, wo sie gestohlen oder erfunden worden waren! – und bildeten da und dort den auf und nieder tanzenden Feuersee einer kleinen Geistesgemeinschaft. So war in den letzten Jahren, ehe der große Krieg die Folgerung daraus zog, unter jungen Menschen auch viel von Liebe und Gemeinschaft die Rede, und besonders die jungen Antisemiten im Haus des Bankdirektors Fischel standen im Zeichen alles umfassender Liebe und Gemeinschaft. Wahre Gemeinschaft ist das Wirken eines inneren Gesetzes, und das tiefste, einfachste, vollkommenste und erste ist das Gesetz der Liebe. Wie schon bemerkt worden, nicht Liebe im niederen, sinnlichen Sinn; denn körperlicher Besitz ist eine mammonistische Erfindung und wirkt nur trennend und entsinnend. Und natürlich kann man auch nicht jeden Menschen lieben. Aber vor eines jeden Charakter kann man Achtung haben, sofern er als wahrhafter Mensch strebt, unter strengster eigener Verantwortlichkeit. So stritten sie im Namen der Liebe gemeinsam über alles.

An diesem Tag aber hatte sich eine einige Front gegen Frau Klementine gebildet, die sich so gern noch einmal jung fühlte und innerlich zugab, daß die eheliche Liebe wirklich viel mit dem Zinsendienst eines Kapitals gemeinsam habe, aber keineswegs erlauben wollte, daß man über die Parallelaktion aburteile, weil die Arier nur dann fähig seien, Symbole zu schaffen, wenn sie rein unter sich sind. Frau Klementine hielt nur noch mit Mühe an sich, und Gerda hatte kreisrunde rote Flecken unter den Backen, vor Wut über ihre Mutter, die nicht zu bewegen war, das Zimmer zu verlassen. Als Leo Fischel mit Ulrich die Wohnung betreten hatte, machte sie Hans Sepp heimlich bittende Zeichen, daß er abbrechen möge, und Hans sagte versöhnlich: «Menschen unserer Zeit gelingt es überhaupt nicht, etwas Großes zu schaffen!» womit er die Sache auf eine unpersönliche Formel gebracht zu haben glaubte, an die man schon gewöhnt war.

In diesem Augenblick mischte sich aber Ulrich unglücklicherweise in das Gespräch und fragte Hans, mit ein wenig Bosheit gegen Fischel, ob er denn in gar keiner Weise an einen Fortschritt glaube?

«Fortschritt?!» antwortete Hans Sepp von oben. «Vergleichen Sie bloß, was für Menschen vor hundert Jahren dagewesen sind, ehe es zum Fortschritt kam: Beethoven! Goethe! Napoleon! Hebbel!»

«Hm,» meinte Ulrich «der letzte war vor hundert Jahren gerade ein Säugling.»

«Zahlengenauigkeit verachten die jungen Herrschaften!» erklärte Direktor Fischel vergnügt. Ulrich ging nicht darauf ein; er wußte, daß Hans Sepp ihn eifersüchtig verachtete, aber er selbst hatte mancherlei für die wunderlichen Freunde Gerdas übrig. Er setzte sich darum in den Kreis und fuhr fort: «Wir machen in den einzelnen Zweigen des menschlichen Könnens unleugbar so viele Fortschritte, daß wir ordentlich das Gefühl haben, ihnen nicht nachkommen zu können; wäre es nicht möglich, daß daraus auch das Gefühl entsteht, wir erlebten keinen Fortschritt? Schließlich ist Fortschritt doch das, was sich aus allen Anstrengungen gemeinsam ergibt, und man kann eigentlich von vornherein sagen, der wirkliche Fortschritt wird immer gerade das sein, was keiner wollte.»

Hans Sepps dunkler Schopf richtete sich wie ein zitterndes Horn gegen ihn. «Da sagen Sie es doch selbst: Was keiner wollte! Ein gackerndes Hin und Her; hundert Wege, aber kein Weg! Gedanken also, aber keine Seele! Und kein Charakter! Der Satz springt aus der Seite, das Wort springt aus dem Satz, das Ganze ist kein Ganzes mehr – sagt schon Nietzsche; ganz abgesehen davon, daß Nietzsches Ichsucht auch ein Daseinsunwert ist! Nennen Sie mir einen einzigen festen, letzten Wert, nach dem zum Beispiel Sie sich in Ihrem Leben richten!»

«Ausgerechnet sofort!» protestierte Direktor Fischel; aber Ulrich fragte Hans: «Sind Sie wirklich niemals imstande, ohne einen letzten Wert zu leben?»

«Nein» sagte Hans. «Aber ich gebe Ihnen zu, daß ich deshalb unglücklich sein muß.»

«Der Teufel soll Sie holen!» lachte Ulrich. «Alles, was wir können, beruht darauf, daß wir nicht allzu streng sind und auf die höchste Erkenntnis warten; das Mittelalter hat das getan und ist unwissend geblieben.»

«Das ist sehr die Frage» antwortete Hans Sepp. «Ich behaupte, daß *wir* unwissend sind!»

«Aber Sie müssen zugeben, daß unsere Unwissenheit offenbar eine äußerst glückliche und abwechslungsreiche ist.»

Aus dem Hintergrund brummte eine gelassene Stimme: «Abwechslungsreich! Wissen! Relativer Fortschritt! Das sind Begriffe der mechanischen Denkweise einer vom Kapitalismus zerfaserten Zeit! Mehr brauche ich Ihnen nicht zu sagen –»

Auch Leo Fischel brummte; soviel zu verstehen war, fand er, daß Ulrich mit diesen respektlosen Jungen sich viel zu sehr einlasse; er verschanzte sich hinter einer Zeitung, die er aus der Tasche zog.

Aber Ulrich machte es nun einmal Vergnügen. «Ist das moderne Bürgerhaus mit Sechszimmerwohnung, Dienstbotenbad, Vacuum Cleaner und so weiter, wenn man es mit den alten Häusern vergleicht, die hohe Zimmer, dicke Mauern und schöne Gewölbe haben, ein Fortschritt oder nicht?» fragte er.

«Nein!» schrie Hans Sepp.

«Ist das Flugzeug ein Fortschritt gegenüber der Postkutsche?»

«Ja!» schrie Direktor Fischel.

«Die Kraftmaschine gegenüber der Handarbeit?»

«Handarbeit!» schrie Hans, «Maschine!» Leo.

«Ich denke,» sagte Ulrich «jeder Fortschritt ist zugleich ein Rückschritt. Es gibt Fortschritt immer nur in einem bestimmten Sinn. Und da unser Leben im Ganzen keinen Sinn hat, hat es im Ganzen auch keinen Fortschritt.»

Leo Fischel ließ die Zeitung sinken: «Halten Sie es für besser, in sechs Tagen über den Atlantik zu fahren oder sechs Wochen dazu zu brauchen?!»

«Ich würde wahrscheinlich sagen, es sei unbedingt ein Fortschritt, beides zu können. Unsere jungen Christen bestreiten jedoch auch das.»

Der Kreis blieb reglos wie ein gespannter Bogen. Ulrich hatte das Gespräch gelähmt, aber nicht die Angriffslust. Er fuhr ruhig fort: «Aber man kann auch das Umgekehrte sagen: Wenn unser Leben Fortschritte im einzelnen hat, hat es Sinn im einzelnen. Wenn es aber einmal einen Sinn gehabt hat, zum Beispiel den Göttern Menschen zu opfern oder Hexen zu verbrennen oder das Haar zu pudern, dann bleibt das doch ein sinnvolles Lebensgefühl, auch wenn hygienischere Sitten und Humanität Fortschritte sind. Der Fehler ist, daß der Fortschritt immer mit dem alten Sinn aufräumen will.»

«Sie wollen vielleicht sagen,» fragte Fischel «daß wir wieder zu den Menschenopfern zurückkehren sollen, nachdem wir ihre verabscheuenswürdige Finsternis glücklich überwunden haben?!»

«Finsternis ist gar nicht so sicher zu behaupten!» antwortete Hans Sepp an Ulrichs Stelle. «Wenn Sie einen unschuldigen Hasen verschlingen, ist das finster; wenn aber ein Kannibale unter religiösen Zeremonien ehrfürchtig einen Stammesfremden verspeist, wissen wir einfach nicht, was in ihm vorgeht!»

«Es muß wirklich an überwundenen Zeiten etwas daran gewesen sein,» schloß sich ihm Ulrich an «sonst wären doch nicht so viele nette Menschen einst mit ihnen einverstanden gewesen. Vielleicht ließe sich das für uns ausnützen, ohne große Opfer zu bringen? Und vielleicht opfern wir heute gerade deshalb noch viele Menschen, weil wir uns die Frage der richtigen Überwindung früherer Menschheitseinfälle nie deutlich gestellt haben!? Es sind das schwer auszudrückende und undurchsichtige Beziehungen.»

«Aber für Ihre Denkweise bleibt das Wunschziel trotzdem immer nur eine Summe oder eine Bilanz!» platzte da Hans Sepp, nun gegen Ulrich, heraus. «Sie glauben geradeso an den bürgerlichen Fortschritt wie Direktor Fischel, nur drücken Sie das möglichst verwickelt und pervers aus, damit man Ihnen nicht darauf kommen soll!» Hans hatte die Meinung seiner Freunde ausgesprochen. Ulrich suchte Gerdas Gesicht. Er wollte nachlässig seine Gedanken noch einmal aufnehmen, ohne zu beachten, daß Fischel und die jungen Leute ebenso bereit waren, sich auf ihn wie auf einander zu stürzen.

«Aber Sie streben doch ein Ziel an, Hans?» sagte er von neuem.

«Es strebt. In mir. Durch mich.» erwiderte Hans Sepp kurz.

«Und wird es das erreichen?» Leo Fischel hatte sich zu dieser spöttischen Frage hinreißen lassen und trat damit, wie es alle bis auf ihn selbst verstanden, Ulrich zur Seite.

«Das weiß ich nicht!» antwortete Hans finster.

«Sie sollten Ihre Examen machen: das wäre ein Fortschritt!» Leo

Fischel hatte es sich nicht versagen können, auch das zu bemerken, so sehr war er gereizt; aber nicht minder durch seinen Freund wie durch die unreifen Buben.

In diesem Augenblick flog das Zimmer in die Luft. Frau Klementine warf ihrem Gatten einen beschwörenden Blick zu; Gerda suchte Hans zuvorzukommen, und Hans rang nach Worten, die sich schließlich wieder auf Ulrich entluden: «Seien Sie sicher,» rief er ihm zu «im Grunde denken auch Sie nicht einen einzigen Gedanken, den nicht Direktor Fischel denken könnte!»

Damit stürzte er hinaus, und seine Freunde drängten mit zorniger Verbeugung hinter ihm drein. Direktor Fischel, von Klementine mit Blicken gestoßen, tat so, als ob er sich nachträglich seiner Hausherrnpflicht besänne, und verzog sich brummig ins Vorzimmer, um den jungen Leuten noch ein gutes Wort zu geben. Im Zimmer waren nur Gerda, Ulrich und Frau Klementine zurückgeblieben, die einigemale beruhigt atmete, weil die Luft nun geklärt war. Dann stand sie auf, und Ulrich fand sich zu seiner Überraschung mit Gerda allein.

103

Die Versuchung

Gerda war sichtbar erregt, als sie allein zurückblieben. Er faßte ihre Hand; ihr Arm begann zu zittern, und sie machte sich los. «Sie wissen nicht,» sagte sie «was das für Hans bedeutet: ein Ziel! Sie spötteln darüber; das ist freilich billig. Ich glaube, Ihre Gedanken sind noch unflätiger geworden!» Sie hatte nach einem möglichst starken Wort gesucht und erschrak nun darüber. Ulrich trachtete danach, wieder ihre Hand zu fangen; sie zog den Arm an sich. «Wir wollen eben nicht bloß so!» stieß sie hervor; sie stieß diese Worte mit heftiger Verachtung aus, aber ihr Körper schwankte.

«Ich weiß» spottete Ulrich; «alles, was zwischen euch geschieht, soll den höchsten Ansprüchen genügen. Das ist es gerade, was mich zu einem Verhalten hinreißt, das Sie so freundlich kennzeichnen. Und Sie glauben nicht, wie gern ich früher anders mit Ihnen gesprochen habe!»

«Sie sind nie anders gewesen!» erwiderte Gerda rasch.

«Ich bin immer schwankend gewesen» sagte Ulrich einfach und forschte in ihrem Gesicht. «Macht es Ihnen Vergnügen, wenn ich Ihnen ein wenig von den Vorgängen bei meiner Kusine erzähle?»

In Gerdas Augen war etwas zu bemerken, das sich von der Ungewißheit, in die sie Ulrichs Nähe versetzte, deutlich abhob; denn sie erwartete brennend diese Mitteilung, um sie Hans weiterzugeben, und suchte es zu verbergen. Mit einiger Genugtuung fing ihr Freund das auf, und so wie ein Tier, das dicke Luft wittert, instinktiv die Fährte wechselt, begann er mit etwas anderem. «Erinnern Sie sich noch an die Geschichte vom Mond, die ich Ihnen erzählt habe?» fragte er sie. «Ich möchte Ihnen erst einmal etwas Ähnliches anvertrauen.»

«Sie werden mich wieder anlügen!» versetzte Gerda.

«So weit es möglich ist, nicht! Sie erinnern sich wohl aus den Kollegs, die Sie gehört haben, wie es in der Welt zugeht, wenn man wissen möchte, ob etwas ein Gesetz ist oder nicht? Entweder man hat von vornherein seine Gründe, daß es eines sei, wie zum Beispiel in der Physik oder Chemie, und wenn die Beobachtungen auch nie den gesuchten Wert ergeben, so liegen sie doch in einer bestimmten Weise um ihn herum und man berechnet ihn daraus. Oder man hat diese Gründe nicht, wie so oft im Leben, und steht vor einer Erscheinung, von der man nicht recht weiß, ob sie Gesetz oder Zufall ist, dann wird die Sache menschlich spannend. Denn dann macht man zunächst aus seinem Haufen von Beobachtungen einen Zahlenhaufen; man macht Abschnitte – welche Zahlen liegen zwischen diesem und jenem, dem nächsten und dem übernächsten Wert? und so weiter – und bildet daraus Verteilungsreihen; es zeigt sich, daß die Häufigkeit des Vorkommens eine systematische Zu- oder Abnahme hat oder nicht; man erhält eine stationäre Reihe oder eine Verteilungsfunktion, man berechnet das Maß der Schwankung, die mittlere Abweichung, das Maß der Abweichung von einem beliebigen Wert, den Zentralwert, den Normalwert, den Durchschnittswert, die Dispersion und so weiter und untersucht mit allen solchen Begriffen das gegebene Vorkommen.»

Ulrich erzählte das in einem ruhig erklärenden Ton, und es hätte sich schwer unterscheiden lassen, ob er sich selbst erst besinnen wollte oder ob es ihm Spaß machte, Gerda mit Wissenschaft zu hypnotisieren. Gerda hatte sich von ihm entfernt; vornübergebeugt, saß sie in einem Fauteuil, hatte eine Anstrengungsfalte zwischen den Augenbrauen und blickte zur Erde. Wenn jemand so sachlich sprach und sich an den Ehrgeiz ihres Verstandes wandte, wurde ihr Unmut eingeschüchtert; sie fühlte die einfache Sicherheit, die er ihr verliehen hatte, dahinschwinden. Sie war durch ein Realgymnasium und einige Semester der Universität gegangen; sie hatte eine Unmenge neuen Wissens berührt, das nicht mehr in den alten Fassungen des klassischen und humanistischen Geistes unterzubringen war; in vielen jungen Leuten hinterläßt solcher Bildungsgang heute das Gefühl, daß er gänzlich ohnmächtig sei, während vor ihnen die neue Zeit wie eine neue Welt liegt, deren Boden mit den alten Werkzeugen nicht bearbeitet werden kann. Sie wußte nicht, wohin das führe, was Ulrich sprach; sie glaubte ihm, weil sie ihn liebte, und glaubte ihm nicht, weil sie um zehn Jahre jünger war als er und einer anderen Generation angehörte, die sich unverbraucht dünkte, und beides verrann in einer höchst unbestimmten Weise ineinander, indes er ihr weiter erzählte. «Und nun gibt es» fuhr er fort «Beobachtungen, die aufs Haar so aussehen wie ein Naturgesetz, doch ohne daß ihnen etwas zugrundeläge, was wir als ein solches ansehen könnten. Die Regelmäßigkeit statistischer Zahlenfolgen ist bisweilen ebenso groß wie die von Gesetzen. Sie kennen sicher diese Beispiele aus irgendeiner Vorlesung über Gesellschaftslehre. Etwa die Statistik der Ehescheidungen in Amerika. Oder das Verhältnis zwischen Knaben- und Mädchengeburten, das ja eine der konstantesten Verhältniszahlen ist. Und dann wissen Sie, daß sich jedes Jahr eine ziemlich gleichbleibende Zahl von Stellungspflichtigen durch Selbstverstümmelung dem Militärdienst zu entziehen sucht. Oder daß jedes Jahr ungefähr der gleiche Bruchteil der europäischen Menschheit Selbstmord begeht. Auch Diebstahl, Notzucht und, soviel ich weiß, Bankerott haben alljährlich ungefähr die gleiche Häufigkeit...»

Hier machte Gerdas Widerstand einen Durchbruchsversuch. «Wollen Sie mir etwa den Fortschritt erklären?!» rief sie aus und bemühte sich, in diese Ahnung recht viel Hohn zu legen.

«Aber natürlich ja!» erwiderte Ulrich, ohne sich unterbrechen zu lassen. «Man nennt das etwas schleierhaft das Gesetz der großen Zahlen. Meint ungefähr, der eine bringt sich aus diesem, der andere aus jenem Grunde um, aber bei einer sehr großen Anzahl hebt sich das Zufällige und Persönliche dieser Gründe auf, und es bleibt – ja, aber was bleibt übrig? Das ist es, was ich Sie fragen will. Denn es bleibt, wie Sie sehen, das übrig, was jeder von uns als Laie ganz glatt den Durchschnitt nennt und wovon man also durchaus nicht recht weiß, was es ist. Lassen Sie mich hinzufügen, daß man dieses Gesetz der großen Zahlen logisch und formal zu erklären versucht hat, sozusagen als eine Selbstverständlichkeit; man hat im Gegensatz dazu auch behauptet, daß solche Regelmäßigkeit von Erscheinungen, die untereinander nicht ursächlich verknüpft seien, auf die gewöhnliche Weise des Denkens überhaupt nicht erklärt werden könne; und man hat, noch neben vielen anderen Analysen des Phänomens, die Behauptung aufgestellt, daß es sich dabei nicht nur um einzelne Ereignisse handle, sondern auch um unbekannte Gesetze der Gesamtheit. Ich will Ihnen mit den Einzelheiten nicht zusetzen, habe sie auch selbst nicht mehr gegenwärtig, aber ohne Zweifel wäre es mir persönlich sehr wichtig, zu wissen, ob dahinter unverstandene Gesetze der Gemeinschaft stecken oder ob einfach durch Ironie der Natur das Besondere daraus entsteht, daß nichts Besonderes geschieht, und der höchste Sinn sich als etwas erweist, das durch den Durchschnitt der tiefsten Sinnlosigkeit erreichbar ist. Es müßte das eine wie das andere Wissen auf unser Lebensgefühl doch einen entscheidenden Einfluß haben! Denn wie dem auch sei, jedenfalls ruht auf diesem Gesetz der großen Zahl die ganze Möglichkeit eines geordneten Lebens; und gäbe es dieses Ausgleichsgesetz nicht, so würde in einem Jahr nichts geschehen, während im nächsten nichts sicher wäre, Hungersnöte würden mit Überfluß wechseln, Kinder würden fehlen oder zu viele sein, und die Menschheit würde zwischen ihren himmlischen und höllischen Möglichkeiten von einer Seite zur andern flattern wie kleine Vögel, wenn man sich ihrem Käfig nähert.»

«Ist das alles wahr?» fragte Gerda zögernd.

«Das müssen Sie doch selbst wissen.»

«Natürlich; im einzelnen weiß ich auch manches davon. Aber ob Sie das vorhin, als alle stritten, gemeint haben, weiß ich nicht. Was Sie über den Fortschritt sagten, klang bloß so, als ob Sie alle ärgern wollten.»

«Das denken Sie immer. Aber was wissen wir über das, was unser Fortschritt ist; gar nichts! Es gibt viele Möglichkeiten, wie es sein könnte, und ich habe eben noch eine genannt.»

«Wie es sein könnte! So denken Sie immer; nie werden Sie die Frage zu beantworten suchen, wie es sein müßte!»

«Ihr seid so vorschnell. Immer muß ein Ziel, ein Ideal, ein Programm da sein, ein Absolutes. Und was am Ende herauskommt, ist ja doch ein Kompromiß, ein Durchschnitt! Wollen Sie nicht zugeben, daß es auf die Dauer ermüdend und lächerlich ist, immer das Äußerste zu tun und wollen, nur damit etwas Mittleres hervorkommt?»

Im Grunde war es das gleiche Gespräch wie das mit Diotima; nur das Äußere war verschieden, aber dahinter hätte man aus dem einen in das andere fortfahren können. So offensichtlich gleichgültig war es auch, welche Frau da saß; ein Körper, der, in ein schon vorhandenes geistiges Kraftfeld eingesetzt, bestimmte Vorgänge in Gang brachte! Ulrich betrachtete Gerda, die ihm auf seine letzte Frage keine Antwort gab. Mager saß sie da, eine kleine Unmutsfalte zwischen den Augen. Auch der Brustansatz, den man im Blusenausschnitt sah, bildete eine hohle senkrechte Falte. Arme und Beine waren lang und zart. Schlaffer Frühling, durchglüht von vorzeitiger Sommerstrenge; diesen Eindruck empfing er, zugleich mit dem ganzen Anprall des Eigensinns, der in so einem jungen Körper eingesperrt ist. Eine sonderbare Vermengung von Abneigung und Gefaßtheit bemächtigte sich seiner, denn er hatte plötzlich das Gefühl, daß er näher an einer Entscheidung stehe, als er denke, und daß dieses junge Mädchen berufen sei, daran mitzuwirken. Unwillkürlich begann er nun wirklich von den Eindrücken zu erzählen, die er durch die sogenannte Jugend in der Parallelaktion empfangen hatte, und schloß mit Worten, die Gerda überraschten. «Sie sind auch dort sehr radikal und sie mögen mich dort auch nicht. Ich vergelte es aber mit gleichem, denn in meiner Art bin ich auch radikal, und ich kann jede Art Unordnung eher ausstehen als die geistige. Ich möchte Einfälle nicht nur entfaltet sehen, sondern auch zusammengebracht. Ich möchte nicht nur die Oszillation, sondern auch die Dichte der Idee. Das ist es, was Sie, unentbehrliche Freundin, mit den Worten tadeln, daß ich immer nur erzähle, was sein könnte, statt dessen, was sein müßte. Ich verwechsle diese beiden nicht. Und wahrscheinlich ist das die unzeitgemäßeste Eigenschaft, die man haben kann, denn nichts ist heute so fremd, wie es Strenge und Gefühlsleben einander sind, und unsere mechanische Genauigkeit hat es leider so weit gebracht, daß ihr als die richtige Ergänzung die lebendige Ungenauigkeit erscheint. Warum wollen Sie mich nicht verstehen? Wahrscheinlich sind Sie gänzlich unfähig dazu, und es ist lasterhaft von mir, daß ich mir die Mühe nehme, Ihren zeitgemäßen Kopf zu verwirren. Aber wahrhaftig, Gerda, manchmal frage ich mich, ob ich nicht unrecht habe. Vielleicht tun gerade jene, die ich nicht leiden kann, das, was ich einmal gewollt habe. Sie tun es vielleicht falsch, sie tun es hirnlos, einer rennt dahin, der andere dorthin, jeder mit einem Gedanken im Schnabel, den er für den einzigen auf der Welt hält; jeder von ihnen kommt sich furchtbar klug vor, und alle zusammen glauben sie, daß die Zeit zur Unfruchtbarkeit verdammt ist. Aber vielleicht ist es umgekehrt, und jeder von ihnen ist dumm, aber alle zusammen sind sie fruchtbar? Es scheint, daß jede Wahrheit heute in zwei einander entgegengesetzte Unwahrheiten zerlegt auf die Welt kommt, und es kann auch das eine Art sein, zu einem überpersönlichen Ergebnis zu gelangen! Der Ausgleich, die Summe der Versuche entsteht dann nicht mehr im Individuum, das unerträglich einseitig wird, aber das Ganze ist wie eine Experimentalgemeinschaft. Mit einem Wort, seien Sie nachsichtig mit einem alten Mann, den seine Einsamkeit manchmal zu Ausschreitungen veranlaßt!»

«Was haben Sie mir nicht schon alles erzählt!» erwiderte Gerda darauf finster. «Warum schreiben Sie nicht ein Buch über Ihre Anschauungen, Sie könnten vielleicht sich und uns damit helfen?»

«Aber wie komme ich denn dazu, ein Buch schreiben zu müssen?!» meinte Ulrich. «Mich hat doch eine Mutter geboren und kein Tintenfaß!»

Gerda überlegte, ob ein Buch von Ulrich jemandem wirklich helfen könnte? Wie alle jungen Leute aus ihrer Freundschaft überschätzte sie die Kraft des Buchs. Es war völlig still geworden in der Wohnung, seit die beiden schwiegen; es schien, daß das Ehepaar Fischel hinter den empörten Gästen das Haus verlassen hatte. Und Gerda spürte den Druck der Nähe des mächtigeren Manneskörpers, sie spürte ihn immer, gegen alle ihre Überzeugungen, wenn sie allein waren; sie lehnte sich dagegen auf und begann zu zittern. Ulrich bemerkte es, stand auf, legte seine Hand auf Gerdas schwache Schulter und sagte zu ihr: «Ich mache Ihnen einen Vorschlag, Gerda. Nehmen wir an, daß es im Moralischen genau so zugehe wie in der kinetischen Gastheorie: alles fliegt regellos durcheinander, jedes macht, was es will, aber wenn man berechnet, was sozusagen keinen Grund hat, daraus zu entstehen, so ist es gerade das, was wirklich entsteht! Es gibt merkwürdige Übereinstimmungen! Nehmen wir also auch an, eine bestimmte Menge von Ideen fliegt in der Gegenwart durcheinander; sie ergibt irgendeinen wahrscheinlichsten Mittelwert; der verschiebt sich ganz langsam und automatisch, und das ist der sogenannte Fortschritt oder der geschichtliche Zustand; das Wichtigste aber ist, daß es dabei auf unsere persönliche, einzelne Bewegung gar nicht ankommt, wir können rechts oder links, hoch oder tief denken und handeln, neu oder alt, unberechenbar oder überlegt: es ist für den Mittelwert ganz gleichgültig, und Gott und Welt kommt es nur auf ihn an, nicht auf uns!»

Er machte unter diesen Worten Miene, sie in seine Arme zu schließen, obgleich er fühlte, daß es ihn Überwindung koste.

Gerda wurde zornig. «Zuerst fangen Sie immer nachdenklich an,» rief sie aus «und dann kommt das ganz gewöhnliche Gegockel eines Hahns heraus!» Ihr Gesicht war heiß und hatte kreisrunde Flecke, ihre Lippen schienen zu schwitzen, aber irgend etwas war an ihrer Empörung schön. «Gerade das, was Sie daraus machen, ist es, was *wir* nicht wollen!» Da konnte Ulrich nicht der Versuchung widerstehen, sie leise zu fragen: «Besitz tötet?»

«Ich will nicht mit Ihnen darüber sprechen!» gab Gerda ebenso leise zurück.

«Es ist das gleiche, ob es der Besitz eines Menschen oder einer Sache ist» fuhr Ulrich fort. «Ich weiß das auch. Gerda, ich verstehe Sie und Hans besser, als Sie glauben. Was wollen Sie also und Hans? Sagen Sie es mir.»

«Sehen Sie: nichts!» rief Gerda triumphierend aus. «Man kann es nicht sagen. Auch Papa sagt immerzu: ‹Mach dir doch klar, was du willst. Du wirst sehen, daß es Unsinn ist›. Alles ist Unsinn, wenn man es sich klar macht! Wenn wir vernünftig sind, kommen wir nie über Gemeinplätze hinaus! Jetzt werden Sie wieder etwas einwenden, in Ihrem Rationalismus!»

Ulrich schüttelte den Kopf. «Und was ist eigentlich mit der Demonstration gegen Graf Leinsdorf?» fragte er sanft, als ob das noch dazugehören würde.

«Ah, Sie spionieren!» rief Gerda aus.

«Nehmen Sie an, daß ich spioniere, aber sagen Sie es mir, Gerda. Meinethalben können Sie gern auch das noch annehmen.»

Gerda wurde verlegen. «Nichts Besonderes. Nun eben irgend eine Demonstration der deutschen Jugend. Vielleicht Vorbeizug, Schmährufe. Die Parallelaktion ist eine Schmählichkeit!»

«Weshalb?»

Gerda zuckte die Achseln.

«Setzen Sie sich doch wieder!» bat Ulrich. «Sie überschätzen das. Lassen Sie uns einmal ruhig reden.»

Gerda gehorchte. «Hören Sie einmal zu, ob ich Ihre Lage begreife:» fuhr Ulrich fort. «Sie sagen also, daß Besitz töte. Sie denken dabei zuerst an Geld und an Ihre Eltern. Es sind natürlich getötete Seelen –»

Gerda machte eine hochmütige Bewegung.

«Also sprechen wir statt von Geld gleich von jeder Art Besitz. Der Mensch, der sich besitzt; der Mensch, der seine Überzeugungen besitzt; der Mensch, der sich besitzen läßt, von einem anderen oder von seinen eigenen Leidenschaften oder bloß von seinen Gewohnheiten oder von seinen Erfolgen; der Mensch, der etwas erobern will; der Mensch, der überhaupt etwas will: alles das lehnen Sie ab? Sie wollen Wanderer sein. Schweifende Wanderer, hat Hans es einmal genannt, wenn ich nicht irre. Zu einem anderen Sinn und Sein? Stimmt das?»

«Alles, was Sie sagen, stimmt entsetzlich gut; die Intelligenz kann die Seele nachmachen!»

«Und die Intelligenz gehört zur Gruppe des Besitzes? Sie mißt, sie wägt, sie teilt, sie sammelt wie ein alter Bankier? Aber habe ich Ihnen denn nicht heute eine Menge Geschichten erzählt, an denen bemerkenswert viel von unserer Seele hängt?»

«Das ist eine kalte Seele!»

«Sie haben vollkommen recht, Gerda. Nun brauche ich Ihnen also bloß zu sagen, warum ich auf seiten der kalten Seelen oder sogar der Bankiers stehe.»

«Weil Sie feig sind!» Ulrich bemerkte, daß sie im Sprechen die Zähne entblößte wie ein kleines Tier in Todesangst.

«In Gottes Namen, ja» erwiderte er. «Aber Sie trauen mir, wenn schon nichts anderes, so doch das eine zu, daß ich Manns genug wäre, um an einem Blitzableiter, selbst am kleinsten Mauergesims auszubrechen, wenn ich nicht überzeugt wäre, daß alle Fluchtversuche doch wieder zu Papa zurückführen!»

Gerda weigerte sich, dieses Gespräch mit Ulrich zu führen, seit ein ähnliches zwischen ihnen stattgefunden hatte; die Gefühle, von denen darin die Rede war, gehörten nur ihr und Hans, und sie fürchtete mehr noch als Ulrichs Spott seine Zustimmung, die sie wehrlos ihm ausgeliefert haben würde, ehe sie noch wüßte, ob er glaube oder lästere. Von dem Augenblick an, wo sie vorhin von seinen schwermütigen Worten überrascht worden war, deren Folgen sie nun dulden mußte, konnte man deutlich bemerken, wie heftig sie innerlich schwankte. Aber auch für Ulrich hatte es damit eine ähnliche Bewandtnis. Eine verderbte Freude an seiner Macht über das Mädchen lag ihm ganz ferne; er nahm Gerda nicht ernst, und da dies eine geistige Abneigung einschloß, sagte er ihr gewöhnlich Unangenehmes, aber seit einiger Zeit wurde er, je lebhafter er ihr gegenüber den Anwalt der Welt abgab, desto wunderlicher von dem Wunsch angezogen, sich ihr anzuvertrauen und ihr sein Inneres gleichsam ohne Arg und ohne Schönheit zu zeigen, oder das ihre anzuschaun, als wäre es so nackt wie eine Wegschnecke. Nachdenklich sah er ihr darum ins Gesicht und sagte: «Ich könnte mein Auge zwischen Ihren Wangen ruhen lassen, wie die Wolken im Himmel ruhn. Ich weiß nicht, ob die Wolken im Himmel gerne ruhen, aber am Ende weiß ich ebensoviel wie alle Hanse von den Augenblicken, wo uns Gott wie einen Handschuh packt und ganz langsam über seinen Fingern umstülpt! Ihr macht es euch zu leicht; ihr spürt ein Negativ zu der positiven Welt, in der wir leben, und behauptet kurz, die positive Welt gehöre den Eltern und Älteren, die Welt des schattenhaften Negativs der neuen Jugend. Ich will nun nicht gerade der Spion Ihrer Eltern sein, liebe Gerda, aber ich gebe Ihnen zu bedenken, daß bei der Wahl zwischen einem Bankier und einem Engel die reellere Natur des Bankierberufs auch etwas zu bedeuten hat!»

«Wollen Sie Tee?!» sagte Gerda scharf «Darf ich Ihnen unser Haus behaglich machen? Sie sollen die tadellose Tochter meiner Eltern vor sich haben.» Sie hatte sich wieder zusammengenommen.

«Nehmen wir an, Sie werden Hans heiraten.»

«Aber ich will ihn gar nicht heiraten!»

«Irgendein Ziel muß man haben; Sie können nicht auf die Dauer von dem Gegensatz zu Ihren Eltern leben.»

«Ich werde einmal aus dem Haus gehn, selbständig sein, und wir werden Freunde bleiben!»

«Ich bitte Sie aber, liebe Gerda, nehmen wir an, daß Sie mit Hans verheiratet sein werden oder etwas Ähnliches; es läßt sich bestimmt nicht vermeiden, wenn alles so weitergeht. Und nun machen Sie sich einen Plan, wie Sie sich in weltabgewandtem Zustand morgens die Zähne putzen und Hans eine Steuervorschreibung empfangen wird.»

«Muß ich das wissen?»

«Ihr Papa würde Ja sagen, wenn er von weltabgekehrten Zuständen eine Ahnung hätte; die gewöhnlichen Menschen verstehen es leider, die ungewöhnlichen Erlebnisse in ihrem Lebensschiff so tief am Kiel zu verstauen, daß sie sie niemals bemerken. Aber nehmen wir eine einfachere Frage: Werden Sie von Hans verlangen, daß er Ihnen treu sei? Treue gehört zum Komplex des Besitzes! Ihnen müßte es recht sein, wenn Hans an einer anderen Frau seine Seele steigert. Ja Sie müßten das, nach den Gesetzen, die Sie ahnen, sogar als eine Bereicherung Ihres eigenen Zustands empfinden!»

«Glauben Sie nur nicht,» antwortete Gerda «daß wir über solche Fragen nicht selbst sprechen! Man kann nicht mit einem Schritt ein neuer Mensch sein; aber es ist sehr bürgerlich, daraus einen Gegengrund zu machen!»

«Ihr Vater verlangt eigentlich etwas ganz anderes von Ihnen, als Sie glauben. Er behauptet nicht einmal, daß er in diesen Fragen gescheiter sei als Sie und Hans; er sagt einfach, daß er nicht verstehe, was Sie tun. Aber er weiß, daß Gewalt eine sehr vernünftige Sache ist; er glaubt daran, daß sie mehr Vernunft hat als Sie und er und Hans zusammen. Wenn er Hans nun Geld böte, damit er ohne alle Sorgen seine Studien endlich vollende? Ihm nach einer Probezeit wenn schon nicht die Heirat so doch den Wegfall eines grundsätzlichen Nein verspräche? Und nur die Bedingung daran knüpfte, daß bis zum Schluß der Probezeit jeder Verkehr zwischen Ihnen unterbleibe, ganz und gar jeder, also auch der, den Sie jetzt haben?!»

«Und dazu haben Sie sich hergegeben?!»

«Ich habe Ihnen Ihren Papa erklären wollen. Er ist eine finstere Gottheit von unheimlicher Überlegenheit. Er glaubt, daß Geld Hans dorthin bringen würde, wo er ihn haben will, zur Vernunft der Wirklichkeit. Ein Hans mit einem umgrenzten Monatseinkommen könnte nach seiner Meinung unmöglich mehr grenzenlos töricht sein. Aber vielleicht ist Ihr Papa ein Phantast. Ich bewundere ihn, so wie ich Kompromisse, Durchschnitte, Trockenheit, tote Zahlen bewundere. Ich glaube nicht an den Teufel, aber wenn ich es täte, würde ich ihn mir als den Trainer vorstellen, der den Himmel zu Rekordleistungen hetzt. Und ich habe ihm versprochen, Ihnen so zuzusetzen, daß von Ihren Einbildungen nichts übrig bleibt, wenn nicht – eben Wirklichkeit.»

Ulrich hatte keineswegs ein gutes Gewissen bei diesen Worten. Gerda stand flammend vor ihm, in ihren Augen waren Tränen und Zorn hintereinander geschichtet. Mit einemmal war freie Bahn für sie und Hans geschaffen. Aber hatte Ulrich sie verraten, oder wollte er ihnen helfen? Sie wußte es nicht, und beides zeigte sich geeignet, sie ebenso unglücklich wie glücklich zu machen. In ihrer Verwirrung mißtraute sie ihm und empfand mit Leidenschaft, daß er ein ihr im Heiligsten verwandter Mensch sei, der es bloß nicht zeigen wolle.

Er fügte hinzu: «Ihr Vater wünscht natürlich heimlich, daß ich mich inzwischen um Sie bewerben und Sie auf andere Gedanken bringen solle.»

«Das ist ausgeschlossen!» stieß Gerda mühsam hervor.

«Das ist zwischen uns wohl ausgeschlossen» wiederholte Ulrich sanft. «Aber so wie bisher kann es auch nicht weitergehn. Ich bin schon zu weit vorgebeugt.» Er versuchte zu lächeln; er war sich dabei im höchsten Grade widerwärtig. Er wollte wirklich alles das nicht. Er fühlte die Unentschlossenheit dieser Seele und verachtete sich, weil sie in ihm Grausamkeit erregte.

Und in der gleichen Sekunde sah ihn Gerda mit entsetzten Augen an. Sie war plötzlich so schön wie ein Feuer, dem man zu nah gekommen ist; fast ohne Gestalt, nur eine Wärme, die den Willen lähmt.

«Sie sollten einmal zu mir kommen!» schlug er vor. «Hier kann man nicht so sprechen, wie man will.» Die Leere der männlichen Rücksichtslosigkeit strömte ihm durch die Augen.

«Nein» wehrte Gerda ab. Aber sie wandte den Blick ab, und traurig sah Ulrich – als ob sie durch dieses Wegdrehen der Augen erst wieder vor ihm emporgehoben würde – die schwer atmende, nicht schöne und nicht häßliche Figur des jungen Mädchens vor sich stehn. Er seufzte tief und durchaus aufrichtig.

104

Rachel und Soliman auf dem Kriegspfad

Zwischen den hohen Aufgaben des Hauses Tuzzi und der Fülle von Gedanken, die sich dort versammelten, wirkte ein schlüpfender, beweglicher, begeisterter, undeutscher Mensch. Und doch war diese kleine Kammerzofe Rachel wie die Mozartische Musik zu einer Kammerzofe. Sie öffnete den Eingang und stand mit halb ausgebreiteten Armen bereit, den Überrock in Empfang zu nehmen. Ulrich hätte dabei manchesmal gerne gewußt, ob sie von seiner Zugehörigkeit zum Hause Tuzzi überhaupt Kenntnis genommen, und suchte ihr in die Augen zu sehn, aber Rachels Augen wichen entweder seitwärts aus oder hielten seinem Blick wie zwei blinde Samtfleckchen stand. Er glaubte sich zu erinnern, daß ihr Blick, als er ihm zum erstenmal begegnete, anders gewesen sei, und beobachtete einigemale, daß bei solcher Gelegenheit ein Augenpaar aus einer dunklen Ecke des Vorzimmers wie zwei große weiße Schneckenhäuser auf Rachel zuwanderte; dies waren Solimans Augen, aber die Frage, ob vielleicht dieser Junge die Ursache von Rachels Zurückhaltung sei, wurde unschlüssig dadurch beantwortet, daß Rachel dessen Blick ebensowenig erwiderte und sich still zurückzog, sobald der Besucher gemeldet war.

Die Wahrheit war romantischer, als Neugierde es ahnen konnte. Seit es Solimans eigensinnigen Verdächtigungen gelungen war, Arnheims strahlende Erscheinung in dunkle Machenschaften zu verwickeln, und auch Rachels kindliche Bewunderung für Diotima unter dieser Veränderung gelitten hatte, sammelte sich alles, was sie an leidenschaftlichem Verlangen nach guter Aufführung und dienender Liebe in sich trug, auf Ulrich. Da sie, von Soliman überzeugt, daß man die Vorgänge in diesem Haus überwachen müsse, fleißig an den Türen und während der Bedienung lauschte, auch manches Gespräch zwischen Sektionschef Tuzzi und seiner Gemahlin behorcht hatte, war ihr die Stellung, halb feindlich, halb geliebt, die Ulrich zwischen Diotima und Arnheim innehatte, nicht fremd geblieben und entsprach ganz ihrem eigenen, zwischen Auflehnung und Reue schwankenden Gefühl für die ahnungslose Herrin. Sie erinnerte sich nun auch sehr gut, schon lange bemerkt zu haben, daß Ulrich von ihr etwas wünsche. Es kam ihr nicht in den Sinn, daß sie ihm gefallen könnte. Sie hoffte wohl beständig – seit sie verstoßen war und ihren Leuten in Galizien zeigen wollte, wie weit sie es trotzdem bringen werde – auf einen Haupttreffer, eine unerwartete Erbschaft, auf die Entdeckung, daß sie das weggelegte Kind vornehmer Leute sei, auf die Gelegenheit, einem Fürsten das Leben zu retten, – aber auf die einfache Möglichkeit, daß sie einem Herrn, der bei ihrer Herrin verkehrte, gefallen, von ihm zur Geliebten gemacht oder gar geheiratet werden könnte, war sie niemals gekommen. Sie hielt sich darum bloß bereit, Ulrich einen großen Dienst zu erweisen. Sie und Soliman waren es gewesen, die dem General eine Einladung geschickt hatten, nachdem es zu ihrer Kenntnis gekommen war, daß Ulrich mit ihm befreundet sei; allerdings geschah es auch deshalb, weil man die Dinge ins Rollen bringen mußte und ein General nach der ganzen Vorgeschichte als eine dazu sehr geeignete Persönlichkeit erschien. Aber weil Rachel in einem verborgenen, hausgeisterhaften Einvernehmen mit Ulrich handelte, war es nicht zu vermeiden, daß zwischen ihr und ihm, dessen Bewegungen sie neugierig überwachte, jene überwältigende Übereinstimmung entstand, durch die alle heimlich beobachteten Bewegungen seiner Lippen, Augen und Finger zu Schauspielern wurden, an denen sie mit der Leidenschaft des Menschen hing, der sein unscheinbares Sein auf eine große Bühne gestellt sieht. Und je nachdrücklicher sie bemerkte, daß diese Wechselbeziehung ihren Busen nicht weniger heftig preßte, als es ein enges Kleid tut, wenn man vor einem Schlüsselloch hockt, desto verworfener kam sie sich vor, weil sie Solimans gleichzeitigem dunklen Werben nicht fester widerstand; das war der Ulrich so unbekannte Grund, warum sie seiner Neugierde mit der ehrfürchtigen Leidenschaft begegnete, sich als ein wohlerzogenes, musterhaftes Dienstmädchen zu zeigen.

Ulrich fragte sich vergebens, warum dieses von der Natur zu zärtlichem Spiel geschaffene Geschöpf so keusch sei, daß man fast an die frigide Aufsässigkeit glauben mußte, die bei zierlichen Frauen nicht ganz selten zu finden ist. Er wurde allerdings anderen Sinnes und vielleicht auch ein wenig enttäuscht, als er eines Tages einen überraschenden Auftritt beobachtete. Arnheim war eben gekommen, Soliman hatte sich im Vorzimmer hingekauert und Rachel zog sich so schnell wie immer zurück, aber Ulrich benutzte den durch Arnheims Eintritt hervorgerufenen Augenblick der Unruhe, um zurückzukehren und ein Taschentuch aus seinem Mantel zu holen. Das Licht war wieder abgelöscht worden, aber Soliman war noch da und erkannte nicht, daß Ulrich, vom Schatten ihres Rahmens ausgelöscht, die Tür nur zur Täuschung öffnete und zuzog, als hätte er das Vorzimmer schon wieder verlassen. Er erhob sich vorsichtig und zog umständlich unter seiner Joppe eine große Blume hervor. Es war eine schöne, weiße Schwertlilie, und Soliman betrachtete sie, dann setzte er sich auf den Zehenspitzen, an der Küche vorbei, in Bewegung. Ulrich, der ja wußte, wo Rachels Kammer lag, folgte leise und sah, was geschah. Soliman hielt vor der Türe, preßte die Blume dort an die Lippen und steckte sie dann an die Schnalle, indem er hastig den Stengel zweimal darum bog und sein Ende ins Schlüsselloch zwängte.

Es war schwer gewesen, diese Lilie unterwegs unbemerkt aus dem Strauß zu ziehen und für Rachel zu verbergen, und Rachel wußte solche Aufmerksamkeiten zu würdigen. Erwischtwerden und Entlassung, das wäre für sie gleichbedeutend gewesen mit Tod und Jüngstem Gericht: darum war es ihr wohl lästig, daß sie überall, wo sie stand und ging, vor Soliman auf der Hut sein mußte, und es machte ihr wenig Vergnügen, wenn er sie aus einem Versteck hervor plötzlich ins Bein kniff, ohne daß sie schreien durfte; aber es blieb nicht ohne Eindruck auf sie, daß ein Wesen ihr unter Gefahren Aufmerksamkeiten darbrachte, jeden Schritt von ihr mit der größten Aufopferung ausspionierte und in schwierigen Lagen ihren Charakter erprobte. Dieser kleine Affe brachte eine Beschleunigung in die Sache, die ihr unsinnig und gefährlich vorkam; so fühlte es Rachel, und zuweilen hatte sie ganz gegen ihre Grundsätze und zwischen all den zerzausten Erwartungen, die ihren Kopf füllten, das sündige Verlangen, was Wichtiges auch in weiterer Ferne kommen möge, erst einmal recht ausgiebig die dicken, überall auf sie wartenden, zu ihrem, des Dienstmädchens Dienst geschaffenen Lippen des Mohrenkönigssohns zu benützen.

Eines Tags richtete Soliman die Frage an sie, ob sie Mut habe. Arnheim war in Gesellschaft Diotimas und einiger ihrer Freunde zwei Tage im Gebirge und hatte ihn nicht mitgenommen. Die Köchin hatte vierundzwanzig Stunden Urlaub, und Sektionschef Tuzzi speiste im

Gasthause. Rachel hatte Soliman von den Zigarettenspuren erzählt, die sie in ihrem Zimmer vorgefunden, und Diotimas Frage, was die Kleine wohl davon denken werde, wurde von dieser und ihm einträchtig durch die Vermutung beantwortet, daß am Konzil etwas im Gange sei, das auch von ihnen erhöhte Tätigkeit irgendeiner Art verlange. Als Soliman fragte, ob sie Mut habe, hatte er angekündigt, seinem Herrn die Urkunden entwenden zu wollen, die seine hohe Geburt beweisen sollten. Rachel glaubte nicht an diese Zeugnisse, aber alle die lockenden Verwicklungen ringsum hatten in ihr das unabweisliche Bedürfnis hervorgerufen, es müsse etwas geschehen. Es wurde zwischen ihnen ausgemacht, daß sie ihr weißes Häubchen und die Zofenschürze anbehalten solle, wenn Soliman sie abhole und ins Hotel begleite, damit es aussehe, als werde sie von ihrer Herrschaft mit einem Auftrag geschickt. Als sie nun auf die Straße traten, stieg hinter dem Spitzenlatz des Schürzchens zunächst eine so schwelende Hitze auf, daß die Augen vor Rauch nichts sahen, aber Soliman hielt kühn einen Wagen an; er besaß in letzter Zeit viel Geld, da Arnheim oft sehr zerstreut war. Nun faßte auch Rachel Mut und stieg vor aller Welt in den Wagen, als ob es ihr Auftrag und Beruf wäre, mit einem kleinen Neger spazierenzufahren. Die vormittägigen Straßen flogen blank vorbei, mit den eleganten Nichtstuern, denen diese Straßen rechtmäßig gehörten, während Rachel wieder aufgeregt war wie bei einem Diebstahl. Sie versuchte, sich ebenso richtig im Wagen anzulehnen, wie sie es an Diotima beobachtet hatte; aber oben und unten, wo sie die Polster berührte, drang eine wirre wiegende Bewegung in sie ein. Der Wagen war geschlossen, und Soliman benützte ihre zurückgelehnte Lage, um die breiten Stempelkissen seines Mundes auf ihre Lippen zu drücken; man konnte es wohl durch die Fenster beobachten, aber der Wagen flog dahin, und eine Empfindung, die an leichtes Kochen einer duftenden Flüssigkeit erinnerte, ergoß sich aus den schaukelnden Polstern in Rachels Rücken.

Der Mohr ließ es sich auch nicht nehmen, vor dem Hotel aufzufahren. Die Hausknechte in schwarzen Seidenärmeln und grünen Schürzen grinsten, als Rachel aus dem Wagen stieg, der Portier spähte durch die Glastür, während Soliman zahlte, und Rachel glaubte, daß das Pflaster unter ihren Füßen nachgebe. Aber dann kam ihr doch vor, daß Soliman in dem Hotel großen Einfluß besitzen müsse, denn niemand hielt sie an, während sie durch die riesige Säulenhalle schritten. In der Halle saßen einzelne Herrn und folgten Rachel aus den Klubsesseln mit ihren Blicken; sie schämte sich nun wieder sehr, aber dann stieg sie die Treppe hinauf, und schon bemerkte sie die vielen Stubenmädchen, die ebenso schwarz wie sie, mit weißen Häubchen, nur etwas weniger zierlich gekleidet waren, und da wurde ihr nicht anders zumute wie einem Forscher, der durch eine unbekannte, vielleicht gefährliche Insel irrt und zum erstenmal auf Menschen stößt.

Danach sah Rachel zum erstenmal in ihrem Leben die Wohnräume eines vornehmen Hotels. Soliman schloß zunächst alle Türen ab; dann fühlte er sich bemüßigt, seine Freundin abermals zu küssen. Die Küsse, die in letzter Zeit zwischen Rachel und Soliman gewechselt wurden, hatten etwas von der Glut der Kinderküsse; sie waren eher Bekräftigungen, als daß sie gefährliche Schwächungen gewesen wären, und auch jetzt erschien Soliman beim ersten Alleinsein in einem verschlossenen Zimmer nichts so dringend, wie daß er dieses Zimmer noch romantischer verschließe. Er ließ die Fensterladen fallen und verstopfte die nach außen führenden Schlüssellöcher. Auch Rachel war von diesen Vorbereitungen zu aufgeregt, um an anderes zu denken als an ihren Mut und die Schande einer möglichen Entdeckung.

Sodann wurde sie von Soliman zu den Schränken und Koffern Arnheims geführt, und alle waren offen, bis auf einen. Es war also klar, daß nur in diesem das Geheimnis verborgen sein könne. Der Mohr zog die Schlüssel der offenen Koffer ab und erprobte sie. Keiner sperrte. Dabei plapperte Soliman unaufhörlich; sein ganzer Vorrat an Kamelen, Prinzen, geheimnisvollen Kurieren und Verdächtigungen Arnheims kam ihm aus dem Mund. Er borgte sich von Rachel eine Haarnadel aus und versuchte, daraus einen Dietrich zu formen. Als es vergeblich blieb, riß er alle Schlüssel aus den Schränken und Kommoden, breitete sie vor seinen Knien aus, hockte nachdenklich vor ihnen und ließ eine Pause eintreten, um einen neuen Entschluß zu fassen. «Da siehst du, wie er sich vor mir versteckt!» sprach er zu Rachel, seine Stirn reibend. «Aber ich kann dir ja ebensogut zuerst auch alles andere zeigen.»

Er breitete also den verwirrenden Reichtum von Arnheims Koffern und Schränken einfach vor Rachel aus, die auf dem Boden kauerte und neugierig, die Hände zwischen die Knie geklemmt, auf diese Gebilde starrte. Die intime Garderobe eines von den feinsten Genüssen verwöhnten Mannes war etwas, das sie noch nicht gesehen hatte. Ihr gnädiger Herr war gewiß nicht schlecht gekleidet, aber er hatte weder Geld für die verfeinertsten Erfindungen der Kleider- und Wäschemacher, Haus- und Reiseluxuserzeuger noch ein Bedürfnis danach, und selbst die gnädige Frau besaß beiweitem keine so verwöhnten, damenhaft zarten und schwierig zu gebrauchenden Dinge wie dieser unermeßlich reiche Mann. Etwas von Rachels schauerlicher Achtung vor dem Nabob erwachte wieder in ihr, und Soliman brüstete sich mit dem gewaltigen Eindruck, den er durch den Besitz seines Herrn erregte, riß alles hervor, ließ alle Apparate spielen und erklärte eifrig alle Geheimnisse. Rachel wurde allmählich müde, als sich ihr plötzlich eine sonderbare

Wahrnehmung aufdrängte. Sie erinnerte sich genau, daß seit einiger Zeit doch auch in Diotimas Wäsche und Hausrat ähnliche Dinge auftauchten. Sie waren nicht so zahlreich und kostbar wie diese hier, aber wenn man sie mit der früheren klösterlichen Einfachheit verglich, so waren sie entschieden dem gegenwärtigen Anblick verwandter als der strengen Vergangenheit. In diesem Augenblick ergriff die schändliche Vermutuug von Rachel Besitz, daß der Zusammenhang zwischen ihrer Herrin und Arnheim ein weniger geistiger sein könnte, als sie geglaubt habe.

Sie wurde bis an die Haarwurzeln rot.

Ihre Gedanken hatten dieses Gebiet nicht berührt, seit sie bei Diotima in Dienst war. Die Pracht des Körpers ihrer Herrin hatten ihre Augen geschluckt, ohne Gedanken über die Verwendung dieser Pracht daran zu knüpfen, wie ein Pulver samt dem Papier. Ihre Genugtuung, in der Gemeinschaft hoher Menschen zu leben, war so groß gewesen, daß in der ganzen Zeit für die so leicht zu verführende Rachel ein Mann überhaupt nicht als wirkliches andersgeschlechtliches Wesen in Frage kam, sondern nur als romantisch und romanhaft anderes. Sie war in ihrem Edelmut kindlicher geworden, wurde durch ihn gleichsam wieder in die Zeit vor der Geschlechtsreife zurückversetzt, wo man so selbstlos für fremde Größe glüht, und nur dadurch war es auch zu erklären, daß die Flausen Solimans, über die eine Köchin verächtlich lachen durfte, bei ihr auf Nachgiebigkeit und berauschte Schwäche stießen. Aber als Rachel nun so auf der Erde kauerte und den Gedanken an ein ehebrecherisches Verhältnis zwischen Arnheim und Diotima gleichsam an den Tag gelegt vor sich sah, vollzog sich in ihr die lang schon angebahnte Umwälzung eines Erwachens aus einem unnatürlichen Seelenzustand in den mißtrauischen Fleischeszustand der Welt.

Sie war mit einem Schlag gänzlich unromantisch, etwas ärgerlich und ein herzhafter Körper, der meinte, daß auch ein Dienstmädchen einmal zu seinem Recht kommen könne. Soliman hockte neben ihr vor seinem Warenlager, hatte alles zusammengeholt, was sie besonders bewundert hatte, und versuchte, als Geschenk in Rachels Schürzentasche zu stopfen, was davon nicht zu groß war. Nun sprang er auf und bearbeitete mit einem Taschenmesser rasch noch einmal den versperrten Koffer. Er erklärte wild, auf das Scheckbuch seines Herrn – denn in Geldsachen kannte sich der närrische Teufel recht unkindlich aus – ein großes Reisegeld beheben zu wollen, ehe Arnheim zurückkehre, und mit Rachel zu fliehn, aber zuvor müsse er seine Papiere erlangen.

Rachel, kniend, stand auf, entleerte ihre Taschen entschlossen von allen hineingestopften Geschenken und sagte: «Schwatz nicht! Ich habe keine Zeit mehr; wieviel Uhr ist es?» Ihre Stimme war tiefer geworden. Sie strich die Schürze glatt und rückte das Häubchen zurecht; Soliman fühlte sofort, daß sie ihm das Spiel hinwarf und mit einemmal älter als er war. Aber ehe er sich widersetzen konnte, gab Rachel ihm den Abschiedskuß. Ihre Lippen zitterten nicht wie sonst, sondern preßten sich in die saftige Frucht seines Gesichts, wobei sie den Kopf des kleineren Solimans zurückbog und so lange festhielt, daß er halb erstickte. Soliman zappelte, und als er losgelassen wurde, war ihm zumute, als hätte ihn ein stärkerer Knabe unter Wasser getaucht, und er wollte im ersten Augenblick nichts als Rache für diese unangenehme Unbill. Aber Rachel war durch die Tür entschlüpft, und der Blick, der sie allein noch einholte, war zwar am Beginn zornig wie ein an der Spitze brennender Pfeil, aber brannte dann gegen das Ende zu sanfter Asche, und Soliman hob das Eigentum seines Herrn vom Boden auf, um es zurückzulegen, und war ein junger Mann geworden, der etwas zu gewinnen wünschte, das keineswegs unerreichbar war.

105

Hohe Liebende haben nichts zu lachen

Arnheim war in Anschluß an den Gebirgsausflug länger verreist gewesen als sonst. Dieser Gebrauch des Wortes «verreist», den er selbst unwillkürlich angenommen hatte, ist sonderbar, wenn man richtig sagen müßte «zuhause gewesen». Arnheim fühlte aus solcherlei vielen Gründen, daß es dringend notwendig werde, zu einer Entscheidung zu kommen. Er wurde von unangenehmen Tagträumen verfolgt, wie es sein strenger Kopf noch nie erlebt hatte. Namentlich einer war hartnäckig; er sah sich mit Diotima auf einem hohen Kirchturm stehn, das Land lag einen Augenblick lang grün zu ihren Füßen, und dann sprangen sie hinab. Abends ohne alle Ritterlichkeit in das Tuzzische Schlafzimmer einzudringen und den Sektionschef niederzuschießen, war offenbar das gleiche. Er hätte ihn auch im Duell niederstrecken können, aber es erschien ihm weniger natürlich; diese Phantasie war schon durch zuviel Wirklichkeitszeremonien beschwert, und je mehr Arnheim sich der Wirklichkeit näherte, desto unangenehmer wuchsen die Widerstände. Schließlich hätte man ja auch sozusagen frei und offen bei Tuzzi um die Hand seiner Gattin anhalten können. Aber was würde der dazu sagen? Das hieß bereits, sich in eine Lage voll der Möglichkeiten begeben, sich lächerlich zu machen. Und gesetzt den Fall, Tuzzi würde sich sogar human betragen und der Skandal bliebe aufs kleinste beschränkt, – ja selbst wenn man annahm, es würde überhaupt keinen Skandal geben, da Scheidungen damals schon anfingen auch in der besten Gesellschaft geduldet zu werden, – so bliebe noch bestehen, daß ein alter Junggeselle sich durch eine späte Heirat stets ein wenig lächerlich macht, ungefähr so wie ein Ehepaar, das zu seiner silbernen Hochzeit noch ein Kind bekommt. Und wenn Arnheim schon so etwas tun wollte, so würde die Verantwortung gegenüber dem Geschäft zumindest verlangt haben, daß er eine große amerikanische Witwe oder eine dem Hofe nahestehende Adelige heirate und nicht die geschiedene Frau eines bürgerlichen Beamten. Für ihn war jede Handlung, auch die sinnliche, von Verantwortung durchdrungen. In einer Zeit, wo so wenig Verantwortung herrscht für das, was man tut oder denkt, wie in der gegenwärtigen, war es keineswegs nur persönlicher Ehrgeiz, was solche Einwände machte, sondern geradezu ein überpersönliches Bedürfnis, die in den Händen der Arnheims gewachsene Macht (dieses Gebilde, das ursprünglich aus dem Drang nach Geld entstanden, dann aber längst ihm entwachsen war, seine eigene Vernunft, seinen eigenen Willen hatte, sich vergrößern, festigen mußte, erkranken konnte, rostete, wenn es rastete!) in Einklang mit den Mächten und Rangordnungen des Daseins zu bringen, woraus er auch vor Diotima, soviel er wußte, nie ein Hehl gemacht hatte. Freilich vermochte ein Arnheim es sich zu erlauben, sogar eine Ziegenhirtin zu heiraten; aber er vermochte es sich nur persönlich zu erlauben, und darüber hinaus blieb es immer noch der Verrat einer Sache an eine persönliche Schwäche.

Es war trotzdem richtig, daß er Diotima vorgeschlagen hatte, sie zu heiraten. Er hatte es schon deshalb getan, weil er den Situationen des Ehebruchs vorbeugen wollte, die mit einer großen, gewissenhaften Lebenshaltung unverträglich sind. Diotima hatte ihm dankbar die Hand gedrückt und mit einem an die besten kunsthistorischen Vorbilder gemahnenden Lächeln auf seinen Antrag erwidert: «Niemals lieben wir die, welche wir umarmen, am tiefsten...!» Nach dieser Antwort, die so vieldeutig war wie das lockende Gelb im Schoß der strengen Lilie, hatte es Arnheim an Entschlossenheit gefehlt, auf seine Bitte zurückzukommen. Aber es entstanden an ihrer Stelle Gespräche allgemeiner Natur, in denen die Worte Scheidung, Heirat, Ehebruch und ähnliche einen merkwürdigen Drang bewiesen, in Erscheinung zu treten. So hatten Arnheim und Diotima wiederholt ein profundes Gespräch über die Behandlung des Ehebruchs in der zeitgenössischen Literatur, und Diotima fand, daß dieses Problem durchwegs ohne Empfinden für den großen Sinn von Zucht, Versagen, heldischer Askese, rein sensualistisch behandelt werde, was leider genau auch die Meinung war, die Arnheim davon hatte, so daß ihm nur hinzuzufügen blieb, daß der Sinn für das tiefe moralische Geheimnis der Person heute fast allgemein verlorengegangen sei. Dieses Geheimnis besteht darin, daß man sich nicht alles gestatten darf. Eine Zeit, in der alles erlaubt ist, hat noch jedesmal die in ihr gelebt haben unglücklich gemacht. Zucht, Enthaltsamkeit, Ritterlichkeit, Musik, die Sitte, das Gedicht, die Form, das Verbot, alles das hat keinen tieferen Zweck, als dem Leben eine eingeschränkte und bestimmte Gestalt zu verleihen. Es gibt kein grenzenloses Glück. Es gibt kein großes Glück ohne große Verbote. Selbst im Geschäft darf man nicht jedem Vorteil nachlaufen, sonst kommt man zu nichts. Die Grenze ist das Geheimnis der Erscheinung, das Geheimnis der Kraft, des Glücks, des Glaubens und der Aufgabe, sich als winziger Mensch in einem Universum zu behaupten. So führte es Arnheim aus, und Diotima konnte ihm nur beipflichten. Es war in gewissem Sinn eine bedauerliche Folge solcher Erkenntnisse, daß durch sie der Begriff der Legitimität eine Bedeutungsfülle erhielt, die er für gewöhnliche Wesen allgemein nicht mehr besitzt. Jedoch große Seelen haben ein Bedürfnis nach Legitimität. Man ahnt in erhabenen Stunden die senkrechte Strenge des Alls. Und der Kaufmann, obgleich er die Welt beherrscht, achtet Königtum, Adel und Geistlichkeit als Träger des Irrationalen. Denn das Legitime ist einfach, wie alles Große einfach ist und keines Verstandes bedarf. Homer war einfach. Christus war einfach. Es kommen die großen Geister immer wieder auf einfache Grundsätze, ja man muß den Mut haben, zu sagen, auf moralische Gemeinplätze zurück, und alles in allem ist es darum für niemand so schwer wie für wahrhaft freie Seelen, gegen das Herkommen zu handeln.

Solche Erkenntnisse, so wahr sie sind, sind nicht dem Vorsatz günstig, in eine fremde Ehe einzudringen. So befanden sich die beiden in der Lage von Menschen, die eine herrliche Brücke verbindet, in deren Mitte ein Loch von wenigen Metern das Zusammenkommen verhindert. Arnheim bedauerte es auf das innigste, nicht einen Funken jener Begehrlichkeit zu besitzen, die in allen Dingen die gleiche ist und einen Menschen ebenso in ein unüberlegtes Geschäft wie in eine unüberlegte Liebe hineinreißt, und begann in diesem Bedauern ausführlich von der Begehrlichkeit zu sprechen. Begehrlichkeit ist, um ihm zu folgen, genau das Gefühl, das der Kultur des Verstandes in unserem Zeitalter entspricht. Kein anderes Gefühl richtet sich so eindeutig auf seinen Zweck wie dieses. Es haftet wie ein eingeschossener Pfeil und schwirrt nicht wie ein Vogelschwarm in immer erneute Weite. Es verarmt die Seele, so wie sie das Rechnen und die Mechanik und die Brutalität verarmen. Also sprach Arnheim mißbilligend von der Begehrlichkeit und fühlte sie indes wie einen geblendeten Sklaven im Kellergeschoß rumoren.

Diotima versuchte es anders. Sie streckte dem Freund die Hand entgegen und bat «Lassen Sie uns schweigen! Das Wort vermag Großes, aber es gibt Größeres! Die wahre Wahrheit zwischen zwei Menschen kann nicht ausgesprochen werden. Sobald wir sprechen, schließen sich Türen; das Wort dient mehr den unwirklichen Mitteilungen, man spricht in den Stunden, wo man nicht lebt...»

Arnheim pflichtete bei. «Sie haben recht, das selbstbewußte Wort gibt den unsichtbaren Bewegungen unseres Innern eine willkürliche und arme Form!»

«Sprechen Sie nicht!» wiederholte Diotima und legte die Hand auf seinen Arm. «Ich habe das Gefühl, daß wir einander einen Augenblick des Lebens schenken, indem wir schweigen.» Nach einer Weile zog sie die Hand wieder zurück und seufzte: «Es gibt Minuten, in denen alle verborgenen Edelsteine der Seele offenliegen!»

«Es wird vielleicht eine Zeit kommen,» ergänzte Arnheim «und es sind viele Anzeichen vorhanden, daß sie schon nahe ist, wo die Seelen sich ohne Vermittlung der Sinne erblicken werden. Die Seelen vereinen sich, wenn sich die Lippen trennen!»

Diotimas Lippen schürzten sich und bildeten die Andeutung einer kleinen schiefen Röhre, wie sie ein Schmetterling in die Blüten senkt. Sie war geistig schwer berauscht. Es ist ja wahrscheinlich eine Eigenschaft der Liebe wie aller erhöhten Zustände ein leichter Beziehungswahn; überall, wohin Worte fielen, leuchtete ein vielbedeutender Sinn auf, trat wie ein verschleierter Gott hervor und löste sich in Schweigen auf. Diotima kannte dieses Phänomen aus einsamen gehobenen Stunden, aber nie vorher hatte es sich so bis zur Grenze des gerade noch erträglichen geistigen Glückes gesteigert; es war eine Anarchie der Überfülle in ihr, eine Leichtbeweglichkeit des Göttlichen wie auf Schlittschuhen, und ihr war einigemal zumute, als müßte sie ohnmächtig hinschlagen.

Arnheim fing sie mit großen Sätzen auf. Er schuf Verzögerungen und Atempausen. Dann schwankte wieder das ausgespannte Netz bedeutender Gedanken unter ihnen.

Die Qual in diesem ausgebreiteten Glück war, daß es keine Konzentration zuließ. Es gingen immer erneut zitternde Wellen von ihm aus und weiteten sich zu Kreisen, aber sie preßten sich nicht zur strömenden Handlung aneinander. Diotima war doch schon so weit, daß sie es wenigstens im Geiste zuweilen für zartfühlend und überlegen gehalten hatte, das Fährnis des Ehebruchs der groben Katastrophe einer Zerschmetterung von Lebensläufen vorzuziehen, und Arnheim hatte sich moralisch längst entschieden, dieses Opfer nicht anzunehmen und sie zu heiraten; sie konnten sich also auf die eine oder andere Weise jede Sekunde bekommen, das wußten sie beide, aber sie wußten nicht, wie sie es wollen sollten, denn das Glück riß ihre dazu geschaffenen Seelen in eine solche feierliche Höhe, daß sie dort eine Angst vor unschönen Bewegungen litten, wie sie an Menschen, die eine Wolke unter den Füßen haben, ganz natürlich ist.

So hatte ihrer beider Geist von allem Großen und Schönen, was das Leben vor ihnen ausschüttete, niemals etwas unausgeschlürft gelassen, aber in der höchsten Steigerung geschah dem ein sonderbarer Abbruch. Die Wünsche und Eitelkeiten, die sonst ihr Dasein ausgefüllt hatten, lagen unter ihnen wie die Spielzeughäuselchen und -höfchen im Talgrund, mit Gegacker, Gebelle und allen Aufregungen von der Stille verschluckt. Was übrig blieb, war Schweigen, Leere und Tiefe.

«Sollten wir auserwählt sein?» dachte Diotima, indem sie sich auf der so beschaffenen höchsten Höhe des Gefühls umsah und etwas Marter-volles und Unvorstellbares ahnte. Geringere Grade hatte sie nicht nur selbst erlebt, sondern auch ein unverläßlicher Mann wie ihr Vetter wußte von ihnen zu sprechen, und es war neuerlich viel über sie geschrieben worden. Aber wenn die Berichte nicht trogen, gab es alle tausende Jahr Zeiten, wo die Seele dem Erwachen näher ist als sonst und sich gleichsam durch einzelne Individuen in die Wirklichkeit gebiert, denen sie ganz andere Prüfungen auferlegt als Lesen und Reden. In diesem Zusammenhang fiel ihr sogar plötzlich das geheimnisvolle Auftauchen des Generals wieder ein, der nicht eingeladen worden war. Und sie sagte ganz leise zu ihrem nach neuen Worten suchenden Freund, indes die Erregung einen zitternden Bogen zwischen ihnen wölbte: «Verstand ist nicht das einzige Verständigungsmittel zwischen zwei Menschen!»

Und Arnheim erwiderte: «Nein.» Sein Blick traf wagerecht wie ein Sonnenuntergangsstrahl in ihr Auge. «Sie haben es schon vorhin gesagt. Die wahre Wahrheit zwischen zwei Menschen kann nicht ausgesprochen werden; jede Anstrengung wird ihr zum Hindernis!»

106

Glaubt der moderne Mensch an Gott oder an den Chef der Weltfirma? Arnheims Unentschlossenheit

Arnheim allein. Er steht nachdenklich am Fenster seiner Hotelwohnung und sieht auf die entlaubten Baumkronen hinab, die ein Gitter von Strichen flechten, unter dem die Menschen bunt und dunkel die zwei sich aneinander reibenden Schlangen des Korsos bilden, der um diese Stunde begonnen hat. Ein ärgerliches Lächeln spaltete die Lippen des großen Mannes.

Es hatte ihm bisher noch nie Schwierigkeiten bereitet, das zu kennzeichnen, was er für seelenlos hielt. Was wäre heute nicht seelenlos?

Die einzelnen Ausnahmen konnte man leicht als solche erkennen. Arnheim hörte fern in der Erinnerung einen Kammermusikabend; es waren Freunde bei ihm auf dem Schloß in der Mark, die preußischen Linden dufteten, die Freunde waren junge Musiker, denen es recht schlecht ging, trotzdem spielten sie ihre Begeisterung in den Abend hinein; das war seelenvoll. Oder ein anderer Fall: Er hatte sich vor kurzem geweigert, einen Beitrag, den er eine Zeitlang für einen bestimmten Künstler ausgeworfen hatte, weiter zu bezahlen. Er hatte erwartet, daß dieser Künstler böse auf ihn sein und sich im Stich gelassen fühlen werde, ehe es ihm gelungen sei, sich durchzusetzen; man mußte ihm sagen, daß es auch noch andere Künstler gebe, die der Unterstützung bedürften, und ähnliches, was unangenehm war. Statt dessen hatte dieser Mann Arnheim, als er ihn jetzt auf seiner letzten Reise traf, bloß hart ins Auge gesehen, seine Hand ergriffen und erklärt: «Sie haben mich in eine schwere Lage gebracht, aber ich bin überzeugt, ein Mensch wie Sie tut nichts ohne tiefen Grund!» Das war Mannesseele, und Arnheim war nicht abgeneigt, ein andermal wieder etwas für diesen Mann zu tun.

So besteht in vielen Einzelheiten selbst heute noch Seele; es war Arnheim immer wichtig erschienen. Wenn man aber mit ihr unmittelbar und bedingungslos in Verkehr treten muß, bedeutet sie eine ernste Gefahr für die Aufrichtigkeit. War wirklich eine Zeit im Kommen, wo sich die Seelen ohne Vermittlung der Sinne berühren? Hatte es irgend ein Ziel von Rang und Bedeutung der Wirklichkeitsziele, so miteinander zu verkehren, wie es inneres Drängen ihm und seiner wunderbaren Freundin in der letzten Zeit abnötigte? Er glaubte nicht einen Augenblick lang mit wachem Bewußtsein daran, trotzdem war es ihm klar, daß er diesem Glauben Diotimas Vorschub leistete.

Arnheim befand sich in einem eigenartigen Zwiespalt. Der sittliche Reichtum ist nah verschwistert mit dem geldlichen; das war ihm wohlbekannt, und es läßt sich leicht erkennen, warum es so ist. Denn Moral ersetzt die Seele durch Logik; wenn eine Seele Moral hat, dann gibt es für sie eigentlich keine moralischen Fragen mehr, sondern nur noch logische; sie fragt sich, ob das, was sie tun will, unter dieses oder jenes Gebot fällt, ob ihre Absicht so oder anders auszulegen sei, und ähnliches mehr, was alles so ist, wie wenn ein wild daherstürmender Menschenhaufen turnerisch diszipliniert wird und auf einen Wink Ausfall rechts, Arme Seitstoßen und tiefe Kniebeuge macht. Logik setzt aber wiederholbare Erlebnisse voraus; es ist klar, wo die Geschehnisse wechseln würden wie ein Wirbel, in dem nichts wiederkehrt, könnten wir niemals die tiefe Erkenntnis aussprechen, daß A gleich A sei, oder daß größer nicht kleiner sei, sondern wir würden einfach träumen; ein Zustand, den jeder Denker verabscheut. Und so gilt das gleiche von der

Moral, und wenn es nichts gäbe, das sich wiederholen ließe, dann ließe sich uns auch nichts vorschreiben, und ohne den Menschen etwas vorschreiben zu dürfen, würde die Moral gar kein Vergnügen bereiten. Diese Eigenschaft der Wiederholbarkeit, die der Moral und dem Verstande eignet, haftet aber am Geld im allerhöchsten Maße; es besteht geradezu aus dieser Eigenschaft und zerlegt, solange es wertbeständig ist, alle Genüsse der Welt in jene kleinen Bauklötze der Kaufkraft, aus denen man sich zusammenfügen kann, was man will. Darum ist das Geld moralisch und vernünftig; und da bekanntlich nicht auch umgekehrt jeder moralische und vernünftige Mensch Geld hat, läßt sich schließen, daß diese Eigenschaften ursprünglich beim Geld liegen, oder wenigstens, daß Geld die Krönung eines moralischen und vernünftigen Daseins ist.

Nun gewiß, Arnheim dachte nicht genau auf diese Weise, daß etwa Bildung und Religion die natürliche Folge des Besitzes seien, sondern er nahm an, daß der Besitz zu ihnen verpflichte; aber daß die geistigen Mächte nicht immer genug von den wirkenden Mächten des Seins verstünden und von einem Rest von Lebensfremdheit selten ganz loszusprechen seien, das hob er gern hervor und er, der Mann mit dem Überblick, kam noch zu ganz anderen Erkenntnissen. Denn jedes Abwägen, jedes In-Rechnung-Stellen und Bemessen setzt auch voraus, daß sich der zu ermessende Gegenstand nicht während der Überlegung ändert; und wo dies dennoch geschieht, muß aller Scharfsinn darauf angewendet werden, selbst noch in der Veränderung etwas Unveränderliches zu finden, und so ist das Geld allen Geisteskräften artverwandt, und nach seinem Muster zerlegen die Gelehrten die Welt in Atome, Gesetze, Hypothesen und wunderliche Rechenzeichen, und die Techniker bauen aus diesen Fiktionen eine Welt neuer Dinge auf. Das war dem über das Wesen der ihm dienenden Kräfte gut unterrichteten Besitzer einer Riesenindustrie so geläufig, wie es einem durchschnittlichen deutschen Romanleser die moralischen Vorstellungen der Bibel sind.

Dieses Bedürfnis nach Eindeutigkeit, Wiederholbarkeit und Festigkeit, das die Voraussetzung für den Erfolg des Denkens und Planens bildet, – so dachte Arnheim, auf die Straße hinunterblickend, weiter – wird nun auf seelischem Gebiet immer durch eine Form der Gewalt befriedigt. Wer auf Stein bauen will im Menschen, darf sich nur der niedrigen Eigenschaften und Leidenschaften bedienen, denn bloß was aufs engste mit der Ichsucht zusammenhängt, hat Bestand und kann überall in Rechnung gestellt werden; die höheren Absichten sind unverläßlich, widerspruchsvoll und flüchtig wie der Wind. Der Mann, der wußte, daß man Reiche über kurz oder lang ebenso regieren werde müssen wie Fabriken, sah auf das Gewimmel von Uniformen, stolzen und lauseigroßen Gesichtern unter sich mit einem Lächeln, worin sich Überlegenheit und Wehmut mischten. Es konnte kein Zweifel darüber bestehen: Wenn Gott heute zurückkehrte, um das Tausendjährige Reich unter uns aufzurichten, es würde kein einziger praktischer und erfahrener Mann dem Vertrauen entgegenbringen, solange nicht neben dem Jüngsten Gericht auch für einen Strafvollzug mit festen Gefängnissen Vorsorge getroffen wäre, für Polizei, Gendarmerie, Militär, Hochverratsparagraphen, Regierungsstellen und was sonst noch dazu gehört, um die unberechenbaren Leistungen der Seele auf die zwei Grundtatsachen einzuschränken, daß der zukünftige Himmelsbewohner nur durch Einschüchterung und Anziehen der Schrauben oder durch Bestechung seines Begehrens, mit einem Wort, nur durch die «starke Methode» verläßlich zu allem zu bringen ist, was man von ihm haben will.

Dann aber würde Paul Arnheim vortreten und zum Herrn sprechen: «Herr, wozu ?! Die Ichsucht ist die verläßlichste Eigenschaft des menschlichen Lebens. Der Politiker, der Soldat und der König haben mit ihrer Hilfe deine Welt durch List und Zwang geordnet. Das ist die Melodie der Menschheit; Du und ich müssen es zugeben. Den Zwang abschaffen, hieße die Ordnung verweichlichen; den Menschen zum Großen befähigen, obgleich er ein Bastard ist, das erst ist unsere Aufgabe!» Dabei würde Arnheim bescheiden zum Herrn lächeln, in ruhiger Haltung, damit man nicht vergesse, wie wichtig es für jeden Menschen bleibt, demütig die großen Geheimnisse anzuerkennen. Und dann würde er seine Rede fortsetzen. «Aber ist das Geld nicht eine ebenso sichere Methode der Behandlung menschlicher Beziehungen wie die Gewalt und erlaubt uns, auf ihre naive Anwendung zu verzichten? Es ist vergeistigte Gewalt, eine geschmeidige, hochentwickelte und schöpferische Spezialform der Gewalt. Beruht nicht das Geschäft auf List und Zwang, auf Übervorteilung und Ausnützung, nur sind diese zivilisiert, ganz in das Innere des Menschen verlegt, ja geradezu in das Aussehen seiner Freiheit gekleidet? Der Kapitalismus, als Organisation der Ichsucht nach der Rangordnung der Kräfte, sich Geld zu verschaffen, ist geradezu die größte und dabei noch humanste Ordnung, die wir zu Deiner Ehre haben ausbilden können; ein genaueres Maß trägt das menschliche Tun nicht in sich!» Und Arnheim würde dem Herrn geraten haben, das Tausendjährige Reich nach kaufmännischen Grundsätzen einzurichten und seine Verwaltung einem Großkaufmann zu übertragen, der natürlich auch philosophische Weltbildung haben müßte. Denn was schließlich das rein Religiöse betrifft, so hat es nun einmal immer zu leiden gehabt, und verglichen mit der Existenzunsicherheit in Kriegerzeiten, würde selbst ihm eine kaufmännische Leitung immer noch große Vorteile bieten.

So also würde Arnheim gesprochen haben, denn eine tiefe Stimme sagte ihm deutlich, daß man auf das Geld ebensowenig verzichten könne wie auf Vernunft und Moral. Eine andere, ebenso tiefe Stimme sagte ihm aber ebenso deutlich, daß man auf Vernunft, Moral und das ganze rationalisierte Dasein kühn verzichten sollte. Und gerade in den schwindelnden Augenblicken, wo er kein anderes Bedürfnis kannte, als einem irrenden Satelliten gleich in die Sonnenmasse Diotimas zu stürzen, war diese Stimme fast die mächtigere. Es erschien ihm dann das Wachsen der Gedanken so fremd und uninnerlich wie das der Nägel und Haare. Ein moralisches Leben kam ihm als etwas Totes vor, und eine verborgene Abneigung gegen Moral und Ordnung machte ihn erröten. Es erging Arnheim nicht anders wie seinem ganzen Zeitalter. Dieses betet das Geld, die Ordnung, das Wissen, Rechnen, Messen und Wägen, alles in allem also den Geist des Geldes und seiner Verwandten an und beklagt das zugleich. Während es in seinen Arbeitsstunden hämmert und rechnet und sich außerhalb ihrer so benimmt wie eine Horde Kinder, die von dem Zwang des «Also was machen wir jetzt?», der am Grunde einen bitteren Ekelgeschmack hat, aus einer Übertriebenheit in die nächste gejagt wird, wird es eine innere Mahnung zur Umkehr nicht los. Auf diese wendet es das Prinzip der Arbeitsteilung an, indem es für solche Ahnung und innere Klage besondere Intellektuelle, Beichtende und Beichtiger der Zeit besitzt, Ablaßzettelexistenzen, literarische Bußprediger und Verkünder, die vorhanden zu wissen sehr viel wert ist, wenn man persönlich nicht in die Lage kommt, sich nach ihnen zu halten; und nicht viel anderes als die gleiche Art moralischen Lösegelds bedeuten auch die Phrasen und Geldmittel, die der Staat alljährlich in Kultureinrichtungen versenkt, die keinen Boden haben.

Diese Arbeitsteilung fand sich auch in Arnheim selbst. Wenn er in einem seiner Direktionsbüros saß und eine Absatzberechnung prüfte, würde er sich geschämt haben, anders zu denken als kaufmännisch und technisch; sobald aber nicht mehr das Geld der Firma auf dem Spiel stand, würde er sich geschämt haben, nicht umgekehrt zu denken und die Forderung aufzustellen, daß der Mensch eines anderen Aufstiegs fähig gemacht werden müsse, als auf dem Irrweg der Regelmäßigkeit, Vorschrift, Maßeinheit und dergleichen, dessen Ergebnisse so völlig uninnerlich und im letzten Grunde unwesentlich sind. Es ist keine Frage, daß man diesen anderen Weg Religion nennt; er hatte Bücher darüber geschrieben. In diesen Büchern hatte er es auch Mythos genannt, Rückkehr zur Einfachheit, Reich der Seele, die Vergeistigung der Wirtschaft, das Wesen der Tat und dergleichen, denn es hatte viele Seiten; genau genommen, hatte es gerade ebensoviel Seiten, wie er an sich bemerkte, wenn er sich selbstlos mit sich beschäftigte, wie es ein Mann tun muß, der große Aufgaben vor sich sieht. Aber offenbar war es sein Schicksal, daß diese Arbeitsteilung in der Stunde der Entscheidung zusammenbrach. In dem Augenblick, wo er sich in die Flamme seines Gefühls werfen wollte oder das Bedürfnis hatte, so groß und ungeteilt zu sein wie die Figuren der Urzeiten, so unbekümmert, wie es nur der wahrhaft adelige Mensch vermag, so restlos religiös, wie es das innig erfaßte Wesen der Liebe verlangt, in dem Augenblick also, wo er sich ohne Rücksicht auf seine Beinkleider und Zukunft Diotima zu Füßen stürzen wollte, gebot ihm eine Stimme Einhalt. Es war die zur Unzeit erwachte Stimme der Vernunft oder, wie er sich ärgerlich sagte, des Rechnens und Scharrens, die sich der großen Lebensgestaltung, dem Geheimnis des Gefühls heute allenthalben entgegenstellt. Er haßte sie und wußte im gleichen Augenblick, daß sie nicht unrecht hatte. Denn angenommen, man dürfte Honigmond sagen: welche Form des Lebens mit Diotima sollte sich dann wohl nach Ablauf der Honigmonde herausbilden? Er würde zu seinen Geschäften zurückkehren und gemeinsam mit ihr die übrigen Lebensaufgaben bewältigen. Das Jahr würde wechseln zwischen Finanzoperationen und Ausruhen in der Natur, im tierischen und vegetativen Teil des eigenen Seins. Es würde vielleicht eine große, wahrhaft humane Vermählung von Tätigkeit und Ruhe, menschlicher Notdurft und Schönheit möglich sein. Das war sehr gut, das schwebte ihm wohl auch als Ziel vor, und nach Arnheims Ansicht besaß niemand die Kraft zu großen Finanzoperationen, der nicht das völlige Entspannen und Einsinken kannte, das wunschlose, gewissermaßen nur mit einem Lendenschurz bekleidet abseits der Welt Liegen: aber eine wilde stumme Befriedigung wütete in Arnheim, denn alles das stand in Widerspruch zu dem Anfangs- und Endgefühl, das Diotima in ihm erregte. Täglich, wenn er sie wieder sah, diese Antike mit etwas mehr modern gefälliger Rundung, stürzte er in Verwirrung, fühlte er ein Wegschmelzen seiner Kräfte, ein Unvermögen, dieses ausgewogene, in sich ruhende, harmonisch kreisende Wesen in seinem Inneren unterzubringen. Das war ganz und gar kein hochhumanes oder auch nur humanes Gefühl mehr. Die ganze Leere der Ewigkeit lag in diesem Zustand. Er starrte in die Schönheit seiner Geliebten mit einem Blick, der sie schon seit tausend Jahren gesucht zu haben schien und nun, wo er sie antraf, plötzlich beschäftigungslos wurde, was ein Unvermögen ergab, das unverkennbar die Züge eines Stupors, eines beinahe idiotischen Staunens an sich trug. Das Gefühl lieferte bereits keine Antwort mehr auf dieses Übermaß der Forderung, das eigentlich mit nichts anderem mehr zu vergleichen war als dem Wunsch, sich aus einer Kanone gemeinsam in den Weltraum schießen zu lassen!

Die taktvolle Diotima fand auch dafür das richtige Wort. Sie erinnerte einmal in solchem Augenblick daran, daß schon der große

Dostojewski einen Zusammenhang zwischen Liebe, Idiotie und innerer Heiligkeit festgestellt habe, unerachtet dessen aber Menschen von heute, die nicht sein gläubiges Rußland hinter sich haben, wohl erst einer besonderen Erlösung bedürften, um diesen Gedanken verwirklichen zu können.

Dieses Wort war Arnheim aus dem Herzen gesprochen.

Der Augenblick, wo es gesagt wurde, war einer jener voll von Überichhaftigkeit und zugleich Übergegenständlichkeit, die wie eine verstopfte Trompete, auf der man keinen Ton hervorbringt, das Blut in den Kopf treiben; nichts war daran unwichtig, von der kleinsten Tasse auf einem Wandbord, die sich van Goghisch im Raum durchsetzte, bis zu den Menschenleibern, die sich, vom Unsagbaren geschwollen und zugespitzt, in ihn zu pressen schienen.

Erschrocken sagte Diotima: «Ich möchte jetzt am liebsten scherzen; Humor ist so schön, er schwebt frei von aller Begehrlichkeit über den Erscheinungen!»

Arnheim lächelte dazu. Er war aufgestanden und hatte begonnen, sich im Zimmer Bewegung zu machen. «Wenn ich sie in Stücke reißen würde, wenn ich zu brüllen und zu tanzen anfinge; wenn ich mir in den Hals greifen würde, um in der Brust mein Herz für sie zu fangen: würde dann vielleicht ein Wunder geschehn?» fragte er sich. Aber in dem Maße der Abkühlung hatte er eingehalten.

Dieser Auftritt war ihm jetzt wieder lebhaft gegenwärtig geworden. Eisig ruhte sein Blick noch einmal auf der Straße zu seinen Füßen. «Es müßte wahrhaftig das Wunder einer Erlösung vorhergehn,» sagte er sich «andere Menschen müßten die Erde bevölkern, ehe man an die Verwirklichung solcher Dinge denken dürfte.» Er gab sich nicht mehr die Mühe, zu enträtseln, wie und wovon man erlösen müßte; es hätte jedenfalls alles anders sein müssen. Er ging an seinen Schreibtisch zurück, den er vor einer halben Stunde verlassen hatte, zu seinen Briefen und Depeschen, und schellte Soliman, um seinen Sekretär holen zu lassen.

Und während er auf diesen wartete und seine Gedanken schon die ersten Sätze eines Wirtschaftsdiktats rundeten, kristallisierte sich das Erlebte in ihm zu einer schönen und beziehungsreichen moralischen Form. «Ein seiner Verantwortung bewußter Mann» sagte sich Arnheim überzeugt «darf schließlich auch, wenn er Seele schenkt, nur die Zinsen zum Opfer bringen und niemals das Kapital!»

107

Graf Leinsdorf erzielt einen unerwarteten politischen Erfolg

Wenn Seine Erlaucht von einer europäischen Staatenfamilie sprach, die sich jubelnd um den greisen Kaiser-Patriarchen scharen sollte, so nahm er immer und stillschweigend Preußen aus. Vielleicht geschah dies jetzt sogar noch inniger als früher, denn Graf Leinsdorf fühlte sich durch den Eindruck, den Dr. Paul Arnheim machte, unleugbar gestört; so oft er zu seiner Freundin Diotima kam, traf er entweder diesen Mann oder dessen Spuren an und wußte ebensowenig wie Sektionschef Tuzzi, wie ihm geschah. Diotima bemerkte jetzt, was früher nie geschehen war, jedesmal, wenn sie ihn seelenvoll anblickte, die geschwollenen Adern an Händen und Hals Sr. Erlaucht und die helltabakfarbene, den Geruch alternder Männer ausströmende Haut, und wenn sie es dem großen Herrn an Verehrung auch nicht fehlen ließ, so hatte sich in den Strahlen ihrer Gunst doch etwas verändert wie Sommersonne zu Wintersonne. Graf Leinsdorf neigte weder zu Phantasien noch zur Musik, aber seit er Dr. Arnheim hinnehmen mußte, geschah es merkwürdig oft, daß er in den Ohren ein leichtes Klingen wie von Pauken und Tschinellen eines österreichischen Militärmarsches spürte oder daß ihn, wenn er die Augen schloß, in ihrem Dunkel ein Wallen beunruhigte, das von schwarz-gelben Fahnen kam, die sich dort haufenweise bewegten. Und solche patriotischen Visionen schienen auch andere Freunde des Hauses Tuzzi heimzusuchen. Wenigstens sprach man überall, wohin er hörte, zwar mit größter Achtung von Deutschland, aber wenn er es zu verstehen gab, daß die große patriotische Aktion vielleicht doch im Lauf der Ereignisse eine kleine Spitze gegen das Bruderreich annehmen könnte, wurde diese Achtung durch ein herzliches Lächeln verschönt.

Se. Erlaucht war da in seinem Bezirk auf ein wichtiges Phänomen gestoßen. Es gibt gewisse Familiengefühle, die besonders heftig sind, und dazu gehörte die vor dem Krieg in der europäischen Staatenfamilie allgemein verbreitet gewesene Abneigung gegen Deutschland. Vielleicht war Deutschland geistig das am wenigsten einheitliche Land, wo jeder etwas für seine Abneigung finden konnte; es war das Land, dessen alte Kultur am ehesten unter die Räder der neuen Zeit geraten und zu großartigen Worten für Talmi und Kommerz zerschnitten worden war; es war außerdem streitsüchtig, beutegierig, prahlerisch und gefährlich unzurechnungsfähig wie jede erregte große Masse: aber alles das war schließlich nur europäisch, und es hätte den Europäern höchstens ein wenig zu europäisch sein können. Es scheint einfach, daß es Wesen geben muß, Unwunschbilder, an denen sich die Unlust, Unstimmigkeit, gleichsam der Rückstand einer schlackenden Verbrennung anhäuft, den das Leben heute zurückläßt. Aus dem Kannsein entsteht zur namenlosen Überraschung aller Beteiligten plötzlich das Ist, und was bei diesem höchst ungeordneten Vorgang wegfällt, nicht stimmt, überschüssig ist und den Geist nicht befriedigt, scheint jenen atmosphärisch verteilten, zwischen allen Geschöpfen schwingenden Haß zu bilden, der für die gegenwärtige Zivilisation so kennzeichnend ist und die vermißte Zufriedenheit mit dem eigenen Tun durch die leicht erreichbare Unzufriedenheit mit dem der anderen ersetzt. Der Versuch, diese Unlust in besonderen Wesen zusammenzufassen, ist bloß etwas, das zum ältesten psychotechnischen Besitzstand des Lebens gehört. So zog der Zauberer den sorgsam vorbereiteten Fetisch aus dem Leib des Kranken, und so verlegt der gute Christ seine Fehler in den guten Juden und behauptet, daß er durch ihn zu Reklame, Zinsen, Zeitungen und ähnlichem verleitet worden sei; man hat im Lauf der Zeiten den Donner, die Hexen, die Sozialisten, die Intellektuellen und die Generale verantwortlich gemacht, und in den letzten Zeiten vor dem Krieg ist auch, aus Sondergründen, die daneben ganz verschwinden, eines der großartigsten und beliebtesten Mittel in diesem wunderlichen Vorgang Preußen-Deutschland gewesen. Der Welt ist eben nicht nur Gott abhanden gekommen, sondern auch der Teufel. So wie sie das Böse in Unwunschbilder verlegt, verlegt sie das Gute in Wunschbilder, die sie dafür verehrt, daß sie das tun, was man in eigener Person untunlich findet. Man läßt andere Leute sich anstrengen, während man auf einem Sitzplatz zuschaut, das ist der Sport; man läßt Leute die einseitigsten Übertreibungen reden, das ist der Idealismus; man schüttelt das Böse ab und die davon bespritzt werden, das sind die Unwunschbilder. So findet alles seinen Ort in der Welt und seine Ordnung; aber diese Technik der Heiligenverehrung und Sündenbockmast durch Entäußerung ist nicht ungefährlich, denn sie füllt die Welt mit den Spannungen aller unausgetragenen inneren Kämpfe. Man schlägt sich tot oder verbrüdert sich und kann nicht recht wissen, ob man es in vollem Ernst tut, weil man ja einen Teil von sich außer sich hat, und es scheinen sich alle Geschehnisse halb vor oder hinter der Wirklichkeit als eine Spiegelfechterei des Hasses und der Liebe zu vollziehen. Der alte Dämonenglaube, der für alles Gute und Böse, das man zu spüren bekam, himmlisch-höllische Geister verantwortlich machte, hat viel besser, genauer und sauberer gearbeitet, und man kann nur hoffen, daß wir mit fortschreitender Entwicklung der Psychotechnik wieder zu ihm zurückkehren werden.

Besonders Kakanien war für den Umgang mit Wunsch- und Unwunschbildern ein ungemein geeignetes Land; das Leben hatte dort ohnehin etwas Unwirkliches, und es erschien gerade den geistig vornehmsten Kakaniern, die sich als die Erben und Träger der berühmten, von Beethoven bis zur Operette führenden kakanischen Kultur fühlten, als ganz natürlich, daß man mit den Reichsdeutschen verbündet und verbrüdert war und sie nicht ausstehen konnte. Man gönnte ihnen eine kleine Zurechtweisung und war, wenn man an ihre Erfolge dachte, immer ein wenig bekümmert über die heimatlichen Zustände. Diese heimatlichen Zustände bestanden aber in der Hauptsache darin, daß Kakanien, ein Staat, der ursprünglich so gut wie jeder und besser als mancher andere gewesen war, im Lauf der Jahrhunderte ein wenig die Lust an sich selbst verloren hatte. Es konnte im Verlaufe der Parallelaktion schon einigemal bemerkt werden, daß Weltgeschichte gemacht wird wie andere Geschichten auch; das heißt, den Autoren fällt selten etwas Neues ein und sie schreiben, was die Verwicklungen und die Ideen angeht, gerne voneinander ab. Dazu gehört aber noch etwas, was bisher nicht erwähnt worden, und das ist nichts anderes als die Freude an der Geschichte; es gehört jene den Autoren so geläufige Überzeugung hinzu, daß man eine gute Geschichte mache, die Leidenschaft des Autors, die seine Ohren glühend verlängert und jede Kritik einfach wegschmilzt. Graf Leinsdorf besaß diese Überzeugung und Leidenschaft, und auch in seiner Freundschaft war sie noch zu finden, aber im weiteren Kakanien hatte sie sich verloren, und man hatte sich längst nach einem Ersatz umgesehn. Es war dort an Stelle der Geschichte Kakaniens die der Nation getreten, an der man dichtete, und man bearbeitete sie ganz in jenem europäischen Geschmack, der sich an historischen Romanen und Kostümdramen erbaut. So ereignete sich das Merkwürdige und vielleicht doch noch nicht richtig Gewürdigte, daß Menschen, die irgendeine ganz gewöhnliche Angelegenheit miteinander zu erledigen hatten, wie die Errichtung einer Schule oder die Besetzung eines Bahnhofvorstandpostens, dabei auf das Jahr 1600 oder 400 zu sprechen kamen, darüber stritten, welcher Bewerber vorzuziehen sei, wenn man die Besiedlung der Voralpen in der Völkerwanderung sowie die Schlachten der Gegenreformation berücksichtige, und daß sie diese Auseinandersetzungen mit jenen Vorstellungen von Edelsinn und Schurkerei, Heimat, Treue und Männerkraft ausstatteten, die ungefähr der überall vorherrschenden Art von Belesenheit entsprechen. Graf Leinsdorf, welcher der Literatur kein Gewicht beimaß, kam nicht aus dem Staunen darüber heraus, zumal wenn er bedachte, wie gut es im Grunde allen Bauern, Handwerkern und Städtern ging, die ihm auf seinen Reisen in seinen von Deutschen und Tschechen besiedelten böhmischen Gutsbereichen unter die Augen kamen, und er führte es darum auf ein besonderes Virus zurück, auf verabscheuungswürdige Verhetzung, daß sie von Zeit zu Zeit in stürmische Unzufriedenheit gegen einander und die Weisheit der Regierung ausbrachen, was umso unbegreiflicher erschien, als sie in den großen Zwischenzeiten solcher Anfälle und wenn sie eben nicht an ihre Ideale erinnert wurden, friedlich und zufrieden mit jedermann auskamen.

Die dagegen angewandte Politik des Staats, eben jene bekannte Nationalitätenpolitik Kakaniens, lief aber darauf hinaus, daß in ungefähr halbjährlichem Wechsel die Regierung bald strafend gegen irgendeine unbotmäßige Nationalität vorging, bald weise vor ihr zurückging, und wie in einem Schenkelglas die eine Hälfte steigt, wenn die andere sinkt, entsprach dem das Verhalten gegen die deutsche «Nationalität». Diese hatte in Kakanien eine besondere Rolle inne, denn sie hatte in ihrer Masse eigentlich immer nur das eine gewollt, daß der Staat stark sei. Sie hatte am längsten den Glauben festgehalten, daß die kakanische Geschichte doch irgendeinen Sinn haben müsse, und erst allmählich, als sie begriff, daß man in Kakanien als Hochverräter anfangen und als Minister enden, aber auch umgekehrt seine Ministerlaufbahn wieder als Hochverräter fortsetzen könne, begann auch sie sich als unterdrückte Nation zu fühlen. Vielleicht hat es Ähnliches nicht nur in Kakanien gegeben, aber das diesem Staat Eigentümliche war, daß es dort keinerlei Revolutionen und Umstürze dazu bedurfte, weil alles mit der Zeit anfing, in einer natürlichen, ruhig pendelnden Entwicklung vor sich zu gehen, einfach kraft der Unsicherheit der Begriffe, und zum Schluß gab es in Kakanien nur noch unterdrückte Nationen und einen obersten Kreis von Personen, die die eigentlichen Unterdrücker waren und sich maßlos von den Unterdrückten gefoppt und geplagt fühlten. In diesem Kreis war man tief bekümmert darüber daß nichts geschehe, sozusagen über einen Mangel an Geschichte, und war fest überzeugt, daß endlich einmal etwas geschehen müßte. Und wenn es sich gegen Deutschland richtete, wie das die Parallelaktion mit sich bringen zu wollen schien, so hielt man es nicht einmal für unwillkommen, denn erstens fühlte man sich durch die Brüder im Reich immer etwas beschämt und zweitens fühlte man doch in den regierenden Kreisen selbst deutsch und konnte die überparteiliche Aufgabe Kakaniens gar nicht besser hervorkehren als auf solche selbstlose Weise.

Es war also vollauf begreiflich, daß Se. Erlaucht unter diesen Umständen nicht im entferntesten auf den Einfall kam, sein Unternehmen für pangermanisch zu halten. Aber daß es dafür galt, ging daraus hervor, daß unter den «ressortzuständigen Volksteilen», deren Wünsche von den Ausschüssen der Parallelaktion erfaßt werden sollten, die slawischen Stämme mit der Zeit zu fehlen begannen, und die fremden Botschafter hörten allmählich so schreckliche Nachrichten über Arnheim, Sektionschef Tuzzi und einen deutschen Anschlag gegen das Slawentum, daß davon in der gedämpften Form des Gerüchts auch Sr. Erlaucht etwas zu Ohren kam, und es bestätigte seine Befürchtung, daß man sich auch an Tagen, wo nichts Besonderes geschehe, dadurch daß man vieles nicht tun dürfe, in schwieriger Tätigkeit befinde. Aber da er Realpolitiker war, zögerte er nicht mit einem Gegenzug, und leider unterlief ihm dabei eine so großzügige Berechnung, daß sie anfangs den Anschein eines staatskünstlerischen Fehlers annahm. Die Spitze des Propagandakomitees – das war jener Ausschuß, dessen Aufgabe es bildete, die Parallelaktion volkstümlich zu machen – war nämlich damals noch nicht besetzt, und Graf Leinsdorf faßte den Entschluß, Baron Wisnieczky dafür zu erwählen, wobei er seine Überlegung eigens darauf aufbaute, daß Wisnieczky, der vor etlichen Jahren Minister gewesen war, einem Kabinett angehört hatte, das von den deutschen Parteien gestürzt wurde und in dem Rufe stand, eine hinterhältige deutschfeindliche Politik getrieben zu haben. Denn Se. Erlaucht hatte da einen eigenen Plan. Es war schon beim Beginn der Parallelaktion einer seiner Gedanken gewesen, gerade jenen Teil der Kakanier deutschen Stammes für sie zu gewinnen, der sich weniger dem Vaterlande als der deutschen Nation zugetan fühlte. Mochten die anderen «Stämme» Kakanien, wie es geschah, als ein Gefängnis bezeichnen und ihre Liebe für Frankreich, Italien und Rußland noch so öffentlich ausdrücken, so waren das doch sozusagen entlegenere Schwärmereien, und kein ernster Politiker durfte sie auf eine Stufe stellen mit der Begeisterung gewisser Deutscher für das Deutsche Reich, das Kakanien geographisch umklammerte und ihm bis vor einem Menschenalter einheitlich verbunden gewesen war. Diesen deutschen Abtrünnigen, deren Treiben in Graf Leinsdorf, weil er selbst ein Deutscher war, die schmerzlichsten von allen Gefühlen hervorrief, hatte sein bekanntes Diktum gegolten: «Sie werden von selbst kommen!» Es war inzwischen zu dem Rang einer politischen Prophezeiung aufgestiegen, auf die man in der vaterländischen Aktion baute, und hatte ungefähr den Inhalt, daß man zuerst die «anderen österreichischen Stämme» für den Patriotismus gewinnen müsse, denn wenn nur dies erst einmal gelungen sei, würden sich auch alle deutschen Kreise zum Mithalten gezwungen sehen, da es bekanntlich weit schwerer ist, sich von etwas auszuschließen, das alle tun, als sich zu weigern, den Anfang zu machen. Also führte der Weg zu den Deutschen zunächst gegen die Deutschen und zur Bevorzugung der anderen Nationen; das hatte Graf Leinsdorf schon lange erkannt, aber als die Stunde der Tat kam, führte er es auch durch, und gerade das war es.

was ihn Exzellenz Wisnieczky an die Spitze des Propagandakomitees stellen ließ, der nach Leinsdorfs Urteil Pole von Geburt, aber Kakanier von Gesinnung war.

Es würde schwer zu entscheiden sein, ob Se. Erlaucht sich bewußt war, daß diese Wahl sich gegen den deutschen Gedanken richtete, wie man es ihm nachträglich vorwarf; immerhin ist es wahrscheinlich, daß er angenommen haben wird, mit ihr dem wahren deutschen Gedanken zu dienen. Allein die Folge war, daß augenblicklich nun auch in deutschen Kreisen ein lebhaftes Treiben gegen die Parallelaktion einsetzte, so daß diese am Ende auf der einen Seite für einen deutschfeindlichen Anschlag angesehen und offen bekämpft wurde, während sie auf der anderen für einen pangermanischen galt und unter vorsichtigen Ausreden von Anfang an gemieden worden war. Solcher unerwartete Erfolg entging auch Sr. Erlaucht nicht und erregte allerorten lebhafte Besorgnis. Jedoch wurde Graf Leinsdorf von solcher Heimsuchung auch außerordentlich gestrafft; sowohl von Diotima wie von anderen Führern wiederholt ängstlich befragt, zeigte er den Kleinmütigen ein undurchdringliches, aber pflichttreues Gesicht und entgegnete ihnen das Folgende: «Es ist uns dieser Versuch nicht gleich ganz aufs erste geglückt, aber wer etwas Großes will, darf sich nicht vom Augenblickserfolg abhängig machen; jedenfalls ist das Interesse an der Parallelaktion gestiegen, und das andere wird sich, wenn man nur fest beharrt, schon finden!»

108

Die unerlösten Nationen und General Stumms Gedanken über die Wortgruppe Erlösen

So viele Worte in einer großen Stadt in jedem Augenblick gesprochen werden, um die persönlichen Wünsche ihrer Bewohner auszudrücken, eines ist niemals darunter: das Wort «erlösen». Man darf annehmen, daß alle anderen, die leidenschaftlichsten Worte und die Ausdrücke verwickeltster, ja sogar deutlich als Ausnahme gekennzeichneter Beziehungen, in vielen Duplikaten gleichzeitig geschrien und geflüstert werden, zum Beispiel «Sie sind der größte Gauner, der mir je untergekommen ist» oder «So ergreifend schön wie Sie ist keine zweite Frau»; so daß sich diese höchstpersönlichen Erlebnisse geradezu durch schöne statistische Kurven in ihrer Massenverteilung über die ganze Stadt darstellen ließen. Niemals aber sagt ein lebendiger Mensch zu einem anderen «Du kannst mich erlösen!» oder «Sei mein Erlöser!» Man kann ihn an einen Baum binden und hungern lassen; man kann ihn nach monatelangem vergeblichem Werben zusammen mit seiner Geliebten auf einer unbewohnten Insel aussetzen; man kann ihn Wechsel fälschen und einen Retter finden lassen: alle Worte der Welt werden sich in seinem Mund überstürzen, aber bestimmt wird er nicht, solange er wahrhaft bewegt ist, erlösen, Erlöser oder Erlösung sagen, obgleich sprachlich gar nichts dagegen einzuwenden wäre.

Trotzdem nannten sich die unter Kakaniens Krone vereinigten Völker unerlöste Nationen!

General Stumm von Bordwehr überlegte. Durch seine Stellung im Kriegsministerium besaß er genügende Kenntnisse von den nationalen Schwierigkeiten, an denen Kakanien litt, denn das Militär bekam bei den Budgetverhandlungen die daraus folgende schwankende und von hunderterlei Rücksichten beeinflußte Politik zu allererst zu fühlen, und erst vor kurzem hatte man zum blassen Ärger des Ministers eine dringliche Militärvorlage zurückziehen müssen, weil eine unerlöste Nation für die Bewilligung der dazu nötigen Mittel nationale Zugeständnisse verlangt hatte, welche die Regierung unmöglich gewähren konnte, ohne das Erlösungsbedürfnis anderer Nationen zu überreizen. So blieb Kakanien ungeschützt gegen den äußeren Feind; denn in Frage stand eine große Artillerievorlage, um die völlig veralteten Geschütze des Heeres, die sich an Tragweite zu den Geschützen anderer Staaten wie ein Messer zu einer Lanze verhielten, durch neue Geschütze zu ersetzen, die sich zu denen der anderen nun wie eine Lanze zu einem Messer verhalten sollten, und das war wieder einmal für unabsehbare Zeit verhindert worden. Es ließe sich nicht sagen, daß General von Stumm deshalb Selbstmordstimmungen gehabt hätte, aber mächtige Verstimmungen können sich ja zunächst auch in vielen, scheinbar zerstreuten Kleinigkeiten äußern, und es hing gewiß mit der Wehr- und Waffenlosigkeit Kakaniens zusammen, zu der es durch seinen unleidlichen inneren Hader verurteilt wurde, daß Stumm über das Unerlöste und das Erlösen nachdachte, zumal er auch in seiner halbzivilen Tätigkeit bei Diotima das Wort Erlösung seit einiger Zeit bis zur Unausstehlichkeit zu hören bekam.

Seine erste Ansicht war, daß es einfach zu der sprachwissenschaftlich nicht ganz durchleuchteten Gruppe der «geschwollenen Worte» gehöre. Das sagte ihm sein natürlicher Soldatensinn; aber abgesehen davon, daß dieser durch Diotima verwirrt worden, – denn Stumm hatte doch das Wort Erlösen zum erstenmal aus ihrem Mund gehört und war sehr entzückt gewesen, und heute noch war das Wort von dieser Seite her, trotz der Artillerievorlage, von einem holden Zauber umweht, so daß also des Generals erste Ansicht eigentlich schon die zweite seines Lebens war! – schien die Theorie der Wortgeschwulst auch aus einem anderen Grund nicht zu stimmen: man brauchte die

Individuen der Wortgruppe Erlösen ja bloß mit einem kleinen, liebenswürdigen Mangel an Ernst auszustatten, so kamen sie augenblicklich spielend über die Zunge. «Du hast mich wirklich erlöst!» oder dergleichen: wer würde das nicht schon gesagt haben, sofern dem bloß zehn Minuten ungeduldigen Wartens oder eine andere Unannehmlichkeit von eben so kleinem Format vorangegangen ist? Und dadurch wurde dem General klar, daß es gar nicht so sehr die Worte sind, woran der gesunde Sinn Anstoß nimmt, als der durch sie unglaubwürdig versicherte Ernst des Zustandes. Und wirklich, wenn Stumm sich fragte, wo er, außer bei Diotima und in der Politik, schon von Erlösen habe reden hören, so war das in Kirchen und Kaffeehäusern geschehn, in Kunstzeitschriften und in den Büchern von Arnheim, die er mit Bewunderung gelesen hatte. Es wurde ihm auf diese Art deutlich, daß es nicht ein natürliches, einfaches und menschliches Geschehen ist, was mit solchen Worten ausgedrückt wird, sondern irgendeine abstrakte und allgemeine Verwicklung; Erlösen und nach Erlösung Bangen ist auf jede Weise anscheinend etwas, das nur einem Geist von einem anderen Geist angetan werden kann.

Der General nickte mit dem Kopf vor Staunen über die fesselnden Einblicke, zu denen ihn seine dienstliche Aufgabe führte. Er stellte die elektrisch betriebene rund geschliffene Glasscheibe über der Türe seines Büros auf Rot, zum Zeichen, daß er eine wichtige Konferenz habe, und während seine Offiziere mit ihren Aktenmappen seufzend vor der Schwelle kehrtmachten, fuhr er in seinen Überlegungen fort. Die geistigen Menschen, die er jetzt auf allen seinen Wegen traf, waren nicht befriedigt. Sie hatten an allem etwas auszusetzen, überall geschah ihnen zuwenig oder zuviel, niemals schienen in ihren Augen die Dinge zu stimmen. Nachgerade waren sie ihm zuwider geworden. Sie glichen den unglücklichen empfindlichen Leuten, die immer dort sitzen, wo es zieht. Sie schimpften auf die Überwissenschaftlichkeit und auf die Unwissenheit, auf die Roheit und auf die Überfeinerung, auf die Streitsucht und auf die Gleichgültigkeit: wohin ihre Blicke sich richteten, überall war ein Spalt offen! Ihre Gedanken kamen niemals zur Ruhe und gewahrten den ewig wandernden Rest aller Dinge, der nirgends in Ordnung kommt. So waren sie schließlich überzeugt, daß die Zeit, in der sie lebten, zu seelischer Unfruchtbarkeit bestimmt sei und nur durch ein besonderes Ereignis oder einen ganz besonderen Menschen davon erlöst werden könne. Auf diese Weise entstand damals unter den sogenannten intellektuellen Menschen die Beliebtheit der Wortgruppe Erlösung. Man war überzeugt, daß es nicht mehr weitergehe, wenn nicht bald ein Messias komme. Das war je nachdem ein Messias der Medizin, der die Heilkunde von den gelehrten Untersuchungen erlösen sollte, während deren die Menschen ohne Hilfe krank werden und sterben; oder ein Messias der Dichtung, der imstande sein sollte, ein Drama zu schreiben, das Millionen Menschen in die Theater reißen und dabei von voraussetzungslosester geistiger Hoheit sein sollte: und außer dieser Überzeugung, daß eigentlich jede einzelne menschliche Tätigkeit nur durch einen besonderen Messias sich selbst wieder zurückgegeben werden könne, gab es natürlich auch noch das einfache und in jeder Weise unzerfaserte Verlangen nach einem Messias der starken Hand für das Ganze. So war es eine recht messianische Zeit, die damals kurz vor dem großen Kriege, und wenn selbst ganze Nationen erlöst werden wollten, so bedeutete das eigentlich nichts Besonderes und Ungewöhnliches.

Freilich schien es dem General, daß dies ebensowenig wörtlich zu nehmen sei wie alles andere, was gesprochen wurde. «Wenn heute der Erlöser zurückkehren möchte,» sagte er sich «so würden sie seine Regierung ebenso stürzen wie jede andere!» Nach seiner persönlichen Erfahrung vermutete er, daß dies davon komme, daß die Leute zuviel Bücher und Zeitungsartikel schrieben. «Wie gescheit ist die militärische Vorschrift,» dachte er «die es den Offizieren verbietet, Bücher zu schreiben, ohne besondere Erlaubnis ihrer Obrigkeit.» Er erschrak ein wenig darüber, eine so heftige Loyalitätsanwandlung hatte er schon lange nicht erlebt. Ohne Zweifel, er selbst dachte zuviel! Das kam von der Berührung mit dem zivilistischen Geist; der zivilistische Geist hatte den Vorteil, eine feste Weltanschauung zu besitzen, offensichtlich verloren. Das erkannte der General deutlich, und dadurch zeigte sich ihm das ganze Gerede vom Erlösen jetzt auch noch von einer anderen Seite. General Stumms Geist wanderte zu den Erinnerungen an empfangene Religions- und Geschichtsstunden zurück, um diesen neuen Zusammenhang aufzuklären; es läßt sich schwer sagen, was er sich dabei dachte, aber wenn man es aus ihm herausgehoben und sorgfältig geglättet hätte, würde es wohl ungefähr so ausgesehen haben: Um mit dem kirchlichen Teil kurz zu beginnen, solange man an Religion glaubte, konnte man einen guten Christen oder frommen Juden hinunterstürzen, von welchem Stockwerk der Hoffnung oder des Wohlergehens man wollte, er fiel immer sozusagen auf die Füße seiner Seele. Das kam davon, daß alle Religionen in der Erläuterung des Lebens, die sie dem Menschen schenkten, einen irrationalen, unberechenbaren Rest vorgesehen hatten, den sie Gottes Unerforschlichkeit nannten; ging dem Sterblichen die Rechnung nicht auf, so brauchte er sich bloß an diesen Rest zu erinnern, und sein Geist konnte sich befriedigt die Hände reiben. Dieses Auf die Füße Fallen und Sich die Hände Reiben nennt man Weltanschauung, und das hat der zeitgenössische Mensch verlernt. Er muß sich entweder des Nachdenkens über sein Leben ganz entschlagen, woran sich viele genugtun, oder er gerät in jenen sonderbaren Zwiespalt, daß er denken muß und scheinbar doch nie recht damit zum Ende der Zufriedenheit gelangen kann. Dieser Zwiespalt hat im Lauf der Zeiten ebenso oft die Form eines vollständigen Unglaubens angenommen wie die der erneuten vollständigen Unterwerfung unter den Glauben, und seine heute häufigste Form ist wohl die, daß man überzeugt ist, ohne Geist gebe es kein rechtes menschliches Leben, mit zuviel Geist gebe es aber auch keines. Auf dieser Überzeugung ruht ganz und gar unsere Kultur. Sie achtet streng darauf, Geldmittel für Lehr- und Forschungsstätten bereitzustellen, aber ja nicht zu große Geldmittel, sondern solche, die in einem angemessenen Kleinheitsverhältnis zu den Beträgen stehn, die sie für Vergnügungen, Automobile und Waffen ausgibt. Sie schafft auf allen Wegen freie Bahn dem Tüchtigen, aber sorgt vorsichtig dafür, daß er auch der Geschäftstüchtige sei. Sie anerkennt nach einigem Widerstand jede Idee, aber das kommt dann von selbst auch deren Gegenidee zugute. Das sieht so aus wie eine ungeheure Schwäche und Nachlässigkeit; aber es ist wohl auch ein ganz bewußtes Bemühen, den Geist wissen zu lassen, daß Geist nicht alles sei, denn würde auch nur ein einziges Mal mit einer der Ideen, die unser Leben bewegen, restlos, so daß von der Gegenidee nichts übrig bleibt, Ernst gemacht werden, unsere Kultur wäre wohl nicht mehr unsere Kultur!

Der General hatte eine dicke, kleine Kinderfaust; er ballte sie und klatschte wie mit einem gefütterten Handschuh auf die Platte seines Schreibtisches, während ihm sein Gefühl die Unentbehrlichkeit einer starken Faust bestätigte. Als Offizier besaß er eine Weltanschauung! Der irrationale Rest darin hieß Ehre, Gehorsam, Allerhöchster Kriegsherr, Dienstreglement III. Teil, und als Zusammenfassung von alledem bestand er in der Überzeugung, daß der Krieg nichts ist wie die Fortsetzung des Friedens mit stärkeren Mitteln, eine kraftvolle Art der Ordnung, ohne die die Welt nicht mehr bestehen kann. Die Gebärde, mit der der General auf seinen Tisch geklatscht hatte, wäre ein wenig lächerlich gewesen, wenn eine Faust bloß etwas Athletisches und nicht auch etwas Geistiges, eine Art unentbehrlicher Ergänzung des Geistes bedeuten würde. Stumm von Bordwehr hatte das Zivilistische schon ein wenig satt. Er hatte die Erfahrung gemacht, daß die Bibliotheksdiener die einzigen Menschen sind, die einen verläßlichen Überblick über den Zivilverstand besitzen. Er hatte die Paradoxie des Übermaßes der Ordnung entdeckt, daß ihre Vollendung unvermeidlicherweise Untätigkeit nach sich ziehen müßte. Er hatte etwas Komisches im Gefühl, wie eine Erklärung dafür, warum beim Militär die größte Ordnung und gleichzeitig die Bereitschaft zur Lebenshingabe zu finden sei. Er hatte herausbekommen, daß durch irgendeinen unaussprechlichen Zusammenhang Ordnung zu einem Bedürfnis nach Totschlag führe. Er sagte sich besorgt, daß er in diesem Tempo nicht weiterarbeiten dürfe! «Und was ist denn überhaupt Geist?!» fragte sich der General rebellisch. «Er geht doch nicht um Mitternacht in einem weißen Hemd um; was sollte er also anderes sein als eine gewisse Ordnung, die wir unseren Eindrücken und Erlebnissen geben?! Aber dann,» schloß er entschieden, mit einem beglückenden Einfall «wenn Geist nichts ist als geordnetes Erleben, dann braucht man ihn in einer ordentlichen Welt überhaupt nicht!»

Aufatmend stellte Stumm von Bordwehr das Konferenzsignal auf Frei, trat vor den Spiegel und strich seine Haare glatt, um vor dem Eintritt seiner Untergebenen alle Spuren von Gemütsbewegung zu beseitigen.

109

Bonadea, Kakanien; Systeme des Glücks und Gleichgewichts

Wenn es in Kakanien jemand gab, der von Politik nichts verstand, noch wissen wollte, so war dies Bonadea; und doch bestand zwischen ihr und den unerlösten Nationen ein Zusammenhang: Bonadea (nicht zu verwechseln mit Diotima; Bonadea, die gute Göttin, Göttin der Keuschheit, deren Tempel durch Verkettung des Schicksals zum Schauplatz von Ausschweifungen geworden war, Gattin eines Landesgerichtspräsidenten oder dergleichen und unglückliche Geliebte eines Mannes, der ihrer weder würdig noch genügend bedürftig war) besaß ein System, und die Politik in Kakanien besaß keines.

Bonadeas System hatte bisher in einem Doppelleben bestanden. Sie stillte ihren Ehrgeiz in einem gehoben zu nennenden Familienkreis und empfing auch in ihrem gesellschaftlichen Verkehr die Genugtuung, für eine hochgebildete und distinguierte Dame zu gelten; gewissen Verlockungen, denen ihr Geist ausgesetzt war, gab sie aber mit der Ausrede nach, daß sie das Opfer einer überreizten Konstitution sei, oder auch, daß sie ein Herz habe, welches zu Torheiten verleite, denn Torheiten des Herzens sind ähnlich ehrenvoll wie romantisch-politische Verbrechen, selbst wenn ihre Begleitumstände nicht ganz einwandfrei sein sollten. Das Herz spielte dabei die gleiche Rolle wie Ehre, Gehorsam und des Dienstreglements III. Teil im Leben des Generals oder wie der irrationale Rest in jedem geordneten Lebensverhalten, der zuletzt alles in Ordnung bringt, was der Verstand nicht dahin zu bringen vermag.

Dieses System hatte aber mit einem Fehler gearbeitet; es teilte

Bonadeas Leben in zwei Zustände, zwischen denen sich der Übergang nicht ohne schwere Verluste vollzog. Denn so beredsam das Herz vor einem Fehltritt sein konnte, so mutlos war es nachher, und seine Besitzerin wurde immerwährend zwischen manisch moussierenden und tintenschwarz ausfließenden Seelenzuständen hin und her bewegt, die sich nur selten ausglichen. Immerhin war es ein System; das heißt, es war kein sich selbst überlassenes Spiel der Triebe – etwa so, wie man einmal vor Zeiten das Leben als eine automatische Bilanz von Lust und Unlust, mit einem gewissen Schlußsaldo an Lust hat verstehen wollen –, sondern es enthielt beträchtliche geistige Vorkehrungen, um diese Bilanz zu fälschen.

Jeder Mensch hat eine solche Methode, die Bilanz seiner Eindrücke zu seinen Gunsten umzudeuten, so daß gewissermaßen das tägliche Existenzminimum an Lust daraus hervorgeht, das in gewöhnlichen Zeiten genügt. Seine Lebenslust kann dabei auch aus Unlust bestehn, solche Materialunterschiede spielen keine Rolle, denn bekanntlich gibt es ebenso glückliche Melancholiker wie es Trauermärsche gibt, die um nichts schwerer in ihrem Element schweben wie ein Tanz in dem seinen. Wahrscheinlich läßt sich sogar auch umgekehrt behaupten, daß viele fröhliche Menschen nicht um das geringste glücklicher sind als traurige, denn Glück strengt genau so an wie Unglück; das ist ungefähr so wie Fliegen nach dem Prinzip Leichter – oder Schwerer als die Luft. Aber ein anderer Einwand liegt nahe; denn hätte dann nicht die alte Weisheit der Wohlhabenden recht, daß kein Armer sie zu beneiden brauche, da es ja lediglich eine Einbildung sei, daß ihn ihr Geld glücklicher machen würde? Es würde ihn bloß vor die Aufgabe stellen, statt seines Lebenssystems ein anderes auszubilden, dessen Lusthaushalt bestenfalls doch nur mit dem kleinen Glücksüberschuß abschließen könnte, den er ohnedies hat. Theoretisch bedeutet das, daß die Familie ohne Obdach, wenn sie in einer eisigen Winternacht nicht erfroren ist, bei den ersten Strahlen der Morgensonne ebenso glücklich ist wie der reiche Mann, der aus dem warmen Bett heraus muß; und praktisch kommt es darauf hinaus, daß jeder Mensch geduldig wie ein Esel das trägt, was ihm aufgepackt ist, denn ein Esel, der um eine Kleinigkeit stärker ist als seine Last, ist glücklich. Und in der Tat, das ist die verläßlichste Definition von persönlichem Glück, zu der man gelangen kann, solange man nur einen Esel allein betrachtet. In Wahrheit ist aber das persönliche Glück (oder Gleichgewicht, Zufriedenheit oder wie immer man das automatische innerste Ziel der Person nennen mag) nur soweit in sich selbst abgeschlossen, wie es ein Stein in einer Mauer oder ein Tropfen in einem Fluß ist, durch den die Kräfte und Spannungen des Ganzen gehn. Was ein Mensch selbst tut und empfindet, ist geringfügig, im Vergleich mit allem, wovon er voraussetzen muß, daß es andere für ihn in ordentlicher Weise tun und empfinden. Kein Mensch lebt nur sein eigenes Gleichgewicht, sondern jeder stützt sich auf das der Schichten, die ihn umfassen, und so spielt in die kleine Lustfabrik der Person ein höchst verwickelter moralischer Kredit hinein, von dem noch zu sprechen sein wird, weil er nicht weniger zur seelischen Bilanz der Gesamtheit wie zu der des Einzelnen gehört.

Seit Bonadeas Anstrengungen, ihren Geliebten wiederzugewinnen, keinen Erfolg hatten und sie glauben machten, daß Diotimas Geist und Tatkraft ihr Ulrich geraubt hätten, war sie maßlos eifersüchtig auf diese Frau, hatte aber, wie das schwachen Menschen leicht widerfährt, in der Bewunderung für sie eine gewisse Erklärung und Entschädigung gefunden, die ihr für den Verlust zum Teil Genüge tat; in diesem Zustand befand sie sich nun schon geraume Weile und hatte es durchgesetzt, daß sie hie und da unter dem Vorwand bescheidener Beiträge zur Parallelaktion von Diotima empfangen worden war, ohne daß sie jedoch in den Verkehr des Hauses einbezogen wurde, und sie bildete sich ein, daß zwischen Diotima und Ulrich darüber ein gewisses Einvernehmen bestehen müsse. So litt sie unter der Grausamkeit der beiden, und da sie sie auch liebte, entstand in ihr die Illusion einer unvergleichlichen Reinheit und Selbstlosigkeit ihres Empfindens. Des Morgens, wenn ihr Mann die Wohnung verlassen hatte, worauf sie ungeduldig wartete, setzte sie sich sehr oft vor den Spiegel wie ein Vogel, der sein Gefieder zurechtschüttelt. Sie band, brannte und wand dann ihr Haar, bis es eine Form annahm, die Diotimas griechischem Knoten nicht unähnlich sah. Sie strich und bürstete kleine Locken hervor, und wenn das Ganze auch ein wenig lächerlich wurde, sie bemerkte es nicht, denn aus dem Spiegel lächelte ihr ein Antlitz entgegen, das in seiner allgemeinen Gestaltung nun von ferne an die Göttliche erinnerte. Die Sicherheit und Schönheit eines Wesens, das von ihr bewundert wurde, und sein Glück, stiegen dann in den kleinen, seichten, warmen Wellen einer geheimnisvollen, wenn auch noch nicht tief vollzogenen Vereinigung in ihr empor, gleichwie man am Rand eines großen Meeres sitzt und die Füße ins Wasser stellt. Dieses einer religiösen Verehrung ähnliche Verhalten – denn von den Göttermasken, in die der Mensch in ursprünglichen Zuständen mit seinem ganzen Körper hineinkriecht, bis zu den Zeremonien der Zivilisation hat solches das Fleisch ergreifende Glück der gläubigen Nachahmung niemals seine Bedeutung ganz ausgespielt! – wurde über Bonadea noch dadurch mächtig, daß sie Kleider und Äußerlichkeiten mit einer Art Zwang liebte. Wenn Bonadea sich in einem neuen Kleid im Spiegel betrachtete, so hätte sie sich niemals vorzustellen vermocht, daß eine Zeit kommen könne, wo man etwa, statt Schinkenärmeln, gekräuselten Stirnlöckchen und langen Glockenröcken, Knieröckchen und Knabenhaar tragen werde. Sie hätte die Möglichkeit auch nicht bestritten, denn ihr Gehirn wäre einfach nicht imstande gewesen, eine solche Vorstellung aufzunehmen. Sie hatte sich immer so gekleidet, wie man als vornehme Frau aussehen mußte, und empfand jedes Halbjahr vor der neuen Mode eine Ehrfurcht wie vor der Ewigkeit. Würde man ihrer Überlegungsfähigkeit das Zugeständnis der Vergänglichkeit abgezwungen haben, so hätte auch das ihre Ehrfurcht nicht im geringsten vermindert. Sie nahm den Zwang der Welt rein in sich auf, und die Zeiten, wo man die Besuchskarten an einer Ecke umbog oder seinen Freunden Neujahrswünsche ins Haus schickte oder auf dem Ball die Handschuhe abstreifte, lagen in den Zeiten, wo man das nicht tat, so weit hinter ihr wie für jeden andern Zeitgenossen die Zeit vor hundert Jahren, nämlich ganz und gar im Unvorstellbaren, Unmöglichen und Überholten. Darum war es auch in solchem Grade komisch, Bonadea ohne Kleider zu sehn; sie war dann gänzlich auch jedes ideellen Schutzes entkleidet und die nackte Beute eines unerbittlichen Zwangs, der so unmenschlich wie ein Erdbeben über sie herfiel.

Dieser periodische Untergang ihrer Kultur in den Umschwüngen einer dumpfen Stoffwelt hatte sich aber jetzt verloren, und seit Bonadea so geheimnisreiche Sorgfalt auf ihr Aussehen verwandte, lebte sie, was seit ihrem zwanzigsten Jahr nicht mehr geschehen war, den illegitimen Teil ihres Lebens als Witwe. Wohl kann man es als eine allgemeine Erfahrung hinnehmen, daß Frauen, die übergroße Sorgfalt auf ihr Aussehen verwenden, verhältnismäßig tugendhaft sind, denn das Mittel verdrängt dann den Zweck, genau so wie große Sporthelden oft schlechte Liebhaber abgeben, gar zu martialisch aussehende Offiziere schlechte Soldaten und besonders durchgeistigte Männerköpfe manchmal sogar Dummköpfe sind; aber bei Bonadea handelte es sich nicht nur um diese Frage der Energieverteilung, sondern sie hatte sich mit einer ganz überraschenden Überergiebigkeit ihrem neuen Leben zugewandt. Sie zog mit der Liebe eines Malers ihre Augenbrauen nach, emaillierte sich ein wenig an Stirn und Wangen, so daß diese aus dem Naturalismus zu jener leichten Überhöhung und Entfernung von der Wirklichkeit gelangten, die dem sakralen Stil eigentümlich ist, der Körper wurde im weichen Korsett zurechtgerüttelt, und für die großen Brüste, die ihr sonst immer etwas hinderlich und beschämend, weil allzu weiblich vorgekommen waren, empfand sie mit einemmal eine schwesterliche Liebe. Ihr Gatte war nicht wenig erstaunt, wenn er sie mit dem Finger am Hals kitzelte und zur Antwort bekam: «Zerstöre doch nicht meine Frisur!» oder wenn er fragte: «Willst du mir denn nicht die Hand geben?!» und sie antwortete: «Unmöglich, ich habe mein neues Kleid an!» Aber die Kraft der Sünde hatte sich gleichsam aus den Scharnieren gelöst, in denen sie der Körper gefangen hält, und wanderte wie ein frühlinghaftes Gestirn in der verklärten neuen Welt einer Bonadea umher, die sich unter dieser ungewohnten und mild verdünnten Art der Bestrahlung von ihrer «Überreizung» befreit fühlte, als ob ein Schorf von ihr abgefallen wäre. Zum erstenmal, seit sie verheiratet waren, fragte sich ihr Ehemann mißtrauisch, ob nicht ein Dritter seinen häuslichen Frieden störe.

Was sich damit ereignet hatte, war aber nichts anderes als eine Erscheinung aus dem Bereich der Lebenssysteme. Kleider, aus dem Fluidum der Gegenwart herausgehoben und in ihrem ungeheuerlichen Dasein auf einer menschlichen Gestalt als Form an sich betrachtet, sind seltsame Röhren und Wucherungen, würdig der Gesellschaft eines Nasenpfeils und durch die Lippen gezogenen Rings; aber wie hinreißend werden sie, wenn man sie samt den Eigenschaften sieht, die sie ihrem Besitzer leihen! Dann geschieht nicht weniger, als wenn in einen krausen Linienzug auf einem Stück Papier der Sinn eines großen Worts hineinfährt. Man stelle sich vor, die unsichtbare Güte und Auserlesenheit eines Menschen würde plötzlich als ein dottrig goldener, vollmondgroß schwebender Heiligenschein hinter seinem Scheitelwirbel auftauchen, wie es auf frommen, alten Bildern zu sehen ist, während er am Korso spazierengeht oder bei einem Tee soeben Sandwiches auf seinen Teller legt: es wäre ohne Zweifel eines der ungeheuersten und erschütterndsten Erlebnisse; und solche Kraft, das Unsichtbare, ja sogar das gar nicht Vorhandene sichtbar zu machen, beweist ein gut gemachtes Kleidungsstück alle Tage!

Solche Gegenstände gleichen Schuldnern, die den Wert, den wir ihnen leihen, mit phantastischen Zinsen zurückzahlen, und eigentlich gibt es nichts als Schuldnerdinge. Denn jene Eigenschaft der Kleidungsstücke besitzen auch Überzeugungen, Vorurteile, Theorien, Hoffnungen, der Glaube an irgendetwas, Gedanken, ja selbst die Gedankenlosigkeit besitzt sie, sofern sie nur kraft ihrer selbst von ihrer Richtigkeit durchdrungen ist. Sie alle dienen, indem sie uns das Vermögen leihen, das wir ihnen borgen, dem Zweck, die Welt in ein Licht zu stellen, dessen Schein von uns ausgeht, und im Grunde ist nichts anderes als dies die Aufgabe, für die jeder sein besonderes System hat. Mit großer und mannigfaltiger Kunst erzeugen wir eine Verblendung, mit deren Hilfe wir es zuwege bringen, neben den ungeheuerlichsten Dingen zu leben und dabei völlig ruhig zu bleiben, weil wir diese ausgefrorenen Grimassen des Weltalls als einen Tisch oder einen Stuhl, ein Schreien oder einen ausgestreckten Arm, eine Geschwindigkeit oder ein gebratenes Huhn erkennen. Wir sind imstande, zwischen einem offenen Himmelsabgrund über unserem Kopf und einem leicht zugedeckten Himmelsabgrund unter den Füßen, uns auf der Erde so ungestört zu fühlen wie in einem geschlossenen Zimmer. Wir wissen, daß sich das Leben ebenso in die unmenschlichen Weiten des Raums wie in die unmenschlichen Engen der Atomwelt verliert, aber dazwischen behandeln wir eine Schichte von Gebilden als die Dinge der Welt, ohne uns im geringsten davon anfechten zu lassen, daß das bloß die Bevorzugung der Eindrücke bedeutet, die wir aus einer gewissen mittleren Entfernung empfangen. Ein solches Verhalten liegt beträchtlich unter der Höhe unseres Verstandes, aber gerade das beweist, daß unser Gefühl stark daran teil hat. Und in der Tat, die wichtigsten geistigen Vorkehrungen der Menschheit dienen der Erhaltung eines beständigen Gemütszustands, und alle Gefühle, alle Leidenschaften der Welt sind ein Nichts gegenüber der ungeheuren, aber völlig unbewußten Anstrengung, welche die Menschheit macht, um sich ihre gehobene Gemütsruhe zu bewahren! Es lohnt sich scheinbar kaum, davon zu reden, so klaglos wirkt es. Aber wenn man näher hinsieht, ist es doch ein äußerst künstlicher Bewußtseinszustand, der dem Menschen den aufrechten Gang zwischen kreisenden Gestirnen verleiht und ihm erlaubt, inmitten der fast unendlichen Unbekanntheit der Welt würdevoll die Hand zwischen den zweiten und dritten Rockknopf zu stecken. Und um das zuwege zu bringen, gebraucht nicht nur jeder Mensch seine Kunstgriffe, der Idiot ebensogut wie der Weise, sondern diese persönlichen Systeme von Kunstgriffen sind auch noch kunstvoll eingebaut in die moralischen und intellektuellen Gleichgewichtsvorkehrungen der Gesellschaft und Gesamtheit, die im Größeren dem gleichen Zweck dienen. Dieses Ineinandergreifen ist ähnlich dem der großen Natur, wo alle Kraftfelder des Kosmos in das der Erde hineinwirken, ohne daß man es merkt, weil das irdische Geschehen eben das Ergebnis ist; und die dadurch bewirkte geistige Entlastung ist so groß, daß sich die Weisesten genau so wie die kleinen Mädchen, die nichts wissen, in ungestörtem Zustande sehr klug und gut vorkommen.

Aber von Zeit zu Zeit, nach solchen Zufriedenheitszuständen, die man in gewissem Sinn auch Zwangszustände des Fühlens und Wollens nennen könnte, scheint das Gegenteil über uns zu kommen oder, um es gleichfalls in Begriffen eines Narrenhauses auszudrücken, es setzt dann plötzlich auf der Erde eine gewaltige Ideenflucht ein, nach deren Ablauf das ganze Menschenleben um neue Mittelpunkte und Achsen gelagert ist. Die tiefer als der Anlaß reichende Ursache aller großen Revolutionen liegt nicht in der angehäuften Unzuträglichkeit, sondern in der Abnützung des Zusammenhalts, der die künstliche Zufriedenheit der Seelen gestützt hat. Man könnte darauf am besten den Ausspruch eines berühmten Frühscholastikers anwenden, der lateinisch «Credo, ut intelligam» lautet und etwas frei sich etwa so ins zeitgenössische Deutsche übersetzen läßt: Herr, o mein Gott, gewähre meinem Geist einen Produktionskredit! Denn wahrscheinlich ist jedes menschliche Credo nur ein Sonderfall des Kredits überhaupt. In der Liebe wie im Geschäft, in der Wissenschaft wie beim Weitsprung muß man glauben, ehe man gewinnen und erreichen kann, und wie sollte das nicht vom Leben im ganzen gelten?! Seine Ordnung mag noch so begründet sein, ein Stück freiwilligen Glaubens an diese Ordnung ist immer darunter, ja es bezeichnet wie bei einer Pflanze die Stelle, wo der Trieb angesetzt hat, und ist dieser Glaube verbraucht, für den es keine Rechenschaft und Deckung gibt, so folgt bald der Zusammenbruch; es stürzen Zeitalter und Reiche nicht anders zusammen wie Geschäfte, wenn ihnen der Kredit verlorengeht. Und damit wäre diese grundsätzliche Betrachtung des seelischen Gleichgewichts von dem schönen Beispiel Bonadeas zu dem traurigen Kakaniens gelangt. Denn Kakanien war das erste Land im gegenwärtigen Entwicklungsabschnitt, dem Gott den Kredit, die Lebenslust, den Glauben an sich selbst und die Fähigkeit aller Kulturstaaten entzog, die nützliche Einbildung zu verbreiten, daß sie eine Aufgabe hätten. Es war ein kluges Land und beherbergte kultivierte Menschen; wie alle kultivierten Menschen an allen Orten der Erde liefen diese zwischen einer ungeheuren Aufregung von Geräusch, Geschwindigkeit, Neuerung, Streitfall und allem, was sonst noch zur optisch-akustischen Landschaft unseres Lebens gehört, in einer unentschiedenen Gemütslage umher; wie alle anderen Menschen lasen und hörten sie täglich einige Dutzend Nachrichten, die ihnen die Haare sträubten, und waren bereit, sich über sie zu erregen, ja sogar einzugreifen, aber es kam nicht dazu, denn einige Augenblicke später war der Reiz schon durch neuere aus dem Bewußtsein verdrängt; wie alle anderen fühlten sie sich von Mord, Totschlag, Leidenschaft, Opfermut, Größe umgeben, die sich irgendwie in dem Knäuel ereigneten, der um sie gebildet war, aber sie konnten zu diesen Abenteuern nicht hingelangen, weil sie in einem Büro oder einer anderen Berufsanstalt gefangen saßen, und wenn sie gegen Abend freikamen, so explodierte ihre Spannung, mit der sie nichts mehr anzufangen wußten, in Vergnügungen, die ihnen kein Vergnügen bereiteten. Und eines kam gerade bei den Kultivierten, wenn sie sich nicht so ausschließlich der Liebe widmeten wie Bonadea, noch hinzu: Sie hatten nicht mehr die Gabe des Kredits und nicht die des Betrugs. Sie wußten nicht mehr, wo kam ihr Lächeln, ihr Seufzer, ihr Gedanke hin? Wozu hatten sie gedacht und gelächelt? Ihre Ansichten waren Zufälle, ihre Neigungen waren längst da, irgendwie hing alles als Schema in der Luft, in das man hineinlief, und sie konnten nichts von ganzem Herzen tun oder lassen, weil es kein Gesetz ihrer Einheit gab. Auf solche Weise war der Kultivierte der Mensch, der fühlte, daß irgendeine Schuld immer höher steige, daß er sie nie mehr werde abtragen können, er war der Mann, der den unausweichlichen Konkurs sah und entweder die Zeit anklagte, in der er zu leben verurteilt sei, obgleich er genau so gerne in ihr lebte wie nur irgendwer, oder sich mit dem Mut eines, der nichts zu verlieren hatte, auf jede Idee stürzte, die ihm eine Änderung versprach.

Das war nun freilich in der ganzen Welt so, aber als Gott Kakanien den Kredit entzog, tat er das Besondere, daß er die Schwierigkeiten der Kultur ganzen Völkern zu verstehen gab. Wie Bakterien waren sie dort in ihrem Boden gesessen, ohne sich wegen der ordentlichen Rundung des Himmels oder Ähnlichem Sorgen zu machen, aber auf einmal wurde es ihnen eng. Der Mensch weiß gewöhnlich nicht, daß er glauben muß, mehr zu sein, um das sein zu können, was er ist; aber er muß es doch irgendwie über und um sich spüren, und zuweilen kann er es auch plötzlich entbehren. Dann fehlt ihm etwas Imaginäres. Es war durchaus nichts in Kakanien geschehen, und früher würde man gedacht haben, das sei eben die alte, unauffällige kakanische Kultur, aber dieses Nichts war jetzt so beunruhigend wie Nichtschlafenkönnen oder Nichtverstehenkönnen. Und darum hatten es die Intellektuellen leicht, nachdem sie sich eingeredet hatten, das werde in einer nationalen Kultur anders sein, auch die kakanischen Völker davon zu überzeugen. Das war nun eine Art Religionsersatz oder ein Ersatz für den guten Kaiser in Wien oder einfach eine Erklärung der unverständlichen Tatsache, daß die Woche sieben Tage hat. Denn es gibt viele unerklärliche Dinge, aber wenn man seine Nationalhymne singt, so fühlt man sie nicht. Natürlich wäre das der Augenblick gewesen, wo ein guter Kakanier auf die Frage, was er sei, auch mit Begeisterung hätte antworten können: «Nichts!» Denn das heißt Etwas, dem wieder freie Hand gegeben ist, aus einem Kakanier alles zu machen, was noch nicht dawar! Aber die Kakanier waren keine so trotzigen Menschen und begnügten sich mit der Hälfte, indem sich jede Nation bloß bemühte, mit der anderen das zu machen, was ihr gut schien. Natürlich kann man sich dabei schwer Schmerzen vergegenwärtigen, die man nicht selbst hat. Und man ist durch zwei Jahrtausende altruistischer Erziehung so selbstlos geworden, daß man auch dann, wenn es mir oder dir schlecht gehen soll, immer für den anderen ist. Trotzdem darf man sich unter dem berühmten kakanischen Nationalismus nicht etwas besonders Wildes vorstellen. Er war mehr ein geschichtlicher als ein wirklicher Vorgang. Die Menschen dort hatten einander recht gern; sie schlugen sich zwar die Köpfe ein und bespien einander, aber das taten sie nur aus Rücksichten höherer Kultur, wie es ja auch sonst vorkommt, daß ein Mensch, der unter vier Augen einer Fliege nicht weh tun mag, unter dem Bild des Gekreuzigten im Richtsaal einen

Menschen zum Tod verurteilt. Und man darf wohl sagen: Jedesmal, wenn ihre höheren Ichs eine Pause machten, atmeten die Kakanier auf und fühlten sich als brave Eßwerkzeuge, zu denen sie gleich allen Menschen geschaffen waren, sehr erstaunt über ihre Erfahrungen als Werkzeuge der Geschichte.

110

Moosbruggers Auflösung und Aufbewahrung

Moosbrugger saß noch immer im Gefängnis und wartete auf die Wiederholung seiner Untersuchung durch die Irrenärzte. Das ergab eine geschlossene Menge von Tagen. Der einzelne trat wohl hervor, wenn er da war, aber er sank schon gegen Abend wieder in die Menge zurück. Moosbrugger kam wohl mit Sträflingen, Aufsehern, Gängen, Höfen, mit einem kleinen Stück blauen Himmels, mit ein paar Wolken, die dieses Stück durchquerten, mit Speisen, Wasser und hie und da mit einem Vorgesetzten in Berührung, der nach ihm sah, aber diese Eindrücke waren zu schwach, um sich dauernd durchzusetzen. Er hatte weder Uhr noch Sonne, weder Arbeit noch Zeit. Er war immer hungrig. Er war immer müde, von dem Herumirren auf seinen sechs Quadratmetern, das müder macht als das Herumirren über Meilen. Er langweilte sich bei allem, was er tat, als ob er einen Topf mit Papp umrühren müßte. Wenn er aber das Ganze überdachte, dann kam es ihm so vor, als ob Tag und Nacht, Essen und wieder Essen, Visite und Kontrolle unaufhörlich und rasch hinter einander drein schnurren würden, und er unterhielt sich damit. Seine Lebensuhr war in Unordnung geraten; man konnte sie vor- und zurückdrehen. Er mochte das gern; es paßte zu ihm. Weit Zurückliegendes und Frisches wurde nicht länger künstlich auseinandergehalten, sondern wenn es das gleiche war, dann hörte das, was man «zu verschiedener Zeit» nennt, auf, daran zu haften wie ein roter Faden, den man aus Verlegenheit einem Zwilling um den Hals binden muß. Das Unwesentliche verschwand aus seinem Leben. Wenn er über dieses Leben nachdachte, so sprach er innerlich langsam mit sich selbst und legte dabei auf die Nebensilben das gleiche Gewicht wie auf die Hauptsilben; das war ein ganz anderer Gesang des Lebens als der, den man alle Tage hört. Er blieb oft bei einem Wort eine lange Weile stehn, und wenn er es schließlich verließ, ohne recht zu wissen wie, kam ihm das Wort nach einiger Zeit mit einemmal wieder anderswo entgegen. Er lachte vor Vergnügen, weil niemand wußte, was ihm begegnete. Es ist schwer, einen Ausdruck für diese Einheit seines Wesens zu finden, die er in manchen Stunden erlangte.

Man kann sich wohl leicht vorstellen, daß das Leben eines Menschen wie ein Bach dahinfließt; aber die Bewegung, die Moosbrugger in dem seinen wahrnahm, floß wie ein Bach durch ein großes stehendes Wasser. Vorwärts treibend, verflocht sie sich auch rückwärts, und der eigentliche Lauf des Lebens verschwand fast darin. Er selbst hatte einmal in einem halbwachen Traum davon die Empfindung, daß er den Moosbrugger des Lebens wie einen schlechten Rock am Leib getragen hätte, aus dem jetzt, wenn er ihn zuweilen etwas öffnete, in wäldergroßen Seidenwellen das wunderlichste Futter quoll.

Er wollte nicht mehr wissen, was draußen vor sich ging. Irgendwo war Krieg. Irgendwo war eine große Hochzeit. Der König von Beludschistan kommt jetzt an – dachte er. Überall exerzierten die Soldaten, wandelten die Huren, standen die Zimmerleute in den Dachstühlen. In den Wirtshäusern von Stuttgart quoll das Bier aus den gleichen krummen gelben Hähnen wie in Belgrad. Wenn man wandert, frägt einen überall der Gendarm nach den Papieren. Überall drücken sie einem einen Stempel hinein. Überall gibt es entweder Wanzen oder keine. Arbeit oder nicht. Die Weiber sind alle gleich. Die Ärzte in den Spitälern sind alle gleich. Wenn man abends von der Arbeit kommt, sind die Menschen auf den Straßen und tun nichts. Immer und überall ist es das gleiche; es fällt den Leuten nichts ein. Als der erste Aeroplan durch den blauen Himmel über Moosbruggers Kopf flog, das war schön gewesen; aber dann kam ein solches Flugzeug nach dem andern, und eines sah wie das andere aus. Das war ein anderes Einerlei als das der Wunder seiner Gedanken. Er begriff nicht, wie es zuwege kam, und es war ihm überall im Weg gewesen! Er schüttelte den Kopf. «Hol der Teufel» dachte er «diese Welt!» Oder mochte der Henker ihn holen, er verlor nicht viel dabei...

Trotzdem ging er zuweilen wie in Gedanken zur Tür und versuchte leise an der Stelle herum, wo außen das Schloß saß. Dann sah vom Gang durch die Guckscheibe ein Auge herein, und eine böse Stimme folgte, die ihn schalt. Vor solchen Beleidigungen wich Moosbrugger rasch in die Zelle zurück, und es geschah dann, daß er sich eingesperrt und beraubt fühlte. Vier Wände und eine eiserne Tür sind nichts Besonderes, wenn man aus und ein geht. An einem Gitter vor einem fremden Fenster ist auch nicht viel daran, und daß eine Pritsche oder ein Holztisch ihren festen Standplatz haben, ist nur in Ordnung. In dem Augenblick aber, wo man damit nicht mehr umgehen kann, wie man will, entsteht eben etwas, das ganz unsinnig ist. Diese Dinge, vom Menschen gemacht, Diener, Sklaven, von denen man nicht einmal weiß, wie sie aussehen, werden frech. Sie gebieten Halt. Wenn Moosbrugger bemerkte, wie die Dinge mit ihm herumbefahlen, hatte er nicht übel Lust, sie auseinanderzureißen, und mußte sich mühevoll überzeugen daß ein Kampf mit diesen Dienern der Justiz seiner nicht würdig sei. Aber das Zucken in seinen Händen war so stark, daß er sich fürchtete, krank zu werden.

Man hatte sechs Quadratmeter der weiten Welt ausgewählt, und Moosbrugger ging darauf hin und her. Das Denken der gesunden, nicht eingesperrten Menschen glich übrigens sehr dem seinen. Obgleich sie vor kurzem noch lebhaft von ihm beschäftigt worden waren, hatten sie ihn rasch vergessen. Er war auf seinen Platz gebracht worden wie ein Nagel, der in die Wand geschlagen wird; wenn er einmal darin steckt, nimmt ihn niemand mehr wahr. Andere Moosbruggers kamen an die Reihe; sie waren nicht er, sie waren nicht einmal die gleichen, aber sie leisteten den gleichen Dienst. Es war ein Sexualverbrechen gewesen, eine dunkle Geschichte, ein grauenhafter Mord, die Tat eines Wahnsinnigen, die Tat eines nur halb Unzurechnungsfähigen, eine Begegnung, vor der sich eigentlich jeder Mensch in acht nehmen müßte, ein befriedigendes Zugreifen des Kriminaldienstes und der Justiz...: solche allgemeinen, inhaltsarmen Begriffe und Erinnerungsbereitschaften spannen den leergesogenen Vorfall an irgendeiner Stelle ihres weiten Netzes ein. Man vergaß Moosbruggers Namen, man vergaß die Einzelheiten. Er war «ein Eichhörnchen, ein Hase oder ein Fuchs» geworden, die genauere Unterscheidung hatte ihren Wert verloren; das Bewußtsein der Öffentlichkeit bewahrte keinen bestimmten Begriff von ihm, sondern nur die matten, weiten Felder sich vermengender allgemeiner Begriffe, die so waren wie die graue Helle in einem Fernglas, das auf eine zu große Entfernung eingestellt ist. Diese Zusammenhangsschwäche, die Grausamkeit eines Denkens, das mit den ihm genehmen Begriffen schaltet, ohne sich um das Gewicht von Leid und Leben zu kümmern, das jede Entscheidung schwer macht: solches hatte die Seele der Allgemeinheit mit der seinen gemeinsam; aber was in seinem Narrengehirn Traum war, Märchen, schadhafte oder sonderbare Stelle im Spiegel des Bewußtseins, die das Bild der Welt nicht zurückwarf, sondern das Licht hindurchließ, das fehlte ihr, oder es war höchstens da und dort in einem einzelnen Menschen und seiner unklaren Erregung etwas davon enthalten.

Und was sich genau auf Moosbrugger bezog, auf diesen und keinen anderen Moosbrugger, den man auf bestimmten sechs Quadratmetern der Welt einstweilen untergebracht hatte, seine Ernährung, Überwachung, aktenmäßige Behandlung, Weiterbeförderung zum Zuchthausleben oder zum Tode, war einer verhältnismäßig kleinen Gruppe von Menschen übertragen, die sich ganz anders verhielt. Hier spähten Augen mißtrauisch in Ausübung ihres Dienstes, rügten Stimmen den geringsten Verstoß. Nie traten weniger als zwei Wächter bei ihm ein. Fesseln wurden ihm angelegt, wenn er über die Gänge geführt wurde.

Man handelte da unter dem Einfluß einer Angst und Vorsicht, die sich dem bestimmten Moosbrugger in diesem kleinen Bezirk anhängte, aber irgendwie in seltsamem Widerspruch zu der Behandlung stand, die er im allgemeinen erfuhr. Er beschwerte sich oft über diese Vorsicht. Aber dann machte der Aufseher, der Direktor, der Arzt, der Pfaffe, wer immer seine Proteste hörte, ein unzugängliches Gesicht und antwortete ihm, seine Behandlung entspräche der Vorschrift. So war die Vorschrift nun der Ersatz für die verlorene Teilnahme der Welt, und Moosbrugger dachte: «Du hast einen langen Strick um den Hals und kannst nicht sehen, wer daran zieht.» Er war gleichsam um eine Ecke herum an der Außenwelt angebunden. Leute, die zum größern Teil gar nicht an ihn dachten, ja nicht einmal etwas von ihm wußten oder für die er höchstens so viel bedeutete wie eine gewöhnliche Henne auf einer gewöhnlichen Dorfstraße für einen Universitätsprofessor der Zoologie, wirkten zusammen, um das Schicksal zu bereiten, das er unkörperlich an sich zerren fühlte. Ein Bürofräulein schrieb an einem Zusatz zu seinem Akt. Ein Registrator behandelte diesen nach kunstvollen Gedächtnisregeln. Ein Ministerialrat bereitete die neueste Weisung für den Strafvollzug vor. Einige Psychiater führten einen Fachstreit über die Abgrenzung bloß psychopathischer Veranlagung von bestimmten Fällen der Epilepsie und ihrer Vermischung mit anderen Krankheitsbildern. Juristen schrieben über das Verhältnis der Milderungs- zu den Minderungsgründen. Ein Bischof sprach sich gegen die allgemeine Lockerung der Sitten aus, und ein Jagdpächter klagte Bonadeas gerechtem Gatten das Überhandnehmen der Füchse, wodurch in diesem hohen Funktionär die Stimmung zugunsten der Unbeugsamkeit von Rechtsgrundsätzen verstärkt wurde.

Aus solchen unpersönlichen Geschehnissen setzt sich in einer Weise das persönliche Geschehen zusammen, die vorläufig unbeschreiblich ist. Und wenn man Moosbruggers Fall alles individuell Romantischen entkleidete, das nur ihn und die paar Menschen anging, die er ermordet hatte, so blieb von ihm nicht mehr als ungefähr das übrig, was sich in dem Verzeichnis von zitierten Schriften ausdrückte, das Ulrichs Vater einer jüngsten Zuschrift an seinen Sohn beigelegt hatte. Ein solches Verzeichnis sieht folgendermaßen aus: AH. – AMP. – AAC. – AKA. – AP. – ASZ. – BKL. – BGK. – BUD. – CN. – DTJ. – DJZ. – FBgM. – GA. – GS. – JKV. – KBSA. – MMW. – NG. – PNW. – R. – VSgM. – WMW. – ZGS. – ZMB. – ZP. – ZSS. – Addickes a. a. O. – Aschaffenburg a. a. O. – Beling a. a. O. usw. usw. – oder in Worte übersetzt: Annales d'Hygiène Publique et de Médicine légale, hgb. v. Brouardel, Paris; Annales Médico-Psychologiques, hgb. v. Ritti... usw. usw. in kürzesten Abkürzungen eine Seite lang. Die Wahrheit ist eben kein Kristall, den man in die Tasche stecken kann, sondern eine unendliche

Flüssigkeit, in die man hineinfällt. Man denke sich an jede dieser Abkürzungen einige Hundert oder Dutzend Druckseiten geknüpft, an jede Seite einen Mann mit zehn Fingern, der sie schreibt, an jeden Finger zehn Schüler und zehn Gegner, an jeden Schüler und Gegner zehn Finger, und an jeden Finger den zehnten Teil einer persönlichen Idee, so gewinnt man eine kleine Vorstellung von ihr. Ohne sie kann selbst der bekannte Sperling nicht vom Dach fallen. Sonne, Wind, Nahrung haben ihn hingeführt, Krankheit, Hunger, Kälte oder eine Katze ihn getötet; aber alles das hätte nicht ohne biologische, psychologische, meteorologische, physikalische, chemische, soziale usw. Gesetze geschehen können, und es ist eine rechte Beruhigung, wenn man solche Gesetze bloß sucht, statt daß man sie, wie in der Moral und Rechtsgelehrtheit, selbst erzeugt. Was übrigens Moosbrugger persönlich angeht, so hatte er, wie man weiß, großen Respekt vor dem menschlichen Wissen, von dem er einen leider nur so kleinen Teil besaß, aber er würde seine Lage niemals ganz begriffen haben, auch wenn er sie gekannt hätte. Er ahnte sie dunkel. Sein Zustand kam ihm unfest vor. Sein mächtiger Körper hielt nicht ganz zu. Der Himmel schaute zuweilen in den Schädel hinein. So, wie es früher oft auf den Wanderungen gewesen war. Und niemals, wenn sie jetzt auch zuweilen geradezu unangenehm war, verließ ihn eine gewisse wichtige Gehobenheit, die ihm durch die Kerkermauern aus der ganzen Welt zuströmte. So saß er als die wilde, eingesperrte Möglichkeit einer gefürchteten Handlung wie eine unbewohnte Koralleninsel inmitten eines unendlichen Meeres von Abhandlungen, das ihn unsichtbar umgab.

III

Es gibt für Juristen keine halbverrückten Menschen

Immerhin, ein Verbrecher läßt es sich oft sehr leicht werden, im Vergleich mit der anstrengenden Denkarbeit, zu der er die Gelehrten nötigt. Der Inkulpant macht es sich einfach zunutze, daß die Übergänge von der Gesundheit zur Krankheit in der Natur gleitend sind; wogegen der Jurist in solchem Fall behaupten muß, daß «sich die Bejahungs- und Verneinungsgründe in bezug auf die freie Selbstbestimmung oder die Einsicht in den verbrecherischen Charakter der Tat derart durchkreuzen und aufheben, daß nach allen Denkregeln nur ein problematisches Urteil herauskommt». Denn der Jurist hält sich aus logischen Gründen vor Augen, daß man «in betreff derselbigen Tat niemals ein Mischungsverhältnis zweier Zustände zugeben dürfe», und er läßt nicht zu, daß sich «das Prinzip der sittlichen Freiheit im Verhältnis zu den körperlich bedingten Seelenzuständen in die nebelhafte Unbestimmtheit des Erfahrungsdenkens auflöse». Er holt seine Begriffe nicht aus der Natur, sondern durchdringt die Natur mit der Flamme des Denkens und dem Schwert des Sittengesetzes. Und daran hatte sich in dem vom Justizministerium zur Erneuerung des Strafgesetzbuches einberufenen Ausschuß, dem Ulrichs Vater angehörte, ein Streit entzündet; aber es hatte etlicher Zeit und einiger Mahnungen, die ihn zur Erfüllung kindlicher Pflicht antrieben, bedurft, ehe sich Ulrich die Darstellung seines Vaters samt allen Beilagen ganz zu eigen machte.

Sein «Dich liebender Vater» – denn als solcher unterschrieb er sich noch auf den bittersten Briefen – hatte die Behauptung und Forderung aufgestellt, daß eine teilweise kranke Person nur dann freizusprechen sei, wenn sich nachweisen lasse, daß unter ihren Wahnvorstellungen solche vorgekommen seien, die – wenn sie keine Wahnvorstellungen wären – die Handlung rechtfertigen oder ihre Strafbarkeit aufheben würden. Professor Schwung dagegen – vielleicht, weil er seit vierzig Jahren der Freund und Kollege des alten Herrn war, was schließlich doch einmal zu einem heftigen Gegensatz führen muß – hatte die Behauptung und Forderung aufgestellt, daß ein solches Individuum, worin die Zustände der Zurechnungsfähigkeit und Unzurechnungsfähigkeit, da sie juridisch nicht nebeneinander zu bestehen vermögen, nur in schnellem Wechsel aufeinander folgen können, bloß dann freizusprechen sei, wenn sich in bezug auf das einzelne Wollen nachweisen lasse, daß es dem Inkulpanten gerade im Augenblick dieses Wollens unmöglich gewesen sei, es zu beherrschen. Dies war der Ausgangstatbestand. Es ist für den Laien leicht zu erkennen, daß es dem Verbrecher dabei nicht weniger schwierig sein mag, keinen Augenblick gesunden Willens in der Sekunde der Tat zu übersehen, wie keine Vorstellung, die vielleicht seine Strafbarkeit begründen könnte; aber die Aufgabe der Rechtspflege ist es ja nicht, dem Denken und sittlichen Handeln ein Faulbett zu bieten! Und weil beide Gelehrte von der Würde des Rechts in gleichem Maße überzeugt waren und keiner die Mehrheit des Ausschusses auf seine Seite bringen konnte, warfen sie einander zuerst Irrtum, dann aber in rascher Aufeinanderfolge Unlogik, gewolltes Mißverstehen und mangelnde Idealität vor. Sie taten dies zuerst im Schoß des unentschlossenen Ausschusses; dann aber, als darüber die Sitzungen zu stocken begannen, vertagt werden mußten und endlich gar lange aussetzten, schrieb Ulrichs Vater zwei Broschüren «§ 318 StGB. und der wahre Geist des Rechts» sowie «§ 318 StGB. und die getrübten Quellen der Rechtsfindung», und Professor Schwung kritisierte sie in der Zeitschrift «Die gelehrte Juristenwelt», die Ulrich gleichfalls unter den Beilagen vorfand.

Es kamen in diesen Streitschriften viele Und und Oder vor, denn es mußte die Frage «bereinigt» werden, ob man die beiden Auffassungen durch ein Und verbinden könne oder durch ein Oder trennen müsse. Und als nach langer Pause der Ausschuß wieder einen Schoß bildete, hatte sich in diesem bereits eine Und- und eine Oderpartei getrennt. Außerdem gab es aber auch eine Partei, die sich für den einfachen Vorschlag einsetzte, das Maß der Zurechnung und Zurechnungsfähigkeit im gleichen Verhältnis steigen und fallen zu lassen, wie die Größe des Aufwands an psychischer Kraft steige und falle, die unter den gegebenen Krankheitsumständen zur Selbstbeherrschung hinreichen würde. Dieser Partei stand eine vierte entgegen, die darauf beharrte, daß vorerst voll und ganz entschieden werden müsse, ob ein Täter überhaupt zurechnungsfähig sei; denn die Verminderung der Zurechnungsfähigkeit setze begrifflich das Vorhandensein der Zurechnungsfähigkeit voraus, und sei der Täter in einem Teil zurechnungsfähig, so müsse er voll und ganz bestraft werden, weil man diesen Teil anders nicht strafrechtlich erfassen könne. Gegen diese Partei wandte sich eine neue, die das Prinzip zwar zugab, aber hervorhob, daß die Natur sich nicht daran halte, die auch halbverrückte Menschen erzeuge; weshalb man diesen die Wohltat des Rechts nur in der Form zuwenden könne, daß man zwar von einer Minderung ihrer Schuld absehe, aber den Umständen durch eine Milderung der Strafe Rechnung trage. So bildete sich auch noch eine Zurechnungsfähigkeitspartei und eine Zurechnungspartei, und als auch diese sich genügend geteilt hatten, wurden erst die Gesichtspunkte frei, über deren Anwendung man sich noch nicht entzweit hatte. Natürlich macht kein Fachmann heute seine Streitigkeiten von den Streitigkeiten der Philosophie und Theologie abhängig, aber als Perspektiven, das heißt so leer wie der Raum und doch wie er die Dinge zusammenschiebend, mengen sich diese beiden Nebenbuhlerinnen um die letzte Weisheit überall in die Fachoptik ein. Und so bildete schließlich hier auch noch die sorgsam umgangene Frage, ob man jeden Menschen für sittlich frei ansehen dürfe, mit einem Wort die gute alte Frage der Willensfreiheit ein perspektivisches Zentrum aller Meinungsverschiedenheiten, obgleich sie außerhalb ihrer Erörterung lag. Denn ist der Mensch sittlich frei, so muß man durch die Strafe einen praktischen Zwang auf ihn ausüben, an den man theoretisch nicht glaubt; sieht man ihn aber nicht für frei an, sondern hält ihn für das Stelldichein unabänderlich verknüpfter Naturvorgänge, so kann man zwar durch die Strafe eine wirksame Unlusttendenz in ihm erregen, aber man darf ihm nicht sittlich anrechnen, was er tut. Wegen dieser Frage entstand also noch eine neue Partei, die vorschlug, den Täter in zwei Teile zu teilen; einen zoologisch-psychologischen, der den Richter nichts angehe, und einen juridischen, der zwar nur eine Konstruktion, aber rechtlich frei sei. Glücklicherweise beschränkte sich das auf die Theorie.

Es ist schwer, der Gerechtigkeit in Kürze Gerechtigkeit widerfahren zu lassen. Die Kommission bestand aus ungefähr zwanzig Gelehrten, denen es möglich war, einige tausend Standpunkte zueinander einzunehmen, wie sich leicht nachrechnen läßt. Die Gesetze, die verbessert werden sollten, standen seit dem Jahre 1852 in Anwendung, es handelte sich also überdies um eine sehr dauerhafte Sache, die man nicht leichtfertig durch eine andere ersetzen darf. Und überhaupt kann die ruhende Einrichtung des Rechts nicht allen Gedankensprüngen der jeweilig herrschenden Geistesmode folgen, – wie ein Teilnehmer richtig bemerkte. Mit welcher Gewissenhaftigkeit gearbeitet werden mußte, geht am besten daraus hervor, daß nach statistischen Erhebungen ungefähr siebzig vom Hundert aller Menschen, die zu unserem Schaden Verbrechen begehn, die Sicherheit haben, den Einrichtungen unserer Gerechtigkeit zu entschlüpfen; es ist naheliegend, daß man über das eingefangene Viertel um so genauer nachdenken muß! Natürlich mag alles das seither ein wenig besser geworden sein, und es wäre außerdem falsch, die eigentliche Absicht dieser Berichterstattung in einer Verspottung der Eisblumen zu sehn, die der Verstand in den Köpfen der Rechtsklugen zur schönsten Blüte treibt, worüber sich schon viele Menschen mit Tauwetter im Kopf lustig gemacht haben; im Gegenteil, es waren männliche Strenge, Hochmut, moralische Gesundheit, Unangefochtenheit und Bequemlichkeit, also lauter Eigenschaften des Gemüts und zu einem großen Teil Tugenden, die wir, wie man sagt, hoffentlich nie verlieren werden, was die gelehrten Teilnehmer hinderte, ihre Verstandeskräfte vorurteilslos zu gebrauchen. Sie behandelten den Knaben Mensch nach der Art älterer Schulpräzeptoren als einen ihrer Obhut Anvertrauten, der nur aufmerksam und willig zu sein braucht, um gut durchzukommen, und was dies bewirkte, war nichts als das vormärzliche politische Gefühl des vor dem ihren vergangenen Menschenalters. Gewiß, die psychologischen Kenntnisse dieser Juristen waren etwa um fünfzig Jahre zurückgeblieben, aber das kommt leicht vor, wo man ein Stück seines eigenen Wissensfelds mit des Nachbars Gerät bearbeiten muß, und wird bei günstiger Gelegenheit auch rasch wieder nachgeholt; was jedoch beständig hinter seiner Zeit zurückbleibt, weil es sich noch dazu auf seine Beständigkeit etwas einbildet, ist das Herz des Menschen, und zwar besonders des gründlichen Menschen. Nie ist der Verstand so dürr, hart und verzwickt, wie wenn er eine kleine alte Herzschwäche hat!

Diese führte schließlich zu einem leidenschaftlichen Ausbruch. Als die Kämpfe alle Teilnehmer genügend geschwächt und das Fortschreiten der Arbeit gehindert hatten, mehrten sich die Stimmen, die ein

Übereinkommen vorschlugen, das ungefähr so aussehen sollte, wie alle Formeln aussehen, wenn ein nicht zu schließender Gegensatz mit einem schönen Satz verklebt werden soll. Es bestand Geneigtheit, sich auf jene bekannte Definition zu einigen, nach der man zurechnungsfähig jene Verbrecher nennt, die nach ihren geistigen und sittlichen Eigenschaften eben fähig seien, ein Verbrechen zu begehn; das heißt, beileibe nicht ohne diese Eigenschaften, was eine außerordentliche Definition ist, die den Vorteil bietet, daß sie den Verbrechern sehr viel Arbeit macht und geradezu erlauben würde, das Recht auf die Zuchthauskleidung mit dem Doktortitel zu verbinden. Da aber vollzog Ulrichs Vater, angesichts der drohenden Milde des Jubiläumsjahrs und einer Definition, die so rund wie ein Ei war, das er für eine gegen ihn geschleuderte Handgranate hielt, das, was er seine Aufsehen erregende Wendung zur sozialen Schule nannte. Die soziale Auffassung sagt uns, daß der verbrecherisch «Entartete» überhaupt nicht moralisierend, sondern nur nach seiner Schädlichkeit für die menschliche Gesellschaft zu beurteilen sei. Daraus folgt, daß er desto zurechnungsfähiger sein muß, je schädlicher er ist; und daraus folgt weiter auf zwingend logischem Wege, daß die scheinbar unschuldigsten Verbrecher, nämlich die geistig kranken, die vermöge ihrer Natur dem verbessernden Einfluß der Strafe am wenigsten zugänglich sind, mit den härtesten Strafen bedroht werden müssen und jedenfalls mit härteren als Gesunde, damit die Abschreckungskraft gleich groß sei. Man durfte billig erwarten, daß Kollege Schwung nun weit und breit nichts finden werde, um es gegen diese soziale Auffassung einzuwenden. Und so schien es auch zu sein, aber eben darum griff er zu Mitteln, die den unmittelbaren Anlaß für Ulrichs Vater bildeten, den Weg des Rechts, der in neuen endlosen Streitigkeiten im Ausschuß zu versanden drohte, auch seinerseits zu verlassen und sich an seinen Sohn zu wenden, um die Verbindung mit hohen und höchsten Kreisen, in die er ihn gesetzt hatte, nun für die Sache des Guten auszunützen. Denn was Kollege Schwung getan hatte, bestand darin, daß er statt jedes Versuchs einer sachlichen Widerlegung sich sofort bösartig an das Wort «sozial» geklammert hatte und dieses in einer neuen Publikation als «materialistisch» und «preußischen Staatsgeist» verdächtigte.

«Mein lieber Sohn,» schrieb Ulrichs Vater «ich habe zwar sogleich auf die romanische und somit ganz und gar nicht preußische Herkunft der Gedanken der sozialen Rechtsschule hingewiesen, aber das wird gegenüber dieser Denunziation und Verleumdung möglicherweise vergeblich bleiben, die mit infernalischer Gehässigkeit auf den höheren Orts abstoßen müssenden Eindruck spekuliert, der sich mit den Vorstellungen Materialismus und Preußen nur zu leicht verbindet. Das sind keine Vorwürfe mehr, gegen die man sich verteidigen kann, sondern ist die Ausstreuung eines derart unqualifizierbaren Gerüchts, daß man es höheren Orts kaum prüfen wird und die Notwendigkeit, sich damit überhaupt befassen zu müssen, dem unschuldigen Opfer ebenso verübeln kann wie dem gewissenlosen Denunzianten. Der ich im Leben stets alle Hintertreppen verschmäht habe, sehe mich also gezwungen, Dich aufzufordern...» Und so weiter schloß dieser Brief.

112

Arnheim versetzt seinen Vater Samuel unter die Götter und faßt den Beschluß, sich Ulrichs zu bemächtigen Soliman möchte über seinen königlichen Vater Näheres erfahren

Arnheim hatte geschellt und ließ Soliman suchen. Es war lange nicht mehr vorgekommen, daß er das Bedürfnis empfand, sich mit ihm zu unterhalten, und der Schlingel trieb sich augenblicklich irgendwo im Hotel umher.

Es war Ulrichs Widerspruch endlich gelungen, Arnheim zu verletzen.

Natürlich war es Arnheim niemals entgangen, daß Ulrich gegen ihn arbeite. Ulrich arbeitete selbstlos; er wirkte wie Wasser auf Feuer, Salz auf Zucker; er trachtete Arnheim um die Wirkung zu bringen, beinahe ohne es zu wollen. Arnheim war sicher, daß Ulrich sogar das Vertrauen Diotimas mißbrauchte, um heimlich über ihn ungünstige oder spöttische Bemerkungen zu machen.

Er gestand sich ein, daß ihm etwas Ähnliches lange nicht widerfahren sei. Die gewöhnliche Methode seiner Erfolge versagte dagegen. Denn die Wirkung eines großen und ganzen Mannes ist wie die der Schönheit: sie verträgt so wenig eine Leugnung, wie man einen Ballon anbohren darf oder einer Statue einen Hut auf den Kopf setzen. Eine schöne Frau wird häßlich, wenn sie nicht gefällt, und ein großer Mann, wenn man ihn nicht beachtet, wird vielleicht etwas Größeres, aber er hört auf, ein großer Mann zu sein. Das gestand sich Arnheim nun allerdings nicht mit diesen Worten ein, aber er dachte: «Ich vertrage keinen Widerspruch, weil nur der Verstand durch Widerspruch gedeiht, und wenn jemand nur Verstand hat, so verachte ich ihn!»

Arnheim nahm an, daß es ihm nicht schwer fallen würde, seinen Gegner auf irgendeine Weise unschädlich zu machen. Aber er wollte Ulrich gewinnen, beeinflussen, erziehen und seine Bewunderung erzwingen. Um sich das zu erleichtern, hatte er sich eingeredet, daß er ihn mit einem tiefen und widerspruchsvollen Gefallen liebe, und hätte nicht gewußt, womit er es begründen solle. Er hatte von Ulrich nichts zu fürchten und nichts zu erwarten; an Graf Leinsdorf und Sektionschef Tuzzi besaß Arnheim ohnehin keinen Freund, das wußte er, und im übrigen gingen die Dinge, wenn auch etwas langsam, den Gang, den er wünschte. Die Gegenwirkung Ulrichs verschwand vor der Wirkung Arnheims und blieb gleichsam ein unirdischer Einspruch; das einzige, was sie zu vermögen schien, bestand vielleicht darin, daß sie die Entscheidung Diotimas hinausschob, indem sie die Entschlossenheit der wunderbaren Frau ein klein wenig lähmte. Arnheim hatte es vorsichtig bloßgelegt und mußte nun darüber lächeln. Geschah das wehmütig oder boshaft? – solche Unterschiede haben in solchen Fällen nichts auf sich; er hielt es für gerecht, daß seines Gegners Verstandeskritik und Widerspruch, ohne es zu wissen, in seinem Dienst arbeiten mußten; es war ein Sieg der tieferen Sache, eine der wunderbar klaren, sich selbst lösenden Verwicklungen des Lebens. Arnheim fühlte, daß dies die Schicksalsschlinge war, die ihn mit dem jüngeren Mann verband und ihn zu Zugeständnissen verleitete, die jener nicht verstand. Denn Ulrich war der Werbung nicht zugänglich; er war wie ein Narr unempfindlich gegen soziale Vorteile und schien das Freundschaftsangebot entweder nicht zu bemerken oder nicht zu würdigen.

Es gab etwas, das Arnheim Ulrichs Witz nannte. Zum Teil meinte er damit diese Unfähigkeit eines geistvollen Mannes, die Vorteile zu erkennen, die das Leben bietet, und seinen Geist den großen Gegenständen und Gelegenheiten anzupassen, die ihm Würde und Standfestigkeit verleihen könnten. Ulrich zeigte die lächerliche gegenteilige Gesinnung, das Leben müsse sich dem Geist anpassen. Arnheim sah ihn vor sich; ebenso groß wie er selbst, jünger, ohne die Weichheiten, die er an seinem eigenen Körper sich nicht verbergen konnte; etwas bedingungslos Unabhängiges war im Gesicht; er führte es, nicht ganz ohne Neid, auf den Abkömmling asketischer Gelehrtengeschlechter zurück, denn so stellte er sich Ulrichs Herkunft vor. Unbesorgter um Geld und Wirkung war dieses Gesicht, als eine aufstrebende Dynastie von Veredlungsverkehrfachleuten es ihren Nachkommen gestattet! Aber in diesem Gesicht fehlte etwas. Das Leben fehlte darin, die Spuren des Lebens fehlten erschrecklich! Es war das in dem Augenblick, wo Arnheim es überdeutlich vor sich sah, ein so beunruhigender Eindruck, daß er daran seine ganze Neigung für Ulrich wieder erkannte; fast hätte man diesem Gesicht ein Unheil vorhersagen können. Er grübelte diesem zwiespältigen Empfinden von Neid und Sorge nach; es war eine traurige Genugtuung, wie sie jemand empfinden mag, der sich selbst mit Feigheit in Sicherheit gebracht hat, und plötzlich warf eine heftige Aufwallung von Neid und Mißbilligung den Gedanken empor, den er unbewußt gesucht und gemieden hatte. Es war ihm eingefallen, Ulrich wäre wohl ein Mann, der nicht nur die Zinsen, sondern das ganze Kapital seiner Seele zum Opfer bringen würde, wenn die Umstände es von ihm verlangten! Ja, das war es, was Arnheim merkwürdigerweise auch unter Ulrichs Witz verstand. Es wurde ihm in diesem Augenblick, wo er sich der von ihm selbst geprägten Worte entsann, vollkommen klar: die Vorstellung, ein Mann könnte sich von seiner Leidenschaft gleichsam über den atembaren Raum hinausreißen lassen, kam ihm wie ein Witz vor!

Als sich Soliman ins Zimmer schlich und vor seinem Herrn stehenblieb, hatte dieser größtenteils vergessen, weswegen er ihn kommen geheißen, aber er spürte die Beruhigung, die von einem lebendigen und ergebenen Wesen ausging. Er schritt mit verschlossener Miene im Zimmer auf und ab, und die schwarze Scheibe des Gesichts drehte sich ihm nach. «Setz dich» befahl Arnheim, blieb in der Ecke so, wie er sich auf dem Absatz gewendet hatte, stehen und begann: «Der große Goethe gibt an einer Stelle des Wilhelm Meister mit einer gewissen Leidenschaftlichkeit eine Vorschrift des richtigen Lebens, sie heißt: ‹Denken, um zu tun; tun, um zu denken!› Verstehst du das? Nein, das kannst du wohl doch nicht verstehn...» beantwortete er sich diese Frage selbst und verstummte wieder. «Es ist ein Rezept, das alle Weisheit des Lebens enthält,» dachte er «und der mein Gegner sein möchte, kennt davon nur die eine Hälfte, Denken!» Es war ihm eingefallen, daß man auch das noch unter «bloß Witz haben» verstehen könne. Er erkannte die Schwäche Ulrichs. Witz kommt von wissen, eine sprachliche Weisheit, denn sie bezeichnet die intellektuelle Herkunft dieser Eigenschaft, ihre gespenstische, gefühlsarme Natur; der Witzige ist immer vorwitzig, er setzt sich über die gegebenen Grenzen hinweg, an denen der voll Fühlende haltmacht. So war die Angelegenheit mit Diotima und der Kapitalssubstanz der Seele unter einen erfreulicheren Gesichtspunkt gebracht, und zu Soliman sagte Arnheim, indes er das dachte: «Es ist eine Vorschrift, die alle Weisheit des Lebens enthält, und ihretwegen habe ich dir die Bücher entzogen und halte dich zur Arbeit an!»

Soliman erwiderte nichts und machte ein tiefernstes Gesicht.

«Du hast einigemal meinen Vater gesehn,» fragte Arnheim plötzlich «erinnerst du dich an ihn?»

Soliman fand es angebracht, das Weiße seiner Augen hervorzukugeln, und Arnheim sagte nachdenklich: «Siehst du, mein Vater liest fast niemals Bücher. Was meinst du, wie alt mein Vater ist?» Er wartete die Antwort wieder nicht ab und setzte selbst hinzu: «Er ist schon über siebzig Jahre alt und hat seine Hand noch überall, wo für unser Haus etwas auf dem Spiel steht!» Dann ging Arnheim wieder schweigend auf und ab. Er empfand ein unbezwingliches Bedürfnis, über seinen

Vater zu reden, aber er konnte nicht alles sagen, was er dachte. Niemand wußte besser als er, daß auch seinem Vater zuweilen Geschäfte fehlschlugen; aber niemand würde es ihm geglaubt haben, denn sobald jemand im Rufe steht, ein Napoleon zu sein, gewinnt er auch seine verlorenen Schlachten. Es hatte für Arnheim darum nie eine andere Möglichkeit gegeben, sich neben seinem Vater zu behaupten, als die von ihm gewählte, Geist, Politik und Gesellschaft in den Dienst des Geschäftes zu stellen. Den alten Arnheim schien es auch zu freuen, daß der junge Arnheim so viel wußte und konnte; aber wenn eine wichtige Frage zu entscheiden war, und man hatte sie tagelang produktions- und finanztechnisch, geist- und wirtschaftspolitisch erörtert und dargelegt, so dankte er, befahl nicht selten das Gegenteil von dem, was man ihm vorschlug, und hatte auf alle Einwendungen, die man ihm machte, nur ein hilflos eigensinniges Lächeln zur Antwort. Oft schüttelten sogar die Direktoren die Köpfe darüber, aber über kurz oder lang stellte es sich jedesmal heraus, daß der Alte auf die eine oder andere Weise recht hatte. Es war ungefähr so, wie wenn ein alter Jäger oder Bergführer eine Konferenz von Meteorologen anhören müßte und sich dann schließlich doch nach den Weissagungen seines Rheumatismus entscheidet; und im Grunde war das gar nicht verwunderlich, denn der Rheumatismus ist nun einmal noch in mancher Frage sicherer als die Wissenschaft, und es kommt auch nicht ausschließlich auf die Genauigkeit der Voraussicht an, weil die Dinge doch immer anders kommen, als man es sich vorgestellt hat, und die Hauptsache ist, daß man sich schlau und zäh mit ihrer Widerspenstigkeit abfindet. Es hätte Arnheim also eigentlich nicht schwerfallen dürfen, zu verstehen, daß ein alter Praktikus eine Menge weiß und kann, was sich theoretisch nicht vorhersehen läßt, aber es kam trotzdem ein folgenschwerer Tag, wo er entdeckte, daß der alte Samuel Arnheim Intuition habe.

«Weißt du, was Intuition ist?» fragte Arnheim aus seinen Gedanken heraus, als tastete er nach dem Schatten einer Entschuldigung für sein Verlangen, davon zu reden. Soliman blinzelte angestrengt, wie er es tat, wenn er wegen eines Auftrags verhört wurde, den er vergessen hatte, und Arnheim verbesserte sich abermals rasch. «Ich bin sehr nervös heute,» sagte er «du kannst das natürlich nicht wissen! Aber gib acht auf das, was ich dir jetzt sagen werde: Geld erwerben bringt uns, wie du dir denken kannst, in Lagen, die nicht immer vornehm sind. Diese ewigen Bemühungen, zu rechnen und aus allem einen Vorteil zu ziehen, widersprechen der großen Lebensgestaltung, wie sie glücklichere Zeitalter haben ausbilden dürfen. Man hat aus dem Mord die adelige Tugend der Tapferkeit machen können, aber es erscheint mir fraglich, ob mit dem Rechnen etwas Ähnliches gelingen wird; es ist keine rechte Güte darin, keine Würde, keine tiefe Natur, das Geld macht alles zum Begriff, es ist unangenehm rational; wenn ich Geld sehe, muß ich, ob du es verstehst oder nicht, jedesmal an ungläubig prüfende Finger, viel Geschrei und viel Verstand denken, Vorstellungen, die mir gleichermaßen unerträglich sind.» Er brach ab und versank wieder ins Alleinsein. Er erinnerte sich an seine Verwandten, wie sie ihm, als er ein Kind war, über den Kopf strichen und dabei sagten, daß er ein gutes Köpfchen hätte. Ein Rechenköpfchen. Er haßte diese Gesinnung! In den blanken Goldstücken spiegelte sich die Vernunft einer Familie, die sich emporgearbeitet hatte! Er würde es verachtet haben, sich seiner Familie zu schämen, im Gegenteil, er beharrte gerade in den höchsten Kreisen vornehm bescheiden auf seiner Herkunft; aber die Vernunft seiner Familie fürchtete er, als wäre sie wie allzu lebhaftes Sprechen und flatternde Gebärden eine Familienschwäche, die ihn auf den Höhen der Menschheit unmöglich mache.

Wahrscheinlich hatte seine Verehrung für das Irrationale hier ihren Ursprung. Der Adel war irrational: fast klang das wie ein Scherz über Mängel adeligen Verstandes, aber Arnheim wußte, wie er es meinte. Er brauchte bloß daran zu denken, wie er als Jude nicht Reserveoffizier geworden war; da er als Arnheim aber auch nicht die geringe Stellung eines Unteroffiziers einnehmen konnte, hatte man ihn kurzerhand für untauglich zum Soldaten erklärt, und noch heute lehnte er es ab, darin nur den Mangel an Verständigkeit zu erblicken, ohne die mit ihm verknüpfte Ehrenhaftigkeit zu würdigen. Diese Erinnerung gab ihm den Anlaß, seine Rede an Soliman um einige Sätze zu bereichern. «Es ist möglich» fuhr er dort fort, wo er stehen geblieben war, denn trotz aller Abneigung dagegen war er bis in die Abschweifungen hinein methodisch, «es ist möglich, ja sogar wahrscheinlich, daß Adel nicht immer gerade das bezeichnet hat, was wir heute eine adelige Gesinnung nennen. Um die Ländermassen zusammenzubekommen, auf denen sich später seine Vornehmheit aufbaute, wird er nicht weniger berechnend und beflissen gewesen sein, als es heute ein Kaufmann ist, ja möglicherweise vollzieht sich das Geschäft des Kaufmanns sogar ehrlicher. Aber im Boden liegt eine Kraft, verstehst du, ich meine, in der Ackerscholle lag sie, in der Jagd, im Krieg, im Glauben an den Himmel und im Bauernhaften, mit einem Wort in dem körperlichen Leben dieser Menschen, die weniger ihren Kopf regten als ihre Arme und Beine, in der Nähe der Natur lag die Kraft, die sie schließlich würdig, vornehm und allem Gemeinen abgeneigt gemacht hat.»

Er überlegte, ob er sich durch seine Stimmung nicht habe verleiten lassen, zuviel zu sagen. Wenn Soliman den Sinn nicht verstand, war dieser Junge imstande, durch die Worte seines Herrn seine Ehrerbietung vor dem Adel herabmindern zu lassen. Aber da geschah etwas Unerwartetes. Soliman war schon eine Weile unruhig hin und her gerutscht, und nun unterbrach er seinen Herrn mit einer Frage. «Bitte,» fragte Soliman «mein Vater ist ein König?»

Arnheim sah ihn verblüfft an. «Ich weiß nichts davon» antwortete er halb streng, halb belustigt. Aber während er in Solimans ernstes, fast zorniges Gesicht blickte, gewann etwas wie Rührung Macht über ihn. Er liebte es, daß dieser Junge alles ernst nahm; «er ist ganz witzlos» dachte er «und eigentlich voll Tragik»; irgendwie schien ihm Witzlosigkeit mit Schwere und Erfülltheit eines Lebens das gleiche zu sein. Mit sanfter Belehrung gab er dem Knaben weiter Antwort: «Es spricht wenig dafür, daß dein Vater ein König sei, ich glaube eher, er wird irgendeinen untergeordneten Beruf ausgeübt haben, denn ich habe dich in einer Truppe von Gauklern in einer Küstenstadt gefunden.»

«Was habe ich gekostet?» unterbrach Soliman forschend.

«Aber mein Lieber, wie kann ich das heute noch wissen! Keinesfalls viel, nehme ich an. Gewiß nicht viel! Aber was kümmert dich alles das? Wir werden geboren, um uns unser Königreich selbst zu schaffen! Ich werde dich vielleicht nächstes Jahr einen Handelskurs mitmachen lassen, und danach könntest du als Lehrling in irgendeinem unserer Büros beginnen. Es wird natürlich von dir abhängen, was du erreichst, aber ich werde ein Auge auf dir haben. Du könntest zum Beispiel später unsere Interessen dort vertreten, wo die Farbigen schon etwas mitzureden haben; man müßte da natürlich sehr vorsichtig vorgehen, aber immerhin könnte sich aus der Tatsache, daß du ein schwarzer Mann bist, mancher Vorteil für dich ergeben. In der Tätigkeit würdest du auch erst ganz erkennen, wieviel dir die Jahre genützt haben, die du unter meiner unmittelbaren Aufsicht zugebracht hast, und das eine kann ich dir jetzt schon sagen: du gehörst einer Rasse an, die noch etwas vom Adel der Natur besitzt. In den mittelalterlichen Rittersagen haben schwarze Könige immer eine ehrenvolle Rolle gespielt. Wenn du das in dir pflegst, was geistig adelig ist, deine Würde, deine Güte, Offenheit, den Mut zur Wahrheit und den noch größeren Mut, dich der Unduldsamkeit, Eifersucht, Mißgunst und der kleinen nervösen Gehässigkeit zu enthalten, von denen die meisten Menschen heute gezeichnet sind, wenn du das zustande bringst, wirst du sicher auch deinen Weg als Kaufmann gehen, denn es ist unsere Aufgabe, der Welt nicht nur Waren zu bringen, sondern auch eine bessere Form des Lebens.»

Da Arnheim lange nicht so vertraut mit Soliman gesprochen hatte, fühlte er, daß es ihn vor einem Zuhörer lächerlich machen würde, aber es war keiner da, und überdies war das, was er sagte, nur die Decklage tieferer Gedankenverbindungen, die er für sich behielt. So bewegte sich gleich das, was er von adeliger Gesinnung und dem Werden des Adels vorbrachte, weiter innen genau in der entgegengesetzten Richtung zu der seiner Worte. Da drängte sich ihm der Gedanke auf, daß noch niemals seit Bestehen der Welt etwas aus geistiger Reinheit und guter Gesinnung allein entstanden sei, sondern alles nur aus Gemeinheit, die sich mit der Zeit die Hörner abläuft, und am Schluß entsteht sogar die große und reine Gesinnung aus ihr! Ganz offenbar, dachte er, ruht das Werden der Adelsgeschlechter ebensowenig wie das einer Müllabfuhr zum weltumspannenden Wirtschaftskonzern nur auf Beziehungen, deren Zusammenhang mit einer erhöhten Humanität sicher ist, und doch ist aus dem einen die silberne Kultur des Dixhuitième und aus dem anderen war Arnheim entstanden. Das Leben stellte ihm somit eindeutig eine Aufgabe, die er am richtigsten in die tief zwiespältige Frage fassen zu können glaubte: welches Maß von Gemeinheit ist notwendig und zulässig, um Größe der Gesinnung zu schaffen? – In einer anderen Schichte hatten seine Gedanken aber inzwischen von Zeit zu Zeit das weiter verfolgt, was er Soliman über Intuition und Rationalismus gesagt hatte, und mit großer Lebhaftigkeit erinnerte sich Arnheim plötzlich daran, wie er zum erstenmal seinem Vater erklärt hatte, daß dieser seine Geschäfte durch Intuition mache. Intuition zu haben, war damals bei allen Leuten an der Zeit, die ihr Tun mit der Vernunft nicht recht verantworten konnten; es spielte ungefähr die gleiche Rolle, die es augenblicklich innehat, Tempo zu besitzen. Alles, was man falsch machte oder was einem zu innerst nicht restlos gelang, wurde dadurch gerechtfertigt, daß es für die Intuition oder durch sie geschaffen sei, und man benutzte Intuition sowohl zum Kochen wie zum Bücherschreiben; aber dem alten Arnheim war nichts davon bekannt, und er ließ sich wahrhaftig verleiten, überrascht zu seinem Sohn aufzublicken. Es war das ein großes Frohlocken für diesen gewesen. «Gelderwerben» sagte er «zwingt uns zu einem Denken, das nicht immer vornehm ist. Dabei ist es wahrscheinlich, daß wir großen Geschäftsleute dazu berufen sind, bei der nächsten Wendung der Geschichte die Führung der Massen zu übernehmen, ohne daß wir wissen, ob wir seelisch dazu imstande sein werden! Wenn es aber etwas auf der Welt gibt, das mir dazu Mut machen kann, so bist du es, denn du hast eine Gabe des Gesichts und Willens, wie sie in den alten großen Zeiten die Könige und Propheten besessen haben, die noch von Gott geleitet wurden. Wie du ein Geschäft anpackst, ist ein Geheimnis, und ich möchte sagen, alle Geheimnisse, die sich der Berechnung entziehen, sind vom gleichen Rang, ob es das Geheimnis des Mutes, der Erfindung oder das der Sterne ist!» Kränkend deutlich sah Arnheim vor sich, wie des alten Arnheim Blick, der zu ihm erhoben gewesen war, nach seinen ersten Sätzen sich wieder in die Zeitung senkte, aus der er sich nicht mehr erheben sollte, so oft der Sohn auch von Geschäften und Intuition sprach. Dieses Verhältnis zwischen Vater und Sohn hatte immer bestanden, und in einer dritten Gedankenschicht, gleichsam in der Leinwand dieser Erinnerungsbilder, kontrollierte es Arnheim auch jetzt. Er sah in der überlegenen Geschäftsbegabung seines Vaters, die ihn beständig bedrückte, etwas wie eine Urkraft, die dem komplizierteren Sohn unerreichbar bleiben mußte, womit er das Vorbild aus dem Bereich vergeblicher Anstrengungen entrückte und sich gleichzeitig einen Adelsbrief seiner Abstammung schuf. Er kam durch diesen Doppelkunstgriff gut davon. Das Geld wurde zu einer überpersönlichen, mythischen Macht, der nur die Ursprünglichsten ganz gewachsen sind, und er versetzte seinen Urahn unter die Götter, genau so, wie es die alten Krieger getan hatten, denen ihr mythischer Vorfahr trotz allen Schauers wahrscheinlich auch ein wenig primitiv vorgekommen sein dürfte im Vergleich mit ihnen selbst. In einer vierten Schicht wußte er aber nichts von dem Lächeln, das über dieser dritten lag, und dachte ganz den gleichen Gedanken noch einmal ernst, indem er sich die Rolle überlegte, die er auf Erden noch zu spielen hoffte. Solche Schichten des Denkens sind natürlich nicht wörtlich zu verstehen, als wären sie wie verschiedene Tiefen und Böden übereinander gelagert, sondern sie sind nichts als ein Ausdruck für die durchlässige, aus verschiedenen Richtungen flutende Bewegung des Denkens, wenn sie unter der Wirkung starker Gefühlsgegensätze steht. Zeit seines Lebens hatte Arnheim ja auch eine fast krankhaft empfindliche Abneigung gegen Witz und Ironie besessen, die wahrscheinlich von einer nicht gerade geringen ererbten Anlage zu beiden herrührte. Er hatte sie unterdrückt, weil sie ihm immer für den Inbegriff des Unadeligen und pöbelhaft Intellektuellen gegolten hatte, aber gerade jetzt, wo seine Gefühle am adeligsten und geradezu intelligenzfeindlich waren, meldete sie sich im Verhältnis zu Diotima, und wenn seine Empfindungen gleichsam schon auf den Zehen standen, lockte ihn oft die höllische Möglichkeit, durch einen jener treffsicheren Witze über die Liebe, die er nicht selten aus dem Munde untergeordneter oder roher Personen gehört hatte, seiner erhabenen Gemütsbewegung zu entrinnen. Und durch alle diese Schichten emportauchend, blickte er mit einemmal erstaunt in das finster aufmerksame Gesicht Solimans, das wie ein schwarzer Boxball aussah, auf den unverständliche Lebensweisheit niedergeprasselt war. «Welch lächerliche Lage, der ich mich aussetze!» dachte Arnheim.

Solimans Körper schien bei wachen Augen auf dem Stuhl eingeschlafen zu sein, als sein Herr diese einseitige Unterredung beendete; die Augen setzten sich in Bewegung, aber der Körper wollte sich nicht rühren, als wartete er noch auf das erweckende Wort. Arnheim bemerkte es, und das gierige Verlangen, Genaueres darüber zu erfahren, durch welche Intrigen aus einem Königssohn ein Diener werde, sprach zu ihm aus dem Blick des Schwarzen. Dieser wie mit Krallen hervorgreifende Blick bewirkte es, daß er sich im gleichen Augenblick an jenen Gärtnergehilfen erinnerte, der seine Sammlungen bestohlen hatte, und er sagte sich seufzend, daß ihm der einfache Erwerbstrieb wohl immer fehlen werde. Es kam ihm plötzlich vor, daß dieser Einfall auch seine Beziehungen zu Diotima mit einem einzigen Wort kennzeichne. Schmerzlich bewegt, fühlte er sich auf der Höhe seines Lebens von allem, was er berührt hatte, durch einen kalten Schatten getrennt. Es war das kein einfacher Gedanke für einen Mann, der soeben erst den Grundsatz ausgesprochen hatte, man müsse denken, um zu tun, und immer bestrebt gewesen war, sich alles Große anzueignen und allem Kleinen seine eigene Bedeutung einzuprägen. Aber der Schatten hatte sich zwischen ihn und die Gegenstände seines Verlangens trotz des Willens gelegt, an dem er es nie hatte fehlen lassen, und zu seiner Überraschung glaubte Arnheim mit Sicherheit zu erkennen, daß er mit jenen lichtzarten Schauern zusammenhing, die seine Jugend umschleiert hatten; geradeso, als ob durch falsche Behandlung aus ihnen eine hauchdünne Eisschicht entstanden wäre. Nur die Frage, warum diese nicht einmal vor dem weltabgewandten Herzen Diotimas schmolz, vermochte er sich nicht zu beantworten; aber wie ein sehr unangenehmer Schmerz, der bloß auf eine Berührung gewartet hat, fiel ihm da wieder Ulrich ein. Arnheim wußte mit einemmal, daß auf dem Leben dieses Mannes der gleiche Schatten lag wie auf dem seinen, dort aber eine andere Wirkung hatte! Man stellt unter den Leidenschaften der Menschen die eines Mannes, den das Wesen eines anderen Mannes eifersüchtig reizt, selten auf den richtigen Platz, der ihr nach ihrer Stärke gebührt, und die Entdeckung, daß sein ohnmächtiger Ärger über Ulrich in einem tieferen Grunde der feindlichen Begegnung zweier Brüder ähnle, die sich nicht erkannt haben, war ein sehr starkes und zugleich wohltuendes Gefühl. Neugierig musterte Arnheim ihrer beider Wesen in dieser Vergleichung. Der grobe Erwerbstrieb für die Vorteile des Lebens fehlte Ulrich noch mehr als ihm, und der sublime Erwerbstrieb, der Wunsch, sich die Würden und Wichtigkeiten des Daseins zu eigen zu machen, fehlte ihm in einer geradezu ärgerlichen Weise. Dieser Mensch war ohne Bedürfnis nach Gewicht und Substanz des Lebens. Sein sachlicher Eifer, der nicht zu bestreiten war, eiferte nicht nach dem Besitz der Sache; Arnheim würde sich geradezu an seine Angestellten erinnert gefühlt haben, wenn die Selbstlosigkeit ihrer Berufshaltung in Ulrichs Anwendung nicht etwas ungemein Hochmütiges an sich gehabt hätte. Man konnte eher sagen, ein Besessener, der kein Besitzender sein will. Man konnte vielleicht auch den Gedanken an einen Streiter in freiwilliger Armut bilden. Auch schien es möglich zu sein, von einem ganz und gar theoretischen Menschen zu sprechen; nur stimmte das wieder nicht, weil man ihn eigentlich überhaupt nicht einen theoretischen Menschen nennen konnte. Arnheim erinnerte sich da, ihm einmal ausdrücklich erklärt zu haben, daß seine denkerischen Fähigkeiten hinter seinen praktischen zurückstünden. Sah man ihn aber praktisch an, so war dieser Mensch völlig unmöglich. So dachte Arnheim hin und her, wie es nicht zum erstenmal geschah, aber trotz der Zweifel an sich selbst, die ihn heute beherrschten, war es ihm unmöglich, in irgendeiner einzelnen Frage Ulrich den Vorrang einzuräumen, und er kam zu dem Schluß, der entscheidende Unterschied bestehe am wahrscheinlichsten darin, daß Ulrich etwas abgehe. Dennoch war an diesem Menschen im ganzen etwas Unverbrauchtes und Freies, und Arnheim gestand sich zögernd ein, daß es ihn geradezu an das «Geheimnis des Ganzen» erinnere, das er selbst besaß und durch diesen anderen in Frage gestellt fühlte. Wie wäre es sonst, wenn es sich bloß um das dem messenden Verstand Zugängliche gehandelt haben würde, auch möglich gewesen, das gleiche unbehagliche Gefühl «Witz» auf einen solchen Unwirklichkeitsmenschen anzuwenden, das Arnheim an einem allzu genauen Kenner der Wirklichkeit, wie es sein Vater war, fürchten gelernt hatte! «Diesem Menschen fehlt also im ganzen etwas!» dachte Arnheim, aber als wäre dies nur die andere Seite dieser Gewißheit, fiel ihm fast im gleichen Augenblick und ganz ohne seinen Willen ein: «Dieser Mann hat Seele!»

Dieser Mann besaß noch unverbrauchte Seele: da es sich um eine intuitive Eingebung handelte, hätte Arnheim nicht genau angeben können, was er damit meinte; aber irgendwie war es so, daß jeder Mensch, wie er wußte, seine Seele mit der Zeit in Verstand, Moral und große Ideen auflöst, was ein unwiderruflicher Vorgang ist; und bei seinem Freundfeind war der nicht bis zu Ende geraten, so daß etwas übrig blieb, dessen zweideutigen Reiz man nicht recht bezeichnen konnte, aber daran erkannte, daß dieses Etwas ungewöhnliche Verbindungen mit Elementen aus der Sphäre des Seelenlosen, Rationalen und Mechanischen einging, die sich nicht mehr recht zu den Kulturinhalten zählen ließen. Arnheim hatte, während er das alles überlegte und sogleich der Ausdrucksweise seiner philosophischen Werke anpaßte, übrigens nicht einen Augenblick Zeit gehabt, etwas davon Ulrich als ein Verdienst, und sei es auch nur dessen einziges, zugute zu schreiben, so stark war der Eindruck, eine Entdeckung gemacht zu haben; er selbst war es, der diese Vorstellungen schuf, und kam sich wie der Meister vor, der in einer noch ungehobenen Stimme den möglichen Glanz entdeckt. Seine Gedanken kühlten sich erst an Solimans Gesicht ab, der ihn offenbar schon lange angestarrt hatte und nun die Gelegenheit gekommen glaubte, weiter zu fragen. Das Bewußtsein, daß es nicht jedermann gegeben sei, seine Erkenntnisse mit Hilfe eines solchen kleinen stummen Halbwilden zu fassen, erhöhte Arnheims Glück, der einzige zu sein, der seines Widersachers Geheimnis kannte, obgleich da manches noch nicht klar und in den Folgen zu erkennen war, die es haben werde. Er fühlte bloß die Liebe, die ein Wucherer für sein Opfer empfindet, in dem er sein Kapital stecken hat. Und vielleicht war es da Solimans Anblick, der ihm plötzlich den Vorsatz eingab, diesen Mann, der ihm das anders verkörperte Abenteuer seiner selbst zu sein schien, um jeden Preis an sich zu ziehen, und sei es, daß er ihn dazu an Sohnes Statt annehmen müßte! Er lächelte über diese voreilige Bekräftigung einer Absicht, deren Gestalt erst ausreifen mußte, und schnitt Soliman, dessen Gesicht vor tragischer Wissensbegierde zuckte, gleichzeitig das Wort mit der Eröffnung ab: «Ich habe jetzt genug, und du mußt die Blumen zu Frau Tuzzi tragen, die ich bestellt habe. Wenn du noch etwas zu fragen hast, so können wir ja vielleicht ein andermal daran denken.»

113

Ulrich unterhält sich mit Hans Sepp und Gerda in der Mischsprache des Grenzgebiets zwischen Über- und Untervernunft

Ulrich wußte wahrhaftig nicht, was er tun sollte, um den Wunsch seines Vaters zu erfüllen, der von ihm verlangte, daß er einer persönlichen Rücksprache mit Sr. Erlaucht und anderen hohen Patrioten aus Begeisterung für die soziale Schule vorarbeite, und so suchte er Gerda auf, um das gründlich zu vergessen. Er traf Hans bei ihr an, und Hans ging sofort zum Angriff über. «Sie haben Direktor Fischel in Schutz genommen?»

Ulrich antwortete mit der ausweichenden Gegenfrage, ob ihm Gerda davon erzählt habe?

Ja; Gerda hatte ihm erzählt.

«Was weiter? Wollen Sie hören, weshalb?»

«Ich bitte darum!» verlangte Hans.

«Das ist nicht so einfach, lieber Hans.»

«Sagen Sie nicht, lieber Hans!»

«Also dann, liebe Gerda,» er wandte sich an sie «es ist gar nicht einfach. Ich habe schon so furchtbar viel davon gesprochen, daß ich dachte, Sie verstünden mich?»

«Ich verstehe Sie auch, aber ich glaube Ihnen nicht» antwortete Gerda, bemühte sich jedoch, durch die Art, wie sie es sagte und ihn dabei ansah, ihrer Kampfstellung an der Seite Hansens etwas für Ulrich Versöhnendes zu geben.

«Wir glauben Ihnen nicht,» unterbrach Hans sofort diese freundlichere Gestaltung des Gesprächs «daß Sie das ernst meinen können; Sie haben sich das irgendwie angeeignet!»

«Was?! Sie meinen doch das, was man... nicht recht ausdrücken kann?» fragte Ulrich, der sofort begriff, daß sich Hansens Unverschämtheit auf das bezog, was er mit Gerda unter vier Augen gesprochen hatte.

«Oh, man kann es sehr gut ausdrücken, wenn man es ernst meint!»

«Mir will es nicht gelingen. Aber ich kann Ihnen eine Geschichte erzählen.»

«Schon wieder eine Geschichte! Sie erzählen, scheint es, Geschichten wie der Vater Homer!» rief Hans noch unverschämter und selbstbewußter aus. Gerda sah ihn bittend an. Aber Ulrich ließ es sich nicht anfechten und fuhr fort: «Ich war einmal sehr verliebt; ich mag ungefähr ebenso alt gewesen sein, wie Sie es jetzt sind. Ich war eigentlich in meine Liebe damals verliebt, in meinen veränderten Zustand, weniger in die Frau, die dazu gehörte; damals habe ich alles das kennen gelernt, woraus Sie, Ihre Freunde und Gerda Ihre großen Geheimnisse machen. Das ist die Geschichte, die ich Ihnen erzählen wollte.»

Die beiden waren davon verblüfft, daß die Geschichte so kurz ausfiel. Gerda fragte zögernd: «Sie waren einmal sehr verliebt...?» und ärgerte sich im gleichen Augenblick darüber, daß sie so vor Hans mit der gruseligen Neugier eines jungen Mädchens fragte.

Aber Hans unterbrach. «Was sollen wir von solchen Sachen überhaupt sprechen! Erzählen Sie uns lieber, was Ihre, in die Hände geistiger Bankerottierer gefallene Kusine treibt?»

«Sie sucht eine Idee, in der sich der Geist unserer Heimat vor aller Welt herrlich darstellen soll. Wollen Sie ihr nicht mit einem Vorschlag zu Hilfe kommen? Ich bin durchaus bereit, den Vermittler zu machen» erwiderte Ulrich.

Hans lachte höhnisch auf. «Warum tun Sie, als wüßten Sie nicht, daß wir dieses Unternehmen stören werden!»

«Ja warum sind Sie eigentlich so sehr dagegen aufgebracht?»

«Weil es eine große, gegen das deutsche Wesen in diesem Staat geplante Niedertracht darstellt!» sagte Hans. «Wissen Sie wirklich nicht, daß eine aussichtsreiche Gegenbewegung im Werden ist? Man hat den deutschen Nationalverband auf die Absichten Ihres Grafen Leinsdorf aufmerksam gemacht. Die Turnerschaft hat gegen die Verletzung des deutschen Geistes bereits Verwahrung eingelegt. Das Kartell waffentragender Verbindungen an den österreichischen Hochschulen wird dieser Tage gegen die angedrohte Verslawung Stellung nehmen, und der Bund deutscher Jugend, dem ich angehöre, wird nicht ruhen, selbst wenn wir auf die Straße gehen müßten!» Hans hatte sich aufgerichtet und erzählte das einigermaßen mit Stolz. Trotzdem fügte er hinzu: «Aber auf alles das kommt es ja freilich nicht an! Diese Leute überschätzen die äußeren Bedingungen. Das Entscheidende ist, daß hier überhaupt nichts gelingen kann!»

Ulrich fragte nach dem Grund. – Die großen Rassen hätten sich alle schon zu Beginn ihren Mythos geschaffen; ob es etwa einen österreichischen Mythos gebe? fragte Hans dem entgegen. Eine österreichische Urreligion? ein Epos? Weder die katholische noch die evangelische Religion sei hier entstanden; die Buchdruckerkunst und die Überlieferungen der Malerei seien aus Deutschland gekommen; das Herrscherhaus habe die Schweiz, Spanien, Luxemburg geliefert; die Technik England und Deutschland; die schönsten Städte, Wien, Prag, Salzburg seien von Italienern und Deutschen erbaut, das Militärwesen nach dem Muster Napoleons eingerichtet worden: Ein solcher Staat solle nichts Eigenes unternehmen wollen; für ihn gebe es überhaupt nur eine Rettung und das sei der Anschluß an Deutschland. – «So nun wissen Sie wohl alles, was Sie von uns hatten erfahren wollen!» schloß Hans.

Gerda war es nicht klar, ob sie auf ihn stolz sein oder sich schämen solle. Ihre Neigung für Ulrich war in der letzten Zeit wieder lebhaft erwacht, wenn auch der so menschliche Wunsch, selbst eine Rolle zu spielen, durch den jüngeren Freund viel besser befriedigt wurde. Das Merkwürdige war, daß dieses junge Mädchen von den zwei einander widersprechenden Neigungen verwirrt wurde, ein altes Fräulein zu werden und sich Ulrich hinzugeben. Diese zweite Neigung war die natürliche Folge der Liebe, die sie schon seit Jahren empfand, einer Liebe allerdings, die nicht zum Flammen kam, sondern mutlos in ihr glühte; und ihre Empfindungen waren denen der Liebe zu einem Unwürdigen ähnlich, wo die beleidigte Seele von einem verächtlichen Hang nach körperlicher Unterwerfung geplagt wird. In seltsamem Gegensatz dazu, aber vielleicht doch einfach und natürlich als eine Sehnsucht nach Frieden damit zusammenhängend, befand sich die Ahnung, daß sie niemals heiraten und am Ende aller Träume ein einsam ruhig tätiges Leben führen werde. Es war das kein aus Überzeugungen geborener Wunsch, denn Gerda sah, was sie anging, nicht klar; eher eine der Ahnungen, wie sie unser Leib mitunter weit früher hat als unser Verstand. Auch der Einfluß, den Hans auf sie ausübte, hing damit zusammen. Hans war ein unscheinbarer Junge, knochig, ohne groß oder kräftig zu sein, wischte sich seine Hände im Haar oder an den Kleidern ab und sah bei jeder Gelegenheit in einen kleinen, runden, blechgefaßten Taschenspiegel, weil ihn auf seiner ungepflegten Gesichtshaut immer irgendeine Pustel beunruhigte. Aber genau so stellte sich Gerda die ersten römischen Christen vor, die sich, den

Verfolgungen trotzend, unter der Erde in den Katakomben zusammenfanden; den Taschenspiegel wahrscheinlich ausgenommen. Genau so, hieß ja auch nicht Übereinstimmung in allen Einzelheiten, wohl aber in einem allgemeinen Grund- und Schreckensgefühl, das sie mit den Vorstellungen von Christentum verband; die gebadeten und gesalbten Heiden hatten ihr immer besser gefallen, aber sich zu den Christen zu bekennen, bedeutete ein Opfer, das man seinem Charakter schuldig war. Die höheren Erfordernisse hatten damit für Gerda einen muffigen leichten Abscheugeruch gewonnen, und dieser war sehr geeignet, sich mit der mystischen Gesinnung zu verbinden, deren Gefilde Hans vor ihr eröffnete.

Ulrich kannte diese Gesinnung sehr gut. Man muß es vielleicht dem Spiritismus danken, daß er durch seine komischen, an den Geist verstorbener Köchinnen erinnernden Rapporte aus dem Jenseits das grobe metaphysische Bedürfnis befriedigt, das wenn nicht Gott, so wenigstens die Geister wie eine Speise löffeln will, die im Dunkel eiskalt den Hals hinunterrinnt. In älteren Zeiten bildete dieses Bedürfnis, mit Gott oder seinen Gefährten persönlich in Berührung zu kommen, was angeblich im Zustand der Ekstase geschah, trotz seiner zarten und teilweise wunderbaren Ausgestaltung doch eine Vermengung grob irdischen Verhaltens mit den Erlebnissen eines äußerst ungewöhnlichen und unbestimmbaren Ahnungszustandes. Das Metaphysische war das in diesen Zustand hineingelegte Physische, ein Abbild irdischer Wünsche, denn man glaubte in ihm das zu sehen, wovon die zeitgemäßen Vorstellungen lebhaft erwarten machten, daß man es sehen könne. Nun sind es aber gerade die Vorstellungen der Intelligenz, was sich mit den Zeiten ändert und unglaubwürdig wird; wenn jemand heute erzählen wollte, Gott habe mit ihm gesprochen, habe ihn schmerzhaft an den Haaren gepackt und zu sich emporgezogen oder sei in einer nicht recht begreiflichen, aber lebhaft süßen Weise in seine Brust hineingeschlüpft, so würde diesen bestimmten Vorstellungen, in die er sein Erlebnis kleidet, niemand glauben, am wenigsten natürlich die amtlichen Gottesmänner, weil sie als Kinder eines vernünftigen Zeitalters eine recht menschliche Angst davor haben, von exaltierten und hysterischen Anhängern bloßgestellt zu werden. Das hat zur Folge, daß man entweder Erlebnisse, die im Mittelalter wie im antiken Heidentum zahlreich und deutlich vorhanden gewesen sind, für Einbildungen und Krankheitserscheinungen halten muß oder vor die Vermutung gestellt wird, daß in ihnen etwas enthalten sei, was unabhängig von der mythischen Verbindung ist, in die man es bisher immer gebracht hat; ein reiner Erlebniskern, der auch nach strengen Erfahrungsgrundsätzen glaubwürdig sein müßte und dann selbstverständlich eine überaus wichtige Angelegenheit bedeuten würde, beiweitem ehe man an die zweite Frage kommt, welche Schlüsse daraus auf unsere Beziehungen zur Überwelt zu ziehen seien. Und während der in die Ordnung der theologischen Vernunft gebrachte Glaube überall einen argen Kampf mit Zweifel und Widerspruch der heute herrschenden Vernunft zu bestehen hat, scheint es, daß sich in der Tat das nackte, aller überkommenen begrifflichen Glaubenshüllen entschälte, von den alten religiösen Vorstellungen losgelöste, vielleicht kaum noch ausschließlich religiös zu nennende Grunderlebnis des mystischen Erfaßtwerdens ungeheuer ausgebreitet hat, und es bildet die Seele jener vielförmigen irrationalen Bewegung, die wie ein Nachtvogel, der sich in den Tag verloren hat, durch unsre Zeit geistert.

Ein skurriles Teilchen dieser mannigfachen Bewegung war auch der Kreis und Wirbel, in dem Hans Sepp seine Rolle spielte. Wenn man die Ideen zusammenzählte – was man aber nach den dort geltenden Grundanschauungen nicht dürfte, denn diese waren Zahl und Maß abgeneigt – die einander in dieser Gesellschaft ablösten, so würde man die schüchterne erste und durchaus platonische Forderung der Probe- und Kameradschaftsehe, ja der Polygamie und Polyandrie angetroffen haben; dann weiter in Kunstfragen die ungegenständliche, auf das Allgemeingültige und Ewige gerichtete Gesinnung, die sich damals unter dem Namen Expressionismus von der groben Erscheinung und Hülle, der «platten Außenschau» verächtlich abwendete, deren getreue Abschilderung unbegreiflicherweise ein Menschenalter zuvor für revolutionär gegolten hatte; verträglich vereint mit dieser abstrakten Absicht, ohne viel äußere Umstände unmittelbar eine «Wesenschau» des Geistes und der Welt hinzubildern, fand sich aber auch die konkreteste und beschränkteste vor, nämlich die der Heimatkunst, wozu diese jungen Leute sich durch ihre deutschen Seelen und deren dienende Ehrfurcht verpflichtet glaubten; und so würde man in bunter Reihe noch die herrlichsten auf den Wegen der Zeit aufgeklaubten Halme und Gräser gefunden haben, aus denen sich dem Geist ein Nest bauen läßt, worunter aber namentlich üppige Vorstellungen von Recht, Pflicht und schöpferischer Kraft der Jugend eine so große Rolle spielten, daß sie eingehender zu erwähnen sind. Die Gegenwart kenne, hieß es, kein Recht der Jugend, denn bis zu seiner Volljährigkeit sei der Mensch so gut wie rechtlos. Vater, Mutter, Vormund könnten ihn kleiden, herbergen, nähren, wie sie wollten, züchtigen und nach Hans Seppens Ansicht zugrunde richten, soweit sie nur eine ferne Paragraphengrenze nicht überschritten, die dem Kinde höchstens eine Art Tierschutz gewährt. Es gehöre den Eltern wie der Sklave dem Herrn und sei durch seine wirtschaftliche Abhängigkeit Eigentum, Objekt des Kapitalismus. Dieser «Kapitalismus am Kinde», dessen Darstellung Hans ursprünglich irgendwo erwähnt gefunden, dann aber selbst ausgebildet hatte, war das erste, was er seiner erstaunten und bisher zu Hause recht wohlgeborgen gewesenen Schülerin Gerda beibrachte. Das Christentum habe nur das Joch des Weibes gemildert, nicht das der Tochter; die Tochter vegetiere, denn sie werde dem Leben mit Gewalt entfremdet: nach dieser Vorbereitung lehrte er sie das Recht des Kindes, seine Erziehung nach den Gesetzen seines eigenen Wesens aufzubauen. Das Kind sei schöpferisch, weil es Wachstum sei und sich selbst schaffe. Es sei königlich, weil es der Welt seine Vorstellungen, Gefühle und Phantasien vorschreibe. Es wolle von der zufälligen fertigen Welt nichts wissen, sondern baue seine eigene Welt der Ideale. Es habe seine eigene Sexualität. Die Erwachsenen begehen eine barbarische Sünde, indem sie das Schöpfertum des Kindes durch den Raub seiner Welt zerstören, unter herangebrachtem, totem Wissensstoff ersticken und auf bestimmte, ihm fremde Ziele abrichten. Das Kind sei unzweckhaft, sein Schaffen Spiel und zärtliches Wachsen; es nehme, wenn man es nicht durch Gewalt stört, nichts an, als was es wahrhaft in sich hineinnimmt; jeder Gegenstand, den es berührt, lebe, das Kind sei Welt, Kosmos, es sehe das Letzte, Absolute, wenn es das auch nicht ausdrücken kann: aber man töte das Kind, indem man es Zwecke begreifen lehre und es an das gemeine Jedesmalige feßle, das man lügnerischerweise das Wirkliche nennt! – So Hans Sepp. Er war, als er diese Lehre in das Haus Fischel einzupflanzen begann, schon einundzwanzig Jahre alt gewesen, und Gerda nicht jünger. Außerdem besaß Hans längst keinen Vater mehr und war mit seiner Mutter, die ein kleines Geschäft betrieb, von dem sie ihn und seine Geschwister ernährte, jederzeit herzbefreiend grob, so daß ein unmittelbarer Anlaß zu einer solchen Philosophie der Unterdrückten für die armen Kinder eigentlich nicht bestand.

Gerda schwankte denn auch bei deren Aufnahme zwischen einem sanften pädagogischen Hang, zukünftige Menschen zu erziehen, und der unmittelbar kämpferischen Ausnützung im Verhalten zu Leo und Klementine. Hans Sepp dagegen behandelte es viel grundsätzlicher und gab die Losung aus: «Wir alle sollten Kinder sein!» Daß er so hartnäckig an der Kampfstellung des Kindes festhielt, mochte seine Ursache in frühen Selbständigkeitsbedürfnissen haben; in der Hauptsache kam es aber davon, daß die Sprache der Jugendbewegung, die damals in Schwang gekommen, die erste Sprache war, die seiner Seele zum Wort verhalf und, wie es eine rechte Sprache tun muß, von einem Wort zum andern führte und in jedem mehr sagte, als man eigentlich wußte. So entfaltete auch der Satz, wir alle sollten Kinder sein, die wichtigsten Erkenntnisse. Denn das Kind soll nicht sein Wesen verkehren und ablegen, um Vater und Mutter zu werden; es geschieht das nur, um «Bürger» zu sein, Sklave der Welt, gebunden und «gezweckt». So ist es recht das Bürgerliche, was alt macht, und das Kind wehrt sich dagegen, zum Bürger gemacht zu werden: wodurch die Schwierigkeit, daß man sich nicht mit einundzwanzig Jahren wie ein Kind gehaben dürfe, weggeblasen ist, denn dieser Kampf dauert von der Geburt bis zum Greisenalter und findet seine Beendigung erst in der Zerstörung der bürgerlichen Welt durch die Welt der Liebe. Das war sozusagen die höhere Stufe von Hans Seppens Lehre, und alles das hatte Ulrich im Lauf der Zeit von Gerda erfahren.

Er war es, der einen Zusammenhang zwischen dem, was diese jungen Leute ihre Liebe, mit einem anderen Wort auch die Gemeinschaft nannten, und den Folgen eines sonderbaren, wildreligiösen, unmythologisch mythischen oder vielleicht doch nur einfach verliebten Zustands entdeckt hatte, der ihm naheging, ohne daß sie es wußten, weil er sich darauf beschränkte, seine Spuren in ihnen lächerlich zu machen. In dieser Weise ging er auch jetzt auf Hans ein und fragte ihn unmittelbar, warum er nicht den Versuch machen wolle, die Parallelaktion zur Förderung der «Gemeinschaft der vollendet Ichlosen» zu benützen?

«Weil das nicht angeht!» erwiderte Hans.

Es ergab sich daraus ein Gespräch zwischen den beiden, das auf einen Fernstehenden einen sonderbaren Eindruck gemacht haben müßte, nicht unähnlich der Unterhaltung in einem Verbrecherjargon, obwohl dieser kein anderer war als eben die Mischsprache weltlich-geistlicher Verliebtheit. Es ist darum vorzuziehen, diese Unterredung mehr dem Sinn nach wiederzugeben als in ihrem Wortlaut: die Gemeinschaft der vollendet Ichlosen, das war ein von Hans entdecktes Wort, es ist aber trotzdem zu verstehen, denn je selbstloser sich ein Mensch fühlt, desto heller und stärker werden die Dinge der Welt, je leichter er sich macht, desto mehr fühlt er sich gehoben, und Erfahrungen von solcher Art kennt wohl jeder; man darf sie bloß nicht mit Fröhlichkeit, Heiterkeit, Sorglosigkeit oder dergleichen verwechseln, denn das sind nur ihre Ersätze für den niederen Gebrauch, wenn nicht gar für den verdorbenen. Vielleicht sollte man den echten Zustand überhaupt nicht Gehobenheit nennen, sondern Entpanzerung; Entpanzerung des Ich, so erklärte es Hans. Man müsse zwischen zwei Umwallungen des Menschen trennen. Die eine wird schon dann jedesmal überstiegen, wenn er etwas Gutes und Uneigennütziges tut, aber das ist nur die kleine Mauer. Die große besteht in der Selbsthaftigkeit noch des selbstlosesten Menschen; das ist schlechtweg die Erbsünde; jeder Sinneseindruck, jedes Gefühl, selbst das der Hingabe, ist in unserer Ausführung mehr ein Nehmen als ein Geben, und diesem Panzer von Durchtränkung mit Eigensucht kann man kaum in irgendeiner Weise entrinnen. Hans zählte auf: So ist Wissen nichts als An-Eignung einer fremden Sache; man tötet, zerreißt und verdaut sie wie ein Tier. Begriff, das reglos gewordene Getötete. Überzeugung, die nicht mehr veränderliche erkaltete Beziehung. Forschung gleich Fest-Stellen. Charakter gleich Trägheit, sich zu wandeln. Kenntnis eines Menschen soviel wie nicht mehr von ihm bewegt werden. Einsicht eine Sicht. Wahrheit der erfolgreiche Versuch, sachlich und unmenschlich zu denken. In allen diesen Beziehungen ist Tötung, Frost, ein Verlangen nach Eigentum und Erstarren und ein Gemisch von Eigensucht mit einer sachlichen, feigen, heimtückischen, unechten Selbstlosigkeit! «Und wann wäre» fragte Hans, obgleich er nur die unschuldige Gerda kannte, «die Liebe selbst etwas anderes als der Wunsch nach Besitz oder Hingabe auf Gegenrechnung?!»

Ulrich stimmte diesen nicht ganz einheitlichen Behauptungen vorsichtig und abändernd bei. Es sei richtig, daß auch das Erleiden und Sichentäußern einen Sparpfennig für uns selbst übriglasse; ein blasser, sozusagen grammatikalischer Schatten von Egoismus bleibe auf allem Tun haften, solange es keine Prädikate ohne Subjekt gebe.

Aber Hans lehnte heftig ab. Er und seine Freunde stritten, wie man leben solle. Manchmal nahmen sie an, daß jeder zunächst für sich und dann erst für alle leben müsse; ein andermal waren sie überzeugt, daß jeder ganz wahrhaft nur einen Freund haben könne, aber dieser doch wieder einen anderen Freund brauche, wonach sich ihnen die Gemeinschaft als eine Seelenverbindung im Kreis, nach Art des Farbenspektrums oder anderer gliedweisen Verkettungen darstellte; am liebsten aber glaubten sie daran, daß es ein seelisches, von der Ichsucht bloß überschattetes Gesetz des Gemeinschaftssinns gebe, eine innere, ungeheure, noch nicht ausgenützte Lebensquelle, der sie abenteuerliche Möglichkeiten zuschrieben. Nicht ungewisser kann sich der Baum, im Walde kämpfend und vom Wald gehegt, vorkommen, als empfängliche Menschen heute die dunkle Wärme der Masse, ihre Bewegungskraft, die molekular unsichtbaren Vorgänge ihres unbewußten Zusammenhaltens empfinden, die sie bei jedem Atemzug daran erinnern, daß der Größte wie der Kleinste nicht allein sei; so erging es auch Ulrich; er sah wohl klar, daß der gezähmte Egoismus, aus dem sich das Leben aufbaut, ein geordnetes Gefüge ergibt, wogegen der Atem der Gemeinsamkeit nur ein Inbegriff unklarer Zusammenhänge bleibt, und er war für seine Person sogar ein zur Absonderung neigender Mensch, aber es ging ihm eigentümlich nahe, wenn die jungen Freunde Gerdas ihre ausschweifende Behauptung von der großen Mauer aufstellten, die überstiegen werden müsse.

Hans spulte, bald leiernd, bald stoßend, die Augen, ohne zu sehen, vorausgerichtet, seine Glaubenssätze ab. Eine unnatürliche Trennung laufe durch die Schöpfung und teile sie wie einen Apfel, dessen beide

Hälften daran austrocknen. Man müsse sich darum auf künstliche und widernatürliche Weise heute aneignen, womit man vordem eins war. Man könne aber diese Trennung aufheben, durch irgendein Sichöffnen, ein geändertes Verhalten, denn je mehr jemand sich vergessen, auslöschen, von sich abrücken könne, desto mehr Kraft für die Gemeinschaft werde in ihm frei, so als würde sie aus einer falschen Verbindung befreit; und zugleich müsse er, je mehr er sich der Gemeinschaft nähere, desto eigener werden; denn folgte man Hans, so erfuhr man auch, daß der Grad der wahren Originalität nicht im eitlen Besonderssein beschlossen liege, sondern durch das Sichöffnen entstehe, in steigende Grade des Teilnehmens und der Hingabe hinein, vielleicht bis zu dem höchsten Grad einer Gemeinschaft der ganz von der Welt aufgenommenen, vollendet Ichlosen, den man auf diese Weise zu erreichen vermöchte!

Diese scheinbar durch nichts auszufüllenden Sätze ließen Ulrich träumen, wie man ihnen einen wirklichen Inhalt geben könnte, aber er fragte Hans bloß kühl, wie er es mit diesem Sichöffnen und dergleichen wohl in der Ausführung anstellen möchte?

Hans hatte dafür unermeßliche Worte; das transzendente an Stelle des Sinnenichs, das gotische Ich an Stelle des naturalistischen, das Reich der Wesenheit an Stelle der Erscheinung, das unbedingte Erlebnis und ähnliche gewaltige Substantiva, die er seinem Inbegriff unbeschreiblicher Erfahrungen unterschob, wie das, nebenbei bemerkt, zum Schaden der Sache und Erhöhen ihrer Würde eine verbreitete Gepflogenheit ist. Und weil sich der Zustand, der ihm zuweilen, vielleicht auch oft vorschwebte, niemals länger als über Augenblicke kurzen sich Versinnens halten ließ, tat er auch noch das übrige, zu behaupten, das Jenseitige offenbare sich eben heute nicht deutlicher als sprunghaft, in überkörperlicher, begreiflicherweise schwer festzuhaltender Schauung, deren Niederschlag höchstens große Kunstwerke seien; er kam auf sein Lieblingswort Symbol für diese und andere übernatürlich aufgerichtete Zeichen des Lebens zu sprechen und schließlich auf das germanische, den Trägern versprengten Germanenbluts zugeeignete Erlebnis, solches zu schaffen und schauen; auf diese Weise einer sublimen Variante nach dem Muster «Gute alte Zeit» gelang es ihm, bequem zu erklären, daß das dauernde Ergreifen des Wesenhaften der Vergangenheit angehöre und der Gegenwart entzogen sei, und die Auseinandersetzung war ja gerade von dieser Behauptung ausgegangen.

Ulrich war ärgerlich über dieses abergläubische Geschwätz. Es war lange Zeit für ihn eine unentschiedene Frage gewesen, wodurch Hans eigentlich Gerda anziehe. Sie saß blaß dabei, ohne an dem Gespräch tätigen Anteil zu nehmen. Hans Sepp hatte eine große Theorie der

Liebe, und wahrscheinlich fand sie darin den tieferen Sinn ihrer selbst. Ulrich lenkte nun das Gespräch weiter, indem er behauptete – mit allerhand Verwahrungen dagegen, daß man sich überhaupt auf derlei Gespräche einlassen solle! – die höchste Steigerung, die ein Mensch fühle, entstünde weder in dem gewöhnlichen egoistischen Verhalten, wo man sich alles aneigne, was einem begegne, noch, wie die Freunde behaupteten, in dem, was man Steigerung des Ich durch Eröffnung und Abgabe nennen könne, sondern sei eigentlich ein ruhender Zustand, in dem sich nie etwas ändere, wie ein stehendes Wasser.

Gerda belebte sich und fragte, wie er das meine.

Ulrich antwortete ihr darauf, daß Hans die ganze Zeit über, wenn auch zum Teil in sehr gewaltsamen Einkleidungen, von nichts als Liebe gesprochen habe; von der Heiligenliebe, der Einsiedlerliebe, der aus den Ufern der Wünsche getretenen Liebe, die immer als eine Auflösung, Auflockerung, ja als eine Verkehrung aller weltlichen Beziehungen beschrieben worden sei und jedenfalls nicht bloß ein Gefühl, sondern eine Veränderung des Denkens und der Sinne bedeute.

Gerda sah ihn an, als wolle sie prüfen, ob er, mit seinem das ihre übersteigenden Wissen, auch das irgendwie in Erfahrung gebracht habe, oder ob von diesem heimlich geliebten Menschen, wie er hier, ohne sich viel merken zu lassen, neben ihr saß, jene seltsame Ausschickung ausgehe, die zwei Wesen bei getrennten Körpern vereint.

Ulrich fühlte die Probe. Ihm war zumute, wie wenn er in einer fremden Sprache reden würde, in der er geläufig weitersprechen konnte, aber äußerlich, ohne daß die Worte in ihm Wurzeln hatten. «Man versteht in diesem Zustand,» sagte er «wo man aus den Grenzen tritt, die dem Verhalten sonst gezogen sind, alles, weil die Seele nur das annimmt, was zu ihr gehört; in gewissem Sinn weiß sie alles schon vorher, was sie erfahren wird. Liebende können sich keine Neuigkeiten sagen; es gibt auch kein Erkennen für sie. Denn der Liebende erkennt von dem Menschen, den er liebt, nichts, als daß er in einer unbeschreiblichen Weise durch ihn in innere Tätigkeit versetzt wird. Und einen Menschen erkennen, den er nicht liebt, heißt für ihn, jenen in die Liebe einbeziehen wie eine tote Mauer, auf der das Licht der Sonne liegt. Und ein lebloses Ding erkennen, heißt nicht, seine Eigenschaften eine nach der anderen auszuspähen, sondern es heißt, daß ein Schleier fällt oder eine Grenze aufgehoben wird, die der wahrnehmbaren Welt nicht angehören. Auch das Leblose tritt, unbekannt wie es ist, aber voll Vertrauen, in die Kameradschaft der Liebenden ein. Die Natur und der eigentümliche Geist der Liebenden blicken einander in die Augen; es sind das zwei Richtungen der gleichen Handlung, es ist ein Fließen in zwei Richtungen und ein Brennen von zwei Enden. Und einen Menschen oder ein Ding ohne Beziehung zu sich zu erkennen, das ist dann überhaupt nicht möglich; denn Kenntnis nehmen, das nimmt etwas von den Dingen, sie behalten ihre Gestalt, aber scheinen darin zu Asche zu zerfallen, es verdunstet etwas von ihnen, und es bleiben nur ihre Mumien. Darum gibt es auch keine Wahrheit für Liebende; sie wäre eine Sackgasse, ein Ende, der Tod des Gedankens, der, solange er lebt, dem atmenden Rand einer Flamme gleicht, daran Licht und Dunkel Brust an Brust liegen. Wie kann etwas Einzelnes einleuchten, wo alles leuchtet?! Wozu das Almosen der Sicherheit und Eindeutigkeit, wo alles eine Überfülle ist? Und wie kann man noch etwas für sich allein begehren, sei es auch gerade das Geliebte selbst, wenn man erlebt hat, wie Liebende nicht mehr sich selbst gehören, sondern allem, was ihnen, den vieräugig Verflochtenen, entgegenkommt, sich schenken müssen?»

Man vermag, wenn man diese Sprache beherrscht, in ihrer Anwendung mühelos fortzufahren. Man geht wie mit einem Licht in der Hand, dessen zarter Strahl auf eine Beziehung des Lebens nach der anderen fällt, und alle sehen sie aus, als wären sie in ihrer gewöhnlichen Erscheinung, die sie im festen Alletaglicht haben, nur rohe Mißverständnisse gewesen. Wie unmöglich erscheint zum Beispiel sogleich die Gebärde des Wortes «besitzen», wenn man sie auf Liebende anwendet! Aber verrät es schöner anmutende Wünsche, daß man Grundsätze be-sitzen möchte? die Achtung seiner Kinder? Gedanken? sich selbst? Diese plumpe Angriffsgebärde eines schweren Tiers, das seine Beute mit dem ganzen Körper niederdrückt, ist jedoch berechtigterweise der Grund- und Leibausdruck des Kapitalismus, und so zeigt sich darin der Zusammenhang zwischen den Besitzenden des bürgerlichen Lebens und den Besitzern von Erkenntnissen und Fertigkeiten, zu denen es seine Denker und Künstler gemacht hat, während abseits Liebe und Askese als ein einsames Geschwisterpaar stehen. Und sind diese Geschwister, wenn sie beisammen stehn, nicht ziellos und zwecklos, im Gegensatz zu den Zielen und Zwecken des Lebens? Es stammen aber die Namen Ziel und Zweck aus der Sprache der Schützen: Bedeutet also ziellos und zwecklos in seinem ursprünglichen Zusammenhang nicht soviel wie kein Tötender sein? So kommt man bloß dadurch, daß man die Spur der Sprache verfolgt – eine verwischte, aber verräterische Spur! – schon darauf, wie sich allerorten der roh veränderte Sinn an die Stelle von bedachtsameren Beziehungen gedrängt hat, die ganz verlorengegangen sind. Es ist das wie ein überall zu fühlender, nirgends zu fassender Zusammenhang; Ulrich verzichtete darauf, ihm noch weiter redend zu folgen, aber es war Hans nicht zu verdenken, daß er glaubte, wenn man irgendwo anziehe, müsse sich das ganze Gewebe umstülpen, bloß sei die Ahnung der richtigen Stelle verlorengegangen. Er hatte Ulrich wiederholt unterbrochen und ergänzt. «Wenn Sie diese Erlebnisse als Forscher betrachten wollen, werden Sie nichts anderes darin sehen als ein Bankbeamter! Alle empirischen Erklärungen sind nur scheinbare und führen aus dem Kreis der niederen, sinnlich faßbaren Erkenntnisse nicht hinaus! Ihr Wissenwollen möchte die Welt auf nichts anderes als ein mechanisches Daumendrehen sogenannter Naturkräfte zurückführen!» Von solcher Art waren seine Einwände; Einwürfe. Er war bald grob, bald flammend. Er fühlte, daß er seine Sache schlecht vorgetragen habe, und machte es der Anwesenheit dieses fremden Mannes zum Vorwurf, der ein Alleinsein mit Gerda verhinderte, denn Aug in Auge mit ihr wären die gleichen Worte ganz anders, schimmernden Wassern, kreisenden Falken gleich in die Höhe gestiegen, das wußte er; er fühlte, daß er eigentlich einen großen Tag hatte. Zugleich war er sehr erstaunt und böse darüber, Ulrich so leicht und eingehend an seiner Stelle sprechen zu hören. Ulrich sprach in Wahrheit keineswegs wie ein exakter Forscher, sondern redete weit mehr, als er verantworten wollte, und hatte trotzdem nicht den Eindruck, etwas zu sagen, was er nicht glaube. Ihn beflügelte eine unterdrückte Wut darüber. Es gehört eine sonderbar gehobene, leicht brennende Stimmung dazu, so zu sprechen, und die Ulrichs befand sich zwischen ihr und dem Anblick Hans', mit seinem fett gesträubten Haar, der schlecht gepflegten Haut, den häßlich eindringlichen Bewegungen, dem Wortschwall, in dessen Geifer doch ein Schleier von etwas Innerstem hing, das wie vom Herzen gezogene Haut war; aber streng genommen, hatte sich Ulrich sein ganzes Leben lang zwischen zwei solchen Eindrücken von dieser Sache befunden, er war seit je imstande gewesen, so geläufig darüber zu sprechen, wie er es heute tat, und halb daran zu glauben, doch war er über diese spielerische Fertigkeit nie hinausgegangen, weil er nicht an ihren Inhalt glaubte, auf welche Weise auch jetzt Lust und Unlust des Gesprächs miteinander Schritt hielten.

Aber Gerda achtete nicht auf die spöttischen Einwände, die er deshalb zuweilen wie ein Parodist einflocht, sondern stand nur unter dem Eindruck, daß er jetzt sich selbst geöffnet habe. Sie sah ihn beinahe ängstlich an. «Er ist viel weicher, als er es zugibt» dachte sie, wenn er sprach, und ein Gefühl wie von einem kleinen Kind, das an der Brust tastet, machte sie wehrlos. Ulrich fing ihren Blick auf. Er wußte fast alles, was zwischen ihr und Hans vor sich ging, weil sie davon geängstigt wurde und das Bedürfnis hatte, sich wenigstens in andeutenden Erzählungen davon zu befreien, die Ulrich leicht zu ergänzen vermochte. Sie sahen in der Besitzergreifung, die jungen Liebenden sonst als Ziel gilt, den Anfang des seelischen Kapitalismus, den sie verabscheuten, und glaubten die Leidenschaft der Körper zu verachten, verachteten aber auch die Besinnung, die ihnen als bürgerliches Ideal für verdächtig galt. So entstand ein un- und halbkörperliches Ineinanderverschlungensein; sie suchten einander zu bejahen, wie sie das nannten, und fühlten die zitternd zarte Vereinigung der Wesen, die daraus entsteht, daß man einander betrachtet, sich in das unsichtbare Wellenspiel hinter Brust und Stirn des anderen gleiten läßt und in dem Augenblick, wo man sich zu verstehen glaubt, fühlt, daß man gegenseitig sich in sich trägt und eins ist. In Stunden, die nicht ganz so hochgemut waren, begnügten sie sich jedoch auch mit gewöhnlicher Bewunderung für einander; sie erinnerten sich dann gegenseitig bloß an berühmte Bilder oder Szenen und staunten, wenn sie sich küßten, daß – um ein stolzes Wort zu wiederholen – Jahrtausende auf sie herabsahen. Denn sie küßten einander; sie erklärten in der Liebe das grobe Gefühl des sich im Körper krümmenden Ichs zwar für ebenso niedrig wie ein Magenkrümmen, aber ihre Glieder kümmerten sich nicht ganz um die Anschauungen der Seelen und preßten sich auf eigene Verantwortung aneinander. Sie waren nachher jedesmal beide ganz verstört. Ihre zarte Philosophie hielt vor dem Bewußtsein, daß niemand in der Nähe sei, dem Dämmern der Zimmer, der rasend wachsenden Anziehungskraft zusammengeschmiegter Körper nicht stand, und namentlich Gerda, als Mädchen die ältere von beiden, empfand dann das Verlangen nach vollendeter Umarmung so arglos stark, wie ein Baum empfinden könnte, den irgendetwas hindert, im Frühling zu blühen. Diese halben Umarmungen, so salzlos wie Kinderküsse und ohne Grenzen wie die Liebkosungen von Greisen, ließen sie jedesmal zerschmettert zurück. Hans fügte sich besser darein, denn er sah es, so wie es vorbei war, als eine Prüfung auf die Gesinnung an. «Uns ist es nicht gegeben, Besitzende zu sein,» lehrte er «wir sind Wanderer, die von Stufe zu Stufe schreiten»; und wenn er bemerkte, wie Gerda vor Unbefriedigung am ganzen Leibe zitterte, so stand er nicht an, ihr das als Schwäche, wenn nicht gar als einen Rest ungermanischer Abkunft anzurechnen, und kam sich wie der gottgefällige Adam vor, dessen Männerherz abermals von seiner gewesenen Rippe dem Glauben entfremdet werden soll. Gerda verachtete ihn dann. Und wahrscheinlich war das der Grund, warum sie Ulrich wenigstens früher so viel wie möglich davon erzählt hatte. Sie ahnte, ein Mann würde mehr und weniger tun als Hans, der sein tränenüberströmtes Gesicht, nachdem er sie beleidigt hatte, wie ein Kind zwischen ihren Beinen verbarg; und ebenso stolz auf ihre Erlebnisse wie ihrer überdrüssig, bot sie Ulrich davon Kenntnis an, in der ängstlichen Hoffnung, er werde mit seinen Worten diese qualvolle Schönheit zerstören.

Ulrich sprach jedoch selten so zu ihr, wie sie es erwartete, sondern kühlte sie gewöhnlich spöttisch ab, denn obgleich ihm Gerda deshalb ihr Vertrauen verweigerte, wußte er gut, daß sie sich ihm gegenüber in einem dauernden Verlangen nach Ergebenheit befand und weder Hans noch sonst wer solche Macht über ihr Gemüt hatte, wie er sie hätte haben können. Er entschuldigte sich damit, daß jeder andere wirkliche Mann an seiner Stelle, nach dem unklaren Schmutzfink Hans, auch als Erlösung auf sie wirken müßte. Aber während er alles das überlegte und mit einemmal versammelt gegenwärtig fühlte, hatte sich Hans besonnen und versuchte, noch einmal zum Angriff überzugehn. «Alles in allem» sagte er «haben Sie den größten Fehler begangen, den man überhaupt begehen kann, indem Sie versuchen, es in Begriffen auszudrücken, was einen Gedanken zuweilen um ein Etwas über die Begriffe hebt; aber das ist wohl der Unterschied zwischen einem Herrn von der Gelehrsamkeit und uns. Erst muß man es leben lernen, und dann lernt man es vielleicht denken!» fügte er stolz hinzu, und als Ulrich lächelte, fuhr es wie der strafende Blitz aus ihm: «Jesus war mit zwölf Jahren sehend und hat nicht erst das Doktorat gemacht!»

Ulrich ließ sich dadurch, mit einem Verstoß gegen die Pflicht der Verschwiegenheit, dazu hinreißen, ihm einen Rat zu geben, der Kenntnisse verriet, in deren Besitz er nur durch Gerda gekommen sein konnte. Denn er entgegnete ihm: «Ich weiß nicht, warum Sie nicht, wenn Sie es leben wollen, damit bis zu Ende gehn. Ich würde Gerda in die Arme schließen, alle Bedenken meiner Vernunft entfernen und die Arme so lange geschlossen halten, bis unsere Körper entweder zu Asche zerfallen oder der Verwandlung des Sinns folgen und sich in sich selbst umkehren, wie wir uns das eben nicht vorstellen können!»

Hans, dem die Eifersucht einen Stich gab, sah nicht ihn, sondern Gerda an. Gerda wurde blaß und verlegen. Die Worte «Ich würde Gerda in meine Arme schließen und festhalten» hatten auf sie den Eindruck eines geheimen Versprechens gemacht. Es war ihr in diesem Augenblick ganz gleichgültig, wie man sich das «andere Leben» am folgerichtigsten vorstelle, und sie war sicher: wenn Ulrich richtig wollte, er würde alles so ausführen, wie es sein müßte. Hans, zornig über den Verrat Gerdas, den er fühlte, bestritt, daß das gelingen müsse, wovon Ulrich rede; die Zeit sei nicht geeignet, und die ersten Seelen müßten genau so wie die ersten Flugzeuge von einem Berg abfliegen und nicht von einer Talzeit. Vielleicht müsse erst ein Mensch kommen, der die anderen aus ihrer Verfangenheit erlöse, ehe das Höchste gelingen könne! Es erschien ihm nicht ausgemacht, daß keinesfalls er dieser Erlöser sein könnte, aber das war seine Sache, und davon abgesehen bestritt er, daß der gegenwärtige Tiefstand imstande sei, einen hervorzubringen.

Nun sagte Ulrich etwas davon, wieviele Erlöser es heute schon gebe. Jeder bessere Vereinsobmann gelte für einen solchen! Er war überzeugt, wenn selbst Christus wiederkäme, er träfe es schlechter an als ehedem; die sittlich gesinnten Zeitungen und Buchgemeinschaften würden seinen Ton zu wenig gemütvoll finden, und die große Weltpresse würde sich ihm kaum öffnen! – Alles war somit wieder wie am Beginn, das Gespräch war in die Lage seines Anfangs zurückgekehrt, und Gerda sank in sich zusammen.

Aber eines war anders, Ulrich hatte sich, ohne es zu zeigen, ein wenig verfangen. Seine Gedanken waren nicht bei seinen Worten. Er sah Gerda an. Ihr Körper war scharf, ihre Haut ermüdet und trüb. Die altjüngferliche Überhauchtheit ihres Wesens wurde ihm mit einemmal deutlich, obgleich sie wahrscheinlich immer die Hauptrolle in der Hemmung gespielt hatte, die ihn mit diesem jungen Mädchen, das ihn liebte, nicht eins werden ließ. Darauf wirkte ja offenbar auch Hans mit dem Halbkörperlichen seiner Gemeinschaftsahnungen ein, die gleichfalls etwas der altjüngferlichen Gefühlslage nicht ganz Fernliegendes an sich haben mochten. Gerda mißfiel Ulrich, und doch hatte er das Verlangen, das Gespräch mit ihr fortzusetzen. Das erinnerte ihn daran, daß er sie eingeladen habe, ihn zu besuchen. Sie hatte durch nichts erkennen lassen, ob sie diesen Vorschlag vergessen habe oder noch daran denke, und er fand keine Gelegenheit mehr, sie heimlich danach zu fragen. Es ließ ein unruhiges Bedauern in ihm zurück und eine Erleichterung, wie wenn man eine Gefahr an sich vorbeigehen fühlt, die man zu spät erkannt hat.

114

Die Verhältnisse spitzen sich zu. Arnheim ist sehr huldvoll zu General Stumm. Diotima trifft Anstalten, sich ins Grenzenlose zu begeben. Ulrich phantasiert von der Möglichkeit, so zu leben, wie man liest

Seine Erlaucht hatte dringend gewünscht, daß sich Diotima über den berühmten Makart-Festzug unterrichte, der in den Siebzigerjahren ganz Österreich in Begeisterung vereint hatte; er erinnerte sich noch genau an die teppichbehängten Wagen, die schwer beschirrten Pferde, die Trompeter und den Stolz, den die Leute über ihre mittelalterliche Tracht empfanden, die sie dem Alltagsleben entriß. So kam es, daß Diotima, Arnheim und Ulrich aus der Hofbibliothek traten, die sie nach zeitgenössischen Darstellungen durchsucht hatten. Wie es Diotima lippenrümpfend Sr. Erlaucht vorausgesagt hatte, war das Ergebnis ein unmögliches; mit solchem Seelenplunder konnte man die Menschen nicht mehr ihrem Alltagsleben entreißen, und die schöne Frau verkündete ihren Begleitern das Bedürfnis, sich des hellen Sonnenscheins und des Jahres 1914 zu freun, das in weiter Entfernung von jener vermoderten Zeit schon seit etlichen Wochen begonnen hatte. Diotima hatte auf der Treppe erklärt, daß sie zu Fuß nach Hause zu gehen wünsche, sie waren aber kaum ans Licht getreten, so stießen sie auf den General, der zum Tor der Bibliothek hinein wollte und sich, weil er nicht wenig stolz war, bei solcher wissenschaftlichen Tätigkeit angetroffen zu werden, sofort bereit erklärte, umzukehren und das Gefolge Diotimas auf dem Heimweg um seine Person zu vermehren. Darum fand Diotima schon nach einigen Schritten heraus, daß sie müde sei, und wünschte einen Wagen. Es kam aber nicht gleich ein freies Fuhrwerk vorbei, und so standen sie alle auf dem Platz vor der Bibliothek, der ein trogförmiges Rechteck bildete, dessen drei Seiten von herrlichen alten Wänden begrenzt wurden, während auf der vierten, vor einem langgestreckten niederen Palais, die wie eine Eisbahn schimmernde Asphaltstraße mit Autos und Gespannen vorbeischoß, von denen keines den Winken und Zeichen folgte, die sie wie Schiffbrüchige abgaben, bis sie es müde wurden oder vergaßen und nur zeitweilig noch ermattend wiederholten.

Arnheim trug persönlich ein großes Buch unter dem Arm. Es war das eine Gebärde, die ihn freute; herablassend und achtungsvoll zugleich vor dem Geist. Er sprach angeregt mit dem General. «Ich freue mich, auch in ihnen einen Bibliotheksbesucher anzutreffen; man soll von Zeit zu Zeit den Geist in seinem eigenen Hause aufsuchen,» erläuterte er, «aber das ist heutzutage unter Männern von Stellung eine Seltenheit geworden!»

General Stumm erwiderte, daß er mit dieser Bibliothek sehr vertraut sei.

Arnheim fand es anerkennenswert. «Es gibt jetzt fast nur noch Schriftsteller und keine Menschen mehr, die Bücher lesen» fuhr er fort. «Haben Sie sich, Herr General, schon einmal gefragt, wieviel Bücher jährlich gedruckt werden? Ich glaube mich zu erinnern, daß es über hundert Bücher täglich allein in Deutschland sind. Und mehr als tausend Zeitschriften werden jährlich gegründet! Jeder schreibt; jeder bedient sich jedes Gedankens als seines eigenen, wenn es ihm paßt; niemand denkt an eine Verantwortung für das Ganze! Seit die Kirche ihren Einfluß verloren hat, gibt es keine Autorität mehr in unserem Chaos. Es gibt kein Bildungsvorbild und keine Bildungsidee. Es ist unter diesen Umständen nur natürlich, daß Gefühle und Moral ohne Anker gleiten und der festeste Mensch zu wanken beginnt!»

Dem General wurde trocken im Munde. Man konnte nicht sagen, daß Dr. Arnheim eigentlich zu ihm sprach; er war ein Mann, der auf einem Platz stand und laut dachte. Der General erinnerte sich, daß viele Menschen auf der Straße mit sich sprechen, während sie irgendwohin eilen; richtiger gesagt, viele Zivilisten, denn einen Soldaten würde man einsperren und einen Offizier auf die psychiatrische Station schicken. Es machte auf Stumm einen peinlichen Eindruck, sozusagen mitten in der Haupt- und Residenzstadt öffentlich zu philosophieren. Außer den beiden Männern stand nur noch ein stummer Mann auf dem Platz in der Sonne, und dieser war aus Erz und stand auf einem großen Stein; der General erinnerte sich nicht, wen er darstellte, und bemerkte ihn jetzt überhaupt zum erstenmal. Arnheim, der darauf aufmerksam wurde, erkundigte sich, wer das sei. Der General entschuldigte sich. «Und man hat ihn hierher gestellt, damit wir ihn verehren!» bemerkte der Gewaltige. «Aber so ist es wohl! Wir bewegen uns ja in jeder Minute zwischen Einrichtungen, Fragen und Forderungen, von denen wir nur das letzte Stück kennen, so daß die Gegenwart unaufhörlich in die Vergangenheit greift; wir brechen, wenn Sie mir erlauben, es so zu sagen, bis über die Knie in unterkellerte Zeit ein und empfinden das als höchste Gegenwart!»

Arnheim lächelte, er machte Konversation. Seine Lippen spielten in der Sonne unaufhörlich auf und ab, in den Augen wechselten die Lichter wie auf einem signalisierenden Dampfer. Stumm wurde unheimlich zumut; er fand es schwer, seine Aufmerksamkeit bei so zahlreichen und ungewöhnlichen Wendungen immer von neuem zu erkennen zu geben, während er vor allen Leuten auf der Präsentierplatte von Platz in Uniform stand. In den Ritzen zwischen den Pflastersteinen wuchs Gras; es war vom Vorjahr und sah unwahrscheinlich frisch aus, wie eine Leiche, die im Schnee gelegen hat; es war überhaupt außerordentlich merkwürdig und störend, daß da zwischen Steinen Gras wuchs, wenn man bedachte, daß wenige Schritte davon entfernt der Asphalt von Autos zeitgemäß blank geputzt wurde. Der General begann unter der ängstlichen Eingebung zu leiden, es könnte sich, wenn er noch lange zuhören müsse, ereignen, daß er sich auf die Knie werfe und vor allen Leuten Gras fresse. Es war ihm unklar, warum; aber er sah sich Schutz suchend nach Ulrich und Diotima um.

Diese hatten sich in einen dünnen Schattenschleier gerettet, der um eine Mauerecke spann, und man hörte nur ihre unverständlich leisen Stimmen in einem Streit, der zwischen ihnen entbrannt war.

«Das ist eine trostlose Auffassung!» sagte Diotima.

«Was?» fragte Ulrich, mehr mechanisch als neugierig.

«Es gibt im Leben doch auch Individualitäten!»

Ulrich bemühte sich, ihr von der Seite ins Auge zu sehn. «Du lieber Himmel,» meinte er «wir haben davon schon gesprochen!»

«Sie haben kein Herz! Sonst könnten Sie nicht immer so sprechen!» Sie sagte es sanft. Von den Steinplatten stieg die erwärmte Bodenluft längs ihrer Beine hoch, die von den langen Röcken, unnahbar und für die Welt nicht vorhanden, wie die Beine einer Statue umschlossen wurden. Kein Zeichen verriet, daß sie etwas bemerkte. Es war eine Zärtlichkeit, zu der kein Mensch und Mann gehörte. Ihre Augen wurden blaß. Es mochte das aber vielleicht bloß der Eindruck ihrer Zurückhaltung sein, in einer Lage, wo sie den Blicken der Vorübergehenden ausgesetzt war. Sie wandte sich Ulrich zu und sagte mit Mühe: «Wenn eine Frau zwischen Pflicht und Leidenschaft wählen muß, worauf sollte sie sich denn stützen, wenn nicht auf ihren Charakter?!»

«Sie müssen nicht wählen!» entgegnete Ulrich.

«Sie erlauben sich zu viel; ich habe nicht von mir gesprochen!» flüsterte seine Kusine.

Da er darauf nichts erwiderte, blickten sie eine Weile gemeinsam und feindlich über den Platz. Dann fragte Diotima: «Halten Sie es für möglich, daß das, was wir unsere Seele nennen, aus dem Schatten hervortreten könnte, in dem es sich gewöhnlich befindet?»

Ulrich sah sie verblüfft an.

«In besonderen und bevorzugten Menschen» ergänzte sie.

«Sie suchen am Ende Rapporte?» fragte er ungläubig. «Hat Sie Arnheim mit einem Medium zusammengebracht?»

Diotima war enttäuscht. «Ich hätte nicht erwartet, daß Sie mich so mißverstehen werden!» warf sie ihm vor. «Wenn ich aus dem Schatten hervortreten gesagt habe, so meinte ich, aus der Uneigentlichkeit, aus dieser schimmernden Versteckheit, in der wir das Ungewöhnliche manchmal empfinden. Es ist wie ein Netz ausgebreitet, das uns quält, weil es weder hält, noch losläßt. Glauben Sie nicht, daß es Zeiten gegeben hat, wo das anders war? Das Innere trat stärker hervor; einzelne Menschen gingen einen erleuchteten Weg; mit einem Wort, sie gingen, wie man früher gesagt hat, den heiligen Weg, und Wunder wurden Wirklichkeit, weil sie nichts sind als eine immer vorhandene andere Art von Wirklichkeit!»

Diotima staunte über die Sicherheit, mit der sich das auch ohne besondere Stimmung, gleichsam wirklichkeitsfest aussprechen ließ. Ulrich wütete im geheimen, aber eigentlich war er tief erschrocken. So weit ist es also gekommen, daß dieses Riesenhuhn genau so redet wie ich? fragte er sich. Er sah Diotimas und seine Seele wieder in der Gestalt eines großen Huhns vor sich, das einen kleinen Wurm aufpickt. Uralter Kinderschreck vor der Großen Frau griff nach ihm, vermischt mit einer anderen merkwürdigen Empfindung; er fand es angenehm, von der dummen Übereinstimmung mit einem ihm verwandten Menschen gleichsam seelisch aufgezehrt zu werden. Die Übereinstimmung war natürlich nur Zufall und Unsinn; er glaubte weder an die Magie der Verwandtschaft noch an die Möglichkeit, daß er seine

Kusine, und sei es im trübsten Rausch, ernst nehmen könnte. Aber in der letzten Zeit gingen Veränderungen mit ihm vor sich; er erweichte, seine innere Form, die immer die des Angriffs gewesen war, ließ nach und zeigte Neigung, umzuschlagen und in das Verlangen nach Zärtlichkeit, Traum, Verwandtschaft oder weiß Gott was überzugehn, was sich auch so ausdrückte, daß die Gegenstimmung, die damit im Kampf lag, eine Stimmung des bösen Willens, manchmal unvermittelt aus ihm hervorbrach.

Darum spottete er auch jetzt über seine Kusine. «Ich halte es für Ihre Pflicht, wenn Sie das glauben, entweder öffentlich oder im geheimen, aber so rasch wie möglich Arnheims ‹voll und ganz›-Geliebte zu werden!» sagte er ihr.

«Bitte, schweigen Sie! Davon zu sprechen, habe ich Ihnen kein Recht gegeben!» wies das Diotima zurück.

«Ich muß davon sprechen! Es ist mir bis vor kurzem unklar gewesen, welche Beziehungen zwischen Ihnen und Arnheim eigentlich bestehen. Aber ich sehe jetzt klar, und Sie kommen mir vor wie ein Mensch, der ernstlich zum Mond fliegen will; ich hätte Ihnen soviel Verrücktheit gar nicht zugetraut.»

«Ich habe Ihnen gesagt, daß ich maßlos zu sein vermag!» Diotima suchte kühn in die Luft zu blicken, aber die Sonne zog ihr Pupille und Lid zu einem beinahe lustigen Ausdruck zusammen.

«Das sind Delirien des Liebeshungers,» sagte Ulrich «die mit der Sättigung vergehen.» Er fragte sich, was Arnheim mit seiner Kusine vorhaben möge. Bereute er seinen Antrag und versuchte, den Rückzug durch eine Komödie zu decken? Aber da wäre es einfacher gewesen, abzureisen und nicht mehr wiederzukehren; die dazu nötige Rücksichtslosigkeit müßte ein Mann, der lebenslang mit Geschäften zu tun gehabt hat, doch leicht aufbringen können? Er erinnerte sich, an Arnheim gewisse Zeichen beobachtet zu haben, die bei einem älteren Mann auf Leidenschaft hindeuten; das Gesicht war manchmal graugelb, schlaff, müde, man blickte hinein wie in ein Zimmer, wo das Bett um die Mittagsstunde noch nicht gemacht ist. Er erriet, daß dies am ehesten durch die Zerstörung zu erklären sei, die zwei ungefähr gleich starke Leidenschaften anrichten, wenn sie ergebnislos um die Vorherrschaft kämpfen. Aber da er sich die Machtleidenschaft in dem Ausmaß, wie sie Arnheim beherrschte, nicht vorstellen konnte, begriff er auch nicht die Stärke der Vorkehrungen, welche die Liebe dagegen traf.

«Sie sind ein sonderbarer Mensch!» sagte Diotima. «Immer anders, als man es erwarten dürfte! Haben Sie nicht selbst von der seraphischen Liebe zu mir gesprochen?»

«Und Sie glauben, daß man das wirklich tun kann?» fragte Ulrich zerstreut.

«Natürlich kann man es nicht so tun, wie Sie es beschrieben haben!»

«Also Arnheim liebt Sie seraphisch?!» Ulrich begann leise zu lachen.

«Lachen Sie doch nicht!» bat Diotima ärgerlich; fast zischte sie ein wenig.

«Sie wissen ja nicht, warum ich lache» entschuldigte er sich. «Ich lache, wie man so sagt, erregt. Sie und Arnheim sind feinfühlige Menschen; Sie lieben Gedichte; ich bin vollkommen davon überzeugt, daß Sie manchmal von einem Hauch gestreift werden; einem Hauch von irgendetwas: es fragt sich eben, was das ist. Und nun wollen Sie dem in aller Gründlichkeit, deren Ihr Idealismus fähig ist, an den Leib rücken?!»

«Fordern Sie denn nicht immer, daß man genau und gründlich sein muß?!» gab Diotima zurück.

Ulrich war ein wenig verblüfft. «Sie sind verrückt!» sagte er. «Entschuldigen Sie das Wort, Sie sind verrückt! Und *Sie* dürfen das nicht sein!»

Arnheim hatte unterdessen dem General mitgeteilt, daß sich die Welt seit zwei Menschenaltern in der größten Umwälzung befinde: die Seele gehe zu Ende.

Dem General gab es einen Stich. Du lieber Himmel, das war ja nun wieder etwas Neues! Um die Wahrheit zu sagen, er hatte bis zu dieser Stunde trotz Diotima gedacht, daß es das «die Seele» überhaupt nicht gebe; in der Kadettenschule und beim Regiment hatte man auf solches Pfaffengerede geblasen. Da aber ein Kanonen- und Panzerplattenfabrikant so ruhig davon sprach, wie wenn er es in der Nähe stehen sähe, begannen des Generals Augen zu jucken und kugelten düster in der durchsichtigen Luft umher.

Aber Arnheim ließ sich nicht um Erklärungen bitten; die Worte flossen ihm von den Lippen, durch die blaß rosa Spalte zwischen einem kurz geschnittenen Schnurr- und Spitzbart hervor. Wie er sagte, war die Seele schon seit dem Zerfall der Kirche, also ungefähr im Beginn der bürgerlichen Kultur, in einen Prozeß der Einschrumpfung und Alterung geraten. Sie hat seither Gott verloren, die festen Werte und Ideale, und heute sei der Mensch schon so weit, daß er ohne Moral, ohne Grundsätze, ja eigentlich ohne Erlebnisse lebe.

Der General begriff nicht recht, warum man keine Erlebnisse haben sollte, wenn man keine Moral habe. Aber Arnheim schlug den großen Schweinslederband auf, den er in der Hand trug; er enthielt den kostbaren Nachdruck einer Handschrift, die außer Haus nicht einmal einem so ungewöhnlichen Sterblichen wie ihm mitgegeben werden konnte. Der General sah einen Engel, dessen wagrechte Flügel über zwei Seiten gingen, inmitten eines Blattes stehn, das sonst noch von dunkler Erde, goldenem Himmel und sonderbaren, wie Wolken gelagerten Farben bedeckt war; er blickte auf das Abbild einer der ergreifendsten und herrlichsten frühmittelalterlichen Malereien, aber da er das nicht wußte und sich auf Geflügeljagd und ihre Darstellungen vortrefflich verstand, kam ihm bloß vor, daß ein Wesen mit Flügeln und langem Hals, das weder ein Mensch noch eine Schnepfe ist, eine Verirrung bedeuten müsse, auf die ihn sein Begleiter aufmerksam machen wolle.

Indes, Arnheim wies mit dem Finger darauf und sagte nachdenklich: «Da sehen Sie vor sich, was die Schöpferin der österreichischen Aktion der Welt wiedergeben möchte...!»

«So, so?!» antwortete Stumm. Er hatte das also offenbar unterschätzt und mußte sich nun vorsichtig äußern.

«Diese Größe des Ausdrucks, bei vollkommenster Einfachheit,» fuhr Arnheim fort «führt deutlich vor Augen, was unserer Zeit verlorengegangen ist. Was bedeutet dagegen unsere Wissenschaft? Bruchwerk! Unsere Kunst? Extreme, ohne einen vermittelnden Körper! Das Geheimnis der Einheit fehlt unserem Geist, und sehen Sie, darum ergreift mich dieser österreichische Plan, der Welt ein vereinigendes Beispiel, einen gemeinsamen Gedanken zu schenken, wenn ich ihn auch nicht für ganz durchführbar halte. Ich bin Deutscher. In der ganzen Welt ist heute alles laut und plump; aber in Deutschland ist es noch lauter. In allen Ländern plagen sich die Menschen von früh bis spät, ob sie nun arbeiten oder sich vergnügen; aber bei uns stehen sie noch früher auf und gehen noch später zu Bett. In aller Welt hat der Geist des Rechnens und der Gewalt den Zusammenhang mit der Seele verloren; aber wir in Deutschland haben die meisten Kaufleute und das stärkste Militär.» Er blickte entzückt rund um den Platz. «In Österreich ist alles das noch nicht so entwickelt. Hier gibt es noch Vergangenheit, und die Menschen haben sich etwas von der ursprünglichen Intuition bewahrt. Wenn sie überhaupt noch möglich ist, so könnte nur von hier die Erlösung des deutschen Wesens vom Rationalismus ausgehen. Aber ich fürchte,» fügte er seufzend hinzu «es wird schwerlich gelingen. Eine große Idee findet heute zu viel Widerstände; große Ideen sind nur noch dazu gut, einander am Mißbrauchtwerden zu hindern, wir leben sozusagen im Zustand eines mit Ideen bewaffneten Moralfriedens.»

Er lächelte über seinen Scherz. Und dann fiel ihm noch etwas ein: «Sehen Sie, der Unterschied zwischen Deutschland und Österreich, von dem wir soeben gesprochen haben, erinnert mich immer ans Billardspiel: Auch beim Billard verfehlt man alles, wenn man es mit Berechnung machen will, statt mit dem Gefühl!»

Der General hatte erraten, daß er sich durch den Ausdruck bewaffneter Moralfriede geschmeichelt fühlen solle, und er wünschte seine

Aufmerksamkeit zu beweisen. Vom Billardspiel verstand er etwas; «ich bitte,» sagte er darum «ich spiele Karambol und Kegel, aber ich habe noch nie davon gehört, daß es einen Unterschied zwischen der deutschen und der österreichischen Spieltechnik gibt?»

Arnheim schloß die Augen und dachte nach. «Ich selbst spiele nie Billard,» sagte er dann «aber ich weiß, daß man den Ball hoch oder tief, rechts oder links nehmen kann; man kann den zweiten Ball voll treffen oder streifen; man kann stark oder schwach stoßen; die ‹Fälsche› stärker oder schwächer wählen; und sicher gibt es noch viele solcher Möglichkeiten. Ich kann mir nun jedes dieser Elemente beliebig abgestuft denken, so gibt es also nahezu unendlich viele Kombinationsmöglichkeiten. Wollte ich sie theoretisch ermitteln, so müßte ich außer den Gesetzen der Mathematik und der Mechanik starrer Körper auch die der Elastizitätslehre berücksichtigen; ich müßte die Koeffizienten des Materials kennen; den Temperatureinfluß; ich müßte die feinsten Maßmethoden für die Koordination und Abstufung meiner motorischen Impulse besitzen; meine Distanzschätzung müßte genau wie ein Nonius sein; mein kombinatorisches Vermögen schneller und sicherer als ein Rechenschieber; zu schweigen von der Fehlerrechnung, der Streuungsbreite und dem Umstand, daß das zu erreichende Ziel der richtigen Koinzidenz der beiden Bälle selbst kein eindeutiges ist, sondern eine um einen Mittelwert gelagerte Gruppe von eben noch genügenden Tatbeständen darstellt.»

Arnheim sprach langsam und zur Aufmerksamkeit zwingend, wie wenn aus einem Tropffläschchen etwas in ein Glas gegossen wird; er erließ seinem Gegenüber nicht eine einzige Einzelheit.

«Sie sehen also wohl,» fuhr er fort «daß ich lauter Eigenschaften haben und Dinge tun müßte, die ich unmöglich haben und tun kann. Sie sind sicher Mathematikers genug, um beurteilen zu können, welche lebenslängliche Aufgabe es wäre, wenn man auf diese Weise auch nur den Verlauf eines einfachen Karambolstoßes berechnen wollte; der Verstand läßt uns einfach im Stich! Trotzdem trete ich, mit einer Zigarette im Munde, einer Melodie im Sinn, sozusagen den Hut auf dem Kopf, an das Brett heran, gebe mir kaum die Mühe, die Situation zu betrachten, stoße zu und löse die Aufgabe! Herr General, das gleiche geschieht im Leben unzähligemal! Sie sind nicht nur Österreicher, sondern auch Offizier, Sie müssen mich verstehen: Politik, Ehre, Krieg, Kunst, die entscheidenden Vorgänge des Lebens vollziehen sich jenseits des Verstandes. Die Größe des Menschen wurzelt im Irrationalen. Auch wir Kaufleute rechnen nicht, wie Sie vielleicht glauben möchten: sondern wir – ich meine natürlich die führenden Leute; die kleinen mögen immerhin mit ihren Pfennigen rechnen – lernen unsere wirklich erfolgreichen Einfälle als ein Geheimnis betrachten, das jeder Berechnung spottet. Wer nicht das Gefühl liebt, die Moral, die Religion, die Musik, Gedichte, Form, Zucht, Ritterlichkeit, Freimut, Offenheit, Duldsamkeit –: glauben Sie mir, der wird auch nie ein Kaufmann von großem Ausmaß. Darum habe ich immer den Kriegerstand bewundert; besonders den österreichischen, der auf uralten Überlieferungen ruht, und ich freue mich sehr, weil Sie der gnädigen Frau zur Seite stehen. Es beruhigt mich. Ihr Einfluß ist neben dem unseres jüngeren Freundes überaus wichtig. Alle großen Dinge beruhen auf den gleichen Eigenschaften; große Pflichten sind ein Segen, Herr General!»

Er schüttelte unwillkürlich Stumms Hand und sagte noch: «Die wenigsten Menschen wissen, daß das wirklich Große immer unbegründet ist; ich meine: alles Starke ist einfach!» Stumm von Bordwehr war der Atem gestockt; er glaubte, kaum ein Wort zu begreifen, und fühlte das Bedürfnis, in die Bibliothek zurückzustürzen und stundenlang über alle diese Gesichtspunkte nachzulesen, durch deren Eröffnung der große Mann ihm offensichtlich schmeicheln wollte. Zum Schluß aber trat unter diesem Frühlingssturm in seinem Kopf mit einemmal eine überraschende Klarheit auf. «Zum Teufel, der will ja irgend etwas von dir!» sagte er sich. Er blickte auf. Arnheim hielt noch immer das Buch in beiden Händen, aber traf nun ernstlich Anstalten, einen Wagen herbeizuwinken; sein Gesicht war angeregt und leicht gerötet, wie es das eines Mannes ist, der soeben mit einem anderen Gedanken getauscht hat. Der General schwieg, so wie man aus Achtung schweigt, nachdem ein großes Wort gefallen ist; wenn Arnheim von ihm etwas wollte, dann konnte doch auch der General Stumm zum Vorteil des Allerhöchsten Dienstes von Arnheim etwas wollen. Dieser Gedanke eröffnete solche Möglichkeiten, daß Stumm fürs erste verzichtete, darüber nachzudenken, ob alles wirklich richtig sei. Aber wenn der Engel in dem Buch plötzlich seine gemalten Flügel gehoben hätte, um den klugen General Stumm ein wenig darunter blicken zu lassen, dieser hätte sich nicht verwirrter und glücklicher fühlen können!

In der Ecke Diotimas und Ulrichs war inzwischen folgende Frage gestellt worden: Soll eine Frau in der schwierigen Lage Diotimas entsagen, sich zu einem Ehebruch hinreißen lassen oder ein Drittes und Gemischtes tun, wobei die Frau vielleicht körperlich dem einen, seelisch dem anderen Mann angehören würde, vielleicht auch körperlich niemandem; von diesem dritten Zustand war eben sozusagen kein Text vorhanden, sondern nur das hohe Klingen einer Musik. Und Diotima hielt auch noch immer streng darauf, daß sie durchaus nicht von sich selbst, sondern von «einer Frau» spreche; zornbereit hinderte ihr Blick Ulrich jedesmal, wenn seine Worte die beiden in eins setzen wollten.

Also sprach auch er auf Umwegen. «Haben Sie schon je einen Hund gesehen?» fragte er. «Das glauben Sie bloß! Sie haben immer nur etwas gesehen, das Ihnen mit mehr oder weniger Recht als ein Hund vorkam. Es hat nicht alle Hundeeigenschaften, und irgendetwas Persönliches hat es, das wieder kein anderer Hund hat. Wie sollen wir da je im Leben ‹das Richtige› tun? Wir können nur etwas tun, das niemals das Richtige und immer mehr und weniger als etwas Richtiges ist.

Und ist schon jemals ein Ziegel so vom Dach gefallen, wie es das Gesetz vorschreibt? Niemals! Nicht einmal im Laboratorium zeigen sich die Dinge so, wie sie sein sollen. Sie weichen regellos nach allen Richtungen davon ab, und es ist einigermaßen eine Fiktion, daß wir das als Fehler der Ausführung ansehen und in ihrer Mitte einen wahren Wert vermuten.

Oder man findet gewisse Steine und nennt sie wegen der ihnen gemeinsamen Eigenschaften Diamant. Aber der eine Stein ist aus Afrika und der andere aus Asien. Den einen gräbt ein Neger aus der Erde, den anderen ein Asiate. Vielleicht ist dieser Unterschied so wichtig, daß er das Gemeinsame aufheben kann? In der Gleichung ‹Diamant plus Umstände bleibt Diamant› ist der Gebrauchswert des Diamanten so groß, daß der der Umstände daneben verschwindet; es lassen sich aber seelische Umstände denken, in denen sich das umgekehrt verhält.

Alles hat teil am Allgemeinen, und noch dazu ist es besonders. Alles ist wahr, und noch dazu ist es wild und mit nichts vergleichbar. Das kommt mir so vor, als ob das Persönliche eines beliebigen Geschöpfes gerade das wäre, was mit nichts anderem übereinstimmt. Ich habe Ihnen früher einmal gesagt, daß in der Welt desto weniger Persönliches übrigbleibt, je mehr Wahres wir entdecken, denn es besteht schon lange ein Kampf gegen das Individuelle, dem immer mehr Boden abgenommen wird. Ich weiß nicht, was zum Schluß von uns übrig bleiben wird, wenn alles rationalisiert ist. Vielleicht nichts, aber vielleicht gehen wir dann, wenn die falsche Bedeutung, die wir der Persönlichkeit geben, verschwindet, in eine neue ein wie in das herrlichste Abenteuer.

Wie wollen Sie sich also entscheiden? Soll ‹eine Frau› nach dem Gesetz handeln? Dann kann sie sich gleich nach dem bürgerlichen Gesetz richten. Moral ist ein durchaus berechtigter Durchschnitts- und Kollektivwert, den man wörtlich und ohne Seitensprünge zu befolgen hat, wo man ihn anerkennt. Einzelfälle aber sind nicht moralisch zu entscheiden, sie haben genau so wenig Moral, genau so viel sie von der Unerschöpflichkeit der Welt besitzen!»

«Sie haben eine Rede gehalten!» sagte Diotima. Sie fühlte eine gewisse Befriedigung über die Höhe dieser an sie gestellten Zumutungen, wünschte aber ihre Überlegenheit dadurch zu zeigen, daß sie nicht ebenso ins Blaue rede. «Was soll also eine Frau in jener Lage, von der wir gesprochen haben, im wirklichen Leben tun?» fragte sie.

«Gewährenlassen!» erwiderte Ulrich.

«Wen?»

«Was kommt! Ihren Mann, ihren Geliebten, ihre Entsagung, ihre Gemische.»

«Haben Sie wirklich eine Vorstellung davon, was das bedeutet?» fragte Diotima, die sich schmerzlich daran erinnert fühlte, wie dem hohen Vorsatz, Arnheim vielleicht zu entsagen, durch die einfache Tatsache, daß sie mit Tuzzi in einem Raum schlief, allnächtlich die Flügel gestutzt wurden. Von diesem Gedanken mußte ihr Vetter etwas aufgefangen haben, denn er fragte kurzweg: «Wollen Sie es mit mir versuchen?»

«Mit Ihnen?» antwortete Diotima gedehnt; sie suchte sich durch harmlosen Spott zu schützen: «Wollen Sie mir vielleicht ein Offert darüber machen, wie Sie sich das eigentlich vorstellen?»

«Ohne weiteres!» erbot sich Ulrich ernst. «Sie lesen doch sehr viel, nicht wahr?»

«Gewiß.»

«Was tun Sie da? Ich will gleich die Antwort geben: Ihre Auffassung läßt aus, was Ihnen nicht paßt. Das gleiche hat schon der Autor getan. Ebenso lassen Sie im Traum oder in der Phantasie aus. Ich stelle also fest: Schönheit oder Erregung kommt in die Welt, indem man fortläßt. Offenbar ist unsere Haltung inmitten der Wirklichkeit ein Kompromiß, ein mittlerer Zustand, worin sich die Gefühle gegenseitig an ihrer leidenschaftlichen Entfaltung hindern und ein wenig zu Grau mischen. Kinder, denen diese Haltung noch fehlt, sind darum glücklicher und unglücklicher als Erwachsene. Und ich will gleich hinzufügen, auch die Dummen lassen aus; Dummheit macht ja glücklich. Ich schlage also als erstes vor: Versuchen wir einander zu lieben, als ob Sie und ich die Figuren eines Dichters wären, die sich auf den Seiten eines Buchs begegnen. Lassen wir also jedenfalls das ganze Fettgerüst fort, das die Wirklichkeit rund macht.»

Diotima drängte es, Einwände zu machen; sie wünschte jetzt das Gespräch aus dem allzu Persönlichen hinauszulenken, und zudem wollte sie zeigen, daß sie von den berührten Fragen etwas verstünde. «Sehr schön,» antwortete sie «aber man behauptet, daß die Kunst eine Erholung von der Wirklichkeit sei, mit dem Zweck, erfrischt zu dieser zurückzukehren!»

«Und ich bin so unverständig,» erwiderte ihr Vetter «daß ich behaupte, es dürfe keine ‹Erholungen› geben! Welch ein Leben, das man zeitweilig mit Erholungen durchlöchern muß! Würden wir in ein Bild Löcher stoßen, weil es zu schöne Ansprüche an uns stellt?! Sind in der ewigen Seligkeit etwa Urlaubswochen vorgesehen? Ich gestehe Ihnen, daß mir sogar die Vorstellung des Schlafs manchmal unangenehm ist.»

«Oh, da sehen Sie,» unterbrach ihn Diotima, die sich des Beispiels bemächtigte, «wie unnatürlich das ist, was Sie sagen! Ein Mensch, ohne das Bedürfnis nach Ruhe und Aussetzen! Kein Beispiel beleuchtet den Unterschied zwischen Ihnen und Arnheim so gut wie dieses! Auf der einen Seite ein Geist, der den Schatten der Dinge nicht kennt, und auf der anderen einer, der sich aus der vollen Menschlichkeit, mit Schatten und Sonnenschein entwickelt!»

«Ohne Zweifel übertreibe ich» gestand Ulrich ungerührt ein; «Sie werden es noch klarer erkennen, wenn wir im einzelnen darauf eingehen. Lassen Sie uns etwa an große Schriftsteller denken. Man kann sein Leben nach ihnen richten, aber man kann nicht Leben aus ihnen keltern. Sie haben das, was sie bewegte, so fest gestaltet, daß es bis in die Zwischenräume der Zeilen wie gepreßtes Metall dasteht. Aber was haben sie eigentlich gesagt? Kein Mensch weiß es. Sie selbst haben es niemals ganz in einem gewußt. Sie sind wie ein Feld, über dem die Bienen fliegen; zugleich sind sie selbst ein Hin- und Herfliegen. Ihre Gedanken und Gefühle haben alle Grade des Übergangs zwischen Wahrheiten oder auch Irrtümern, die sich zur Not nachweisen ließen, und wandelbaren Wesen, die sich uns eigenmächtig nähern oder entziehen, wenn wir sie beobachten wollen.

Es ist unmöglich, den Gedanken eines Buchs aus der Seite zu lösen, die ihn umgibt. Er winkt uns wie das Gesicht eines Menschen, das in einer Kette anderer an uns vorbeigerissen wird und für kurze Weile bedeutungsvoll auftaucht. Ich übertreibe wohl wieder ein wenig; aber nun möchte ich Sie fragen: was geschieht denn in unserem Leben anderes als das, was ich beschrieben habe? Ich will schweigen von den genauen, meß- und definierbaren Eindrücken, aber alle anderen Begriffe, auf die wir unser Leben stützen, sind nichts als erstarren gelassene Gleichnisse. Zwischen wieviel Vorstellungen schwankt und schwebt nicht schon ein so einfacher Begriff wie der von der Männlichkeit! Das ist wie ein Hauch, der mit jedem Atemzug seine Gestalt ändert, und nichts ist fest, kein Eindruck und keine Ordnung. Wenn wir also, wie ich gesagt habe, in der Dichtung einfach auslassen, was uns nicht paßt, so tun wir damit nichts anderes, als daß wir den ursprünglichen Zustand des Lebens wiederherstellen.»

«Lieber Freund,» sagte Diotima «mir kommen diese Erwägungen gegenstandslos vor.» Ulrich hatte einen Augenblick innegehalten und dahinein fielen diese Worte.

«Ja, es scheint. Ich hoffe, daß ich nicht zu laut gesprochen habe» entgegnete er.

«Sie haben schnell, leise und lang gesprochen», ergänzte sie ein wenig spöttisch. «Aber Sie haben trotzdem kein Wort von dem gesprochen, was Sie sagen wollten. Wissen Sie, was Sie mir wieder erklärt haben? Daß man die Wirklichkeit abschaffen müßte! Ich gestehe Ihnen, daß ich diese Bemerkung, als ich sie zum erstenmal, ich glaube bei einem unserer Ausflüge, von Ihnen hörte, lange nicht habe vergessen können; ich weiß nicht, warum. Aber wie Sie es anstellen wollen, haben Sie leider wieder nicht gesagt!»

«Es ist klar, daß ich dann mindestens noch einmal so lange sprechen müßte. Aber erwarten Sie denn, daß es einfach sein würde? Wenn ich nicht irre, haben Sie davon gesprochen, daß Sie mit Arnheim in eine Art Heiligkeit davonfliegen möchten. Sie stellen sich das also als eine zweite Art Wirklichkeit vor. Was ich gesagt habe, heißt aber, man muß sich wieder der Unwirklichkeit bemächtigen; die Wirklichkeit hat keinen Sinn mehr!»

«Oh, da würde aber Arnheim kaum einverstanden sein!» meinte Diotima.

«Natürlich nicht; das ist ja der Gegensatz zwischen uns. Er möchte dem Umstand, daß er ißt, trinkt, schläft, der große Arnheim ist und nicht weiß, ob er Sie heiraten soll oder nicht, einen Sinn geben, und dazu hat er seit je alle Schätze des Geistes gesammelt.» Ulrich machte plötzlich eine Pause, die in Schweigen überging.

Nach einer Weile fragte er verändert: «Können Sie mir sagen, warum ich gerade mit Ihnen dieses Gespräch führe? Ich erinnere mich in diesem Augenblick an meine Kindheit. Ich war, was Sie nicht glauben werden, ein gutes Kind; so weich wie Luft in einer warmen Mondnacht. Ich konnte grenzenlos verliebt in einen Hund oder in ein Messer sein –» Er führte auch diesen Satz nicht zu Ende.

Diotima sah ihn zweifelnd an. Sie erinnerte sich wieder daran, wie sehr er seinerzeit für die «Genauigkeit des Gefühls» gewesen war, während er heute dagegen sprach. Er hatte sogar einmal Arnheim ungenügende Reinheit des Sinns vorgeworfen und sprach heute für Gewährenlassen. Und es beunruhigte sie, daß Ulrich für «Gefühle ohne Urlaub» war, während Arnheim zweideutig gesagt hatte, man solle nie ganz hassen oder *ganz lieben!* Sie fühlte sich mit diesem Gedanken sehr unsicher.

«Glauben Sie denn wirklich, daß es ein grenzenloses Empfinden gibt?» fragte Ulrich.

«Oh, es gibt grenzenloses Gefühl!» erwiderte Diotima und hatte wieder festen Boden unter den Füßen.

«Sehen Sie, ich glaube nicht recht daran» meinte Ulrich zerstreut. «Sonderbarerweise sprechen wir oft davon, aber es ist gerade das, was wir lebenslang vermeiden, als ob wir darin ertrinken könnten.» Er bemerkte, daß Diotima nicht zuhörte, sondern unruhig zu Arnheim hinübersah, dessen Augen einen Wagen suchten.

«Ich fürchte,» sagte sie «wir müssen ihn von dem General erlösen.»

«Ich werde einen Wagen anhalten und den General auf mich nehmen» bot sich Ulrich an, und in dem Augenblick, wo er ging, legte Diotima die Hand auf seinen Arm und sagte, um ihn freundlich für seine Anstrengungen zu belohnen, mit sanfter Zustimmung: «Jedes andere Gefühl als das grenzenlose ist wertlos.»

115

Die Spitze deiner Brust ist wie ein Mohnblatt

Nach dem Gesetz, daß auf Zeiten großer Festigkeit stürmische Umlagerungen folgen, erlitt auch Bonadea einen Rückfall. Ihre Annäherungsversuche an Diotima waren vergeblich geblieben, und es wurde nichts aus der schönen Absicht, Ulrich dadurch zu strafen, daß sich die beiden Nebenbuhlerinnen befreundeten und ihn beiseite stehen ließen, – eine Phantasie, der sie viele Träume gewidmet hatte. Sie mußte sich herabwürdigen, wieder an die Tür ihres Geliebten zu klopfen, aber dieser schien es so eingerichtet zu haben, daß sie unaufhörlich gestört wurden, und an seiner leidenschaftslosen Freundlichkeit zerrannen die Erzählungen, durch die sie ihm erklären wollte, warum sie wieder da sei, ohne daß er es verdiene. Das Verlangen, ihm dafür einen fürchterlichen Auftritt zu machen, bedrängte sie sehr, aber andererseits verbot ihr das ihre tugendhafte Haltung, so daß sie mit der Zeit große Abneigung gegen die Vorzüge empfand, die sie sich auferlegt hatte. In den Nächten saß der dicke Kopf, den unbefriedigte Wollust erzeugt, auf ihren Schultern wie eine Kokosnuß, deren affenhaarige Schale durch einen Irrtum der Natur nach innen gewachsen ist, und schließlich wurde sie so voll ohnmächtigen Zorns wie ein Trinker, dem man die Flasche entzogen hat. Sie schimpfte bei sich auf Diotima, die sie eine Schwindlerin, ein unerträgliches Frauenzimmer nannte, und ihre Phantasie versah die edel-frauliche Hoheit, deren Zauber Diotimas Geheimnis war, mit sachkundigen Anmerkungen. Die Nachahmung dieses Aussehens, die ihr solches Glück bereitet hatte, wurde Bonadea nun zum Gefängnis, aus dem sie in wüste Freiheit ausbrach; Brennschere und Spiegel verloren ihre Macht, ein Idealbild aus ihr zu schaffen, und damit fiel auch der künstliche Bewußtseinszustand zusammen, worin sie sich befunden hatte. Sogar der Schlaf, dessen sich Bonadea trotz ihrer Lebenskonflikte immer köstlich erfreut hatte, ließ jetzt abends manchmal ein wenig auf sich warten, was ihr so neu war, daß es ihr wie krankhafte Schlaflosigkeit vorkam; und in diesem Zustand fühlte sie, was alle Menschen fühlen, wenn sie ernsthaft krank sind, daß der Geist flieht und den Körper wie einen Verwundeten im Stich läßt. Wenn Bonadea in ihren Anfechtungen wie in glühendem Sand lag, kamen ihr alle klugen Redereien, die sie an Diotima bewundert hatte, meilenweit entfernt vor, und sie verachtete sie ehrlich.

Da sie sich nicht entschließen konnte, Ulrich noch einmal aufzusuchen, ersann sie abermals einen Plan, um ihn für natürliche Empfindungen zurückzugewinnen, und zuerst war das Ende davon fertig: Bonadea wird bei Diotima eindringen, wenn Ulrich bei der Verführerin ist. Die Unterredungen bei Diotima waren ja ersichtlich nur Vorwände, um miteinander schönzutun, statt wirklich etwas fürs Allgemeine zu leisten. Bonadea dagegen wird etwas fürs Allgemeine tun, und schon war damit auch der Anfang ihres Plans fertig: denn niemand kümmert sich mehr um Moosbrugger, und dieser geht zugrunde, während die anderen große Worte machen! Bonadea war nicht einen Augenblick erstaunt darüber, daß Moosbrugger wieder zum Retter in ihrer Not werden sollte. Sie würde ihn entsetzlich gefunden haben, wenn sie über ihn nachgedacht hätte; aber sie dachte nur: «Wenn Ulrich schon solche Teilnahme für ihn hat, dann soll er ihn auch nicht vergessen!» Bei weiterer Beschäftigung mit ihrem Plan fielen ihr sodann noch zwei Einzelheiten ein: Sie erinnerte sich, daß Ulrich im Gespräch über diesen Mörder behauptet habe, man besitze eine zweite Seele, die immer unschuldig sei, und ein zurechnungsfähiger Mensch könne immer auch anders, der unzurechnungsfähige aber nie; sie zog irgendetwas Ähnliches daraus wie den Schluß, daß sie unzurechnungsfähig sein wolle und dann unschuldig sein werde, ein Zustand, der auch Ulrich abging und ihm zu seinem Heil zu bringen war. – So gut gekleidet, als wolle sie in Gesellschaft, streifte sie, um das auszuführen, durch mehrere Abende vor den Fenstern Diotimas umher und brauchte nicht lange zu warten, bis diese, zum Zeichen innerer Tätigkeit, über die ganze Front erleuchtet waren. Ihrem Mann hatte sie erzählt, daß sie eingeladen sei, aber niemals lange bleibe; und während weniger Tage, wo es ihr noch an Mut fehlte, entstand durch dieses Lügen, durch dieses abendliche Auf- und Abgehen vor einem Haus, wohin sie nicht gehörte, ein wachsender Auftrieb, der sie bald die Treppen hinan führen sollte. Sie konnte von Bekannten gesehen, von ihrem zufällig vorbeikommenden Gatten beobachtet werden; sie konnte dem Hausmeister auffallen, ein Schutzmann vermochte auf den Einfall zu kommen, sie auszufragen: je öfter sich ihr Spaziergang wiederholte, desto größer erschienen ihr diese Gefahren, und desto wahrscheinlicher wurde es, daß sich einmal ein

Zwischenfall ereignen werde, wenn sie noch lange zögere. Nun, Bonadea war nicht gerade selten in Tore gehuscht oder auf Wegen gegangen, wo sie nicht gesehen werden wollte, aber da hatte sie wie einen Schutzengel das Bewußtsein auf ihrer Seite gehabt, es gehöre unvermeidlich zu dem, was sie erreichen wolle, während sie diesmal in ein Haus eindringen sollte, wo sie nicht erwartet wurde und das, was ihr bevorstand, ungewiß war; es wurde ihr zumute wie einer Attentäterin, die sich die ganze Sache anfangs nicht so genau vorgestellt hat, aber durch die Nachhilfe der Umstände in den Zustand gehoben wird, wo der Knall einer Pistole, das Blitzen durch die Luft fliegender Salzsäuretropfen kaum mehr eine Erhöhung bedeutet.

Bonadea hatte keine solchen Absichten, aber sie befand sich in ähnlicher Abgeschiedenheit des Geistes, als sie endlich wirklich die Klingel drückte und eintrat. Die kleine Rachel hatte sich unauffällig Ulrich genähert und ihm gemeldet, daß man ihn draußen zu sprechen wünsche, ohne zu verraten, daß «man» eine fremde, tief verschleierte Dame sei, und als sie hinter ihm die Türe des Salons schloß, schlug Bonadea den Schleier von ihrem Antlitz zurück. Sie war in diesem Augenblick fest davon überzeugt, daß Moosbruggers Schicksal keinen Aufschub mehr dulde, und empfing Ulrich nicht wie eine von Eifersucht geplagte Geliebte, sondern atemlos wie ein Marathonläufer. Mühelos erlog sie die Ergänzung, daß ihr Mann ihr gestern mitgeteilt habe, an Moosbrugger werde bald nichts mehr zu retten sein. «Ich hasse nichts so sehr» schloß sie «wie diese obszöne Art von Mördern; aber ich habe mich trotzdem der Wahrscheinlichkeit ausgesetzt, hier als Eindringling empfunden zu werden, weil du jetzt sogleich zu der Dame des Hauses und den einflußreichsten Gästen zurückgehen und deine Angelegenheit zur Sprache bringen mußt, wenn du noch etwas erreichen willst!» Sie wußte nicht, was sie erwartete. Daß Ulrich gerührt danken, daß er Diotima herausrufen, daß Diotima sich mit ihr und ihm in ein abgelegenes Zimmer zurückziehen werde? Daß Diotima vielleicht schon durch den Laut der Stimmen ins Vorzimmer gelockt werde, wobei sie ihr wohl zu verstehen geben wollte, daß sie, Bonadea, nicht die Unberufenste sei, um sich Ulrichs edler Gefühle anzunehmen! Ihre Augen blitzten feucht, und ihre Hände zitterten. Sie sprach laut. Ulrich befand sich in großer Verlegenheit und lächelte andauernd, als verzweifeltes Mittel, um sie zu beruhigen und Zeit für die Überlegung zu gewinnen, wie er sie davon überzeugen könne, daß sie so rasch wie möglich fortgehen müsse. Die Lage war schwierig und hätte vielleicht auch mit einem Schrei- oder Weinkrampf Bonadeas enden können, wenn nicht Rachel zu Hilfe gekommen wäre. Die kleine Rachel hatte die ganze Zeit mit glänzenden, weit aufgerissenen Augen nicht weit von den beiden gestanden. Sie hatte gleich einen abenteuerlichen Zusammenhang erraten, wie die fremde schöne, am ganzen Körper unruhige Dame Ulrich zu sprechen verlangt hatte. Sie hörte das Gespräch zum größeren Teil mit an, und der Name Moosbruggers fiel mit seinen Silben in ihr Ohr wie Schüsse. Die von Kummer, Verlangen und Eifersucht in mächtige Schwingungen versetzte Damenstimme riß sie mit, obgleich sie diese Gefühle nicht verstand. Sie erriet, daß diese Frau die Geliebte Ulrichs sei, und war augenblicklich doppelt so stark in ihn verliebt als sonst. Sie fühlte sich zu einer Tat hingerissen, so als ob aus ganzer Brust gesungen würde und sie müßte einstimmen. Und so öffnete sie mit einem um Verschwiegenheit bittenden Blick eine Tür und lud die beiden ein, in das einzige von der Gesellschaft nicht benützte Zimmer einzutreten. Es war die erste offenkundige Untreue gegen ihre Herrin, die sie beging, denn sie konnte nicht im Zweifel sein, wie eine Entdeckung aufgenommen werden würde; aber die Welt war so schön, und herrliche Aufregung ist ein so unordentlicher Zustand, daß sie nicht dazu kam, sich das zu überlegen.

Als das Licht aufflammte und Bonadeas Augen allmählich sahen, wo sie sich befand, hätten ihre Beine beinahe die Kraft verloren, sie zu tragen, und die Röte der Eifersucht stieg ihr in die Wangen, denn es war Diotimas Schlafzimmer, worin sie sich umsah; Strümpfe, Haarbürsten und vieles andere lag umher, was zurückbleibt, wenn eine Frau sich eilig von Kopf zu Fuß für eine Gesellschaft umkleidet und das Mädchen keine Zeit mehr hat aufzuräumen oder das unterläßt, wie in diesem Fall, weil am nächsten Morgen ohnehin alles gründlich gemacht werden soll; denn an den großen Festabenden mußte auch das Schlafzimmer als Möbelspeicher herhalten, um die übrigen Räume zu entleeren. Die Luft roch nach diesen eng aneinandergerückten Möbeln, nach Puder, Seife und Essenzen. «Die Kleine hat eine Dummheit gemacht; wir können hier nicht bleiben!» sagte Ulrich lachend. «Überhaupt, du hättest nicht kommen sollen, es läßt sich ja doch nichts für Moosbrugger tun.»

«Ich hätte mich nicht herbemühen sollen, sagst du?» wiederholte Bonadea fast stimmlos. Ihre Augen irrten umher. Wie wäre das Mädchen, fragte sie sich gequält, auf den Einfall gekommen, Ulrich ins Innerste des Hauses zu führen, wenn es das nicht gewöhnt wäre?! Sie brachte es aber nicht über sich, ihm diesen Beweis vorzuhalten, sondern sagte lieber mit tonlosem Vorwurf: «Du bringst es über dich, ruhig zu schlafen, wenn solches Unrecht geschieht? Ich schlafe nächtelang nicht, und darum habe ich mich entschlossen, dich zu suchen!» Sie hatte dem Zimmer den Rücken gekehrt, stand am Fenster und starrte in die spiegelnde Undurchsichtigkeit, die von außen an ihre Augen herantrat. Das mochten Baumkronen sein, oder die Tiefe eines Hofs. Soweit, um zu wissen, daß dieses Zimmer nicht auf die Straße sehe, kannte sie sich trotz ihrer Aufregung in der Örtlichkeit aus; man mochte von anderen Fenstern hereinblicken können, und wenn sie sich vergegenwärtigte, daß sie nun also gemeinsam mit ihrem ungetreuen Geliebten, bei aufgezogenen Vorhängen vom Licht bestrahlt, vor einem unbekannten dunkeln Zuschauerraum im Schlafzimmer ihrer Nebenbuhlerin stehe, so erregte sie das sehr. Sie hatte den Hut abgenommen und den Mantel zurückgeschlagen, ihre Stirn und die warmen Spitzen ihrer Brüste berührten die kalten Fensterscheiben; Zärtlichkeit und Tränen feuchteten ihre Augen. Sie machte sich langsam los und wandte sich wieder ihrem Freund zu, aber etwas von dem weichen, nachgiebigen Schwarz, in das sie geblickt hatte, blieb in ihren Augen, die jetzt eine unbewußte Tiefe hatten. «Ulrich!» sagte sie eindringlich «Du bist nicht schlecht! Du stellst dich nur so! Du machst dir Schwierigkeiten, gut zu sein, so viel du nur kannst!»

Die Lage wurde durch diese unverhältnismäßig klugen Worte Bonadeas von neuem gefährlich; das war einmal nicht die lächerliche Sehnsucht solcher von ihrem Körper beherrschten Frau nach Trost in geistiger Vornehmheit; sondern da sprach die Schönheit dieses Körpers selbst ihr Recht auf die sanfte Würde der Liebe aus. Er trat neben sie und legte ihr den Arm um die Schulter; sie hatten sich wieder dem Dunkel zugekehrt und sahen gemeinsam hinaus. In der scheinbar unbegrenzten Finternis hatte sich ein wenig Licht, das aus dem Haus kam, aufgelöst, und das sah aus, wie wenn dicker Nebel die Luft mit seiner Weichheit ausfüllte. Aus irgendeinem Grund hatte Ulrich auf das stärkste den Eindruck, in eine mildkalte Oktobernacht hinauszustarren, obgleich es Spätwinter war, und es kam ihm vor, die Stadt sei in sie eingehüllt wie in eine ungeheure Wolldecke. Dann fiel ihm ein, daß man ebensogut von einer Wolldecke sagen könnte, sie sei wie eine Oktobernacht. Er spürte eine sanfte Unsicherheit auf der Haut und zog Bonadea fester an sich.

«Wirst du jetzt hineingehen?» fragte Bonadea.

«Und das Unrecht verhindern, das Moosbrugger zugefügt werden soll? Nein; ich weiß ja nicht einmal, ob ihm wirklich Unrecht geschieht! Was weiß ich von ihm? Ich habe ihn einmal in einer Verhandlung flüchtig gesehen, und einiges andere, das über ihn geschrieben worden ist, habe ich gelesen. Es ist so, wie wenn ich von der Spitze deiner Brust geträumt hätte, sie sei wie ein Mohnblatt. Darf ich darum schon glauben, daß sie wirklich eines ist?»

Er dachte nach. Auch Bonadea dachte nach. Er dachte, «es ist doch wirklich so, daß ein Mensch, auch nüchtern betrachtet, für den anderen nicht viel mehr bedeutet als eine Reihe Gleichnisse.» Bonadea, nachdenkend, kam zu dem Ergebnis: «Komm, gehen wir fort!»

«Das ist unmöglich,» gab Ulrich zur Antwort «man würde fragen, wo ich geblieben sei, und wenn etwas von deinem Besuch durchsickern sollte, so würde das übles Aufsehen erregen.»

Schweigen, Hinaussehen und etwas, das ebensogut Oktobernacht, Jännernacht, Wolltuch, Schmerz oder Glück sein konnte, ohne daß sie es unterschieden, vereinigte die beiden wieder.

«Warum tust du nie das Nächtliegende?» fragte Bonadea.

Er erinnerte sich mit einemmal an einen Traum, den er in der letzten Zeit gehabt haben mußte. Er gehörte zu den Menschen, die selten träumen oder sich wenigstens nie des Träumens entsinnen, und es berührte ihn seltsam, wie sich diese Erinnerung unversehens öffnete und ihn einließ. Er hatte mehrmals vergeblich versucht, einen steilen Berghang zu überqueren, und war jedesmal von heftigen Schwindelgefühlen zurückgetrieben worden. Ohne weitere Erklärung wußte er jetzt, daß sich dieses Erlebnis auf Moosbrugger bezog, der aber nirgends darin vorkam. Es bedeutete auch, wie ein Traumbild oft mehrfachen Sinn hat, in körperlicher Weise die vergeblichen Versuche seines Geistes, die sich in letzter Zeit immer wieder in seinen Gesprächen und Beziehungen geäußert hatten und ganz einem Gehn ohne Weg glichen, das über irgendeinen Punkt nicht hinauskommt. Er mußte über die ungekünstelte Handfestigkeit lächeln, mit der sein Traum das dargestellt hatte: glatter Stein und abrutschende Erde, da und dort ein einzelner Baum als Halt oder Ziel und dazu das ungestüme Wachsen des Höhenunterschieds im Gehen. Er hatte es mit dem gleichen Mißerfolg höher und tiefer versucht, und es wurde ihm schon übel von Schwindel, als er jemand, der mit ihm ging, erklärte, wir lassen es sein, ganz unten in der Talsohle führt ohnehin der bequeme allgemeine Weg! Das war deutlich! Es kam Ulrich übrigens vor, daß die Person in seiner Gesellschaft ganz gut Bonadea gewesen sein konnte. Vielleicht hatte er wirklich auch davon geträumt, daß die Spitze ihrer Brust wie ein Mohnblatt sei; etwas Unzusammenhängendes, das für das suchende Gefühl recht wohl breite Zackigkeit, dunkel malvenfarbiges Blaurot sein konnte, löste sich aus einem noch nicht erhellten Winkel des Traumbilds wie ein Nebel.

In diesem Augenblick trat jene Helle des Bewußtseins ein, wo man mit einem Blick seine Kulissen sieht, samt allem, was sich dazwischen abspielt, auch wenn man diesen Eindruck beiweitem nicht darlegen kann. Die Beziehung, die zwischen einem Traum und dem, was er ausdrückt, besteht, war ihm bekannt, denn es ist keine andere als die der Analogie, des Gleichnisses, die ihn schon des öfteren beschäftigt hatte. Ein Gleichnis enthält eine Wahrheit und eine Unwahrheit, für das Gefühl unlöslich miteinander verbunden. Nimmt man es, wie es ist, und gestaltet es mit den Sinnen, nach Art der Wirklichkeit aus, so entstehen Traum und Kunst, aber zwischen diesen und dem wirklichen, vollen Leben steht eine Glaswand. Nimmt man es mit dem Verstand und trennt das nicht Stimmende vom genau Übereinstimmenden ab, so entsteht Wahrheit und Wissen, aber man zerstört das Gefühl. Nach Art jener Bakterienstämme, die etwas Organisches in zwei Teile spalten, zerlebt der Menschenstamm den ursprünglichen Lebenszustand des Gleichnisses in die feste Materie der Wirklichkeit und Wahrheit und in die glasige Atmosphäre von Ahnung, Glaube und Künstlichkeit. Es scheint, daß es dazwischen keine dritte Möglichkeit gibt; aber wie oft endet etwas Ungewisses erwünscht, wenn man ohne viel Überlegen damit beginnt! Ulrich hatte das Gefühl, in dem Gassengewirr, durch das ihn seine Gedanken und Stimmungen so oft geführt hatten, jetzt auf dem Hauptplatz zu stehen, von dem alles ausläuft. Und er hatte von alledem ein wenig zu Bonadea gesagt, als Antwort auf die Frage, warum er nie das Nächstliegende tue. Sie verstand es wohl nicht, aber sie hatte entschieden einen großen Tag; sie dachte eine Weile nach, schob ihren Arm fester in den Ulrichs und antwortete zusammenfassend: «Im Traum denkst du doch auch nicht, sondern du erlebst irgendeine Geschichte!» Das war beinahe wahr. Er drückte ihr die Hand. Sie hatte plötzlich wieder Tränen in den Augen. Ganz langsam rannen sie ihr ins Gesicht, und von der in ihrem Salz gebadeten Haut stieg der unbezeichenbare Duft der Liebe auf. Ulrich atmete ihn ein und fühlte große Sehnsucht nach diesem Schlüpfrig-Schleirigen, nach Nachgeben und Vergessen. Aber er nahm sich zusammen und führte sie zärtlich zur Türe zurück. Er war in diesem Augenblick sicher, daß er noch etwas vor sich habe und es nicht in halben Neigungen vertändeln dürfe. «Du mußt jetzt fortgehn,» sagte er leise «und sei mir nicht böse, ich weiß nicht, wann wir uns wiedersehen können, ich habe jetzt viel mit mir selbst zu tun!»

Und das Wunder geschah, Bonadea setzte dem keinen Widerstand entgegen und sagte nichts Ärgerlich-Hoheitsvolles. Sie war nicht mehr eifersüchtig. Sie fühlte, daß sie eine Geschichte erlebe. Sie hätte ihn in ihre Arme hüllen mögen; ihr ahnte, man müsse ihn auf die Erde hinabziehn; sie hätte am liebsten ein schützendes Kreuz auf seiner Stirn gemacht, wie sie es bei ihren Kindern tat. Und das kam ihr so schön vor, daß es ihr nicht einfiel, darin ein Ende zu sehn. Sie setzte den Hut auf und küßte ihn, und dann küßte sie ihn noch einmal durch den Schleier, dessen Fäden davon heiß wie glühende Gitterstäbe wurden.

Mit Hilfe des Mädchens, das an der Tür gewacht und gelauscht hatte, gelang es, Bonadea unbemerkt verschwinden zu lassen, obgleich im Hause schon der allgemeine Aufbruch begonnen hatte. Ulrich drückte Rachel dafür ein größeres Geldgeschenk in die Hand und sagte einige lobende Worte über ihre Geistesgegenwart; Rachel war von beidem so begeistert, daß ihre Finger, ohne es zu merken, mit dem

Geld die längste Zeit über auch seine Hand festhielten, bis er lachen mußte und die nun plötzlich von ihrem Blut Übergossene freundlich auf die Schulter klopfte.

116

Die beiden Bäume des Lebens und die Forderung eines Generalsekretariats der Genauigkeit und Seele

Es waren an diesem Abend nicht mehr soviel Gäste im Hause Tuzzi gewesen wie früher, die Beteiligung an der Parallelaktion ließ nach, und die, welche gekommen waren, entfernten sich früher als sonst. Selbst das Erscheinen Sr. Erlaucht im letzten Augenblick – der übrigens einen besorgten, umwölkten Eindruck machte und schlechter Laune war, weil er bestürzende Nachrichten über die nationalistischen Umtriebe gegen sein Werk empfangen hatte – vermochte dieses Abbröckeln nicht aufzuhalten. Man zögerte ein wenig, in der Erwartung, daß sein Kommen vielleicht besondere Neuigkeiten bedeute, aber als er nichts davon bemerken ließ und sich um die Anwesenden wenig kümmerte, verzogen sich auch die Letzten. Darum bemerkte Ulrich mit Schreck, als er wieder auftauchte, daß die Zimmer fast leer waren, und kurze Zeit danach befand sich der «engste Kreis» allein in den verlassenen Räumen, bloß durch Sektionschef Tuzzi erweitert, der inzwischen nach Hause gekommen war.

Se. Erlaucht wiederholte: «Man kann von einem achtundachtzigjährigen Friedensherrscher auch Symbol sagen; darin liegt ein großer Gedanke; aber man muß dem auch einen politischen Inhalt geben! Es ist ja ganz natürlich, daß sonst das Interesse nachläßt. Das heißt, was an mir liegt, sehen Sie, habe ich ja getan; die Deutschnationalen sind wütend wegen dem Wisnieczky, weil sie sagen, daß er ein Slawophile ist, und die Slawen sind auch wütend, weil sie sagen, daß er in seiner Ministerzeit ein Wolf im Schafspelz gewesen ist: aber daraus geht bloß hervor, daß er eine echt patriotische, über den Parteien stehende Persönlichkeit ist, und ich halt an ihm fest! Dagegen muß das jetzt auch raschestens nach der Kulturseite ergänzt werden, damit die Leute etwas Positives haben. Unsere Enquete in bezug auf die Feststellung der Wünsche der beteiligten Kreise der Bevölkerung kommt viel zu langsam vorwärts. Ein österreichisches Jahr oder ein Weltjahr ist ja sehr schön, aber ich möchte sagen, alles, was ein Symbol ist, muß nach und nach etwas Wahres werden; das heißt, solange es ein Symbol ist, lasse ich mein Gemüt davon erregen und weiß noch gar nichts, aber später wende ich mich von dem Spiegel des Gemüts ab und tue etwas ganz anderes, was inzwischen meine Billigung gefunden hat. Ist es verständlich, was ich damit ausdrücken will? Unsere liebe gnädige Frau gibt sich die erdenklichste Mühe, und es wird hier schon monatelang über die wirklich wissenswertesten Sachen geredet, aber die Beteiligung läßt trotzdem nach, und ich habe das Gefühl, daß wir uns bald für etwas entschließen werden müssen; ich weiß nicht für was, vielleicht für einen zweiten Turm an der Stephanskirche oder für eine kaiser- und königliche Kolonie in Afrika, das ist ziemlich gleichgültig. Denn ich bin überzeugt, daß dann vielleicht im letzten Moment noch etwas ganz anderes daraus wird: die Hauptsache ist, daß man die Erfindungsgabe der Beteiligten sozusagen rechtzeitig ins Geschirr nehmen muß, damit sie sich nicht verliert!»

Graf Leinsdorf hatte das Gefühl, nützlich gesprochen zu haben. Zur Erwiderung nahm für die anderen Arnheim das Wort. «Was Sie über die Notwendigkeit sagen, in gewissen Augenblicken das Nachdenken durch ein Handeln zu befruchten, und sei es auch nur ein vorläufiges, ist außerordentlich lebenswahr! Und in diesem Zusammenhang ist es tatsächlich von Bedeutung, daß in dem geistigen Kreis, der hier zusammenkommt, seit einiger Zeit eine veränderte Stimmung herrscht. Die Unübersichtlichkeit, unter der man anfänglich litt, ist verschwunden; es tauchen beinahe keine neuen Vorschläge mehr auf, und die älteren finden kaum noch Erwähnung, jedenfalls keine persistierende Verteidigung. Es macht den Eindruck, daß auf allen Seiten das Bewußtsein erwacht ist, durch die Annahme der Einladung die Verpflichtung auf sich genommen zu haben, zu einer Übereinstimmung zu kommen, so daß nun jeder einigermaßen annehmbare Vorschlag Aussicht hätte, allgemein gebilligt zu werden.»

«Lieber Doktor, wie ist das bei uns?» wandte sich Se. Erlaucht an Ulrich, den er inzwischen bemerkt hatte. «Tritt da auch schon eine Klärung ein?»

Ulrich mußte es verneinen. Der schriftliche Meinungsaustausch läßt sich viel genußvoller in die Länge ziehn als der persönliche, und auch der Einlauf an Verbesserungsvorschlägen schwoll nicht ab; so gründete er noch immer Vereine und wies sie im Namen Sr. Erlaucht an die verschiedenen Ministerien, deren Bereitwilligkeit, sich mit ihnen zu beschäftigen, in letzter Zeit allerdings merklich nachgelassen hatte. Das berichtete er.

«Kein Wunder!» meinte Se. Erlaucht, zu den Anwesenden gewandt. «Es steckt unglaublich viel Staatsgesinnung in unserem Volk; aber man müßte so gebildet sein wie ein Konversationslexikon, um sie nach allen Richtungen befriedigen zu können, in denen sie sich äußert. Es wird den Ministern einfach zuviel, und das beweist auch, daß der Zeitpunkt kommt, wo wir von oben eingreifen müssen.»

«In diesem Zusammenhang» nahm Arnheim abermals das Wort «dürfte es Ew. Erlaucht bemerkenswert erscheinen, daß Herr General von Stumm zuletzt in steigendem Maße die Aufmerksamkeit der Konferenzteilnehmer erregt hat.»

Graf Leinsdorf sah zum erstenmal den General an. «Womit denn?» fragte er und gab sich gar keine Mühe, die Unhöflichkeit dieser Frage zu verbergen.

«Aber das ist mir nur peinlich! Das war ganz und gar nicht meine Absicht!» wehrte Stumm von Bordwehr schamhaft ab. «Dem Soldaten ist im Konferenzzimmer nur eine bescheidene Aufgabe angemessen, und ich halte etwas auf dieses Wort. Aber Erlaucht erinnern sich, daß ich gleich in der ersten Sitzung und sozusagen nur in Erfüllung meiner soldatischen Pflicht, darum gebeten habe, daß der Ausschuß zur Fassung einer besonderen Idee, wenn ihm nichts anderes einfällt, daran denken möge, daß unsere Artillerie keine modernen Geschütze hat und daß auch unsere Marine keine Schiffe hat, das heißt, nicht genug Schiffe für die Aufgaben einer etwa bevorstehenden Landesverteidigung...»

«Und – ?» unterbrach Se. Erlaucht und richtete einen erstaunt fragenden Blick auf Diotima, der unverhohlen sein Mißvergnügen zu erkennen gab.

Diotima hob die schönen Schultern und ließ sie entsagungsvoll sinken; sie hatte sich fast schon daran gewöhnt, daß der runde kleine General, von unbegreiflichen helfenden Kräften gelenkt, wie ein Angsttraum überall auftauchte, wohin sie sich wandte.

«Und da sind» fuhr Stumm von Bordwehr eilends fort, um nicht von seiner Bescheidenheit angesichts des Erfolges überwältigt zu werden «eben in der letzten Zeit Stimmen laut geworden, die das befürworten würden, wenn jemand mit einem solchen Vorschlag den Anfang machen wollte. Man hat eben gesagt, daß das Heer und die Marine ein gemeinsamer Gedanke wäre und ein großer Gedanke ja schließlich auch, und wahrscheinlich würde man auch Sr. Majestät eine Freude damit bereiten. Und die Preußen würden Augen machen – ich bitte um Entschuldigung, Herr von Arnheim!»

«Ach nein, die Preußen würden keine betroffenen Augen machen» wehrte Arnheim lächelnd ab. «Im übrigen versteht es sich von selbst, daß ich, wenn von solchen österreichischen Angelegenheiten die Rede ist, gar nicht anwesend bin und nur mit äußerster Bescheidenheit von der Erlaubnis Gebrauch mache, trotzdem zuhören zu dürfen.»

«Also jedenfalls,» schloß der General «es sind in der Tat Stimmen laut geworden, die es als das Einfachste bezeichnet haben, wenn man nicht mehr lang hin und her reden würde, sondern sich für ein militärisches Vorhaben entschlösse. Ich persönlich möchte ja meinen, daß man das noch mit einer zweiten, vielleicht irgendeiner großen Zivilidee verbinden könnte; aber wie gesagt, der Soldat soll nicht dreinreden, und die Stimmen, die gesagt haben, daß durch das zivile Nachdenken doch nichts Besseres herauskommen wird, sind gerade von höchster geistiger Seite laut geworden.»

Se. Erlaucht hatte zuletzt mit reglos geöffneten Augen zugehört, und nur unwillkürliche Ansätze zum Daumendrehen, deren er sich nicht enthalten konnte, verrieten die angestrengte und peinliche Arbeit seines Inneren.

Sektionschef Tuzzi, den man nicht gewohnt war zu hören, schaltete langsam und leise ein: «Ich glaube nicht, daß der Minister des Äußeren etwas dagegen einzuwenden hätte!»

«Ach, die Ressorts haben sich wohl schon verständigt?!» fragte Graf Leinsdorf ironisch und gereizt. Tuzzi gab mit liebenswürdigem Gleichmut zur Antwort: «Erlaucht scherzen über die Ressorts. Das Kriegsministerium würde eher die Weltabrüstung begrüßen, als sich mit dem Ministerium des Äußern ins Einvernehmen zu setzen!» Und dann erzählte er weiter: «Erlaucht kennen doch die Geschichte von den Befestigungsanlagen in Südtirol, die in den letzten zehn Jahren auf Betreiben des Generalstabschefs hergestellt worden sind? Sie sollen tadellos und das Neueste in der Ausführung sein. Natürlich hat man sie auch mit elektrisch geladenen Hindernissen und großen Scheinwerferanlagen ausgestattet, und zu deren Belieferung mit Strom sind sogar versenkte Dieselmotoren eingebaut worden; man kann nicht sagen, daß wir hinter irgendwas zurückstehn. Das Unglück ist nur, daß die Motoren durch die Artillerieabteilung bestellt worden sind, und das Brennmaterial liefert die Bauabteilung des Kriegsministeriums; das ist so nach der Vorschrift, und darum kann man die Anlagen nicht in Betrieb setzen, weil sich die beiden Abteilungen nicht darüber einigen können, ob das Zündholz, das man beim Anlaufenlassen braucht, als Brennmaterial aufzufassen und von der Bauabteilung beizustellen ist, oder ob es als Motorzubehör aufzufassen ist und in den Wirkungsbereich der Artillerie gehört.»

«Reizend!» sagte Arnheim, obgleich er wußte, daß Tuzzi den Dieselmotor mit einem Gasmotor verwechselte und selbst bei einem solchen Zündflammen längst nicht mehr verwendet wurden; es war eine jener Geschichten, wie sie in den Büros kreisen, voll von liebenswürdiger Selbstironie, und der Sektionschef hatte sie mit einer Stimme vorgetragen, die dem Malheur, das sie berichtete, erfreut nachging. Alle lächelten oder lachten, General Stumm war am fröhlichsten. «Daran sind aber nur die Herren von der Zivilregierung schuld» spann er den Scherz weiter; «denn wenn wir etwas anschaffen, wofür im Budget nicht die richtige Deckung ist, so sagt uns das Finanzministerium sofort, daß wir von einer konstitutionellen Regierungsweise nichts verstehen. Sollte darum, was Gott verhüten möge, vor Ablauf des Budgetjahres ein Krieg ausbrechen, so müßten wir gleich am ersten Mobilisierungstag bei Sonnenaufgang die Festungskommandanten telegraphisch ermächtigen, Zündhölzer einzukaufen, und wenn ihnen das in ihren Bergnestern nicht gelingt, bleibt nichts anderes übrig, als daß sie den Krieg mit den Streichhölzern ihrer Offiziersdiener führen!»

Der General hatte das wohl doch zu breit ausgesponnen; durch das dünne Gewebe des Scherzes setzte sich mit einemmal wieder der bedrohliche Ernst des Zustandes durch, in dem sich die Parallelaktion befand. Se. Erlaucht sagte nachdenklich: «Im Lauf der Zeit...», besann sich aber dann darauf, daß es klüger ist, in schwierigen Lagen die anderen reden zu lassen, und führte den Satz nicht zu Ende. Die sechs Menschen schwiegen einen Augenblick, als stünden sie um ein Brunnenloch und blickten hinein.

Diotima sagte: «Nein, das ist unmöglich!»

«Was?» fragten die Blicke aller.

«Damit würden wir das tun, was man Deutschland vorwirft: Aufrüsten!» beendete sie ihren Satz. Ihre Seele hatte die Anekdoten überhört oder vergessen und war noch bei des Generals Erfolg stehen geblieben.

«Aber was soll geschehn?» fragte Graf Leinsdorf dankbar und bekümmert. «Wir müssen doch wenigstens etwas Vorläufiges finden!»

«Deutschland ist ein verhältnismäßig naives, von Kraft strotzendes Land» sagte Arnheim, als müßte er dem Vorwurf seiner Freundin mit einer Entschuldigung begegnen. «Man hat ihm das Schießpulver und den Schnaps gebracht.»

Tuzzi lächelte zu diesem Gleichnis, das ihm mehr als kühn vorkam.

«Es läßt sich nicht leugnen, daß Deutschland in den Kreisen, die von unserer Aktion erfaßt werden sollen, einer wachsenden Abneigung begegnet.» Graf Leinsdorf ließ sich die Gelegenheit nicht entgehen, diese Bemerkung einzuflechten. «Leider sogar auch in den Kreisen, die schon erfaßt sind!» fügte er mirakulös hinzu.

Er war überrascht, als ihm Arnheim erklärte, daß ihn das nicht wundere. «Wir Deutschen» entgegnete dieser «sind ein unseliges Volk; wir wohnen nicht nur im Herzen Europas, sondern wir leiden auch als dieses Herz...»

«Herz?» fragte Se. Erlaucht unwillkürlich. Er hätte Gehirn statt Herz erwartet und würde das auch lieber zugestanden haben. Aber Arnheim beharrte auf Herz. «Erinnern Sie sich,» fragte er «daß vor nicht langer Zeit die Gemeindeverwaltung von Prag eine große Bestellung nach Frankreich vergeben hat, obgleich wir selbstverständlich auch ein Angebot gemacht hatten und besser und billiger geliefert hätten. Das ist einfach gefühlsmäßige Abneigung. Und ich muß sagen, daß ich sie vollkommen begreife.»

Ehe er noch weiterreden konnte, meldete sich erfreut Stumm von Bordwehr zum Wort und erklärte das. «In der ganzen Welt plagen sich die Menschen, aber in Deutschland noch mehr» sagte er. «In der ganzen Welt machen sie heute Lärm, aber in Deutschland am meisten. Überall hat das Geschäft den Zusammenhang mit der tausendjährigen Kultur verloren, aber im Reich am ärgsten. Überall steckt man die beste Jugend natürlich in die Kasernen, aber die Deutschen haben noch mehr Kasernen als alle anderen. Und darum ist es in gewissem Sinn für uns eine Bruderpflicht,» schloß er «nicht zu weit hinter Deutschland zurückzustehen. Ich bitte um Verzeihung, wenn ich paradox sein sollte, aber der Intellekt hat eben heute solche Verwicklungen!»

Arnheim nickte zustimmend. «Vielleicht ist Amerika noch schlimmer als wir,» fügte er hinzu «aber es ist das wenigstens völlig naiv, ohne unsere geistige Zerrissenheit. Wir sind in jeder Hinsicht das Volk der Mitte, wo alle Motive der Welt sich kreuzen. Bei uns ist die Synthese am dringendsten. Wir wissen es. Wir haben eine Art Sündenbewußtsein. Aber indem ich das gleich zu Anfang vorausgeschickt habe, verlangt die Gerechtigkeit auch das Zugeständnis, daß wir für die anderen leiden, ihre Fehler gleichsam als Vorbild auf uns nehmen, in gewissem Sinn für die Welt gelästert oder gekreuzigt werden, oder wie man das ausdrücken will. Und eine Umkehr Deutschlands wäre wohl das Bedeutendste, was sich ereignen könnte. Ich vermute, daß in der geteilten und, wie es scheint, etwas leidenschaftlichen Stellungnahme gegen uns, von der Sie sprachen, eine Ahnung davon enthalten ist!»

Nun mischte sich auch Ulrich ein. «Die Herren unterschätzen die deutschlandfreundlichen Strömungen. Ich habe verläßlich die Nachricht, daß in allernächster Zeit eine heftige Kundgebung gegen unsere Aktion losbrechen wird, weil sie in heimatlichen Kreisen für deutschfeindlich gilt. Erlaucht werden das Volk von Wien auf der Straße sehn. Man wird gegen die Berufung des Baron Wisnieczky auftreten. Man nimmt an, daß die Herren Tuzzi und Arnheim in heimlichem Einvernehmen stehen, Erlaucht aber den deutschen Einfluß auf die Parallelaktion durchkreuzen.»

Graf Leinsdorfs Blick hatte jetzt etwas von der Ruhe eines Frosches und der Gereiztheit eines Stiers. Tuzzis Auge hob sich langsam und warm und heftete sich fragend an Ulrich. Arnheim lachte herzlich und stand auf; er hätte gewünscht, den Sektionschef höflich humoristisch ansehen zu können, um sich auf solche Weise wegen der ihnen gemeinsam zugemuteten Absurdität zu entschuldigen, aber da er seiner nicht habhaft werden konnte, wandte er sich an Diotima. Tuzzi hatte Ulrich inzwischen am Arm genommen und fragte ihn, wo er seine Neuigkeit her habe. Ulrich erwiderte, daß sie kein Geheimnis sei, sondern ein öffentlich verbreitetes und vielfach geglaubtes Gerücht, das er in einem Privathaus erfahren habe. Tuzzi näherte ihm sein Gesicht und zwang ihn, das seine aus dem Kreis zu beugen; so geschützt, flüsterte er ihm plötzlich zu: «Sie wissen noch immer nicht, warum Arnheim hier ist? Er ist ein intimer Freund von Fürst Mosjoutoff und Persona grata beim Zaren. Steht in Verbindung mit Rußland und soll die hiesige Aktion pazifistisch beeinflussen. Alles inoffiziell, sozusagen private Initiative der russischen Majestät. Ideologische Angelegenheit. Etwas für Sie, mein Freund!» schloß er spöttisch; «Leinsdorf hat keine Ahnung davon!»

Sektionschef Tuzzi hatte diese Nachricht durch seinen amtlichen Apparat erfahren. Er glaubte sie, weil er Pazifismus für eine Bewegung hielt, die gut zu der Gesinnung einer schönen Frau paßte und es erklärte, daß Diotima von Arnheim entflammt war und Arnheim sich mehr in seinem Hause aufhielt als anderswo. Er war vorher nahe daran gewesen, eifersüchtig zu werden. Er hielt «geistige» Neigungen nur bis zu einem gewissen Grad für möglich, aber es widerstrebte ihm, listige Mittel anzuwenden, um herauszubekommen, ob dieser Grad noch gewahrt sei, darum hatte er sich gezwungen, seiner Frau zu vertrauen; aber wenn sich darin das Gefühl für eine männlich-vorbildliche Haltung auch stärker erwies als die Geschlechtsgefühle, so erregten diese immerhin noch genug Eifersucht in ihm, um ihm zum erstenmal klarzumachen, daß ein Mann mit Beruf niemals die Zeit hat, seine Frau zu überwachen, wenn er die Aufgaben seines Lebens nicht vernachlässigen will. Er sagte sich zwar, wenn schon ein Lokomotivführer keine Frau auf der Maschine haben dürfe, so dürfe noch viel weniger ein Mann, der ein Reich lenkt, eifersüchtig sein, aber die edle Unwissenheit, in der er auf diese Weise verblieb, paßte wieder nicht zur Diplomatie und raubte Tuzzi etwas von seiner beruflichen Sicherheit. Darum fand er sein volles Selbstvertrauen mit großer Dankbarkeit wieder, als sich alles, was ihn beunruhigte, harmlos aufzuklären schien. Nun kam es ihm sogar wie eine kleine Strafe für seine Frau vor, daß er alles von Arnheim schon wußte, während sie noch nichts als den Menschen in diesem sah und nicht ahnte, daß er ein Sendling des Zaren sei; Tuzzi bat sie wieder mit großem Vergnügen um kleine Aufklärungen, die sie gnädig-ungeduldig übernahm, und er hatte sich eine ganze Reihe von scheinbar harmlosen Fragen ausgedacht, aus deren Beantwortung er seine Schlüsse ziehen wollte. Gerne würde der Gatte auch dem «Vetter» einiges davon erzählt haben und erwog gerade, wie er es tun könne, ohne seine eigene Frau bloßzustellen, als Graf Leinsdorf die Leitung des Gesprächs wieder in die Hand nahm. Er war als einziger sitzen geblieben, und niemand hatte beobachtet, was in ihm vorgegangen war, seit sich die Schwierigkeiten gehäuft hatten. Sein Kämpferwille schien sich aber gesammelt zu haben, er drehte seinen Wallensteinbart und sagte langsam und fest: «Es muß etwas geschehn!»

«Erlaucht haben einen Beschluß gefaßt?» fragte man ihn.

«Es ist mir nichts eingefallen» erwiderte er schlicht; «aber trotzdem muß etwas geschehn!» Und saß da wie ein Mann, der sich nicht wegrühren wird, ehe sein Wille erfüllt ist.

Es ging eine Kraft davon aus, so daß jeder die leere Anstrengung, etwas zu finden, in sich schlottern fühlte wie einen Pfennig, der sich in der Sparbüchse verloren hat und trotz allen Schüttelns nicht aus dem Schlitz heraus will.

Arnheim sagte: «Ach, man darf sich doch nicht nach solchen Vorkommnissen richten!»

Leinsdorf antwortete nicht.

Es wurde noch einmal die ganze Geschichte der Vorschläge wiederholt, die der Parallelaktion einen Inhalt hätten geben sollen.

Graf Leinsdorf antwortete darauf wie ein Pendel, das jedesmal eine andere Lage hat und immer wieder den gleichen Weg zurücklegt: «Das erlaubt die Rücksicht auf die Kirche nicht. Das erlaubt die Rücksicht auf die Freidenker nicht. Dagegen hat sich der Zentralverein der Architekten gewehrt. Dagegen hat das Finanzministerium Bedenken.» Es ging ohne Ende in der gleichen Weise weiter.

Ulrich, der sich nicht daran beteiligte, fand sich in einem Zustand, als ob die fünf Personen, die da sprachen, soeben aus einer flüssigen Trübung herauskristallisiert wären, die seine Sinne seit Monaten umfangen gehalten hatte. Was sollte es heißen, daß er zu Diotima gesagt hatte, man müsse sich der Unwirklichkeit bemächtigen, oder ein andermal, man solle die Wirklichkeit abschaffen?! Da saß sie nun, hatte solche Sätze in der Erinnerung und mochte allerhand von ihm denken. Und wie war er dazu gekommen, ihr zu erzählen, daß man wie eine Figur auf einer Buchseite leben sollte? Er nahm an, daß sie das längst schon Arnheim weitererzählt haben werde!

Er nahm aber auch an, daß er so gut wie jeder andere Mensch wisse, wieviel Uhr es sei oder was ein Regenschirm koste! Wenn er trotzdem in diesem Augenblick seinen Standpunkt zwischen sich und den anderen hatte, gleich weit von da und dort, so war dies nicht in die Form einer Wunderlichkeit gekleidet. wie sie ein gedämpfter und abwesender Bewußtseinszustand mit sich bringen mag, sondern er empfand im Gegenteil wieder jene in sein Leben eindringende Helle, die er schon zuvor in Bonadeas Gegenwart wahrgenommen hatte. Er erinnerte sich, wie er, vor gar nicht langer Zeit, im Herbst mit Tuzzis auf der Rennbahn gewesen war, als es einen Zwischenfall mit großen verdächtigen Wettverlusten gab und aus friedlichen Zuschauermassen im Nu eine See wurde, die in den Platz flutete und nicht nur alles, was in ihrem Bereich war, zerstörte, sondern auch die Kassen plünderte, ehe sie sich unter dem Einfluß der Polizei wieder zu einer Versammlung von Menschen zurückbildete, die einem harmlosen und gewohnten Vergnügen beiwohnen wollen. Angesichts solcher Geschehnisse war es lächerlich, an Gleichnisse und verschwimmende Grenzformen zu denken, die möglicher- oder auch unmöglicherweise das Leben annehmen könnte. Ulrich fühlte ein unbeschädigtes Verständnis dafür in sich, daß das Leben ein derber und notvoller Zustand sei, worin man nicht zu viel an das Morgen denken dürfe, weil man genug Mühe mit dem Heute hat. Wie könnte man übersehen, daß die Menschenwelt nichts Schwebendes ist, sondern nach gedrungenster Festigkeit verlangt, weil sie bei jeder Unregelmäßigkeit fürchten muß, gleich ganz aus den Fugen zu gehn! Ja noch mehr, wie könnte ein guter Beobachter nicht anerkennen, daß dieses Lebensgemisch von Sorgen, Trieben und Ideen, das die Ideen höchstens zu seiner Rechtfertigung mißbraucht oder als Reizmittel benützt, gerade so wie es ist, formend und bindend auf sie wirkt, die ihre natürliche Bewegung und Begrenzung davon erhalten! Man preßt wohl den Wein aus den Trauben, aber wieviel schöner, als es ein Teich voll Wein wäre, ist der Weinberg mitsamt seiner ungenießbaren, rohen Erde und seinen unübersehbar flimmernden Pflockreihen aus totem Holz! «Mit einem Wort, die Schöpfung» dachte er «ist nicht einer Theorie zuliebe entstanden, sondern» und er wollte sagen aus Gewalt, doch da sprang ein anderes Wort ein, als er erwartet hatte, und sein Gedanke ging so zu Ende: «sondern sie entsteht aus Gewalt und Liebe, und die übliche Verbindung zwischen diesen beiden ist falsch!»

In diesem Augenblick waren Gewalt und Liebe für Ulrich wieder nicht ganz die gewöhnlichen Begriffe. Alles, was er an Neigung zum Bösen und Harten besaß, lag in dem Wort Gewalt, es bedeutete den Ausfluß jedes ungläubigen, sachlichen und wachen Verhaltens; hatte doch eine gewisse harte, kalte Gewalttätigkeit auch bis in seine Berufsneigungen hineingespielt, so daß er vielleicht nicht ganz ohne eine Absicht auf das Grausame Mathematiker geworden war. Das hing zusammen wie das Dickicht eines Baums, das den Stamm selbst verdeckt. Und wenn man von Liebe nicht bloß im üblichen Sinn spricht, sondern sich bei ihrem Namen nach einem Zustand sehnt, der bis in die Atome des Körpers anders ist als der Zustand der Liebesarmut; oder wenn man fühlt, daß man ebensogut jede Eigenschaft an sich hat wie keine; oder wenn man unter dem Eindruck steht, daß nur Seinesgleichen geschieht, weil das Leben – zum Platzen voll Einbildung auf sein Hier und Jetzt, letzten Endes aber ein sehr ungewisser, ja ausgesprochen unwirklicher Zustand! – sich in die paar Dutzend Kuchenformen stürzt, aus denen die Wirklichkeit besteht; oder daß an allen

Kreisen, in denen wir uns drehen, ein Stück fehlt; daß von allen Systemen, die wir errichtet haben, keines das Geheimnis der Ruhe besitzt: so hängt auch das, so verschieden es aussieht, zusammen wie die Äste eines Baums, die nach allen Seiten den Stamm verbergen.

In diesen beiden Bäumen wuchs getrennt sein Leben. Er konnte nicht sagen, wann es in das Zeichen des Baums des harten Gewirrs getreten war, aber früh war das geschehen, denn schon seine unreifen napoleonischen Pläne zeigten den Mann, der das Leben als eine Aufgabe für seine Tätigkeit und Sendung ansah. Dieser Drang zum Angriff auf das Leben und zur Herrschaft darüber war jederzeit deutlich zu bemerken gewesen, mochte er sich als Ablehnung bestehender oder als wechselndes Streben nach neuer Ordnung, als logisches, als moralisches oder sogar bloß als das Verlangen nach athletischer Vorbereitung des Körpers dargestellt haben. Und alles, was Ulrich im Lauf der Zeit Essayismus und Möglichkeitssinn und phantastische, im Gegensatz zur pedantischen Genauigkeit genannt hatte, die Forderungen, daß man Geschichte erfinden müßte, daß man Ideen-, statt Weltgeschichte leben sollte, daß man sich dessen, was sich nie ganz verwirklichen läßt, zu bemächtigen und am Ende vielleicht so zu leben hätte, als wäre man kein Mensch, sondern bloß eine Gestalt in einem Buch, von der alles Unwesentliche fortgelassen ist, damit sich das übrige magisch zusammenschließe, – alle diese, in ihrer ungewöhnlichen Zuspitzung wirklichkeitsfeindlichen Fassungen, die seine Gedanken angenommen hatten, besaßen das Gemeinsame, daß sie auf die Wirklichkeit mit einer unverkennbaren schonungslosen Leidenschaftlichkeit einwirken wollten.

Schwieriger zu erkennen, weil schatten- und traumhafter, waren die Zusammenhänge im anderen Baum, in dessen Bild sich sein Leben darstellte. Ursprüngliche Erinnerung an ein kindhaftes Verhältnis zur Welt, an Vertrauen und Hingabe mochte den Grund bilden; in der Ahnung, einmal als weite Erde gesehen zu haben, was sonst nur den Topf füllt, aus dem die kümmerlichen Gewächse der Moral sprießen, hatte das weitergelebt. Ohne Zweifel bildete jene leider etwas lächerliche Geschichte mit der Frau Major den einzigen Versuch zu voller Ausbildung, der auf der sanften Schattenseite seines Wesens entstanden war, und bezeichnete zugleich den Beginn eines Rückschlags, der nicht mehr endete. Blätter und Zweige des Baums trieben seither auf der Oberfläche umher, aber dieser selbst blieb verschwunden, und es ließ sich nur an solchen Zeichen erkennen, daß er doch noch vorhanden war. Am deutlichsten hatte sich diese untätige Hälfte seines Wesens vielleicht in der unwillkürlichen Überzeugung von der bloß vorläufigen Nützlichkeit der tätigen und rührigen Hälfte ausgeprägt, den sie wie einen Schatten auf diese warf. Bei allem, was er unternahm – körperliche Leidenschaften ebenso darunter verstanden wie geistige –, war er sich schließlich wie der Gefangene von Vorbereitungen vorgekommen, die nicht zu ihrem eigentlichen Ende kamen, und im Verlauf der Jahre war seinem Leben darüber das Gefühl der Notwendigkeit ausgegangen wie das Öl in einer Lampe. Seine Entwicklung hatte sich offenbar in zwei Bahnen zerlegt, eine am Tag liegende und eine dunkel abgesperrte, und der ihn umlagernde Zustand eines moralischen Stillstands, der ihn seit langem und vielleicht mehr als nötig bedrückt hatte, konnte von nichts anderem als davon kommen, daß es ihm niemals gelungen war, diese beiden Bahnen zu vereinen.

Nun erkannte Ulrich, in der Erinnerung daran, daß sich ihm ihre unmögliche Verbindung zuletzt in dem gespannten Verhältnis von Literatur und Wirklichkeit, Gleichnis und Wahrheit dargestellt hatte, mit einemmal, daß alles das bei weitem mehr bedeutete als nur eine zufällige Eingebung in einem der wie ziellose Wege verschlungenen Gespräche, die er in der letzten Zeit mit den unpassendsten Personen geführt hatte. Denn so weit die menschliche Geschichte zurückreicht, lassen sich diese beiden Grundverhaltensweisen des Gleichnisses und der Eindeutigkeit unterscheiden. Eindeutigkeit ist das Gesetz des wachen Denkens und Handelns, das ebenso in einem zwingenden Schluß der Logik wie in dem Gehirn eines Erpressers waltet, der sein Opfer Schritt um Schritt vor sich her drängt, und sie entspringt der Notdurft des Lebens, die zum Untergang führen würde, wenn sich die Verhältnisse nicht eindeutig gestalten ließen. Das Gleichnis dagegen ist die Verbindung der Vorstellungen, die im Traum herrscht, es ist die gleitende Logik der Seele, der die Verwandtschaft der Dinge in den Ahnungen der Kunst und Religion entspricht; aber auch was es an gewöhnlicher Neigung und Abneigung, Übereinstimmung und Ablehnung, Bewunderung, Unterordnung, Führerschaft, Nachahmung und ihren Gegenerscheinungen im Leben gibt, diese vielfältigen Beziehungen des Menschen zu sich und der Natur, die noch nicht rein sachlich sind und es vielleicht auch nie sein werden, lassen sich nicht anders begreifen als in Gleichnissen. Ohne Zweifel ist das, was man die höhere Humanität nennt, nichts als ein Versuch, diese beiden großen Lebenshälften des Gleichnisses und der Wahrheit miteinander zu verschmelzen, indem man sie zuvor vorsichtig trennt. Hat man aber an einem Gleichnis alles, was vielleicht wahr sein könnte, von dem getrennt, was nur Schaum ist, so hat man gewöhnlich ein wenig Wahrheit gewonnen und den ganzen Wert des Gleichnisses zerstört; diese Trennung mag darum in der geistigen Entwicklung unvermeidlich gewesen sein, doch hatte sie die gleiche Wirkung wie das Einkochen und Eindicken eines Stoffes, dessen innerste Kräfte und Geister sich während dieses Vorgangs als Dampfwolke davonmachen. Es läßt sich heute manchmal nicht der Eindruck abweisen, daß die Begriffe und

Regeln des moralischen Lebens nur ausgekochte Gleichnisse sind, um die ein unerträglich fetter Küchendampf von Humanität wallt, und wenn hier eine Abschweifung erlaubt ist, so kann es nur die sein, daß dieser undeutlich über alles ausgebreitete Eindruck auch das zur Folge hatte, was die Gegenwart ehrlich ihre Verehrung des Gemeinen nennen sollte. Denn man lügt heute weniger aus Schwäche als aus der Überzeugung, daß ein Mann, der das Leben meistert, lügen können muß. Man ist gewalttätig, weil die Eindeutigkeit der Gewalt nach langem ergebnislosen Reden wie eine Erlösung wirkt. Man vereinigt sich zu Gruppen, weil Gehorsam alles das zu tun erlaubt, was man aus eigener Überzeugung längst nicht mehr vermöchte, und die Feindseligkeit dieser Gruppen schenkt den Menschen die nimmer ruhende Gegenseitigkeit der Blutrache, während die Liebe sehr bald zum Einschlafen käme. Das hat mit der Frage, ob die Menschen gut oder böse seien, weit weniger zu tun als damit, daß sie die Verbindung von Höhe und Niederung verloren haben. Und nur eine widerspruchsvolle andere Folge dieses Auseinanderfallens ist auch der überladene geistige Schmuck, mit dem sich das Mißtrauen gegen den Geist heute behängt. Die Kuppelung von Weltanschauung mit Tätigkeiten, die nur wenig von ihr vertragen, wie die Politik; die allgemeine Sucht, aus jedem Gesichtspunkt gleich einen Standpunkt zu machen und jeden Standpunkt für einen Gesichtspunkt zu halten; das Bedürfnis von Eiferern jeder Abschattung, die eine Erkenntnis, die ihnen zuteil geworden ist, rundum wie in einem Spiegelkabinett zu wiederholen: alle diese so landläufigen Erscheinungen bedeuten nicht, was sie sein möchten, ein Streben nach Humanität, sondern deren Ausfall. Im ganzen entsteht so der Eindruck, daß aus allen menschlichen Beziehungen erst wieder die falsch darin sitzende Seele völlig entfernt werden müßte; und in dem Augenblick, wo Ulrich dies dachte, fühlte er, daß sein Leben, wenn es überhaupt Sinn besaß, keinen anderen hatte als diesen, daß sich die beiden Grundsphären der Menschlichkeit darin selbst zerlegt zeigten und einander in der Wirkung entgegenstanden. Solche Menschen werden offenbar heute geboren, aber sie bleiben noch allein, und allein war er nicht imstande, das Auseinandergefallene von neuem zusammenzubringen. Er gab sich keiner Täuschung über den Wert seiner Gedankenexperimente hin; wohl mochten sie niemals ohne Folgerichtigkeit Gedanke an Gedanke fügen, aber es geschah doch so, als würde Leiter auf Leiter gestellt, und die Spitze schwankte schließlich in einer Höhe, die weit entfernt vom natürlichen Leben war. Er empfand tiefe Abneigung dagegen.

Und vielleicht aus diesem Grund geschah es, daß er plötzlich Tuzzi ansah. Tuzzi sprach. Als öffnete sich sein Ohr den ersten Lauten des Morgens, hörte ihn Ulrich sagen: «Ich vermag nicht zu beurteilen, ob große menschliche und künstlerische Leistungen heute nicht vorhanden seien, wie Sie sagen; aber das eine darf ich behaupten, daß nirgends die Außenpolitik so schwierig ist wie bei uns. Es läßt sich einigermaßen voraussehen, daß die Politik der Franzosen auch im Jubiläumsjahr von den Gedanken der Revanche und des Kolonialbesitzes geleitet sein wird, die der Engländer von ihrem Bauernschach auf dem Weltbrett, wie man die Art ihres Vorgehens genannt hat, endlich die der Deutschen von dem, was sie in einer nicht immer eindeutigen Weise ihren Platz an der Sonne nennen: aber unsere alte Monarchie ist bedürfnislos, und darum weiß kein Mensch vorher, zu welchen Auffassungen wir bis dahin gezwungen werden können!» Es schien, daß Tuzzi bremsen und warnen wollte. Er redete offenbar ohne ironische Absicht; das Aroma der Ironie ging lediglich von der naiven Sachlichkeit aus, in deren trockener Schale er die Überzeugung darbot, daß weltliche Bedürfnislosigkeit eine große Gefahr sei. Ulrich fühlte sich davon ermuntert, als ob er auf eine Kaffeebohne gebissen hätte. Inzwischen hatte sich Tuzzi in seiner warnenden Absicht aber noch versteift und führte seine Rede zu Ende. «Wer darf sich heute» fragte er «denn überhaupt trauen, große politische Ideen zu verwirklichen?! Er müßte ein Stück Verbrecher und Bankerotteur in sich haben! Das wollen Sie doch nicht? Diplomatie ist dazu da, um zu konservieren.»

«Das Konservieren führt zum Krieg» erwiderte Arnheim.

«Das kann schon sein» meinte Tuzzi. «Wahrscheinlich bleibt es das einzige, was man tun kann, daß man den Augenblick, wo man hineingeführt wird, günstig wählt! Erinnern Sie sich an die Geschichte Alexanders des Zweiten? Sein Vater Nikolai war ein Despot, aber er ist eines natürlichen Todes gestorben; Alexander dagegen war ein hochherziger Herrscher, der seine Regierung sogleich mit liberalen Reformen begann; die Folge war, daß aus dem russischen Liberalismus der russische Radikalismus geworden ist und Alexander nach drei vergeblichen Mordversuchen einem vierten zum Opfer fiel.»

Ulrich sah Diotima an. Aufgerichtet, aufmerksam, ernst und üppig saß sie da und bekräftigte die Worte ihres Gatten. «Das ist richtig. Ich habe vom geistigen Radikalismus auch bei unseren Bestrebungen den Eindruck gewonnen: wenn man ihm einen Finger reicht, will er gleich die ganze Hand.»

Tuzzi lächelte; es kam ihm vor, er habe einen kleinen Sieg über Arnheim davongetragen.

Arnheim saß ungerührt dabei, die Lippen wie eine aufgesprungene Knospe atmend geöffnet. Wie ein verschlossener Turm des Fleisches sah Diotima über ein tiefes Tal zu ihm hinüber.

Der General putzte seine Hornbrille.

Ulrich sagte langsam: «Das kommt nur davon, daß die Bemühungen aller, die sich berufen fühlen, den Sinn des Lebens wiederherzustellen, heute das eine gemeinsam haben, daß sie dort, wo man nicht bloß persönliche Ansichten, sondern Wahrheiten gewinnen könnte, das Denken verachten; dafür legen sie sich dort, wo es auf die Unerschöpflichkeit der Ansichten ankommt, auf Schnellbegriffe und Halbwahrheiten fest!»

Niemand antwortete darauf. Warum hätte auch jemand antworten sollen? Was man so spricht, sind doch nur Worte. Das Tatsächliche war, daß sie zu sechs Personen in einem Zimmer saßen und eine wichtige Unterredung hatten; was sie dabei redeten und auch was sie nicht redeten, gar aber Gefühl, Ahnung, Möglichkeit war in dieser Tatsächlichkeit eingeschlossen, ohne ihr gleichgestellt zu sein, es war etwa so darin eingeschlossen, wie es die dunklen Bewegungen von Leber und Magen in einer angekleideten Person sind, die soeben ihre Unterschrift unter eine wichtige Urkunde setzt. Und diese Rangordnung durfte man nicht verletzen, darin bestand die Wirklichkeit!

Ulrichs alter Freund Stumm war jetzt mit der Klärung seiner Brille fertig, setzte sie auf und sah ihn an.

Obgleich Ulrich mit allen diesen Personen immer nur gespielt zu haben glaubte, fühlte er sich mit einemmal sehr verlassen zwischen ihnen. Er erinnerte sich, vor einigen Wochen oder Monaten etwas Ähnliches gefühlt zu haben wie in diesem Augenblick: Widerstreben eines kleinen entlassenen Atemzuges der Schöpfung gegen die versteinte Mondlandschaft, in die er hineingerät; und es wollte ihm scheinen, daß alle entscheidenden Augenblicke seines Lebens von einem solchen Eindruck des Staunens und der Einsamkeit begleitet worden waren. Aber war es dieses Mal Angst, was ihn dabei belästigte? Er vermochte sich über sein Gefühl nicht klarzuwerden; es sagte ihm ungefähr, daß er sich noch nie im Leben wahrhaft entschieden habe und es bald werde tun müssen, aber das dachte er nicht in angemessenen Worten, sondern fühlte es eben nur in seinem Unbehagen, als wollte ihn etwas von diesen Menschen, zwischen denen er saß, wegreißen, und obwohl sie ihm doch ganz gleichgültig waren, stemmte sich sein Wille plötzlich mit Armen und Beinen dagegen!

Graf Leinsdorf, den das Schweigen, das inzwischen eingetreten war, an die Pflichten eines Realpolitikers erinnert hatte, sagte mahnend: «Also was soll geschehn? Wir müssen doch wenigstens vorläufig irgend etwas Entscheidendes tun, um den Gefahren für unsere Aktion vorzubeugen!»

Da unternahm Ulrich einen unsinnigen Versuch. «Erlaucht,» sagte er «es gibt nur eine einzige Aufgabe für die Parallelaktion: den Anfang einer geistigen Generalinventur zu bilden! Wir müssen ungefähr das tun, was notwendig wäre, wenn ins Jahr 1918 der Jüngste Tag fiele, der alte Geist abgeschlossen werden und ein höherer beginnen sollte. Gründen Sie im Namen Seiner Majestät ein Erdensekretariat der Genauigkeit und Seele; alle anderen Aufgaben sind vorher unlösbar oder nur Scheinaufgaben!» Und Ulrich fügte einiges von dem hinzu, was ihn in den Minuten seiner Versunkenheit beschäftigt hatte.

Während er so sprach, schien es ihm, daß allen nicht nur die Augen aus den Höhlen traten, sondern vor Überraschung sogar die ganzen Oberkörper aus den Sitzflächen; man erwartete, daß nach dem Hausherrn nun er eine Anekdote zum besten geben wolle, und als der Witz nicht kam, saß er wie ein kleines Kind zwischen schiefen Türmen, die sein einfältiges Spiel etwas beleidigt betrachten. Nur Graf Leinsdorf machte ein freundliches Gesicht. «Das ist schon ganz recht,» meinte er erstaunt «aber wir haben doch die Pflicht, über die Andeutungen hinauszugelangen, bis wir was Wahres haben, und Besitz und Bildung haben uns da eben gründlich im Stich gelassen!»

Arnheim glaubte, den adeligen Herrn davor bewahren zu müssen, daß er auf Ulrichs Scherze hereinfalle. «Unser Freund wird von einer bestimmten Idee verfolgt» erläuterte er; «er glaubt daran, daß es eine Art synthetischer Erzeugung des richtigen Lebens gibt, so wie man einen synthetischen Kautschuk oder Stickstoff herstellen kann. Aber der menschliche Geist» – er wandte sich mit seinem ritterlich vollkommensten Lächeln Ulrich zu – «hat leider die Beschränkung, daß sich seine Lebensformen nicht wie die Versuchsmäuse im Laboratorium züchten lassen, sondern daß ein großer Kornboden höchstens ausreicht, um ein paar Mausfamilien zu tragen!» Er entschuldigte sich noch bei den übrigen für diesen gewagten Vergleich, aber er war zufrieden mit ihm, weil er etwas zu Graf Leinsdorf passendes Landwirtschaftlich-Grundadeliges hatte und doch den Unterschied zwischen Gedanken mit und ohne Verantwortlichkeit für die Ausführung lebhaft ausdrückte.

Aber Se. Erlaucht schüttelte ärgerlich den Kopf. «Ich versteh den Herrn Doktor schon ganz gut» meinte er. «Früher sind die Menschen in die Verhältnisse, die sie vorgefunden haben, hineingewachsen, und das war eine verläßliche Art, in der sie zu sich gekommen sind; aber heute, bei der Durcheinanderschüttelung, wo alles von Grund und Boden gelöst wird, müßte man schon sozusagen auch bei der Erzeugung der Seele die Überlieferung des Handwerks durch die Intelligenz der Fabrik ersetzen.» Es war dies eine jener bemerkenswerten Antworten, die dem hohen Herrn zuweilen überraschend unterliefen; denn er hatte während der ganzen Zeit, ehe er das sagte, Ulrich nur mit einem fassungslosen Ausdruck angestarrt.

«Aber alles das, was der Herr Doktor sagt, ist doch ganz undurchführbar!» stellte Arnheim mit Nachdruck fest.

«Aber warum nicht gar!» meinte Graf Leinsdorf kurz und kampflustig.

Diotima legte sich ins Mittel .«Aber Erlaucht,» sagte sie, als bäte sie ihn um etwas, das man nicht aussprechen will, nämlich zur Vernunft zu kommen, «alles, was mein Vetter sagt, haben wir doch schon längst versucht! Was sollten denn diese anstrengenden großen Besprechungen wie die heutige anderes sein?!» «Ja?» erwiderte die gereizte Erlaucht. «Und ich habe mir gleich gedacht, daß bei diesen gescheiten Männern nichts herauskommen wird! Diese Psychoanalyse und Relativitätstheorie, und wie das Zeug alles heißt, das ist ja alles nur Eitelkeit! Jeder möchte sich die Welt auf eine besondere Weise zurechtlegen! Ich sage Ihnen, der Herr Doktor hat sich vielleicht nicht ganz einwandfrei ausgedrückt, aber im Grund hat er ganz recht! Immer wird etwas Neues gemacht, kaum daß eine neue Zeit angefangen hat, und nie kommt etwas G'scheites heraus!» Die Nervosität, die der verfehlte Verlauf der Parallelaktion hervorrief, war durchgebrochen. Graf Leinsdorf drehte jetzt statt des Bartes gereizt einen Daumen um den anderen, ohne es zu gewahren. Vielleicht war auch die Abneigung gegen Arnheim durchgebrochen. Denn als Ulrich angefangen hatte von Seele zu sprechen, war Graf Leinsdorf sehr verwundert gewesen, aber was er dann hörte, gefiel ihm ganz gut. «Daß solche Leute wie der Arnheim so viel von ihr reden,» dachte er «ist ja doch nur Pflanz; das braucht man nicht, dafür ist schon die Religion da.» Aber auch Arnheim war bis in die Lippen blaß geworden. In einem solchen Ton wie jetzt mit ihm hatte Graf Leinsdorf bisher nur zum General gesprochen. Er war nicht der Mann sich das bieten zu lassen! Aber unwillkürlich hatte die Entschiedenheit, mit der Se. Erlaucht an die Seite Ulrichs getreten war, Eindruck auf ihn gemacht und rief nun wieder seine eigenen schmerzlichen Empfindungen für diesen wach. Es verwirrte ihn, daß er sich mit Ulrich aussprechen wollte und doch nicht die Gelegenheit dazu gefunden hatte, ehe es nun zu einem Zusammenstoß vor allen kommen mußte; und gerade auf diese Weise geschah es, daß er sich nicht gegen Graf Leinsdorf wandte, den er einfach beiseite ließ, sondern mit allen Zeichen heftiger körperlicher Erregung, die man an ihm nicht zu sehen gewohnt war, das Wort an Ulrich richtete. «Glauben Sie denn selbst an alles, was Sie gesagt haben?!» fragte er streng und alle Rücksicht der Höflichkeit übergehend. «Glauben Sie an die Durchführbarkeit? Sind Sie wirklich der Meinung, daß man bloß nach ‹Gesetzen der Analogie› leben könne? Was würden Sie also tun, wenn Ihnen nun Seine Erlaucht völlig freie Hand ließe?! Sagen Sie es doch, ich bitte Sie eindringlich darum!»

Der Augenblick war peinlich. Diotima fiel merkwürdigerweise eine Geschichte ein, die sie vor einigen Tagen in der Zeitung gelesen hatte.

Eine Frau war zu einer furchtbaren Strafe verurteilt worden, weil sie ihrem Geliebten die Gelegenheit geboten hatte, ihren alten Mann umzubringen, der seit Jahren die Ehe nicht mehr «vollzog» und doch in keine Trennung willigte. Dieser Vorfall hatte durch seine fast medizinische Körperlichkeit und eine gewisse gegensätzliche Anziehung ihre Aufmerksamkeit erregt; wie die Verhältnisse lagen, war alles so verständlich, daß man keine der Personen als schuldig empfand, in ihrer beschränkten Möglichkeit, sich zu helfen, sondern irgendwie ein widernatürliches Ganzes, das solche Zustände schuf. Sie begriff nicht, warum sie gerade daran jetzt denken mußte. Aber sie dachte auch daran, daß Ulrich in der letzten Zeit zu ihr viel «Schwankendes und Schwebendes» gesprochen habe, und ärgerte sich, weil er immer gleich eine Unverschämtheit damit verband. Und sie selbst hatte davon gesprochen, daß in bevorzugten Menschen die Seele aus ihrer Uneigentlichkeit hervorzutreten vermöchte, und darum kam ihr vor, daß ihr Vetter genau so unsicher sei wie sie selbst und vielleicht ebenso leidenschaftlich. Und das alles war in ihrem Kopf oder in ihrem Busen, dem verlassenen Sitz der gräflich Leinsdorfischen Freundschaft, augenblicklich mit der Geschichte der verurteilten Frau in einer Weise verflochten, daß sie mit geöffneten Lippen dasaß und das Gefühl hatte, es werde etwas Furchtbares geschehen, wenn man Arnheim und Ulrich gewähren lasse, aber vielleicht erst recht, wenn man nicht gewähren lasse und sich einmenge.

Ulrich aber hatte, während Arnheim ihn angriff, Sektionschef Tuzzi angesehn. Tuzzi verbarg nur mit Mühe eine fröhliche Neugierde zwischen den braunen Falten seines Gesichts. Nun komme ja, wie es scheine, das Getue in seinem Hause an seinen eigenen Gegensätzen zum Zerspringen, dachte er. Er hatte auch für Ulrich kein Mitgefühl; was dieser Mensch redete, ging ihm ganz gegen die Natur, denn er war überzeugt, daß der Wert eines Mannes im Willen liege, oder im Beruf, und jedenfalls nicht in Gefühlen und Gedanken, und schon gar über Gleichnisse solchen Unsinn zu sprechen, fand er geradezu unanständig. Vielleicht ahnte Ulrich etwas davon, denn es fiel ihm ein, daß er Tuzzi einmal angekündigt habe, er werde sich töten, wenn das Jahr seines Lebensurlaubs ohne Ergebnis verstreiche; er hatte das nicht gerade mit diesen Worten gesagt, aber immerhin peinlich deutlich, und fühlte sich beschämt. Und wieder hatte er den nicht recht begründeten Eindruck, eine Entscheidung sei nahe. Er dachte in diesem Augenblick an Gerda Fischel und erkannte die Gefahr, daß sie zu ihm kommen und das letzte Gespräch fortsetzen werde. Es wurde ihm plötzlich klar, daß sie, wenn er auch nur damit gespielt hatte, schon bis an die äußerste Grenze der Worte gekommen seien, und von da weiter gab es nur noch einen Schritt: auf die schwebenden Wünsche des Mädchens liebevoll einzugehen, sich geistig zu entgürten, die «zweite Umwallung» zu übersteigen. Aber das war verrückt, und er war überzeugt, daß es ihm immer unmöglich sein werde, mit Gerda so weit zu gehen, und daß er sich überhaupt nur deshalb mit ihr eingelassen habe, weil er bei ihr sicher war. Er befand sich in einem eigentümlichen Zustand nüchterner, gereizter Gehobenheit, sah darin Arnheims erregtes Gesicht, faßte auf, wie ihm dieser noch vorwarf, daß er keine «Wirklichkeitsgesinnung» habe und daß – «verzeihen Sie, solche krasse Entweder-Oder allzu jugendlich» – seien, hatte aber völlig das Bedürfnis, darauf zu antworten, verloren. Er sah nach seiner Uhr, lächelte beschwichtigend und bemerkte, daß es sehr spät geworden sei und zu spät, um zu erwidern.

Damit hatte er zum erstenmal wieder Verbindung mit den anderen gefunden. Sektionschef Tuzzi stand sogar auf und bemäntelte diese Ungezogenheit nachträglich nur flüchtig, indem er irgendetwas tat. Auch Graf Leinsdorf hatte sich inzwischen beruhigt; es hätte ihn gefreut, wenn Ulrich imstande gewesen wäre, den «Preußen» abblitzen zu lassen, aber da es nicht geschah, war er es auch so zufrieden. «Wenn einem jemand gefällt, dann gefällt er einem eben!» dachte er. «Da kann der andere noch so gescheit reden!» Und in einer kühnen, aber unbewußten Annäherung an Arnheim und dessen «Geheimnis des Ganzen» fügte er, während er Ulrichs im Augenblick durchaus nicht geistreichen Gesichtsausdruck betrachtete, aufgeräumt hinzu: «Beinahe möchte man ja sagen, daß ein netter, sympathischer Mensch überhaupt nichts ganz Dummes reden oder tun kann!»

Man brach schleunig auf. Der General versorgte seine Hornbrille in der Revolvertasche seiner Hose, nachdem er vergeblich versucht hatte, sie in die Schöße seines Waffenrocks zu schieben, denn er hatte für dieses zivile Instrument der Weisheit noch keinen passenden Platz gefunden. «Das ist der bewaffnete Ideenfriede!» sagte er dabei, auf den allgemeinen und raschen Aufbruch anspielend, spießgesellenhaft und vergnügt zu Tuzzi.

Nur Graf Leinsdorf hielt die Davonstrebenden noch einmal gewissenhaft zurück. «Also worauf haben wir uns nun schließlich geeinigt?» fragte er, und als niemand eine Antwort fand, fügte er beruhigend hinzu: «Na, wir werden es ja schließlich noch sehn!»

117

Rachels schwarzer Tag

Das Erwachen des Mannes und der Beschluß, Rachel zu verführen, hattenSoliman kalt gemacht wie das Wild den Jäger oder das Schlachttier den Fleischer, aber er wußte nicht, wie er sein Ziel erreichen könne, in welcher Weise dabei vorzugehen sei und welche Umstände des Beisammenseins genügten; mit einem Wort, der Wille des Mannes ließ ihn die ganze Schwäche des Knaben fühlen. Auch Rachel wußte, was kommen mußte, und seit sie Ulrichs Hand vergeßlich in der ihren gehalten und das Abenteuer mit Bonadea bestanden hatte, war sie aus Rand und Band oder sozusagen von großer erotischer Zerstreutheit, die wie ein Blumenregen auch auf Soliman fiel. Allein die Verhältnisse waren ihnen nicht günstig und schufen Verzögerungen; die Köchin war erkrankt, und Rachel mußte ihren Ausgang opfern, der Verkehr im Haus gab zu tun, und Arnheim war zwar oft bei Diotima, aber vielleicht hatte man beschlossen, auf die Kleinen mehr achtzugeben, denn er brachte nur selten seinen Soliman mit, und wenn es geschah, so sahen sie sich nur für Minuten und in Gegenwart ihrer Herrschaften, mit unschuldigen und finsteren Gesichtern, die sie machen mußten.

In dieser Zeit wurden sie beinahe böse aufeinander, weil jeder den anderen die Pein fühlen ließ, an einer zu kurzen Kette zu hängen. Soliman verleitete der drängende Trieb überdies zu gewaltsamen Ausfällen; er plante, nachts aus dem Hotel durchzugehn, und damit es sein Herr nicht erführe, stahl er ein Bettuch und versuchte, mit Schneiden und Drehn eine Strickleiter daraus zu machen, es gelang aber nicht, und er ließ das mißbrauchte Laken in einem Lichtschacht verschwinden. Dann überlegte er lange vergeblich, wie man nachts an den Figuren und Gesimsen einer Hauswand hinab- und emporklettern könnte, und sah tagsüber auf seinen Wegen von der Architektur der ihrethalben berühmten Stadt nichts als die touristischen Vorteile und Schwierigkeiten; Rachel aber, der er kurz und flüsternd diese Pläne und ihre Hindernisse anvertraute, glaubte, wenn sie abends ihr Licht auslöschte, nicht selten zu Füßen der Mauer den schwarzen Vollmond seines Gesichts auftauchen zu sehn oder hörte ein zirpendes Rufen, dem sie schüchtern Antwort gab, weit aus dem Fenster ihrer Kammer in die leere Nacht gebeugt, ehe sie eben deren Leere einsehen mußte. Sie war aber nicht mehr ungehalten über diese romantischen Störungen, sondern gab sich ihnen mit schmachtender Trauer hin. Dieses Schmachten galt eigentlich Ulrich, und Soliman war der Mann, den man nicht liebt, dessen ungeachtet man sich ihm hingeben wird, worüber sich

Rachel durchaus nicht im Zweifel befand; denn daß man sie mit ihm nicht zusammenkommen ließ, daß sie in letzter Zeit ihre Stimmen kaum laut hörten und Ungunst ihrer Oberen über sie gemeinsam hereingebrochen war, wirkte ähnlich, wie eine Nacht voll Ungewißheit, Unheimlichkeiten und Seufzern auf Liebende wirkt, und sammelte ihre glühenden Vorstellungen wie ein Brennglas, unter dessen Strahl man weniger eine angenehme Wärme fühlt, als daß man es nicht länger aushält.

Und hierin war Rachel, die sich nicht mit Strickleitern und Kletterträumen ablenkte, die Praktischere. Aus der Nebelgestalt einer Entführung auf Lebensdauer war bald eine heimlich zu verschaffende Nacht und aus der Nacht, da auch sie unerreichbar blieb, eine unbewachte Viertelstunde geworden; und schließlich dachten weder Diotima noch Graf Leinsdorf oder Arnheim daran, wenn ihr «Amt» sie bewog, nach großen und erfolglosen Versammlungen des Geistes besorgte Überlegungen des Ergebnisses auszutauschen, die sie oft noch eine Stunde lang, bar jedes anderen Bedürfnisses, festhielten, daß eine solche Stunde aus vier Viertelstunden besteht. Aber Rachel hatte das berechnet, und weil die Köchin noch immer nicht ganz auf dem Posten war und die Erlaubnis besaß, sich früh zur Ruhe zu begeben, genoß ihre jüngere Kollegin den Vorzug, so viel zu tun zu haben, daß man nie wissen konnte, wo sie sich gerade aufhielt, und wurde im Zimmerdienst während dieser Zeit nach Möglichkeit geschont. Zur Probe – immerhin bloß so, wie Personen, die zu feig zum Selbstmord sind, so lange vorgespiegelte Versuche unternehmen, bis ihnen einer aus Versehen gelingt – hatte sie schon einige Male Soliman eingeschmuggelt, der mit einer dienstbeflissenen Ausrede für den Fall seiner Entdeckung ausgerüstet war, und hatte ihm zu verstehen gegeben, daß dieser Weg in ihre Kammer auch möglich wäre, und nicht nur der an der Hauswand empor. Über gemeinsames Gähnen im Vorzimmer und lauschende Beobachtung der Lage war das junge Liebespaar aber noch nicht hinausgekommen, bis eines Abends, wo die Stimmen im Zimmer so gleichmäßig einander folgten wie die Töne beim Dreschen, Soliman mit einer wunderschönen Romanphrase erklärte, daß er sich nicht mehr länger zu gedulden vermöge.

Auch in der Kammer war es noch er, der den Riegel vorschob; aber dann trauten sie sich nicht, Licht zu machen, und standen zuerst blind vor einander, irgendwie zugleich mit dem Augenlicht aller Sinne beraubt, wie Statuen in einem dunklen Park. Soliman dachte wohl daran, Rachels Hand zu pressen oder sie ins Bein zu zwicken, damit sie aufschrie, denn so beschaffen waren bisher seine männlichen Siege gewesen, aber er mußte sich Zwang auferlegen, denn sie durften keinen Lärm machen, und als er doch schüchtern einen kleinen rohen Versuch unternahm, strömte aus Rachel bloß ungeduldige Gleichgültigkeit zu ihm zurück. Denn Rachel spürte die Hand des Geschicks, die sie im Kreuz anfaßte und vorwärts schob, während ihr Nase und Stirn eiskalt wurden, als wäre sie schon jetzt von allen ihren Einbildungen verlassen. Da fühlte sich auch Soliman gänzlich von sich verlassen und bis in die Knochen ungeschickt, und es ließ sich nicht absehen, wie das dunkle voreinander Stehen ein Ende finden solle. Schließlich mußte eben die edle, aber etwas erfahrenere Rachel doch den Verführer machen. Und dabei kam ihr der Groll zu Hilfe, den sie gegen Diotima an Stelle der früheren Liebe empfand, denn seit sie sich nicht mehr damit begnügte, Teilhaberin an den hohen Entzückungen ihrer Herrin zu sein, und ihr eigenes Liebesgeschäft betrieb, hatte sie sich sehr verändert. Sie log nicht nur, um ihre Zusammenkünfte mit Soliman zu decken, sondern sie riß auch beim Frisieren mit dem Kamm an Diotimas Haar, um sich für die Aufmerksamkeit zu rächen, mit der ihre Unschuld bewacht wurde. Am meisten aber ärgerte sie nun, was sie früher am höchsten begeistert hatte, daß sie die Hemden, Hosen und Strümpfe tragen mußte, die ihr Diotima schenkte, wenn sie ausgedient hatten; denn wenn sie auch das Weißzeug auf ein Drittel seines Umfangs zusammenschneiderte und gänzlich neu gestaltete, kam sie sich darin eingekerkert vor und fühlte das Joch der Sitte am nackten Leibe. Gerade das gab ihr aber diesmal den erfinderischen Gedanken ein, dessen sie in ihrer Lage Not hatte. Denn sie hatte Soliman ja schon früher von den Veränderungen erzählt, die sich an der Wäsche ihrer Herrin seit geraumer Zeit bemerken ließen, und brauchte sie ihm bloß zu zeigen, um eine Anknüpfung zu finden, die politisch dringend nötig war. «Du kannst daran sehen, wie schlecht sie sind» sagte sie, indem sie Soliman im Dunkel den weißen Mondlichtsaum ihrer Höschen sehen ließ, «und wenn sie etwas miteinander haben, so betrügen sie den Herrn sicher auch in der Geschichte mit dem Krieg, der bei uns vorbereitet wird!» Und als der Knabe vorsichtig die zarten und gefährlichen Hosen betastete, fügte sie etwas atemlos hinzu: «Ich wette, Soliman, daß deine Hosen so schwarz wie du sind; so hab ich es immer gehört!» Und Soliman grub beleidigt, aber sanft seine Nägel in ihr Bein, und Rachel mußte eine Bewegung zu ihm machen, um sich zu befreien, und mußte noch dies und jenes sagen oder tun, was keinen rechten Erfolg hatte, aber schließlich gebrauchte sie ihre spitzen kleinen Zähne und behandelte Solimans Gesicht, das sich kindisch an das ihre preßte und bei jeder Bewegung diesem knabenhaft von neuem in den Weg sprang, wie einen großen Apfel. Und da vergaß sie, sich dieser Anstrengungen, und Soliman vergaß, sich seiner Ungeschicklichkeit zu schämen, und durch das Dunkel sauste der schwebende Sturm der Liebe.

Hart setzte er die Liebenden zur Erde, als er sie losließ; er verschwand durch die Wände, und das Dunkel zwischen ihnen war wie ein Stück Kohle, an dem sich die Sünder schwarz gemacht hatten. Sie wußten nicht, wie spät es sei, überschätzten die verflossene Zeit und fürchteten sich. Rachels zaghafter letzter Kuß schmeckte Soliman wie eine Belästigung; er wünschte Licht zu machen und benahm sich wie ein Einbrecher, der die Beute hat und nun alle Kräfte darauf richtet, gut davonzukommen. Rachel, die verschämt und schnell ihre Kleidung in Ordnung gebracht hatte, sah ihn mit einem Blick an, der kein Ziel und keinen Boden hatte. Über die Augen hing ihr das wirre Haar, und hinter den Augen begegneten ihr zum erstenmal wieder alle die weiten Bilder ihrer Ehrliebe, die sie bis zu diesem Augenblick vergessen hatte. Sie hatte sich außer allen möglichen eigenen Tugenden einen schönen, reichen und abenteuerlichen Geliebten gewünscht, und da stand Soliman, nicht sehr ordentlich angezogen, erschreckend häßlich, und sie glaubte von allem, was er ihr erzählt hatte, kein Wort. Vielleicht hätte sie sein dickes, gespanntes Gesicht im Dunkel ganz gerne noch eine Weile in ihren Armen gehalten, ehe sie sich voneinander lösten; aber nun, wo Licht brannte, war er ihr neuer Geliebter und weiter nichts, eingeschrumpft aus tausend Männern zu einem etwas lächerlichen kleinen Wicht und dem einen, der alle anderen ausschließt. Rachel aber war wieder ein Dienstmädchen, das sich verführen hatte lassen und sich nun sehr vor einem Kind fürchtete, durch das dies an den Tag käme. Sie war bloß zu eingeschüchtert von dieser Verwandlung, um zu seufzen. Sie half Soliman beim Ankleiden, denn der Junge hatte in der Verwirrung seinen engen Rock mit den vielen Knöpfen abgeworfen, aber sie half ihm nicht aus Zärtlichkeit, sondern damit sie rascher hinunterkämen. Es kam ihr alles furchtbar überzahlt vor, und eine Entdeckung wäre nicht zu ertragen gewesen. Immerhin, als sie fertig waren, drehte sich Soliman ihr zu und wieherte ein großartiges Lächeln, denn schließlich war er doch sehr stolz; und Rachel nahm rasch eine Streichholzschachtel an sich, löschte das Licht, schob leise den Riegel zurück, und ehe sie die Türe öffnete, flüsterte sie ihm zu: «Du mußt mir noch einen Kuß geben!» Denn so gehörte es sich, aber es schmeckte beiden, als hätten sie Zahnpulver auf den Lippen.

Als sie im Vorzimmer ankamen, waren sie sehr erstaunt, daß es noch zur rechten Zeit geschah und die Gespräche hinter der Türe genau so weiterliefen wie vorher; als die Gäste aufbrachen, war Soliman verschwunden, und eine halbe Stunde später kämmte Rachel das Haar ihrer Herrin mit großer Sorgfalt und beinahe mit der alten demütigen Liebe.

«Ich freue mich, daß meine Ermahnungen bei dir Erfolg gehabt haben!» lobte Diotima, und sie, die in so vielen Fragen zu keiner rechten Zufriedenheit kam, klopfte ihre kleine Dienerin freundlich auf die Hand.

118

So töte ihn doch!

Walter hatte an Stelle seines Büroanzugs einen besseren angelegt und band seine Krawatte vor Clarissens Toilettenspiegel, der trotz der im neuen Geschmack sich krümmenden Umrahmung ein verzerrtes, untiefes Bild aus dem billigen, wahrscheinlich blasigen Glas zurückwarf. «Ganz recht haben sie», sagte er ärgerlich «diese berühmte Aktion ist nur ein Schwindel!»

«Was haben sie schon davon, daß sie schreien?!» meinte Clarisse.

«Was hat man überhaupt heute vom Leben! Wenn sie auf die Straße gehn, so bilden sie wenigstens einen Zug; einer spürt den Körper des anderen! Wenigstens denken sie nicht und schreiben sie nicht: daraus wird schon irgend etwas werden!»

«Und du meinst wirklich, daß die Aktion diese Empörung verdient?»

Walter zuckte die Achseln. «Hast du nicht in der Zeitung von der Resolution der deutschen Vertrauensmänner gelesen, die dem Ministerpräsidenten überbracht worden ist? Kränkungen und Benachteiligungen der deutschen Bevölkerung und so weiter? Und den höhnischen Beschluß des Tschechenklubs? Oder gar die kleine Nachricht, daß die polnischen Abgeordneten in ihre Wahlbezirke abgereist sind: wenn man zwischen den Zeilen zu lesen versteht, sagt die das meiste, denn die Polen, von denen immer die Entscheidung abhängt, lassen die Regierung in Stich! Die Lage ist gespannt. Es war nicht an der Zeit, durch eine gemeinsame patriotische Aktion alle zu reizen!»

«Wie ich heute morgen in der Stadt war,» erzählte Clarisse «habe ich berittene Polizei marschieren gesehn; ein ganzes Regiment; eine Frau hat mir erzählt, daß sie irgendwo versteckt werden!»

«Natürlich. Auch das Militär steht in den Kasernen bereit.»

«Glaubst du, daß es zu etwas kommt?!»

«Das kann man doch nicht wissen!»

«Sie reiten dann in die Leute hinein? Eigentlich ist das scheußlich, wenn man sich vorstellt, daß man lauter Pferdeleiber zwischen sich hat!»

Walter hatte seine Krawatte noch einmal aufgeknüpft und band sie von neuem. «Hast du schon einmal so etwas mitgemacht?» fragte Clarisse.

«Wie ich Student war.»

«Und seither nicht?»

Walter schüttelte verneinend den Kopf.

«Du hast vorhin gesagt, daß Ulrich schuld ist, wenn es zu etwas kommt?» suchte sich Clarisse noch einmal zu vergewissern.

«Das habe ich nicht gesagt!» verwahrte sich Walter. «Ihm sind politische Ereignisse leider gleichgültig. Ich habe nur gesagt, es sieht ihm ähnlich, so etwas leichtfertig heraufzubeschwören; er verkehrt in dem Kreis, der die Schuld trägt!»

«Ich möchte mit in die Stadt kommen!» eröffnete Clarisse.

«Keinesfalls! Es würde dich zu sehr aufregen!» Walter erwiderte das sehr entschieden; er hatte im Büro allerhand erfahren, was man von der Demostration erwartete, und wollte Clarisse davon fernhalten. Denn das war nichts für sie, diese Hysterie, die von einer großen Menge aufsteigt; man mußte Clarisse behandeln wie eine Schwangere. Er verschluckte sich beinahe an diesem Wort, das in die spröde Reizbarkeit seiner sich ihm verschließenden Geliebten unversehens die törichte Wärme der Schwangerschaft brachte. «Aber solche Zusammenhänge, die über die gewöhnlichen Begriffe hinausgehn, gibt es!» sagte er sich nicht ganz ohne Stolz und bot Clarisse an: «Wenn es dir lieber ist, bleibe auch ich zu Hause.»

«Nein,» erwiderte sie «wenigstens sollst du dabei sein.»

Sie wollte allein bleiben. Als ihr Walter von der bevorstehenden Kundgebung erzählt und beschrieben hatte, wie so etwas aussehe, hatte sie eine Schlange vor Augen gehabt, mit lauter Schuppen, die sich jede einzeln bewegen. Sie wünschte sich selbst von diesem Anblick zu überzeugen, ohne vorher noch viel zu reden.

Walter legte den Arm um sie. «Ich bleibe auch zu Hause?» wiederholte er fragend.

Clarisse streifte den Arm ab, holte ein Buch von der Wand und beachtete ihn nicht. Es war ein Band ihres Nietzsche. Aber Walter, statt sie nun zu verlassen, bat: «Laß mich doch sehn, was dich beschäftigt!»

Es ging schon gegen den Spätnachmittag. Ein unbestimmtes Vorgefühl von Frühling war in der Wohnung; als hörte man Vogelstimmen, durch Glas und Mauern gedämpft; Blumenduft stieg trügerisch auf, aus dem Geruch des Bodenlacks, der Stoffbezüge und geputzten Messingklinken. Walter streckte den Arm nach dem Buch aus. Clarisse umschloß das Buch mit beiden Händen und hielt ihren Finger in die aufgeschlagenen Seiten.

Und nun spielte sich eines jener «fürchterlichen» Erlebnisse ab, an denen diese Ehe so reich war. Alle hatten sie die gleiche Vorlage: In einem Theater möge die Bühne erlöschen und zwei einander gegenüberliegende Logen aufleuchten; in diesen befinden sich Walter auf der einen, Clarisse auf der anderen Seite, ausgezeichnet unter allen Weibern und Männern, zwischen ihnen der tiefe schwarze Abgrund, der von unsichtbaren Menschen warm ist; nun öffnet Clarisse den Mund, und dann antwortet Walter, und alles lauscht atemlos, denn es ist ein Schau- und Klangspiel, wie noch keines menschlichem Vermögen gelungen ist. – So geschah es also auch jetzt, während Walter bittend den Arm ausstreckte und Clarisse, einige Schritte von ihm entfernt, den Finger fest in das aufgeblätterte Buch klemmte. Sie hatte aufs Geratewohl jene schöne Stelle getroffen, wo der Meister von der Verarmung durch den Verfall des Willens spricht, die sich in allen Gebilden des Lebens in einem Wuchern der Einzelheiten auf Unkosten des Ganzen äußert. «Das Leben in die kleinsten Gebilde zurückgedrängt, der Rest arm an Leben»: diesen Satz hatte sie noch im Gedächtnis und sonst von dem größeren Ganzen, das sie in dem Augenblick überflogen hatte, ehe Walter sie darin wieder störte, nur ungefähr die Richtung, wo der Sinn lag; und da machte sie nun trotz der Ungunst des Augenblicks eine große Entdeckung. Denn der Meister sprach an dieser Stelle zwar von allen Künsten, ja sogar von allen Formen des Menschenlebens, aber er benutzte nur Beispiele der Literatur; und da Clarisse das Allgemeine nicht verstand, entdeckte sie, daß Nietzsche nicht die ganze Tragweite seiner Gedanken erfaßt habe, denn sie galten auch für Musik!! Sie hörte dabei ihres Gatten krankes Klavierspiel, als klänge es leibhaft neben ihr, sein gefühlvolles Hängenbleiben, das stockende Austreten der Töne, sobald seine Gedanken zu ihr herüber schweiften und, mit einer anderen Stelle des Meisters zu sprechen, «der moralische Nebenhang» den «Künstler» in ihm überwältigte. Clarisse verstand es zu hören, wenn Walter sie stumm begehrte, und sie konnte die Musik sehen, wenn sie aus seinem Gesicht entwich. Dann leuchteten in diesem nur die Lippen, und er sah aus, als hätte er sich in den Finger geschnitten und würde ohnmächtig. Und so sah er auch jetzt aus, während er, nervös lächelnd, den Arm ausgestreckt hatte. So viel hatte Nietzsche natürlich nicht wissen können, doch war es wie ein Zeichen, daß sie der Zufall gerade eine Stelle hatte aufschlagen lassen, die daran rührte, und indem sie alles das auf einmal sah, hörte und begriff, schlug der Blitz der Erfindung in sie, und sie stand auf einem hohen Berg namens Nietzsche, der Walter unter sich begraben hatte, ihr aber gerade nur unter die Fußsohlen reichte! Die «angewandte Philosophie und Dichtung» der meisten Menschen, die weder schöpferisch noch dem Geist unzugänglich sind, besteht aus solchen schimmernden Verschmelzungen einer kleinen persönlichen Abänderung mit einem großen fremden Gedanken.

Walter war inzwischen aufgestanden und näherte sich nun Clarisse. Er war entschlossen, die Demonstration, an der er hatte teilnehmen wollen, fahrenzulassen und bei ihr zu bleiben. Er sah sie bei seiner Annäherung widerwillig an die Wand gelehnt dastehen, und diese geflissentlich zur Schau getragene Gebärde einer Frau, die vor einem Mann zurückweicht, übertrug leider nicht ihren Abscheu auf ihn, sondern weckte die männlichen Vorstellungen, die als Ursache dazu gepaßt haben würden. Denn ein Mann muß imstande sein, zu befehlen und seinen Willen einem Widerstrebenden aufzunötigen, und plötzlich bedeutete Walter dieses Bedürfnis, sich als Mann zu bewähren, gerade so viel, wie den Kampf gegen die versprengten Reste des aus seiner Jugend übriggebliebenen Aberglaubens zu führen, daß man etwas Besonderes sein müsse. «Man muß nichts Besonderes sein!» sagte er sich trotzig. Es erschien ihm als eine Feigheit, diese Einbildung nicht entbehren zu können. «Wir alle haben Exzesse in uns» dachte er wegwerfend. «Wir haben das Kranke, das Schaurige, das Einsame, das Bösartige in uns; jeder von uns könnte etwas, das nur er könnte: das bedeutet noch gar nichts!» Es erbitterte ihn der Wahn, daß man die Aufgabe haben solle, das Ungewöhnliche zu entwickeln, statt diese leicht verderblichen Auswüchse zurückzunehmen, organisch einzuschmelzen und das leicht allzu ruhig werdende bürgerliche Blut ein wenig mit ihnen aufzufrischen. So dachte er und wartete auf den Tag, wo ihm Musik und Malen nicht mehr bedeuten sollten als eine edle Art, sich zu vergnügen. Daß er sich ein Kind wünschte, gehörte zu diesen neuen Aufgaben; das Verlangen, das ihn in seiner Jugend beherrscht hatte, ein Titan und Feuerbringer zu werden, zeitigte es nun als letzte Folge, daß er den Glauben, man müsse zuvor wie alle werden, mit einiger Übertreibung aufnahm; er schämte sich zu dieser Zeit, weil er kein Kind besaß, er hätte fünf Kinder gewollt, wenn das Clarisse und sein Einkommen gestattet haben würden, denn es drängte ihn, die Mitte eines warmen Lebenskreises zu sein, und er wünschte sich, den großen das Leben tragenden Menschendurchschnitt an Durchschnittlichkeit noch zu übertreffen, unerachtet des Widerspruchs, der gerade in diesem Verlangen liegt.

Aber mochte es sein, daß er zu viel nachgedacht oder geschlafen hatte, ehe er sich zum Ausgehen herrichtete und dieses Gespräch begann, er hatte jetzt heiße Wangen, und wie sich zeigte, begriff Clarisse gleich, warum er sich ihrem Buch näherte, und diese Feinheit der beiderseitigen Abstimmung trotz der schmerzlichen Zeichen von Abneigung bewegte ihn sofort geheimnisvoll, so daß die Brutalität darunter zu leiden hatte und seine Einfachheit wieder in Stücke ging. «Warum willst du mir nicht zeigen, was du gelesen hast? Laß uns doch sprechen!» begehrte er eingeschüchtert.

«Man kann nicht ‹sprechen›!» zischte Clarisse.

«Wie du überspannt bist!» rief Walter aus. Er wollte ihr das Buch aufgeschlagen entwinden. Clarisse hielt es eigensinnig an sich. Aber nachdem sie eine Weile miteinander gerungen hatten, fiel Walter ein: «Was will ich denn eigentlich von dem Buch!?» und er ließ Clarisse los. Damit wäre die Angelegenheit nun eigentlich zu Ende gewesen, wenn sich Clarisse nicht in dem Augenblick, wo sie wieder frei war, erst recht so heftig gegen die Wand gepreßt hätte, als müßte sie sich, um drohender Gewalt auszuweichen, rückwärts durch eine steife Hecke drücken. Sie fand keinen Atem, war bleich und schrie ihm heiser zu: «Statt selbst etwas zu leisten, möchtest du dich in einem Kind fortsetzen!»

Wie giftiges Feuer würgte ihr Mund ihm diesen Satz entgegen, und nun keuchte auch Walter unwillkürlich von neuem sein «Laß uns sprechen!»

«Ich will nicht sprechen, du bist mir widerwärtig!!» antwortete Clarisse, plötzlich wieder in vollem Besitz ihrer Stimmittel und diese so zielbewußt ausnützend, als fiele eine schwere Porzellanschüssel genau zwischen ihren und Walters Füßen zur Erde. Walter trat einen Schritt zurück und sah sie überrascht an.

Clarisse meinte es nicht so böse. Sie hatte bloß Angst, daß sie doch einmal aus Gutmütigkeit oder aus Nachlässigkeit nachgeben könnte; dann würde Walter sie sofort mit Wickelbändern an sich schnüren, und das durfte am wenigsten jetzt geschehen, wo sie die ganze Frage zur Entscheidung bringen wollte. Die Ereignisse hatten sich «zugespitzt»; dieses Wort fühlte sie dick unterstrichen in ihrem Kopf, das Walter gebraucht hatte, um ihr zu erklären, warum die Leute auf die Straße gingen; denn Ulrich, der mit Nietzsche dadurch zusammenhing, daß er ihr seine Werke zur Hochzeit geschenkt hatte, befand sich auf der anderen Seite, gegen die sich die Spitze richtete, falls es losging; und Nietzsche hatte ihr soeben ein Zeichen gegeben, und wenn sie sich dabei auf einem «hohen Berg» stehen sah, was ist ein hoher Berg anderes als hoch zugespitzte Erde?! Das waren also ganz sonderbare Zusammenhänge, die wohl kaum noch ein Mensch enträtselt haben konnte, und sie kamen sogar Clarisse nicht klar vor; aber gerade darum wollte sie allein sein und Walter aus dem Haus scheuchen. Der wilde Haß, der in diesem Augenblick aus ihrem Gesicht loderte, war kein ungemischter und ernster, sondern nur ein körperlich rasender bei ungewisser Beteiligung der Person, ein «Klavierzorn», wie er auch Walter geläufig war, und so kam es, daß auch er, nachdem er seine Frau schon eine Weile verdutzt angestarrt hatte, plötzlich von nachgeholter Blässe überzogen wurde, die Zähne bleckte und als Antwort darauf, daß er ihr widerwärtig sei, ausrief: «Hüte dich vor dem Genie! Gerade du hüte dich!»

Er schrie noch heftiger, als sie es getan hatte, und die dunkle Prophezeiung kam ihm selbst schauerlich vor, denn sie hatte sich, stärker als er selbst, einfach einen Weg durch seine Kehle gebrochen, und er sah plötzlich alles schwarz im Zimmer, als wäre eine Sonnenfinsternis eingetreten.

Auch auf Clarisse hatte es Eindruck gemacht. Sie schwieg mit einemmal.

Es bedeutet ein Affekt, der so stark ist wie eine Sonnenverfinsterung, auch gewiß keine einfache Sache, und wie immer er zustande gekommen sein mochte, so war mitten darin ganz unversehens Walters Eifersucht auf Ulrich mit einem Schlag zerborsten. Warum er ihn dabei ein Genie nannte? Es hieß wohl ungefähr soviel wie Überhebung, die nicht weiß, wie bald sie zerschellen soll. Walter sah mit einemmal alte Bilder vor sich: Ulrich, in Uniform nachhause kommend, der Barbar, der schon Geschichten mit wirklichen Frauen hatte, als Walter, obwohl er älter war, noch Gedichte auf Steinstatuen in Parken machte. Später: Ulrich, neue Nachrichten vom Geist der Genauigkeit, der Geschwindigkeit, des Stahls nachhause bringend; aber für den Humanisten Walter war auch das der Einbruch einer Barbarenhorde. Immer hatte Walter gegenüber dem jüngeren Freund das geheime Unbehagen des körperlich und auch an Unternehmungskraft Schwächeren empfunden, aber zugleich in sich den Geist gesehen und in jenem nur den rohen Willen. Und immer bestand zwischen ihnen, diese Auffassung bestärkend, das Verhältnis: Walter vom Schönen oder Guten bewegt, Ulrich kopfschüttelnd. Solche Eindrücke bleiben. Wenn es Walter gelungen wäre, die aufgeschlagene Stelle zu sehen, um die er mit Clarisse kämpfte, so würde er in der darin beschriebenen Zersetzung, die den Lebenswillen vom Ganzen in die Einzelheiten verdrängt, keineswegs einen Tadel seiner eigenen künstlerischen Grübelsucht erkannt haben, wie Clarisse es verstand, sondern er würde überzeugt gewesen sein, daß dies eine ausgezeichnete Beschreibung seines Freundes Ulrich sei, angefangen von der Überwertung der Einzelheiten, wie sie dem modernen Erfahrungsaberglauben eigentümlich ist, bis zu der Fortsetzung dieses barbarischen Zerfalls in das Ich hinein, was er einen Mann ohne Eigenschaften oder Eigenschaften ohne Mann genannt hatte, während Ulrich in seinem Größenwahn diese Bezeichnung noch dazu gut hieß. Alles das meinte Walter mit dem Schmähruf Genie; denn wenn sich irgendwer eine einsame Individualität nennen durfte, so meinte er das selbst zu sein, und doch hatte er das aufgegeben, um zur natürlichen menschlichen Aufgabe zurückzulenken, und fühlte sich seinem Freund darin um ein ganzes Zeitalter voraus. Aber während Clarisse auf seine Schmähung schwieg, dachte er: «Wenn sie jetzt nur ein einziges Wort zu Ulrichs Gunsten erwidert, so ertrage ich es nicht!» und der Haß schüttelte ihn, als täte das der Arm Ulrichs.

In seiner übermäßigen Erregung spürte er, wie er seinen Hut an sich reißen und forteilen würde. Er stürzte durch Gassen, ohne sie wahrzunehmen. Die Häuser bogen sich in seiner Vorstellung ordentlich im Wind zur Seite. Erst nach einer Weile verlangsamte sich sein Schritt, und nun sah er den Menschen ins Gesicht, an denen er vorbeikam. Diese Gesichter, die freundlich in das seine blickten, beruhigten ihn.

Und nun setzte er auch, soweit sein Bewußtsein außerhalb dieses Phantasieerlebnisses geblieben war, dazu an, Clarisse zu erzählen, was er meine. Aber die Worte glänzten ihm in den Augen statt im Munde. Wie soll man auch das Glück beschreiben, zwischen Menschen und Brüdern zu sein! Clarisse würde sagen, es fehle ihm an Eigenheit. Aber Clarissens steiles Selbstbewußtsein hatte etwas Unmenschliches, und den überheblichen Forderungen, die es an ihn stellte, wollte er nicht mehr genügen! Er empfand das schmerzlichste Verlangen, mit ihr in eine Ordnung eingeschlossen zu sein, statt im offenen Irrwahn der Liebe und persönlichen Gesetzlosigkeit zu treiben. «Man muß unter allem, was man ist und tut, und sogar dann, wenn man sich im Gegensatz zu anderen befindet, eine Grundbewegung zu ihnen hin vorhanden fühlen»: ungefähr so hätte er ihr entgegen mögen. Denn Walter hatte immer Glück gehabt mit Menschen; selbst im Streit wurden sie von ihm angezogen, und er von ihnen, und so war die etwas flache Meinung, daß der Menschengemeinschaft eine ausgleichende, das Tüchtige belohnende Kraft innewohne, die sich schließlich immer durchzusetzen verstehe, in seinem Leben zu einer stehenden Überzeugung geworden. Es fiel ihm ein, daß es Menschen gibt, die Vögel anlocken; die Vögel fliegen gern zu ihnen hin, und solche Menschen haben oft selbst etwas Vogelhaftes in ihrem Ausdruck. Es war überhaupt seine Überzeugung, daß jeder Mensch ein Tier habe, mit dem er auf unerklärliche Weise zusammenhänge. Diese Theorie hatte er einmal ausgedacht; sie war nicht wissenschaftlich, aber er glaubte, daß musikalische Menschen vieles ahnen, was über der Wissenschaft liegt, und schon seit seiner Kindheit stand es fest, daß sein Tier Fische seien. Fische hatten ihn immer heftig angezogen, vermischt mit Grauen, und zu Beginn eines Ferienaufenthalts hielt er es stets wie toll mit ihnen; er konnte dann stundenlang am Wasser stehn, sie aus ihrem Element herausangeln und ihre Leichen neben sich ins Gras legen, bis das plötzlich mit einem Widerwillen abschloß, der an Entsetzen streifte. Und Fische in der Küche gehörten zu seinen frühesten Leidenschaften. Die Gerippe der Ausgeweideten wurden in einen Weidling getan, ein nachenförmiges Küchengerät, grün-weiß glasiert, wie Gras und Wolken, und halb mit Wasser gefüllt, worin die Skelette aus irgendeinem mit den Gesetzen des Küchenreichs zusammenhängenden Grund liegen blieben, bis die Mahlzeit fertig bereitet war und sie auf den Mist wanderten; zu diesem Gefäß zog es geheimnisvoll den Knaben, der stundenlang unter kindlichen Vorwänden dahin zurückkehrte und, wenn er rundweg befragt wurde, die Sprache verlor. Heute würde er vielleicht zur Antwort geben können, daß der Zauber der Fische darin bestehe, daß sie nicht zwei Elementen angehören, sondern ganz in einem ruhn. Er sah sie wieder vor sich, wie er sie oft im tiefen Wasserspiegel gesehen, und sie bewegten sich nicht so wie er selbst über einem Boden hin, an dessen Grenze gegen ein leeres Zweites (weder da, noch dort daheim! dachte Walter, den Gedanken kreuz und quer spinnend; einer Erde angehörig, mit der man gerade nur die kleine Fläche der Füße gemeinsam hat, und mit dem ganzen Körper in eine Luft ragend, in der man fallen würde und die man von ihrem Platz drängt!), sondern der Boden der Fische, ihre Luft, ihr Trank, ihre Speise, ihr Schreck vor Feinden, der schattenhafte Zug ihrer Liebe und ihr Grab schlossen sie ein; sie bewegten sich in dem, wovon sie bewegt wurden, wie es der Mensch nur im Traum erlebt oder vielleicht in dem sehnsüchtigen Verlangen, die schützende Zärtlichkeit des Mutterleibs wiederzufinden, woran zu glauben damals gerade Mode zu werden anfing. Aber warum tötete er dann die Fische und riß sie heraus? Es bereitete ihm einen unaussprechlichen, heiligen Genuß! Und er wollte nicht wissen, warum; er, Walter, der Rätselvolle! Aber Clarisse hatte einmal Fische einfach Wasserbourgeois genannt?! Er zuckte beleidigt zusammen. Und während er – in dem erdachten Zustand, worin er sich befand und eben auch alles das dachte – durch die Straßen eilte und den Menschen, die ihm begegneten, in die Gesichter sah, war gutes Fischwetter geworden; es regnete zwar noch nicht gerade, aber Nässe fiel, und die Gehsteige und Fahrbahnen waren, wie er jetzt erst bemerkte, schon seit einer Weile dunkelbraun. Nun sahen die Menschen, die sich darauf bewegten, schwarz gekleidet aus und sie trugen steife Hüte, aber keine Kragen; Walter nahm es ohne Verwunderung hin; jedenfalls waren sie keine Bourgeois, sondern kamen anscheinend aus einer Fabrik, gingen in lockeren Gruppen, und andere Menschen, die noch nicht Feierabend machten, schoben sich so wie er hastiger zwischen ihnen vor, und er wurde sehr glücklich, bloß die nackten Hälse erinnerten ihn an etwas, das ihn störte und nicht ganz geheuer war. Und plötzlich quoll Regen aus dem Bild; ein Stieben von Menschen begann, etwas Aufgeschlitztes war in der Luft, Weißblinkendes; Fische fielen; und über alles hin zog ein zitternder, zärtlicher, scheinbar gar nicht dazugehörender Ruf einer einzelnen Stimme, die einen kleinen Hund bei seinem Namen lockte.

Diese letzten Veränderungen waren so unabhängig von ihm, daß sie ihn selbst überraschten. Er hatte nicht wahrgenommen, daß seine Gedanken träumten und mit unfaßbarer Geschwindigkeit auf Bildern dahintrieben. Er starrte auf und sah in das Gesicht seiner jungen Frau, das noch immer von Abneigung verzerrt war. Er fühlte sich sehr unsicher. Er erinnerte sich, daß er einen Vorwurf ausführlich hatte darlegen wollen; sein Mund stand noch offen. Aber er wußte nicht: waren seither Minuten vergangen, Sekunden oder nur Tausendstel von Sekunden? Es wärmte ihn dabei ein wenig Stolz, so wie nach einem eiskalten Bad die Haut von zweideutigen Schauern überhaucht wird; und das sagte ungefähr: «Seht ihr, wessen ich fähig bin!» Nicht weniger empfand er sich aber im gleichen Augenblick von diesem Durchbruch des Unterirdischen beschämt; hatte er doch soeben noch davon sprechen wollen, daß das Eingeordnete, Selbstbeherrschte und sich im großen Kreis Bescheidende geistig weit höher stehe als das Abnorme, und nun lagen seine Überzeugungen mit den Wurzeln nach oben, und der Schlamm des Lebensvulkans klebte an ihnen! Darum war das stärkste Gefühl seit seinem Erwachen eigentlich Schreck. Es erschien ihm gewiß, daß ihm etwas Schreckliches bevorstehe. Diese Angst hatte keinen vernünftigen Inhalt; noch halb bildhaft denkend, hatte er bloß die Vorstellung, daß Clarisse und Ulrich bemüht seien, ihn aus seinem Bild herauszureißen. Er nahm seine Gedanken zusammen, um dieses Wachträumen abzuschütteln, und wollte etwas sagen, was der durch seine Heftigkeit gelähmten Unterredung zu einem vernünftigen Fortgang verhelfen sollte; er hatte auch schon irgend etwas auf der Zunge, aber eine Ahnung, daß sich seine Worte verspätet hätten, daß inzwischen schon anderes gesprochen worden sei und vor sich gegangen sei, ohne daß er davon wisse, hielt ihn zurück, und plötzlich hörte er, in der Zeit nachrückend, wie Clarisse zu ihm sagte: «Wenn du Ulrich töten willst, so töte ihn doch! Du hast zuviel Gewissen; ein Künstler kann gute Musik nur ohne Gewissen machen!»

Walter wollte es die längste Zeit nicht verstehen. Manchmal begreift man ja etwas erst dadurch, daß man selbst eine Antwort darauf gibt, und er zögerte, eine Antwort zu geben, weil er fürchten mußte, seine Abwesenheit zu verraten. Und in dieser Unsicherheit begriff er oder ließ sich die Überzeugung aufnötigen, daß Clarisse wirklich das ausgesprochen habe, was den Ursprung der beängstigenden Gedankenflucht bildete, die er soeben erlebt hatte. Sie hatte recht, daß Walter, wäre ihm jeder Wunsch erlaubt gewesen, oft keinen anderen gehabt hätte, als Ulrich tot zu sehen. So etwas kommt in Freundschaften, die sich nicht so rasch aufzulösen pflegen, wie es die Liebe tut, nicht ganz selten vor, wenn sie heftig an den Wert der Person rühren. Und es war nicht sehr blutig gemeint; denn in dem Augenblick, wo er sich vorstellte, daß Ulrich tot wäre, kam sofort die alte Jugendliebe für den verlorenen Freund wenigstens teilweise wieder zum Vorschein; und so, wie im Theater die bürgerliche Hemmung vor der Untat durch ein großes künstliches Gefühl aufgehoben wird, hatte er beinahe den Eindruck, daß bei dem Gedanken einer tragischen Lösung auch dem in der Rolle des Opfers Gedachten etwas Schönes geschehe. Er fühlte sich sehr gehoben, obgleich er furchtsam war und kein Blut sehen konnte. Und obgleich er ehrlich wünschte, daß Ulrichs Hochmut einmal zusammenbrechen möge, hätte er nicht einmal dazu etwas getan. Aber Gedanken haben ja ursprünglich keine Logik, wie sehr man sie ihnen auch zuschreiben mag; erst der phantasielose Widerstand der Wirklichkeit bringt die Achtsamkeit auf die Widersprüche in das Gedicht Mensch. Vielleicht hatte also auch Clarisse recht, wenn sie behauptete, daß ein Zuviel an bürgerlichem Gewissen für den Künstler hinderlich sein kann. Und alles war das zugleich in Walter, der seine Frau unschlüssig und widerstrebend anblickte.

Aber Clarisse wiederholte eifrig: «Wenn er dich an deinem Werk hindert, so darfst du ihn aus dem Weg räumen!» Sie schien das anregend und unterhaltsam zu finden.

Walter wollte die Hände nach ihr ausstrecken. Seine Arme waren wie eingeklemmt, aber er kam ihr wohl doch dabei nahe; «Nietzsche und Christus sind an ihrer Halbheit zugrunde gegangen!» flüsterte sie ihm ins Ohr. Alles das war unsinnig. Wie brachte sie da Christus herein?! Was sollte es heißen, daß Christus an Halbheit zugrunde gegangen sei?! Solche Vergleiche waren nur peinlich. Doch fühlte Walter noch immer etwas unbeschreiblich Anstiftendes von der Bewegung dieser Lippen ausgehen; offenbar wurde sein eigener, hart erarbeiteter Entschluß, sich der Menschenmehrheit anzuschließen, von dem unterdrückten heftigen Bedürfnis nach einer Ausnahmestellung stets angefochten. Er faßte Clarisse so fest an, wie es nur seine Kraft erlaubte, und hinderte sie, sich zu bewegen. Ihre Augen standen als zwei Scheibchen vor den seinen. «Ich weiß nicht, wie dir solche Gedanken einfallen können!» sagte er einigemal hintereinander, erhielt aber keine Antwort. Und ohne es zu wollen, mußte er sie dabei an sich gezogen haben, denn Clarisse spreizte die Nägel ihrer zehn Finger wie ein Vogel gegen sein Gesicht, so daß es sich dem ihren nicht weiter nähern konnte. «Sie ist wahnsinnig!» fühlte Walter. Aber er konnte sie nicht loslassen. Eine Häßlichkeit, die gar nicht zu verstehen war, lag über ihrem Gesicht. Er hatte noch nie einen Wahnsinnigen gesehen; aber so, dachte er, müßten sie aussehen.

Und plötzlich stöhnte er auf: «Du liebst ihn?!» Es war dies wohl weder eine sonderlich originelle noch eine Bemerkung, die zum erstenmal zwischen ihnen umkämpft wurde; aber um nicht glauben zu müssen, daß Clarisse krank sei, wollte er lieber hinnehmen, daß sie Ulrich liebe, und dieser Opfermut war wahrscheinlich nicht ganz unbeeinflußt davon, daß ihm Clarisse, deren schmallippige Frührenaissanceschönheit er bisher immer bewundert hatte, zum ersten Mal häßlich vorkam, und diese Häßlichkeit hing vielleicht wieder damit zusammen, daß ihr Gesicht nicht mehr von der Liebe zu ihm zärtlich beschützt, sondern von der rohen Liebe des Nebenbuhlers aufgedeckt wurde. Für Verwicklungen war damit reichlich gesorgt, und sie zitterten ihm zwischen Herz und Auge, als etwas Neuartiges, das ebensoviel allgemeine wie private Bedeutung hatte; aber daß er, den Satz «du liebst ihn» aussprechend, ganz unmenschlich stöhnte, geschah vielleicht, weil er von Clarissens Verrücktheit schon angesteckt war, und es setzte ihn ein wenig in Schrecken.

Clarisse hatte sich sachte losgemacht, näherte sich ihm jedoch noch einmal freiwillig und gab einigemal, als sänge sie etwas, zur Antwort: «Ich will kein Kind von dir; ich will kein Kind von dir!» Dabei küßte sie ihn flüchtig und rasch hintereinander.

Dann war sie fort.

Hatte sie wirklich auch gesagt: «Er will ein Kind von mir?» Walter konnte sich nicht mit Sicherheit erinnern, daß sie es gesagt hätte, aber er hörte gleichsam die Möglichkeit. Er stand eifersüchtig vor dem Klavier und fühlte sich einseitig von etwas Warmem und etwas Kaltem angeweht. Waren es die Ströme des Genies und des Irrsinns? Oder die der Nachgiebigkeit und des Hasses? Oder die der Liebe und des Geistes? Er konnte sich vorstellen, daß er Clarisse den Weg freigeben und sein Herz auf diesen Weg legen könnte, damit sie darüber gehe, und er konnte sich vorstellen, daß er mit gewaltigen Worten sie und Ulrich vernichten könnte. Er war unschlüssig, ob er zu Ulrich eilen oder seine Symphonie zu schreiben beginnen solle, aus der in diesem Augenblick der ewige Kampf zwischen Erde und Sternen werden konnte, oder ob es gut wäre, vorher seine Erregung ein wenig im Nixenteich der verbotenen Wagnermusik abzukühlen. Der unausdrückbare Zustand, worin er sich befunden hatte, begann sich allmählich in diese Überlegungen aufzulösen. Er öffnete das Klavier, zündete sich eine Zigarette an, und während sich seine Gedanken immer breiter zerstreuten, fingen seine Finger auf den Tasten die wogende Rückenmarksmusik des sächsischen Zauberers an. Und nachdem diese langsame Entladung eine Weile gedauert hatte, war es ihm ganz klar geworden, daß seine Frau und er sich in einem unzurechnungsfähigen Zustand befunden hatten; aber trotz des peinlichen Eindrucks, den ihm das bereitete, wußte er, daß es so bald danach noch vergeblich wäre, Clarisse suchen zu gehn, um ihr das begreiflich zu machen. Und plötzlich zog es ihn unter Menschen. Er stülpte den Hut auf und ging in die Stadt, um seine ursprüngliche Absicht zu verwirklichen und sich in die allgemeine Erregung zu mengen, falls es ihm gelingen sollte, diese zu finden. Er hatte unterwegs ganz den Eindruck, daß er eine dämonische Truppenmacht in sich führe, als deren Kapitän er zu den anderen stoßen werde. Aber schon in der Elektrischen sah das Leben ganz gewöhnlich aus; daß sich Ulrich auf der Gegenseite befinden müsse, daß vielleicht das Palais des Grafen Leinsdorf gestürmt werden könnte, daß Ulrich etwa an einer Laterne hing, von stürmenden Füßen zertrampelt wurde, ein andermal dagegen von Walter beschützt und zitternd gerettet wurde, das waren höchstens ganz flüchtige Tagschatten auf dem hellen Ordnungszustand der Fahrt mit festem Preis, Haltestellen und warnenden Glockenzeichen, dem sich Walter, nun wieder ruhiger atmend, verwandt fühlte.

119

Kontermine und Verführung

Damals sah es aus, als drängten die Geschehnisse einem Ausgang zu, und auch für Direktor Leo Fischel, der in Sachen Arnheim geduldig in der Kontermine ausgeharrt hatte, kam die Stunde der Genugtuung. Leider war um diese Zeit Frau Klementine gerade nicht zu Hause, und so mußte er sich damit begnügen, ein über Börsenvorgänge gewöhnlich gut unterrichtetes Mittagblatt in der Hand haltend, bei seiner Tochter Gerda einzutreten; er setzte sich in einen bequemen Stuhl, deutete auf eine kleine Zeitungsnachricht und fragte behaglich: «Weißt du jetzt, mein Kind, weshalb der gedankentiefe Finanzmann in unserer Mitte weilt?»

Er nannte Arnheim zu Hause niemals anders, um zu zeigen, daß er sich als seriöser Geschäftsmann aus der Bewunderung der Frauen seiner Familie für den reichen Schwätzer nichts mache. Und wenn auch nicht der Haß Hellsichtigkeit verleiht, so hat doch ein Börsengerücht nicht selten recht, und Fischels Abneigung gegen den Mann ließ ihn das halb Ausgesprochene sofort richtig ergänzen. «Nun, weißt du?» wiederholte er und suchte das Auge seiner Tochter in den Triumphstrahl seines Blicks zu zwingen «Die galizischen Ölfelder möchte er unter die Kontrolle seines Konzerns bringen!»

Damit stand Fischel wieder auf, packte seine Zeitung zusammen, wie man einen Hund am Genick faßt, und verließ das Zimmer, weil ihm eingefallen war, einige Leute telefonisch anzurufen, um ganz sicher zu gehen. Er hatte das Gefühl, sich das, was er soeben gelesen hatte, immer schon gedacht zu haben (wie man sieht, ist die Wirkung von Börsennotizen also die gleiche wie die der schönen Literatur), und war mit Arnheim zufrieden, als ob einem so vernünftigen Mann doch nichts anderes zuzutrauen gewesen wäre, worüber er völlig vergaß, daß er ihn bis dahin bloß für einen Schwätzer gehalten hatte. Er wollte sich keine Mühe geben, Gerda die Bedeutung seiner Mitteilung auseinander zu setzen; jedes weitere Wort hätte der Sprache der Tatsachen nur Abbruch getan. «Die galizischen Ölfelder möchte er unter die Kontrolle seines Konzerns bringen!» mit dem Gewicht dieses schlichten Satzes auf der Zunge zog er sich zurück und dachte sich bloß noch:

«Wer es aushalten kann, zu warten, der gewinnt immer!» was eine alte Börsenregel ist, die wie alle Wahrheiten der Börse die ewigen Wahrheiten auf das richtigste ergänzt.

Kaum war er draußen, zeigte sich die ungestüme Wirkung auf Gerda; sie hatte bis dahin ihrem Vater nicht das Vergnügen bereitet, sich getroffen oder auch nur überrascht zu zeigen, aber nun riß sie eilig einen Schrank auf, nahm Mantel und Hut heraus, richtete Haar und Kleid vor dem Spiegel, blieb vor dem Spiegel sitzen und besah zweifelnd ihr Gesicht. Sie hatte den Entschluß gefaßt, zu Ulrich zu laufen. Das war in dem Augenblick geschehen, wo ihr bei der Mitteilung ihres Vaters einfiel, diese Nachricht müsse doch gerade Ulrich so rasch wie möglich erfahren, denn es war ihr genug über die Verhältnisse in der Umgebung Diotimas bekannt, um erkennen zu können, wie wichtig die Neuigkeit ihres Vaters für ihn sei. Und in dem Augenblick, wo sie das beschloß, war ihr zumute, als ob in ihre Empfindungen die Bewegung einer Masse käme, die lange gezögert hat; sie hatte sich bis dahin so zu tun gezwungen, als hätte sie Ulrichs Einladung, ihn zu besuchen, vergessen, aber kaum lösten sich in der dunklen Masse ihrer Empfindungen die ersten nun langsam von der Stelle, so kam in die weiter entfernten schon ein unaufhaltsames Laufen und Drängen, und sie konnte sich nicht entschließen, aber der Beschluß war fertig, ohne sich um sie zu kümmern.

«Er liebt mich nicht!» sagte sie sich, während sie ihr Gesicht im Spiegel betrachtete, das in den letzten Tagen noch schärfer geworden war. «Er kann mich auch nicht lieben, wenn ich so aussehe!» dachte sie dabei matt. Und fügte im gleichen Augenblick trotzig hinzu: «Er ist es nicht wert! Ich habe mir alles nur eingeredet!»

Völlige Mutlosigkeit befiel sie. Die Vorgänge der letzten Zeit hatten an ihr gezehrt. Ihr Verhältnis zu Ulrich kam ihr so vor, als hätten sie durch Jahre mit aller Aufmerksamkeit etwas verwickelt gemacht, das ganz einfach sei. Und Hans rieb mit seinen kindischen Zärtlichkeiten ihre Nerven auf; sie behandelte ihn mit Heftigkeit und zuletzt manchmal mit Verachtung, aber Hans antwortete mit noch größerer Heftigkeit, wie ein Knabe, der droht, sich ein Leid anzutun, und wenn sie ihn beruhigen mußte, wurde sie wieder von ihm umarmt und schattenhaft berührt, wovon ihre Schultern mager wurden und ihre Haut die Frische verlor. Mit allen diesen Qualen hatte Gerda abgeschlossen, als sie ihren Schrank öffnete, um den Hut herauszunehmen, und die Angst vor dem Spiegel endete damit, daß sie rasch wieder aufstand und fortstürzte, ohne im geringsten von dieser Angst befreit zu sein.

Als Ulrich sie eintreten sah, wußte er alles; noch dazu hatte sie einen Schleier vorgebunden, wie ihn Bonadea bei ihren Besuchen zu tragen pflegte. Sie zitterte am ganzen Leibe und suchte das durch eine künstlich unbefangene Haltung zu verbergen, die närrisch steif wirkte.

«Ich komme zu dir, weil ich soeben von meinem Vater etwas sehr Wichtiges erfahren habe» sagte sie.

«Zu sonderbar!» dachte Ulrich «Nun spricht sie mich mit einemmal Du an!» Dieses gewaltsame Du brachte ihn in Wut, und um sich das nicht merken zu lassen, suchte er es sich damit zu erklären, daß Gerdas übertriebenes Gebaren sicherlich ihrem Besuch die Merkmale eines Verhängnisses, ja überhaupt die besondere Bedeutung nehmen solle, um ihn wie ein vernünftiges, bloß etwas verspätetes Ereignis hinzustellen, woraus von allem das Gegenteil zu schließen war, so daß die Vorsätze des Mädchens offenbar bis ans letzte reichten. «Wir sagen uns doch schon lange du und mit Worten bloß deshalb nicht, weil wir uns immer ausgewichen sind!» erläuterte Gerda, die sich ihren Auftritt unterwegs überlegt hatte und auf das Erstaunen vorbereitet war, das er erregen werde.

Aber Ulrich verfuhr kurz, indem er den Arm um ihre Schulter legte und sie küßte. Gerda gab nach wie eine weiche Kerze. Ihr Atem, ihre Finger, die nach ihm griffen, waren die von Bewußtlosen. In diesem Augenblick kam die Grausamkeit des Verführers über ihn, der sich unwiderstehlich von der Unentschlossenheit einer Seele angezogen fühlt, die von ihrem eigenen Körper mitgeschleift wird wie ein Gefangener in den Armen seiner Häscher. Vom Winternachmittag drängte bei den Fenstern matter Schein in das dunkelnde Zimmer, und in einem dieser hellen Ausschnitte stand er und hielt das Mädchen in seinem Arm; der Kopf hob sich gelb und scharf von dem weichen Kissen des Lichts ab, und die Farbe des Gesichts war ölig, so daß Gerda in diesem Augenblick beinahe wie eine Tote aussah. Er küßte sie langsam überall hin auf die freie Fläche zwischen Kopfhaar und Kleid und mußte dabei einen leichten Widerwillen überwinden, bis auf die Berührung ihrer Lippen, die den seinen in einer Weise entgegenkamen, die ihn an die schwachen Ärmchen gemahnte, mit denen ein Kind den Nacken eines Erwachsenen umschlingt. Er dachte an das schöne Gesicht Bonadeas, das unter dem Griff der Leidenschaft an eine Taube erinnerte, deren Federn sich in den Fängen eines Raubvogels sträuben, und an Diotimas statuenhafte Huld, die er nicht genossen hatte; statt der Schönheit, die ihm diese beiden Frauen schenken wollten, lag nun seltsamerweise Gerdas inbrünstig verzerrtes, hilflos häßliches Gesicht unter seinem Blick.

Gerda verharrte indes nicht lange in dieser wachen Ohnmacht. Sie hatte geglaubt, nur für die Dauer eines Blicks die Augen zu schließen, und während Ulrich ihr Gesicht küßte, kam ihr das vor, wie die Sterne in der Unendlichkeit des Raumes und der Zeit stehen, so daß sie keinen

Eindruck von Dauer und Grenzen dieses Vorganges hatte, aber bei dem ersten Nachlassen seiner Bemühung wachte sie auf und stellte sich wieder selbständig auf die Beine. Es waren die ersten Küsse wirklicher, nicht bloß gespielter und eingebildeter Leidenschaft gewesen, die sie soeben gegeben und, wie sie fühlte, auch empfangen hatte, und der Widerhall in ihrem Körper war so ungeheuer, als ob sie schon dieser Augenblick zur Frau gemacht hätte. Mit diesem Vorgang verhält es sich aber ähnlich wie mit dem Zahnausreißen: obgleich nachher weniger des Körpers vorhanden ist als vorher, hat man doch das Gefühl größerer Vollständigkeit, weil ein Anlaß der Beunruhigung endgültig beseitigt ist; und nachdem ihr Zustand daran angeklungen hatte, richtete sich Gerda voll frischer Entschiedenheit auf. «Du hast noch gar nicht gefragt, was ich dir zu sagen gekommen bin!» erklärte sie ihrem Freund.

«Daß du mich liebst!» entgegnete Ulrich etwas kleinlaut.

«Nein, daß dein Freund Arnheim deine Kusine betrügt; er spielt den Verliebten, aber er hat ganz andere Absichten!» Und Gerda erzählte ihm die Entdeckung ihres Papas.

Auf Ulrich machte diese Mitteilung in ihrer Einfachheit einen tiefen Eindruck. Er fühlte die Verpflichtung, Diotima zu warnen, die mit ausgebreitetem seelischen Gefieder in eine lächerliche Enttäuschung hineinsegelte. Denn trotz der boshaften Genugtuung, mit der er dieses Bild ausgestaltete, fühlte er, daß er Mitleid mit seiner schönen Kusine hatte. Mächtig überwogen wurde dieses aber von der herzlichen Anerkennung für Papa Fischel, und obgleich Ulrich nahe daran war, ihm großen Kummer zu bereiten, bewunderte er ehrlich seinen verläßlichen altmodischen, mit schönen Überzeugungen ausgeschmückten Geschäftsverstand, dem die einfachste Aufklärung der Geheimnisse eines neumodischen großen Geistes geglückt war. Ulrichs Stimmung war dadurch sehr von den zarten Forderungen abgewichen, die Gerdas Anwesenheit an ihn stellte. Es wunderte ihn, daß er noch vor wenigen Tagen imstande gewesen sei, an die Möglichkeit zu denken, daß er diesem Mädchen sein Herz öffnen könnte; «die zweite Umwallung übersteigen,» dachte er «nennt Hans diese lästerliche Vorstellung zweier liebessüchtigen Engel!» und genoß in Gedanken, als striche er mit den Fingern darüber hin, die wundervoll glatte, harte Oberfläche der nüchternen Gestalt, die das Leben heutzutage durch die verständigen Bemühungen Leo Fischels und seiner Gesinnungsgenossen empfängt. So war der Satz «Dein Papa ist wundervoll!» das einzige, was er erwiderte.

Gerda, die von der Wichtigkeit ihrer Nachricht durchdrungen war, hatte anderes erwartet; sie wußte nicht, was sie von der Wirkung ihrer Mitteilung verlangte, aber ungefähr war es so wie der Augenblick, wenn in einem Orchester alle Instrumente blasen und schwingen, und die

Gleichgültigkeit, die ihr Ulrich plötzlich entgegenzusetzen schien, erinnerte sie wieder schmerzlich daran, daß er sich immer ihr gegenüber zum Anwalt des Durchschnittlichen, Gewöhnlichen und Ernüchternden aufgeworfen habe. Denn hatte sie sich inzwischen eingeredet, daß dies bloß eine stachlige Form der Liebesannäherung bedeute, wofür sie in ihrer Mädchenseele ja selbst das Vorbild fand, so sagte ihr jetzt – «wo sie sich doch schon liebten», wie die etwas kindliche Formel dafür in ihrem Inneren lautete – eine verzweifelte warnende Klarheit, daß der Mann, dem sie alles hingebe, sie nicht ernst genug nehme. Von der Sicherheit, die sie gewonnen hatte, verlor sich darüber wieder ein guter Teil, aber andernteils war ihr dieses «Nicht ernst genommen werden» wunderbar angenehm; es nahm alle Anstrengungen fort, die das Verhältnis mit Hans zu seiner Aufrechterhaltung forderte, und wenn Ulrich ihren Vater lobte, so begriff sie zwar nicht, wie er dies tun könne, aber fühlte eine ungewisse Ordnung wieder hergestellt, die sie dadurch verletzt hatte, daß sie Papa Leo wegen Hansen kränkte. Dieses sanfte Gefühl einer etwas ungewöhnlichen Rückkehr in den Schoß der Familie, die sie durch ihren Fehltritt feierte, lenkte sie so sehr ab, daß sie Ulrichs Arm zarten Widerstand entgegensetzte und zu ihrem Freund die Worte sprach: «Wir wollen uns zuerst menschlich zusammenfinden; das übrige wird sich schon noch ergeben!» Diese Worte entstammten einem Programm der «Tatgemeinschaft» und waren augenblicklich das letzte, was von Hans Sepp und seinem Kreise übrig blieb.

Ulrich aber hatte ihr seinen Arm wieder um die Schulter gelegt, weil er seit der Mitteilung über Arnheim fühlte, daß etwas Wichtiges vor ihm liege, aber zuvor dieses Beisammensein mit Gerda zu einem Ende geführt werden müsse. Er empfand nichts anderes dabei, als daß es außerordentlich unangenehm sei, alles das durchführen zu müssen, was dazu gehöre, und darum schlang er den zurückgewiesenen Arm sogleich noch einmal um sie, aber diesmal mit jener stummen Sprache, die ohne Gewalt und eindringlicher als Worte ankündigt, daß jeder weitere Widerstand vergeblich sei. Gerda fühlte die Männlichkeit, die aus diesem Arm auf sie wirkte, den Rücken hinab; sie hatte den Kopf gesenkt und blickte eigensinnig in ihren Schoß, als hielte sie dort wie in einer Schürze die Gedanken beisammen, durch deren Hilfe sie mit Ulrich «menschlich zusammenfinden» wolle, ehe das geschehen dürfe, was erst die Krönung sein sollte; aber es kam ihr vor, daß ihr Gesicht immer blöder und leerer werde, und wie eine leere Schale schwebte es schließlich empor und lag mit den Augen unter den Augen des Verführers.

Er beugte sich hinab und bedeckte es mit den rücksichtslosen Küssen, die das Fleisch in Bewegung setzen. Gerda stand willenlos auf und ließ sich führen. Es waren ungefähr zehn Schritte, die sie bis in Ulrichs

Schlafzimmer zurückzulegen hatten, und das Mädchen stützte sich auf, wie ein schwer Verwundeter oder Kranker. Fremd kam ein Fuß vor den anderen, obgleich sie sich nicht schleppen ließ, sondern freiwillig ging. Eine solche Leere trotz solcher Erregung hatte Gerda noch nicht erlebt; sie meinte, ihr Blut habe sie verlassen, es war ihr eiskalt, sie kam an einem Spiegel vorbei, der ihr Bild in viel zu großer Entfernung zu zeigen schien, trotzdem bemerkte sie darin, daß ihr Gesicht kupferrot war, mit blassen Flecken. Und plötzlich, so wie bei Unglücksfällen der Blick oft eine überempfindliche Aufnahmefähigkeit für alles Gleichzeitige hat, sah sie das geschlossene Männerschlafzimmer mit allen seinen Einzelheiten rings um sich. Es fiel ihr ein, daß sie mit mehr Klugheit und Berechnung vielleicht als Frau hätte hier einziehen können; es würde sie sehr glücklich gemacht haben, aber sie suchte nach Worten, um zu sagen, daß sie keinen Vorteil wolle, sondern nur sich schenken; diese Worte fand sie nicht, sagte zu sich: «Es muß sein!» und öffnete den Kragen ihres Kleides.

Ulrich hatte sie losgelassen; er brachte es nicht über sich, den zarten Beistand der Liebe beim Entkleiden zu leisten, stand abseits und warf seine eigenen Kleider ab. Gerda gewahrte den schlank aufgerichteten mächtigen Körper des Mannes in seinem Gleichgewicht von Gewalttätigkeit und Schönheit. Erschreckt wurde sie gewahr, daß sich ihr eigener Körper, obgleich sie noch in Unterkleidern dastand, mit einer Gänsehaut überzog. Wieder suchte sie nach Worten, die ihr helfen sollten; sie stand allzu jämmerlich da! Was sie sagen wollte, sollte Ulrich in der Weise zu ihrem Geliebten machen, die ihr vorschwebte, in einer unendlich süßen Auflösung, die zu erreichen man gar nicht tun mußte, was sie zu tun im Begriffe stand. Es war ebenso wundervoll wie undeutlich. Sie sah sich einen Augenblick lang mit ihm in einem grenzenlosen Feld von Kerzen stehen, die wie Reihen Stiefmütterchen im Boden staken und auf ein einziges Zeichen zu ihren Füßen aufflammten. Aber da sie kein Wort davon hervorbringen konnte, fühlte sie sich bestürzend häßlich und erbärmlich, ihre Arme zitterten, sie war nicht imstande, sich zu Ende zu entkleiden, und ihre blutlosen Lippen schlossen sich fest aneinander, um nicht unheimlich wortleere Bewegungen auszuführen.

Bei diesem Stand der Dinge trat Ulrich, der ihre Qual und die Gefahr bemerkte, daß alles zunichte werden könnte, was mit so viel Überwindung bis hieher gefördert worden war, auf sie zu und löste ihr Achselband. Gerda schlüpfte wie ein Knabe ins Bett. Ulrich sah einen Augenblick lang die Bewegung eines nackten jungen Menschen; es hatte mit Liebe nicht mehr zu tun wie das Aufblinken eines Fisches. Er glaubte zu erraten, daß Gerda sich entschlossen habe, ein Geschehnis so rasch wie möglich zu überstehen, das nicht mehr zu vermeiden war, und noch nie war es ihm so klar geworden wie in der Sekunde, wo er ihr folgte, wie sehr das leidenschaftliche Eindringen in einen fremden Körper eine Fortsetzung der kindischen Neigung für heimliche und verbrecherische Verstecke ist. Seine Hände stießen auf die noch immer von Angst gerauhte Haut des Mädchens, und er selbst fühlte sich erschreckt statt hingezogen. Er mochte diesen Körper nicht, der halb schon schlaff und halb noch unreif war; was er tat, kam ihm völlig sinnlos vor, und er würde am liebsten die Flucht aus dem Bett ergriffen haben, die zu verhindern er alles an Gedanken aufbieten mußte, was sich dazu eignete. So kam es, daß er sich in verzweifelter Eile alles einredete, was es heute an allgemeinen Gründen gibt, um sich ohne Ernst, ohne Glauben, ohne Rücksicht und ohne Befriedigung zu betragen; und er fand darin, daß er sich dem ohne Widerstand überließ, zwar nicht die Ergriffenheit der Liebe, wohl aber eine halb verrückte, an ein Gemetzel, einen Lustmord, oder wenn es das geben kann, einen Lustselbstmord erinnernde Ergriffenheit von den Dämonen der Leere, die hinter allen Bildern des Lebens zuhause sind.

Seine Lage erinnerte ihn mit einemmal durch einen unklaren Zusammenhang an seinen nächtlichen Kampf mit den Strolchen, und er wollte diesmal schneller sein, aber im gleichen Augenblick begann etwas Entsetzliches. Gerda hatte alles, was sie überhaupt in sich erreichen konnte, zu Willen gemacht und dazu verwendet, die schmähliche Angst niederzuhalten, die sie litt; es war ihr zumute, als sollte sie hingerichtet werden, und in dem Augenblick, wo sie Ulrich in ungewohnter Nacktheit neben sich spürte und von seinen Händen berührt wurde, schleuderte ihr Körper allen ihren Willen von sich. Irgendwo tief in ihrer Brust fühlte sie noch immer unsagbare Freundschaft, einen zitternd zarten Wunsch, Ulrich zu umarmen, sein Haar zu küssen, seiner Stimme mit ihren Lippen zu folgen, und hatte die Vorstellung, wenn sie sein wahres Wesen berühre, werde sie daran zergehen wie ein wenig Schnee in einer warmen Hand; aber das war ein Ulrich, der, wie gewöhnlich gekleidet, sich in den bekannten Räumen ihres Elternhauses bewegte, und nicht dieser nackte Mann, dessen Feindseligkeit sie erriet und der ihr Opfer nicht ernst nahm, obgleich er ihr keine Besinnung ließ. Und auf einmal bemerkte Gerda, daß sie schrie. Wie ein Wölkchen, wie eine Seifenblase hing ein Schrei in der Luft, und andere folgten ihm. Es waren kleine Schreie, aus der Brust gestoßen, als ringe sie mit etwas, ein Wimmern, aus dem sich helle I-Laute rundeten und lösten. Ihre Lippen krümmten sich beweglich und waren naß wie in tödlicher Wollust, sie wollte aufspringen, konnte sich aber nicht erheben. Ihre Augen gehorchten ihr nicht und führten Zeichen aus, die sie ihnen nicht erlaubt hatte. Gerda flehte um Schonung, wie es ein Kind tut, das eine Strafe empfangen soll oder zum

Arzt geführt wird und keinen Schritt weiter tun kann, weil es völlig von Schreien zerrissen und gekrümmt wird. Sie hatte die Hände an die Brüste gezogen und bedrohte Ulrich mit den Nägeln, während sie ihre langen Schenkel krampfhaft zupreßte. Diese Empörung ihres Körpers gegen sie selbst war schrecklich. Sie hatte ganz und gar das Gefühl von Theater dabei, aber saß auch allein und verlassen in dem dunklen Zuschauerraum und konnte nicht aufhalten, daß heftig und unter Schreien ihr Schicksal gespielt wurde, ja daß sie unwillkürlich mitspielte.

Ulrich starrte voll Grauen in die kleinen Pupillen der verschleierten Augen, aus denen der Blick merkwürdig steif hervorkam, und betrachtete entgeistert die seltsamen Bewegungen, in denen sich Wunsch und Verbot, Seele und Seelenlosigkeit in einer unausdrückbaren Weise verschränkten. Flüchtig fiel der Eindruck der blassen blonden Haut in sein Auge, mit den schwarzen Härchen, die dort, wo sie sich zu Flächen verdichteten, rot wurden. Es war ihm langsam klar geworden, daß er einen hysterischen Anfall vor sich habe, aber er wußte nicht, was er dagegen tun solle. Er fürchtete sich davor, daß die furchtbar peinigenden Schreie noch lauter werden könnten. Er erinnerte sich, daß ein heftiges Anbrüllen imstande sein solle, einen solchen Anfall zu brechen, vielleicht auch ein plötzlicher Schlag. Das ungreifbare Etwas an Vermeidlichkeit, das mit dem Entsetzlichen verbunden war, hieß ihn daran denken, daß ein jüngerer Mann vielleicht versuchen würde, noch weiter auf Gerda einzudringen. «Vielleicht käme man so darüber weg» dachte er. «Vielleicht darf man ihr gerade nicht nachgeben, nachdem sich die dumme Gans einmal zu weit eingelassen hat!» Er tat nichts davon, aber solche ärgerlichen Gedanken fuhren kreuz und quer, denn er flüsterte unwillkürlich und unaufhörlich Gerda tröstliche Worte zu, versprach, daß er ihr nichts tun werde, erklärte, daß ihr noch nichts geschehen sei, bat sie um Verzeihung, und diese im Grauen zusammengefegte Wortspreu kam ihm so lächerlich und unwürdig vor, daß er sich dabei gegen die Versuchung wehren mußte, einfach einen Arm voll Polster zu nehmen und mit ihnen diesen Mund zu ersticken, dessen Laute nicht aufzuhalten waren.

Endlich ließ aber der Anfall von selbst nach, und der Körper beruhigte sich. Die Augen des Mädchens wurden feucht, es setzte sich im Bett auf, die kleinen Brüste hingen matt an seinem vom Bewußtsein noch nicht wieder beaufsichtigten Leib, und Ulrich fühlte aufatmend noch einmal die ganze Abneigung gegen das Unmenschliche, nur Körperliche des Erlebnisses, das er hatte überstehen müssen. Dann kehrte das gewöhnliche Bewußtsein in Gerda zurück; in ihren Augen öffnete sich etwas, so wie einer die Augen schon eine Weile aufgeschlagen hat, ehe er aus dem Schlaf erwacht, sie starrte noch eine Sekunde verständnislos geradeaus, dann bemerkte sie, daß sie nackt dasitze, blickte Ulrich an, und das Blut schlug ihr in Wellen ins Gesicht zurück. Ulrich wußte nichts Besseres, als noch einmal alles zu wiederholen, was er ihr schon zugeflüstert hatte; er legte den Arm um ihre Schulter, zog sie tröstend an seine Brust und bat sie, sich nichts aus dem Geschehenen zu machen. Gerda war nun wieder in die Lage zurückgekehrt, in der sie von ihrem Anfall überrascht worden war, aber merkwürdig blaß und verlassen kam ihr alles vor; das aufgeschlagene Bett, ihr entblößter Körper in den Armen eines eifrig flüsternden Mannes und die Gefühle, die sie hieher geführt hatten: sie wußte wohl, was es bedeuten wollte, aber sie wußte auch, daß inzwischen etwas Gräßliches geschehen war, woran sie sich nur widerwillig und gedämpft erinnerte, und obgleich es ihr nicht entging, daß die Stimme Ulrichs jetzt zärtlicher klang, bezog sie das darauf, daß sie nun für ihn eine Kranke sei, und dachte, daß er sie krank gemacht habe, aber es kam ihr alles gleichgültig vor, und sie hatte keinen anderen Wunsch als, ohne ein Wort sagen zu müssen, nicht mehr da zu sein. Sie senkte den Kopf und drängte Ulrich von sich, tastete nach ihrem Hemd und zog es sich wie ein Kind über den Kopf oder wie ein Mensch, dem es auf sich nicht mehr ankommt. Ulrich half ihr dabei. Er zog ihr sogar selbst die Strümpfe über die Beine, und auch er hatte den Eindruck, ein Kind anzuziehen. Gerda wankte, als sie zum erstenmal wieder auf den Füßen stand. Ihre Erinnerung sagte ihr, mit welchen Gefühlen sie das Elternhaus verlassen hatte, in das sie nun zurückkehrte. Sie fühlte, daß sie die Probe nicht bestanden habe, und war tief unglücklich und beschämt. Sie erwiderte kein Wort auf alles, was Ulrich sagte. Ganz weit von allem Gegenwärtigen kam ihr ins Gedächtnis, daß er einmal im Scherz von sich den Ausspruch getan habe, die Einsamkeit verleite ihn zu Ausschreitungen. Sie war ihm nicht böse. Sie wollte bloß niemals wieder hören, was er sagte. Er erbot sich, einen Wagen zu holen, sie schüttelte nur den Kopf, zog den Hut über die verwirrten Haare und verließ ihn, ohne ihn anzusehen. Wie er sie fortgehen sah, ihren Schleier jetzt in der Hand, hatte Ulrich das Gefühl, wie ein Junge dabeizustehn; denn er hätte sie wohl in diesem Zustand nicht von sich lassen dürfen, aber es fiel ihm nichts ein, womit er sie zurückhalten konnte, und er selbst war, da er ihr hatte helfen müssen, nur halb angekleidet, was auch dem Ernst, in dem er zurückblieb, etwas Unfertiges gab, als müßte er sich erst ganz ankleiden, um sich über das, was mit seiner Person zu geschehen habe, entscheiden zu können.

120

Die Parallelaktion erregt Aufruhr

Als Walter die innere Stadt betrat, lag etwas in der Luft. Die Leute gingen nicht anders als sonst, und die Wagen und Bahnen fuhren wie immer; vielleicht war da oder dort eine ungewöhnliche Bewegung zu sehen, aber sie löste sich wieder auf, ehe man sie recht wahrnehmen konnte: trotzdem schien alles mit einem kleinen Merkzeichen versehen zu sein, dessen Spitze in eine bestimmte Richtung wies, und kaum war Walter einige Schritte gegangen, so fühlte er dieses Zeichen auch an sich. Er folgte der Richtung und hatte das Empfinden, daß der Beamte des Kunstdepartements, der er war, aber auch der kämpfende Maler und Musiker, ja sogar der gequälte Gatte Clarissens einer Person Platz machten, die sich in keinem dieser bestimmten Zustände befand; auch die Straßen gerieten mit ihrer Tätigkeit und ihren putzübersäten, großtuenden Häusern in einen ähnlichen «Vorzustand», wie er das bei sich nannte, denn es machte ungefähr den Eindruck einer kristallenen Form auf ihn, deren Flächen in einer Flüssigkeit nachzugeben beginnen und in einen älteren Zustand zurückfallen. So altgesinnt er war, wenn es künftige Neuerungen abzulehnen galt, so gern war er bereit, für sich selbst das Gegenwärtige zu verurteilen, und die Auflösung der Ordnung, die er spürte, regte ihn günstig an. Die Menschen, denen er in großen Mengen begegnete, erinnerten ihn an seinen Traum; der Eindruck einer beweglichen Eile ging von ihnen aus, und eine Zusammengehörigkeit, die ihm weit ursprünglicher vorkam, als es die gewöhnliche, durch Verstand, Moral und kluge Sicherungen besorgte ist, machte eine freie, lockere Gemeinschaft aus ihnen. Er dachte an einen großen Blumenstrauß, von dem man die Bindfäden genommen hat, so daß er sich öffnet, ohne doch auseinander zu fallen; und er dachte an einen Körper, von dem man die Kleidung entfernt hat, so daß die lächelnde Nacktheit hervorkommt, die keine Worte hat, noch braucht. Als er aber, rascher ausschreitend, bald auf einen großen Trupp bereitgehaltener Polizei stieß, machte auch das keine Störung aus, und der Anblick entzückte ihn wie ein Feldlager, das den Alarm erwartet und mit seinen vielen roten Halskragen, abgesessenen Reitern und der Bewegung einzelner Mannschaften, die ihr Einrücken oder Abgehen meldeten, seine Sinne kriegerisch aufregte.

Hinter dieser Absperrungslinie fiel Walter, obgleich sie sich noch nicht geschlossen hatte, sofort das dunklere Straßenbild auf; man sah fast keine Frauen auf den Wegen, und auch die bunten Uniformen müßiggängerischer Offiziere, die sonst diese Gassen belebten, schien die herrschende Ungewißheit eingeschluckt zu haben. Gleich ihm selbst strebten aber viele Leute stadteinwärts, und der Eindruck, den ihre Bewegung machte, war nun ein anderer; er erinnerte an Spreu und Abschnitzel, die ein starker Windstoß hinter sich her zieht. Er sah auch bald die ersten Gruppen, die sich aus ihnen bildeten und, wie es schien, nicht nur von Neugierde, sondern ebensosehr von der Unentschlossenheit zusammengehalten wurden, ob man dem ungewöhnlichen Reiz weiter folgen oder umkehren solle. Auf seine Fragen erhielt Walter verschiedene Antworten. Die einen, an die er sich wandte, erwiderten, daß eine große Kundgebung der Staatstreue im Gange sei, die anderen glaubten gehört zu haben, daß sich die Kundgebung gegen gewisse allzu betriebsame Patrioten richte, und ebenso geteilt waren die Meinungen in der Frage, ob die alle beherrschende Erregung eine Erregung des deutschen Volkes über die Nachgiebigkeit der Regierung sei, welche die slawischen Wünsche begünstige, was die meisten glaubten, oder ob die Erregung regierungsfreundlich sei und zu einem Aufmarsch aller gutgesinnten Kakanier gegen die unaufhörlichen Unruhen auffordere. Es waren Mitläufer wie er, und Walter erfuhr nichts, was er nicht schon in seinem Büro erzählen gehört hätte, aber ein Hang zu schwätzen, über den er nicht Herr wurde, hieß ihn immer weiter fragen. Und ob ihm die Leute, denen er sich anschloß, mitteilten, daß sie selbst nicht wüßten, was los sei, oder ob sie lachten und über ihre eigene Neugierde spotteten, so hörte er doch, je weiter er kam, desto einmütiger den ernsten Nachsatz, daß irgend etwas endlich einmal geschehen müsse, wenn sich auch niemand freiwillig bereit fand, ihm zu erklären, was. Und je weiter er auf diese Weise kam, desto öfter bemerkte er auf den Gesichtern, in die er blickte, etwas unvernünftig Überströmendes und über die Vernunft Wegströmendes, es schien wahrhaftig schon gleichgültig zu sein, was dort geschah, wohin es alle zog, und zu genügen, daß es etwas Ungewöhnliches sei, um sie außer sich zu bringen; und obwohl dieses «Außer sich geraten» nur in jenem abgeschwächten Wortsinn zu verstehen war, der eine sehr gewöhnliche leichte Erregung bedeutet, spürte man doch darin eine ferne Verwandtschaft mit vergessenen Zuständen der Verzückung und Verklärung, gleichsam eine wachsende unbewußte Bereitschaft, aus Kleidern und Haut zu fahren.

Und Walter ordnete sich, Vermutungen austauschend und Dinge redend, die wenig zu ihm paßten, den anderen ein, die sich aus abbröckelnden Gruppen Wartender und halbschlüssig Weitergehenden zu einem Zug formten, der sich gegen den vermuteten Schauplatz bewegte und ohne bestimmte Absicht zusehends an Dichte und innerer Kraft gewann. Aber noch hatten alle diese Empfindungen etwas von Kaninchen, die um den Bau huschen und in jedem Augenblick bereit sind, darin zu verschwinden, als sich von der Spitze des ungeordneten Zugs, die man nicht sehen konnte, bis zu seinem Ende eine bestimmtere Erregung fortpflanzte. Ein Trupp Studenten oder anderer junger Leute, der bereits irgendwas getan hatte und «aus der Schlacht» kam, war dort zu der großen Menge gestoßen; man hörte etwas, das man nicht verstand, verstümmelte Botschaften und Wellen stummer Erregung liefen von vorne nach hinten, und die Leute empfanden, je nach ihrer Natur und nach dem, was sie auffaßten, Empörung oder Angst, Rauflust oder einen sittlichen Befehl und drängten nun in einem Zustand vorwärts, worin sie von solchen recht gewöhnlichen Vorstellungen geleitet wurden, die in jedem anders aussahen, aber trotz ihrer das Bewußtsein beherrschenden Stellung so wenig bedeuteten, daß sie sich zu einer allen gemeinsamen lebendigen Kraft vereinten, die mehr auf die Muskeln einwirkte als auf den Kopf. Auch Walter, der sich jetzt mitten im Zug befand, wurde davon angesteckt und geriet alsbald in eine aufgeregte und leere Verfassung, die mit dem Beginn eines Rausches Ähnlichkeit hatte. Man weiß nicht recht, wie diese Veränderung entsteht, die aus eigenwilligen Menschen in gewissen Augenblicken eine einwillige Masse macht, die der größten Überschwenglichkeit im Guten wie im Bösen fähig und der Überlegung unfähig ist, auch wenn die Menschen, aus denen sie besteht, zumeist ihr Leben lang nichts so gepflegt haben wie Maß und Besonnenheit. Wahrscheinlich springt die auf Entspannung drängende Erregung einer Menge, die keinen Ausweg für ihre Gefühle hat, auf jede Bahn über, die sich unversehens öffnet, und voraussichtlich werden es unter allen die Erregbarsten, Empfindlichsten und Widerstandsunfähigsten sein, das heißt aber auch die Extremen, zu plötzlicher Gewalttat oder rührseligem Edelmut Fähigen, die das Beispiel geben und den Weg öffnen; sie bedeuten in der Masse die Punkte des geringsten Widerstandes, aber der Schrei, der mehr durch sie hinausstößt, als daß er von ihnen ausgestoßen würde, der Stein, der ihnen in die Hand kommt, das Gefühl, in das sie ausbrechen, legen den Weg frei, auf dem die anderen, die ihre Erregung aneinander bis zur Unerträglichkeit gesteigert haben, besinnungslos nachdrängen, und sie geben den Handlungen ihrer Umgebung die Form der Massenhandlung, die von allen halb als Zwang und halb als Befreiung empfunden wird.

An diesen Erregungen, die man ebensogut schon an den Zuschauern jedes Wettkampfes oder den Zuhörern einer Rede beobachten kann, ist übrigens die Psychologie ihrer Entladung lange nicht so bedeutsam wie die Frage, aus welchen Ursachen die Bereitschaft zu ihnen entsteht, denn wäre der Sinn des Lebens in Ordnung, würde es auch seine Sinnlosigkeit sein und müßte nicht die Begleiterscheinungen des Schwachsinns haben. Das wußte nun Walter so gut wie nicht leicht ein anderer und hatte nicht wenig Verbesserungsvorschläge in sich, die dabei alle hervorkamen, so daß er sich mit einem schalen, üblen Gefühl fortwährend gegen die Mitgerissenheit wehrte, die ihn trotzdem begeisterte. In einem Augenblick sich lichtenden Bewußtseins dachte er dabei an Clarisse. «Gut, daß sie nicht hier ist,» dachte er «sie würde diesem Druck nicht standhalten!» Aber ein stechender Schmerz schloß ihn im selben Augenblick von der Fortsetzung dieses Gedankens aus; er hatte sich an den überaus deutlichen Eindruck des Wahnsinns erinnert, den sie auf ihn gemacht hatte. Er dachte «vielleicht bin ich selbst wahnsinnig, weil ich es so lange nicht bemerkt habe!» Er dachte «ich werde es bald sein, wenn ich immer mit ihr lebe!» Er dachte «ich glaube es nicht!» Er dachte «aber es ist ganz sicher!» Er dachte «ihr geliebtes Gesicht ist zwischen meinen Händen zu einer Fratze erstarrt!» Aber richtig konnte er alles das nicht mehr denken, denn Verzweiflung und Hoffnungslosigkeit blendeten sein Bewußtsein. Er fühlte bloß, daß es trotz dieses Schmerzes unvergleichlich schöner sei, Clarisse zu lieben, als hier mitzulaufen, und drückte sich, der Angst ausweichend, tiefer in die Reihe hinein, worin er marschierte.

Auf einem anderen Wege als er hatte indessen Ulrich das Palais des Grafen Leinsdorf erreicht. Als er ins Tor bog, stand in der Einfahrt ein Doppelposten, und im Hof lagerte ein starkes Polizeipikett. Se. Erlaucht begrüßte ihn gefaßt und zeigte sich bereits davon unterrichtet, daß er zum Ziel des Volksunwillens geworden sei. «Ich muß etwas zurücknehmen» sagte er. «Ich habe zu Ihnen einmal gesagt, daß man ziemlich sicher sein kann, wenn viele Leute für etwas sind, daß auch etwas Brauchbares daraus wird. Das hat natürlich Ausnahmen!»

Der Majordomus kam kurz nach Ulrich herauf und überbrachte die inzwischen unten eingelaufene Meldung, daß sich der Zug der Menge dem Palais nähere, woran seine umsichtige Besorgnis die Frage knüpfte, ob Tor und Fensterläden geschlossen werden sollten. Se. Erlaucht schüttelte das Haupt. «Was fallt Ihnen denn ein!» entschied er leutselig. «Darüber täten sich die nur freuen, weil es so aussehen möchte, als ob wir Angst hätten. Und außerdem sind ja alle die Wachter da, die uns die Polizei geschickt hat!» Zu Ulrich aber wandte er sich und sagte im Ton moralischer Kränkung: «Sollen sie uns nur die Fenster einschlagen! Ich hab es ja gesagt, daß bei den gescheiten Männern nichts herauskommen wird!» Ein tiefer Groll schien in ihm zu arbeiten, den er unter würdiger Ruhe verbarg.

Ulrich war ans Fenster getreten, als der Zug aufzog. An den Straßenrändern schritten Schutzleute mit und stoben Unbeteiligte wie eine Wolke aus dem Weg, die der geschlossene Marschtritt aufwirbelte. Weiterhin stand da und dort schon eingekeiltes Fuhrwerk fest, um das der gebieterische Strom in unabsehbaren schwarzen Wellen floß, auf denen man den aufgelösten Gischt der hellen Gesichter tanzen fühlte. Als die Spitze der Marschierenden des Palais ansichtig wurde, schien es, daß irgend ein Befehl die Schritte mäßige, eine Stauwelle lief nach hinten, die anrückenden Reihen keilten sich ineinander, und es entstand ein Bild, das einen Augenblick lang an einen Muskel erinnerte, der sich vor dem Schlag verdickt. Im nächsten Augenblick sauste dieser Schlag durch die Luft und sah wunderlich genug aus, denn er bestand aus einem Schrei der Entrüstung, von dem man früher die aufgerissenen Münder sah, als man den Laut hörte. Schlag um Schlag klappten die Gesichter in dem Augenblick auf, wo sie auf den Plan traten, und da das Geschrei der weiter Entfernten von dem der inzwischen nahe Gekommenen übertönt wurde, konnte man bei fern gerichtetem Blick dieses stumme Schauspiel sich immer wiederholen sehn.

«Der Rachen des Volks!» sagte Graf Leinsdorf, der für einen Augenblick hinter Ulrich getreten war, mit großem Ernst, als ob das ein so feststehendes Wort wäre wie das tägliche Brot. «Aber was schreien sie eigentlich? Ich kann es bei dem Lärm nicht verstehn.»

Ulrich meinte, daß sie hauptsächlich «Pfui!» schrien.

«Ja, aber ist noch etwas dabei?»

Ulrich sagte ihm nicht, daß unter den dunkel tanzenden Lauten des Pfui nicht selten der langgezogene helle Ruf «Nieder mit Leinsdorf!» zu hören war; er glaubte sogar einigemale unter abwechselndem «Heil» auf Deutschland auch ein «Hoch Arnheim!» vernommen zu haben, war da aber selbst seiner Sache nicht sicher, weil das kräftige Fensterglas den Schall undeutlich machte.

Ulrich war sogleich, nachdem Gerda davongelaufen war, hieher gegangen, denn er fühlte das Bedürfnis, wenigstens Graf Leinsdorf mitzuteilen, was ihm zu Ohren gekommen war und Arnheim über Erwarten bloßstellte; aber er hatte davon bisher noch nichts über die Lippen gebracht. Er sah in die dunkle Bewegung unter dem Fenster, und eine Erinnerung an seine Offizierszeit erfüllte ihn mit Verachtung, denn er sagte zu sich: «Mit einer Kompagnie Soldaten würde man diesen Platz leerfegen!» Er sah es beinahe vor sich, als wären die drohenden Mäuler ein einziger geifernder Mund, in dessen Furchtbarkeit sich plötzlich der Schreck schlich; die Ränder wurden schlaff und verzagt, die Lippen sanken zögernd über die Zähne; und mit einemmal verwandelte seine Phantasie die drohende schwarze Menge in stiebendes Hühnervolk, zwischen das der Hund gefahren ist! Das geschah in ihm, als ob sich alles Böse noch einmal hart zusammengekrampft hätte, aber die alte Genugtuung, das Zurückweichen des sittlich bewegten vor dem empfindungslos gewalttätigen Menschen zu beobachten, war wie immer eine zweischneidige Empfindung.

«Was haben Sie denn?» fragte Graf Leinsdorf, der hinter Ulrich hin und her ging und durch eine sonderbare Bewegung wirklich den Eindruck empfing, es habe sich dieser an einer scharfen Schneide wehgetan, wozu weit und breit keine Möglichkeit vorhanden war; und als er keine Antwort erhielt, blieb er stehen, schüttelte den Kopf und sagte: «Wir dürfen schließlich nicht vergessen, daß der hochherzige Entschluß, durch den Seine Majestät dem Volk ein gewisses Mitbestimmungsrecht in seinen Angelegenheiten geschenkt hat, noch nicht so lange her ist; da läßt es sich begreifen, daß noch nicht überall eine politische Reife eingetreten ist, wie sie des von höchster Seite großmütig entgegengebrachten Vertrauens in jeder Hinsicht würdig wäre! Ich glaube, daß ich das gleich in der ersten Sitzung gesagt habe!»

Bei dieser Anrede verzichtete Ulrich auf den Wunsch, Se. Erlaucht oder Diotima von den Ränken Arnheims zu verständigen; trotz aller Gegnerschaft fühlte er sich ihm näher verwandt als den anderen, und die Erinnerung, daß er selbst sich über Gerda hergemacht habe wie ein großer Hund über einen heulenden kleinen –: er wurde jetzt gewahr, daß sie ihn seither unaufhörlich gequält hatte, aber sie ließ darin nach, sobald er an die Niedertracht dachte, die sich Arnheim gegen Diotima herausnahm. Der Geschichte mit dem schreienden Körper, der zwei ungeduldig wartenden Seelen ein Theater vorgemacht hatte, konnte man, wenn man wollte, sogar eine komische Seite abgewinnen; und die Leute hier unten, auf die Ulrich noch immer gebannt hinabsah, ohne sich um Graf Leinsdorf zu kümmern, führten ja auch nur eine Komödie auf! Das war es, was ihn daran fesselte. Sie wollten ganz gewiß niemand angreifen und zerreißen, obgleich sie so aussahen. Sie zeigten sich überaus ernstlich erzürnt, aber das war nicht der Ernst, der feuernden Gewehren entgegentreibt; es war nicht einmal der Ernst der Feuerwehr! «Nein, was sie treiben,» dachte er «ist eher eine kultische Handlung, ein geweihtes Spiel mit beleidigten tiefsten Empfindungen, irgend ein zivilisiert-unzivilisierter Rest von Gemeinschaftshandlungen, die der einzelne nicht bis ins letzte genau zu nehmen braucht!» Er beneidete sie. «Wie angenehm sind sie sogar jetzt noch, wo sie sich möglichst unangenehm zu machen suchen!» dachte er. Der Schutz vor Einsamkeit, den eine Menge gewährt, strahlte von unten herauf, und daß er selbst ohne ihn hier oben stehen mußte – was er einen Augenblick lang so lebhaft empfand, als sähe er sein Bild hinter Glas, wie es in die Hauswand gefügt war, von der Straße aus – kam ihm als der Ausdruck seines Schicksals vor. Dieses Schicksal, fühlte er, wäre ein besseres gewesen, wenn er jetzt in Zorn geraten oder an Graf Leinsdorfs Stelle die bereitgehaltene Wache alarmieren würde, um sich ein andermal mit den gleichen Leuten freundlich einszuwissen; denn wer mit seinen Zeitgenossen Karten spielt, handelt, streitet und Vergnügungen teilt, der darf gelegentlich auch auf sie schießen lassen, ohne daß dies aus der Art schlagen würde. Es gibt eine gewisse Verträglichkeit mit dem Leben, die jeden Menschen das seine tun läßt, ohne sich um ihn zu kümmern, und unter der gleichen Bedingung jedem das ihre antut: daran dachte Ulrich. Und das ist vielleicht eine etwas sonderbare Regel, aber nicht weniger sicher als ein Naturtrieb, denn von ihr geht offenbar die vertrauliche Witterung der menschlichen Wohlgeratenheit aus, und wer diese Fähigkeit des Kompromisses nicht hat, einsam, rücksichtslos und ernst ist, der beunruhigt die anderen in jener ungefährlichen, aber ekelerregenden Weise, wie es eine Raupe tut. Er fühlte sich in diesem Augenblick ganz von der tiefen Abneigung gegen die Unnatürlichkeit eines einsamen Menschen und seine Gedankenexperimente bedrückt, die der bewegte Anblick einer von natürlichen und gemeinsamen Empfindungen aufgewühlten Menge erregen kann.

Die Demonstration hatte inzwischen an Heftigkeit zugenommen. Graf Leinsdorf ging im Hintergrund des Zimmers aufgeregt hin und her und warf von Zeit zu Zeit einen Blick durch das zweite Fenster. Er schien sehr zu leiden, obgleich er es nicht zeigen wollte; seine hervorstehenden Augen staken wie zwei harte Steinkugeln in den weichen Furchen seines Gesichts, und die hinter dem Rücken verschränkten Arme dehnte er manchmal wie in schweren Anfechtungen. Plötzlich erkannte Ulrich, daß man ihn selbst, der dauernd am Fenster stand, für den Grafen halte. Aller Blicke zielten von unten in sein Gesicht, und Stöcke wurden mit Nachdruck gegen ihn geschwungen. Wenige Schritte weiter, wo der Weg abbog und den Eindruck machte, in der Kulisse zu verschwinden, schminkten sich die meisten schon ab; es wäre unsinnig gewesen, ohne Zuschauer weiter zu drohen, und auf eine Weise, die ihnen ganz natürlich vorkam, verschwand im selben Augenblick die Erregung aus ihrem Gesicht, ja es gab nicht wenige, die lachten und sich fröhlich zeigten wie auf einem Ausflug. Und auch Ulrich, der das beobachtete, lachte, aber die, welche nachkamen, meinten, das sei der lachende Graf, und ihr Zorn steigerte sich furchtbar, und Ulrich lachte nun erst gar über das ganze Gesicht.

Aber plötzlich brach er mit Ekel ab. Und während sein Auge noch abwechselnd in die drohenden Münder und nach den heiteren Gesichtern sah und die Seele sich weigerte, diese Eindrücke weiterfort aufzunehmen, ging mit ihm eine seltsame Veränderung vor. «Ich kann dieses Leben nicht mehr mitmachen, und ich kann mich nicht mehr dagegen auflehnen!» fühlte er; aber zugleich fühlte er hinter sich das Zimmer, mit den großen Bildern an der Wand, dem langen Empireschreibtisch, den steifen Senkrechten der Klingelzüge und Fensterbehänge. Und das hatte nun selbst etwas von einer kleinen Bühne, an deren Ausschnitt er vorne stand, draußen zog das Geschehen auf der größeren Bühne vorbei, und diese beiden Bühnen hatten eine eigentümliche Art, sich ohne Rücksicht darauf, daß er zwischen ihnen stand, zu vereinen. Dann zog sich der Eindruck des Zimmers, das er hinter seinem Rücken wußte, zusammen und stülpte sich hinaus, wobei er durch ihn hindurch- oder wie etwas sehr Weiches rings um ihn vorbeiströmte. «Eine sonderbare räumliche Inversion!» dachte Ulrich. Die Menschen zogen hinter ihm vorbei, er war durch sie hindurch an ein Nichts gelangt; vielleicht zogen sie aber auch vor und hinter ihm dahin, und er wurde von ihnen umspült wie ein Stein von den veränderlich-gleichen Wellen des Baches: es war ein Vorgang, der sich nur halb begreifen ließ, und was Ulrich besonders daran auffiel, war das Glasige, Leere und Ruhselige des Zustands, worin er sich befand. «Kann man denn aus seinem Raum hinaus, in einen verborgenen zweiten?» dachte er, denn es war ihm geradeso zumute, als hätte ihn der Zufall durch eine geheime Verbindungstür geführt.

Er schüttelte diese Träume mit einer so heftigen Bewegung des ganzen Körpers ab, daß Graf Leinsdorf erstaunt stehenblieb. «Was haben Sie denn heute?!» fragte Se. Erlaucht. «Sie lassen sich das zu nahe gehn! Ich bleibe dabei: Wir müssen die Deutschen über die Nichtdeutschen gewinnen, ob es schmerzt oder nicht!» – Bei dieser Ansprache konnte Ulrich wenigstens wieder lächeln und sah das mit vielen Falten und Hügeln geprägte Gesicht des Grafen dankbar vor sich. Es gibt einen besonderen Augenblick, wenn man mit dem Flugzeug landet; der Boden tritt rund und üppig aus der kartenhaften Flachheit hervor, zu der er durch Stunden vermindert war, und die alte Bedeutung, welche die irdischen Dinge wieder erlangen, scheint aus dem Boden zu wachsen: daran sah sich Ulrich erinnert. Aber unbegreiflicherweise schoß ihm im selben Augenblick der Beschluß durch den Kopf, ein Verbrechen zu begehn, oder vielleicht war es auch nur ein gestaltloser Einfall, denn er verband gar keine Vorstellung damit. Möglich, daß es mit Moosbrugger zusammenhing, denn er würde gerne diesem Narren geholfen haben, den das Schicksal so zufällig mit ihm zusammengeführt hatte, wie zwei Menschen auf die gleiche Bank in einem Park zu sitzen kommen. Aber eigentlich fand er in diesem «Verbrechen» nur das Bedürfnis, sich auszuschließen oder das Leben, das man verträglich zwischen den anderen führt, zu verlassen. Was man staats- oder menschenfeindliche Gesinnung nennt, dieses tausendfältig begründete und verdiente Gefühl, es entstand nicht, es wurde von nichts bewiesen, es war einfach da, und Ulrich erinnerte sich, daß es ihn durch sein ganzes Leben begleitet hatte, aber selten in solcher Stärke. Man darf wohl sagen, daß bisher bei allen Umwälzungen auf der Erde immer der geistige Mensch zu Schaden gekommen ist; sie beginnen mit dem Versprechen, eine neue Kultur herbeizuführen, räumen mit dem, was die Seele bis dahin erreicht hat, auf wie mit feindlichem Besitz und werden von der nächsten Umwälzung überholt, ehe sie die alte Höhe überschreiten konnten. So ist das, was man die Kulturperioden nennt, nichts als eine lange Reihe von Umkehrzeichen gescheiterter Unternehmungen, und der Gedanke, sich außer diese Reihe zu stellen, war für Ulrich nichts Neues! Neu daran waren nur die sich verstärkenden Merkmale eines Beschlusses, ja geradezu einer Tat, die schon im Entstehen zu sein schien. Er bemühte sich nicht im geringsten, dieser Vorstellung einen Inhalt zu geben; das Gefühl, nun werde nicht wieder etwas Allgemeines und Theoretisches folgen, wie er dessen schon müde war, sondern er müsse etwas Persönliches und Tätiges unternehmen, woran er mit Blut, Armen und Beinen teilhabe, füllte ihn für einige Augenblicke ganz aus. Er wußte, daß er in dem Augenblick dieses sonderbaren «Verbrechens», das sein Bewußtsein noch nicht erfaßt hatte, der Welt nicht mehr die Stirn bieten können würde, aber Gott weiß, warum das eine leidenschaftlich zärtliche Empfindung war; sie verband sich mit der wunderlichen Raumerinnerung der Vermischung des Geschehens vor und hinter den Fenstern, deren schwächeres Echo er in jedem Augenblick wieder wachrufen konnte, zu einem dunkel erregenden Verhältnis zur Welt, das Ulrich, wenn er Zeit gehabt hätte, darüber länger nachzudenken, vielleicht auf die sagenhafte Wollust der Helden geführt haben würde, die von den Göttinnen, um die sie warben, verschlungen wurden.

Aber er wurde statt dessen von Graf Leinsdorf unterbrochen, der während dem seinen eigenen Kampf ausgekämpft hatte. «Ich muß hier ausharren, um dieser Empörung die Stirne zu bieten,» begann Se. Erlaucht «darum kann ich nicht fort! Aber Sie, mein Lieber, müßten eigentlich jetzt so schnell wie möglich zu Ihrer Kusine gehen, ehe sie noch über die Vorgänge erschrickt und vielleicht einem unserer Journalisten eine Äußerung gibt, die augenblicklich nicht am Platz ist! Sagen Sie ihr vielleicht –» er dachte noch einmal nach, bevor er einen Beschluß faßte – «Ja, ich denke, Sie sagen ihr am besten: Jedes starke Heilmittel hat starke Wirkungen! Und sagen Sie ihr: Wer das Leben bessern will, darf sich in kritischen Lagen nicht scheuen, zu brennen oder zu schneiden!» Er dachte noch einmal nach; er sah dabei beunruhigend entschlossen aus, und sein Kinnbart stieg und senkte sich lotrecht, wenn er beinahe schon etwas sagte, es sich aber doch noch einmal überlegte. Aber schließlich brach etwas von seiner natürlichen Güte durch, und er fuhr fort: «Sie müssen ihr aber auch auseinandersetzen, daß sie sich gar nicht ängstigen soll! Man braucht sich vor den wilden Männern nämlich nie zu fürchten. Je mehr wirklich in ihnen steckt, desto eher bequemen sie sich den wirklichen Verhältnissen an, wenn man ihnen Gelegenheit dazu gibt. Ich weiß nicht, ob Ihnen das auch schon aufgefallen ist, aber es hat noch nie eine Opposition gegeben, die nicht aufgehört hätte, Opposition zu machen, wenn sie ans Ruder gekommen ist; das ist nämlich nicht bloß so, wie man glauben könnte, daß es sich von selbst versteht, sondern das ist etwas sehr Wichtiges, denn daraus entsteht, wenn ich mich so ausdrücken darf, das Tatsächliche, Verläßliche und Kontinuierliche in der Politik!»

121

Die Aussprache

Als Ulrich bei Diotima eintraf, meldete ihm Rachel beim Öffnen, daß die gnädige Frau nicht zu Hause, aber Dr. Arnheim hier sei und auf sie warte. Ulrich erklärte, daß er eintreten wolle, ohne zu bemerken, daß bei seinem Anblick seiner reuigen kleinen Freundin das Blut ins Gesicht geschlagen war.

Auf der Straße flutete noch Unruhe hin und her, und Arnheim, der am Fenster gestanden hatte, kam ihm von dort entgegen, um ihn zu begrüßen. Der unerwartete Zufall dieses zögernd gesuchten Zusammentreffens belebte sein Gesicht, aber er wollte vorsichtig sein und fand nicht den gewünschten Anfang. Auch Ulrich konnte sich nicht entschließen, gleich mit den galizischen Öllagern zu beginnen, und so schwiegen die beiden Männer bald nach den ersten Begrüßungsworten und traten schließlich gemeinsam ans Fenster, wo sie stumm auf die Erregung in der Tiefe hinabsahen.

Nach einer Weile sagte Arnheim: «Ich kann Sie nicht verstehen; ist es nicht tausendmal wichtiger, sich mit dem Leben abzugeben, als zu schreiben?!»

«Ich schreibe ja nichts» erwiderte Ulrich knapp.

«Daran tun Sie recht!» – Arnheim paßte sich der Antwort an – «Das Schreiben ist, so wie die Perle, eine Krankheit. Sehen Sie –:» Er wies mit zweien seiner gepflegten Finger auf die Straße, eine Bewegung, die trotz ihrer Schnelligkeit ein wenig vom päpstlichen Segen an sich hatte. «Da kommen die Leute einzeln und in Rudeln, und von Zeit zu Zeit wird von innen ein Mund aufgerissen und schreit! Ein andermal würde der Mann schreiben; da haben Sie recht!»

«Aber Sie sind doch selbst ein berühmter Schriftsteller?!»

«Oh, das will nichts bedeuten!» – Aber nach dieser Antwort, die in liebenswürdiger Weise alles offen ließ, wandte sich Arnheim Ulrich zu, indem er sich ihm ausführlich in ganzer Breite zudrehte und, Brust an Brust vor ihm stehend, die Worte weit auseinanderlegend, sagte: «Darf ich Sie etwas fragen?»

Es war natürlich unmöglich, darauf nein zu sagen; aber da Ulrich unwillkürlich ein wenig abgerückt war, wirkte diese rhetorische Höflichkeit wie eine Seilschlinge, die ihn wieder heranholte. «Ich hoffe,» begann Arnheim «daß Sie unseren letzten kleinen Zusammenstoß nicht übel vermerkt, sondern der Teilnahme zugute gehalten haben, die ich Ihren Anschauungen entgegenbringe, auch wenn sie, was ja nicht selten geschieht, den meinen zu widersprechen scheinen. Dann darf ich Sie also fragen, ob Sie wirklich daran festhalten, daß – ich möchte es gerne zusammenfassend sagen: – daß man mit einem eingeschränkten Realgewissen leben soll? Drücke ich mich richtig aus?»

Das Lächeln, womit Ulrich antwortete, sagte: ich weiß es nicht und warte ab, was du noch sagen wirst.

«Sie haben von einem gleichsam in Schwebe zu lassenden Leben gesprochen, nach der Art von Gleichnissen, die unentschieden zwischen zwei Welten zu Hause sind? Sie haben außerdem zu Ihrer Frau Kusine verschiedenes gesagt, was außerordentlich fesselnd ist. Es wäre sehr kränkend für mich, wenn Sie mich etwa für einen preußischen Geschäfts-Militaristen hielten, der für derlei kein Verständnis hat. Aber Sie sagen zum Beispiel, es sei nur der gleichgültige Teil unser selbst, woraus unsere Wirklichkeit und Geschichte entstehe; ich verstehe das etwa so, daß man die Formen und Typen des Geschehens erneuern müßte und daß es bis dahin Ihrer Meinung nach einigermaßen gleichgültig sei, was gerade Hinz und Kunz widerfahre?»

«Ich meine,» schaltete Ulrich vorsichtig und widerstrebend ein «es erinnert an einen Stoff, der in tausenden Ballen technich sehr vollendet erzeugt wird, aber nach alten Mustern, um deren Entwicklung sich niemand kümmert.»

«Mit anderen Worten,» fiel Arnheim ein «ich verstehe Ihre Behauptung so, daß der gegenwärtige, zweifellos unbefriedigende Weltzustand davon komme, daß die Führer glauben, Weltgeschichte machen zu müssen, statt alle Kraft des Menschen darauf zu richten, die Sphäre der Macht mit Ideen zu durchdringen. Man könnte es vielleicht noch richtiger mit einem Fabrikanten vergleichen, der darauf los produziert und sich nur nach dem Markt richtet, statt diesen zu regulieren! Sie sehen also, daß mich Ihre Gedanken sehr nahe berühren. Aber Sie müssen gerade deshalb verstehen, daß diese Gedanken auf mich, als einen Mann, der unaufhörlich Entscheidungen treffen muß, von denen ausgedehnte Betriebe in Bewegung erhalten werden, mitunter auch geradezu ungeheuerlich wirken! Zum Beispiel, wenn Sie eben den Verzicht auf die Realbedeutung unseres Tuns fordern; auf den ‹vorläufig definitiven› Charakter unserer Handlungen, wie unser Freund

Leinsdorf so entzückend sagt, dessenungeachtet man wirklich nicht ganz darauf verzichten kann!»

«Ich verlange gar nichts» sagte Ulrich.

«Oh, Sie verlangen wohl mehr! Sie verlangen das Bewußtsein des Versuchs!» Arnheim sagte es mit Lebhaftigkeit und Wärme. «Die verantwortlichen Führer sollen daran glauben, daß sie nicht Geschichte zu machen, sondern Versuchsprotokolle auszufüllen haben, die weiteren Versuchen zur Grundlage dienen können! Ich bin entzückt von diesem Einfall; aber wie sieht es zum Beispiel mit Kriegen und Revolutionen aus? Kann man die Toten wieder aufwecken, wenn der Versuch durchgeführt ist und vom Arbeitsplan abgesetzt wird?!»

Ulrich unterlag nun doch dem Reiz des Sprechens, der nicht viel anders zur Fortsetzung anstachelt wie der des Rauchens, und entgegnete, daß man wahrscheinlich alles, um es fördern zu können, in vollem Ernst anpacken müsse, auch wenn man wisse, daß fünfzig Jahre nach seiner Durchführung noch jeder Versuch der Mühe nicht wert war. Aber dieser ‹perforierte Ernst› sei auch sonst nichts Ungewöhnliches; man setze oft genug sein Leben im Spiel und für nichts ein. Psychologisch würde ein Leben auf Versuch also nichts Unmögliches bedeuten; was fehle, sei bloß der Wille, eine in gewissem Sinne unbegrenzte Verantwortung zu übernehmen. «Darin liegt der entscheidende Unterschied» schloß er. «Früher hat man gleichsam deduktiv empfunden, von bestimmten Voraussetzungen ausgehend, und diese Zeit ist vorbei; heute lebt man ohne leitende Idee, aber auch ohne das Verfahren einer bewußten Induktion, man versucht darauf los wie ein Affe!»

«Ausgezeichnet!» gab Arnheim freiwillig zu. «Aber nun verzeihen Sie mir noch eine letzte Frage: Sie empfinden, wie mir Ihre Kusine wiederholt gesagt hat, lebhafte Teilnahme für einen krankhaft-gefährlichen Menschen. Ich verstehe das, nebenbei bemerkt, sehr gut. Auch gibt es noch kein rechtes Verfahren mit solchen Leuten, und das Verhalten der menschlichen Gesellschaft ist ihnen gegenüber schändlich fahrlässig. Aber wie die Verhältnisse nun einmal liegen und nur die Wahl lassen, daß dieser Mensch entweder unschuldig getötet wird oder Unschuldige tötet: Würden Sie ihn in der Nacht vor seiner Hinrichtung entschlüpfen lassen, wenn Sie die Macht dazu hätten?»

«Nein!» sagte Ulrich.

«Nein? Wirklich nein?!» fragte Arnheim, plötzlich sehr lebhaft.

«Ich weiß es nicht. Ich glaube nein. Ich könnte mich natürlich darauf ausreden, daß ich in einer falsch eingerichteten Welt gar nicht so handeln darf, wie es mir recht vorkommt; aber ich will Ihnen einfach zugeben, daß ich nicht weiß, was ich zu tun hätte.»

«Dieser Mann ist zweifellos unschädlich zu machen» sagte Arnheim nachdenklich. «Er ist aber in den Zeiten seiner Anfälle ein Sitz des

Dämonischen, das in allen starken Jahrhunderten dem Göttlichen verwandt empfunden worden ist. Früher hätte man den Mann, wenn seine Anfälle kamen, in die Wüste geschickt; er würde dann vielleicht auch gemordet haben, aber in einer großen Vision, wie Abraham den Isaak schlachten wollte! Das ist es! Wir wissen heute nichts mehr damit anzufangen, und wir meinen nichts mehr ehrlich!»

Vielleicht hatte sich Arnheim zu diesen letzten Worten hinreißen lassen und wußte selbst nicht genau, was er damit sagen wollte; daß Ulrich nicht so viel «Seele und Torheit» aufbrachte, um die Frage, ob er Moosbrugger retten würde, ohne Hemmung zu bejahen, hatte seinen eigenen Ehrgeiz aufgestachelt. Aber Ulrich, obwohl er diese Wendung des Gesprächs fast als ein Zeichen empfand, das ihn unerwartet an seinen «Beschluß» im Leinsdorfschen Palais erinnerte, ärgerte sich über die verschwenderische Ausschmückung, die Arnheim dem Gedanken an Moosbrugger gab, und beides ließ ihn gespannt trocken fragen: «Würden Sie ihn befreien?»

«Nein» erwiderte Arnheim lächelnd; «aber ich wollte Ihnen einen anderen Vorschlag machen.» Und ohne ihm Zeit zum Widerstand zu lassen, fuhr er fort: «Ich will Ihnen schon lange diesen Vorschlag machen, damit Sie Ihr Mißtrauen gegen mich aufgeben, das mich, offen gestanden, kränkt; ich möchte Sie sogar für mich gewinnen! Haben Sie eine Vorstellung davon, wie ein großes Wirtschaftsunternehmen innen aussieht? Es hat zwei Spitzen: die Geschäftsleitung und den Verwaltungsrat; über diesen beiden gewöhnlich noch eine dritte, das Exekutivkomitee, wie Sie es hierzulande nennen, das aus Teilen von beiden besteht und täglich oder beinahe täglich zusammentritt. Der Verwaltungsrat ist selbstverständlich mit Vertrauensleuten der Aktienmajorität besetzt –» Er gönnte Ulrich jetzt erst eine Pause, und sie war so, als prüfe er ihn, ob ihm nicht schon bisher etwas aufgefallen sei. «Ich sagte, die Aktienmajorität entsende ihre Vertrauensleute in Verwaltungsrat und Exekutivkomitee» half er nach: «Stellen Sie sich unter dieser Majorität etwas Bestimmtes vor?»

Ulrich tat es nicht; er besaß nur eine unbestimmte Sammelvorstellung vom Geldwesen, die Beamte, Schalter, Kupons und urkundenähnliche Papiere enthielt.

Arnheim half abermals nach. «Haben Sie schon jemals einen Verwaltungsrat gewählt? Sie haben es nie getan!» – setzte er gleich selbst hinzu – «Und es würde auch keinen Sinn haben, daran zu denken, denn Sie werden nie die Aktienmajorität eines Unternehmens besitzen!» Er sagte das so bestimmt, daß sich Ulrich fast durch den Mangel einer so wichtigen Eigenschaft hätte beschämt fühlen können; und es war auch ein echt Arnheimscher Einfall, mit einem einzigen Schritt und ohne Mühe von den Dämonen zu den Verwaltungsräten überzugehn. Er fuhr lächelnd fort: «Ich habe Ihnen eine Person bisher nicht genannt, und es ist in gewissem Sinn die wichtigste! Ich habe ‹die Aktienmajorität› gesagt, das klingt wie eine harmlose Vielheit: dennoch ist das fast immer eine einzelne Person, ein ungenannter und der großen Öffentlichkeit unbekannter Hauptanteilbesitzer, der von jenen verdeckt wird, die er an seiner Statt vorschickt!»

Nun dämmerte es Ulrich natürlich, daß dies Dinge seien, von denen man jeden Tag in der Zeitung lesen könne; aber Arnheim verstand es immerhin, ihnen Spannung zu geben. Neugierig fragte er ihn, wer die Aktienmajorität der Lloyd-Bank besitze.

«Das weiß man nicht» erwiderte Arnheim ruhig. «Richtiger gesagt, Eingeweihte wissen es natürlich, aber es ist nicht üblich, davon zu sprechen. Lassen Sie mich lieber auf den Kern dieser Dinge kommen: Überall, wo zwei solche Kräfte da sind, ein Auftraggeber auf der einen, eine Verwaltung auf der anderen Seite, entsteht von selbst die Erscheinung, daß jedes mögliche Mehrungsmittel ausgenutzt wird, ob es nun moralisch und schön ist oder nicht. Ich sage wirklich ‹von selbst›, denn diese Erscheinung ist in hohem Grade unabhängig vom Persönlichen. Der Auftraggeber kommt nicht unmittelbar in Berührung mit der Ausführung, und die Organe der Verwaltung sind dadurch gedeckt, daß sie nicht aus persönlichen Gründen, sondern als Beamte handeln. Dieses Verhältnis finden Sie heute allenthalben und durchaus nicht nur im Geldwesen. Sie können versichert sein, daß unser Freund Tuzzi in größter Gewissensruhe das Zeichen zu einem Krieg geben würde, selbst wenn er persönlich nicht einen alten Hund totschießen könnte, und ihren Freund Moosbrugger werden Tausende zum Tode befördern, weil sie es bis auf drei nicht mit leiblicher Hand zu tun brauchen! Durch diese zur Virtuosität ausgebildete ‹Indirektheit› wird heute das gute Gewissen jedes Einzelnen wie der ganzen Gesellschaft gesichert; der Knopf, auf den man drückt, ist immer weiß und schön, und was am anderen Ende der Leitung geschieht, geht andere Leute an, die für ihre Person wieder nicht drücken. Finden Sie es abscheulich? So lassen wir Tausende sterben oder vegetieren, bewegen Berge von Leid, richten damit aber auch etwas aus! Ich möchte beinahe behaupten, daß sich darin, in der Form der sozialen Arbeitsteilung, nichts anderes ausdrückt als die alte Zweiteilung des menschlichen Gewissens in gebilligten Zweck und in Kauf genommene Mittel, wenn auch in einer grandiosen und gefährlichen Weise.»

Ulrich hatte zu Arnheims Frage, ob er das verabscheue, die Achseln gezuckt. Die Teilung des moralischen Bewußtseins, von der Arnheim sprach, diese fürchterlichste Erscheinung des heutigen Lebens, hat es immer gegeben, aber sie ist zu ihrem grauenvollen guten Gewissen erst als eine Folge der allgemeinen Arbeitsteilung gelangt, und als solche besitzt sie auch etwas von deren großartiger Unvermeidlichkeit. Es widerstrebte Ulrich, sich schlechtweg über sie zu entrüsten, und erregte zum Trotz das komische und angenehme Gefühl in ihm, das eine Hundertkilometergeschwindigkeit bereitet, wenn ein bestaubter Moralist am Wege steht und schimpft. Als Arnheim schwieg, sagte er darum zuerst: «Jede Form der Arbeitsteilung läßt sich entwickeln. Die Frage, die Sie mir stellen dürfen, ist also nicht, ob ich ‹abscheulich finde›, sondern ob ich glaube, daß man zu würdigeren Zuständen gelangen könne, ohne umkehren zu müssen!»

«Ihre Generalinventur!» schaltete Arnheim ein. «Wir haben die Teilung der Tätigkeiten ausgezeichnet organisiert, dabei aber die Instanzen für die Zusammenfassung vernachlässigt; wir zerstören die Moral und die Seele fortwährend nach den neuesten Patenten und glauben sie mit den alten Hausmitteln der religiösen und philosophischen Überlieferung zusammenhalten zu können! Ich spotte nicht gerne in dieser Weise» verbesserte er sich «und halte Witz ganz allgemein für etwas sehr Zweideutiges; aber ich habe den Vorschlag, den Sie in unserer Gegenwart Graf Leinsdorf gemacht haben, daß man das Gewissen neu organisieren solle, auch niemals bloß für einen Scherz gehalten!»

«Es war einer» erwiderte Ulrich schroff. «Ich glaube nicht an die Möglichkeit. Eher bilde ich mir noch ein, daß der Teufel die europäische Welt aufgebaut hat und Gott seinen Konkurrenten zeigen lassen will, was er kann!»

«Eine hübsche Idee!» sagte Arnheim. «Aber warum haben Sie sich dann über mich geärgert, als ich Ihnen nicht glauben wollte?»

Ulrich antwortete nicht.

«Was Sie soeben sagten, steht auch in Widerspruch zu der sehr unternehmenden Äußerung über das Verfahren, wie wir uns einem richtigen Leben nähern könnten, die Sie eine Weile früher getan haben» fuhr Arnheim still und hartnäckig fort. «Überhaupt fällt mir auf, ganz abgesehen davon, ob ich Ihnen im einzelnen zustimmen kann oder nicht, wie sehr sich in Ihnen tätige Neigungen und Gleichgültigkeit mischen.»

Als Ulrich auch darauf eine Antwort nicht nötig fand, sagte Arnheim so höflich, wie es einer Ungezogenheit gegenüber das richtige ist: «Ich habe nur Ihre Aufmerksamkeit darauf lenken wollen, wie sehr man sich heute bei wirtschaftlichen Entscheidungen, von denen ohnehin beinahe alles abhängt, auch noch die moralische Verantwortung selbst zurechtlegen muß und wie fesselnd sie dadurch werden.» Es lag ein leichter werbender Nachdruck selbst in dieser zurechtweisenden Bescheidenheit.

«Verzeihen Sie» entgegnete Ulrich; «ich habe über Ihre Worte nachgedacht.» Und als täte er es noch, fügte er hinzu: «Ich würde gerne wissen, ob Sie es auch für eine zeitgemäße Indirektheit und Bewußtseinsteilung halten, wenn man der Seele einer Frau mystische Gefühle einflößt, während man es für das Vernünftigste hält, ihrem Gatten ihren Körper zu überlassen?»

Arnheim verfärbte sich ein wenig bei diesen Worten, aber er verlor nicht die Beherrschung der Lage. Er erwiderte ruhig: «Ich weiß nicht mit Sicherheit, was Sie meinen. Aber wenn Sie von einer Frau sprechen würden, die Sie lieben, könnten Sie das nicht sagen, denn die Gestalt der Wirklichkeit ist immer reicher als die Linienführung der Grundsätze.» – Er war vom Fenster weggegangen und lud Ulrich zum Sitzen ein. «Sie geben sich nicht leicht gefangen!» – fuhr er in einem Ton fort, der sowohl von Anerkennung wie von Bedauern etwas hatte – «Aber ich weiß, daß ich für Sie mehr ein feindliches Prinzip als einen persönlichen Gegner bedeute. Und die, welche für ihre Person die erbittertsten Gegner des Kapitalismus sind, sind im Geschäft nicht selten seine besten Diener; ich darf mich sogar ein wenig selbst dazu rechnen, sonst würde ich mir nicht erlauben, Ihnen das zu sagen. Unbedingte und leidenschaftliche Menschen sind, wenn sie einmal die Notwendigkeit eines Zugeständnisses eingesehen haben, gewöhnlich seine begabtesten Verfechter. Ich will darum meinen Vorsatz unter allen Umständen zu Ende führen und schlage Ihnen vor: Treten Sie in die Unternehmungen meiner Firma ein.»

Er machte absichtlich nicht viel Aufhebens von diesem Vorschlag, im Gegenteil, er schien die billige Wirkung der Überraschung, deren er freilich sicher war, durch unbetontes und schnelles Sprechen mildern zu wollen; Ulrichs erstaunten Blick in keiner Weise erwidernd, zählte er nun gleichsam die Einzelheiten auf, die dann zu erledigen wären, wenn das einträte, wozu er im Augenblick keineswegs persönlich Stellung nehmen wolle. «Sie würden natürlich anfangs nicht die Ausbildung haben,» sagte er sanft «um eine leitende Stellung übernehmen zu können, und wahrscheinlich hätten Sie dazu auch noch gar nicht Lust; ich würde Ihnen darum eine Stellung an meiner Seite anbieten, nennen wir sie Generalsekretär, eine Stellung, die ich eigens für Sie schaffen möchte. Ich hoffe, daß ich Sie damit nicht beleidige, denn ich denke mir diesen Posten durchaus nicht mit einem bestechenden Gehalt ausgestattet; wohl aber sollten Sie in Ihrer Tätigkeit die Möglichkeit finden, sich mit der Zeit jedes Einkommen zu verschaffen, das Ihnen wünschenswert erscheint, und ich bin überzeugt, daß Sie mich nach Ablauf eines Jahres ganz anders verstehen werden als jetzt.»

Als Arnheim diese Rede schloß, fühlte er doch, daß er erregt war. Eigentlich wunderte er sich in diesem Augenblick darüber, daß er Ulrich nun wirklich ein solches Angebot gemacht habe, durch dessen Zurückweisung er nur bloßgestellt werden konnte, ohne daß mit der Annahme ein erfreulicher Zweck verbunden war. Denn die Vorstellung, dieser vor ihm befindliche Mensch könnte zu etwas imstande sein, was er selbst nicht zuwegebringe, war im Verlauf des Gesprächs geschwunden, und das Bedürfnis, diesen Mann zu verführen und in seine Macht zu bringen, war unsinnig geworden, seitdem es sich Luft gemacht hatte. Daß er sich vor etwas gefürchtet hatte, was er dieses Mannes «Witz» nannte, erschien ihm unnatürlich. Er, Arnheim, war ein großer Herr, und für einen solchen hat das Leben einfach zu sein! Er verträgt sich mit allem anderen Großen, soweit ihm das erlaubt ist, lehnt sich nicht abenteuerlicherweise gegen alles auf und zieht nicht alles in Zweifel, das wäre gegen seine Natur; auf der anderen Seite aber gibt es natürlich die schönen und zweifelhaften Dinge, und man zieht so viel von ihnen heran, als es möglich ist. Noch nie glaubte Arnheim so stark wie in diesem Augenblick die Sicherheit der westlichen Kultur empfunden zu haben, die ein wundervolles Geflecht von Kräften und Hemmungen ist! Wenn Ulrich das nicht einsah, so war er nichts als ein Abenteurer, und daß er sich durch ihn beinahe zu dem Gedanken hatte verleiten lassen –: hier versagten aber Arnheim die Worte trotz ihrer stummen Verborgenheit; er brachte es nicht fertig, sich die Vorstellung deutlich ausgliedern zu lassen, daß er daran gedacht habe, Ulrich an Sohnes Statt an sich zu ziehen. Es wäre gar nicht viel dabei gewesen, ein Gedanke schließlich wie unzählige andere, die man nicht zu verantworten braucht, und wahrscheinlich von irgendeiner Lebenstrauer eingegeben, wie sie am Grunde jedes tätigen Lebens zurückbleibt, weil man nie das findet, womit man zufrieden ist; und vielleicht hatte er den Gedanken überhaupt nicht in dieser anfechtbaren Form gehabt, sondern nur etwas empfunden, dem man diese Form hätte geben können: trotzdem wollte er sich nicht daran erinnern und hatte bloß schreiend deutlich die Vorstellung im Kopf, wenn man Ulrichs Jahre von den seinen abziehe, bleibe kein so großer Unterschied übrig, und dahinter allerdings die schattenhaftere zweite, daß ihm Ulrich als Warnung vor Diotima dienen sollte! Er erinnerte sich, schon öfters sein Verhältnis zu Ulrich so empfunden zu haben wie einen Nebenkrater, an dem man die Unheimlichkeit der Vorgänge erkennt, die sich im Hauptkrater vorbereiten, und es beunruhigte ihn einigermaßen, daß es hier nun zum Ausbruch gekommen war, denn die Worte waren ausgeflossen und bahnten sich ihren Weg ins Leben. «Was soll geschehn,» fuhr es Arnheim durch den Kopf «wenn dieser Mensch annimmt?!» In solcher Weise näherten sich die gespannten Augenblicke ihrem Ende, in denen ein Arnheim auf die Entscheidung eines jüngeren Mannes warten mußte, dem er nur durch seine Einbildung Bedeutung geliehen hatte. Er saß sehr steif da, mit feindlich geöffneten Lippen, und dachte: «Es wird sich schon irgendwie regeln lassen, falls es sich nicht noch vermeiden läßt.»

Während Gefühl und Überlegung diesen Weg zurücklegten, stand jedoch die Lage nicht still, sondern es folgten Frage und Antwort geläufig aufeinander.

«Und welchen Eigenschaften» fragte Ulrich trocken «verdanke ich diesen Vorschlag, der kaufmännisch wohl kaum zu rechtfertigen ist?»

«Sie irren in dieser Frage immer wieder» entgegnete Arnheim. «Dort, wo ich stehe, sucht man die kaufmännische Rechtfertigung nicht in Heller und Pfennig; was ich an Ihnen verlieren könnte, spielt keine Rolle gegenüber dem, was ich zu gewinnen hoffe!»

«Sie machen mich aufs äußerste neugierig» meinte Ulrich; «daß ich ein Gewinn sein solle, wird mir sehr selten gesagt. Ein kleiner hätte ich vielleicht für meine Wissenschaft werden können, aber selbst da habe ich, wie Sie wissen, enttäuscht.»

«Darüber, daß Sie ungewöhnlich viel Verstand besitzen,» antwortete Arnheim (immer noch in dem Ton stiller Unerschütterlichkeit, an dem er äußerlich festhielt) «sind Sie mit sich selbst im reinen; das brauche ich Ihnen nicht zu sagen. Aber es wäre sogar möglich, daß wir schärfere und verläßlichere Intelligenzen in unseren Betrieben hätten. Es ist dagegen Ihr Charakter, es sind Ihre menschlichen Eigenschaften, was ich aus bestimmten Gründen dauernd an meiner Seite haben möchte.»

«Meine Eigenschaften?» Ulrich mußte lächeln. «Wissen Sie, daß mich meine Freunde einen Mann nennen, der keine Eigenschaften hat?»

Arnheim ließ sich eine kleine Gebärde der Ungeduld entschlüpfen, die ungefähr besagte: «Erzählen Sie mir nichts von sich, was ich längst besser weiß!» In diesem Zucken, das über sein Gesicht bis in die Schulter lief, setzte sich seine Unzufriedenheit durch, während die Worte noch nach Plan und Vorsatz weiterliefen. Ulrich fing diesen Ausdruck auf, und so leicht war er durch Arnheim zu reizen, daß er dem Gespräch nun doch die bisher vermiedene Wendung zu voller Offenheit gab. Sie waren indes wieder aufgestanden, er trat einige Schritte von seinem Gegenüber weg, um die Wirkung besser beobachten zu können, und sagte: «Sie haben mir so viele bedeutsame Fragen gestellt, daß auch ich etwas wissen möchte, ehe ich mich entscheide.» Und auf eine einladende Bewegung Arnheims fuhr er klar und sachlich fort: «Man hat mir erzählt, daß Ihre Teilnahme an allem, was mit der hier im Gange befindlichen ‹Aktion› zusammenhängt – und sowohl Frau Tuzzi wie meine Wenigkeit wären da nur ein Zusatz! – der Erwerbung von großen Teilen der galizischen Ölfelder dienen soll?»

Arnheim war, soviel man in dem schon schlecht gewordenen Licht sehen konnte, bleich geworden und ging langsam auf Ulrich zu. Dieser hatte den Eindruck, sich gegen eine Unhöflichkeit vorsehen zu müssen, und bedauerte, durch seine unvorsichtige Geradheit dem anderen die Möglichkeit gegeben zu haben, eine Fortsetzung des Gesprächs in dem Augenblick abzulehnen, wo sie ihm unangenehm werden mußte: Er sagte darum so liebenswürdig wie möglich: «Ich wünsche Sie natürlich nicht zu beleidigen, aber unsere Aussprache würde nie ihre volle Bedeutung gewinnen, wenn wir sie nicht rücksichtslos führten!»

Diese paar Worte und die Zeit für das kurze Stück Wegs genügten, um Arnheim seine Fassung wiederfinden zu lassen; er trat mit einer lächelnden Bewegung an Ulrich heran, legte ihm die Hand, ja eigentlich den Arm auf die Schulter und sagte vorwurfsvoll: «Wie können Sie einem solchen Börsengerücht aufsitzen!»

«Ich habe es nicht als Gerücht, sondern von jemand erfahren, der gut unterrichtet ist.»

«Ja, ich habe auch schon davon gehört, daß man das erzählt: wie konnten Sie es nur glauben! Natürlich bin ich nicht bloß zu meinem Vergnügen hier; ich kann es mir leider niemals erlauben, daß die Geschäfte ganz ruhen. Und ich will auch nicht leugnen, mit einigen Personen über diese Öllager gesprochen zu haben, wiewohl ich Sie bitten muß, über dieses Zugeständnis Schweigen zu bewahren. Aber alles das ist doch nicht das Wesentliche!»

«Meine Kusine» fuhr Ulrich fort «ahnt von Ihrem Petroleum nicht das geringste. Sie hat von ihrem Gatten den Auftrag empfangen, Sie ein wenig über den Zweck Ihres Anfenthaltes auszuhorchen, weil man Sie hier für eine Vertrauensperson des Zaren hält; aber ich bin überzeugt, daß sie diese diplomatische Mission nicht gut ausführt, denn sie ist sicher, einzig und allein selbst der Zweck Ihrer Anwesenheit zu sein!»

«Seien Sie doch nicht so undelikat!» Arnheims Arm gab Ulrichs Schulter eine freundschaftliche leichte Bewegung. «Nebenbedeutungen laufen vielleicht immer und überall mit; aber Sie haben soeben, trotz der vermeintlichen Satire, mit der ungezogenen Aufrichtigkeit eines Schuljungen darüber gesprochen!»

Dieser Arm auf seiner Schulter machte Ulrich unsicher. Es war eine lächerliche und unangenehme Empfindung, sich umarmt zu fühlen, ja man konnte sie geradezu jämmerlich nennen; aber Ulrich hatte lange Zeit keinen Freund besessen, und vielleicht war es darum auch ein wenig verwirrend. Er würde diesen Arm gern abgestreift haben, und unwillkürlich bemühte er sich darum; aber Arnheim nahm die kleinen Zeichen von Unwillkommenheit wahr und mußte sich anstrengen, um das nicht merken zu lassen, und aus Höflichkeit, weil er Arnheims schwierige Lage mitfühlte, hielt Ulrich still und ertrug die Berührung, die nun immer sonderbarer auf ihn zu wirken begann, wie ein schweres Gewicht, das in einen locker aufgeschütteten Damm einsinkt und ihn entzweireißt. Diesen Wall von Einsamkeit hatte Ulrich, ohne daß er es wollte, um sich aufgerichtet, und nun drang durch eine Bresche das Leben ein, der Puls eines anderen Menschen, und es war ein dummes Gefühl, lächerlich, aber doch ein wenig aufregend.

Er dachte an Gerda. Erinnerte sich, wie schon sein Jugendfreund Walter das Verlangen in ihm erregt hatte, einmal wieder und so zügellos ganz mit einem Menschen übereinstimmen zu können, als ob es in der weiten Welt keine anderen Unterschiede gäbe als die der Zu- und Abneigung. Jetzt, wo es zu spät war, stieg das Verlangen danach wieder in ihm auf, in silbernen Wellen, schien es, wie die Weite eines Stroms hinab die Wellen von Wasser, Luft und Licht zu einem einzigen Silber werden, und so betörend, daß er sich hüten mußte, dem nachzugeben und in seiner zweideutigen Lage ein Mißverständnis hervorzurufen. Aber als sich seine Muskeln steiften, erinnerte er sich, daß Bonadea zu ihm gesagt hatte: «Ulrich, du bist nicht schlecht, du machst dir bloß Schwierigkeiten, gut zu sein!» – Bonadea, die an jenem Tag so erstaunlich klug gewesen war und auch noch das gesagt hatte: «Im Traum denkst du doch auch nicht, da erlebst du!» Und er hatte gesagt: «Ich war ein Kind, so weich wie Luft in einer Mondnacht...», und erinnerte sich jetzt, daß ihm dabei eigentlich ein anderes Bild vorgeschwebt hatte: die Spitze eines brennenden Magnesiumlichts; denn so wie diese sprühend zu Licht zerrissen wird, glaubte er sein Herz zu kennen, aber das war lange her, und er hatte sich nicht recht getraut, diesen Vergleich auszusprechen, und war dem anderen erlegen; überdies nicht im Gespräch mit Bonadea, sondern mit Diotima, wie ihm soeben einfiel. «Die Unterschiede des Lebens liegen an den Wurzeln sehr nahe beisammen», fühlte er und sah sich den Mann an, der ihm aus nicht sehr durchsichtigen Gründen angetragen hatte, sein Freund zu werden.

Arnheim hatte seinen Arm zurückgezogen. Sie standen jetzt wieder in der Fensternische, wo sie das Gespräch begonnen hatten; unten auf der Straße brannten bereits friedlich die Lampen, aber man spürte die auswirkende Bewegung der Vorgänge, die stattgefunden hatten. Zeitweilig kamen noch zusammengeballte Rudel von Menschen vorbei, sprachen hitzig, und dann und wann sprang auch noch ein Mund auf und stieß eine Drohung aus oder irgendein fackelndes «Huhuh!», dem Lachen folgte. Man empfing den Eindruck eines Zustands von Halbbewußtsein. Und im Licht dieser unruhigen Straße, zwischen den lotrecht herabfallenden Vorhängen, die das gedunkelte Bild des Zimmers umrahmten, sah er die Figur Arnheims und fühlte er seine eigene dastehen, zur Hälfte hell, zur Hälfte schwarz und von dieser Doppelbeleuchtung leidenschaftlich zugeschärft. Ulrich erinnerte sich der Heilrufe auf Arnheim, die er gehört zu haben glaubte, und mochte jener mit diesen Vorgängen zusammenhängen oder nicht, in der cäsarischen Ruhe, die er, nachdenklich auf die Straße blickend, zur Schau trug, wirkte er wie die beherrschende Figur in diesem Augenblicksgemälde und schien seine eigene Gegenwart darin auch bei jedem Blick zu fühlen. Man begriff neben ihm, was Selbstbewußtsein heißt: Das Bewußtsein vermag nicht, das Wimmelnde, Leuchtende der Welt in Ordnung zu bringen, denn je schärfer es ist, desto grenzenloser wird, wenigstens vorläufig, die Welt; das Selbstbewußtsein aber tritt hinein wie ein Regisseur und macht eine künstliche Einheit des Glücks daraus. Ulrich beneidete diesen Mann um sein Glück. Es schien ihm in diesem Augenblick nichts leichter zu sein, als an ihm ein Verbrechen zu begehn, denn mit seinem Bedürfnis nach Bildhaftigkeit lockte dieser Mann auch diese alten Texte auf die Szene! «Nimm einen Dolch und erfülle sein Schicksal!»: Ulrich hatte diese Worte ganz mit schlechtem schauspielerischen Tonfall im Ohr, aber unwillkürlich richtete er es so ein, daß er mit dem halben Körper hinter Arnheim zu stehen kam. Er sah die dunkle, breite Fläche des Halses und der Schultern vor sich. Namentlich der Hals reizte ihn. Seine Hand suchte in den Taschen der rechten Körperseite nach dem Federmesser. Er hob sich auf die Fußspitzen und senkte seinen Blick an Arnheim vorbei noch einmal in die Straße. Im Halbdunkel draußen wurden die Menschen wie Sand von einer Welle angeschleppt, die ihre Körper bewegte. Irgend etwas mußte ja wohl aus dieser Kundgebung folgen, und so schickte die Zukunft eine Welle voraus, und es fand eine Art überpersönlicher schöpferischer Durchdringung der Menschen statt, aber es war wie immer eine höchst ungenaue und fahrlässige: so ähnlich empfand Ulrich, was er sah, und wurde eine kurze Weile davon festgehalten, aber er war es bis zu Ekelgefühlen müde, daran Kritik zu üben. Er ließ sich vorsichtig wieder auf die Sohlen sinken, schämte sich der Gedankenspielerei, die ihn diesen Weg vorher in entgegengesetzter Richtung hatte zurücklegen lassen, ohne das aber sonderlich wichtig zu nehmen, und fühlte eine große Verlockung, Arnheim auf die Schulter zu tippen und ihm zu sagen: «Ich danke Ihnen, ich habe es satt, ich will etwas Neues versuchen, und ich nehme Ihren Vorschlag an!»

Da Ulrich aber auch das nicht wirklich tat, kamen die beiden Männer über die Antwort auf Arnheims Anfrage hinweg. Arnheim nahm das Gespräch an einer früheren Stelle wieder auf: «Besuchen Sie manchmal den Film? Sie sollten es tun!» sagte er. «Vielleicht hat er in seiner gegenwärtigen Form noch keine ganz große Zukunft, aber lassen Sie sich erst größere kommerzielle Interessen – etwa elektrochemische oder solche der Farbenindustrie – damit verknüpfen, so werden Sie in einigen Jahrzehnten eine Entwicklung sehn, die durch nichts aufzuhalten ist. Dann setzt der Vorgang ein, wo jedes Mehrungs- und Steigerungsmittel herhalten muß, und was immer unsere Dichter oder Ästhetiker sich einbilden werden, entstehen wird eine Kunst der A. E. G. oder der Deutschen Farbwerke. Es ist entsetzlich, mein Lieber! Schreiben Sie? Nein, ich habe Sie das bereits vorhin gefragt. Aber warum schreiben Sie nicht? Sie haben recht. Der künftige Dichter und Philosoph wird über das Laufbrett der Journalistik kommen! Ist Ihnen noch nicht aufgefallen, daß unsere Journalisten immer besser und unsere Dichter immer schlechter werden? Ohne Frage ist das eine gesetzmäßige Entwicklung; es ist etwas im Gange, und ich bin auch gar nicht im Zweifel, was das ist: das Zeitalter der großen Individualitäten geht zu Ende!» Er beugte sich vor. «Ich kann nicht ausnehmen, welches Gesicht Sie dazu machen; ich habe schlechtes Büchsenlicht!» Er lachte ein wenig. «Sie haben eine Generalinventur des Geistes gefordert: Glauben Sie daran? Glauben Sie denn, daß das Leben vom Geist regulierbar ist?! Sie haben natürlich nein gesagt: Aber ich glaube Ihnen nicht, denn Sie sind ein Mensch, der den Teufel umarmen würde, weil er der Mann ohnegleichen ist!»

«Woraus ist das?» fragte Ulrich.

«Aus der unterdrückten Vorrede zu den Räubern.»

«Natürlich aus der unterdrückten,» dachte Ulrich «wie denn aus einer gewöhnlichen!»

«Geister, die das abscheuliche Laster reizet, um der Größe willen, die ihm anhängt» zitierte Arnheim aus seinem umfassenden Gedächtnis weiter. Er fühlte, daß er wieder Herr der Lage sei und Ulrich, aus welchen Gründen immer, nachgegeben habe; es war nicht mehr feindliche Härte neben ihm, man brauchte auch nicht mehr von dem Antrag zu sprechen, das war in einer glücklichen Weise vorbeigegangen; aber so wie ein Ringkämpfer das Ermatten des Gegners errät und da sein ganzes Gewicht einsetzt, fühlte er das Bedürfnis, die volle Schwere jenes Antrags nachwirken zu lassen, und fuhr fort: «Ich glaube, daß Sie mich jetzt besser verstehen werden als anfangs. Ich gestehe Ihnen also offen, daß ich mich zuweilen allein fühle. Wenn die Leute ‹neu› sind, denken sie zu wirtschaftlich; wenn die Wirtschaftsfamilien aber die zweite oder dritte Generation bilden, verlieren sie die Phantasie. Sie bringen dann nur noch einwandfreie Verwalter hervor, Schlösser, Jagden, Offiziere und adelige Schwiegersöhne. Ich kenne diese Leute in der ganzen Welt; es sind kluge und feine Menschen darunter, aber sie sind nicht fähig, auch nur einen Gedanken hervorzubringen, der mit diesem letzten Unruhig-, Unabhängig- und vielleicht Unglücklichsein zusammenhängt, das ich durch das Schillerzitat gekennzeichnet habe.»

«Ich kann leider das Gespräch nicht fortstzen» erwiderte Ulrich. «Frau Tuzzi dürfte den Wiedereintritt der Ruhe in einem befreundeten Haus abwarten, aber ich muß fort. Sie trauen mir also zu, daß ich, ohne von Wirtschaft etwas zu verstehen, diese Unruhe besitze, die ihr so förderlich ist, indem sie ihr das allzu Wirtschaftliche nimmt?» Er hatte Licht gemacht, um sich zu verabschieden, und wartete auf Antwort. Arnheim legte ihm in majestätischer Freundlichkeit den Arm auf die Schulter, eine Gebärde, die sich nun schon bewährt zu haben schien, und erwiderte: «Verzeihen Sie mir, wenn ich vielleicht etwas viel gesagt habe, es war eine Stimmung der Einsamkeit! Die Wirtschaft kommt zur Macht, und was fangen wir mit der Macht an, fragt man sich manchmal! Nehmen Sie es mir nicht übel!»

«Aber im Gegenteil!» versicherte Ulrich. «Ich habe mir vorgenommen, Ihren Vorschlag ernst zu überlegen!» – Er sagte das schnell, und man konnte diese Hast als Erregung deuten. Darum blieb Arnheim, der noch auf Diotima wartete, etwas verdutzt zurück und fürchtete, daß es gar nicht so einfach sein werde, Ulrich auf eine ehrenvolle Weise von diesem Vorschlag wieder abzubringen.

122

Heimweg

Ulrich ging zu Fuß nach Hause. Es war eine schöne, aber dunkle Nacht. Die Häuser bildeten hoch und geschlossen den sonderbaren, oben offenen Raum Straße, über dem in der Luft irgend etwas, Finsternis, Wind oder Wolken, vor sich ging. Der Weg war so menschenleer, als ob die frühere Unruhe nun einen tiefen Schlummer hinterlassen hätte. Wenn Ulrich einem Fußgänger begegnete, so kam der Schall der Schritte durch lange Zeit allein auf ihn zu wie eine gewichtige Anmeldung. Man konnte das Gefühl von Geschehen haben in dieser Nacht wie in einem Theater. Man fühlte, daß man eine Erscheinung in dieser Welt war; etwas, das größer wirkt, als es ist; das hallt und, wenn es an beleuchteten Flächen vorbeikommt, seinen Schatten zur Begleitung hat wie einen mächtig zuckenden Narren, der sich aufrichtet und im nächsten Augenblick wieder demütig an die Fersen kriecht. «Wie glücklich kann man sein!» dachte er.

Er durchschritt einen Torbogen in einem etwa zehn Schritte lang neben der Straße laufenden steinernen Gang, der von ihr durch dicke Gewölbepfeiler getrennt war; Dunkelheit sprang aus Ecken, Überfall und Totschlag fackelten in dem halberleuchteten Durchlaß: heftiges, altertümlich und blutig feierliches Glück faßte die Seele an. Vielleicht war dies zu viel; Ulrich stellte sich plötzlich vor, mit wieviel Selbstgenuß und innerer «Regie» Arnheim jetzt an seiner Stelle hier gehen würde. Er hatte keine Freude mehr an seinem Schatten und Hall, und die geisternde Musik in den Mauern war erloschen. Er wußte, daß er Arnheims Antrag nicht annehmen werde; aber er kam sich jetzt nur noch wie ein durch die Galerie des Lebens irrendes Gespenst vor, das voll Bestürzung den Rahmen nicht finden kann, in den es hineinschlüpfen soll, und war ordentlich froh, als sein Weg bald in eine weniger drückende und großartige Gegend gelangte.

Breite Straßen und Plätze öffneten sich dunkel, und gewöhnliche Häuser, mit Lichtstockwerken friedlich bestirnt, hatten weiter nichts Zauberhaftes an sich. Ins Freie tretend, nahm er von diesem Frieden Witterung, und ohne daß er recht wußte warum, erinnerte er sich an einige Kinderbildnisse, die er vor einiger Zeit wiedergesehen hatte: sie zeigten ihn in Gesellschaft seiner früh verstorbenen Mutter, und mit Fremdheit hatte er auf ihnen einen kleinen Knaben erblickt, den eine altmodisch gekleidete, schöne Frau glücklich anlächelte. Die äußerst eindringliche Vorstellung eines braven, liebevollen, klugen kleinen Jungen, die man sich von ihm gemacht hatte; Hoffnungen, die ganz und gar noch nicht seine eigenen waren; ungewisse Erwartungen einer ehrenvollen erwünschten Zukunft, die wie die offenen Flügel eines goldenen Netzes nach ihm langten –: obgleich alles das seinerzeit unsichtbar gewesen war, hatte es sich nach Jahrzehnten doch sehr deutlich den alten Platten ablesen lassen, und mitten aus dieser sichtbaren Unsichtbarkeit, die so leicht hätte Wirklichkeit werden können, blickte ihm sein weiches, leeres Kindergesicht mit dem etwas verstörten Ausdruck des Stillhaltens entgegen. Er hatte keine Spur von Neigung für diesen Knaben gefühlt, und wenn er auch auf seine schöne Mutter einigen Stolz setzte, hatte das Ganze doch vor allem den Eindruck auf ihn gemacht, einem großen Schreck entronnen zu sein.

Wer diesen Eindruck erlebt hat, daß ihm seine Person, in einen gewesenen Augenblick der Selbstzufriedenheit gehüllt, aus alten Bildern entgegenblickte, als wäre ein Bindemittel ausgetrocknet oder abgefallen, wird das Gefühl verstehen, mit dem er sich die Frage vorlegte, wie dieses Bindemittel denn eigentlich beschaffen sei, daß es bei anderen nicht versage. Er befand sich nun in einer der Baumanlagen, die als ein unterbrochener Ring der Linie folgen, wo früher die Wälle waren, und hätte sie mit wenigen Schritten durchqueren können, aber der große Streif Himmels, der sich der Länge nach über den Bäumen dehnte, verlockte ihn, abzubiegen und seiner Richtung zu folgen, wobei er sich dem überaus privat wirkenden Lichterkranz, der die winterlichen Anlagen, die er durchschritt, himmlisch zurückgezogen umschwebte, immerfort zu nähern schien, ohne ihm näher zu kommen. «Es ist eine Art perspektivischer Verkürzung des Verstandes,» sagte er sich «was diesen allabendlichen Frieden zustandebringt, der in seiner

Erstreckung von einem zum andern Tag das dauernde Gefühl eines mit sich selbst einverstandenen Lebens ergibt. Denn der Menge nach ist es ja beiweitem nicht die Hauptvoraussetzung des Glücks, Widersprüche zu lösen, sondern sie verschwinden zu machen, wie sich in einer langen Allee die Lücken schließen, und so, wie sich allenthalben die sichtbaren Verhältnisse für das Auge verschieben, daß ein von ihm beherrschtes Bild entsteht, worin das Dringende und Nahe groß erscheint, weiter weg aber selbst das Ungeheuerliche klein, Lücken sich schließen und endlich das Ganze eine ordentliche glatte Rundung erfährt, tun es eben auch die unsichtbaren Verhältnisse und werden von Verstand und Gefühl derart verschoben, daß unbewußt etwas entsteht, worin man sich Herr im Hause fühlt. Diese Leistung ist es also,» sagte sich Ulrich «die ich nicht in wünschenswerter Weise vollbringe.»

Er blieb einen Augenblick vor einer breiten Pfütze stehen, die seinen Weg sperrte. Vielleicht war es diese Lacke zu seinen Füßen, und vielleicht waren es auch die besenkahlen Bäume zu seinen Seiten, was in diesem Augenblick plötzlich Straße und Dorf hervorzauberte und die zwischen Erfüllung und Vergeblichkeit liegende Eintönigkeit der Seele in ihm weckte, die dem Land eigentümlich ist und ihn seit jener ersten «Reise-Flucht» in seiner Jugend mehr als einmal zu einer Wiederholung gelockt hatte. «Es wird alles so einfach!» fühlte er. «Die Gefühle schläfern; die Gedanken lösen sich voneinander wie Wolken nach bösem Wetter, und mit einemmal bricht ein leerer schöner Himmel aus der Seele! Nun mag angesichts dieses Himmels eine Kuh mitten am Weg strahlen: es ist eine Eindringlichkeit des Geschehens, als ob sonst nichts auf der Welt wäre! Eine Wolke mag, hindurchwandernd, das gleiche über der ganzen Gegend tun: das Gras wird dunkel, und eine Weile später blitzt das Gras ringsum vor Nässe, sonst ist nichts geschehn, aber das ist eine Fahrt wie von einer Küste eines Meeres zur andern! Ein alter Mann verliert seinen letzten Zahn: und dieses kleine Ereignis bedeutet einen Einschnitt im Leben aller seiner Nachbarn, woran sie ihre Erinnerungen knüpfen können! Und so singen die Vögel alle Abende um das Dorf und immer in der gleichen Weise, wenn hinter der sinkenden Sonne die Stille kommt, aber es ist jedesmal ein neues Ereignis, als wäre die Welt noch keine sieben Tage alt! Am Land kommen die Götter noch zu den Menschen,» dachte er «man ist jemand und erlebt etwas, aber in der Stadt, wo es tausendmal so viel Erlebnisse gibt, ist man nicht mehr imstande, sie in Beziehung zu sich zu bringen: und so beginnt ja wohl das berüchtigte Abstraktwerden des Lebens.»

Aber indem er das dachte, wußte er auch, daß es die Macht des Menschen tausendfach ausdehnt, und wenn es selbst im Einzelnen ihn zehnfach verdünnt, ihn im ganzen noch hundertfach vergrößert, und ein

Rücktausch kam für ihn nicht ernsthaft in Frage. Und als einer jener scheinbar abseitigen und abstrakten Gedanken, die in seinem Leben oft so unmittelbare Bedeutung gewannen, fiel ihm ein, daß das Gesetz dieses Lebens, nach dem man sich, überlastet und von Einfalt träumend, sehnt, kein anderes sei als das der erzählerischen Ordnung! Jener einfachen Ordnung, die darin besteht, daß man sagen kann: «Als das geschehen war, hat sich jenes ereignet!» Es ist die einfache Reihenfolge, die Abbildung der überwältigenden Mannigfaltigkeit des Lebens in einer eindimensionalen, wie ein Mathematiker sagen würde, was uns beruhigt; die Aufreihung alles dessen, was in Raum und Zeit geschehen ist, auf einen Faden, eben jenen berühmten «Faden der Erzählung», aus dem nun also auch der Lebensfaden besteht. Wohl dem, der sagen kann «als», «ehe» und «nachdem»! Es mag ihm Schlechtes widerfahren sein, oder er mag sich in Schmerzen gewunden haben: sobald er imstande ist, die Ereignisse in der Reihenfolge ihres zeitlichen Ablaufes wiederzugeben, wird ihm so wohl, als schiene ihm die Sonne auf den Magen. Das ist es, was sich der Roman künstlich zunutze gemacht hat: der Wanderer mag bei strömendem Regen die Landstraße reiten oder bei zwanzig Grad Kälte mit den Füßen im Schnee knirschen, dem Leser wird behaglich zumute, und das wäre schwer zu begreifen, wenn dieser ewige Kunstgriff der Epik, mit dem schon die Kinderfrauen ihre Kleinen beruhigen, diese bewährteste «perspektivische Verkürzung des Verstandes» nicht schon zum Leben selbst gehörte. Die meisten Menschen sind im Grundverhältnis zu sich selbst Erzähler. Sie lieben nicht die Lyrik, oder nur für Augenblicke, und wenn in den Faden des Lebens auch ein wenig «weil» und «damit» hineingeknüpft wird, so verabscheuen sie doch alle Besinnung, die darüber hinausgreift: sie lieben das ordentliche Nacheinander von Tatsachen, weil es einer Notwendigkeit gleichsieht, und fühlen sich durch den Eindruck, daß ihr Leben einen «Lauf» habe, irgendwie im Chaos geborgen. Und Ulrich bemerkte nun, daß ihm dieses primitiv Epische abhanden gekommen sei, woran das private Leben noch festhält, obgleich öffentlich alles schon unerzählerisch geworden ist und nicht einem «Faden» mehr folgt, sondern sich in einer unendlich verwobenen Fläche ausbreitet.

Als er sich mit dieser Erkenntnis wieder in Bewegung setzte, erinnerte er sich allerdings, daß Goethe in einer Kunstbetrachtung geschrieben hat: «Der Mensch ist kein lehrendes, er ist ein lebendes, handelndes und wirkendes Wesen!» Er zuckte respektvoll die Achseln. «Höchstens so, wie ein Schauspieler das Bewußtsein für Kulisse und Schminke verliert und zu handeln meint, darf der Mensch heute den unsicheren Hintergrund von Lehre vergessen, von dem alle seine Tätigkeiten abhängen!» dachte er. Aber dieser Gedanke an Goethe war wohl ein wenig mit dem an Arnheim vermischt gewesen, der jenen beständig als Eidhelfer mißbrauchte, denn Ulrich fühlte sich im gleichen Augenblick unangenehm an die ungewöhnliche Unsicherheit erinnert, die der Arm dieses Mannes in ihm erweckt hatte, als er auf seiner Schulter lag. Er war inzwischen unter den Bäumen hervor an den Rand des Straßenzuges gekommen und suchte nach einem Weg, der ihn in die Richtung seiner Wohnung leiten sollte. Nach den Namen der Gassen spähend, wäre er aber beinahe in einen Schatten hineingerannt, der sich löste, und er mußte hastig seinen Schritt hemmen, um die Prostituierte nicht umzustoßen, die ihm in den Weg getreten war. Da stand sie nun und lächelte, statt ihren Ärger darüber zu zeigen, daß er sie fast wie ein Büffel überrannt hatte, und Ulrich fühlte plötzlich, daß dieses geschäftsmäßige Lächeln in der Nacht eine kleine Wärme verbreitete. Sie sagte einige Worte; sie sprach ihn mit den abgegriffenen Worten an, die locken wollen und wie der schmutzige Rest von allen Männern sind. «Komm mit mir, Kleiner!» sagte sie oder etwas Ähnliches. Ihre Schultern fielen wie die eines Kindes ab, unter dem Hut quoll ein wenig blondes Haar hervor, und im Laternenschein war von ihrem Gesicht etwas Blasses, unregelmäßig Liebliches zu sehen; unter der Nachtbemalung mochte die Haut eines noch jungen Mädchens mit vielen Sommersprossen verborgen sein. Sie sah zu ihm empor und war viel kleiner als Ulrich, trotzdem sagte sie noch einmal «Kleiner» zu ihm und fand in ihrer Teilnahmlosigkeit nichts Unpassendes an dieser Lautverbindung, die sie hunderte Male an einem Abend von sich gab.

Ulrich fühlte sich davon gerührt. Er schob sie nicht zur Seite, sondern blieb stehen und ließ sie ihren Antrag wiederholen, als hätte er schlecht gehört. Da hatte er unerwartet eine Freundin gefunden, die sich ihm für eine kleine Vergütung ganz zur Verfügung stellte; sie wird sich bemühen, liebenswürdig zu sein und alles zu vermeiden, was ihm mißfallen könnte; sie wird, wenn er ihr ein Zeichen des Einverständnisses gibt, ihren Arm in seinen legen, mit einem zarten Zutrauen und einem leichten Zögern, wie es nur entsteht, wenn Vertraute nach unverschuldeter Trennung sich zum ersten Male wiedersehn; und wenn er ihr ein Mehrfaches ihres gewöhnlichen Preises verspricht und gleich auf den Tisch legt, damit sie nicht ans Geld zu denken braucht, sondern sich in dem sorglos gefälligen Zustand findet, den ein gutes Geschäft hinterläßt, so wird sich zeigen, daß auch die reine Gleichgültigkeit an dem Vorzug aller reinen Empfindungen teilhat, frei von persönlicher Anmaßung zu sein und ohne die eitle Verwirrung der Gefühlsansprüche zu dienen: halb ernst, halb scherzhaft ging ihm das durch den Kopf, und er brachte es nicht über sich, die kleine Person ganz zu enttäuschen, die darauf wartete, daß er in das Geschäft einschlage. Er bemerkte, daß es ihn nach ihrer Zuneigung verlange; aber ungeschickt genug, statt einfach ein paar Worte in ihrer Berufssprache mit ihr zu wechseln, griff er in die Tasche, drückte eine Geldnote, die ungefähr dem Werte eines Besuchs entsprach, dem Mädchen in die Hand und ging weiter. Einen Augenblick lang hatte er dabei die Hand, die sich merkwürdigerweise überrascht wehrte, fest in der seinen gehalten und ein einziges, freundliches Wort gesagt. Dann ließ er die Erbötige in der Überzeugung zurück, daß sie nun zu ihren Kolleginnen gehen werde, die nebenan im Dunkel wisperten, und das Geld zeigen und schließlich durch irgendeinen Spott dem Luft machen werde, worüber sie sich keine rechte Meinung bilden konnte.

Diese Begegnung blieb noch eine Weile lebendig, als wäre sie ein zartes Idyll von einer Minute Dauer gewesen. Er täuschte sich nicht über die rohe Armut seiner flüchtigen Freundin. Aber wenn er sich vorstellte, wie sie den Blick ein wenig verrenken und einen jener kleinen, ungeschickt gemachten Seufzer ausstoßen würde, die sie im rechten Augenblick anzubringen gelernt hat, so strömte diese tief gemeine, völlig unbegabte Schauspielerei für einen ausgemachten Betrag doch auch etwas Rührendes aus, er wußte nicht warum; vielleicht deshalb, weil es die menschliche Komödie auf der Schmiere gespielt war. Und schon während Ulrich mit dem Mädchen sprach, hatte ihn eine sehr naheliegende Gedankenverbindung an Moosbrugger erinnert. Moosbrugger, der krankhafte Komödiant, der Prostituiertenjäger und -vertilger, der durch jene Unglücksnacht genau so gegangen war wie er heute. Als die kulissenhafte Unsicherheit der Straßenwände einen Augenblick stillhielt, war er auf das unbekannte Wesen gestoßen, das ihn in der Mordnacht bei der Brücke erwartete. Welch wunderbares Erkennen mußte das gewesen sein, vom Kopf bis zu den Sohlen: Ulrich glaubte einen Augenblick es sich vorstellen zu können! Er fühlte, daß ihn etwas hochhob, wie das eine Welle tut. Er verlor das Gleichgewicht, aber er brauchte es nicht, dahingetragen in der Bewegung. Sein Herz zog sich zusammen, aber das Vorstellen verwirrte sich dabei in einer unbegrenzten Erweiterung und hörte alsbald in einer Art fast entmachtender Wollust auf. Er suchte sich zu ernüchtern. Er hatte offenbar so lange an einem Leben ohne innere Einheit festgehalten, daß er nun sogar einen Geisteskranken um seine Zwangsvorstellungen und den Glauben an seine Rolle beneidete! Aber Moosbrugger lockte ja nicht nur ihn, sondern alle anderen Menschen auch? Er hörte in sich Arnheims Stimme fragen: «Würden Sie ihn befreien?» Und sich antworten: «Nein. Wahrscheinlich nein.» – «Tausendmal nein!» fügte er hinzu und fühlte trotzdem wie eine Blendung das Bild eines Handelns, worin das Zugreifen, wie es aus höchster Erregung folgt, und das Ergriffenwerden in einem unbeschreiblichen gemeinsamen Zustande eins wurden, der Lust von Zwang, Sinn von Notwendigkeit, höchste Tätigkeit von seligem Empfangen nicht unterscheiden ließ. Flüchtig erinnerte er sich an die Auffassung, daß solche Unglücksgeschöpfe die Verkörperung unterdrückter Triebe seien, an denen alle teilhaben, die Fleischwerdung ihrer Gedankenmorde und Phantasieschändungen: So mochten dann die, die daran glaubten, in ihrer Art mit ihm fertig werden und ihn zur Wiederherstellung ihrer Moral justifizieren, nachdem sie sich an ihm gesättigt hatten! Sein Zwiespalt war ein anderer und gerade der, daß er nichts unterdrückte und dabei sehen mußte, daß ihn aus dem Bild eines Mörders nichts Fremderes anblickte als aus anderen Bildern der Welt, die alle so waren wie seine eigenen alten Bilder: halb gewordener Sinn, halb wieder hervorquellender Unsinn! Ein entsprungenes Gleichnis der Ordnung: das war Moosbrugger für ihn! Und plötzlich sagte Ulrich: «Alles das –!» und machte eine Bewegung, als würde er etwas mit dem Handrücken zur Seite schleudern. Er hatte es nicht zu sich gesagt, er hatte es laut gesagt, schloß jäh die Lippen und führte den Satz nur stumm zu Ende: «Alles das muß entschieden werden!» Er wollte nicht mehr im einzelnen wissen, was «alles das» sei; «alles das» war, was ihn beschäftigt und gequält und manchmal auch beseligt hatte, seit er seinen «Urlaub» genommen, und in Fesseln gelegt wie einen Träumenden, in dem alles möglich ist bis auf das eine, aufzustehn und sich zu bewegen; alles das führte auf Unmöglichkeiten, vom ersten Tag bis zu den letzten Minuten dieses Nachhausewegs! Und Ulrich fühlte, daß er nun endlich entweder für ein erreichbares Ziel wie jeder andere leben oder mit diesen «Unmöglichkeiten» Ernst machen müsse, und da er nun in die Umgebung seiner Wohnung gelangt war, durcheilte er die letzte Gasse mit dem sonderbaren Gefühl, daß ihm etwas nahe bevorstehe. Es war ein beflügelndes, zu einer Tat strömendes, aber inhaltleeres und dadurch wieder eigenartig freies Gefühl.

Vielleicht wäre es ebenso vorbeigegangen wie viele andere; aber als er in die Straße einbog, worin er wohnte, bemerkte er nach wenigen Schritten, daß die Fenster seines Hauses erleuchtet waren, und kurze Zeit später, als er vor dem Gittertor seines Gartens stand, war das unbezweifelbare Gewißheit. Sein alter Diener hatte gebeten, die heutige Nacht außer Haus bei Verwandten in einer anderen Gegend zubringen zu dürfen, er selbst war seit dem Erlebnis mit Gerda, das sich noch in Tageshelle abgespielt hatte, nicht zu Hause gewesen, die Gärtnersleute, die er im Unterstock beherbergte, betraten niemals seine Räume: aber überall brannte Licht, es schienen fremde Leute bei ihm zu sein, Einbrecher, die er überraschte. Ulrich war so verwirrt und hatte so wenig die Absicht, sich diesem ungewöhnlichen Gefühl zu entziehn, daß er ohne Zögern auf sein Haus zuschritt. Er erwartete nichts Bestimmtes. Er sah Schatten an den Fenstern, die auf einen einzelnen Menschen schließen ließen, der sich hinter diesen bewegte; es mochten aber auch mehrere sein, und es fragte sich, ob man auf ihn schießen werde, wenn er sein Haus betrete, oder ob er sich selbst schußfertig machen solle. In einem anderen Zustande würde Ulrich wahrscheinlich einen Schutzmann geholt oder wenigstens die Lage erkundet haben, ehe er sich zu etwas entschloß, aber er wollte allein mit diesem Erlebnis sein und holte nicht einmal die Pistole hervor, die er seit jener Nacht, wo er von Strolchen niedergeschlagen worden, manchmal bei sich trug. Er wollte –: das wußte er nicht, es sollte sich zeigen!

Aber als er die Haustür aufstieß, zeigte sich, daß der mit so unklaren Gefühlen erwartete Einbrecher bloß Clarisse war.

123

Die Umkehrung

Vielleicht hatte bei Ulrichs Verhalten von Anfang an die Überzeugung mitgespielt, es werde sich alles harmlos aufklären, jene Ungeneigtheit, an das Schlimmste zu glauben, mit der man immer in Gefahren geht; aber als ihm in der Halle unerwartet sein alter Diener entgegentrat, hätte er ihn beinahe niedergeschlagen. Weil er es glücklicherweise im letzten Augenblick unterließ, erfuhr er durch ihn, daß ein Telegramm gekommen sei, das Clarisse in Empfang genommen habe, und daß die gnädige junge Frau schon vor etwa einer Stunde gekommen sei, gerade als der Alte weggehen wollte, und sich nicht habe abweisen lassen, so daß er es vorgezogen habe, auch für seine Person im Haus zu bleiben und für heute auf seinen Urlaub zu verzichten, denn der gnädige Herr möge ihm die Bemerkung verzeihen, aber die junge Dame habe auf ihn einen sehr aufgeregten Eindruck gemacht.

Als Ulrich ihm gedankt hatte und seine Wohnung betrat, lag Clarisse auf einem Diwan, etwas zur Seite gedreht und die Beine an den Leib gezogen; ihre taillenlos schlanke Figur, der knabenartig frisierte Kopf mit dem langen lieblichen Gesicht, das ihm, auf den Arm gestützt, entgegensah, als er die Tür öffnete, waren überaus verführerisch. Er erzählte ihr, daß er sie für einen Einbrecher gehalten habe. Clarisse bekam Augen, die wie das Schnellfeuer eines Brownings waren. «Vielleicht bin ich einer!» erwiderte sie. «Der alte Schlaukopf, der dich bedient, hat mich um keinen Preis bleiben lassen wollen; ich habe ihn schlafen geschickt, aber ich weiß, daß er sich unten irgendwo versteckt hat! Schön hast du's hier!» Dabei reichte sie ihm die Depesche, ohne aufzustehen. «Ich habe einmal sehen wollen, wie du nach Hause kommst, wenn du glaubst, daß du allein bist» fuhr sie fort. «Walter ist in einem Konzert. Er kommt erst nach Mitternacht zurück. Ich habe ihm aber nicht gesagt, daß ich zu dir gehe.»

Ulrich riß die Depesche auf und las sie, während er nur mit halbem Ohr hörte, was Clarisse sagte; er wurde überraschend bleich und las ungläubig noch einmal den sonderbaren Wortlaut. Er hatte schon seit einiger Zeit, obgleich er verschiedene Anfragen seines Vaters wegen der Parallelaktion und der verminderten Zurechnungsfähigkeit zu beantworten verabsäumt hatte, kein Mahnschreiben erhalten, ohne daß es ihm aufgefallen wäre; nun meldete ihm das Telegramm in einer ausführlichen, aus halb unterdrückten Vorwürfen und voller Todesfeierlichkeit wunderlich gemischten Weise, die sein Vater offenbar selbst noch auf das genaueste geregelt und aufgesetzt hatte, das Ableben seines Erzeugers. Sie hatten wenig Neigung füreinander besessen, ja es war Ulrich der Gedanke an seinen Vater beinahe immer unangenehm gewesen, trotzdem dachte er, während er den schnurrig-unheimlichen Text ein zweites Mal las: «Ich bin nun ganz allein auf der Welt!» Es war nicht so recht der wörtliche und schlecht zu dem nun beendeten Verhältnis passende Sinn dieser Worte, was er meinte; eher fühlte er sich verwundert aufsteigen, als wäre ein Ankertau zerrissen, oder fühlte einen sich nun ganz herstellenden Zustand der Landesfremdheit in einer Welt, der er durch seinen Vater noch verbunden gewesen war.

«Mein Vater ist gestorben!» sagte er zu Clarisse und hob mit einiger unwillkürlicher Feierlichkeit die Hand mit der Depesche.

«Ach!» antwortete Clarisse. «Ich gratuliere!» Und nach einer kleinen, besinnlichen Pause fügte sie hinzu: «Da wirst du jetzt wohl sehr reich?» Sie sah sich neugierig um.

«Ich glaube nicht, daß er mehr als wohlhabend war» erwiderte Ulrich ablehnend. «Ich lebte hier über seine Verhältnisse.»

Clarisse bestätigte die Zurechtweisung mit einem ganz kleinen Lächeln, einer Art Kratzfuß von Lächeln; viele ihrer ausdrücklichen Bewegungen waren so hastig und auf kleinstem Raum übertrieben wie die Verbeugung eines Knaben, der einer gesellschaftlichen Verpflichtung seinen Erziehungstribut entrichten muß. Sie blieb allein im Zimmer zurück, da sich Ulrich für einige Augenblicke entschuldigte, um die Anordnungen für seine Abreise zu treffen. Als sie nach dem heftigen Auftritt, den sie miteinander gehabt, Walter verlassen hatte, war sie nicht weit gegangen, denn vor der Türe ihrer Wohnung führte eine selten benutzte Stiege zum Boden hinauf, und dort war sie, in ein Tuch gehüllt, sitzen geblieben, bis sie ihren Gatten das Haus verlassen hörte. Sie wußte irgendetwas von Schnürböden in Theatern; dort oben, von wo die Seile laufen, saß sie also, während Walter seinen Abgang über die Treppe hatte. Sie malte sich aus, daß die Schauspielerinnen in ihren Spielpausen, wo sie nichts zu tun hatten, in Tücher geschlagen in dem Gebälk über der Bühne sitzen und zusehen; sie war jetzt auch eine solche Schauspielerin und hatte alle Vorgänge unter sich zu Füßen. Darin kam wieder ihr alter Lieblingsgedanke hervor, daß das Leben eine schauspielerische Aufgabe sei. Man braucht es gewiß nicht mit der Vernunft zu begreifen – dachte sie; was weiß man denn überhaupt davon, selbst wenn einer mehr wußte als sie. Aber man muß den richtigen Instinkt für das Leben haben, wie ein Sturmvogel! Man muß seine Arme – und das hieß nun bei ihr: seine Worte, seine Küsse, seine Tränen – ausspannen wie Flügel! In dieser Vorstellung fand sie einen Ersatz dafür, daß sie nicht mehr an Walters Zukunft glauben konnte. Sie sah das steile Treppenhaus hinunter, das Walter hinabgestiegen war, breitete die Arme aus und hielt sie in dieser Lage erhoben, so lange sie vermochte: vielleicht konnte sie ihm dadurch helfen! «Steil aufwärts und steil abwärts sind in ihrer Stärke feindlich verwandt und gehören zusammen!» dachte sie. «Jubelnde Weltschräge» nannte sie ihre ausgebreiteten Arme und den Blick in die Tiefe. Sie ließ den Vorsatz fahren, heimlich den Kundgebungen in der Stadt zuzusehen; was ging sie die «Herde» an, das ungeheure Drama der Einzelnen hatte begonnen!

So war Clarisse zu Ulrich gegangen. Sie hatte unterwegs manchmal ihr listiges Lächeln gezeigt, wenn sie daran dachte, daß Walter sie für verrückt halte, sobald sie etwas von ihrer höheren Einsicht in ihrer beider Zustand merken ließ. Es schmeichelte ihr, daß er sich davor fürchtete, ein Kind von ihr zu bekommen, und es doch kaum erwarten konnte; sie verstand unter «verrückt» etwa so viel wie einem Wetterleuchten ähnlich zu sein oder sich in einem solchen hohen Zustand von Gesundheit zu befinden, daß es andere erschreckt, und es war eine Eigenschaft, die sich in ihrer Ehe entwickelt hatte, Schritt um Schritt, so wie ihre Überlegenheit und beherrschende Stellung wuchs. Immerhin wußte sie aber, daß sie manchmal den anderen unverständlich war, und als Ulrich wieder eintrat, hatte sie das Gefühl, ihm etwas sagen zu müssen, wie es sich bei einem Ereignis gehörte, das in sein Leben so tief einschnitt. Sie sprang rasch von ihrem Diwan auf, durchschritt einigemal das Zimmer und die angrenzenden Räume und sagte dann: «Also mein herzlichstes Beileid, alter Junge!»

Ulrich sah sie erstaunt an, obwohl er diesen Ton schon an ihr kannte, wenn sie nervös war. «Sie hat dann manchmal etwas so unvermittelt Konventionelles,» dachte er «wie wenn in ein Buch versehentlich eine Seite aus einem anderen eingebunden ist.» Sie hatte ihm ihren Satz nicht etwa mit dem üblichen Ausdruck zugerufen, sondern von der Seite, über die Schulter weg, und das verstärkte diese Wirkung, daß man nicht einen falschen Ton zu hören glaubte, sondern einen verwechselten Text, und den nicht ganz geheuren Eindruck empfing, sie selbst bestehe aus mehreren solcher Textlagen. Sie blieb jetzt, da Ulrich nicht antwortete, vor ihm stehen und sagte: «Ich muß mit dir reden!»

«Ich möchte dir gerne eine Erfrischung anbieten» sagte Ulrich.

Clarisse bewegte nur zum Zeichen der Ablehnung die aufgerichtete Hand in Schulterhöhe rasch hin und her. Sie nahm ihre Gedanken zusammen und begann: «Walter will durchaus ein Kind von mir. Verstehst du das?» Sie schien auf eine Antwort zu warten.

Was hätte Ulrich erwidern sollen?

«Ich will aber nicht!» rief sie heftig aus.

«Sei doch nicht gleich bös» meinte Ulrich. «Wenn du nicht willst, kann es ohnehin nicht geschehn.»

«Aber daran geht *er* zugrunde!»

«Leute, die jederzeit zu sterben meinen, leben lang! Du und ich werden längst verhutzelt sein, aber Walter wird noch unter weißem Haar und als Direktor seines Archivs ein Jünglingsgesicht haben!»

Clarisse drehte sich nachdenklich auf dem Absatz herum und ging von Ulrich fort; in einiger Entfernung nahm sie wieder Stellung und «faßte» ihn «ins Auge». «Weißt du, wie ein Regenschirm aussieht, nachdem man den Stock herausgezogen hat? Walter fällt zusammen, wenn ich mich abwende. Ich bin sein Stock, er ist –» «Der Schirm» hatte sie sagen wollen, aber es fiel ihr eine wesentliche Verbesserung ein; «er ist mein Schirm-Herr» sagte sie. «Er glaubt mich beschirmen zu müssen. Erst möchte er mich dazu mit einem schweren Bauch sehen. Dann wird er mir zureden, daß eine natürliche Mutter ihr Kind selbst stillt. Dann wird er dieses Kind in seinem Sinn erziehen wollen. Das weißt du doch selbst. Er will sich einfach Rechte aneignen und mit einer großartigen Ausrede Spießbürger aus uns beiden machen. Aber wenn ich weiter, so wie ich es bisher getan habe, nein sage, dann ist es aus mit ihm! Ich bin einfach alles für ihn!»

Ulrich lächelte ungläubig zu dieser umfassenden Behauptung.

«Er will dich töten!» fügte Clarisse rasch hinzu.

«Was? Ich dachte, das hättest du ihm geraten?»

«Ich möchte das Kind von dir haben!» sagte Clarisse.

Ulrich pfiff überrascht durch die Zähne.

Sie lächelte wie ein sehr junger Mensch, der eine ungezogene Forderung gestellt hat.

«Ich möchte jemand, den ich so gut kenne wie Walter, nicht hintergehn. Ich habe eine Abneigung dagegen» sagte Ulrich langsam.

«So? Du bist also sehr anständig?» Clarisse schien dem eine Bedeutung beizumessen, die Ulrich nicht verstand; sie überlegte, und erst nach einer Weile setzte sie ihren Angriff fort: «Aber wenn du mich liebst, hat er dich in der Hand!?»

«Wieso?»

«Das ist doch ganz klar; ich kann es bloß nicht recht sagen. Du wirst dich gezwungen sehen, rücksichtsvoll gegen ihn zu sein. Er wird uns sehr leid tun. Du kannst ihn doch natürlich nicht einfach betrügen, also wirst du ihm etwas dafür zu geben suchen. Na, und so weiter. Und was das Wichtigste ist: Du wirst ihn zwingen, daß er sein Bestes hergibt. Das kannst du doch nicht leugnen, daß wir in uns stecken wie die Figuren in einem Steinblock. Man muß sich aus sich herausarbeiten! Man muß sich gegenseitig dazu zwingen!»

«Gut» sagte Ulrich; «aber du setzt viel zu schnell voraus, daß es geschehen wird.»

Clarisse lächelte wieder. «*Vielleicht* vorschnell!» sagte sie. Sie näherte sich ihm und hing freundschaftlich ihren Arm in den seinen, der schlaff vom Körper hängen blieb, ohne ihr Platz zu bereiten. «Gefalle ich dir nicht? Hast du mich nicht gern?» fragte sie. Und als Ulrich keine Antwort gab, fuhr sie fort: «Ich gefalle dir, das weiß ich doch; ich habe oft genug bemerkt, wie du mich anschaust, wenn du bei uns bist! Erinnerst du dich, ob ich dir schon einmal gesagt habe, du bist der Teufel? Mir ist so. Versteh mich gut: Ich sage nicht, du bist ein armer Teufel, das ist einer, der das Böse will, weil er es nicht besser versteht; du bist ein großer Teufel, du weißt, was gut wäre, aber du tust gerade das Gegenteil von dem, was du möchtest! Du findest das Leben, wie wir alle es führen, abscheulich, und darum sagst du zum Trotz, man soll es weiterführen. Und du sagst furchtbar anständig: ‹Ich betrüge meine Freunde nicht!›, aber du sagst es bloß, weil du dir schon hundertmal gedacht hast: ‹Ich möchte Clarisse haben!› Aber weil du ein Teufel bist, hast du auch etwas von Gott in dir, Ulo! Von einem großen Gott! Einem, der lügt, damit man ihn nicht erkennen soll! Du möchtest mich –»

Sie hatte statt eines Arms jetzt seine beiden Arme ergriffen und stand mit emporgehobenem Gesicht vor ihm, den Leib wie eine Pflanze zurückgebogen, die man sanft an der Blüte anfaßt. «Jetzt wird es gleich wieder über ihr Gesicht strömen, so wie damals!» fürchtete Ulrich. Aber es geschah nicht. Ihr Gesicht blieb schön. Sie hatte nicht ihr gewöhnliches schmales Lächeln, sondern ein geöffnetes, das mit dem Fleisch der Lippen zugleich ein wenig die Zähne zeigte, als wollte sie sich wehren, und die Form ihres Mundes bildete den doppelt geschwungenen Bogen des Liebesgotts, der sich in den Hügeln der Stirn wiederholte und über ihnen noch einmal in der lichtdurchstrahlten Wolke des Haars.

«Du möchtest mich längst zwischen die Zähne deines Lügenmunds nehmen und forttragen, wenn du es nur über dich brächtest, dich mir zu zeigen, wie du bist!» war Clarisse fortgefahren. Ulrich machte sich sanft los. Sie ließ sich auf den Diwan nieder, als hätte er sie dorthin gesetzt, und zog ihn nach.

«Du solltest nicht so übertreiben» verwies ihr Ulrich ihre Worte.

Clarisse hatte ihn losgelassen. Sie schloß die Augen und stützte den Kopf in beide Arme, deren Ellbogen sich auf die Knie stemmten; ihr zweiter Angriff war abgeschlagen, und sie hatte jetzt die Absicht, Ulrich durch eisige Logik zu überzeugen. «Du brauchst dich nicht an die Worte zu halten» antwortete sie; «das sind Redensarten, wenn ich Teufel sage oder Gott. Aber wenn ich allein zu Haus bin, gewöhnlich den ganzen Tag, und in der Umgebung herumstreife, habe ich mir früher oft gedacht: Gehe ich jetzt links, so kommt Gott, gehe ich rechts, so kommt der Teufel. Oder ich habe dasselbe Gefühl gehabt, wenn ich etwas in die Hand nehmen sollte und konnte es rechts oder links tun. Wenn ich das Walter gezeigt habe, so hat er die Hände aus Angst in die Taschen gesteckt! Er freut sich an den Blumen oder schon an einer Schnecke; aber sag, ist das Leben, das wir führen, nicht furchtbar traurig? Es kommt weder Gott noch Teufel. So gehe ich schon jahrelang herum. Was kann denn kommen?! Nichts: das ist alles, wenn mit der Kunst nicht noch durch ein Wunder eine Änderung glückt!»

Sie machte in diesem Augenblick einen so sanft traurigen Eindruck, daß sich Ulrich verleiten ließ, ihr weiches Haar mit der Hand zu berühren. «Du magst im einzelnen schon recht haben, Clarisse,» sagte er «aber ich verstehe bei dir nie die Zusammenhänge und Sprünge der Folgen.»

«Die sind einfach» antwortete sie, noch in der gleichen Haltung wie zuvor. «Ich habe mit der Zeit eben eine Idee bekommen: Hör zu!» Nun richtete sie sich aber auf und war plötzlich wieder lebhaft. «Hast du nicht selbst einmal gesagt, daß der Zustand, in dem wir leben, Risse hat, aus denen sozusagen ein unmöglicher Zustand hervorschaut. Du brauchst nichts zu erwidern; ich weiß das schon lange. Jeder Mensch will natürlich sein Leben in Ordnung haben, aber keiner hat es! Ich mache Musik oder male; das ist aber so, wie wenn ich eine spanische Wand vor ein Loch in der Mauer stellen würde. Du und Walter habt außerdem Ideen, davon verstehe ich wenig, aber irgendetwas stimmt dabei auch nicht, und du hast gesagt, daß man zu diesem Loch aus Trägheit und Gewohnheit nicht hinsieht oder sich mit bösen Dingen davon ablenkt. Nun, das Weitere ist einfach: durch dieses Loch muß man hinaus! Und ich kann das! Ich habe Tage, wo ich aus mir hinausschlüpfen kann. Dann steht man – wie soll ich das sagen? – wie geschält zwischen den Dingen, von denen auch die schmutzige Rinde abgezogen ist. Oder man ist mit allem, was dasteht, durch die Luft wie ein zusammengewachsener Zwilling verbunden. Es ist ein unerhört großartiger Zustand; alles geht ins Musikalische und Farbige und

Rhythmische, und ich bin dann nicht die Bürgerin Clarisse, als die ich getauft bin, sondern vielleicht ein glänzender Splitter, der in ein ungeheures Glück eindringt. Aber das weißt du ja alles selbst! Denn das hast du gemeint, wenn du gesagt hast, daß die Wirklichkeit einen unmöglichen Zustand in sich hat und daß man seinen Erlebnissen nicht die Wendung zu sich geben und sie nicht als persönlich und wirklich ansehen darf, sondern daß man sie, wie gesungen oder gemalt, hinauswenden muß und so weiter und so weiter: ich könnte dir alles ja ganz genau wiederholen!» – Dieses «und so weiter» kehrte wie ein wilder Reim wieder, während Clarisse überstürzt weitersprach, und fast jedesmal schloß sie die Behauptung daran: «Und du hast die Kraft dazu, aber du willst nicht; ich weiß nicht, warum du nicht willst, aber ich werde an dir rütteln!!»

Ulrich hatte sie sprechen lassen; er hatte hie und da stumm verneint, wenn sie ihm etwas zuschrieb, was sich zu weit vom Möglichen entfernte, fand aber nicht den Willen in sich, Einspruch zu erheben, und ließ seine Hand auf ihrem Haar ruhen, darunter er das wirre Pulsen dieser Gedanken fast mit den Fingerspitzen fühlte. Er hatte Clarisse noch nie so sinnlich erregt gesehen, und es verwunderte ihn fast, daß auch in ihrem schmalen, harten Körper alle Lockerung und weiche Ausbreitung des weiblichen Erglühens Platz fand, wobei die ewige Überraschung, daß sich eine Frau, die man für alle nur geschlossen gekannt hat, plötzlich öffnet, ihre Wirkung auch diesmal nicht verfehlte. Ihre Worte stießen ihn aber nicht ab, obwohl sie die Vernunft beleidigten; denn indem sie seinem Inneren nahekamen und sich davon wieder bis zur Absurdität entfernten, wirkte diese dauernde rasche Bewegung wie ein Schwirren oder Summen, dessen Tonschönheit oder -häßlichkeit neben der Heftigkeit der Schwingung nicht zur Geltung kam. Er fühlte, daß es ihm seine eigenen Entschlüsse wie eine wilde Musik erleichterte, ihr zuzuhören, und nur als ihm vorkam, sie selbst finde keinen Ausweg aus ihren Worten mehr und kein Ende, schüttelte er mit seiner gebreiteten Hand ein wenig ihren Kopf, um sie zurückzurufen und zu ermahnen.

Aber da geschah das Gegenteil von dem, was er wollte, denn Clarisse rückte ihm nun plötzlich auf den Leib. Sie schlang so geschwind, daß er es nicht abwehren konnte und ordentlich verdutzt darüber war, ihren Arm um seinen Hals und preßte ihre Lippen auf seine, hatte ihre Beine mit einer raschen Bewegung unter sich gezogen und rutschte zu ihm hin, so daß sie in seinen Schoß zu knien kam, und an der Schulter fühlte er den kleinen Ball ihres Busens. Er faßte das wenigste auf, was sie sagte. Sie stammelte von ihrer Kraft zu erlösen und seiner Feigheit, und so viel verstand er, daß er ein «Barbar» sei und sie deshalb von ihm und nicht von Walter den Erlöser der Welt empfangen werde, eigentlich waren ihre Worte aber nur ein wildes Spiel nahe an seinem Ohr, ein halblautes, hastiges Murmeln, mehr mit sich selbst beschäftigt als mit der Mitteilung, und nur hie und da war in diesem drieselnden Bach ein einzelnes Wort, wie «Moosbrugger» oder «Teufelsauge», wahrzunehmen. Er hatte zu seiner Verteidigung seine kleine Bedrängerin an den Oberarmen gefaßt und auf den Diwan gedrückt, nun arbeitete sie mit den Beinen an ihm herum, preßte das Haar ihres Kopfes an sein Gesicht und trachtete, sein Genick wieder zu umschlingen. «Ich werde dich ermorden, wenn du nicht nachgibst!» sagte sie hell und klar. Sie glich einem Knaben, der sich in einem Gemisch von Zärtlichkeit und Ärger nicht abweisen lassen will und in seiner Erregung immer mehr steigert. Die Anstrengung, sie zu bändigen, ließ das Fließen der Wollust in ihren Gliedern dabei nur schwach fühlen; trotzdem hatte Ulrich den Augenblick, wo er fest seinen Arm um ihren Körper schlang und sie niederdrückte, heftig empfunden. Es war geradeso, als wäre ihr Körper in sein Gefühl eingedrungen; er kannte sie doch schon so lange und hatte oft ein wenig mit ihr gebalgt, aber er hatte dieses vertraut-fremde kleine Wesen, mit seinem wild springenden Herzen, noch nie so von oben bis unten berührt, und als sich Clarissens Bewegungen nun, von seinen Händen gefesselt, sänftigten und diese Lösung der Glieder zärtlich in ihren Augen zu schimmern begann, wäre beinahe das geschehen, was er nicht wollte. In diesem Augenblick erinnerte er sich aber an Gerda, als ob jetzt erst die Forderung vor ihm stünde, mit sich selbst zu einem Abschluß zu kommen.

«Ich will nicht, Clarisse!» sagte er und ließ sie los. «Ich will jetzt allein bleiben und habe vor meiner Abreise noch viel zu ordnen!»

Als Clarisse seine Ablehnung begriff, war das, als ob mit einigen harten Rucken ein anderes Räderwerk in ihrem Kopf eingeschaltet würde. Sie sah Ulrich mit peinlich verzerrten Zügen einige Schritte weit vor sich stehen, sah ihn reden, verstand scheinbar nichts, aber während sie den Bewegungen seiner Lippen folgte, fühlte sie einen wachsenden Widerwillen, dann bemerkte sie, daß sich ihre Röcke über die Knie hochgeschoben hatten, und schnellte in die Höhe. Ehe sie sich noch an irgend etwas erinnerte, stand sie auf den Beinen, schüttelte ihr Haar und ihre Kleider zurecht, als hätte sie in Gras gelegen, und sagte: «Natürlich mußt du einpacken, ich will dich nicht länger aufhalten!» Sie hatte ihr gewöhnliches Lächeln wieder, das sich spöttisch unsicher durch einen schmalen Spalt zwängte, und wünschte gute Reise. «Wenn du wiederkommst, wird wahrscheinlich Meingast bei uns sein; er hat sich angekündigt, und das bin ich eigentlich dir zu sagen gekommen!» fügte sie nebenbei an.

Ulrich hielt zögernd ihre Hand.

Ihr Finger feilte spielend an der seinen; sie würde für ihr Leben gern gewußt haben, was sie ihm eigentlich alles gesagt hatte, denn es mußte alles mögliche gewesen sein, weil sie so erregt gewesen war, daß sie es vergessen konnte! Ungefähr wußte sie, was vorgegangen war, und machte sich nichts daraus, denn ihr Gefühl sagte ihr, daß sie tapfer oder opferbereit gewesen sei und Ulrich zaghaft. Sie hatte bloß den Wunsch, sich recht kameradschaftlich von ihm zu verabschieden, damit er darüber nicht im Zweifel bleibe. Sie sagte leichthin: «Es ist besser, du erzählst Walter nichts von diesem Besuch, und was wir gesprochen haben, bleibt bis zum nächsten Mal unter uns!» Sie reichte ihm an der Gartentür noch einmal die Hand und lehnte eine weitere Begleitung ab.

Als Ulrich zurückkehrte, erging es ihm sonderbar. Er mußte einige Briefe schreiben, um sich von Graf Leinsdorf und Diotima zu verabschieden, und hatte auch sonst verschiedenes in Ordnung zu bringen, denn er sah voraus, daß ihn die Übernahme seines Erbes längere Zeit fernhalten werde; dann tat er die mannigfaltigen Gegenstände des kleinen Gebrauchs und Bücher in die von seinem Diener, den er schlafen geschickt hatte, schon gepackten Koffer, und als er mit alledem fertig war, fühlte er keine Lust mehr, sich zur Ruhe zu legen. Er war abgespannt und überreizt als Folge des bewegten Tags, und diese beiden Zustände schwächten sich nicht, sondern hoben sich wechselseitig in die Höhe, so daß er sich bei großer Müdigkeit schlaflos fühlte. Nicht denkend, sondern hin und her schwingenden Erinnerungen folgend, gestand Ulrich sich zunächst ein, daß der schon einigemal empfangene Eindruck, Clarisse sei nicht bloß ein ungewöhnliches, sondern im geheimen wohl bereits ein geisteskrankes Wesen, keinen Zweifel mehr erlaube, und doch hatte sie in ihrem Anfall, oder wie man den Zustand nennen mochte, worin sie sich vor kurzem befunden, Aussprüche getan, die manchen seiner eigenen bedenklich ähnlich waren. Es hätte ihn von neuem und gründlich zum Nachdenken darüber bringen können, aber er fühlte sich bloß in einer unangenehmen und zu der Natur seines Halbschlafzustandes gegensätzlichen Weise darauf aufmerksam gemacht, daß er noch viel zu tun habe. Von dem Jahr, das er sich vorgesetzt hatte, war die eine Hälfte fast schon verstrichen, ohne daß er mit irgendeiner Frage in Ordnung gekommen wäre. Es fuhr ihm durch den Sinn, daß Gerda von ihm verlangt hatte, er möge ein Buch darüber schreiben. Aber er wollte leben, ohne sich in einen wirklichen und einen schattenhaften Teil zu spalten. Er entsann sich des Augenblicks, wo er mit Sektionschef Tuzzi darüber gesprochen hatte. Er sah sich und ihn in Diotimas Salon stehn, und es hatte etwas Dramatisches, etwas von Darstellern an sich. Er erinnerte sich, leichthin gesagt zu haben, er werde wohl ein Buch schreiben oder sich töten müssen. Aber auch der Gedanke an den Tod war, wenn er sich das jetzt, und sozusagen aus der Nähe, überlegte, durchaus nicht der wirkliche Ausdruck seines Zustands; denn wenn er ihm weiter nachgab und sich vorstellte, er könnte sich ja, statt abzureisen, noch vor dem Morgen töten, so kam es ihm in dem Augenblick, wo er die Todesnachricht seines Vaters erhalten hatte, einfach als ein unpassendes Zusammentreffen vor! Er befand sich in einem halben Zustand des Schlafs, wo die Gebilde der Einbildungskraft einander zu jagen beginnen. Er sah den Lauf einer Waffe vor sich, in dessen Dunkel er hineinblickte und darin er ein schattiges Nichts, den die Tiefe absperrenden Schatten wahrnahm, und fühlte, es sei eine seltsame Übereinstimmung und ein sonderbares Zusammentreffen, daß dieses gleiche Bild einer geladenen Waffe in seiner Jugend ein Lieblingsbild seines auf Flug und Ziel wartenden Willens gewesen war. Und er sah mit einemmal viele solcher Bilder wie jenes der Pistole und seines Beisammenstehens mit Tuzzi. Der Anblick einer Wiese am frühen Morgen. Das von der Eisenbahn gesehene, von dikken Abendnebeln erfüllte Bild eines lange gewundenen Flußtals. Am anderen Ende Europas ein Ort, wo er sich von einer Geliebten getrennt hatte; das Bild der Geliebten war vergessen, jenes der erdigen Straßen und schilfgedeckten Häuser frisch wie gestern. Das Achselhaar einer anderen Geliebten, einzig und allein übrig geblieben von ihr. Einzelne Teile von Melodien. Die Eigenart einer Bewegung. Gerüche von Blumenbeeten, einst unbeachtet über heftigen Worten, die aus tiefer Erregung der Seelen kamen, heute diese Vergessenen überlebend. Ein Mensch auf verschiedenen Wegen, beinahe peinlich anzusehen: er; wie eine Reihe Puppen übrig geblieben, in denen die Federn längst gebrochen sind. Man sollte meinen, solche Bilder seien das Flüchtigste von der Welt, aber eines Augenblicks ist das ganze Leben in solche Bilder aufgelöst, nur sie stehen auf dem Lebensweg, nur von ihnen zu ihnen scheint er gelaufen zu sein, und das Schicksal hat nicht Beschlüssen und Ideen gehorcht, sondern diesen geheimnisvollen, halb unsinnigen Bildern.

Aber während ihn diese sinnlose Ohnmacht aller Bemühungen, deren er sich gerühmt hatte, beinahe zu Tränen rührte, entfaltete sich in dem übernächtigen Zustand, worin er sich befand, oder fast müßte man sagen, geschah um ihn wunderliches Gefühl. In allen Zimmern brannten noch die Lampen, die Clarisse, als sie allein war, überall angezündet hatte, und der Überfluß des Lichts strömte zwischen den Wänden und Dingen hin und her, den dazwischen liegenden Raum mit einem fast lebenden Etwas ausfüllend. Und wahrscheinlich war es die in jeder schmerzlosen Müdigkeit enthaltene Zärtlichkeit, die das Gesamtgefühl seines Körpers veränderte, denn dieses immer vorhandene, wenn auch unbeachtete Selbstgefühl des Körpers, ohnehin ungenau begrenzt, ging in einen weicheren und weiteren Zustand über.

Es war eine Auflockerung, als hätte sich ein zusammenschnürendes Band entknotet; und da sich ja weder an den Wänden und Dingen etwas wirklich änderte und kein Gott das Zimmer dieses Ungläubigen betrat und Ulrich selbst keineswegs auf die Klarheit seines Urteils verzichtete (soweit ihn nicht seine Müdigkeit darüber täuschte), konnte es nur die Beziehung zwischen ihm und seiner Umgebung sein, was dieser Veränderung unterworfen war, und von dieser Beziehung wieder nicht der gegenständliche Teil, noch Sinne und Verstand, die ihm nüchtern entsprechen, sondern es schien sich ein tief wie Grundwasser ausgebreitetes Gefühl zu ändern, worauf diese Pfeiler des sachlichen Wahrnehmens und Denkens sonst ruhten, und sie rückten nun weich auseinander oder ineinander: diese Unterscheidung hatte nämlich im gleichen Augenblick auch ihren Sinn verloren. «Es ist ein anderes Verhalten; ich werde anders und dadurch auch das, was mit mir in Verbindung steht!» dachte Ulrich, der sich gut zu beobachten meinte. Man hätte aber auch sagen können, daß seine Einsamkeit – ein Zustand, der sich ja nicht nur in ihm, sondern auch um ihn befand und also beides verband – man hätte sagen können, und er fühlte es selbst, daß diese Einsamkeit immer dichter oder immer größer wurde. Sie schritt durch die Wände, sie wuchs in die Stadt, ohne sich eigentlich auszudehnen, sie wuchs in die Welt. «Welche Welt?» dachte er. «Es gibt ja gar keine!» Es kam ihm vor, daß dieser Begriff keine Bedeutung mehr hätte. Aber Ulrich hatte sich immer noch so viel Selbstüberwachung bewahrt, daß dieser zu hoch gesteigerte Ausdruck ihn im gleichen Augenblick unangenehm berührte; er suchte nach keinen anderen Worten mehr, ja im Gegenteil, er näherte sich von da an wieder der Vollwachheit und nach wenigen Sekunden fuhr er auf. Es graute der Tag und mischte seine Fahlheit in die rasch abwelkende Helligkeit des künstlichen Lichts.

Ulrich sprang auf und dehnte seinen Körper. Es war etwas darin zurückgeblieben, das sich nicht abschütteln ließ. Er strich sich mit dem Finger über die Augen, aber sein Blick behielt etwas von der Weichheit einer einsinkenden Berührung der Dinge. Und mit einemmal erkannte er in einer schwer beschreiblichen, abströmenden Weise, einfach so, als verließe ihn die Kraft, es länger abzuleugnen, daß er wieder dort stand, wo er sich schon einmal vor vielen Jahren befunden hatte. Er schüttelte lächelnd den Kopf. Einen «Anfall der Frau Major» nannte er sein Befinden spöttisch. Nach der Meinung seiner Vernunft bestand keine Gefahr, denn es war niemand da, mit dem er eine solche Torheit hätte wiederholen können. Er öffnete ein Fenster. Es war eine gleichgültige Luft draußen, eine Allerweltsmorgenluft mit den ersten anklingenden Geräuschen der Stadt. Während die Kühle seine Schläfen wusch, begann ihn die Abneigung des Europäers gegen Gefühlsduselei mit ihrer klaren Härte zu erfüllen, und er nahm sich vor, dieser Geschichte, wenn es sein müßte, mit aller Exaktheit zu begegnen. Und doch hatte er, lange so am Fenster stehend und ohne Gedanken in den Morgen blickend, auch da noch etwas von dem blinkenden Vergleiten aller Empfindungen in sich.

Er war überrascht, als mit einemmal sein Diener mit dem feierlichen Ausdruck des Frühaufgestandenen eintrat, um ihn zu wecken. Er badete, gab rasch seinem Körper einige lebhafte Bewegung und fuhr zur Bahn.

ZWEITES BUCH

Dritter Teil

Ins Tausendjährige Reich

(Die Verbrecher)

1

Die vergessene Schwester

Als Ulrich gegen Abend des gleichen Tags in ...* ankam und aus dem Bahnhof trat, lag ein breiter, seichter Platz vor ihm, der an beiden Enden in Straßen auslief und eine beinahe schmerzliche Wirkung auf sein Gedächtnis ausübte, wie es einer Landschaft eigentümlich ist, die man schon oft gesehen und wieder vergessen hat.

«Ich versichere Ihnen, die Einkommen sind um zwanzig Prozent geringer geworden und das Leben um zwanzig Prozent teurer: das macht vierzig Prozent!» «Und ich versichere Ihnen, ein Sechstagerennen ist ein völkerverbindendes Ereignis!»: Diese Stimmen kamen dabei aus seinem Ohr; Kupeestimmen. Dann hörte er ganz deutlich sagen: «Trotzdem geht mir die Oper über alles!» «Das ist wohl ein Sport von Ihnen?» «Nein, eine Leidenschaft.» – Er bog den Kopf, als müßte er Wasser aus seinem Ohr schütteln: Der Zug war voll gewesen und die Reise lang; Tropfen allgemeinen Gesprächs, die während der Fahrt in ihn eingedrungen waren, quollen zurück. Ulrich hatte mitten in der Fröhlichkeit und Hast der Ankunft, die das Tor des Bahnhofs wie die Mündung eines Rohrs in die Ruhe des Platzes ausfließen ließ, gewartet, bis sie nur noch tropfenweise rann; nun stand er im Saugraum der Stille, die auf den Lärm folgt. Und zugleich mit der Unruhe seines Gehörs, die dadurch hervorgerufen wurde, fiel ihm eine ungewohnte Ruhe vor den Augen auf. Alles Sichtbare war darin stärker als sonst, und wenn er über den Platz blickte, so standen auf der anderen Seite ganz gewöhnliche Fensterkreuze so schwarz im Abendlicht auf bleichem Glasglanz, als wären sie die Kreuze von Golgatha. Auch was sich bewegte, löste sich vom Ruhenden der Straße in einer Weise los, wie es in sehr großen Städten nicht vorkommt. Treibendes wie Stehendes hatte hier offenbar Raum, seine Wichtigkeit zu weiten. Mit einiger Neugierde des Wiedersehens fand er das heraus und betrachtete die große Provinzstadt, in der er kleine, aber wenig angenehme Teile seines Lebens zugebracht hatte. In ihrem Wesen lag, wie er sehr wohl wußte, etwas Heimatlos-Koloniales: Ein ältester Kern deutschen Bürgertums, der vor Jahrhunderten auf slawische Erde geraten war, war da verwittert, so daß außer einigen Kirchen und Familiennamen kaum noch etwas an ihn erinnerte, und auch vom alten Sitz der Landstände, den diese Stadt später abgegeben hatte, war außer einem erhalten gebliebenen schönen Palast wenig mehr zu sehen; aber über diese Vergangenheit hatte sich in der Zeit der absoluten Verwaltung das große Aufgebot einer kaiserlichen Statthalterei gelagert mit seinen Zentralämtern der Provinz, mit den Haupt- und Hochschulen, den Kasernen, Gerichten, Gefängnissen, dem Bischofssitz, der Redoute, dem Theater, allen Menschen, die dazugehörten, und den Kaufleuten und Handwerkern, die sie nach sich zogen, so daß sich schließlich auch noch eine Industrie zugewanderter Unternehmer anschloß, deren Fabriken Haus an Haus die Vorstädte füllten und das Schicksal dieses Stücks Erde in den letzten Menschenaltern stärker beeinflußt hatten als alles andere. Diese Stadt hatte eine Geschichte, und sie hatte auch ein Gesicht, aber darin paßten die Augen nicht zum Mund oder das Kinn nicht zu den Haaren, und über allem lagen die Spuren eines stark bewegten Lebens, das innerlich leer ist. Es mochte sein, daß dies unter besonderen persönlichen Umständen große Ungewöhnlichkeiten begünstigte.

Um es mit einem Wort zu sagen, das ebensowenig einwandfrei ist: Ulrich fühlte etwas «seelisch Stoffloses», darin man sich so verlor, daß es die Neigung zu zügellosen Einbildungen erweckte. Er trug das sonderbare Telegramm seines Vaters in der Tasche und kannte es auswendig: «Setze dich von meinem erfolgten Ableben in Kenntnis» hatte der alte Herr ihm mitteilen lassen – oder sollte man sagen mitgeteilt? – und darin drückte sich das schon aus, denn darunter stand die Unterschrift «dein Vater». Se. Exzellenz, der Wirkliche Geheime Rat, scherzte nie in ernsten Augenblicken: der verschrobene Aufbau der Nachricht war darum auch verteufelt logisch, denn er war es selbst, der seinen Sohn benachrichtigte, wenn er in Erwartung seines Endes den Wortlaut niederschrieb oder jemand in die Feder sagte und die Geltung der so entstehenden Urkunde für den Augenblick nach seinem letzten Atemzug bestimmte; ja man konnte den Tatbestand vielleicht gar nicht richtiger ausdrücken, und doch flatterte von diesem Vorgang, worin die Gegenwart eine Zukunft zu beherrschen versuchte, die sie nicht mehr zu erleben vermochte, ein unheimlicher Leichenhauch zornig verwesten Willens zurück!

Bei diesem Verhalten, das ihn durch irgendeinen Zusammenhang auch an den geradezu sorgfältig unausgewogenen Geschmack kleiner Städte erinnerte, dachte Ulrich nicht ohne Besorgnis an seine in der Provinz verheiratete Schwester, der er nun wohl in wenigen Minuten begegnen sollte. Er hatte schon während der Reise an sie gedacht, denn er wußte nicht viel von ihr. Von Zeit zu Zeit waren mit den Briefen seines Vaters ordnungsgemäße Familiennachrichten zu ihm gelangt, etwa: «Deine Schwester Agathe hat geheiratet», woran sich ergänzende Angaben schlossen, da Ulrich damals nicht hatte nach Hause kommen können. Und wohl ein Jahr später hatte er schon die Todesanzeige des jungen Gatten erhalten; und drei Jahre darauf war es, wenn er nicht irrte, gewesen, daß die Mitteilung: «deine Schwester Agathe hat sich zu meiner Befriedigung entschlossen, wieder zu heiraten» eintraf. Bei dieser zweiten Hochzeit vor fünf Jahren war er dann dabei gewesen und hatte seine Schwester durch einige Tage gesehn; aber er erinnerte sich nur, daß diese Tage wie ein Riesenrad aus lauter Weißzeug waren, das sich unablässig drehte. Und an den Gatten erinnerte er sich, der ihm mißfiel. Agathe mußte damals zweiundzwanzig Jahre alt gewesen sein, er selbst siebenundzwanzig, denn er hatte gerade das Doktorat erworben; also war seine Schwester jetzt siebenundzwanzig, und er hatte sie seit jener Zeit weder wiedergesehn, noch einen Brief mit ihr gewechselt. Er erinnerte sich bloß, daß der Vater später öfters geschrieben hatte: «In der Ehe deiner Schwester scheint, Gott sei es geklagt, nicht alles so zu sein, wie es könnte, obschon ihr Gatte ein vortrefflicher Mann ist.» Auch hieß es: «Ich habe mich sehr über die jüngsten Erfolge des Mannes deiner Schwester Agathe gefreut.» So ähnlich hatte es jedenfalls in den Briefen gestanden, denen er bedauerlicherweise niemals seine Aufmerksamkeit geschenkt hatte; aber einmal, das erinnerte Ulrich nun doch ganz genau, war mit einer tadelnden Bemerkung über die Kinderlosigkeit seiner Schwester die Hoffnung verbunden gewesen, daß sie sich trotzdem in ihrer Ehe wohlfühle, wenn auch ihr Charakter ihr niemals erlauben werde, das zuzugeben. – «Wie mag sie jetzt aussehn?» dachte er. Es hatte zu den Eigentümlichkeiten des alten Herrn gehört, der sie so sorgenvoll voneinander benachrichtigte, daß er die beiden in zartem Alter, gleich nach dem Tod ihrer Mutter, aus dem Haus tat; sie waren in getrennten Instituten erzogen worden, und Ulrich, der nicht guttat, hatte oft nicht auf Urlaub kommen dürfen, so daß er seine Schwester eigentlich schon seit ihrer Kindheit, wo sie sich allerdings sehr geliebt hatten, nicht mehr recht wiedergesehen hatte, ein einziges längeres Beisammensein ausgenommen, als Agathe eine Zehnjährige war.

Es erschien Ulrich natürlich, daß sie unter diesen Umständen auch keine Briefe wechselten. Was hätten sie einander wohl schreiben sollen?! Als Agathe das erstemal heiratete, war er, wie er sich jetzt erinnerte, Leutnant und lag mit einem Duellschuß im Spital: Gott, welcher Esel er war! Im Grunde genommen, wie viel verschiedene Esel sogar! Denn er kam darauf, daß die Leutnantserinnerung mit dem Schuß gar nicht daher gehöre: er war vielmehr beinahe schon Ingenieur gewesen und hatte «Wichtiges» zu tun, was ihn vom Familienfest fernhielt! Und von seiner Schwester hieß es später, daß sie ihren ersten Mann sehr geliebt habe: er erinnerte sich nicht mehr, durch wen er das erfuhr, aber was heißt schließlich «sie hatte sehr geliebt»?! Das sagt man so. Sie hatte wieder geheiratet, und den zweiten Mann mochte Ulrich nicht ausstehen: dies war das einzig Sichere! Nicht nur nach dem persönlichen Eindruck mochte er ihn nicht, sondern auch nach einigen Büchern von ihm, die er gelesen hatte, und es konnte schon sein, daß er seither seine Schwester nicht ganz unabsichtlich aus dem Gedächtnis verloren hatte. Gut gehandelt war das nicht; aber er mußte sich gestehn, daß er sich sogar in dem letzten Jahr, wo er an so vieles gedacht hatte, kein einziges Mal an sie erinnert hatte, und noch bei der Todesnachricht nicht. Aber am Bahnhof hatte er den Alten, der ihn abholte, gefragt, ob sein Schwager schon da sei, und als er erfuhr, daß Professor Hagauer erst zum Begräbnis erwartet werde, erfreute er sich daran, und obwohl bis zum Begräbnis höchstens zwei oder drei Tage fehlen konnten, kam ihm diese Zeit wie eine Klausur von unbegrenzter Dauer vor, die er jetzt neben seiner Schwester verbringen werde, als wären sie die vertrautesten Leute auf der Welt. Es würde vergeblich gewesen sein, wenn er sich gefragt hätte, wie das zusammenhänge; wahrscheinlich war der Gedanke «unbekannte Schwester» eine jener geräumigen Abstraktionen, in denen viele Gefühle Platz finden, die nirgends recht zu Hause sind.

Und während er von solchen Fragen beschäftigt wurde, war Ulrich langsam in die fremd vertraute Stadt hineingegangen, die sich vor ihm auftat. Er ließ einen Wagen mit seinem Gepäck, unter das er im letzten Augenblick vor der Abreise noch ziemlich viel Bücher getan hatte, und mit dem alten Diener folgen, der, schon zu seinen Kindheitserinnerungen gehörend, ihn abgeholt hatte und das Hausmeister- mit dem Hausmeier- und dem Universitätsdieneramt in einer Art vereinte, über deren innere Grenzen mit den Jahren Ungenauigkeit gekommen war. Wahrscheinlich war es dieser bescheiden-verschlossene Mann, dem Ulrichs Vater die Todesdepesche in die Feder gesagt hatte, und Ulrichs Füße gingen verwundert angenehm den Weg, der sie nach Hause führte, während seine Sinne jetzt wach und neugierig die frischen Eindrücke aufnahmen, mit denen jede wachsende Stadt überrascht, wenn man sie lange nicht gesehen hat. An einer bestimmten Stelle, deren sie sich früher entsannen als er, bogen Ulrichs Füße mit ihm vom Hauptweg ab, und er fand sich dann nach kurzer Zeit in einer schmalen, nur von zwei Gartenmauern gebildeten Gasse. Schräg stand dem Kommenden das knapp zweistöckige Haus mit dem höheren Mittelbau gegenüber, den alten Pferdestall zur Seite, und, noch immer an die Mauer des Gartens gedrückt, stand das kleine Häuschen, wo der Diener mit seiner Frau wohnte; es sah aus, als hätte sie trotz alles Vertrauens der ganz Alte möglichst weit von sich fortgeschoben und sie doch mit seinen Mauern umspannt. Ulrich war in Gedanken an den verschlossenen Garteneingang gelangt und hatte den großen Klopfring, der dort statt einer Glocke an der niederen, altersgeschwärzten Tür hing, aufschlagen lassen, ehe sein Begleiter gelaufen kam und den Irrtum berichtigte. Sie mußten um die Mauer zum Vordereingang zurück, wo der Wagen hielt, und erst da, in dem Augenblick, wo er die ungeöffnete Fläche des Hauses vor sich sah, fiel es Ulrich auf, daß ihn seine Schwester nicht vom Bahnhof abgeholt hatte. Der Diener meldete ihm, daß die gnädige Frau Migräne gehabt und sich nach Tisch zurückgezogen hätte, mit dem Auftrag, sie zu wecken, wenn der Herr Doktor käme. Ob seine Schwester öfters Migräne habe, fuhr Ulrich fort zu fragen und bereute sogleich diese Ungeschicklichkeit, die seine Fremdheit vor dem alten Vertrauten des väterlichen Hauses bloßstellte und an Familienbeziehungen rührte, über die man besser schwieg. «Die gnädige junge Frau hat Auftrag gegeben, in einer halben Stunde den Tee zu servieren» erwiderte wohlerzogen der Alte mit einem höflich blinden Dienergesicht, das in behutsamer Weise die Versicherung abgab, er verstünde nichts, was über seine Pflicht hinausgehe.

Unwillkürlich blickte Ulrich zu den Fenstern hinauf, in der Vermutung, es könnte Agathe dahinter stehn und sein Kommen mustern. Ob sie wohl angenehm sei, fragte er sich und stellte unbehaglich fest, daß der Aufenthalt recht mißlich sein werde, wenn sie ihm nicht gefalle. Daß sie weder zur Bahn, noch ans Haustor kam, erschien ihm allerdings als ein vertrauenerweckender Zug, und es zeigte sich darin eine gewisse Verwandtschaft des Empfindens, denn genau genommen wäre es ebenso unbegründet gewesen, ihm entgegenzueilen, wie wenn er selbst, kaum angekommen, an die Bahre seines Vater hätte stürzen wollen. Er ließ sagen, daß er in einer halben Stunde bereit sein werde, und brachte sich ein wenig in Ordnung. Das Zimmer, worin er untergekommen war, lag im mansardenartigen zweiten Stockwerk des Mittelbaus und war sein Kinderzimmer gewesen, jetzt wunderlich ergänzt um einige offenbar nur zusammengeraffte Einrichtungsstücke, die zur Bequemlichkeit von Erwachsenen gehören. «Wahrscheinlich läßt es sich nicht anders ordnen, solange der Tote im Haus ist» dachte Ulrich und richtete sich auf den Trümmern seiner Kindheit nicht ohne Schwierigkeit ein, doch auch mit ein wenig angenehmen Gefühls, das wie Nebel aus diesem Boden aufstieg. Er wollte die Kleidung wechseln, und dabei kam ihm der Einfall, einen pyjamaartigen Hausanzug anzulegen, der ihm beim Auspacken in die Hände fiel. «Sie hätte mich doch wenigstens in der Wohnung gleich begrüßen sollen!» dachte er, und es lag ein wenig Zurechtweisung in der unbekümmerten Wahl dieses Kleidungsstücks, obwohl das Gefühl, seine Schwester werde schon irgendeinen Grund für ihr Verhalten haben, der ihm gefallen könne, auch erhalten blieb und dem Umkleiden etwas von der Höflichkeit verlieh, die in dem zwanglosen Ausdruck des Vertrauens liegt.

Es war ein großer, weichwolliger Pyjama, den er anzog, beinahe eine Art Pierrotkleid, schwarz-grau gewürfelt und an den Händen und Füßen ebenso gebunden wie in der Mitte; er liebte ihn wegen seiner Bequemlichkeit, die er nach der durchwachten Nacht und der langen

Reise angenehm fühlte, während er die Treppe hinabstieg. Aber als er das Zimmer betrat, wo ihn seine Schwester erwartete, wunderte er sich sehr über seinen Aufzug, denn er fand sich durch geheime Anordnung des Zufalls einem großen, blonden, in zarte graue und rostbraune Streifen und Würfel gehüllten Pierrot gegenüber, der auf den ersten Blick ganz ähnlich aussah wie er selbst.

«Ich habe nicht gewußt, daß wir Zwillinge sind!» sagte Agathe, und ihr Gesicht leuchtete erheitert auf.

2

Vertrauen

Sie hatten sich nicht zum Willkommen geküßt, sondern standen bloß freundlich voreinander, wechselten dann die Stellung, und Ulrich konnte seine Schwester betrachten. Sie paßten in der Größe zusammen. Agathes Haar war heller als seines, aber von der gleichen duftigen Trockenheit der Haut, die er als das einzige an seinem eigenen Körper liebte. Ihre Brust ging nicht in Brüsten verloren, sondern war schlank und kräftig, und die Glieder seiner Schwester schienen die lang-schmale Spindelform zu haben, die natürliche Leistungsfähigkeit mit Schönheit vereint.

«Ich hoffe, deine Migräne ist vorüber, man merkt nichts mehr von ihr» sagte Ulrich.

«Ich hatte gar nicht Migräne, ich habe dir das nur der Einfachheit halber sagen lassen,» erklärte sie «weil ich dir doch durch den Diener nicht gut eine verwickeltere Mitteilung zukommen lassen konnte: ich war einfach faul. Ich habe geschlafen. Ich habe mir hier angewöhnt, in jeder freien Minute zu schlafen. Ich bin überhaupt faul; ich glaube aus Verzweiflung. Und als ich die Nachricht empfing, daß du kämst, sagte ich mir: Hoffentlich werde ich jetzt zum letzten Mal schläfrig sein, und da gab ich mich einer Art Genesungsschlaf hin: Für den Gebrauch des Dieners habe ich alles das nach sorgfältiger Überlegung Migräne genannt.»

«Du treibst gar keinen Sport?» fragte Ulrich.

«Ein wenig Tennis. Aber ich verabscheue Sport.»

Er betrachtete, während sie sprach, noch einmal ihr Gesicht. Es kam ihm nicht sehr ähnlich dem seinen vor; aber vielleicht irrte er, es mochte ihm ähnlich sein wie ein Pastell einem Holzschnitt, so daß man über der Verschiedenheit des Materials das Übereinstimmende der Linien- und Flächenführung übersah. Dieses Gesicht beunruhigte ihn durch irgend etwas. Nach einer Weile kam er darauf, daß er einfach nicht erkennen konnte, was es ausdrücke. Es fehlte darin das, was die gewöhnlichen Schlüsse auf die Person erlaubt. Es war ein inhaltsvolles Gesicht, aber nirgends war darin etwas unterstrichen und in der geläufigen Weise zu Charakterzügen zusammengefaßt.

«Wie kommt es, daß du dich auch so angezogen hast?» fragte Ulrich.

«Ich habe es mir nicht klar gemacht» erwiderte Agathe. «Ich dachte, daß es nett sei.»

«Es ist sehr nett!» meinte Ulrich lachend. «Aber geradezu ein Taschenspielerstück des Zufalls! Und Vaters Tod hat auch dich, wie ich sehe, nicht sehr erschüttert?»

Agathe hob langsam ihren Körper auf die Fußspitzen und ließ ihn ebenso wieder sinken.

«Ist dein Mann auch schon hier?» fragte ihr Bruder, um etwas zu sagen.

«Professor Hagauer kommt erst zum Begräbnis.» – Sie schien sich der Gelegenheit zu erfreuen, den Namen so förmlich aussprechen und von sich wegstellen zu können wie etwas Fremdes.

Ulrich wußte nicht, was er darauf erwidern sollte. «Ja, das habe ich gehört» sagte er.

Sie sahen einander wieder an, und dann gingen sie, wie es die sittliche Gewohnheit nahelegt, in das kleine Zimmer, wo sich der Tote befand.

Den ganzen Tag schon war dieses Zimmer künstlich verfinstert gewesen; es war satt von Schwarz. Blumen und brennende Kerzen leuchteten und rochen darin. Die zwei Pierrots standen hochaufgerichtet vor dem Toten und schienen ihm zuzusehn.

«Ich werde nicht mehr zu Hagauer zurückkehren!» sagte Agathe, damit es gesagt sei. Man konnte fast auf den Gedanken kommen, daß es auch der Tote hören solle.

Der lag auf seinem Sockel, wie er es angeordnet hatte: im Frack, das Bahrtuch bis zur halben Höhe der Brust, darüber das steife Hemd hervorkam, die Hände gefaltet ohne Kruzifix, die Orden angelegt. Kleine harte Augenbögen, eingefallene Wangen und Lippen. In die schauerliche, augenlose Totenhaut eingenäht, die noch ein Teil des Wesens ist und schon fremd; der Reisesack des Lebens. Ulrich fühlte sich unwillkürlich an der Wurzel des Daseins erschüttert, wo kein Gefühl und kein Gedanke ist; aber nirgends sonst. Wenn er es hätte aussprechen müssen, hätte er nur zu sagen vermocht, daß ein lästiges Verhältnis ohne Liebe geendet habe. So, wie eine schlechte Ehe die Menschen schlecht macht, die sich nicht von ihr befreien können, tut es jedes für die Ewigkeit berechnete, schwer aufliegende Band, wenn das Zeitliche unter ihm wegschrumpft.

«Ich hätte es gerne gehabt, daß du schon früher kämst,» berichtete

Agathe weiter «aber Papa hat es nicht erlaubt. Er ordnete alles, was seinen Tod anging, selbst. Ich glaube, es wäre ihm peinlich gewesen, unter deinen Augen zu sterben. Ich lebe schon zwei Wochen hier; es war entsetzlich.»

«Hat er wenigstens dich geliebt?» fragte Ulrich.

«Er hat alles, was er geordnet wissen wollte, seinem alten Diener aufgetragen, und von da an machte er den Eindruck eines Menschen, der nichts zu tun hat und sich bestimmungslos fühlt. Aber ungefähr alle Viertelstunden hat er den Kopf gehoben und nachgesehn, ob ich im Zimmer sei. Das war in den ersten Tagen. In den folgenden sind halbe Stunden und später ganze daraus geworden, und während des schrecklichen letzten Tags ist es überhaupt nur noch zwei- oder dreimal geschehn. Und in allen Tagen hat er kein Wort zu mir gesprochen, außer wenn ich ihn etwas fragte.»

Ulrich dachte, während sie das erzählte: «Sie ist eigentlich hart. Sie konnte schon als Kind in einer stillen Weise ungemein eigensinnig sein. Trotzdem sieht sie nachgiebig aus?» Und plötzlich erinnerte er sich an eine Lawine. Er hatte einmal in einem Wald, der von einer Lawine zerrissen wurde, beinahe das Leben verloren. Sie bestand aus einer weichen Wolke von Schneestaub, die, von einer unaufhaltsamen Gewalt erfaßt, hart wie ein stürzender Berg wurde.

«Hast du die Depesche an mich aufgegeben?» fragte er.

«Natürlich der alte Franz! Das war alles schon geordnet. Er hat sich auch nicht von mir pflegen lassen. Er hat mich bestimmt nie geliebt, und ich weiß nicht, warum er mich herkommen ließ. Ich habe mich schlecht gefühlt und auf meinem Zimmer eingesperrt, sooft ich konnte. Und in einer solchen Stunde ist er gestorben.»

«Wahrscheinlich hat er dir damit beweisen wollen, daß du einen Fehler begangen hast. Komm!» sagte Ulrich bitter und zog sie hinaus. «Aber vielleicht hat er wollen, daß du ihm die Stirn streichelst? Oder neben seinem Lager niederkniest? Wenn schon aus keinem anderen Grund, als weil er immer gelesen hatte, daß es sich beim letzten Abschied von einem Vater so gehört. Und hat es nicht über die Lippen gebracht, dich darum zu bitten?!»

«Vielleicht» sagte Agathe.

Sie waren noch einmal stehen geblieben und sahen ihn an.

«Eigentlich ist alles das entsetzlich!» sagte Agathe.

«Ja» meinte Ulrich. «Und man weiß so wenig davon.»

Als sie den Raum verließen, blieb Agathe noch einmal stehn und sprach Ulrich an: «Ich überfalle dich mit etwas, woran dir natürlich nichts gelegen sein kann: aber ich habe mir gerade während Vaters Krankheit vorgenommen, daß ich unter keinen Umständen zu meinem Mann zurückkehre!»

Ihren Bruder machte ihre Hartnäckigkeit unwillkürlich lächeln, denn Agathe hatte eine senkrechte Falte zwischen den Augen und sprach heftig; sie schien zu fürchten, daß er sich nicht auf ihre Seite stellen werde, und erinnerte an eine Katze, die große Angst hat und darum tapfer zum Angriff übergeht.

«Ist er einverstanden?» fragte Ulrich.

«Er weiß noch von nichts» sagte Agathe. «Aber er wird nicht einverstanden sein!»

Der Bruder sah seine Schwester fragend an. Aber sie schüttelte heftig den Kopf. «O nein, was du denkst, ist es nicht: Niemand dritter ist im Spiel!» erwiderte sie.

Damit war dieses Gespräch vorläufig zu Ende. Agathe entschuldigte sich dafür, daß sie auf Ulrichs Hunger und Müdigkeit nicht mehr Rücksicht genommen habe, führte ihn in ein Zimmer, wo der Tee angerichtet war, und da etwas fehlte, ging sie selbst nach dem Rechten zu sehn. Dieses Alleinsein benutzte Ulrich, sich ihren Gatten zu vergegenwärtigen, so gut er es vermochte, um sie besser zu verstehn. Der war ein mittelgroßer Mann mit eingezogenem Kreuz, rund in derb geschneiderten Hosen steckenden Beinen, etwas wulstigen Lippen unter einem borstigen Schnurrbart und einer Liebhaberei für großgemusterte Krawatten, die wohl anzeigen sollte, daß er kein gewöhnlicher, sondern ein zukunftswilliger Schulmeister sei. Ulrich fühlte wieder sein altes Mißtrauen gegen Agathes Wahl erwachen, aber daß dieser Mann geheime Laster verbergen sollte, war ganz auszuschließen, wenn man sich an das offene Leuchten erinnerte, das von Stirn und Augen Gottlieb Hagauers glänzte. «Das ist doch einfach der aufgeklärte tüchtige Mensch, der Brave, der die Menschheit auf seinem Felde fördert, ohne sich in Dinge zu mischen, die ihm ferne liegen» stellte Ulrich fest, wobei er sich auch an die Schriften Hagauers wieder erinnerte, und versank in nicht ganz angenehme Gedanken.

Man kann solche Menschen schon ursprünglich in ihrer Schülerzeit kennzeichnen. Sie lernen weniger – wie man es, die Folge mit der Ursache verwechselnd, benennt – gewissenhaft als ordentlich und praktisch. Sie legen sich jede Aufgabe vorerst zurecht, wie man sich abends die Kleidung des nächsten Tags bis auf die Knöpfe zurechtlegen muß, wenn man morgens rasch und ohne Fehlgriff fertig werden will; es gibt keinen Gedankengang, den sie nicht mittels fünf bis zehn solcher vorbereiteten Knöpfe fest in ihr Verständnis heften könnten, und man muß einräumen, daß dieses sich danach sehen lassen kann und der Untersuchung standhält. Sie werden dadurch Vorzugsschüler, ohne ihren Kameraden moralisch unangenehm zu sein, und Menschen, die wie Ulrich von ihrem Wesen bald zu einem leichten Übermaß, bald zu einem ebenso geringfügigen Untermaß verleitet werden, bleiben auf eine Weise, die so leise schleicht wie das Schicksal, hinter ihnen zurück, auch wenn sie viel begabter sind. Er bemerkte, daß er vor dieser Vorzugsart Menschen eigentlich eine geheime Scheu habe, denn ihre gedankliche Genauigkeit ließ seine eigene Schwärmerei für Genauigkeit ein wenig windig erscheinen. «Sie haben nicht die Spur von Seele» dachte er «und sind gutmütige Menschen; nach dem sechzehnten Jahr, wenn sich die jungen Leute für geistige Fragen erhitzen, bleiben sie scheinbar hinter den andern ein wenig zurück und haben nicht recht die Fähigkeit, neue Gedanken und Gefühle zu verstehn, aber sie arbeiten auch da mit ihren zehn Knöpfen, und es kommt der Tag, wo sie sich darüber ausweisen können, daß sie immer alles verstanden haben, ‹freilich ohne alle unhaltbaren Extreme›, und schließlich sind sie es noch, die den neuen Ideen Eingang ins Leben verschaffen, wenn diese für andere längst verklungene Jugend geworden sind oder einsame Übertreibung!» So konnte sich Ulrich, als seine Schwester wieder eintrat, zwar noch immer nicht vorstellen, was ihr eigentlich begegnet sein mochte, aber er fühlte, daß ein Kampf gegen ihren Mann, und sei es selbst ein ungerechter, etwas wäre, das eine ganz nichtswürdige Neigung besäße, ihm Vergnügen zu bereiten.

Agathe schien es für aussichtslos zu halten, ihren Entschluß vernünftig zu erklären. Ihre Ehe befand sich, was man von einem Charakter wie Hagauer auch nicht anders erwarten durfte, in vollkommenster äußerer Ordnung. Kein Streit, kaum Meinungsverschiedenheiten; schon deshalb nicht, weil Agathe, wie sie erzählte, ihre eigene Meinung in keiner Frage ihm anvertraute. Natürlich keine Exzesse, nicht Trunk, noch Spiel. Nicht einmal Junggesellengewohnheiten. Gerechte Verteilung der Einkommen. Geordnete Wirtschaft. Ruhiger Ablauf von geselligem Beisammensein zu vielen und ungeselligem zu zweit. «Wenn du ihn also einfach grundlos verläßt,» sagte Ulrich «wird die Ehe auf dein Verschulden geschieden werden; vorausgesetzt, daß er klagt.»

«Er soll klagen!» verlangte Agathe.

«Vielleicht wäre es gut, ihm einen kleinen Vermögensvorteil einzuräumen, wenn er in eine einvernehmliche Lösung willigt?»

«Ich habe nur das mit mir genommen,» erwiderte sie «was man für eine dreiwöchige Reise braucht, und außerdem ein paar kindische Dinge und Erinnerungen aus der Zeit vor Hagauer. Alles andere soll er zurückbehalten, ich mag es nicht. Aber er soll nicht den kleinsten Vorteil in Zukunft von mir haben!»

Diese Sätze rief sie wieder überraschend heftig aus. Man konnte es vielleicht so verstehen, daß Agathe sich dafür rächen wolle, diesem Mann in früherer Zeit zuviel Vorteile eingeräumt zu haben. Ulrichs Kampflust, sein Sportsinn, seine Erfindungsgabe im Überwinden von

Schwierigkeiten wurden nun geweckt, obgleich er das ungern sah; denn es war wie die Wirkung eines Erregungsmittels, das die äußeren Affekte in Bewegung bringt, während die inneren doch noch ganz unberührt blieben. Er lenkte das Gespräch ab und suchte zögernd einen Überblick. «Ich habe einiges von ihm gelesen und gehört» sagte er; «soviel ich weiß, gilt er im Gebiet des Unterrichts und der Erziehung sogar als ein kommender Mann!»

«Ja, das tut er» erwiderte Agathe.

«Soweit ich seine Schriften kenne, ist er nicht nur ein in allen Sätteln gerechter Schulmeister, sondern ist auch frühzeitig für eine Reform unserer höheren Lehranstalten eingetreten. Ich erinnere mich, einmal ein Buch von ihm gelesen zu haben, worin einerseits von dem unersetzlichen Wert des historisch-humanistischen Unterrichts für die sittliche Bildung die Rede war und ebenso andererseits von dem unersetzlichen Wert naturwissenschaftlich-mathematischen Unterrichts für die geistige Bildung und drittens von dem unersetzlichen Wert, den das geballte Lebensgefühl des Sports und der militärischen Erziehung für die Bildung zur Tat hat. Stimmt das?»

«Das wird wohl stimmen» meinte Agathe; «aber hast du beobachtet, wie er zitiert?»

«Wie er zitiert? Warte: mir ist dunkel, daß mir wirklich etwas aufgefallen ist. Er zitiert sehr viel. Er zitiert die alten Meister. Er – natürlich zitiert er auch die Gegenwärtigen, und jetzt weiß ich es: er zitiert in einer für einen Schulmeister geradezu revolutionären Weise nicht nur die Schulgrößen, sondern auch die Flugzeugerbauer, Politiker und Künstler des Tags... Aber das ist schließlich doch nur das, was ich schon vorhin gesagt habe...?» endete er mit dem kleinlauten Abschlußgefühl, womit eine Erinnerung, die ihr Geleise verfehlt hat, auf den Prellbock auffährt.

«Er zitiert so,» ergänzte Agathe «daß er beispielsweise in der Musik bedenkenlos bis zu Richard Strauß oder in der Malerei bis zu Picasso gehen wird; niemals aber wird er, und sei es auch nur als das Beispiel von etwas Falschem, einen Namen nennen, der sich nicht schon ein gewisses Hausrecht in den Zeitungen zumindest dadurch erworben hat, daß sie sich tadelnd mit ihm beschäftigen!»

So war es. Das hatte Ulrich in seiner Erinnerung gesucht. Er blickte auf. Agathens Antwort erfreute ihn durch den Geschmack und die Beobachtung, die sich in ihr aussprachen. «So ist er mit der Zeit ein Führer geworden, indem er als einer der ersten hinter ihr drein ging» ergänzte er lachend. «Alle, die noch später kommen, sehen ihn schon vor sich! Aber liebst du denn unsere Ersten?»

«Ich weiß nicht. Jedenfalls zitiere ich nicht.»

«Immerhin, laß uns bescheiden sein» meinte Ulrich. «Der Name deines Gatten bedeutet ein Programm, das heute schon vielen als das Höchste gilt. Sein Wirken stellt einen soliden kleinen Fortschritt dar. Sein äußerer Aufstieg kann nicht mehr lange säumen. Aus ihm wird über kurz oder lang mindestens ein Universitätsprofessor werden, obgleich er sich mit seinem Brotberuf als Mittelschullehrer geschleppt hat; und ich, siehst du, der ich gar nichts anderes zu tun hatte, als was auf meinem geraden Weg lag, bin heute so weit, daß es wahrscheinlich nicht einmal zur Dozentur bei mir kommt: Das ist schon etwas!»

Agathe war enttäuscht, und wahrscheinlich war das die Ursache davon, daß ihr Gesicht den porzellanenen und nichtssagenden Ausdruck einer Dame annahm, während sie liebenswürdig erwiderte: «Ich weiß nicht, vielleicht hast du auf Hagauer Rücksicht zu nehmen?»

«Wann soll er eintreffen?» fragte Ulrich.

«Erst zum Begräbnis; mehr Zeit nimmt er sich nicht. Aber keinesfalls soll er hier im Haus wohnen, das gestatte ich nicht!»

«Wie du willst!» entschied sich Ulrich unerwartet. «Ich werde ihn abholen und vor einem Hotel absetzen. Und dort werde ich ihm also, wenn du es wünschest, sagen: ‹Das Zimmer für Sie ist hier gesattelt!›»

Agathe war überrascht und plötzlich begeistert. «Das wird ihn furchtbar ärgern, weil es Geld kostet, und er erwartet sicher, bei uns wohnen zu können!» Ihr Gesicht hatte sich augenblicklich geändert und etwas kindlich Wildes zurückgewonnen wie bei einem Bubenstück.

«Wie ist denn alles geregelt?» fragte ihr Bruder. «Gehört dieses Haus dir, mir oder uns beiden? Ist ein Testament da?»

«Papa hat mir ein großes Paket übergeben lassen, worin alles stehen soll, was wir wissen müssen.» – Sie gingen in das Arbeitszimmer, das zur anderen Seite des Toten lag.

Sie glitten wieder durch Kerzenglanz, Blumenduft, durch den Kreis dieser zwei Augen, die nichts mehr sahen. In dem flackernden Halbdunkel war Agathe für eine Sekunde nur ein schimmernder Nebel von Gold, Grau und Rosa. Das Testament fand sich vor, aber sie kehrten mit den Papieren zu ihrem Teetisch zurück, wo sie das Schriftpaket dann zu öffnen vergaßen.

Denn als sie sich niederließen, teilte Agathe ihrem Bruder mit, daß sie so gut wie getrennt von ihrem Mann lebe, wenn auch unter dem gleichen Dach; sie sagte nicht, wie lange es schon so sei.

Es machte zunächst einen schlechten Eindruck auf Ulrich. Wenn verheiratete Frauen glauben, daß ein Mann ihr Geliebter werden könnte, pflegen viele von ihnen ihm dieses Märchen anzuvertraun; und obgleich seine Schwester ihre Mitteilung verlegen, ja eigentlich verstockt vorgebracht hatte, mit einem ungeschickten Entschluß, irgend einen Anstoß zu geben, was man deutlich hindurchfühlte, verdroß es ihn, daß ihr nichts Besseres ihm aufzubinden eingefallen sei, und er hielt es für eine Überteibung. «Ich habe überhaupt nie begriffen, wie du mit einem solchen Mann hast leben können!» entgegnete er offen.

Agathe meinte, daß der Vater es gewollt habe; und was sie dagegen hätte tun sollen, fragte sie.

«Aber du warst doch damals schon Witwe und keine unmündige Jungfrau!»

«Gerade darum. Ich war zu Papa zurückgekehrt; allgemein sagte man damals, ich sei noch zu jung, um schon allein zu leben, denn wenn ich auch Witwe war, so war ich doch erst neunzehn Jahre alt; und dann habe ich es eben hier nicht ausgehalten.»

«Aber warum hast du dir nicht einen anderen Mann gesucht? Oder studiert, und auf diese Weise ein selbständiges Leben begonnen?» fragte Ulrich rücksichtslos.

Agathe schüttelte bloß den Kopf. Erst nach einer kleinen Pause antwortete sie: «Ich habe dir schon gesagt, daß ich faul bin.»

Ulrich fühlte, daß es keine Antwort war. «Du hast also einen besonderen Grund gehabt, Hagauer zu heiraten!?»

«Ja.»

«Du hast einen anderen geliebt, den du nicht bekommen konntest?»

Agathe zögerte. «Ich habe meinen verstorbenen Mann geliebt.»

Ulrich bedauerte, daß er das Wort Liebe so gewöhnlich gebraucht hatte, als hielte er die Wichtigkeit der gesellschaftlichen Einrichtung, die es bezeichnet, für unverbrüchlich. «Wenn man Trost spenden will, schöpft man doch sofort eine Bettelsuppe!» dachte er. Trotzdem fühlte er sich versucht, in der gleichen Weise weiterzureden. «Und dann hast du bemerkt, was dir widerfahren ist, und hast Hagauer Schwierigkeiten bereitet» meinte er.

«Ja» bestätigte Agathe. «Aber nicht gleich; – erst spät» fügte sie hinzu. «Sehr spät sogar.»

Hier gerieten sie ein klein wenig in Streit.

Es war zu sehen, daß diese Geständnisse Agathe Überwindung kosteten, obgleich sie sie aus freien Stücken darbrachte und offenbar, wie es ihrem Alter entsprach, in der Gestaltung des Geschlechtslebens einen wichtigen Gesprächsstoff für jedermann sah. Sie schien es gleich beim ersten Mal auf Verständnis oder Unverständnis ankommen lassen zu wollen, suchte Vertrauen und war nicht ohne Freimut und Leidenschaft entschlossen, sich den Bruder zu erobern. Aber Ulrich, noch immer moralisch in Geberlaune, vermochte nicht, ihr sofort entgegenzukommen. Er war trotz der Kraft seiner Seele keineswegs immer frei von den Vorurteilen, die sein Geist verwarf, da er zu oft sein Leben hatte gehen lassen, wie es wollte, und seinen Geist anders. Und weil er seinen Einfluß auf Frauen zu oft mit der Lust eines Jägers am Fangen und Beobachten ausgenutzt und mißbraucht hatte, war ihm fast immer auch das dazugehörende Bild begegnet, worin die Frau das Wild ist, das unter dem Liebesspeer des Mannes zusammenbricht, und es saß ihm die Wollust der Demütigung im Gedächtnis, der sich die liebende Frau unterwirft, während der Mann von einer ähnlichen Hingabe weit entfernt ist. Diese männliche Machtvorstellung von der weiblichen Schwäche ist heute noch recht gewöhnlich, obwohl mit den einander folgenden Wellen der Jugend daneben neuere Auffassungen entstanden sind, und die Natürlichkeit, mit der Agathe ihre Abhängigkeit von Hagauer behandelte, verletzte ihren Bruder. Es kam Ulrich vor, seine Schwester habe eine Schmach erlitten, ohne sich ihrer recht bewußt zu sein, als sie sich unter den Einfluß eines Mannes begab, der ihm mißfiel, und durch Jahre darunter verharrte. Er sprach es nicht aus, aber Agathe mußte wohl etwas Ähnliches in seinem Gesicht gelesen haben, denn sie sagte plötzlich: «Ich konnte ihm doch nicht gleich davonlaufen, wenn ich ihn schon geheiratet hatte; das wäre überspannt gewesen!»

Ulrich – immer der Ulrich im Zustand des älteren Bruders und spendend-erzieherischer Begriffsverarmung – wurde heftig hochgerissen und rief aus: «Wäre es wirklich überspannt, Abscheu zu erleiden und daraus sofort alle Folgerungen zu ziehen?!» Er suchte es zu mildern, indem er hinterdrein lächelte und seine Schwester so freundlich wie möglich ansah.

Auch Agathe sah ihn an; ihr Gesicht war ganz geöffnet von dieser Anstrengung, mit der sie in seinen Zügen forschte. «Ein gesunder Mensch ist Peinlichkeiten gegenüber doch nicht so empfindlich?!» wiederholte sie. «Was liegt schließlich daran!»

Das hatte zur Folge, daß sich Ulrich zusammennahm und seine Gedanken nicht länger einem Teil-Ich überlassen wollte. Er war jetzt wieder der Mann des funktionalen Verstehens. «Du hast recht,» sagte er «was liegt schließlich an den Vorgängen als solchen! Es kommt auf das System von Vorstellungen an, durch das man sie betrachtet, und auf das persönliche System, in das sie eingefügt sind.»

«Wie sagst du das?» fragte Agathe mißtrauisch.

Ulrich entschuldigte sich für seine abstrakte Ausdrucksweise, aber während er nach einem leicht eingänglichen Vergleich suchte, kehrte seine brüderliche Eifersucht wieder und beeinflußte seine Wahl: «Nehmen wir an, daß eine Frau, die uns nicht gleichgültig ist, vergewaltigt worden sei» erklärte er. «Nach einem heroischen Vorstellungssystem müßten wir dann Rache oder Selbstmord erwarten; nach einem zynisch-empirischen, daß sie es abschüttle wie eine Henne; und was sich heute wirklich vollzöge, wäre wohl ein Gemisch aus beidem: diese innere Unwissenheit ist aber häßlicher als alles.»

Aber Agathe war auch mit dieser Fragestellung nicht einverstanden. «Kommt es dir denn so schrecklich vor?» fragte sie einfach.

«Ich weiß nicht. Es schien mir, daß es demütigend sei, mit einem Menschen zu leben, den man nicht liebt. Aber jetzt – wie du willst!»

«Ist es schlimmer als wenn eine Frau, die sich eher als drei Monate nach ihrer Scheidung wieder verheiraten will, im Auftrag des Staats vom Amtsarzt an der Gebärmutter untersucht wird, aus Gründen des Erbrechts, ob sie schwanger sei? Daß es das gibt, habe ich gelesen!» Agathes Stirn schien sich im Zorn der Verteidigung zu runden und hatte wieder die kleine lotrechte Falte zwischen den Augenbrauen. «Und darüber kommt jede hinweg, wenn es sein muß!» sagte sie verächtlich.

«Ich widerspreche dir nicht» entgegnete Ulrich; «alle Geschehnisse gehen, wenn sie einmal wirklich da sind, vorbei wie Regen und Sonnenschein. Wahrscheinlich bist du viel vernünftiger als ich, wenn du das natürlich ansiehst; aber die Natur des Mannes ist nicht natürlich, sondern naturändernd und darum manchmal überspannt.» Sein Lächeln bat um Freundschaft, und sein Auge sah, wie jung ihr Gesicht war. Wenn es sich erregte, bekam es fast keine Falten, sondern wurde von dem, was dahinter vorging, zu noch größerer Glätte gespannt, wie ein Handschuh, in dem sich die Faust ballt.

«Ich habe nie so allgemein darüber nachgedacht» erwiderte sie jetzt. «Aber nachdem ich dich gehört habe, kommt wieder mir vor, daß ich schrecklich im Unrecht gelebt habe!»

«Alles rührt nur davon her,» beglich ihr Bruder scherzend dieses gegenseitige Schuldbekenntnis «daß du mir schon so viel freiwillig gesagt hast, und doch nicht das Entscheidende. Wie soll ich das Richtige treffen, wenn du mir nichts von dem Mann anvertraust, wegen dessen du Hagauer endlich doch verläßt!»

Agathe sah ihn wie ein Kind an oder wie ein Student, der von seinem Erzieher gekränkt wird: «Muß es denn ein Mann sein?! Kann es nicht von selbst kommen? Habe ich etwas schlecht gemacht, weil ich ohne Liebhaber durchgegangen bin? Ich würde dich vielleicht anlügen, wenn ich behaupten wollte, daß ich nie einen gehabt habe; so lächerlich will ich auch nicht sein: aber ich habe keinen und würde es dir verübeln, wenn du glaubtest, daß ich durchaus einen brauche, um von Hagauer zu gehn!»

Ihrem Bruder blieb nichts übrig, als ihr zu versichern, daß leidenschaftliche Frauen ihren Männern auch ohne Liebhaber durchgehn und daß seiner Meinung nach das sogar das Würdigere sei. – Der Tee, zu dem sie sich getroffen hatten, war in ein unregelmäßiges und vorzeitiges Abendbrot übergegangen, weil Ulrich übermüdet war und darum gebeten hatte, denn er wollte früh zu Bett gehn, um sich für den nächsten Tag auszuschlafen, der allerhand geschäftliche Unruhe versprach. Nun rauchten sie ihre Zigaretten, ehe sie sich trennten, und er kannte sich in seiner Schwester nicht aus. Sie hatte weder etwas Emanzipiertes, noch etwas Bohemehaftes an sich, obgleich sie da in weiten Hosen saß, in denen sie den unbekannten Bruder empfangen hatte. Eher etwas Hermaphroditisches, so kam ihm jetzt vor; das leichte männliche Kleid ließ in der Bewegung des Gesprächs mit der Halbdurchsichtigkeit eines Wasserspiegels die zärtliche Formung ahnen, die sich darunter befand, und zu den frei-unabhängigen Beinen trug sie das schöne Haar frauenhaft aufgesteckt. Das Zentrum dieses zwiespältigen Eindrucks bildete aber noch immer das Gesicht, das den Reiz der Frau in hohem Maße besaß, doch mit irgendeinem Abstrich und Vorbehalt, dessen Wesen er nicht herausbekommen konnte.

Und daß er so wenig von ihr wußte und so vertraut mit ihr saß, und doch auch ganz anders als mit einer Frau, für die er ein Mann wäre, das war etwas sehr Angenehmes, in der Müdigkeit, der er nun nachzugeben begann.

«Eine große Veränderung seit gestern!» dachte er.

Er war dankbar dafür und bemühte sich, Agathe zum Abschied etwas herzlich Brüderliches zu sagen, aber da ihm das etwas Ungewohntes war, fiel ihm nichts ein. So nahm er sie bloß in den Arm und küßte sie.

3

Morgen in einem Trauerhaus

Am nächsten Morgen fuhr Ulrich früh und so glatt aus dem Schlaf, wie ein Fisch aus dem Wasser schnellt; es war eine Folge der traumlos und restlos ausgeschlafenen Müdigkeit des vergangenen Tags. Er suchte sich ein Frühstück zu verschaffen und ging dazu durch das Haus. Die Trauer darin war noch nicht recht in Betrieb, und bloß ein Duft von Trauer hing in allen Räumen: es erinnerte ihn an ein Geschäft, das seine Läden in der Morgenfrühe geöffnet hat, während die Straße noch menschenleer ist. Dann holte er seine wissenschaftliche Arbeit aus dem Koffer und begab sich mit ihr in das Arbeitszimmer seines Vaters. Es sah, als er mitten darin saß und ein Feuer im Ofen brannte, menschlicher aus als am Abend vorher: obgleich ein pedantischer, Einerseits und Anderseits auswägender Geist es ausgebaut hatte bis zu den symmetrisch einander gegenüberstehenden Gipsbüsten auf der Höhe der Büchergestelle, gaben die vielen liegengebliebenen, kleinen, persönlichen Dinge – Bleistifte, Augenglas, Thermometer, ein aufgeschlagenes Buch, Federbüchschen und dergleichen mehr – dem Raum doch die rührende Leere eines eben erst verlassenen Lebensgehäuses. Ulrich saß mitten darin, zwar in der Nähe des Fensters, aber am Schreibtisch, der den Orgelpunkt dieses Raumes bildete, und empfand eine eigentümliche Willensmüdigkeit. An den Wänden hingen Bildnisse seiner Voreltern, und ein Teil der Möbel stammte noch aus ihrer Zeit; der hier gewohnt hatte, hatte aus den Schalen ihres Lebens das Ei des seinen geformt: nun war er tot, und sein Hausrat stand noch so scharf da, als wäre er aus dem Raum herausgefeilt worden, aber schon war die Ordnung bereit abzubröckeln, sich dem Nachfolger zu fügen, und man fühlte, wie die größere Lebensdauer der Dinge kaum sichtbar hinter ihrer starren Trauermiene neu zu quellen begann.

In dieser Stimmung schlug Ulrich seine Arbeit auf, die er vor Wochen und Monaten unterbrochen hatte, und sein Blick fiel gleich zu Beginn auf die Stelle mit den physikalischen Gleichungen des Wassers, über die er nicht hinausgekommen war. Er erinnerte sich dunkel, daß er an Clarisse gedacht hatte, als er aus den drei Hauptzuständen des Wassers ein Beispiel gemacht hatte, um an ihm eine neue mathematische Möglichkeit zu zeigen; und Clarisse hatte ihn dann davon abgelenkt. Doch gibt es ein Erinnern, das nicht das Wort, sondern die Luft, worin es gesprochen worden, zurückruft, und so dachte Ulrich auf einmal: «Kohlenstoff...» und bekam gleichsam aus dem Nichts heraus den Eindruck, es würde ihn weiterbringen, wenn er augenblicklich bloß wüßte, in wieviel Zuständen Kohlenstoff vorkomme; aber es fiel ihm nicht ein, und er dachte statt dessen: «Der Mensch kommt in zweien vor. Als Mann und als Frau.» Das dachte er eine ganze Weile, scheinbar reglos vor Staunen, als ob es Wunder was für eine Entdekkung bedeutete, daß der Mensch in zwei verschiedenen Dauerzuständen lebe. Nur verbarg sich unter diesem Stillstand seines Denkens eine andere Erscheinung. Denn man kann hart sein, selbstsüchtig, bestrebt, gleichsam hinaus geprägt, und kann sich plötzlich als der gleiche Ulrich Soundso auch umgekehrt fühlen, eingesenkt, als ein selbstlos glückliches Wesen in einem unbeschreiblich empfindlichen und irgendwie auch selbstlosen Zustand aller umgebenden Dinge. Und er fragte sich: «wie lange ist es her, seit ich das zuletzt empfunden habe?» Zu seiner Überraschung waren es kaum mehr als vierundzwanzig Stunden. Die Stille, die Ulrich umgab, war erfrischend, und der Zustand, an den er sich erinnert sah, kam ihm nicht so ungewöhnlich vor wie sonst. «Wir alle sind ja Organismen», dachte er beschwichtigt «die sich in einer unfreundlichen Welt mit aller Kraft und Begierde gegeneinander durchsetzen müssen. Aber mit seinen Feinden und Opfern zusammen ist jeder doch auch Teilchen und Kind dieser Welt; ist vielleicht gar nicht so losgelöst von ihnen und selbständig, wie er sich das einbildet.»

Und das vorausgesetzt, schien es ihm durchaus nicht unverständlich zu sein, daß zuweilen eine Ahnung von Einheit und Liebe aus der Welt aufsteigt, fast eine Gewißheit, es lasse die handgreifliche Notdurft des Lebens unter gewöhnlichen Umständen von dem ganzen Zusammenhang der Wesen nur die eine Hälfte erkennen. Das hatte nichts an sich, was einen mathematisch-naturwissenschaftlich und exakt fühlenden Menschen zu verletzen brauchte: Ulrich sah sich dadurch sogar an die Arbeit eines Psychologen erinnert, mit dem ihn persönliche Beziehungen verbanden: sie handelte davon, daß es zwei große, einander entgegengesetzte Vorstellungsgruppen gebe, von denen sich die eine auf dem Umfangenwerden vom Inhalt der Erlebnisse, die andere auf dem Umfangen aufbaue, und legte die Überzeugung nahe, daß sich ein solches «In etwas Darinsein» und «Etwas von außen Ansehn», ein «Konkav-» und «Konvexempfinden», ein «Raumhaft-» wie ein «Gegenständlichsein», eine «Einsicht» und eine «Anschauung» noch in so vielen anderen Erlebnisgegensätzen und ihren Sprachbildern wiederhole, daß man eine uralte Doppelform des menschlichen Erlebens dahinter vermuten dürfe. Es war keine von den strengen sachlichen Untersuchungen, sondern eine von den phantasiehaft etwas vorausschweifenden, die einem Anstoß ihr Entstehen verdanken, der außerhalb der täglichen wissenschaftlichen Tätigkeit liegt, aber sie war in den Grundlagen fest und in den Schlüssen von großer Wahrscheinlichkeit, die sich auf eine hinter Urnebeln verborgene Einheit des Empfindens zu bewegten, aus deren mannigfach vertauschten Trümmern, wie nun Ulrich annahm, schließlich das heutige Verhalten entstanden sein konnte, das sich undeutlich um den Gegensatz einer männlichen und weiblichen Erlebensweise ordnet und von alten Träumen geheimnisvoll beschattet wird.

Hier suchte er sich – wörtlich so, wie man beim Abstieg über eine gefährliche Kletterstelle Seil und Mauerhaken gebraucht – zu sichern und begann eine weitere Überlegung:

«Die ältesten, für uns schon fast unverständlich dunklen Überlieferungen der Philosophie sprechen oft von einem männlichen und einem weiblichen ‹Prinzip›!» dachte er.

«Die Göttinnen, die es in den Urreligionen neben den Göttern gab, sind unserem Empfinden in Wahrheit nicht mehr erreichbar» dachte er. «Für uns wäre das Verhältnis zu diesen übermenschenstarken Weibern Masochismus!»

«Aber die Natur» dachte er «gibt dem Mann Saugwarzen und der Frau ein männliches Geschlechtsrudiment, ohne daß daraus zu schließen wäre, unsere Vorfahren seien Hermaphroditen gewesen. Auch seelisch werden sie also keine Zwitter gewesen sein. Und dann muß die doppelte Möglichkeit des gebenden und des nehmenden Sehens einmal von außen empfangen worden sein, als ein Doppelgesicht der Natur, und irgendwie ist alles das viel älter als der Unterschied der Geschlechter, die sich daraus später ihre seelische Kleidung ergänzt haben...»

So dachte er, aber in der Folge geschah es, daß er sich an eine Einzelheit aus seiner Kindheit erinnerte, und er wurde durch sie abgelenkt, weil es ihm, was lange nicht vorgefallen war, Vergnügen bereitete sich zu erinnern. Es muß vorausgeschickt werden, daß sein Vater früher geritten war und auch Reitpferde besessen hatte, wovon der leere Stall an der Gartenmauer, den Ulrich bei seiner Ankunft zuerst gesehen hatte, heute noch Zeugnis ablegte. Wahrscheinlich war das die einzige adelige Neigung, die sich sein Vater in Bewunderung seiner feudalen Freunde selbst angemaßt hatte, aber Ulrich war damals ein kleiner Knabe gewesen, und das gleichsam Unendliche, jedenfalls Unausmeßbare, das ein hoher, muskulöser Pferdeleib für ein bewunderndes Kind besitzt, stellte sich nun in der Empfindung wieder her wie ein märchenhaft-schauriges Gebirge, von der Haarheide überzogen, durch die das Zucken der Haut wie die Wellen eines Windes lief. Es war das, wie er bemerkte, eine jener Erinnerungen, deren Glanz von der Ohnmacht des Kindes kommt, sich seine Wünsche zu erfüllen; aber das sagt wenig, vergleicht man es mit der Größe dieses Glanzes, die geradezu überirdisch war, oder mit dem nicht weniger wunderbaren Glanz, den der kleine Ulrich ein wenig später mit den Fingerspitzen berührte, als er den ersten suchte. Denn zu jener Zeit waren in der Stadt die Ankündigungen eines Zirkus angeschlagen gewesen, worauf nicht nur Pferde, sondern auch Löwen, Tiger ebenso wie große, prächtige, in Freundschaft mit ihnen lebende Hunde vorkamen, und schon lange hatte er diese Anschläge angestarrt, als es ihm gelang, sich eines dieser bunten Papiere zu verschaffen und die Tiere auszuschneiden, denen er nun mit kleinen Holzständern Steife und Halt gab. Was sich sodann begab, läßt sich aber nur mit einem Trinken vergleichen, das den Durst nicht zu Ende löscht, auch wenn man es noch so lange fortsetzt; denn es hatte weder einen Halt, noch ergab es in wochenlanger Ausbreitung einen Fortschritt, und war ein dauerndes Hinübergezogenwerden in diese bewunderten Geschöpfe, die zu besitzen er mit dem unsäglichen Glück des einsamen Kindes jetzt ebenso stark vermeinte, wenn er sie ansah, wie er fühlte, daß daran etwas Letztes fehle, das durch nichts zu erfüllen war, wovon dann gerade das Verlangen das maßlos durch den Körper Strahlende erhielt. Mit dieser sonderbar grenzenlosen Erinnerung stieg aber nun in ganz natürlicher Weise auch ein anderes, wieder nur um wenig späteres, Erlebnis jener jungen Zeit aus der Vergessenheit auf und nahm trotz seiner kindlichen Hinfälligkeit von dem großen, mit offenen Augen träumenden

Körper Besitz: Es war das des kleinen Mädchens, das nur zwei Eigenschaften hatte: die, ihm gehören zu müssen, und die der Kämpfe, die er deshalb mit anderen Buben bestand. Und von diesen beiden waren nur die Kämpfe wirklich, denn das kleine Mädchen gab es nicht. Sonderbare Zeit, wo er wie ein fahrender Ritter unbekannten Gegnern, und am liebsten, wenn sie größer waren als er und ihm in einer einsamen und eines Geheimnisses fähigen Straße begegneten, an die Brust sprang und mit dem Überraschten rang! Er hatte nicht wenig Prügel dafür erhalten und manchmal auch große Siege erfochten, aber wie immer es ausging, fühlte er sich um die Befriedigung betrogen. Und auf den naheliegenden Gedanken, daß die kleinen Mädchen, die er wirklich kannte, die gleichen Geschöpfe seien wie jenes, für das er stritt, ging sein Gefühl einfach nicht ein, denn er wurde wie alle Knaben seines Alters nur blöde und starr in weiblicher Gesellschaft; bis eines Tags davon allerdings eine Ausnahme geschah. Und nun erinnerte sich Ulrich so deutlich, als stünde das Bild im Kreis eines Fernrohrs, das durch die Jahre schaute, an einen Abend, wo Agathe für ein Kinderfest angekleidet wurde. Sie trug ein samtenes Kleid, und ihre Haare flossen wie Wellen von hellem Samt darüber, so daß er sich plötzlich bei ihrem Anblick, obgleich er selbst in einem erschrecklichen Ritterkostüm steckte, ganz in der gleichen unsagbaren Weise wie nach den Tieren auf den Ankündigungen des Zirkus danach sehnte, ein Mädchen zu sein. Er wußte damals noch so wenig von Mann und Frau, daß er das nicht für ganz unmöglich ansah, und doch schon so viel, daß er nicht, wie es Kinder sonst tun, gleich in einen Versuch ausbrach, die Erfüllung seines Wunsches zu erzwingen, sondern daß beides zusammen, wenn er heute einen Ausdruck dafür suchte, etwa dem Zustand entsprach, er taste im Dunkeln nach einer Tür, stoße auf einen blutwarmen oder warmsüßen Widerstand und presse sich immer wieder an ihn, der seinem Verlangen hindurchzudringen zärtlich entgegenkommt, ohne ihm Platz zu machen. Vielleicht glich es auch einer harmlosen Art vampyrischer Leidenschaft, die das ersehnte Wesen in sich einsog, doch wollte dieser kleine Mann jene kleine Frau nicht an sich ziehen, sondern sich ganz an ihre Stelle, und das geschah mit jener blendenden Zärtlichkeit, die nur den Früherlebnissen des Geschlechts zu eigen ist.

Ulrich stand auf und reckte die Arme, erstaunt über seine Träumerei. Keine zehn Schritte von ihm entfernt, lag hinter der Wand der Leichnam seines Vaters, und er bemerkte jetzt erst, daß es rings um sie beide schon geraume Zeit wie aus der Erde herauf von Menschen wimmelte, die sich in dem ausgestorben-weiterlebenden Haus zu schaffen machten. Alte Weiber legten Teppiche und zündeten neue Kerzen an, auf den Treppen wurde gehämmert, Blumen wurden heraufgebracht,

Böden gewachst, und nun machte sich diese Betriebsamkeit wohl auch an ihn selbst heran, denn es wurden ihm Leute gemeldet, die so früh auf den Beinen waren, weil sie etwas haben oder wissen wollten, und von Stund an riß ihre Kette nicht mehr ab. Die Universität schickte um eine Auskunft wegen des Begräbnisses, ein Trödler kam und fragte schüchtern nach Kleidern, im Auftrag einer deutschen Firma meldete sich unter vielen Entschuldigungen ein städtischer Antiquar, um ein Preisangebot für ein seltenes juridisches Werk zu stellen, das sich vermutlich in der Bibliothek des Verstorbenen befinden werde, ein Kaplan begehrte Ulrich im Auftrag des Pfarramts zu sprechen, weil irgendeine Unklarheit bestand, ein Herr von der Lebensversicherung kam mit einer langen Auseinandersetzung, jemand suchte billig ein Klavier, ein Immobilienagent gab seine Karte für den Fall ab, daß man das Haus zu verkaufen wünsche, ein ausgedienter Beamter bot sich zum Schreiben von Briefumschlägen an, und so kam, ging, fragte und wollte es in diesen günstigen Frühstunden unaufhörlich, knüpfte sachlich an den Todesfall an und forderte sein Daseinsrecht schriftlich und mündlich; am Haustor, wo der alte Diener die Leute nach Kräften abschüttelte, und oben, wo Ulrich trotzdem alles empfangen mußte, was durchschlüpfte. Er hatte sich nie eine Vorstellung davon gemacht, wie viele Menschen höflich auf den Tod anderer warten und wie viele Herzen man in dem Augenblick in Bewegung setzt, wo das eigene stillsteht; er war einigermaßen erstaunt und sah: ein toter Käfer liegt im Wald, und andere Käfer, Ameisen, Vögel und wippende Schmetterlinge kommen zu ihm heran.

Denn der Emsigkeit dieses Nutzengetriebes war allerwegen auch ein Flackern und Flattern des waldtief Dunklen zugesetzt. Der Eigennutz blickte durch die Scheiben gerührter Augen wie eine Laterne, die man am hellen Tag brennen läßt, als ein Herr mit schwarzem Flor auf der schwarzen Kleidung eintrat, die ein Mittelding zwischen Bedauern und Büroanzug war, an der Tür stehen blieb und zu erwarten schien, daß entweder er oder Ulrich in Schluchzen ausbrechen müsse. Nachdem aber keins von beidem geschah, schien es ihm nach einigen Sekunden auch zu genügen, denn er trat nun vollends ins Zimmer ein, und genau so, wie es jeder gewöhnliche Geschäftsmann auch getan hätte, stellte er sich als der Leiter der Leichenbestattungsanstalt heraus, der sich zu erkundigen kam, ob Ulrich mit der Ausführung bisher zufrieden gewesen sei. Er versicherte, daß auch alles Weitere in einer Weise ausgeführt werden solle, mit der selbst der selige Herr Papa unbedingt hätte einverstanden sein müssen, der, wie man wisse, nicht leicht zufriedenzustellen gewesen sei. Er nötigte Ulrich ein Stück Papier in die Hand, das mit vielen Vordrucken und Rechtecken ausgestattet war, und zwang ihn, in dem für allerhand Grade der

Bestellung abgefaßten Vertragsentwurf einzelne Worte zu lesen wie: ... achtspännig und zweispännig ... Kranzwagen ... Zahl ... Bespannung à la ... mit Vorreiter, silberplattiert ... Begleitung à la ... Fackeln nach Marienburger Weise ... nach Admonter Weise ... Zahl der Begleiter ... Art der Beleuchtung ... Brenndauer ... Sargholz ... Pflanzenschmuck ... Name, Geburt, Geschlecht, Beruf ... Ablehnung jeder unvorhergesehenen Haftung. Ulrich hatte keine Ahnung, woher die teilweise altertümelnden Bezeichnungen kamen; er fragte, der Geschäftsführer blickte ihn erstaunt an, und auch er hatte keine Ahnung. Er stand vor Ulrich wie ein Reflexbogen des Menschheitsgehirns, durch den Reiz und Handlung verbunden waren, ohne daß ein Bewußtsein entstand. Jahrhundertealte Geschichte war diesem Trauergeschäftsmann anvertraut, er durfte mit ihr als Warenbezeichnung schalten, hatte das Gefühl, daß Ulrich eine falsche Schraube gelüftet habe, und bemühte sich, sie rasch mit einer Bemerkung zu schließen, die zur Effektuierung der Lieferung zurückführen sollte. Er erklärte, alle diese Unterscheidungen seien leider im Einheitsvertrag des Reichsvereins der Leichenbestattungsunternehmer vorgeschrieben, aber es hätte weiter auch keine Bedeutung, wenn man sich nicht an sie halte, und das täte ohnehin niemand, und wenn Ulrich unterschriebe - die gnädige Frau Schwester habe das gestern ohne den Herrn Bruder nicht tun wollen –, so solle das einfach bedeuten, daß der Herr mit dem von seinem Vater gegebenen Auftrag einverstanden sei, und er werde an der erstklassigen Durchführung schon nichts auszusetzen finden.

Während Ulrich unterschrieb, fragte er den Mann, ob er hier in der Stadt schon eine der elektrisch betriebenen Wurstmaschinen gesehen habe, die auf dem Gehäuse den heiligen Lukas als Patron der Fleischhauerinnung zeigten; er selbst habe sie einmal in Brüssel gesehn – aber er kam nicht mehr dazu, die Antwort abzuwarten, denn schon stand an der Stelle dieses Manns ein anderer da, der von ihm etwas wünschte, und war ein Journalist, der für das Provinzhauptblatt Auskünfte zum Nekrolog wollte. Ulrich gab sie und verabschiedete den Bestatter, aber sowie er auf die Frage nach dem Wichtigsten in seines Vaters Leben zu antworten begann, wußte er schon nicht, was wichtig sei und was nicht, und sein Besucher mußte ihm zu Hilfe kommen. Erst da ging es, angefaßt mit den Fragezangen einer beruflich auf das Wissenswerte geschulten Neugier, vorwärts, und Ulrich bekam ein Gefühl, als wohne er der Erschaffung der Welt bei. Der Journalist, ein junger Mann, fragte, ob der Tod des alten Herrn nach langem Leiden oder unerwartet gekommen sei, und als Ulrich zur Antwort gab, daß sein Vater bis zur letzten Woche seine Vorlesungen abgehalten habe, formte er daraus: in voller Arbeitsrüstigkeit und Frische. Dann flogen von dem

Leben des alten Herrn die Späne davon bis auf ein paar Rippen und Knoten: Geboren in Protiwin im Jahre 1844, die und die Schulen besucht, ernannt zum ..., ernannt am ...; mit fünf Ernennungen und Auszeichnungen war das Wesentliche fast schon erschöpft. Eine Heirat dazwischen. Ein paar Bücher. Einmal beinahe Justizminister geworden; es scheiterte am Widerspruch von irgendeiner Seite. Der Journalist schrieb, Ulrich begutachtete es, es stimmte. Der Journalist war zufrieden, er hatte die nötige Zeilenzahl. Ulrich staunte über das kleine Häufchen Asche, das von einem Leben übrigbleibt. Der Journalist hatte für alle Auskünfte, die er empfing, sechs- und achtspännige Formeln bereit gehabt: großer Gelehrter, geöffneter Weltsinn, vorsichtig-schöpferischer Politiker, universale Begabung und so weiter; es mußte schon geraume Zeit niemand gestorben sein, die Worte waren lange nicht benutzt und hungrig nach Anwendung gewesen. Ulrich überlegte; er hätte gerne über seinen Vater noch etwas Gutes gesagt, aber das Sichere hatte der Chronist, der jetzt sein Schreibzeug einpackte, schon erfragt, und der Rest war, als ob man den Inhalt eines Glases Wasser ohne das Glas in die Hand nehmen wollte.

Das Kommen und Gehn hatte inzwischen nachgelassen, denn von Agathe waren am vergangenen Tag alle Leute an ihren Bruder gewiesen worden und dieser Überschuß war nun vorbeigeströmt, und Ulrich blieb allein zurück, als sich der Reporter empfahl. Er war durch irgendetwas in eine erbitterte Stimmung geraten. Hatte sein Vater nicht recht gehabt, daß er die Säcke des Wissens schleppte und den Körnerhaufen des Wissens ein wenig umgrub und darüber hinaus sich einfach jenem Leben unterwarf, von dem er glaubte, daß es das mächtige sei!? Er dachte an seine Arbeit, die unberührt im Schreibtisch lag. Wahrscheinlich würde man von ihm nicht einmal sagen können wie von seinem Vater, daß er ein Umschaufler gewesen sei! Ulrich trat in das kleine Zimmer, worin der Tote aufgebahrt lag. Diese starre, geradwandige Zelle inmitten der unruhigen Betriebsamkeit, die ihr entsprang, war phantastisch unheimlich; steif wie ein Holzstückchen schwamm der Tote zwischen den Fluten der Geschäftigkeit, aber für Augenblicke konnte sich das Bild verkehren, dann erschien das Lebendige starr, und er schien in einer unheimlich ruhigen Bewegung zu gleiten. «Was kümmern den Reisenden» sagte er dann «die Städte, die an den Anlegestellen zurückbleiben: ich habe hier gewohnt und mich betragen, wie man es verlangte, aber nun fahre ich wieder!»... Die Unsicherheit des Menschen, der zwischen den anderen etwas anderes will als sie, drückte Ulrichs Herz: er sah seinem Vater ins Gesicht. Vielleicht war alles, was er für seine persönliche Besonderheit hielt, nichts als ein von diesem Gesicht abhängiger Widerspruch, irgendwann kindisch erworben? Er suchte nach einem Spiegel, aber es war keiner da, und nichts als dieses blinde Gesicht warf Licht zurück. Er forschte darin nach Ähnlichkeiten. Vielleicht waren sie da. Vielleicht war alles darin, die Rasse, die Gebundenheit, das Nichtpersönliche, der Strom des Erbgangs, in dem man nur eine Kräuselung ist, die Einschränkung, Entmutigung, das ewige Wiederholen und im Kreis Gehen des Geistes, das er im tiefsten Lebenswillen haßte!

Von dieser Entmutigung plötzlich angewandelt, überlegte er, ob er nicht seine Koffer packen und schon vor dem Begräbnis abreisen solle. Wenn er wirklich noch etwas im Leben bestellen könnte, was hatte er dann noch hier zu tun!

Als er aber durch die Türe trat, stieß er im Nebenzimmer mit seiner Schwester zusammen, die ihn zu suchen kam.

4

Ich hatt' einen Kameraden

Zum erstenmal sah sie Ulrich als Frau gekleidet und hatte nach dem gestrigen Eindruck geradezu den, daß sie verkleidet sei. Durch die offene Tür fiel künstliches Licht in das zittrige Grau des frühen Vormittags, und die schwarze Erscheinung mit dem blonden Haar schien in einer Grotte aus Luft zu stehn, durch die strahlender Glanz floß. Agathes Haar lag enger am Kopf und ihr Gesicht wirkte dadurch weiblicher als am Tag zuvor, die zarte, frauenhafte Brust bettete sich in das Schwarz der strengen Kleidung mit jenem vollkommensten Gleichgewicht zwischen Nachgiebigkeit und Widerstand, das der federleichten Härte einer Perle eigen ist, und vor die schlanken, hohen, den seinen ähnlichen Beine, die er gestern gesehen hatte, hatten sich Röcke gesenkt. Und weil die Erscheinung ihm heute im Ganzen unähnlicher war, bemerkte er die Ähnlichkeit des Gesichts. Es war ihm zumute, er wäre es selbst, der da zur Tür eingetreten sei und auf ihn zuschreite: nur schöner als er und in einen Glanz versenkt, in dem er sich niemals sah. Zum erstenmal erfaßte ihn da der Gedanke, daß seine Schwester eine traumhafte Wiederholung und Veränderung seiner selbst sei; aber da dieser Eindruck nur einen Augenblick dauerte, vergaß er ihn wieder.

Agathe war gekommen, um ihren Bruder schleunig an Pflichten zu erinnern, die sie selbst beinahe verschlafen hätte: sie hielt das Testament in Händen und machte ihn auf Bestimmungen aufmerksam, deren Zeit drängte. Vor allen war darunter eine etwas krause Verfügung über die Orden des alten Herrn zu berücksichtigen, von der auch der Diener Franz wußte, und Agathe hatte diese Stelle im Letzten

Willen eifrig, wenn auch etwas pietätlos rot angestrichen. Der Tote wollte mit ihnen begraben sein, von denen er nicht wenig besaß, aber da er nicht aus Eitelkeit mit ihnen begraben werden wollte, war dem eine lange und tiefsinnige Begründung beigegeben, von der seine Tochter nur den Anfang gelesen hatte, ihrem Bruder es überlassend, ihr den Rest zu erklären.

«Wie soll ich es dir erklären?!» sagte Ulrich, nachdem er sich unterrichtet hatte. «Papa möchte mit den Orden begraben werden, weil er die individualistische Staatstheorie für falsch hält! Er empfiehlt uns die universalistische. Der Mensch empfange erst aus der schöpferischen Gemeinschaft des Staats einen überpersönlichen Zweck, seine Güte und Gerechtigkeit; allein sei er nichts, und darum bedeute der Monarch ein geistiges Symbol: und kurz und gut, der Mensch muß sich bei seinem Tod sozusagen in seine Orden einwickeln, wie man einen gestorbenen Seemann in die Flagge gewickelt ins Meer versenkt!»

«Aber ich habe doch gelesen, daß die Orden zurückgegeben werden müssen?» fragte Agathe.

«Die Orden müssen von den Erben der kaiserlichen Kabinettskanzlei zurückgestellt werden. Darum hat sich Papa Duplikate angeschafft. Aber die beim Juwelier gekauften scheinen ihm wohl doch nicht die rechten Orden zu sein, und er will, daß wir den Umtausch auf seiner Brust erst vollziehen, wenn der Sarg geschlossen wird: das ist die Schwierigkeit! Wer weiß, vielleicht ist das ein stummer Protest gegen die Vorschrift, den er nicht anders aussprechen wollte.»

«Aber bis dahin werden hundert Leute hier sein, und wir werden es vergessen!» befürchtete Agathe.

«Wir können es ebensogut gleich tun!»

«Wir haben jetzt keine Zeit; du mußt das Nächste lesen, was er über Professor Schwung schreibt: Professor Schwung kann jeden Augenblick kommen, ich habe ihn schon gestern den ganzen Tag erwartet!»

«Also tun wir es, nachdem Schwung da war.»

«Es ist so unangenehm,» wandte Agathe ein «ihm nicht seinen Wunsch zu erfüllen.»

«Er weiß es ja nicht mehr.»

Sie sah ihn zweifelnd an. «Bist du dessen sicher?»

«Oh?» rief Ulrich lachend aus «du hältst es vielleicht nicht für sicher?!»

«Ich bin in nichts sicher» antwortete Agathe.

«Und wenn es nicht sicher wäre: er war ja doch nie mit uns zufrieden!»

«Das ist richtig» meinte Agathe. «Wir wollen es also später tun. Aber sag mir jetzt eines» fügte sie hinzu: «Kümmerst du dich nie um das, was man von dir verlangt?»

Ulrich zögerte. «Sie läßt in einem guten Geschäft arbeiten» dachte er. «Ich hätte mir keine unnützen Sorgen zu machen brauchen, daß sie kleinstädtisch sein könnte!» Aber weil mit diesen Worten irgendwie der ganze gestrige Abend verbunden war, wünschte er eine Antwort zu geben, die wohl bestehen bleiben und ihr dienen sollte; wußte aber nicht, wie es anzufangen sei, damit sie ihn keinesfalls falsch verstehe, und sagte schließlich unerwünscht jugendlich: «Nicht nur der Vater ist tot, auch die Zeremonien, die ihn umgeben, sind ja tot. Sein Testament ist tot. Die Leute, die hier erscheinen, sind tot. Ich will damit nichts Böses sagen; weiß Gott, wie dankbar man vielleicht den Wesen sein muß, die zur Festigkeit der Erde beitragen: aber all das gehört zum Kalk des Lebens, nicht zum Meer!» Er gewahrte einen unschlüssigen Blick seiner Schwester und wurde inne, wie unverständlich er daherrede. «Die Tugenden der Gesellschaft sind Laster für den Heiligen» ergänzte er lachend.

Er legte ihr etwas gönnerhaft oder übermütig die Arme auf die Schultern; rein aus Verlegenheit. Aber Agathe trat ernst zurück und ging nicht darauf ein. «Hast du das erfunden?» fragte sie.

«Nein, ein Mann, den ich liebe, hat das gesagt.»

Sie hatte etwas von dem Unmut eines Kindes, das sich mit Nachdenken plagen muß, als sie Ulrichs Antworten in den Satz zusammenfaßte: «Du würdest also einen, der aus Gewohnheit ehrlich ist, kaum gut nennen? Aber einen Dieb, der zum erstenmal stiehlt, während ihm fast das Herz aus der Brust springt, nennst du gut?!»

Ulrich staunte über diese etwas sonderbaren Worte und wurde dadurch ernster. «Ich weiß es wirklich nicht» sagte er kurz. «Ich selbst mache mir unter Umständen allerdings nicht viel daraus, ob etwas für recht oder unrecht gilt, aber ich kann dir keine Regel angeben, nach der man sich dabei zu richten vermöchte.»

Agathe löste den suchenden Blick langsam von ihm los und nahm das Testament wieder auf: «Wir müssen weiterlesen, hier ist noch etwas angestrichen!» ermahnte sie sich selbst.

Der alte Herr hatte, ehe er sich endgültig zu Bett legte, eine Reihe von Briefen verfaßt und gab in seinem Vermächtnis Aufklärungen zu ihrem Verständnis und über ihre Absendung. Was davon besonders angestrichen war, bezog sich auf Professor Schwung, und Professor Schwung war jener alte Kollege, der das letzte Lebensjahr des Vaters der beiden Geschwister durch den Kampf um den Paragraphen der verminderten Zurechnungsfähigkeit gallig verbittert hatte, nachdem sie ein Lebensalter lang Freunde gewesen waren. Ulrich erkannte sofort die wohlbekannten langen Auseinandersetzungen über Vorstellung und Wille, Schärfe des Rechts und Unbestimmtheit der Natur, von denen ihm sein Vater vor dem Abscheiden noch einmal eine zusammenfassende Darstellung gab, und nichts schien diesen in seinen letzten

Tagen so sehr beschäftigt zu haben wie die Denunziation der Sozialen Schule, der er sich angeschlossen hatte, als Ausfluß preußischen Geistes. Er hatte soeben eine Broschüre auszuarbeiten begonnen, die den Titel führen sollte: «Staat und Recht oder Konsequenz und Denunziation», als er sich schwach werden fühlte und erbittert das Schlachtfeld im Alleinbesitz seines Gegners sah. In feierlichen Worten, wie sie nur die Nähe des Todes und der Kampf um das heilige Gut der Reputation eingeben, verpflichtete er seine Kinder, sein Werk nicht verfallen zu lassen, und namentlich seinen Sohn, die Beziehungen zu maßgebenden Kreisen, die er dank der nimmermüden Ermahnungen seines Vaters gewonnen habe, zu nutzen, um die Hoffnungen des Professors Schwung auf Verwirklichung seiner Bestrebungen gründlich zunichte zu machen.

Wenn man solches geschrieben hat, so schließt es nicht aus, daß man nach getanem oder vielmehr vorgesehenem Werk das Bedürfnis fühlt, einem gewesenen Freund seine von niederer Eitelkeit eingegebenen Irrtümer zu vergeben. Sobald man sehr leidet und schon bei lebendigem Leib das sachte Ausdennähtengehn der irdischen Hülle empfindet, ist man geneigt, zu verzeihn und um Verzeihung zu bitten; wenn es einem wieder besser geht, so nimmt man es aber zurück, denn der gesunde Körper hat von Natur etwas Unversöhnliches: beides mußte offenbar der alte Herr in den Wechselfällen des Befindens vor dem Tode kennen gelernt haben, und eines hatte ihm so berechtigt erscheinen müssen wie das andere. Ein solcher Zustand ist aber für einen angesehenen Juristen unerträglich, und so hatte er mit geschulter Logik ein Mittel erfunden, seinen Willen so zu hinterlassen, daß er ohne nachträgliche Gegeneinflüsterungen des Gemüts als letzter Wille ungemindert zur Geltung kommen könne: er schrieb einen Verzeihungsbrief und unterschrieb ihn nicht, noch versah er ihn mit einem Datum, sondern trug Ulrich auf, das Datum seiner Todesstunde einzusetzen und die Unterschrift gemeinsam mit der Schwester als Willenszeugen zu setzen, wie es bei einem mündlichen Vermächtnis geschehen kann, das zu unterschreiben der Sterbende nicht die Kraft hat. Er war eigentlich, ohne es wahrhaben zu wollen, ein stiller Kauz, dieser kleine Alte, der sich den Rangordnungen des Daseins unterworfen hatte und sie als ihr eifriger Diener verteidigte, aber in sich allerhand Auflehnungen barg, für die er auf dem von ihm gewählten Lebenswege keinen Ausdruck finden konnte. Ulrich mußte an die Todesanzeige denken, die er empfangen hatte und die wahrscheinlich in der gleichen Verfassung angeordnet worden war, ja beinahe sah er eine Verwandtschaft mit sich selbst darin, diesmal aber nicht zornmütig, sondern mitleidig, wenigstens in dem Sinn, daß er angesichts dieses Ausdruckshungers den Haß auf den Sohn verstand, der sich das Leben durch ungebührliche Freiheiten erleichtert hatte. Denn so erscheinen die Lebenslösungen der Söhne immer den Vätern, und Ulrich wandelte ein Gefühl der Pietät an, indem er an das Ungelöste dachte, das in ihm selbst stak. Aber er fand nicht mehr die Zeit, dem eine gerechte und auch für Agathe verständliche Form zu geben, und hatte eben erst damit begonnen, als die Dämmerung des Raums mit großem Schwung einen Menschen ins Zimmer trug. Dieser schritt, von seiner eigenen Bewegung hereingeschleudert, bis in den Kerzenglanz und hob dort mit einer weiten Bewegung die Hand vor die Augen, einen Schritt von dem Katafalk entfernt, ehe der überrannte väterliche Diener mit der Anmeldung nachhasten konnte. «Verehrter Freund!» rief der Besucher mit getragener Stimme aus, und der kleine Alte lag mit zusammengekniffenen Kiefern vor seinem Feinde Schwung.

«Junge Freunde: die Majestät des Sternenhimmels über uns, die Majestät des Sittengesetzes in uns!» fuhr dieser fort und blickte umflorten Auges auf den Fakultätsgenossen. «In dieser kaltgewordenen Brust hat die Majestät des Sittengesetzes gelebt!» Dann erst wendete er seinen Körper um und schüttelte den Geschwistern die Hände.

Aber Ulrich benutzte diese erste Gelegenheit, um sich seines Auftrags zu entledigen. «Herr Hofrat und mein Vater sind leider in der letzten Zeit Gegner gewesen?» fühlte er vor.

Es machte den Eindruck, daß sich der Weißbart erst besinnen müsse, ehe er verstehe. «Meinungsverschiedenheiten und nicht der Rede wert!» erwiderte er großmütig, den Toten innig betrachtend. Als aber Ulrich höflich beharrte und durchblicken ließ, daß es sich um einen Letzten Willen handle, wurde die Lage in dem Zimmer plötzlich gespannt wie in einer Spelunke, wenn das ganze Lokal weiß: jetzt hat einer unter dem Tisch das Messer gezogen, und im nächsten Augenblick wird es losgehn. Der Alte hatte es also richtig verstanden, seinem Kollegen Schwung noch im Abscheiden eine Unannehmlichkeit zu bereiten! Eine solche alte Feindschaft war natürlich längst kein Gefühl mehr, sondern eine Denkgewohnheit; wenn nicht irgend etwas die Affekte der Feindseligkeit gerade neu aufreizte, so waren sie gar nicht mehr da, und es hatte sich der gesammelte Inhalt zahlloser vergangener unliebsamer Vorgänge in die Form eines geringschätzigen Urteils über einander geballt, das so unabhängig vom Kommen und Gehen der Gefühle war wie eine vorurteilslose Wahrheit. Professor Schwung empfand das genau ebenso, wie es sein jetzt toter Angreifer empfunden hatte; es erschien ihm vollkommen kindisch und überflüssig zu verzeihen, denn die eine nachgiebige Regung vor dem Ende, noch dazu bloß ein Gefühl und kein wissenschaftlicher Widerruf, hatte natürlich gar keine Beweiskraft gegenüber den Erfahrungen eines jahrelangen Streites und sollte, wie Schwung es ansah, ganz schamlos bloß dazu dienen, ihn bei der Ausnutzung des Sieges ins Unrecht zu setzen. Ganz etwas anderes war es natürlich, daß Professor Schwung das Bedürfnis hatte, von seinem toten Freund Abschied zu nehmen. Mein Gott, man kannte sich schon, seit man Dozent und noch unverheiratet war! Erinnerst du dich, wie wir im Burggarten der Abendsonne zutranken und über Hegel disputierten? Wieviel Sonnen mögen seither untergegangen sein, aber ich erinnere mich besonders an diese! Und erinnerst du dich an unseren ersten wissenschaftlichen Streit, der uns beinahe schon damals zu Feinden gemacht hätte? Wie schön war das! Nun bist du tot, und ich stehe zu meiner Freude noch, wenn auch an deiner Bahre! Von solcher Art sind, wie man weiß, die Gefühle bejahrter Leute beim Absterben gleichaltriger. Es bricht, wenn man in die Eisjahre kommt, die Poesie durch. Viele Menschen, die seit ihrem siebzehnten Jahr kein Gedicht mehr gemacht haben, verfassen plötzlich eines im siebenundsiebzigsten Jahr, wenn sie ihr Testament schreiben. Wie beim Jüngsten Gericht die Toten einzeln aufgerufen werden – obschon sie am Grund der Zeit samt ihren Jahrhunderten ruhen wie die Ladung in untergegangenen Schiffen! – werden im Testament die Dinge mit Namen aufgerufen und erhalten ihre im Gebrauch verlorengegangene Persönlichkeit wieder zurück. «Der Buchara-Teppich mit dem Loch von einer Zigarre, der in meinem Arbeitszimmer liegt» heißt es in solchen letzten Manuskripten, oder «der Regenschirm mit dem Nashorngriff, den ich im Mai 1887 bei Sonnenschein & Winter erworben habe»; sogar die Aktienpakete werden einzeln bei ihren Nummern angesprochen und genannt.

Und es ist nicht Zufall, daß zugleich mit diesem letzten Aufleuchten jedes einzelnen Gegenstands auch das Verlangen erwacht, eine Moral, eine Mahnung, einen Segen, ein Gesetz daran zu knüpfen, die dieses ungeahnt Viele, rings um den Untergang noch einmal Auftauchende mit einer kräftigen Formel besprechen sollen. Zugleich mit der Poesie der Testamentszeit erwacht darum auch die Philosophie, und es ist begreiflichermaßen meistens eine alte und verstaubte Philosophie, die man wieder hervorholt, nachdem man sie vor fünfzig Jahren vergessen hat. Ulrich verstand auf einmal, daß keiner von diesen beiden Alten hatte nachgeben können. «Möge das Leben machen, was es will, wenn nur die Grundsätze unangefochten bleiben!» ist ein sehr vernünftiges Bedürfnis, wenn man weiß, daß man in wenigen Monaten oder Jahren von seinen Grundsätzen überlebt werden wird. Und es war deutlich zu sehen, wie in dem alten Hofrat die beiden Antriebe noch immer miteinander kämpften: sein Romantizismus, seine Jugend, seine Poesie forderten eine große, schöne Gebärde und ein edles Wort; seine Philosophie dagegen verlangte, daß er die Unberührbarkeit des Gesetzes der Vernunft durch jähe Gefühlseinfälle und vorübergehende

Gemütsschwächen zum Ausdruck bringe, wie ihm solche sein toter Feind als Falle gelegt hatte. Schon seit zwei Tagen hatte sich Schwung vorgestellt: der ist nun tot, und der Schwungischen Auffassung der verminderten Zurechnungsfähigkeit steht kein Hindernis mehr im Wege; also war sein Gefühl in breiten Wogen zu dem alten Freund geströmt, und wie einen sorgsam ausgearbeiteten Mobilmachungsplan, der bloß noch des Signals zur Durchführung bedarf, hatte er sich die Abschiedsszene ausgedacht. Aber in diese war Essig gefallen und wirkte klärend. Schwung hatte mit mächtiger Bewegung begonnen, aber nun geschah ihm, wie wenn einer mitten in einem Gedicht vernünftig wird und die letzten Zeilen fallen ihm nicht mehr ein. So befanden sie sich voreinander, ein weißer Stoppelbart und weiße Bartstoppeln, beide die Kiefer unerbittlich festgeklemmt.

«Was wird er also tun?» fragte sich Ulrich, der gespannt den Auftritt beobachtete. Schließlich setzte sich in Hofrat Schwung die frohe Gewißheit, daß nun der § 318 des Strafgesetzbuches nach seinen Vorschlägen zur Annahme kommen werde, gegen den Ärger durch, und da er von den bösen Gedanken befreit war, hätte er am liebsten zu singen begonnen: «Ich hatt' einen Kameraden...», um seinem nunmehr guten und einzigen Gefühl Ausdruck zu geben. Und da er das nicht konnte, wandte er sich an Ulrich und sagte: «Glauben Sie mir, junger Sohn meines Freundes, es ist die sittliche Krisis, welche führt; der soziale Verfall folgt nach!» Dann wandte er sich an Agathe und fuhr fort: «Es war das Große an Ihrem Herrn Vater, daß er jederzeit bereit war, einer idealistischen Auffassung in den Grundlagen des Rechts zum Durchbruch zu verhelfen.» Dann ergriff er eine Hand Agathes und eine Hand Ulrichs, schüttelte sie und rief aus: «Ihr Vater hat kleinen Meinungsverschiedenheiten, wie sie bei langem Zusammenwirken manchmal unvermeidlich sind, viel zu großes Gewicht beigelegt. Ich war immer überzeugt, daß er das tun mußte, um sich in seinem empfindlichen Rechtssinn keinem Vorwurf auszusetzen. Es werden morgen viele Professoren von ihm Abschied nehmen, aber es wird keiner darunter sein wie er!»

So endete dieser Auftritt versöhnlich, und Schwung hatte noch im Abgehn Ulrich bekräftigt, er möge auf die Freunde seines Vaters rechnen, falls er sich noch zur akademischen Laufbahn entschließen sollte.

Agathe hatte mit weiten Augen zugehört und die unheimliche Endform betrachtet, die das Leben dem Menschen gibt. «Wie ein Wald von Gipsbäumen ist das gewesen!» sagte sie nachträglich zu ihrem Bruder.

Ulrich lächelte und erwiderte: «Ich fühle mich so sentimental wie ein Hund bei Mondschein!»

5

Sie tun Unrecht

«Erinnerst du dich,» fragte ihn Agathe nach einer Weile «wie du einmal, als ich noch recht klein war, beim Spielen mit anderen Buben bis an die Hüften ins Wasser gefallen warst,und es hast verbergen wollen, und bist bei Tisch gesessen mit deiner trockenen Oberhälfte, aber am Klappern der Zähne ist die untere Hälfte entdeckt worden?»

Wenn Ulrich als Knabe aus dem Institut auf Ferien nach Hause gekommen – was für längere Zeit eigentlich nur jenes eine Mal geschehen war –, und als der kleine eingeschrumpfte Leichnam für die beiden noch ein fast allmächtiger Mann war, hatte es sich nicht selten ereignet, daß Ulrich eine Verfehlung nicht einbekennen wollte und sich sträubte sie zu bereun, obgleich er sie nicht zu leugnen vermochte. Auf diese Weise hatte er sich auch damals ein tüchtiges Fieber geholt und mußte schleunig zu Bett gebracht werden: «Und hast nur Suppe zu essen bekommen!» sagte nun Agathe.

«Richtig!» bestätigte ihr Bruder lächelnd. Die Erinnerung daran, daß er gestraft worden sei, etwas, das ihn gar nichts mehr anging, kam ihm in diesem Augenblick nicht anders vor, als sähe er seine kleinen Kinderschuhe am Boden stehn, die ihn auch nichts mehr angingen.

«Du hättest schon wegen deines Fiebers nichts als Suppe essen dürfen,» wiederholte Agathe «und trotzdem ist es dir auch noch strafweise verordnet worden!»

«Richtig!» bestätigte Ulrich noch einmal. «Aber das ist natürlich nicht aus Gehässigkeit geschehen, sondern in Erfüllung einer sogenannten Pflicht.» Er wußte nicht, wohinaus seine Schwester wollte. Er selbst sah noch die Kinderschuhe. Sah sie nicht; sah sie bloß, als würde er sie sehn. Fühlte ebenso die Beleidigungen, denen er entwachsen war. Dachte: «In diesem ‹Nichtmehrangehn› drückt es sich irgendwie aus, daß man in keiner Zeit des Lebens ganz in sich selbst darin ist!»

«Aber du hättest ja ohnehin nichts als Suppe essen dürfen!!» wiederholte Agathe noch einmal und fügte hinzu: «Ich glaube, daß ich mein ganzes Leben lang Angst davor gehabt habe, daß ich vielleicht der einzige Mensch sei, der das nicht zu verstehen vermag!»

Können die Erinnerungen zweier Menschen, die von einer ihnen beiden bekannten Vergangenheit reden, nicht nur einander ergänzen, sondern auch, ehe sie noch ausgesprochen sind, schon verschmelzen? In diesem Augenblick geschah etwas Ähnliches! Ein gemeinsamer Zustand überraschte, ja verwirrte die Geschwister wie Hände, die unter Mänteln an Stellen hervorkommen, wo man sie nie erwartete, und einander unvermutet anfassen. Jeder wußte plötzlich von der Vergangenheit mehr, als er zu wissen vermeint hatte, und Ulrich fühlte wieder das Fieberlicht, das einstmals vom Boden die Wände hinangekrochen war, ähnlich wie es in diesem Zimmer, wo sie jetzt standen, das Gleißen der Kerzen tat; dann war der Vater gekommen, hatte den Lichtkegel der Tischlampe durchwatet und sich an sein Bett gesetzt. «War dein Bewußtsein von der Tragweite der Tat wesentlich beeinträchtigt, so dürfte sie wohl in milderem Lichte erscheinen, aber dann hast du dir das vorher einzugestehen!» Vielleicht waren das Worte aus dem Testament oder den Briefen über den § 318, die sich seinem Gedächtnis unterschoben. Er besaß sonst weder Gedächtnis für Einzelheiten, noch für Wortlaut; es hatte darum etwas ganz Ungewöhnliches an sich, daß plötzlich ganze Satzgruppen in seiner Erinnerung vor ihm standen, und es verband sich mit seiner Schwester, die vor ihm stand, als sei es ihre Nähe, die diese Veränderung in ihm hervorrufe. «Hast du die Kraft besessen, unabhängig von jeder dich zwingenden Notwendigkeit dich aus dir selbst für eine Schlechtigkeit zu bestimmen, so mußt du auch einsehen, daß du schuldhaft gehandelt hast!» fuhr er fort und behauptete: «Er muß auch zu dir so gesprochen haben!»

«Vielleicht nicht ganz so» änderte es Agathe ab. «Mir hat er gewöhnlich ‹in meiner inneren Anlage bedingte Entschuldigungen› zugebilligt. Er hat mir immer vorgehalten, daß ein Wollen ein mit dem Denken verknüpftes, kein instinktmäßiges Handeln sei.»

«Es ist der Wille,» zitierte Ulrich «der sich bei fortschreitender Verstandes- und Vernunftentwicklung das Begehren, beziehungsweise den Trieb, in Gestalt der Überlegung und des darauf folgenden Entschlusses unterwerfen muß!»

«Ist das wahr?» fragte seine Schwester.

«Warum fragst du?»

«Wahrscheinlich weil ich dumm bin.»

«Du bist nicht dumm!»

«Ich habe immer schwer gelernt und nie recht verstanden.»

«Das beweist wenig.»

«Dann bin ich eben wahrscheinlich schlecht, weil ich das, was ich verstehe, nicht in mich aufnehme.»

Sie standen an die Pfosten der Türe gelehnt, die ins Nebenzimmer führte und bei Professor Schwungs Abgang offen geblieben war, einander nahe gegenüber; Tages- und Kerzenlicht spielte auf ihren Gesichtern, und ihre Stimmen verschränkten sich in einander wie bei einem Responsorium. Ulrich betete weiter seine Sätze vor, und Agathes Lippen folgten gelassen. Die alte Qual der Ermahnungen, die darin bestand, daß in das zarte, verständnislose Gehirn der Kindheit eine harte und ihm fremde Ordnung gepreßt wurde, bereitete ihnen Vergnügen, und sie spielten damit.

Und mit einemmal rief, ohne durch das Vorangegangene unmittelbar dazu aufgefordert zu sein, Agathe aus: «Denk dir das nun einfach auf alles ausgedehnt, so ist es Gottlieb Hagauer!» Und sie begann ihren Mann wie ein Schulkind nachzuäffen: «Weißt du wirklich nicht, daß das Lamium album die weiße Taubnessel ist?» «Und wie sollten wir anders vorwärts kommen, wenn nicht den gleichen mühevollen Gang der Induktion, der das Menschengeschlecht in vieltausendjähriger, mühevoller Arbeit, voll von Irrtümern, schrittweise zum heutigen Stande der Erkenntnis gebracht hat, an der Hand eines treuen Führers zurücklegend?!» «Kannst du denn nicht einsehen, liebe Agathe, daß das Denken auch eine moralische Aufgabe ist? Sich konzentrieren bedeutet eine stete Überwindung der eigenen Bequemlichkeit.» «Und geistige Zucht bedeutet jene Disziplinierung des Geistes, vermöge welcher der Mensch immer mehr in den Stand gesetzt wird, längere Gedankenreihen unter beständigem Zweifel gegen die eigenen Einfälle vernunftgemäß, das heißt durch einwandfreie Syllogismen, durch Schlußketten und Kettenschlüsse, durch Induktionen oder Schlüsse aus dem Zeichen, durchzuarbeiten und das schließlich gewonnene Urteil so lange der Verifikation zu unterziehn, bis alle Gedanken aneinander angepaßt sind!» – Ulrich staunte über diese Gedächtnisleistung seiner Schwester. Es schien Agathe unbändiges Vergnügen zu bereiten, diese Schulmeistersätze, die sie sich, Gott weiß wo, vielleicht aus einem Buch, angeeignet haben mochte, von sich zu geben und tadellos aufzusagen. Sie behauptete, so spräche Hagauer.

Ulrich glaubte es nicht. «Wie könntest du dir solche langen, verwickelten Sätze denn bloß aus Gesprächen gemerkt haben!?»

«Sie haben sich mir eingeprägt» erwiderte Agathe. «Ich bin so.»

«Weißt du denn überhaupt,» fragte Ulrich erstaunt «was ein Schluß aus dem Zeichen oder eine Verifikation ist?»

«Keine Ahnung!» räumte Agathe lachend ein. «Vielleicht hat er es auch bloß irgendwo gelesen. Aber er spricht so. Und ich habe es nach seinem Mund auswendig gelernt wie eine Reihe sinnloser Worte. Ich glaube, aus Zorn, eben weil er so redet. Du bist anders als ich: in mir bleiben die Dinge liegen, weil ich nichts mit ihnen anzufangen weiß, – das ist mein gutes Gedächtnis. Ich habe, weil ich dumm bin, ein schrecklich gutes Gedächtnis!» Sie tat, als läge darin eine traurige Wahrheit, die sie abschütteln müsse, um in ihrem Übermut fortzufahren: «Das geht bei Hagauer ja selbst beim Tennis so vor sich: ‹Wenn ich beim Erlernen des Tennisspiels zum erstenmal meinem Schläger absichtlich eine bestimmte Stellung gebe, um dem Ball, von dessen Flug ich bis dahin befriedigt war, nunmehr eine bestimmte Richtung zu verleihen, greife ich in den Verlauf der Erscheinung ein: ich experimentiere!›»

«Spielt er gut Tennis?»

«Ich schlage ihn sechs zu null.»

Sie lachten.

«Weißt du,» sagte Ulrich «daß Hagauer mit alledem, was du ihn sagen läßt, der Sache nach ganz recht hat?! Es ist nur komisch.»

«Das kann schon sein, daß er recht hat,» erwiderte Agathe «ich verstehe es ja nicht. Aber einmal, weißt du, hat ein Bub aus seiner Schule eine Stelle aus Shakespeare wörtlich so übersetzt:

‹Feige sterben oftmal vor ihrem Tod;
Die Tapfern kosten niemals vom Tode außer einmal.
Von all den Wundern, die ich noch habe gehört,
Es scheint für mich sehr seltsam, daß Menschen sollten fürchten,
Sehend, daß Tod, ein notwendiges Ende,
Wird kommen, wann er will kommen.›

Und er verbesserte das, ich habe das Heft selbst gesehn:

‹Der Feige stirbt schon vielmal, eh' er stirbt!
Die Tapfern kosten einmal nur den Tod.
Von allen Wundern, die ich je gehört,
Scheint mir das größte...› Und so weiter nach der Ratsche der Schlegel-Übersetzung!

Und noch so eine Stelle weiß ich! Im Pindar, glaube ich, heißt es: ‹Das Gesetz der Natur, der König aller Sterblichen und Unsterblichen, herrscht, das Gewaltsamste billigend, mit allmächtiger Hand!› Und er gab dem die ‹letzte Feile›: ‹Das Gesetz der Natur, das über alle Sterblichen und Unsterblichen herrscht, waltet mit allmächtiger Hand, auch das Gewaltsame billigend.›»

«Und es war doch schön,» – fragte sie – «daß der Kleine in seiner Schule, mit dem er nicht zufrieden war, die Worte so wörtlich und schaurig übersetzt hat, wie er sie da liegen fand wie einen Haufen auseinandergefallener Steine?» Und sie wiederholte: «Feige sterben oftmal vor ihrem Tod – Die Tapfern niemals kosten vom Tode außer einmal – Von all den Wundern, die ich noch habe gehört – es scheint für mich sehr seltsam, daß Menschen sollten fürchten – sehend, daß Tod, ein notwendiges Ende – wird kommen, wann er will kommen...!!!»

Sie hatte die Hand um den Türpfosten geschlungen wie um den Stamm eines Baums und rief diese rohbehauenen Verse so wild und schön heraus, wie sie waren, ohne sich davon stören zu lassen, daß ein eingeschrumpfter Unglücklicher unter dem Blick ihrer, den Stolz der Jugend wiederspiegelnden Augen lag.

Ulrich starrte mit gerunzelter Stirn seine Schwester an. «Ein Mensch, der ein altes Gedicht nicht glättet, sondern in seiner Verwitterung halb zerstörten Sinnes beläßt, ist der gleiche wie jener, der einer alten Statue, der die Nase fehlt, niemals eine aus neuem Marmor aufsetzen wird» dachte er. «Das könnte man Stilgefühl nennen, aber das ist es nicht. Und auch der Mensch ist es nicht, dessen Einbildung so lebhaft ist, daß ihn das Fehlende nicht stört. Sondern es ist eher der Mensch, der auf Vollständigkeit überhaupt keinen Wert legt und darum auch von seinen Empfindungen nicht verlangen wird, daß sie ‹ganz› seien. Sie wird geküßt haben,» schloß er daraus mit einer plötzlichen Wendung «ohne gleich am ganzen Leib einzustürzen!» Es schien ihm in diesem Augenblick, daß er von seiner Schwester nichts zu kennen brauchte als diese leidenschaftlichen Verse, um zu wissen, daß sie nie «ganz in etwas darin», daß auch sie ein Mensch des «leidenschaftlichen Stückwerks» sei so wie er. Er vergaß darüber sogar die andere, nach Maß und Beherrschung verlangende Hälfte seines Wesens. Er hätte seiner Schwester jetzt mit Sicherheit sagen können, daß keine ihrer Handlungen zu ihrer nächsten Umgebung passe, sondern alle von einer höchst fragwürdigen weitesten Umgebung abhängig seien, ja geradezu von einer, die nirgends anfängt und nirgends begrenzt ist, und die widerspruchsvollen Eindrücke des ersten Abends würden damit eine günstige Erklärung gefunden haben. Aber die Zurückhaltung, an die er sich gewöhnt hatte, war doch noch stärker, und er wartete neugierig, ja sogar nicht ohne Zweifel ab, wie Agathe von dem hohen Ast herunterkommen werde, auf den sie sich begeben hatte. Noch stand sie ja, den Arm am Türpfosten hochgehoben, da, und ein kleiner Augenblick zuviel mochte schon den ganzen Vorgang verderben. Er verabscheute die Frauen, die sich so betragen, als ob sie von einem Maler oder Regisseur in die Welt gesetzt worden wären, oder die nach einer Erregung wie der Agathes in ein kunstvolles Piano ausklingen. «Vielleicht könnte sie sich» überlegte er «von ihrem Gipfel der Begeisterung plötzlich mit dem etwas blöden, nachtwandlerischen Ausdruck herabgleiten lassen, wie ihn ein aufgewachtes Medium hat; es wird ihr wohl nichts anderes übrig bleiben, und auch das wird etwas peinlich sein!» Aber Agathe schien das selbst zu wissen oder hatte in dem Blick ihres Bruders die auf sie lauernde Gefahr erraten: sie sprang lustig aus ihrer Höhe hinab auf beide Füße und streckte Ulrich die Zunge heraus!

Dann aber wurde sie ernst und schweigsam, sagte kein Wort mehr und ging die Orden holen. So machten sich die Geschwister also daran, dem letzten Willen ihres Vaters entgegen zu handeln.

Agathe führte es aus. An Ulrich zeigte sich eine Scheu, den hilflos daliegenden Alten zu berühren, aber Agathe hatte eine Art, Unrecht zu tun, die den Gedanken an Unrecht nicht aufkommen ließ. Die

Bewegungen ihres Blicks und ihrer Hände ähnelten dabei denen einer Frau, die einen Kranken versorgt, und zuweilen hatten sie auch das urwüchsig Rührende junger Tiere, die in ihrem Spiel einhalten, um sich zu vergewissern, ob ihnen der Herr zusehe. Dieser nahm die abgelösten Orden in Empfang und reichte die Ersatzstücke. Er fühlte sich an den Dieb erinnert, dem das Herz aus der Brust springt. Und wenn er dabei den Eindruck hatte, daß die Sterne und Kreuze in der Hand seiner Schwester lebhafter leuchteten als in der seinen, ja geradeswegs zu Zauberdingen würden, so konnte das in dem schwarzgrünen, von vielen Reflexen großer Blattpflanzen erfüllten Zimmer wirklich so sein, es mochte aber auch davon herrühren, daß er den zögernd führenden Willen seiner Schwester spürte, der den seinen jugendlich ergriff; und da keine Absicht darin zu erkennen war, entstand in diesen Augenblicken einer mit nichts vermischten Berührung wieder ein beinahe ausdehnungsloses und darum ganz unbeschaffen starkes Gefühl von ihrer beider Dasein.

Da unterbrach sich Agathe und war fertig. Nur irgend etwas war noch nicht geschehen, und nach einer kleinen Weile des Nachdenkens sagte sie lächelnd: «Wollen wir nicht jeder etwas Schönes auf einen Zettel schreiben und ihm das in die Tasche stecken?» Diesmal wußte Ulrich gleich, was sie meinte, denn solcher gemeinsamen Erinnerungen gab es nicht viele, und es fiel ihm ein, wie sie in einem bestimmten Alter eine große Vorliebe für traurige Verse und Geschichten besessen hatten, in denen jemand starb und von allen vergessen wurde. Es war vielleicht die Verlassenheit ihrer Kindheit, die das bewirkte, und oft dachten sie sich auch gemeinsam eine Geschichte aus; Agathe aber neigte schon damals dazu, solche Geschichten auch auszuführen, während Ulrich bloß in den männlicheren Unternehmungen führte, die verwegen und herzlos waren. Darum ging der Beschluß, den sie einmal faßten, daß sich jeder einen Fingernagel abschneiden solle, um ihn im Garten zu begraben, von Agathe aus, und sie tat auch noch von ihrem blonden Haar ein kleines Bündel zu den Nägeln. Ulrich erklärte stolz, daß in hundert Jahren vielleicht jemand daraufstoßen und sich verwundert fragen werde, wer das wohl gewesen sein möge, und er war dabei von der Absicht beeinflußt, auf die Nachwelt zu kommen; der kleinen Agathe dagegen kam es mehr auf das Vergraben als solches an, sie hatte das Gefühl, einen Teil von sich zu verstecken und dauernd der Aufsicht einer Welt zu entziehen, von deren pädagogischen Forderungen sie sich eingeschüchtert fühlte, ohne viel von ihnen zu halten. Und weil damals gerade das kleine Wohnhaus für die Dienstleute am Rand des Gartens erbaut wurde, verabredeten sie, etwas Ungewöhnliches zu tun. Sie wollten wundervolle Verse auf zwei Zettel schreiben und hinzusetzen, wer sie seien, und das sollte in das Haus eingemauert werden: aber als sie diese Verse zu schreiben begannen, die so besonders schön sein sollten, fielen ihnen keine ein, einen Tag um den andern, und die Mauern wuchsen schon aus der Baugrube hinaus. Da schrieb Agathe schließlich, als die Stunde drängte, einen Satz aus dem Rechenbuch hin, und Ulrich schrieb: «Ich bin –», und dann folgte sein Name. Trotzdem bekamen sie furchtbares Herzklopfen, als sie sich im Garten an die zwei Maurer heranschlichen, die dort bauten, und Agathe warf einfach ihren Zettel in die Grube, worin sie standen, und lief davon. Aber Ulrich, der sich als der Größere und als Mann natürlich noch mehr davor fürchtete, daß ihn die Maurer anhalten und erstaunt fragen könnten, was er wolle, vermochte vor Erregung überhaupt weder Arm noch Bein zu rühren, so daß Agathe, mutiger geworden, weil ihr nichts geschehen war, schließlich zurückkehrte und auch seinen Zettel an sich nahm. Sie ging jetzt als arglose Spaziergängerin damit vor, besichtigte am äußersten Ende einer soeben gelegten Reihe einen Ziegel, lüpfte ihn und hatte Ulrichs Namen schon in die Mauer geschoben, ehe sie einer wegweisen konnte, während ihr Ulrich selbst zögernd folgte und im Augenblick der Tat fühlte, wie sich die Beklemmung, die ihn schrecklich einzwängte, in ein Rad mit scharfen Messern verwandelte, die sich so rasch in seiner Brust drehten, daß im nächsten Augenblick eine spritzende Sonne daraus wurde, wie man sie beim Feuerwerk abbrennt. – Daran hatte Agathe also angeknüpft, und Ulrich gab die längste Weile keine Antwort und lächelte nur abwehrend, denn ein solches Spiel mit dem Toten zu wiederholen, kam ihm doch unerlaubt vor.

Da hatte sich Agathe aber schon gebückt und ein seidenes, breites Strumpfband, das sie zur Entlastung des Gürtels trug, vom Bein gestreift, hob die Prunkdecke und schob es dem Vater in die Tasche.

Ulrich? Er traute zuerst seinen Augen nicht bei dieser wieder ins Leben zurückgekehrten Erinnerung. Dann wäre er beinahe hinzu gesprungen und hätte es verhindert; einfach weil es so ganz gegen alle Ordnung war. Dann aber fing er in den Augen seiner Schwester einen Blitz von reiner Taufrische des frühen Morgens auf, in die noch keine Trübe des Tagwerks gefallen ist, und das hielt ihn zurück. «Was treibst du da?!» sagte er, leise abmahnend. Er wußte nicht, ob sie den Toten versöhnen wolle, weil ihm Unrecht geschehen sei, oder ob sie ihm etwas Gutes mitgeben wolle, weil er selbst so viel Unrecht getan habe: er hätte fragen können, aber die barbarische Vorstellung, dem frostigen Toten ein Strumpfband mitzugeben, das von dem Bein seiner Tochter warm war, schloß ihm von innen die Kehle und richtete in seinem Gehirn allerhand Unordnung an.

6

Der alte Herr bekommt endlich Ruhe

Die kurze Zeit, die noch bis zum Begräbnis zur Verfügung stand, war von unzähligen ungewohnten kleinen Aufgaben ausgefüllt worden und hatte sich rasch entwickelt, und schließlich war aus den Besuchern, deren Kommen wie ein schwarzer Faden durch alle Stunden lief, in der letzten halben Stunde vor der Abfahrt des Toten ein schwarzes Fest geworden. Die Begräbnisgeschäftsleute hatten noch mehr als vorher gehämmert und gescharrt – mit dem gleichen Ernst wie ein Chirurg, dem man sein Leben anvertraut hat und fortab nichts mehr dreinreden darf – und hatten durch die unberührte Alltäglichkeit der übrigen Hausteile einen Steg der feierlichen Gefühle gelegt, der vom Tor über die Treppe in das Aufbahrungszimmer führte. Die Blumen und Blattpflanzen, schwarzen Tuch- und Kreppbehänge, silbernen Leuchter und zitternden kleinen Goldzungen der Flammen, welche die Besucher empfingen, kannten ihre Aufgabe besser als Ulrich und Agathe, die im Namen des Hauses jeden begrüßen mußten, der dem Toten die letzte Ehre zu erweisen kam, und die von den wenigsten wußten, wer sie seien, wenn sie nicht der alte Diener ihres Vaters in unauffälliger Weise auf besonders hochstehende Gäste aufmerksam machte. Und alle, die erschienen, glitten an sie heran, glitten ab und warfen irgendwo im Raum einzeln oder in kleinen Gruppen Anker, regungslos die Geschwister beobachtend. Steif wuchs diesen die Miene ernsten Ansichhaltens über das Gesicht, bis endlich der Schirrmeister oder Inhaber der Leichenbeförderungsunternehmung – jener Mann, der Ulrich mit seinen Vordrucken aufgewartet hatte und in dieser letzten halben Stunde wenigstens zwanzigmal die Treppe hinab- und hinangelaufen war – seitlich an Ulrich heransprengte und ihm mit behutsam zur Schau getragener Wichtigkeit wie ein Adjutant bei der Parade seinem General die Meldung überbrachte, daß alles bereit sei.

Weil der Zug feierlich durch die Stadt geführt werden sollte, wurden erst später die Wagen bestiegen, und Ulrich mußte als Erster den übrigen voranschreiten, zur Seite des kaiserlich und königlichen Statthalters, der zu Ehren des letzten Schlafes eines Herrenhausmitgliedes persönlich erschienen war, und auf der anderen Seite Ulrichs ging ein ebenso hoher Herr, Ältester einer dreigliedrigen Abordnung des Herrenhauses; dahinter kamen die zwei anderen Standesherrn, dann Rektor und Senat der Universität, und erst hinter diesen, aber vor dem unabsehbaren Strom der Zylinder mannigfaltiger, an Würde langsam von vorn nach hinten verlierender öffentlicher Personen, schritt Agathe, von schwarzen Frauen eingesäumt und den Punkt bezeichnend, wo zwischen den Spitzen der Behörden das zugemessene private Leid seinen Platz hatte; denn die regellose Teilnahme der «nichts als mit-Fühlenden» begann erst hinter den in amtlicher Eigenschaft Erschienenen, und es war sogar möglich, daß sie aus nichts als dem alten Dienerehepaar bestand, das einsam hinter dem Zuge dahinschritt. So war dieser vornehmlich ein Zug von Männern, und zu seiten Agathens schritt nicht Ulrich, sondern ihr Ehemann Professor Hagauer, dessen rotapfeliges Gesicht mit der borstigen Raupe über dem Mund ihr inzwischen fremd geworden war und vor dem dichten, schwarzen Schleier, der ihr gestattete, ihn verborgen zu beobachten, dunkelblau aussah. Ulrich selbst, der in den vielen vorangegangenen Stunden immer mit seiner Schwester beisammen gewesen war, hatte mit einemmal das Gefühl, daß die uralte Begräbnisordnung, die noch aus der Gründungszeit der Universität stammte, sie ihm entrissen habe, und entbehrte sie, ohne daß er sich auch nur nach ihr umwenden durfte; er dachte sich einen Scherz aus, mit dem er sie begrüßen werde, wenn sie sich wiedersähen, aber seine Gedanken wurden durch den Statthalter ihrer Freiheit beraubt, der schweigend und herrscherhaft an seiner Seite schritt, aber doch zeitweilig ein leises Wort an ihn richtete, das er auffangen mußte, wie ihm denn überhaupt von allen diesen Exzellenzen bis zu den Magnifizenzen und Spektabilitäten Aufmerksamkeit erwiesen worden war, denn er galt als der Schatten des Grafen Leinsdorf und das Mißtrauen, das man dessen vaterländischer Aktion allmählich überall entgegenbrachte, verlieh ihm Ansehen.

An den Straßenrändern und hinter den Fenstern hatten sich überdies Neugierige gestaut, und obgleich er wußte, daß in einer Stunde, einfach wie bei einer Theateraufführung, alles vorbei sein werde, fühlte er doch an diesem Tag die Vorgänge besonders lebhaft mit, und die allgemeine Teilnahme an seinem Schicksal lag ihm wie ein schwer verbrämter Mantel auf den Schultern. Zum erstenmal empfand er die gerade Haltung der Überlieferung. Die dem Zug wie eine Welle voranlaufende Ergriffenheit der Menschenmasse an den Rändern, welche plauderte, verstummte und wieder aufatmete, der Zauber der Geistlichkeit, das dumpfe aufs Holz Poltern der Erdschollen, dessen Nahen man ahnte, das gestaute Schweigen des Zugs, das griff an die Wirbel des Leibs wie in ein urhaftes Musikinstrument, und Ulrich empfand mit Staunen ein unbeschreibliches Wiedertönen in sich, in dessen Schwingung sich sein Körper aufrichtete, als würde er von der Getragenheit, die ihn umgab, ganz wirklich getragen. Und wie er nun einmal an diesem Tag den anderen näher war, stellte er sich gleich dazu vor, wie anders das noch wäre, wenn er in diesem Augenblick, dem ursprünglichen Sinn des halbvergessen von der Gegenwart übernommenen Gepränges gemäß, wirklich als der Erbe einer großen Macht einherschritte. Das Traurige verschwand bei diesem Gedanken, und der Tod wurde aus einer schrecklichen Privatangelegenheit zu einem Übergang, der sich in öffentlicher Feier vollzog; nicht mehr klaffte jenes grauenvoll angestarrte Loch, das jeder Mensch, an dessen Dasein man gewöhnt ist, in den ersten Tagen nach seinem Verschwinden hinterläßt, sondern schon schritt der Nachfolger an Stelle des Verstorbenen, die Menge atmete ihm zu, das Totenfest war zugleich eine Mannbarkeitsfeier für den, der nun das Schwert übernahm und zum erstenmal ohne Vordermann und allein seinem eigenen Ende zuschritt. «Ich hätte» dachte Ulrich unwillkürlich «meinem Vater die Augen schließen müssen! Nicht seinet- oder meinetwegen, sondern –» er wußte diesen Gedanken nicht zu Ende zu führen; aber daß weder er seinen Vater gemocht hatte, noch dieser ihn, kam ihm angesichts dieser Ordnung als eine kleinliche Überschätzung der persönlichen Wichtigkeit vor, und überhaupt schmeckte vor dem Tode das persönliche Denken schal nach Nichtssagendheit, während alles, was an dem Augenblick bedeutend war, von dem Riesenleib auszugehen schien, den der langsam durch die Menschengasse dahinwandernde Zug bildete, mochte er auch von Müßiggang, Neugierde und gedankenlosem Mittun durchsetzt sein.

Jedoch, die Musik spielte weiter, es war ein leichter, klarer, herrlicher Tag, und Ulrichs Gefühle schwankten hin und her wie der Himmel, der in einer Prozession über dem Allerheiligsten getragen wird. Zuweilen sah Ulrich in die Spiegelscheiben des vor ihm fahrenden Leichenwagens und sah seinen Kopf mit Hut und Schultern darin, und von Zeit zu Zeit bemerkte er am Boden des Gefährts neben dem wappengeschmückten Sarg wieder die kleinen alten Wachsschuppen von früheren Begräbnissen, die man nicht ordentlich weggeputzt hatte, und sein Vater tat ihm dann einfach und ohne alle Gedanken leid wie ein Hund, der auf der Straße überfahren worden ist. Sein Blick wurde dann feucht, und wenn er über das viele Schwarz hinweg zu den Zuschauern an den Straßenrändern kam, sahen sie aus wie benetzte bunte Blumen, und die Vorstellung, daß er, Ulrich, alles das jetzt sehe und nicht der, der alle Tage hier gelebt hatte und noch dazu das Feierliche viel mehr liebte als er, war so sonderbar, daß es ihm schier unmöglich vorkam, daß sein Vater nicht dabei sein durfte, wie er aus einer Welt schied, die er im allgemeinen gut befunden hatte. Es rührte innig, aber es entging Ulrich darüber nicht, daß der Agent oder Unternehmer der Leichenbestattung, der den katholischen Zug zum Friedhof führte und in Ordnung hielt, ein großer, kräftiger Jude von einigen dreißig Jahren war: er wurde von einem langen blonden Schnurrbart geziert, trug Papiere in der Tasche wie ein Reisebegleiter, eilte vor und zurück und fingerte da am Riemenwerk eines Pferdes etwas zurecht oder flüsterte dort den Musikanten etwas zu. Das erinnerte Ulrich des weiteren daran, daß der Leichnam seines Vaters am letzten Tag nicht im Haus gewesen und erst kurz vor dem Begräbnis dahin zurückgebracht worden war, gemäß einer vom freien Geist der Forschung eingegebenen letztwilligen Bestimmung, die ihn der Wissenschaft zur Verfügung gestellt hatte, und es war zweifellos anzunehmen, daß man den alten Herrn nach diesem anatomischen Eingriff nur flüchtig wieder zusammengenäht haben werde; da rollte also hinter den Glasscheiben, die Ulrichs Bild zurückwarfen, ein unordentlich vernähtes Ding als Mittelpunkt der großen, schönen, feierlichen Einbildung mit. «Ohne oder mit seinen Orden?!» fragte sich Ulrich betreten; er hatte nicht mehr daran gedacht und wußte nicht, ob man seinen Vater in der Anatomie wieder angezogen habe, ehe der geschlossene Sarg ins Haus zurückkam. Auch über das Schicksal von Agathes Strumpfband bestand Unsicherheit; man konnte es gefunden haben, und er vermochte sich die Witze der Studenten auszumalen. Alles das war überaus peinlich, und so lösten die Einwände der Gegenwart sein Empfinden wieder in viele Einzelheiten auf, nachdem es sich einen Augenblick lang fast zu der glatten Schale eines lebenden Traums gerundet hatte. Er fühlte nur noch das Absurde, wirr sich Wiegende der menschlichen Ordnung und seiner selbst. «Ich bin nun ganz allein in der Welt –» dachte er «ein Ankertau ist zerrissen – ich steige auf!» In diese Erinnerung an den Eindruck, den er als ersten bei der Botschaft vom Tode seines Vaters empfangen hatte, kleidete sich jetzt wieder sein Gefühl, indes er zwischen den Menschenmauern weiterschritt.

7

Ein Brief von Clarisse trifft ein

Ulrich hatte keinem seiner Bekannten seine Adresse hinterlassen, aber Clarisse wußte sie von Walter, dem sie so vertraut war wie seine eigene Kinderzeit.

Sie schrieb:

«Mein Lieb*ling* – mein Feig*ling* – mein *Ling!*

Weißt du, was ein *Ling* ist? Ich kann es nicht herausbekommen. Walter ist vielleicht ein Schwäch*ling*. (Die Silbe «ling» war überall dick unterstrichen.)

Glaubst du, daß ich betrunken zu dir gekommen bin?! Ich *kann* mich nicht betrinken! (Männer betrinken sich eher als ich. Eine *Merk*würdigkeit.)

Aber ich weiß nicht, was ich zu dir gesprochen habe; ich kann mich nicht erinnern. Ich fürchte, daß du dir einbildest, ich habe Dinge gesagt, die ich nicht gesagt habe. Ich habe sie nicht gesagt.

Aber das soll ein Brief werden – gleich! Vorher: du kennst, wie sich die Träume öffnen. Du weißt, wenn du träumst, manchmal: da warst du schon, mit dem Menschen hast du schon einmal gesprochen oder – – Es ist, als ob du dein Gedächtnis wiederfändest.

Ich habe im Wachen, daß ich gewacht habe!

(Ich habe Schlaffreunde.)

Weißt du überhaupt noch, wer Moosbrugger ist? Ich muß dir etwas erzählen:

Auf einmal war sein Name wieder da.

Die drei musikalischen Silben.

Aber Musik ist Schwindel. Ich meine, wenn sie allein ist. Musik allein ist Ästhetentum oder so etwas; Lebensschwäche. Wenn sich Musik aber mit dem Gesicht verbindet, dann schwanken die Mauern, und aus dem Grab der Gegenwart steht das Leben der Kommenden auf. Ich habe die drei musikalischen Silben nicht bloß gehört, ich habe sie auch gesehen. Sie sind in der Erinnerung *aufgetaucht*. Auf einmal weißt du: da, wo sie auftauchen, ist noch etwas anderes! Ich habe ja einmal deinem Grafen einen Brief über Moosbrugger geschrieben: wie man so etwas vergessen kann! Ich hör-sehe nun eine Welt, in der die Dinge stehen und die Menschen gehen, so wie du sie immer kennst, aber *tönend-sichtbar*. Das kann ich nicht deutlich beschreiben, denn es sind davon erst drei Silben aufgetaucht. Verstehst du das? Es ist vielleicht noch zu früh, davon zu reden.

Ich habe zu Walter gesagt: ‹Ich will Moosbrugger kennenlernen!›

Walter hat gefragt: ‹Wer ist denn Moosbrugger?›

Ich habe geantwortet: ‹Ulos Freund, der Mörder.›

Wir haben Zeitung gelesen; es war morgens, und Walter sollte schon ins Büro gehn. Erinnerst du dich, daß wir einmal alle drei Zeitung gelesen haben? (Du hast ein *schwaches* Gedächtnis, du wirst dich *nicht* erinnern!) Ich hatte also den Teil der Zeitung, den mir Walter gegeben hatte, auseinandergefaltet – ein Arm links, ein Arm rechts: plötzlich fühle ich hartes Holz, bin ans Kreuz genagelt. Ich frage Walter: ‹Ist nicht erst gestern etwas von einem Eisenbahnunglück bei Budweis in der Zeitung gestanden?›

‹Ja› antwortete er. ‹Warum fragst du? Ein kleines Unglück, ein Toter oder zwei.›

Nach einer Weile sagte ich: ‹Weil in Amerika auch ein Unglück geschehen ist. Wo liegt Pennsylvanien?›

Er weiß es nicht. ‹In Amerika› sagt er.

Ich sage: ‹Nie lassen die Führer ihre Lokomotiven mit Absicht zusammenstoßen!›

Er sieht mich an. Es war zu erkennen, daß er mich nicht versteht. ‹Natürlich nicht› meint er.

Ich frage, wann Siegmund zu uns kommt. Er weiß es nicht sicher.

Und nun siehst du: Natürlich lassen die Maschinenführer nicht ihre Züge aus böser Absicht zusammenstoßen; *aber warum tun sie es sonst?* Ich werde es dir sagen: In dem ungeheuren Netz von Schienen, Weichen und Signalen, das sich um den ganzen Erdball zieht, verlieren wir alle die Kraft des Gewissens. Denn wenn wir die Stärke hätten, uns noch einmal zu prüfen und noch einmal unsere Aufgabe zu beachten, so würden wir immer das Nötige tun und das Unglück vermeiden. *Das Unglück ist unser Stehenbleiben beim vorletzten Schritt!*

Natürlich darf man nicht erwarten, daß das Walter gleich klar werde. Ich glaube, daß ich diese ungeheure Kraft des Gewissens erreichen kann, und ich habe die Augen schließen müssen, damit Walter nicht den Blitz darin bemerkt.

Aus allen diesen Gründen halte ich es für meine Pflicht, Moosbrugger kennen zu lernen.

Du weißt, mein Bruder Siegmund ist Arzt. Er wird mir helfen.

Ich habe auf ihn gewartet.

Am Sonntag ist er zu uns gekommen.

Wenn er jemand vorgestellt wird, sagt er: ‹Aber ich bin weder –, noch musikalisch.› So ist sein Witz. Denn weil er Siegmund heißt, will er weder für einen Juden noch für musikalisch gehalten werden. *Er ist im Wagner-Rausch gezeugt worden.* Es ist unmöglich, ihn zu einer vernünftigen Antwort zu bewegen. Solange ich auf ihn einredete, hat er nur Unsinn gebrummt. Er hat mit einem Stein nach einem Vogel geworfen und mit dem Stock durch den Schnee gestochert. Auch wollte er einen Weg ausschaufeln; er kommt oft zu uns arbeiten, wie er sagt, weil er nicht gerne zu Hause ist bei seiner Frau und den Kindern. Es ist zu verwundern, daß du ihn nie getroffen hast. ‹Ihr habt die Fleurs du mal und einen Gemüsegarten!› sagt er. Ich habe ihn an den Ohren gezogen und in die Rippen gepufft, ohne daß es geholfen hat.

Dann sind wir ins Haus zu Walter, der natürlich am Klavier gesessen ist, und Siegmund hat den Rock unter den Arm geklemmt und die Hände hoch hinauf voll Schmutz gehabt.

‹Siegmund,› habe ich zu ihm vor Walter gesagt ‹wann verstehst du ein Musikstück?!›

Er hat gegrinst und zur Antwort gegeben: ‹Gar niemals.›

‹Wenn du es selbst innerlich *machst*› habe ich gesagt. ‹Wann verstehst du einen Menschen? Du mußt ihn mitmachen.› *Mit-machen!* Das ist ein großes Geheimnis, Ulrich! Du mußt sein wie er: aber nicht du in ihn *hinein*, sondern er in dich *hinaus!* Wir erlösen *hinaus:* Das ist die *starke* Form! Wir lassen uns auf die Handlungen der Menschen *ein*, aber *wir* füllen sie *aus* und steigen darüber hinaus.

Entschuldige, daß ich so viel davon schreibe. Aber die Züge stoßen zusammen, weil das Gewissen nicht den letzten Schritt tut. Die Welten tauchen nicht auf, wenn man sie nicht zieht. Ein andermal mehr davon. *Der geniale Mensch hat die Pflicht anzugreifen!* Er hat die unheimliche Kraft dazu! Aber Siegmund, der Feigling, hat nach der Uhr gesehn und ans Abendbrot erinnert, weil er nach Hause müsse. Weißt du, Siegmund hält sich immer in der Mitte zwischen der Blasiertheit eines erfahrenen Arztes, der nicht sehr günstig von dem Können seines Berufs denkt, und der Blasiertheit des zeitgemäßen Menschen, der jenseits der geistigen Überlieferung bereits wieder zur Hygiene der Einfachheit und der Gartenarbeit gekommen ist. Aber Walter hat ausgerufen: ‹Um Gotteswillen nur, warum redet ihr solche Sachen?! Was wollt ihr denn eigentlich von diesem Moosbrugger!› Und das hat geholfen.

Denn nun sagte Siegmund: ‹Entweder ist er geisteskrank oder ein Verbrecher, das ist ja richtig. Aber wenn sich Clarisse nun einmal einbildet, daß sie ihn bessern kann? Ich bin Arzt und muß dem Spitalsgeistlichen auch erlauben, daß er sich das einbildet! Erlösen sagt sie? Nun, warum soll sie ihn dann nicht wenigstens sehn?!›

Er hat sich die Hosen abgebürstet, Ruhe posiert und die Hände gewaschen; beim Abendbrot haben wir dann alles verabredet.

Wir sind auch schon bei Dr. Friedenthal gewesen; das ist der Assistent, den er kennt. Siegmund hat gerade heraus gesagt, daß er die Verantwortung übernehme, mich unter irgendeinem falschen Titel einzuführen, ich sei Schriftstellerin und möchte den Mann sehen.

Aber das war ein Fehler, denn so offen gefragt, konnte der andere nur nein sagen. ‹Wenn Sie die Selma Lagerlöf wären, ich würde entzückt von Ihrem Besuch sein, was ich natürlich auch so bin, aber hier werden leider nur wissenschaftliche Interessen anerkannt!›

Es war ganz hübsch, für eine Schriftstellerin zu gelten. Ich habe ihn fest angeschaut und gesagt: ‹Ich bin in diesem Fall mehr als die Lagerlöf, weil ich es nicht zu Studienzwecken will!›

Er hat mich angesehn und dann gesagt: ‹Das einzige wäre, wenn Sie mit einer Empfehlung Ihrer Gesandtschaft an den Chef der Klinik herkämen.› – Er hat mich für eine ausländische Schriftstellerin gehalten und nicht verstanden, daß ich Siegmunds Schwester bin.

Wir haben uns schließlich so geeinigt, daß ich nicht den kranken, sondern den gefangenen Moosbrugger sehen werde. Siegmund beschafft mir die Empfehlung eines Wohlfahrtvereins und eine Erlaubnis des Landesgerichts. Nachher hat Siegmund mir erzählt, daß Dr. Friedenthal Psychiatrie für eine halb künstlerische Wissenschaft hält, und hat ihn einen Dämonenzirkus-Direktor genannt. Aber mir würde das gefallen.

Das Schönste war, daß die Klinik in einem alten Kloster untergebracht ist. Wir haben am Gang warten müssen, und der Hörsaal ist in einer Kapelle. Er hat große Kirchenfenster, und ich habe über den Hof hineinsehen können. Die Kranken haben weiße Kleider an und sitzen beim Professor am Katheder. Und der Professor neigt sich ganz freundschaftlich über ihren Sessel. Ich habe mir gedacht: jetzt wird man vielleicht Moosbrugger bringen. Ich hatte das Gefühl, daß ich dann durch das hohe Glasfenster in den Saal fliegen will. Du wirst sagen, ich kann nicht fliegen: also durch das Fenster gesprungen? Aber gesprungen wäre ich ganz gewiß nicht, denn das fühlte ich nicht.

Ich hoffe, du kommst bald zurück. *Nie* kann man die Dinge ausdrücken. Am allerwenigsten brieflich.»

Darunter stand mächtig unterstrichen: «Clarisse».

8

Familie zu zweien

Ulrich sagt: «Wenn zwei Männer oder Frauen miteinander durch längere Zeit einen Raum teilen müssen – auf der Reise, im Schlafwagen oder überfüllten Gasthof –, so freunden sie sich nicht selten wunderlich an. Jeder hat eine andere Art, sich den Mund auszuspülen oder sich beim Abziehn der Schuhe zu bücken oder das Bein zu krümmen, wenn er sich ins Bett legt. Die Wäsche und Kleidung, im ganzen gleich, zeigt im einzelnen unzählige kleine Verschiedenheiten, die sich vor dem Auge auftun. Es ist – wahrscheinlich durch den übermäßig gespannten Individualismus der heutigen Lebensart – anfangs ein Widerstand da, der einem leichten Abscheu gleicht und ein Zunahekommen, eine Verletzung der eigenen Persönlichkeit abwehrt, so lange, bis er überwunden ist, und dann bildet sich eine Gemeinschaft heraus, die einen ungewöhnlichen Ursprung zeigt wie eine Narbe. Viele Menschen geben sich nach dieser Wandlung fröhlicher, als sie sonst sind; die meisten harmloser; viele gesprächiger; fast alle freundlicher. Die Persönlichkeit ist verändert, man kann fast sagen, unter der Haut gegen eine weniger eigentümliche umgetauscht: an die Stelle des Ich ist der erste, deutlich als unbehaglich und eine Verminderung empfundene, aber doch unwiderstehliche Ansatz eines Wir getreten.»

Agathe antwortet: «Diese Abneigung bei nahem Beisammensein gibt es besonders zwischen Frauen. Ich habe mich nie an Frauen gewöhnen können.»

«Es gibt sie auch zwischen Mann und Frau» meint Ulrich. «Sie wird dort bloß von den Verpflichtungen des Liebeshandels überdeckt, die sofort die Aufmerksamkeit in Anspruch nehmen. Aber gar nicht selten wachen die Verflochtenen aus diesem plötzlich auf und sehen dann – je nach ihrer Art mit Staunen, Ironie oder Fluchtdrang – ein völlig fremdes Wesen sich an ihrer Seite breitmachen; ja manchen Menschen geht es noch nach vielen Jahren so. Dann können sie nicht sagen, was das Natürlichere ist: ihre Verbindung mit anderen oder das verletzte Zurückschnellen ihres Ich aus dieser Verbindung in die Einbildung seiner Einzigkeit, – liegt doch beides in unserer Natur. Und beides verwirrt sich im Begriff der Familie! Das Leben in der Familie ist nicht das volle Leben; junge Menschen fühlen sich beraubt, vermindert, nicht bei sich selbst, wenn sie im Kreis der Familie sind. Sieh dir alte, unverheiratete Töchter an: sie sind von der Familie ausgesogen und ihres Blutes beraubt worden; es sind ganz sonderbare Zwitter zwischen Ich und Wir aus ihnen entstanden.»

Ulrich hat den Brief Clarissens als eine Störung empfunden. Die sprunghaften Ausbrüche darin beunruhigen ihn weit weniger als die ruhige und fast vernünftig aussehende Arbeit, die sie tief im Innern für einen offenbar verrückten Plan leistet. Er hat sich gesagt, daß er nach seiner Rückkehr wohl mit Walter darüber werde sprechen müssen, und seither redet er mit Willen von anderem.

Agathe, ausgestreckt auf dem Diwan, hat ein Knie hochgezogen und geht lebhaft auf ihn ein: «Mit dem, was du sagst, erklärst du doch selbst, warum ich wieder heiraten mußte!» sagt sie.

«Und doch ist auch etwas an dem sogenannten ‹heiligen Gefühl der Familie› daran, an diesem Aufgehn ineinander, dem einander Dienen, der selbstlosen Bewegung in geschlossenem Kreis» – fährt Ulrich fort, ohne sich darum zu kümmern, und Agathe wundert sich darüber, daß sich seine Worte so oft von ihr wieder entfernen, wenn sie schon ganz nahe gewesen sind. «Gewöhnlich ist dieses kollektive Ich ja nur ein Kollektivegoist, und dann ist starker Familiensinn das Unausstehlichste, was man sich vorzustellen vermag; ich kann mir dieses Unbedingt-für-einander-Einspringen, dieses Gemeinsam-Kämpfen und -Wundentragen aber auch als ein urangenehmes, tief in der Menschenzeit ruhendes, ja schon in der Tierherde ausgeprägtes Gefühl denken» – hört sie ihn sprechen; und sie vermag sich nicht viel dabei zu denken. Sie vermag es auch nicht beim nächsten Satz: «Dieser Zustand entartet eben leicht, wie es alle alten Zustände tun, deren Ursprung sich verloren hat.» Und erst, als er mit den Worten schließt: «Und man muß wahrscheinlich verlangen, daß die Einzelnen schon etwas besonders Ordentliches seien, wenn das Ganze, das sie bilden, nicht ein sinnloses Zerrbild werden soll!» fühlt sie sich wieder gut in seiner Nähe aufgehoben und möchte, während sie ihn ansieht, ihren Augen nicht gestatten, sich zu schließen, damit er nicht inzwischen verschwinde, weil es so wunderlich ist, daß er da sitzt und Dinge spricht, die in der Höhe verlorengehn und mit einem Mal wieder herabfallen wie ein Gummiball, der sich zwischen Ästen verfangen hat.

Die Geschwister hatten sich am Spätnachmittag im Empfangszimmer getroffen, man schrieb schon manchen Tag seit dem Begräbnis.

Dieser Salon von länglicher Form war nicht nur im Geschmack, sondern auch noch mit dem echten Hausrat des bürgerlichen Empire eingerichtet; zwischen den Fenstern hingen die hohen Rechtecke der von glatten Goldrahmen umschlossenen Spiegel, und die maßvoll steifen Stühle standen an die Wände gerückt, so daß der leere Fußboden das Zimmer mit dem gedunkelten Glanz seiner Quadrate überschwemmt zu haben und ein seichtes Becken zu füllen schien, in das man zögernd den Fuß setzte. Am Rande dieser stilvollen Unwirtlichkeit des Salons – denn das Arbeitszimmer, worin er sich am ersten Morgen niedergelassen hatte, war Ulrich überlassen geblieben – ungefähr dort, wo in einer ausgebrochenen Ecknische wie ein strenger Pfeiler der Ofen stand und eine Vase am Haupt trug (und genau in der Mittellinie seiner Vorderseite auf einem in Hüfthöhe rundum laufenden Bord einen einzelnen Leuchter), hatte sich Agathe eine höchstpersönliche Halbinsel geschaffen. Sie hatte eine Ottomane hinstellen lassen und ihr einen Teppich zu Füßen gelegt, dessen altes Rotblau gemeinsam mit dem türkischen Muster der Liegestatt, das sich in sinnloser Unendlichkeit wiederholte, eine üppige Herausforderung des zarten Grau und vernünftig-schwebenden Lineaments darstellte, die in diesem Raum kraft Urväterwillens zu Hause waren. Des weiteren beleidigte sie diesen zuchtvollen und vornehmen Willen durch eine grüne, großblättrige Pflanze von Mannshöhe, die sie von der Trauerausschmückung des Hauses zurückbehalten und samt dem Kübel sich als «Wald» zu Häupten gestellt hatte, – an die andere Seite als die große helle Stehlampe, die es ihr erleichtern sollte, im Liegen zu lesen, und die in der klassizistischen Landschaft des Zimmers wie ein Scheinwerfer oder ein Antennenmast wirkte. Dieser Salon mit seiner in Felder geteilten Decke, den Wandpilastern und Pfeilerschränkchen hatte sich seit hundert Jahren wenig verändert, weil er selten benutzt wurde und niemals recht in das Leben seiner späteren Besitzer einbezogen worden war; vielleicht mochten zur Zeit der Voreltern die Wände noch mit zarten Stoffen bespannt gewesen sein, statt des hellen Anstrichs, den sie jetzt trugen, und die Bezüge der Stühle konnten etwas anders ausgesehen haben, aber so, wie er sich jetzt darbot, kannte Agathe diesen Salon seit ihrer Kindheit und wußte nicht einmal, ob es ihre Urgroßeltern waren, die sich so eingerichtet hätten, oder fremde Leute, denn sie war in diesem Hause aufgewachsen und das einzig Besondre, was sie wußte, bestand in der Erinnerung, daß sie diesen Raum immer mit jener Scheu betreten habe, die man Kindern vor etwas einimpft, das sie leicht zerstören oder beschmutzen könnten. Nun aber hatte sie das letzte Symbol der Vergangenheit, die Trauerkleidung, abgelegt und wieder ihren Pyjama angezogen, lag auf dem rebellisch eingedrungenen Diwan und las schon seit dem frühen Vormittag gute und schlechte Bücher, die sie zusammengerafft hatte, worin sie sich zeitweilig unterbrach, um zu essen oder einzuschlafen; und als der so verbrachte Tag sich neigte, blickte sie durch das dunkelnde Zimmer zu den hellen Vorhängen, die sich, schon ganz in Zwielicht getaucht, wie Segel an den Fenstern bauschten, und fühlte sich dabei, als reise sie in dem harten Strahlenkranz ihrer Lampe durch den steif-zarten Raum und habe soeben angehalten. So war sie von ihrem Bruder gefunden worden, der mit einem Blick ihr beleuchtetes Etablissement erfaßte; denn auch er kannte diesen Salon und wußte ihr sogar zu erzählen, daß der ursprüngliche Besitzer des Hauses ein reicher Kaufmann gewesen sein solle, dem es später nicht wohl ging, wodurch sich ihr Urgroßvater, der kaiserlicher Notar war, bequem in die Lage versetzt gesehen hätte, das hübsche Anwesen zu erwerben. Auch sonst wußte Ulrich allerhand von diesem Salon, den er sich gründlich angesehen hatte, und besonderen Eindruck machte auf seine Schwester die Erklärung, daß man in ihrer Urgroßväterzeit eine solche steife Einrichtung geradezu als besonders natürlich empfunden habe; das fiel ihr nicht leicht zu verstehen, denn ihr kam sie wie die Ausgeburt einer Geometriestunde vor, und es brauchte eine Weile, ehe in ihr die Vorstellungsweise einer Zeit dämmerte, die von den aufdringlichen Formen des Barock so übersättigt war, daß ihr eigenes symmetrisches und etwas steifes Gehaben von der zarten Einbildung verhüllt wurde, im Sinn einer reinen, schnörkelfreien und als vernünftig gedachten Natur zu handeln. Als sie sich aber endlich diesen Wandel der Begriffe mit allen Einzelheiten, die Ulrich dazugab, vergegenwärtigt hatte, kam es ihr hübsch vor, viel zu wissen, was sie bisher, als gesamte Erfahrung ihres Lebens, verachtet hatte; und als ihr Bruder erfahren wollte, was sie lese, warf sie sich schnell mit dem Körper über den Vorrat ihrer Bücher, wenngleich sie kühn behauptete, daß sie schlechte Lesebeschäftigung genau so gern hätte wie gute.

Ulrich hatte vormittags gearbeitet und war dann aus dem Haus gegangen. Seine Hoffnung auf Sammlung hatte sich bis zu diesem Tag nicht erfüllt, und die förderliche Wirkung, die von der Unterbrechung des gewohnten Lebens zu erwarten gewesen wäre, war durch die Ablenkungen aufgewogen worden, welche die neuen Verhältnisse im Gefolge hatten. Erst nach dem Begräbnis trat darin eine Veränderung ein, als die Beziehungen zur Außenwelt, die sich so lebhaft angelassen hatten, wie mit einem Schlag abrissen. Die Geschwister, die ja nur in einer Art Vertretung ihres Vaters durch einige Tage den Mittelpunkt einer allgemeinen Teilnahme gebildet und die mannigfaltigen Verbindungen gefühlt hatten, die sich an ihre Stellung knüpften, kannten in dieser Stadt außer Walters altem Vater keinen, den sie hätten besuchen mögen, und in Berücksichtigung der Trauer wurden sie auch von niemand eingeladen, und bloß Professor Schwung war nicht nur zum Begräbnis, sondern auch noch am nächsten Tag erschienen, um sich zu erkundigen, ob sein toter Freund nicht ein Manuskript über die Frage der verminderten Zurechnungsfähigkeit hinterlassen habe, dessen posthume Veröffentlichung man erwarten dürfe. Dieser unvermittelte Übergang von einer Bewegtheit, die unaufhörlich Blasen geworfen hatte, zu der auf sie folgenden bleiernen Stille übte nun einen geradezu körperlichen Stoß aus. Es kam hinzu, daß sie noch immer in ihren alten Kinderzimmern schliefen, denn Gastzimmer hatte das Gebäude keine, oben in der Mansarde auf Notbetten und umgeben von dem dürftigen Um und An der Kindheit, das etwas von dem Einrichtungsmangel einer Tobsuchtszelle hat und sich mit dem ehrlosen Glanz des Wachstuchs auf den Tischen oder dem Linoleumbelag am Fußboden, in dessen Öde einst der Steinbaukasten die fixen Ideen seiner Architektur spie, bis an die Träume drängt. Diese Erinnerungen, die so sinnlos und unendlich waren wie das Leben, auf das sie hatten vorbereiten sollen, ließen es den Geschwistern angenehm erscheinen, daß sich ihre Schlafräume, nur durch eine Kleider- und Gerümpelkammer getrennt, wenigstens nebeneinander befanden; und weil das Badezimmer ein Stockwerk tiefer lag, waren sie auch nach dem Erwachen aufeinander angewiesen, begegneten einander vom Morgen an in der Leere der Treppen und des Hauses, mußten aufeinander Rücksicht nehmen und hatten gemeinsam alle die Fragen zu beantworten, die das fremde Wirtschaftswesen stellte, das ihnen mit einemmal anvertraut war. Auf diese Weise empfanden sie natürlich auch die Komik, von der dieser so innige wie unvorhergesehene Zusammenschluß nicht frei war: sie glich der abenteuerlichen Komik eines Schiffbruchs, der sie auf die einsame Insel ihrer Kindheit zurückgeworfen hatte, und beides führte dazu, daß sie gleich nach den ersten Tagen, auf deren Verlauf sie keinen Einfluß gehabt hatten, nach Selbständigkeit trachteten, aber jeder von ihnen tat es mehr aus Rücksicht auf den anderen als auf sich selbst.

Darum war Ulrich schon aufgestanden, ehe sich Agathe im Salon ihre Halbinsel baute, und hatte sich leise in das Arbeitszimmer geschlichen, wo er seine unterbrochene mathematische Untersuchung aufnahm, allerdings mehr zum Zeitvertreib als in der Absicht auf

Gelingen. Aber zu seiner nicht geringen Überraschung brachte er darauf in den wenigen Stunden eines Vormittags alles, was er monatelang hatte unberührt liegen lassen, bis auf unbedeutende Einzelheiten zu Ende. Es war ihm beim Zustandekommen dieser unerwarteten Lösung einer jener außer der Regel liegenden Gedanken zu Hilfe gekommen, von denen man nicht sowohl sagen könnte, daß sie erst dann entstehen, wenn man sie nicht mehr erwartet, als vielmehr, daß ihr überraschendes Aufleuchten an das der Geliebten erinnert, die längst schon zwischen den anderen Freundinnen da war, ehe der bestürzte Freier zu verstehen aufhört, daß er ihr andere hat gleichstellen können. Es ist an solchen Einfällen nicht nur der Verstand, sondern immer auch irgend eine Bedingung der Leidenschaft beteiligt, und Ulrich war es zu Mute, als hätte er in diesem Augenblick fertig und frei werden müssen, ja er kam sich, weil weder ein Grund noch ein Zweck zu erkennen war, geradezu vor der Zeit fertig geworden vor, und es stieß nun die übrig gebliebene Energie ins Träumerische hinaus. Er erblickte die Möglichkeit, daß man den Gedanken, der seine Aufgabe gelöst hatte, auch auf weitaus größere Fragen anwenden könne, entwarf spielerisch die erste Phantasie einer solchen Systematik und fühlte sich in diesen Augenblicken glücklicher Entspannung sogar von der Einflüsterung Professor Schwungs versucht, doch noch zu seinem Beruf zurückzukehren und den Weg zu suchen, der zu Geltung und Einfluß führt. Als er sich aber nach wenigen Minuten dieses intellektuellen Behagens nüchtern vergegenwärtigt hatte, welche Folgen es haben würde, wenn er seinem Ehrgeiz nachgäbe und jetzt noch als Nachzügler den akademischen Weg einschlüge, begegnete es ihm zum erstenmal, daß er sich für ein Unternehmen zu alt fühlte, und seit seiner Knabenzeit hatte er diesen halb unpersönlichen Begriff der Jahre nicht als etwas empfunden, das einen selbständigen Gehalt habe, und ebensowenig bisher den Gedanken gekannt: du vermagst etwas nicht mehr zu tun!

Als das Ulrich nun nachträglich seiner Schwester am Spätnachmittag erzählte, gebrauchte er von ungefähr das Wort Schicksal, das ihre Anteilnahme erregte. Sie wollte wissen, was «Schicksal» ist.

«Ein Mittelding zwischen ‹Meine Zahnschmerzen› und ‹König Lears Töchter›!» erwiderte Ulrich. «Ich gehöre nicht zu den Menschen, die mit diesem Wort gern umgehn.»

Aber für junge Menschen gehört es zum Gesang des Lebens; sie möchten ein Schicksal haben und wissen nicht, was es ist.

Ulrich entgegnete ihr: «In späteren, besser unterrichteten Zeiten wird das Wort Schicksal wahrscheinlich einen statistischen Inhalt gewinnen.».

Agathe war siebenundzwanzig. Jung genug, noch einige von den hohlen Empfindungsformen bewahrt zu haben, die man zuerst ausbildet; alt genug, schon den anderen Inhalt zu ahnen, den die Wirklichkeit einfüllt. Sie erwiderte: «Altwerden ist wohl selbst schon ein Schicksal!» und war sehr unzufrieden mit dieser Antwort, in der sich ihre jugendliche Schwermut auf eine Weise ausdrückte, die ihr nichtssagend vorkam.

Aber ihr Bruder achtete nicht darauf und gab ein Beispiel: «Als ich Mathematiker wurde,» erzählte er «wünschte ich mir wissenschaftlichen Erfolg und setzte alle Kraft für ihn ein, wenn ich das auch nur für eine Vorstufe zu etwas anderem ansah. Und meine ersten Arbeiten haben auch wirklich – natürlich unvollkommen, wie es Anfänge immer sind – Gedanken enthalten, die damals neu waren und entweder unbemerkt blieben oder sogar auf Widerstand stießen, obwohl ich mit allem übrigen gut aufgenommen wurde. Nun könnte man es ja vielleicht Schicksal nennen, daß ich bald die Geduld verlor, hinter diesen Keil weiter noch meine volle Kraft zu setzen.»

«Keil?» unterbrach ihn Agathe, als bereite die Aussprache dieses männlich-werktätigen Wortes unbedingt Unannehmlichkeiten. «Warum nennst du es Keil?»

«Weil es nur das war, was ich zuerst machen wollte: ich wollte es wie einen Keil vorantreiben und verlor dann eben die Geduld. Und heute, als ich vielleicht meine letzte Arbeit abschloß, die noch in jene Zeit zurückreicht, ist es mir klar geworden, daß ich mich wahrscheinlich nicht ganz ohne Grund als den Führer einer Bewegung ansehen dürfte, wenn ich damals etwas mehr Glück gehabt oder etwas mehr Beständigkeit bewiesen hätte.»

«Du könntest es ja noch nachholen!» meinte Agathe nun wieder. «Ein Mann wird doch nicht so leicht für etwas zu alt wie eine Frau.»

«Nein,» erwiderte Ulrich «ich will es nicht nachholen! Denn es ist erstaunlich, aber wahr, daß sich damit sachlich – am Gang der Dinge, an der Entwicklung der Wissenschaft selbst – gar nichts geändert hätte. Ich mag meiner Zeit etwa um zehn Jahre vorausgewesen sein; aber etwas langsamer und auf anderen Wegen sind andere Leute auch ohne mich dahin gekommen, wohin ich sie höchstens etwas rascher geführt hätte, während es schon fraglich wäre, ob eine solche Veränderung meines Lebens genügt haben möchte, mich selbst inzwischen mit neuem Vorsprung über das Ziel hinauszureißen. Da hast du also ein Stück von dem, was man persönliches Schicksal nennt, aber es kommt auf etwas auffallend Unpersönliches hinaus.»

«Überhaupt» – fuhr er fort – «widerfährt es mir, je älter ich werde, desto öfter, daß ich etwas gehaßt habe, das später und auf Umwegen trotzdem in der gleichen Richtung wie mein eigener Weg verläuft, so daß ich ihm die Daseinsberechtigung mit einem Mal nicht mehr absprechen kann; oder es geschieht, daß sich die Schäden an Ideen oder Geschehnissen zeigen, für die ich mich ereifert habe. Über größere Strecken scheint es also ganz gleichgültig zu sein, ob man sich erregt und in welchem Sinn man seine Erregung eingesetzt hat. Es kommt alles ans gleiche Ziel, und es dient alles einer Entwicklung, die undurchsichtig und unfehlbar ist.»

«Früher hat man das den unerforschlichen Ratschlüssen Gottes zugeschrieben» antwortete Agathe stirnrunzelnd und hatte den Ton eines, der von Selbsterlebtem spricht, und nicht gerade respektvoll.

Ulrich erinnerte sich, daß sie in einem Kloster erzogen worden war. Sie lag in ihren langen, unten zugebundenen Hosen auf dem Diwan, an dessen Fußende er saß, und die Stehlampe bestrahlte sie gemeinsam, so daß am Fußboden ein großes Blatt aus Licht entstand, auf dem sie sich im Dunkel befanden. «Heute macht das Schicksal eher den Eindruck der übergeordneten Bewegung einer Masse» meinte er; «man steckt darin und wird mitgewälzt.» Er erinnerte sich, schon einmal auf den Gedanken gekommen zu sein, es käme heute jede Wahrheit in ihre Halbheiten geteilt auf die Welt, und trotzdem könnte sich auf diese windige und bewegliche Weise eine größere Gesamtleistung ergeben, als wenn jeder ernst und einsam nach ganzer Pflicht strebe. Er hatte diesen ihm wie ein Haken im Selbstgefühl sitzenden Gedanken, der dennoch nicht ohne die Möglichkeit der Größe war, sogar schon einmal mit dem Schluß vorgetragen, den er nicht ernst meinte, daß man also tun könne, was man wolle! Denn nichts lag ihm so fern wie dieser Schluß, und gerade jetzt, wo ihn sein Schicksal abgesetzt zu haben schien und ihm nichts übrig ließ zu tun, in diesem für seinen Ehrgeiz gefährlichen Augenblick, wo er sonderbar angetrieben auch noch das Letzte abgeschlossen hatte, was ihn mit seinen älteren Zeiten verband, diese nachzüglerische Arbeit, gerade in diesem Augenblick also, wo er persönlich ganz blank war, fühlte er statt eines Ablassens von sich die neue Spannung, die seit seiner Abreise entstanden war. Sie hatte keinen Namen; man mochte einstweilen ebensogut sagen, ein junger, ihm verwandter Mensch suche seinen Rat, wie man auch etwas anderes sagen konnte: Aber er sah erstaunlich scharf die strahlende Matte aus hellem Gold auf dem Schwarzgrün des Zimmers, mit den zarten Würfeln von Agathes Narrenanzug darauf, und sich selbst, und den überdeutlich umsäumten, aus dem Dunkel genommenen Zufall ihres Beisammenseins.

«Wie hast du das gesagt?» fragte Agathe.

«Was man heute noch persönliches Schicksal nennt, wird verdrängt von kollektiven und schließlich statistisch erfaßbaren Vorgängen» wiederholte Ulrich.

Agathe dachte nach, dann mußte sie lachen. «Ich verstehe das natürlich nicht, aber wäre es denn nicht wunderbar, wenn man von der Statistik aufgelöst würde; die Liebe bringt das ja doch längst nicht mehr zustande!» meinte sie.

Und das verleitete Ulrich, seiner Schwester plötzlich zu erzählen, was ihm nach Beendigung seiner Arbeit widerfahren sei, als er von Hause fort in den Mittelpunkt der Stadt gegangen war, um die ihm übriggebliebene Bestimmungslosigkeit mit etwas auszufüllen. Er hatte nicht davon sprechen wollen, weil es ihm als eine zu persönliche Angelegenheit vorkam. Denn jedesmal, wenn ihn seine Reisen in Städte führten, mit denen er durch keinerlei Geschäft verknüpft war, liebte er sehr das daraus entstehende besondere Gefühl der Einsamkeit, und selten war es so stark gewesen wie dieses Mal. Er hatte die Farben der Straßenbahn, der Wagen, Auslagen, Tore, die Formen der Kirchtürme, Gesichter und Hausfronten gesehn, und ob sie auch die allgemeine europäische Ähnlichkeit zeigten, flog doch der Blick über sie hin wie ein Insekt, das sich über ein Feld mit fremden Lockfarben verirrt hat und sich nicht niederlassen kann, obschon es das tun möchte. Dieses Gehn ohne Ziel und deutliche Bestimmung in einer lebhaft mit sich selbst beschäftigten Stadt, diese gesteigerte Anspannung des Erlebens bei gesteigerter Fremdheit, die noch durch die Überzeugung verstärkt wird, daß es auf einen nicht ankomme, sondern nur auf diese Summen von Gesichtern, diese vom Körper gerissenen, untereinander zu Armeen von Armen, Beinen oder Zähnen zusammengefaßten Bewegungen, denen die Zukunft gehört, vermag das Gefühl zu wecken, daß man sich als noch ganz und geschlossen für sich wandelnder Mensch schon geradezu unsozial und verbrecherisch vorkommt; aber wenn man dem dann noch weiter nachgibt, kann unversehens auch eine so törichte leibliche Annehmlichkeit und Verantwortungslosigkeit daraus entstehn, als gehöre der Körper nicht mehr einer Welt an, wo das sinnliche Ich in kleine Nervenstränge und -gefäße eingeschlossen ist, sondern einer von unwacher Süße durchfluteten. Mit diesen Worten beschrieb Ulrich seiner Schwester, was vielleicht die Folge eines Zustands ohne Ziel und Ehrgeiz war oder die Folge herabgeminderter Persönlichkeitseinbildung, vielleicht aber auch nichts anderes als der «Urmythos der Götter», jenes «Doppelgesicht der Natur», jenes «gebende» und «nehmende Sehen», wohinter er nachgerade drein war wie ein Jäger. Er wartete nun neugierig, ob Agathe ein Zeichen des Einverständnisses geben oder zeigen werde, daß sie auch solche Eindrücke kenne, und als es nicht geschah, erklärte er es noch einmal: «Es ist wie eine leichte Bewußtseinsspaltung. Man fühlt sich umarmt, umschlossen und bis ans Herz von einer willenlos angenehmen Unselbständigkeit durchdrungen; aber anderseits bleibt man wach und der Geschmackskritik fähig und sogar bereit, mit diesen Dingen und

Menschen, die voll ungelüfteter Anmaßung sind, Streit anzubinden. Es ist so, als gäbe es zwei verhältnismäßig selbständige Lebensschichten in uns, die sich sonst tief im Gleichgewicht halten. Und da wir doch von Schicksal gesprochen haben, es ist auch so, als hätte man zwei Schicksale: ein regsam-unwichtiges, das sich vollzieht, und ein reglos-wichtiges, das man nie erfährt.»

Da sagte unvermittelt Agathe, die lange Zeit, ohne sich zu rühren, zugehört hatte: «Das ist, wie wenn man Hagauer küßt!»

Sie hatte sich auf den Ellbogen gestützt und lachte; die Beine ruhten noch immer lang ausgestreckt auf ihrem Lager. Und sie fügte hinzu: «Natürlich, so schön, wie du es beschreibst, ist es nicht gewesen!» Und Ulrich lachte mit. Es war nicht recht klar, weshalb sie lachten. Irgendwie war dieses Lachen aus der Luft oder aus dem Haus über beide gekommen oder aus den Spuren des Staunens und Unbehagens, welche die feierlichen, das Jenseits nutzlos berührenden Vorgänge der letzten Tage in ihnen hinterlassen hatten, oder aus dem ungewöhnlichen Gefallen, das sie an ihrem Gespräch fanden; denn jeder aufs äußerste ausgebildete menschliche Brauch trägt den Keim des Wechsels schon in sich, und jede, das Gewöhnliche überschreitende Erregung beschlägt sich bald mit einem Hauch von Trauer, Absurdität und Übersättigung.

Auf solche Art und auf solchem Umweg waren sie dann schließlich und gleichsam zur Erholung in das harmlosere Gespräch über Ich und Wir und Familie und zu der zwischen Spott und Staunen schwankenden Entdeckung gekommen, daß sie beide eine Familie bildeten. Und während Ulrich von dem Verlangen nach Gemeinschaft spricht – nun wieder mit dem Eifer eines Mannes, der sich eine gegen seine Natur gerichtete Pein zufügt; nur weiß er nicht, ob sie sich gegen seine wahre oder seine angenommene Natur richtet –, hört Agathe an, wie seine Worte ihr nahe kommen und sich wieder entfernen, und er bemerkt, daß er lange Zeit in ihrer Erscheinung, die sich doch in dem hellen Licht und ihrer launischen Kleidung sehr schutzlos vor ihm befindet, nach etwas gesucht hat, das ihn abstoßen könnte, wie es leider seine Gewohnheit ist, aber nichts gefunden hat, und er dankt dafür mit einer reinen und einfachen Zuneigung, die er sonst nie empfindet. Und er ist sehr entzückt von der Unterhaltung. Als sie aber geendet hat, fragt Agathe unbefangen: «Und bist du nun eigentlich für das, was du Familie nennst, oder bist du dagegen?»

Ulrich erwidert, daß es darauf gar nicht ankäme, denn er hätte doch eigentlich von einer Unschlüssigkeit der Welt gesprochen und nicht von der Unentschlossenheit seiner Einzelperson.

Agathe denkt darüber nach.

Schließlich sagt sie aber unvermittelt: «Das kann ich doch nicht beurteilen! Aber ich möchte wohl einmal ganz eins und einverstanden mit mir sein und auch...: nun eben, irgendwie so leben! Möchtest du es denn nicht auch einmal versuchen?»

9

Agathe, wenn sie nicht mit Ulrich sprechen kann

In dem Augenblick, wo Agathe den Zug bestiegen hatte und die unerwartete Reise zu ihrem Vater antrat, war etwas geschehn, das mit einem überraschenden Zerreißen alle Ähnlichkeit hatte, und die beiden Stücke, in die der Augenblick der Abreise zerbarst, schnellten so weit auseinander, als hätten sie niemals zusammengehört. Ihr Gatte hatte sie zur Bahn gebracht, er hatte den Hut gelüftet und hielt ihn, den steifen, runden, schwarzen, zusehends kleiner werdenden Hut, wie es sich beim Abschied gehört, schräg vor sich in die Luft, während sie davonfuhr, was Agathe vorkam, als rollte die Bahnhofshalle ebenso schnell zurück wie der Zug vorwärts. In diesem Augenblick, obwohl sie soeben noch geglaubt hatte, daß sie nicht länger fortbleiben werde, als es die Umstände unbedingt erforderten, – nahm sie sich vor, nicht mehr zurückzukehren, und ihr Bewußtsein wurde unruhig wie ein Herz, das sich auf einmal einer Gefahr entronnen sieht, von der es nichts gewußt hat.

Wenn sich Agathe das nachträglich überlegte, war sie mitnichten völlig zufrieden damit. Sie mißbilligte an ihrem Verhalten, daß sie durch seine Form an eine wunderliche Krankheit erinnert wurde, der sie als Kind verfallen war, bald nachdem sie angefangen hatte, in die Schule zu gehn. Länger als ein Jahr hatte sie damals an einem nicht unbeträchtlichen Fieber gelitten, das weder stieg, noch wich, und war zu einer Zartheit abgemagert, welche die Besorgnis der Ärzte erregte, die davon keine Ursache finden konnten. Diese Erkrankung war auch später niemals aufgeklärt worden. Nun hatte es wohl Agathe gefallen, wie die großen Ärzte der Universität, die würdevoll und voll Weisheit zum ersten Mal ins Zimmer traten, von Woche zu Woche etwas von ihrer Zuversicht verloren; und obgleich sie folgsam jede Medizin einnahm, die ihr verschrieben wurde, und sogar wirklich gern gesund geworden wäre, weil man es von ihr verlangte, freute sie sich doch darüber, daß die Ärzte es mit ihren Verordnungen nicht zuwege brachten, und fühlte sich in einem überirdischen oder zumindest außergewöhnlichen Zustand, während von ihr immer weniger übrig blieb. Sie war stolz darauf, daß die Ordnung der Großen keine Macht über sie hatte, solange sie krank war, und wußte nicht, wie ihr kleiner

Körper das zustande brachte. Aber am Ende genas er freiwillig und auf eine scheinbar ebenso ungewöhnliche Weise.

Sie wußte heute kaum mehr davon, als ihr die Dienstleute später erzählt hatten, die behaupteten, sie sei von einer Bettlerin verhext worden, die oft ins Haus gekommen, aber einmal grob von der Schwelle gewiesen worden wäre; und Agathe hatte niemals herausbekommen, wie viel Wahrheit an dieser Geschichte war, denn die Hausleute ergingen sich zwar gern in Andeutungen, ließen sich aber niemals auf Erklärungen ein und zeigten Furcht vor einem strengen Verbot, das Agathens Vater erlassen haben sollte. Sie selbst bewahrte aus dieser Zeit nur ein einziges, allerdings lebhaftes, Gedächtnisbild, worin sie ihren Vater vor sich sah, wie er in flammendem Zorn auf ein verdächtig aussehendes Weib losschlug und mehrmals mit der flachen Hand dessen Wange rührte; sie hatte den kleinen, sonst qualvoll rechtlichen Verstandesmann nur dieses eine Mal in ihrem Leben derart verändert und von Sinnen wahrgenommen; aber soweit sie sich erinnerte, war das nicht vor, sondern erst während ihrer Krankheit geschehn, denn sie glaubte zu wissen, daß sie dabei im Bett gelegen und dieses Bett sich statt in ihrem Kinderzimmer ein Stockwerk tiefer «bei den Erwachsenen» befunden habe, in einem der Wohnräume, in den das Gesinde die Bettlerin nicht hätte einlassen dürfen, auch wenn sie in den Wirtschafts- und Treppenräumen keine Fremde war. Ja, es kam Agathe vor, daß dieses Ereignis eher in das Ende ihrer Krankheit gefallen sein müsse, und daß sie wenige Tage danach plötzlich gesund geworden und von jener merkwürdigen Ungeduld aus dem Bett gehoben worden sei, mit der diese Erkrankung so unerwartet abschloß, wie sie begonnen hatte.

Freilich wußte sie von allen diesen Erinnerungen nicht, ob sie von der Wirklichkeit herrührten oder eine Erdichtung des Fiebers seien. «Wahrscheinlich wird daran bloß merkwürdig sein,» – dachte sie unmutig – «daß sich diese Bilder in mir so zwischen Wahrheit und Einbildung erhalten konnten, ohne daß ich daran etwas Ungewöhnliches gefunden habe!» – Die Stöße des Taxis, das durch schlecht gepflasterte Gassen fuhr, verhinderten ein Gespräch. Ulrich hatte vorgeschlagen, das trockene Winterwetter zu einem Ausflug zu benutzen, und auch ein Ziel gewußt, das eigentlich keines war, wohl aber ein Vorstoß in halberinnerte Landschaftsbilder hinein. Nun befanden sie sich in einem Wagen, der sie an den Rand der Stadt bringen sollte. – «Gewiß wird nur das daran merkwürdig sein!» wiederholte Agathe bei sich, was sie soeben gedacht hatte. In ähnlicher Art hatte sie ja auch in der Schule gelernt, so daß sie niemals wußte, ob sie dumm oder klug, willig oder unwillig sei: die Antworten, die man von ihr verlangte, prägten sich ihr mit Leichtigkeit ein, ohne daß sich ihr aber der Zweck dieser Lernfragen eröffnet hätte, gegen den sie sich von einer tiefen inneren Gleichgültigkeit geschützt fühlte. Sie war nach ihrer Erkrankung genau so gern wieder in die Schule gegangen wie vorher, und weil einer der Ärzte auf den Rat verfallen war, daß es von Vorteil sein könnte, sie der Einsamkeit des väterlichen Hauses zu entziehn und mit Gleichaltrigen zusammenzubringen, hatte man sie in ein geistliches Institut getan: sie galt auch dort für heiter und lenksam und besuchte später das Gymnasium. Wenn man ihr sagte, etwas sei nötig oder wahr, so richtete sie sich danach und nahm alles, was man von ihr forderte, willig hin, weil es ihr so am mindesten anstrengend vorkam, und es wäre ihr unsinnig erschienen, etwas gegen feste Einrichtungen zu unternehmen, die mit ihr keinen Zusammenhang hatten und offenbar zu einer Welt gehörten, die nach dem Willen von Vätern und Lehrpersonen aufgebaut war. Sie glaubte aber kein Wort von dem, was sie lernte, und weil sie trotz ihres scheinbar willigen Betragens keineswegs eine Musterschülerin war und dort, wo ihre Wünsche ihren Überzeugungen widersprachen, in gelassener Weise das tat, was sie wollte, genoß sie die Achtung ihrer Mitschülerinnen, ja sogar jene bewundernde Neigung, die in der Schule findet, wer es sich bequem zu machen versteht. Es konnte sogar sein, daß sie sich schon ihre seltsame Kinderkrankheit so eingerichtet hatte, denn sie war eigentlich mit dieser einzigen Ausnahme immer gesund und wenig nervös gewesen. «Also einfach ein träger und wertloser Charakter!» stellte sie unsicher fest. Sie erinnerte sich, wieviel lebhafter als sie selbst ihre Freundinnen oft gegen die starre Internatszucht gemeutert und mit welchen Grundsätzen der Empörung sie ihre Vorstöße gegen die Ordnung ausgestattet hatten; soweit sie jedoch in die Lage gekommen war, es zu beobachten, waren gerade jene, die sich gegen Einzelheiten am leidenschaftlichsten aufgelehnt hatten, später mit dem Ganzen des Lebens auf das Beste ausgekommen, und es hatten sich aus diesen Mädchen gut gebettete Frauen entwickelt, die ihre Kinder nicht viel anders erzogen, als es ihnen selbst widerfahren war. Sie war darum trotz ihrer Unzufriedenheit mit sich auch nicht überzeugt, daß es besser sei, ein tätiger und guter Charakter zu sein.

Agathe verabscheute die weibliche Emanzipation geradeso, wie sie das weibliche Brutbedürfnis mißachtete, das sich das Nest vom Mann liefern läßt. Sie erinnerte sich gern an die Zeit, wo sie ihren Busen zu erstenmal das Kleid spannen gefühlt und ihre brennenden Lippen durch die kühlende Luft der Straßen getragen hatte. Aber die entwickelte erotische Geschäftigkeit der Frau, die aus der Verhüllung der Mädchenzeit hervorkommt wie ein rundes Knie aus rosa Tüll, hatte zeit ihres Lebens Verachtung in ihr erregt. Wenn sie sich fragte, wovon sie eigentlich überzeugt wäre, so antwortete ihr ein Gefühl, daß sie ausersehen sei, etwas Ungewöhnliches und Andersgeartetes zu erleben; schon damals, als sie noch so gut wie nichts von der Welt wußte und das wenige, das man sie gelehrt hatte, nicht glaubte. Und es war ihr immer als eine geheimnisvolle, diesem Eindruck entsprechende Aktivität erschienen, einstweilen, wenn es sein müßte, alles mit sich geschehen zu lassen, ohne es gleich zu überschätzen.

Agathe sah von der Seite Ulrich an, der ernst und steif im Wagen schaukelte; sie entsann sich, wie schwer er am ersten Abend begriffen hatte, daß sie ihrem Gatten nicht schon in der Brautnacht davongelaufen sei, obwohl sie ihn nicht mochte. Sie hatte furchtbare Ehrerbietung vor ihrem großen Bruder empfunden, solange sie auf sein Kommen wartete, aber nun lächelte sie und rief sich heimlich den Eindruck zurück, den ihr die dicken Lippen Hagauers in den ersten Monaten gemacht hatten, wenn sie sich unter den Bartborsten verliebt rundeten: das ganze Gesicht zog sich dann in dickfelligen Falten den Mundwinkeln entgegen, und sie fühlte gleich einer Sättigung: o wie häßlich ist dieser Mensch! Auch seine sanfte Lehrereitelkeit und -güte hatte sie ertragen wie eine bloß körperliche Übelkeit, die mehr außen ist als innen. Sie hatte ihn, nachdem die erste Überraschung vorbei war, hie und da mit anderen betrogen: «Wenn man es so nennen will,» dachte sie «daß einem Geschöpf ohne Erfahrung, dessen Sinne schweigen, die Bemühungen eines Manns, der nicht der eigene ist, im ersten Augenblick wie Donnerschläge vorkommen, die an die Tür prallen!» Denn sie hatte wenig Begabung zur Untreue bewiesen: Liebhaber kamen ihr, sobald sie sie erst kennen gelernt hatte, nicht bezwingender vor als Gatten, und es dünkte sie bald, daß sie ebensogut die Tanzmasken eines Negerstamms ernstnehmen könnte wie die Liebeslarven, die der europäische Mann anlegt. Nicht, daß sie niemals darüber von Sinnen gekommen wäre: aber es ging schon bei den ersten Wiederholungsversuchen verloren! Die ausgeführte Vorstellungswelt und Theatralik der Liebe ließ sie unberauscht. Diese hauptsächlich vom Mann ausgebauten Regievorschriften der Seele, die alle darauf hinauslaufen, daß das harte Leben hie und da eine schwache Stunde haben soll, – mit irgendeiner Unterart des Schwachwerdens: dem Versinken, dem Ersterben, dem Genommenwerden, dem sich Geben, dem Erliegen, dem Verrücktwerden und so weiter – kamen ihr schmierenhaft übertrieben vor, da sie sich in keiner Stunde anders empfand als schwach, in einer von der Stärke der Männer so vortrefflich erbauten Welt.

Die Philosophie, die Agathe auf solche Weise erwarb, war einfach die des weiblichen Menschen, der sich nichts vormachen läßt und unwillkürlich beobachtet, was ihm der männliche Mensch vorzumachen trachtet. Ja, es war überhaupt keine Philosophie, sondern nur eine trotzig verhehlte Enttäuschung; immer noch mit der verhaltenen Bereitschaft zu einer unbekannten Auflösung vermengt, die vielleicht sogar in dem Maße zunahm, als sich die äußere Auflehnung verminderte. Da Agathe belesen war, aber vermöge ihrer Natur nicht geneigt, sich auf Theorien einzulassen, hatte sie oft Gelegenheit, wenn sie ihre eigenen Erlebnisse mit den Idealen der Bücher und des Theaters verglich, sich darüber zu wundern, daß weder ihre Verführer sie gefesselt hatten wie die Falle ein Wild, was dem donjuanischen Selbstbildnis entsprochen hätte, dessen Haltung sich damals ein Mann zu geben pflegte, wenn er gemeinsam mit einer Frau ausrutschte, noch daß sich ihr Zusammenleben mit ihrem Gatten strindbergisch zu einem Kampf der Geschlechter gestaltete, worin die gefangene Frau, wie es die Nebenmode war, ihren herrisch-unbehilflichen Gebieter mit den Mitteln der List und Schwäche zu Tode peinigte. Ihr Verhältnis zu Hagauer war vielmehr, im Gegensatz zu ihren tieferen Gefühlen für ihn, immer ganz gut geblieben. Ulrich hatte am ersten Abend große Worte wie Schreck, Schock und Vergewaltigung dafür gebraucht, die ganz und gar nicht zutrafen. Sie bedauere, dachte Agathe noch bei der Erinnerung daran widerspenstig, nicht als ein Engel aufwarten zu können, es sei vielmehr alles in dieser Ehe sehr natürlich vor sich gegangen. Ihr Vater hatte des Mannes Bewerbung mit vernünftigen Gründen gestützt, sie selbst hatte beschlossen, sich wieder zu verheiraten: gut, man tut es; man muß mit sich geschehen lassen, was dazu gehört; es ist weder besonders schön, noch übermäßig unangenehm! Es tat ihr sogar jetzt noch leid, Hagauer bewußt zu kränken, wo sie das unbedingt tun wollte! Liebe hatte sie sich nicht gewünscht; sie hatte sich gedacht, es werde irgendwie gehn, er war ja ein guter Mensch.

Freilich war er wohl mehr einer jener Menschen, die immer gut handeln; in ihnen selbst ist keine Güte, dachte Agathe. Es scheint, daß die Güte in dem Maß, wie sie zu gutem Willen oder Taten wird, aus dem Menschen verschwindet! Wie hatte Ulrich gesagt? Ein Bach, der Fabriken treibt, verliert sein Gefälle. Auch, auch das hatte er gesagt, aber nicht war es das, was sie suchte. Jetzt hatte sie's: «Es scheint, daß eigentlich nur Menschen, die nicht viel Gutes tun, imstande sind, sich ihre ganze Güte zu bewahren»! Aber in dem Augenblick, wo sie diesen Satz hatte, einleuchtend so, wie ihn Ulrich gesprochen haben mußte, kam er ihr durchaus unsinnig vor. Man konnte ihn nicht aus dem vergessenen Zusammenhang des Gesprächs allein herausnehmen. Sie versuchte die Worte anders zu stellen und tauschte sie gegen ähnliche um; aber da zeigte sich nun doch, daß der erste Satz der richtige war, denn die anderen waren wie in den Wind gesprochen und es blieb gar nichts von ihnen zurück. Also hatte es Ulrich so gesagt, aber:

«Wie kann man Menschen, die sich schlecht betragen, gut nennen?» dachte sie. «Das ist doch wirklich ein Unsinn!» und wußte: während er sie ausgesprochen hatte, war diese Behauptung, ohne daß sie dabei mehr Inhalt gehabt hätte, wunderbar gewesen! Wunderbar war kein Wort dafür: es war ihr beinahe übel vor Glück geworden, als sie diesen Satz hörte! Solche Sätze erklärten ihr ganzes Leben. Dieser Satz zum Beispiel war während ihres letzten großen Gesprächs gefallen, nach dem Begräbnis und als Professor Hagauer schon wieder abgereist war; und plötzlich war ihr bewußt geworden, wie nachlässig sie immer gehandelt habe, und so auch damals, als sie sich einfach gedacht hatte, es werde «schon irgendwie» mit Hagauer gehn, weil er ein «guter Mensch» sei! Solche Bemerkungen machte Ulrich oft, die sie für Augenblicke ganz mit Glück oder Unglück erfüllten, obwohl man sich diese Augenblicke nicht «aufheben» konnte. Wann, fragte sich Agathe, hatte er zum Beispiel gesagt, daß er unter Umständen einen Dieb lieben könnte, einen Menschen, der gewohnheitsmäßig ehrlich sei, aber niemals? Sie konnte sich im Augenblick nicht darauf besinnen, aber das Köstliche war, daß sie sehr bald inne wurde, gar nicht er, sondern sie selbst habe das behauptet. Überhaupt hatte sie sich schon vieles von dem, was er sagte, selbst gedacht; bloß ohne Worte, denn so bestimmte Behauptungen hätte sie, auf sich allein angewiesen, wie sie früher war, niemals aufgestellt! Agathe, die sich zwischen den Sprüngen und Stößen des Wagens, der über holprige Vorstadtstraßen fuhr und die beiden des Sprechens Ohnmächtigen in ein Netz mechanischer Erschütterungen hüllte, bisher sehr wohlgefühlt hatte, hatte auch den Namen ihres Gatten inmitten ihrer Gedanken ohne ein anderes Gefühl gebraucht, und lediglich als eine Zeit- und Inhaltsbestimmung für diese; aber nun fuhr, ohne daß ein besonderer Anlaß dazu vorhanden gewesen wäre, langsam ein unendlicher Schreck durch sie: Hagauer war ja doch leibhaftig bei ihr gewesen! Die gerechte Art, in der sie bisher an ihn gedacht hatte, verschwand, und ihre Kehle zog sich bitter zusammen.

Er war am Morgen des Begräbnisses gekommen, hatte trotz seiner Verspätung liebevoll dringlich noch den Schwiegervater zu sehen gewünscht, war zur Anatomie gegangen, hatte das Schließen des Sargs verzögert, war in einer taktvollen, ehrlichen, knapp bemessenen Weise sehr ergriffen gewesen. Nach dem Begräbnis hatte Agathe Erschöpfung vorgeschützt, und Ulrich hatte mit seinem Schwager außer Haus speisen müssen. Wie er nachher erzählte, hatte ihn Hagauers dauernde Gegenwart so rasend gemacht, wie ein zu enger Halskragen, und er hatte schon deshalb alles getan, um ihn so rasch wie möglich fortzubringen. Hagauer hatte die Absicht gehabt, zu einem Erziehungstag in die Hauptstadt zu reisen, dort noch einen Tag Vorsprachen im Ministerium und Besichtigungen zu widmen, und davor hatte er zwei Tage angesetzt, sie als aufmerksamer Gatte bei seiner Frau zu verbringen und sich um ihr Erbteil zu kümmern; der Verabredung mit seiner Schwester gemäß hatte Ulrich aber eine Geschichte erfunden, die es unmöglich erscheinen ließ, Hagauer im Wohnhaus aufzunehmen, und hatte ihm angekündigt, daß eine Unterkunft im ersten Hotel der Stadt für ihn vorgemerkt sei. Hagauer hatte, wie erwartet, gezögert; das Hotel wäre unbequem, teuer, und anstandshalber von ihm selbst zu bezahlen gewesen; andererseits ließen sich vielleicht auch zwei Tage den Vorsprachen und Besichtigungen in der Hauptstadt widmen, und wenn man in der Nacht reiste, ersparte man eine Nächtigung. Also hatte Hagauer Bedauern heuchelnd zu verstehen gegeben, daß es ihm sehr schwer falle, von Ulrichs Vorsorge Gebrauch zu machen, und schließlich seinen kaum noch abzuändernden Beschluß eröffnet, schon am Abend zu reisen. So waren nur noch die Erbfragen zu ordnen verblieben, und da lächelte nun Agathe wieder, denn auf ihren Wunsch hatte Ulrich ihrem Mann erzählt, daß das Testament erst in einigen Tagen eröffnet werden dürfe. Es sei ja Agathe da, wurde ihm gesagt, um seine Rechte zu wahren, er werde auch eine rechtsförmliche Verständigung erhalten, und was außerdem Möbel, Erinnerungsstücke und dergleichen angehe, erhebe Ulrich als Junggeselle keinerlei Anspruch, den er nicht den Wünschen seiner Schwester unterzuordnen bereit wäre. Schließlich hatte er Hagauer noch gefragt, ob er einverstanden wäre, falls sie das Haus, das doch niemand nütze, verkaufen wollten, unverbindlich natürlich, weil ja noch keiner von ihnen das Testament gesehen habe, und Hagauer hatte erklärt, unverbindlich natürlich, daß er im Augenblick keinen Einwand dagegen wüßte, aber sich für den Fall der wirklichen Ausführung seine Stellungnahme natürlich noch vorbehalten müsse. Das alles hatte Agathe ihrem Bruder vorgeschlagen, und er hatte es nachgesagt, weil er sich nichts dabei dachte und Hagauer loswerden wollte. Plötzlich fühlte sich Agathe aber von neuem elend, denn nachdem sie dies so glücklich geordnet hatten, war doch ihr Gatte in Gesellschaft ihres Bruders noch zu ihr gekommen, um von ihr Abschied zu nehmen. Agathe hatte sich dabei so unfreundlich wie möglich benommen und hatte erklärt, daß es sich durchaus nicht sagen lasse, wann sie zurückkehren werde. Sie hatte, wie sie ihn kannte, sogleich wahrnehmen können, daß er darauf nicht gefaßt gewesen war und es übelnahm, daß er nun mit seinem Beschluß, sogleich weiterzureisen, als der Lieblose dastehe; er ärgerte sich noch nachträglich plötzlich über das Ansinnen, daß er im Gasthof hätte wohnen sollen, und über den kühlen Empfang, den er gefunden hatte, aber da er ein Mann des Planmäßigen war, sagte er nichts, beschloß, seiner Frau erst später alles auszustellen, und küßte sie, nachdem er seinen Hut genommen hatte, vorschriftsmäßig auf die Lippen. Und dieser Kuß, dem Ulrich zugesehen hatte, schien Agathe nun zu vernichten. «Wie hat es geschehen können,» fragte sie sich bestürzt «daß ich so lange an der Seite dieses Mannes ausgeharrt habe? Aber habe ich denn nicht mein ganzes Leben widerstandslos hingenommen?!» Sie warf sich leidenschaftlich vor: «Wenn ich auch nur ein wenig wert wäre, hätte es niemals mit mir so weit kommen können!»

Agathe wandte ihr Gesicht von Ulrich ab, den sie bisher betrachtet hatte, und sah zum Fenster hinaus. Niedere Vorstadthäuser, gefrorene Straße, eingemummte Menschen: es waren die Eindrücke einer häßlichen Öde, die vorüberrollten, und sie hielten ihr die Einöde des Lebens vor, in die sie sich durch ihre Nachlässigkeit geraten fühlte. Sie saß jetzt nicht mehr aufrecht, sondern hatte sich in die nach Alter riechenden Polster der Droschke etwas hinabgleiten lassen, um bequemer durch das Fenster sehen zu können, und änderte diese unschöne Haltung nicht mehr, in der sie von den Stößen des Wagens grob am Bauch gepackt und geschüttelt wurde. Dieser Körper verursachte ihr ein unheimliches Gefühl, wie er gleich einem Fetzen gebeutelt wurde, denn er war das einzige, was sie besaß. Manchmal, wenn sie als Pensionsmädchen des Morgens im Halbdunkel erwacht war, hatte sie den Eindruck gehabt, sie treibe in ihrem Körper wie zwischen den Planken eines Kahns der Zukunft entgegen. Jetzt war sie ungefähr doppelt so alt wie damals. Und es war im Wagen ebenso halbdunkel wie damals. Aber sie konnte sich noch immer nicht ihr Leben vorstellen und hatte keinen Begriff, wie es sein müßte. Männer waren eine Ergänzung und Vervollständigung des eigenen Körpers, aber kein seelischer Inhalt; man nahm sie, wie sie einen nahmen. Ihr Körper sagte ihr, daß er schon in wenigen Jahren beginnen werde, seine Schönheit zu verlieren: also die Gefühle zu verlieren, die sich, unmittelbar aus seiner Selbstgewißheit kommend, nur zu einem geringen Teil durch Worte oder Gedanken ausdrücken ließen. Dann wär alles vorbei, ohne daß etwas dagewesen wäre. Es fiel ihr ein, daß Ulrich in ähnlicher Weise von der Nutzlosigkeit seines Sports gesprochen habe, und während sie ihr Gesicht zwang, abgewandt am Fenster zu bleiben, nahm sie sich vor, ihn auszufragen.

10

Weiterer Verlauf des Ausflugs auf die Schwedenschanze
Die Moral des nächsten Schritts

Die Geschwister hatten bei den letzten niederen und schon ganz dörflichen Häusern an der Stadtgrenze den Wagen verlassen und wanderten auf einer zerfurchten, breiten, lang ansteigenden Landstraße, deren gefrorene Radspuren unter ihren Füßen zu Staub zerfielen, bergan. Ihr Schuhwerk hatte sich bald mit dem elenden Grau dieses Kutscher- und Bauernparketts bedeckt, das sich von ihrer eleganten städtischen Kleidung widerspruchsvoll abhob, und obwohl es nicht kalt war, blies ihnen von oben ein sehr scharfer Wind entgegen, worin ihre Wangen zu glühen begannen, so daß eine gläserne Sprödigkeit den Mund am Sprechen verhinderte.

Die Erinnerung an Hagauer drängte Agathe, sich ihrem Bruder zu erklären. Sie war überzeugt, daß ihm diese Mißheirat in jeder Weise unverständlich sein müsse, sogar nach den einfachsten gesellschaftlichen Ansprüchen; doch konnte sie sich, obwohl in ihrem Innern die Worte schon bereit waren, nicht entschließen, den Widerstand der Steigung, der Kälte und der gegen ihr Gesicht prallenden Luft zu überwinden. Ulrich schritt vor ihr, in einer breiten Schleifspur, die sie als Pfad benutzten; sie sah seine breiten, schlanken Schultern und zögerte. Sie hatte ihn sich immer hart, unnachgiebig und etwas abenteuerlich vorgestellt, vielleicht nur nach den Tadelworten, die sie von ihrem Vater und gelegentlich auch von Hagauer über ihn hörte, und hatte sich für ihre eigene Nachgiebigkeit im Leben vor diesem der Familie entfremdeten und entsprungenen Bruder geschämt. «Er hat recht gehabt, sich um mich nicht zu kümmern!» dachte sie, und ihre Bestürzung darüber, daß sie so oft in unangemessenen Lagen ausgeharrt habe, wiederholte sich. In Wahrheit war aber die gleiche, stürmische, widerspruchsvolle Leidenschaft in ihr, die sie zwischen den Türpfosten der Todeskammer ihres Vaters jene wilden Verse hatte ausrufen lassen. Sie schob sich an Ulrich heran, geriet dadurch außer Atem, und plötzlich erklangen hervorgestoßene Fragen, wie sie diese zweckdienliche Straße wahrscheinlich noch nie gehört hatte, und der Wind wurde von Worten zerrissen, die in allen Brüdern dieses bäurischen Hügelwinds noch nicht erklungen waren.

«Du erinnerst dich doch –» rief sie aus und nannte einige berühmte Beispiele der Literatur: «Du hast mir nicht gesagt, ob du einen Dieb entschuldigen kannst; aber diese Mörder würdest du doch gut finden?!»

«Natürlich!» schrie Ulrich zurück. «Das heißt – nein, warte doch: vielleicht sind das nur Menschen von guter Anlage, wertvolle Menschen. Das bleibt ihnen auch später als Verbrecher. Aber gut bleiben sie nicht!»

«Aber warum liebst du sie dann noch nach ihrer Untat?! Doch gewiß nicht nur wegen ihrer früheren guten Anlage, sondern deshalb, weil sie dir noch immer gefallen!»

«So ist es ja immer» sagte Ulrich. «Der Mensch gibt der Tat den Charakter, und nicht umgekehrt geschieht es! Wir trennen Gut und Bös, aber in uns wissen wir, daß sie ein Ganzes sind!»

Agathe war noch über das Rot der Kälte errötet, als sich ihr für die Leidenschaft ihrer Fragen, die sich in den Worten zugleich ausdrückte und verbarg, nur eine Anknüpfung an Bücher dargeboten hatte. Der Mißbrauch, der mit «Bildungsfragen» getrieben zu werden pflegt, ist so arg, daß das Gefühl entstehen konnte, sie seien nicht am Platz, wo der Wind bläst und Bäume stehn, als ob menschliche Bildung nicht die Zusammenfassung aller Naturgebilde wäre! Aber sie hatte sich tapfer bekämpft, ihren Arm in den ihres Bruders gelegt und erwiderte nun, nahe bei seinem Ohr, so daß sie nicht mehr schreien mußte, und mit einem eigentümlichen, im Gesicht zitternden Übermut: «Darum wohl vernichten wir die bösen Menschen, setzen ihnen aber doch freundlich eine Henkersmahlzeit vor!»

Ulrich, der ein wenig von der Leidenschaft an seiner Seite ahnte, beugte sich zu seiner Schwester hinab und sagte ihr, immerhin laut genug, ins Ohr: «Das glaubt jeder leicht von sich, daß er nichts Böses tun könne, weil er doch ein guter Mensch sei!»

Über diesen Worten waren sie oben angelangt, wo die Landstraße nicht mehr anstieg, sondern durch die Wellen einer ausgebreiteten, baumlosen Hochfläche schnitt. Der Wind hatte sich plötzlich gelegt, und es war nicht mehr kalt, aber in der angenehmen Stille verstummte das Gespräch wie abgeschnitten und ließ sich nicht mehr fortsetzen.

«Wie bist du bloß mitten im Wind auf Dostojewski und Beyle verfallen?» fragte Ulrich eine Zeit später. «Wenn uns jemand beobachtet hätte: wir müßten ihm wie Narren vorgekommen sein!»

Agathe lachte auf. «Er hätte von uns so wenig verstanden wie vom Schreien der Vögel! ... Übrigens hast du mir erst unlängst von Moosbrugger erzählt.»

Sie schritten aus.

Nach einer Weile sagte Agathe: «Ich mag ihn aber nicht!»

«Ich habe ihn eben auch schon fast vergessen» antwortete Ulrich.

Nachdem sie eine Weile wieder schweigend gegangen waren, blieb Agathe stehn. «Wie ist das?» fragte sie. «Du hast doch sicher viel Unverantwortliches getan? Ich erinnere mich zum Beispiel, daß du einmal mit einem Schuß im Spital lagst. Du überlegst sicher auch nicht alles und jedes rechtzeitig ...?»

«Du stellst aber heute Fragen!» meinte Ulrich. «Was soll ich dir nun wohl darauf antworten?!»

«Bereust du nie, was du tust?» fragte Agathe rasch. «Ich habe den Eindruck, daß du nie etwas bereust. Etwas Ähnliches hast du auch einmal selbst gesagt.»

«Gott im Himmel,» gab nun Ulrich zur Antwort, der wieder ausschritt «in jedem Minus steckt ein Plus. Vielleicht habe ich so etwas gesagt, aber man braucht das doch nicht allzu wörtlich zu nehmen.»

«In allem Minus ein Plus?»

«In allem Schlechten etwas Gutes. Oder wenigstens in vielem Schlechtem. Gewöhnlich steckt in einer menschlichen Minusvariante eine nicht erkannte Plusvariante: das habe ich wahrscheinlich sagen wollen. Und wenn du etwas bereust, so kannst du doch gerade darin die Kraft finden, etwas so Gutes zu tun, wie du es sonst nie zustandebrächtest. Nie ist das, was man tut, entscheidend, sondern immer erst das, was man danach tut!»

«Und wenn du jemand einmal getötet hast, was kannst du danach tun?!»

Ulrich zuckte die Achseln. Er hatte Lust, rein aus Folgerichtigkeit zu antworten: «Ich könnte ja vielleicht dadurch befähigt werden, ein Gedicht zu schreiben, das Tausenden das innere Leben gibt, oder auch eine große Erfindung zu machen!» Aber er hielt an sich. «Nie würde das geschehn!» fiel ihm ein. «Nur ein Geisteskranker könnte es sich einbilden. Oder ein achtzehnjähriger Ästhet. Das sind, weiß Gott, warum, Gedanken, die den Gesetzen der Natur widersprechen. Übrigens –» verbesserte er sich «beim Urmenschen ist es doch so gewesen; er hat getötet, weil das Menschenopfer ein großes religiöses Gedicht war!»

Er sprach nicht das eine und nicht das andere aus, aber Agathe fuhr fort: «Ich mag dir ja dumme Einwände machen, aber ich habe mir, als ich dich zum ersten Mal sagen hörte, es käme nicht auf den Schritt an, den man unternehme, sondern immer erst auf den nächsten, vorgestellt: Wenn dann ein Mensch innerlich fliegen, sozusagen moralisch fliegen und mit großer Geschwindigkeit fortwährend in neue Verbesserungen kommen könnte, dann würde er keine Reue kennen! Ich habe dich ungeheuer beneidet!»

«Das ist sinnlos» entgegnete Ulrich mit Nachdruck. «Ich habe gesagt, es käme nicht auf einen Fehltritt an, sondern auf den nächsten Schritt nach diesem. Aber worauf kommt es nach dem nächsten Schritt an? Doch offenbar auf den dann folgenden? Und nach dem nten auf den n plus ersten Schritt?! Ein solcher Mensch müßte ohne Ende und Entscheidung, ja geradezu ohne Wirklichkeit leben. Und doch ist es so, daß es immer nur auf den nächsten Schritt ankommt. Die Wahrheit ist, daß wir keine Methode besitzen, mit dieser ruhelosen Reihe richtig umzugehn. Meine Liebe,» schloß er unvermittelt «ich bereue manchmal mein ganzes Leben!»

«Gerade das triffst du doch nicht!» meinte seine Schwester.

«Warum denn nicht gar? Warum denn nun das nicht?!»

«Ich» erwiderte Agathe «habe nie etwas getan und darum immer dazu Zeit gehabt, meine wenigen Unternehmungen zu bereun. Ich bin überzeugt, daß du das nicht kennst: einen so unbeleuchteten Zustand! Da kommen die Schatten, und was war, hat Macht über mich. Es ist mit den kleinsten Einzelheiten gegenwärtig, und ich kann nichts vergessen und nichts begreifen. Es ist ein unangenehmer Zustand...»

Sie sagte das ohne Bewegung, sehr bescheiden. Ulrich kannte es wirklich nicht, dieses Zurückströmen des Lebens, da das seine immer auf Ausdehnung eingerichtet gewesen war, und es erinnerte ihn bloß daran, daß seine Schwester sich schon manchmal in auffälliger Weise über sich selbst beklagt hatte. Aber er verabsäumte es, eine Frage zu stellen, denn sie waren mittlerweile auf einen Hügel gelangt, den er sich als das Ziel ihrer Wanderung vorgenommen hatte, und schritten seinem Rand zu. Das war eine mächtige Bodenerhebung, welche die Sage mit einer Schwedenbelagerung im Dreißigjährigen Krieg verknüpfte, weil sie wie eine Schanze aussah, wenn sie auch viel zu groß dafür war, ein grünes Bollwerk der Natur, ohne Busch und Baum, das auf der Seite, die es der Stadt zuwandte, in einer hohen hellen Felswand abbrach. Eine tiefe, leere Hügelwelt umgab diesen Platz; kein Dorf, noch Haus war zu sehen, nur Wolkenschatten und graue Weidewiesen. Ulrich wurde wieder von diesem Ort gepackt, den er aus jugendlicher Erinnerung kannte: Noch immer lag weit vorne in der Tiefe die Stadt, ängstlich um ein paar Kirchen gedrängt, die darin wie Hennen mit ihren Jungen aussahen, so daß man unwillkürlich den Wunsch empfand, mit einem Sprung sie zu erreichen und zwischen sie hineinzusetzen oder sie mit dem Griff einer Riesenhand in die Finger zu bekommen. «Es muß ein herrliches Gefühl in diesen schwedischen Abenteurern gewesen sein, wenn sie nach wochenlangem Traben an einem solchen Ort anlangten und aus dem Sattel zum ersten Mal ihre Beute erblickten!» sagte er, nachdem er seiner Schwester die Bedeutung des Ortes erläutert hatte. «Die Schwere des Lebens – dieser heimlich auf uns lastende Mißmut, daß wir alle sterben müssen, daß alles so kurz ist und wahrscheinlich so vergeblich! – hebt sich eigentlich nur in solchen Augenblicken von uns!»

«In welchen Augenblicken, sagst du?!» fragte Agathe.

Ulrich wußte nicht, was er antworten solle. Er wollte überhaupt nicht antworten. Er erinnerte sich, daß er als junger Mensch jedesmal an dieser Stelle das Bedürfnis empfunden hatte, die Zähne zusammenzubeißen und zu schweigen. Schließlich erwiderte er: «In den abenteuerlichen Augenblicken, wo das Geschehen mit uns durchgeht: recht eigentlich also in den sinnlosen!» Er fühlte dabei den Kopf wie eine taube Nuß am Halse, und alte Sprüche darin, wie: «Gevatter Tod» oder «Ich hab mein Sach auf nichts gestellt»; und zugleich das verklungene Fortissimo der Jahre, wo sich die Grenze zwischen Lebenserwartung und Leben noch nicht gehoben hat. Er dachte: «Welche Erlebnisse habe ich seither gehabt, die eindeutig und glücklich gewesen wären? Keine.»

Agathe entgegnete: «Ich habe immer ohne Sinn gehandelt, das macht nur unglücklich.»

Sie war ganz nahe an den Rand vorgegangen; die Worte ihres Bruders drangen taub an ihr Ohr, sie verstand sie nicht und sah eine ernste, kahle Landschaft vor sich, deren Traurigkeit mit ihrer eigenen übereinstimmte. Als sie sich umwandte, sagte sie: «Es ist eine Umgebung, sich zu töten» und lächelte; «die Leere meines Kopfes würde unendlich sanft in die Leere dieses Anblicks aufgelöst werden!» Sie machte einige Schritte zu Ulrich zurück. «Durch mein ganzes Leben» fuhr sie fort «hat man mir vorgeworfen, daß ich keinen Willen habe, nichts liebe, nichts verehre, mit einem Wort, daß ich kein zum Leben entschlossener Mensch sei. Papa hat es mir vorgehalten, Hagauer hat es an mir getadelt: Nun sag mir du, um Gotteswillen, sag mir endlich, in welchen Augenblicken erscheint uns etwas im Leben notwendig?!»

«Wenn man sich im Bett umdreht!» erklärte Ulrich unwirsch.

«Was heißt das?!»

«Verzeih» bat er «das gewöhnliche Beispiel. Aber es ist wirklich so: Man ist unzufrieden mit seiner Lage; man denkt unaufhörlich daran, sie zu ändern, und faßt einen Vorsatz nach dem andern, ohne ihn auszuführen; endlich gibt man es auf: und mit einemmal hat man sich umgedreht! Eigentlich müßte man sagen, man ist umgedreht worden. Nach keinem anderen Muster handelt man sowohl in der Leidenschaft als auch in den lang geplanten Entschlüssen.» Er sah sie nicht an dabei, er antwortete sich selbst. Er fühlte noch immer: «Hier bin ich gestanden und habe etwas gewollt, das niemals befriedigt worden ist.»

Agathe lächelte auch jetzt, aber es zog über ihren Mund wie eine schmerzliche Bewegung. Sie kehrte wieder an ihren Platz zurück und sah stumm in die abenteuerliche Ferne hinaus. Dunkel hob sich ihr Pelzmantel gegen den Himmel ab, und ihre schlanke Gestalt bildete einen eindringlichen Gegensatz zu der breiten Stille der Landschaft und der darüberfliegenden Wolkenschatten. Ulrich hatte bei diesem Anblick ein unbeschreiblich starkes Gefühl des Geschehens. Er schämte sich beinahe, in Gesellschaft einer Frau dazustehn, statt an der Seite eines gesattelten Pferdes. Und obzwar ihm die ruhige Bildwirkung, die in diesem Augenblick von seiner Schwester ausging, als die Ursache deutlich bewußt war, hatte er den Eindruck, es geschehe etwas nicht mit ihm, sondern irgendwo in der Welt und er versäume es. Er nannte sich lächerlich. Und doch war etwas Richtiges an seiner unüberlegt ausgesprochenen Behauptung gewesen, daß er sein Leben bereue. Er sehnte sich manchmal danach, in Geschehnisse verwickelt zu sein wie in einen Ringkampf, und seien es sinnlose oder verbrecherische, nur gültig sollten sie sein. Endgültig, ohne das dauernd Vorläufige, das sie haben, wenn der Mensch seinen Erlebnissen überlegen bleibt. «Also in sich selbst endend-gültige» überlegte Ulrich, der jetzt ernsthaft nach einem Ausdruck suchte, und unversehens schweifte dieser Gedanke nicht mehr zu eingebildeten Geschehnissen, sondern endete bei dem Anblick, den Agathe selbst, und nichts als Spiegel ihrer selbst, in diesen Augenblicken darbot. So standen die Geschwister geraume Zeit von einander getrennt und jeder für sich, und ein mit Widersprüchen ausgefülltes Zaudern gestattete ihnen keine Veränderung. Das Merkwürdigste war aber wohl, daß Ulrich bei dieser Gelegenheit an nichts so wenig dachte wie daran, daß zu dieser Zeit doch schon etwas geschehen war, da er seinem ahnungslosen Schwager in Agathens Auftrag und im Wunsche, ihn abzuschütteln, die Lüge aufgebunden hatte, es wäre ein verschlossenes Testament vorhanden, das erst in einigen Tagen geöffnet werden dürfe, und ihm ebenso wider besseres Wissen versichert hatte, Agathe werde seine Ansprüche wahren, was Hagauer später Vorschubleistung nannte.

Irgendwie kamen sie doch von dieser Stelle, wo jeder in sich versunken gewesen war, gemeinsam weiter, ohne daß sie sich ausgesprochen hätten. Der Wind war von neuem aufgefrischt, und weil Agathe Müdigkeit zeigte, schlug Ulrich vor, ein Schäferhaus aufzusuchen, von dessen Nähe er wußte. Es war eine Steinhütte, die sie bald fanden, sie mußten den Kopf neigen, als sie eintraten, und das Weib des Schäfers starrte ihnen in abwehrender Verlegenheit entgegen. In der deutsch-slawischen Mischsprache, die dortzulande verstanden und dunkel von ihm noch erinnert wurde, bat Ulrich um die Elaubnis, daß sie sich wärmen und im Schutz des Hauses ihren Mundvorrat verzehren dürften, und unterstützte das so freiwillig mit einem Stück Geld, daß die unfreiwillige Wirtin entsetzt darüber zu jammern begann, daß sie in ihrer abstoßenden Armut «so schöne Gäste» nicht besser aufnehmen könne. Sie wischte den fettigen Tisch, der am Fenster der Hütte stand, fachte ein Reisigfeuer im Herd an und stellte Ziegenmilch darüber. Agathe hatte sich aber gleich am Tisch vorbei ans Fenster gezwängt und allen diesen Umständen keine Beachtung geschenkt, so als verstünde es sich von selbst, daß man irgendwo Obdach finde, und sei gleichgültig, wo. Sie sah durch das trübe, kleine Quadrat der vier

Scheiben in die Gegend hinaus, die sich landeinwärts hinter der «Schanze» befand und ohne den weiten Auslauf des Blicks, den diese gewährte, eher an die Empfindung eines Schwimmers erinnerte, den grüne Wasserkämme umgeben. Der Tag neigte sich zwar noch nicht dem Ende zu, aber er hatte seine Höhe überschritten und schon an Licht verloren. Agathe fragte plötzlich: «Warum sprichst du nie ernst mit mir?!»

Wie hätte Ulrich richtiger darauf antworten können als durch ein flüchtiges Aufblicken, das Unschuld und Überraschung darstellen sollte?! Er war damit beschäftigt, Schinken, Wurst und Eier auf einem Blatt Papier zwischen sich und seiner Schwester auszubreiten.

Agathe fuhr aber fort: «Wenn man unversehens an deinen Körper stößt, tut man sich weh und erschrickt über den gewaltigen Unterschied. Wenn ich dich aber etwas Entscheidendes fragen will, löst du dich in Luft auf!» Sie rührte den Mundvorrat nicht an, den er ihr hinschob, ja sie hatte sich in ihrer Abneigung, den Tag jetzt mit einem ländlichen Festmahl zu beschließen, so aufgerichtet, daß sie nicht einmal den Tisch berührte. Und nun wiederholte sich etwas, das dem Anstieg auf der Landstraße ähnlich war. Ulrich schob die Becher mit Ziegenmilch zur Seite, die soeben vom Herd auf den Tisch gelangt waren und auf die solchen Genusses unkundigen Nasen einen sehr unangenehmen Geruch eindringen ließen; und der nüchterne leichte Ekel, den er dabei fühlte, wirkte so aufräumend, wie es manchmal eine plötzliche Bitternis tut. «Ich habe immer ernst zu dir gesprochen» entgegnete er. «Wenn es dir nicht gefällt, so kann ich nichts dafür; denn was dir an meinen Antworten nicht gefällt, ist dann die Moral unserer Zeit.» Es wurde ihm in diesem Augenblick klar, daß er seiner Schwester so vollständig, als es nur möglich sei, alles erklären wolle, was sie wissen müsse, um sich selbst, und ein wenig auch ihren Bruder, zu verstehn. Und mit der Entschlossenheit eines Mannes, der jede Unterbrechung für überflüssig erachtet, begann er einen längeren Vortrag:

«Die Moral unserer Zeit ist, was immer sonst geredet werden möge, die der Leistung. Fünf mehr oder weniger betrügerische Konkurse sind gut, wenn auf den fünften eine Zeit des Segens und des Segenspendens folgt. Der Erfolg kann alles vergessen machen. Wenn man bis zu dem Punkt gelangt, wo man Wahlgelder spendet und Bilder kauft, erwirbt man auch die staatliche Nachsicht. Es gibt dabei ungeschriebene Regeln: spendet einer für Kirchenzwecke, Wohltätigkeitswerke und politische Parteien, so braucht es höchstens ein Zehntel von dem zu sein, was er aufwenden müßte, wenn er sich einfallen ließe, seinen guten Willen durch Kunstförderung zu beweisen. Auch gibt es noch Grenzen für den Erfolg: noch kann man nicht auf jedem

Weg jedes erreichen; einige Grundsätze der Krone, des Adels und der Gesellschaft haben auf den ‹Emporkömmling› eine gewisse Bremswirkung. Andererseits bekennt sich aber der Staat für seine überpersönliche Person selbst auf das nackteste zu dem Grundsatz, daß man rauben, morden und betrügen dürfe, so daraus Macht, Zivilisation und Glanz entstehe. Ich behaupte natürlich nicht, daß alles das auch theoretisch anerkannt werde, es ist theoretisch vielmehr ganz unklar. Aber ich habe dir damit die allergewöhnlichsten Tatsachen mitgeteilt. Die moralische Argumentation ist daneben nur ein Mittel zum Zweck mehr, ein Kampfmittel, von dem man ungefähr ebenso Gebrauch macht wie von der Lüge. So sieht die von Männern geschaffene Welt aus, und ich würde eine Frau sein wollen, wenn nicht – die Frauen die Männer liebten!

Als gut gilt heute, was uns die Illusion gibt, daß es uns zu etwas bringen werde: Diese Überzeugung ist aber genau das, was du den fliegenden Menschen ohne Reue genannt hast und ich als ein Problem bezeichnet habe, für dessen Lösung uns die Methode fehlt. Als wissenschaftlich erzogener Mensch habe ich in jeder Lage das Gefühl, daß meine Kenntnisse unfertig und bloß ein Wegweiser sind, und daß ich vielleicht schon morgen eine neue Erfahrung besitzen werde, die mich anders denken läßt als heute; anderseits wird auch ein ganz von seinem Gefühl ergriffener Mensch, ‹ein Mensch im Aufstieg›, wie du ihn dir ausgemalt hast, jede seiner Handlungen als eine Stufe empfinden, über die er zur nächsten emporgehoben wird. Da ist also etwas in unserem Geist und in unserer Seele, eine ‹Moral des nächsten Schritts›, aber ist das bloß die Moral der fünf Konkurse, reicht die Unternehmermoral unserer Zeit so weit ins Innere, oder ist das nur der Schein einer Übereinstimmung, oder ist die Moral der Karrieremacher die vor der Zeit zur Welt gekommene Spottgeburt tieferer Erscheinungen? Ich könnte dir im Augenblick darauf keine Antwort geben!»

Die kleine Atempause, die Ulrich in seinen Erklärungen eintreten ließ, war durchaus nur rednerisch, denn er beabsichtigte, seine Ansichten noch weiter zu entwickeln. Aber Agathe, die bisher in der ihr manchmal eigentümlichen lebendig-leblosen Art zugehört hatte, brachte das Gespräch durch die einfache Bemerkung planwidrig vorwärts, daß ihr diese Antwort gleichgültig wäre, denn sie wolle nur wissen, wie es Ulrich in Person halte, und alles, was man denken könne, aufzufassen, sei sie außerstande. «Wenn du von mir aber in irgend einer Form verlangen solltest, daß ich etwas leiste, so werde ich lieber keinerlei Moral haben» fügte sie hinzu.

«Gott sei Dank!» rief Ulrich aus. «Ich freue mich ja jedesmal, wenn ich deine Jugend, Schönheit und Kraft ansehe, und dann von dir höre, daß du gar keine Energie hast! Unser Zeitalter trieft ohnehin von Tatkraft. Es will nicht mehr Gedanken, sondern nur noch Taten sehn. Diese furchtbare Tatkraft rührt nur davon her, daß man nichts zu tun hat. Innerlich meine ich. Aber schließlich wiederholt jeder Mensch auch äußerlich sein Leben lang bloß ein und dieselbe Tat: er kommt in einen Beruf hinein und darin vorwärts. Ich glaube, hier sind wir wieder bei der Frage, die du mir vorhin unter freiem Himmel gestellt hast. Es ist so einfach, Tatkraft zu haben, und so schwierig, einen Tatsinn zu suchen! Das begreifen heute die wenigsten. Darum sehen die Tatmenschen wie Kegelspieler aus, die mit den Gebärden eines Napoleon imstande sind, neun hölzerne Dinger umzuwerfen. Es würde mich nicht einmal wundern, wenn sie am Ende gewalttätig übereinander herfielen, bloß wegen der ihnen über den Kopf wachsenden Unbegreiflichkeit, daß alle Taten nicht genügen!...» Er hatte lebhaft begonnen, war aber wieder nachdenklich geworden und schwieg sogar eine Weile. Schließlich blickte er bloß lächelnd auf und begnügte sich zu sagen: «Du erklärst, wenn ich von dir eine moralische Anstrengung verlangen sollte, so werdest du mich enttäuschen. Ich erkläre dir, wenn du von mir moralische Ratschläge verlangen solltest, so werde ich dich enttäuschen. Ich meine, wir haben nichts Bestimmtes voneinander zu fordern; wir alle zusammen, meine ich: In Wahrheit hätten wir nicht Taten von einander zu fordern, sondern ihre Voraussetzungen erst zu schaffen; so ist mein Gefühl!»

«Wie sollte man das denn tun?!» meinte Agathe. Sie bemerkte wohl, daß Ulrich von der großen allgemeinen Rede, womit er begonnen hatte, abgekommen und in etwas ihn persönlicher Angehendes geraten war, aber für ihren Geschmack war auch dieses zu allgemein. Sie hatte, wie man weiß, ein Vorurteil gegen allgemeine Untersuchungen und hielt jede Anstrengung, die sozusagen über ihre Haut hinausging, ziemlich für aussichtslos; mit Sicherheit tat sie es, insofern sie sich selbst bemühen sollte, aber mit Wahrscheinlichkeit dehnte sie es auch auf die allgemeinen Behauptungen anderer aus. Dennoch verstand sie Ulrich recht gut. Es fiel ihr auf, daß ihr Bruder, während er seinen Kopf gesenkt hielt und leise gegen die Tatkraft sprach, mit der Klinge des Taschenmessers, das er, ohne davon zu wissen, nicht aus den Fingern ließ, Schnitte und Striche in die Tischplatte kerbte, und es waren an seiner Hand alle Sehnen gespannt. Die gedankenlose, aber beinahe leidenschaftliche Bewegung dieser Hand, und daß er von Agathe so aufrichtig gesagt hatte, sie sei jung und schön, das war ein sinnloser Zwiegesang über dem Orchester der anderen Worte, dem sie auch gar keinen Sinn verlieh, außer daß sie hier saß und zusah.

«Was man tun sollte?» erwiderte Ulrich in der gleichen Weise wie bisher. «Ich habe bei unsrer Kusine einmal Graf Leinsdorf den Vorschlag gemacht, daß er ein Weltsekretariat der Genauigkeit und Seele gründen solle, damit auch die Leute, die nicht in die Kirche gehn, wüßten, was sie zu tun haben. Natürlich habe ich das nur zum Spaß gesagt, denn wir haben zwar seit langer Zeit für die Wahrheit die Wissenschaft geschaffen, aber wenn man für das, was übrig bleibt, etwas Ähnliches verlangen wollte, müßte man sich heute beinahe noch einer Torheit schämen. Und doch würde uns alles, was wir zwei bisher gesprochen haben, zu diesem Sekretariat führen!» Er hatte seine Rede aufgegeben und lehnte sich aufgerichtet gegen seine Bank zurück. «Ich löse mich wohl wieder auf, wenn ich hinzufüge: aber wie würde das heute ausfallen!?» fragte er. Da Agathe nicht antwortete, wurde es still. Ulrich sagte nach einer Weile: «Übrigens glaube ich manchmal selbst, daß ich diese Überzeugung nicht aushalten kann! Als ich dich vorhin stehen sah,» fuhr er halblaut fort «dort auf der Schanze, ich weiß nicht warum, hatte ich ein wildes Bedürfnis, plötzlich etwas zu tun. Ich habe ja früher manchmal wirklich etwas Unüberlegtes getan; der Zauber besteht darin: wenn es geschehen war, so war, neben mir, noch etwas da. Manchmal kann ich mir denken, daß ein Mensch sogar durch ein Verbrechen glücklich wird, weil es ihm einen gewissen Ballast gibt, und dadurch vielleicht eine stetigere Fahrt.»

Auch diesmal antwortete seine Schwester nicht gleich. Er betrachtete sie ruhig, vielleicht sogar forschend, aber ohne daß sich das Erlebnis, von dem er sprach, wiederholte, ja eigentlich ohne daß er überhaupt etwas dachte. Nach einer kleinen Weile fragte sie ihn: «Würdest du mir böse sein, wenn ich ein Verbrechen beginge?»

«Was soll ich nun wohl darauf antworten?!» meinte Ulrich, der sich wieder über sein Messer gebeugt hatte.

«Gibt es keine Entscheidung?»

«Nein, es gibt heute keine wirkliche Entscheidung.»

Danach sagte Agathe: «Ich möchte Hagauer umbringen.»

Ulrich zwang sich nicht aufzublicken. Die Worte waren leicht und leise durch sein Ohr gegangen, aber als sie vorbei waren, ließen sie im Gedächtnis etwas zurück wie eine breite Radspur. Er hatte die Betonung sofort vergessen, er hätte das Gesicht sehen müssen, um zu wissen, wie die Worte zu verstehen seien, aber er wollte dem auch nicht einmal so viel Wichtigkeit beimessen. «Schön,» sagte er «warum solltest du es auch nicht tun! Wen gäbe es heute überhaupt, der so etwas nicht schon gewünscht hätte?! Tu's doch, wenn du wirklich kannst! Es ist gerade so, als ob du gesagt hättest: ich möchte ihn für seine Fehler lieben!» Nun erst richtete er sich wieder auf und sah seiner Schwester ins Gesicht. Es war verstockt und überraschend aufgeregt. Den Blick auf ihrem Gesicht lassend, erklärte er langsam: «Da, siehst du, stimmt etwas nicht; an dieser Grenze zwischen dem, was in uns vorgeht, und dem, was außen vorgeht, fehlt heute irgendeine Vermittlung, das gestaltet sich nur mit ungeheuren Verlusten ineinander um: Fast könnte man sagen, unsere bösen Wünsche seien die Schattenseite des Lebens, das wir wirklich führen, und das Leben, das wir wirklich führen, sei die Schattenseite unserer guten Wünsche. Stell dir bloß vor, du tätest es wirklich: es wäre gar nicht das, was du gemeint hast, und du würdest zumindest furchtbar enttäuscht sein...»

«Ich könnte vielleicht plötzlich ein anderer Mensch sein: das hast du doch selbst zugegeben!» unterbrach ihn Agathe.

Als Ulrich in diesem Augenblick zur Seite schaute, sah er sich daran erinnert, daß sie nicht allein waren, sondern zwei Menschen ihrem Gespräch zuhorchten. Die alte Häuslerin – sie mochte übrigens kaum mehr als vierzig Jahre zählen und wurde bloß durch ihre Lumpen und die Spuren ihres demütigen Lebens älter gemacht – hatte sich freundlich neben dem Herd niedergelassen, und neben sie hatte sich der Schäfer gesetzt, der während des Gesprächs in seiner Hütte eingekehrt war, ohne daß die so lebhaft mit sich selbst beschäftigten Gäste ihn bemerkt hatten. Diese beiden Alten ließen ihre Hände auf den Knien ruhn und hörten, wie's schien, geschmeichelt und staunend der Unterhaltung zu, die ihre Hütte erfüllte, sehr befriedigt von einem solchen Gespräch, wenn sie es auch nicht mit einem einzigen Wort verstanden. Sie sahen, daß die Milch nicht getrunken, die Wurst nicht gegessen wurde, es war ein Schauspiel, und wer weiß, ein erhebendes. Sie flüsterten nicht einmal miteinander. Ulrichs Blick tauchte in ihre geöffneten Augen, und aus Verlegenheit lächelte er ihnen zu, was von den beiden nur die Frau erwiderte, während der Mann in ehrerbietigem Anstand ernst verharrte.

«Wir müssen essen!» sagte Ulrich in englischer Sprache zu seiner Schwester. «Man wundert sich über uns!»

Gehorsam rührte sie ein wenig an Brot und Fleisch, und er selbst aß entschlossen und trank sogar ein wenig von der Milch. Dabei sagte Agathe aber laut und unbefangen: «Die Vorstellung, ihm ernsthaft weh zu tun, ist mir unangenehm, wenn ich mich richtig befrage. Ich möchte ihn also vielleicht nicht umbringen. Aber auslöschen möchte ich ihn! In kleine Stücke zerreißen, sie in einem Mörser zerstampfen und den Staub ins Wasser schütten: das möchte ich! Ganz und gar alles Gewesene vernichten!»

«Weißt du, es ist etwas komisch, was wir da reden» bemerkte Ulrich.

Agathe schwieg eine Weile. Dann sagte sie aber: «Du hast mir doch am ersten Tag versprochen, daß du mir gegen Hagauer beistehen wirst!»

«Natürlich werde ich das tun. Aber doch nicht so.»

Wieder schwieg Agathe. Dann sagte sie plötzlich: «Wenn du ein

Auto kaufen oder mieten möchtest, könnten wir über Iglau zu mir fahren und auf der weiteren Strecke, ich glaube über Tabor, zurück. Kein Mensch käme auf den Einfall, daß wir nachts dort waren.»

«Und die Hausangestellten? Zum Glück kann ich überhaupt nicht einen Wagen bedienen!» Ulrich lachte, aber dann schüttelte er unwillig den Kopf: «Das sind so Ideen von heute!»

«Ja, das sagst du» meinte Agathe. Sie schob nachdenklich mit dem Fingernagel ein Stück Speck hin und her, und es sah aus, als ob dieser Fingernagel das ganz allein täte, der einen kleinen öligen Fleck davon bekommen hatte. «Aber du sagst doch auch: die Tugenden der Gesellschaft sind Laster für den Heiligen!»

«Nur habe ich nicht gesagt, daß die Laster der Gesellschaft für den Heiligen Tugenden sind!» stellte Ulrich richtig. Er lachte, fing Agathens Hand und putzte sie mit seinem Taschentuch.

«Du nimmst eben immer alles wieder zurück!» schalt Agathe und lächelte unzufrieden, während ihr das Blut ins Gesicht stieg, denn sie suchte ihren Finger zu befreien.

Die beiden Alten am Herd, die noch immer genau so zusahen wie bisher, lächelten jetzt als Echo über das ganze Gesicht.

«Wenn du so mit mir hin und her redest,« stieß Agathe leise hervor «ist mir, als sähe ich mich in den Scherben eines Spiegels: man erblickt sich bei dir nie in ganzer Figur!»

«Nein,» erwiderte Ulrich, der ihre Hand nicht losließ «man erblickt sich heute nicht in ganzer Figur, und man bewegt sich nie in ganzer Figur: das ist es eben!»

Agathe gab nach und ließ plötzlich von ihrem Arm ab. «Ich bin gewiß das Gegenteil von heilig» erklärte sie leise. «Ärger als eine Bezahlte bin ich vielleicht in meiner Gleichgültigkeit gewesen. Ich bin gewiß auch nicht unternehmungssüchtig und werde vielleicht niemand umbringen können. Aber wie du das von dem Heiligen zum erstenmal gesagt hast, es ist schon recht eine Weile her, da habe ich etwas ‹in ganzer Figur› gesehn...!» Sie senkte den Kopf, um nachzudenken oder sich nicht ins Gesicht schaun zu lassen. «Ich habe einen Heiligen gesehn, der ist vielleicht auf einem Brunnen gestanden. Um die Wahrheit zu sagen, ich habe vielleicht gar nichts gesehn, aber ich habe etwas gefühlt, das man so ausdrücken müßte. Das Wasser ist geflossen, und was der Heilige tat, kam auch über den Rand geflossen, als wäre er ein nach allen Richtungen sacht überströmendes Brunnenbecken. So, denke ich, müßte man sein, dann täte man immer recht, und es wäre doch völlig gleichgültig, was man täte.»

«Agathe sieht sich in heiliger Überfülle und zitternd ob ihrer Sünden in der Welt stehn und bemerkt ungläubig, daß sich ihr die Schlangen und Nashorne, Berge und Schluchten still und noch viel kleiner, als sie es selbst ist, zu Füßen legen. Aber was ist dann mit Hagauer?» neckte Ulrich leise.

«Das ist es eben. Der kann nicht dabei sein. Der muß fort.»

«Ich werde dir auch etwas erzählen» sagte ihr Bruder. «Jedesmal wenn ich an etwas Gemeinsamen, irgendeiner rechten Menschenangelegenheit habe teilnehmen müssen, ist es mir ergangen wie einem Mann, der vor dem letzten Akt aus dem Theater tritt, um einen Augenblick Luft zu schöpfen, die große dunkle Leere mit den vielen Sternen sieht und Hut, Rock, Aufführung zurückläßt, um davonzugehn.»

Agathe sah ihn forschend an. Das paßte als Antwort und paßte nicht.

Ulrich sah auch in ihr Gesicht. «Dich plagt auch oft eine Abneigung, zu der es die Neigung noch nicht gibt» sagte er und dachte: «Ist sie mir wirklich ähnlich?» Wieder kam ihm vor: vielleicht so wie ein Pastell einem Holzschnitt. Er hielt sich für den Festeren. Und sie war schöner als er. So angenehm schön. Er griff jetzt vom Finger nach ihrer ganzen Hand; es war eine warme, lange Hand voll Leben, und bisher hatte er sie nur zur Begrüßung in der seinen gehalten. Seine junge Schwester war aufgeregt, und wenn ihr auch nicht gerade Tränen in den Augen standen, so war doch feuchte Luft darin. «In wenigen Tagen wirst du auch von mir fortgehn,» sagte sie «und wie soll ich dann mit allem fertig werden?!»

«Wir können ja zusammenbleiben, du kannst mir nachkommen.»

«Wie stellst du dir das vor?» fragte Agathe und hatte ihre kleine Denkfalte auf der Stirn.

«Nun, noch gar nicht stelle ich es mir vor; es ist mir doch soeben erst eingefallen.» Er stand auf und gab den Schäfersleuten noch ein Stück Geld, «für den zerschnittenen Tisch.» Agathe sah durch eine Wolke die Bauern grinsen, nicken und irgend etwas Freudiges in kurzen, unverständlichen Worten beteuern. Als sie an ihnen vorbeikam, fühlte sie die vier gastfreundlichen Augen nackt und gerührt auf ihrem Gesicht und begriff, daß sie für ein Liebespaar gehalten worden seien, das sich gezankt und wieder versöhnt hatte. «Sie haben uns für ein Liebespaar gehalten!» sagte sie. Übermütig schob sie ihren Arm in den ihres Bruders, und ihre ganze Freude kam zum Ausbruch. «Du solltest mir einen Kuß geben!» verlangte sie und preßte lachend Ulrichs Arm an ihren Körper, als sie auf der Schwelle der Hütte standen und die niedere Tür sich in das Dunkel des Abends öffnete.

11

Heilige Gespräche. Beginn

Während des Restes von Ulrichs Aufenthalt war von Hagauer wenig mehr die Rede, aber auch auf den Einfall, daß sie ihrem Zusammentreffen Dauer geben und ein gemeinsames Leben aufnehmen wollten, kamen die Geschwister lange nicht zurück. Trotzdem schwelte das Feuer, das in dem ungezügelten Verlangen Agathes, ihren Mann zu beseitigen, als Stichflamme ausgebrochen war, unter der Asche weiter. Es breitete sich in Gesprächen aus, die zu keinem Ende kamen, und doch von neuem aufschlugen; vielleicht sollte man sagen: Agathes Gemüt suchte nach einer anderen Möglichkeit, frei zu brennen.

Gewöhnlich stellte sie im Beginn solcher Gespräche eine bestimmte und persönliche Frage, deren innere Form «darf ich oder darf ich nicht?» war. Die Gesetzlosigkeit ihres Wesens hatte bis dahin die traurige und ermüdete Gestalt der Überzeugung gehabt: «Ich darf alles, aber ich will ohnehin nicht», und so machten die Fragen seiner jungen Schwester nicht unberechtigterweise zuweilen auf Ulrich einen ähnlichen Eindruck, wie es die Fragen eines Kindes tun, die so warm sind wie die kleinen Hände dieses hilflosen Wesens.

Seine eigenen Antworten hatten eine andere, für ihn aber nicht weniger bezeichnende Art: er gab allemal gern etwas von der Ausbeute seines Lebens und Nachdenkens darauf zum besten, und wie es seiner Gewohnheit entsprach, drückte er sich in einer ebenso offenen wie geistig unternehmenden Art aus. Er kam immer bald auf «die Moral der Geschichte» zu sprechen, von der seine Schwester erzählte, faßte in Formeln zusammen, nahm sich gern selbst zum Vergleich und berichtete auf diese Weise Agathe viel von sich, namentlich aus seinem bewegteren, früheren Leben. Agathe erzählte ihm nichts von sich, aber sie bewunderte an ihm die Fähigkeit, so von seinem Leben sprechen zu können, und daß er alle ihre Anregungen in moralische Betrachtung zog, war ihr gerade recht. Denn Moral ist nichts anderes als eine Ordnung der Seele und der Dinge, beide umfassend, und so ist es nicht sonderbar, daß junge Menschen, deren Lebenswille noch allseitig unabgestumpft ist, viel von ihr reden. Eher war bei einem Mann von Ulrichs Alter und Erfahrung eine Erklärung nötig; denn Männer sprechen von Moral nur beruflich, wenn es zu ihrer Amtssprache gehört, sonst aber ist das Wort bei ihnen schon von den Tätigkeiten des Lebens eingeschluckt worden und kommt nicht mehr frei. Wenn Ulrich von Moral sprach, bedeutete es darum eine tiefe Unordnung, die Agathe gleichgestimmt anzog. Sie schämte sich jetzt ihres etwas einfältigen Bekenntnisses, daß sie «ganz einverstanden mit sich selbst» leben wolle, denn sie hörte ja, welche verwickelten Bedingungen sich davorstellten, und doch wünschte sie ungeduldig, daß ihr Bruder rascher zu einem Ergebnis käme, denn oft schien ihr, daß sich alles, was er sage, gerade dahin bewege, ja sogar jedesmal gegen Ende immer genauer, und erst mit dem letzten Schritt vor der Schwelle haltmache, wo er das Unternehmen jedesmal aufgab.

Der Ort dieser Wendung und dieser letzten Schritte, dessen lähmende Wirkung auch Ulrich nicht entging, läßt sich aber am allgemeinsten dadurch bezeichnen, daß jeder Satz der europäischen Moral auf einen solchen Punkt führt, wo es nicht weitergeht; so daß ein Mensch, der von sich Rechenschaft gibt, zuerst die Gebärden eines Watens im Seichten hat, solange er feste Überzeugungen unter sich fühlt, plötzlich aber die des schrecklichen Ertrinkens, wenn er etwas weiter geht, als versänke der Boden des Lebens vom Seichten unmittelbar in eine ganz unsichere Tiefe. Das drückte sich auch äußerlich an den Geschwistern in einer bestimmten Weise aus: Ulrich konnte ruhig und erklärend über alles sprechen, was er zunächst vorbrachte, solange er mit Verstand daran teilnahm, und einen ähnlichen Eifer fühlte Agathe im Zuhören; aber dann, wenn sie aufhörten und schwiegen, kam eine viel aufgeregtere Spannung in ihre Gesichter. Und so geschah es einmal, daß sie über die Grenze hinausgeführt wurden, an der sie bis dahin unbewußt eingehalten hatten. Ulrich hatte behauptet: «Das einzige gründliche Kennzeichen unserer Moral ist es, daß sich ihre Gebote widersprechen. Der moralischeste von allen Sätzen ist der: die Ausnahme bestätigt die Regel!» Wahrscheinlich hatte ihn dazu bloß die Abneigung gegen ein moralisches Verfahren bewogen, das sich unbeugsam gibt und in der Ausführung jeder Beugung nachgeben muß, wodurch es sich gerade im Gegensatz zu einem genauen Vorgehen befindet, das zuerst auf die Erfahrung achtet und das Gesetz aus ihrer Beobachtung gewinnt. Er kannte natürlich den Unterschied, der zwischen Natur- und Sittengesetzen so gemacht wird, daß man die einen der sittenlosen Natur ablese, die anderen aber der weniger hartnäckigen Menschennatur auferlegen müsse; doch war er der Meinung, daß irgendetwas an dieser Trennung heute nicht mehr stimme, und hatte gerade sagen wollen, daß sich die Moral dabei in einem um hundert Jahre verspäteten Denkzustand befinde, weshalb sie den veränderten Bedürfnissen so schwer anzupassen sei. Ehe er jedoch in seiner Erklärung so weit gekommen war, unterbrach ihn Agathe mit einer Antwort, die sehr einfach erschien, ihn aber im Augenblick verblüffte.

«Ist Gutsein denn nicht gut?» fragte sie ihren Bruder und hatte etwas Ähnliches in den Augen wie damals, als sie mit den Orden etwas tat, das wahrscheinlich nicht nach jedermanns Urteil gut gewesen wäre.

«Du hast recht» erwiderte er belebt. «Man muß wahrhaftig erst einen solchen Satz bilden, wenn man den ursprünglichen Sinn wieder fühlen will! Aber Kinder lieben das Gutsein noch wie Leckerei –»

«Übrigens auch das Bösesein» ergänzte Agathe.

«Aber gehört Gutsein zu den Leidenschaften Erwachsener?» fragte Ulrich. «Es gehört zu ihren Grundsätzen! Sie sind nicht gut, das käme ihnen kindisch vor, sondern handeln gut; ein guter Mensch ist einer, der gute Grundsätze hat und gute Werke tut: es ist ein offenes Geheimnis, daß er dabei der größte Ekel sein kann!»

«Siehe Hagauer» ergänzte Agathe.

«Es steckt eine paradoxe Sinnlosigkeit in diesen guten Menschen» meinte Ulrich. «Sie machen aus einem Zustand eine Forderung, aus einer Gnade eine Norm, aus einem Sein ein Ziel! In dieser Familie der Guten gibt es lebenslang nur Reste zu essen, und dazu geht das Gerücht um, daß einmal ein Festtag gewesen sei, von dem sie herrühren! Gewiß, von Zeit zu Zeit werden ein paar Tugenden von neuem Mode, aber sobald das geschehen ist, verlieren sie auch schon wieder die Frische.»

«Du hast einmal gesagt, daß die gleiche Handlung gut oder bös sein kann, je nach dem Zusammenhang?» fragte nun Agathe.

Ulrich stimmte zu. Das war seine Theorie, daß die moralischen Werte nicht absolute Größen, sondern Funktionsbegriffe seien. Wenn wir aber moralisieren und verallgemeinern, so lösen wir sie aus ihrem natürlichen Ganzen: «Und wahrscheinlich ist schon das die Stelle, wo etwas auf dem Weg zur Tugend nicht in Ordnung ist» sagte er.

«Wie könnten auch sonst moralische Menschen so langweilig sein,» ergänzte Agathe «während doch ihre Absicht, gut zu sein, das Entzückendste, Schwierigste und Kurzweiligste sein müßte, was man sich nur vorstellen kann!»

Ihr Bruder schwankte; aber plötzlich ließ er sich die Behauptung entschlüpfen, durch die er und sie bald in ungewöhnliche Beziehungen gerieten. «Unsere Moral» erklärte er «ist die Auskristallisation einer inneren Bewegung, die von ihr völlig verschieden ist! Von allem, was wir sagen, stimmt überhaupt nichts! Nimm irgendeinen Satz, mir ist gerade der eingefallen: ‹In einem Gefängnis soll Reue herrschen!› Es ist ein Satz, den man mit bestem Gewissen sagen kann; aber niemand nimmt ihn wörtlich, denn sonst käme man zum Höllenfeuer für die Eingekerkerten! Wie nimmt man ihn also dann? Sicher wissen wenige, was Reue ist, aber jeder sagt, wo sie herrschen soll. Oder denk bloß, etwas erhebt dich: woher ist denn das in die Moral geflogen? Wann sind wir so mit dem Gesicht im Staub gelegen, das es uns beseligte, erhoben zu werden? Oder nimm es wörtlich, daß dich ein Gedanke ergreift: im Augenblick, wo du diese Begegnung so körperlich spürtest, wärst du schon in den Grenzen des Irrenreichs! Und so will jedes Wort wörtlich genommen werden, sonst verwest es zur Lüge, aber man darf keines wörtlich nehmen, sonst wird die Welt ein Tollhaus! Irgendein großer Rausch steigt als dunkle Erinnerung daraus auf, und man kommt zuweilen auf den Gedanken, daß alles, was wir erleben, losgerissene und zerstörte Teile eines alten Ganzen sind, die man einmal falsch ergänzt hat.»

Das Gespräch, worin diese Bemerkung fiel, fand im Bibliotheks- und Arbeitszimmer statt, und während Ulrich vor einigen Werken saß, die er auf die Reise mitgenommen hatte, durchstöberte seine Schwester den juridischen und philosophischen Büchernachlaß, dessen Miterbin sie geworden war, und holte sich daraus zum Teil die Anregung zu ihren Fragen. Seit ihrem Ausflug hatten die Geschwister das Haus selten verlassen. Sie beschäftigten sich auf diese Weise. Zuweilen gingen sie im Garten spazieren, von dessen nacktem Gesträuch der Winter die Blätter geschält hatte, so daß überall darunter die von der Nässe aufgedunsene Erde zutage trat. Dieser Anblick war quälend. Die Luft war blaß wie etwas, das lange in Wasser gelegen hat. Der Garten war nicht groß. Die Wege liefen nach kurzem in sich selbst zurück. Der Zustand, in den die beiden auf diesen Wegen gerieten, trieb im Kreis, wie es eine Strömung vor einer Sperre tut, an der sie hochsteigt. Wenn sie ins Haus zurückkehrten, waren die Wohnzimmer dunkel und geschützt, und die Fenster glichen tiefen Lichtschächten, durch die der Tag so zart und starr hereinkam, als bestünde er aus dünnem Elfenbein. Agathe war jetzt, nach dem letzten, lebhaften Ausruf Ulrichs, von der Bücherleiter, auf der sie gesessen hatte, herabgestiegen und hatte ihren Arm um seine Schulter gelegt, ohne zu antworten. Das war eine ungewohnte Zärtlichkeit, denn außer den beiden Küssen, dem am Abend ihrer ersten Begegnung und dem vor wenigen Tagen, als sie den Heimweg aus der Schäferhütte antraten, hatte sich die natürliche geschwisterliche Sprödigkeit noch nicht zu mehr als Worten oder kleinen Freundlichkeiten gelöst, und auch jene beiden Male war die Wirkung der vertraulichen Berührung durch die des Unerwarteten wie des Übermütigen verdeckt worden. Diesmal aber dachte Ulrich gleich an das Strumpfband, das seine Schwester warm statt vieler Worte dem Toten mitgegeben hatte. Und es fuhr ihm auch durch den Kopf: «Es ist doch sicher, daß sie einen Liebhaber besitzt; aber sie scheint sich nicht viel aus ihm zu machen, denn sonst hielte sie sich nicht mit solcher Ruhe hier auf!» Es machte sich geltend, daß sie eine Frau war, die unabhängig von ihm ein Leben als Frau geführt habe und es auch weiter führen werde. Seine Schulter empfand schon an der ruhenden Gewichtsverteilung die Schönheit ihres Arms, und an der Seite, die seiner Schwester zugewandt war, fühlte er schattenhaft die

Nähe ihrer blonden Achselhöhle und den Umriß ihres Busens. Um aber nicht so dazusitzen und widerstandslos der stillen Umarmung preisgegeben zu sein, umfaßte er mit seiner Hand die nahe dem Hals ruhenden Finger der ihren und übertönte mit dieser Berührung die andere. «Weißt du, es ist etwas kindisch, was wir da reden» sagte er nicht ohne Mißmut. «Die Welt ist voll tätiger Entscheidung, und wir sitzen da und reden in fauler Üppigkeit von der Süßigkeit des Gutseins und den theoretischen Töpfen, in die man sie füllen könnte!»

Agathe befreite ihre Finger, ließ aber die Hand wieder auf ihren Platz zurückkehren. «Was liest du da eigentlich all die Tage?» fragte sie.

«Du weißt es doch,» erwiderte er «siehst mir ja oft genug hinter dem Rücken ins Buch!»

«Aber ich werde nicht recht klug daraus.»

Er konnte sich nicht entschließen, darüber Rede zu stehn. Agathe, die nun einen Stuhl herangezogen hatte, kauerte hinter ihm und hatte ihr Gesicht einfach friedlich in sein Haar gelegt, als schliefe sie darin. Ulrich wurde davon wunderlich an den Augenblick erinnert, wo sein Feind Arnheim den Arm um ihn geschlungen hatte und die ungeregelt strömende Berührung eines anderen Wesens wie durch eine Bresche in ihn eingedrungen war. Aber diesmal drängte seine eigene Natur nicht die fremde zurück, sondern es drängte ihr etwas entgegen, das unter dem Geröll von Mißtrauen und Abneigungen begraben gewesen war, mit dem sich das Herz eines Menschen füllt, der längere Zeit gelebt hat. Agathes Verhältnis zu ihm, das zwischen Schwester und Frau, Fremder und Freundin schwebte, und mit keiner von allen gleichzusetzen war, bestand auch nicht, worüber er schon oft nachgedacht hatte, in einer Übereinstimmung der Gedanken oder Gefühle, die besonders weit gegangen wäre; aber es war, wie er in diesem Augenblick fast verwundert bemerkte, völlig eins mit der in verhältnismäßig wenigen Tagen aus unzähligen Eindrücken, die sich in Kürze nicht wiederholen ließen, entstandenen Tatsache geworden, daß Agathes Mund ohne jeden anderen Anspruch auf seinem Haar ruhte und daß das Haar warm und feucht von ihrem Atem wurde. Das war so geistig wie körperlich; denn, als Agathe ihre Frage wiederholte, überkam Ulrich ein Ernst, wie er ihn seit gläubigen Jugendtagen nicht mehr gefühlt hatte, und ehe sich diese Wolke schwerelosen Ernstes wieder verflüchtigte, die vom Raum hinter seinem Rücken bis zum Buch, worauf seine Gedanken ruhten, durch den ganzen Körper reichte, hatte er eine Antwort gegeben, die ihn mehr durch ihren völlig ironielosen Ton als den Inhalt überraschte: er sagte: «Ich unterrichte mich über die Wege des heiligen Lebens.»

Er hatte sich erhoben; aber nicht, um sich von seiner Schwester zu entfernen, indem er sich einige Schritte von ihr aufstellte, sondern um sie von dort sehen zu können. «Du brauchst nicht zu lachen» sagte er. «Ich bin nicht fromm; ich sehe mir den heiligen Weg mit der Frage an, ob man wohl auch mit einem Kraftwagen auf ihm fahren könnte!»

«Ich habe nur gelacht,» erwiderte Agathe «weil ich so neugierig bin, was du sagen wirst. Die Bücher, die du mitgebracht hast, sind mir unbekannt, aber es kommt mir vor, daß sie mir nicht ganz unverständlich sind.»

«Du kennst das?» fragte ihr Bruder, bereits davon überzeugt, daß sie es kenne: «Man kann mitten in der heftigsten Bewegung sein, aber plötzlich fällt das Auge auf das Spiel irgendeines Dings, das Gott und die Welt verlassen haben, und man kann sich nicht mehr von ihm losreißen?! Mit einemmal wird man von seinem kleinwenigen Sein wie eine Feder getragen, die aller Schwere und Kräfte bar im Wind fliegt?!»

«Bis auf die heftige Bewegung, die du so stark betonst, glaube ich es zu erkennen» meinte Agathe und mußte nun wieder über die gewalttätige Verlegenheit lächeln, die sich im Gesicht ihres Bruders abmalte und gar nicht zu seinen zarten Worten paßte. «Man vergißt manchmal das Sehen und Hören, und das Sprechen vergeht einem ganz. Und doch fühlt man gerade in solchen Minuten, daß man für einen Augenblick zu sich gekommen ist.»

«Ich würde sagen,» fuhr Ulrich lebhaft fort «es ist dem ähnlich, daß man auf eine große spiegelnde Wasserfläche hinausschaut: das Auge glaubt Dunkel zu erblicken, so hell ist alles, und jenseits am Ufer scheinen die Dinge nicht auf der Erde zu stehn, sondern schweben in der Luft mit einer zarten Überdeutlichkeit, die beinahe schmerzt und verwirrt. Es ist ebensowohl eine Steigerung wie ein Verlieren in diesem Eindruck. Man ist mit allem verbunden und kann an nichts heran. Du stehst hüben und die Welt drüben, überichhaft und übergegenständlich, aber beide fast schmerzhaft deutlich, und was die sonst Vermengten trennt und verbindet, ist ein dunkles Blinken, ein Überströmen und Auslöschen, ein Aus- und Einschwingen. Ihr schwimmt wie der Fisch im Wasser oder der Vogel in der Luft, aber es ist kein Ufer da und kein Ast und nichts als dieses Schwimmen!» Ulrich dichtete wohl; doch das Feuer und die Festigkeit seiner Sprache hoben sich von ihrem zarten und schwebenden Inhalt metallen ab. Er schien eine Vorsicht abgeworfen zu haben, die ihn sonst beherrschte, und Agathe sah ihn erstaunt an, aber auch mit unruhiger Freude.

«Und du meinst» fragte sie: «dahinter sei etwas? Mehr als eine ‹Anwandlung› oder wie solche abscheulich beschwichtigende Worte heißen?»

«Und ob ich das meine!» Er setzte sich nun wieder an seinen früheren Platz und blätterte in den Büchern, die dort lagen, während Agathe aufstand, um ihm Raum zu lassen. Dann schlug er eine der Schriften mit den Worten auf: «Die Heiligen beschreiben es so» und las vor: «Während dieser Tage war ich überaus unruhig. Bald saß ich ein wenig, bald wandelte ich hin und wieder durchs Haus. Es war wie eine Pein und dennoch mehr eine Süßigkeit als eine Pein zu nennen, denn es war kein Verdruß dabei, sondern eine seltsame, ganz übernatürliche Annehmlichkeit. Ich hatte alle meine Vermögen überstiegen bis an die dunkle Kraft. Da hörte ich ohne Laut, da sah ich ohne Licht. Dann wurde mein Herz grundlos, mein Geist formlos und meine Natur wesenlos.» Es kam ihnen beiden vor, daß diese Worte Ähnlichkeit mit der Unruhe hätten, von der sie selbst durch Haus und Garten getrieben wurden, und zumal Agathe fühlte sich davon überrascht, daß auch die Heiligen ihr Herz grundlos und ihren Geist formlos nennten; aber Ulrich schien bald wieder von seiner Ironie befangen worden zu sein.

Er erklärte: «Die Heiligen sagen: einst war ich eingeschlossen, dann wurde ich aus mir herausgezogen und ohne Erkennen in Gott versenkt. Die Kaiser auf der Jagd, von denen wir aus unseren Lesebüchern gehört haben, beschreiben es anders: sie erzählen, daß ihnen ein Hirsch mit einem Kreuz im Geweih erschienen sei, so daß ihnen der Mordspeer entsank; und dann ließen sie an der Stelle eine Kapelle errichten, damit sie doch auch wieder weiter jagen konnten. Und die reichen, klugen Damen, mit denen ich verkehre, werden dir, wenn du sie so etwas fragen solltest, sofort zur Antwort geben, der letzte, der solche Erlebnisse gemalt habe, sei van Gogh gewesen. Vielleicht werden sie auch statt von einem Maler von den Gedichten Rilkes sprechen; doch im allgemeinen ziehen sie van Gogh vor, der eine ausgezeichnete Kapitalsanlage darstellt und sich die Ohren abgeschnitten hat, weil ihm sein Malen nicht genug tat neben der Inbrunst der Dinge. Die Mehrheit unseres Volkes dagegen wird sagen, Ohrenabschneiden sei kein deutscher Gefühlsausdruck, sondern die unverkennbare Leere des Hochblicks sei einer, die man auf Berggipfeln erlebt. Für sie sind Einsamkeit, Blümelein und rauschende Wässerchen der Inbegriff menschlicher Erhebung: Und auch noch in diesem Edelochsentum des ungekochten Naturgenusses liegt die mißverstandene letzte Auswirkung eines geheimnisvollen zweiten Lebens, und alles in allem muß es dieses also doch wohl geben oder gegeben haben!»

«Dann solltest du lieber nicht darüber spotten» wandte Agathe ein, finster vor Wißbegierde und strahlend vor Ungeduld.

«Ich spotte nur, weil ich es liebe» entgegnete Ulrich kurz.

12

Heilige Gespräche. Wechselvoller Fortgang

Es lag in der Folge immer eine große Anzahl von Büchern auf dem Tisch, die er teils von zu Hause mitgebracht, teils nachher gekauft hatte, und er sprach bald frei, bald schlug er zum Beweis, oder weil er einen Ausspruch wörtlich wiedergeben wollte, in ihnen eine der vielen Stellen auf, die er durch eingesteckte Zettel gekennzeichnet hatte. Es waren zumeist Lebensbeschreibungen und persönliche Äußerungen von Mystikern, was er vor sich hatte, oder wissenschaftliche Arbeiten über sie, und gewöhnlich zweigte er mit den Worten «Laß uns einmal so nüchtern wie möglich nachsehn, was hier vor sich geht» das Gespräch davon ab. Das war eine vorsichtige Haltung, die er freiwillig nicht so leicht aufgab, und so sagte er denn auch einmal: «Wenn du diese Beschreibungen ganz durchlesen könntest, die Männer und Frauen vergangener Jahrhunderte vom Zustand ihrer Gottesergriffenheit hinterlassen haben, so würdest du finden, daß zwischen allen Buchstaben Wahrheit und Wirklichkeit ist, und doch würden die aus diesen Buchstaben gebildeten Behauptungen deinem Gegenwartswillen aufs äußerste widerstreben.» Und er fuhr fort: «Sie sprechen von einem überflutenden Glanz. Von einer unendlichen Weite, einem unendlichen Lichtreichtum. Von einer schwebenden ‹Einheit› aller Dinge und Seelenkräfte. Von einem wunderbaren und unbeschreiblichen Aufschwung des Herzens. Von Erkenntnissen, die so schnell sind, daß alles zugleich ist, und wie Feuertropfen sind, die in die Welt fallen. Und anderseits sprechen sie von einem Vergessen und Nichtmehrverstehn, ja auch von einem Untergehn der Dinge. Sie sprechen von einer ungeheuren Ruhe, die den Leidenschaften entrückt ist. Einem Stummwerden. Einem Verschwinden der Gedanken und Absichten. Einer Blindheit, in der sie klar sehen, einer Klarheit, in der sie tot und übernatürlich lebendig sind. Sie nennen es ein ‹Entwerden› und behaupten doch, in vollerer Weise zu leben als je: Sind das nicht, wenn auch von der Schwierigkeit des Ausdrucks flimmernd verhüllt, dieselben Empfindungen, die man noch heute hat, wenn zufällig das Herz – ‹gierig und gesättigt›, wie sie sagen! – in jene utopischen Regionen gerät, die sich irgend- und nirgendwo zwischen einer unendlichen Zärtlichkeit und einer unendlichen Einsamkeit befinden?!»

In die kleine Überlegungspause, die Ulrich machte, mischte sich die Stimme Agathes: «Es ist das, was du einmal zwei Schichten genannt hast, die in uns übereinander liegen.»

«Ich – wann?»

«Du bist ohne Ziel in die Stadt gegangen, und es war dir, als ob du in ihr aufgelöst würdest, aber zugleich hast du sie nicht mögen; und ich habe dir gesagt, daß es mir oft so ergeht.»

«O ja! Du hast sogar darauf ‹Hagauer› gesagt!» rief Ulrich aus. «Und wir haben gelacht: jetzt erinnere ich mich wohl. Aber das haben wir nicht ganz wirklich gemeint. Ich habe dir ja auch sonst schon vom gebenden und vom nehmenden Sehen, vom männlichen und weiblichen Prinzip, vom Hermaphroditismus der Urphantasie und Ähnlichem erzählt: ich kann viel davon reden! Als wäre mein Mund so fern von mir wie der Mond, der auch immer zur Stelle ist, wenn man in der Nacht einen Vertrauten zum Schwätzen braucht! Aber was diese Frommen von den Abenteuern ihrer Seele erzählen,» fuhr er fort, wobei sich in die Bitterkeit seiner Worte wieder Sachlichkeit und auch Bewunderung mischte, «das ist zuweilen mit der Kraft und rücksichtslosen Überzeugung einer Stendhalschen Untersuchung geschrieben. Allerdings nur,» – schränkte er das ein – «solange sie rein bei den Erscheinungen bleiben und nicht sich ihr Urteil dareinmengt, das von der schmeichelhaften Überzeugung verfälscht wird, sie wären von Gott ausersehen worden, ihn unmittelbar zu erleben. Denn von diesem Augenblick an erzählen sie uns natürlich nicht mehr ihre schwer beschreiblichen Wahrnehmungen, in denen es keine Haupt- und keine Tätigkeitsworte gibt, sondern sprechen in Sätzen mit Subjekt und Objekt, weil sie an ihre Seele und an Gott wie an zwei Türpfosten glauben, zwischen denen sich das Wunderbare öffnen wird. Und so kommen sie zu diesen Aussagen, daß ihnen die Seele aus dem Leib gezogen und in den Herrn versenkt werde, oder daß der Herr in sie eindringe wie ein Liebhaber; sie werden von Gott gefangen, verschlungen, geblendet, geraubt, vergewaltigt, oder ihre Seele weitet sich zu ihm, dringt in ihn ein, kostet von ihm, umfaßt ihn mit Liebe und hört ihn sprechen. Das irdische Vorbild ist dabei ja unverkennbar; und diese Beschreibungen gleichen jetzt nicht mehr ungeheuren Entdeckungen, sondern bloß noch den etwas gleichförmigen Bildern, mit denen ein Liebespoet seinen Gegenstand ausschmückt, über den es nur eine Meinung geben darf: mich wenigstens, der ich zur Zurückhaltung erzogen bin, spannen diese Berichte auf die Folter, weil die Auserwählten gerade in dem Augenblick, wo sie versichern, daß Gott zu ihnen gesprochen habe oder daß sie die Reden der Bäume und Tiere verstanden hätten, es unterlassen, mir noch zu sagen, was ihnen mitgeteilt worden sei; und tun sie es einmal, so kommen bloß persönliche Angelegenheiten heraus oder bekannte kirchliche Nachrichten. Es ist ewig schade, daß keine exakten Forscher Gesichte haben!» schloß er seine lange Erwiderung.

«Meinst du, daß sie es könnten?» versuchte ihn Agathe.

Ulrich zögerte einen Augenblick. Dann antwortete er wie ein Bekenner:

«Ich weiß es nicht; vielleicht könnte es mir geschehen!» Als er seine Worte hörte, lächelte er, um sie wieder einzuschränken.

Auch Agathe lächelte; sie schien nun die Antwort zu haben, nach der es sie gelüstete, und ihr Gesicht spiegelte den kleinen Augenblick ratloser Enttäuschung wider, der auf das plötzliche Aufhören einer Spannung folgt. So erhob sie vielleicht nur deshalb Widerspruch, weil sie ihren Bruder von neuem antreiben wollte. «Du weißt,» erklärte sie «daß ich in einem sehr frommen Institut erzogen worden bin: die Folge davon ist, daß sich in mir eine Lust an der Karikatur meldet und einfach schändlich wird, sobald jemand von frommen Idealen spricht. Unsere Erzieherinnen haben ein Habit getragen, dessen zwei Farben ein Kreuz bildeten, und das erinnerte doch gewiß an einen der höchsten Gedanken, den wir auf diese Weise den ganzen Tag vor Augen haben sollten; aber wir haben keine Sekunde lang an ihn gedacht und nannten unsere Mütter bloß die Kreuzspinnen wegen ihres Aussehens und ihrer seidenweichen Reden. So war mir auch, während du vorgelesen hast, bald zum Weinen, bald zum Lachen zumute.»

«Weißt du, was das beweist?» rief Ulrich aus. «Doch nichts anderes, als daß die Kraft zum Guten, die auf irgendeine Weise wohl in uns vorhanden ist, sogleich die Wände durchfrißt, wenn man sie in eine feste Form einschließt, und durch das Loch sofort zum Bösen flieht! Das erinnert mich an die Zeit, wo ich Offizier war und mit meinen Kameraden Thron und Altar stützte: kein zweitesmal in meinem Leben habe ich so frei über diese beiden sprechen hören wie in unserem Kreis! Die Gefühle vertragen es nicht, angebunden zu werden, besonders aber gewisse Gefühle nicht. Ich bin überzeugt, daß eure braven Erzieherinnen selbst geglaubt haben, was sie euch predigten: aber Glaube darf nicht eine Stunde alt sein! Das ist es!»

Agathe begriff es selbst, obwohl sich Ulrich in Eile nicht zu seiner Zufriedenheit ausgedrückt hatte, daß der Glaube jener Nonnen, der ihr die Lust am Glauben genommen hatte, bloß etwas «Eingemachtes» gewesen sei. Zwar sozusagen in seiner eigenen Natur eingelegt und keiner Glaubenseigenschaft verlustig, aber trotzdem nicht frisch, ja in einer unnachweisbaren Art geradezu in einen anderen Zustand getreten als den ursprünglichen, der dem entlaufenen und widerspenstigen Zögling der Heiligkeit in diesem Augenblick wohl als Ahnung vorschwebte.

Es gehörte das mit allem anderen, was sie schon über Moral gesprochen hatten, zu den ergreifenden Zweifeln, die ihr Bruder in sie gesenkt hatte, und zu dem Zustand einer inneren Wiedererweckung, den sie seither fühlte, ohne sich über ihn klar geworden zu sein. Denn der

Zustand der Indifferenz, den sie geflissentlich zur Schau trug und in sich begünstigte, hatte nicht immer ihr Leben beherrscht. Es hatte sich einmal etwas begeben, wobei dieses Bedürfnis nach Selbstbestrafung unmittelbar aus einer tiefen Niedergeschlagenheit hervorgegangen war, die sie als Unwürdige erscheinen ließ, weil sie es sich nicht vergönnt glaubte, hohen Empfindungen Treue zu halten, und sie verachtete sich seither wegen ihrer Herzensträgheit. Diese Begebenheit lag zwischen ihrem Leben als Mädchen im Hause ihres Vaters und der unverständlichen Heirat mit Hagauer und war so schmal begrenzt, daß es selbst der Teilnahme Ulrichs bisher entgangen war, nach ihr zu fragen. Was da geschah ist bald erzählt: Agathe hatte mit achtzehn Jahren einen Mann geheiratet, der nur um wenig älter war als sie selbst, und auf einer Reise, die mit ihrer Hochzeit begann und mit seinem Tode endete, wurde er ihr, ehe sie auch nur ihren zukünftigen Wohnsitz gewählt hatten, binnen einigen Wochen durch eine Krankheit wieder entrissen, die ihn unterwegs angesteckt hatte. Die Ärzte nannten das Typhus, und Agathe sprach es ihnen nach und fand darin einen Schein von Ordnung, denn das war nun die zum Weltgebrauch platt geschliffene Seite des Geschehnisses; aber auf der unabgeschliffenen war dieses anders: Agathe hatte bis dahin neben ihrem Vater gelebt, den alle Welt achtete, so daß sie zweifelnd annahm, sie tue Unrecht, wenn sie ihn nicht liebe, und das ungewisse Harren im Institut auf sich selbst hatte durch das Mißtrauen, das es in ihr erweckte, ihre Beziehung zur Welt auch nicht gefestigt; später dagegen, als sie mit plötzlich erwachter Lebendigkeit und in gemeinsamer Anstrengung mit dem Jugendgespielen in wenigen Monaten alle Hindernissse überwand, die einer Heirat aus ihrer beider Jugend erwuchsen, obwohl die Familien der Liebesleute gegen einander nichts einzuwenden hatten, war sie mit einemmal nicht mehr vereinsamt gewesen und gerade dadurch sie selbst. Das ließ sich nun also wohl Liebe nennen; aber es gibt Verliebte, die in die Liebe wie in die Sonne blicken, sie werden bloß blind, und es gibt Verliebte, die das Leben zum ersten Mal staunend erblicken, wenn es von der Liebe beleuchtet wird: zu diesen gehörte Agathe und hatte noch gar nicht gewußt, ob sie ihren Gefährten oder etwas anderes liebe, als schon das kam, was in der Sprache unbeschienener Welt Infektionskrankheit hieß. Es war ein urplötzlich hereinbrechender Sturm von Grauen aus den fremden Gebieten des Lebens, ein Wehren, Flakkern und Verlöschtwerden, die Heimsuchung zweier sich aneinander klammernder Menschen und der Untergang einer arglosen Welt in Erbrechen, Kot und Angst.

Agathe hatte dieses Geschehnis, das ihre Gefühle vernichtete, niemals anerkannt. Verwirrt von Verzweiflung, hatte sie vor dem Bett des Sterbenden auf den Knien gelegen und sich eingeredet, daß sie die

Kraft wieder heraufzubeschwören vermöchte, mit der sie als Kind ihre eigene Krankheit überwunden habe; als der Verfall trotzdem fortschritt und schon das Bewußtsein geschwunden war, hatte sie, in den Zimmern eines fremden Hotels, unfähig zu verstehen, in das verlassene Gesicht gestarrt, hatte den Sterbenden ohne Achtung der Gefahr mit den Armen umfaßt gehalten und ohne Achtung der Wirklichkeit, für die eine empörte Pflegerin sorgte, nichts getan als ihm stundenlang ins ertaubende Ohr gemurmelt: «du darst nicht, du darfst nicht, du darfst nicht!» Als alles vorbei war, war sie aber erstaunt aufgestanden, und ohne etwas Besonderes zu glauben und zu denken, bloß aus der Traumfähigkeit und Eigenwilligkeit einer einsamen Natur behandelte sie von dem Augenblick dieses leeren Staunens an das Geschehene innerlich so, wie wenn es nicht endgültig wäre. Einen Ansatz zu Ähnlichem zeigt ja wohl jeder Mensch schon, wenn er eine Unglücksbotschaft nicht glauben will oder Unwiderrufliches tröstlich färbt; das Besondere im Verhalten Agathens war aber die Stärke und Ausdehnung dieser Rückwirkung, ja eigentlich ihre plötzlich ausbrechende Mißachtung der Welt. Neues nahm sie seitdem geflissentlich nur noch so auf, als ob es weniger das Gegenwärtige als etwas höchst Ungewisses wäre, ein Verhalten, das ihr durch das Mißtrauen, das sie der Wirklichkeit seit je entgegengebracht hatte, sehr erleichtert wurde; das Gewesene dagegen war unter dem erlittenen Stoß erstarrt und wurde viel langsamer von der Zeit abgetragen, als es sonst mit Erinnerungen geschieht. Das hatte aber nichts von dem Schwalch der Träume, den Einseitigkeiten und schiefen Verhältnissen an sich, die den Arzt herbeirufen; Agathe lebte im Gegenteil äußerlich durchaus klar, anspruchslos tugendhaft und bloß ein wenig gelangweilt weiter, in einer leichten Gehobenheit des Lebensunwillens, die nun wirklich dem Fieber ähnlich war, woran sie als Kind so merkwürdig freiwillig gelitten hatte. Und daß in ihrem Gedächtnis, das ohnehin niemals seine Eindrücke leicht in Allgemeines auflöste, nun das Gewesene und Fürchterliche Stunde um Stunde gegenwärtig blieb wie ein Leichnam, der in ein weißes Tuch gehüllt ist, das beseligte sie trotz aller Qual, die mit solcher Genauigkeit der Erinnerung verbunden war, denn es wirkte ebenso wie eine geheimnisvoll verspätete Andeutung, daß noch nicht alles vorbei sei, und bewahrte ihr im Verfall des Gemüts eine ungewisse, aber edelmütige Spannung. In Wahrheit lief freilich alles das nur darauf hinaus, daß sie wieder den Sinn ihres Daseins verloren hatte und sich mit Willen in einen Zustand versetzte, der nicht zu ihren Jahren paßte; denn nur alte Menschen leben so, daß sie bei den Erfahrungen und Erfolgen einer vergangenen Zeit verharren und vom Gegenwärtigen nicht mehr berührt werden. Zu Agathens Glück faßt man aber in dem Alter, worin sie sich damals befand, seine Vorsätze wohl für die Ewigkeit, doch wiegt ein Jahr dafür beinahe schon wie eine halbe, und so konnte es ihr auch nicht daran fehlen, daß sich nach einiger Zeit die unterdrückte Natur und die gefesselte Phantasie gewaltsam befreiten. Wie das geschah, war in seinen Einzelheiten recht gleichgültig; einem Mann, dessen Bemühungen unter anderen Umständen wohl nie vermocht hätten, sie aus dem Gleichgewicht zu bringen, gelang es, er wurde ihr Geliebter, und dieser Versuch einer Wiederholung endete nach einer sehr kurzen Zeit fanatischer Hoffnung in leidenschaftlicher Ernüchterung. Agathe fühlte sich nun von ihrem wirklichen wie von ihrem unwirklichen Leben ausgespien und unwürdig hoher Vorsätze. Sie gehörte zu jenen heftigen Menschen, die sich lange reglos und abwartend verhalten können, bis sie an irgend einer Stelle mit einemmal in alle Verwirrungen geraten, und faßte darum in ihrer Enttäuschung bald einen neuen unüberlegten Entschluß, der, in Kürze gesagt, darin bestand, daß sie sich in entgegengesetzter Weise bestrafte, als sie gesündigt hatte, indem sie sich dazu verurteilte, das Leben mit einem Mann zu teilen, der ihr einen leichten Widerwillen einflößte. Und dieser Mann, den sie sich zur Strafe ausgesucht hatte, war Hagauer.

«Das war nun freilich weder gerecht, noch rücksichtsvoll gegen ihn gehandelt!» gestand sich Agathe ein, und es muß zugegeben werden, daß es sogar in diesem Augenblick zum ersten Mal geschah, denn Gerechtigkeit und Rücksicht sind bei jungen Leuten keine beliebten Tugenden. Immerhin war auch ihre «Selbstbestrafung» in diesem Zusammenleben keine unbeträchtliche gewesen, und Agathe prüfte nun diese Angelegenheit weiter. Sie war fernab gekommen, und auch Ulrich suchte irgend etwas in seinen Büchern und hatte scheinbar vergessen, das Gespräch fortzuführen. «In früheren Jahrhunderten» dachte sie «wäre ein Mensch in meiner Stimmung in ein Kloster eingetreten» – und daß sie statt dessen geheiratet hatte, war nicht frei von einer unschuldigen Komik, die ihr bisher entgangen war. Diese Komik, die ihr jugendlicher Sinn nicht früher bemerkt hatte, war allerdings keine andere als die der gegenwärtigen Zeit, die das Bedürfnis nach Weltflucht schlimmstenfalls in einem Touristengasthof, gewöhnlich aber in einem Alpenhotel befriedigt und sogar das Bestreben hat, die Strafanstalten nett zu möblieren. Es spricht daraus das tiefe europäische Bedürfnis, nichts zu übertreiben. Kein Europäer geißelt sich, beschmiert sich mit Asche, schneidet sich die Zunge ab, gibt sich wirklich hin oder zieht sich auch nur von allen Menschen zurück, vergeht vor Leidenschaft, rädert oder spießt heute noch; aber jeder hat zuweilen das Bedürfnis danach, so daß es schwer zu sagen ist, worin eigentlich das Vermeidenswerte liege, ob im Wünschen oder im Nichttun. Warum sollte also gerade ein Asket hungern; das bringt ihn nur auf störende

Einbildungen?! Eine vernünftige Askese besteht in der Abneigung gegen das Essen bei ständig gut unterhaltener Ernährung! Eine solche Askese verspricht Dauer und erlaubt dem Geist jene Freiheit, die er nicht hat, wenn er in leidenschaftlicher Auflehnung vom Körper abhängig ist! Solche bitter-lustige Erklärungen, die sie von ihrem Bruder gelernt hatte, taten Agathe nun kräftig wohl, denn sie zerlegten das «Tragische», woran starr zu glauben ihrer Unerfahrenheit lange wie eine Verpflichtung vorgekommen war, in Ironie und eine Leidenschaft, die weder einen Namen, noch ein Ziel hatte und schon darum keineswegs mit dem abgeschlossen war, was sie erlebt hatte.

Auf diese Weise machte sie überhaupt, seit sie mit ihrem Bruder beisammen war, die Wahrnehmung, daß in die große Spaltung zwischen verantwortungslosem Leben und gespenstiger Phantasie, die sie erlitten hatte, eine erlösende und das Gelöste von neuem bindende Bewegung kam. Sie besann sich zum Beispiel jetzt während des durch Bücher und Erinnerungen vertieften Schweigens, das zwischen ihr und ihrem Bruder herrschte, auf die Beschreibung, die ihr Ulrich davon gegeben hatte, wie er ziellos gehend durch die Stadt gedrungen und dabei von der Stadt durchdrungen worden sei: es erinnerte sehr genau an die wenigen Wochen ihres Glücks; und es war auch richtig, daß sie gelacht hatte, ja sie hatte ganz unbegründet und unsinnig gelacht, als er ihr das erzählte, weil sie bemerkte, daß etwas von diesem Verkehren der Welt, diesem seligen und komischen Umstülpen, von dem er sprach, selbst in den wulstigen Lippen Hagauers war, wenn sie sich zum Kuß wölbten. Freilich als Schauer; aber ein Schauer, dachte sie, ist auch im hellen Licht des Mittags, und irgendwie hatte sie daran gefühlt, daß noch nicht alle Möglichkeiten für sie vorbei wären. Irgendein Nichts, eine Unterbrechung, die zwischen Vergangenheit und Gegenwart immer gelegen hatte, war in letzter Zeit fortgeflogen. Sie sah heimlich um sich. Das Zimmer, worin sie sich befand, hatte einen Teil der Räume gebildet, in denen ihr Schicksal entstanden war; daran dachte sie jetzt, solange sie hier war, zum ersten Mal. Denn hier war sie, wenn sie den Vater aus dem Haus wußte, mit ihrem Jugendgespielen zusammengekommen, als sie den großen Beschluß faßten einander zu lieben, hier hatte sie manchmal auch den «Unwürdigen» empfangen, war mit verstohlenen Tränen der Wut oder der Verzweiflung an den Fenstern gestanden, und hier hatte sich schließlich, väterlich gefördert, auch die Bewerbung Hagauers abgespielt. So lange bloß unbeachtete Rückseite der Geschehnisse, wurden die Möbel, Wände, das eigentümlich eingeschlossene Licht nun im Augenblick des Wiedererkennens wunderlich handfest, und das abenteuerlich darin Vergangene bildete eine so körperliche, gar nicht mehr zweideutige Vergangenheit, als wäre es Asche oder verkohltes

Holz. Nur noch das komisch-schattenhafte Gefühl des Gewesenen, dieser wunderliche Kitzel, den man angesichts alter, zu Staub vertrockneter Spuren seiner selbst fühlt und im Augenblick, wo man ihn fühlt, weder verscheuchen, noch fassen kann, war zurückgeblieben und wurde fast unerträglich stark.

Agathe vergewisserte sich, daß Ulrich nicht auf sie achte, und öffnete vorsichtig ihr Kleid an der Brust, wo sie auf der Haut die Kapsel mit dem kleinen Bild verwahrte, das sie durch Jahre nicht von sich gelassen hatte. Sie ging ans Fenster und tat als sähe sie hinaus. Behutsam ließ sie den scharfen Rand der winzigen goldenen Auster aufspringen und betrachtete verstohlen ihren toten Geliebten. Er hatte volle Lippen und weiches, dichtes Haar, und der kecke Blick des Zwanzigjährigen sprang aus einem Gesicht, das noch halb in der Eischale stak. Sie wußte lange nicht, was sie dachte, aber mit einem Mal dachte sie: «Mein Gott, ein einundzwanzigjähriger Mensch!»

Was sprechen so junge Leute miteinander? Welche Bedeutung geben sie ihren Angelegenheiten? Wie komisch und anmaßend sind sie oft! Wie täuscht sie die Lebhaftigkeit ihrer Einfälle über deren Wert! Agathe wickelte neugierig alte Aussprüche aus Seidenpapier der Erinnerung, die sie als wunder wie klug darin aufbewahrt hatte: Mein Gott, das war ja beinahe bedeutend, dachte sie; aber eigentlich ließ sich selbst das nicht mit Sicherheit behaupten, wenn man sich nicht den Garten vorstellte, worin es gesprochen worden war, mit den sonderbaren Blumen, deren Bezeichnung sie nicht wußten, den Schmetterlingen, die sich wie müde Trunkenbolde auf jene setzten, und dem Licht, das über ihre Gesichter floß, als ob Himmel und Erde darin aufgelöst wären. Wenn sie sich daran maß, so war sie heute eine alte und erfahrene Frau, obwohl die Zahl der vergangenen Jahre nicht gar groß war, und sie bemerkte ein wenig verwirrt das Mißverhältnis, daß sie, die Siebenundzwanzigjährige, bis jetzt noch den Zwanzigjährigen geliebt hatte: er war viel zu jung für sie geworden! Sie fragte sich: «Welche Gefühle müßte ich eigentlich haben, wenn mir, in meinem Alter, dieser knabenhafte Mann wirklich das Wichtigste sein sollte?!» Es wären wohl recht sonderbare Gefühle gewesen; sie bedeuteten ihr nichts, sie vermochte sich nicht einmal eine deutliche Vorstellung von ihnen zu bilden. Eigentlich löste sich alles in nichts auf.

Agathe anerkannte in einer großen, schwellenden Empfindung, daß sie in der einzigen stolzen Leidenschaft ihres Lebens einem Irrtum erlegen war, und der Kern dieses Irrtums bestand aus einem feurigen Nebel, der sich nicht berühren und fassen ließ, mochte man nun sagen, daß Glauben nicht eine Stunde alt werden dürfe, oder es anders nennen; und immer war es das, wovon ihr Bruder sprach, seit sie beisammen waren, und immer war es sie selbst, von der er sprach, auch wenn er allerhand begriffliche Umstände machte und seine Vorsicht für ihre Ungeduld oft viel zu langsam war. Sie kamen immer wieder auf das gleiche Gespräch zurück, und Agathe brannte selbst vor Verlangen, daß sich seine Flamme nicht verkleinere.

Als sie nun Ulrich ansprach, hatte er die lange Dauer der Unterbrechung gar nicht bemerkt. Aber wer das, was zwischen diesen Geschwistern vorging, nicht schon an Spuren erkannt hat, lege den Bericht fort, denn es wird darin ein Abenteuer beschrieben, das er niemals wird billigen können: eine Reise an den Rand des Möglichen, die an den Gefahren des Unmöglichen und Unnatürlichen, ja des Abstoßenden vorbei, und vielleicht nicht immer vorbei führte; ein «Grenzfall», wie das Ulrich später nannte, von eingeschränkter und besonderer Gültigkeit, an die Freiheit erinnernd, mit der sich die Mathematik zuweilen des Absurden bedient, um zur Wahrheit zu gelangen. Er und Agathe gerieten auf einen Weg, der mit dem Geschäfte der Gottergriffenen manches zu tun hatte, aber sie gingen ihn, ohne fromm zu sein, ohne an Gott oder Seele, ja ohne auch nur an ein Jenseits und Nocheinmal zu glauben; sie waren als Menschen dieser Welt auf ihn geraten und gingen ihn als solche: und gerade das war das Beachtenswerte. Ulrich, der in dem Augenblick, wo ihn Agathe wieder anredete, noch von seinen Büchern und den Fragen, die sie ihm aufgaben, in Anspruch genommen war, hatte trotzdem das Gespräch, das beim Widerstand seiner Schwester gegen die Frömmigkeit ihrer Lehrerinnen und seiner eigenen Forderung «exakter Gesichte» abgebrochen war, nicht für die kürzeste Zeit aus dem Gedächtnis verloren und erwiderte sogleich: «Man braucht durchaus kein Heiliger zu sein, um etwas davon zu erleben! Man kann auch auf einem umgestürzten Baum oder einer Bank im Gebirge sitzen und einer weidenden Rinderherde zusehn und schon dabei nichts Geringeres mitmachen, als wäre man mit einemmal in ein anderes Leben versetzt! Man verliert sich und kommt mit einemmal zu sich: du hast ja selbst schon davon gesprochen!»

«Aber was geht da vor sich?» fragte Agathe.

«Dazu mußt du dir vorerst klar machen, was das Gewöhnliche ist, Schwester Mensch!» erklärte Ulrich mit einem Versuch, den allzu rasch mitreißenden Gedanken durch einen Scherz zu bremsen. «Das Gewöhnliche ist, daß uns eine Herde nichts bedeutet als weidendes Rindfleisch. Oder sie ist ein malerischer Gegenstand mit Hintergrund. Oder man nimmt überhaupt kaum Kenntnis von ihr. Rinderherden an Gebirgswegen gehören zu den Gebirgswegen, und was man in ihrem Anblick erlebt, würde man erst merken, wenn an ihrer Stelle eine elektrische Normaluhr oder ein Zinshaus dastünde. Ansonsten überlegt man, ob man aufstehn oder sitzenbleiben soll; man findet die

Fliegen lästig, von denen die Herde umschwärmt wird; man sieht nach, ob ein Stier unter ihr ist; man überlegt, wo der Weg weiterführt: das sind unzählige kleine Absichten, Sorgen, Berechnungen und Erkenntnisse, und sie bilden gleichsam das Papier, auf dem das Bild der Herde steht. Man weiß nichts von dem Papier, man weiß nur von der Herde darauf –»

«Und plötzlich zerreißt das Papier!» fiel Agathe ein.

«Ja. Das heißt: irgendeine gewohnheitsmäßige Verwebung in uns zerreißt. Nichts Eßbares grast dann mehr; nichts Malbares; nichts versperrt dir den Weg. Du kannst nicht einmal mehr die Worte grasen oder weiden bilden, weil dazu eine Menge zweckvoller, nützlicher Vorstellungen gehört, die du auf einmal verloren hast. Was auf der Bildfläche bleibt, könnte man am ehesten ein Gewoge von Empfindungen nennen, das sich hebt und senkt oder atmet und gleißt, als ob es ohne Umrisse das ganze Gesichtsfeld ausfüllte. Natürlich sind darin auch noch unzählige einzelne Wahrnehmungen enthalten, Farben, Hörner, Bewegungen, Gerüche und alles, was zur Wirklichkeit gehört: aber das wird bereits nicht mehr anerkannt, wenn es auch noch erkannt werden sollte. Ich möchte sagen: die Einzelheiten besitzen nicht mehr ihren Egoismus, durch den sie unsere Aufmerksamkeit in Anspruch nehmen, sondern sie sind geschwisterlich und im wörtlichen Sinn ‹innig› untereinander verbunden. Und natürlich ist auch keine ‹Bildfläche› mehr da, sondern irgendwie geht alles grenzenlos in dich über.»

Nun übernahm wieder Agathe lebhaft die Beschreibung: «Jetzt brauchst du bloß statt Egoismus der Einzelheiten Egoismus der Menschen zu sagen,» rief sie aus «so ist es das, was man so schwer ausdrücken kann: ‹Liebe deinen Nächsten!› heißt nicht, liebe ihn so, wie ihr seid, sondern es bezeichnet eine Art Traumzustand!»

«Alle Sätze der Moral» bestätigte Ulrich «bezeichnen eine Art Traumzustand, der aus den Regeln, in die man ihn faßt, bereits entflohen ist!»

«Eigentlich gibt es dann gar kein Gut und Bös, sondern nur Glaube – oder Zweifel!» rief Agathe aus, der jetzt der sich selbst tragende ursprüngliche Zustand des Glaubens so nahe zu sein schien und ebenso sein Verlust in der Moral, von dem ihr Bruder gesprochen hatte, als er sagte, Glaube könne nicht eine Stunde alt werden.

«Ja, es steht in dem Augenblick, wo man dem unwesentlichen Leben entschlüpft, alles in einer neuen Beziehung zu einander» stimmte Ulrich bei. «Fast möchte ich sagen, in gar keiner Beziehung. Denn sie ist eine gänzlich unbekannte, über die wir keinerlei Erfahrung haben, und alle anderen Beziehungen sind verlöscht; aber diese eine ist trotz ihrer Dunkelheit so deutlich, daß man sie nicht leugnen kann. Sie ist stark, aber sie ist unfaßbar stark. Man möchte auch sagen: Gewöhnlich blickt man etwas an, und der Blick ist wie ein Stäbchen oder ein gespannter Faden, woran sich Auge und Anblick gegenseitig stützen, und irgendein großes Gewirk von solcher Art stützt jede Sekunde; wogegen jetzt in dieser einen eher etwas Schmerzlich-Süßes die Augenstrahlen auseinanderzieht.»

«Man besitzt nichts auf der Welt, man hält nichts mehr fest, man wird von nichts festgehalten» sagte Agathe. «Es ist alles wie ein hoher Baum, an dem sich kein Blatt regt. Und man kann nichts Niedriges tun in diesem Zustand.»

«Man sagt, es könne in diesem Zustand nichts geschehn, was nicht mit ihm übereinstimmte» ergänzte Ulrich. «Ein Verlangen ‹ihm anzugehören› ist der einzige Grund, die liebevolle Bestimmung und die einzige Form alles Tun und Denkens, die in ihm statthaben. Er ist etwas unendliches Ruhendes und Umfassendes, und alles, was in ihm geschieht, mehrt seine ruhig steigende Bedeutung; oder es mehrt sie nicht, dann ist es das Schlechte, aber das Schlechte kann nicht geschehn, weil im gleichen Augenblick die Stille und Klarheit zerreißt und der wunderbare Zustand aufhört.» Ulrich sah seine Schwester prüfend an, ohne daß sie es merken sollte; er hatte doch immer das Gefühl, man müßte jetzt bald aufhören. Aber Agathes Gesicht war verschlossen; sie dachte an lang Vergangenes. Sie antwortete: «Ich wundere mich über mich selbst, aber es hat wirklich eine kurze Zeit gegeben, wo ich Neid, Bosheit, Eitelkeit, Habsucht und ähnliches nicht kannte; es ist kaum noch zu glauben, aber mir kommt vor, sie wären damals mit einem Schlag nicht nur aus dem Herzen, sondern auch aus der Welt verschwunden gewesen! Man kann sich dann nicht bloß selbst nicht niedrig verhalten, sondern auch die anderen können es nicht. Ein guter Mensch macht alles gut, was mit ihm in Berührung kommt, die anderen mögen gegen ihn unternehmen, was sie wollen: in dem Augenblick, wo es in seinen Bereich eintritt, wird es von ihm verändert!»

«Nein,» fiel Ulrich ein «ganz so ist es nicht; im Gegenteil wäre es so eins der ältesten Mißverständnisse! Denn ein guter Mensch macht die Welt nicht im geringsten gut, er bewirkt überhaupt nichts an ihr, er sondert sich nur von ihr ab!»

«Er bleibt doch mitten in ihr!?»

«Er bleibt mitten in ihr, doch ist ihm so, als ob der Raum aus den Dingen gezogen würde oder irgend etwas Imaginäres geschähe: es ist das schwer zu sagen!»

«Ich habe trotzdem die Vorstellung, daß einem ‹hochgemuten› Menschen – das Wort fällt mir nur so ein! – niemals etwas Niedriges in den Weg tritt; das mag ein Unsinn sein, aber es ist eine Erfahrung.»

«Es mag eine Erfahrung sein,» entgegnete Ulrich «aber es gibt auch die entgegengesetzte Erfahrung! Oder glaubst du, daß die Soldaten, die Jesus gekreuzigt haben, nicht niedrig fühlten? Und dabei waren sie Werkzeuge Gottes! Überdies gibt es selbst nach den Zeugnissen der Ekstatiker schlechte Gefühle: sie klagen, daß sie aus dem Stand der Gnade fallen und dann eine unsägliche Unlust empfinden, sie kennen Angst, Pein und Scham und vielleicht sogar Haß. Nur wenn das stille Brennen wieder beginnt, werden Reue, Zorn, Angst und Pein selig. Über all das ist so schwer zu urteilen!»

«Wann warst *du* so verliebt?» fragte Agathe unvermittelt.

«Ich? Oh! Ich habe dir das doch schon erzählt: ich war tausend Kilometer von der Geliebten fort geflohen, und als ich mich sicher jeder Möglichkeit ihrer wirklichen Umarmung fühlte, heulte ich sie an wie der Hund den Mond!»

Nun gestand ihm Agathe die Geschichte ihrer Liebe ein. Sie war erregt. Schon ihre letzte Frage hatte sie losgeschnellt wie eine übermäßig gespannte Saite, und das übrige folgte in der gleichen Weise. Ihr Inneres zitterte, als sie das jahrelang Verhohlene freigab.

Ihr Bruder war aber nicht sonderlich erschüttert davon. «Gewöhnlich altern die Erinnerungen zugleich mit den Menschen,» erklärte er ihr «und die leidenschaftlichsten Vorgänge werden mit der Zeit perspektivisch-konisch, als ob man sie am Ende von neunundneunzig hintereinander geöffneten Türen sähe. Aber manchmal, wenn sie mit sehr starken Gefühlen verknüpft waren, altern einzelne Erinnerungen nicht und halten ganze Schichten des Wesens bei sich fest. Das war dein Fall. Beinahe in jedem Menschen gibt es solche Punkte, die das psychische Ebenmaß ein wenig entstellen; sein Verhalten strömt so über sie hin wie ein Fluß über einen unsichtbaren Felsblock, und bei dir ist das bloß sehr stark gewesen, so daß es fast einem Stillstand gleichkam. Aber schließlich hast du dich dann doch befreit, du bist wieder in Bewegung!»

Er erklärte das mit der Ruhe eines fast beruflichen Denkens; er war leicht abzubringen! Agathe war unglücklich. Sie sagte eigensinnig: «Natürlich bin ich in Bewegung, aber davon spreche ich doch nicht! Ich will wissen, wohin ich damals beinahe gelangt wäre!» Sie war auch ärgerlich, ohne es zu wollen, bloß weil sich ihre Erregung irgendwie ausdrücken mußte; aber sie sprach trotzdem in der ursprünglichen Richtung ihrer Bewegung weiter, und es war ihr ganz schwindlig zu Mute zwischen der Zärtlichkeit ihrer Worte und dem Ärger im Hintergrund. So erzählte sie von dem eigentümlichen Zustand einer gesteigerten Empfänglichkeit und Empfindlichkeit, der ein Überquellen und Zurückquellen der Eindrücke bewirkt, woraus das Gefühl entsteht, wie in dem weichen Spiegel einer Wasserfläche mit allen Dingen verbunden zu sein und ohne Willen zu geben und zu empfangen;

dieses wunderbare Gefühl der Entgrenzung und Grenzenlosigkeit des Äußeren wie des Inneren, das der Liebe und der Mystik gemeinsam ist! Agathe tat es natürlich nicht in solchen Worten, die schon eine Erklärung einschließen, sondern sie reihte bloß leidenschaftliche Bruchstücke ihrer Erinnerung aneinander; aber auch Ulrich, obwohl er schon oft darüber nachgedacht hatte, war keiner Erklärung dieser Erlebnisse mächtig, ja er wußte vor allem nicht, ob er eine solche in deren eigener Weise oder nach dem gewöhnlichen Verfahren der Vernunft versuchen solle, was ihm beides gleich nahe lag, nicht aber der fühlbaren Leidenschaft seiner Schwester. Was er in der Erwiderung ausdrückte, war darum bloß eine Vermittlung, eine Art Prüfung der Möglichkeiten. Er wies auf die merkwürdige Verwandtschaft hin, die in dem gehobenen Zustand, von dem sie sprächen, zwischen Denken und Moral bestehe, so daß jeder Gedanke als Glück, Ereignis und Geschenk empfunden werde und weder in die Vorratskammern wandere, noch sich überhaupt mit den Gefühlen des Aneignens und Bewältigens, des Festhaltens und Beobachtens verbinde, wodurch im Kopf nicht minder als im Herz der Genuß am Besitz seiner selbst durch ein grenzenloses sich Verschenken und Verschränken ersetzt werde. «Einmal im Leben» antwortete Agathe darauf schwärmerisch entschieden «geschieht alles, was man tut, für einen anderen. Man sieht für ihn die Sonne scheinen. Er ist überall, und selbst ist man nirgends. Und doch ist das kein ‹Egoismus zu zweien›, denn dem anderen muß es genau so gehn. Zuletzt sind beide kaum noch für einander da, und was übrig bleibt, ist eine Welt für lauter zwei Menschen, die aus Anerkennung, Hingabe, Freundschaft und Selbstlosigkeit besteht!»

Im Dunkel des Zimmers glühte ihre Wange vor Eifer wie eine Rose, die im Schatten steht. Und Ulrich bat: «Laß uns jetzt wieder nüchterner reden; in diesen Fragen wird viel zu viel Schwindel getrieben!» Da kam ihr auch das nicht unrichtig vor. Vielleicht machte es der Ärger, der noch immer nicht ganz verflogen war, daß ihre Entzückung von der hinzugerufenen Wirklichkeit etwas zurückgedrängt wurde; aber es war keine unangenehme Empfindung, dieses unsichere Zittern der Grenze.

Ulrich begann von dem Unfug zu sprechen, die Erlebnisse, denen ihr Gespräch galt, so auszulegen, als fände in ihnen nicht bloß eine eigentümliche Veränderung des Denkens statt, sondern es träte ein übermenschliches Denken an die Stelle des gewöhnlichen. Ob man es göttliche Erleuchtung nennte oder nach der Mode der Neuzeit bloß Intuition, er hielt es für das Haupthindernis wirklichen Verstehens. Nach seiner Überzeugung war nichts dadurch zu gewinnen, daß man Einbildungen nachgab, die einer überlegten Nachprüfung nicht standhielten. Das sei nur wie die Wachsflügel des Ikaros, die in der Höhe zerschmelzen, rief er aus; wolle man nicht bloß im Traum fliegen, dann müsse man es auf Metallflügeln erlernen.

Und auf die Bücher weisend, fuhr er nach einer kleinen Weile fort: «Das sind christliche, jüdische, indische und chinesische Zeugnisse; zwischen einzelnen von ihnen liegt mehr als ein Jahrtausend. Trotzdem erkennt man in allen den gleichen vom gewöhnlichen abweichenden, aber in sich einheitlichen Aufbau der inneren Bewegung. Sie unterscheiden sich von einander fast genau nur um das, was von der Verbindung mit einem Lehrgebäude der Theologie und Himmelsweisheit herrührt, unter dessen schützendes Dach sie sich begeben haben. Wir dürfen also einen bestimmten zweiten und ungewöhnlichen Zustand von großer Wichtigkeit voraussetzen, dessen der Mensch fähig ist und der ursprünglicher ist als die Religionen.

Anderseits haben die Kirchen,» schränkte er es ein «das heißt die zivilisierten Gemeinschaften religiöser Menschen, diesen Zustand stets mit einem ähnlichen Mißtrauen behandelt, wie es ein Bürokrat der privaten Unternehmungslust entgegenbringt. Sie haben dieses schwärmende Erleben niemals ohne Vorbehalt anerkannt, im Gegenteil, sie haben große und anscheinend berechtigte Anstrengungen darauf gerichtet, an seine Stelle eine geregelte und verständliche Moral zu setzen. So gleicht die Geschichte dieses Zustands einer fortschreitenden Verleugnung und Verdünnung, die an die Trockenlegung eines Sumpfes erinnert.

Und als das kirchliche Geistesregiment» schloß er «und sein Wortschatz veralteten, ist man begreiflicherweise dazu gekommen, unseren Zustand überhaupt nur noch für ein Hirngespinst zu halten. Warum hätte die bürgerliche Kultur, als sie an die Stelle der religiösen trat, religiöser sein sollen als diese?! Sie hat jenen anderen Zustand auf den Hund gebracht, der Erkenntnisse apportiert. Es gibt heute eine Menge Menschen, die sich über die Vernunft beklagen und uns einreden möchten, daß sie in ihren weisesten Augenblicken mit Hilfe einer besonderen, über dem Denken stehenden Fähigkeit dächten: das ist ein letzter, selbst schon ganz und gar rationalistischer, öffentlicher Rest; der letzte Rest der Trockenlegung ist Quatsch geworden! Also gestattet man den alten Zustand außer in Gedichten nur ungebildeten Personen in den ersten Wochen der Liebe als eine vorübergehende Verwirrung; das sind sozusagen verspätete grüne Blätter, die zuweilen am Holz der Betten und Katheder ausschlagen: wo er aber in sein ursprüngliches großes Wachstum zurückfallen möchte, wird er unnachsichtlich abgegraben und ausgerodet!»

Ulrich hatte ungefähr so lange gesprochen, wie sich ein Chirurg die Hände und Arme wäscht, um keine Keime ins Operationsfeld zu tragen; auch mit der Geduld, der Hingabe und dem Gleichmut, die in

Widerspruch stehn zu der Aufregung, welche die bevorstehende Arbeit bringen wird. Nachdem er sich aber ganz sterilisiert hatte, dachte er beinahe sehnsüchtig an ein wenig Infektion und Fieber, denn er liebte die Nüchternheit ja nicht um ihrer selbst willen. Agathe saß auf einer Leiter, die dem Herabholen der Bücher diente, und gab, auch als ihr Bruder schwieg, kein Zeichen der Teilnahme; sie sah in das unendliche, meeresartige Grau des Himmels hinaus und hörte dem Schweigen ebenso zu wie zuvor den Worten. So sprach Ulrich mit einem wenigen an Trotz weiter, den er kaum unter einem scherzhaften Ton verbarg.

«Kehren wir zu unserer Bank im Gebirge mit der Rinderherde zurück» bat er. «Stell dir vor, irgendein Kanzleirat in fabrikneuen Lederhosen sitzt dort, mit grünen Hosenträgern, auf die ‹Grüß Gott› gestickt ist: er vertritt den reellen Gehalt des Lebens, der sich auf Urlaub befindet. Dadurch ist das Bewußtsein, das er von seinem Dasein hat, natürlich für den Augenblick verändert. Wenn er die Rinderherde ansieht, so zählt er nicht, beziffert nicht, schätzt nicht das Lebendgewicht der vor ihm weidenden Tiere, verzeiht seinen Feinden und denkt milde von seiner Familie. Die Herde ist aus einem praktischen sozusagen ein moralischer Gegenstand für ihn geworden. Es kann natürlich auch sein, daß er doch ein wenig schätzt und ziffert und nicht ganz verzeiht, aber dann wird es wenigstens umspielt sein von Waldesrauschen, Bachesmurmeln und Sonnenschein. In einem Satz kann man das so sagen: Was sonst den Inhalt seines Lebens bildet, erscheint ihm ‹fern› und ‹eigentlich unwichtig›.»

«Es ist eine Ferialstimmung» ergänzte Agathe mechanisch.

«Sehr richtig! Und wenn ihm das nichtferiale Dasein darin ‹eigentlich unwichtig› vorkommt, so heißt das nur: auf Urlaubsdauer. Das ist also heute die Wahrheit: der Mensch hat zwei Daseins-, Bewußtseins- und Denkzustände und bewahrt sich vor einem tödlichen Gespensterschreck, den ihm das einflößen müßte, auf die Weise, daß er die einen für den Urlaub von den anderen hält, für ihre Unterbrechung, Ruhe oder irgendetwas an ihnen, das er zu kennen glaubt. Mystik dagegen wäre verbunden mit der Absicht auf Dauerferien. Der Kanzleirat sollte das ehrlos nennen und augenblicklich, so wie er es gegen Ende des Urlaubs übrigens immer tut, empfinden, daß das wirkliche Leben in seiner ordentlichen Kanzlei ruhe. Und empfinden wir anders? Ob etwas in Ordnung zu bringen ist oder nicht, wird immer zuletzt darüber entscheiden, ob man es völlig ernst nimmt oder nicht; und da haben diese Erlebnisse eben wenig Glück, denn sie sind in Tausenden von Jahren über ihre uranfängliche Unordnung und Unfertigkeit nicht hinausgekommen. Und für so etwas steht der Begriff des Wahns bereit, – religiöser Wahn oder Liebeswahn, wie du willst; du kannst überzeugt sein: heute sind selbst die meisten religiösen

Menschen so von der wissenschaftlichen Denkweise angesteckt, daß sie sich nicht nachzusehen trauen, was zu innerst in ihrem Herzen brennt, und jederzeit bereit wären, diese Inbrunst medizinisch einen Wahn zu nennen, auch wenn sie offiziell anders reden!»

Agathe sah ihren Bruder mit einem Blick an, darin es knisterte wie Feuer im Regen. «Nun hast du uns doch hinausmanövriert!» warf sie ihm vor, als er nicht mehr weitersprach.

«Da hast du recht» gab er zu. «Doch ist das Sonderbare: Wir haben alles das wie einen verdächtigen Brunnen verschalt, aber irgendein übrig gebliebener Tropfen dieses unheimlichen Wunderwassers brennt trotzdem ein Loch in alle unsere Ideale. Keines stimmt ganz, keines macht uns glücklich; sie weisen alle auf etwas hin, das nicht da ist: darüber haben wir heute ja genug gesprochen. Unsere Kultur ist ein Tempel dessen, was unverwahrt Wahn genannt würde, aber gleich auch seine Verwahrungsanstalt, und wir wissen nicht: leiden wir an einem Zuviel oder einem Zuwenig.»

«Vielleicht hast du dich niemals getraut, dich ganz darauf einzulassen» sagte Agathe bedauernd und stieg von ihrer Leiter herab; denn sie waren eigentlich mit dem Ordnen des schriftlichen Nachlasses ihres Vaters beschäftigt und hatten sich bloß von dieser mit der Zeit dringlich gewordenen Arbeit zuerst durch die Bücher und dann durch ihre Unterhaltung ablenken lassen. Nun fingen sie wieder an, die Verfügungen und Aufzeichnungen durchzumustern, die sich auf die Teilung ihres Vermögens bezogen, denn der Tag, auf den Hagauer vertröstet worden war, stand nahe bevor; ehe sie aber noch ernstlich damit begonnen hatten, richtete sich Agathe von den Papieren auf und fragte von neuem: «Bis zu welchem Grad glaubst du selbst an alles, was du mir erzählt hast?»

Ulrich antwortete, ohne aufzusehen. «Stell dir vor, unter der Herde befände sich, während sich dein Herz von der Welt abgewandt hat, ein böser Stier! Versuch, wirklich zu glauben, die tödliche Krankheit, von der du erzählt hast, wäre anders verlaufen, wenn dein Gefühl keine Sekunde nachgelassen hätte!» Dann hob er den Kopf und deutete auf die Papiere unter seinen Händen. «Und Gesetz, Recht, Maß? Meinst du, das sei ganz überflüssig?»

«Also bis zu welchem Grad glaubst du?» wiederholte Agathe.

«Ja und nein» sagte Ulrich.

«Also nein» vollendete Agathe.

Da war es ein Zufall, der ins Gespräch eingriff; als Ulrich, der weder Lust hatte, die Unterredung neu aufzunehmen, noch ruhig genug war, geschäftlich zu denken, in diesem Augenblick die vor ihm ausgebreiteten Schriften zusammenraffte, fiel etwas zur Erde. Es war ein loser Packen von allerhand Dingen, der versehentlich mit dem Vermächtnis aus einer Ecke der Schreibtischlade hervorgekommen war, wo er wohl jahrzehntelang gelegen haben mochte, ohne daß es sein Besitzer wußte. Ulrich betrachtete zerstreut, was er von der Erde aufhob, und erkannte auf einzelnen Blättern die Handschrift seines Vaters; aber es war nicht die Altersschrift, sondern die dei Mannesjahre, er sah genauer hin, nahm außer beschriebenen Papieren noch Spielkarten, Photographien und allerhand kleinen Kram wahr und begriff nun rasch, was er gefunden habe. Es war die «Giftlade» des Schreibtisches. Da fanden sich sorgsam aufgeschriebene, meist zotige Witze; Aktaufnahmen; unter Verschluß zu versendende Postkarten mit prallen Sennerinnen, denen man hinten die Hosen öffnen konnte; Kartenspiele, die ganz ordentlich aussahen, aber, gegen das Licht gehalten, fürchterliche Dinge zeigten; Männchen, die allerhand von sich gaben, wenn man sie auf den Bauch drückte; und dergleichen mehr. Sicher hatte der alte Herr gar nichts mehr von den Dingen gewußt, die da in der Lade lagen, denn sonst hätte er sie rechtzeitig vernichtet. Sie stammten offenbar noch aus den Mannesjahren, wo sich nicht wenige alternde Junggesellen und Witwer an solchen Schamlosigkeiten wärmen, aber Ulrich errötete vor der unverwahrt zurückgelassenen Phantasie seines Vaters, die der Tod vom Fleische gelöst hatte. Der Zusammenhang mit dem abgebrochenen Gespräch war ihm augenblicklich klar. Trotzdem war es sein erster Antrieb, diese Urkunden zu vernichten, ehe Agathe sie gesehen habe. Aber Agathe hatte schon gesehn, daß ihm etwas Ungewöhnliches in die Hand geraten sei, so daß er sich plötzlich anders besann und sie heranrief.

Er wollte abwarten, was sie sage. Mit einemmal war er wieder von dem Gedanken beherrscht, daß sie doch eine Frau sei, die Erfahrungen haben müsse, was während der tieferen Gespräche ganz aus dem Bewußtsein gewesen war. Aber ihrem Gesicht war nicht zu entnehmen, was sie denke; sie sah ernst und ruhig den illegalen Nachlaß ihres Vaters an, und zuweilen lächelte sie offen, aber doch auch wieder nicht lebhaft. So fing Ulrich trotz seines Vorsatzes selbst an. «Das ist der letzte Rest der Mystik!» sagte er ärgerlich-lustig. «In der gleichen Lade liegen da die strengen sittlichen Ermahnungen des Testaments und diese Jauche!» Er war aufgestanden und ging im Zimmer auf und ab. Und er hatte kaum zu sprechen begonnen, so riß ihn das Schweigen seiner Schwester zu neuen Worten hin.

«Du hast mich gefragt, was ich glaube» begann er. «Ich glaube, daß alle Vorschriften unserer Moral Zugeständnisse an eine Gesellschaft von Wilden sind.

Ich glaube, daß keine richtig sind.

Ein anderer Sinn schimmert dahinter. Ein Feuer, das sie umschmelzen sollte.

Ich glaube, daß nichts zu Ende ist.

Ich glaube, daß nichts im Gleichgewicht steht, sondern daß alles sich aneinander erst heben möchte.

Das glaube ich; das ist mit mir geboren worden oder ich mit ihm.»

Nach jedem Satz war er stehen geblieben, denn er sprach nicht laut und mußte doch durch irgend etwas seinem Bekenntnis Nachdruck geben. Sein Auge blieb jetzt an den klassischen Gipsgebilden hängen, die oben auf den Bücherborden standen; er sah eine Minerva, einen Sokrates; er erinnerte sich daran, daß Goethe einen überlebensgroßen Gipskopf der Juno in sein Zimmer gestellt hat. Beängstigend fern kam ihm diese Vorliebe vor: was einst blühende Idee gewesen, war seitdem zu einem toten Klassizismus eingegangen. War zur nachzüglerhaften Recht- und Pflichthaberei der Zeitgenossen seines Vaters geworden. War vergeblich gewesen. «Die Moral, die uns überliefert wurde, ist so, als ob man uns auf ein schwankendes Seil hinausschickte, das über einen Abgrund gespannt ist,» sagte er «und uns keinen anderen Rat mitgäbe als den: Halte dich recht steif!

Ich bin, wie es scheint, ohne mein Zutun mit einer anderen Moral geboren worden.

Du hast mich gefragt, was ich glaube! Ich glaube, man kann mir tausendmal aus den geltenden Gründen beweisen, etwas sei gut oder schön, es wird mir gleichgültig bleiben, und ich werde mich einzig und allein nach dem Zeichen richten, ob mich seine Nähe steigen oder sinken macht.

Ob ich davon zum Leben geweckt werde oder nicht.

Ob bloß meine Zunge davon redet und mein Gehirn oder der strahlende Schauder in meiner Fingerspitze.

Aber ich kann auch nichts beweisen.

Und ich bin sogar davon überzeugt, daß ein Mensch, der dem nachgibt, verloren ist. Er gerät in Dämmerung. In Nebel und Quatsch. In gliederlose Langeweile.

Wenn du das Eindeutige aus unserem Leben fortnimmst, so bleibt ein Karpfenteich ohne Hecht.

Ich glaube, daß das Hundsgemeine dann sogar unser guter Geist ist, der uns schützt!

Ich glaube also nicht!

Ich glaube aber vor allem nicht an die Bindung von Bös durch Gut, die unser Kulturgemisch darstellt: das ist mir widerwärtig!

Ich glaube also und glaube nicht!

Aber ich glaube vielleicht, daß die Menschen in einiger Zeit einesteils sehr intelligent, andernteils Mystiker sein werden. Vielleicht geschieht es, daß sich unsere Moral schon heute in diese zwei Bestandteile zerlegt. Ich könnte auch sagen: in Mathematik und Mystik. In praktische Melioration und unbekanntes Abenteuer!»

Er war seit Jahren nicht so offen aufgeregt gewesen. Die «Vielleicht» in seiner Rede empfand er nicht, die erschienen ihm nur natürlich.

Agathe hatte sich indessen vor den Ofen gekniet; sie hatte den Pakken von Bildern und Schriften neben sich auf der Erde, sah jedes einzelne Stück noch einmal an und schob es dann ins Feuer. Sie war nicht ganz unempfindlich gegen die gemeine Sinnlichkeit dieser Unanständigkeiten, die sie betrachtete. Sie fühlte ihren Körper von ihnen erregt. Es kam ihr vor, daß sie das so wenig selbst sei, wie wenn man in einer starren Einöde irgendwo ein Kaninchen huschen fühlt. Sie wußte nicht, ob sie sich vor ihrem Bruder schämen müßte, wenn sie ihm das sagte; aber sie war zuinnerst müde und wollte nichts mehr reden. Sie hörte auch nicht auf das, was er sagte; ihr Herz war von diesem Auf und Ab schon zu sehr geschüttelt worden und konnte nicht mehr folgen. Immer hatten ja andere besser gewußt als sie, was recht wäre; daran dachte sie, aber es geschah, vielleicht weil sie sich schämte, mit einem geheimen Trotz. Einen unerlaubten oder geheimen Weg zu gehn: darin fühlte sie sich Ulrich überlegen. Sie hörte, wie er immer wieder vorsichtig alles zurücknahm, wozu er sich hinreißen ließ, und seine Worte schlugen wie große Tropfen von Glück und Traurigkeit an ihr Ohr.

13

Ulrich kehrt zurück und wird durch den General von allem unterrichtet, was er versäumt hat

Achtundvierzig Stunden später stand Ulrich in seiner verlassenen Wohnung. Es war früh am Vormittag. Die Wohnung war sorgfältig aufgeräumt, abgestaubt und blank; und genau so, wie er seine Bücher und Schriften bei seiner hastigen Abreise auf den Tischen liegen gelassen hatte, lagen sie, von dienender Hand erhalten, noch dort, aufgeschlagen oder von unverständlich gewordenen Lesezeichen durchpfeilt, dieses und jenes Papier sogar noch mit einem Bleistift zwischen den Seiten, den er aus der Hand gelegt hatte. Aber alles war ausgekühlt und erstarrt wie der Inhalt eines Schmelztiegels, unter dem man das Feuer zu nähren vergessen hat. Schmerzhaft ernüchtert und verständnislos blickte Ulrich auf den Abdruck einer vergangenen Stunde, Matrize heftiger Erregungen und Gedanken, von denen sie ausgefüllt worden. Er fühlte einen unsäglichen Widerwillen, mit diesen Resten seiner selbst in Berührung zu kommen. «Das erstreckt sich jetzt» dachte er «durch die Türen über das ganze Haus bis zu dem Blödsinn der Hirschgeweihe unten in der Halle. Welch ein Leben habe ich im letzten

Jahr geführt!» Er schloß, so wie er stand, die Augen, um nichts sehen zu müssen. «Wie gut, daß sie mir bald nachkommen wird, wir werden hier alles anders machen!» dachte er. Und dann lockte es ihn doch, sich die letzten Stunden zu vergegenwärtigen, die er hier zugebracht hatte; es kam ihm vor, er sei unendlich lang weggewesen, und er wollte vergleichen. Clarisse: das war nichts. Aber vorher und nachher: die sonderbare Aufregung, in der er nach Hause geeilt war, und dann jenes übernächtige Zerschmelzen der Welt! «So, wie Eisen, wenn es unter einer ganz großen Kraft weich wird» überlegte er. «Es beginnt zu fließen und bleibt doch Eisen. Ein Mann dringt mit Kraft in die Welt ein,» schwebte ihm vor «aber plötzlich schließt sie sich um ihn, und alles sieht anders aus. Keine Zusammenhänge mehr. Kein Weg, den er gekommen ist und weitergehen muß. Ein schimmerndes Umschlossensein an der Stelle, wo er noch soeben ein Ziel oder eigentlich die nüchterne Leere sah, die vor jedem Ziel liegt.» Ulrich hielt noch immer die Augen geschlossen. Langsam, als Schatten, kehrte das Gefühl wieder. Das geschah so, als kehrte es auf den Platz zurück, wo er damals und auch jetzt stand, dieses Gefühl, das mehr im Raum außen war als im Bewußtsein innen; eigentlich war es überhaupt weder ein Gefühl noch ein Gedanke, sondern ein unheimlicher Vorgang. Wenn man so überreizt und einsam war, wie er damals, konnte man wohl glauben, es kehre sich das Wesen der Welt von innen heraus um; und plötzlich wurde ihm klar – unbegreiflich war bloß, daß es erst jetzt geschah – und lag wie ein ruhiger offener Rückblick da, daß ihm schon damals sein Gefühl die Begegnung mit seiner Schwester angekündigt hatte, denn von dem Augenblick an war sein Geist von wunderlichen Kräften gelenkt worden bis –: doch da wandte sich Ulrich, ehe er «gestern» zu denken vermochte, hastig und so handgreiflich geweckt von seinen Erinnerungen ab, als wäre er an eine Kante gestoßen; da gab es etwas, woran er noch nicht denken wollte!

Er trat an den Schreibtisch und musterte die dort liegende Post durch, ohne seine Reisekleidung abzulegen. Er war enttäuscht, als sich kein Telegramm seiner Schwester darunter befand, obgleich er keines zu erwarten hatte. Ein Berg von Beileidskundgebungen lag da vermengt mit wissenschaftlichen Mitteilungen und Buchhändleranzeigen. Zwei Briefe von Bonadea fanden sich vor, die sich so dick anfühlten, daß er sie gar nicht erst öffnete. Auch eine dringende Bitte des Grafen Leinsdorf, ihn zu besuchen, und zwei flötende Briefchen Diotimas waren dabei, die ihn ebenfalls einlud, daß er sich gleich nach seiner Rückkunft bei ihr zeige; aufmerksamer gelesen, enthielt das eine, das spätere, außeramtliche Nebentöne, die sehr freundschaftlich, wehmütig und fast ein wenig zärtlich waren. Ulrich wandte sich den telephonischen Anrufen zu, die während seiner Abwesenheit vermerkt worden waren: General von Stumm, Sektionschef Tuzzi, zweimal das Haussekretariat des Grafen Leinsdorf, mehrmals eine Dame, die ihren Namen nicht genannt hatte und wahrscheinlich Bonadea war, Bankdirektor Leo Fischel und sonst geschäftliche Mitteilungen. Während Ulrich das las und noch am Schreibtisch stand, klingelte der Apparat, und als Ulrich den Hörer aufnahm, meldete sich «Kriegsministerium, Bildungs- und Unterrichtsabteilung, Korporal Hirsch», sehr betroffen davon, unerwartet auf Ulrichs eigene Stimme zu prallen, und eifrig versichernd, daß der Herr General Befehl gegeben habe, jeden Morgen um zehn Uhr anzurufen, und sofort selbst am Telefon sein werde.

Fünf Minuten später beteuerte Stumm, daß er noch am gleichen Vormittag «hervorragend wichtigen Konferenzen» beiwohnen und Ulrich unbedingt vorher sprechen müsse; auf die Frage, was es denn sei und warum es denn nicht am Fernsprecher erledigt werden könne, seufzte er in die Muschel und kündigte «Mitteilungen, Sorgen, Fragen» an, ohne daß aus ihm etwas Bestimmtes herauszubekommen war. Zwanzig Minuten später hielt aber ein Fiaker des Kriegsministeriums vor dem Tor, und General Stumm betrat das Haus, von einer Ordonnanz gefolgt, die eine große lederne Aktentasche an der Schulter hängen hatte. Ulrich, der dieses Behältnis der geistigen Sorgen des Generals recht wohl noch von den Aufmarschplänen und Grundbuchblättern der großen Gedanken kannte, runzelte fragend die Stirn. Stumm von Bordwehr lächelte, schickte die Ordonnanz zum Wagen zurück, öffnete den Rock, um den kleinen Schlüssel des Sicherheitsschlosses hervorzuholen, den er an einem Kettchen um den Hals trug, sagte kein Wort und hob aus der Tasche, die sonst nichts enthielt, zwei Laibe Kommißbrot ans Licht.

«Unser neues Brot,» erklärte er nach einer Kunstpause «ich hab es dir zum Kosten mitgebracht!»

«Das ist aber nett von dir,» meinte Ulrich «daß du mir nach einer durchreisten Nacht Brot bringst, statt mich schlafen zu lassen.»

«Wenn du Schnaps im Haus hast, was man wohl annehmen darf,» setzte der General dagegen «so sind Brot und Schnaps das beste Frühstück nach einer durchgebrachten Nacht. Du hast mir einmal erzählt, daß unser Kommißbrot das einzige ist, was dir an des Kaisers Dienst gefallen hat, und ich möchte wohl behaupten, daß die österreichische Armee im Broterzeugen allen anderen Armeen voraus ist, besonders seit die Intendanz dieses neue Muster «1914» herausgebracht hat! Darum hab ich es hier, das ist der eine Grund. Und dann, mußt du wissen, mach ich es jetzt auch grundsätzlich so. Ich muß natürlich nicht den ganzen Tag auf meinem Sessel sitzen und über jeden Schritt Rechenschaft ablegen, den ich aus dem Zimmer tu, das versteht sich von selbst; aber du weißt, daß der Generalstab nicht umsonst das Jesuitenkorps heißt, und geflüstert wird immer, wenn einer viel außer Haus ist, und Exzellenz von Frost, mein Chef, hat schließlich vielleicht doch noch keine ganz zutreffende Vorstellung vom Umfang des Geistes – des zivilen Geistes, meine ich – und darum nimm ich eben seit einiger Zeit immer die Tasche und eine Ordonnanz mit, wenn ich ein wenig ausgehn will, und damit sich die Ordonnanz nicht denkt, daß die Tasche leer ist, tu ich jedesmal zwei Laib Brot hinein.»

Ulrich mußte lachen, und der General lachte vergnügt mit. «Du scheinst weniger Freude an den großen Gedanken der Menschheit zu haben als früher?» fragte Ulrich.

«Alle haben jetzt weniger Freude daran» erklärte ihm Stumm, während er mit seinem Taschenmesser das Brot anschnitt. «Es ist jetzt die Parole der Tat ausgegeben worden.»

«Du wirst mir das erklären müssen.»

«Darum bin ich ja da. Du bist nicht der richtige Tatmensch!»

«Nein?»

«Nein.»

«Ich weiß nicht!?»

«Ich weiß es vielleicht auch nicht. Aber man sagt es.»

«Wer ist ‹man›?»

«Arnheim zum Beispiel.»

«Du stehst gut mit Arnheim?»

«Na natürlich! Wir stehen hervorragend miteinander. Wenn er kein gar so großer Geist wäre, könnten wir wirklich schon Du zueinander sagen!»

«Hast du auch mit den Öllagern zu tun?»

Der General trank von dem Korn, den Ulrich hatte auftragen lassen, und kaute Brot nach, um Zeit zu gewinnen. «Ausgezeichnet schmeckt das» brachte er mühsam hervor und kaute weiter.

«Natürlich hast du mit den Öllagern zu tun!» stellte Ulrich in plötzlicher Erleuchtung fest. «Das ist doch eine Frage, die eure Marinesektion angeht wegen der Schiffsfeuerung, und wenn Arnheim die Bohrfelder erwerben will, muß er euch das Zugeständnis machen, euch billig zu liefern. Andrerseits ist Galizien Aufmarschgebiet und Glacis gegen Rußland, also müßt ihr vorkehren, daß die Ölförderung, die er dort in Schwung bringen will, im Kriegsfall besonders geschützt wird. Also wird euch wieder seine Panzer-Blechfabrik bei den Kanonen entgegenkommen, die ihr haben wollt: Daß ich das nicht vorhergesehen habe! Ihr seid doch geradezu für einander geboren!»

Der General hatte vorsichtshalber noch ein zweites Stück Brot gekaut; jetzt konnte er sich aber nicht mehr zurückhalten und sagte unter gewaltigen Anstrengungen, den vollen Inhalt seines Mundes hinunterzuwürgen: «Entgegenkommen kannst du leicht sagen; du hast keine

Ahnung, was das für ein Geizhals ist! Ich bitte um Verzeihung,» verbesserte er seinen Ausdruck «mit welcher sittlichen Würde der so ein Geschäft behandelt! Ich habe keine Ahnung gehabt, daß zum Beispiel zehn Heller pro Tonne-Eisenbahnkilometer eine Gesinnungsfrage sind, wegen der man im Goethe oder in einer Philosophiegeschichte nachlesen muß!»

«Du führst diese Verhandlungen?»

Der General trank einen Korn nach. «Ich habe überhaupt nicht gesagt, daß Verhandlungen geführt werden! Gedankenaustausch kannst du es meinethalben nennen.»

«Und damit bist du beauftragt?»

«Niemand ist beauftragt! Man spricht einfach. Man kann doch hie und da auch von etwas anderem als der Parallelaktion sprechen. Und wenn jemand beauftragt wäre, so gewiß nicht ich. Das ist doch keine Angelegenheit für die Unterrichts- und Bildungsabteilung. So etwas geht die Präsidialkanzlei an und höchstens noch die Intendanz. Wenn ich überhaupt dabei bin, so wäre ich es nur als eine Art Fachbeirat für zivile Geistesfragen, sozusagen als Dolmetsch, weil der Arnheim so gebildet ist.»

«Und weil du durch mich und Diotima fortwährend mit ihm zusammenkommst! Lieber Stumm, wenn du willst, daß ich dir weiter den Elefanten machen soll, mußt du mir die Wahrheit sagen!»

Aber darauf hatte sich Stumm inzwischen vorbereitet. «Was fragst du denn, wenn du sie ohnehin weißt!» erwiderte er entrüstet. «Glaubst du, du darfst mich pflanzen, und ich weiß nicht, daß dich der Arnheim ins Vertrauen zieht?!»

«Ich weiß gar nichts!»

«Aber du hast doch gerade erzählt, daß du's weißt!»

«Das von den Ölfeldern weiß ich.»

«Und dann hast du gesagt, daß wir gemeinsame Interessen mit dem Arnheim an diesen Ölfeldern hätten. Gib mir dein Ehrenwort, daß du das weißt, und dann kann ich dir alles sagen.» Stumm von Bordwehr erfaßte Ulrichs zögernde Hand, blickte ihm ins Auge und sagte pfiffig: «Also, da du mir jetzt dein Ehrenwort gibst, daß du alles schon gewußt hast, geb ich dir das meine darauf, daß du alles weißt! Stimmt's? Mehr gibt's nicht. Der Arnheim möchte uns vorspannen, und wir ihn. Weißt du, ich hab ja manchmal die kompliziertesten Seelenkonflikte wegen Diotima!» rief er aus. «Aber du darfst nichts davon weitersagen, das ist ein militärisches Geheimnis!» Der General wurde vergnügt. «Weißt du überhaupt, was ein militärisches Geheimnis ist?» fuhr er fort. «Wie vor ein paar Jahren die Mobilisierung in Bosnien war, da haben sie mich im Kriegsministerium absägen wollen, ich war damals noch Oberst, und haben mich zum Kommandanten von einem Landsturmbataillon gemacht; eine Brigade hätte ich natürlich auch führen können, aber weil ich angeblich Kavallerist bin und weil sie mich eben absägen wollten, haben sie mich zu einem Bataillon geschickt. Und weil zum Kriegführen Geld gehört, hat man mir, als ich unten angekommen bin, auch eine Bataillonskasse gegeben. Hast du in deiner Militärzeit einmal so etwas gesehn? Es sieht halb wie ein Sarg und halb wie eine Futterkiste aus, ist aus dickem Holz gemacht und rundherum mit Eisenbändern beschlagen wie ein Burgtor. Daran sind drei Schlösser, und die Schlüssel dazu tragen drei Männer bei sich, jeder einen, damit keiner allein aufsperren kann: der Kommandant und die beiden Kassa-Mitsperrer. Also haben wir uns wie zu einem Gebet versammelt, als ich unten angekommen war, und haben einer nach dem andern ein Schloß geöffnet und die Banknotenpakete ehrfürchtig herausgehoben, und ich bin mir vorgekommen wie ein Erzpriester, dem zweie ministrieren, nur daß statt aus dem Evangelium aus ärarischen Protokollen die Ziffern vorgelesen worden sind. Wie wir aber damit fertig waren, haben wir die Kiste wieder zugemacht, die Eisenbänder darumgelegt, die Schlösser zugesperrt, alles in umgekehrter Reihenfolge wie zu Beginn, ich habe irgendetwas sagen müssen, woran ich mich nicht mehr erinnern kann, und dann war die Feier zu Ende –: Hab ich mir gedacht, und hättest du dir auch gedacht, und hab großen Respekt gehabt vor der unerschütterlichen Vorsicht der Militärverwaltung in Kriegszeiten! Aber ich hab damals ein Foxl gehabt, den Vorgänger von meinem jetzigen, das war ein sehr kluges Vieh, und es bestand auch keine Vorschrift, daß er nicht hätte dabeisein dürfen; nur daß er kein Loch hat sehen können, ohne gleich wie wild zu graben. Als ich gehn will, bemerk ich also, daß sich der Spot, so hat er geheißen, er war ein Engländer, an der Kiste zu schaffen macht, und war nicht wegzukriegen. Also man hat schon oft gehört, daß durch treue Hunde die geheimsten Verschwörungen aufgedeckt worden sind, und Krieg war beinahe auch, denk ich mir also, schaust du doch nach, was der Spot hat, – und was glaubst du, hat der Spot gehabt? Weißt du, für die Landsturmbataillone gibt die Intendanz ja nicht gerade die neuesten Sachen her, und so war auch unsere Bataillonskasse alt und ehrwürdig, aber das hätt' ich doch nie gedacht, daß sie hinten, während wir vorn zu dreien zusperren, nahe am Boden ein Loch hat, daß man den Arm durchstecken kann! Da war ein Astknorren im Holz, und der war in einem der früheren Kriege herausgefallen. Aber was willst du machen; der ganze bosnische Alarm war gerade vorbei, als der angeforderte Ersatz gekommen ist, und bis dahin haben wir in jeder Woche unsere Feierlichkeit abhalten dürfen, und bloß den Spot hab ich zuhaus lassen müssen, damit er keinem das Geheimnis verrät. Also siehst du, so schaut halt ein militärisches Geheimnis unter Umständen aus!»

«Na, ich denke, ganz so offen wie deine Truhe bist du noch immer nicht» gab Ulrich zur Antwort. «Werdet ihr nun das Geschäft wirklich machen oder nicht?»

«Ich weiß es nicht. Ich gebe dir mein großes Generalstabsehrenwort: es ist noch nicht so weit.»

«Und Leinsdorf?»

«Der hat natürlich keine Ahnung. Er ist auch nicht für Arnheim zu gewinnen. Ich habe gehört, daß er sich furchtbar über die Demonstration ärgern soll, die du ja noch mitgemacht hast; er ist jetzt ganz gegen die Deutschen.»

«Tuzzi?» fragte Ulrich, das Verhör fortsetzend.

«Der ist der letzte, der etwas erfahren darf! Der würde den Plan sofort verderben. Wir wollen natürlich alle den Frieden, aber wir Militärs haben eine andere Art, ihm zu dienen, als die Bürokraten!»

«Und Diotima?»

«Aber ich bitt' dich! Das ist doch ganz und gar eine Männerangelegenheit, an so etwas kann sie nicht einmal mit Handschuhen denken! Ich bring es nicht über mich, sie mit der Wahrheit zu belästigen. Ich versteh auch, daß ihr der Arnheim nichts davon erzählt. Weißt du, er redet doch sehr viel und schön, da kann es schon ein Genuß sein, einmal über etwas zu schweigen. So wie einen stillen Magenbitter stell ich mir das vor!»

«Weißt du, daß du ein Schuft geworden bist?! Auf dein Wohl!» Ulrich trank ihm zu.

«Nein, kein Schuft» verteidigte sich der General. «Ich bin Mitglied einer ministeriellen Konferenz. Bei einer Konferenz bringt jeder vor, was er haben möchte und für das Richtige hält, und zum Schluß ergibt sich etwas daraus, das keiner ganz gewollt hat: eben das Ergebnis. Ich weiß nicht, ob du mich verstehst, ich kann es nicht besser ausdrücken.»

«Natürlich versteh ich dich. Aber gegen Diotima benehmt ihr euch trotzdem gemein.»

«Das täte mir leid» sagte Stumm. «Aber weißt du, ein Henker ist ein unehrlicher Kerl, darüber ist nicht zu streiten; dagegen der Seilfabrikant, der bloß der Gefängnisverwaltung die Stricke liefert, kann Mitglied der Ethischen Gesellschaft sein. Das berücksichtigst du nicht genug.»

«Das hast du von Arnheim!»

«Kann sein. Ich weiß nicht. Man bekommt heutzutage einen so komplizierten Geist» beklagte sich der General ehrlich.

«Und was soll ich dabei tun?»

«Na, schau, ich hab mir gedacht, du bist doch ehemaliger Offizier –»

«Schon gut. Aber wie hängt das mit ‹Tatmensch› zusammen?» fragte Ulrich beleidigt.

«Tatmensch?» wiederholte der General erstaunt.

«Du hast das alles doch damit eingeleitet, daß ich kein Tatmensch sei!?»

«Ach, so. Das hat damit natürlich gar nichts zu tun. Damit hab ich nur begonnen. Ich meine, der Arnheim hält dich nicht gerade für einen Tatmenschen; das hat er einmal gesagt. Du hast nichts zu tun, meint er, und das bringt dich auf Gedanken. Oder so ähnlich.»

«Das heißt, auf unnütze? Auf Gedanken, die sich nicht ‹in Machtsphären tragen› lassen? Auf Gedanken um ihrer selbst willen? Mit einem Wort, auf richtige und unabhängige! Was? Oder vielleicht auf die Gedanken eines ‹weltfernen Ästheten›?»

«Ja» versicherte Stumm von Bordwehr diplomatisch. «So ähnlich.»

«Wem ähnlich? Was, glaubst du, ist dem Geist gefährlicher: Träume oder Ölfelder? Du brauchst dir nicht den Mund mit Brot zu verstopfen, laß das sein! Mir ist es ganz egal, was Arnheim von mir denkt. Aber du hast anfangs gesagt: ‹zum Beispiel Arnheim›; wer ist also noch da, für den ich nicht genug Tatmensch bin?»

«Na, weißt du,» versicherte Stumm «das sind nicht wenige. Ich habe dir ja erzählt, daß jetzt die Parole der Tat ausgegeben ist.»

«Was heißt das?»

«Das weiß ich auch nicht genau. Der Leinsdorf hat gesagt, es muß jetzt etwas geschehn!: damit hat es angefangen.»

«Und Diotima?»

«Diotima sagt, das ist ein neuer Geist. Und das sagen jetzt viele am Konzil. Ich möchte wissen, ob du das auch kennst: es wird einem geradewegs schwindlig im Bauch, wenn eine schöne Frau ein so bedeutender Kopf ist!?»

«Das glaub ich gern,» gab Ulrich zu, der sich Stumm nicht entwischen ließ «aber ich möchte nun hören, was Diotima von dem neuen Geist sagt.»

«Halt die Leute sagen» gab Stumm zur Antwort. «Die Leute am Konzil sagen, die Zeit bekommt einen neuen Geist. Nicht gleich, aber in ein paar Jahren; falls nicht früher etwas Besonderes geschieht. Und dieser Geist soll nicht viel Gedanken enthalten. Auch Gefühle sind jetzt nicht an der Zeit. Gedanken und Gefühle, das ist mehr für Leute, die nichts zu tun haben. Mit einem Wort, es ist halt ein Geist der Tat, mehr weiß ich auch nicht. Aber zuweilen» fügte der General nachdenklich hinzu «habe ich mir schon gedacht, ob das nicht am Ende ganz einfach der militärische Geist ist?!»

«Eine Tat muß einen Sinn haben!» forderte Ulrich, und als tiefer Ernst, weit hinter diesem narrenhaft gescheckten Gespräch, erinnerte ihn sein Gewissen an die erste Unterhaltung, die er mit Agathe darüber auf der Schwedenschanze gehabt hatte.

Aber auch der General sagte: «Das habe ich doch gerade ausgesprochen. Wenn man nichts zu tun hat und nicht weiß, was man mit sich anfangen soll, ist man tatkräftig. Dann brüllt man herum, säuft, schlägt sich und schikaniert Roß und Mann. Aber andrerseits wirst du zugeben: wenn man durchaus weiß, was man will, wird man ein Schleicher. Schau dir so einen jungen Generalstäbler an, wenn er die Lippen schweigsam aufeinander preßt und ein Gesicht macht wie der Moltke: zehn Jahre später hat er unter den Knöpfen einen Feldherrnhügel, aber keinen so wohlwollenden wie ich, sondern einen Giftbauch. Wieviel Sinn eine Tat haben darf, ist also schwer zu bestimmen.» Er überlegte und fügte hinzu: «Wenn man es richtig anpackt, kann man beim Militär überhaupt viel lernen, das wird jetzt immer mehr meine Überzeugung; aber meinst du nicht, daß es halt sozusagen das einfachste wäre, wenn doch noch die große Idee gefunden würde?»

«Nein» widersprach Ulrich. «Das war Unsinn.»

«Nun ja, aber dann bleibt wirklich nur die Tat» seufzte Stumm. «Das erkläre ich ja schon beinahe selbst. Erinnerst du dich übrigens, wie ich einmal davor gewarnt habe, daß alle diese übermäßigen Gedanken ja doch nur in Totschlag übergehn? Das müßte man eben verhindern!» stellte er fest. «Da müßte eben doch einer die Führung übernehmen!» lockte er.

«Und welche Aufgabe hat deine Güte dabei mir zugedacht?» fragte nun Ulrich und gähnte unverhohlen.

«Ich geh schon» versicherte Stumm. «Aber nachdem wir uns so gut ausgesprochen haben, hättest du, wenn du ein treuer Kamerad sein wolltest, noch eine wichtige Aufgabe: Zwischen Diotima und Arnheim ist einiges nicht in Ordnung!»

«Was du sagst!» Der Hausherr belebte sich ein wenig.

«Du wirst schon selbst sehen, da brauche ich dir nichts zu erzählen! Zudem vertraut sie dir ja noch mehr als mir.»

«Dir vertraut sie? Seit wann?»

«Sie hat sich etwas an mich gewöhnt» sagte der General stolz.

«Da gratuliere ich.»

«Ja. Aber dann mußt du auch bald zum Leinsdorf gehn. Wegen seiner Abneigung gegen die Preußen.»

«Das tu ich nicht.»

«Aber schau, ich weiß ja, daß du den Arnheim nicht magst. Aber tun mußt du's trotzdem.»

«Nicht deshalb. Ich geh überhaupt nicht zum Leinsdorf.»

«Warum denn nicht? Er ist so ein feiner alter Herr. Arrogant, und ich kann ihn nicht ausstehn, aber zu dir ist er großartig.»

«Ich zieh mich von der ganzen Geschichte jetzt zurück.»

«Aber der Leinsdorf läßt dich ja nicht. Und Diotima auch nicht. Und ich schon gar nicht! Du wirst mich doch nicht allein lassen?!»

«Mir ist die ganze Geschichte zu dumm.»

«Da hast du ja, wie immer, hervorragend recht. Aber was ist denn nicht dumm?! Schau, ich bin ganz dumm; ohne dich. Also du gehst mir zu Liebe zum Leinsdorf?»

«Aber was ist mit Diotima und Arnheim?»

«Das sag ich dir nicht, sonst gehst du auch zu Diotima nicht!» Der General wurde plötzlich von einem Einfall erleuchtet: «Wenn du willst, kann dir ja der Leinsdorf einen Hilfssekretär aufnehmen, der dich in allem vertritt, was du nicht magst. Oder ich stell dir einen aus dem Kriegsministerium bei. Du ziehst dich soweit zurück, wie du nur willst, aber deine Hand bleibt über mir walten?!»

«Laß mich erst ausschlafen» bat Ulrich.

«Ich gehe nicht früher weg, als du nicht ja sagst.»

«Also, ich werde es überschlafen» gestand Ulrich zu. «Vergiß nicht das Brot der Militärwissenschaft wieder in deine Tasche zu tun!»

14

Neues bei Walter und Clarisse. Ein Schausteller und seine Zuschauer

Es war die Unruhe seines Zustands, die Ulrich gegen Abend bewog, zu Walter und Clarisse hinaus zu gehn. Unterwegs suchte er sich den Brief ins Gedächtnis zu rufen, den er unauffindbar zwischen seinem Gepäck verstaut oder verloren hatte, erinnerte sich aber an keine Einzelheiten mehr, sondern nur an den letzten Satz «Ich hoffe, du kommst bald zurück» und zusammenfassend an den Eindruck, er müßte dann eigentlich mit Walter sprechen, womit nicht nur Bedauern und Unbehagen, sondern auch Schadenfreude verknüpft war. Bei diesem flüchtigen und unwillkürlichen Gefühl, dem keine Bedeutung zukam, verweilte er nun, statt es zu verscheuchen, und empfand dabei etwas Ähnliches wie ein Schwindliger, den es beruhigt, wenn er sich niedrig machen kann.

Als er zum Haus einbog, sah er Clarisse an der Seitenwand in der Sonne stehn, wo das Pfirsichspalier war; sie hatte die Hände hinten, lehnte sich an das nachgiebige Gerank und blickte weit fort, ohne den Kommenden zu bemerken. Ihre Haltung hatte etwas Selbstvergessenes und Erstarrtes; zugleich aber etwas kaum merklich Schauspielerisches, das nur dem Freund bemerklich war, der ihre Eigenheiten kannte: sie sah so aus, als spiele sie die bedeutenden Vorstellungen mit, die ihr Inneres beschäftigten, und sei dabei von einer festgehalten und nicht mehr losgelassen worden. Er erinnerte sich an ihre Worte: «Ich möchte das Kind von dir haben!» Sie waren ihm heute nicht so unangenehm wie damals; leise rief er die Freundin an und wartete.

Clarisse aber dachte: «Diesmal verwandelt sich Meingast bei uns!» Sein Leben enthielt ja mehrere sehr merkwürdige Verwandlungen, und ohne daß er auf Walters ausführliche Antwort noch etwas erwidert hätte, hatte er seine Ankündigung, daß er kommen werde, eines Tages verwirklicht. Clarisse war überzeugt, daß die Arbeit, die er dann bei ihnen sofort begonnen hatte, mit einer Verwandlung zusammenhinge. Die Erinnerung an einen indischen Gott, der vor jeder Läuterung irgendwo einkehrt, vermengte sich in ihr mit der Erinnerung, daß Tiere eine bestimmte Stelle wählen, um sich einzupuppen, und von diesem Gedanken, der ihr den Eindruck machte, ungeheuer gesund und erdsicher zu sein, war sie auf den sinnlichen Duft von Pfirsichhecken gekommen, die an einer sonnenbeschienenen Hausmauer reifen: das logische Ergebnis von alledem war, daß sie im glühenden Schein der sinkenden Sonne unter dem Fenster stand, während sich der Prophet in die dahinterliegende Schattenhöhle zurückgezogen hatte. Er hatte ihr und Walter tags zuvor erklärt, daß Knecht, knight dem Ursinn nach Jüngling, Knabe, Knappe, waffenfähiger Mann und Held bedeute; sie sagte nun zu sich: «Ich bin sein Knecht!» und diente ihm und schützte seine Arbeit: es bedurfte dazu weiter keiner Worte, sie hielt bloß mit dem geblendeten Gesicht reglos den Sonnenstrahlen stand.

Als Ulrich sie ansprach, drehte sich ihr Antlitz langsam der unerwarteten Stimme zu, und er entdeckte, daß sich etwas geändert habe. Die Augen, die ihm entgegensahen, enthielten eine Kälte, wie die Farben der Natur sie nach dem Erlöschen des Tags ausstrahlen, und er wußte sofort: Sie will nichts mehr von dir! Keine Spur davon war mehr in ihrem Blick, daß sie ihn «aus dem Steinblock hinauszwingen» gewollt, daß er ein großer Teufel oder Gott gewesen, daß sie mit ihm durch das «Loch in der Musik» entfliehen gemocht, daß sie ihn hatte ermorden wollen, wenn er sie nicht liebe. Es war ihm ja gleichgültig; es mag auch ein sehr gewöhnliches kleines Erlebnis sein, diese verlöschte Wärme des Eigennutzes in einem Blick; trotzdem war es wie ein kleiner Riß im Schleier des Lebens, durch den das teilnahmslose Nichts schaut, und es wurde damals der Grund zu manchem gelegt, was später geschah.

Ulrich erfuhr, daß Meingast da sei, und verstand. Sie gingen leise ins Haus, um Walter zu holen, und ebenso leise zu dritt zurück ins Freie, den Schaffenden nicht zu stören. Ulrich erhaschte dabei zweimal durch eine offenstehende Tür einen Blick auf Meingasts Rücken. Er hauste in einem abgetrennten, leeren Zimmer, das zur Wohnung gehörte; irgendwo hatten Clarisse und Walter eine eiserne Bettstatt aufgetrieben, ein Küchenschemel und eine Blechschüssel dienten als Waschtisch und Bad, und außer diesen Einrichtungsstücken befanden sich in dem Raum, der keine Fenstervorhänge hatte, nur noch ein alter Geschirrschrank, worin Bücher lagen, und ein kleiner Tisch aus ungestrichenem weichem Holz. An diesem Tisch saß Meingast und schrieb, ohne den Kopf nach den Vorbeigehenden zu wenden. Alles das hatte Ulrich teils gesehen, teils erfuhr er es von seinen Freunden, die sich kein Gewissen daraus machten, daß sie den Meister viel dürftiger untergebracht hatten, als sie selbst wohnten, sondern im Gegenteil aus irgendeiner Ursache stolz darauf waren, daß er es sich genügen ließ. Es war rührend und für sie bequem; Walter versicherte, daß dieser Raum, wenn man ihn in Meingasts Abwesenheit beträte, jenes Unbeschreibliche besäße, das ein abgetragener alter Handschuh besitze, der auf einer edlen und energischen Hand getragen worden sei! Und wirklich fühlte sich Meingast mit großem Vergnügen in dieser Umgebung arbeiten, deren kriegerische Einfachheit ihm schmeichelte. Er begriff darin seinen Willen, der die Worte auf dem Papier formte. Stand noch dazu Clarisse wie vorhin unter seinem Fenster oder oben auf dem Treppenabsatz, oder saß sie auch nur in ihrem Zimmer – «von dem Mantel eines unsichtbaren Nordlichts eingehüllt» wie sie ihm gestanden hatte –, so erhöhte diese ehrgeizige, von ihm gelähmte Schülerin seine Freude. Die Feder trieb dann die Einfälle vor sich her, und die großen, dunklen Augen über der scharfen, bebenden Nase begannen zu glühn. Es sollte einer der bedeutendsten Abschnitte seines neuen Buchs werden, den er unter diesen Umständen zu beenden gedachte, und man sollte dieses Werk nicht ein Buch nennen dürfen, sondern einen Rüstungsbefehl für den Geist neuer Männer! Als von Clarissens Standplatz eine fremde Männerstimme zu ihm emporgedrungen war, hatte er sich unterbrochen und vorsichtig hinuntergeguckt; er erkannte Ulrich nicht wieder, aber er entsann sich seiner dunkel und fand in den die Treppe heraufkommenden Schritten weder eine Ursache, seine Tür zu schließen, noch den Kopf von seiner Arbeit zu wenden. Er trug eine dicke Wolljacke unter dem Rock und zeigte seine Unempfindlichkeit gegen Wetter und Menschen.

Ulrich wurde spazieren geführt und durfte die Begeisterung über den Meister anhören, indes dieser seinem Werk oblag.

Walter sagte: «Wenn man mit einem wie Meingast befreundet ist, begreift man erst, daß man immer unter der Abneigung gegen die anderen gelitten hat! Im Verkehr mit ihm ist alles, möchte ich sagen, wie in reinen Farben ganz ohne Grau gemalt.» Clarisse sagte: «Man hat im Verkehr mit ihm das Gefühl, daß man ein Schicksal hat; man steht ganz persönlich und voll beleuchtet da.» Walter ergänzte: «Heute zerlegt sich alles in hundert Schichten, wird undurchsichtig und verwischt: sein Geist ist wie Glas!» Ulrich erwiderte ihnen: «Es gibt Sünden- und Tugendböcke; außerdem gibt es Schafe, die ihrer bedürfen!»

Walter gab es ihm zurück: «Es ist zu erwarten gewesen, daß dir dieser Mensch nicht passen wird!»

Clarisse rief aus: «Du hast einmal behauptet, daß man nicht nach der Idee leben kann: erinnerst du dich? Meingast kann es!» Walter sagte bedächtiger: «Ich könnte natürlich manches gegen ihn einwenden –» Clarisse unterbrach ihn: «Man fühlt Lichtschauder in sich, wenn man ihm zuhört.» Ulrich entgegnete: «Besonders schöne Männerköpfe sind gewöhnlich dumm; besonders tiefe Philosophen sind gewöhnlich flache Denker; in der Dichtung werden gewöhnlich Begabungen, die wenig über der Mittelgröße liegen, von den Zeitgenossen für groß gehalten.»

Sie ist eine merkwürdige Erscheinung, die der Bewunderung. Im Leben des Einzelnen bloß auf «Anfälle» beschränkt, bildet sie in dem der Gesamtheit eine dauernde Einrichtung. Eigentlich würde es Walter befriedigender gefunden haben, in seiner und Clarissens Achtung selbst an Meingasts Stelle zu stehn, und begriff in keiner Weise, daß es nicht so war; aber irgendein kleiner Vorzug lag doch auch darin. Und das so ersparte Gefühl kam Meingast ähnlich zugute, wie wenn einer ein fremdes Kind als eigen annimmt. Und anderseits war sie gerade darum kein reines und heiles Gefühl, diese Bewunderung für Meingast, das wußte Walter selbst; eher war sie ein übertrieben gereiztes Verlangen, sich dem Glauben an ihn hinzugeben. Etwas Geflissentliches war in ihr. Sie war ein «Klaviergefühl», das ohne volle Überzeugung tobt. Das fühlte auch Ulrich heraus. Eines der ursprünglichen Bedürfnisse nach Leidenschaft, die das Leben heute in kleine Stücke bricht und bis zur Unkenntlichkeit vermengt, suchte sich da einen Rückweg, denn Walter lobte Meingast mit einer ähnlichen Wut, wie eine Zuhörerschaft im Theater über alle Grenzen ihrer eigentlichen Meinung hinaus Gemeinplätzen applaudiert, durch die man ihr Beifallsbedürfnis reizt; er lobte ihn in einem jener Notzustände der Bewunderung, für die sonst die Feste und Feiern, die großen Zeitgenossen oder Ideen und die Ehren da sind, die ihnen erwiesen werden, wobei man mittut und keiner richtig weiß, für wen oder wofür, und jeder innerlich bereit ist, am nächsten Tag doppelt so gemein zu sein als sonst, um sich nichts vorwerfen zu müssen. So dachte Ulrich über seine Freunde und hielt sie durch spitze Bemerkungen in Bewegung, die er von Zeit zu Zeit gegen Meingast richtete; denn wie jeder Mensch, der es besser weiß, hatte er sich schon unzählige Male über die Begeisterungsfähigkeit seiner Zeitgenossen ärgern müssen, die fast immer fehlgreift und so auch noch das vernichtet, was die Gleichgültigkeit übrig läßt.

Es hatte schon gedämmert, als sie unter solchen Gesprächen ins Haus zurückkehrten.

«Dieser Meingast lebt davon, daß heute Ahnen und Glauben verwechselt wird» sagte Ulrich schließlich. «Beinahe alles, was nicht Wissenschaft ist, kann man ja nur ahnen, und das ist etwas, wozu man Leidenschaft und Vorsicht braucht. So wäre eine Methodenlehre dessen, was man nicht weiß, beinahe das gleiche wie eine Methodenlehre des Lebens. Ihr aber ‹glaubt›, sobald euch einer bloß wie Meingast kommt! Und alle tun das. Und dieses ‹Glauben› ist ungefähr ein ebensolches Verhängnis, wie wenn ihr es euch mit eurer ganzen werten Person einfallen ließet, euch in einen Eierkorb zu setzen, um seinen unbekannten Inhalt auszubrüten!»

Sie standen am Fuß der Treppe. Und mit einemmal wußte Ulrich, warum er hieher gegangen sei und wieder mit den beiden sprach wie früher. Es wunderte ihn nicht, daß ihm Walter antwortete: «Und die Welt soll wohl stillstehn, bis du mit einer Methodenlehre fertig bist?» Sie hielten offenbar alle nichts von ihm, weil sie nicht verstanden, wie verwahrlost dieses Gebiet des Glaubens ist, das sich zwischen der Sicherheit des Wissens und dem Dunst des Ahnens breit macht! Alte Ideen ballten sich in seinem Kopf zusammen; das Denken erstarb beinahe an ihrem Andrang. Aber da wußte er doch, daß es nun nicht mehr notwendig sei, wieder von vorn anzufangen wie ein Teppichwirker, dem ein Traum den Sinn geblendet hat, und daß er nur deshalb wieder hier stehe. Es war alles in letzter Zeit viel einfacher geworden. Die letzten vierzehn Tage hatten alles Frühere außer Kraft gesetzt und die Linien der inneren Bewegung mit einem kräftigen Knoten zusammengefaßt.

Walter erwartete, daß ihm Ulrich etwas erwidern werde, worüber er sich ärgern könne. Er wollte es ihm dann doppelt heimzahlen! Er hatte sich vorgenommen, ihm zu sagen, daß Menschen wie Meingast Heilbringer seien: «Heil heißt doch ursprünglich soviel wie ganz» dachte er. Und: «Heilbringer mögen sich irren, aber sie machen uns ganz!» wollte er sagen. Und: «Du kannst dir so etwas vielleicht gar nicht vorstellen?» wollte er dann auch noch sagen. Er empfand dabei gegen Ulrich eine ähnliche Abneigung, wie er sie hatte, wenn er zum Zahnarzt gehen mußte.

Aber Ulrich fragte bloß zerstreut, was Meingast eigentlich in den letzten Jahren geschrieben und getrieben habe.

«Siehst du!» sagte Walter enttäuscht. «Siehst du, das weißt du nicht einmal, aber du schimpfst!»

«Ach,» meinte Ulrich «das brauche ich doch auch nicht zu wissen, dazu genügen schon ein paar Zeilen!» Er setzte den Fuß auf die Treppe.

Aber da hielt ihn Clarisse am Rock zurück und flüsterte: «Aber er heißt doch gar nicht Meingast!»

«Natürlich heißt er nicht so: ist denn das ein Geheimnis?»

«Er ist einmal Meingast geworden, und jetzt bei uns verwandelt er sich wieder!» flüsterte Clarisse heftig und geheimnisvoll, und dieses Flüstern hatte etwas mit einer Stichflamme gemeinsam. Walter stürzte sich darüber, um es zu ersticken. «Clarisse!» beschwor er sie «Clarisse, laß diesen Unsinn!»

Clarisse schwieg und lächelte. Ulrich ging voran die Treppe hinauf; er wollte nun endlich diesen Sendboten sehn, der sich aus Zarathustras Bergen auf das Familienleben von Walter und Clarisse niedergesenkt hatte, und als sie oben ankamen, war Walter nicht nur auf ihn, sondern auch auf Meingast schlecht zu sprechen.

Dieser empfing seine Bewunderer in ihrer dunklen Wohnung. Er hatte sie kommen gesehn, und Clarisse trat gleich zu ihm vor die graue Fensterfläche, ein kleiner, spitzer Schatten neben seinem hageren, großen; eine Vorstellung gab es nicht, oder doch nur eine einseitige, indem Ulrichs Name dem Meister ins Gedächtnis gerufen wurde. Dann schwiegen alle; Ulrich, weil er neugierig war, wie sich das weiter entwickeln werde, stellte sich an das freie zweite Fenster, und Walter gesellte sich überraschenderweise zu ihm, wahrscheinlich bloß, bei augenblicklich gleichen Abstoßungskräften, vom Helligkeitsreiz der weniger verdeckten Scheibe angezogen, der dämmrig ins Zimmer leuchtete.

Man schrieb März. Aber die Meteorologie ist nicht immer verläßlich, manchmal macht sie einen Juniabend früher oder später: dachte Clarisse, während ihr das Dunkel vor dem Fenster wie eine Sommernacht vorkam. Dort, wohin das Licht der Gaslaternen fiel, war diese Nacht hellgelb lackiert. Das Gebüsch daneben bildete eine flutende schwarze Masse. Wo es ins Licht hing, wurde es grün oder weißlich – das ließ sich eigentlich nicht recht bezeichnen –, zackte sich in Blätter aus und schwebte im Laternenschein wie Wäschestücke, die in einem leicht dahinfließenden Wasser ausgeschwemmt werden. Ein schmales Eisenband auf zwerghaften Pfählen – nichts als eine Erinnerung und Ermahnung, der Ordnung zu gedenken – lief eine Weile längs des Rasens, worauf das Gebüsch stand, und verschwand dann im Dunkel: Clarisse wußte, daß es dort überhaupt aufhörte; man hatte vielleicht einmal geplant, dieser Gegend etwas gärtnerischen Schmuck zu geben, und hatte es bald wieder aufgegeben. Clarisse rückte eng an Meingast heran, um von seinem Fensterwinkel aus dem Weg möglichst weit entgegenblicken zu können; ihre Nase lag platt an der Scheibe, und die beiden Körper berührten sich so hart und mannigfaltig, als hätte sie sich auf einer Treppe ausgestreckt, was manchmal auch vorkam;

um ihren rechten Arm, der Platz geben mußte, legten sich sodann beim Ellenbogen Meingasts lange Finger wie die sehnigen Fänge eines höchst zerstreuten Adlers, der etwa ein Seidentüchlein zerknüllte. Clarisse hatte schon seit einer Weile einen Mann erblickt, mit dem etwas nicht in Ordnung war, das sie nicht herausbekommen konnte: er ging bald zögend, bald ging er achtlos; es machte den Eindruck, daß sich etwas um seinen Willen zu gehen wickle, und jedesmal, nachdem er es zerrissen hatte, ging er ein Stück wie jeder andere, der nicht gerade Eile hat, aber auch nicht stockt. Der Rhythmus dieser ungleichmäßigen Bewegung hatte Clarisse ergriffen; wenn der Mann an einer Laterne vorbeikam, suchte sie sein Gesicht zu erkennen, und es kam ihr ausgehöhlt und gefühllos vor. Bei der vorletzten meinte sie, daß es ein unbedeutendes, ungutes und scheues Gesicht sei; als er aber auf die letzte zukam, die beinahe unter ihrem Fenster stand, war sein Gesicht sehr blaß, und es schwamm im Licht hin und her, wie das Licht auf dem Dunkel hin und her schwamm, so daß sich daneben der dünne Eisenpfahl der Laterne sehr aufrecht und erregt ausnahm und sich mit einem eindringlicheren Hellgrün, als ihm eigentlich zugekommen wäre, ins Auge stellte.

Alle vier hatten sie nach und nach diesen Mann zu beobachten begonnen, der sich ungesehen wähnte. Er merkte jetzt das Gebüsch, das im Licht badete, und es erinnerte ihn an die Zacken eines Frauenunterrocks, so dick, wie er noch keinen gesehen hatte, wohl aber einen sehen mochte. In diesem Augenblick hatte ihn sein Entschluß gefaßt. Er stieg über die niedere Einzäunung, er stand auf dem Rasen, der ihn an die grüne Holzwolle unter den Bäumen einer Spielzeugschachtel erinnerte, sah eine kurze Weile fassungslos vor seine Füße, wurde von seinem Kopf geweckt, der sich vorsichtig umblickte, und verbarg sich im Schatten, wie es seine Gewohnheit war. Ausflügler kehrten heim, die das warme Wetter ins Freie gelockt hatte, man hörte ihren Lärm und ihre Lustbarkeit schon von weitem; es erfüllte den Mann mit Angst, und er suchte Genugtuung dafür unter dem Blätterunterrock. Clarisse wußte noch immer nicht, was der Mann habe. Er kam jedesmal hervor, wenn ein Trupp Menschen vorbeizog und die Augen durch den Laternenschein für das Dunkel blind wurden. Er schob sich dann, ohne Schritte zu machen, nahe an diesen Lichtkreis heran wie einer, der an einem seichten Ufer nicht über die Sohlenränder ins Wasser geht. Es fiel Clarisse auf, wie bleich der Mann war, sein Gesicht war zu einer blassen Scheibe verzerrt. Sie empfand heftiges Mitleid mit ihm. Aber er führte sonderbare kleine Bewegungen aus, die sie lange Zeit nicht verstand, bis sie plötzlich ganz entsetzt Halt für ihre Hand suchen mußte; und weil Meingast noch immer ihren Arm festhielt, so daß sie keine weiten Bewegungen machen konnte, erfaßte sie seine breite Hose und klammerte sich Schutz suchend an das Tuch, das am Bein des Meisters zerrte wie eine Fahne im Sturm. So standen die beiden, ohne loszulassen.

Ulrich, der es als erster bemerkt zu haben glaubte, daß der Mann unter den Fenstern einer jener Kranken sei, die durch die Regelwidrigkeit ihres Geschlechtslebens die Neugierde der Regelmäßigen lebhaft beschäftigen, machte sich eine Weile überflüssigerweise Sorgen, wie Clarisse, da sie doch so unsicher sei, diese Entdeckung aufnehmen werde. Dann vergaß er das und hätte nun selbst gern gewußt, was in solch einem Menschen eigentlich vorgehe. Die Veränderung, dachte er, müsse wohl in dem Augenblick, wo dieser über das Gitter steige, so vollständig sein, daß sie sich im einzelnen gar nicht beschreiben lasse. Und so natürlich, als wäre das ein passender Vergleich, fühlte er sich alsbald an einen Sänger erinnert, der soeben noch gegessen und getrunken hat, dann aber ans Klavier tritt, die Hände über den Bauch faltet und, den Mund zum Liede öffnend, teils ein anderer ist, teils nicht. Auch an Se. Erlaucht Graf Leinsdorf, der sich in einen religiös-ethischen und in einen bankweltlich-vorurteilslosen Stromkreis einschalten konnte, dachte Ulrich. Die völlige Vollständigkeit dieser Verwandlung, die sich innen vollzieht, aber außen durch das Entgegenkommen der Welt ihre Bestätigung findet, hatte es ihm angetan: es war ihm gleichgültig, wie dieser Mann da unten psychologisch dazukam, aber er mußte sich vorstellen, wie sich dessen Kopf allmählich mit Spannung fülle, gleich einem Ballon, in den das Gas gelassen wird, wahrscheinlich tagelang und nach und nach, aber noch immer an den Seilen schwankend, die ihn an festen Boden binden, bis ein unhörbares Kommando, eine zufällige Ursache oder einfach der Ablauf der bestimmten Zeit, der nun das Nächstbeste zur Ursache macht, diese Seile löse, und der Kopf ohne Verbindung mit der Menschenwelt in der Leere des Unnatürlichen schwebe. Und wirklich stand der Mann mit seinem ausgehöhlten und unbedeutenden Gesicht im Schutz der Büsche und lauerte wie ein Raubtier. Er hätte, um seine Vorsätze auszuführen, eigentlich warten sollen, bis die Ausflügler spärlicher würden und dadurch die Gegend für ihn sicherer erschiene; aber sobald zwischen den Gruppen eine einzelne Frau vorbeikam, ja manchmal schon, wenn eine, lebhaft lachend und geschützt, inmitten so einer Gruppe dahintanzte, waren das keine Menschen mehr für ihn, sondern Puppen, die sich sein Bewußtsein unsinnig zurechtschnitt. Es erfüllte ihn eine so grausame Rücksichtslosigkeit gegen sie wie einen Mörder, und ihre Todesangst sollte ihm nichts ausgemacht haben; aber zu gleicher Zeit litt er selbst leichte Qualen durch die Vorstellung, daß sie ihn entdecken und wie einen Hund davonjagen könnten, ehe er noch ganz auf der Höhe der Besinnungslosigkeit wäre, und die Zunge zitterte ihm im

Maule vor Angst. Mit blödem Kopf wartete er, und allmählich erlosch der letzte Schimmer der Dämmerung. Nun näherte sich eine alleingehende Frau seinem Versteck, und er konnte schon, als ihn noch die Laternen von ihr trennten, abgelöst von aller Umgebung wahrnehmen, wie sie in den Wogen des Hell-Dunkel auf und ab tauchte und ein schwarzer Klumpen war, der von Licht triefte, ehe sie nahe kam. Auch Ulrich bemerkte, daß es eine formlose Frau in mittleren Jahren sei, die sich da nähere. Die hatte einen Leib wie ein Sack, der mit Schottersteinen gefüllt ist, und ihr Gesicht verbreitete keine Sympathie, sondern war herrschsüchtig und zänkisch. Aber der schmächtige Blasse im Gebüsch wußte ja wohl ihr beizukommen, ohne daß sie es merken sollte, ehe es zu spät wäre. Die stumpfen Bewegungen ihrer Augen und ihrer Beine zuckten wahrscheinlich schon in seinem Fleisch, und er bereitete sich vor, sie zu überfallen, ohne daß sie sich zur Verteidigung herzurichten vermöchte, mit seinem Anblick zu überfallen, der in die Überraschte eindringen und für ewig in ihr stecken bleiben sollte, wie sie sich auch wenden mochte. Diese Erregung sauste und drehte in Knien, Händen und Kehlkopf; so kam es wenigstens Ulrich vor, während er beobachtete, wie sich der Mann durch den Teil des Gebüschs tastete, auf dem schon Halblicht ruhte, und seine Vorbeitungen traf, um im entscheidenden Augenblick hervorzutreten und sich zu zeigen. Entgeistert heftete der Unglückliche, an den leichten letzten Widerstand der Zweige gelehnt, seine Augen auf das häßliche Gesicht, das nun schon im vollen Licht auf und ab stampfte, und sein Atem keuchte folgsam im Rhythmus der fremden Person. «Ob sie aufschreien wird?» dachte Ulrich. Diese grobe Person konnte durchaus fähig sein, statt zu erschrecken, in Zorn zu geraten und zum Angriff überzugehn: dann müßte der verrückte Feigling die Flucht ergreifen, und die gestörte Wollust stieße ihm ihre Messer mit dem stumpfen Griff voran ins Fleisch! In diesem spannenden Augenblick hörte Ulrich aber die unbefangenen Stimmen zweier den Weg entlangkommenden Männer, und so, wie er sie durch das Glas vernahm, mochten sie auch unten gerade noch das Zischen der Erregung durchdrungen haben, denn der Mann unter dem Fenster ließ den fast schon geöffneten Schleier der Büsche vorsichtig wieder zufallen und zog sich lautlos in die Mitte des Dunkels zurück.

«Dieses Schwein!» flüsterte im gleichen Augenblick Clarisse kraftvoll ihrem Nachbarn zu, aber gar nicht empört. Bevor sich Meingast verwandelt hatte, hatte er oftmals solche Worte von ihr zu hören bekommen, die damals seinem aufregend freien Benehmen galten, und das Wort durfte sonach als historisch gelten. Clarisse setzte voraus, daß sich auch Meingast trotz seiner Verwandlung noch daran erinnern müsse, und wirklich kam ihr vor, daß sich als Antwort seine Finger auf ihrem Arm ganz leise rührten. Überhaupt war an diesem Abend nichts zufällig; auch jener Mann hatte nicht bloß zufällig Clarissens Fenster auserwählt, um sich darunter zu stellen: Ihre Meinung, daß sie Männer, mit denen etwas nicht in Ordnung sei, grausam anziehe, war fest und hatte sich schon oft als wahr erwiesen! Nahm man alles in allem, so waren ihre Ideen nicht sowohl wirr, als daß sie vielmehr Zwischenglieder ausließen oder an manchen Stellen von Affekten getränkt wurden, wo andere Menschen keine solche innere Quelle haben. Ihre Überzeugung, daß sie es gewesen sei, die es seinerzeit Meingast ermöglicht habe, sich gründlich zu ändern, war an und für sich nicht unglaubwürdig; erwog man überdies, wie unzusammenhängend, weil in der Ferne und in Jahren ohne Berührung, sich diese Veränderung vollzogen habe, und auch ihre Größe – denn sie hatte aus einem oberflächlichen Lebemann einen Propheten gemacht –, am Ende aber gar noch, daß sich bald nach Meingasts Abschied die Liebe zwischen Walter und Clarisse zu jener Höhe der Kämpfe erhoben habe, auf der sie sich noch befand, so hatte auch Clarissens Vermutung, Walter und sie hätten die Sünden des noch unverwandelten Meingast auf sich nehmen müssen, um diesem den Aufstieg zu ermöglichen, keine schlechtere Begründung für sich als unzählige angesehene Gedanken, die heute geglaubt werden. Daraus ergab sich aber das ritterlich dienende Verhältnis, worin sich Clarisse zu dem Zurückgekehrten stehen fühlte, und wenn sie nun von seiner neuen «Verwandlung» sprach, statt einfach von einer Veränderung, so drückte sie nur angemessen die Gehobenheit aus, in der sie sich seither befand. Das Bewußtsein, sich in einer bedeutsamen Beziehung zu befinden, konnte Clarisse im wörtlichen Sinn erheben. Man weiß nicht recht, ob man die Heiligen mit einer Wolke unter den Füßen malen soll oder ob sie einen Finger breit über dem Erdboden einfach in nichts stehen, und geradeso stand es jetzt um sie, seit Meingast ihr Haus erwählt hatte, um darin seine große Arbeit zu verrichten, die wahrscheinlich einen ganz tiefen Hintergrund hatte. Clarisse war nicht in ihn verliebt wie eine Frau, sondern eher so wie ein Knabe, der einen Mann bewundert; beseligt, wenn es ihm gelingt, in der gleichen Weise seinen Hut aufzusetzen wie jener, und von dem heimlichen Wetteifer erfüllt, ihn noch zu übertreffen.

Und das wußte Walter. Er konnte weder hören, was Clarisse mit Meingast flüsterte, noch vermochte sein Auge mehr von den beiden wahrzunehmen als eine im Dämmerlicht des Fensters schwer verschmolzene Schattenmasse, aber er durchschaute alles ohne Ausnahme. Auch er hatte erkannt, was mit dem Mann in den Büschen los war, und die Stille, von der das Zimmer beherrscht wurde, lastete auf ihm am schwersten. Er vermochte auszunehmen, daß Ulrich, der reglos neben ihm stand, gespannt aus dem Fenster sah, und er setzte voraus, daß die beiden an dem anderen Fenster das gleiche täten. «Warum löst keiner dieses Schweigen?!» dachte er. «Warum öffnet keiner das Fenster und verscheucht diesen Unhold?!» Es fiel ihm ein, daß man verpflichtet wäre, die Polizei anzurufen, aber es befand sich kein Fernsprecher im Hause, und er hatte nicht den Mut, etwas zu unternehmen, das auf die Geringschätzung seiner Gefährten stoßen könnte. Er wollte ja überhaupt kein «entrüsteter Philister» sein, er war nur so gereizt! Das «ritterliche Verhältnis», in dem seine Frau zu Meingast stand, konnte er sogar sehr gut begreifen, denn Clarisse war es auch in der Liebe unmöglich, sich eine Erhebung ohne Anstrengung vorzustellen: sie empfing ihre Erhebungen nicht von der Sinnlichkeit, sondern nur vom Ehrgeiz. Er erinnerte sich, wie unheimlich lebendig sie manchmal in seinen Armen hatte sein können, als er sich noch mit Kunstwerken abgab; aber anders als auf solchem Umweg gelang es niemals, sie zu erwärmen. «Vielleicht empfangen alle Menschen wirksame Erhebungen nur vom Ehrgeiz?» überlegte er zweifelnd. Es war ihm nicht entgangen, daß Clarisse «Wache stand», wenn Meingast arbeitete, um seine Gedanken mit ihrem Leib zu schützen, obwohl sie diese Gedanken nicht einmal kannte. Schmerzlich betrachtete Walter den einsamen Egoisten in seinem Busch, und dieser Unglückliche gab ihm ein warnendes Beispiel für die Verheerungen ab, die in einem allzu vereinzelten Gemüt angerichtet werden. Dabei marterte ihn die Vorstellung, daß er genau wisse, was Clarisse jetzt, während sie zusehe, empfinde. «Sie wird in einer leichten Erregung sein, als ob sie rasch eine Treppe gestiegen wäre» dachte er. Er empfand selbst in dem Bild, das vor seinen Augen stand, einen Druck, als ob etwas darin eingepuppt wäre, das seine Hülle zerreißen wolle, und er spürte, wie sich in diesem geheimnisvollen Druck, den auch Clarisse fühlte, der Wille bewegte, nicht bloß zuzusehn, sondern gleich, bald, irgendwie etwas zu tun und sich selbst in das Geschehende hineinzustürzen, um es zu befrein. Bei anderen Menschen ergeben sich wohl doch die Gedanken aus dem Leben, aber bei Clarisse entstand das, was sie erlebte, jedesmal aus den Gedanken: das war so beneidenswert verrückt! Und Walter neigte mehr zu den Übertreibungen seiner vielleicht geisteskranken Frau als etwa zu dem Denken seines Freundes Ulrich, der sich einbildete, vorsichtig und kühn zu sein: irgendwie war ihm das Unsinnigere angenehmer, es ließ ihn vielleicht selbst unangetastet, es wandte sich an sein Mitleid, jedenfalls ziehen ja viele Menschen verrückte Gedanken schwierigen vor, und es bereitete ihm sogar eine gewisse Genugtuung, daß Clarisse im Dunkel mit Meingast flüsterte, während Ulrich verurteilt war, als stummer Schatten neben ihm zu stehn; er gönnte ihm die Niederlage durch Meingast. Aber von Zeit zu Zeit marterte ihn die Erwartung, daß Clarisse plötzlich das Fenster aufreißen oder über die Treppe zu den Büschen hinuntereilen werde: dann verabscheute er beide männlichen Schatten und ihr unanständig schweigendes Dabeistehn, das die Lage für den armen, kleinen von ihm behüteten Prometheus, der jeder Versuchung des Geistes ausgesetzt war, von Minute zu Minute bedenklicher machte.

In dieser Zeit waren Scham und verhinderte Lust in dem Kranken, der sich in seinen Busch zurückgezogen hatte, zu einer Einheit der Enttäuschung zusammengeschmolzen, die seine hohle Figur wie eine bittere Masse ausgoß. Als er ins innerste Dunkel gelangt war, knickte er zusammen, ließ sich zur Erde fallen, und sein Kopf hing wie ein Blatt vom Hals hinab. Die Welt stand strafend vor ihm, und er sah seine Lage ungefähr so, wie sie den beiden vorübergehenden Männern erschienen wäre, wenn sie ihn entdeckt hätten. Aber nachdem dieser Mann eine Weile trockenen Auges über sich geweint hatte, ging wieder die ursprüngliche Veränderung mit ihm vor sich, diesmal sogar mit einem Mehr an Trotz und Rache vermischt. Und noch einmal mißlang es. Ein Mädchen, das ungefähr fünfzehn Jahre alt sein mochte und sich offenbar irgendwo verspätet hatte, kam vorbei und erschien ihm schön, ein kleines, hastendes Ideal: der Verdorbene fühlte, daß er nun eigentlich ganz hervortreten und sie freundlich ansprechen müßte, aber das stürzte ihn augenblicklich in wilden Schrecken. Seine Phantasie, die bereit war, ihm jede Möglichkeit vorzuspiegeln, an die eine Frau nur zu erinnern vermag, wurde ängstlich unbeholfen vor der einzigen natürlichen Möglichkeit, dieses schutzlos daherkommende kleine Geschöpf in seiner Schönheit zu bewundern. Es bereitete seinem Schattenich desto weniger Vergnügen, je mehr es geeignet war, seinem Tagesich zu gefallen, und vergeblich suchte er es zu hassen, wenn er es schon nicht lieben konnte. So stand er ungewiß an der Grenze von Schatten und Licht und bot sich dar. Als die Kleine sein Geheimnis bemerkte, war sie schon an ihm vorbeigegangen und etwa acht Schritte von ihm entfernt; sie hatte zuerst bloß auf die unruhige Stelle in den Blättern gesehn, ohne zu erkennen, was los wäre, und als sie es durchschaute, konnte sie sich bereits so weit in Sicherheit fühlen, daß sie nicht mehr tödlich erschrak: wohl blieb ihr Mund eine Weile offen stehn, aber dann kreischte sie hell auf und begann zu laufen, dem Rakker schien es sogar Spaß zu machen, sich umzusehn, und der Mann fühlte sich mit Beschämung stehen gelassen. Er hoffte zornig, daß ihr doch ein Tropfen Gift in die Augen gefallen sein und sich später ins Herz durchfressen möge.

Dieser verhältnismäßig arglose und komische Ausgang bedeutete einige Erleichterung für die Menschlichkeit der Zuschauer, die diesmal wohl Partei genommen hätte, wäre der Auftritt nicht auf solche Weise verflüchtigt worden; und unter diesem Eindruck stehend, bemerkten sie kaum, wie die Angelegenheit unten zu Ende kam, sie mußten sich, daß es geschehen sei, erst an der Beobachtung bestätigen, daß die männliche «Hyäne», wie Walter dann sagte, mit einemmal verschwunden blieb. Es war ein in jeder Hinsicht mittleres Wesen, an dem des Mannes Vorsatz gelang, sah ihn entgeistert und mit Widerwillen an, hielt unwillkürlich einen Augenblick erschrocken im Gehn inne und suchte dann so zu tun, als ob es nichts bemerkt hätte. In dieser Sekunde fühlte er sich samt dem Blätterdach und der ganzen umgestülpten Welt, aus der er hervorgegangen war, tief in den widerstrebenden Blick der Wehrlosen hineingleiten. So mochte es gewesen sein oder auch anders. Clarisse hatte nicht achtgegeben. Tief aufatmend richtete sie sich aus ihrer vorgebeugten Haltung auf, nachdem Meingast und sie einander schon vor einer Weile losgelassen hatten. Es kam ihr vor, daß sie plötzlich mit den Sohlen auf dem Holzboden lande, und ein Wirbel unaussprechlicher, grauenvoller Lust beruhigte sich in ihrem Körper. Sie war fest überzeugt, daß alles, was sich abgespielt habe, eine besondere, auf sie gemünzte Bedeutung besitze; und so seltsam es klingen mag, hatte sie von dem abstoßenden Vorgang den Eindruck, daß sie eine Braut sei, der man ein Ständchen dargebracht habe, und in ihrem Kopf tanzten Vorsätze, die sie abschließen wollte, mit solchen, die sie neu faßte, wild durcheinander.

«Komisch!» sagte plötzlich Ulrich ins Dunkel und brach als erster das Schweigen der vier. «Es ist doch eigentlich ein lächerlich verzwickter Gedanke, daß diesem Burschen der ganze Spaß verdorben wäre, wenn er bloß wissen könnte, daß er ohne sein Wissen beobachtet wird!» Aus dem Nichts löste sich der Schatten Meingasts und blieb in der Richtung auf Ulrichs Stimme als schmale Verdichtung der Finsternis stehn. «Man mißt dem Sexuellen viel zu große Bedeutung bei» sagte der Meister. «Das sind in Wahrheit Bockspiele des Zeitwollens.» Sonst sagte er nichts. Aber Clarisse, die bei Ulrichs Sprache unwillig zusammengezuckt war, fühlte, daß sie durch Meingasts Worte, wenn man auch in ihrem Dunkel nicht wußte, wohin es ging, vorwärtsgebracht wurde.

15

Das Testament

Als Ulrich nach Hause zurückkehrte, von dem, was er erlebt hatte, in noch größere Unzufriedenheit als zuvor versetzt, wollte er einer Entscheidung nicht länger ausweichen und rief sich, so genau er sich nur zu erinnern vermochte, den «Zwischenfall» ins Gedächtnis, mit welchem Wort er mildernd das bezeichnete, was sich in den letzten Stunden seines Beisammenseins mit Agathe und wenige Tage nach dem großen Gespräch ereignet hatte.

Ulrich war reisefertig gewesen, um einen Schlafwagenzug zu benützen, der spät durch die Stadt kam, und die Geschwister hatten sich zum letzten Abendbrot getroffen; es war vorher ausgemacht worden, daß ihm Agathe in kurzer Zeit nachfolgen solle, und sie schätzten diese Trennung etwas ungewiß auf fünf bis vierzehn Tage.

Bei Tisch sagte Agathe: «Wir haben aber vorher noch etwas zu tun!»

«Was?» fragte Ulrich.

«Wir müssen das Testament ändern.»

Ulrich erinnerte sich, daß er seine Schwester ohne Überraschung angesehen habe: trotz allem, was sie schon miteinander gesprochen hatten, war er der Erwartung gewesen, daß nun ein Scherz kommen werde. Aber Agathe blickte auf ihren Teller und hatte die wohlbekannte Falte des Nachdenkens über der Nasenwurzel. Langsam sagte sie: «Er soll nicht so viel von mir in seinen Fingern behalten, als hätte man einen Wollfaden dazwischen abgebrannt...!»

Es mußte in den letzten Tagen etwas in ihr heftig gearbeitet haben. Ulrich wollte ihr sagen, daß er diese Überlegungen, wie man Hagauer schädigen könne, für unerlaubt halte und nicht wieder darüber zu sprechen wünsche: in diesem Augenblick trat aber der alte Haus- und Amtsdiener seines Vaters ein, der die Speisen auftrug, und sie konnten sich nur noch verhüllt und in Andeutungen ausdrücken.

«Tante Malwine –» sagte Agathe und lächelte ihren Bruder an «erinnerst du dich an Tante Malwine? –» Sie hatte ihr ganzes Vermögen unserer Kusine bestimmt; das war eine ausgemachte Sache, von der alle wußten! Und dafür ist diese im elterlichen Erbe zugunsten ihres Bruders auf den Pflichtteil beschränkt worden, damit keines der Geschwister, die von ihrem Vater gleich zärtlich geliebt wurden, mehr bekäme als das andere. Daran mußt du dich wohl erinnern? Die Jahresrente, die Agathe – Alexandra, deine Kusine,» verbesserte sie sich lachend «seit ihrer Heirat bekam, ist bis auf weiteres gegen diesen Pflichtteil verrechnet worden, das war eine komplizierte Angelegenheit, um Tante Malwine mit dem Sterben Zeit zu lassen –»

«Ich verstehe dich nicht» hatte Ulrich gemurrt.

«Aber das ist doch einfach zu verstehn! Tante Malwine ist heute tot, aber noch vor ihrem Tod hatte sie ihr ganzes Vermögen verloren; sie mußte sogar unterstützt werden. Jetzt braucht Papa nur noch aus irgendeinem Grund vergessen zu haben, daß er seine eigene Testamentsabänderung rückgängig mache, so bekommt Alexandra überhaupt nichts, auch wenn bei ihrer Heirat Gütergemeinschaft vereinbart worden sein sollte!»

«Das weiß ich nicht, ich glaube, das wäre sehr ungewiß!» sagte Ulrich unwillkürlich. «Und dann werden doch wohl auch bestimmte Zusicherungen des Vaters dagewesen sein. Vater kann das alles doch nicht ohne irgendwelche Auseinandersetzung mit seinem Schwiegersohn gemacht haben!» Ja, er erinnerte sich allzugut, so geantwortet zu haben, weil er bei dem gefährlichen Irrtum seiner Schwester einfach nicht stillsein konnte. Auch das Lächeln, mit dem sie ihn danach angesehen hatte, war ihm noch ganz gegenwärtig: «So ist er!» schien sie zu denken. «Man braucht ihm eine Sache nur so darzulegen, als ob sie nicht Fleisch und Blut, sondern etwas Allgemeines wäre, und man kann ihn am Nasenring führen!» Und dann hatte sie kurz gefragt: «Waren solche Vereinbarungen schriftlich da?» und gab selbst die Antwort: «Davon habe ich nie etwas gehört, und ich müßte es doch eigentlich wissen! Papa war eben in allen Dingen sonderbar.»

In diesem Augenblick wurde serviert, und sie benutzte Ulrichs Wehrlosigkeit um beizufügen: «Mündliche Vereinbarungen kann man jederzeit abstreiten. Ist aber das Testament nach Tante Malwines Verarmung noch einmal abgeändert worden, so spricht alles dafür, daß diese zweite Abänderung verloren gegangen ist!»

Und wieder ließ sich Ulrich zu einer Verbesserung verleiten und sagte: «Immerhin bleibt dann noch der nicht unbeträchtliche Pflichtteil; den kann man leiblichen Kindern doch nicht wegnehmen!»

«Aber ich habe dir schon gesagt, daß der noch bei Lebzeiten ausbezahlt worden ist! Alexandra war doch überhaupt zweimal verheiratet!» Sie waren einen Augenblick allein, und hastig fügte Agathe hinzu: «Ich habe mir diese Stelle genau angesehn: Man braucht nur einige Worte zu ändern, dann sieht es so aus, als ob mir der Pflichtteil schon früher ausgezahlt worden wäre. Wer weiß denn das heute?! Als uns Papa nach den Verlusten der Tante wieder auf gleiche Teile setzte, ist das in einem Nachtrag geschehn, den man vernichten kann; außerdem könnte ich ja auch auf meinen Pflichtteil verzichtet haben, um ihn aus irgendwelchen Gründen dir zu lassen!»

Ulrich sah verblüfft seine Schwester an und versäumte darüber die Gelegenheit, auf ihre Erfindungen die Antwort zu geben, zu der er verpflichtet war; als er damit beginnen wollte, befanden sie sich schon wieder zu dritt, und er mußte seine Worte verschleiern:

«Man sollte wirklich» begann er zögernd «so etwas auch nicht denken!»

«Weshalb denn nicht?!» entgegnete Agathe.

Solche Fragen sind sehr einfach, wenn sie ruhen; aber sobald sie sich aufrichten, sind sie eine ungeheuerliche Schlange, die zu einem harmlosen Fleck zusammenrollt gewesen ist: Ulrich erinnerte sich, daß er zur Antwort gegeben habe: «Sogar Nietzsche schreibt den ‹freien

Geistern› vor, um der Freiheit des Inneren willen gewisse äußere Regeln zu achten!» Er hatte das mit einem Lächeln geantwortet, hatte aber dabei gefühlt, daß es etwas feige sei, sich hinter die Worte eines anderen zu verstecken.

«Das ist ein lahmer Grundsatz!» entschied Agathe kurz. «Nach diesem Grundsatz war ich verheiratet!»

Und Ulrich dachte: «Ja, es ist wirklich ein lahmer Grundsatz.» Es scheint, daß Menschen, die auf besondere Fragen etwas Neues und Umgestaltendes zu antworten haben, dafür mit allem anderen ein Kompromiß schließen, das sie eine brave Moral in Pantoffeln leben läßt; zumal da ein solches Verfahren, das alle Bedingungen konstant zu halten trachtet bis auf die eine, die es zu verändern wünscht, ganz und gar der schöpferischen Ökonomie des Denkens entspricht, die ihnen vertraut ist. Auch Ulrich war das stets eher streng als nachlässig vorgekommen, aber damals, als dieses Gespräch zwischen ihm und seiner Schwester stattfand, fühlte er sich getroffen; er ertrug nicht mehr die Unentschiedenheit, die er geliebt hatte, und es schien ihm, daß gerade Agathe die Aufgabe gehabt habe, ihn soweit zu bringen. Und während er ihr trotzdem noch die Regel der Freien Geister vorhielt, lachte sie und fragte ihn, ob er nicht bemerke, daß in dem Augenblick, wo er allgemeine Regeln zu bilden suche, ein anderer Mensch an seine Stelle trete.

«Und obgleich du ihn sicher mit Recht bewunderst, ist er dir im Grunde ganz gleichgültig!» behauptete sie. Sie sah ihren Bruder mutwillig und herausfordernd an. Er fühlte sich wieder gehindert, ihr zu antworten, schwieg, jeden Augenblick eine Störung erwartend, und mochte sich doch nicht entschließen, das Gespräch abzubrechen. Diese Lage machte ihr Mut. «Du hast mir in der kurzen Zeit unseres Beisammenseins» fuhr sie fort «so wunderbare Ratschläge für mein Leben gegeben, wie ich sie mir nie auszudenken gewagt hätte, aber dann hast du jedesmal gefragt, ob sie auch wahr seien! Mir scheint, die Wahrheit ist in deinem Gebrauch eine Kraft, die den Menschen mißhandelt!?»

Sie wußte nicht, woher sie das Recht nahm, ihm solche Vorwürfe zu machen; ihr eigenes Leben erschien ihr doch so wertlos, daß sie hätte schweigen müssen. Aber sie schöpfte ihren Mut aus ihm selbst, und das war ein so wunderlich weiblicher Zustand, der sich auf ihn stützte, während sie ihn angriff, daß er es auch fühlte.

«Du hast kein Verständnis für das Verlangen, Gedanken zu großen, gegliederten Massen zusammenzufassen, die Kampferlebnisse des Geistes sind dir fremd; du siehst darin nur irgend einen Gleichschritt ziehender Kolonnen, das Unpersönliche vieler Füße, die die Wahrheit wie eine Staubwolke aufwirbeln!» sagte Ulrich.

«Aber hast du mir denn nicht selbst die zwei Zustände, in denen du leben kannst, so genau und klar beschrieben, wie ich es nie vermöchte?!» antwortete sie.

Eine Glutwolke, deren Grenzen sich rasch veränderten, flog über ihr Gesicht. Sie hatte das Verlangen, ihren Bruder so weit zu bringen, daß er nicht mehr umkehren könne. Sie fieberte bei dieser Vorstellung, wußte aber noch nicht, ob sie genug Mut haben werde, und verzögerte das Ende des Mahls.

Das alles wußte Ulrich, er erriet es; aber er hatte sich nun aufgerüttelt und sprach auf sie ein. Er saß vor ihr, die Augen abwesend, den Mund gewaltsam zum Sprechen gezwungen, und hatte den Eindruck, er sei nicht bei sich, sondern eigentlich hinter sich zurückgeblieben und rufe sich das nach, was er sage. «Nimm an, ich möchte» sagte er «auf der Reise einem Fremden die goldene Zigarettendose stehlen: ich frage dich, ob das nicht einfach undenkbar ist?! Also will ich jetzt auch nicht erst darüber reden, ob eine Entscheidung, wie sie dir vorschwebt, mit höherer Geistesfreiheit zu rechtfertigen sei oder nicht. Möge es sogar recht sein, Hagauer ein Leid zuzufügen. Aber stell dir vor, ich im Hotel sei weder in Not, noch ein Berufsdieb, noch ein geistig Minderwertiger mit Deformationen am Kopf oder am Körper, noch habe ich eine Hysterikerin zur Mutter oder einen Trinker zum Vater, noch sei ich von irgendetwas anderem verwirrt oder stigmatisiert, stähle aber trotzdem: ich wiederhole dir, daß es diesen Fall auf der ganzen Welt nicht gibt! Er kommt einfach nicht vor! Er ist geradezu mit wissenschaftlicher Sicherheit für unmöglich zu erklären!»

Agathe lachte hell auf. «Aber Ulo! Was ist dann, wenn man es trotzdem tut?!»

Bei dieser Antwort, die er nicht vorgesehen hatte, mußte Ulrich selbst lachen; er sprang auf und schob seinen Stuhl hastig zurück, damit er sie durch seine Zustimmung nicht ermutige. Agathe erhob sich von Tisch. «Du darfst das nicht tun!» bat er sie. «Aber Uli,» erwiderte sie «denkst du denn selbst im Traum, oder träumst du da etwas, das geschieht?!»

Diese Frage erinnerte ihn an seine eigene vor wenig Tagen aufgestellte Behauptung, daß alle Forderungen der Moral auf eine Art Traumzustand hinwiesen, der aus ihnen entflohen sei, wenn sie fertig dastünden. Aber Agathe war, nachdem sie das gesagt hatte, in das Arbeitszimmer ihres Vaters gegangen, das sich nun hinter zwei geöffneten Türen beleuchtet darbot, und Ulrich, der ihr nicht gefolgt war, sah sie in diesem Rahmen stehn. Sie hielt ein Papier ans Licht und las darin. «Hat sie keine Vorstellung von dem, was sie da auf sich nimmt?!» fragte er sich. Doch der Schlüsselbund zeitgenössischer Begriffe wie nervöse Minderwertigkeit, Ausfallserscheinung, Debilität und dergleichen wollte nicht passen, und in dem schönen Anblick, den Agathe während ihres Vergehens bot, war auch weder von Habsucht, noch von Rache oder einer anderen inneren Häßlichkeit eine Spur zu entdecken. Und obwohl mit Hilfe solcher Begriffe selbst die Handlungen eines Verbrechers oder Halbirren Ulrich noch verhältnismäßig gezähmt und zivilisiert vorgekommen wären, denn da schimmern die verzerrten und verschobenen Beweggründe des gewöhnlichen Lebens in der Tiefe, machte ihn seiner Schwester wildsanfte Entschlossenheit, worin sich Reinheit und Verbrechen unterschiedslos mischten, in diesem Augenblick völlig fassungslos. Er vermochte nicht, dem Gedanken Raum zu geben, daß dieser Mensch, der ganz offen begriffen war, eine schlechte Handlung zu begehn, ein schlechter Mensch sein könne, und mußte dabei zusehn, wie Agathe ein Papier nach dem anderen aus dem Schreibtisch nahm, durchlas, zur Seite legte und ernstlich nach bestimmten Aufzeichnungen suchte. Ihre Entschlossenheit machte den Eindruck, aus einer anderen Welt auf die Ebene gewöhnlicher Entscheidungen herabgestiegen zu sein.

Während dieser Beobachtungen beunruhigte Ulrich überdies die Frage, warum er Hagauer überredet habe, gutgläubig abzureisen. Es dünkte ihn, er habe von allem Anfang an so gehandelt, als ob er das Werkzeug des Willens seiner Schwester wäre, und bis zuletzt hatte er ihr, auch wenn er widersprach, Antworten gegeben, die ihr vorwärtshalfen. Die Wahrheit mißhandle den Menschen, hatte sie gesagt: «Sehr gut gesagt, aber sie weiß doch garnicht, was Wahrheit bedeutet!» überlegte Ulrich. «Mit den Jahren bekommt man die steife Gicht davon, aber in der Jugend ist es ein Jagd- und Segelleben!» Er hatte sich wieder gesetzt. Jetzt kam ihm plötzlich vor, daß Agathe nicht nur das, was sie von Wahrheit sage, irgendwie von ihm abgenommen habe, sondern daß ihr auch das, was sie im Nebenzimmer tue, von ihm vorgezeichnet worden sei. Er hatte doch gesagt, daß es im höchsten Zustand eines Menschen kein Gut und Böse gebe, sondern nur Glaube oder Zweifel; daß feste Regeln dem innersten Wesen der Moral widersprächen und der Glaube höchstens eine Stunde alt werden dürfe; daß man im Glauben nichts Niedriges tun könne; daß Ahnung ein leidenschaftlicherer Zustand sei als Wahrheit: Und Agathe war jetzt im Begriff, das Gebiet der moralischen Umfriedung zu verlassen und sich auf jene grenzenlose Tiefe hinauszuwagen, wo es keine andere Entscheidung gibt als die, ob man steigen wird oder fällt. Sie führte das so aus, wie sie seinerzeit die Orden aus seiner zögernden Hand genommen hatte, um sie zu vertauschen, und in diesem Augenblick liebte er sie unerachtet ihrer Gewissenlosigkeit mit dem merkwürdigen Gefühl, daß es seine eigenen Gedanken seien, die von ihm zu ihr gegangen wären und nun von ihr wieder zu ihm zurückkehrten, ärmer an Überlegung geworden, aber wie ein Wildwesen balsamisch nach Freiheit duftend. Und während er unter der Mühe, sich zu bändigen, zitterte, schlug er ihr vorsichtig vor: «Ich werde meine Abreise um einen Tag verschieben und beim Notar oder bei einem Rechtsanwalt Erkundigungen einholen. Vielleicht ist das furchtbar durchsichtig, was du tun willst!»

Aber Agathe hatte schon herausgefunden, daß der Notar, dessen sich ihr Vater seinerzeit bedient hatte, nicht mehr am Leben sei. «Kein Mensch weiß mehr von der Sache,» sagte sie «rühr nicht daran!»

Ulrich bemerkte, daß sie ein Blatt Papier genommen hatte und Versuche anstellte, die Handschrift ihres Vaters nachzuahmen.

Angezogen davon, war er nahegekommen und hinter sie getreten. Da lagen nun in Haufen die Blätter, auf denen die Hand seines Vaters gelebt hatte, deren Bewegung man beinahe noch nachfühlen konnte, und dort zauberte Agathe wie in schauspielerischer Nachahmung fast das Gleiche hervor. Es war seltsam, dem zuzusehn. Der Zweck, zu dem das geschah, der Gedanke, daß es einer Fälschung diene, verschwand. Und in Wahrheit hatte sich das Agathe auch gar nicht überlegt. Es schwebte eine Gerechtigkeit mit Flammen statt mit Logik um sie. Güte, Anständigkeit und Rechtlichkeit waren ihr, wie sie diese Tugenden an Menschen, die sie kannte, und zumal an Professor Hagauer kennen gelernt hatte, immer nur so vorgekommen, als ob man einen Fleck aus einem Kleid entfernt hätte; aber das Unrecht, das in diesem Augenblick um sie selbst schwebte, war so, wie wenn die Welt im Licht eines Sonnenaufgangs ertrinkt. Es kam ihr vor, es wären Recht und Unrecht nicht mehr allgemeine Begriffe und ein für Millionen von Menschen angerichtetes Kompromiß, sondern zauberhafte Begegnung von Mir und Dir, Irrsinn erster, noch mit nichts vergleichlicher und an keinem Maß zu messender Schöpfung. Eigentlich machte sie Ulrich ein Verbrechen zum Geschenk, indem sie sich in seine Hand gab, voll Vertrauen, daß er ihre Unbesonnenheit verstehen müsse, und ähnlich wie Kinder, die, wenn sie schenken wollen und nichts besitzen, auf die unerwartetsten Einfälle kommen. Und Ulrich erriet das meiste davon. Wenn seine Augen ihren Bewegungen folgten, bereitete es ihm eine Annehmlichkeit, die er noch nie erlebt hatte, denn es hatte etwas von märchenhafter Sinnlosigkeit in sich, einmal ganz und ohne Warnung dem nachzugeben, was ein anderes Wesen tat. Auch wenn die Erinnerung hineinfiel, daß doch einem Dritten gleichzeitig Böses geschehe, blinkte sie nur für eine Sekunde wie ein Beil auf, und er beruhigte sich rasch damit, daß es eigentlich doch noch niemand etwas angehe, was seine Schwester dort tue; es war nicht ausgemacht, daß diese Schriftversuche wirklich benutzt würden, und was Agathe in ihren vier Wänden trieb, blieb ihre Sache, solang die Wirkung nicht aus dem Haus drang.

Sie rief jetzt nach ihrem Bruder, wandte sich um und war überrascht, weil er hinter ihr stand. Sie wachte auf. Sie hatte alles geschrieben, was sie schreiben wollte, und bräunte es nun entschlossen an einer Kerzenflamme, um der Schrift ein altes Aussehen zu geben. Sie streckte ihre freie Hand Ulrich entgegen, der nahm sie nicht, vermochte aber auch nicht, sein Gesicht ganz in finstere Falten zu verschließen. Darauf sagte sie: «Höre! Wenn etwas ein Widerspruch ist, und du liebst ihn nach seinen beiden Seiten – liebst ihn wirklich! – hebst du ihn damit nicht schon auf, ob du es willst oder nicht?!»

«Diese Frage ist viel zu leichtfertig gestellt» murrte Ulrich. Aber Agathe wußte, wie er in seinem «zweiten Denken» darüber urteilen werde. Sie nahm ein reines Papierblatt und schrieb übermütig in den altmodischen Schriftzügen, die sie so gut nachzuahmen verstand: «Meine böse Tochter Agathe bietet keinen Grund, diese einmal getroffenen Bestimmungen zuungunsten meines guten Sohnes Ulo zu ändern!» Damit war sie noch nicht zufrieden und schrieb auf ein zweites Blatt: «Meine Tochter Agathe soll von meinem guten Sohn Uli noch eine Weile erzogen werden.»

So hatte es sich also zugetragen, aber nachdem Ulrich es bis ins einzelne wieder erweckt hatte, wußte er am Ende ebensowenig, was zu tun sei, wie vor Beginn.

Er hätte nicht abreisen dürfen, ohne die Lage wieder ins Lot zu bringen: das stand wohl außer Zweifel! Und offenbar hatte ihm der zeitgenössische Aberglaube, daß man nichts zu ernst nehmen dürfe, einen Streich gespielt, als er ihm einflüsterte, vorderhand das Feld zu räumen und den Wert des strittigen Zwischenfalls nicht durch empfindungsvollen Widerstand zu vergrößern. Es wird nichts so heiß gegessen, wie es gekocht wird; es entsteht aus den heftigsten Übertreibungen, wenn man sie sich selbst überläßt, mit der Zeit eine neue Mittelmäßigkeit; man könnte sich in keinen Zug setzen und müßte auf der Straße immer eine entsicherte Pistole zur Hand haben, wenn man nicht dem Gesetz des Durchschnitts vertrauen dürfte, das die überstiegenen Möglichkeiten von selbst unwahrscheinlich macht: diesem europäischen Erfahrungsglauben hatte Ulrich gehorcht, als er trotz aller Bedenken nach Hause gereist war. Im Grunde freute es ihn sogar, daß sich Agathe anders gezeigt hatte.

Trotzdem durfte der Abschluß dieser Angelegenheit rechtlichermaßen kein anderer sein, als daß Ulrich nun, und so bald wie möglich, das Versäumte nachhole. Er hätte seiner Schwester ohne zu zögern einen Expreßbrief oder eine Depesche schicken müssen, und er vergegenwärtigte sich, daß darin ungefähr stehen müßte: «Ich lehne jede Gemeinschaft ab, solange du nicht...!» Aber das zu schreiben, war er ganz und gar nicht gesonnen, es war ihm einfach im Augenblick völlig unmöglich.

Überdies war jenem verhängnisvollen Auftritt der Beschluß vorangegangen, daß sie in den nächsten Wochen zusammen leben oder doch wenigstens wohnen wollten, und in der kurzen dann noch bis zum Abschied übriggebliebenen Zeit hatten sie hauptsächlich davon sprechen müssen. Sie waren zunächst «für die Dauer der Scheidung» übereingekommen, damit Agathe Rat und Schutz habe. Aber nun erinnerte sich Ulrich, während er sich das ins Gedächtnis rief, auch einer älteren Bemerkung seiner Schwester, daß sie «Hagauer umbringen» wolle, und offenbar hatte dieser «Plan» in ihr gearbeitet und eine neue Gestalt angenommen. Sie hatte lebhaft darauf bestanden, das Familiengrundstück rasch zu verkaufen, und das mochte wohl schon den Sinn gehabt haben, daß sich der Besitz verflüchtige, wenngleich es auch aus anderen Gründen ratsam erscheinen konnte; jedenfalls hatten die Geschwister beschlossen, eine Maklerfirma zu beauftragen, und hatten die Bedingungen festgesetzt. Also mußte Ulrich jetzt auch darüber nachdenken, was mit seiner Schwester eigentlich geschehen solle, nachdem er in sein nachlässig-einstweiliges und von ihm selbst nicht anerkanntes Leben zurückgekehrt wäre. Die Lage, in der sie sich befand, konnte unmöglich andauern. So überraschend nah sie einander auch in der kurzen Zeit gekommen waren – der Anschein einer Schicksalskreuzung, dachte Ulrich, wenn auch wahrscheinlich aus allerhand unabhängigen Einzelheiten zustandegekommen; während Agathe vielleicht eine abenteuerlichere Auffassung davon hatte – so wenig wußten sie von einander in den mannigfachen oberflächlichen Beziehungen, von denen ein gemeinsames Leben abhängt. Wenn er unbefangen über seine Schwester nachdachte, fand Ulrich sogar viele ungelöste Fragen, und selbst über ihre Vergangenheit vermochte er sich kein sicheres Urteil zu bilden; den meisten Aufschluß schien ihm noch die Vermutung zu geben, daß sie alles, was durch sie oder mit ihr geschehe, sehr nachlässig behandle und daß sie sehr ungewiß und vielleicht phantastisch in Erwartungen lebe, die neben ihrem wirklichen Leben herliefen, denn eine solche Erklärung wurde auch dadurch nahegelegt, daß sie so lange mit Hagauer gelebt und so schnell mit ihm gebrochen habe. Und auch die Unüberlegtheit, womit sie die Zukunft behandelte, paßte dazu: sie war von Hause fortgegangen, das schien ihr einstweilen zu genügen, und Fragen, was weiter geschehen werde, wich sie aus. Und auch Ulrich vermochte weder die Vorstellung zu bilden, daß sie nun ohne Mann bleiben und unbestimmt wie ein junges Mädchen harren werde, noch konnte er sich vorstellen, wie der Mann aussehen müßte, zu dem seine Schwester passe; das hatte er auch ihr kurz vor dem Abschied gesagt.

Sie aber hatte ihm erschrocken – und wahrscheinlich ein wenig mit närrisch gespieltem Schreck – ins Gesicht gesehn und dann ruhig mit der Gegenfrage geantwortet: «Kann ich denn in der nächsten Zeit nicht einfach bei dir wohnen, ohne daß wir alles entscheiden?»

So, und um nichts bestimmter, war also der Beschluß, daß sie zusammenzögen, bekräftigt worden. Aber Ulrich begriff, daß mit diesem Versuch der Versuch seines «Lebens auf Urlaub» abschließen müsse. Er wollte nicht überlegen, welche Folgen das haben werde, aber daß sein Leben fortab gewissen Einschränkungen unterworfen wäre, war ihm nicht unwillkommen, und zum erstenmal dachte er wieder an den Kreis und zumal an die Frauen der Parallelaktion. Die Vorstellung, sich von allem abzuschließen, die mit der neuen Veränderung verbunden war, dünkte ihn wundervoll. So wie an Räumen oft nur eine Kleinigkeit zu ändern ist, damit aus einem lustlosen Schallen eine herrliche Resonanz entsteht, veränderte sich in seiner Phantasie sein kleines Haus zu einer Muschel, in der man wie einen fernen Strom das Rauschen der Stadt hörte.

Und dann hatte es doch wohl in dem letzten Teil dieses Gesprächs auch noch ein besonderes kleines Gespräch gegeben:

«Wir werden wie die Eremiten leben,» sagte Agathe mit einem lustigen Lächeln «aber in Liebesfragen bleibt natürlich jeder frei. Du wenigstens bist ungehindert!» versicherte sie.

«Weißt du,» gab Ulrich darauf zur Antwort «daß wir in das Tausendjährige Reich einziehn?»

«Was ist das?»

«Wir haben schon so viel von jener Liebe gesprochen, die nicht wie ein Bach zu einem Ziel fließt, sondern wie das Meer einen Zustand bildet! Sei nun ehrlich: Wenn man dir in der Schule erzählt hat, die Engel im Paradies täten nichts, als im Angesicht des Herrn zu verweilen und ihn zu lobpreisen, hast du dir dieses selige Nichtstun und Nichtsdenken vorstellen können?»

«Ich habe es mir immer etwas langweilig vorgestellt, was gewiß an meiner Unvollkommenheit liegt» war die Antwort Agathes.

«Aber nach allem, worüber wir uns verständigt haben,» erklärte Ulrich «mußt du dir jetzt vorstellen, daß dieses Meer eine Reglosigkeit und Abgeschiedenheit ist, die von immerwährenden kristallisch reinen Begebenheiten erfüllt wird. Alte Zeiten haben versucht, sich ein solches Leben schon auf Erden vorzustellen: das ist das Tausendjährige Reich, geformt nach uns selbst und doch keins der Reiche, wie wir sie kennen! Und so werden wir leben! Wir werden alle Selbstsucht von uns abtun, wir werden weder Güter, noch Erkenntnisse, noch

Geliebte, noch Freunde, noch Grundsätze, noch uns selbst sammeln: demnach wird sich unser Sinn öffnen, auflösen gegen Mensch und Tier und so in einer Weise erschließen, daß wir gar nicht mehr wir bleiben können und uns nur in alle Welt verflochten aufrecht erhalten werden!»

Dieses kleine Zwischengespräch war ein Scherz gewesen. Er hatte dabei Papier und Blei zur Hand, machte Vormerkungen und besprach dazwischen mit seiner Schwester, was ihrer warte, wenn sie den Verkauf des Hauses und seiner Einrichtung durchführe. Er war auch noch böse und wußte selbst nicht, ob er lästere oder phantasiere. Und über dem allen waren sie nicht mehr dazugekommen, sich wegen des Testaments gewissenhaft auseinanderzusetzen.

Auch heute lag wohl in diesem mannigfaltigen Zustandekommen der Grund dafür, daß Ulrich keineswegs bis zur tätigen Reue gelangte. Der Handstreich seiner Schwester hatte viel an sich, das ihm gefiel, obgleich er selbst der Geschlagene war; er mußte sich eingestehn, daß dadurch der «nach der Regel der freien Geister» dahinlebende Mensch, dem er in sich allzuviel Bequemlichkeit zugebilligt hatte, mit einem Schlag in einen gefährlichen Widerspruch zu dem tief unbestimmten geraten war, von dem der wirkliche Ernst ausgeht. Er wollte auch diesem Geschehen nicht ausweichen, indem er es schnell und in gewöhnlicher Weise gutmache: Aber dann gab es keine Regel, und man mußte das Geschehnis sich entwickeln lassen.

16

Wiedersehen mit Diotimas diplomatischem Gatten

Der Morgen traf Ulrich nicht klarer an, und spät am Nachmittag entschloß er sich – in der Absicht, den Ernst, der ihn bedrückte, zu erleichtern – seine mit der Befreiung der Seele von der Zivilisation beschäftigte Kusine aufzusuchen.

Zu seiner Überraschung wurde er, ehe noch Rachel aus Diotimas Zimmer zurückgekehrt war, von Sektionschef Tuzzi in Empfang genommen, der ihm entgegenkam. «Meine Frau fühlt sich heute nicht wohl» erläuterte der geübte Ehegatte mit jenem gedankenlosen Zartgefühl in der Stimme, dessen Klang durch allmonatlichen Gebrauch schon zu einer Formel geworden ist, in der das häusliche Geheimnis offen daliegt. «Ich weiß nicht, ob sie Ihren Besuch wird empfangen können.» Er war zum Ausgehen angekleidet, leistete Ulrich aber bereitwillig Gesellschaft.

Dieser benutzte die Gelegenheit, sich nach Arnheim zu erkundigen. «Arnheim ist in England gewesen und befindet sich jetzt in Petersburg» erzählte Tuzzi. Ulrich war bei dieser bedeutungslosen und nur natürlichen Nachricht unter dem Eindruck seiner bedrückenden Erlebnisse so zumute, als strömte Welt, Fülle und Bewegung auf ihn zu.

«Es ist ganz gut so» meinte der Diplomat. «Er soll nur recht viel hin und her reisen. Man kann daran seine Beobachtungen machen und erfährt allerhand.»

«Sie glauben also immer noch, daß er mit einem pazifistischen Auftrag des Zaren reist?» fragte Ulrich erheitert.

«Ich glaube das mehr denn je» versicherte schlicht der für die Ausführung der österreichisch-ungarischen Politik verantwortliche Amtsleiter. Aber plötzlich zweifelte Ulrich, ob Tuzzi wirklich so ahnungslos sei oder sich nur so stelle und ihn zum Besten habe; etwas verärgert ließ er von Arnheim ab und erkundigte sich: «Ich habe gehört, daß inzwischen hier die Parole der Tat ausgegeben worden ist?»

Wie immer schien es Tuzzi Vergnügen zu machen, gegenüber der Parallelaktion den Unschuldigen und Schlauen zu spielen; er zuckte die Achseln und grinste: «Ich will meiner Frau nicht vorgreifen, Sie werden es ja doch von ihr hören, sobald Sie von ihr empfangen werden können!» Aber nach einer kleinen Weile begann das Bärtchen auf seiner Oberlippe zu zucken, und die großen dunklen Augen in dem lederbraunen Gesicht glänzten von einem unsicheren Leid. «Sie sind doch auch solch ein Schriftgelehrter,» sagte er zögernd «können Sie mir vielleicht erklären, was es heißt, wenn ein Mann Seele hat?»

Es schien, daß Tuzzi wirklich über diese Frage sprechen wolle, und offenbar rief seine Unsicherheit den Eindruck, daß er leide, hervor. Als Ulrich nicht gleich antwortete, fuhr er fort: «Wenn man sagt: ‹eine Seele von einem Menschen›, so meint man einen treuen, pflichtgeduldigen, aufrichtigen Kerl, – ich habe so einen Kanzleidirektor: aber da hat man es doch schließlich mit einer subalternen Eigenschaft zu tun! Oder es ist Seele eine Eigenschaft von Frauen: das ist dann ungefähr soviel wie daß sie leichter weinen als Männer und leichter rot werden –»

«Ihre Frau Gemahlin hat Seele» verbesserte ihn Ulrich so ernst, als stellte er fest, sie habe nachtblaues Haar.

Eine leichte Blässe eilte über Tuzzis Gesicht. «Meine Frau hat Geist,» sagte er langsam «sie gilt mit Recht für eine geistvolle Frau. Ich plage sie manchmal und werfe ihr vor, daß sie ein Schöngeist sei. Dann ärgert sie sich. Aber das ist noch nicht Seele –» Er dachte ein wenig nach. «Waren Sie schon einmal bei einer Mystikerin?» fragte er dann. «Sie liest aus der Hand oder aus einem Haar die Zukunft, unter Umständen verblüffend richtig: Das sind so Gaben oder Tricks. Aber können Sie sich etwas Sinnvolles vorstellen, wenn jemand beispielsweise sagt, daß Anzeichen für das Heraufkommen einer Zeit vorhanden sein sollen, wo sich unsere Seelen quasi ohne Vermittlung der Sinne erblicken werden? Ich will gleich hinzufügen,» ergänzte er rasch «daß das nicht etwa nur bildlich zu verstehen ist, sondern wenn Sie nicht gut sind, Sie mögen machen, was Sie wollen, so soll man es heute, da das bereits eine Zeit der erwachenden Seele ist, viel deutlicher spüren als in früheren Jahrhunderten! Glauben Sie das?»

Man wußte bei Tuzzi nie, wo sein Sticheln ihm selbst oder dem Zuhörer galt, und Ulrich antwortete auf alle Fälle: «Ich würde es an Ihrer Stelle eben auf den Versuch ankommen lassen!»

«Machen Sie keine Witze, Verehrtester, das ist unvornehm, wenn man sich in Sicherheit befindet» beklagte sich Tuzzi. «Aber meine Frau verlangt von mir das ernsthafte Verständnis solcher Sätze, auch wenn ich ihnen nicht beipflichten sollte, und ich muß da kapitulieren, ohne daß ich mich überhaupt verteidigen kann. So habe ich mich in meiner Not erinnert, daß Sie doch auch so ein Schriftgelehrter sind –?»

«Die beiden Behauptungen sind von Maeterlinck, wenn ich mich nicht irre» half Ulrich.

«So!? Von –? Ja, das könnte schon sein. Das ist dieser –? Sehen Sie, sehr gut: dann ist er vielleicht auch der, der behauptet, daß es keine Wahrheit gibt? Außer für den liebenden Menschen! sagt er. Wenn ich einen Menschen liebe, so soll ich unmittelbar an einer geheimnisvollen Wahrheit teilhaben, die tiefer ist als die gewöhnliche. Dagegen wenn wir etwas auf Grund genauer Menschenkenntnis und Beobachtung aussprechen, so soll es natürlich wertlos sein. Das soll auch von diesem Ma – Mann herrühren?»

«Ich weiß es wirklich nicht. Vielleicht. Es würde zu ihm passen.»

«Ich habe mir eingebildet, daß das von Arnheim ist.»

«Arnheim hat viel von ihm angenommen, und er viel von anderen, beide sind sie begabte Eklektiker.»

«So? Also dann sind das alte Sachen? Aber dann erklären Sie mir, um Himmelswillen, wie man so etwas heute drucken lassen darf!?» bat Tuzzi. «Wenn mir meine Frau antwortet: ‹Verstand beweist gar nichts, Gedanken reichen nicht bis an die Seele!› oder: ‹Über der Genauigkeit gibt es ein Reich der Weisheit und Liebe, das man durch überlegte Worte nur entweiht!› so verstehe ich, wie sie dazu kommt: sie ist eben eine Frau, sie verteidigt sich in dieser Weise gegen die Logik des Mannes! Aber wie kann das ein Mann sagen?!» Tuzzi rückte näher und legte Ulrich die Hand aufs Knie: «Die Wahrheit schwimmt wie ein Fisch in einem unsichtbaren Prinzip; sobald man sie herausgreift, ist sie tot: was sagen Sie dazu? Hängt das vielleicht mit dem Unterschied zwischen einem ‹Erotiker› und einem ‹Sexualiker› zusammen?»

Ulrich lächelte. «Soll ich es Ihnen wirklich sagen?»

«Ich brenne darauf!»

«Ich weiß nicht, wie ich anfangen soll.»

«Sehen Sie! Unter Männern bringt man so etwas nicht über die Lippen. Wenn Sie aber eine Seele hätten, würden Sie jetzt meine Seele einfach betrachten und bewundern. Wir würden in eine Höhe gelangen, wo es keine Gedanken, Worte und Taten gibt. Dagegen geheimnisvolle Mächte und ein erschütterndes Schweigen! Darf eine Seele rauchen?» fragte er und zündete sich eine Zigarette an; dann erst erinnerte er sich seiner Hausherrenpflicht und hielt auch Ulrich die Tabatiere hin. Im Grunde war er etwas stolz darauf, daß er die Bücher Arnheims nun gelesen hatte, und gerade weil sie ihm unausstehlich blieben, schmeichelte es ihm als eine persönliche Entdeckung, daß er den möglichen Nutzen ihrer quellenden Ausdrucksweise für die undurchdringlichen Absichten der Diplomatie erkannt habe. Wirklich hätte auch kein anderer eine so schwere Arbeit vergeblich leisten wollen, und jeder hätte sich an seiner Stelle wohl noch eine Weile nach Bedürfnis lustig gemacht, wäre dann aber bald der Sehnsucht erlegen, probeweise ein oder das andere Zitat anzubringen oder etwas, das man ohnehin nicht genau sagen kann, in einen der ärgerlich unklaren neuen Gedanken zu kleiden. Das geschieht widerstrebend, weil man den neuen Anzug noch als lächerlich empfindet, aber man gewöhnt sich rasch an ihn, und so ändert sich unmerklich der Geist der Zeit in seinen Anwendungsformen, und im Besonderen könnte Arnheim einen neuen Verehrer gewonnen haben. Sogar Tuzzi gab schon zu, daß man sich unter der Forderung, Seele und Wirtschaft zu vereinen, trotz aller grundsätzlichen Gegnerschaft, etwas wie eine Wirtschaftspsychologie vorstellen könne, und was ihn unerschütterlich vor Arnheim schützte, war eigentlich nur Diotima. Denn zwischen ihr und Arnheim hatte damals – allen unbekannt – schon eine Erkaltung Platz zu greifen begonnen, die alles, was Arnheim je über Seele gesagt hatte, mit dem Verdacht belastete, nur eine Ausrede zu sein, was zur Folge hatte, daß Tuzzi diese Aussprüche mit größerer Gereiztheit denn je vorgeworfen bekam. Es war verzeihlich, daß er unter diesen Umständen annahm, die Beziehung seiner Gattin zu dem Fremden sei noch im Ansteigen; die keine Liebe war, gegen die ein Ehemann seine Maßnahmen treffen konnte, sondern ein «Zustand der Liebe» und «liebendes Denken» und so erhaben über jeden niederen Verdacht, daß Diotima selbst offen von dem sprach, was sie ihr an Gedanken eingab, ja in letzter Zeit sogar ziemlich unnachsichtig von Tuzzi forderte, daß er geistig daran teilnehme.

Er fühlte sich ungemein verständnislos und empfindlich, von diesem Zustand umgeben, der ihn blind machte wie ein allseitiges Sonnenlicht ohne einen festen Sonnenstand, nach dem man sich richten könnte, um Schatten und Schonung zu finden.

Und er hörte Ulrich reden. «Aber ich möchte Ihnen das Folgende zu bedenken geben. In uns ist gewöhnlich ein stetiger Zu- und Abfluß des Erlebens. Die Erregungen, die sich in uns bilden, werden von außen angestiftet und fließen als Handlungen oder Worte wieder nach außen ab. Denken Sie sich das wie ein mechanisches Spiel. Und dann denken Sie es sich gestört: So muß sich eine Stauung ergeben? Irgendeine Art aus den Ufern zu treten? Unter Umständen mag es auch bloß eine Aufblähung sein –»

«Sie reden wenigstens vernünftig, wenn es auch Unsinn ist...» äußerte Tuzzi anerkennend. Er begriff nicht gleich, daß da wirklich eine Erklärung heranreifen sollte, aber er hatte seine Haltung bewahrt, und während er sich innen im Elend verlor, war auf seinen Lippen das kleine boshafte Lächeln so stolz liegen geblieben, daß er nur wieder hineinzuschlüpfen brauchte.

«Ich glaube, die Physiologen sagen,» fuhr Ulrich fort «daß das, was wir bewußtes Handeln nennen, daraus entsteht, daß der Reiz sozusagen nicht einfach durch einen Reflexbogen ein- und ausfließt, sondern zu einem Umweg gezwungen wird; dann gleichen also die Welt, die wir erleben, und die Welt, in der wir handeln, obwohl sie uns als ein- und dieselbe vorkommen, eigentlich dem Ober- und Unterwasser in einem Mühlgang und sind durch eine Art Bewußtseinsstausee verbunden, von dessen Höhe, Kraft und ähnlichem die Regelung des Zu- und Abflusses abhängt. Oder mit anderen Worten: wenn auf einer der beiden Seiten eine Störung eintritt – eine Entfremdung der Welt, oder eine Unlust zu handeln –, so könnte man doch ganz gut annehmen, daß sich auf diese Weise auch ein zweites, höheres Bewußtsein zu bilden vermöchte? Oder meinen Sie, nicht?»

«Ich?» sagte Tuzzi. «Ich muß sagen, ich glaube, mir ist das ganz egal. Das sollen die Professoren einstweilen unter sich ausmachen, wenn sie es wichtig finden. Aber praktisch gesprochen –» er bohrte nachdenklich die Zigarette in den Aschenbecher und blickte dann ärgerlich auf: «entscheiden die Menschen mit zwei Stauungen oder die mit einer Stauung über die Welt?»

«Ich dachte, daß Sie von mir nur zu hören wünschen, wie ich mir solche Gedanken entstanden denke?»

«Wenn Sie mir das gesagt haben sollten, habe ich Sie leider nicht verstanden» meinte Tuzzi.

«Aber sehr einfach: Sie besitzen die zweite Stauung nicht, also besitzen Sie das Prinzip der Weisheit nicht und verstehen kein Wort von dem, was Menschen reden, die eine Seele besitzen. Und ich wünsche Ihnen Glück dazu!»

Es war Ulrich allmählich bewußt geworden, daß er in schimpflicher Form und wunderlicher Gesellschaft Gedanken ausspreche, die gar nicht ungeeignet sein mochten, die Gefühle zu erklären, von denen sein eigenes Herz unsicher bewegt worden war. Die Vermutung, daß bei sehr gesteigerter Empfänglichkeit ein Über- und Zurückquellen der Erlebnisse entstehen könne, das die Sinne grenzenlos und weich wie ein Wasserspiegel mit allen Dingen verbinde, rief in ihm die Erinnerung an die großen Gespräche mit Agathe zurück, und sein Gesicht nahm unwillkürlich einen teils verhärteten, teils verlorenen Ausdruck an. Tuzzi betrachtete ihn unter träg gehobenen Augendeckeln und merkte an der Art von Ulrichs Sarkasmus etwas davon, daß er selbst hier nicht der einzige sei, dessen «Stauungen» nicht seinen Wünschen entsprächen.

Es war den beiden kaum aufgefallen, wie lange Rachel ausblieb, die von Diotima zurückgehalten worden war, um ihr rasch zu helfen, sich selbst und das Krankenzimmer in eine Ordnung des Leidens zu bringen, die zwar frei sein sollte, aber doch schicklich, Ulrich zu empfangen: Nun überbrachte das Mädchen die Meldung, daß er nicht fortgehen, sondern sich noch ein wenig gedulden möge, und kehrte eilig wieder zur Herrin zurück.

«Alle Sätze, die Sie mir genannt haben, sind natürlich Allegorien» setzte Ulrich nach dieser Unterbrechung das Gespräch fort, um den Hausherrn für die Aufmerksamkeit zu entschädigen, daß er ihm Gesellschaft leiste. «Eine Art Schmetterlingssprache! Und ich habe von Leuten wie Arnheim ungefähr den Eindruck, daß sie sich mit diesem hauchdünnen Nektar einen Bauch ansaufen! Das heißt,» fügte er rasch hinzu, denn es fiel ihm noch rechtzeitig ein, daß er nicht auch Diotima mitbeleidigen dürfe «gerade von Arnheim habe ich diesen Eindruck, ebenso wie ich trotzdem von ihm auch den Eindruck habe, daß er seine Seele gleich einer Brieftasche am Busen trägt!»

Tuzzi legte Aktenmappe und Handschuhe wieder hin, die er bei Rachels Eintritt an sich genommen hatte, und erwiderte heftig: «Wissen Sie, was es ist? Ich meine, was Sie mir so interessant erklärt haben. Das ist nichts als der Geist des Pazifismus!» Er machte eine Pause, damit sich diese Eröffnung auswirke. «Der Pazifismus in den Händen von Dilettanten schließt ohne Zweifel eine große Gefahr ein» fügte er bedeutsam hinzu.

Ulrich wollte lachen, aber Tuzzi meinte es tödlich ernst, und er hatte da zwei Dinge zusammengebracht, die wirklich entfernt verwandt waren, so komisch es auch sein mochte, Liebe und Pazifismus dadurch verbunden zu sehn, daß beide in ihm den Eindruck einer dilettantischen Ausschweifung hervorriefen. So wußte Ulrich nicht, was er antworten solle, und benutzte die Gelegenheit bloß, um auf die Parallelaktion zurückzukommen, indem er einwandte, daß in ihr doch gerade eine Parole der Tat ausgegeben worden sei.

«Das ist eine Leinsdorf-Idee!» äußerte Tuzzi wegwerfend. «Erinnern Sie sich noch an die letzte Besprechung hier bei uns kurz vor Ihrer Abreise? Leinsdorf hat gesagt: ‹Irgendetwas muß geschehn!›: das ist jetzt das Ganze, das nennt man jetzt die Parole der Tat! Und natürlich sucht Arnheim dem seinen russischen Pazifismus zu unterschieben. Erinnern Sie sich, wie ich davor gewarnt habe? Ich fürchte, man wird noch an mich denken! Nirgends ist die Außenpolitik so schwierig wie bei uns, und ich habe schon damals gesagt: Wer sich heute zumutet, grundlegende politische Ideen zu verwirklichen, muß ein Stück Bankrotteur und Verbrecher in sich haben!» – Diesmal ging Tuzzi ordentlich aus sich heraus, wohl weil Ulrich schon im nächsten Augenblick zu seiner Gattin gerufen werden konnte oder weil er in dieser Unterredung nicht allein der Belehrte bleiben wollte. «Die Parallelaktion erregt internationales Mißtrauen,» berichtete er «und ihre innerpolitische Wirkung, daß man sie sowohl für deutschfeindlich wie für slawenfeindlich hält, ist auch außenpolitisch zu spüren. Damit Sie aber ganz den Unterschied zwischen dilettantischem und fachmännischem Pazifismus verstehn, werde ich Ihnen etwas erklären: Österreich könnte auf mindestens dreißig Jahre jeden Krieg verhindern, wenn es der Entente cordiale beiträte! Und beim Regierungsjubiläum könnte es das natürlich mit einer unerhört schönen pazifistischen Gebärde tun und dabei Deutschland seiner Bruderliebe versichern, auf daß es ihm nachfolge oder nicht. Die Mehrheit unserer Nationalitäten würde begeistert sein. Wir könnten mit französischen und englischen billigen Krediten unsere Armee so stark machen, daß uns Deutschland nicht einschüchtern kann. Italien wären wir los. Frankreich könnte ohne uns nichts machen: Mit einem Wort, wir wären der Schlüssel zu Frieden und Krieg und machten das große politische Geschäft. Ich verrate Ihnen damit kein Geheimnis: das ist eine einfache diplomatische Rechnung, die jeder Handelsattaché anstellen kann. Warum läßt sie sich nicht ausführen? Imponderabilien des Hofs: Man kann dort Es Em so wenig ausstehn, daß man es unanständig fände, dem nachzugeben; Monarchien sind heute im Nachteil, weil sie mit Anständigkeit belastet sind! Sodann Imponderabilien des sogenannten öffentlichen Geistes: da bin ich bei der Parallelaktion. Warum erzieht sie nicht den öffentlichen Geist?! Warum bringt man ihm nicht eine sachliche Auffassung bei? Sehen Sie,» – aber hier verloren Tuzzis Darlegungen von ihrer Glaubwürdigkeit und machten eher den Eindruck verhehlter Mühsal – «dieser Arnheim macht mir ja wirklich Spaß mit seinem Schreiben! Das hat nicht er erfunden, und neulich, als ich spät eingeschlafen bin, habe ich Zeit gehabt, darüber ein wenig nachzudenken. Es hat immer Politiker gegeben, die Romane geschrieben oder Theaterstücke gemacht haben, zum Beispiel Clemenceau oder gar Disraeli;

Bismarck nicht, aber Bismarck war ein Zerstörer. Und nun sehen Sie sich diese französischen Advokaten an, die heute am Ruder sind: Beneidenswert! Politische Plusmacher, aber beraten von einer ausgezeichneten Berufsdiplomatie, die ihnen die Richtlinien gibt, und alle haben sie irgendeinmal auf das ungenierteste Theaterstücke oder Romane geschrieben, zumindest in ihrer Jugend, und schreiben noch heute Bücher. Glauben Sie, daß diese Bücher etwas wert sind? Ich glaube nicht. Aber ich schwöre Ihnen, daß ich mir gestern abend gedacht habe: unserer eigenen Diplomatie geht etwas ab, weil sie nicht auch Bücher hervorbringt, und ich werde Ihnen sagen, warum: Erstens gilt es natürlich für einen Diplomaten geradeso wie für einen Sportsmann, daß er sein Wasser ausschwitzen muß. Und zweitens erhöht es die öffentliche Sicherheit. Wissen Sie, was das europäische Gleichgewicht ist? –»

Sie wurden durch Rachel unterbrochen, die mit der Meldung kam, daß Diotima Ulrich erwarte. Tuzzi ließ sich Hut und Mantel reichen. «Wenn Sie ein Patriot wären –» sagte er, indes er in die Ärmel schlüpfte, und Rachel den Mantel hielt.

«Was sollte ich dann tun?» fragte Ulrich und sah die schwarzen Augensterne Rachels an.

«Wenn Sie ein Patriot wären, würden Sie meine Frau oder Graf Leinsdorf ein wenig auf diese Schwierigkeiten aufmerksam machen. Ich kann das nicht, bei einem Ehemann wirkt das leicht als engherzig.»

«Aber mich nimmt hier ja doch niemand ernst» entgegnete Ulrich ruhig.

«Ach, sagen Sie das nicht!» rief Tuzzi lebhaft aus. «Man nimmt Sie nicht in der Weise ernst wie andere Menschen, aber schon lange Zeit haben alle große Angst vor Ihnen. Man befürchtet, daß Sie dem Leinsdorf einen ganz verrückten Rat geben könnten. Wissen Sie, was das europäische Gleichgewicht ist?!» forschte der Diplomat dringend.

«Ich denke: ungefähr wohl» meinte Ulrich.

«Dann ist Ihnen Glück zu wünschen!» entgegnete Tuzzi aufgebracht und unglücklich. «Wir Berufsdiplomaten wissen es alle nicht. Es ist das, was man nicht stören darf, damit nicht alle übereinander herfallen. Aber was man nicht stören darf, weiß keiner genau. Erinnern Sie sich doch so ein bißchen, was es rings um Sie in den letzten Jahren gegeben hat und gibt: Italienisch-türkischen Krieg, Poincaré in Moskau, Bagdadfrage, bewaffnete Intervention in Libyen, österreichisch-serbische Spannung, das Adriaproblem: ... Ist das ein Gleichgewicht? Unser unvergeßlicher Baron Ährenthal – aber ich will Sie nicht länger aufhalten!»

«Schade» versicherte Ulrich. «Wenn man das europäische Gleichgewicht so auffassen darf, dann drückt sich in ihm ja aufs beste der europäische Geist aus!»

«Ja, das ist das Interessante» gab Tuzzi, schon in der Türe, ergeben lächelnd, zurück. «Und in diesem Sinne ist die geistige Leistung unserer Aktion nicht zu unterschätzen!»

«Warum hindern Sie das nicht?»

Tuzzi zuckte die Achseln. «Wenn bei uns ein Mann in der Stellung Seiner Erlaucht etwas will, so kann man nicht dagegen auftreten. Man kann bloß Obacht geben!»

«Und wie geht es Ihnen?» fragte Ulrich, nachdem Tuzzi gegangen war, die kleine schwarz-weiße Schildwache, die ihn jetzt zu Diotima führte.

17

Diotima hat ihre Lektüre gewechselt

«Lieber Freund,» sagte Diotima, als Ulrich bei ihr eintrat «ich wollte Sie nicht gehen lassen, ohne Sie gesprochen zu haben, aber ich muß Sie so empfangen!» – Sie trug ein Hauskleid, worin die Majestät ihrer Form durch eine Zufallsstellung ein wenig an Schwangerschaft erinnerte, was dem stolzen Körper, der noch nie geboren hatte, etwas von der zuweilen lieblichen Schamlosigkeit der Mutterleiden verlieh; ein Pelzkragen lag neben ihr auf dem Sofa, mit dem sie sich offenbar gerade den Leib gewärmt hatte, und um die Stirn trug sie einen Umschlag gegen Migräne, der auf seinem Platz hatte bleiben dürfen, weil sie wußte, daß er sie ähnlich kleide wie eine griechische Binde. Obwohl es spät war, brannte kein Licht, und der Geruch von Heil- und Erfrischungsmitteln gegen ein unbekanntes Leid lag in der Luft vermischt mit einem kräftigen Wohlgeruch, der über alle einzelnen Gerüche wie eine Decke geworfen worden war.

Ulrich beugte sein Gesicht tief, während er Diotimas Hand küßte, als wollte er am Duft des Arms die Veränderungen wahrnehmen, die während seiner Abwesenheit vorsichgegangen seien. Aber die Haut strömte nur den vollen, satten, gebadeten Geruch aus wie alle Tage.

«Ach, lieber Freund,» wiederholte Diotima «es ist gut, daß Sie zurückkommen – Oh!» stöhnte sie plötzlich lächelnd «ich habe so heftige Magenschmerzen!»

Diese Mitteilung, die, von einem natürlichen Menschen gemacht, so natürlich ist wie ein Wetterbericht, gewann im Munde Diotimas den ganzen Nachdruck eines Zusammenbruchs und Geständnisses.

«Kusine?!» rief Ulrich aus und beugte sich lächelnd vor, um ihr ins Gesicht zu sehn. Es hatte sich in ihm, was Tuzzi zart über das üble Befinden seiner Gattin angedeutet hatte, in diesem Augenblick mit der

Vermutung verwirrt, daß Diotima schwanger geworden sei und die Entscheidung nun über das Haus hereingebrochen.

Matt wehrte sie ab, die ihn halb erriet. Sie hatte in Wahrheit bloß Menstruationskrämpfe, was früher allerdings nie vorgekommen war und dunkel ahnbar mit ihrem Schwanken zwischen Arnheim und ihrem Gatten zusammenhing, das seit einigen Monaten von solchen Beschwerden begleitet wurde. Als sie von Ulrichs Rückkehr hörte, bedeutete es ihr einen Trost, und sie begrüßte in ihm den Vertrauten ihrer Kämpfe, weshalb sie ihn vorgelassen hatte. Sie lag da, wahrte nur halb die Haltung des Sitzens und war in seiner Gesellschaft, den Schmerzen preisgegeben, die in ihr wühlten, ein offenes Stück Natur ohne Zäune und Verbotstafeln, was selten genug bei ihr vorkam. Immerhin hatte sie angenommen, daß es glaubhaft sein werde, wenn sie nervöse Magenschmerzen vorschütze, und geradezu ein Zeichen empfindsamer Naturanlage; sonst hätte sie sich ihm nicht gezeigt.

«Nehmen Sie doch etwas ein» schlug Ulrich vor.

«Ach,» seufzte Diotima «das kommt nur von den Erregungen. Meine Nerven werden es nicht mehr lange aushalten!»

Es entstand eine kleine Pause, weil sich Ulrich nun eigentlich hätte nach Arnheim erkundigen müssen, aber neugierig war, etwas von den Vorgängen zu erfahren, die ihn selbst angingen, und nicht gleich einen Ausweg fand. Schließlich fragte er: «Die Befreiung der Seele von der Zivilisation macht wohl Schwierigkeiten?» und fügte hinzu: «Ich darf mir leider schmeicheln, Ihnen schon lange vorhergesagt zu haben, daß ihre Bemühungen, dem Geist eine Gasse in die Welt zu bahnen, schmerzlich zusammenbrechen werden!»

Diotima erinnerte sich, wie sie aus der Gesellschaft geflohen war und mit Ulrich auf der Schuhbank im Vorzimmer gesessen hatte: ihre Niedergeschlagenheit war fast die gleiche gewesen wie heute, und doch lagen unzählige Hoffnungsauf- und -niedergänge dazwischen. «Wie war es doch herrlich,» sagte sie «mein Freund, als wir noch an die große Idee glaubten! Heute darf ich wohl sagen, daß die Welt aufgehorcht hat, aber wie sehr bin ich selbst enttäuscht!»

«Warum eigentlich?» fragte Ulrich.

«Ich weiß es nicht. Es liegt wohl an mir.»

Sie wollte etwas von Arnheim anfügen, aber Ulrich wünschte zu wissen, wie man sich mit der Demonstration abgefunden habe; seine letzte Erinnerung daran war, daß er Diotima nicht angetroffen hatte, als ihn Graf Leinsdorf zu ihr schickte, um sie auf ein entschlossenes Eingreifen vorzubereiten und gleichzeitig zu beruhigen.

Diotima machte eine hochmütige Gebärde. «Die Polizei hat einige junge Leute verhaftet und wieder freigelassen: Leinsdorf ist sehr verärgert, aber was hätte man sonst tun sollen?! Er hält jetzt erst recht an Wisnieczky fest und sagt, daß etwas geschehen müsse: aber Wisnieczky kann keine Propaganda entfalten, wenn man nicht weiß, wofür!»

«Ich habe gehört, daß dies die Parole der Tat sein soll» schaltete Ulrich ein. Der Name des Barons Wisnieczky, der als Minister am Widerstand der deutschen Parteien gescheitert war und darum an der Spitze des Ausschusses, der für die unbekannte große patriotische Idee der Parallelaktion um Teilnahme warb, heftiges Mißtrauen erregen mußte, rief ihm lebendig das politische Walten Sr. Erlaucht vor Augen, dessen Erfolg das war. Wie es schien, hatte der unbefangene Gang der gräflich Leinsdorfschen Gedanken – vielleicht bekräftigt durch das erwartete Versagen aller Bemühungen, den Geist der Heimat und in weiterem Umkreis den Europas durch das Zusammenwirken seiner bedeutendsten Männer aufzuschrecken – nun zu der Erkenntnis geführt, daß es das Beste sei, diesem Geist einen Stoß zu geben, gleichgültig, von wo dieser komme. Möglicherweise stützte sich das in den Überlegungen Sr. Erlaucht auch auf die Erfahrungen, die man mit Besessenen gemacht hat, denen es zuweilen gut bekommen sein soll, wenn man sie rücksichtslos anschrie oder rüttelte; aber diese Mutmaßung, zu der Ulrich in Eile gelangte, ehe Diotima erwidern konnte, wurde nun durch deren Antwort unterbrochen.

Diesmal bediente sich die Leidende wieder der Anrede: Lieber Freund. «Lieber Freund,» sagte sie «es ist etwas Wahres daran! Unser Jahrhundert dürstet nach einer Tat. Eine Tat –»

«Aber welche Tat! Welche Art Tat?!» unterbrach Ulrich.

«Ganz gleich! In der Tat liegt ein großartiger Pessimismus gegenüber den Worten: Leugnen wir nicht, daß in der Vergangenheit immer nur geredet worden ist: Wir haben für ewige und große Worte und Ideale gelebt; für eine Steigerung des Menschlichen; für unsere innerste Eigenart; für eine wachsende Gesamtfülle des Daseins. Wir haben eine Synthese angestrebt, wir haben für neue Schönheitsgenüsse und Glückswerte gelebt, und ich will nicht leugnen, daß das Suchen nach Wahrheit ein Kinderspiel ist gegen den ungeheuren Ernst, selbst eine Wahrheit zu werden: Aber es war eine Überspannung gegenüber dem gegenwärtigen geringen Wirklichkeitsgehalt der Seele, und wir haben in einer traumhaften Sehnsucht sozusagen für nichts gelebt!» Diotima hatte sich eindringlich am Ellbogen aufgerichtet. «Es ist etwas Gesundes daran, wenn man heute darauf verzichtet, den verschütteten Eingang zur Seele zu suchen, und lieber danach trachtet, mit dem Leben fertig zu werden, wie es ist!» schloß sie.

Nun besaß Ulrich also neben der vermuteten Leinsdorfschen auch noch eine beglaubigte andere Auslegung der Parole der Tat. Diotima schien ihre Lektüre gewechselt zu haben; er erinnerte sich, daß er sie bei seinem Eintritt von vielen Büchern umgeben gesehen habe, aber es war schon zu finster geworden, um deren Titel zu entziffern, und es lag auch auf einem Teil von ihnen der Körper der nachdenklichen jungen Frau wie eine dicke Schlange, die sich nun noch höher aufgerichtet hatte und ihn erwartungsvoll ansah. Diotima war, nachdem sie sich seit ihren Mädchenjahren mit Vorliebe von sehr empfindsamen und subjektiven Büchern genährt hatte, offenbar, wie Ulrich aus ihren Worten schloß, von jener geistigen Erneuerungskraft ergriffen worden, die immerwährend am Werke ist, das, was sie mit den Begriffen der letzten zwanzig Jahre nicht gefunden hat, mit den Begriffen der nächsten zwanzig Jahre auch nicht zu finden; woraus zuletzt vielleicht sogar jene großen Stimmungswechsel der Geschichte entstehen, die zwischen Humanität und Grausamkeit, Sturm und Gleichgültigkeit oder anderen Widersprüchen schwanken, für die es keinen ganz ausreichenden Grund gibt. Es fuhr Ulrich durch den Kopf, daß jener kleine, unaufgeklärte Rest von Unbestimmtheit, der in jeglichem moralischen Erlebnis übrigbleibt, worüber er mit Agathe so viel gesprochen hatte, wohl eigentlich die Ursache dieser menschlichen Unsicherheit sein müsse; aber weil er sich das Glück, das in der Erinnerung an diese Gespräche lag, nicht gestatten wollte, zwang er seine Gedanken, sich davon ab- und lieber dem General zuzuwenden, der ihm als erster davon erzählt hatte, daß die Zeit jetzt einen neuen Geist bekomme, und in einer Weise erzählt hatte, deren gesunde Ärgerniskraft keinen Raum für die Lust an bezaubernden Zweifeln übrigließ. Und weil er nun schon einmal an den General dachte, fiel ihm auch dessen Bitte ein, daß er sich zwischen seiner Kusine und Arnheim um die gestörte Ordnung kümmern möge, und so gab er schließlich auf die Abschiedsrede Diotimas an die Seele schlicht zur Antwort: «Die ‹grenzenlose Liebe› ist Ihnen wohl nicht gut bekommen?!»

«Ach Sie, Sie bleiben sich immer gleich!» seufzte die Kusine und ließ sich in die Kissen zurückfallen, und dort schloß sie die Augen; denn durch Ulrichs Abwesenheit solcher geraden Fragen entwöhnt, mußte sie sich erst besinnen, wieviel sie ihm anvertraut habe. Und mit einem Mal brachte seine Nähe das Vergessene in Bewegung. Dunkel entsann sie sich eines Gesprächs mit Ulrich über «maßloses Lieben», das bei ihrem letzten oder vorletzten Beisammensein noch eine Fortsetzung gefunden hatte, worin sie sich verschwor, daß die Seelen aus dem Gefängnis des Leibes hervortreten könnten, oder sich wenigstens sozusagen mit halbem Körper hinausbeugen, und Ulrich hatte ihr darauf zur Antwort gegeben, dies seien Delirien des Liebeshungers und sie möge doch Arnheim oder ihm oder irgendwem irgend ein «Gewähren» gewähren; sogar Tuzzi hatte er in solchem Zusammenhang genannt, auch das kam ihr nun wieder ins Gedächtnis: an Vorschläge von dieser Art erinnert man sich eben wohl leichter als an das Übrige, was ein Mensch wie Ulrich redet. Und wahrscheinlich hatte sie es mit Recht damals als eine Frechheit empfunden; aber da vergangener Schmerz im Vergleich mit gegenwärtigem ein harmloser alter Freund ist, genoß es heute des Vorzugs, eine kameradschaftlich-vertraute Erinnerung zu sein. Diotima schlug also die Augen wieder auf und sagte: «Man kann wahrscheinlich auf Erden nicht vollkommen lieben!»

Sie lächelte dazu, aber unter ihrer Stirnbinde lagen Sorgenfalten, die dem Gesicht im Dämmer einen merkwürdig verzogenen Ausdruck gaben. Diotima war in Fragen, die ihr persönlich nahegingen, nicht abgeneigt, an überirdische Möglichkeiten zu glauben. Sogar das unerwartete Auftreten des Generals von Stumm am Konzil hatte sie wie das Werk von Geistern erschreckt, und als Kind hatte sie darum gebetet, daß sie niemals sterben möge. Das hatte es ihr erleichtert, auch ihrer Beziehung zu Arnheim einen überirdischen Glauben zu schenken oder, richtiger gesagt, jenen nicht vollendeten Unglauben, jenes Nicht-für-ausgeschlossen-Halten, die heute die grundlegende Glaubensbeziehung geworden sind. Wenn Arnheim nicht nur imstande gewesen wäre, aus ihrer und seiner Seele etwas Unsichtbares zu ziehen, das sich, bei fünf Meter Entfernung von ihr und ihm, in der Luft berührte, oder wenn ihre Blicke das so imstande gewesen wären zu tun, daß hinterdrein davon eine Kaffeebohne, ein Grießkorn, ein Tintenfleck, irgendeine Gebrauchsspur oder auch nur ein Fortschritt zurückgeblieben wäre, so hätte Diotima als das nächste erwartet, daß es eines Tags noch höher gehen werde, in irgendeinen von jenen überirdischen Zusammenhängen, die man sich so wenig genau vorstellen kann wie die meisten irdischen. Sie hatte auch damit Geduld, daß Arnheim in letzter Zeit öfter verreist und länger fortgeblieben war als früher und sogar an den Tagen seiner Anwesenheit überraschend stark von Geschäften in Anspruch genommen wurde. Sie gestattete sich keinen Zweifel daran, daß die Liebe zu ihr noch immer das große Ereignis in seinem Leben sei, und wenn sie wieder einmal allein zusammenkamen, so war die Erhöhung der Seelenlage augenblicklich so groß und die Berührung so wesenhaft, daß die Gefühle erschrocken verstummten, ja wenn sich nicht Gelegenheit bot, über etwas Unpersönliches zu reden, ein Vakuum entstand, das eine bittere Erschöpfung hinterließ. So wenig es ausgeschlossen war, daß dies Leidenschaft sei, so wenig mochte sie also – von der Zeit, in der sie lebte, daran gewöhnt, daß alles, was nicht praktisch sei, ohnehin nur einen Gegenstand des Glaubens, eben jenes unsicheren Unglaubens, bedeute – es ausschließen, daß noch etwas folgen werde, das allen vernünftigen Voraussetzungen widerspreche. Aber in dieser Minute, wo sie ihre Augen aufgeschlagen hatte und offen auf Ulrich gerichtet ließ, von dem nur ein dunkler Umriß wahrzunehmen war, der keine Antwort gab, fragte sie sich: «Worauf warte ich? Was soll eigentlich geschehn?»

Endlich erwiderte Ulrich: «Arnheim wollte Sie aber doch heiraten?!»

Diotima richtete sich wieder auf ihren Arm auf und sagte: «Kann man denn das Problem der Liebe lösen, indem man sich scheiden läßt oder heiratet?!»

«Mit der Schwangerschaft habe ich mich geirrt» nahm Ulrich still zur Kenntnis, da er auf den Ausruf seiner Kusine durchaus nichts zu erwidern wußte. Plötzlich sagte er aber, vom Zaun gebrochen: «Ich habe Sie vor Arnheim gewarnt!» Vielleicht fühlte er sich in diesem Augenblick verpflichtet, ihr mitzuteilen, was er davon wüßte, daß der Nabob ihrer beider Seelen mit seinen Geschäften verbunden habe, doch ließ er gleich wieder davon ab; denn er fand, daß in diesem Gespräch geradeso jedes Wort seinen alten Platz besaß wie die Gegenstände in seinem Zimmer, die er sorgsam abgestaubt nach seiner Rückkehr angetroffen hatte, als wäre er eine Minute lang tot gewesen. Diotima tadelte ihn: «Sie dürfen das nicht so leicht nehmen. Zwischen Arnheim und mir besteht eine tiefe Freundschaft; und wenn es trotzdem zuweilen auch etwas zwischen uns gibt, das ich eine große Angst nennen möchte, so kommt es gerade von der Aufrichtigkeit. Ich weiß nicht, ob Sie das je erlebt haben oder dessen fähig sind: zwischen zwei Menschen, die eine gewisse Höhe der Empfindung erreichen, kann jede Lüge derart unmöglich werden, daß man überhaupt kaum noch miteinander sprechen kann!»

Mit feinem Ohr hörte Ulrich aus diesem Tadel, daß der Eingang zu seiner Kusine Seele für ihn offener stand als sonst und weil ihn überaus erheitert hatte, was sie unfreiwillig davon gestand, daß sie mit Arnheim nicht reden könne, ohne zu lügen, empfahl er seine Aufrichtigkeit eine Weile dadurch, daß auch er nichts sagte, und beugte sich dann, da sich Diotima inzwischen wieder hingelegt hatte, über ihren Arm, um in freundschaftlich sanfter Weise dessen Hand zu küssen. Leicht wie Hollundermark ruhte sie in der seinen und blieb nach dem Kuß dort liegen. Der Puls rann über seine Fingerspitzen. Der puderzarte Geruch der Nähe blieb wie ein Wölkchen an seinem Gesicht hängen. Und obgleich dieser Handkuß bloß ein galanter Scherz gewesen war, hatte er mit einer Untreue jene bittere Hinterlassenschaft der Lust gemeinsam, sich so nah an eine andere Person gebeugt zu haben, daß man aus ihr trank wie ein Tier und das eigene Bild nicht mehr aus dem Wasser zurückkommen sah. «Was denken Sie?» fragte Diotima. Ulrich schüttelte bloß den Kopf und gab ihr dadurch – im Dunkel, das nur noch von einem letzten samtenen Schimmer erhellt wurde – von neuem Gelegenheit, vergleichende Studien über Schweigen anzustellen. Ein wundervoller Satz kam ihr ins Gedächtnis: «Es gibt Menschen, mit denen sich der größte Held nicht zu schweigen getraute.» Oder es war der richtige Wortlaut dem ähnlich. Sie glaubte sich zu erinnern, daß es ein Zitat sei; Arnheim hatte es gebraucht, und sie hatte es auf sich bezogen. Und außer Arnheims Hand hatte sie seit den ersten Wochen ihrer Ehe keines anderen Mannes Hand länger als zwei Sekunden in der ihren gehalten, nur mit Ulrichs Hand geschah das jetzt. Sie übersah in ihrer Selbstbefangenheit, wie das weiterging, fand sich aber einen Augenblick später angenehm überzeugt davon, daß sie völlig recht gehabt habe, als sie die vielleicht noch kommende, vielleicht unmögliche Stunde der höchsten Liebe nicht tatenlos abwartete, sondern die Zeit der zaudernden Entscheidung dazu benutzte, sich etwas mehr ihrem Gatten zu widmen. Verheiratete Menschen haben es sehr gut: wo andere ihren Geliebten die Treue brächen, dürfen sie sagen, daß sie sich auf ihre Pflicht besännen; und weil sich Diotima sagte, sie habe, was immer kommen möge, auf dem Platz, wohin sie vom Schicksal gestellt worden sei, einstweilen ihre Pflicht zu tun, hatte sie den Versuch unternommen, die Fehler ihres Gatten auszugleichen und ihm etwas mehr Seele beizubringen. Wieder fiel ihr ein Dichterwort ein: ungefähr besagte es, daß es keine schlimmere Verzweiflung gebe, als mit einem Menschen in ein gemeinsames Schicksal verflochten zu sein, den man nicht liebe, und auch das bewies, daß sie sich bemühen mußte, etwas für Tuzzi zu empfinden, solange ihr Schicksal sie noch nicht getrennt hätte. In verständigem Gegensatz zu den unberechenbaren Geschehnissen der Seele, die sie ihn nicht länger entgelten lassen wollte, hatte sie das systematisch begonnen; und mit Stolz fühlte sie die Bücher, auf denen sie lag, denn sie beschäftigten sich mit der Physiologie und Psychologie der Ehe, und irgendwie ergänzte es sich gegenseitig, daß es dunkel war, daß sie diese Bücher bei sich hatte, daß Ulrich ihre Hand hielt, daß sie ihm den großartigen Pessimismus zu verstehen gegeben hatte, den sie nun vielleicht auch in ihrer öffentlichen Tätigkeit bald durch einen Verzicht auf ihre Ideale ausdrücken werde, und Diotima drückte Ulrichs Hand von Zeit zu Zeit bei diesen Gedanken so, als ob die Koffer gepackt stünden, um von allem Gewesenen Abschied zu nehmen. Sie stöhnte dann leise, und eine ganz leichte Welle von Schmerz rann zur Entschuldigung durch ihren Körper; Ulrich aber erwiderte begütigend den Druck mit seinen Fingerspitzen, und nachdem sich das einigemal wiederholt hatte, dachte Diotima wohl, daß es eigentlich zuviel sei, doch sie wagte nicht mehr ihre Hand zurückzuziehn, weil diese so leicht und trocken in der seinen lag, und zuweilen sogar zitterte, daß es ihr selbst wie ein unzulässiger Hinweis auf die Physiologie der Liebe vorkam, den sie nun um keinen Preis durch eine ungeschickte Fluchtbewegung verraten wollte.

Es war «Rachelle», die sich im Nebenzimmer zu schaffen gemacht hatte und, seit einiger Zeit eigenartig ungezogen geworden, diesem Auftritt ein Ende bereitete, indem sie jenseits der offenen Verbindungstür plötzlich das Licht einschaltete. Diotima zog rasch ihre Hand aus der Ulrichs zurück; ein von Schwerlosigkeit ausgefüllt gewesener Raum blieb einen Augenblick lang in dieser liegen. «Rachelle,» rief Diotima flüsternd «mache auch hier Licht!» Als es geschehen war, hatten die beleuchteten Köpfe etwas Aufgetauchtes, wie wenn das Dunkel noch nicht ganz von ihnen weggetrocknet wäre. Schatten lagen um Diotimas Mund und gaben ihm Nässe und Schwellung; die perlmutterfarbenen kleinen Wülste am Hals und unter den Wangen, die sonst für die Liebhaber üppiger Feinkost geschaffen zu sein schienen, waren hart wie ein Linoleumschnitt und wild mit Tinte schattiert. Auch Ulrichs Kopf ragte schwarz und weiß bemalt wie der eines auf dem Kriegspfad befindlichen Urmenschen ins ungewohnte Licht. Er blinzelte und trachtete die Aufschriften der Werke zu entziffern, von denen Diotima umgeben war, und mit Erstaunen erkannte er nun die seelen- und körperhygienische Wissensbegierde seiner Kusine, die sich in der Wahl dieser Bücher ausdrückte. «Er wird mir einmal noch etwas antun!» dachte sie plötzlich, die seinem Blick gefolgt war und von ihm beunruhigt wurde, aber es kam ihr nicht in der Form dieses Satzes zu Bewußtsein; sie fühlte sich ihrem Vetter bloß zu sehr ausgeliefert, wie sie nun im Licht unter seinen Augen lag, und hatte das Bedürfnis, sich ein sicheres Ansehen zu geben. Mit einer Gebärde, die recht überlegen sein sollte, wie es einer von allem, was es gibt, «unabhängigen» Frau zukommt, wies sie umfassend auf ihre Lektüre hin und sagte mit möglichst sachlicher Betonung: «Werden Sie es glauben, daß mir der Ehebruch manchmal als eine viel zu einfache Lösung der ehelichen Konflikte erscheint?!»

«Er ist jedenfalls die schonendste!» gab Ulrich zur Antwort und ärgerte sie durch seinen spöttischen Ton. «Ich möchte sagen, er schadet auf keinen Fall.»

Diotima warf ihm einen Blick des Vorwurfs zu und gab ihm ein Zeichen, daß Rachel vom Nebenzimmer her zuhören könne. Dann sagte sie laut: «So meine ich es gewiß nicht!» und rief ihre Zofe an, die störrisch zum Vorschein kam und mit bitterer Eifersucht zur Kenntnis nahm, daß sie hinausgewiesen werde. Durch diesen Zwischenfall hatten sich aber die Gefühle geordnet; die vom Dunkel begünstigte Einbildung, gemeinsam eine kleine Untreue zu begehn, wenn auch sozusagen unbezeichenbar und an niemandem, verflog in der Helligkeit, und Ulrich trachtete nun, zur Sprache zu bringen, was noch geschäftlich zu sagen war, um aufbrechen zu können.

«Ich habe Ihnen noch nicht mitgeteilt, daß ich meine Sekretärstelle niederlege» begann er.

Diotima zeigte sich aber unterrichtet und erklärte, er müsse bleiben, es ginge nicht anders. «Die Arbeit, die wir leisten sollen, ist noch immer enorm» bat sie. «Haben Sie nur noch ein wenig Geduld, es muß bald die Lösung kommen! Man wird Ihnen einen richtigen Sekretär zur Verfügung stellen.»

Dieses unbestimmte «Man wird» fiel Ulrich auf, und er wollte Näheres wissen.

«Arnheim hat sich angeboten, Ihnen seinen Sekretär zu leihen.»

«Nein, danke» erwiderte Ulrich. «Ich habe das Gefühl, das wäre nicht ganz selbstlos.» Er hatte in diesem Augenblick wieder nicht übel Lust, Diotima den schlichten Zusammenhang mit den Ölfeldern zu erklären, aber ihr war der zweifelhafte Ausdruck seiner Antwort nicht einmal aufgefallen, und sie berichtete einfach weiter:

«Überdies hat sich auch mein Mann bereit erklärt, Ihnen einen Angestellten aus seinen Büros zu überlassen.»

«Wäre Ihnen das recht?»

«Offen gestanden, es wäre mir nicht ganz lieb» äußerte sich Diotima diesmal bestimmter. «Zumal da wir keinen Mangel leiden: Auch Ihr Freund, der General, hat mir eröffnet, daß er Ihnen mit Vergnügen eine Hilfskraft aus seiner Abteilung zur Verfügung stellen könnte.»

«Und Leinsdorf?»

«Diese drei Möglichkeiten sind mir freiwillig angeboten worden, darum hatte ich keine Ursache, Leinsdorf zu fragen: aber sicher würde er ein Opfer nicht scheuen.»

«Man verwöhnt mich.» Mit diesen Worten faßte Ulrich die überraschende Bereitwilligkeit Arnheims, Tuzzis und Stumms zusammen, sich in billiger Weise eine gewisse Kontrolle über alle Vorgänge der Parallelaktion zu sichern. «Aber vielleicht wäre es doch das Klügste, ich nähme den Vertrauensmann Ihres Gatten zu mir.»

«Lieber Freund –?» wehrte Diotima das noch immer ab, aber sie wußte nicht recht, wie sie fortfahren solle, und wahrscheinlich kam darum etwas sehr Verwickeltes heraus. Sie stützte sich wieder auf den Ellbogen und sagte lebhaft: «Ich lehne Ehebruch als eine zu plumpe Lösung ehelicher Konflikte ab: das habe ich Ihnen gesagt! Aber trotzdem: es ist nichts so schwer, wie mit einem Menschen in *ein* Schicksal verflochten zu sein, den man nicht genügend liebt!»

Das war ein höchst unnatürlicher Naturlaut. Aber ungerührten Sinnes beharrte Ulrich auf seinem Entschluß. «Ohne Frage möchte Sektionschef Tuzzi auf diese Weise Einfluß auf das gewinnen, was Sie unternehmen: aber das möchten die anderen auch!» erklärte er ihr. «Alle drei Männer lieben Sie, und jeder muß das irgendwie mit seiner Pflicht vereinen.» Er wunderte sich geradezu darüber, daß Diotima weder die Sprache der Tatsachen noch die der Bemerkungen verstand, die er dazugab, und schloß, während er aufstand, um sich zu verabschieden, noch ironischer: «Der einzige, der Sie selbstlos liebt, bin ich; weil ich durchaus nichts zu tun und keine Pflichten habe. Aber Gefühle ohne Ablenkung sind zerstörend: das haben Sie inzwischen selbst erfahren, und Sie haben mir immer ein berechtigtes, wenn auch nur instinktives Mißtrauen entgegengebracht.»

Diotima wußte zwar nicht warum, doch geschah es vielleicht gerade aus diesem manchmal so sympathischen Grund, daß es ihr angenehm war, Ulrich in der Frage des Sekretärs die Partei ihres Hauses nehmen zu sehen, und sie ließ seine Hand, die er ihr dargeboten hatte, nicht los.

«Und wie steht damit Ihr Verhältnis mit ‹jener› Frau in Einklang?» fragte sie, übermütig an seine Bemerkung anknüpfend – soweit Diotima des Übermuts fähig war, was ungefähr so aussah, wie wenn ein Schwerathlet mit einer Feder spielt.

Ulrich verstand nicht, wen sie meinen könne.

«Mit der Frau des Gerichtspräsidenten, die Sie mir vorgestellt haben!»

«Das haben Sie bemerkt, Kusine?!»

«Doktor Arnheim hat mich darauf aufmerksam gemacht.»

«So? Sehr schmeichelhaft, daß er glaubt, mir bei Ihnen damit schaden zu können. Aber natürlich sind meine Beziehungen zu dieser Dame völlig einwandfrei!» verteidigte Ulrich in der herkömmlichen Weise die Ehre Bonadeas.

«Sie war während Ihrer Abwesenheit bloß zweimal in Ihrer Wohnung!» Diotima lachte. «Wir haben sie das eine Mal zufällig beobachtet, und das zweite Mal haben wir es anders erfahren. Ihre Verschwiegenheit ist also zwecklos. Dagegen möchte ich *Sie* begreifen! Ich *kann* es nicht!»

«Mein Gott, wie könnte man gerade Ihnen das erklären!»

«Tun Sie es!» befahl Diotima. Sie hatte die Miene ihrer «amtlichen Unkeuschheit» aufgesetzt, eine Art bebrillten Ausdrucks, den sie annahm, wenn ihr Geist ihr befahl, Dinge anzuhören oder zu sagen, die ihrer Seele als Dame eigentlich verboten waren. Aber Ulrich weigerte sich und wiederholte, daß er über das Wesen Bonadeas nur auf Mutmaßungen angewiesen wäre.

«Gut» gestand Diotima zu. «Ihre Freundin hat zwar selbst nicht mit Andeutungen gespart! Sie scheint zu glauben, mir gegenüber irgend ein Unrecht verteidigen zu müssen! Aber sprechen Sie, wenn Sie es vorziehen, nur so, als ob Sie bloß mutmaßten!»

Nun fühlte Ulrich Wissensdurst und erfuhr, daß Bonadea schon einigemal von Diotima empfangen worden sei, und nicht nur in Angelegenheiten, die mit der Parallelaktion und der Stellung ihres Gatten zusammenhingen. «Ich muß gestehn, daß ich diese Frau schön finde» räumte Diotima ein. «Und sie ist ungewöhnlich ideal gesinnt.

Ich bin eigentlich böse darüber, daß Sie mein Vertrauen beanspruchen und mir das Ihre immer vorenthalten haben!»

In diesem Augenblick hatte Ulrich ungefähr den Wunsch: «Hol euch alle –!» Er wollte Diotima schrecken und Bonadea ihre Aufdringlichkeit entgelten lassen oder fühlte für einen Augenblick die volle Entfernung zwischen sich und dem Leben, das zu führen er sich gewährt hatte. «Also hören Sie» gab er Auskunft und sah scheinbar finster drein: «Diese Frau ist Nymphomanin, und dem kann ich nicht widerstehn!»

Diotima wußte «amtlich», was Nymphomanie sei. Es trat eine Pause ein, dann erwiderte sie gedehnt: «Die arme Frau! Und so etwas lieben Sie?!»

«Es ist so idiotisch!» meinte Ulrich.

Diotima wollte «Näheres» wissen; er mußte ihr die «beklagenswerte Erscheinung» erläutern und «menschlich machen». Er tat es nicht gerade eingehend, und trotzdem bemächtigte sich ihrer dabei allmählich das Gefühl einer Genugtuung, deren Grundlage wohl der bekannte Dank an den Herrn bildete, daß sie nicht so sei wie jene, deren Spitze sich aber in Schreck und Neugierde verlor und auf ihre späteren Beziehungen zu Ulrich nicht ohne Einfluß bleiben sollte. Nachdenklich sagte sie: «Es muß doch einfach entsetzlich sein, einen Menschen zu umarmen, wenn man nicht innerlich von ihm überzeugt ist!»

«Finden Sie das?» gab ihr Vetter treuherzig zurück. Diotima empfand, wie ihr bei dieser Anzüglichkeit Entrüstung und Kränkung zu Kopf stiegen, aber sie durfte es nicht zeigen; sie begnügte sich damit, seine Hand loszulassen und mit einer verabschiedenden Bewegung in die Kissen zurückzusinken. «Sie hätten mir das nie erzählen dürfen!» sagte sie von dort. «Sie haben sich soeben sehr unschön gegen diese arme Frau betragen und sind indiskret!»

«Nie bin ich indiskret!» verwahrte sich Ulrich und mußte über seine Kusine lachen. «Sie sind wirklich ungerecht. Sie sind die erste Frau, der ich Geständnisse über eine andere mache, und Sie haben mich dazu verleitet!»

Diotima war geschmeichelt. Sie wollte etwas dem Ähnliches sagen, daß man sich ohne geistige Verwandlung um das Beste betröge; nur brachte sie es nicht fertig, weil es ihr plötzlich persönlich nahe ging. Schließlich verhalf ihr aber die Erinnerung an eins der sie umgebenden Bücher zu einer unverfänglichen, gleichsam durch Amtsschranken geschützten Erwiderung: «Sie begehen den Fehler aller Männer» tadelte sie. «Sie behandeln den Liebespartner nicht als gleichberechtigt, sondern bloß als Ergänzung für Sie selbst und sind dann enttäuscht. Haben Sie sich nie die Frage vorgelegt, ob nicht vielleicht der Weg zu einer beschwingten und harmonischen Erotik nur durch härtere Selbsterziehung führe?!»

Ulrich blieb beinahe der Mund offen; aber in unwillkürlicher Abwehr dieses gelehrten Angriffs gab er die Antwort: «Wissen Sie, daß mich heute auch Sektionschef Tuzzi schon nach den Erziehungs- und Entstehungsmöglichkeiten der Seele gefragt hat?!»

Diotima fuhr in die Höhe: «Wie, Tuzzi spricht mit Ihnen über Seele?» fragte sie erstaunt.

«Ja, natürlich; er will sich unterrichten, was das sei» versicherte Ulrich, war aber durch nichts mehr in seinem Aufbruch aufzuhalten und versprach bloß, vielleicht ein anderes Mal die Pflicht der Verschwiegenheit zu brechen und auch das zu erzählen.

18

Schwierigkeiten eines Moralisten beim Schreiben eines Briefs

Mit diesem Besuch bei Diotima hatte der unruhige Zustand, worin sich der Zurückgekehrte befand, ein Ende genommen; schon am nächsten Tag setzte sich Ulrich gegen Abend an seinen Schreibtisch, der ihm durch diese Handlung sogleich wieder vertraut wurde, und begann, Agathe einen Brief zu schreiben.

Es war ihm klar – so leicht und klar, wie es manchmal ein windstiller Tag ist, – daß ihr unüberlegtes Unternehmen äußerst gefährlich sei; noch mochte das, was geschehen war, nichts bedeuten als einen gewagten Scherz, der nur ihn und sie anging, aber das hing ganz davon ab, daß es rückgängig gemacht werde, ehe es Beziehungen zur Wirklichkeit gewinne, und mit jedem Tag wurde solche Gefahr größer. So weit hatte Ulrich geschrieben, als er sich unterbrach und zunächst Bedenken fühlte, einen Brief, der das unverschleiert erörterte, der Post zu übergeben. Er sagte sich, daß es wohl in jeder Weise angemessener wäre, er reiste selbst mit dem nächsten Zug an Stelle des Briefs; aber natürlich kam es ihm auch ungereimt vor, das zu tun, nachdem er sich doch der Angelegenheit tagelang überhaupt nicht angenommen hatte, und er wußte, daß er es unterlassen werde.

Er bemerkte, daß dem etwas zugrundelag, das beinahe so fest wie ein Beschluß war: er hatte Lust, es darauf ankommen zu lassen, was aus dem Zwischenfall entstehe. Die ihm aufgegebene Frage war also bloß die, wie weit er das wirklich und klar wollen könne, und es gingen ihm dabei allerhand weitläufige Gedanken durch den Kopf.

So machte er gleich anfangs die Wahrnehmung, daß er sich bisher noch allemal, wenn er sich «moralisch» verhielt, in einer schlechteren geistigen Lage befunden habe, als bei Handlungen oder Gedanken, die man üblicherweise «unmoralisch» nennen durfte. Es ist das eine allgemeine Erscheinung: denn in Geschehnissen, die sie in Gegensatz zu ihrer Umgebung bringen, entfalten alle ihre Kräfte, während sie sich dort, wo sie nur ihre Schuldigkeit tun, begreiflicherweise nicht anders verhalten, als beim Steuerzahlen; woraus es sich ergibt, daß alles Böse mit mehr oder weniger Phantasie und Leidenschaft vollbracht wird, wogegen sich das Gute durch eine unverkennbare Affektarmut und Kläglichkeit auszeichnet. Ulrich erinnerte sich, daß seine Schwester diese moralische Notlage sehr unbefangen durch die Frage ausgedrückt hatte, ob Gutsein denn nicht mehr gut sei. Daß es schwierig und atemraubend sein müßte, hatte sie behauptet und sich darüber gewundert, daß trotzdem moralische Menschen fast immer langweilig wären.

Er lächelte befriedigt und führte diesen Gedanken nun in der Weise weiter, daß Agathe und er sich gemeinsam in einem besonderen Gegensatz zu Hagauer befänden, den man ungefähr als den von Menschen, die auf eine gute Art schlecht seien, zu einem Manne bezeichnen könnte, der auf eine schlechte Art gut ist. Und wenn man von der großen Mitte des Lebens absieht, die billigermaßen von Menschen eingenommen wird, in deren Denken die allgemeinen Worte Gut und Bös überhaupt nicht mehr vorkommen, seit sie sich von ihrer Mutter Rock losgemacht haben, so bleiben die Randbreiten, wo es noch absichtlich moralische Anstrengungen gibt, heute wirklich solchen bösguten und gutbösen Menschen überlassen, von denen die einen das Gute niemals fliegen gesehn und singen gehört haben und darum von allen Mitmenschen verlangen, daß sie mit ihnen für eine Natur der Moral schwärmen sollen, in der ausgestopfte Vögel auf leblosen Bäumen sitzen; worauf dann die zweiten, die gut-bösen Sterblichen, gereizt von ihren Nebenbuhlern, mit Fleiß wenigstens in Gedanken eine Neigung für das Böse hervorkehren, als ob sie überzeugt wären, daß nur noch in bösen Taten, die nicht ganz so abgenutzt seien wie die guten, ein wenig moralischer Lebendigkeit zucke. Auf diese Weise hatte die Welt – natürlich ohne daß sich Ulrich dieser Voraussicht ganz bewußt gewesen wäre – also damals die Wahl, ob sie an ihrer lahmen Moral oder an ihren beweglichen Immoralisten zugrundegehen wolle, und weiß wohl bis zum heutigen Tag nicht, wofür sie sich schließlich mit überwältigendem Erfolg entschieden hat, es wäre denn, daß jene Zahlreichsten, die niemals Zeit haben, sich mit der Moral im allgemeinen zu befassen, dies einmal im besonderen getan hätten, weil sie das Vertrauen in den sie umgebenden Zustand verloren und in weiterer Folge dann freilich auch noch manches andere; denn bös-böse Menschen, die man so leicht für alles verantwortlich machen kann, gab es schon damals so wenig wie heute, und die gutguten bedeuteten eine so entrückte Aufgabe wie ein weit entfernter

Sternnebel. Aber gerade an sie dachte Ulrich, während ihm alles andere, woran er scheinbar dachte, ganz gleichgültig war.

Und er gab seinen Gedanken eine noch allgemeinere und unpersönlichere Form, indem er das Verhältnis, das zwischen den Forderungen «Tu!» und «Tu nicht!» besteht, an die Stelle von Gut und Böse setzte. Denn solange sich eine Moral – und das gilt ebenso für den Geist der Nächstenliebe wie für den einer Hunnenschar – im Aufstieg befindet, ist das «Tu nicht!» nur die Kehrseite und natürliche Folge des «Tu!»; das Tun und Lassen glüht, und was es an Fehlern einschließt, macht nicht viel aus, denn es sind die Fehler von Helden und Märtyrern. In diesem Zustand sind Gut und Böse gleich mit Glück und Unglück des ganzen Menschen. Sobald das Umstrittene jedoch zur Herrschaft gelangt ist, sich ausgebreitet hat und seine Erfüllung nicht mehr mit besonderen Schwierigkeiten verknüpft ist, durchschreitet das Verhältnis zwischen Forderung und Verbot mit Notwendigkeit einen entscheidenden Zustand, wo nun die Pflicht nicht mehr jeden Tag neu und lebendig geboren wird, sondern, ausgelaugt und in Wenn und Aber zerlegt, zu mannigfaltigem Gebrauch bereitgehalten werden muß; und es beginnt damit ein Vorgang, in dessen weiterem Verlauf Tugend und Laster durch die Herkunft aus den gleichen Regeln, Gesetzen, Ausnahmen und Einschränkungen einander immer ähnlicher werden, bis schließlich jener wunderliche, aber im Grunde unerträgliche Selbstwiderspruch entsteht, von dem Ulrich ausgegangen war, daß der Unterschied zwischen Gut und Böse alle Bedeutung verliert gegenüber dem Wohlgefallen an einer reinen, tiefen und ursprünglichen Handlungsweise, das wie ein Funke ebensowohl aus erlaubten wie aus unerlaubten Geschehnissen hervorschlagen kann. Ja, wer sich unbefangen danach fragt, wird wahrscheinlich erkennen, daß der verbietende Teil der Moral stärker mit dieser Spannung geladen ist als der fordernde: Während es verhältnismäßig natürlich erscheint, daß bestimmte, als «böse» bezeichnete Handlungen nicht begangen werden dürfen oder, wenn man sie trotzdem begeht, wenigstens nicht begangen werden sollten, wie etwa die Aneignung fremden Eigentums oder die Schrankenlosigkeit im Genuß, sind die ihnen entsprechenden bejahenden Überlieferungen der Moral – in diesem Fall wäre das also die volle Hingabe des Schenkens oder die Lust, das Irdische abzutöten – fast schon verlorengegangen, und wo sie noch ausgeübt werden, sind sie das Geschäft von Narren und Grillenfängern oder bleichhäutigen Tugendbolden. Und in einem solchen Zustand, wo die Tugend bresthaft ist und das moralische Verhalten hauptsächlich in der Einschränkung des unmoralischen besteht, kann es wohl leicht so kommen, daß dieses nicht nur ursprünglicher und kraftvoller erscheint als jenes, sondern geradezu moralischer, sofern es erlaubt ist, dieses Wort nicht im Sinn von Recht und Gesetz, sondern als Maß aller Leidenschaft zu gebrauchen, die überhaupt noch durch Gewissensfragen erregt wird. Aber kann es wohl auch etwas Widerspruchvolleres geben, als das Böse innerlich zu begünstigen, weil man mit dem Rest an Seele, den man noch hat, das Gute sucht?!»

Diesen Widerspruch hatte Ulrich noch nie so stark empfunden wie in dem Augenblick, wo ihn der ansteigende Bogen, den seine Überlegung durchmessen hatte, wieder auf Agathe zurückführte. Die in ihrer Natur liegende Bereitwilligkeit, sich einer – wenn er das flüchtige Wort noch einmal anwandte: – gut-bösen Ausdrucksform zu bedienen, was sich in dem Eingriff in das väterliche Testament gewichtig verkörpert hatte, verletzte die in seiner eigenen Natur liegende gleiche Bereitwilligkeit, die bloß eine gedankenmäßige Gestalt, man könnte sagen, die einer geradezu seelsorgerischen Teufelsbewunderung, angenommen hatte, während er als Person nicht nur schlecht und recht zu leben vermochte, sondern, wie er sah, darin auch nicht gern gestört sein wollte. Mit ebensoviel schwermütiger Befriedigung wie ironischer Klarheit stellte er fest, daß seine ganze theoretische Beschäftigung mit dem Bösen im Grunde darauf hinauslaufe, daß er die bösen Geschehnisse am liebsten gegen die bösen Menschen in Schutz nehmen möchte, die sich an sie heranmachen, und er fühlte plötzlich ein Verlangen nach Güte, so wie einer, der sich nutzlos in der Fremde umgetrieben hat, es sich vorstellen mag, einmal nach Hause zu kommen und geradewegs hinzugehn, um das Wasser aus dem Brunnen seines Dorfs zu trinken. Wäre ihm aber nicht dieser Vergleich davorgekommen, so würde er vielleicht bemerkt haben, daß sein ganzer Versuch, sich Agathe unter dem Begriff eines moralisch gemischten Menschen vorzustellen, wie ihn die Gegenwart reichlich hervorbringt, nur ein Vorwand war, um sich vor einer Aussicht zu schützen, die ihn weit mehr erschreckte. Denn merkwürdigerweise übte ja das Verhalten seiner Schwester, das man tadeln mußte, wenn man es bewußt untersuchte, eine betörende Lockung aus, sobald man es mitträumte; denn dann entschwand alles Strittige und Geteilte, und es bildete sich der Eindruck einer leidenschaftlichen, bejahenden, zum Handeln drängenden Güte, die ganz leicht neben ihren entkräfteten alltäglichen Formen wie ein uraltes Laster aussehen mochte.

Ulrich gestattete sich solche Erhöhung seiner Empfindungen nicht leicht, und schon gar nicht wollte er es angesichts des Briefes tun, den er zu schreiben hatte, so daß er seine Gedanken nun von neuem ins Allgemeine hinauslenkte. Sie wären unvollständig gewesen, wenn er sich nicht daran erinnert hätte, wie leicht und oft in den von ihm miterlebten Zeiten das Verlangen nach einer aus dem Vollen kommenden Pflicht dazu geführt hatte, daß aus dem vorhandenen Vorrat einzelner

Tugenden bald die eine, bald die andere hervorgeholt und in den Mittelpunkt einer lärmenden Verehrung gestellt wurde. Nationale Tugenden, christliche, humanistische waren an der Reihe gewesen, einmal Edelstahl und ein andermal Güte, bald Persönlichkeit und bald Gemeinschaft, heute die Zehntelsekunde und tags vorher historische Gelassenheit: der Stimmungswechsel des öffentlichen Lebens beruht im Grunde auf dem Austausch solcher Leitvorstellungen: aber das hatte Ulrich immer gleichgültig gelassen und nur dahin geführt, daß er sich abseits stehen fühlte. Auch jetzt bedeutete es ihm bloß eine Ergänzung des allgemeinen Bilds, denn nur halbe Einsicht vermag glauben zu machen, daß man der moralischen Unausdeutbarkeit des Lebens, die sich auf einer Stufe zu groß gewordener Komplikationen eingestellt hat, mit einer der Ausdeutungen beikommen könne, die in ihr schon enthalten sind. Solche Versuche gleichen bloß den Bewegungen eines Kranken, der unruhig die Lage wechselt, während die Lähmung, die ihn an sein Lager fesselt, unaufhaltsam fortschreitet. Ulrich war überzeugt, daß der Zustand, worin sie aufträten, unvermeidlich sei und die Stufe bezeichne, von der jede Zivilisation wieder abwärts gestiegen ist, weil bisher keine fähig war, an die Stelle der verlorenen inneren Spannung eine neue zu setzen. Er war auch überzeugt, daß ein Gleiches, wie es jeder gewesenen Moral widerfahren ist, jeder kommenden bevorstehe. Denn das moralische Erschlaffen liegt nicht am Bereich der Gebote und ihrer Befolgung, es ist unabhängig von ihren Unterschieden, es ist unzugänglich für äußere Strenge, es ist ein ganz innerer Vorgang, gleichbedeutend mit einem Nachlassen des Sinns aller Handlungen und des Glaubens an die Einheit ihrer Verantwortung.

Und so fanden sich Ulrichs Gedanken, ohne daß er es vorher beabsichtigt hatte, wieder bei jener Vorstellung, die er, spöttisch an Graf Leinsdorf gewandt, als das «Generalsekretariat der Genauigkeit und Seele» bezeichnet hatte; und obwohl er auch sonst nie anders als übermütig und im Scherz davon gesprochen hatte, sah er nun ein, daß er sich, seit er ein Mann war, nicht anders betragen hatte, als ob ein solches «Generalsekretariat» im Bereich des Möglichen läge. Vielleicht, das konnte er sich zu seiner Entschuldigung sagen, trägt jeder denkende Mensch eine solche Idee der Ordnung in sich, geradeso wie erwachsene Männer unter den Kleidern das Heiligenbild tragen, das ihnen ihre Mutter an die Brust gehängt hat, als sie Kind waren, und dieses Bild der Ordnung, das keiner sich ernst zu nehmen noch abzulegen getraut, kann nicht viel anders aussehen als so: Auf der einen Seite stellt es dunkel die Sehnsucht nach einem Gesetz des rechten Lebens dar, das ehern und natürlich ist, das keine Ausnahme zuläßt und keinen Einwand ausläßt, das lösend ist wie ein Rausch und nüchtern wie die

Wahrheit; auf der andern Seite aber bildet sich darin die Überzeugung ab, daß die eigenen Augen niemals ein solches Gesetz erblicken, die eigenen Gedanken niemals es denken werden, daß es nicht durch Botschaft und Gewalt eines einzelnen herbeizuführen sein wird, sondern nur durch eine Anstrengung aller, wenn es nicht überhaupt ein Hirngespinst ist. Einen Augenblick zögerte Ulrich. Ohne Zweifel war er ein gläubiger Mensch, der bloß nichts glaubte: seiner größten Hingabe an die Wissenschaft war es niemals gelungen, ihn vergessen zu machen, daß die Schönheit und Güte der Menschen von dem kommen, was sie glauben, und nicht von dem, was sie wissen. Aber der Glaube war immer mit Wissen verbunden gewesen, wenn auch nur mit einem eingebildeten, seit den Urtagen seiner zauberhaften Begründung. Und dieser alte Wissensteil ist längst vermorscht und hat den Glauben mit sich in die gleiche Verwesung gerissen: es gilt also heute, diese Verbindung neu aufzurichten. Und natürlich nicht etwa bloß in der Weise, daß man den Glauben «auf die Höhe des Wissens» bringt; doch wohl aber so, daß er von dieser Höhe auffliegt. Die Kunst der Erhebung über das Wissen muß neu geübt werden. Und da dies kein einzelner vermag, müßten alle ihren Sinn darauf richten, wo immer sie ihn auch sonst noch haben mögen; und wenn Ulrich in diesem Augenblick an einen Jahrzehnt-, Jahrhundert- oder Jahrtausendplan dachte, den sich die Menschheit zu geben hätte, um ihre Anstrengungen auf das Ziel zu richten, das sie ja in der Tat noch nicht kennen kann, so brauchte er nicht viel zu fragen, um zu wissen, daß er sich das schon seit langem unter vielerlei Namen als das wahrhaft experimentelle Leben vorgestellt habe. Denn er meinte mit dem Wort Glauben ja nicht sowohl jenes verkümmerte Wissenwollen, die gläubige Unwissenheit, die man gemeinhin darunter versteht, als vielmehr die wissende Ahnung, etwas, das weder Wissen, noch Einbildung ist, aber auch nicht Glaube, sondern eben «jenes andere», das sich diesen Begriffen entzieht.

Rasch zog er seinen Brief an sich, schob ihn aber sogleich wieder fort.

Sein Gesicht, soeben noch streng erglüht, verlosch wieder, und sein gefährlicher Lieblingsgedanke kam ihm lächerlich vor. Wie mit einem Blick durch ein rasch geöffnetes Fenster fühlte er, was ihn wirklich umgab: die Kanonen, die Geschäfte Europas. Die Vorstellung, daß sich Menschen, die in dieser Weise lebten, je zu einer überlegten Navigation ihres geistigen Schicksals zusammentun könnten, war einfach nicht zu bilden, und Ulrich mußte einsehen, daß sich auch die geschichtliche Entwicklung niemals in einer solchen planenden Verbindung der Ideen vollzogen habe, wie sie im Geist des einzelnen Menschen zur Not möglich ist, sondern stets vergeudend und so verschwenderisch, als hätte sie die Faust eines groben Spielers auf den Tisch geworfen. Er schämte sich sogar ein wenig. Alles, was er in dieser Stunde gedacht hatte, erinnerte verdächtig an eine gewisse «Enquete zur Fassung eines leitenden Beschlusses und Feststellung der Wünsche der beteiligten Kreise der Bevölkerung», ja daß er überhaupt moralisierte, dieses Denken nach theoretischer Art, das die Natur bei Kerzenlicht betrachtet, kam ihm völlig unnatürlich vor, während doch der einfache, ans Sonnenklare gewöhnte Mensch stets nur nach dem Nächsten greift und sich nie mit einer anderen Frage abgibt als der ganz bestimmten, ob er diesen Griff ausführen und wagen könne.

In diesem Augenblick strömten Ulrichs Gedanken wieder aus dem Allgemeinen zu ihm selbst zurück, und er fühlte die Bedeutung seiner Schwester. Ihr hatte er jenen wunderlichen und uneingeschränkten, unglaubwürdigen und unvergeßlichen Zustand gezeigt, worin alles ein Ja ist. Den Zustand, worin man keiner anderen geistigen Bewegung fähig ist als der moralischen, also auch den einzigen, worin es eine Moral ohne Unterbrechung gibt, selbst wenn sie nur darin bestehen sollte, daß alle Handlungen grundlos in ihm schweben. Und Agathe tat doch nichts, als daß sie die Hand danach ausstreckte. Sie war der Mensch, der die Hand ausstreckt, und an die Stelle von Ulrichs Überlegungen traten Körper und Gebilde der wirklichen Welt. Alles, was er gedacht hatte, erschien ihm jetzt bloß als Verzögerung und Übergang. Er wollte «es darauf ankommen lassen», was aus Agathes Einfall entstünde, und es war ihm in diesem Augenblick ganz gleichgültig, daß die geheimnisvolle Verheißung mit einer nach gemeinen Begriffen schimpflichen Handlung begonnen hatte. Man konnte nur abwarten, ob sich die Moral des «Steigens und Sinkens» daran ebenso anwendbar zeigen werde wie die einfache der Ehrlichkeit. Und er erinnerte sich der leidenschaftlichen Frage seiner Schwester, ob er selbst das glaube, was er ihr erzähle, aber er konnte sie auch jetzt ebensowenig bejahen wie damals. Er gestand sich ein, daß er auf Agathe warte, um diese Frage zu beantworten.

Da schrillte der Fernsprecher, und Walter, der am Apparat war, sprach plötzlich auf ihn ein, mit überstürzten Begründungen und in eilig zusammengerafften Worten. Ulrich hörte gleichgültig und bereitwillig zu, und als er den Hörer weglegte und sich aufrichtete, empfand er noch immer das Klingelzeichen, das nun endlich aufhörte; Tiefe und Dunkelheit strömten wohltuend in die Umgebung zurück, aber er hätte nicht zu sagen vermocht, ob das in Tönen oder Farben geschah, es war wie eine Tiefe aller Sinne. Lächelnd nahm er das Blatt Papier, auf dem er seiner Schwester zu schreiben begonnen hatte, und zerriß es, ehe er das Zimmer verließ, langsam in kleine Stücke.

19

Vorwärts zu Moosbrugger

Zur gleichen Zeit saßen Walter, Clarisse und der Prophet Meingast um eine Schüssel, die mit Radieschen, Mandarinen, Krachmandeln, Streichkäse und großen türkischen Dörrpflaumen gefüllt war, und verzehrten dieses köstliche und gesunde Abendbrot. Der Prophet trug über dem etwas dürren Oberkörper wieder nur seine Wolljacke und lobte von Zeit zu Zeit die natürlichen Genüsse, die ihm dargeboten wurden, indes Clarissens Bruder Siegmund in Hut und Handschuhen abseits des Tisches saß und von einer Rücksprache berichtete, deren er abermals mit Dr. Friedenthal, dem Assistenten der psychiatrischen Klinik, «gepflogen» hatte, um es seiner «völlig verrückten» Schwester zu ermöglichen, daß sie Moosbrugger sehe. «Friedenthal beharrt darauf, daß er es nur mit einer Erlaubnis des Landesgerichts möglich machen könne,» schloß er unbefangen «und beim Landesgericht begnügt man sich nicht mit der Eingabe des Fürsorgevereins ‹Letzte Stunde›, die ich euch beschafft habe, sondern verlangt eine Empfehlung der Gesandtschaft, da wir leider gelogen haben, Clarisse sei Ausländerin. Da hilft nun nichts anderes mehr: Dr. Meingast muß morgen zur Schweizer Gesandtschaft!»

Siegmund sah seiner Schwester ähnlich, nur war sein Gesicht ausdrucksloser, obwohl er der ältere war. Wenn man die Geschwister nebeneinander betrachtete, wirkten Nase, Mund und Augen in Clarissens fahlem Gesicht wie Risse in einem trockenen Boden, während die gleichen Züge in Siegmunds Antlitz die weichen, etwas verwischten Linien eines rasenbedeckten Geländes hatten, obwohl er bis auf ein Schnurrbärtchen glatt rasiert war. Die Bürgerlichkeit war von seinem Aussehen bei weitem nicht in dem gleichen Maß abgetragen worden wie von dem seiner Schwester und gab ihm eine ahnungslose Natürlichkeit auch in dem Augenblick, wo er so unverschämt über die kostbare Zeit eines Philosophen verfügte. Es würde niemand gewundert haben, wenn darauf aus der Radieschenschüssel Blitz und Donner gebrochen wären; aber der große Mann nahm die Zumutung freundlich hin – was seine Bewunderer als ein äußerst anekdotisches Ereignis betrachteten – und nickte mit dem Auge wie ein Adler, der einen Sperling neben sich auf der Stange duldet.

Immerhin bewirkte die plötzlich entstandene und nicht breit genug abgeleitete Spannung, daß Walter nicht länger an sich hielt. Er zog seinen Teller zurück, war rot wie ein Morgenwölkchen und behauptete mit Nachdruck, daß ein gesunder Mensch, wenn er nicht

Arzt oder Wärter sei, in einem Irrenhaus nichts zu suchen habe. Auch ihm pflichtete der Meister mit einem kaum merklichen Nicken bei. Siegmund, der es sah und sich im Lauf des Lebens manches angeeignet hatte, ergänzte diese Zustimmung mit den hygienischen Worten: «Es ist zweifellos eine ekelhafte Angewohnheit des wohlhabenden Bürgertums, daß es in Geisteskranken und Verbrechern etwas Dämonisches sieht.» «Aber dann erklärt mir doch endlich,» rief Walter «warum ihr alle Clarisse behilflich sein wollt, etwas zu tun, das von euch nicht gebilligt wird und sie nur noch nervöser machen kann!?»

Seine Gattin selbst würdigte das keiner Antwort. Sie machte ein unangenehmes Gesicht, vor dessen der Wirklichkeit fernem Ausdruck man Angst hätte fühlen können; zwei hochmütig lange Linien liefen darin längs der Nase hinab, und das Kinn zeigte eine harte Spitze. Siegmund glaubte weder verpflichtet noch ermächtigt zu sein, für die anderen das Wort zu führen. So trat auf Walters Frage eine kurze Stille ein, bis Meingast leise und gleichmütig sagte: «Clarisse hat einen zu starken Eindruck erlitten, das darf man nicht auf sich beruhen lassen.»

«Wann?» fragte Walter laut.

«Unlängst; abends am Fenster.»

Walter wurde blaß, weil er der einzige war, der das erst jetzt erfuhr, während sich Clarisse offensichtlich Meingast anvertraut hatte und sogar ihrem Bruder. Aber so sei sie! dachte er.

Und obwohl es nicht unbedingt nötig gewesen wäre, hatte er plötzlich – über die Schüssel mit Grünzeug weg – das Gefühl, sie wären alle ungefähr um zehn Jahre jünger. Das war die Zeit, wo Meingast, noch der alte, unverwandelte Meingast, Abschied nahm und Clarisse sich für Walter entschied. Später hatte sie ihm gestanden, daß Meingast damals, obwohl er schon verzichtet hatte, sie doch noch manchmal geküßt und berührt hätte. Die Erinnerung war wie die große Bewegung einer Schaukel. Immer höher war Walter emporgehoben worden, und alles gelang ihm damals, wenn auch manche Tiefen dazwischen lagen. Und auch damals hatte Clarisse, wenn Meingast in der Nähe war, nicht mit Walter sprechen gekonnt; er mußte oft erst durch andere erfahren, was sie dachte und tat. In seiner Nähe wurde sie starr. «Wenn *du* mich anrührst, werde ich ganz starr!» hatte sie zu ihm gesagt. «Mein Körper wird ernst, das ist etwas anderes als mit Meingast!» Und als er sie zum erstenmal küßte, sagte sie zu ihm: «Ich habe Mama versprochen, so etwas nie zu tun!» Obwohl sie ihm später gestand, daß Meingast damals immer unter dem Speisetisch mit den Füßen heimlich ihre Füße berührt hätte. Das machte Walters Einfluß! Der Reichtum innerer Entwicklung, den er in ihr emporgerufen habe, hindere sie an der zwanglosen Bewegung, so erklärte er es sich.

Und es fielen ihm die Briefe ein, die er damals mit Clarisse gewechselt hatte: er glaubte noch heute, daß sich ihnen an Leidenschaft und Eigenart nicht leicht etwas an die Seite stellen ließe, wenn man auch die ganze Literatur durchsuche. Er strafte in jenen stürmischen Zeiten Clarisse damit, daß er weglief, wenn sie Meingast erlaubte, bei ihr zu sein, und dann schrieb er ihr einen Brief; und sie schrieb ihm Briefe, worin sie ihn ihrer Treue versicherte und ihm aufrichtig mitteilte, daß sie von Meingast noch einmal durch den Strumpf aufs Knie geküßt worden sei. Walter hatte diese Briefe als Buch herausgeben wollen, und noch jetzt dachte er zuweilen, daß er es einmal doch tun werde. Leider war aber bisher nichts daraus entstanden als gleich zu Anfang ein folgenreiches Mißverständnis mit Clarissens Erzieherin: Zu der hatte nämlich Walter eines Tags gesagt: «Sie werden sehen, in kürzester Zeit mache ich alles gut!» Er hatte das in seinem Sinn gemeint und sich den großen Rechtfertigungserfolg vorgestellt, den er vor der Familie haben werde, sobald ihn die Herausgabe der «Briefe» berühmt mache; denn, genau genommen, war ja damals zwischen Clarisse und ihm manches nicht so, wie es sollte. Clarissens Erzieherin – ein Familienerbstück, das sein Ausgeding unter dem Ehrenvorwand erhielt, eine Art Zwischenmutter abzugeben – verstand das aber falsch und in ihrer Weise, wodurch alsbald in der Familie das Gerücht entstand, Walter wolle etwas tun, das es ihm ermögliche, um Clarissens Hand zu bitten; und als das einmal ausgesprochen war, entstanden daraus ganz eigentümliche Glücke und Zwänge. Das wirkliche Leben war sozusagen mit einem Schlag erwacht: Walters Vater erklärte, nicht länger für seinen Sohn sorgen zu wollen, wenn dieser nicht selbst etwas verdiene; Walters zukünftiger Schwiegervater ließ ihn ins Atelier bitten und sprach dort von den Schwierigkeiten und Enttäuschungen der reinen, nichts als heiligen Kunst, sei diese nun die bildende, Musik oder Dichtung; Walter selbst endlich und Clarisse juckte der mit einemmal leibhaft gewordene Gedanke an selbständige Wirtschaft, Kinder und öffentlich-gemeinsames Schlafzimmer wie ein Riß in der Haut, der nicht heilen kann, weil man unwillkürlich an ihm immer weiter kratzt. So geschah es, daß Walter wenige Wochen nach seinem vorangeeilten Ausspruch wirklich mit Clarisse verlobt wurde, was beide sehr glücklich machte, aber auch sehr aufgeregt, denn nun begann jenes Suchen nach einem bleibenden Ort im Leben, das dadurch alle Schwierigkeiten Europas auf sich lud, daß die von Walter in unbeständigem Irren gesuchte Stellung ja nicht nur durch das Einkommen bestimmt war, sondern auch durch die sechs sich ergebenden Rückwirkungen auf Clarisse, ihn, die Erotik, die Dichtung, die Musik und die Malerei. Eigentlich waren sie aus den verketteten Wirbeln, die an den Augenblick anknüpften, wo ihn angesichts der alten Mademoiselle die Gesprächigkeit übermannt hatte, erst vor kurzem erwacht, als er die Stellung im Denkmalamt annahm und mit Clarisse dieses bescheidene Haus bezog, wo das Schicksal sich nun weiter entscheiden mußte.

Und im Grunde dachte Walter, es wäre recht annehmbar, wenn sich das Schicksal nun zufrieden gäbe; dann wäre das Ende zwar nicht gerade das, was der Anfang hatte sein wollen, aber die Äpfel fallen ja, wenn sie reif sind, auch nicht den Baum hinauf, sondern zur Erde.

So dachte Walter, und währenddes schwebte über dem seinem Platz gegenüberliegenden Durchmesserende der bunten Schüssel mit gesunder Pflanzenkost der kleine Kopf seiner Gattin, und Clarisse war bemüht, so sachlich wie möglich, ja ebenso sachlich wie Meingast selbst, dessen Erklärung zu ergänzen. «Ich muß etwas tun, um den Eindruck zu zerkleinern; der Eindruck ist zu stark für mich gewesen, sagt Meingast» erläuterte sie und fügte aus eigenem hinzu: «Es ist ja auch gewiß nicht bloß Zufall, daß sich der Mann gerade unter meinem Fenster in die Büsche gestellt hat!»

«Unsinn!» wehrte Walter das ab wie ein Schläfer eine Fliege: «Es war doch auch mein Fenster!»

«Also unser Fenster!» verbesserte Clarisse, mit ihrem Lippenspaltlächeln, an dem bei dieser Anzüglichkeit nicht zu unterscheiden war, ob es Bitternis oder Hohn ausdrücke. «Wir haben ihn angezogen. Soll ich dir aber sagen, wie man das nennen kann, was – der Mann getan hat? Er hat Geschlechtslust gestohlen!»

Walter tat das im Kopf weh: Der war dicht voll Vergangenheit, und die Gegenwart keilte sich ein, ohne daß der Unterschied zwischen Gegenwart und Vergangenheit überzeugend gewesen wäre. Da waren noch Büsche, die sich in Walters Kopf zu hellen Laubmassen schlossen, mit Radfahrwegen, die hindurchführten. Die Kühnheit langer Fahrten und Spaziergänge war wie heute am Morgen erlebt. Mädchenkleider schwangen wieder, die in jenen Jahren zum erstenmal verwegen den Fußknöchel freigegeben und den Saum weißer Unterröcke in der neuen sportlichen Bewegung schäumen gelassen hatten. Daß Walter damals glaubte, zwischen ihm und Clarisse sei manches «nicht so, wie es solle», war ja wohl eine sehr beschönigende Fassung gewesen, denn genau genommen, war bei diesen Radfahrten im Frühling ihres Verlobungsjahrs alles vorgefallen, wobei ein junges Mädchen gerade noch Jungfrau bleiben kann. «Fast unglaublich bei einem anständigen Mädchen» dachte Walter, während er sich mit Entzücken daran erinnerte. Clarisse hatte es: «Die Sünden Meingasts auf sich nehmen» genannt, der zu jener Zeit noch anders hieß und gerade ins Ausland gegangen war. «Es wäre jetzt eine Feigheit, nicht sinnlich zu sein, weil er es gewesen ist!» So erklärte es Clarisse und hatte verkündet: «Aber *wir* wollen es ja geistig!» Wohl hatte sich Walter zuweilen Sorge darüber gemacht, daß diese Vorgänge doch noch zu nahe mit dem erst vor kurzem Verschwundenen zusammenhingen, aber Clarisse erwiderte: «Wenn man etwas Großes will, wie doch zum Beispiel wir in der Kunst, dann ist es einem verboten, sich über anderes Sorge zu machen»; und so konnte sich Walter entsinnen, mit welchem Eifer sie die Vergangenheit vernichteten, indem sie sie in neuem Geist wiederholten, und mit wie großem Vergnügen sie die magische Fähigkeit entdeckten, unerlaubte körperliche Annehmlichkeiten dadurch zu entschuldigen, daß man ihnen eine überpersönliche Aufgabe zuspricht. Eigentlich habe Clarisse zu jener Zeit in der Lüsternheit die gleiche Art von Tatkraft entwickelt wie später in der Verweigerung, gestand sich Walter ein, und den Zusammenhang für einen Augenblick verlassend, sagte ihm ein widerspenstiger Gedanke, daß ihre Brüste heute noch genau so starr seien wie damals. Alle konnten es sehn, auch durch die Kleider. Meingast blickte sogar gerade auf die Brust hin; vielleicht wußte er es nicht. «Ihre Brüste sind stumm!» deklamierte Walter in sich so beziehungsreich, als wäre das ein Traum oder ein Gedicht; und beinahe ebenso drang durch die Polsterung des Gefühls währenddem auch die Gegenwart:

«Sagen Sie doch, Clarisse, was Sie denken!» hörte er Meingast wie einen Arzt oder Lehrer Clarisse aufmuntern; aus irgendeinem Grund fiel der Zurückgekehrte zuweilen ins «Sie» zurück.

Walter nahm ferner wahr, daß Clarisse Meingast fragend ansah.

«Sie haben mir von einem Moosbrugger erzählt, daß er ein Zimmermann sei...»

Clarisse schaute.

«Wer war noch ein Zimmermann? Der Erlöser! Haben Sie das denn nicht gesagt?! Sie haben mir doch sogar erzählt, daß Sie an irgendeine einflußreiche Person deswegen einen Brief geschrieben haben?»

«Hört auf!» bat Walter heftig. Sein Kopf drehte sich innen. Er hatte aber kaum seinen Unwillen ausgerufen, als ihm klar wurde, daß er auch von diesem Brief noch nie etwas gehört hätte, und schwach werdend fragte er: «Welch ein Brief ist das?!»

Er erhielt von niemand eine Antwort. Meingast überging die Frage und sagte: «Es ist das eine der zeitgemäßesten Ideen. Wir sind nicht imstande, uns selbst zu befreien, daran kann kein Zweifel bestehn; wir nennen das Demokratie, aber diese ist bloß der politische Ausdruck für den seelischen Zustand des ‹Man kann so, aber auch anders›. Wir sind das Zeitalter des Stimmzettels. Wir bestimmen ja schon jedes Jahr unser sexuelles Ideal, die Schönheitskönigin, mit dem Stimmzettel, und daß wir die positive Wissenschaft zu unserem geistigen Ideal gemacht haben, heißt nichts anderes als den Stimmzettel den sogenannten Tatsachen in die Hand zu drücken, damit sie an unser Statt wählen. Das Zeitalter ist unphilosophisch und feig; es hat nicht den Mut zu entscheiden, was wert und was unwert ist, und Demokratie, auf das knappeste ausgedrückt, bedeutet: Tun, was geschieht! Nebenbei bemerkt, ist das ja einer der ehrlosesten Zirkelschlüsse, die es in der Geschichte unserer Rasse bisher gegeben hat.»

Der Prophet hatte ärgerlich eine Nuß aufgebrochen und enthäutet und schob nun ihre Bruchstücke in den Mund. Niemand hatte ihn verstanden. Er unterbrach seine Rede zugunsten einer langsam kauenden Bewegung seiner Kinnbacken, an der auch die etwas aufgebogene Spitze der Nase teilnahm, während das übrige Gesicht asketisch reglos blieb, ließ aber den Blick nicht von Clarisse, der in der Gegend ihrer Brust aufruhte. Unwillkürlich verließen auch die Augen der beiden anderen Männer das Gesicht des Meisters und folgten diesem abwesenden Blick. Clarisse fühlte einen saugenden Zug, als könnte sie, wenn man sie noch lange anblickte, von diesen sechs Augen aus sich hinaus gehoben werden. Aber der Meister schluckte den letzten Rest der Nuß gewaltsam hinunter und setzte seine Belehrung fort:

«Clarisse hat entdeckt, daß die christliche Legende den Erlöser einen Zimmermann sein läßt: stimmt nicht einmal ganz; nur seinen Ziehvater. Es stimmt natürlich auch nicht im geringsten, wenn Clarisse dann daraus, daß ein Verbrecher, der ihr auffällt, zufällig ein Zimmermann ist, einen Schluß ziehen will. Intellektuell ist das unter jeder Kritik. Moralisch ist es leichtfertig. Aber es ist mutig von ihr: das ist es!» Meingast machte eine Pause, um das hart gesprochene Wort «mutig» wirken zu lassen. Dann fuhr er wieder in Ruhe fort: «Sie hat unlängst, was uns andern auch widerfahren ist, einen exhibierenden Psychopathen gesehn; sie überschätzt das, überhaupt wird das Sexuelle heute durchaus überschätzt, aber Clarisse sagt: Es ist nicht Zufall, daß dieser Mann unter mein Fenster kam, – und das wollen wir jetzt recht verstehn! Es ist ja falsch, denn kausal bleibt das Zusammentreffen natürlich ein Zufall. Trotzdem sagt sich Clarisse: Wenn ich alles als erklärt ansehe, so wird der Mensch niemals etwas an der Welt ändern. Sie betrachtet es als unerklärlich, daß ein Mörder, der, wenn ich nicht irre, Moosbrugger heißt, gerade ein Zimmermann sei; sie betrachtet es als unerklärlich, daß sich ein unbekannter Kranker, der an sexuellen Störungen leidet, gerade unter ihrem Fenster aufstellt; und so hat sie sich angewöhnt, auch manches andere, das ihr begegnet, als unerklärlich zu betrachten, und –» wieder ließ Meingast seine Zuhörer einen Augenblick warten; seine Stimme hatte zuletzt an die Bewegungen eines entschlossenen Mannes erinnert, der mit äußerster Vorsicht auf den Zehenspitzen daherkommt, nun aber griff dieser Mann zu: «Und sie wird darum etwas tun!» erklärte Meingast mit Festigkeit.

Clarisse wurde es kalt.

«Ich wiederhole,» sagte Meingast «daß man das nicht intellektuell kritisieren darf. Aber die Intellektualität ist, wie wir wissen, nur der Ausdruck oder das Werkzeug eines ausgetrockneten Lebens; dagegen kommt das, was Clarisse ausdrückt, wahrscheinlich schon aus einer anderen Sphäre: der des Willens. Clarisse wird das, was ihr zustößt, voraussichtlich niemals erklären können, wohl aber wird sie es vielleicht lösen können; und sie nennt das schon ganz richtig ‹erlösen›, sie gebraucht instinktiv das rechte Wort dafür. Denn es könnte ja leicht einer von uns auch sagen, daß ihm das wie Wahnideen vorkomme, oder daß Clarisse ein nervenschwacher Mensch sei; aber das hätte gar keinen Zweck: die Welt ist zur Zeit so wahnfrei, daß sie bei nichts weiß, ob sie es lieben oder hassen soll, und weil alles zweiwertig ist, darum sind auch alle Menschen Neurastheniker und Schwächlinge. Mit einem Wort,» schloß der Prophet plötzlich «es fällt dem Philosophen nicht leicht, auf die Erkenntnis zu verzichten, aber es ist wahrscheinlich die große werdende Erkenntnis des zwanzigsten Jahrhunderts, daß man es tun muß. Mir, in Genf, ist es heute geistig wichtiger, daß es dort einen französischen Boxlehrer gibt, als daß der Zergliederer Rousseau dort geschaffen hat!»

Meingast hätte noch mehr gesprochen, da er einmal im Zug war. Erstens davon, daß der Erlösungs-Gedanke immer anti-intellektuell gewesen sei. «Also ist nichts der Welt heute mehr zu wünschen als ein guter kräftiger Wahn»: diesen Satz hatte er sogar schon auf der Zunge gehabt, dann aber zugunsten der anderen Schlußwendung hinuntergeschluckt. Zweitens von der körperlichen Mitbedeutung der Erlösungsvorstellung, die schon durch den Wortkern «lösen», verwandt mit «lockern», gegeben sei; eine körperliche Mitbedeutung, die darauf hinweist, daß nur Taten erlösen können, das heißt Erlebnisse, die den ganzen Menschen mit Haut und Haaren einbeziehn. Drittens hatte er davon sprechen wollen, daß wegen der Über-Intellektualisierung des Mannes unter Umständen die Frau die instinktive Führung zur Tat übernehmen werde, wovon Clarisse eines der ersten Beispiele sei. Endlich von der Wandlung des Erlösungsgedankens in der Geschichte der Völker überhaupt und davon, wie gegenwärtig in dieser Entwicklung die jahrhundertealte Vorherrschaft des Glaubens, daß Erlösung bloß ein vom religiösen Gefühl geschaffener Begriff sei, der Erkenntnis Platz mache, daß sie durch die Entschlossenheit des Willens, ja, wenn nötig, sogar durch Gewalt herbeigeführt werden müsse. Denn die Erlösung der Welt durch Gewalt war augenblicklich der Mittelpunkt seiner Gedanken. Aber Clarisse hatte inzwischen den saugenden Zug der ihr zugewendeten Aufmerksamkeit unerträglich werden gefühlt und dem Meister das Wort verlegt, indem sie sich

Siegmund als der Stelle des geringsten Widerstandes zuwandte und zu ihm überlaut sagte: «Ich habe dir ja gesagt: man kann nur das verstehen, was man mitmacht: darum müssen wir selbst ins Irrenhaus gehn!»

Walter, der, um an sich zu halten, eine Mandarine schälte, schnitt in diesem Augenblick zu tief, und ein ätzender Strahl spritzte ihm ins Auge, so daß er zurückfuhr und nach dem Taschentuch suchte. Siegmund, wie immer sorgfältig gekleidet, betrachtete zuerst mit Liebe zur Sache die Wirkung der Reizung auf seines Schwagers Auge, dann die Wildlederhandschuhe, die als Stilleben der Ehrbarkeit mitsamt einem runden steifen Hut auf seinem Knie ruhten, und erst als der Blick seiner Schwester nicht von seinem Gesicht wich, und niemand durch eine Antwort für ihn eintrat, sah er mit einem ernsten Kopfnicken auf und murmelte gelassen: «Ich habe niemals bezweifelt, daß wir alle in ein Irrenhaus gehören.»

Clarisse wandte sich darauf zu Meingast und sagte: «Von der Parallelaktion habe ich dir ja erzählt: das wäre wohl auch eine ungeheure Möglichkeit und Pflicht, mit dem ‹Gewährenlassen des So – und auch – Anders› aufzuräumen, das die Sünde des Jahrhunderts ist!»

Der Meister winkte lächelnd ab.

Clarisse, überströmt vom Enthusiasmus der eigenen Wichtigkeit, rief ziemlich abgerissen und starrköpfig aus: «Eine Frau, die einen Mann gewähren läßt, dessen Geist das schwächt, ist auch ein Lustmörder!»

Meingast mahnte: «Wir wollen nur an die Allgemeinheit denken! Übrigens kann ich dich in der einen Frage beruhigen: bei jenen etwas lächerlichen Beratungen, in denen die sterbende Demokratie noch eine große Aufgabe gebären möchte, habe ich schon seit langem meine Beobachter und Vertrauensleute!»

Clarisse fühlte einfach Eis an den Haarwurzeln.

Vergeblich versuchte Walter noch einmal, das, was sich entwickelte, zu hemmen. Mit großer Achtung gegen Meingast ankämpfend, in einer völlig anderen Tonart, als er etwa zu Ulrich gesprochen hätte, wandte er sich mit den Worten an ihn: «Was du sagst, ist wohl das gleiche, wie wenn ich selbst seit langem sage, daß man nur in reinen Farben malen solle. Man muß Schluß machen mit dem Gebrochen-Verwischten, den Zugeständnissen an die leere Luft, an die Feigheit des Blicks, der nicht mehr zu sehen gewagt hat, daß jedes Ding einen festen Umriß und eine Lokalfarbe hat: ich sage es malerisch, und du sagst es philosophisch. Aber, wenn wir auch einer Meinung sind...» er wurde plötzlich verlegen und fühlte, daß er es vor den anderen nicht aussprechen könne, warum er Clarissens Berührung mit den Geisteskranken fürchte: «Nein, ich wünsche nicht, daß Clarisse das tut,» rief er aus «und mit meinem Einverständnis wird es nicht geschehn!»

Der Meister hatte freundlich zugehört, und dann erwiderte er ihm ebenso freundlich, als wäre nicht eines der wichtig vorgebrachten Worte in sein Ohr gedrungen: «Clarisse hat übrigens noch etwas sehr schön ausgedrückt: sie hat behauptet, daß wir alle außer der ‹Sündengestalt›, in der wir lebten, noch eine ‹Unschuldsgestalt› besäßen; man könnte das in der schönen Bedeutung auffassen, daß unsere Vorstellung unabhängig von der jämmerlichen sogenannten Erfahrungswelt einen Zugang zu einer Welt der Großartigkeit besitze, worin wir in hellen Augenblicken unser Bild nach einer tausendmal anderen Dynamik bewegt fühlen! Wie haben Sie das gesagt, Clarisse?» fragte er aufmunternd, indem er sich zu ihr wandte. «Haben Sie denn nicht behauptet, wenn es Ihnen gelänge, sich ohne Abscheu zu diesem Unwürdigen zu bekennen, bei ihm einzudringen und in seiner Zelle Tag und Nacht Klavier zu spielen ohne zu erlahmen, so müßten Sie seine Sünden gleichsam aus ihm ziehn, auf sich nehmen und mit ihnen aufsteigen?! Das ist natürlich auch nicht» bemerkte er, nun sich wieder zu Walter zurückwendend «wörtlich zu verstehn, sondern ist ein Tiefenvorgang der Zeitseele, der sich, in die Parabel von diesem Mann verkleidet, ihrem Willen eingibt...»

Er war in diesem Augenblick unsicher, ob er nicht doch noch etwas über Clarissens Beziehung zur Geschichte des Erlösungsgedankens sagen solle oder ob es reizvoller wäre, ihr unter vier Augen noch einmal ihre Mission der Führung zu erklären; aber da war sie von ihrem Platz wie ein übermäßig ermuntertes Kind aufgesprungen, stieß den Arm mit der geballten Faust in die Höhe, lächelte verschämt-gewalttätig und schnitt ihr weiteres Lob mit dem schrillen Ausruf ab: «Vorwärts zu Moosbrugger!»

«Aber es ist ja noch keiner da, der uns Einlaß verschafft...» ließ sich Siegmund vernehmen.

«Ich gehe nicht mit!» versicherte Walter fest.

«Ich darf keine Gefälligkeit von einem Staat der Freiheit und Gleichheit in jeder Preis- und Höhenlage in Anspruch nehmen!» erklärte Meingast.

«Dann muß uns Ulrich die Erlaubnis besorgen!» rief Clarisse aus.

Gerne stimmten die anderen dieser Entscheidung zu, durch die sie sich nach zweifellos schwerer Anstrengung bis auf weiteres beurlaubt fühlten, und selbst Walter mußte trotz seines Widerstrebens schließlich die Aufgabe übernehmen, vom nächsten Kaufmannsgeschäft den zur Hilfe ausersehenen Freund anzurufen. Als er es tat, geschah es, daß Ulrich in dem Brief, den er Agathe schreiben wollte, endgültig unterbrochen wurde. Erstaunt vernahm er Walters Stimme und hörte er die Botschaft. Man könne wohl verschieden darüber denken, fügte Walter aus eigenem hinzu, aber so gänzlich nur eine Laune sei es gewiß nicht. Vielleicht müsse man wirklich mit irgend etwas einen Anfang machen, und es sei weniger wichtig, womit. Natürlich bedeute auch das Auftreten der Person Moosbruggers in diesem Zusammenhang nur einen Zufall; aber Clarisse habe ja eine so merkwürdige Unmittelbarkeit; ihr Denken sehe immer aus wie die neuen Bilder, die in unvermischten reinen Farben gemalt seien, hart und ungefüge, aber wenn man auf diese Art eingeht, oft überraschend richtig. Er könne das am Telefon nicht ausreichend erklären; Ulrich möge ihn nicht im Stich lassen...

Ulrich war es willkommen, daß er abgerufen wurde, und er nahm die Aufforderung an, obwohl sich die Dauer des Weges in schlechtem Verhältnis zu der knappen Viertelstunde befand, die er mit Clarisse sollte reden können; denn diese war von ihren Eltern eingeladen, mit Walter und Siegmund zum Abendbrot zu erscheinen. Auf der Fahrt wunderte sich Ulrich darüber, daß er so lange nicht an Moosbrugger gedacht habe und immer erst durch Clarisse wieder an ihn erinnert werden müsse, obwohl dieser Mensch früher doch fast beständig in seinen Gedanken wiedergekehrt wäre. Selbst in dem Dunkel, durch das Ulrich von der Endstelle der Straßenbahn dem Haus seiner Freunde zuschritt, war jetzt kein Platz für solchen Spuk; eine Leere, worin er vorgekommen, hatte sich geschlossen. Ulrich nahm es mit Befriedigung zur Kenntnis und mit jener leisen Ungewißheit über sich selbst, die eine Folge von Veränderungen ist, deren Größe deutlicher ist als ihre Ursachen. Wohlgefällig durchschnitt er die lockere Finsternis mit dem festeren Schwarz seines eigenen Körpers, als ihm Walter unsicher entgegenkam, der sich in der einsamen Gegend fürchtete, aber gern ein paar Worte gesagt haben wollte, ehe sie zu den anderen stießen. Lebhaft setzte er seine Mitteilungen fort, wo sie abgebrochen worden waren. Er schien sich und dazu auch Clarisse gegen Mißdeutungen verteidigen zu wollen. Überall stoße man, wenn ihre Einfälle auch unzusammenhängend wirkten, dahinter auf einen Krankheitsstoff, der wirklich in der Zeit gäre; dies sei die wunderlichste Fähigkeit, die sie besäße. Sie sei wie eine Rute, die verborgenes Vorkommen anzeige. In diesem Fall die Notwendigkeit, daß man an die Stelle des passiven, bloß intellektuellen und sensiblen Verhaltens des Gegenwartsmenschen wieder «Werte» setzen müsse; die Intelligenz der Zeit habe nirgends mehr einen festen Punkt übrig gelassen, und da könne also nur noch der Wille, ja, wenn es nicht anders ginge, sogar nur die Gewalt, eine neue Rangordnung der Werte schaffen, in der der Mensch Anfang und Ende für sein Inneres finde...: er wiederholte zögernd und doch begeistert, was er von Meingast gehört hatte.

Ulrich, der das erriet, fragte ihn unwillig: «Warum drückst du dich denn so geschwollen aus? Das macht wohl euer Prophet? Früher hast du doch nicht genug an Einfachheit und Natürlichkeit haben können?!»

Walter litt es Clarissens wegen, damit der Freund nicht seine Hilfe verweigere; aber wenn bloß ein Strahl Licht in der mondlosen Nacht gewesen wäre, würde man seine Zähne aufblinken gesehn haben, die er ohnmächtig öffnete. Er erwiderte nichts, aber der zurückgehaltene Ärger machte ihn schwach und die Nähe des muskulösen Gefährten, der ihn gegen die etwas beängstigende Einsamkeit schützte, weich. Plötzlich sagte er: «Stell dir vor, daß du eine Frau liebst, und du triffst einen Mann, den du bewunderst, und erkennst, daß ihn auch deine Frau bewundert und liebt, und ihr fühlt nun beide mit Liebe, Eifersucht und Bewunderung die unerreichbare Überlegenheit dieses Mannes –»

«Das mag ich mir nicht vorstellen!» Ulrich hätte ihn anhören sollen, aber er wölbte lachend die Schulter, während er ihn unterbrach.

Walter blickte giftig in seiner Richtung. Er hatte fragen wollen: «Was tätest du in diesem Fall?» Aber das alte Spiel der Jugendfreunde wiederholte sich. Sie schritten durch die Halbhelle des Treppenflurs, und er rief aus: «Verstell dich nicht: so bis zur Unempfindlichkeit eingebildet bist du doch gar nicht!» Und dann mußte er laufen, um Ulrich einzuholen und leise noch auf der Treppe von allem zu unterrichten, was er wissen müßte.

«Was hat dir Walter erzählt?» fragte oben Clarisse.

«Das kann ich schon tun,» gab Ulrich ohne Umschweife zur Antwort «aber ich bezweifle, daß es vernünftig ist.»

«Hörst du, sein erstes Wort ist ‹vernünftig›!?» rief Clarisse lachend zu Meingast. Sie war in voller Fahrt zwischen Kleiderschrank, Waschtisch, Spiegel und der Tür, die halboffen ihr Zimmer mit dem verband, darin sich die Männer befanden. Von Zeit zu Zeit war sie zu sehn; mit nassem Gesicht und darüberhängendem Haar, mit hochgebürstetem Haar, mit nackten Beinen, in Strümpfen ohne Schuh, den Unterleib schon im langen Gesellschaftskleid, den Oberleib noch in einer Frisierjacke, die wie ein weißer Anstaltskittel aussah...: dieses Auf- und Abtauchen tat ihr wohl. Seit sie ihren Willen durchgesetzt hatte, waren alle ihre Gefühle in eine leichte Wollust getaucht. «Ich tanze auf Lichtseilen!» rief sie in das Zimmer hinein. Die Männer lächelten; nur Siegmund sah nach der Uhr und trieb geschäftsmäßig zur Eile. Er betrachtete das Ganze wie eine Turnübung.

Dann glitt Clarisse auf einem «Lichtstrahl» in die Zimmerecke, um eine Brosche zu holen, und feuerte die Lade des Nachtkästchens zu. «Ich ziehe mich rascher an als ein Mann!» rief sie ins Nebenzimmer zu Siegmund zurück, stockte aber plötzlich über dem Doppelsinn von «anziehen», da es für sie in diesem Augenblick ebensowohl Ankleiden bedeutete wie das Anziehen geheimnisvoller Schicksale. Sie vollendete rasch ihre Kleidung, steckte ihren Kopf durch die Tür und sah mit ernstem Gesicht einen nach dem anderen ihrer Freunde an. Wer das nicht für einen Scherz hielt, hätte darüber erschrecken können, daß in diesem ernsten Antlitz etwas erloschen war, das zum Ausdruck eines gewöhnlichen, gesunden Gesichts gehört hätte. Sie verbeugte sich vor ihren Freunden und sagte feierlich: «Jetzt habe ich also mein Schicksal angezogen!»; aber als sie sich wieder aufrichtete, sah sie wie gewöhnlich aus, sogar sehr reizend, und ihr Bruder Siegmund rief: «Vorwärts, marsch! Papa hat es nicht gern, wenn man zu Tisch zu spät kommt!»

Als sie zu viert zur Straßenbahn gingen, Meingast war vor dem Abschied verschwunden, blieb Ulrich mit Siegmund etwas zurück und fragte ihn, ob ihm seine Schwester nicht in letzter Zeit Sorge mache. Siegmunds glimmende Zigarette beschrieb im Dunkel einen flach aufsteigenden Bogen. «Sie ist ohne Zweifel anomal» erwiderte er. «Aber ist Meingast normal? Oder selbst Walter? Ist Klavierspielen normal? Es ist ein ungewöhnlicher Erregungszustand, verbunden mit einem Tremor in den Hand- und Fußgelenken. Für einen Arzt gibt es nichts Normales. Aber wenn Sie mich ernst fragen: Meine Schwester ist etwas überreizt, und ich denke, daß sich das bessern wird, sobald der Großmeister abgereist sein wird. Was halten Sie von ihm?» Er betonte die beiden «wird» mit einer leichten Bosheit.

«Ein Schwätzer!» meinte Ulrich.

«Nicht wahr?!» rief Siegmund erfreut aus. «Widerwärtig, widerwärtig!»

«Aber als Denker interessant, das möchte ich doch nicht ganz leugnen!» fügte er nach einer Atempause nachträglich hinzu.

20

Graf Leinsdorf zweifelt an Besitz und Bildung

So kam es, daß Ulrich wieder bei Graf Leinsdorf erschien.

Er traf Se. Erlaucht umgeben von Stille, Devotion, Feierlichkeit und Schönheit vor dem Schreibtisch an, wie er über einem hohen Stoß Akten die Zeitung liegen hatte und in ihr las. Der reichsunmittelbare Graf schüttelte bekümmert den Kopf, nachdem er Ulrich noch einmal sein Beileid ausgesprochen hatte. «Ihr Papa ist einer der letzten wahren Vertreter von Besitz und Bildung gewesen» sagte er. «Ich erinnere mich noch gut an die Zeit, wo ich mit ihm im böhmischen Landtag gesessen bin: er hat das Vertrauen verdient, das wir ihm immer geschenkt haben!»

Der Höflichkeit wegen erkundigte sich Ulrich, welche Fortschritte die Parallelaktion in der Zeit seiner Abwesenheit gemacht habe.

«Wir haben halt jetzt wegen der Schreierei auf der Straße vor meinem Haus, die Sie ja noch mitgemacht haben, eine ‹Enquete zur Feststellung der Wünsche der beteiligten Kreise der Bevölkerung inbezug auf die Reform der inneren Verwaltung› eingesetzt» erzählte Graf Leinsdorf. «Der Ministerpräsident selbst hat gewünscht, daß wir ihm das vorderhand abnehmen, weil wir als ein patriotisches Unternehmen sozusagen das allgemeine Vertrauen genießen.»

Ulrich versicherte mit ernstem Gesicht, daß jedenfalls schon der Name glücklich gewählt sei und eine gewisse Wirkung verspreche.

«Ja, auf den richtigen Ausdruck kommt viel an» meinte Se. Erlaucht nachdenklich und fragte plötzlich: «Was sagen Sie denn zu der Geschichte mit den Triestiner Gemeindeangestellten? Ich finde, daß es für die Regierung hoch an der Zeit war, sich zu einer entschlossenen Haltung aufzuraffen!» Er machte Miene, Ulrich die Zeitung, die er bei seinem Eintritt zusammengefaltet hatte, hinüberzureichen, entschloß sich aber im letzten Augenblick, sie selbst noch einmal zu öffnen, und las mit lebhaftem Eifer seinem Besuch eine langatmige Auslassung vor. «Glauben Sie, daß es einen zweiten Staat in der Welt gibt, wo so etwas möglich wäre?!» fragte er, als er damit fertig war. «Das tut die österreichische Stadt Triest nun schon seit Jahren, daß sie nur Reichsitaliener in ihre Dienste nimmt, um damit zu betonen, daß sie sich nicht zu uns, sondern zu Italien gehörig fühlt. Ich bin einmal an Kaisers Geburtstag dort gewesen: nicht eine einzige Fahne hab ich in ganz Triest gesehn, außer auf der Statthalterei, der Steuerbehörde, dem Gefängnis und den paar Kaserndächern! Wenn Sie dagegen am Geburtstag des Königs von Italien etwas in einem Triester Büro zu tun haben, so werden Sie keinen Beamten finden, der nicht eine Blume in seinem Knopfloch hat!»

«Aber warum hat man das bis jetzt geduldet?» erkundigte sich Ulrich.

«Warum soll mans denn nicht dulden?!» antwortete Graf Leinsdorf mißvergnügt. «Wenn die Regierung die Gemeinde zwingt, ihre ausländischen Angestellten zu entlassen, dann heißt es gleich, daß wir germanisieren. Und diesen Vorwurf fürchtet eben jede Regierung. Auch Seine Majestät hört ihn nicht gern. Wir sind ja keine Preußen!»

Ulrich glaubte sich zu erinnern, daß die Küsten- und Hafenstadt Triest von der ausgreifenden Venetianischen Republik auf slawischem Boden gegründet worden sei und heute eine große slowenische Bevölkerung umschließe; selbst wenn man sie also, obwohl sie außerdem die Pforte des Orienthandels der ganzen Monarchie war und von dieser in jeder gedeihlichen Weise abhing, bloß als eine Privatangelegenheit ihrer Einwohner ansehen mochte, kam man nicht um die Tatsache herum, daß ihr zahlreiches slawisches Kleinbürgertum dem bevorzugten italienisch sprechenden Großbürgertum auf das leidenschaftlichste das Recht bestritt, die Stadt als seinen Besitz anzusehn. Ulrich sagte das.

«Das ist schon richtig» belehrte ihn Graf Leinsdorf. «Aber sobald es heißt, daß wir germanisieren, sind die Slowenen sofort mit den Italienern verbündet, wenn sie sich sonst auch noch so wild in den Haaren liegen! In einem solchen Fall bekommen die Italiener auch die Unterstützung aller anderen Nationalitäten. Das haben wir oft genug erlebt. Wenn man realpolitisch denken will, muß man halt, ob man will oder nicht, die Gefahr für unser Einvernehmen doch in den Deutschen sehn!» Graf Leinsdorf schloß sehr nachdenklich und verharrte so auch eine Weile, denn er hatte den großen politischen Entwurf berührt, der ihn beschwerte, ohne ihm bis nun deutlich geworden zu sein. Plötzlich belebte er sich aber wieder und fuhr erleichtert fort: «Aber es ist denen andern diesmal wenigstens gut gesagt worden!» Er setzte mit einer vor Ungeduld unsicheren Bewegung abermals seinen Zwicker auf die Nase und las nun Ulrich mit genußvoller Betonung noch einmal alle Stellen des in der Zeitung wiedergegebenen Erlasses der kaiserlich-königlichen Statthalterei in Triest vor, die ihm besonders gefielen. «‹Wiederholte Mahnungen der staatlichen Aufsichtsbehörden haben nichts gefruchtet ... Schädigung der Landeskinder ... Angesichts dieser den behördlichen Anordnungen gegenüber hartnäckig beobachteten Haltung hat sich nunmehr der Statthalter in Triest genötigt gesehen, den bestehenden gesetzlichen Bestimmungen durch Einschreiten von seiner Seite Geltung zu verschaffen ...›: Finden Sie nicht, daß das eine würdige Sprache ist?» unterbrach er sich. Er hob den Kopf, senkte ihn aber sogleich wieder, denn sein Verlangen war schon auf die Schlußstelle gerichtet, deren urbane Amtswürde nun seine Stimme mit ästhetischer Genugtuung unterstrich: «‹Des weiteren bleibt es» las er vor «der Statthalterei ja jederzeit vorbehalten, etwa einlangende Einbürgerungsgesuche einzelner solcher öffentlichen Funktionäre, insoweit dieselben vermöge besonders langer Kommunaldienstzeit bei tadelloser Haltung einer ausnahmsweisen Berücksichtigung würdig erscheinen, individuell einer wohlwollenden Behandlung zu unterziehen, und es besteht bei der kaiserlich-königlichen Statthalterei die Geneigtheit, in solchen Fällen über etwaiges Einschreiten unter voller Wahrung ihres Standpunktes bis auf weiteres von einer sofortigen Durchführung dieser Verordnung abzusehen.› So hätte die Regierung immer sprechen sollen!» rief Graf Leinsdorf aus.

«Meinen Erlaucht nicht, daß auf Grund dieser Schlußstelle ... am Ende doch wieder alles beim alten bleiben wird?!» fragte Ulrich ein klein wenig später, nachdem der Schwanz der kurialen Satzschlange gänzlich in seinem Ohr verschwunden war.

«Ja, das ist es eben!» erwiderte Se. Erlaucht und drehte wohl eine Minute lang den Daumen der einen Hand um den der andern, wie er es immer tat, wenn ein schweres Nachsinnen in ihm arbeitete. Dann aber sah er Ulrich prüfend an und eröffnete sich. «Erinnern Sie sich, daß der Innenminister, wie wir bei der Einweihung der Polizeiausstellung gewesen sind, einen Geist der ‹Hilfsbereitschaft und Strenge› in Aussicht gestellt hat? Nun, ich verlange ja nicht, daß man die hetzerischen Elemente, die dann vor meiner Tür Lärm geschlagen haben, gleich alle einsperren soll, wohl aber hätte der Minister dafür vor dem Parlament würdige Worte der Abwehr finden müssen!» sagte er gekränkt.

«Ich dachte, das wäre in meiner Abwesenheit geschehn!?» rief Ulrich mit natürlich gespieltem Erstaunen aus, denn er gewahrte, daß ein echter Schmerz im Gemüt seines wohlwollenden Freundes wühle.

«Nix is geschehn!» sagte Se. Erlaucht. Er sah Ulrich abermals mit seinen sorgenvoll vorgequollenen Augen forschend ins Gesicht und eröffnete sich weiter: «Aber es wird etwas geschehn!» Er richtete sich auf und lehnte sich schweigend in seinen Stuhl zurück.

Er hatte die Augen geschlossen. Als er sie wieder öffnete, begann er im ruhigen Ton einer Erklärung: «Sehen Sie, lieber Freund, unsere Verfassung vom Jahre achtzehnhunderteinundsechzig hat der deutschen Nationalität und in ihr wieder dem Besitz und der Bildung unbestritten die Führung im versuchsweise eingeführten Staatsleben gegeben. Das war ein großes, vertrauensvolles und vielleicht sogar nicht ganz zeitgemäßes Geschenk der Generosität Seiner Majestät; denn was ist seither aus Besitz und Bildung geworden?!» Graf Leinsdorf erhob eine Hand und ließ sie ergeben auf die andere sinken. «Als Seine Majestät im Jahre achtzehnhundertachtundvierzig den Thron bestieg, zu Olmütz, also gleichsam im Exil –» fuhr er langsam fort, wurde aber plötzlich ungeduldig oder unsicher, zog mit zitternden Fingern ein Konzept aus seinem Rock, kämpfte mit dem Kneifer aufgeregt um den rechten Platz auf der Nase und las das Weitere vor, stellenweise mit ergriffen bebender Stimme und immer angestrengt mit dem Entziffern seines Entwurfs beschäftigt: «– war er umtost von dem wilden Freiheitsdrang der Völker. Es gelang ihm, den Überschwang desselben zu bändigen. Er stand, wenn auch nach einigen Konzessionen an den Willen der Völker, zum Schluß doch als Sieger da, noch dazu als gnädiger und huldreicher Sieger, der die Verfehlungen seiner Untertanen verzieh und ihnen die Hand zu einem auch für sie ehrenvollen Frieden bot. Die Verfassung und die anderen Freiheiten waren zwar von ihm unter dem Drucke der Ereignisse verliehen worden, immerhin waren sie ein freier Willensakt Seiner Majestät, die Frucht seiner Weisheit und seines Erbarmens und der Hoffnung auf die fortschreitende Kultur der Völker. Aber dieses schöne Verhältnis zwischen Kaiser und Volk ist in den letzten Jahren durch hetzerische, demagogische Elemente getrübt worden –» Graf Leinsdorf brach die Vorlesung seiner Darstellung der politischen Geschichte, darin jedes Wort sorgfältig überlegt und gefeilt war, da ab und blickte nachdenklich das Bild seines Vorfahren, des Maria-Theresien-Ritters und Marschalls an, das vor ihm an der Wand hing. Und als Ulrichs der Fortsetzung harrender Blick den seinen davon abzog, sagte er: «Weiter geht es noch nicht.»

«Aber Sie sehen, daß ich in der letzten Zeit eingehend diese Zusammenhänge erwogen habe» erläuterte er. «Das, was ich Ihnen da vorgelesen habe, ist der Anfang der Antwort, die der Minister dem Parlament hätte geben müssen, in der Angelegenheit der gegen mich gerichteten Demonstration, wenn er seinen Platz richtig ausgefüllt hätte! Ich hab mir das jetzt selbst nach und nach ausgedacht, und ich kann Ihnen wohl anvertraun, daß ich auch Gelegenheit haben werde, es Seiner Majestät vorzulegen, sobald ich damit fertig bin. Denn, sehen Sie, die Verfassung vom Jahre einundsechzig hat nicht ohne Absicht dem Besitz und der Bildung die Führung anvertraut; darin sollte eine Gewähr liegen: aber wo sind heute Besitz und Bildung?!»

Er schien sehr böse auf den Minister des Innern zu sein, und um ihn abzulenken, bemerkte Ulrich treuherzig, daß man doch wenigstens vom Besitz sagen könne, er sei heute außer in den Händen der Banken auch in den erprobten des Feudaladels.

«Ich habe gar nichts gegen die Juden» versicherte Graf Leinsdorf aus eigenem, als hätte Ulrich etwas gesagt, das diese Berichtigung erfordere. «Sie sind intelligent, fleißig und charaktertreu. Man hat aber einen großen Fehler begangen, indem man ihnen unpassende Namen gegeben hat. Rosenberg und Rosenthal zum Beispiel sind adelige Namen; Löw, Bär und ähnliche Viecher sind von Haus aus Wappentiere; Meier kommt vom Grundbesitz; Gelb, Blau, Rot, Gold sind Schildfarben: diese ganzen jüdischen Namen» eröffnete Se. Erlaucht überraschend «sind nichts als eine Insolenz unserer Bürokratie gegen den Adel gewesen. Er hat damit getroffen werden sollen und nicht die Juden, und darum hat man den Juden neben diesen Namen auch noch solche gegeben, wie Abeles, Jüdel oder Tröpfelmacher. Dieses Ressentiment unserer Bürokratie gegen den alten Adel könnten Sie, wenn Sie vollen Einblick hätten, nicht selten auch heute noch beobachten» weissagte er düster und verstockt, so als ob der Kampf der zentralen Verwaltung mit dem Feudalismus nicht längst von der Geschichte überholt worden und den Lebenden völlig aus dem Gesicht geschwunden wäre. Und wirklich konnte sich Se. Erlaucht über nichts aus so reinem Herzen ärgern wie etwa über die gesellschaftlichen Vorrechte, die hohe Beamte vermöge ihrer Stellung genossen, mochten sie auch Fuchsenbauer oder Schlosser heißen. Graf Leinsdorf war kein eigensinniger Krautjunker, er wünschte zeitgemäß zu fühlen, und es störten ihn solche Namen weder an einem Parlamentarier, mochte er selbst Minister sein, noch an einem einflußreichen Privatmann, auch sperrte er sich niemals gegen die politische und wirtschaftliche Geltung des Bürgertums, aber gerade hohe Verwaltungsbeamte mit bürgerlichen Namen reizten ihn mit einer Inbrunst, die ein letzter Rest ehrwürdiger Überlieferungen war. Ulrich fragte sich, ob nicht Leinsdorfs Bemerkung durch den Gatten seiner Kusine hervorgerufen worden wäre; auch das war nicht unmöglich, aber Graf Leinsdorf fuhr fort zu reden und wurde, wie es immer geschah, alsbald von einer Idee, die ihn offenbar schon lange beschäftigte, über alles Persönliche hinausgehoben. «Die ganze sogenannte Judenfrage wäre aus der Welt geschafft, wenn die Juden sich entschließen wollten, hebräisch zu sprechen, ihre alten eigenen Namen wieder anzunehmen und orientalische Kleidung zu tragen» erklärte er. «Ich gebe zu, daß ein soeben erst bei uns reich gewordener Galizianer im Steireranzug mit Gamsbart auf der Esplanade von Ischl nicht gut aussieht. Aber stecken Sie ihn in ein lang herabwallendes Gewand, das kostbar sein darf und die Beine verdeckt, so werden Sie sehen, wie ausgezeichnet sein Gesicht und seine großen lebhaften Bewegungen zu dieser Kleidung passen! Alles, worüber man sich jetzt Witze erlaubt, wäre dann am richtigen Ort; selbst die kostbaren Ringe, die sie gerne tragen. Ich bin ein Gegner der Assimilation, wie sie der englische Adel praktiziert; das ist ein langwieriger und unsicherer Prozeß: Aber geben Sie den Juden ihr wahres Wesen zurück, und Sie sollen sehen, wie diese ein Edelstein, ja geradezu ein Adel besonderer Art unter den Völkern sein werden, die sich um den Thron Seiner Majestät dankbar scharen oder, wenn Sie sich das lieber alltäglich und ganz deutlich vorstellen wollen, auf unserer Ringstraße spazieren gehn, die dadurch so einzigartig in der Welt dasteht, daß man auf ihr inmitten der höchsten westeuropäischen Eleganz, wenn man mag, auch einen Mohammedaner mit seinem roten Kappl, einen Slowaken im Schafpelz oder einen Tiroler mit nackten Beinen sehen kann!»

Hier konnte Ulrich nicht anders, als seiner Bewunderung für den Scharfblick Sr. Erlaucht Ausdruck zu geben, dem es nun auch vorbehalten gewesen sei, den «wahren Juden» zu entdecken.

«Ja, wissen Sie, der echte katholische Glaube erzieht dazu, die Dinge zu sehn, wie sie wirklich sind» erläuterte der Graf huldvoll. «Aber Sie würden nicht erraten, wie ich darauf geführt worden bin. Nicht durch den Arnheim, von den Preußen red ich jetzt nicht. Aber ich habe einen Bankier, natürlich mosaischer Religion, mit dem ich schon seit langer Zeit regelmäßig konferieren muß, und da hat mich anfangs sein Tonfall immer etwas gestört, so daß ich auf das Geschäftliche nicht recht habe aufpassen können. Er spricht nämlich genau so, wie wenn er mir einreden möchte, daß er mein Onkel wäre; ich meine, so, wie wenn er grade vom Pferd abgestiegen wäre oder vom großen Hahn zurückkäme; so, wie unsere eigenen Leute reden, möchte ich halt sagen: Kurz und gut aber, hie und da, wenn er in Eifer kommt, mißlingt ihm das, und dann, kurz gesagt, jüdelt er halt. Das hat mich sehr gestört, habe ich, glaub ich, anfangs schon bemerkt; weil das nämlich immer gerade in den geschäftlich wichtigen Augenblicken vorgekommen ist, so daß ich unwillkürlich schon darauf gewartet habe und auf das andere schließlich gar nicht mehr habe aufpassen können oder einfach aus allem etwas Wichtiges herausgehört habe. Da bin ich dann aber eben darauf gekommen: Ich hab mir einfach jedesmal, wenn er so zu reden angefangen hat, vorgestellt, er spricht hebräisch, und da hätten Sie nun hören sollen, wie angenehm es dann klingt! Direkt bezaubernd; es ist eben eine Kirchensprache; so ein melodisches Singen – ich bin sehr musikalisch, muß ich da einfügen: mit einem Wort, er hat mir von da an die schwersten Zinseszins- oder Diskontberechnungen förmlich wie am Klavier eingeflößt.» Graf Leinsdorf lächelte aus irgendeinem Grunde melancholisch dazu.

Ulrich erlaubte sich, die Bemerkung einzuflechten, daß die also durch die wohlwollende Teilnahme Sr. Erlaucht Ausgezeichneten voraussichtlich seinen Vorschlag ablehnen dürften.

«Natürlich werden sie nicht wollen!» meinte der Graf. «Aber dann würde man sie eben zu ihrem Glück zwingen müssen! Die Monarchie hätte da geradezu eine Weltmission zu erfüllen, da kommt es nicht darauf an, ob der andere zunächst will! Wissen Sie, man hat schon manchen zuerst zwingen müssen. Aber bedenken Sie auch, was es heißt, wenn wir später mit einem dankbaren jüdischen Staat verbündet wären, statt mit den Reichsdeutschen und Preußen! Wo unser Triest sozusagen das Hamburg des Mittelländischen Meeres ist, abgesehen davon, daß man diplomatisch unüberwindlich wird, wenn man außer dem Papst auch noch die Juden für sich hat!»

Abgerissen fügte er an: «Sie müssen nämlich daran denken, daß ich mich jetzt auch mit Währungsfragen befasse.» Und wieder lächelte er eigentümlich schwermütig und zerstreut.

Es war auffallend, daß Se. Erlaucht wiederholt dringend um Ulrichs Besuch gebeten hatte und nun, wo dieser endlich gekommen war, nicht von den Fragen des Tages sprach, sondern verschwenderisch seine Ideen vor ihm ausstreute. Aber wahrscheinlich waren, während er seinen Zuhörer entbehren mußte, sehr viele Gedanken in ihm entstanden, und sie schienen der Unruhe der Bienen zu gleichen, die weit ausschwärmen, aber sich wohl zur rechten Zeit mit ihrem Honig sammeln werden.

«Sie könnten mir vielleicht einwenden,» begann Graf Leinsdorf von neuem, obwohl Ulrich schwieg «daß ich mich bei früheren Gelegenheiten wiederholt recht abfällig über die Finanz geäußert habe. Das will ich gar nicht bestreiten: denn was zuviel ist, ist natürlich zuviel, wir haben im heutigen Leben zu viel Finanz; aber gerade deshalb müssen wir uns mit ihr beschäftigen! Schaun Sie: Die Bildung hat dem Besitz nicht das Gleichgewicht gehalten, das ist das ganze Geheimnis der Entwicklung seit achtzehnhunderteinundsechzig! Und darum müssen wir uns mit dem Besitz beschäftigen.» Se. Erlaucht machte eine kaum merkliche Pause, gerade lang genug, dem Zuhörer anzukündigen, daß nun das Geheimnis des Besitzes käme, fuhr dann aber in düsterer Vertraulichkeit fort: «Sehen Sie, an einer Bildung ist das wichtigste das, was sie dem Menschen verbietet: es gehört nicht zu ihr, und damit ist es erledigt. Ein gebildeter Mensch wird zum Beispiel niemals die Soße mit dem Messer essen; weiß Gott, warum; das kann man nicht in der Schule beweisen. Das ist der sogenannte Takt, dazu gehört ein bevorzugter Stand, zu dem die Bildung aufblickt, ein Bildungsvorbild, kurz, wenn ich so sagen darf, ein Adel. Ich gebe zu, daß der unsere nicht immer so war, wie er hätte sein können. Und gerade darin liegt der Sinn, der geradezu revolutionäre Versuch der Verfassung von achtzehnhunderteinundsechzig: Besitz und Bildung hätten an seine Seite treten sollen. Haben sie es zustande gebracht? Haben sie die große Aussicht, die ihnen die Gnade Seiner Majestät damals eingeräumt hat, auszunutzen vermocht?! Ich bin überzeugt, Sie werden auch nicht behaupten, daß die Erfahrungen, die wir jede Woche an dem großen Versuch Ihrer Frau Kusine erleben, solchen Hoffnungen entsprechen!» Seine Stimme belebte sich wieder, und er rief aus: «Wissen Sie, es ist ja sehr interessant, was sich alles heute Geist nennt! Ich hab neulich Seiner Eminenz, dem Kardinal, auf der Jagd in Mürzsteg davon erzählt – nein in Mürzbruck ist es gewesen, auf der Hochzeit der kleinen Hostnitz! – da schlagt er die Händ zusammen und lacht: ‹Alle Jahr› sagt er ‹was andres! Da siehst, wie anspruchslos wir sind: fast seit zweitausend Jahren erzählen wir den Leuten nichts Neues!› Und das ist sehr wahr! Der Glaube besteht nämlich in der Hauptsache darin, daß man immer das gleiche glaubt, möchte ich sagen, wenn das auch eine Ketzerei ist. ‹Siehst du,› sagt er da ‹da bin ich immer auf der Jagd, weil schon mein Vorgänger unter Leopold von Babenberg auch auf die Jagd gegangen ist. Aber ich töte kein Tier,› – er ist nämlich bekannt dafür, daß er nie auf der Jagd einen Schuß löst – ‹weil mir eine innere Zuwiderheit sagt, daß sich das zu meinem Kleid nicht schickt. Und zu dir kann ich ja davon sprechen, weil wir schon als Buben miteinander tanzen gelernt haben. Aber ich werde niemals öffentlich auftreten und sagen: du sollst auf der Jagd nicht schießen! Mein Gott, wer weiß, ob es wahr wäre, und jedenfalls ist es ja keine Kirchenlehre. Die Leut bei deiner Freundin treten aber mit so etwas auf, kaum daß es ihnen eingefallen ist! Da hast du das, was man heute Geist nennt!› Er hat leicht lachen,» sprach Graf Leinsdorf nun wieder in eigenem Namen weiter «weil sein Amt beharrlich ist. Wir Laien haben aber das schwere Amt, auch in dem unbeharrlichen Wechsel das Gute zu finden. Das habe ich ihm auch gesagt. Ich habe ihn gefragt: ‹Wozu hat Gott überhaupt zugelassen, daß es eine Literatur gibt, eine Malerei und so weiter, wo sie uns im Grunde so fad sind?!› Da hat er mir eine sehr interessante Erklärung gegeben. ‹Hast du schon etwas von der Psychoanalyse gehört?› fragt er mich. Ich hab nicht recht gewußt, was ich antworten darf. ‹Also› sagt er ‹du wirst vielleicht erwidern, daß sie eine Schweinerei ist. Darüber wollen wir nicht streiten, das sagen alle Leute; trotzdem laufen sie zu diesen neumodischen Ärzten mehr als in unsern katholischen Beichtstuhl. Ich sag dir, sie laufen in hellen Scharen hin, weil das Fleisch schwach ist! Sie lassen ihre heimlichen Sünden besprechen, weil ihnen das ein großes Vergnügen ist, und wenn sie schimpfen, so sag ich dir, was man schimpft, das kauft man! Ich könnte dir aber auch beweisen, daß das, wovon sich ihre ungläubigen Ärzte einbilden, daß sie es erfunden haben, nichts ist, als was die Kirche schon in ihren Anfängen gemacht hat: den Teufel austreiben und die Besessenen heilen. Bis ins einzelne geht diese Übereinstimmung mit dem Ritual des Exorzismus, zum Beispiel, wenn sie mit ihren Mitteln versuchen, den Besessenen dahin zu bringen, daß er von dem zu erzählen anfangt, was in ihm steckt: das ist auch nach der Kirchenlehre genau der Wendepunkt, wo sich der Teufel zum erstenmal anschickt auszufahren! Wir haben uns bloß entgehen lassen, das rechtzeitig den veränderten Bedürfnissen anzupassen und statt von Unfläterei und Teufel von Psychose, Unbewußtem und dergleichen heutigem Zeug zu reden.› Finden Sie das nicht sehr interessant?» fragte Graf Leinsdorf. «Es kommt aber vielleicht noch interessanter, denn: ‹Wir wollen jedoch nicht davon reden, daß das Fleisch schwach ist,› hat er gesagt ‹sondern davon sprechen, daß auch der Geist schwach ist! Und da ist die Kirche wohl klug gewesen und hat sich nichts passieren lassen! Der Mensch fürchtet nämlich den Teufel, der ihm ins Fleisch fährt, auch wenn er so tut, als bekämpfe er ihn, lange nicht so sehr wie die Erleuchtung, die ihm vom Geist kommt. Du hast Theologie nicht studiert, aber du hast wenigstens Achtung vor ihr, und das ist mehr als ein weltlicher Philosoph in seiner Verblendung je erreicht: ich kann dir sagen, die Theologie ist so schwer, daß einer, wenn er sich fünfzehn Jahre nur mit ihr allein beschäftigt hat, erst weiß, daß er nicht ein einziges Wort von ihr wirklich versteht! Und da möchte natürlich kein Mensch glauben, wenn er wüßte, wie schwer es im Grunde ist, alle würden sie bloß auf uns schimpfen! Geradeso würden sie schimpfen, – verstehst du jetzt?› hat er listig gesagt – ‹wie sie jetzt auf die anderen schimpfen, auf die, was ihre Bücher schreiben und Bilder malen und Behauptungen aufstellen. Und wir lassen heute deren Anmaßung mit freudigem Herzen Raum, denn du kannst mir schon glauben: je ernster es einer von denen meint, je weniger er bloß für die Unterhaltung sorgt, und für seine Einkünfte, je mehr er also in seiner irrigen Weise Gott dient, desto fader ist er den Leuten, und desto mehr schimpfen sie auf ihn. ‹Das ist das Leben nicht!› sagen sie. Wir aber wissen ja, was das wahre Leben ist, und werden es ihnen auch zeigen, und weil wir auch warten können, wirst du vielleicht selbst noch erleben, daß sie voller Wut über die vergebliche Gescheitheit zu uns zurückgelaufen kommen. An unseren eigenen Familien kannst du es heute schon beobachten: und zur Zeit unsrer Väter haben sie, weiß Gott, geglaubt, daß sie aus dem Himmel eine Universität machen werden!›

Ich möchte nicht behaupten,» schloß Graf Leinsdorf diesen Teil seiner Mitteilungen und eröffnete einen neuen «daß er alles wörtlich gemeint hat. Die Hostnitz in Mürzbruck haben nämlich einen berühmten Rheinwein, den der General Marmont im Jahr achtzehnhundertfünf dort zurückgelassen und vergessen hat, weil er so rasch auf Wien hat marschieren müssen; und von dem haben sie bei der Hochzeit geschenkt. Aber in der Mehrheit hat der Kardinal schon sicher das Rechte getroffen. Und wenn ich mich nun frage, wie ich das verstehen soll, so kann ich nur sagen: richtig ist es gewiß, aber stimmen tut es wohl nicht. Das heißt, es kann ja keinen Zweifel daran geben, daß die Leute, die wir da eingeladen haben, weil man uns sagt, daß sie den Geist unserer Zeit vorstellen sollen, mit dem wirklichen Leben nichts zu tun haben, und die Kirche kann auch ruhig abwarten; aber wir zivilen Politiker können nicht warten, wir müssen nun einmal aus dem Leben, wie es ist, das Gute herauspressen. Der Mensch lebt ja nicht vom Brot allein, sondern auch von der Seele: die Seele gehört sozusagen dazu, daß er das Brot recht verdauen kann; und darum muß man einmal –»: Graf Leinsdorf war der Meinung, daß die Politik die Seele antreiben müsse. «Das heißt, es muß etwas geschehen,» sagte er «das verlangt unsere Zeit. Dieses Gefühl haben heute sozusagen alle Menschen, nicht nur die politischen. Die Zeit hat so was Interimistisches, was auf die Dauer niemand aushält.» Er hatte die Idee gefaßt, daß man dem zitternden Gleichgewicht der Ideen, auf dem das nicht minder zitternde Gleichgewicht der europäischen Mächte ruhte, einen Stoß geben müsse. «Es ist beinah Nebensache, was für einen!» versicherte er Ulrich, der mit gespieltem Schreck erklärte, Se. Erlaucht sei in der Zeit ihrer Trennung beinahe ein Revolutionär geworden.

«Ja warum nicht!» entgegnete Graf Leinsdorf geschmeichelt. «Seine Eminenz ist natürlich auch der Meinung gewesen, daß es wenigstens einen kleinen Schritt vorwärts bedeuten täte, wenn man Seine Majestät bestimmen könnte, das Ministerium des Innern anders zu besetzen, aber auf die Dauer verfangen so kleine Reformen nicht, wenn sie auch noch so notwendig sind. Wissen Sie, daß ich manchmal in meinen gegenwärtigen Überlegungen geradezu an die Sozialisten denke?!» Er ließ seinem Gegenüber Zeit, sich von dem Staunen zu erholen, das er als unvermeidlich voraussetzte, und fuhr dann entschieden fort: «Sie können mir glauben, daß der wahre Sozialismus gar nichts so Schreckliches wäre, wie man annimmt. Sie werden vielleicht einwenden, daß die Sozialisten Republikaner sind: gewiß, man darf halt nicht zuhören, wenn sie reden, aber wenn man sie realpolitisch nimmt, kann man beinahe überzeugt sein, daß eine sozialdemokratische Republik mit einem starken Herrscher an der Spitze gar keine unmögliche Staatsform wäre. Ich für meine Person bin sicher, daß sie, wenn man ihnen bloß ein bißchen entgegenkommt, gern auf die Anwendung roher Gewalt verzichten und vor ihren verwerflichen Grundsätzen zurückschrecken werden; sie neigen ohnehin schon zu einer Abmilderung des Klassenkampfes und der Eigentumsfeindlichkeit. Und es sind wirklich Leute unter ihnen, die noch den Staat vor die Partei stellen, während die Bürgerlichen seit den letzten Wahlen schon völlig in ihren nationalen Gegensätzen radikalisiert sind. Bleibt der Kaiser» fuhr er mit vertraulich gedämpfter Stimme fort. «Ich habe Ihnen schon vorhin angedeutet, daß wir lernen müssen, volkswirtschaftlich zu denken; die einseitige Nationalitätenpolitik hat das Reich in die Wüste geführt: dem Kaiser nun ist dieses ganze tschechisch-polnisch-deutsch-italienische Freiheitsgewurstel – ich weiß nicht, wie ich Ihnen das sagen soll, sagen wir halt: von tiefstem Herzen Wurst. Was Seine Majestät im tiefsten Herzen empfindet, ist nur der Wunsch, daß die Wehrvorlagen ohne Abstriche bewilligt werden, auf daß das Reich stark sei, und dann noch eine lebhafte Abneigung gegen alle Anmaßungen der bürgerlichen Ideenwelt, die er sich wahrscheinlich aus dem Jahre achtundvierzig bewahrt hat. Aber mit diesen beiden Empfindungen ist Seine Majestät ja nichts anderes als sozusagen der Erste Sozialist im Staate: Ich denke, Sie erkennen jetzt die großartige Perspektive, von der ich spreche! Bleibt bloß die Religiosität, in der noch ein unüberbrückbarer

Gegensatz besteht, und darüber müßte ich noch einmal mit Seiner Eminenz sprechen.»

Se. Erlaucht versank schweigend in die Überzeugung, daß sich die Geschichte, besonders aber die seines Vaterlands, durch den unfruchtbaren Nationalismus, in den sie sich verrannt hatte, demnächst veranlaßt sehen werde, einen Schritt in die Zukunft zu tun, wobei er sich das Wesen der Geschichte insofern zweibeinig, andererseits aber als eine philosophische Notwendigkeit vorstellte. So war es begreiflich, daß er plötzlich und mit gereizten Augen, wie ein Taucher, der zu tief geraten ist, wieder an die Oberfläche stieß. «Jedenfalls müssen wir uns darauf vorbereiten, unsere Pflicht zu tun!» sagte er.

«Worin sehen Erlaucht aber jetzt unsere Pflicht?» fragte Ulrich.

«Was unsere Pflicht ist? Eben unsere Pflicht zu tun! Das ist das einzige, was man immer tun kann! Aber, um von etwas anderem zu reden» – Graf Leinsdorf schien sich erst wieder an den Stapel Zeitungen und Akten zu erinnern, auf dem er die Faust ruhen hatte: «Schaun Sie, das Volk verlangt heute eine starke Hand; eine starke Hand braucht aber schöne Worte, sonst läßt sich das Volk sie heute nicht gefallen. Und Sie, grad Sie, mein ich, haben eminent was von dieser Fähigkeit. Was Sie zum Beispiel das letzte Mal gesagt haben, als wir alle vor Ihrer Abreise bei Ihrer Kusine beisammen waren, daß wir eigentlich – wenn Sie sich erinnern – jetzt noch einen Hauptausschuß für die Seligkeit einsetzen müßten, damit sie sich mit unsrer irdischen Akkuratesse im Denken vereinbaren läßt: also ganz so einfach würde das zwar nicht gelingen, aber Seine Eminenz hat herzlich gelacht, wie ich ihm davon erzählt hab; ich hab es ihm nämlich ein bisserl, wie man zu sagen pflegt, unter die Nase gerieben, und wenn er sich auch immer über alles lustig macht, weiß ich doch ganz gut, ob ihm der Spott von der Galle oder vom Herzen kommt. Wir können Sie eben durchaus nicht entbehren, mein lieber Doktor –» Während alle anderen Äußerungen des Grafen Leinsdorf an diesem Tag die Beschaffenheit schwieriger Träume gehabt hatten, war der nun folgende Wunsch, Ulrich möge seine Absicht, die Ehrenstelle eines Sekretärs der Parallelaktion niederzulegen, «wenigstens vorläufig definitiv aufgeben», so bestimmt und scharf befiedert, und Graf Leinsdorf legte so überfallsartig die Hand auf Ulrichs Arm, daß dieser beinahe den nicht ganz befriedigenden Eindruck gewann, die vorangegangenen ausführlichen Reden seien, weit listiger, als er es voraussah, nur dazu bestimmt gewesen, seine Vorsicht einzuschläfern. Er war in diesem Augenblick recht ärgerlich auf Clarisse, die ihn in solche Lage gebracht hatte; aber da er Graf Leinsdorfs Gefälligkeit gleich in Anspruch genommen hatte, als eine Lücke im Gespräch die erste Gelegenheit dazu bot, und dabei von dem wohlwollenden hohen Herrn, der ohne Aufenthalt weiterreden wollte, sofort auf das freundlichste beschieden worden war, blieb ihm nichts übrig, als widerstrebend die Gegenrechnung zu begleichen.

«Der Tuzzi hat mir auch schon sagen lassen,» erwiderte Graf Leinsdorf erfreut «daß Sie sich vielleicht für einen Mann aus seinem Büro entscheiden werden, der Ihnen alle unangenehme Arbeit abnehmen soll. ‹Gut,› habe ich geantwortet, ‹wenn er es nur überhaupt tut!› Schließlich ist das ein Mann mit einem Amtseid, den man Ihnen geben wird, und mein Sekretär, den ich Ihnen auch gern zur Verfügung stellen würde, ist ja leider ein Trottel. Bloß die Reservatsachen werden Sie ihm halt vielleicht doch lieber nicht zeigen, denn ganz angenehm ist es ja schließlich nicht, daß uns der Mann gerade vom Tuzzi rekommandiert wird, aber sonst machen Sie es sich in Zukunft nur so bequem, wie es Ihnen am angenehmsten ist!» schloß Seine Erlaucht huldvoll diese erfolgreiche Unterredung.

21

Wirf alles, was du hast, ins Feuer, bis zu den Schuhen

Während dieser Zeit und von dem Augenblick an, wo sie allein zurückgeblieben war, lebte Agathe in einer völligen Entspannung aller Beziehungen und hold schwermütigen Willensferne; ein Zustand, der wie eine große Höhe war, wo nur der weite, blaue Himmel zu sehen ist. Sie ging täglich zu ihrem Vergnügen ein wenig durch die Stadt; sie las, wenn sie zu Hause war; sie oblag ihren Geschäften: sie empfand diese sanfte, nichtssagende Tätigkeit zu leben mit dankbarem Genuß. Nichts bedrängte ihren Zustand, kein Festhalten an der Vergangenheit, keine Anstrengung für die Zukunft; wenn ihr Blick auf ein Ding in ihrer Umgebung fiel, so war das so, als lockte sie ein junges Lamm an: entweder kam es sanft heran, sich ihr zu nähern, oder es kümmerte sich eben nicht um sie, – aber nie begriff sie es mit Absicht, mit jener Bewegung des inneren Zugreifens, die allem kalten Verständnis etwas Gewalttätiges und doch Vergebliches gibt, da sie das Glück verscheucht, das in den Dingen ist. Auf diese Weise schien Agathe alles, was sie umgab, viel verständlicher zu sein als sonst, aber vornehmlich beschäftigten sie noch immer die Gespräche mit ihrem Bruder. Wie es der Eigenart ihres ungewöhnlich treuen Gedächtnisses entsprach, das durch keinerlei Vorsätze und Vorurteile seinen Stoff deformierte, tauchten um sie nun wieder die lebendigen Worte, die kleinen Überraschungen des Tonfalls und der Gebärde dieser Gespräche auf, ohne viel Zusammenhang und eher so, wie sie gewesen waren, noch ehe

Agathe sie recht aufgefaßt und gewußt hatte, was sie wollten. Trotzdem war alles in höchstem Maße sinnvoll; ihre Erinnerung, in der schon so oft Reue geherrscht hatte, war diesmal voll ruhiger Anhänglichkeit, und in einer schmeichelnden Weise verblieb die vergangene Zeit eng an die Wärme des Körpers geschmiegt, statt sich wie sonst in Frost und Schwärze zu verlieren, die das vergeblich Gelebte empfangen.

Und so, eingehüllt in ein unsichtbares Licht, sprach Agathe auch mit den Rechtsanwälten, Notaren und Geschäftsleuten, zu denen sie ihr Weg führte. Sie stieß nirgends auf Ablehnung; man kam der reizvollen jungen Frau, die durch ihren Vatersnamen empfohlen war, in allem entgegen, was sie wünschte. Sie selbst handelte dabei im Grunde mit ebenso großer Sicherheit wie Geistesabwesenheit: was sie beschlossen hatte, stand fest, aber gleichsam außer ihr selbst, und ihre im Leben erworbene Erfahrenheit – also ebenfalls etwas, das sich von der Person unterscheiden läßt – arbeitete an diesem Beschluß weiter wie ein gewitzter Lohnknecht, der gleichmütig die Vorteile benutzt, die sich seinem Auftrag darbieten; daß sie mit allem, was sie tat, im Begriff war, einen Betrug vorzubereiten, diese Bedeutung ihres Handelns, die sich dem Unbeteiligten stark aufdrängt, setzte sich in ihrer eigenen Auffassung während dieser Zeit überhaupt nicht durch. Die Einheit ihres Gewissens schloß das aus. Der Glanz ihres Gewissens überstrahlte diesen dunklen Punkt, der gleichwohl, wie der Kern in der Flamme, mitten darin lag. Agathe wußte selbst nicht, wie sie es ausdrücken solle: durch ihren Vorsatz befand sie sich in einem Zustand, der von diesem häßlichen Vorsatz himmelweit entfernt war.

Schon am Morgen, nachdem ihr Bruder abgereist war, hatte sich Agathe sorgfältig betrachtet: es hatte mit dem Gesicht durch einen Zufall angefangen, denn ihr Blick war darauf gefallen und nicht mehr aus dem Spiegel zurückgekommen. Sie wurde so festgehalten, wie man manchmal gar nicht gehen möchte, aber doch immer neue hundert Schritte weiter geht bis zu einem zuletzt erst sichtbar gewordenen Ding, wo man dann endgültig umzukehren vorhat und es wieder unterläßt. In dieser Weise wurde sie ohne Eitelkeit von der Landschaft ihres Ich festgehalten, die ihr unter einem Hauch von Glas vor Augen lag. Sie kam zum Haar, das noch immer wie heller Samt war; sie öffnete ihrem Spiegelbild den Kragen und streifte ihm das Kleid von den Schultern; sie zog es schließlich ganz aus und musterte es bis zu den rosigen Decken der Nägel, wo an Händen und Füßen der Körper endigt und kaum noch sich selbst gehört. Noch war alles wie der blinkende Tag, der sich seinem Zenith nähert: aufsteigend, rein, genau und von jenem Werden durchflossen, das Vor-Mittag ist und sich an einem Menschen oder jungen Tier in der gleichen unbeschreiblichen

Weise ausdrückt wie an einem Ball, der seinen höchsten Punkt noch nicht erreicht hat, aber nur wenig darunter ist. «Vielleicht durchschreitet er ihn gerade in diesem Augenblick» dachte Agathe. Dieser Gedanke erschreckte sie. Immerhin konnte es aber auch noch einige Zeit dauern: sie war erst siebenundzwanzig Jahre alt. Ihr Körper, unbeeinflußt von Sportlehrern und Masseuren wie von Gebären und Muttergeschäft, war von nichts geformt worden als von seinem eigenen Wachstum. Hätte man ihn nackt in eine jener großen und einsamen Landschaften versetzen können, welche die dem Himmel zugekehrte Seite hoher Bergzüge bilden, so wäre er von dem weiten und unfruchtbaren Wogenschlag solcher Höhe wie eine heidnische Göttin getragen worden. In einer Natur dieser Art gießt der Mittag keine Schwaden von Licht und Hitze herab, er scheint bloß noch eine Weile über seinen Höhepunkt anzusteigen und geht unmerklich in die sinkend schwebende Schönheit des Nachmittags über. Aus dem Spiegel kam das etwas unheimliche Gefühl der unbestimmbaren Stunde zurück.

In diesem Augenblick hatte Agathe daran gedacht, daß auch Ulrich sein Leben vorbeigehn lasse, als währte es ewig. «Vielleicht ist es ein Fehler, daß wir uns nicht erst als Greise kennen gelernt haben» sagte sie zu sich selbst und hatte die schwermütige Vorstellung zweier Nebelbänke, die am Abend zur Erde sinken. «Sie sind nicht so schön wie der strahlende Mittag,» dachte sie «aber was kümmert es diese zwei formlosen Grauen, wie die Menschen sie empfinden! Ihre Stunde ist gekommen und ist so weich wie die glühendste Stunde!» Sie hatte nun dem Spiegel fast schon den Rücken gekehrt, fühlte sich aber von einem in ihrer Stimmung liegenden Hang zur Übertreibung unversehens herausgefordert, sich wieder umzuwenden, und mußte über die Erinnerung an zwei dicke Marienbader Kurgäste lachen, die sie vor Jahren auf einer grünen Bank beobachtet hatte, wo sie einander mit den zärtlichsten und zartesten Empfindungen liebkosten. «Auch ihr Herz schlägt schlank inmitten des Fetts, und in den inneren Anblick versunken, wissen sie nichts von dem Spaß, den der äußere darbietet» hielt sich Agathe vor und machte ein verzücktes Gesicht, während sie es versuchte, ihren Körper dick zu stauchen und in fette Falten zu drücken. Als dieser Anfall von Übermut vorbei war, sah es ganz so aus, als wären ihr einige winzige Tränen des Zorns in die Augen getreten, und sich kühl zusammennehmend, kehrte sie zu einer genauen Betrachtung ihrer Erscheinung zurück. Obwohl sie für schlank galt, beobachtete sie an ihren Gliedern angeregt eine Möglichkeit, daß sie zu schwer werden könnten. Vielleicht war auch der Brustkorb zu breit. Aus der sehr weißen Haut, die im Gesicht vom Blond des Haars verdunkelt wurde wie von Kerzen, die bei Tag brennen, hob sich die Nase etwas zu weit, und auf einer Seite war ihre beinahe klassische

Linie an der Spitze eingedrückt. Überhaupt mochte sich überall in der flammenhaften Grundform eine zweite verstecken, die breiter und schwermütiger war, wie ein Lindenblatt, das zwischen Lorbeerzweige geraten ist. Agathe wurde auf sich neugierig, als sähe sie sich zum erstenmal richtig an. So konnten sie leicht die Männer gesehen haben, mit denen sie sich eingelassen hatte, und selbst hatte sie gar nichts davon gewußt. Dieses Gefühl war nicht ganz geheuer. Aber auf irgendeine Weise der Phantasie hörte sie, ehe sie ihre Erinnerungen darüber zur Rechenschaft ziehen konnte, hinter allem, was sie erlebt hatte, den langen, inbrünstig hingezogenen Liebesschrei der Esel, der sie immer eigentümlich erregt hatte: er klingt grenzenlos töricht und häßlich, aber gerade darum gibt es vielleicht kein zweites Heldentum der Liebe, das so trostlos süß wäre wie das seine. Sie zuckte die Achseln über ihr Leben und wandte sich mit dem festen Willen wieder an ihr Bild, darin eine Stelle zu entdecken, wo ihre Erscheinung schon dem Alter nachgäbe. Da waren die kleinen Plätze bei Augen und Ohren, die sich zuerst verändern und anfangs so aussehen, als hätte etwas auf ihnen geschlafen, oder das Rund unter der Innenseite der Brüste, das so leicht seine Klarheit verliert: es würde sie in diesem Augenblick befriedigt und ihr Friede versprochen haben, daran eine Veränderung zu bemerken, aber noch war nirgends eine solche wahrzunehmen, und die Schönheit des Körpers schwebte fast unheimlich in der Tiefe des Spiegels.

In diesem Augenblick kam es Agathe wirklich sonderbar vor, daß sie Frau Hagauer sei, und der Unterschied zwischen den damit gegebenen deutlichen und dichten Beziehungen und der einwärts davon sich zu ihr erstreckenden Ungewißheit war so stark, daß sie selbst ohne Körper dazustehen und ihr Körper zu der Frau Hagauer im Spiegel zu gehören schien, die nun sehen mochte, wie sie mit ihm fertig werde, da er sich an Verhältnisse gebunden hatte, die unter seiner Würde waren. Auch darin lag etwas von dem schwebenden Genuß des Lebens, der manchmal wie ein Schreck ist, und das erste, wozu sich Agathe, nachdem sie sich flüchtig wieder angekleidet hatte, entschloß, führte sie in ihr Schlafzimmer, eine Kapsel zu suchen, die sich dort unter ihrem Gepäck befinden mußte. Diese kleine luftdichte Kapsel, die sie beinahe ebenso lange besaß, wie sie mit Hagauer verheiratet war, und von der sie sich niemals trennte, enthielt eine winzige Menge einer mißfarbigen Substanz, von der man ihr versprochen hatte, daß sie ein schweres Gift sei. Agathe erinnerte sich an gewisse Opfer, die sie hatte bringen müssen, um sich in den Besitz dieses verbotenen Stoffes zu setzen, von dem sie nichts wußte, als was man ihr von seiner Wirkung erzählt hatte, und einen jener wie eine Zauberformel klingenden chemischen Namen, die sich ein Uneingeweihter merken muß, ohne sie zu verstehen. Aber offenbar gehören alle Mittel, die, wie der Besitz von Gift und Waffen oder das Aufsuchen bestehbarer Gefahren, das Ende etwas in die Nähe rücken, zur Romantik der Lebenslust; und es mag sein, daß das Leben der meisten Menschen so bedrückt, so schwankend, mit soviel Dunkel in der Helle und im ganzen so verkehrt verläuft, daß erst durch eine entfernte Möglichkeit, es zu beenden, die ihm innewohnende Freude befreit wird. Agathe fühlte sich beruhigt, als ihre Augen auf das kleine metallene Ding trafen, das ihr in der Ungewißheit, die vor ihr lag, als ein Glücksbringer und Talisman erschien.

Das bedeutete also nichts weniger, als daß Agathe schon in dieser Zeit die Absicht gehabt hätte, sich zu töten. Im Gegenteil, sie fürchtete den Tod genau so, wie es jeder junge Mensch tut, wenn ihm beispielsweise abends vor dem Einschlafen nach einem gesund verbrachten Tag im Bett einfällt: es ist unvermeidlich, daß ich einmal an einem ebenso schönen Tag wie heute tot sein werde. Auch macht es durchaus nicht Lust zu sterben, wenn man einem andern dabei zusehen muß, und das Ableben ihres Vaters hatte sie mit Eindrücken gequält, deren Grauen von neuem hervorkam, seit sie nach der Abreise ihres Bruders allein in dem Haus zurückgeblieben war. Aber: «Ich bin ein wenig tot» – dieses Gefühl hatte Agathe oft, und gerade in Augenblicken wie diesem, wo sie sich soeben erst der Wohlbildung und Gesundheit ihres jungen Leibs bewußt gewesen war, dieser gespannten Schönheit, die in ihrem geheimnisvollen Zusammenhalt so grundlos ist wie der Zerfall der Elemente im Tode, geriet sie leicht aus dem Zustand ihrer glücklichen Sicherheit in einen des Bangens, Staunens und Verstummens, wie man ihn empfindet, wenn man aus einem lebhaft erfüllten Raum plötzlich unter den Schimmer der Sterne tritt. Ungeachtet der Vorsätze, die sich in ihr regten, und trotz der Genugtuung darüber, daß es ihr gelungen sei, sich aus einem verfehlten Leben zu retten, fühlte sie sich jetzt ein wenig von sich abgelöst und bloß in undeutlichen Grenzen mit sich verbunden. Kühl dachte sie an den Tod als einen Zustand, wo man aller Mühen und Einbildungen enthoben ist, und stellte sich ihn als ein inniges Eingeschläfertwerden vor: man liegt in Gottes Hand, und diese Hand ist wie eine Wiege oder wie eine Hängematte, die an zwei große Bäume gebunden ist, die der Wind ein klein wenig schaukelt. Sie stellte sich den Tod als eine große Beruhigung und Müdigkeit vor, befreit von allem Wollen und aller Anstrengung, von jeder Aufmerksamkeit und Überlegung, ähnlich der angenehmen Kraftlosigkeit, die man an den Fingern empfindet, wenn sie der Schlaf von irgendeinem letzten Ding der Welt, das sie noch festhalten, vorsichtig loslöst. Ohne Zweifel hatte sie sich aber damit eine recht bequeme und nachlässige Vorstellung vom Sterben gemacht, wie es eben bloß dem Bedürfnis von jemand entsprach, der den Anstrengungen des Lebens nicht günstig gesinnt ist, und am Ende erheiterte sie sich selbst an der Beobachtung, wie sehr das an die Ottomane erinnere, die sie in den strengen väterlichen Salon hatte stellen lassen, um lesend darauf zu liegen, als einzige von ihr aus eigener Kraft im Haus vorgenommene Veränderung.

Trotzdem war der Gedanke, das Leben aufzugeben, bei Agathe alles andere als bloß ein Spiel. Es erschien ihr tief glaubwürdig, daß auf eine so enttäuschende Bewegtheit ein Zustand folgen müsse, dessen beseligende Ruhe in ihrer Vorstellung unwillkürlich eine Art von körperlichem Gehalt annahm. Sie empfand es so, weil sie kein Bedürfnis nach der spannenden Illusion hatte, daß die Welt zu verbessern sei, und sich jederzeit bereit fühlte, ihren Anteil an ihr ganz aufzulassen, sofern es nur in einer angenehmen Weise geschehen könnte; überdies hatte sie aber auch noch in jener ungewöhnlichen Erkrankung, von der sie an der Grenze zwischen Kinder- und Mädchenzeit befallen worden war, eine besondere Begegnung mit dem Tode gehabt. Damals waren – in einem kaum zu überwachenden Abnehmen ihrer Kraft, das sich in jede kleinste Zeitspanne einzuschieben schien, und im ganzen doch unaufhaltsam schnell – von Tag zu Tag mehr Teile ihres Körpers von ihr abgelöst und vernichtet worden; aber in gleichem Schritt mit diesem Verfall und dieser Abwendung vom Leben ward auch ein unvergeßliches neues einem Ziel Zustreben in ihr geweckt, das alle Unruhe und Angst aus der Krankheit verbannte und ein eigenartig gehaltvoller Zustand war, worin sie sogar eine gewisse Herrschaft über die immer unsicherer werdenden Erwachsenen ausüben konnte, die sie umgaben. Es ist nicht unmöglich, daß dieser Vorteil, den sie unter so eindrucksvollen Verhältnissen kennenlernte, später den Kern ihrer seelischen Bereitschaft bildete, sich dem Leben, dessen Erregungen aus irgendeinem Grund nicht ihren Erwartungen entsprachen, auf eine ähnliche Weise zu entziehen; es ist aber wahrscheinlicher, daß es sich umgekehrt verhielt und daß jene Krankheit, durch die sie sich den Forderungen der Schule und des Vaterhauses entzog, die erste Äußerung ihres transparenten, gleichsam für einen ihr unbekannten Gefühlsstrahl durchlässigen Verhältnisses zur Welt gebildet hatte. Denn Agathe fühlte sich einer ursprünglichen einfachen Sinnesart nach warm, lebhaft, ja sogar froh angelegt und leicht zufriedenzustellen, wie sie sich denn auch in die verschiedensten Lebenslagen verträglich geschickt hatte; auch war niemals jener Einsturz zu Gleichgültigkeit in ihr erfolgt, der Frauen widerfährt, die ihre Enttäuschung nicht mehr tragen können: aber mitten im Lachen oder dem Aufruhr einer sinnlichen Abenteurerei, die sich deshalb doch fortsetzten, wohnte die Entwertung, die jede Fiber ihres Leibes müde und sehnsüchtig nach etwas anderem machte, das eben am ehesten als Nichts zu bezeichnen war.

Dieses Nichts hatte einen bestimmten, wenn auch unbestimmbaren, Inhalt. Lange Zeit hatte sie sich bei vielen Gelegenheiten den Satz des Novalis vorgesagt: «Was kann ich also für meine Seele tun, die wie ein unaufgelöstes Rätsel in mir wohnt? Die dem sichtbaren Menschen die größte Willkür läßt, weil sie ihn auf keine Weise beherrschen kann?» Aber das flackernde Licht dieses Satzes erlosch, nachdem es sie rasch wie ein Blitzstrahl erhellt hatte, jedesmal wieder im Dunkel, denn sie glaubte nicht an eine Seele, weil ihr das überheblich und auch für ihre Person viel zu bestimmt vorkam. Sie konnte bloß ebensowenig an das Irdische glauben. Will man das recht verstehen, so braucht man sich nur zu vergegenwärtigen, daß diese Abkehr von der irdischen Ordnung ohne Glauben an eine überirdische etwas zuinnerst Natürliches ist, denn in jedem Kopf macht sich neben dem logischen Denken mit seinem strengen und einfachen Ordnungssinn, der das Spiegelbild der äußeren Verhältnisse ist, ein affektives gelten, dessen Logik, soweit man überhaupt von einer solchen reden darf, den Eigenheiten der Gefühle, Leidenschaften und Stimmungen entspricht, so daß sich die Gesetze dieser beiden ungefähr so zueinander verhalten, wie die eines Holzplatzes, wo Klötze rechteckig behauen und versandbereit aufgestapelt werden, zu den dunkel verschlungenen Gesetzen des Waldes mit ihrem Treiben und Rauschen. Und da die Gegenstände unseres Denkens keineswegs ganz unabhängig von seinen Zuständen sind, vermengen sich nicht nur in jedem Menschen diese beiden Denkweisen, sondern sie können ihm bis zu einem gewissen Grad auch zwei Welten gegenüberstellen, zumindest unmittelbar vor und nach jenem «ersten geheimnisvollen und unbeschreiblichen Augenblick», von dem ein berühmter religiöser Denker behauptet hat, daß er in jeder sinnlichen Wahrnehmung vorkäme, ehe sich Gefühl und Anschauung voneinander trennten und die Plätze einnähmen, an denen man sie zu finden gewohnt sei: als ein Ding im Raum und ein Sinnen, das nun in den Betrachter eingeschlossen ist.

Wie immer also das Verhältnis zwischen Dingen und Gefühl im ausgereiften Weltbild des zivilisierten Menschen auch beschaffen sein möge, kennt doch jeder die überschwänglichen Augenblicke, in denen eine Zweiteilung noch nicht auftritt, als hätten sich dann Wasser und Land noch nicht geschieden und es lägen die Wellen des Gefühls im gleichen Horizont mit den Erhöhungen und Tälern, von denen die Gestalt der Dinge gebildet wird. Es braucht nicht einmal angenommen zu werden, daß Agathe solche Augenblicke ungewöhnlich oft und stark erlebte, sie nahm sie bloß lebhafter, oder, wenn man will, auch abergläubischer wahr, denn sie war stets bereit, der Welt zu glauben und auch wieder nicht zu glauben, so wie sie es seit ihrer Schulzeit gehalten und auch später nicht verlernt hatte, als sie es mit der Logik der Männer näher zu tun bekam. In diesem Sinn, der von Willkür und Laune weit entfernt ist, hätte Agathe, wäre sie selbstgewisser gewesen, den Anspruch erheben dürfen, sich die unlogischeste aller Frauen zu nennen. Aber sie war nie auf den Einfall gekommen, in den abgewandten Gefühlen, die sie erfuhr, mehr als eine persönliche Ungewöhnlichkeit zu erblicken. Erst durch die Begegnung mit ihrem Bruder entstand in ihr eine Wandlung. In den leeren, ganz in den Schatten der Einsamkeit gehöhlten Zimmern, die noch vor kurzem von Gespräch und einer Gemeinsamkeit erfüllt waren, die bis an die innerste Seele drangen, verlor sich unwillkürlich die Unterscheidung zwischen körperlicher Trennung und geistiger Gegenwart, und Agathe fühlte sich, während die Tage ohne Merkzeichen dahinglitten, so eindringlich, wie sie es noch nie erlebt hatte, den eigentümlichen Reiz der Allgegenwart und Allmacht empfinden, der mit dem Übertritt der gefühlten Welt in die der Wahrnehmungen verbunden ist. Ihre Aufmerksamkeit schien nun nicht bei den Sinnen, sondern gleich tief innen im Gemüt geöffnet zu sein, dem nichts einleuchten wollte, als was ebenso leuchtete wie es selbst, und sie meinte, unerachtet der Unwissenheit, deren sie sich sonst anklagte, in der Erinnerung an die von ihrem Bruder gehörten Worte alles, worauf es ankäme, zu verstehen, ohne darüber nachdenken zu müssen. Und wie auf diese Weise ihr Geist von sich selbst so erfüllt war, daß auch der lebhafteste Einfall etwas von dem lautlosen Schweben einer Erinnerung an sich hatte, weitete sich alles, was ihr begegnete, zu einer grenzenlosen Gegenwart; auch wenn sie etwas tat, schmolz zwischen ihr, die es ausführte, und dem, was geschah, eigentlich nur eine Trennung hin, und ihre Bewegung schien der Weg zu sein, den die Dinge selbst herankamen, wenn sie den Arm nach ihnen ausstreckte. Diese sanfte Macht, ihr Wissen und die sprechende Gegenwart der Welt waren aber, wenn sie sich lächelnd fragte, was sie denn tue, kaum von Abwesenheit, Ohnmacht und tiefer Geistesstummheit zu unterscheiden. Mit einer geringen Übertreibung ihres Empfindens hätte Agathe von sich sagen können, daß sie nun nicht mehr wisse, wo sie sei. Sie war nach allen Seiten in etwas Stillstehendem darin, wo sie sich hochgehoben und verschwunden zugleich fühlte. Sie hätte sagen können: Ich bin verliebt, aber ich weiß nicht, in wen. Ein klarer Wille, den sie sonst immer an sich vermißt hatte, erfüllte sie, aber sie wußte nicht, was sie in seiner Klarheit beginnen solle, denn alles, was es Gutes und Böses in ihrem Leben gegeben hatte, war ohne Bedeutung.

So dachte Agathe nicht nur, während sie die Kapsel mit dem Gift betrachtete, sondern alle Tage daran, daß sie sterben möchte oder daß das Glück des Todes ähnlich dem Glück sein müsse, in dem sie diese Tage verbringe, während sie darauf wartete, daß sie ihrem Bruder nachreisen werde, und inzwischen gerade das tat, wovon er sie abzulassen beschworen hatte. Sie konnte sich nicht vorstellen, was geschehen werde, sobald sie bei ihrem Bruder in der Hauptstadt wäre. Fast vorwurfsvoll erinnerte sie sich, daß er manchmal unbekümmert seine Erwartung hatte durchblicken lassen, sie werde dort Erfolge haben und bald einen neuen Gatten oder wenigstens einen Liebhaber finden; denn gerade so würde es nicht kommen, das wußte sie! Liebe, Kinder, schöne Tage, fröhliche Geselligkeit, Reisen und ein bißchen Kunst –: das gute Leben ist ja so einfach, sie verstand seine Gefälligkeit und war nicht unempfindlich gegen sie. Aber, so gerne sie bereit war, sich selbst unnütz zu finden, trug Agathe doch die ganze Verachtung des zum Aufruhr geborenen Menschen gegen diese schlichte Einfachheit in sich. Sie erkannte sie als Betrug. Das angeblich voll ausgelebte Leben ist in Wahrheit «ungereimt», es fehlt ihm am Ende, und wahrhaftig am wirklichen Ende, beim Tod, immer etwas. Es ist – sie suchte nach einem Ausdruck dafür – wie gehäufte Dinge, die kein höheres Verlangen geordnet hat: unerfüllt in seiner Fülle, das Gegenteil von Einfachheit, bloß eine Verworrenheit, die man mit der Freude der Gewohnheit hinnimmt! Und unvermutet abspringend dachte sie: «Es ist wie ein Haufen fremder Kinder, den man mit anerzogener Freundlichkeit betrachtet, voll wachsender Angst, weil es einem nicht gelingt, das eigene darunter zu erblicken!»

Es beruhigte sie, daß sie sich vorgesetzt hatte, ihr Leben zu beenden, wenn es auch nach seiner letzten Wendung, die ihr noch bevorstand, nicht anders geworden sein sollte. Wie die Gärung im Wein strömte die Erwartung in ihr, daß Tod und Schrecken nicht das letzte Wort der Wahrheit sein werden. Sie empfand kein Bedürfnis, darüber nachzudenken. Sie hatte sogar Angst vor diesem Bedürfnis, dem Ulrich so gerne nachgab, und es war eine angriffslustige Angst. Denn sie fühlte wohl, daß alles, was sie mit solcher Stärke ergriff, nicht ganz frei von einer beständigen Andeutung war, daß es nur Schein sei. Aber ebenso gewiß war im Schein flüssige, gelöste Wirklichkeit enthalten: vielleicht noch nicht Erde gewordene Wirklichkeit, dachte sie: und in einem jener wunderbaren Augenblicke, wo sich der Ort, wo sie stand, ins Ungewisse aufzulösen schien, vermochte sie zu glauben, daß hinter ihr, in dem Raum, wohin man niemals sehen könne, vielleicht Gott stünde. Sie erschrak vor diesem Zuviel! Eine schauerliche Weite und Leere durchdrang sie plötzlich, eine uferlose Helle verfinsterte ihren Geist und versetzte ihr Herz in Angst. Ihre Jugend – leicht bereit zu solcher Besorgnis, wie es Unerfahrenheit mit sich bringt – flüsterte ihr ein, daß sie in Gefahr stehe, Anfänge eines sich bildenden Wahnsinns groß werden zu lassen: Sie strebte zurück. Heftig hielt sie sich vor, daß sie doch gar nicht an Gott glaube. Und wirklich tat sie es nicht, seit man sie gelehrt hatte, es zu tun, was eine Unterabteilung des Mißtrauens war, das sie gegen alles empfand, was man sie gelehrt hatte. Sie war nichts weniger als religiös in jenem festen Sinn, der zu einer überirdischen oder auch nur moralischen Überzeugung hinreicht. Aber erschöpft und zitternd mußte sie sich nach einer Weile abermals eingestehn, daß sie «Gott» gerade so deutlich gefühlt habe wie einen Mann, der hinter ihr stünde und ihr einen Mantel um die Schulter legte.

Nachdem sie genügend darüber nachgedacht hatte und wieder kühn geworden war, kam sie dahinter, daß die Bedeutung des von ihr erlebten Vorgangs gar nicht in jener «Sonnenverfinsterung» gelegen habe, von der ihre körperlichen Empfindungen befallen worden waren, sondern hauptsächlich eine moralische gewesen sei. Eine plötzliche Veränderung ihres innersten Zustands und, abhängend davon, aller ihrer Beziehungen zur Welt hatte ihr für einen Augenblick jene «Einheit des Gewissens mit den Sinnen» verliehen, die sie bisher nur in so geringen Andeutungen gekannt hatte, daß es gerade hinreichte, dem gewöhnlichen Leben etwas Trostloses und Trübselig-Leidenschaftliches zu hinterlassen, ob Agathe nun versuchen mochte, gut zu handeln oder schlecht. Es kam ihr vor, daß diese Veränderung ein unvergleichliches Erfließen gewesen wäre, das ebensowohl von ihrer Umgebung ausgegangen war wie von ihr zu dieser hin, ein Einssein der höchsten Bedeutung mit der geringsten Bewegung des Geistes, der sich kaum von den Dingen abhob. Die Dinge waren von den Empfindungen durchdrungen worden und die Empfindungen von den Dingen in einer so überzeugenden Weise, daß Agathe fühlte, von allem, worauf sie das Wort Überzeugung bisher angewandt hätte, wäre sie nicht einmal berührt worden. Und das war unter Umständen geschehn, die es nach gewöhnlicher Auffassung ausschlossen, sich überzeugt zu geben.

So lag die Bedeutung dessen, was sie in ihrer Einsamkeit erlebte, nicht etwa in der Rolle, die ihm psychologisch, als irgendeinem Hinweis auf eine reizbare oder leicht zerstörbare Persönlichkeit zugekommen wäre, denn sie lag überhaupt nicht in der Person, sondern im Allgemeinen oder im Zusammenhang der Person mit ihm, den Agathe nicht mit Unrecht als einen moralischen ansprach, in dem Sinn, daß es der jungen von sich enttäuschten Frau vorkam, wenn sie immer so leben dürfte, wie in den Minuten der Ausnahme und auch nicht zu schwach wäre, darin zu verharren, so könnte sie die Welt lieben und sich gütig in sie fügen; und anders bringe sie es nicht zustande! Nun erfüllte sie ein leidenschaftliches Zurückstreben, aber solche Augenblicke der größten Steigerung lassen sich nicht mit Gewalt wieder herbeiführen; und mit der Deutlichkeit, die ein blasser Tag, nachdem die Sonne untergegangen ist, annimmt, wurde sie erst mit der Vergeblichkeit ihrer stürmischen Bemühungen gewahr, daß das einzige, dessen sie gewärtig sein durfte und worauf sie in der Tat auch mit einer Ungeduld wartete, die sich unter ihrer Einsamkeit bloß verborgen hatte, jene sonderbare Aussicht wäre, die ihr Bruder einmal mit einer halb im Scherz ausgesprochenen und erklärten Bezeichnung das Tausendjährige Reich genannt hatte. Er hätte wohl ebensogut auch ein anderes Wort dafür gewählt haben können, denn was es Agathe bedeutete, war nur der überzeugende und zuversichtliche Klang nach etwas, das im Kommen ist. Sie hätte das nicht zu behaupten gewagt. Sie wußte ja auch jetzt noch nicht sicher, ob es wahrhaft möglich sei. Sie wußte überhaupt nicht, was es sei. Sie hatte im Augenblick wieder alle Worte vergessen, mit denen ihr Bruder bewies, daß sich hinter dem, was ihren Geist bloß mit leuchtenden Nebeln erfüllte, die Möglichkeit ins Ungemessene weiter erstrecke. Aber solange sie sich in seiner Gesellschaft befunden hatte, war ihr nicht anders zumute gewesen, als bildete sich aus seinen Worten ein Land, und nicht in ihrem Kopf bildete es sich, sondern wahrhaftig unter ihren Füßen. Gerade daß er oft nur ironisch davon sprach, wie überhaupt sein Wechseln zwischen Kühle und Gefühl, das sie früher so oft verwirrt hatte, erfreute Agathe jetzt in ihrer Verlassenheit, durch eine Art Bürgschaft, wirklich gemeint zu sein, die alle unfreundlichen Seelenzustände vor den verzückten voraushaben. «Ich habe wahrscheinlich nur deshalb an den Tod gedacht, weil ich mich davor fürchte, daß er es nicht ernst genug meint» gestand sie sich ein.

Sie wurde vom letzten Tag, den sie in Abwesenheit zu verbringen hatte, überrascht; es war mit einemmal im Hause alles geordnet und ausgeräumt, und nur noch die Schlüssel blieben dem alten Ehepaar zu übergeben, das, testamentarisch versorgt, im Gesindebau zurückblieb, bis das Grundstück einen neuen Besitzer fände. Agathe hatte sich geweigert ins Hotel zu ziehn und wollte bis zu ihrer Abreise, die zwischen Mitternacht und Morgen bevorstand, auf ihrem Platz bleiben. Das Haus war verpackt und vermummt. Eine Notbeleuchtung brannte. Zusammengeschobene Kisten bildeten Tisch und Stuhl. Am Rand einer Schlucht, auf einer Kistenterrasse, hatte sie zum Abendbrot decken lassen. Der alte Diener ihres Vaters balancierte Geschirr durch Licht und Schatten; er und seine Frau hatten es sich nicht nehmen lassen, aus ihrer eigenen Küche zu helfen, damit die gnädige junge Frau, wie sie es ausdrückten, wenn sie das letztemal in ihrem Elternhause speise, nicht schlecht bedient sei. Und plötzlich dachte Agathe völlig außerhalb des Geistes, worin sie diese Tage verbracht hatte: «Ob sie am Ende etwas bemerkt haben?!» Es konnte ja sein, daß sie nicht alle Papiere mit den Vorübungen für die Abänderung des Testaments vernichtet hätte. Sie fühlte kalten Schreck, schrecklich geträumtes Gewicht, das sich an alle Glieder hängt, den geizigen Schreck der Wirklichkeit, der dem Geist nichts gibt, sondern nur von ihm nimmt. In diesem Augenblick gewahrte sie mit leidenschaftlicher Stärke das in ihr neu erwachte Verlangen zu leben. Gewalttätig lehnte es sich gegen die Möglichkeit auf, daß sie daran verhindert werden könnte. Entschlossen suchte sie, als der alte Diener wiederkehrte, sein Gesicht zu erforschen. Aber der Greis ging mit seinem vorsichtigen Lächeln arglos hin und her und empfand irgendetwas Stummes und Feierliches. Sie konnte so wenig in ihn hineinsehen wie in eine Mauer und wußte nicht, ob hinter diesem blinden Glanz noch etwas in ihm wäre. Auch sie empfand nun etwas Stummes, Feierliches und Trauriges. Er war immer der Konfident ihres Vaters gewesen, unweigerlich bereit, ihm jedes Geheimnis seiner Kinder auszuliefern, das er erführe: aber Agathe war in diesem Hause geboren, und alles, was seither geschehen war, ging heute zu Ende, und es rührte Agathe, daß sie und er nun feierlich und allein waren. Sie faßte den Beschluß, ihm ein besonderes kleines Geldgeschenk zu machen, und nahm sich in plötzlicher Schwäche vor, daß sie sagen werde, es geschähe im Auftrag von Professor Hagauer, und überlegte das nicht aus List, sondern aus dem Zustand einer Bußhandlung und in der Absicht, nichts zu unterlassen, obwohl ihr klar war, daß er ebenso unzweckmäßig wie abergläubisch sei. Sie holte auch, ehe der Alte wiederkehrte, noch ihre beiden verschiedenen Kapseln hervor, und die mit dem Bild ihres unvergessenen Geliebten schob sie, nachdem sie den jungen Mann zum letzten Mal stirnrunzelnd betrachtet hatte, unter den Deckel einer schlecht vernagelten Kiste, die auf unbestimmte Zeit zu lagern kommen sollte und anscheinend Küchengeschirr oder Beleuchtungskörper enthielt, denn sie hörte Metall über Metall, wie die Äste eines Baums hinabfallen; die Kapsel mit dem Gift tat sie aber nun an die Stelle, wo sie früher das Bild getragen hatte.

«Wie unmodern ich bin!» dachte sie dabei lächelnd – «gewiß gibt es Wichtigeres als Liebeserlebnisse!» Aber sie glaubte es nicht.

Man hätte in diesem Augenblick ebensowenig sagen können, daß sie es ablehne, zu ihrem Bruder in unerlaubte Beziehungen zu treten, wie daß sie es wünsche. Das mochte von der Zukunft abhängen; aber in ihrem gegenwärtigen Zustand entsprach nichts der Entschiedenheit einer solchen Frage.

Das Licht schminkte die Bretter, zwischen denen sie saß, grellweiß und tiefschwarz. Und eine ähnliche tragische Maske, die seiner doch wohl nur schlichten Bedeutung etwas Unheimliches gab, trug der

Gedanke, daß sie nun den letzten Abend in dem Haus verbringe, wo sie von einer Frau geboren worden war, an die sie sich niemals hatte erinnern können und von der auch Ulrich geboren worden war. Ein uralter Eindruck beschlich sie, es stünden Clowns mit todernsten Gesichtern und sonderbaren Instrumenten um sie. Sie begannen zu spielen. Agathe erkannte darin einen Wachtraum der Kindheit wieder. Sie konnte diese Musik nicht hören, aber alle Clowns sahen sie an. Sie sagte sich, daß in diesem Augenblick ihr Tod für niemand und nichts ein Verlust wäre, und für sie selbst mochte er auch nur den äußeren Abschluß eines inneren Absterbens bedeuten. So dachte sie, während die Clowns ihre Töne bis zur Decke steigerten, und saß scheinbar auf einem mit Sägemehl bestreuten Zirkusboden, und die Tränen tropften ihr auf die Finger. Es war ein Gefühl tiefer Sinnlosigkeit, das sie früher als Mädchen oft empfunden hatte, und sie dachte: «Ich bin wohl noch bis heute kindisch geblieben?» was sie aber nicht hinderte, gleichzeitig wie an etwas, das durch ihre Tränen maßlos groß aussah, daran zu denken, daß gleich in der ersten Stunde ihres Wiedersehens sie und ihr Bruder einander in solchen Clownskitteln gegenübergetreten seien. «Was bedeutet es, daß es gerade mein Bruder ist, an den sich das anschloß, was ich in mir habe?» fragte sie sich. Und plötzlich weinte sie wirklich. Sie hätte keinen anderen Grund dafür angeben können, daß es geschah, als daß es eben aus Herzenslust geschah, und schüttelte heftig den Kopf, so als ob etwas in ihm wäre, das sie weder auseinander-, noch zusammenzubringen vermöchte.

Dabei dachte sie in einer natürlichen Einfalt, Ulrich werde zu allen Fragen schon die Antwort finden, solange bis der Alte wieder eingetreten war und die Gerührte gerührt betrachtete. «Die junge gnädige Frau ... !» sagte er gleichfalls kopfschüttelnd. Agathe sah ihn verwirrt an, aber als sie das Mißverständnis dieses Bedauerns begriff, das ihrer kindlichen Trauer galt, erwachte wieder der Übermut ihrer Jugend in ihr. «Wirf alles, was du hast, ins Feuer bis zu den Schuhen. Wenn du nichts mehr hast, denk nicht einmal ans Leichentuch und wirf dich nackt ins Feuer!» sagte sie zu ihm. Es war ein alter Spruch, den ihr Ulrich entzückt vorgelesen hatte, und der Alte lächelte zu dem ernsten und sanften Schwung dieser Worte, die sie ihm mit Augen vorsagte, die unter Tränen glühten, ein Stummellächeln des Verstehens und blickte, der weisenden Hand seiner Herrin, die sein Verständnis durch eine Irreführung erleichtern wollte, folgend, auf die hochgetürmten Kisten, die fast zu einem Scheiterhaufen aufgerichtet waren. Zum Leichentuch hatte der Greis verständig genickt, bereitwillig zu folgen, wenn ihn der Weg der Worte auch etwas ungeebnet dünkte; aber von dem Worte nackt an erstarrte er, als Agathe ihren Spruch noch einmal wiederholte, zu der höflichen Dienermaske, deren

Ausdruck versichert, daß man weder sehen, noch hören, noch urteilen wolle.

Solange er bei seinem alten Herrn gedient hatte, war dieses Wort kein einziges Mal vor ihm ausgesprochen worden, höchstens hatte man entkleidet gesagt; aber die jungen Leute waren jetzt anders, und er würde sie wohl gar nicht mehr zur Zufriedenheit bedienen können. Mit der Ruhe des Feierabends fühlte er, daß seine Laufbahn zu Ende war. Agathes letzter Gedanke vor dem Aufbruch war aber: «Würde Ulrich wirklich alles ins Feuer werfen?»

22

Von der Koniatowski'schen Kritik des Danielli'schen Satzes zum Sündenfall. Vom Sündenfall zum Gefühlsrätsel der Schwester

Der Zustand, in dem Ulrich die Straße betreten hatte, als er das Palais des Grafen Leinsdorf verließ, ähnelte dem nüchternen Gefühl des Hungers; er blieb vor einer Anschlagfläche stehn und stillte seinen Hunger nach Bürgerlichkeit an den Bekanntmachungen und Anzeigen. Die mehrere Meter große Tafel war bedeckt mit Worten. «Eigentlich dürfte man annehmen,» fiel ihm ein «daß gerade diese Worte, die sich an allen Ecken und Enden der Stadt wiederholen, einen Erkenntniswert haben.» Sie kamen ihm mit den stehenden Wendungen verwandt vor, die von den Personen beliebter Romane in wichtigen Lebenslagen geäußert werden, und er las: «Haben Sie schon etwas so Angenehmes und Praktisches getragen wie den Topinam-Seidenstrumpf?» «Durchlaucht amüsiert sich.» «Die Bartholomäusnacht neu bearbeitet.» «Gemütlichkeit im Schwarzen Rössl.» «Schmissige Erotik und Tanz im Roten Rössl.» Daneben fiel ihm noch ein politischer Anschlag auf «Verbrecherische Machenschaften»: er bezog sich aber nicht auf die Parallelaktion, sondern auf den Brotpreis. Er wandte sich um und blickte nach einigen Schritten in die Auslage eines Buchladens. «Das neue Werk des großen Dichters» las er auf einer Papptafel, die neben fünfzehn gleiche, aneinandergereihte Bände gestellt war. Dieser Tafel gegenüber stand in der anderen Ecke der Auslage ein Seitenstück mit dem gedruckten Hinweis auf ein zweites Werk: «Herr und Dame vertiefen sich mit gleicher Spannung in ‹Babel der Liebe› von...»

«Der ‹große› Dichter?» dachte Ulrich. Er erinnerte sich, nur ein Buch von ihm gelesen und vorausgesetzt zu haben, er werde niemals ein zweites lesen müssen: seither war der Mann aber trotzdem berühmt geworden. Und Ulrich fiel angesichts der deutschen Geistesauslage ein alter Soldatenwitz ein: «Mortadella!» So war zu seiner

Militärzeit ein unbeliebter Divisionsgeneral genannt worden, nach der beliebten italienischen Wurst, und wer nach der Auflösung des Wortspiels fragte, erhielt die Antwort: «Teils Schwein, teils Esel.» Ulrich würde diesen Vergleich angeregt fortgesetzt haben, wäre er daran nicht durch eine Frau verhindert worden, die ihn mit den Worten «Sie warten hier auch auf die Straßenbahn?» ansprach. Dadurch kam er darauf, daß er nicht mehr vor dem Buchladen stand.

Er hatte auch nicht gewußt, daß er inzwischen unbeweglich neben der Tafel einer Haltestelle stehen geblieben war. Die Dame, die ihn das bemerken machte, trug einen Rucksack und eine Brille; sie war eine ihm bekannte Astronomin, Assistentin am Institut, eine der wenigen Frauen, die in dieser männlichen Disziplin etwas Bedeutendes leisten. Er sah ihr auf die Nase und auf die Plätze unter den Augen, die in der gewohnheitsmäßigen Anstrengung des Nachdenkens etwas von Schweißblättern aus Guttapercha angenommen hatten; dann gewahrte er in der Tiefe ihren geschürzten Lodenrock, in der Höhe aber eine Schildhahnfeder auf einem grünen Hut, der über ihrem gelehrten Antlitz schwebte, und lächelte. «Sie gehen ins Gebirge?» fragte er.

Dr. Strastil fuhr auf drei Tage ins Gebirge «ausspannen». «Was sagen Sie zu der Arbeit von Koniatowski?» fragte sie Ulrich. Ulrich sagte nichts. «Kneppler wird sich darüber ärgern» meinte sie. «Aber die Kritik, die Koniatowski an der Knepplerschen Ableitung des Daniel-li'schen Satzes übt, ist interessant: finden Sie nicht auch? Halten Sie diese Ableitung für möglich?»

Ulrich zuckte die Achseln.

Er gehörte zu jenen, Logistiker genannten, Mathematikern, die überhaupt nichts richtig fanden und eine neue Fundamentallehre aufbauten. Aber er hielt auch die Logik der Logistiker nicht für ganz richtig. Hätte er weitergearbeitet, er würde nochmals auf Aristoteles zurückgegriffen haben; er hatte darüber seine eigenen Ansichten.

«Ich halte die Knepplersche Ableitung ja trotzdem nicht für verfehlt, sondern bloß für falsch» bekannte Dr. Strastil. Sie hätte ebensogut betonen können, daß sie die Ableitung für verfehlt, aber trotzdem, in wesentlichen Grundzügen, nicht für falsch halte; sie wußte, was sie meinte, aber in der gewöhnlichen Sprache, wo die Worte nicht definiert sind, kann sich kein Mensch eindeutig ausdrücken: unter ihrem Touristenhut regte sich, indes sie sich dieser Urlaubssprache bediente, etwas von dem ängstlichen Hochmut, den die sinnliche Laienwelt in einem Klostermann erregen muß, wenn er sich unvorsichtig mit ihr abgibt.

Ulrich stieg mit Fräulein Strastil in die Straßenbahn: wußte nicht warum. Vielleicht weil ihr die Kritik Koniatowskis an Kneppler so wichtig vorkam. Vielleicht wollte er mit ihr über schöne Literatur sprechen, von der sie nichts verstand. «Was werden Sie im Gebirge machen?» fragte er.

Sie wollte auf den Hochschwab.

«Sie werden dort noch zuviel Schnee vorfinden. Mit Skiern kommt man nicht mehr hinauf und ohne Skier noch nicht» riet er ab, der das Gebirge kannte.

«Dann bleibe ich unten» erklärte ihm Fräulein Strastil. «In den Hütten auf der Färsenalm, die am Anstieg liegen, bin ich schon einmal drei Tage gewesen. Ich will ja nichts als bloß ein wenig Natur!»

Das Gesicht, das die treffliche Astronomin zu dem Worte Natur machte, reizte Ulrich zu der Frage, wozu sie sich eigentlich Natur wünsche.

Dr. Strastil empörte sich ehrlich. Sie könne die ganzen drei Tage auf der Alm liegen, ohne sich zu rühren: wie ein Felsblock! verkündete sie.

«Höchstens weil Sie Wissenschaftlerin sind!» warf Ulrich ein. «Ein Bauer würde sich langweilen!»

Das sah Dr. Strastil nicht ein. Sie sprach von den Tausenden, die an jedem Feiertag zu Fuß, zu Rad, zu Schiff die Natur suchten.

Ulrich sprach von der Landflucht der Bauern, die es nach der Stadt ziehe.

Fräulein Strastil bezweifelte, daß er elementar genug fühle.

Ulrich behauptete, elementar sei neben Essen und Liebe die Bequemlichkeit, aber nicht das Aufsuchen einer Alm. Das natürliche Empfinden, das dazu angeblich treibe, sei vielmehr ein moderner Rousseauismus, ein verwickeltes und sentimentales Verhalten. – Er fühlte sich keineswegs gut sprechen, es war ihm gleichgültig, was er sagte, er fuhr darin nur fort, weil es noch immer nicht das war, was er aus sich herausbefördern wollte. Fräulein Strastil warf ihm einen mißtrauischen Blick zu. Sie war nicht imstande, ihn zu verstehen; ihre große Denkerfahrung in reinen Begriffen nützte ihr nicht das geringste, sie konnte die Vorstellungen, mit denen er bloß behende um sich zu werfen schien, weder auseinanderhalten, noch zusammenbekommen; sie vermutete, daß er rede, ohne zu denken. Daß sie solchen Worten mit einer Hahnenfeder am Hut zuhöre, bereitete ihr die einzige Genugtuung und bestärkte ihre Freude an der Einsamkeit, der sie entgegenreiste.

In diesem Augenblick fiel Ulrichs Blick in die Zeitung seines Nachbarn, und er las in großen Lettern als Überschrift eines Inserats: «Die Zeit stellt Fragen, die Zeit gibt Antwort»: es mochte sich darunter die Empfehlung einer Schuheinlage befinden oder die eines Vortrags, das kann man heute nicht mehr unterscheiden, aber seine Gedanken sprangen plötzlich in das Geleise, das er brauchte. Seine Gefährtin bemühte sich, objektiv zu sein, und gestand unsicher: «Ich kenne leider wenig von der Schönen Literatur, unsereins hat ja keine Zeit. Vielleicht kenne ich auch gar nicht das Richtige. Aber zum Beispiel» – und nun nannte sie einen beliebten Namen – «gibt mir unglaublich viel. Ich finde, wenn uns ein Dichter so lebendig fühlen machen kann, ist das wohl etwas Großes!» Doch weil Ulrich der in Dr. Strastils Geist bestehenden Verbindung einer außerordentlichen Entwicklung des begrifflichen Denkens mit auffälligem Schwachsinn des Seelenverstandes bereits genug zu verdanken glaubte, erhob er sich erfreut, sagte seiner Fachverwandten eine dicke Schmeichelei und stieg eilig aus, wobei er vorschützte, schon zwei Haltestellen zu weit gefahren zu sein. Als er im Freien stand und noch einmal grüßte, erinnerte sich Fräulein Strastil, in letzter Zeit Ungünstiges über seine Leistungen gehört zu haben, und fühlte sich menschlich bewegt durch eine Blutwelle, die seine gefälligen Abschiedsworte erregt hatten, was ihren Überzeugungen nach nicht gerade für ihn sprach; er aber wußte nun und wußte es gleichwohl noch nicht ganz, warum seine Gedanken um die Sache der Literatur kreisten und was sie dort wollten, von dem unterbrochenen Mortadella-Vergleich an bis zur unbewußten Verleitung der guten Strastil zu Geständnissen. Schließlich ging ihn die Literatur nichts mehr an, seit er mit zwanzig Jahren sein letztes Gedicht geschrieben hatte; immerhin war zuvor eine Zeitlang heimliches Schreiben eine ziemlich regelmäßige Gewohnheit von ihm gewesen, und er hatte sie nicht etwa deshalb aufgegeben, weil er älter geworden war oder eingesehen hatte, zu wenig Begabung zu haben, sondern aus Gründen, für die er unter den gegenwärtigen Eindrücken am ehesten irgendein Wort hätte gebrauchen mögen, das nach vielen Anstrengungen ein Münden ins Leere ausdrückt. ..

Denn Ulrich gehörte zu den Bücherliebhabern, die nicht mehr lesen mögen, weil sie das Ganze des Schreibens und Lesens als ein Unwesen empfinden. «Wenn die vernünftige Strastil ‹fühlen gemacht› werden will» dachte er («Womit sie recht hat! Hätte ich ihr widersprochen, so wäre sie mir mit der Musik als Kronzeugnis gekommen!»), und wie das schon geschieht, dachte er teils in Worten, teils wirkte die Überlegung als wortloser Einwurf ins Bewußtsein hinein: wenn also die verständige Dr. Strastil fühlen gemacht werden wollte, so kam es auf das hinaus, was alle wollen, daß die Kunst den Menschen bewege, erschüttere, unterhalte, überrasche, ihn an edlen Gedanken schnuppern lasse oder, mit einem Wort, ihn eben wirklich etwas «erleben» mache und selbst «lebendig» oder ein «Erlebnis» sei. Und Ulrich wollte das auch gar nicht verwerfen. In einem Nebengedanken, der als ein Gemisch von leichter Rührung mit widerstrebender Ironie endete, dachte er: «Gefühl ist selten genug. Eine gewisse Temperatur des

Fühlens vor dem Erkalten zu schützen, bedeutet wahrscheinlich, die Brutwärme zu hüten, aus der alle geistige Entwicklung entsteht. Und wenn ein Mensch aus seinem Gewirr von intelligenten Absichten, die ihn mit unzähligen fremden Gegenständen verstricken, für Augenblicke in einen ganz zwecklosen Zustand hinausgehoben wird, wenn er also zum Beispiel Musik hört, ist er beinahe im Lebenszustand einer Blume, auf die Regen und Sonnenschein fällt.» Er wollte zugeben, daß eine ewigere Ewigkeit, als der menschliche Geist in seiner Tätigkeit hat, in seinen Pausen und seinem Verruhen liege; aber nun hatte er bald «Gefühl», bald «Erleben» gedacht, und das zog einen Widerspruch nach sich. Denn es gab doch Willenserlebnisse! Es gab doch Erlebnisse gegipfelten Tuns! Zwar durfte man wahrscheinlich annehmen, daß jedes von ihnen, wenn es seine höchste, strahlende Bitterkeit erreicht, nur noch Gefühl sei; aber damit stände dann erst recht in Widerspruch, daß der Zustand des Fühlens in seiner vollen Reinheit ein «Verruhen», ein Versinken der Tätigkeit wäre?! Oder stand es doch nicht in Widerspruch? Gab es einen wunderlichen Zusammenhang, wonach höchste Tätigkeit im Kern reglos wäre? Hier zeigte sich aber, daß diese Folge von Einfällen weniger einen Nebengedanken als einen unerwünschten Gedanken bedeutete, denn Ulrich widerrief in plötzlich erwachendem Widerstand gegen ihre empfindsame Wendung die ganze Betrachtung, in die er hineingeraten war. Er war keineswegs gesonnen, über gewisse Zustände nachzusinnen, und, wenn er über Gefühle nachdächte, selbst in Gefühle zu verfallen.

Dabei kam ihm augenblicklich in den Sinn, daß man am besten und ohne Umschweife das, worauf er es abgesehen hätte, als die vergebliche Aktualität oder ewige Augenblicklichkeit der Literatur bezeichnen könnte. Hat sie denn ein Ergebnis? Entweder ist sie ein ungeheurer Umweg vom Erleben zum Erleben und läuft in sich selbst zurück, oder sie ist ein Inbegriff von Reizzuständen, aus dem in keiner Weise etwas Bestimmtes hervorgeht. «Eine Pfütze» dachte er nun «hat schon jedem unwillkürlich viel öfter und stärker den Eindruck der Tiefe gemacht als der Ozean, und aus dem einfachen Grund, weil man mehr Gelegenheit hat, Pfützen zu erleben, als Ozeane»: So schien ihm, sei es auch mit dem Gefühl, und aus keinem andren Grund gälten die alltäglichen Gefühle für die tiefen. Denn die Bevorzugung des Fühlens vor dem Gefühl, wie sie das Kennzeichen aller gefühlvollen Menschen ist, kommt ebenso wie der Wunsch, fühlen zu machen und fühlen gemacht zu werden, der das Gemeinsame aller dem Gefühl dienenden Einrichtungen ist, auf eine Herabsetzung von Rang und Wesen der Gefühle gegenüber ihrem Augenblick als einem persönlichen Zustand hinaus und weiterhin auf jene Seichtheit, Entwicklungshemmung und völlige Belanglosigkeit, für die es nicht am allgemeinen

Beispiel mangelt. «Natürlich muß eine solche Auffassung» dachte Ulrich ergänzend «alle Menschen abstoßen, die sich in ihren Gefühlen wohlfühlen wie der Hahn in den Federn und sich womöglich noch etwas darauf zugute tun, daß die Ewigkeit mit jeder ‹Persönlichkeit› von vorne anfängt!» Er hatte die klare Vorstellung einer ungeheuren Verkehrtheit, geradezu einer in menschheitlichen Ausmaßen, vermochte das aber doch nicht in einer Weise auszudrücken, die ihn ganz befriedigt hätte, da die Zusammenhänge wohl zu vielseitig waren.

Er beobachtete, während ihn das beschäftigte, die vorbeikommenden Bahnen und wartete auf eine, die ihn möglichst nah an das Innere der Stadt zurückbringen sollte. Er sah die Menschen aus- und einsteigen, und sein technisch nicht unerfahrener Blick spielte zerstreut mit den Zusammenhängen von Schmieden und Gießen, Walzen und Nieten, von Konstruktion und Werkstattausführung, geschichtlicher Entwicklung und gegenwärtigem Stand, aus denen die Erfindung dieser rollenden Baracken bestand, deren sie sich bedienten. «Zum Schluß kommt dann eine Abordnung der Straßenbahnverwaltung in die Waggonfabrik und entscheidet über die Holzverschalung, den Anstrich, die Polsterung, die Anbringung der Arm- und Handstützen, der Aschenbecher und ähnliches,» dachte er nebenbei «und gerade diese Kleinigkeiten machen aus, und die rote oder grüne Farbe des Kastens macht es aus, und der Schwung, mit dem sie über das Trittbrett hineinklettern können, macht für zehntausende Menschen das aus, was sie behalten, das einzige, was für sie von allem Genie übrig bleibt und von ihnen erlebt wird. Das bildet ihren Charakter, gibt ihm Raschheit oder Bequemlichkeit, läßt sie rote Bahnen als Heimat und blaue als Fremde empfinden und bildet jenen unverwechselbaren Geruch aus kleinen Tatsachen, den die Jahrhunderte an ihren Kleidern haben.» Es war also nicht zu leugnen und schloß sich mit einemmal an das andere an, was Ulrichs Hauptgedankenzug bildete, daß zum großen Teil auch das Leben in unbedeutende Aktualität mündet, oder wenn man es technisch ausdrückt, daß ein seelischer Wirkungskoeffizient sehr klein ist.

Und plötzlich, während er sich selbst mit einem Schwung in den Wagen klettern fühlte, sagte er zu sich: «Ich muß Agathe einprägen: Moral ist Zuordnung jedes Augenblickszustandes unseres Lebens zu einem Dauerzustand!» Dieser Satz war ihm in der Art einer Definition mit einemmal eingefallen. Nicht voll entwickelt und ausgegliedert, waren diesem überblank geschliffenen Gedanken aber Einfälle vorangegangen und folgten nach und ergänzten das Verständnis. Eine strenge Auffassung und Aufgabensetzung für die harmlose Beschäftigung des Fühlens, eine ernste Rangordnung standen damit, ungewiß verkürzt, in Aussicht: Gefühle müssen entweder dienen oder einem bis ins Letzte reichenden, noch keineswegs beschriebenen Zustand angehören, der groß wie das küstenlose Meer ist. Sollte man das eine Idee, sollte man es eine Sehnsucht nennen? Ulrich mußte es auf sich beruhen lassen, denn in dem Augenblick, wo ihm der Name seiner Schwester eingefallen war, verdunkelte ihr Schatten seine Gedanken. Wie immer, wenn er an sie dachte, war ihm zumute, er habe während der in ihrer Gesellschaft verbrachten Zeit einen anderen Geisteszustand gezeigt als sonst. Er wußte auch, daß er leidenschaftlich wieder in diesen Zustand zurück wolle. Aber die gleiche Erinnerung bedeckte ihn mit der Schmach, daß er sich angemaßt, lächerlich und trunken betragen habe, nicht besser als ein Mensch, der sich in seinem Taumel auf die Knie vor Zuschauern wirft, denen er nächsten Tags nicht wird ins Antlitz sehen können. Das war, angesichts der maßvoll gebändigten geistigen Beziehung zwischen den Geschwistern, ungeheuerlich übertrieben, und sollte man es nicht völlig für unbegründet halten, so war es nur als Widerspiel zu Gefühlen anzusehen, die noch keine Gestalt hatten. Er wußte, daß Agathe in wenigen Tagen eintreffen müsse, und hinderte nichts. Hatte sie überhaupt etwas Unrechtes getan? Man konnte ja annehmen, sie habe mit dem Erkalten ihrer Laune alles wieder rückgängig gemacht. Aber eine sehr lebhafte Ahnung versicherte ihm, daß Agathe nicht von ihrer Absicht abgestanden sei. Er hätte bei ihr anfragen können. Er fühlte sich wieder verpflichtet, sie brieflich zu warnen. Aber statt diesen Vorsatz auch nur einen Augenblick ernst zu nehmen, stellte er sich vor, was Agathe zu ihrem ungewöhnlichen Verhalten bewogen haben möge: er sah dieses als eine unglaublich heftige Gebärde an, durch die sie ihm ihr Vertrauen schenkte und sich in seine Hand gab. «Sie hat sehr wenig Realitätssinn,» dachte er «aber eine wunderbare Art, das zu tun, was sie will. Unüberlegt, könnte man sagen; aber darum auch unabgekühlt! Wenn sie böse ist, sieht sie die Welt rubinrot!» Er lächelte freundlich und blickte sich unter den Leuten um, die mitfuhren. Böse Gedanken hatte jeder von ihnen, das war sicher, und jeder unterdrückte sie, und niemand nahm sie sich allzu übel: aber keiner hatte diese Gedanken außer sich, in einem Menschen, der ihnen die bezaubernde Unzugänglichkeit eines geträumten Erlebnisses gibt.

Seit Ulrich seinen Brief nicht zu Ende geschrieben hatte, machte er sich nun zum erstenmal klar, daß er nicht mehr zu wählen habe, sondern sich schon in dem Zustand befinde, vor dem er noch zaudere. Nach seinen Gesetzen – er gestattete sich die überhebliche Doppelsinnigkeit, daß er sie heilig nannte – konnte Agathes Fehler nicht bereut, sondern nur durch Geschehnisse, die ihm folgten, *gut*-gemacht werden, was übrigens wohl auch dem ursprünglichen Sinn des Bereuens entsprach, das ja ein läuternd-feuriger und nicht ein beschädigter

Zustand ist. Agathens unbequemen Gatten zu *ent*-schädigen oder schad-*los* zu halten, hätte nichts als Zurücknahme eines Schadens, also bloß jene doppelte und lähmende Negation bedeutet, aus der das gewöhnliche gute Verhalten besteht, das sich innerlich zu Null aufhebt. Was Hagauer geschehen sollte, wie eine schwebende Last «aufzuheben», war aber anderseits nur möglich, wenn man für ihn ein großes Gefühl aufbrachte, und daran ließ sich nicht ohne Schrecken denken. So konnte nach der Logik, in die sich Ulrich zu schicken suchte, bloß etwas anderes gutgemacht werden als der Schaden, und er war nicht einen Augenblick im Zweifel, daß dies sein und seiner Schwester ganzes Leben sein sollte. «Anmaßend gesprochen,» dachte er «heißt das: Saulus hat nicht jede einzelne Folge seiner früheren Sünden gutgemacht, sondern er ist Paulus geworden!» Gegen diese eigentümliche Logik wandten jedoch Gefühl und Überzeugung gewohnheitsmäßig ein, es wäre jedenfalls anständiger und täte späteren Aufschwüngen keinen Abbruch, stellte man vorerst die Rechnung mit dem Schwager glatt und sänne dann auf das neue Leben. Jene Sittlichkeit, die ihn so lockte, war ja überhaupt nicht dazu geschaffen, Geldgeschäfte zu ordnen und Gegensätze, die aus ihnen folgen. An der Grenze jenes anderen Lebens und des alltäglichen mußten darum unlösbare und widerspruchsvolle Fälle entstehn, die man wohl am besten gar nicht erst zu Grenzfällen werden ließ, sondern vorher auf die gewöhnliche, leidenschaftslose Weise der Anständigkeit aus der Welt schaffte. Aber da fühlte Ulrich nun doch wieder, daß man sich nicht an die gewöhnlichen Bedingungen der Güte halten dürfe, wenn man sich in den Bereich der unbedingten Güte vorwagen wolle. Die ihm auferlegte Aufgabe, den Schritt in das Neue hinein zu tun, schien keinen Abstrich zu dulden.

Die letzte Schanze, die ihn noch verteidigte, war mit heftiger Abneigung dagegen besetzt, daß Vorstellungen wie Ich, Gefühl, Güte, andere Güte, Böse, von denen er großen Gebrauch gemacht hatte, so persönlich und zugleich so hoch-hinaus und luft-dünn allgemein seien, wie es eigentlich nur den moralischen Erwägungen sehr viel jüngerer Menschen entspräche. Es erging ihm so, wie es gewiß auch manchem, der seine Geschichte verfolgt, ergehen wird, er griff ärgerlich einzelne Worte heraus und fragte sich etwa: «‹Herstellung und Ergebnisse von Gefühlen›? welch eine maschinelle, rationale, menschenunkundige Auffassung! ‹Moral das Problem eines Dauerzustandes, dem sich alle Einzelzustände unterordnen› und nichts sonst? welch eine Unmenschlichkeit!» Wenn man das mit den Augen eines vernünftigen Menschen ansah, erschien alles ungeheuer verkehrt. «Das Wesen der Moral beruht geradezu auf nichts anderem, als daß die wichtigen Gefühle immer die gleichen bleiben,» dachte Ulrich «und alles, was der Einzelne dabei zu leisten hat, ist, in Einklang mit ihnen zu handeln!» Aber gerade da hielten die mit Reißschiene und Zirkel geschaffenen Linien der rollenden Örtlichkeit, die ihn umschloß, an einer Stelle, wo sein Auge, aus dem Leib des modernen Verkehrsmittels kommend und an seiner Einrichtung unwillkürlich noch teilhabend, auf eine Steinsäule fiel, die seit der Zeit des Barock am Straßenrand stand, so daß die unbewußt aufgenommene technische Bequemlichkeit der vernünftigen Schöpfung plötzlich in Gegensatz zu der hereinbrechenden Leidenschaft der alten Gebärde geriet, die einem versteinten Leibschneiden nicht gar unähnlich sah. Die Wirkung dieses optischen Zusammenstoßes war eine ungemein heftige Bestätigung der Gedanken, denen sich Ulrich soeben noch hatte entziehen wollen. Hätte sich die Kopflosigkeit des Lebens durch irgendetwas deutlicher zeigen können, als es in diesem zufälligen Blick geschah? Ohne für das Jetzt oder das Einst geschmacksweise Partei zu nehmen, wie es bei solchen Gegenüberstellungen gewöhnlich ist, zögerte sein Geist nicht einen Augenblick, sich ebensowohl von der neuen wie von der alten Zeit allein gelassen zu fühlen, und sah nur die große Vorführung eines Problems darin, das im Grunde wohl ein moralisches ist. Er vermochte nicht daran zu zweifeln, daß die Vergänglichkeit dessen, was man für Stil, Kultur, Zeitwille oder Lebensgefühl ansieht und als solche bewundert, eine moralische Gebrechlichkeit sei. Denn im großen Maßstab der Zeiten bedeutet sie nichts anderes, als es im kleineren des eigenen Lebens wäre, wenn man sein Können ganz einseitig entwickelte und sich in auflösenden Übertreibungen zerstreute, nie ein Maß seines Willens gewänne, nie zu ganzer Bildung sich bildete, und in unzusammenhängenden Leidenschaften bald das, bald jenes täte. Darum schien ihm auch das, was man Wechsel oder gar Fortschritt der Zeiten nennt, nur ein Wort dafür zu sein, daß kein Versuch bis dorthin kommt, wo sich alle vereinen müßten, auf den Weg zu einer das Ganze umfassenden Überzeugung, und damit erst zu der Möglichkeit steter Entwicklung, dauernden Genusses und jenen Ernstes der großen Schönheit, von dem heute kaum mehr als zeitweilig ein Schatten ins Leben fällt.

Natürlich kam es Ulrich als eine ungeheuerliche Überhebung vor, anzunehmen, daß alles gleich nichts gewesen sein solle. Und doch war es nichts. Unermeßlich als Sein, Gewirr als Sinn. Zumindest war es, an seinem Ergebnis gemessen, nicht mehr als das, woraus die Seele der Gegenwart geworden ist, also wenig genug. Während Ulrich das dachte, gab er sich diesem «Wenig» aber mit einem Behagen hin, als wäre es die letzte Mahlzeit vom Tisch des Lebens, die ihm seine Absichten gestatteten. Er hatte den Wagen verlassen und einen Weg eingeschlagen, der ihn rasch in die Mitte der Stadt zurückführte. Es dünkte ihn, daß er aus einem Keller käme. Die Straßen kreischten von Vergnügen und waren frühreif mit Wärme gefüllt wie von einem Sommertag. Der süße Giftgeschmack des Mitsichselbstredens wich aus dem Munde; alles war mitteilsam und in die Sonne gestellt. Ulrich blieb vor fast jeder Auslage stehn. Diese Fläschlein in so viel Farben, eingekapselte Wohlgerüche und unzählige Abwandlungen der Nagelschere: welche Summe von Genie lag doch schon in einem Friseurladen! Ein Handschuhgeschäft: welche Beziehungen und Erfindungen, ehe eine Ziegenhaut über eine Damenhand gezogen wird und das Tierfell vornehmer geworden ist als das eigene Fell! Er staunte die Selbstverständlichkeiten, die unzähligen niedlichen Habseligkeiten des Wohllebens an, als sähe er sie zum erstenmal. Welch reizendes Wort: hab-selig! fühlte er. Und welch ein Glück, dieses ungeheure Übereinkommen des Zusammenlebens! Nichts war hier mehr von der Erdkruste des Lebens zu spüren, von den ungepflasterten Wegen der Leidenschaft, vom – er fühlte wahrhaftig: vom Unzivilisierten der Seele! Hell und schmal flog die Aufmerksamkeit über einen Blumengarten aus Früchten, Edelsteinen, Stoffen, Formen und Verlockungen, deren sanft-eindringliche Augen in allen Farben aufgeschlagen waren. Da man damals die Weiße der Haut liebte und vor der Sonne schützte, schwebten schon einzelne bunte Schirme über der Menge und legten seidene Schatten auf blasse Frauengesichter. Sogar von dem matt goldenen Bier wurde Ulrichs Blick entzückt, das er im Vorbeigehn durch die Spiegelscheiben eines Gasthauses auf Tischtüchern stehen sah, die so weiß waren, daß sie an der Schattengrenze blaue Flächen bildeten. Dann fuhr der Erzbischof an ihm vorbei; eine sanfte, schwere Kalesche, in deren Dunkel Rot und Violett war: es mußte der Wagen des Erzbischofs gewesen sein, denn dieses Pferdefuhrwerk, dem Ulrich nachblickte, sah ganz kirchlich aus und zwei Polizisten nahmen Stellung und salutierten dem Nachfolger Christi, ohne an ihre Vorfahren zu denken, die dem seinen eine Lanze in die Rippen gestochen haben.

Er gab sich diesen Eindrücken, die er soeben noch «die vergebliche Aktualität des Lebens» genannt hatte, mit so großem Eifer hin, daß nach und nach, während er sich an der Welt sättigte, daraus sein gegnerischer früherer Zustand wieder entstand. Ulrich wußte jetzt genau, wo die Schwäche seiner Überlegungen stak. «Was soll es denn bedeuten, »fragte er sich «angesichts dieser Selbstherrlichkeit auch noch ein Ergebnis zu verlangen, das darüber, dahinter, darunter sein soll?! Soll das wohl eine Philosophie sein? Eine alles umfassende Überzeugung, ein Gesetz? Oder Gottes Finger? Oder an seiner Statt die Annahme, daß der Moral bisher eine ‹induktive Gesinnung› gefehlt habe, daß es viel schwerer sei, gut zu sein, als man geglaubt habe, und daß dazu eine ähnlich endlose Zusammenarbeit vonnöten sein werde wie überall in der Forschung? Ich nehme an, daß es keine Moral gibt, weil sie sich nicht von etwas Beständigem herleiten läßt, sondern daß es nur Regeln zur unnützen Aufrechterhaltung vergänglicher Zustände gibt; und ich nehme an, daß es kein tiefes Glück gibt ohne eine tiefe Moral: dabei scheint es mir aber ein unnatürlicher, bleicher Zustand zu sein, daß ich darüber nachdenke, und es ist überhaupt nicht das, was ich will!» In der Tat hätte er sich weit einfacher fragen können: «Was habe ich auf mich genommen?» und er tat es nun auch. Diese Frage berührte aber mehr seine Empfindsamkeit als sein Denken, ja sie unterbrach dieses und hatte Ulrich von der immer wachen Lust des feldherrlichen Planens schon ein Stück nach dem anderen fortgenommen, ehe er sie erfaßte. Sie war anfangs wie ein dunkler Ton nahe bei seinem Ohr gewesen, der ihn begleitete, dann lag der Ton in ihm selbst, nur eine Oktave tiefer als alles übrige, und nun war Ulrich endlich eins mit seiner Frage und kam sich selbst wie ein wunderlich tiefer Ton in der hell harten Welt vor, um den ein weites Intervall lag. Was hatte er also da wirklich auf sich genommen und versprochen?

Er strengte sich an. Er wußte, daß er nicht nur im Scherz, wenn auch nur als Vergleich, den Ausdruck «Tausendjähriges Reich» gebraucht habe. Wenn man dieses Versprechen ernst nahm, kam es auf den Wunsch hinaus, mit der Hilfe gegenseitiger Liebe in einer so gehobenen weltlichen Verfassung zu leben, daß man nur noch das fühlen und tun kann, was diesen Zustand erhöht und erhält. Daß es eine solche Verfassung des Menschen in Andeutungen gebe, galt ihm als eine Gewißheit, solange er denken mochte. Das hatte als die «Geschichte mit der Frau Major» begonnen, und die späteren Erfahrungen waren nicht groß, aber immer die gleichen gewesen. Wenn man alles zusammenfaßte, so kam es nicht weit davon hinaus, daß Ulrich an den «Sündenfall» und an die «Erbsünde» glaubte. Das heißt, er hätte geradezu annehmen mögen, daß es irgend einmal eine bis an den Grund reichende Veränderung im Verhalten des Menschen gegeben habe, die ungefähr so gewesen sein müsse, wie wenn ein Verliebter nüchtern wird: er sieht dann wohl die ganze Wahrheit, aber etwas Größeres ist zerrissen worden, und die Wahrheit ist überall bloß wie ein Teil, der übrig geblieben und wieder zusammengeflickt worden ist. Vielleicht war es sogar wirklich der Apfel der «Erkenntnis», der diese Veränderung im Geiste anrichtete und das Menschengeschlecht aus einem ursprünglichen Zustand hinausstieß, in den es erst nach unendlichen Erfahrungen und durch Sünde weise geworden, wieder zurückfinden mochte. Aber Ulrich glaubte nicht an solche Geschichten so, wie sie überliefert werden, sondern so, wie er sie entdeckt hatte: er glaubte wie ein Rechner an sie, der das System seiner Gefühle vor sich liegen hat und daraus, daß sich kein einziges rechtfertigen läßt, auf die Notwendigkeit schließt, eine phantastische Annahme einzuführen, deren Beschaffenheit sich ahnungsweise erkennen läßt. Das war keine Kleinigkeit! Er hatte Ähnliches schon oft genug gedacht, aber noch nie war er in der Lage gewesen, sich binnen wenigen Tagen entscheiden zu müssen, ob er es lebendig ernst nehmen wolle. Leichter Schweiß entstand ihm unter Hut und Kragen, und die Nähe der Menschen, die an ihm vorbeidrängten, regte ihn auf. Was er dachte, bedeutete soviel wie ein Abscheiden von den meisten lebendigen Beziehungen; darüber täuschte er sich nicht. Denn man lebt heute geteilt und nach Teilen mit anderen Menschen verschränkt; was man träumt, hängt mit dem Träumen zusammen und mit dem, was andere träumen; was man tut, hängt unter sich, aber noch mehr mit dem zusammen, was andere Menschen tun; und wovon man überzeugt ist, hängt mit Überzeugungen zusammen, von denen man nur den kleinsten Teil selbst hat: Aus seiner vollen Wirklichkeit handeln wollen, ist also eine ganz unwirkliche Forderung. Und gerade er war sein ganzes Leben lang immer davon durchdrungen gewesen, daß man seine Überzeugungen teilen, daß man den Mut haben müsse, inmitten moralischer Widersprüche zu leben, weil dadurch die große Leistung erkauft werde. War er wenigstens von dem überzeugt, was er da über die Möglichkeit und Bedeutung einer anderen Art zu leben dachte? Keineswegs! Trotzdem konnte er nicht verhindern, daß sich sein Gefühl darauf in einer Weise einließ, als hätte es die unverkennbaren Anzeichen einer Tatsache vor sich, auf die es jahrelang gewartet habe.

Nun mußte er sich freilich fragen, mit welchem Recht er überhaupt dazu käme, einem Insichverliebten ähnlich, nichts der Seele Gleichgültiges mehr tun zu wollen. Es widerstrebt der Gesinnung des tätigen Lebens, die heute jeder Mensch in sich trägt, und wenn auch gottesüberzeugte Zeiten ein solches Bestreben entwickeln konnten, ist es doch unter der stärker werdenden Sonne wie Dämmerung zergangen. Ulrich fühlte einen Duft von Abgeschiedenheit und Süße an sich, der seinem Geschmack immer mehr widerstrebte. Darum bemühte er sich auch, seine ausgeschweiften Gedanken, sobald es anging, zu beschränken, und hielt sich, wenngleich nicht ganz aufrichtig, vor, daß jenes seiner Schwester wunderlich gegebene Versprechen eines Tausendjährigen Reichs, vernünftig aufgefaßt, nichts bedeute als eine Art wohltuenden Werks; es sollte wohl der Umgang mit Agathe ein Aufgebot an Zartheit und Selbstlosigkeit von ihm fordern, das ihm bisher allzusehr abgegangen war. Er erinnerte sich, so wie man sich an eine ungemein durchsichtige Wolke erinnert, die über den Himmel geflogen ist, an gewisse Augenblicke des vergangenen Beisammenseins, die schon von solcher Art gewesen waren. «Vielleicht ist der Inhalt des Tausendjährigen Reichs nichts als das Anschwellen dieser Kraft, die sich anfänglich nur zu zweien zeigt, bis zu einer brausenden Gemeinschaft aller?» überlegte er etwas befangen. Er suchte wieder Rat bei seiner eigenen «Geschichte mit der Frau Major», die er sich ins Gedächtnis rief: Die Einbildungen der Liebe, da sie in ihrer Unreife die Ursache des Irrtums gewesen waren, beiseite lassend, sammelte er seine ganze Aufmerksamkeit auf die schonungsvollen Empfindungen der Güte und Anbetung, deren er damals in seiner Einsamkeit fähig gewesen war, und es schien ihm, daß Vertrauen und Neigung zu fühlen oder für einen anderen zu leben, ein zu Tränen rührendes Glück sein müsse, so schön wie das glutvolle Versinken des Tags in den Abendfrieden und ein wenig auch so zum Weinen arm an Vergnügen und geistesstill. Denn dazwischen kam ihm sein Vorhaben nun auch schon komisch vor, etwa so wie die Übereinkunft zweier alten Junggesellen zusammenzuziehn, und an solchen Zuckungen der Phantasie fühlte er, wie wenig die Vorstellung der dienenden Bruderliebe geeignet war, ihn zu erfüllen. Verhältnismäßig anteilslos gestand er sich ein, daß der Beziehung zwischen Agathe und ihm von Anfang an ein großes Maß an Asozialem beigemengt gewesen sei. Nicht nur die Geschäfte mit Hagauer und dem Testament, sondern auch die ganze Gefühlstönung deutete auf etwas Heftiges, und zweifellos war in dieser Geschwisterlichkeit nicht mehr Liebe für einander enthalten als Abstoßung von der übrigen Welt. «Nein!» dachte Ulrich. «Für einen anderen leben wollen, ist nichts als das Fallissement des Egoismus, der nebenan ein neues Geschäft mit einem Sozius eröffnet!»

In der Tat hatte seine innere Anspannung trotz dieser glanzvoll zugeschliffenen Bemerkung ihren Höhepunkt schon in dem Augenblick überschritten, wo er versucht worden war, das ihn unklar erfüllende Licht in ein irdisches Lämpchen zu fassen; und als sich nun zeigte, daß dies ein Fehler gewesen, fehlte seinem Denken bereits die Absicht, eine Entscheidung zu suchen, und er ließ sich bereitwillig ablenken. In seiner Nähe waren gerade zwei Männer zusammengestoßen und riefen sich unangenehme Bemerkungen zu, als wollten sie handgemein werden, woran er mit erfrischter Aufmerksamkeit teilnahm, und als er sich kaum davon abgewandt hatte, stieß sein Blick mit dem einer Frau zusammen, der wie eine fette, auf dem Stengel nickende Blume war. In jener angenehmen Laune, die sich zu gleichen Mengen aus Gefühl und nach außen gerichteter Aufmerksamkeit mischt, nahm er Kenntnis davon, daß die ideale Forderung, seinen Nächsten zu lieben, unter wirklichen Menschen in zwei Teilen befolgt wird, deren erster darin besteht, daß man seine Mitmenschen nicht leiden kann, während das der zweite dadurch wettmacht, daß man zu ihrer einen Hälfte in sexuelle Beziehungen gerät. Ohne zu überlegen, kehrte auch er nach wenigen Schritten um, der Frau zu folgen; es geschah noch ganz mechanisch als Folge der Berührung durch ihren Blick. Er sah ihre Gestalt unter dem Kleid wie einen großen weißen Fisch vor sich, der nahe der Wasseroberfläche ist. Er wünschte sich, ihn männlich zu harpunieren und zappeln sehen zu können, und es lag darin ebensoviel Abneigung wie Verlangen. An kaum merklichen Zeichen wurde ihm auch Gewißheit, daß diese Frau von seinem Hinterdreinstreichen wisse und es billige. Er suchte zu ermitteln, auf welchen Platz sie in der gesellschaftlichen Schichtung gehören möge, und riet auf höheren Mittelstand, wo es schwer ist, die Stellung genau zu bestimmen. «Kaufmannsfamilie? Beamtenfamilie?» fragte er sich. Aber verschiedene Bilder tauchten willkürlich auf, darunter sogar das einer Apotheke: er fühlte den scharf-süßen Geruch an dem Mann, der nach Hause kommt; die kompakte Atmosphäre des Heims, der nichts mehr von den Zuckungen anzumerken ist, unter denen sie kurz vorher die Diebslampe eines Einbrechers durchleuchtet hat. Ohne Zweifel war das abscheulich und doch ehrlos lockend.

Und während Ulrich weiter hinter der Frau herging und in Wahrheit fürchtete, daß sie vor einer Auslage stehen bleiben und ihn zwingen werde, entweder blöde weiterzustolpern oder sie anzusprechen, war irgendetwas immer noch unabgelenkt und hellwach in ihm. «Was mag eigentlich Agathe von *mir* wollen?» fragte er sich zum erstenmal. Er wußte es nicht. Er nahm wohl an, daß es ähnlich sein werde wie das, was er von ihr wolle, aber er hatte nur Gefühlsgründe dafür. Mußte er sich nicht darüber wundern, wie rasch und unvorhergesehen alles gekommen sei? Außer ein paar Kindheitserinnerungen hatte er nichts von ihr gewußt, und das wenige, was er erfuhr, zum Beispiel die schon einige Jahre dauernde Beziehung zu Hagauer, war ihm eher unlieb. Er entsann sich jetzt auch des eigentümlichen Zögerns, fast Widerstrebens, womit er sich bei der Ankunft seinem Vaterhaus genähert hatte. Und plötzlich nistete sich in ihm der Einfall ein: «Mein Gefühl für Agathe ist nur Einbildung!» In einem Mann, der dauernd anderes wolle als seine Umgebung, dachte er nun wieder ernsthaft, in einem solchen Mann, der immer nur die Abneigung zu fühlen bekomme und nie bis zur Neigung gelange, müsse sich das übliche Wohlwollen und die laue Güte der Menschlichkeit leicht zerlegen und in eine kalte Härte zerfallen, über der ein Nebel von unpersönlicher Liebe schwebe. Seraphische Liebe hatte er die einmal genannt. Man könnte auch sagen: Liebe ohne Gegenspieler, dachte er. Oder ebensogut: Liebe ohne Geschlechtlichkeit. Man liebe heute überhaupt nur geschlechtlich: unter Gleichen möge man sich nicht ausstehn, und in der geschlechterweisen Verkreuzung liebe man sich mit einer wachsenden Auflehnung gegen die Überschätzung dieses Zwangs. Von beidem sei die seraphische Liebe aber befreit. Sie sei die von den Gegenströmungen der sozialen und sexuellen Abneigungen befreite Liebe. Man könnte sie, die allenthalben in Kompanie mit der Grausamkeit des heutigen Lebens zu spüren sei, wahrhaftig die Schwesterliebe einer Zeit nennen, die für Bruderliebe keinen Platz habe, – sagte er sich, ärgerlich zusammenzuckend.

Aber obwohl er zum Schluß nun so dachte, träumte er daneben und abwechselnd damit von einer Frau, die sich in keiner Weise erreichen läßt. Sie schwebte ihm vor wie die späten Herbsttage im Gebirge, wo die Luft etwas zum Sterben Ausgeblutetes in sich hat, die Farben aber in höchster Leidenschaft brennen. Er sah die blauen Fernblicke vor Augen, ohne Ende in ihrer geheimnisvoll reichen Abstufung. Er vergaß ganz die Frau, die wirklich vor ihm ging, war fern jedem Begehren und vielleicht nah der Liebe.

Er wurde erst durch den anhaltenden Blick einer anderen Frau abgelenkt, der ähnlich dem der ersten war, aber nicht so frech und fett wie dieser, sondern gesellschaftlich-delikat wie ein Pastellstrich und doch schon im Bruchteil einer Sekunde sich einprägend: er sah auf und gewahrte in einem Zustand völliger innerer Erschöpfung eine sehr schöne Dame, in der er Bonadea erkannte.

Der herrliche Tag hatte sie auf die Straße gelockt. Ulrich sah nach der Uhr: er war nur eine Viertelstunde spazieren gegangen, und seit er das Leinsdorfsche Palais verlassen hatte, waren es keine fünfundvierzig Minuten. Bonadea sagte: «Ich bin heute nicht frei.» Ulrich dachte: «Wie lang ist da erst ein ganzer Tag, ein Jahr, und gar ein Vorsatz fürs Leben!» Es war nicht zu ermessen.

23

Bonadea oder der Rückfall

So geschah es, daß Ulrich bald darauf den Besuch seiner verlassenen Freundin empfing. Die Begegnung auf der Straße hatte weder für die Vorwürfe ausgereicht, die er ihr über den Mißbrauch seines Namens zu machen wünschte, als sie damit Diotimas Freundschaft gewann, noch hatte sie Bonadea genügend Zeit gelassen, ihm Vorwürfe wegen seines langen Schweigens zu machen und sich nicht nur gegen die Beschuldigung der Indiskretion zu verteidigen und Diotima eine «unvornehme Schlange» zu nennen, sondern dafür auch einen Beweis zu erfinden. Darum war zwischen ihr und ihrem in den Ruhestand getretenen Freund in Eile vereinbart worden, daß sie sich noch einmal aussprechen müßten.

Die erschien, war nicht mehr die Bonadea, die ihr Haar zwischen den Händen wand, bis es ihrem Kopf ein einigermaßen griechisches Aussehen gab, wenn sie sich mit blinzelnden Augen im Spiegel betrachtete und sich vornahm, daß sie ebenso rein und edel sein wolle wie Diotima, noch war es jene, die in wildgemachten Nächten ob solcher Entwöhnungskuren ihrem Vorbild schamlos und mit weiblicher Kundigkeit fluchte, sondern es war wieder die liebe alte Bonadea, der die Löckchen in die nicht sehr kluge Stirn fielen oder aus der Stirn stiegen, je nachdem es die Mode verlangte, und in deren Augen beständig etwas aussah wie die Luft, die über einem Feuer aufsteigt. Während Ulrich daran ging, sie zur Rede zu stellen, weil sie ihre Beziehung zu ihm seiner Kusine preisgegeben habe, setzte sie bedächtig vor einem Spiegel den Hut ab, und als er sich genau zu vergewissern wünschte, wieviel sie gesagt habe, beschrieb sie zufrieden und genau, daß sie Diotima vorgefabelt habe, sie hätte einen Brief von ihm erhalten, worin er sie bäte, dafür zu sorgen, daß Moosbrugger nicht vergessen werde, und wüßte nichts besseres, als sich damit an die Frau zu wenden, von deren hohen Sinn der Briefschreiber oft zu ihr gesprochen hätte. Dann setzte sie sich auf die Lehne von Ulrichs Stuhl, küßte seine Stirn und versicherte bescheiden, daß dies alles doch auch richtig sei, mit Ausnahme des Briefs.

Große Wärme ging von ihrem Busen aus. «Und warum hast du dann meine Kusine eine Schlange genannt? Du selbst warst eine!» sagte Ulrich.

Bonadea richtete die Augen nachdenklich von ihm weg auf die Wand. «Ach, ich weiß nicht,» gab sie zur Antwort «sie ist so nett zu mir. Sie nimmt soviel Anteil an mir!»

«Was heißt das?» fragte Ulrich. «Teilst du jetzt ihre Anstrengungen für das Gute, Wahre und Schöne?»

Bonadea erwiderte: «Sie hat mir erklärt, daß keine Frau so ihrer Liebe leben könne, wie es ihren Kräften entspräche, sie ebensowenig wie ich. Und darum muß jede Frau auf dem Platz, wohin sie vom Schicksal gestellt worden ist, ihre Pflicht tun. Sie ist ja so hochanständig» fuhr Bonadea noch nachdenklicher fort. «Sie redet mir zu, mit meinem Mann nachsichtig zu sein, und behauptet, daß eine überlegene Frau ein bedeutendes Glück in der Bemeisterung ihrer Ehe fände; das stellt sie viel höher als jeden Ehebruch: Und eigentlich habe ich ja selbst auch immer so gedacht!»

Und das war nun wirklich wahr; denn Bonadea hatte nie anders gedacht, sie hatte bloß immer anders gehandelt und konnte darum unbeschwerten Sinnes zustimmen. Als ihr Ulrich das erwiderte, zog es ihm abermals einen Kuß zu; diesmal schon etwas unter der Stirn. «Du verwirrst eben mein polygames Gleichgewicht!» sagte sie mit einem kleinen Seufzer zur Entschuldigung des Widerspruchs, der zwischen ihrem Denken und Handeln entstanden war.

Es stellte sich durch viele Zwischenfragen heraus, daß sie «polyglandulares Gleichgewicht» habe sagen wollen, ein damals erst den Eingeweihten verständliches physiologisches Wort, das man mit Gleichgewicht der Säfte übersetzen könnte, in der Voraussetzung, daß es gewisse ins Blut wirkende Drüsen seien, die mit ihren Antrieben und Hemmungen den Charakter beeinflussen und namentlich sein Temperament, ja besonders jene Art von Temperament, von der Bonadea in gewissen Zuständen bis zum Leiden viel besaß.

Ulrich runzelte neugierig die Stirn.

«Also irgendeine Drüsensache» sagte Bonadea. «Es ist schon eine gewisse Beruhigung, wenn man weiß, daß man nichts dafür kann!» Sie lächelte wehmütig ihrem verlorenen Freund zu: «Und wenn man schnell aus dem Gleichgewicht kommt, entstehen eben leicht mißglückte Sexualerlebnisse!»

«Aber Bonadea,» fragte Ulrich verwundert «wie sprichst du?»

«Wie ich es gelernt habe. Du bist ein mißglücktes Sexualerlebnis, sagt deine Kusine. Aber sie sagt auch, man kann sich den erschütternden körperlichen und seelischen Folgen entziehn, wenn man sich vorhält, daß nichts, was wir tun, bloß unsere persönliche Angelegenheit ist. Sie ist sehr gut zu mir. Von mir behauptet sie, mein persönlicher Fehler sei es, daß ich in der Liebe zu sehr an einer Einzelheit hängen geblieben bin, statt das Liebesleben im ganzen zu betrachten. Verstehst du, mit der Einzelheit meint sie das, was sie auch ‹die rohe Erfahrung› nennt: es ist oft sehr interessant, so etwas in ihrer Beleuchtung kennen zu lernen. Aber eines gefällt mir nicht an ihr: denn schließlich hat sie, obwohl sie sagt, daß eine starke Frau ihr Lebenswerk in der Monogamie sucht und es lieben soll wie ein Künstler, doch drei, und mit dir vielleicht vier, Männer in Reserve, und ich habe für mein Glück jetzt keinen!»

Der Blick, mit dem sie ihren fahnenflüchtigen Reservisten dabei musterte, war warm und zweifelnd. Aber Ulrich wollte es nicht bemerken.

«Ihr sprecht über mich?» erkundigte er sich ahnungsvoll.

«Ach, nur zuweilen» erwiderte Bonadea. «Wenn deine Kusine ein Beispiel sucht oder wenn dein Freund, der General, da ist.»

«Womöglich ist auch noch Arnheim dabei?!»

«Er lauscht würdevoll dem Gespräch der edlen Frauen» verspottete ihn Bonadea nicht ohne Begabung zu unauffälliger Nachahmung, fügte aber ernst hinzu: «Sein Benehmen gegen deine Kusine gefällt mir überhaupt nicht. Er ist meistens verreist; und wenn er da ist, spricht er zuviel zu allen, und wenn sie das Beispiel von der Frau von Stern anführt und der –»

«Frau von Stein?» verbesserte Ulrich fragend.

«Natürlich, die Stein meine ich; von der spricht Diotima doch wirklich oft genug. Und wenn sie also von den Beziehungen spricht, die zwischen der Frau von Stein und der anderen bestanden haben, der Vul – – na, wie heißt sie doch: sie hat so einen halb unanständigen Namen?»

«Vulpius.»

«Natürlich. Verstehst du, ich höre da so viele Fremdworte, daß ich schon nicht mehr die einfachsten weiß! Also wenn sie die Frau von Stein mit der vergleicht, so sieht mich der Arnheim dauernd an, als ob ich neben seiner Angebetenen gerade nur für so eine, wie du eben gesagt hast, gut wäre!»

Nun drang Ulrich aber auf Erklärung dieser Veränderungen.

Es stellte sich heraus, daß Bonadea, seit sie den Titel einer Vertrauten Ulrichs in Anspruch nahm, auch im Vertrauen Diotimas große Fortschritte gemacht hatte.

Der Ruf der Mannstollheit, der von Ulrich im Ärger leichtfertig preisgegeben worden war, hatte in seiner Kusine eine unbegrenzte Wirkung erregt. Sie hatte die Neuangekommene, indem sie sie als eine in nicht näher bestimmter Weise für die Wohlfahrt der Menschen tätige Dame ihren Gesellschaften zuzog, einigemal im Verborgenen beobachtet, und dieser Eindringling mit Augen wie weiches Löschpapier, die das Bild ihres Hauses aufsogen, war ihr nicht nur ausgemacht unheimlich gewesen, sondern hatte in ihr auch ebensoviel weibliche Neugierde wie Grauen erregt. Um die Wahrheit zu sagen, wenn Diotima das Wort «Lustseuche» aussprach, hatte sie ähnlich ungewisse Empfindungen, wie wenn sie sich das Treiben ihrer neuen Bekannten vorstellte, und sie erwartete mit unruhigem Gewissen von einem Mal zum andern ein unmögliches Benehmen und Schmach und Schande. Bonadea gelang es aber, dieses Mißtrauen durch ihr ehrgeiziges Verhalten zu mildern, das der besonders wohlerzogenen Aufführung ungeratener Kinder in einer Umgebung entsprach, die ihren sittlichen Wetteifer weckt. Sie vergaß sogar darüber, daß sie auf Diotima eifersüchtig sei, und diese bemerkte mit Staunen, daß ihr beunruhigender Schützling ebenso für das Ideale eingenommen sei wie sie selbst. Denn da war «die gestrauchelte Schwester», wie sie nun hieß, schon zum Schützling geworden, und bald wandte ihr Diotima eine besonders tätige Teilnahme zu, weil sie sich durch ihre eigene Lage dazu gebracht fühlte, in dem würdelosen Geheimnis der Mannstollheit eine Art weiblichen Damoklesschwertes zu sehn, von dem sie sagte, daß es an einem dünnen Faden selbst über dem Haupte einer Genoveva schweben könne. «Ich weiß, mein Kind,» belehrte sie tröstend die ungefähr gleichaltrige Bonadea «es ist nichts so tragisch wie einen Menschen zu umarmen, von dem man nicht innerlich überzeugt ist!» und küßte sie mit einem Aufwand an Mut auf den unkeuschen Mund, der hingereicht hätte, ihre Lippen zwischen die blutrünstigen Bartstacheln eines Löwen zu pressen.

Die Lage, in der sich Diotima damals befand, war aber die zwischen Arnheim und Tuzzi: eine wagrechte Lage, ließe sich bildhaft sagen, auf die der eine zuviel, der andere zuwenig Gewicht legte. Bei seiner Rückkunft hatte ja selbst Ulrich seine Kusine noch mit einer Kopfbinde und gewärmten Tüchern angetroffen; aber diese weiblichen Plagen, deren Stärke sie ahnend als den Einspruch ihres Körpers gegen die widerspruchsvollen Anleitungen begriff, die er von der Seele erhielte, hatten in Diotima auch jene edle Entschlossenheit wachgerufen, die ihr eigen war, sobald sie nicht so sein wollte, wie jede andere Frau. Es war anfangs freilich fraglich, ob diese Aufgabe von der Seele oder vom Körper her in Angriff zu nehmen, ob sie besser durch eine Veränderung des Verhaltens gegen Arnheim oder gegen Tuzzi zu beantworten sei; aber das entschied sich mit Hilfe der Welt, denn während ihr die Seele und deren Liebesrätsel wie ein Fisch entschlüpften, den man in der bloßen Hand halten will, fand die suchende Leidende zu ihrer Überraschung reichlichen Rat in den Büchern des Zeitgeistes, als sie sich zum erstenmal entschlossen hatte, ihr Schicksal am körperlichen anderen Ende anzupacken, das durch ihren Gatten dargestellt wurde. Sie hatte nicht gewußt, daß unsere Zeit, der sich vermutlich der Begriff der Liebesleidenschaft entrückt hat, weil er eher ein religiöser als ein sexueller ist, es als kindisch verschmäht, sich noch mit der Liebe zu beschäftigen, dafür aber ihre Anstrengungen an die Ehe wendet, deren natürliche Vorgänge sie in allen Abwandlungen mit frischer Ausführlichkeit untersucht. Schon damals waren viele jener Bücher entstanden, die mit dem reinen Sinn eines Turnlehrers von den «Umwälzungen im Geschlechtsleben» sprechen und den Menschen dazu verhelfen wollen, verheiratet und dennoch vergnügt zu sein. In diesen Büchern hießen Mann und Frau nur noch «der männliche und der weibliche Keimträger» oder auch «die Geschlechtspartner», und die Langweile, die zwischen ihnen durch allerhand geistig-körperliche Abwechslung vertrieben werden sollte, taufte man «das sexuelle Problem». Als Diotima in diese Literatur eindrang, krauste sich ihr erst die Stirn, dann aber glättete sich diese; denn es war ein Stoß in den Ehrgeiz, daß ihr eine beginnende große Bewegung des Zeitgeistes bisher entgangen sei, und endlich faßte sich die Hingerissene an die Stirn vor Staunen darüber, daß sie es wohl verstanden habe, der Welt ein Ziel zu schenken (wenn auch noch immer nicht entschieden war, welches), aber noch nie darauf gekommen sei, daß man auch die entnervenden Unannehmlichkeiten der Ehe mit geistiger Überlegenheit behandeln könne. Diese Möglichkeit entsprach sehr ihren Neigungen und gab ihr plötzlich die Aussicht, das Verhältnis zu ihrem Gatten, das sie bisher nur als ein Leiden empfunden hatte, als eine Wissenschaft und Kunst zu behandeln.

«Warum in die Ferne schweifen, wenn das Gute so nahe liegt» meinte Bonadea und bekräftigte es mit der ihr eigenen Vorliebe für Gemeinplätze und für Zitate. Denn es war dann so gekommen, daß sie bald von der schutzbereiten Diotima als deren Schülerin in solchen Fragen angenommen und behandelt wurde. Das geschah nach dem pädagogischen Grundsatz, zu lernen, indem man lehrt, und verhalf einesteils Diotima andauernd dazu, aus den vorläufig noch recht ungeordneten und ihr selbst unklaren Eindrücken ihrer neuen Belesenheit etwas herauszufinden, wovon sie felsenfest überzeugt war, – geleitet von dem glücklichen Geheimnis der «Intuition», daß man ins Schwarze trifft, wenn man ins Blaue redet; andernteils geriet aber auch Bonadea dabei in einen Vorteil, der ihr jene Rückwirkung ermöglichte, ohne die der Schüler selbst für den besten Lehrer unfruchtbar bleibt: ihr reiches praktisches Wissen bedeutete, wenn sie auch vorsichtig damit zurückhielt, für die Theoretikerin Diotima eine ängstlich beobachtete Erfahrungsquelle, seit die Gattin des Sektionschefs Tuzzi daran gegangen war, an Hand der Bücher die Entwicklung ihrer Ehe zu berichtigen. «Schau, ich bin ja sicher viel weniger gescheit als sie,» erläuterte es Bonadea «aber oft stehen in ihren Büchern Sachen, von denen selbst ich keine Ahnung gehabt hab, und das macht sie manchmal so verzagt, daß sie mit Bedauern sagt: ‹Das läßt sich eben nicht am grünen Tisch des Ehebetts entscheiden, sondern dazu gehört leider eine große, am lebenden Material geschulte Sexualerfahrung und Sexualpraxis!›»

«Aber, um Himmelswillen,» rief Ulrich aus, den das Lachen schon bei der Vorstellung überwältigte, daß sich seine keusche Kusine in die «Sexualwissenschaft» verirrt habe «was will sie denn eigentlich?»

Bonadea sammelte ihre Erinnerungen an die glückliche Verbindung der wissenschaftlichen Interessen der Zeit mit einer gedankenlosen Ausdrucksweise. «Es handelt sich um die beste Ausbildung und Verwaltung ihres Sexualtriebes» entgegnete sie dann im Geist ihrer Lehrerin. «Und sie vertritt die Überzeugung, daß der Weg zu einer beschwingten und harmonischen Erotik durch härteste Selbsterziehung führen muß.»

«Ihr erzieht euch mit Bedacht? Und noch dazu aufs härteste!? Du sprichst ja großartig!» rief Ulrich abermals aus. «Aber sei so freundlich, mir zu erklären, wozu sich Diotima erzieht?»

«In erster Linie erzieht sie natürlich ihren Mann!» verbesserte ihn Bonadea.

«Der Arme!» dachte Ulrich unwillkürlich und bat «Also möchte ich dann wissen, wie sie das macht: Sei doch nicht auf einmal zurückhaltend!»

Wirklich fühlte sich Bonadea bei diesen Fragen durch Ehrgeiz gehemmt wie ein Vorzugsschüler im Examen. «Ihre Sexualatmosphäre ist vergiftet» erklärte sie vorsichtig. «Und wenn sie diese Atmosphäre retten soll, so geht das nur noch so, daß Tuzzi und sie ihr Handeln auf das sorgfältigste überprüfen. Es gibt da keine allgemeinen Regeln. Man muß sich bemühen, den anderen in seinen Lebensreaktionen zu beobachten. Und um richtig beobachten zu können, muß man eine gewisse Einsicht in das Geschlechtsleben haben. Man muß die praktisch erworbene Erfahrung mit dem Niederschlag theoretischer Forschung vergleichen können, sagt Diotima. Es gibt eben heute eine neue, veränderte Einstellung der Frau zum sexuellen Problem: sie verlangt vom Mann nicht nur ein Tun, sondern ein Tun aus richtiger Erkenntnis des Weiblichen verlangt sie!» Und um Ulrich abzulenken oder weil es ihr selbst Spaß machte, fügte sie erheitert hinzu: «Stell dir bloß vor, wie das auf ihren Mann wirken muß, der von diesen neuen Sachen nicht die leiseste Ahnung hat und das meiste darüber beim Auskleiden im Schlafzimmer erfährt, wenn Diotima, sagen wir, im halb aufgelösten Haar die Nadeln sucht und die Röcke zwischen die Beine geklemmt hat und plötzlich davon zu sprechen anfängt. Ich habe das an meinem Mann nachgeprüft, und er ist beinahe erstickt daran: das eine kann man also zugeben, wenn schon ‹Dauerehe› sein soll, dann hat sie wenigstens den Vorzug, daß sie aus dem Lebenspartner den ganzen erotischen Gehalt herausholt; und das ist es, worum sich Diotima bei Tuzzi bemüht, der ein bisserl unfein ist.»

«Eine harte Zeit ist für eure Männer angebrochen!» neckte sie Ulrich.

Bonadea lachte, und er merkte daran, wie froh sie wäre, gelegentlich dem drückenden Ernst ihrer Liebesschule entwischen zu können.

Aber Ulrichs Forscherwille ließ noch nicht locker; er fühlte heraus, daß seine veränderte Freundin über etwas schweige, worüber sie im Grunde viel lieber gesprochen hätte. Er machte den vertraulichen Einwand, daß dem Vernehmen nach der Fehler der beiden in Mitleidenschaft gezogenen Ehemänner bisher doch eher in einem zu großen «erotischen Gehalt» bestanden haben solle.

«Ja, du denkst eben auch immer nur das!» belehrte ihn Bonadea und begleitete es mit einem Blick, dessen lange Spitze am Ende ein Häkchen hatte, was man ganz gut als Bedauern über ihre gewonnene Unschuld auslegen konnte. «Du mißbrauchst ja auch den physiologischen Schwachsinn des Weibes!»

«Was mißbrauche ich? Da hast du ja ein prächtiges Wort für die Geschichte unserer Liebe gefunden!»

Bonadea gab ihm eine kleine Ohrfeige und ordnete mit nervösen Fingern vor dem Spiegel ihr Haar. Aus dem Glas ihn anblickend, sagte sie: «Das ist aus einem Buch!»

«Natürlich. Aus einem sehr bekannten.»

«Aber Diotima bestreitet das. Sie hat in einem anderen Buch etwas gefunden; das heißt: ‹Die physiologische Minderwertigkeit des Mannes›. Dieses Buch ist von einer Frau geschrieben. Glaubst du, daß es wirklich eine so große Rolle spielt?»

«Ich ahne nicht, was, und kann keinen Ton antworten!»

«Also gib acht! Diotima geht von einer Entdeckung aus, die sie ‹die ständige Lustbereitschaft der Frau› nennt. Du kannst dir darunter etwas vorstellen?»

«Bei Diotima nicht!»

«Sei nicht so unfein!» tadelte ihn seine Freundin. «Diese Theorie ist sehr delikat, und ich muß mich bemühen, sie dir so zu erklären, daß du keine falschen Schlüsse aus dem Unstand ziehst, daß ich dabei mit dir allein in deiner Wohnung bin. Also diese Theorie beruht darauf, daß eine Frau auch dann geliebt werden kann, wenn sie nicht will. Verstehst du jetzt?»

«Ja.»

«Das läßt sich leider auch nicht leugnen. Hingegen soll der Mann sehr oft, auch wenn er lieben will, nicht können. Diotima sagt, daß das wissenschaftlich bewiesen sei. Glaubst du das?»

«Es soll vorkommen.»

«Ich weiß nicht?» zweifelte Bonadea. «Aber Diotima sagt, wenn man das im Licht der Wissenschaft betrachtet, so versteht es sich von selbst. Denn im Gegensatz zur beständigen Lustbereitschaft der Frau ist der Mann, also kurz gesagt, des Mannes männlichster Teil, sehr leicht einzuschüchtern.» Ihr Gesicht war bronzefarben, als sie es jetzt vom Spiegel abwandte.

«Mich wundert das von Tuzzi» meinte Ulrich ablenkend.

«Ich glaube auch nicht, daß das früher so war,» sagte Bonadea «sondern das kommt als eine nachträgliche Bestätigung von der Theorie, weil sie ihm die alle Tage vorhält. Sie nennt das die Theorie des ‹Fiasko›. Denn weil der männliche Keimträger so leicht dem Fiasko verfällt, fühlt er sich nur dort sexuell sicher, wo er keine wie immer geartete seelische Überlegenheit der Frau zu befürchten hat, und darum haben Männer fast nie den Mut, es mit einer menschlich gleichwertigen Frau aufzunehmen. Zumindest versuchen sie gleich, sie niederzudrücken. Diotima sagt, daß das Leitmotiv aller männlichen Liebeshandlungen, und besonders das der männlichen Überheblichkeit, die Angst ist. Große Männer zeigen sie; damit meint sie den Arnheim. Kleinere verschleiern sie hinter brutaler körperlicher Anmaßung und mißbrauchen das Seelenleben der Frau: damit meine ich dich! Und sie den Tuzzi. Dieses gewisse ‹Augenblicklich – oder nie!› womit ihr uns so oft zu Fall bringt, ist nur eine

Art Überkomp –» Kompresse wollte sie sagen, «Kompensation» half Ulrich aus.

«Ja. Damit entzieht ihr euch dem Eindruck eurer körperlichen Minderwertigkeit!»

«Und was habt ihr zu tun beschlossen?» fragte Ulrich ergeben.

«Man muß sich bemühen, nett zu den Männern zu sein! Und darum bin ich ja auch zu dir gekommen. Wir werden sehen, wie du das aufnimmst!?»

«Aber Diotima?»

«Gott, was geht dich denn Diotima an! Der Arnheim macht Augen wie ein Schneck, wenn sie ihm sagt, daß die geistig höchststehenden Männer leider nur bei minderwertigen Frauen ihre volle Befriedigung zu finden scheinen, während sie bei seelisch gleichgestellten Frauen versagen, was durch die Frau von Stein und die Vulpius wissenschaftlich bewiesen ist. (Siehst du, jetzt macht mir der Name keine Schwierigkeiten mehr. Aber daß sie die bekannte Sexualpartnerin des alternden Olympiers gewesen ist, habe ich natürlich immer gewußt!)»

Ulrich suchte das Gespräch noch einmal auf Tuzzi zu lenken, um es von sich zu entfernen. Bonadea begann zu lachen; sie war nicht ohne Verständnis für die jammervolle Lage dieses Diplomaten, der ihr als Mann ganz gut gefiel, und empfand Schadenfreude und Spießgesellenschaft darüber, daß er unter der Zuchtrute der Seele zu leiden hatte. Sie erzählte, daß Diotima in der Behandlung ihres Gatten von der Voraussetzung ausgehe, daß sie ihn von der Angst vor ihr befreien müsse, und daß sie sich dadurch auch ein wenig mit seiner ‹sexuellen Brutalität› ausgesöhnt habe. Sie gebe zu, den Fehler ihres Lebens darin erkannt zu haben, daß ihre Bedeutung zu groß für das naive Überlegenheitsbedürfnis ihres männlichen Eheteils sei, und sei daran gegangen, das zu mildern, indem sie ihre seelische Überlegenheit jetzt hinter anpassungsfähiger erotischer Koketterie verberge.

Ulrich fragte lebhaft dazwischen, was sie darunter verstehe.

Bonadeas Blick grub sich ernst in sein Gesicht. «Zum Beispiel sagt sie ihm: ‹Unser Leben ist bisher durch den Wettstreit um unsere persönliche Geltung verdorben worden.› Und dann gibt sie ihm zu, daß die vergiftende Wirkung des männlichen Geltungsstrebens auch das ganze öffentliche Leben beherrscht –»

«Aber das ist doch weder kokett noch erotisch?!» wandte Ulrich ein.

«Doch! Denn du mußt bedenken, daß sich ein Mann, wenn er wirklich leidenschaftlich ist, gegen eine Frau wie ein Henker gegen sein Opfer beträgt. Das gehört zum Geltungsstreben, wie man das jetzt nennt. Und anderseits wirst du nicht leugnen, daß der Sexualtrieb auch für die Frau wichtig ist?!»

«Natürlich nicht!»

«Schön. Aber die sexuelle Beziehung verlangt zu ihrem beglückenden Verlauf ein Gleich und Gleich. Man muß den Liebespartner, wenn man eine glückhafte Umarmung aus ihm herausholen will, als gleichberechtigt gelten lassen, und nicht nur als eine willenlose Ergänzung für sich selbst» fuhr sie fort, in die Ausdrucksweise ihrer Meisterin geraten, wie sich ein Mensch auf einer glatten Fläche von seiner eigenen Bewegung unwillkürlich und geängstigt fortgeführt sieht. «Denn wenn schon keine andere menschliche Beziehung ein ständiges Drücken und Gedrücktwerden verträgt, um wieviel weniger verträgt das erst die sexuelle –!»

«Oho!» widersprach Ulrich.

Bonadea preßte seinen Arm, und ihr Auge funkelte wie ein stürzender Stern. «Schweig still!» stieß sie hervor. «Es fehlt euch allen die selbsterlebte Kenntnis der weiblichen Psyche! Und wenn du willst, daß ich dir weiter von deiner Kusine erzähle –»: aber da war sie auch am Ende ihrer Kraft, und jetzt funkelten ihre Augen wie die einer Tigerin, an deren Käfig man Fleisch vorbeiträgt. «Nein, ich kann das selbst nicht mehr hören!» rief sie aus.

«Spricht sie wirklich so?» fragte Ulrich. «Hat sie das wirklich gesagt?»

«Aber jeden Tag höre ich ja nichts als Sexualpraxis, geglückte Umarmung, springende Punkte der Liebe, Drüsen, Sekrete, verdrängte Wünsche, erotisches Training und Regulierung des Sexualtriebs! Wahrscheinlich hat jeder die Sexualität, die er verdient, wenigstens behauptet das deine Kusine, aber muß ich denn durchaus eine so hohe verdienen?!»

Ihr Blick hielt den ihres Freundes fest. «Ich glaube, du mußt nicht» behauptete Ulrich langsam.

«Schließlich könnte man doch auch sagen, daß meine starke Erlebnisfähigkeit einen physiologischen Überwert darstellt?» fragte Bonadea mit einem glücklich-zweideutigen Auflachen.

Zu einer Antwort kam es nicht mehr. Als sich in Ulrich längere Zeit danach ein Widerstand fühlen machte, sprühte durch die Ritzen an den Fenstern der lebendige Tag, und wenn man dorthin blickte, glich das verdunkelte Zimmer der Grabkammer eines Gefühls, das bis zur Unkenntlichkeit verschrumpft war. Bonadea lag mit geschlossenen Augen da und gab kein Lebenszeichen mehr. Die Empfindungen, die sie jetzt von ihrem Körper hatte, waren nicht unähnlich denen eines Kindes, dessen Trotz durch Prügel gebrochen worden ist. Jeder Zoll ihres Leibes, der völlig satt und zerschlagen war, verlangte nach der Zärtlichkeit einer moralischen Vergebung. Von wem? Bestimmt nicht von dem Mann, in dessen Bett sie lag und den sie angefleht hatte, sie zu töten, weil ihre Lust durch keine Wiederholung und Steigerung zu brechen war. Sie hielt die Augen geschlossen, um ihn nicht sehen zu müssen. Bloß versuchsweise dachte sie: «Ich liege in seinem Bett!» Das und: «Ich lasse mich nie wieder daraus vertreiben!» hatte sie vor kurzem innerlich geschrien; jetzt drückte es bloß eine Lage aus, aus der nicht ohne peinliche Vorgänge herauszukommen war, die ihr noch bevorstanden. Bonadea knüpfte träge und langsam ihre Gedanken dort an, wo sie abgerissen waren.

Sie dachte an Diotima. Allmählich kamen ihr Worte in den Sinn, ganze Sätze und Bruchstücke von Sätzen, meist aber nur das Gefühl der Genugtuung über ihr Dasein, wenn solche unverständliche und unerinnerbare Worte wie Hormone, Glandeln, Chromosome, Zygoten oder innere Sekretion an ihrem Ohr in ganzen Gesprächen vorbeirauschten. Denn die Keuschheit ihrer Lehrerin kannte keine Grenzen, sobald diese durch wissenschaftliche Beleuchtung verwischt wurden. Diotima war imstande, vor ihren Zuhörern zu sagen: «Das Geschlechtsleben ist kein zu erlernendes Handwerk, es soll uns immer die höchste Kunst bleiben, die zu erlernen uns im Leben gegeben ist!», aber dabei ebensowenig Unwissenschaftliches zu fühlen, wie wenn sie im Eifer von einem «heranzuziehenden» oder einem «schweren Punkt» sprach. Und an solche Ausdrücke erinnerte sich ihre Schülerin nun mit Genauigkeit. Kritische Beleuchtung der Umarmung, körperliche Klärung der Lage, reizbare Zonen, Weg zur Höchstbeglückung der Frau, gut disziplinierte, auf ihre Partnerin achtsame Männer...: Bonadea war sich vor ungefähr einer Stunde von diesen wissenschaftlichen, geistigen und hochvornehmen Ausdrücken, die sie sonst bewunderte, auf das gemeinste betrogen vorgekommen. Sie hatte zu ihrer Überraschung erst mit Bewußtsein bemerkt, daß diese Worte nicht für die Wissenschaft, sondern auch für das Gefühl eine Bedeutung haben, als aus deren unbeaufsichtigter Gefühlsseite schon die Flammen züngelten. Sie hatte da Diotima gehaßt. «Über so etwas so zu reden, daß man alle Lust daran verlieren muß!» hatte sie gedacht, und unter gräßlichen Rachegefühlen war es ihr nicht anders erschienen, als daß Diotima, die selbst vier Männer habe, ihr gar nichts gönne und sie auf diese Weise hinters Licht führe. Ja, Bonadea hatte die Aufklärung, durch deren Hilfe die Sexualwissenschaft mit den dunklen Geschlechtsvorgängen aufräumt, wahrhaftig für ein Ränkespiel Diotimas gehalten. Sie konnte das jetzt ebensowenig verstehen wie das leidenschaftliche Verlangen nach Ulrich. Sie suchte sich die Augenblicke zu vergegenwärtigen, wo alle ihre Gedanken und Empfindungen ins Rasen geraten waren: ähnlich unverständlich mag sich ein Verblutender vorkommen, wenn er an die Ungeduld zurückdenkt, die ihn verleitet hat, den schützenden Verband abzureißen! Bonadea dachte an Graf Leinsdorf, der die Ehe ein hohes Amt genannt und Diotimas von ihr handelnde Bücher mit einer Rationalisierung des Dienstweges verglichen hatte; sie dachte an Arnheim, der ein Multimillionär war und die Wiederbelebung der ehelichen Treue aus der Idee des Körpers eine echte Zeitnotwendigkeit genannt hatte; und sie dachte an die vielen anderen berühmten Männer, die sie in dieser Zeit kennengelernt hatte, ohne sich auch nur zu erinnern, ob sie kurze oder lange Beine hatten oder fett oder hager waren: denn sie sah nur den strahlenden Begriff der Berühmtheit an ihnen, der von einer ungewissen körperlichen Masse ähnlich ergänzt wurde, wie man den zarten Wänden einer gebratenen jungen Taube durch eine dicke, von Kräutern geäderte Fülle Inhalt gibt. Bei solchen Erinnerungen schwur sich Bonadea, daß sie nie wieder die Beute eines dieser jäh auftretenden Stürme sein wolle, die Oben und Unten zusammenschlügen, und sie schwor sich das so lebhaft zu, daß sie sich schon, sofern sie nur streng bei ihren Vorsätzen bliebe, im Geist und ohne körperliche Bestimmtheit als die Geliebte des feinsten aller Männer sah, den sie sich aus den Verehrern ihrer großen Freundin heraussuchen wollte. Da es aber vorläufig nicht zu leugnen war, daß sie noch in wenig bekleidetem Zustand im Bette Ulrichs lag, ohne die Augen öffnen zu wollen, ging dieses reichhaltige Gefühl einer willigen Zerknirschung, statt sich weiter ins Tröstliche zu entwickeln, in einen jämmerlichen und aufreizenden Ärger über.

Die Leidenschaft, durch deren Wirken Bonadeas Leben in solche Gegensätze aufgeteilt wurde, entsprang zutiefst nicht der Sinnlichkeit, sondern dem Ehrgeiz. Darüber dachte Ulrich nach, der seine Freundin gut kannte, und schwieg, um nicht ihre Vorwürfe zu wecken, während er ihr Gesicht betrachtete, das seinen Blick vor ihm verbarg. Die Urform aller ihrer Begierden erschien ihm als eine Ehrbegierde, die sich in falsche Bahnen, ja sogar wörtlich in falsche Nervenbahnen verirrt habe. Und warum sollte sich nicht wirklich ein sozialer Rekordehrgeiz, der sonst Triumphe darin feiern darf, die größte Menge Bier zu trinken oder sich die größten Edelsteine an den Hals zu hängen, einmal auch wie bei Bonadea als Nymphomanie äußern können?! Diese Äußerungsform hatte sie nun, nachdem es geschehen war, mit Bedauern zurückgenommen, das sah er ein, und er verstand auch recht gut, daß gerade Diotimas umständliche Unnatur ihr, die der Teufel immer auf ungesatteltem Fleisch geritten hatte, paradiesisch imponieren mußte. Er betrachtete ihre Augäpfel, die ausgetobt und schwer in ihren Säcken lagen; er sah die bräunliche Nase vor sich, die sich mit Entschiedenheit aufschwang, und die roten, zugespitzten Löcher darin; er gewahrte etwas verwirrt die verschiedenen Linien dieses Leibes: die, wo auf dem geraden Korsett der Rippen der runde, große Busen lag; die, wo aus der Zwiebel der Hüften der gehöhlte Rücken wuchs; die der spitzen, steifen Nagelbrettchen über den sanften Kuppen der Finger. Und während er schließlich mit Abscheu lange Zeit einige kleine Haare betrachtete, die aus den vor seinen Augen liegenden Nasenlöchern seiner Geliebten sproßten, beschäftigte auch ihn die Erinnerung, wie verführerisch der gleiche Mensch vor kurzem auf seine Begierden gewirkt habe. Das lebendig-zweideutige Lächeln, mit dem Bonadea zu der «Aussprache» erschienen war, die natürliche Art, in der sie alle Vorwürfe abwehrte oder eine Neuigkeit von Arnheim zum besten gab, ja die diesmal beinahe witzige Genauigkeit ihrer Beobachtungen: sie hatte sich wirklich zu ihrem Vorteil verändert, sie schien unabhängiger geworden zu sein, die in die Höhe und die in die Tiefe ziehenden Kräfte hielten sich an ihr in einem freieren Gleichgewicht, und dieser Mangel an moralischer Schwere hatte Ulrich, der in letzter Zeit unter seinem eigenen Ernst sehr gelitten hatte, wohltuend erfrischt; er konnte selbst jetzt noch fühlen, wie gern er ihr zugehört und das Spiel des Ausdrucks auf ihrem Gesicht betrachtet hatte, das wie Sonne und Wellen war. Und plötzlich fiel ihm ein, während sein Blick das nun grämlich gewordene Gesicht Bonadeas betrachtete, daß eigentlich bloß ernste Menschen böse sein können. «Heitere Menschen» dachte er «könnte man schlechtweg davor gesichert nennen. So wie der Intrigant immer Baß singt!» Irgendwie bedeutete das auf eine nicht ganz geheuerliche Weise auch für ihn selbst, daß tief und finster zusammenhingen; denn es ist sicher, daß jede Schuld erleichtert wird, wenn sie ein heiterer Mensch «von der leichten Seite» begeht, andererseits mochte es aber auch sein, daß dies nur in der Liebe gelte, wo die schwerblütigen Verführer viel zerstörender und unverzeihlicher wirken als die leichtsinnigen, auch wenn sie bloß das gleiche tun. So dachte er hin und her und war nicht nur enttäuscht davon, daß die leicht begonnene Stunde der Liebe in Trübnis endete, sondern auch unerwartet belebt.

Darüber vergaß er die gegenwärtige Bonadea, ohne daß er recht wußte wie, und hatte ihr, den Kopf auf den Arm gestützt und den Blick durch die Wände auf ferne Dinge gerichtet, nachdenklich den Rücken zugekehrt, als sie sich durch sein vollkommenes Schweigen bewogen fühlte, die Augen zu öffnen. In diesem Augenblick dachte er ahnungslos daran, daß er einmal auf einer Reise ausgestiegen sei, ohne an sein Ziel zu kommen, denn ein durchsichtiger Tag, der die Umgebung kupplerisch geheimnisvoll entschleierte, hatte ihn vom Bahnhof fort zu einem Spaziergang verlockt, um ihn mit beginnender Nacht zu verlassen, wo er sich ohne Gepäck in einem stundenweit entfernten Ort vorfand. Überhaupt glaubte er sich zu erinnern, daß er immer die Eigenschaft gehabt habe, unberechenbar lange auszubleiben und nie auf dem gleichen Weg zurückzukehren; und dabei fiel plötzlich von einer ganz fernen Erinnerung, die auf einer Stufe der Kindheit lag, an die er sonst niemals gelangte, Licht in sein Leben. Im Spalt einer unermeßlich kleinen Zeit meinte er das geheimnisvolle Verlangen wieder zu fühlen, von dem ein Kind auf einen Gegenstand zugeführt wird, den es sieht, um ihn zu berühren oder gar in den Mund zu stecken, womit dann der Zauber wie in einer Sackgasse endet; ebensolange kam es ihm wahrscheinlich vor, daß auch das Verlangen der Erwachsenen nichts Besseres und nichts Schlechteres sei, das sie auf jede Ferne zutreibt, um sie in Nähe zu verwandeln, wie es ihn selbst beherrschte und sich durch eine gewisse, von Neugierde bloß maskierte, Inhaltslosigkeit eigentlich deutlich als einen Zwang kennzeichnete; und dieses Grundbild wandelte sich endlich zum dritten Mal in dem ungeduldigen und enttäuschenden Geschehen ab, auf das, von ihnen beiden ungewollt, das Wiedersehen mit Bonadea hinausgelaufen war. Dieses Nebeneinander in einem Bett Liegen kam ihm jetzt höchst kindisch vor. «Aber was bedeutet dann der Gegensatz dazu, die reglose, die luftstille Fernliebe, die so unkörperlich ist wie ein Frühherbsttag?» fragte er sich. «Wahrscheinlich auch nur ein verändertes Kinderspiel» dachte er zweifelnd, und erinnerte sich an die buntgedruckten Tiere, die er als Kind seliger geliebt hatte als heute seine Freundin. Aber da hatte nun Bonadea gerade genug von seinem Rücken gesehn, um ihr Unglück daran zu ermessen, und sprach ihn mit den Worten an: «Du bist schuld gewesen!»

Ulrich wandte sich lächelnd zu ihr und erwiderte ohne Überlegen: «In einigen Tagen wird meine Schwester kommen und bei mir wohnen bleiben: habe ich dir das schon mitgeteilt? Wir werden uns dann kaum sehen können.»

«Wie lange?» fragte Bonadea.

«Dauernd» antwortete Ulrich und lächelte wieder.

«Und?» meinte Bonadea. «Was soll das denn hindern? Vielleicht wirst du mir einreden, daß dir deine Schwester nicht erlaubt, eine Geliebte zu haben!»

«Gerade das will ich dir einreden» sagte Ulrich.

Bonadea lachte. «Ich bin heute harmlos zu dir gekommen, und du hast mich nicht einmal zu Ende erzählen lassen!!» hielt sie ihm vor.

«Meine Natur ist als eine Maschine angelegt, die unaufhörlich Leben entwertet! Ich will einmal anders sein!» entgegnete Ulrich. Sie konnte das unmöglich verstehn, doch erinnerte sie sich jetzt trotzig, daß sie Ulrich liebe. Mit einemmal war sie nicht mehr das schwankende Phantom ihrer Nerven, sondern fand eine überzeugende Natürlichkeit und sagte schlicht: «Du hast ein Verhältnis mit ihr angefangen!»

Ulrich verwies es ihr; ernster, als er wollte. «Ich habe mir vorgenommen, lange Zeit keine Frau anders zu lieben, als wäre sie meine Schwester» erklärte er und schwieg.

Dieses Schweigen machte durch seine Dauer auf Bonadea einen

Eindruck größerer Entschlossenheit, als ihm vielleicht durch seinen Inhalt zukam.

«Aber du bist ja pervers!» rief sie plötzlich im Ton einer warnenden Prophezeiung aus und sprang aus dem Bett, in Diotimas Weisheitsschule der Liebe zurückzueilen, deren Pforten der reuig Erfrischten ahnungslos offenstanden.

24

Agathe ist wirklich da

Am Abend dieses Tags traf ein Telegramm ein, und am nächsten Nachmittag Agathe.

Ulrichs Schwester kam nur mit wenigen Koffern an, so wie sie es sich ausgemalt hatte, alles hinter sich zu lassen; immerhin entsprach die Anzahl der Koffer nicht ganz dem Vorsatz: Wirf alles, was du hast, ins Feuer bis zu den Schuhen. Als Ulrich von diesem Vorsatz erfuhr, lachte er darüber: sogar zwei Hutschachteln waren dem Feuer entronnen.

Agathes Stirn bekam den lieblichen Ausdruck einer Kränkung und vergeblichen Nachdenkens über sie.

Ob Ulrich recht hatte, als er den unvollkommenen Ausdruck eines Gefühls bemängelte, das groß und hinreißend gewesen war, blieb dabei ungewiß, denn Agathe verschwieg diese Frage; Fröhlichkeit und Unordnung, wie sie durch ihre Ankunft unwillkürlich erregt wurden, rauschten ihr in Ohren und Augen, wie ein Tanz um eine Blechmusik schwankt: sie war sehr heiter und fühlte sich leicht enttäuscht, obwohl sie nichts Bestimmtes erwartet und sich während der Reise sogar mit Absicht aller Erwartungen enthalten hatte. Sie wurde nur plötzlich sehr müde, als sie sich an die vergangene Nacht erinnerte, die sie durchwacht hatte. Es war ihr recht, daß ihr Ulrich nach einiger Zeit gestehen mußte, er habe, als die Nachricht von ihr eingetroffen sei, eine auf den heutigen Nachmittag gelegte Verabredung nicht mehr abändern können; er versprach, in einer Stunde wieder zurück zu sein, und bettete seine Schwester mit einer zum Lachen reizenden Umständlichkeit auf den Diwan, der in seinem Arbeitszimmer stand.

Als Agathe erwachte, war die Stunde längst schon um, und Ulrich fehlte. Das Zimmer war in tiefe Dämmerung getaucht und erschien ihr so fremd, daß sie über den Gedanken erschrak, sie befände sich doch mitten in dem von ihr erwarteten neuen Leben. Soviel sie wahrnehmen konnte, waren die Wände von Büchern bedeckt wie früher die ihres Vaters und die Tische mit Schriften. Sie schloß neugierig eine

Tür auf und betrat den benachbarten Raum: Sie traf dort auf Kleiderschränke, Stiefelkasten, den Boxball, Hanteln, eine schwedische Leiter. Sie ging weiter und kam wieder zu Büchern. Sie gelangte zu den Wassern, Essenzen, Bürsten und Kämmen des Badezimmers, zu ihres Bruders Bett, zu dem jagdlichen Schmuck im Hausflur. Ihre Spur war durch aufflammendes und verlöschendes Licht gekennzeichnet, aber der Zufall wollte es, daß Ulrich nichts davon bemerkte, obwohl er schon im Hause war; er hatte den Vorsatz, sie zu wecken, aufgeschoben, um ihr länger Ruhe zu gönnen, und stieß nun mit ihr in der Treppenhalle zusammen, zu der er aus der wenig benutzten, unter der Erde gelegenen Küche emporkam. Er hatte sich dort nach einer Erfrischung für sie umgesehen, da es an diesem Tag kraft fehlender Voraussicht selbst an der notwendigsten Bedienung im Hause gebrach. Als sie nebeneinander standen, fühlte Agathe erst die bisher ohne Ordnung empfangenen Eindrücke sich zusammenfassen, und es geschah mit einem Unbehagen, das sie verzagt machte, als wäre es das beste, sogleich Fersengeld zu geben. Es war etwas teilnahmlos, in gleichgültigen Launen Angehäuftes in diesem Haus, das sie erschreckte.

Ulrich, der es bemerkte, entschuldigte sich dafür und gab scherzhafte Erklärungen. Er erzählte, wie er zu seiner Wohnung gekommen sei, und erläuterte deren Geschichte im einzelnen, mit den Hirschgeweihen beginnend, die er besaß, ohne auf die Jagd zu gehen, bis zum Boxball, den er vor Agathe tanzen ließ. Agathe sah sich alles mit beunruhigendem Ernst noch einmal an und wandte sogar jedesmal, wenn sie einen Raum verließen, prüfend den Kopf zurück: Ulrich wollte dieses Examen ergötzlich finden, aber mit der Wiederholung wurde ihm seine Wohnung dadurch peinlich. Es zeigte sich, was sonst von Gewohnheit verdeckt war, daß er nur die nötigsten Räume bewohnte und die übrigen wie ein nachlässiger Aufputz an diesen hingen. Als sie nach dem Rundgang beisammen saßen, fragte Agathe: «Warum hast du es aber getan, wenn es dir nicht gefällt?»

Ihr Bruder versorgte sie mit Tee und allem, was das Haus bot, und ließ es sich nicht nehmen, sie wenigstens nachträglich wirtlich zu empfangen, damit diese zweite Begegnung an leiblicher Aufmerksamkeit nicht hinter der ersten zurückstehe. Hin und her laufend, beteuerte er: «Ich habe alles leichtfertig, falsch und so eingerichtet, daß es in keiner Weise mit mir zusammenhängt.»

«Aber es ist ja doch alles sehr hübsch» tröstete ihn jetzt Agathe.

Nun meinte Ulrich, daß es anders wahrscheinlich noch schlechter ausgefallen wäre. «Ich mag Wohnungen nicht leiden, die seelisch nach Maß gemacht sind» erklärte er. «Ich käme mir darin vor, als ob ich auch mich selbst bei einem Innenarchitekten bestellt hätte!»

Und Agathe sagte: «Ich habe auch vor solchen Wohnungen Angst.»

«Trotzdem kann es ja nicht so bleiben» berichtigte Ulrich. Er saß jetzt bei ihr am Tisch, und schon damit, daß sie nun immer gemeinsam essen sollten, waren eine Menge Fragen verbunden. Er war eigentlich erstaunt über die Erkenntnis, daß nun wirklich vieles anders werden müsse; er empfand es als eine ganz ungewohnte Leistung, die ihm abverlangt wurde, und hatte anfangs den Eifer des Neulings. «Ein Mensch allein» entgegnete er auf die nachsichtige Bereitwilligkeit seiner Schwester, alles zu lassen, wie es sei «kann eine Schwäche haben: sie geht zwischen seine übrigen Eigenschaften ein und in ihnen unter. Aber wenn zwei eine Schwäche teilen, so bekommt sie im Vergleich mit den nicht gemeinsamen Eigenschaften das doppelte Gewicht und nähert sich einem gewollten Bekenntnis.»

Agathe konnte das nicht finden.

«Mit einem andern Wort, wir dürfen doch als Geschwister manches nicht tun, was wir uns als Einzelne gestattet haben; gerade darum sind wir ja zusammengekommen.»

Das gefiel Agathe. Dennoch tat ihr die verneinende Fassung, daß man bloß beisammen wäre, um etwas nicht zu tun, nicht genug, und nach einer Weile fragte sie, auf seine von vornehmen Lieferanten zusammengetragene Einrichtung zurückkommend: «Ich verstehe es doch noch nicht ganz. Warum hast du dich eigentlich so eingerichtet, wenn du es nicht richtig gefunden hast?»

Ulrich empfing ihren heiteren Blick und betrachtete dabei ihr Gesicht, das ihm über dem etwas zerknitterten Reisekleid, das sie noch anhatte, plötzlich silberglatt vorkam und so wunderlich gegenwärtig, daß es ebenso nahe wie weit von ihm war oder daß sich Nähe und Ferne in dieser Gegenwart aufhoben, so wie der Mond aus Himmelsweiten plötzlich hinter dem Dach des Nachbarn erscheint. «Warum ich es getan habe?» erwiderte er lächelnd. «Ich weiß es nicht mehr. Wahrscheinlich, weil man es ebensogut anders hätte machen können. Ich habe keine Verantwortung gefühlt. Weniger sicher wäre es, wenn ich dir erklären wollte, daß die Unverantwortlichkeit, in der wir heute unser Leben führen, schon die Stufe zu einer neuen Verantwortung sein könnte.»

«Auf welche Art?»

«Ach, auf vielerlei Art. Du weißt doch: das Leben einer einzelnen Person ist vielleicht nur eine kleine Schwankung um den wahrscheinlichsten Durchschnittswert einer Serie. Und ähnliches.»

Agathe hörte nur das, was ihr daran klar war. Sie sagte: «Dabei kommt ‹Recht hübsch› und ‹Sehr hübsch› heraus. Man spürt es bald nicht mehr, wie abscheulich man lebt. Aber manchmal ist es gruselig, als ob man scheintot in einer Leichenhalle aufwachte!»

«Wie warst denn du eingerichtet?» fragte Ulrich.

«Spießerisch. Hagauerisch. ‹Ganz hübsch.› Ebenso unecht wie du!»

Ulrich hatte indes einen Bleistift genommen und entwarf damit auf dem Tischtuch den Grundriß des Hauses und eine Neueinteilung der Räume. Das ging leicht und war so rasch getan, daß Agathes hausmütterliche Bewegung, das Tuch zu schützen, zu spät kam und zwecklos auf seiner Hand endete. Die Schwierigkeiten stellten sich erst wieder bei den Grundsätzen der Einrichtung ein. «Wir haben nun einmal ein Haus» verwahrte sich Ulrich «und müssen es für uns beide anders einrichten; aber im ganzen ist diese Frage heute überholt und müßig. ‹Ein Haus machen› täuscht eine Schauseite vor, hinter der sich nichts mehr befindet; die sozialen und persönlichen Verhältnisse sind nicht mehr fest genug für Häuser, es bereitet keinem Menschen mehr ein ehrliches Vergnügen, Dauer und Beharrung nach außen darzustellen. Früher einmal hat man das getan und durch die Zahl der Zimmer und Diener und Gäste gezeigt, wer man sei. Heute fühlt fast jeder, daß ein formloses Leben die einzige Form ist, die den vielfältigen Willen und Möglichkeiten entspricht, von denen das Leben erfüllt ist, und die jungen Leute lieben entweder die nackte Einfachheit, die wie ein unmöbliertes Theater ist, oder sie träumen von Schrankkoffern und Bobmeisterschaft, vom Tennischampionat und vom Luxushotel an der Autokarawanenstraße mit Golflandschaft und fließender Musik zum Auf- und Zudrehen in den Zimmern.» So sprach er, und tat es ziemlich unterhaltungsmäßig, als hätte er eine Fremde vor sich; er redete sich eigentlich an die Oberfläche empor, weil ihn die Verbindung von Endgültigkeit und Anfänglichkeit in diesem Beisammensein verlegen machte.

Aber nachdem sie ihn hatte zu Ende reden lassen, fragte seine Schwester: «Schlägst du also vor, daß wir im Hotel leben sollen?»

«Ganz gewiß nicht!» beeilte sich Ulrich zu versichern. «Höchstens hie und da auf Reisen.»

«Und für die übrige Zeit wollen wir uns eine Laubhütte auf einer Insel oder eine Blockhütte im Gebirge baun?»

«Wir werden uns natürlich hier einrichten» antwortete Ulrich ernster, als es diesem Gespräch zukam. Die Unterhaltung verstummte eine kleine Weile, er war aufgestanden und ging im Zimmer auf und ab. Agathe tat, als hätte sie etwas an dem Saum ihres Kleides zu schaffen, und bog den Kopf aus der Linie, auf der sich ihrer beider Blicke bisher vereinigt hatten. Plötzlich blieb Ulrich stehn und sagte mit einer Stimme, die schwer hervorkam, aber aufrichtig war: «Liebe Agathe, es gibt einen Kreis von Fragen, der einen großen Umfang und keinen Mittelpunkt hat: und diese Fragen heißen alle ‹wie soll ich leben?›»

Auch Agathe hatte sich erhoben, sah ihn aber noch immer nicht an. Sie zuckte die Achseln. «Man muß es versuchen!» sagt sie. Das Blut war ihr in die Stirn gestiegen; als sie den Kopf hob, waren ihre Augen aber blank und übermütig, und nur auf den Wangen zögerte die Röte als davonziehende Wolke. «Wenn wir beisammen bleiben wollen,» erklärte sie «wirst du mir vor allem auspacken, einräumen und umkleiden helfen müssen, denn ich habe nirgends ein Hausmädchen gesehn!»

Das schlechte Gewissen fuhr ihrem Bruder nun wieder in Arme und Beine und machte sie galvanisch beweglich, unter Agathes Anleitung und Mithilfe seine Unachtsamkeit gutzumachen. Er räumte Schränke aus, wie ein Jäger ein Tier ausweidet, und verließ sein Schlafzimmer mit dem Schwur, daß es Agathe gehöre und er selbst irgendwo einen Diwan finden werde. Lebhaft trug er die Gegenstände des täglichen Bedarfs hin und her, die bisher still wie die Blumen eines Ziergartens auf ihren Plätzen gelebt hatten, der wählenden Hand als einziger Veränderung ihres Schicksals gewärtig. Anzüge häuften sich auf Stühlen, auf den Glasborden des Badezimmers wurde durch sorgfältiges Zusammenschieben aller der Körperpflege dienenden Geräte eine Herren- und eine Damenabteilung geschaffen; als alle Ordnung einigermaßen in Unordnung gebracht war, standen schließlich nur noch die leuchtenden Lederpantoffeln Ulrichs verlassen auf der Erde und sahen aus wie ein gekränkter Schoßhund, der aus seinem Körbchen geworfen worden ist, ein Jammerbild der zerstörten Bequemlichkeit in ihrer so angenehmen wie nichtigen Natur. Es fand sich aber nicht Zeit, davon berührt zu werden, denn schon kamen nun Agathens Koffer an die Reihe, und so wenig ihrer gewesen zu sein schienen, so unerschöpflich waren sie an fein zusammengefalteten Dingen, die sich im Hervorgehn ausbreiteten und an der Luft nichts anders aufblühten als die Hunderte Rosen, die ein Zauberer aus seinem Hut zieht. Sie mußten aufgehängt und gelegt, geschüttelt und geschichtet werden, und weil Ulrich auch mithalf, geschah es mit Zwischenfällen und Lachen.

Bei allen diesen Beschäftigungen konnte er aber eigentlich nichts anderes denken als ununterbrochen das eine, daß er sein Leben lang und noch vor wenigen Stunden allein gewesen sei. Und nun war Agathe da. Dieser kleine Satz: «Agathe ist jetzt da» wiederholte sich in Wellen, erinnerte an das Staunen eines Knaben, dem ein Spielzeug geschenkt worden ist, hatte etwas den Geist Hemmendes an sich, aber anderseits auch eine schier unbegreifliche Fülle an Gegenwart, und führte, alles in allem, immer wieder auf den kleinen Satz zurück: «Agathe ist jetzt da.» «Sie ist also groß und schlank?» dachte Ulrich und beobachtete sie heimlich. Aber das war sie gar nicht: sie war kleiner als er und in den Schultern von einer gesunden Breite. «Ist sie anmutig?» fragte er sich. Das ließ sich nun auch nicht sagen: ihre stolze Nase zum Beispiel war, von der einen Seite gesehn, ein wenig aufgebogen; davon ging ein weit kräftigerer Reiz aus als Anmut. «Ob sie am Ende schön ist?» fragte sich Ulrich in einer etwas wunderlichen Weise. Denn diese Frage fiel ihm nicht leicht, obwohl Agathe, wenn man alles Konventionelle beiseite ließ, eine fremde Frau für ihn war. Ein inneres Verbot, eine Blutsverwandte nicht mit männlicher Liebe anzusehn, gibt es ja nicht, das ist nur Sitte oder auf Umwegen der Moral und Hygiene begründbar; auch hatte der Umstand, daß sie nicht gemeinsam erzogen worden waren, zwischen Ulrich und Agathe das sterilisierte Geschwisterempfinden, wie es in der europäischen Familie herrscht, am Entstehen verhindert: trotzdem genügte schon das Herkommen, ihre Empfindungen für einander, auch die arglose der nur gedachten Schönheit, anfangs einer äußersten Spitze zu berauben, deren Fehlen Ulrich in diesem Augenblick an seiner deutlichen Verblüffung spürte. Etwas schönfinden, heißt ja wahrscheinlich vor allem, es finden: mag es eine Landschaft oder eine Geliebte sein, da liegt es, blickt dem geschmeichelten Finder entgegen und scheint einzig und allein nur auf ihn gewartet zu haben; und so, mit diesem Entzücken darüber, daß sie nun ihm gehöre und von ihm entdeckt sein wollte, gefiel ihm seine Schwester wohl über alle Maßen, aber er dachte doch: «Wahrhaft schön finden, kann man seine eigene Schwester nicht, es kann höchstens schmeicheln, daß sie anderen gefällt.» Aber dann hörte er, wo früher Stille war, minutenlang ihre Stimme, und wie war ihre Stimme? Wellen von Duft begleiteten die Bewegung ihrer Kleider, und wie war dieser Geruch? Ihre Bewegungen waren bald Knie, bald zarter Finger, bald Widerspenstigkeit einer Locke. Das einzige, was man davon sagen konnte, war: es sei da. Es war da, wo zuvor nichts gewesen war. Der Unterschied an Eindringlichkeit zwischen dem lebhaftesten Augenblick, wo Ulrich an seine zurückgelassene Schwester gedacht hatte, und dem leersten der gegenwärtigen Augenblicke bedeutete noch eine so große und deutliche Annehmlichkeit, wie wenn ein schattiger Platz von der Sonne mit Wärme und dem Duft sich öffnender Kräuter erfüllt wird!

Auch Agathe gewahrte, daß ihr Bruder sie beobachtete, aber sie ließ es ihn nicht wissen. In den Augenblicken des Verstummens, wo sie fühlte, wie sein Blick ihren Bewegungen folgte, während Rede und Antwort nicht so sehr aussetzten, als es schien, sie glitten wie ein Fahrzeug mit abgestopptem Motor über eine tiefe und unsichere Stelle, genoß auch sie die Übergegenwart und ruhige Heftigkeit, die mit der Wiedervereinigung verbunden war. Und als Auspacken und Einräumen beendet und Agathe im Bad allein war, entwickelte sich daraus ein Abenteuer, das wie der Wolf in diese friedliche Augenweide einbrechen wollte, denn sie hatte sich bis auf die Wäsche in einem Zimmer entkleidet, wo nun Ulrich, Zigaretten rauchend, über ihre Verlassenschaft wachte. Vom Wasser umspült, überlegte sie, was sie tun solle. Bedienung gab es keine, Läuten war voraussichtlich ebenso vergeblich wie Rufen, und es blieb scheinbar nichts übrig, als in Ulrichs an der Wand hängenden Bademantel gehüllt an die Tür zu klopfen und ihn aus dem Zimmer zu schicken. Aber Agathe zweifelte fröhlich, ob es bei der ernsten Vertraulichkeit, die zwischen ihnen zwar noch nicht lebte, aber doch soeben geboren würde, erlaubt sei, sich so wie eine junge Dame zu betragen und Ulrichs Rückzug zu erflehen, und sie beschloß, keine zweideutige Weiblichkeit anzuerkennen und als das natürliche Duwesen, das sie ihm auch in spärlicher Bekleidung zu bedeuten hatte, vor ihm zu erscheinen.

Als sie aber entschlossen bei ihm eintrat, fühlten doch beide eine unerwartete Bewegung des Herzens. Sie trachteten beide nicht verlegen zu werden. Sie konnten die natürliche Folgewidrigkeit, die an der See fast die Nacktheit gestattet, im Zimmer aber den Saumweg am Rand von Hemd oder Höschen zum Schmuggelpfad der Romantik macht, beide einen Augenblick lang nicht von sich abstreifen. Ulrich lächelte unbeholfen, als Agathe, mit dem Licht des Vorraumes hinter sich, in der geöffneten Tür wie eine von batistenem Rauch leicht umhüllte Silberstatue anzusehen war; und sie verlangte mit einer Stimme, deren Unbefangenheit sie viel zu stark ansetzte, nach Strümpfen und Kleid, die sich aber erst im nächsten Zimmer vorfanden. Ulrich führte seine Schwester dahin, und sie schritt zu seinem heimlichen Entzücken ein wenig zu knabenhaft aus, mit einer Art Trotz selbst davon kostend, so wie es Frauen leicht tun, wenn sie sich nicht von ihren Röcken geschützt fühlen. Dann ergab sich etwas Neues, als Agathe ein wenig später halb in ihrem Kleid stak und halb darin stecken geblieben war, denn nun wurde Ulrich zu Hilfe gerufen. Sie empfand, während er in ihrem Rücken hantierte, ohne schwesterliche Eifersucht, ja mit einer Art Annehmlichkeit, daß er sich vorzüglich in Frauenkleidern zurechtfinde, und sie selbst rührte sich mit lebhaften, von der Natur des Vorgangs geforderten Gebärden.

Ulrich fühlte sich dabei, nahe an die bewegte zarte und doch satte Haut ihrer Schultern gebeugt und aufmerksam dem ungewohnten Geschäft ergeben, bei dem sich ihm die Stirn rötete, von einer Empfindung umschmeichelt, die sich nicht recht in Worte fassen ließ, man hätte denn sagen müssen, daß sein Körper ebenso davon angegriffen wurde, daß er eine Frau, wie daß er keine Frau in nächster Nähe vor sich habe; aber man hätte ebensogut auch sagen können, daß er zwar ohne zu zweifeln in seinen eigenen Schuhen stand, sich aber dennoch aus sich hinübergezogen fühlte, als sei ihm da selbst ein zweiter, weit schönerer Körper zu eigen gegeben worden.

Nachdem er sich wieder aufgerichtet hatte, war darum das erste, was er seiner Schwester sagte: «Ich weiß jetzt, was du bist: Du bist meine Eigenliebe!» Es klang wohl wunderlich, aber er beschrieb damit wirklich das, was ihn bewegte. «Mir hat eine richtige Eigenliebe, wie sie andere Menschen so stark besitzen, in gewissem Sinn immer gefehlt» erläuterte er. «Und nun ist sie offenbar, durch Irrtum oder Schicksal, in dir verkörpert gewesen, statt in mir selbst!» fügte er ohneweiters hinzu.

Es war sein erster Versuch an diesem Abend, die Ankunft seiner Schwester in einem Urteil festzuhalten.

25

Die Siamesischen Zwillinge

Später am Abend kam er noch einmal darauf zurück.

«Du mußt wissen,» begann er seiner Schwester zu erzählen «daß ich eine Art von Eigenliebe nicht kenne, ein gewisses zärtliches Verhältnis zu mir selbst, das scheinbar den meisten anderen Menschen natürlich ist. Ich weiß nicht, wie ich das am besten beschreibe. Ich könnte zum Beispiel sagen, daß ich immer Geliebte gehabt habe, zu denen ich in einem Mißverhältnis stand. Sie sind Illustrationen zu plötzlichen Einfällen gewesen, Karikaturen meiner Laune: also eigentlich nur Beispiele meines Unvermögens, in natürliche Beziehungen zu anderen Menschen zu treten. Schon das hängt damit zusammen, wie man sich zu sich selbst verhält. Im Grunde genommen, habe ich mir immer Geliebte ausgesucht, die ich nicht mochte –»

«Aber damit hast du doch nur recht!» unterbrach ihn Agathe. «Wenn ich ein Mann wäre, ich würde mir gar kein Gewissen daraus machen, mit den Frauen aufs unzuverlässigste umzugehn. Ich würde sie auch nur aus Zerstreutheit und Staunen begehren!»

«Ja? Würdest du? Das ist nett von dir!»

«Sie sind lächerliche Schmarotzer. Gemeinsam mit dem Hund teilen sie das Leben des Mannes!» Agathe gab diese Versicherung nicht etwa mit sittlicher Entrüstung ab. Sie war angenehm müde, hielt die Augen geschlossen, hatte sich zeitig zur Ruhe begeben, und Ulrich, der gekommen war, sich von ihr zu verabschieden, sah sie an seiner Stelle im Bett liegen.

Es war aber auch das Bett, in dem sechsunddreißig Stunden früher Bonadea gelegen hatte. Wahrscheinlich kam Ulrich darum wieder auf seine Geliebten zurück. «Ich wollte damit aber nur auf das Unvermögen zu einem sanft begründeten Verhältnis mir selbst gegenüber hinauskommen» wiederholte er lächelnd: «Wenn ich etwas mit Anteil erleben soll, muß es als Teil eines Zusammenhangs geschehn, es muß unter einer Idee stehn. Das Erlebnis selbst möchte ich eigentlich lieber schon hinter mir, in der Erinnerung haben; der aktuelle Gefühlsaufwand dafür kommt mir unangenehm und lächerlich unangebracht vor. So ist es, wenn ich mich rücksichtslos dir zu beschreiben versuche. Und die ursprünglichste und einfachste Idee, wenigstens in jüngeren Jahren, ist schon die, daß man ein verfluchter und neuer Kerl sei, auf den die Welt gewartet habe. Aber über das dreißigste Jahr hält das nicht vor!» Er überlegte einen Augenblick und sagte dann: «Nein! Es ist so schwer von sich selbst zu reden: eigentlich müßte ich ja gerade sagen, daß ich nie unter einer dauernden Idee gestanden habe. Es fand sich keine. Eine Idee müßte man lieben wie eine Frau. Selig sein, wenn man zu ihr zurückkehrt. Und man hat sie immer in sich! Und sucht sie in allem außer sich! Solche Ideen habe ich nie gefunden. Ich bin immer in einem Mann-Mannesverhältnis zu den sogenannten großen Ideen gestanden; vielleicht auch zu den mit Recht so genannten: Ich glaubte mich nicht zur Unterordnung geboren, sie haben mich gereizt, sie zu stürzen und andere an ihre Stelle zu setzen. Ja, vielleicht bin ich gerade von dieser Eifersucht zur Wissenschaft geführt worden, deren Gesetze man in Gemeinschaft sucht und auch nicht für unverbrüchlich ansieht!» Wieder hielt er ein und lachte über sich oder seine Schilderung. «Aber sei das wie immer,» fuhr er ernst fort «jedenfalls habe ich es auf diese Weise, daß ich keine oder jede Idee mit mir verbinde, verlernt, das Leben wichtig zu nehmen. Es erregt mich eigentlich weit mehr, wenn ich es in einem Roman lese, wo es von einer Auffassung geschürzt ist; aber wenn ich es in seiner vollen Ausführlichkeit erleben soll, finde ich es immer schon veraltet und altmodisch-ausführlich und im Gedankengehalt überholt. Ich glaube auch nicht, daß das an mir liegt. Denn die meisten Menschen sind heute ähnlich. Zwar täuschen sich viele eine dringliche Lebensfreude vor, nach der Art, wie man die Volksschulkinder lehrt, munter durch die Blümelein zu springen, aber es ist immer eine gewisse Absichtlichkeit dabei, und sie fühlen das. In Wahrheit können sie einander ebenso kaltblütig morden, wie herzlich miteinander auskommen. Unsere Zeit nimmt die Geschehnisse und Abenteuer, von denen sie voll ist, ja sicher nicht ernst. Geschehen sie, so erregen sie. Sie stiften dann auch sogleich neue Geschehnisse, ja eine Art Blutrache von solchen, ein Zwangsalphabet des B- bis Z-Sagens, weil man A gesagt hat. Aber diese Geschehnisse unseres Lebens haben weniger Leben als ein Buch, weil sie keinen zusammenhängenden Sinn haben.»

So sprach Ulrich. Locker. Wechselnd in der Stimmung. Agathe gab keine Antwort; sie hielt noch immer die Augen geschlossen, lächelte aber.

Ulrich sagte: «Ich weiß nicht mehr, was ich dir erzähle. Ich glaube, ich finde nicht mehr zum Anfang zurück.»

Sie schwiegen eine Weile. Er konnte ausführlich das Gesicht seiner Schwester betrachten, das nicht vom Blick ihrer Augen verteidigt war. Es lag als ein Stück nackten Körpers da, wie Frauen, wenn sie im Frauenbad beisammen sind. Der weibliche unbewachte, natürliche Zynismus dieses nicht für den Mann berechneten Anblicks übte noch immer eine ungewohnte Wirkung auf Ulrich aus, wenn es auch längst nicht mehr jene heftige war wie in den ersten Tagen ihres ersten Beisammenseins, als Agathe gleich ihr Schwesterrecht forderte, möglichst ohne jede seelische Verblümung mit ihm zu sprechen, da er für sie nicht ein Mann wie andere sei. Er erinnerte sich an die mit Schreck vermischte Überraschung, die es ihm als Knaben bereitet hatte, wenn er auf der Straße eine Schwangere oder eine Frau sah, die ihr Kind an der Brust saugen ließ: sorgsam dem Knaben entzogene Geheimnisse wölbten sich dann plötzlich prall und unbefangen in der Sonne. Und vielleicht hatte er lange Zeit Reste solcher Eindrücke mit sich getragen, denn plötzlich war ihm zumute, als fühlte er jetzt ganz frei von ihnen. Daß Agathe Frau war und schon manches hinter sich haben mußte, schien ihm eine angenehme und bequeme Vorstellung zu sein; man mußte sich nicht so in acht nehmen wie bei einem jungen Mädchen, wenn man mit ihr sprach, ja es kam ihm rührend natürlich vor, daß bei einer Frau alles schon moralisch schlaffer sei. Er hatte auch das Bedürfnis, sie in Schutz zu nehmen und durch irgendeine Güte für irgendetwas zu entschädigen. Er nahm sich vor, alles für sie zu tun, was er nur könne. Er nahm sich sogar vor, wieder einen Mann für sie zu suchen. Und dieses Bedürfnis nach Güte gab ihm, kaum daß er es merkte, den verlorenen Faden des Gesprächs zurück.

«Wahrscheinlich verändert sich in den Jahren der Geschlechtsreifung unsere Eigenliebe» sagte er ohne Übergang. «Denn da wird eine Wiese von Zärtlichkeit, in der man bis dahin gespielt hat, abgemäht, um Futter für einen bestimmten Trieb zu gewinnen.»

«Damit die Kuh Milch gibt!» ergänzte Agathe nach einer kleinsten Zeit ungezogen und würdevoll, aber ohne die Augen zu öffnen.

«Ja, das hängt wohl alles zusammen» meinte Ulrich und fuhr fort: «Es gibt also einen Augenblick, wo unser Leben fast alle seine Zärtlichkeit verliert, und diese zieht sich auf jene einzige Ausübung zusammen, die dann damit überladen bleibt: Kommt dir das nicht auch so vor, als ob überall auf der Erde eine entsetzliche Dürre herrschte, während es an einem einzigen Ort unaufhörlich regnete?!»

Agathe sagte: «Mir kommt es vor, daß ich meine Kinderpuppen mit einer Heftigkeit geliebt habe wie nie einen Mann. Als du abgereist warst, habe ich am Dachboden eine Kiste mit meinen alten Puppen gefunden.»

«Was hast du damit getan?» fragte Ulrich. «Hast du sie verschenkt?»

«Wem hätte ich sie schenken sollen? Ich habe sie im Herdfeuer bestattet» erzählte sie.

Ulrich entgegnete lebhaft: «Wenn ich mich an meine früheste Zeit erinnere, so möchte ich sagen, daß damals Innen und Außen kaum noch getrennt waren. Wenn ich auf etwas zu kroch, kam es auf Flügeln zu mir her; und wenn sich etwas ereignete, das uns wichtig war, so wurden davon nicht etwa bloß wir erregt, sondern die Dinge selbst begannen zu kochen. Ich will nicht behaupten, daß wir dabei glücklicher gewesen sind als später. Wir besaßen uns ja noch nicht selbst; eigentlich waren wir überhaupt noch nicht, unsere persönlichen Zustände waren noch nicht deutlich von denen der Welt abgeschieden. Es klingt sonderbar, und ist doch wahr, wenn ich sage, unsere Gefühle, unsere Willnisse, ja wir selbst waren noch nicht ganz in uns darin. Noch sonderbarer ist, daß ich ebenso gut sagen könnte: waren noch nicht ganz von uns entfernt. Denn wenn du dich heute, wo du ganz im Besitz deiner selbst zu sein glaubst, ausnahmsweise einmal fragen solltest, wer du eigentlich seist, wirst du diese Entdeckung machen. Du wirst dich immer von außen sehn wie ein Ding. Du wirst gewahren, daß du bei einer Gelegenheit zornig wirst und bei einer anderen traurig, so wie dein Mantel das eine Mal naß und das andre Mal heiß ist. Mit aller Beobachtung wird es dir höchstens gelingen, hinter dich zu kommen, aber niemals in dich. Du bleibst außer dir, was immer du unternimmst, und es sind davon gerade nur jene wenigen Augenblicke ausgenommen, wo man von dir sagen würde, du seist außer dir. Zur Entschädigung haben wir es allerdings als Erwachsene dahin gebracht, bei jeder Gelegenheit denken zu können ‹Ich bin›, falls uns das Spaß macht. Du siehst einen Wagen, und irgendwie siehst du schattenhaft dabei auch: ‹ich sehe einen Wagen›. Du liebst oder bist traurig und siehst, daß du es bist. In vollem Sinn ist aber weder der Wagen, noch ist deine Trauer oder deine Liebe, noch bist du selbst ganz da. Nichts ist mehr ganz so da, wie es in der Kindheit einmal gewesen ist. Sondern es ist alles, was du berührst, bis an dein Innerstes verhältnismäßig erstarrt, sobald du es erreicht hast eine ‹Persönlichkeit› zu sein, und übriggeblieben ist, umhüllt von einem durch und durch äußerlichen Sein, ein gespenstiger Nebelfaden der Selbstgewißheit und trüber Selbstliebe. Was ist da nicht in Ordnung? Man hat das Gefühl, irgend etwas wäre noch rückgängig zu machen! Man kann doch nicht behaupten, daß ein Kind ganz anders erlebe als ein Mann! Ich weiß keine entscheidende Antwort darauf, wenn es auch diesen und jenen Gedanken darüber geben mag. Aber seit langem habe ich es in der

Weise beantwortet, daß ich die Liebe zu dieser Art Ichsein und dieser Art Welt verloren habe.»

Es war Ulrich angenehm, daß ihm Agathe zugehört hatte, ohne ihn zu unterbrechen, denn er erwartete ebensowenig eine Antwort von ihr wie von sich selbst und war überzeugt, daß eine Antwort, wie er sie meine, gegenwärtig niemand geben könne. Trotzdem befürchtete er nicht einen Augenblick, wovon er rede, könnte etwa für sie zu schwierig sein. Er betrachtete es nicht als ein Philosophieren und glaubte nicht einmal einen ungewöhnlichen Gesprächsstoff zu behandeln, so wenig wie sich ein junger Mensch, dem er in dieser Lage glich, durch die Schwierigkeit des Ausdrucks davon abhalten läßt, alles einfach zu finden, wenn er, von einem anderen angeregt, die ewigen Fragen «Wer bist du? So bin ich» mit ihm tauscht. Er entnahm die Sicherheit, daß ihm seine Schwester Wort für Wort zu folgen vermöge, ihrem Dasein und nicht einem Denken. Sein Blick ruhte auf ihrem Gesicht, und darin war etwas, das ihn glücklich machte. Dieses Gesicht mit geschlossenen Augen war ganz ohne Rückstoß. Es übte eine grundlose Anziehung auf ihn aus; auch in jener Weise, als zöge es in eine nirgends endende Tiefe. Er fand, in den Anblick dieses Gesichts versinkend, nirgends den Bodenschlamm der aufgelösten Widerstände, an dem sich ein in die Liebe Getauchter abstößt, um wieder empor zur Trockenheit zu kommen. Aber da er es gewohnt war, die Neigung zur Frau als eine gewaltsam umgekehrte Abneigung gegen den Menschen zu erleben, was – wenn er es auch mißbilligte – eine gewisse Sicherheit verbürgt, sich nicht in ihr zu verlieren, erschreckte ihn die reine Geneigtheit, in der er sich neugierig immer tiefer neigte, fast wie eine Gleichgewichtsstörung, so daß er bald diesem Zustand auswich und vor Glück zu einem etwas jungenhaften Scherz seine Zuflucht nahm, um Agathe ins alltägliche Leben zurückzurufen: mit dem vorsichtigsten Griff, dessen er fähig war, versuchte er, ihr die Augen zu öffnen. Agathe schlug sie lachend auf und rief aus: «Dafür, daß ich deine Eigenliebe sein soll, gehst du recht grob mit mir um!»

Diese Antwort war ebenso jungenhaft wie sein Angriff, und ihre Blicke stemmten sich übertrieben gegeneinander wie zwei Knaben, die balgen möchten, aber vor Heiterkeit nicht können. Plötzlich ließ das Agathe jedoch und fragte ernst:

«Kennst du den Mythos, den Platon irgendwelchen älteren Vorbildern nacherzählt, daß der ursprüngliche ganze Mensch von den Göttern in zwei Teile geteilt worden sei, in Mann und Weib?» Sie hatte sich auf den Ellbogen aufgerichtet und wurde unerwartet rot, denn sie kam sich nachträglich mit der Frage, ob Ulrich diese wahrscheinlich allgemein bekannte Geschichte kenne, etwas unklug vor. Kurz entschlossen, fügte sie darum hinzu: «Nun stellen die unseligen Hälften allerhand Dummheiten an, um wieder ineinander zu fahren: Das steht in allen Schulbüchern für den höheren Unterricht; leider steht nicht darin, warum es nicht gelingt!»

«Das kann ich dir sagen» fiel Ulrich ein, glücklich zu erkennen, wie genau sie verstanden habe. «Kein Mensch weiß doch, welche von den vielen umherlaufenden Hälften die ihm fehlende ist. Er ergreift eine, die ihm so vorkommt, und macht die vergeblichsten Anstrengungen, mit ihr eins zu werden, bis sich endgültig zeigt, daß es nichts damit ist. Entsteht ein Kind daraus, so glauben beide Hälften durch einige Jugendjahre, sie hätten sich wenigstens im Kind vereint; aber das ist bloß eine dritte Hälfte, die bald das Bestreben merken läßt, sich von den beiden anderen möglichst weit zu entfernen und eine vierte zu suchen. So ‹hälftet› sich die Menschheit physiologisch weiter, und die wesenhafte Einung steht wie der Mond vor dem Schlafzimmerfenster.»

«Man sollte denken, daß Geschwister doch den halben Weg schon zurückgelegt haben müßten!» warf Agathe mit einer rauh gewordenen Stimme ein.

«Zwillinge vielleicht.»

«Sind wir nicht Zwillinge?»

«Sicher!» Ulrich wich plötzlich aus. «Zwillinge sind selten; Zwillinge verschiedenen Geschlechts sind eine ganz große Seltenheit; wenn sie aber noch dazu verschieden alt sind und sich die längste Zeit kaum gekannt haben, so bildet das eine Sehenswürdigkeit, die unser wirklich würdig ist!» erklärte er und strebte in eine seichtere Heiterkeit zurück.

«Wir sind aber als Zwillinge zusammengetroffen!» forderte Agathe unbeeinflußt.

«Weil wir unerwartet ähnlich angezogen waren?»

«Vielleicht. Und überhaupt! Du kannst ja sagen, daß es Zufall gewesen sei; aber was ist Zufall? Ich glaube, gerade er ist Schicksal oder Schickung oder wie du das nennen magst. Ist es dir nie zufällig vorgekommen, daß du gerade als du geboren worden bist? Doppelt so viel ist es, daß wir Geschwister sind!» So führte es Agathe aus, und Ulrich unterwarf sich dieser Weisheit. «Wir erklären uns also als Zwillinge!» stimmte er bei. «Symmetrische Geschöpfe der Naturlaune, werden wir fortab gleich alt, gleich groß, gleichen Haares, in gleich gestreiften Kleidern und mit der gleichen Schleife unter dem Kinn durch die Gasse der Menschen wandeln; ich mache dich aber aufmerksam, daß sie uns halb gerührt und halb spöttisch nachblicken werden, wie es immer geschieht, wenn sie etwas an die Geheimnisse ihres Werdens erinnert.»

«Wir können uns ja auch gerade entgegengesetzt kleiden» entgegnete Agathe belustigt. «Gelb der eine, wenn der andere blau ist, oder rot neben grün, und das Haar können wir violett oder purpurn färben, und ich mache mir einen Buckel und du dir einen Bauch: und trotzdem sind wir Zwillinge!»

Aber der Scherz war ausgeschöpft, der Vorwand verbraucht, sie verstummten eine Weile. «Weißt du,» sagte Ulrich dann plötzlich «daß es eine sehr ernste Angelegenheit ist, von der wir sprechen?!» – Kaum hatte er das gesagt, als seine Schwester wieder den Fächer der Wimpern über die Augen senkte und mit dahinter versteckter Bereitschaft ihn allein sprechen ließ. Vielleicht sah es auch nur so aus, als ob sie die Augen schlösse. Das Zimmer war dunkel, das Licht, das brannte, verdeutlichte weniger, als daß es sich in hellen Flächen über alle Umrisse ergoß. Ulrich hatte gesagt: «So wie an den Mythos vom Menschen, der geteilt worden ist, könnten wir auch an Pygmalion, an den Hermaphroditen oder an Isis und Osiris denken: es bleibt doch immer in verschiedener Weise das gleiche. Dieses Verlangen nach einem Doppelgänger im anderen Geschlecht ist uralt. Es will die Liebe eines Wesens, das uns völlig gleichen, aber doch ein anderes als wir sein soll, eine Zaubergestalt, die wir sind, die aber doch eben auch eine Zaubergestalt bleibt und vor allem, was wir uns bloß ausdenken, den Atem der Selbständigkeit und Unabhängigkeit voraushat. Unzählige Male ist dieser Traum vom Fluidum der Liebe, das sich, unabhängig von den Beschränkungen der Körperwelt, in zwei gleichverschiedenen Gestalten begegnet, schon in einsamer Alchimie den Retorten der menschlichen Köpfe entstiegen –»

Dann hatte er gestockt; ersichtlich war ihm etwas eingefallen, das ihn störte, und er hatte mit den beinahe unfreundlichen Worten geschlossen: «Selbst unter den alltäglichsten Verhältnissen der Liebe finden sich ja noch Spuren davon: in dem Reiz, der mit jeder Veränderung und Verkleidung verbunden ist, wie in der Bedeutung der Übereinstimmung und Ichwiederholung im anderen. Der kleine Zauber bleibt sich gleich, ob man eine Dame zum erstenmal nackt sieht oder ein nacktes Mädel zum erstenmal im hochgeschlossenen Kleid, und die großen, rücksichtslosen Liebesleidenschaften sind alle damit verbunden, daß sich ein Mensch einbildet, sein geheimstes Ich spähe ihn hinter den Vorhängen fremder Augen an.»

Es klang, als bäte er sie damit, was sie sprächen, nicht zu überschätzen. Agathe aber dachte noch einmal an das blitzhafte Gefühl der Überraschung, das sie empfunden hatte, als sie einander, in ihren Hausanzügen gleichsam verkleidet, zum erstenmal begegnet waren. Und sie erwiderte: «Das gibt es nun also seit tausenden Jahren; ist es denn leichter zu verstehn, wenn man es aus zwei Täuschungen erklärt?!»

Ulrich schwieg.

Und nach einer Weile sagte Agathe erfreut: «Aber im Schlaf ist es trotzdem so! Da sieht man sich doch manchmal auch in etwas anderes verwandelt. Oder begegnet sich als ein Mann. Und dann ist man so gut zu ihm wie nie zu sich selbst. Du wirst wahrscheinlich sagen, daß das sexuelle Träume seien; aber mir kommt eher vor, daß es viel ältere sind.»

«Hast du oft solche Träume?» fragte Ulrich.

«Manchmal; selten.»

«Ich beinahe nie» gestand er. «Es ist ewig lange her, daß ich so geträumt habe.»

«Und doch hast du mir einmal erklärt,» sagte nun Agathe «ich meine recht zu Anfang muß es gewesen sein, noch dort im alten Haus –, daß der Mensch vor Jahrtausenden wirklich andre Erlebnisse gekannt hat!»

«Ach, du meinst das ‹gebende› und das ‹nehmende› Sehen?» erwiderte Ulrich und lächelte, obgleich es ja Agathe nicht sah. «Das ‹Umfangen werden› und ‹Umfangen› des Geistes? Ja, von dieser geheimnisvollen Doppelgeschlechtlichkeit der Seele hätte ich natürlich auch sprechen müssen! Wovon übrigens nicht?! In allem spukt etwas davon. Selbst in jeder Analogie steckt ja ein Rest des Zaubers, gleich und nicht gleich zu sein. Aber hast du nicht bemerkt: in allen diesen Verhaltensweisen, von denen wir gesprochen haben, im Traum, in Mythos, Gedicht, Kindheit und selbst in der Liebe, ist der größere Anteil des Gefühls doch durch einen Mangel an Verständigkeit erkauft, und das heißt: durch einen Mangel an Wirklichkeit?»

«Du glaubst also nicht wirklich daran?» fragte Agathe.

Darauf antwortete Ulrich nicht. Aber nach einer Weile sagte er: «Wenn man es in die heillose heutige Ausdrucksweise übersetzt, so kann man das, was heute für jeden erschreckend gering ist, die perzentuelle Beteiligung des Menschen an seinen Erlebnissen und Taten nennen. Im Traum scheinen es hundert Prozente zu sein, im Wachen ist es kein halbes! Du hast es ja heute gleich an meiner Wohnung bemerkt; aber meine Beziehungen zu den Menschen, die du kennen lernen wirst, sind keine anderen. Ich habe das einmal – und wahrhaftig, wenn ich nicht irre, muß ich hinzufügen, daß es im Gespräch mit einer Frau geschehen ist, wo es sehr am Platz war – auch die Akustik der Leere genannt. Wenn eine Nadel in einem leer ausgeräumten Zimmer zu Boden fällt, hat der davon entstehende Lärm etwas Unverhältnismäßiges, ja Maßloses; aber ebenso ist es, wenn zwischen den Menschen Leere liegt. Man weiß dann nicht: schreit man, oder ist es totenstill? Denn alles Unrechte und Schiefe gewinnt die Anziehungskraft einer ungeheuren Versuchung, sobald man ihm im letzten nichts entgegensetzen kann. Findest du nicht auch? Aber verzeih,» unterbrach er sich «du wirst müde sein, und ich lasse dich nicht ruhn. Es scheint, ich fürchte, daß dir manches an meiner Umgebung und meinem Umgang mißfallen wird.»

Agathe hatte die Augen geöffnet. Nach der langen Verborgenheit drückte ihr Blick etwas ungemein schwer zu Bestimmendes aus, das Ulrich über seinen ganzen Körper sich mit Teilnahme ausbreiten fühlte. Er erzählte plötzlich wieder weiter: «Als ich jünger war, habe ich versucht, gerade darin eine Stärke zu sehn. Man hat dem Leben nichts entgegenzusetzen? Gut, so flieht das Leben vom Menschen weg in seine Werke! So ungefähr habe ich gedacht. Und es hat ja auch wohl etwas Gewaltiges auf sich mit der Lieblosigkeit und Verantwortungslosigkeit der heutigen Welt. Zumindest liegt darin etwas von einem Flegeljahrhundert, wie es schließlich in den Jahrhunderten ebenso wie in den Jahren des Wachstums vorkommen mag. Und wie jeder junge Mensch habe ich mich anfangs in Arbeit, in Abenteuer und Vergnügen gestürzt; es schien mir gleich zu sein, was man unternehme, sofern es nur mit vollem Einsatz geschehe. Erinnerst du dich, daß wir einmal über die ‹Moral der Leistung› gesprochen haben? Sie ist das uns eingeborene Bild, nach dem wir uns richten. Aber je älter man wird, desto deutlicher erfährt man, daß dieses scheinbare Übermaß, diese Unabhängigkeit und Beweglichkeit in allem, diese Souveränität der treibenden Teile und der Teilantriebe – sowohl die deiner eigenen gegen dich wie die deine gegen die Welt – kurz, daß alles, was wir als ‹Gegenwartsmenschen› für eine Kraft und uns auszeichnende Arteigentümlichkeit gehalten haben, im Grunde nichts ist als eine Schwäche des Ganzen gegenüber seinen Teilen. Mit Leidenschaft und Wille ist dagegen nichts auszurichten. Kaum willst du ganz und mitten in etwas sein, siehst du dich schon wieder an den Rand gespült: das ist heute das Erlebnis in allen Erlebnissen!»

Agathe mit den nun offenen Augen wartete darauf, daß sich in seiner Stimme etwas ereignen werde; als es nicht geschah und die Rede ihres Bruders abbrach wie ein Pfad, der von einer Straße abgezweigt ist und nicht mehr zurückkehrt, sagte sie: «Nach deiner Erfahrung kann man also nie wirklich aus Überzeugung handeln und wird es nie können. Ich meine» verbesserte sie sich «mit Überzeugung nicht irgendeine Wissenschaft, auch nicht die moralische Dressur, die man uns beigebracht hat, sondern, daß man sich ganz bei sich sein fühlt und daß man sich auch bei allem andern sein fühlt, daß irgend etwas gesättigt ist, was jetzt leer bleibt, ich meine etwas, wovon man ausgeht und wohin man zurückkehrt. Ach, ich weiß ja selbst nicht, was ich meine,» unterbrach sie sich heftig «ich hatte gehofft, daß du es mir erklären wirst!»

«Da meinst du gerade das, wovon wir gesprochen haben» antwortete Ulrich sanft. «Und du bist auch der einzige Mensch, mit dem ich so darüber sprechen kann. Aber es hätte keinen Zweck, wenn ich nochmals anfinge, um ein paar verlockende Worte mehr hinzuzufügen.

Eher muß ich wohl sagen, daß ein ‹Mitten-inne-Sein›, ein Zustand der unzerstörten ‹Innigkeit› des Lebens – wenn man das Wort nicht sentimental versteht, sondern in der Bedeutung, die wir ihm soeben gegeben haben, – wahrscheinlich mit vernünftigen Sinnen nicht zu fordern ist.» Er hatte sich vorgebeugt, berührte ihren Arm und sah ihr lange in die Augen. «Es ist vielleicht eine Menschenwidrigkeit» sagte er leise. «Wirklich ist nur, daß wir sie schmerzlich entbehren! Denn damit hängt wohl das Verlangen nach Geschwisterlichkeit zusammen, das eine Zutat zur gewöhnlichen Liebe ist, in der imaginären Richtung auf eine Liebe ohne alle Vermengung mit Fremdheit und Nichtliebe.» Und nach einer Weile fügte er hinzu: «Du weißt doch, wie beliebt alles im Bett ist, was mit Brüderlein und Schwesterlein zusammenhängt: Leute, die ihre wirklichen Geschwister ermorden könnten, albern sich dort als Geschwisterlein an, die unter einer Decke stecken.»

Sein Gesicht zitterte im Halbdunkel in Selbstverspottung. Aber Agathes Glaube hielt sich an dieses Gesicht und nicht an die Verwirrung der Worte. Sie hatte ähnlich zuckende Gesichter gesehn, die im nächsten Augenblick herabstürzten: dieses kam nicht näher; es schien mit einer unendlich großen Geschwindigkeit auf einem unendlich weiten Weg zu sein. Sie antwortete aufs kürzeste: «Geschwister ist eben nicht genug!»

«Wir haben ja auch schon ‹Zwillingsgeschwister› gesagt» entgegnete Ulrich, der sich nun geräuschlos erhob, weil er zu bemerken glaubte, daß die große Müdigkeit sich am Ende doch ihrer bemächtigt habe.

«Man müßte ein Siamesisches Zwillingspaar sein» sagte Agathe noch.

«Also Siamesische Zwillinge!» wiederholte ihr Bruder. Er war bemüht, ihre Hand aus der seinen zu lösen und sie vorsichtig auf die Decke zu legen, und seine Worte klangen schwerlos: ohne Gewicht und in ihrer Leichtigkeit sich noch ausbreitend, nachdem er schon das Zimmer verlassen hatte.

Agathe lächelte und sank allmählich in eine einsame Traurigkeit, deren Dunkel bald in das des Schlafs überging, ohne daß sie es in ihrer Übernächtigkeit merkte. Ulrich schlich sich aber in sein Arbeitszimmer und lernte dort, ohne daß er arbeiten konnte, zwei Stunden lang, bis auch er müde wurde, den Zustand kennen, von Rücksicht eingeengt zu sein. Er staunte darüber, wieviel er in dieser Zeit gern getan hätte, das Lärm machte und unterdrückt werden mußte. Das war ihm neu. Und beinahe reizte es ihn ein wenig, obwohl er sich mit großer Teilnahme auszumalen suchte, wie es wäre, mit einem andern Menschen wirklich zusammengewachsen zu sein. Er war wenig davon unterrichtet, wie solche zwei Nervensysteme arbeiten, die wie zwei Blätter an einem Stiel sitzen und nicht nur durch ihr Blut, sondern mehr noch durch die Wirkung der völligen Abhängigkeit miteinander verbunden sind. Er nahm an, daß jede Erregung der einen Seele von der andern mitgefühlt werde, während sich der hervorrufende Vorgang an einem Körper vollziehe, der in der Hauptsache nicht der eigene sei. «Eine Umarmung zum Beispiel: du wirst im andern umarmt» dachte er. «Du bist vielleicht nicht einmal einverstanden, aber dein anderes Ich wirft eine übermächtige Welle des Einverständnisses in dich! Was geht dich an, wer deine Schwester küßt? Aber ihre Erregung, die mußt du mit ihr lieben! Oder du bist es, der liebt, und nun mußt du sie irgendwie daran beteiligen, du kannst doch nicht bloß sinnlose physiologische Vorgänge in sie werfen...!?» Ulrich fühlte einen starken Reiz und ein großes Unbehagen von diesen Gedanken; es kam ihm schwer vor, hier die Grenze zwischen neuen Ansichten und Verzerrung der gewöhnlichen richtig zu ziehen.

26

Frühling im Gemüsegarten

Das Lob, das ihr von Meingast zuteil wurde, und die neuen Gedanken, die sie von ihm empfing, hatten auf Clarisse tiefen Eindruck gemacht.

Ihre geistige Unruhe und Erregbarkeit, die sie manchmal selbst beunruhigte, hatte nachgelassen, war diesmal aber nicht, wie es andere Male geschehen, von Mißmut, Bedrückung und Aussichtslosigkeit abgelöst worden, sondern von einer außergewöhnlich gespannten Klarheit und durchsichtigen inneren Atmosphäre. Wieder einmal überblickte sie sich selbst und begriff sich kritisch. Ohne zu zweifeln, ja mit einer gewissen Genugtuung nahm sie zu Kenntnis, daß sie nicht besonders klug sei: sie hatte eben zuwenig gelernt. Ulrich dagegen, wenn sie bei solcher vergleichenden Prüfung gerade an ihn dachte, Ulrich war wie ein Eisläufer, der sich auf einer geistigen Spiegelfläche nach Willkür näherte und entfernte. Nie war zu verstehen, woher es kam, wenn er etwas sagte; oder wenn er lachte, wenn er ärgerlich war, wenn seine Augen blitzten, wenn er da war und mit seinen breiten Schultern Walter den Raum im Zimmer wegnahm. Wenn er auch nur neugierig den Kopf umwandte, spannten sich seine Halssehnen wie Taue eines Seglers, der in windheller Fahrt auf und davon zieht. So war immer etwas an ihm, das über das ihr Zugängliche hinausreichte und das Verlangen wachhielt, sich mit dem ganzen Körper auf ihn zu werfen, um es zu fassen. Aber der Wirbel, in dem das manchmal geschah, so daß einmal schon nichts auf der Welt festgestanden war als der Wunsch, von Ulrich ein Kind zu haben, war jetzt weit fortgezogen und hatte nicht einmal jene Bruchstücke zurückgelassen, von denen die Erinnerung nach dem Abflauen von Leidenschaften unverständlich übersät ist. Clarisse wurde höchstens ärgerlich, wenn sie ihres Mißerfolgs in Ulrichs Wohnung gedachte, und soweit dies überhaupt noch geschah, doch war ihr Selbstgefühl heil und frisch bereitet. Diese Wirkung hatten eben die neuen Vorstellungen, mit denen sie von ihrem philosophischen Gast ausgestattet wurde; abgesehen von den unmittelbaren Erregungen, in die sie durch das Wiedersehen mit diesem ins Großartige veränderten Freund versetzt wurde. So vergingen viele Tage in einer mannigfaltigen Spannung, während alle in dem kleinen, jetzt schon in der Frühlingssonne liegenden Haus darauf warteten, ob Ulrich die Erlaubnis bringen werde oder nicht, Moosbrugger an seinem unheimlichen Aufenthaltsort zu besuchen.

Und vornehmlich war es ein Gedanke, der Clarisse in diesem Zusammenhang wichtig vorkam: der Meister hatte die Welt «in einem Maße wahnfrei» genannt, daß sie von nichts mehr wisse, ob sie es lieben oder hassen solle, und Clarisse war seither überzeugt, daß man sich einem Wahn überlassen müsse, wenn man der Gnade teilhaftig geworden sei, ihn zu fühlen. Denn ein Wahn ist eine Gnade. Wer wußte denn damals noch, ob er rechts oder links gehen solle, wenn er aus dem Hause trat, außer er hatte einen Beruf wie Walter, der ihn hinwieder beengte, oder eine Verabredung wie sie mit den Eltern oder Geschwistern, die sie langweilte! Das ist in einem Wahn anders! Da ist das Leben so praktisch eingerichtet wie eine moderne Küche: man sitzt in der Mitte, braucht sich kaum zu rühren und kann von seinem Platz aus alle Einrichtungen in Gang setzen. Für so etwas hatte Clarisse immer Sinn gehabt. Und überdies verstand sie unter Wahn nichts anderes als man Willen nennt, nur besonders gesteigert. Clarisse hatte sich bisher davon eingeschüchtert gefühlt, daß sie sich nur weniges von dem, was in der Welt vorgehe, richtig zu erklären vermöge, aber seit der Wiederbegegnung mit Meingast sah sie sich gerade dadurch begünstigt, nach eigenem Ermessen zu lieben, zu hassen und zu handeln. Denn nach des Meisters Wort tat der Menschheit nichts so not wie Wille, und dieses Gut, heftig wollen zu können, befand sich seit je in ihrem Besitz! Wenn Clarisse das bedachte, wurde ihr kalt vor Glück und heiß vor Verantwortung. Natürlich war Wille dabei nicht etwa das düstere Bemühen, ein Klavierstück zu erlernen oder in einem Streit recht zu behalten, sondern ein mächtiges Gesteuertwerden vom Leben, ein Ergriffensein von sich selbst, ein Dahinschießen im Glück.

Und sie konnte nicht umhin, schließlich etwas davon Walter mitzuteilen. Sie teilte ihm mit, daß ihr Gewissen von Tag zu Tag stärker werde. Doch erwiderte Walter aufgebracht und unerachtet seiner Bewunderung für Meingast, den vermuteten Urheber dieser Tatsache:

«Es ist wohl wahrhaftig ein Glück, daß es Ulrich nicht zu gelingen scheint, die Erlaubnis zu besorgen!»

Bloß ein Grimmen lief über Clarissens Lippen, aber es verriet Mitleid mit seiner Ahnungslosigkeit und Widerstand.

«Was willst du denn eigentlich von diesem Verbrecher, der uns alle zusammen nicht das geringste angeht!?» fragte Walter erregt.

«Es wird mir einfallen, wenn ich dort bin» gab Clarisse zur Antwort.

«Ich meine, das müßtest du jetzt schon wissen!» bemerkte Walter männlich.

Seine kleine Frau lächelte, wie sie es immer tat, ehe sie ihn tief verletzte. Dann sagte sie aber bloß: «Ich werde etwas tun.»

«Clarisse!» erwiderte Walter fest «du darfst nichts tun ohne meine Erlaubnis; ich bin rechtlich dein Mann und Vormund!»

Das war ihr ein neuer Ton. Sie wandte sich von ihm ab, tat verwirrt ein paar Schritte.

«Clarisse!» rief ihr Walter nach und erhob sich, ihr zu folgen. «Ich werde etwas gegen den Wahnsinn tun, der hier im Haus kreist!»

Da begriff sie, daß sich die Heilkraft ihres Entschlusses auch schon an Walters zunehmender Kraft fühlen mache. Sie wandte sich auf der Ferse um: «Was wirst du tun?!» fragte sie ihn, und ein Blitz aus dem Spalt ihrer Augen schlug in das feuchte, aufgerissene Braun der seinen.

«Sieh doch,» begütigte er und wich zurück, weil er sich von solcher Genauigkeit der erheischten Antwort überrascht sah «das haben wir ja alle in uns, diese intellektuelle Neigung für das Ungesunde, Schauerliche und Problematische, wir geistigen Menschen; aber –»

«Aber wir lassen die Philister gewähren!» unterbrach ihn Clarisse siegprangend. Nun ging sie ihm nach, ließ ihn nicht aus den Augen. Fühlte, wie ihn ihre Heilkraft umschlang und kräftig zwang. Ihr Herz wurde plötzlich von einer unsäglichen und seltsamen Freude erfüllt.

«Aber wir machen nicht so viel Wesens davon» murmelte Walter seinen Satz verdrossen zu Ende. Hinter sich, am Saum seines Rockes, fühlte er einen Widerstand; hingreifend, erriet er die Kante eines der dünnbeinigen, leichten Tischchen, die es in seiner Wohnung gab und die ihm plötzlich gespenstisch vorkamen: wiche er noch weiter zurück, müßte er den Tisch lächerlicherweise ins Rutschen bringen, begriff er. Also widerstand er dem plötzlich erwachten Wunsch, weit fort von diesem Kampf zu sein, auf einer Wiese von tiefem Grün, unter blühenden Obstbäumen und zwischen Menschen, deren gesunde Fröhlichkeit seine Wunden wusch und reinigte. Es war ein ruhiger, dicker Wunsch, verschönt von Frauen, die seinem Wort lauschten und es mit Bewunderung bedankten. Und in dem Augenblick, wo sich ihm Clarisse näherte, empfand er sie eigentlich als eine wüste traumartige Belästigung. Zu seiner Überraschung sagte Clarisse aber nicht: du bist ein Feigling! Sondern sie sagte: «Walter? Warum sind wir unglücklich?!»

Bei dieser lockenden, hellsichtigen Stimme fühlte er, daß sein Unglück mit Clarisse durch kein Glück mit einer anderen Frau ersetzt werden könnte. «Wir müssen es sein!» erwiderte er in einer ebenbürtigen Aufwallung.

«Nein, wir müßten es nicht sein!» versicherte Clarisse nachgiebig. Sie ließ den Kopf zur Seite hängen und suchte nach etwas, das ihn überzeugen sollte. Im Grunde durfte es nicht einmal einen Unterschied ausmachen, was es sei: sie standen vor einander wie ein Tag ohne Abend, der das Feuer von Stunde zu Stunde weitergibt, ohne daß es weniger wird. «Du wirst mir zugeben,» begann sie schließlich in einem ebenso schüchternen wie eigensinnigen Tonfall «daß die wirklich großen Verbrechen nicht dadurch entstehn, daß man sie tut, sondern daraus, daß man sie gewähren läßt!»

Nun wußte Walter freilich, was kommen sollte, und es bedeutete eine heftige Enttäuschung. «O Gott!» rief er ungeduldig aus. «Ich weiß doch auch, daß durch Gleichgültigkeit und durch die Leichtigkeit, mit der man sich heute ein gutes Gewissen beschaffen kann, weit mehr Menschenleben zugrunde gerichtet werden als durch den bösen Willen einzelner! Und es ist bewundernswert, daß du jetzt sagen wirst, jeder muß darum sein Gewissen schärfen und muß jeden Schritt aufs genaueste prüfen, ehe er ihn tut.»

Clarisse unterbrach ihn, indem sie den Mund öffnete, aber sie überlegte es sich anders und gab keine Antwort.

«Auch ich denke ja an die Armut, den Hunger, die Verkommenheit jeder Art, die unter Menschen zugelassen werden, oder an die Einstürze von Bergwerken, deren Verwaltungsräte an den Sicherheitseinrichtungen gespart haben,» fuhr Walter kleinlaut fort «und habe dir ja alles schon zugegeben.»

«Aber zwei Liebende dürfen dann einander auch nicht lieben, solange ihr Zustand nicht ‹reines Glück› ist» sagte Clarisse. «Und die Welt wird sich nicht eher bessern, als es solche Liebende gibt!»

Walter schlug die Hände zusammen. «Begreifst du nicht, wie lebensungerecht solche großen, blendenden, ungemischten Forderungen sind!» rief er aus. «So verhält es sich doch auch mit diesem Moosbrugger, der von Zeit zu Zeit in deinem Kopf wie auf einer Drehscheibe auftaucht! Eigentlich hast du ja recht, wenn du behauptest, daß man nicht ruhen darf, solange solche unglücklichen Menschentiere einfach getötet werden, weil die Gesellschaft nichts mit ihnen anzufangen weiß; aber sozusagen noch eigentlicher hat natürlich das gesunde gewöhnliche Gewissen recht, wenn es sich einfach weigert, auf solche überfeinerte Zweifel einzugehn. Es gibt eben gewisse letzte Kennmale des gesunden Denkens, die man nicht beweisen kann, sondern im Blut haben muß!»

Clarisse erwiderte: «Nach deinem Blut ist natürlich Eigentlich immer Eigentlich nicht!»

Walter schüttelte beleidigt den Kopf und zeigte ihr, daß er darauf nicht antworten werde. Er war es schon müde, immer den Warner davor zu spielen, daß einseitige Gedankenkost verderblich sei, und vielleicht machte es ihn auf die Dauer sogar selbst unsicher.

Aber Clarisse las durch eine nervöse Feinfühligkeit, die ihn immer wieder in Erstaunen setzte, seine Gedanken, und indem sie ihren Kopf aufrichtete, übersprang sie alle Zwischenstufen und landete bei ihm auf dem Höhepunkt mit der dringlich leise vorgebrachten Frage: «Kannst du dir Jesus als Bergwerksdirektor vorstellen?» Ihr Gesicht verriet, daß sie unter Jesus eigentlich ihn meine, in einer jener Übertreibungen, worin sich die Liebe nicht vom Irrsinn unterscheidet. Er wehrte es mit einer ebenso entrüsteten wie verzagten Bewegung der Hand ab. «Nicht so direkt, Clarisse!» beschwor er sie. «Man darf nicht so direkt sprechen!»

«Doch!» versetzte Clarisse. «Gerade direkt muß man sein! Wenn wir nicht die Kraft haben, ihn zu retten, werden wir auch nicht die Kraft haben, uns zu retten!»

«Und was ist schließlich dabei, wenn er verreckt!» rief Walter heftig aus. Er glaubte im Genuß dieser rohen Antwort den befreienden Geschmack des Lebens selbst auf der Zunge zu fühlen, der herrlich gemischt war mit dem Geschmack des Todes und des verstrickten Zugrundegehns, den Clarisse andeutend heraufbeschwor.

Clarisse sah ihn wartend an. Aber Walter schien an seinem Ausbruch genug zu haben oder verstummte aus Unentschlossenheit. Und wie einer, der also gezwungen ist, den unwiderstehlichen letzten Trumpf auszuspielen, sagte sie: «Mir ist ein Zeichen gesandt worden!»

«Das bildest du dir doch nur ein!» schrie Walter zur Zimmerdecke empor, die den Himmel vertrat; aber Clarisse verließ mit ihren letzten schwerlosen Worten das Beisammensein und wollte ihn nichts mehr sagen lassen.

Dagegen sah er sie ein wenig später eifrig mit Meingast sprechen. Das Gefühl, sie würden beobachtet, das diesen belästigte, weil er selbst nicht so weit sah, beruhte auf Richtigkeit. Tatsächlich beteiligte sich Walter nicht an der eifrigen Gartenarbeit seines inzwischen zu Besuch gekommenen Schwagers Siegmund, der mit aufgeschlagenen Ärmeln in einer Erdfurche kniete und irgend etwas tat, wovon Walter behauptet hatte, daß man es im Garten zur Frühjahrszeit tun müsse, wenn man Mensch sein wolle und nicht bloß ein flaches Lesezeichen in den Bänden der Fachliteratur.

Sondern Walter blickte verstohlen zu dem Paar hinüber, das sich in der anderen Ecke des offen daliegenden Nutzgartens befand.

Er glaubte nicht, daß in der von ihm beobachteten Gartenecke etwas Unerlaubtes vor sich gehe. Trotzdem fühlte er eine unnatürliche Kälte in den Händen, die der Frühlingsluft ausgesetzt waren, und in den Beinen, die nasse Flecken davon hatten, daß er zeitweilig niederkniete, um Siegmund anzuweisen. Er sprach hochfahrend mit ihm, wie es schwache und gedemütigte Menschen tun, wenn sie an jemand ihre Laune auslassen dürfen. Er wußte, daß Siegmund, der es sich in den Kopf gesetzt hatte, ihn zu verehren, nicht so leicht davon abzubringen wäre. Trotzdem war es geradezu eine Nach-Sonnenuntergang-Einsamkeit und Grabeskälte, die er zu fühlen glaubte, während er beobachtete, daß Clarisse niemals zu ihm herübersehe, sondern mit dauernden Zeichen der Teilnahme Meingast anblicke. Und überdies war er auch noch stolz darauf. Seit sich Meingast in seinem Hause befand, war er ebenso stolz auf die Abgründe, die darin aufsprangen, wie vorsorglich bemüht, sie zu verstopfen. Aus der Höhe des Stehenden hatte er zu dem auf den Knien liegenden Siegmund nun die Worte gelangen lassen: «Das empfinden und kennen wir natürlich alle, eine gewisse Neigung für das Problematische und Ungesunde!» Er war kein Duckmäuser. Er hatte sich in der kurzen Zeit, seit ihn Clarisse auf Grund dieses Satzes einen Philister genannt hatte, das Wort von der «kleinen Ehrlosigkeit des Lebens» zurechtgemacht. «Eine kleine Ehrlosigkeit ist gut wie süß oder sauer,» belehrte er jetzt seinen Schwager «aber wir sind verpflichtet, sie solange in uns zu verarbeiten, bis sie dem gesunden Leben zur Ehre gereicht! Und ich verstehe unter einer solchen kleinen Ehrlosigkeit» fuhr er fort «ebensowohl das sehnsüchtige Paktieren mit dem Tod, das uns ergreift, wenn wir die Tristanmusik hören, wie die heimliche Anziehung, die den meisten Sexualverbrechen zu eigen ist, obwohl wir ihr nicht nachgeben! Denn ich nenne ehrlos und menschlich-widersacherisch, siehst du, ebensowohl das Elementare des Lebens, wenn es in Not und Krankheit über uns Herr wird, wie das übertrieben Geistige und Gewissenhafte, das dem Leben Gewalt antun möchte. Alles, was die Grenzen überschreiten möchte, die uns gezogen sind, ist ehrlos! Mystik ist ebenso ehrlos wie die Einbildung, daß man die Natur auf eine mathematische Formel bringen könne! Und die Absicht, Moosbrugger aufzusuchen, ist ebenso ehrlos wie –» Hier unterbrach sich Walter einen Augenblick, um den Nagel auf den Kopf zu treffen, und schloß mit den Worten: «wenn du am Krankenbett Gott anrufen wolltest!»

Gewiß war damit nun etwas gesagt und sogar überraschend die berufsmäßige und unwillkürliche Humanität des Arztes dafür angerufen worden, daß Clarissens Vorhaben und seine überspannten Begründungen die Grenzen des Erlaubten überschritten. Aber im Verhältnis zu Siegmund war Walter ein Genie, und das hatte sich darin geäußert, daß Walter von seinem gesunden Denken zu solchen Gedankenbekenntnissen geführt worden war, während sich die noch gesündere Gesundheit seines Schwagers darin ausdrückte, daß er zu dieser fragwürdigen Stoffwelt entschlossen schwieg. Siegmund häufelte die Erde mit seinen Fingern und neigte dabei, ohne die Lippen zu öffnen, manchmal den Kopf von der einen auf die andere Seite, so als ob er ein Probierglas umschütten wollte, oder auch nur so, als ob er dann in dem einen Ohr genug hätte. Und nachdem sich Walter ausgesprochen hatte, trat eine furchtbar tiefe Stille ein, und in dieser hörte nun Walter einen Satz, den ihm wohl auch Clarisse einmal zugerufen haben mußte; denn er hörte zwar nicht in halluzinatorischer Lebendigkeit, aber doch gleichsam in der Stille ausgespart die Worte: «Nietzsche und Christus sind an ihrer Halbheit zugrunde gegangen!» Und auf eine nicht ganz geheuerliche, an den «Bergwerksdirektor» erinnernde Weise schmeichelte ihm das. So war es eine eigentümliche Lage, wie er, die Gesundheit selbst, hier im kühlen Garten stand zwischen einem Mann, auf den er hochmütig hinabblickte, und zwei unnatürlich Erhitzten, zu deren stummen Gebärdenspiel er überlegen und dennoch sehnsüchtig hinübersah. Denn Clarisse war nun einmal die kleine Ehrlosigkeit, die seine Gesundheit brauchte, um nicht zu verflauen, und eine heimliche Stimme sagte ihm, daß Meingast soeben im Begriff sei, die zulässige Kleinheit dieser Ehrlosigkeit maßlos zu vergrößern. Er bewunderte ihn mit der Empfindung, die ein unberühmter Verwandter für einen berühmten hat, und es erregte mehr seinen Neid als seine Eifersucht, also ein Gefühl, das noch heftiger als diese nach innen schlug, Clarisse mit ihm verschwörerisch wispern zu sehn; aber doch erhob es ihn auch irgendwie, er wollte, im Bewußtsein seiner eigenen Würde, nicht böse werden, er verbot sich, hinüber zu gehn und die beiden zu stören, er fühlte sich angesichts ihrer Erhitzung als den Überlegenen, und aus alledem entstand, er wußte selbst nicht wie, ein zwittrig unklarer, abseits aller Logik geborener Gedanke: daß die beiden dort drüben in einer ungehemmten und zu mißbilligenden Weise Gott anriefen.

Das war, wenn man einen solchen wunderlich gemischten Zustand schon ein Denken nennen muß, doch ein solches, das sich in keiner Weise aussprechen läßt, weil die Chemie seines Dunkels durch den lichten Einfluß der Sprache augenblicklich verdorben wird. Walter verband auch, wie er vor Siegmund gezeigt hatte, durchaus keinen Glauben mit dem Wort Gott, und nachdem es ihm eingefallen war, entstand eine scheue Leere rings darum: so kam es, daß nach langem Schweigen das erste, was Walter wieder zu seinem Schwager sagte, sehr weit davon entfernt war. «Du bist ein Esel,» warf er ihm vor «wenn du dich nicht befugt glaubst, ihr von diesem Besuch ganz energisch abzuraten; wozu bist du denn Arzt?!»

Siegmund nahm auch das ganz und gar nicht übel. «Das mußt du schon allein mit ihr ausmachen» gab er, ruhig aufblickend, zur Antwort und wandte sich wieder seiner Beschäftigung zu.

Walter seufzte. «Clarisse ist natürlich ein ungewöhnlicher Mensch!» begann er abermals. «Ich kann sie sehr gut verstehn. Ich gebe sogar zu, daß sie mit der Strenge ihrer Auffassung nicht unrecht hat. Denk bloß an die Armut, den Hunger, die Verkommenheit jeder Art, wovon die Welt voll ist, an die Einstürze von Bergwerken zum Beispiel, deren Verwaltungsräte an den Stützbauten gespart haben –!»

Siegmund ließ kein Zeichen davon, daß er daran denke, erkennen.

«Nun, sie tut es!» fuhr Walter mit Strenge fort. «Und ich finde das wunderschön von ihr. Wir andern beschaffen uns viel zu leicht ein gutes Gewissen. Und sie ist besser als wir, wenn sie verlangt, daß wir alle uns ändern und uns ein tätigeres Gewissen, gleichsam eines ohne Ende, ein unendliches, aneignen sollen. Aber was ich dich frage, ist: muß das denn nicht zu moralischem Skrupelwahn führen, wenn es nicht überhaupt schon etwas Ähnliches ist? Das mußt du doch entscheiden können?!»

Siegmund setzte sich bei dieser dringenden Aufforderung auf ein Bein und blickte seinen Schwager prüfend an. «Verrückt!» erklärte er. «Aber man kann nicht sagen im medizinischen Sinn.»

«Und was sagst du dazu,» fragte Walter weiter, ohne seiner Überlegenheit zu gedenken «daß sie behauptet, ihr würden Zeichen geschickt?»

«Sie sagt, daß ihr Zeichen geschickt werden?» fragte Siegmund bedenklich.

«Ja doch! Dieser verrückte Mörder zum Beispiel! Und neulich jenes verrückte Schwein unter unseren Fenstern!»

«Ein Schwein?»

«Nein, eine Art Exhibitionist.»

«So?» sagte Siegmund und überlegte es. «Dir werden auch Zeichen geschickt, wenn du etwas zum Malen findest. Sie drückt sich bloß aufgeregter aus als du» entschied er schließlich.

«Und daß sie behauptet, sie müsse die Sünden dieser Menschen, und auch meine und deine und ich weiß nicht wessen Sünden noch, auf sich nehmen?!» rief Walter dringend.

Siegmund war aufgestanden und stäubte die Erde von seinen Händen. «Sie fühlt sich von Sünden bedrückt?» fragte er überflüssigerweise noch einmal und stimmte höflich zu, als freute er sich, seinem Schwager endlich beipflichten zu können: «Das ist ein Symptom!»

«Das ist ein Symptom?» fragte Walter zerknirscht.

«Sündenwahn ist ein Symptom» bestätigte Siegmund mit der Unparteilichkeit des Fachmanns.

«Es ist aber so» fügte Walter hinzu und legte gegen das Urteil, das er selbst heraufbeschworen hatte, augenblicklich Berufung ein: «Du mußt dich doch zuerst selbst fragen: gibt es Sünde? Natürlich gibt es Sünde. Aber dann gibt es auch einen Sündenwahn, der kein Wahn ist. Das verstehst du vielleicht nicht, denn es ist ja überempirisch! Es ist die gekränkte Verantwortung des Menschen für ein höheres Leben!»

«Aber sie behauptet doch, es würden ihr Zeichen geschickt!» wandte nun der beharrliche Siegmund ein.

«Aber mir werden doch auch Zeichen geschickt, sagst du!» rief Walter heftig aus. «Und ich sage dir, ich möchte manchmal mein Schicksal auf den Knien bitten, daß es mich zufrieden lassen möge: aber jedesmal schickt es wieder, und die großartigsten Zeichen schickt es durch Clarisse!» Dann fuhr er ruhiger fort: «Sie behauptet zum Beispiel jetzt, dieser Moosbrugger bedeute sie und mich in unserer ‹Sündengestalt› und sei uns als Mahnung geschickt worden; aber das läßt sich so verstehn: es ist ein Symbol dafür, daß wir die höheren Möglichkeiten unseres Lebens, sozusagen seine Lichtgestalt, vernachlässigen. Vor vielen Jahren, als sich Meingast von uns trennte –»

«Aber Sündenwahn *ist* ein Symptom für gewisse Störungen!» erinnerte ihn Siegmund mit dem verzweifelten Gleichmut des Fachmanns.

«Du kennst natürlich nur Symptome!» verteidigte Walter lebhaft seine Clarisse. «Denn das andere ginge über deine Erfahrung hinaus. Aber vielleicht ist gerade dieser Aberglaube, der alles, was nicht zur gemeinsten Erfahrung stimmt, als eine Störung behandelt, die Sünde und Sündengestalt unseres Lebens! Und Clarisse verlangt eine innere Aktion dagegen. Schon vor vielen Jahren, damals, als sich Meingast von uns trennte, haben wir –» Er dachte an die Geschichte, wie Clarisse und er Meingasts «Sünden auf sich nahmen», aber es war aussichtslos, Siegmund den Vorgang einer geistigen Erweckung zu erklären, und so schloß er unbestimmt mit den Worten: «Und schließlich, daß es immer Menschen gegeben hat, die die Sünden aller gleichsam auf sich lenkten oder auch in sich verdichteten, wirst du vielleicht selbst nicht leugnen?!»

Sein Schwager sah ihn zufrieden an. «Nun also!» gab er freundlich zur Antwort. «Da beweist du jetzt selbst, was ich schon zu Anfang behauptet habe. Daß sie sich von Sünden bedrückt glaubt, ist ein typisches Verhalten bei gewissen Störungen. Aber es gibt im Leben auch untypische Verhaltensweisen: Mehr habe ich nicht behauptet.»

«Und diese übertriebene Strenge, mit der sie alles durchführt?» fragte Walter nach einer Weile seufzend. «Ein solcher Rigorismus ist doch kaum noch normal zu nennen?»

Indessen hatte Clarisse eine wichtige Unterredung mit Meingast. «Du hast gesagt,» erinnerte sie ihn «daß die Menschen, die sich darauf etwas zugute tun, daß sie die Welt erklären und verstehen, niemals etwas an ihr ändern werden?»

«Ja» erwiderte der Meister. «‹Wahr› und ‹Falsch›, das sind die Ausreden derer, die nie zu einer Entscheidung kommen wollen. Denn die Wahrheit ist ein Ding ohne Ende.»

«Darum hast du gesagt, daß man den Mut haben muß, sich zwischen ‹Wert› und ‹Unwert› zu entscheiden?!» forschte Clarisse.

«Ja» sagte der Meister etwas gelangweilt.

«Wunderbar verächtlich ist auch die von dir geprägte Formel,» rief Clarisse aus «daß im heutigen Leben die Menschen bloß das tun, was geschieht!»

Meingast blieb stehn und blickte zu Boden; man hätte ebensogut meinen können, daß er sein Ohr neige wie daß er ein Steinchen betrachte, das rechts vor ihm am Weg liege. Aber Clarisse fuhr nicht fort, ihm den Honig des Lobs darzureichen; auch sie hatte jetzt den Kopf gebeugt, so daß ihr Kinn beinahe in der Halsgrube ruhte, und ihr Blick bohrte sich zwischen Meingasts Stiefelspitzen in die Erde; eine leichte Röte zog in ihrem fahlen Antlitz auf, als sie, vorsichtig die Stimme dämpfend, mit den Worten fortfuhr: «Du hast gesagt, alle Sexualität ist nur ein Bocksprung!»

«Ja, das habe ich bei einer bestimmten Gelegenheit gesagt. Was unserer Zeit an Willen abgeht, verausgabt sie, abgesehen von ihrer sogenannten wissenschaftlichen Tätigkeit, in Sexualität!»

Clarisse zögerte eine Weile, dann sagte sie: «Ich selbst habe viel Willen, aber Walter macht Bocksprünge!»

«Was ist eigentlich zwischen euch los?» fragte der Meister, neugierig geworden, fügte aber sogleich beinahe angewidert hinzu: «Ich kann es mir natürlich denken.»

Sie befanden sich in einer Ecke des baumlosen Gartens, der in der vollen Frühlingssonne lag, und ungefähr in der schräg gegenüberliegenden Ecke kauerte Siegmund am Boden, während Walter, neben ihm stehend, lebhaft auf ihn einsprach. Der Garten hatte die Form eines an die Längsmauer des Hauses gelehnten Rechtecks, um dessen Gemüse- und Blumenbeete ein Kiesweg lief, während zwei Mittelwege mit ihrem Kies auf der noch unbewachsenen Erde ein helles Kreuz bildeten. Clarisse erwiderte, vorsichtig zu den beiden anderen Männern hinüberspähend: «Er kann vielleicht nicht dafür: du mußt wissen, daß ich Walter in einer Weise anziehe, die nicht recht ist.»

«Ich kann es mir vorstellen» erwiderte diesmal der Meister mit einem teilnehmenden Blick. «Du hast etwas Knabenhaftes.»

Clarisse fühlte bei diesem Lob ein Glück durch ihre Adern springen wie Hagelkörner. «Hast du ‹damals› gesehn, daß ich mich rascher anzuziehn vermag als ein Mann?!» fragte sie ihn geschwind.

In das wohlwollend gefaltete Gesicht des Philosophen geriet Verständnislosigkeit. Clarisse kicherte. «Das ist so ein Doppelwort» erklärte sie. «Es gibt auch andere: Lustmord zum Beispiel.»

Nun fand es der Meister wohl gut, sich von nichts überrascht zu zeigen. «Doch, doch,» erwiderte er «ich weiß. Du hast ja einmal behauptet, daß es Lustmord sei, wenn man die Liebe in der üblichen Umarmung löscht.» Aber was sie mit dem Anziehen meine, wollte er wissen.

«Gewährenlassen ist Mord» erklärte Clarisse mit der Schnelligkeit eines, der auf glattem Boden seine Kunststücke zeigt und vor Behendigkeit ausrutscht.

«Weißt du,» gestand Meingast «jetzt kenne ich mich wahrhaftig nicht mehr aus. Nun sprichst du doch wieder von dem Kerl, dem Zimmermann. Was willst du von ihm?»

Clarisse scharrte nachdenklich mit der Fußspitze im Kies. «Das ist das gleiche» antwortete sie. Und plötzlich sah sie zum Meister auf. «Ich glaube, Walter sollte mich verleugnen lernen» sagte sie in einem kurz abgeschnittenen Satz.

«Ich kann das nicht beurteilen» meinte Meingast, nachdem er vergeblich eine Fortsetzung erwartet hatte. «Aber sicher sind die radikalen Lösungen immer die besseren.»

Er hatte das bloß für alle Fälle gesagt. Aber Clarisse senkte nun wieder den Kopf, so daß sich ihr Blick irgendwo in Meingasts Anzug vergrub, und nach einer Weile näherte sie ihre Hand langsam seinem Unterarm. Sie hatte plötzlich unbändige Lust, diesen harten, mageren Arm unter dem weiten Ärmel anzufassen und den Meister zu berühren, der sich verstellte, als wüßte er nichts von den erleuchtenden Worten, die er über den Zimmermann gesagt hatte. Es waltete, während es geschah, in ihr die Empfindung, daß sie einen Teil von sich zu ihm hinüberschiebe, und in der Langsamkeit, mit der ihre Hand in seinem Ärmel verschwand, in dieser flutenden Langsamkeit, kreisten Trümmer einer unbegreiflichen Wollust, die von der Wahrnehmung herrührten, daß der Meister stillhalte und sich von ihr berühren lasse.

Meingast aber sah aus irgendeinem Grund entgeistert auf die Hand, die seinen Arm in der Art umklammerte und an ihm hinanstieg, wie sich ein vielbeiniges Tier auf sein Weibchen schiebt; er sah unter den gesenkten Augenlidern der kleinen Frau etwas zucken, das ungewöhnlich war: er begriff einen zweifelhaften Vorgang, der durch die

Öffentlichkeit, in der er sich abspielte, ihn rührte. «Komm!» schlug er vor, freundlich ihre Hand entfernend: «Wenn wir hier stehen bleiben, sind wir allen zu sichtbar; wir wollen wieder auf und ab gehen!»

Während sie nun auf und ab wandelten, erzählte Clarisse: «Ich ziehe mich rasch an; rascher als ein Mann, wenn es sein muß. Die Kleider fliegen mir auf den Leib, wenn ich so – wie soll ich das nennen? – wenn ich eben so bin! Das ist vielleicht eine Art Elektrizität; was zu mir gehört, ziehe ich an. Aber es ist gewöhnlich eine unheilvolle Anziehung.»

Meingast lächelte zu diesen Wortspielen, die er noch immer nicht verstand, und suchte aufs Geratewohl nach einer eindrucksvollen Erwiderung. «Du ziehst also deine Kleider sozusagen an wie ein Held das Schicksal?» gab er zur Antwort.

Zu seiner Überraschung blieb Clarisse stehen und rief aus: «Ja, gerade das ist es! Wer so lebt, fühlt das auch mit Kleid, Schuh, Messer und Gabel!»

«Es ist etwas Wahres daran» bestätigte der Meister diese dunkel überzeugende Behauptung. Dann fragte er geradeswegs: «Wie machst du es eigentlich mit Walter?»

Clarisse verstand nicht. Sie sah ihn an und gewahrte in seinem Auge plötzlich gelbe Wolken, die in einem wüsten Wind zu treiben schienen. «Du hast gesagt,» fuhr Meingast zögernd fort «daß du ihn in einer Weise anziehst, die ‹nicht recht› ist. Die also wahrscheinlich nicht die rechte einer Frau ist? Wie ist das? Bist du überhaupt gegen Männer frigid?»

Clarisse kannte das Wort nicht.

«Frigid ist,» erklärte der Meister «wenn eine Frau an der Umarmung der Männer kein Gefallen findet.»

«Aber ich kenne doch nur Walter» wandte Clarisse eingeschüchtert ein.

«Nun ja, aber nach allem, was du gesagt hast, müßte man es doch annehmen?»

Clarisse war verblüfft. Sie mußte nachdenken. Sie wußte es nicht. «Ich? Ich darf doch nicht; ich muß es ja gerade hindern!» sagte sie. «Ich darf es nicht gelten lassen!»

«Was du sagst!» Jetzt lachte der Meister unanständig. «Du mußt verhindern, daß du etwas empfindest? Oder daß Walter auf seine Kosten kommt?»

Clarisse wurde rot. Aber damit wurde ihr auch klarer, was sie zu sagen habe. «Wenn man nachgibt, ertrinkt alles in Geschlechtslust» erwiderte sie ernst. «Ich erlaube der Lust der Männer nicht, sich von ihnen zu trennen und meine Lust zu werden. Darum ziehe ich sie schon an, seit ich ein kleines Mädchen war. Es ist etwas mit der Lust der Männer nicht in Ordnung.»

Aus verschiedenen Gründen zog es nun Meingast vor, darauf nicht einzugehen. «Kannst du dich denn so beherrschen?» fragte er.

«Ja, das ist verschieden» gab Clarisse aufrichtig zu. «Aber ich habe dir ja gesagt: ich wäre ein Lustmörder, wenn ich ihn gewähren ließe!» Eifriger werdend, fuhr sie fort: «Meine Freundinnen sprechen davon, daß man in den Armen eines Mannes ‹vergeht›. Ich kenne das nicht. Ich bin noch nie in den Armen eines Mannes vergangen. Aber ich kenne das Vergehen außerhalb der Umarmung. Du kennst es sicher auch; denn du hast doch gesagt, daß die Welt viel zu wahnfrei sei –!» Meingast wehrte mit einer Gebärde ab, als hätte sie ihn nicht recht verstanden. Aber nun war es ihr schon allzu klar: «Wenn du zum Beispiel sagst, daß man sich gegen das Minderwertige zugunsten des Höherwertigen entscheiden muß,» rief sie aus «so heißt das doch: es gibt ein Leben in einer Wollust, die ungeheuer und ohne Grenzen ist! Das ist nicht die des Geschlechts, es ist die Wollust des Genies! Und an der übt Walter Verrat, wenn ich ihn nicht hindere!»

Meingast schüttelte den Kopf. Verneinung war in ihm bei dieser veränderten und leidenschaftlichen Wiedergabe seiner Worte, es war eine aufgescheuchte, beinahe ängstliche Verneinung; und von allem, was sie enthielt, erwiderte er das Zufälligste: «Es ist doch fraglich, ob er anders überhaupt könnte!»

Clarisse blieb stehn, als hätte sie Blitzwurzeln in den Boden geschlagen. «Er muß!» rief sie aus. «Gerade du hast uns doch gelehrt, daß man muß!»

«Das ist richtig» gab der Meister zögernd zu und mahnte durch sein Beispiel vergeblich ans Weitergehn. «Aber *was* willst du eigentlich?»

«Siehst du, ich habe noch nichts gewollt, ehe du gekommen bist» sagte Clarisse leise. «Aber es ist doch so entsetzlich, dieses Leben, das aus dem Ozean der Lebenslüste nur das bißchen Geschlechtslust holt! Und jetzt will ich etwas.»

«Danach frage ich dich doch» half Meingast nach.

«Man muß zu einem Zweck auf der Welt sein. Man muß zu etwas ‹gut› sein. Sonst bleibt alles schrecklich verworren» gab Clarisse zur Antwort.

«Hängt es mit Moosbrugger zusammen, was du willst?» forschte Meingast.

«Das kann man nicht erklären. Man muß sehen, was daraus wird!» entgegnete Clarisse. Dann fügte sie nachdenklich hinzu: «Ich werde ihn entführen, ich werde einen Skandal heraufbeschwören!» Ihr Ausdruck veränderte sich dabei zum Geheimnisvollen. «Ich habe dich beobachtet» sagte sie plötzlich. «Es kommen und gehn bei dir geheimnisvolle Leute! Du lädst sie ein, wenn du glaubst, daß wir außer Haus sind. Es sind Knaben und junge Männer! Du sagst nicht, was sie wollen!» Meingast starrte sie fassungslos an. «Du bereitest etwas vor,» fuhr Clarisse fort «du setzt es in Gang! Aber ich –» stieß sie flüsternd hervor «ich bin auch so stark, daß ich mit mehreren gleichzeitig Freundschaft halten kann! Ich habe den Charakter und die Pflichten eines Mannes erworben! Ich habe im Umgang mit Walter männliche Empfindungen erlernt!...» Wieder griff ihre Hand nach Meingasts Arm. Man merkte ihr an, daß sie nichts davon wisse. Die Finger kamen in der Haltung von Krallen aus dem Ärmel hervor. «Ich bin ein Doppelwesen,» wisperte sie «das mußt du wissen! Aber es ist nicht leicht. Du hast recht, daß man dabei die Gewalt nicht scheuen darf!»

Meingast sah sie noch immer verlegen an. Er kannte sie nicht in diesen Zuständen. Der Zusammenhang, den ihre Worte hatten, blieb ihm unverständlich. Für Clarisse war in diesem Augenblick nichts einfacher als der Begriff des Doppelwesens, aber Meingast fragte sich, ob sie etwas von seinem geheimen Umgang erraten habe und darauf anspiele. Es gab noch nicht viel zu erraten; er hatte erst vor kurzem begonnen, in Einklang mit seiner Männer-Philosophie einen Wandel in seinen Empfindungen wahrzunehmen und junge Männer an sich zu ziehn, die etwas mehr bedeuteten als Schüler. Aber vielleicht hatte er deshalb seinen Aufenthalt gewechselt und war hierher gekommen, wo er sich vor Beobachtung sicher fühlte; er hatte noch nie an eine solche Möglichkeit gedacht, und diese kleine, unheimlich gewordene Person zeigte sich anscheinend imstande vorauszuahnen, was sich mit ihm zutrug. Ihr Arm kam auf irgendeine Weise immer länger aus dem Ärmel des Kleids hervor, ohne daß sich die Entfernung zwischen den beiden Körpern, die er verband, geändert hätte, und dieser nackte, magere Unterarm zusammen mit der daran sitzenden Hand, die Meingast berührte, hatte im Augenblick eine so ungewöhnliche Gestalt, daß in der Phantasie des Mannes alles durcheinandergeriet, was vordem noch Grenzen gehabt hatte.

Aber Clarisse brachte nun nicht mehr hervor, was sie soeben noch hatte sagen wollen, obwohl es in ihr klar zutage lag. Die Doppelworte waren Zeichen dafür, verstreut in der Sprache wie Äste, die man knickt, oder Blätter, die man auf den Boden streut, um einen heimlichen Weg finden zu lassen. Es wiesen «Lustmord» und «Anziehen», so wies aber auch «schnell», und viele, vielleicht sogar alle anderen Worte wiesen auf zwei Bedeutungen, von denen die eine geheim und persönlich war. Eine doppelte Sprache bedeutet aber ein doppeltes Leben. Die gewöhnliche ist offenbar das der Sünde, die geheime das der Lichtgestalt. So war zum Beispiel «schnell» in seiner Sündengestalt die gewöhnliche aufreibende, alltägliche Eile, in der Lustgestalt schnellte davon aber alles und federte in lustvollen Sprüngen. Dann kann man aber für Lustgestalt auch Kraftgestalt oder Unschuldsgestalt sagen und anderseits die Sündengestalt mit allen Namen nennen, die etwas von Niedergedrücktheit, Flauheit und der Unentschiedenheit des gemeinen Lebens haben. Das waren merkwürdige Beziehungen zwischen den Dingen und dem Ich, so daß etwas, das man tat, seine Wirkung hatte, wo man sie nie vermutet hätte; und je weniger sich Clarisse darüber aussprechen konnte, desto lebhafter entfalteten sich innen die Worte und gingen rascher, als sie einzusammeln waren. Aber eine Überzeugung besaß sie nun schon geraume Zeit: die Pflicht, das Vorrecht, die Aufgabe dessen, was man Gewissen, Wahn, Wille nennt, ist es, die starke Gestalt, die Lichtgestalt zu finden. Es ist die, wo nichts zufällig ist, worin kein Raum ist zu schwanken, wo Glück und Zwang zusammenfallen. Andere Leute haben das «wesentlich leben» genannt, sprachen vom «intelligiblen Charakter», bezeichneten den Instinkt als die Unschuld und den Intellekt als die Sünde: Clarisse konnte so nicht denken, aber sie hatte die Entdeckung gemacht, man könne ein Geschehen in Gang bringen, und manchmal bänden sich dann von selbst Teile der Lichtgestalt daran und wären auf diese Weise eingekörpert. Aus Gründen, die in erster Linie mit Walters empfindungsreichem Nichtstun zusammenhingen, weiter aber aus heldenhafter Ehrsucht, der immer die Mittel gefehlt hatten, war sie bis zu dem Gedanken geführt worden, jeder Mensch könne sich durch etwas, das er gewalttätig unternehme, eine Denkmal voransetzen und werde dann von diesem nachgezogen. Darum war ihr auch ganz unklar, was sie mit Moosbrugger vorhatte, und sie konnte Meingast nichts auf seine Frage antworten.

Sie wollte es überdies nicht. Walter hatte ihr zwar verboten zu sagen, daß sich der Meister wieder verwandle, aber ohne Zweifel ging dessen Geist zur heimlichen Vorbereitung einer Tat über, von der sie nichts wußte und die so herrlich sein konnte, wie es sein Geist war. Er mußte sie also verstehn, wenn er sich auch verstellte. Je weniger sie sagte, desto mehr zeigte sie ihm ihr Wissen. Sie durfte ihn auch anfassen, und er konnte es ihr nicht verwehren. Er anerkannte damit ihr Vorhaben, und sie drang in das seine ein und hatte teil daran. Auch das war irgendeine Art von Doppelwesen, und ein so starkes, daß es ihr gar nicht mehr klar wurde. Durch ihren Arm floß alles, was sie an Kraft hatte und in seinen Maßen gar nicht kannte, in einem schier unerschöpflichen Strom zu dem geheimnisvollen Freund hinüber und hinterließ sie in einer Ohnmacht und Ausgehöhltheit des Marks, die jede Empfindung der Liebe übertraf. Sie konnte nichts tun, als lächelnd ihre Hand anzuschaun, oder abwechselnd ihm ins Gesicht zu blicken. Und auch Meingast tat nichts anderes, als daß er abwechselnd sie und ihre Hand anblickte.

Und plötzlich geschah dabei etwas, das Clarisse zuerst ganz unvorbereitet traf, dann aber in einen Taumel mänadischen Entzückens versetzte: Meingast hatte in seinem Gesicht ein überlegenes Lächeln festzuhalten versucht, das ihn davor schützen sollte, ihr seine Unsicherheit zu verraten; diese wuchs aber von Minute zu Minute und entstand immer von neuem aus etwas scheinbar Unbegreiflichem. Denn es gibt vor jeder unter Zweifeln verantworteten Tat eine Zeitspanne der Schwäche, die den Augenblicken der Reue nach der Tat entspricht, wenngleich sie im natürlichen Verlauf des Geschehens kaum in Erscheinung tritt. Die Überzeugungen und heftigen Einbildungen, von denen die fertige Handlung geschützt und gutgeheißen wird, haben da noch nicht ihre volle Ausbildung erreicht und schwanken in der zusammenströmenden Leidenschaft ähnlich unsicher und unfest, wie sie vielleicht später in der rückströmenden Leidenschaft der Reue zittern oder zusammenbrechen werden. In diesem Zustand seiner Absichten war Meingast überrascht worden. Es war ihm doppelt peinlich, aus Gründen der Vergangenheit und auch des Ansehens, das er jetzt bei Walter und Clarisse genoß, und jede heftige Erregung ändert noch dazu das Bild der Wirklichkeit in ihrem Sinn, so daß sie daraus neue Steigerung in sich aufnehmen kann: Die Unheimlichkeit, in der sich Meingast befand, machte ihm Clarisse unheimlich, die Furcht gab ihr etwas Furchtbares, und die Versuche, sich nüchtern auf die Wahrheit zu besinnen, vermehrten bloß durch ihre Ohnmacht die Bestürzung. So kam es, daß das Lächeln, statt überlegene Ruhe vorzutäuschen, in seinem Gesicht von einem Augenblick zum andern etwas Steiferes annahm, ja etwas steif Schwebendes und schließlich sogar steif wie auf Stelzen davon zu schweben schien. In diesem Augenblick benahm sich der Meister nicht anders, als es ein großer Hund tut, der ein ungewöhnlich kleines Tier vor sich hat, das er sich nicht anzufallen traut, wie eine Raupe, Kröte oder Schlange: er richtete sich immer höher auf seinen langen Beinen auf, verzog die Lippen und den Rücken und sah sich plötzlich durch die Ströme des Unbehagens von dem Ort fortgezogen, wo sie ihre Quelle hatten, ohne daß er imstande gewesen wäre, seine Flucht durch ein Wort oder eine Gebärde zu verschleiern.

Clarisse ließ ihn nicht los; bei den ersten, zögernden Schritten mochte das noch einem arglosen Eifer gleichen, aber später zerrte er sie mit sich und fand kaum die nötigsten Worte, ihr zu erklären, daß er auf sein Zimmer eilen und arbeiten wolle. Es gelang ihm erst im Hausflur, sich ganz von ihr zu befrein, und bis dorthin wurde er nur von seinem Fluchtwillen bewegt, ohne auf Clarissens Worte zu achten und erstickt durch die Vorsicht, die er gleichzeitig anwenden mußte, um Walter und Siegmund nicht aufzufallen. Wirklich hatte Walter diesen Vorgang in seinem allgemeinen Aufbau erraten können. Er gewahrte, daß Clarisse etwas mit Leidenschaft von Meingast fordere, was dieser verweigerte, und eine doppelschraubige Eifersucht bohrte sich in seine Brust. Denn obwohl er aufs schmerzlichste unter der Annahme litt, daß Clarisse ihre Gunst dem Freunde anbiete, war er fast noch heftiger beleidigt, als er sie verschmäht zu sehen glaubte. Führte man das zu Ende, so wollte er Meingast zwingen, daß er Clarisse zu sich nehme, und wäre dann von dem Schwung der gleichen inneren Bewegung in Verzweiflung gestürzt worden. Er war wehmütig und heldisch erregt. Er ertrug es nicht, während Clarisse auf der Schneide ihres Schicksals stand, von Siegmund gefragt zu werden, ob man die Stecklinge in lockeren Boden setzen oder die Erde rings um sie festklopfen müsse. Er mußte etwas sagen und fühlte sich in dem Zustand eines Klaviers in der Hundertstelsekunde zwischen dem Augenblick, wo der zehnfingerige Schwung eines ungeheuren Anschlags hineinfährt, und dem Aufheulen. Er hatte Licht in der Kehle. Worte, die alles ganz anders darstellen mußten als üblich. Aber unerwarteterweise war das einzige, was er hervorbrachte, etwas völlig davon Verschiedenes: «Ich werde es nicht dulden!» wiederholte er, mehr in den Garten hinaus als zu Siegmund.

Nun zeigte sich aber, daß dieser, scheinbar bloß mit Stecklingen und dem Häufeln von Erde beschäftigt, doch auch die Vorgänge beobachtet und sich sogar darüber Gedanken gemacht hatte. Denn Siegmund stand auf, klopfte sich die Knie sauber und gab seinem Schwager einen Rat. «Wenn du glaubst, daß sie zu weit geht, müßtest du sie eben auf andere Ideen bringen» sagte er in einer Art, als verstünde es sich von selbst, daß er die ganze Zeit über mit ärztlicher Gewissenhaftigkeit erwogen habe, was ihm von Walter anvertraut worden sei.

«Wie soll ich das denn machen?!» fragte Walter verdutzt.

«Wie es ein Mann eben tut» sagte Siegmund. «Der Weiber Weh und Ach ist immer von dem gleichen Punkt aus zu kurieren, oder wie es schon heißt!» Er ließ sich sehr viel von Walter gefallen, und das Leben ist voll solcher Beziehungen, wo einer den andern duckt und verdrängt, der sich nicht dagegen auflehnt. Genau genommen und nach Siegmunds eigener Überzeugung: gerade das gesunde Leben ist so. Denn die Welt wäre wahrscheinlich schon zur Zeit der Völkerwanderung zugrunde gegangen, wenn sich jeder bis auf den letzten Blutstropfen gewehrt hätte. Statt dessen haben sich aber immer die Schwächeren nachgiebig verzogen und haben andere Nachbarn gesucht, die von ihnen verdrängt werden konnten; und nach diesem Muster vollziehen sich die menschlichen Beziehungen in ihrer Mehrheit noch bis heute, und alles wird dabei mit der Zeit von selbst gut. Siegmund war in seinem Familienkreis, wo Walter als ein Genie galt, stets ein wenig als Dummkopf behandelt worden, hatte das auch anerkannt und wäre noch heute in jedem Fall der Nachgiebige und Huldigende gewesen, wo der Familienrang auf dem Spiel stand. Denn seit Jahren war diese alte Eingliederung im Verhältnis zu den neu entstandenen Lebensbeziehungen unwichtig geworden und wurde gerade deshalb so gelassen, wie es das Herkommen war. Siegmund hatte nicht nur eine recht gute Praxis als Arzt – und der Arzt herrscht, anders als der Beamte, nicht durch fremde Macht, sondern durch sein persönliches Können, er kommt zu Menschen, die von ihm Hilfe erwarten und sie fügsam entgegennehmen! – sondern besaß auch eine vermögende Frau, die ihm in kurzer Zeit sich und drei Kinder geschenkt hatte und von ihm, wenn auch nicht oft, so doch regelmäßig wenn es ihm paßte, mit anderen Frauen betrogen wurde. Darum war er durchaus in der Lage, wenn er wollte, Walter einen selbstgewissen und verläßlichen Rat zu geben.

In diesem Augenblick kam Clarisse aus dem Haus ins Freie zurück. Sie erinnerte sich nicht mehr, was während des Hinstürmens gesprochen worden war. Wohl wußte sie, daß der Meister vor ihr die Flucht ergriffen hatte; aber diese Erinnerung hatte die Einzelheiten verloren, hatte sich geschlossen und zusammengefaltet. Es war etwas geschehn!: Mit dieser einzigen Vorstellung in ihrem Gedächtnis, fühlte sich Clarisse wie ein Mensch, der aus einem Gewitter kommt und noch am ganzen Leib von sinnlicher Kraft geladen ist. Vor sich, wenige Meter vom Fuß der kleinen Steintreppe entfernt, auf die sie hinaustrat, sah sie eine tiefschwarze Amsel mit einem feuerfarbenen Schnabel sitzen, die einen dicken Wurm verspeiste. Es war eine ungeheure Energie in dem Tier oder in den beiden gegensätzlichen Farben. Man hätte nicht sagen können, daß Clarisse dabei etwas dachte; vielmehr antwortete etwas hinter ihr von allen Seiten. Die schwarze Amsel war eine Sündengestalt im Augenblick der Gewaltanwendung. Der Wurm die Sündengestalt eines Schmetterlings. Die beiden Tiere waren ihr vom Schicksal auf den Weg geschickt, als Zeichen, daß sie handeln müsse. Man sah, wie die Amsel die Sünden des Wurms in sich aufnahm durch ihren brennend-orangeroten Schnabel. War sie nicht das «schwarze Genie?» So wie die Taube der «weiße Geist» ist? Bildeten die Zeichen keine Kette? Der Exhibitionist mit dem Zimmermann, mit der Flucht des Meisters...? Nicht einer dieser Einfälle war in solcher entwickelten Form in ihr, sie saßen unsichtbar in den Wänden des Hauses, angerufen, doch ihre Antwort noch bei sich behaltend; aber was Clarisse wirklich fühlte, als sie auf die Treppe hinaustrat und den Vogel sah, der den Wurm fraß, war eine unaussprechliche Übereinstimmung des inneren Geschehens mit dem äußeren.

Sie übertrug sich in einer merkwürdigen Art auf Walter. Der Eindruck, den er empfing, entsprach sofort dem, was er «Gott anrufen» genannt hatte; er kam diesmal ohne alle Unsicherheit darauf. Er konnte nicht ausnehmen, was in Clarisse vor sich gehe, dazu war die Entfernung zu groß; aber etwas Nicht-Zufälliges gewahrte er an ihrer Haltung, wie sie vor der Welt dastand, in die die kleine Treppe hinabführte wie eine Badetreppe ins Wasser. Es war etwas Gehobenes. Es war nicht die Haltung des gewöhnlichen Lebens. Und er begriff plötzlich: Dieses gleiche Nichtzufälligsein meint Clarisse, wenn sie sagt: «Dieser Mann ist nicht zufällig unter meinem Fenster!» Er selbst fühlte, seine Frau anblickend, wie der Druck fremd dahinströmender Kräfte in die Erscheinungen eintrat und sie füllte. In der Tatsache, daß er da und Clarisse dort stand, schräg vor ihm, der sein Auge unwillkürlich nach der Längsachse des Gartens richtete und es drehen mußte, um Clarisse scharf zu sehn: schon in diesem schlichten Verhältnis überwog plötzlich der stumme Nachdruck des Lebens die natürliche Zufälligkeit. Aus der Fülle der sich vor dem Auge drängenden Bilder tauchte etwas Geometrisch-Linienhaftes und Ungewöhnliches empor. So konnte es zugehen, wenn Clarisse in fast stofflosen Übereinstimmungen, wie dem Umstand, daß ein Mann unter ihrem Fenster stünde und ein anderer Zimmermann wäre, einen Sinn fand; die Geschehnisse hatten dann wohl eine Art sich aneinander zu lagern, die anders war als die gewöhnliche, gehörten einem fremden Ganzen an, das andere Seiten an ihnen hervorkehrte, und weil es diese aus ihren unaufdringlichen Verstecken hervorholte, Clarisse zu der Behauptung ermächtigte, sie selbst sei es, die das Geschehen anziehe: Es war schwer, das nüchtern auszudrücken, aber schließlich fiel Walter auf, daß es doch gerade etwas ihm Wohlbekannten aufs nächste verwandt wäre, nämlich dem, was geschehe, wenn man ein Bild male. Auch ein Bild schließt auf eine nicht bekannte Weise jede Farbe und Linie aus, die nicht mit seiner Grundform, seinem Stil, seiner Palette übereinstimmt, und zieht anderseits das aus der Hand, was es braucht, kraft genialer Gesetze, die anders als die gewöhnlichen der Natur sind. In diesem Augenblick war nichts mehr von jenem runden Wohlgefühl der Gesundheit an ihm, das die Auswüchse des Lebens auf das mustert, was sich brauchen ließe, wie er es noch vor kurzem gepriesen hatte; eher das Leid eines Knaben, der sich zu einem Spiel nicht hintraut.

Aber Siegmund war nicht der Mann, wenn er einmal etwas aufgegriffen hatte, es rasch aus der Hand zu legen. «Clarisse ist übernervös» stellte er fest. «Sie hat immer mit dem Kopf durch die Wand wollen, und in irgend etwas steckt ihr Kopf jetzt fest. Du mußt ordentlich anpacken, auch wenn sie sich wehrt!»

«Ihr Ärzte versteht von seelischen Vorgängen nicht das geringste!» rief Walter aus. Er suchte nach einem zweiten Angriffspunkt und fand ihn. «Du sprichst von ‹Zeichen›» fuhr er fort, wobei sich über seine Gereiztheit die Freude lagerte, daß er von Clarisse sprechen konnte «und prüfst besorgt, wann Zeichen eine Störung sind und wann nicht; aber ich sage dir: der wirkliche Zustand des Menschen ist der, wo alles Zeichen ist! Einfach alles! Du kannst vielleicht der Wahrheit ins Auge schaun, aber nie wird dir die Wahrheit ins Auge schaun; dieses göttlich unsichere Gefühl wirst du nie kennen lernen!»

«Ihr seid ja beide verrückt!» bemerkte Siegmund trocken.

«Ja, natürlich sind wir es!» rief Walter aus. «Du bist als Mensch doch unschöpferisch: du hast nie erfahren, was ‹sich ausdrücken› bedeutet, daß es für den Künstler überhaupt erst ‹verstehen› bedeutet! Der Ausdruck, den wir den Dingen geben, entwickelt erst den Sinn, sie richtig aufzunehmen. Ich verstehe erst, was ich oder ein anderer will, indem ich es ausführe! Das ist unsere lebendige Erfahrung, zum Unterschied von deiner toten! Du wirst natürlich sagen, das sei paradox, eine Verwechslung von Ursache und Wirkung, du, mit deiner medizinischen Kausalität!»

Aber Siegmund sagte nicht das, sondern wiederholte bloß unbeirrt: «Es ist sicher zu ihrem eigenen Vorteil, wenn du dir nicht zuviel von ihr gefallen läßt. Nervöse Menschen bedürfen einer gewissen Strenge.»

«Und wenn ich am offenen Fenster Klavier spiele» fragte Walter, die Warnung seines Schwagers scheinbar überhörend: «was tue ich? Menschen gehen vorbei, vielleicht sind Mädchen darunter, wer will, bleibt stehn, ich spiele für junge Liebespaare und einsame Alte. Es sind Kluge und Dumme. Ich gebe ihnen ja auch nicht Vernunft. Was ich spiele, ist nicht Vernunft. Ich teile mich ihnen mit. Ich sitze unsichtbar in meinem Zimmer und gebe ihnen Zeichen: ein paar Töne, und es ist ihr Leben, und es ist mein Leben. Du könntest wirklich sagen, daß auch das verrückt ist!...» Plötzlich verstummte er. Das Gefühl: «Ach, ich wüßte euch allen wohl etwas zu sagen!», dieses Grund-Ehrgeiz-Gefühl des sich zur Mitteilung gedrängt fühlenden Erdenbürgers mittleren Schaffensvermögens, klappte zusammen. Jedesmal, wenn Walter in der weichen Leere hinter seinem geöffneten Fenster saß und mit dem hohen Bewußtsein des Künstlers, der tausende Unbekannte beglückt, seine Musik in die Luft hinausließ, war dieses Gefühl wie ein aufgespannter Schirm, und jedesmal war es wie ein schlottrig-eingezogener, sobald er zu spielen aufhörte. Dann war alle Leichtigkeit weg, alles Geschehene war so gut wie nicht geschehen, und er konnte nur noch in der Art sprechen, daß die Kunst den Zusammenhang mit dem Volk verloren habe und alles schlecht sei. Er erinnerte sich daran und wurde mutlos. Er wehrte sich dagegen. Und Clarisse hatte gesagt: Man muß die Musik «bis zu Ende» spielen. Clarisse hatte gesagt: Man versteht etwas nur so lange, als man es selbst mitmacht! Clarisse hatte aber auch gesagt: Darum müssen wir selbst ins Irrenhaus! Der «innere

Schirm» Walters flatterte halbeingezogen in unregelmäßigen Sturmstößen.

Siegmund sagte: «Nervöse Menschen brauchen eine gewisse Führung, es ist zu ihrem eigenen Vorteil. Du hast selbst gesagt, daß du das nicht mehr dulden willst. Ich kann dir als Arzt und Mann auch nur das gleiche raten: zeig ihr, daß du ein Mann bist; ich weiß, daß sie sich dagegen wehrt, aber es wird ihr schon gefallen!» Siegmund wiederholte wie eine zuverlässige Maschine unermüdlich das, was nun einmal sein «Ergebnis» geworden war.

Walter, in einem «Sturmstoß», antwortete: «Diese medizinische Überschätzung des geordneten Geschlechtslebens ist überhaupt von gestern! Wenn ich Musik mache, male oder denke, wirke ich auf Nahe und Ferne, ohne den einen zu nehmen, was ich den anderen gebe. Im Gegenteil! Laß dir nur gesagt sein, daß die private Lebensauffassung heute wahrscheinlich nirgends mehr eine Berechtigung hat! Auch in der Ehe nicht!»

Aber der dichtere Druck war auf Seiten Siegmunds, und Walter segelte vor dem Wind zu Clarisse hinüber, die er während dieses Gesprächs nicht aus den Augen gelassen hatte. Es war ihm unangenehm, daß man von ihm sagen könnte, er sei kein Mann; er kehrte dieser Behauptung den Rücken, indem er sich von ihr zu Clarisse hintreiben ließ. Und auf halbem Wege fühlte er zwischen den sich ängstlich entblößenden Zähnen, daß er mit der Frage beginnen müsse: «Was soll es heißen, daß du von Zeichen redest!?»

Aber Clarisse sah ihn kommen. Sie sah ihn schon auf seinem Platz schwanken, als er noch stand. Dann wurden seine Füße aus der Erde gezogen und trugen ihn her. Clarisse machte das mit einer wilden Lust mit. Die Amsel flog erschreckt auf und nahm hastig ihren Wurm mit. Die Bahn war nun ganz frei für die Anziehung. Aber plötzlich überlegte es sich Clarisse anders und wich einer Begegnung diesmal aus, indem sie langsam längs der Hauswand das Freie suchte, ohne sich aber von Walter abzuwenden, aber schneller, als der Zögernde aus dem Bereich der Fernwirkung in den von Rede und Gegenrede gelangte.

27

Agathe wird alsbald durch General Stumm für die Gesellschaft entdeckt

Seit sich Agathe mit ihm vereinigt hatte, stellten die Beziehungen, die Ulrich mit dem großen Bekanntenkreis des Hauses Tuzzi verbanden, zeitraubende gesellschaftliche Aufgaben, denn die lebhaftere Wintergeselligkeit war trotz der vorgerückten Jahreszeit noch nicht zu Ende und die Teilnahme, die man Ulrich nach dem Tod seines Vaters erwiesen hatte, forderte als Gegengabe, daß er Agathe nicht verberge, wenn sie auch beide durch ihre Trauerpflicht davon enthoben waren, an großen Festlichkeiten teilzunehmen. Diese Trauerpflicht würde sogar, wenn Ulrich den Vorteil, den sie ihm darbot, in vollem Umfang ausgenützt hätte, dazu hingereicht haben, jeden geselligen Verkehr auf längere Zeit zu meiden und so aus einem Kreis von Personen auszuscheiden, in den er nur durch einen wunderlichen Zustand geraten war. Allein, seit ihm Agathe ihr Leben anvertraut hatte, handelte Ulrich im Gegensatz zu seinem Gefühl und überantwortete einem Teil von sich, den er in der herkömmlichen Vorstellung «Pflichten eines älteren Bruders» einquartiert hatte, viele Entscheidungen, zu denen er sich in ganzer Person unbestimmt verhielt, wenn er sie nicht gar mißbilligte. Zu diesen Pflichten eines älteren Bruders gehörte vornehmlich der Vorsatz, daß Agathes Flucht aus dem Haus ihres Mannes nicht anders enden solle als im Haus eines besseren Mannes. «Du wirst,» pflegte er zu antworten, sobald sie darauf zu sprechen kamen, daß ihr gemeinsames Leben gewisse Vorkehrungen verlange «wenn es so weiter geht, bald einige Heirats- oder zumindest Liebesanträge bekommen»; und entwarf Agathe Pläne, die über einige Wochen hinausreichten, so erwiderte er: «Bis dahin wird ja doch alles anders sein.» Es würde sie noch mehr verletzt haben, hätte sie nicht den Zwiespalt in ihrem Bruder bemerkt, was sie vorderhand auch davon abhielt, heftigen Widerstand zu leisten, wenn er es für vorteilhaft fand, den geselligen Kreis, den sie durchstreiften, aufs weiteste auszudehnen. Auf diese Weise kam es, daß sich die Geschwister seit Agathes Ankunft weit mehr ins Treiben der Gesellschaft mischten, als es Ulrich für sich allein getan hätte.

Dieses gemeinsame Auftreten, nachdem man durch lange Zeit bloß ihn allein gekannt und von ihm nie ein Wort über seine Schwester vernommen hatte, erregte kein geringes Aufsehn. Eines Tags war General Stumm von Bordwehr mit seiner Ordonnanz, seiner Aktentasche und seinem Laib Brot wieder bei Ulrich erschienen und hatte mißtrauisch witternd die Luft geprüft. In der Luft hing ein unbeschreiblicher Geruch. Dann entdeckte von Stumm einen Damenstrumpf, der an einer Stuhllehne hing, und sagte mißbilligend: «Natürlich, die jungen Herrn!» «Meine Schwester» erklärte Ulrich. «Aber geh! Du hast doch gar keine Schwester!» berichtigte ihn der General «Da plagen uns die hochwichtigsten Sorgen, und du versteckst dich mit einem Mäderl!» Im gleichen Augenblick betrat Agathe das Zimmer, und er verlor die Fassung. Er sah die Verwandtschaft und fühlte an der Arglosigkeit des Auftritts, daß Ulrich die Wahrheit gesprochen habe, ohne doch von dem Gedanken abgeraten zu sein, daß er eine Freundin Ulrichs vor sich habe, die diesem nun freilich unverständlich und irreführend ähnlich sah. «Ich weiß nicht, wie mir in dem Moment geschehen ist, Gnädigste,» erzählte er es später Diotima «aber mir hätte nicht anders zumut sein können, wenn er selbst plötzlich wieder als Fähnrich vor mir gestanden wäre!» Denn Stumm fühlte, da ihm Agathe überaus gefiel, bei ihrem Anblick jenen Stupor, den er als das Anzeichen tiefer Ergriffenheit verstehen gelernt hatte. Seine zarte Leibesfülle und empfindsame Natur neigten zu fluchtartigem Rückzug aus so kniffligen Umständen, und Ulrich erfuhr, trotz aller Bemühungen, ihn zum Bleiben zu veranlassen, nicht mehr viel von den wichtigen Sorgen, die den gebildeten General zu ihm geführt hatten.

«Nein!» tadelte sich dieser. «Nichts ist dermaßen wichtig, daß man deswegen so stören dürfte wie ich!»

«Aber du hast uns doch nicht gestört!» versicherte Ulrich lächelnd. «Was solltest du denn stören!?»

«Nein, natürlich nicht!» versicherte nun Stumm, erst recht verwirrt. «Natürlich, in gewissem Sinn nicht. Aber trotzdem! Schau, ich komm lieber ein anderes Mal wieder!»

«So sag doch wenigstens, warum du da bist, ehe du wieder wegläufst!» forderte Ulrich.

«Aber nichts! Gar nichts! Eine Kleinigkeit!» warf Stumm in seinem Verlangen hin, Fersengeld zu geben. «Ich glaube, das ‹Große Ereignis› beginnt jetzt!»

«Ein Pferd! Ein Pferd! Zu Schiff nach Frankreich!» rief Ulrich in heiterer Erregung durcheinander aus.

Agathe sah ihn verwundert an. «Ich bitte um Verzeihung,» wandte sich der General an sie «Gnädige werden ja gar nicht wissen, um was es sich handelt.»

«Die Parallelaktion hat eine krönende Idee gefunden!» ergänzte Ulrich.

«Nein,» schränkte es der General ein «das habe ich nicht gesagt. Ich habe nur sagen wollen: Das von allen erwartete Ereignis beginnt jetzt zu entstehn!»

«Ach so!» sagte Ulrich. «Das tut es doch schon seit Beginn.»

«Nein» versicherte der General ernst. «Nicht bloß so. Es liegt jetzt derzeit ein ganz entschiedenes Man-weiß-nicht-was in der Luft. Nächstens findet bei deiner Kusine eine ausschlaggebende Zusammenkunft statt. Frau Drangsal –»

«Wer ist das?» unterbrach ihn Ulrich bei diesem neuen Namen.

«Du hast dich eben so zurückgezogen!» warf ihm der General bedauernd vor und wandte sich an Agathe, um das augenblicklich wieder gut zu machen. «Frau Drangsal ist die Dame, die den Dichter Feuermaul protegiert. Den kennst du auch nicht?» fragte er, indem er seinen runden Körper wieder zurück drehte, als aus der Richtung Ulrichs keinerlei Bestätigung kam.

«Doch. Der Lyriker.»

«Halt so Verse» meinte der General, mißtrauisch dem ihm ungewohnten Wort ausweichend.

«Sogar gute. Und allerhand Theaterstücke.»

«Das weiß ich nicht. Ich hab auch meine Aufzeichnungen nicht bei mir. Aber er ist der, der sagt: der Mensch ist gut. Und mit einem Wort, Frau Professor Drangsal protegiert halt die These, daß der Mensch gut ist, und man sagt, das sei eine europäische These, und Feuermaul soll eine große Zukunft haben. Sie aber hat einen Mann gehabt, der als Arzt in der ganzen Welt bekannt war, und wahrscheinlich möchte sie aus dem Feuermaul auch einen berühmten Mann machen: Jedenfalls besteht die Gefahr, daß deine Kusine die Führung verliert und der Salon der Frau Drangsal sie übernimmt, wo ohnehin alle berühmten Leute auch verkehren.»

Der General trocknete sich den Schweiß von der Stirn; Ulrich fand die Aussicht aber gar nicht schlimm.

«Na, weißt du!» tadelte Stumm. «Du verehrst doch auch deine Kusine, wie kannst du so sprechen! Finden Gnädige nicht auch, daß das von ihm hervorragend treulos und undankbar gegen eine begeisternde Frau gehandelt ist?!» wandte er sein Wort an Agathe.

«Ich kenne meine Kusine gar nicht» gestand sie ihm ein.

«Oh!» sagte Stumm, und mit Worten, in denen sich ritterliche Absicht mit unbeabsichtigter Unritterlichkeit zu einem dunklen Zugeständnis an Agathe mischten, fügte er hinzu: «Sie hat freilich in der letzten Zeit etwas nachgelassen!»

Weder Ulrich noch sie antwortete etwas darauf, und der General hatte das Gefühl, daß er seine Worte erklären müsse. «Und du weißt ja auch warum!» sagte er beziehungsvoll zu Ulrich. Er mißbilligte die Beschäftigung mit der Sexualwissenschaft, durch die Diotimas Geist von der Parallelaktion abgezogen wurde, und machte sich Sorgen, weil sich das Verhältnis zu Arnheim nicht besserte; aber er wußte nicht, wieweit er sich getrauen dürfe, vor Agathe von solchen Angelegenheiten zu sprechen, und deren Miene war zuletzt immer kühler geworden. Ulrich dagegen erwiderte ruhig: «Du kommst wohl mit deiner Ölgeschichte nicht vorwärts, wenn unsere Diotima nicht mehr ihren alten Einfluß auf Arnheim hat?»

Stumm machte eine kläglich beschwörende Gebärde, als müßte er Ulrich an einem Witz hindern, der vor einer Dame unpassend sei, sah ihm aber zugleich mit warnender Schärfe ins Auge. Er fand auch die Kraft, seinen unbehilflichen Leib mit jugendlicher Schnelle zu erheben, und zog den Waffenrock glatt. Soviel war ihm von seinem ursprünglichen Mißtrauen gegen Agathes Herkunft noch verblieben, daß er nicht die Geheimnisse des Kriegsministeriums vor ihr preisgeben wollte. Erst im Vorzimmer, wohin ihn Ulrich geleitete, klammerte er sich an dessen Arm fest, flüsterte lächelnd aus heiserem Hals: «Um Gotteswillen, red doch nicht offenen Landesverrat!» und schärfte ihm ein, daß vor einem Dritten, und wenn das selbst die eigene Schwester wäre, kein Wort über die Ölfelder verlauten dürfe. «Schon gut» versicherte Ulrich. «Aber es ist ja meine Zwillingsschwester.» «Auch vor einer Zwillingsschwester nicht!» beteuerte der General, dem schon die Schwester so unglaubwürdig vorgekommen war, daß ihn die Zwillingsschwester nicht mehr aus dem Konzept brachte: «Versprich es mir!» «Es nützt nichts,» steigerte sich Ulrich «wenn du mir dieses Versprechen abnimmst, wir sind ja Siamesische Zwillinge; verstehst du?» Nun begriff Stumm allerdings, daß ihn Ulrich in seiner Art, die nie zu einem einfachen Ja zu bringen war, zum besten habe. «Du hast manchmal schon bessere Scherze gemacht, als einer so entzückenden Frau, und wenn es zehnmal deine Schwester ist, eine solche Unappetitlichkeit anzudichten, wie daß sie mit dir verwachsen sein soll!» verwies er es ihm. Aber weil seine mißtrauische Erregung gegen die Zurückgezogenheit, in der er Ulrich vorgefunden hatte, neu berührt worden war, schloß er doch noch einige Fragen daran, die dessen Treiben prüfen sollten: War der neue Sekretär schon bei dir? Bist du bei Diotima gewesen? Hast du dein Versprechen erfüllt, zum Leinsdorf zu gehn? Weißt du jetzt, was zwischen deiner Kusine und Arnheim los ist? Da er von alldem natürlich unterrichtet war, überwachte der rundliche Zweifler damit Ulrichs Wahrheitsliebe, und das Ergebnis befriedigte ihn. «Also dann tu mir nur den Gefallen und komm zu der Schicksalssitzung nicht zu spät» bat er ihn, während er, noch etwas atemlos von der bezwungenen Durchfahrt durch die Ärmel, den Mantel zuknöpfte. «Ich werde dich vorher noch einmal anrufen und dann mit meinem Wagen abholen, das wird das beste sein!»

«Wann soll denn diese Langweile stattfinden?» fragte Ulrich nicht gerade bereitwillig.

«Na, ich denke, so in vierzehn Tagen» meinte der General. «Wir wollen ja die andere Partei zu Diotima bringen, aber der Arnheim soll dabei sein, und der ist noch verreist.» Er klopfte mit einem Finger auf das goldene aus der Manteltasche hängende Portepee. «Ohne den freut es ‹uns› nicht: das kannst du ja verstehn. Aber ich sag dir,» seufzte er «ich wünsche mir trotzdem nichts, als daß unsere geistige Führung bei deiner Kusine bleiben soll; es wäre mir gräßlich, wenn ich mich in ganz neue Verhältnisse einleben müßte!»

Diesem Besuch schrieb es sich also zu, daß Ulrich mit seiner Schwester in die gesellschaftlichen Beziehungen zurückkehrte, die er allein verlassen hatte, und er hätte seinen Verkehr auch dann wieder aufnehmen müssen, wenn er es gar nicht gewollt hätte, denn er konnte sich nicht einen Tag länger mit Agathe verbergen und voraussetzen, daß von Stumm eine so zum Erzählen anregende Entdeckung für sich behalten werde. Als die «Siamesen» bei Diotima Besuch machten, zeigte sie sich schon von solcher ungewöhnlichen und zweifelhaften Namensgebung unterrichtet, wenn auch noch nicht entzückt. Denn die Göttliche, berühmt wegen der hochgeachteten und merkwürdigen Personen, die man allezeit bei ihr antraf, hatte das unangekündigte Auftreten Agathes anfangs sehr übel genommen, weil eine Verwandte, die nicht gefiele, ihrer eigenen Stellung viel gefährlicher werden konnte als ein Vetter, und sie wußte von dieser neuen Kusine genau so wenig, wie sie früher von Ulrich gewußt hatte, was der Allwissenden schon an und für sich ein Ärgernis bereitete, als sie es dem General einbekennen mußte. Sie hatten darum für Agathe die Bezeichnung «die verwaiste Schwester» bestimmt, teils zur Begütigung ihrer selbst, teils zum vorbeugenden Gebrauch in weiteren Kreisen, und etwa in diesem Sinn empfing sie auch die Geschwister. Sie wurde angenehm von dem gesellschaftlich vollendeten Eindruck überrascht, den Agathe zu erzeugen vermochte, und diese – eingedenk ihrer guten Erziehung in einem frommen Internat und geleitet von ihrer spöttisch staunenden Bereitschaft, das Leben hinzunehmen, deretwegen sie sich vor Ulrich anklagte – traf es von diesem Augenblick an fast ohne Willen, sich die huldvolle Neigung der gewaltigen jungen Frau zu sichern, deren ins Große wirkender Ehrgeiz ihr völlig unverständlich und gleichgültig war. Sie bestaunte Diotima mit der gleichen Arglosigkeit, wie sie eine riesige Elektrizitätsanlage bestaunt hätte, in deren unverständliches Geschäft, Licht zu verbreiten, man sich nicht einmengt. Und nachdem Diotima erst einmal gewonnen war, zumal aber da sie bald beobachten konnte, daß Agathe allgemein gefalle, ließ sie sich deren gesellschaftlichen Erfolg weiter angelegen sein und gestaltete ihn auch zu ihrer eigenen Ehre immer größer. Die «verwaiste Schwester» erregte ein teilnehmendes Aufsehen, das bei den näher Bekannten als ehrliches Erstaunen darüber begann, daß man nie etwas von ihr gehört hatte, und sich mit der zunehmenden Weite des Personenkreises in jenes unbestimmte Wohlgefallen am Überraschenden und Neuen umwandelte, das Fürsten- und Zeitungshäuser verbindet.

Da nun geschah es auch, daß Diotima, welche die schöngeistige Fähigkeit besaß, unter mehreren Möglichkeiten triebhaft jene schlechteste zu wählen, die öffentlichen Erfolg verbürgt, den Griff tat, durch den Ulrich und Agathe dauernd ihren Platz im Gedächtnis der vornehmen Gesellschaft erhielten, indem ihre Beschützerin plötzlich es selbst entzückend fand, sogleich aber auch als entzückend weitererzählte, was sie anfangs gehört hatte, daß sich nämlich ihr Vetter und ihre Kusine, die unter romantischen Umständen nach fast lebenslanger Trennung wieder vereint worden seien, fortab die Siamesischen Zwillinge nennten, obwohl sie doch nach dem blinden Willen des Schicksals bisher fast das Gegenteil davon gewesen wären. Warum das zuerst Diotima und alsdann auch allen anderen so gut gefiel und wie es den Entschluß der Geschwister, zusammen zu leben, ebensowohl ungewöhnlich wie verständlich erscheinen ließ, wäre schwer zu sagen: das war eben Diotimas Führerbegabung; denn jedenfalls geschah beides und bewies, daß sie trotz aller Manöver der Konkurrenz immer noch ihre sanfte Macht ausübte. Arnheim, als er bei seiner nächsten Wiederkunft davon erfuhr, hielt einen ausführlichen Vortrag in gewähltem Kreise, der in Ehrfurcht vor den adelig-volkstümlichen Kräften ausklang. Auf irgendeinem Weg kam sogar das Gerücht auf, daß Agathe, die sich zu ihrem Bruder geflüchtet habe, mit einem berühmten ausländischen Gelehrten in unglücklicher Ehe gelebt hätte; und da man damals in den tonangebenden Kreisen nach Grundbesitzerweise der Scheidung nicht günstig gesinnt war und mit dem Ehebruch auskam, erschien Agathes Entschluß manchen älteren Personen geradezu in jenem aus Willenskraft und Erbaulichkeit gemischten Doppelschein des höheren Lebens, den Graf Leinsdorf, der den Geschwistern besonders wohlwollte, einmal mit den Worten analysierte: «Da werden am Theater immer so grauslige Leidenschaften gespielt; aber an so etwas sollte sich das Burgtheater lieber ein Beispiel nehmen!»

Diotima, in deren Gegenwart das geschah, erwiderte: «Manche Leute sagen, einer Mode folgend, der Mensch sei gut; aber wenn man, so wie ich jetzt durch meine Studien, die Irrungen und Wirrungen des Geschlechtslebens kennengelernt hat, weiß man, wie selten solche Beispiele sind!» Wollte sie das von Sr. Erlaucht gespendete Lob einschränken oder unterstreichen? Sie hatte Ulrich noch nicht verziehen, was sie, seit er ihr nichts von der bevorstehenden Ankunft seiner Schwester verraten hatte, seinen Mangel an Vertrauen nannte; aber sie war stolz auf den Erfolg, an dem sie teilnahm, und das mischte sich in ihrer Antwort.

28

Zu viel Heiterkeit

Agathe nutzte die Vorteile, die sich ihr in der Gesellschaft darboten, mit natürlichem Geschick aus, und ihre sichere Haltung in einem höchst anmaßenden Kreis gefiel ihrem Bruder. Die Jahre, wo sie die Gattin eines Mittelschullehrers in der Provinz gewesen war, schienen von ihr abgefallen zu sein und hatten keine Spur hinterlassen. Das Ergebnis faßte Ulrich aber vorderhand achselzuckend in die Worte zusammen: «Dem hohen Adel gefällt es, daß man uns die zusammengewachsenen Zwillinge nennt: er hat immer mehr Interesse für Menagerien gehabt als beispielsweise für Kunst.»

In stillschweigendem Übereinkommen behandelten sie alles, was geschah, bloß als ein Zwischenspiel. Es wäre notwendig gewesen, im Zustand des Haushalts vieles zu ändern oder neu einzurichten, worüber sie sich gleich am ersten Tage klar gewesen waren; aber sie taten es nicht, denn sie scheuten die Wiederholung einer Aussprache, deren Grenzen nicht abzusehen waren. Ulrich, der sein Schlafzimmer Agathe abgetreten hatte, hatte sich im Schrankzimmer eingerichtet, durch das Bad von seiner Schwester getrennt, und den größten Teil seiner Schränke hatte er noch nachträglich abgetreten. Sich deshalb bemitleiden zu lassen, lehnte er mit dem Hinweis auf den Rost des heiligen Laurentius ab; aber Agathe kam gar nicht ernsthaft auf den Einfall, daß sie das Junggesellenleben ihres Bruders gestört haben könnte, weil er ihr versicherte, daß er sehr glücklich sei, und weil sie sich von den Graden des Glücks, in denen er sich davor befunden haben konnte, nur eine sehr ungewisse Vorstellung machte. Ihr gefiel jetzt dieses Haus mit seiner unbürgerlichen Art der Bewohnung, mit seinem nutzlosen Aufwand an Schmuck- und Nebenräumen um die wenigen brauchbaren und nun überfüllten Zimmer; es hatte etwas von der umständlichen Höflichkeit vergangener Zeit, die wehrlos gegen die genußvoll flegelhaft mit ihr umspringende gegenwärtige ist, aber manchmal war der stumme Einspruch der schönen Räume gegen die eingebrochene Unordnung auch traurig, wie es gerissene und verwirrte Saiten über einem schwungvoll geschnitzten Schallkörper sind. Agathe sah dann, daß ihr Bruder dieses von der Straße abgeschiedene Haus gar nicht ohne Teilnahme und Verständnis gewählt habe, obwohl er das glauben machen wolle, und aus den alten Wandungen kam eine Sprache der Leidenschaft, die weder ganz stumm, noch ganz hörbar war. Aber weder sie noch Ulrich bekannte sich zu etwas anderem als dem Vergnügen am Ungeordneten. Sie lebten unbequem, ließen seit Agathes Einbruch das Essen aus dem Hotel holen und gewannen allem eine etwas übermäßige Heiterkeit ab, wie sie sich bei einem Picknick einstellt, wenn man auf grüner Erde schlechter ißt, als man es bei Tisch nötig hätte.

Auch an der rechten Bedienung fehlte es unter diesen Umständen. Dem wohlerfahrenen Diener, den Ulrich, als er das Haus bezog, nur für kurze Dauer aufgenommen hatte, – denn das war ein alter Mann, der sich schon zur Ruhe setzen wollte und nur irgendetwas abwartete, das noch geregelt werden mußte – durfte nicht zuviel zugemutet werden, und Ulrich nahm ihn so wenig wie möglich in Anspruch; eine Kammerzofe aber mußte er selbst abgeben, denn der Raum, worin ein ordentliches Mädchen untergebracht werden konnte, befand sich noch ebenso bloß im Zustand des Vorhabens wie alles übrige, und einige Versuche, darüber hinwegzukommen, hatten zu keinen guten Erfahrungen geführt. Ulrich machte also große Fortschritte als Knappe bei der Zurüstung seiner Ritterin für ihre gesellschaftlichen Eroberungen. Noch dazu war Agathe inzwischen darangegangen, ihre Ausstattung zu ergänzen, und ihre Einkäufe füllten das Haus. Wie dieses gebaut und nirgends für eine Dame eingerichtet war, so hatte sie die Gewohnheit angenommen, es in seiner Gänze als Ankleideraum zu benutzen, wodurch Ulrich, ob er wollte oder nicht, an den Neuerwerbungen teilnahm. Die Türen zwischen den Zimmern standen offen, seine Turngeräte dienten als Ständer und Galgen, von seinem Schreibtisch wurde er zur Entscheidung geholt wie Cincinnatus vom Pfluge. Diese Durchkreuzung seines in abwartender Weise immer noch vorhandenen Arbeitswillens duldete er nicht bloß in der Voraussetzung, daß sie vorüberginge, sondern sie bereitete ihm auch ein Vergnügen, das ihm neu war wie eine Verjüngung. Die scheinbar beschäftigungslose Lebendigkeit seiner Schwester prasselte in seiner Einsamkeit wie ein Feuerchen im kalt gewesenen Ofen. Helle Wellen anmutiger Heiterkeit, dunkle Wellen menschlichen Vertrauens füllten die Räume aus, in denen er lebte, und nahmen ihnen die Natur eines Raums, worin er sich bisher nur nach seiner Willkür bewegt hatte. Vor allem verblüffte ihn aber an dieser Unerschöpflichkeit einer Gegenwart die Besonderheit, daß die nicht zusammenzuzählenden Nichtigkeiten, aus denen sie bestand, in ihrer Summe eine Unsumme ergaben, die von ganz anderer Art war: die Ungeduld, seine Zeit zu verlieren, diese nie zu stillende Empfindung, die sein Leben lang nicht von ihm gewichen war, was immer er auch von Dingen ergriffen hatte, die für groß und wichtig gelten, war zu seinem Erstaunen völlig verschwunden, und er liebte zum erstenmal sein alltägliches Leben ganz ohne Gedanken.

Ja, er hielt sogar übertrieben gefällig den Atem an, wenn Agathe mit dem Ernst, den Frauen dafür aufbringen, das anmutige Tausenderlei, das sie einkaufte, seiner Bewunderung darbot. Er tat, als zwänge ihn die merkwürdige Drolligkeit, daß die Natur der Frau bei gleicher Einsicht empfindlicher als die des Mannes ist und gerade darum dem Einfall zugänglicher, sich in einer brutalen Weise zu schmücken, die von planvoller Menschlichkeit noch weiter abweicht als die seine, unwiderstehlich zur Teilnahme. Und vielleicht war es auch wirklich so.

Denn die vielen, kleinen, zärtlich lächerlichen Einfälle, mit denen er es zu tun bekam: sich mit Glasperlen zu zieren, mit gebrannten Haaren, mit den dummen Linienführungen von Spitzen und Stickereien, mit Lockfarben von geradezu ruchloser Entschlossenheit, – diese den Schießbudensternen verwandten Schönheiten, die von jeder klugen Frau durchschaut werden, ohne dadurch im mindesten an Anziehung auf sie zu verlieren, begannen ihn mit den Fäden ihres leuchtenden Irrsinns zu umstricken. Alles, und sei es das Närrische und Geschmacklose, entfaltet ja, wenn man sich ernst mit ihm abgibt und auf gleichen Fuß stellt, seine eigenäugige Wohlordnung, den berauschenden Duft seiner Eigenliebe, den in ihm wohnenden Willen, zu spielen und zu gefallen. So widerfuhr es Ulrich bei den Hantierungen, die sich an die Ausstattung seiner Schwester knüpften. Er trug hin und her, bewunderte, begutachtete und wurde um Rat gefragt, er half beim Anproben. Er stand mit Agathe vor dem Spiegel. Gegenwärtig, wo die Erscheinung der Frau an die eines gut abgesengten Huhns erinnert, das nicht viel Umstände bereitet, fällt es schwer, sich ihre frühere Erscheinung in allem Reiz des lange hinausgeschobenen Appetits vorzustellen, der inzwischen der Lächerlichkeit verfallen ist: der lange Rock, vom Schneider scheinbar an den Boden festgenäht und doch durch ein Wunder wandelnd, schloß zuerst geheime leichte Röcke ein, die bunte Blütenblätter aus Seide waren, deren leise schwankende Bewegung dann plötzlich in weiße, noch weichere Gewebe überging und in ihrem zarten Schaum erst den Körper berührte; und wenn diese Kleidung den Wellen darin glich, daß sie etwas ziehend Verlockendes und etwas den Blick Abweisendes vereinte, war sie auch ein kunstvolles System von Zwischenhalten und -befestigungen rings um geschickt verteidigte Wunderdinge und bei aller ihrer Unnatur ein klug verhangenes Liebestheater, dessen atemraubende Finsternis bloß von dem matten Licht der Phantasie erhellt wurde. Diesen Inbegriff der Vorbereitungen sah Ulrich nun täglich abgebaut, auseinandergenommen und gleichsam an der Innenseite. Und wenn die Geheimnisse einer Frau auch längst keine mehr für ihn waren, ja gerade weil er sie Zeit seines Lebens bloß durcheilt hatte wie Vorräume oder Vorgärten, machten sie sich jetzt ganz anders gelten, wo es keinen Durchlaß und kein Ziel gab. Die Spannung, die in allen diesen Dingen lag, schlug zurück. Ulrich hätte schwer zu sagen vermocht, welche Veränderungen sie anrichtete. Er hielt sich mit Recht für einen männlich empfindenden Mann, und es erschien ihm begreiflich, daß es einen solchen locken kann, einmal das so oft Begehrte auch von der anderen Seite zu sehn, aber manchmal wurde das beinahe unheimlich, und er lehnte sich lachend dagegen auf.

«Als ob über Nacht die Mauern eines Mädchenpensionats um mich in die Höhe gewachsen wären und mich durch und durch einschlössen!» wandte er ein.

«Ist das schrecklich?» fragte Agathe.

«Ich weiß nicht» gab Ulrich zur Antwort.

Dann nannte er sie eine fleischfressende Pflanze und sich ein armes Kerbtier, das in ihren leuchtenden Kelch hineingekrochen sei. «Du hast ihn um mich geschlossen,» sagte er «und nun sitze ich inmitten von Farben, Duft und Glanz und warte, wider meine Natur schon ein Stück von dir geworden, auf die Männchen, die wir anlocken werden!»

Und es erging ihm wirklich verwunderlich, wenn er Zeuge des Eindrucks wurde, den seine Schwester auf Männer machte, er, dessen Sorge doch gerade darin bestand, sie «an den Mann zu bringen». Er war nicht eifersüchtig – in welcher Eigenschaft hätte er es auch sein sollen?! – er stellte sein Wohlbefinden hinter das ihre zurück und wünschte ihr, daß sich bald ein würdiger Mann fände, sie aus dem Übergangszustand zu erlösen, in den sie durch die Trennung von Hagauer geraten war: und trotzdem, wenn er sie im Mittelpunkt einer Gruppe von Männern sah, die sich um sie bemühten, oder wenn ihr auf der Straße ein Mann, angezogen von ihrer Schönheit und unbekümmert um den Begleiter, ins Gesicht sah, so wußte er nicht, wie ihm war. Auch da wurde ihm, da ihm der einfache Ausweg der männlichen Eifersucht verboten war, oft zumute, als schlösse sich eine Welt um ihn, die er noch nie betreten habe. Er kannte aus Erfahrung die Kapriolen des Mannes so genau wie die vorsichtigere Liebestechnik der Frau, und wenn er Agathe dem ausgesetzt und das ausüben sah, so litt er; er glaubte den Bewerbungen von Pferden oder Mäusen beizuwohnen, das Schnauben und Zuwiehern, das Mundspitzen und -breitziehen, worin sich fremde Menschen einander selbstgefällig und gefällig darstellen, widerte ihn, der es ohne Mitgefühl betrachtete, wie eine schwere, aus dem Leibesinneren emporstreichende Betäubung an. Und setzte er sich trotzdem mit seiner Schwester in eins, wie es einem tiefen Bedürfnis seines Gefühls entsprach, so fehlte wieder manchmal nicht viel dazu, daß er nachträglich, verwirrt von solcher Duldung, die Scham erlebt hätte, die ein recht beschaffener Mann empfindet, wenn sich ihm unter Vorwänden einer genähert hat, der es nicht ist. Als er das Agathe verriet, lachte sie. «Es gibt ja auch einige Frauen in unserem Kreis, die sich um dich sehr bemühn» war ihre Antwort.

Was ging da vor sich?

Ulrich sagte: «Im Grunde ist es ein Protest gegen die Welt!»

Und es sagte Ulrich: «Du kennst Walter: wir mögen uns längst nicht mehr; aber wenn ich mich auch über ihn ärgere und ebenfalls weiß, daß ich ihn reize, fühle ich doch oft, wenn ich ihn nur sehe, ein liebes Gefühl, als stimmte ich mit ihm so gut überein, wie ich eben nicht übereinstimme. Sieh doch, man versteht im Leben so viel, ohne damit einverstanden zu sein; und mit jemand von vornherein einverstanden zu sein, ehe man ihn erst versteht, ist darum eine so märchenhaft schöne Sinnlosigkeit, wie wenn Wasser im Frühling von allen Seiten zu Tal rinnt!»

Und er fühlte: «Jetzt ist es so!» Und er dachte: «Sobald es mir gelingt, gegen Agathe gar keine Selbst- und Ichsucht mehr zu haben und kein einziges häßlich-gleichgültiges Gefühl, dann zieht sie die Eigenschaften aus mir hinaus wie der Magnetberg die Schiffsnägel! Ich werde moralisch in einen Uratomzustand aufgelöst, wo ich weder ich, noch sie bin! Vielleicht ist so die Seligkeit?!»

Aber er sagte bloß: «Es macht soviel Spaß, dir zuzuschaun!»

Agathe wurde dunkelrot und sagte: «Warum macht es ‹Spaß›?»

«Ach, ich weiß nicht. Du schämst dich manchmal vor mir» meinte Ulrich. «Aber dann denkst du dir, daß ich ja doch ‹nur dein Bruder› bin. Und ein ander Mal schämst du dich gerade nicht, wenn ich dich unter Umständen erwische, die für einen fremden Herrn sehr anziehend wären, aber plötzlich fällt dir doch ein, daß es nichts für meine Augen ist, die ich nun sofort abwenden soll...»

«Und warum macht das Spaß?» fragte Agathe.

«Vielleicht bereitet es Glück, einem andern mit den Augen zu folgen, ohne zu wissen warum» sagte Ulrich. «Es erinnert an die Liebe des Kindes zu seinen Dingen; ohne die geistige Ohnmacht des Kindes...»

«Vielleicht macht es dir nur Spaß,» gab Agathe zur Antwort «Bruder und Schwester zu spielen, weil du vom Mann und Frau Spielen übergenug hast?!»

«Auch» sagte Ulrich und sah ihr zu. «Die Liebe ist ursprünglich ein einfacher Annäherungstrieb und Greifinstinkt. Man hat sie in die zwei Pole Herr und Dame zerlegt, mit irrsinnigen Spannungen, Hemmungen, Zuckungen und Ausartungen, die dazwischen entstanden sind. Wir haben von dieser aufgeschwollenen Ideologie heute genug, die fast schon so lächerlich ist wie eine Gastrosophie. Ich bin überzeugt, die meisten würden es gern sehn, wenn diese Verbindung eines Hautreizes mit dem gesamten Menschentum wieder rückgängig gemacht werden könnte, Agathe! Und bald oder später kommt ein Zeitalter schlichter sexueller Kameradschaft herauf, wo Knabe und Mädchen einträchtig-verständnislos vor einem alten Haufen zerbrochener Triebfedern stehen werden, die früher Mann und Frau gebildet haben!»

«Wenn ich dir nun aber sagen wollte, daß Hagauer und ich Pioniere dieses Zeitalters gewesen sind, würdest du es mir wieder verübeln!» entgegnete Agathe mit einem Lächeln, so herb wie guter ungezuckerter Wein.

«Ich verüble nichts mehr» sagte Ulrich. Er lächelte. «Ein Krieger aus dem Harnisch geschnallt! Zum erstenmal seit undenklicher Zeit fühlt er die Luft der Natur statt gehämmerten Eisens auf der Haut und sieht seinen Leib so müd und zart werden, daß ihn die Vögel davontragen könnten!» beteuerte er.

Und so lächelnd, einfach vergessend, damit aufzuhören, betrachtete er seine Schwester, wie sie auf der Kante eines Tisches saß und das in einen schwarzen Seidenstrumpf gekleidete Bein pendeln ließ; sie hatte außer dem Hemd nichts an als ein kurzes Höschen: es waren das aber gleichsam von ihrer Bestimmung losgelöste und bildhaft-einzeln gewordene Eindrücke. «Sie ist mein Freund und stellt mir entzückend eine Frau vor» dachte Ulrich. «Welche realistische Verwicklung, daß sie wirklich eine ist!»

Und Agathe fragte: «Gibt es wirklich keine Liebe?»

«Doch!» sagte Ulrich. «Aber sie ist ein Ausnahmefall. Man muß das trennen: Da ist erstens ein körperliches Erlebnis, das zur Klasse der Hautreize gehört; das läßt sich auch ohne moralisches Zubehör, ja ohne Gefühl, als reine Annehmlichkeit wachrufen. Dann sind, zweitens, gewöhnlich Gemütsbewegungen vorhanden, die sich allerdings mit dem körperlichen Erlebnis heftig verbinden, aber doch nur so, daß sie mit geringen Abweichungen bei allen Menschen die gleichen sind; diese Hauptaugenblicke der Liebe möchte ich in ihrer zwangläufigen Gleichheit immer noch eher zum Körperlich-Mechanischen als zur Seele rechnen. Endlich ist aber da auch das eigentlich seelische Erlebnis des Liebens: bloß hat es mit den beiden anderen Teilen gar nicht notwendig zu tun. Man kann Gott lieben, man kann die Welt lieben; ja vielleicht kann man überhaupt nur Gott oder die Welt lieben. Jedenfalls ist es nicht nötig, daß man einen Menschen liebt. Tut man es aber, reißt das Körperliche die ganze Welt an sich, so daß sie sich gleichsam umstülpt –» Ulrich unterbrach sich.

Agathe war dunkelrot geworden.

Wenn Ulrich seine Worte mit der Absicht so geregelt und gesetzt hätte, die mit ihnen unvermeidlich verbundenen Vorstellungen des Liebesvorgangs scheinheilig Agathe zu Ohr zu bringen, er würde seinen Willen verwirklicht haben.

Er suchte nach einem Streichholz, nur damit die unbeabsichtigt entstandene Beziehung durch irgendeine Störung wieder unterbrochen werde. «Jedenfalls» sagte er «ist Liebe, wenn das Liebe ist, ein Ausnahmefall, und kann nicht das Muster für das alltägliche Geschehen abgeben.»

Agathe hatte nach den Enden der Tischdecke gegriffen und sie um ihre Beine geschlagen. «Würden fremde Leute, die uns sähen und hörten, nicht von einem widernatürlichen Empfinden reden?» fragte sie plötzlich.

«Unsinn!» behauptete Ulrich. «Was jeder von uns empfindet, ist die schattenhafte Verdopplung seiner selbst in der entgegengesetzten Natur. Ich bin Mann, du bist Frau; man sagt, daß der Mensch zu jeder Eigenschaft auch die schattenhaft angelegte oder unterdrückte Gegeneigenschaft in sich trägt: jedenfalls besitzt er die Sehnsucht nach ihr, wenn er nicht heillos mit sich selbst zufrieden ist. Dann ist also mein ans Licht gekommener Gegenmensch in dich geschlüpft, und der deine in mich, und sie fühlen sich großartig in den vertauschten Körpern, einfach weil sie vor ihrer früheren Umgebung und dem Ausblick aus ihr hinaus nicht allzuviel Achtung haben!»

Agathe dachte: «Von allem hat er schon einmal mehr gesagt; warum schwächt er ab?»

Was Ulrich sprach, paßte wohl zu dem Leben, das sie wie zwei Kameraden führten, die sich zuweilen, wenn ihnen gerade die Gesellschaft anderer Zeit läßt, darüber wundern, daß sie ein Mann und eine Frau, zugleich aber Zwillinge sind. Besteht ein solches Einverständnis zwischen zwei Menschen, so gewinnen ihre getrennten Beziehungen zur Welt den Reiz des unsichtbaren Eins im andern Versteckstseins, des Kleider- und Körperwechsels und des heiteren, hinter zweierlei Masken der äußeren Erscheinung versteckten Betrugs der Zweieinigen an denen, die ihn nicht ahnen. Aber diese spielerische und allzu betonte Fröhlichkeit – wie Kinder manchmal Lärm machen, statt Lärm zu sein! – paßte nicht zu dem Ernst, dessen aus großer Höhe fallender Schatten zuweilen unbeabsichtigt das Herz der Geschwister schweigen machte. So geschah es einmal des Abends, als sie sich vor dem Zubettgehen durch Zufall nochmals sprachen und Ulrich seine Schwester im langen Schlafhemd antraf, daß er einen Scherz machen wollte und zu ihr sagte: «Vor hundert Jahren möchte ich jetzt ausgerufen haben: Mein Engel! Schade, daß dieses Wort abgekommen ist!» Da verstummte er und dachte betroffen: «Ist es nicht das einzige Wort, das ich für sie gebrauchen sollte?! Nicht Freundin, nicht Frau! Auch: Du Himmlische! hat man gesagt. Wahrscheinlich wäre es etwas lächerlichschwungvoll, aber doch besser, als daß man überhaupt nicht den Mut hat, sich zu glauben!»

Und Agathe dachte: «Ein Mann im Schlafanzug sieht nicht wie ein Engel aus!» Aber er sah wild und breitschultrig aus, und sie schämte sich plötzlich für den Wunsch, daß dieses von Haaren umhangene mächtige Gesicht ihre Augen verfinstern möge. Sie war in einer körperlich-unschuldigen Weise sinnlich erregt geworden; ihr Blut ging in heftigen Wellen durch den Leib und breitete sich, alle Kraft dem Inneren nehmend, in die Haut aus. Da sie nicht ein so fanatischer Mensch war wie ihr Bruder, fühlte sie, was sie fühlte. Wenn sie zärtlich war, war sie zärtlich; nicht gedankenhell oder moralisch erleuchtet, obwohl sie es an ihm ebenso liebte wie scheute.

Und immer wieder, Tag für Tag, faßte Ulrich alles in den Gedanken zusammen: Im Grunde ist es ein Protest gegen das Leben! Sie gingen Arm in Arm durch die Stadt. In der Größe zu einander passend, im Alter zu einander passend, in der Gesinnung zu einander passend. Sie konnten, Seite an Seite dahinschreitend, nicht viel voneinander sehn. Große, einander angenehme Gestalten, gingen sie nur aus Freude auf die Straße und fühlten bei jedem Schritt den Hauch ihrer Berührung inmitten des sie umgebenden Fremden. Wir gehören zusammen! Diese Empfindung, die nichts weniger als ungewöhnlich ist, machte sie glücklich, und halb in ihr, halb gegen sie, sagte Ulrich: «Es ist komisch, daß wir so zufrieden damit sind, Bruder und Schwester zu sein. Für alle Welt ist das eine Allerweltsbeziehung, und wir legen etwas Besonderes hinein!?»

Vielleicht hatte er sie damit gekränkt. Er fügte hinzu: «Ich habe es mir aber immer gewünscht. Als ich ein Knabe war, habe ich mir vorgenommen, nur eine Frau zu heiraten, die ich schon als kleines Mädchen an Kindesstatt annehmen und aufziehen werde. Ich glaube allerdings, viele Männer haben solche Einfälle, sie sind geradezu banal. Aber ich habe mich einmal als Erwachsener richtig in ein solches Kind verliebt, wenn auch nur für zwei oder drei Stunden!» Und er fuhr fort, es ihr zu erzählen: «Es ist auf der Straßenbahn geschehen. Da stieg ein junges Mädchen zu mir ein, vielleicht zwölf Jahre alt, in Begleitung ihres sehr jungen Vaters oder älteren Bruders. Wie sie eintritt, sich setzt, dem Schaffner nachlässig das Geld für beide reicht, ist sie ganz Dame; aber ohne jede Spur von kindlicher Geschraubtheit. In der gleichen Art sprach sie auch mit ihrem Begleiter oder hörte ihm schweigend zu. Sie war wunderschön; braun, volle Lippen, starke Augenbrauen, eine etwas aufgebogene Nase: vielleicht eine dunkelhaarige Polin oder eine Südslawin. Ich glaube, sie trug auch ein Kleid, das an irgendein nationales Kostüm erinnerte, aber mit langer Jacke, enger Mitte, kleinem Schnurbesatz und Krausen an Hals und Händen in seiner Art ebenso vollendet war wie die ganze kleine Person. Vielleicht war sie Albanerin? Ich saß zu weit, um hören zu können, wie sie sprach. Mir fiel auf, daß die Züge ihres ernsten Gesichts ihren Jahren voraus waren und völlig erwachsen wirkten; trotzdem bildeten sie nicht das Antlitz einer zwergkleinen Frau, sondern ohne alle Frage das eines Kindes. Anderseits war dieses Kindergesicht durchaus nicht die unreife Vorstufe eines Erwachsenen. Es scheint, daß manchmal das Frauengesicht mit zwölf Jahren fertig ist, auch seelisch wie von großen Meisterstrichen im ersten Entwurf geformt, so daß alles, was die Ausführung später hineinbringt, die ursprüngliche Größe nur verdirbt. Man kann sich leidenschaftlich in eine solche Erscheinung verlieben, tödlich, und eigentlich ohne Begehren. Ich weiß, daß ich mich scheu nach den anderen Leuten umgesehen habe, denn es war mir, als wiche alle Ordnung von mir zurück. Ich bin hinter der Kleinen dann ausgestiegen, verlor sie aber im Gedränge der Straße» schloß er seine kleine Erzählung.

Nachdem sie noch eine Weile damit gewartet hatte, fragte Agathe lächelnd: «Und wie stimmt das dazu, daß die Zeit der Liebe vorbei ist und nur noch Sexualität und Kameradschaft bleiben?»

«Gar nicht stimmt es dazu!» rief Ulrich lachend aus.

Seine Schwester überlegte und bemerkte auffallend herb, – es wirkte wie eine absichtliche Wiederholung seiner eigenen am Abend ihres Wiedersehens gebrauchten Worte: «Alle Männer wollen Brüderlein und Schwesterlein spielen. Es muß wirklich etwas Dummes bedeuten. Brüderlein und Schwesterlein sagen Vater und Mutter zueinander, wenn sie einen kleinen Schwips haben.»

Ulrich stutzte. Agathe hatte nicht nur recht, sondern begabte Frauen sind auch unerbittliche Beobachter der Männer, die sie lieben; sie haben bloß keine Theorien und machen darum von ihren Entdeckungen keinen Gebrauch, außer wenn sie gereizt werden. Er fühlte sich etwas beleidigt. «Man hat das natürlich schon psychologisch erklärt» sagte er zögernd. «Nichts liegt auch näher, als daß wir zwei psychologisch verdächtig sind. Inzestuöse Neigung, ebenso früh in der Kindheit nachweisbar wie unsoziale Anlage und Proteststellung zum Leben. Vielleicht sogar nicht genügend gefestigte Eingeschlechtigkeit, obwohl ich –»

«Ich auch nicht!» warf Agathe ein und lachte nun wieder, wenn auch eigentlich nicht mit Willen. «Ich mag Frauen gar nicht!»

«Ist auch alles gleich» meinte Ulrich. «Allenfalls seelisches Eingeweide. Da kannst du auch noch sagen, daß es ein Sultansbedürfnis gibt, ganz allein anzubeten und angebetet zu werden unter Ausschluß der übrigen Welt; im alten Orient hat es den Harem hervorgebracht, und heute hat man dafür die Familie, die Liebe und den Hund. Und ich kann sagen, daß die Sucht, einen Menschen so allein zu besitzen, daß ein anderer gar nicht herankann, ein Zeichen der persönlichen Einsamkeit in der menschlichen Gemeinschaft ist, das selbst Sozialisten selten verleugnen. Wenn du es so ansehen willst, sind wir nichts als eine bürgerliche Ausschreitung. Sieh, wie herrlich! –» unterbrach er sich und zog sie am Arm.

Sie standen am Rand eines kleinen Marktes zwischen alten Häusern. Rings um das klassizistische Standbild irgendeines Geistesgroßen lag das buntfarbige Gemüse, waren die großen sackleinenen Schirme der Marktstände aufgespannt, kollerte Obst, wurden Körbe geschleift und Hunde von den ausgelegten Herrlichkeiten verscheucht, sah man die roten Gesichter derber Menschen. Die Luft polterte und gellte von arbeitsam erregten Stimmen und roch nach Sonne, die auf irdisches Allerlei scheint. «Muß man die Welt nicht lieben, wenn man sie bloß sieht und riecht?!» fragte Ulrich begeistert. «Und wir können sie nicht lieben, weil wir mit dem, was in ihren Köpfen vorgeht, nicht einverstanden sind –» setzte er hinzu.

Das war nun nicht gerade eine Abtrennung nach Agathes Geschmack, und sie antwortete nicht. Aber sie drückte sich an den Arm ihres Bruders, und beide verstanden es so, als legte sie ihm sanft die Hand auf den Mund.

Ulrich sagte lachend: «Ich mag mich ja auch selbst nicht! Das ist die Folge, wenn man an den Menschen immer etwas auszusetzen hat. Aber auch ich muß doch etwas lieben können, und da ist eine Siamesische Schwester, die nicht ich noch sie ist, und geradesogut ich wie sie ist, offenbar der einzige Schnittpunkt von allem!»

Er war wieder fröhlich. Und gewöhnlich riß seine Laune auch Agathe mit sich. Aber so wie in der ersten Nacht ihres Wiedersehns oder früher sprachen sie niemals mehr. Das war verschwunden wie Wolkenburgen: wenn sie statt über dem einsamen Land über den lebenerfüllten Straßen einer Stadt stehen, glaubt man nicht recht an sie. Die Ursache war vielleicht nur darin zu suchen, daß Ulrich nicht wußte, welchen Grad von Festigkeit er den Erlebnissen zuschreiben dürfe, die ihn bewegten; aber Agathe glaubte oft, er sähe nur noch eine phantastische Ausschreitung in ihnen. Und sie konnte ihm nicht beweisen, daß es anders sei: sie sprach ja immer weniger als er, sie traf das nicht und traute sich das nicht zu. Sie fühlte bloß, daß er der Entscheidung ausweiche und es nicht dürfte. So verbargen sie sich eigentlich beide in ihrem spaßhaften Glück ohne Tiefe und Schwere, und Agathe wurde davon von Tag zu Tag trauriger, obwohl sie ebensooft lachte wie ihr Bruder.

29

Professor Hagauer greift zur Feder

Das änderte sich aber durch Agathens dabei so wenig berücksichtigten Gatten.

An einem Morgen, der diese Tage der Freude beendete, erhielt sie einen schweren Brief in Kanzleiformat, der mit einer großen, runden, gelben Oblate geschlossen war, die in weißen Buchstaben den Aufdruck Kaiserlich-königliches Rudolfsgymnasium in... trug. Aus dem Nichts entstanden augenblicklich, noch während sie das Schreiben uneröffnet in der Hand hielt, Häuser, zweistöckig, wieder: mit dem stummen Spiegeln wohlgepflegter Fenster; mit weißen Thermometern außen an den braunen Rahmen, einem in jedem Stockwerk, damit man das Wetter erkenne; mit griechischen Giebeln und barocken Muscheln über den Fenstern, aus den Mauern tretenden Köpfen und ebensolchen mythologischen Schildwachen, die aussehen, als wären sie in der Kunsttischlerei erzeugt und als Steine angestrichen. Braun und naß liefen die Straßen durch die Stadt, so wie sie als Landstraßen hereingelaufen kamen, mit ausgefahrenen Radspuren, und die Geschäfte standen mit ihren ganz neuen Auslagen zu beiden Seiten und sahen trotzdem wie Damen vor dreißig Jahren aus, die ihre langen Röcke gehoben haben und sich nicht entschließen können, vom Gehsteig in den Dreck der Straße zu treten: Provinz in Agathes Kopf! Spuk in Agathes Kopf! Unverständliches Nicht-ganz-Verschwundensein, obwohl sie sich für immer davon gelöst zu haben glaubte! Noch unverständlicheres: Je damit verbunden gewesen zu sein?! Sie sah den Weg von ihrer Haustür längs der Wand bekannter Häuser bis zur Schule führen, den ihr Gatte Hagauer viermal des Tags zurücklegte und den sie anfangs auch oft gegangen war, Hagauer aus seinem Heim in die Arbeit begleitend, in der Zeit, wo sie sich sorgfältig keinen Tropfen des bitteren Heiltranks entgehen ließ: «Ob Hagauer jetzt wohl zu Mittag ins Hotel speisen geht?» fragte sie sich. «Ob jetzt er die Blätter vom Kalender reißt, die sonst ich alle Morgen abgenommen habe?» Alles das hatte mit einemmal wieder etwas so unsinnig Übergegenwärtiges angenommen, als ob es nie sterben könnte, und sie sah mit stillem Grauen das wohlbekannte Gefühl der Einschüchterung in sich erwachen, das aus Gleichgültigkeit bestand, aus verlorenem Mut, aus Sättigung am Häßlichen und einem Zustand der eigenen unsicheren Hauchartigkeit. Mit einer Art Begierde öffnete sie das dicke Schreiben, das ihr Gatte an sie gerichtet hatte.

Als Professor Hagauer vom Begräbnis seines Schwiegervaters und einem kurzen Besuch der Kapitale wieder an seine Heim- und Arbeitsstätte zurückgekehrt war, hatte ihn seine Umgebung genau so aufgenommen wie allemal nach seinen kurzen Reisen; mit dem angenehmen Bewußtsein, eine Angelegenheit ordentlich erledigt zu haben und nun die Reiseschuhe mit den Hausschuhen zu vertauschen, in denen es sich doppelt so gut arbeitet, wandte er sich ihr zu. Er begab sich in seine Schule; er wurde vom Hauswart ehrerbietig begrüßt; er fühlte sich willkommen geheißen, wenn er den Lehrern begegnete, die ihm untergeben waren; in der Schulleitung erwarteten ihn die Akten und Angelegenheiten, die niemand während seiner Abwesenheit zu erledigen gewagt hatte; wenn er durch die Gänge eilte, begleitete ihn das Gefühl, daß sein Schritt das Haus beflügele: Gottlieb Hagauer war eine Persönlichkeit und wußte es; Ermutigung und Frohsinn strahlten von seiner Stirn durch das ihm unterstehende Erziehungsgebäude, und wenn er außerhalb der Schule nach Befinden und Aufenthalt seiner Frau Gemahlin befragt wurde, antwortete er mit der Seelenruhe eines Mannes, der sich ehrenvoll verheiratet weiß. Es ist bekannt, daß ein männliches Wesen, solange es noch zeugungsfähig ist, kurze Pausen der Ehe ähnlich empfindet, wie wenn ein leichtes Joch von ihm abgenommen würde, auch wenn es gar keine bösen Ausführungen damit verbindet und nach Ablauf der Erholung erfrischt sein Glück wieder auf sich nimmt. Dergestalt nahm auch Hagauer Agathens Abwesenheit anfangs arglos hin und bemerkte zunächst gar nicht, wie lange seine Frau ausblieb.

Wirklich lenkte erst jener Wandkalender seine Aufmerksamkeit darauf, der sich in Agathes Gedächtnis mit seinem Tag für Tag abgerissenen Blatt als fürchterliches Sinnbild des Lebens widerspiegelte; er hing im Speisezimmer als ein nicht an die Wand gehörender Fleck, – haftengeblieben als Neujahrsgeschenk eines Papierwarengeschäfts, seit ihn Hagauer aus der Schule nach Hause gebracht hatte, und wegen seiner Trostlosigkeit von Agathe nicht nur geduldet, sondern sogar betreut. Es wäre nun ganz in der Art Hagauers gewesen, wenn er nach der Abreise seiner Frau das Abreißen der Blätter von diesem Kalender selbst übernommen hätte, denn es widersprach seinen Gewohnheiten, diesen Teil der Wand gleichsam verwildern zu lassen. Aber anderseits war er ein Mann, der jederzeit wußte, auf welchem Wochen- und Monatsgrad er sich im Meere der Unendlichkeit befand, ferner besaß er ohnehin einen Kalender in seiner Schulkanzlei, und endlich hatte er, gerade als er trotzdem die Hand heben wollte, um die Zeitmessung in seinem Heim zu ordnen, ein sonderbares, lächelndes Innehalten gespürt, eine jener Regungen, in denen sich, wie sich später auch herausstellen sollte, das Schicksal ankündigt, die er aber zunächst nur für eine zarte, ritterliche Empfindung hielt, die ihn erstaunte und von sich befriedigte: er beschloß, das Blatt mit dem Tag, an dem Agathe das Haus verlassen hatte, im Sinne einer Ehrung und Erinnerung nicht zu berühren vor ihrer Rückkehr.

So wurde der Wandkalender mit der Zeit zu einer eiternden Wunde, die Hagauer bei jedem Blick daran erinnerte, wie lange seine Frau schon die Heimat meide. Sparsam in Gefühl und Haushaltung, schrieb er ihr Postkarten, in denen er Agathe von sich Nachricht gab und sie, allmählich dringender werdend, nach ihrer Rückkunft befragte. Er empfing keine Antwort darauf. Er strahlte nun bald nicht mehr, wenn ihn Bekannte bedauernd fragten, ob seine Gattin noch lange in Erfüllung trauriger Pflichten ausbleiben werde, aber er hatte zu seinem Glück immer viel zu tun, da ihm jeder Tag außer seinen Schulverpflichtungen und den Aufgaben der Vereine, denen er angehörte, auch noch durch die Post eine Fülle von Einladungen, Anfragen, Zustimmungskundgebungen, Angriffen, Korrekturen, Zeitschriften und wichtigen Büchern brachte: Hagauers menschliche Person lebte zwar in der Provinz, als ein Teil der unschönen Eindrücke, die sie auf einen fremden Durchreisenden zu machen imstande war, aber sein Geist war in Europa zu Hause, und das verhinderte durch lange Zeit, daß er Agathes Ausbleiben in seiner ganzen Bedeutung begriff. Da fand sich jedoch eines Tags in der Post ein Brief Ulrichs, der ihm trocken mitteilte, was mitzuteilen war, daß Agathe nicht mehr beabsichtige, zu ihm zurückzukehren, und ihn ersuche, in eine Scheidung zu willigen. Dieses Schreiben war trotz seiner höflichen Form so rücksichtslos und kurz abgefaßt, daß Hagauer empört feststellte, Ulrich kümmere sich um seine, des Empfängers, Gefühle dabei gerade so viel, als wolle er ein Ungeziefer von einem Blatt entfernen. Seine erste Bewegung innerer Abwehr war: Nicht ernstnehmen, eine Laune! Die Nachricht lag wie ein äffender Spuk in der taghellen Fülle unaufschieblicher Arbeiten und ehrenvoll zuströmender Anerkennungen. Erst abends, als Hagauer seine leere Wohnung wiedersah, setzte er sich an den Schreibtisch und teilte nun Ulrich in würdiger Kürze mit, daß es am besten sei, seine Mitteilung als ungeschehen zu betrachten. Aber von Ulrich traf bald darauf ein neuer Brief ein, worin er diese Auffassung ablehnte, Agathens Begehren, ohne daß sie davon wußte, wiederholte, und bloß in etwas höflicherer Ausführlichkeit Hagauer aufforderte, die nötigen Rechtsschritte in jeder ihm möglichen Weise zu erleichtern, wie es sich für einen Mann von seiner moralischen Höhe gehöre und auch aus dem Grunde wünschenswert sei, daß die üblen Begleitumstände einer öffentlichen Auseinandersetzung vermieden würden. Da erfaßte Hagauer den Ernst der Lage und ließ sich drei Tage Zeit, um eine Antwort zu finden, an der nachträglich nichts auszusetzen, noch zu bedauern sein sollte.

Er litt zwei von diesen drei Tagen an einem Gefühl, das so war, als hätte ihn jemand vor das Herz gestoßen. «Ein böser Traum!» sagte er sich mehrmals empfindsam, und wenn er sich nicht sehr zusammennahm, vergaß er, an die Wirklichkeit der Aufforderung zu glauben. Eine tiefe Unbequemlichkeit wirkte während dieser Tage in seiner Brust ganz ähnlich wie gekränkte Liebe, und zu ihr kam noch eine unbestimmbare Eifersucht, die sich wohl nicht gegen einen Liebhaber richtete, den er als Ursache von Agathens Verhalten vermutete, doch gegen ein unbegreifbares Etwas, hinter das er sich zurückgesetzt fühlte. Es war das eine Art Beschämung, ähnlich der eines sehr ordentlichen Mannes, wenn er etwas zerschlagen oder vergessen hat: etwas, das im Kopf seit undenklichen Zeiten seinen festen Platz besaß, den man nicht mehr bemerkt, von dem aber vieles abhängt, war mit einemmal entzwei. Bleich und verstört, in wirklicher Qual, die nicht deshalb unterschätzt werden darf, weil ihr die Schönheit fehlte, ging Hagauer umher und wich den Menschen aus, zurückschaudernd vor den Erklärungen, die zu geben, und den Beschämungen, die zu ertragen wären. Erst am dritten Tag kam in seinen Zustand endlich Festigkeit: Hagauer besaß ebenso eine große natürliche Abneigung gegen Ulrich, wie dieser sie gegen ihn besaß, und obwohl sich das noch nie recht gezeigt hatte, tat es das jetzt plötzlich, indem er ahnungsvoll seinem Schwager alle Schuld an Agathens Verhalten beimaß, der offenbar von ihrem zigeunerhaft unruhigen Bruder der Kopf ganz verdreht worden sein mußte; er setzte sich an den Schreibtisch und verlangte in wenigen Worten die augenblickliche Rückkehr seiner Frau, ehern erklärend, daß er alles Weitere als ihr Gatte nur mit ihr selbst erörtern werde.

Von Ulrich kam eine Ablehnung, die ebenso kurz und ehern war.

Da entschied sich Hagauer, auf Agathe selbst einzuwirken; er fertigte Abschriften seines Briefwechsels mit Ulrich an, fügte ein langes, wohlüberlegtes Schreiben bei, und alles zusammen war es, was Agathe vor sich sah, als sie den großen, mit der Amtsoblate gesiegelten Umschlag öffnete.

Hagauer selbst war zumute gewesen, als könne das alles gar nicht sein, was sich da ereignen wolle. Von seinen dienstlichen Obliegenheiten zurückgekehrt, war er in der «verödeten Wohnung» am Abend vor einem Bogen Briefpapier gesessen wie seinerzeit Ulrich vor einem anderen und hatte nicht gewußt, wie beginnen. Aber in Hagauers Leben hatte schon wiederholt das bestens bekannte «Verfahren der Knöpfe» Erfolg gehabt, und er benutzte es auch diesmal. Es besteht darin, daß man auf seine Gedanken methodisch einwirkt, und zwar auch vor erregenden Aufgaben, ähnlich wie ein Mensch an seinen Kleidern Knöpfe annähen läßt, weil er nur Zeitverluste zu beklagen hätte, wenn er vermeinte, jene ohne diese rascher vom Leib zu bringen. Der englische Schriftsteller Surway zum Beispiel, dessen Arbeit darüber Hagauer heranholte, weil es ihm auch im Kummer wichtig blieb, sie mit seiner eigenen Anschauung zu vergleichen, unterscheidet fünf solcher Knöpfe im Vorgang des erfolgreichen Denkens: *a*) Beobachtungen an einem Ereignis, die eine Schwierigkeit in seiner Deutung unmittelbar empfinden lassen; *b*) die nähere Umgrenzung und Feststellung dieser Schwierigkeiten; *c*) die Vermutung einer möglichen Lösung; *d*) die vernunftgemäße Entwicklung der Folgen dieser Vermutung; *e*) weitere Beobachtung für ihre Annahme oder Ablehnung und damit Erfolg des Denkens. Hagauer hatte ein ähnliches Verfahren bereits mit Vorteil auf ein so weltmännisches Geschäft wie das Lawn-Tennis angewendet, als er es im Klub der Staatsbeamten erlernte, wodurch dieses Spiel einen beachtsamen geistigen Reiz für ihn gewann, in reinen Gefühlsangelegenheiten hatte er aber noch nie davon Gebrauch gemacht; denn sein alltägliches seelisches Erleben bestand zum größten Teil aus fachlichen Beziehungen und bei persönlicheren Vorkommnissen aus jenem «rechten Gefühl», das eine Mischung aller in der weißen Rasse im gegebenen Fall möglichen und im Umlauf befindlichen Gefühle darstellt, mit einem gewissen Aufschlag an den lokal-, berufs- oder standesmäßig nächstliegenden. Die Knöpfe ließen sich darum auf das ungewöhnliche Begehren seiner Gattin, sich von ihm zu scheiden, nicht ohne Mangel an Übung anwenden, und gar das «rechte Gefühl» zeigt bei Schwierigkeiten, die einem persönlich nahgehn, die Eigenschaft, daß es sich leicht spaltet: Es sagte Hagauer einerseits, daß ein zeitgemäßer Mensch wie er durch vieles verpflichtet werde, dem Verlangen nach Auflösung eines Vertrauensverhältnisses keine Schwierigkeiten entgegenzusetzen; aber andrerseits, wenn man nicht will, sagt es eben auch vieles, was von solcher Verpflichtung freispricht, denn die heutzutage eingerissene Leichtfertigkeit in solchen Dingen ist keineswegs gutzuheißen. In einem solchen Fall, das war Hagauer bekannt, muß sich ein moderner Mensch «entspannen», das heißt seine Aufmerksamkeit zerstreun, eine gelockerte Körperhaltung annehmen und auf das horchen, was dabei aus der größten Tiefe seines Inneren vernehmlich wird. Vorsichtig hielt er seine Überlegungen an, starrte auf den verwaisten Wandkalender und lauschte in sich hinein; nach einer Weile antwortete ihm denn auch eine Stimme, die von innen aus einer unter dem bewußten Denken liegenden Tiefe kam, genau das, was er sich schon gedacht hatte: die Stimme sagte, daß er sich ein derart unbegründetes Ansinnen wie das Agathes schließlich denn doch nicht bieten zu lassen brauche!

Damit war aber Professor Hagauers Geist auch schon unversehens vor Knopf *a*) bis *e*) Surways oder einer äquivalenten Knopfreihe niedergesetzt worden und empfand frisch belebt die Schwierigkeiten in der Deutung des von ihm zu beobachtenden Ereignisses. «Bin ich, Gottlieb Hagauer,» fragte sich Hagauer «etwa an diesem peinlichen Vorfall schuld?» Er prüfte sich und fand keinen einzigen Einwand gegen sein eigenes Verhalten. «Ist ein anderer Mann, den sie liebt, die Ursache?» fuhr er in den Vermutungen einer möglichen Lösung fort. Es bereitete ihm aber Schwierigkeit, das anzunehmen, denn, wenn er sich zu objektiver Überlegung zwang, war nicht recht einzusehen, was ein anderer Mann Agathe Besseres bieten sollte als er. Immerhin, diese Frage konnte so leicht von persönlicher Eitelkeit getrübt werden wie keine andere, er behandelte sie darum auf das genaueste; dabei eröffneten sich ihm Ausblicke, an die er noch nie gedacht hatte, und plötzlich fühlte sich Hagauer nach Punkt *c*), confer Surway, auf die Spur einer möglichen Lösung gebracht, die über *d*) und *e*) weiterführte: Zum erstenmal seit seiner Heirat fiel ihm eine Gruppe von Erscheinungen auf, die seines Wissens nur von Frauen berichtet werden, in denen die Liebe zum anderen Geschlecht ganz und gar keine tiefe oder leidenschaftliche ist. Es war ihm schmerzlich, daß er in seiner Erinnerung keinen einzigen Beweis jener voll geöffneten und traumverlorenen Hingabe fand, die er vorher, in seiner Junggesellenzeit, an weiblichen Personen kennengelernt hatte, deren sinnliche Lebensführung außer Zweifel stand, aber es bot ihm den Vorteil, daß er nun mit voller wissenschaftlicher Ruhe die Zerstörung seines ehelichen Glücks durch einen Dritten ausschloß. Agathes Verhalten setzte sich dadurch von selbst auf eine rein persönliche Auflehnung gegen dieses Glück herab, und zumal da sie ohne das geringste vorandeutende Anzeichen abgereist war, und binnen so kurzer Zeit, wie sonach übrigblieb, unmöglich eine begründete Sinnesänderung vorsichgegangen sein konnte, kam Hagauer zu der Überzeugung, die ihn nun nicht mehr verließ, daß Agathes unbegreifliches Benehmen nur als eine jener sich allmählich ansammelnden Versuchungen zur Lebensverneinung erklärt werden könne, von deren Vorkommen man bei Naturen hört, die nicht wissen, was sie wollen.

War Agathe aber wirklich eine solche Natur? Es blieb noch zu prüfen, und Hagauer kraute nachdenklich mit dem Federstiel seinen Bart. Sie machte wohl gewöhnlich den Eindruck eines «verträglichen Kameraden», wie er das nannte, legte jedoch selbst angesichts der Fragen, die ihn am lebhaftesten beschäftigten, eine große Teilnahmlosigkeit an den Tag, um nicht sagen zu müssen Trägheit! Es war eigentlich etwas an ihr, das nicht zu ihm und nicht zu anderen Menschen und ihren Interessen stimmte; es widerstritt auch nicht; sie lachte ja mit oder wurde ernst, wo es sich gehörte, aber sie hatte, wenn er es recht überlegte, in all den Jahren immer einen etwas zerstreuten Eindruck gemacht. Sie schien dem, was man ihr mitteilte oder auseinandersetzte, Gehör zu schenken und es doch niemals zu glauben. Sie kam ihm, betrachtete man das genau, geradezu ungesund gleichgültig vor. Manchmal empfing man den Eindruck von ihr, daß sie ihre Umgebung überhaupt nicht auffasse...: Und plötzlich hatte seine Feder, ehe er es selbst wußte, begonnen, in charaktervollen Bewegungen über das Papier zu eilen. «Du glaubst, wunder was es sei,» so schrieb er «wenn du dich für zu gut hältst, das Leben zu lieben, das ich dir zu bieten in der Lage bin und das, bei aller Bescheidenheit, ein reines und volles Leben ist: du hast es gleichsam immer mit der Feuerzange angefaßt, wie mich jetzt dünken will. Du hast dich dem Reichtum des Menschlichen und Sittlichen verweigert, den auch ein bescheidenes Leben zu bieten vermag, und selbst wenn ich annehmen müßte, daß du dich dazu durch irgend etwas berechtigt gefühlt haben könntest, hättest du den sittlichen Änderungswillen vermissen lassen und statt dessen lieber eine künstliche und phantastische Lösung gewählt!»

Er überlegte es noch einmal. Er musterte die Schüler, die durch seine Erzieherhände gegangen waren, um einen Fall zu finden, der ihm Aufschluß geben könnte; aber noch ehe er damit recht begonnen hatte, fiel ihm von selbst das fehlende Stück der Überlegung ein, das er bisher mit einem undeutlichen Unbehagen vermißt hatte. Agathe war in diesem Augenblick kein völlig persönlicher Fall mehr für ihn, zu dem es keinen allgemeinen Zugang gab; denn wenn er bedachte, wieviel sie aufzugeben bereit sei, ohne von einer besonderen Leidenschaft verblendet zu werden, so wurde er zu seiner Freude unausweichlich auf die grundlegende, der modernen Pädagogik bekannte Annahme geführt, daß es ihr an der Fähigkeit übersubjektiver Überlegung und an sicherem geistigen Kontakt mit der Umwelt fehle! Rasch schrieb er: «Wahrscheinlich bist du dir auch bei dem, was du jetzt unternehmen willst, durchaus nicht deutlich bewußt, was es sei; aber ich warne dich, ehe du einen bleibenden Entschluß fassest! Du bist vielleicht das strikteste Gegenteil einer ins Leben gerichteten und seiner kundigen Menschenart, wie ich sie selbst darstelle, aber gerade darum solltest du dich nicht leichtfertig der Stütze entäußern, die ich dir biete!» – Eigentlich wollte Hagauer ja etwas anderes schreiben. Denn die Intelligenz eines Menschen ist kein abgeschlossenes und beziehungsloses Vermögen, ihre Mängel ziehen sittliche Mängel nach sich, spricht man doch von moralischem Blödsinn, ebenso wie sittliche Mängel, was allerdings seltener beachtet wird, imstande sind, die Verstandeskräfte in der ihnen beliebenden Richtung abzulenken oder zu blenden! Hagauer sah also einen geschlossenen Typus vor seinem geistigen Auge, den er im Anschluß an schon bestehende Bestimmungen am ehesten geneigt war als eine «im ganzen ausreichend intelligente Sonderart des moralischen Blödseins zu bezeichnen, das sich dann bloß in bestimmten Ausfallserscheinungen ausdrückt». Er brachte es nur nicht über sich, diesen aufschlußreichen Ausdruck zu verwenden, teils weil er es vermeiden wollte, seine entflohene Gattin noch mehr zu reizen, teils weil ein Laie solche Bezeichnungen gewöhnlich mißversteht, wenn sie auf ihn angewendet werden. Sachlich blieb aber daran festzuhalten, daß die beanstandeten Erscheinungen insgesamt in die große Gattung des Nicht-Vollsinnigen gehörten, und schließlich fiel Hagauer aus diesem Gegensatz zwischen Gewissen und Ritterlichkeit ein Ausweg ein, da sich die an seiner Frau zu beachtenden Ausfallserscheinungen in Anlehnung an eine weit verbreitete weibliche Minderleistung ja auch als sozialer Schwachsinn bezeichnen ließen! In dieser Auffassung beendete er seinen Brief in bewegten Worten. Mit dem prophetischen Ingrimm des verschmähten Liebhabers und Pädagogen schilderte er Agathe die asoziale, des Gemeinschaftsinns entbehrende und gefährdete Anlage ihrer Natur als eine «Minusvariante», die nie und nirgends den Problemen des Lebens tatkräftig und neuschaffend entgegentrete, wie es «heutige Zeit» von «ihren Menschen» verlange, sondern «durch eine Glasscheibe von der Wirklichkeit getrennt» in gewählter Selbstvereinsamung verharre, dauernd am Rande der pathologischen Gefahr. «Wenn dir etwas an mir mißfiele, hättest du ihm entgegenwirken müssen» schrieb er; «aber die Wahrheit ist, daß dein Gemüt den Energien der Gegenwart nicht gewachsen ist und ihren Forderungen ausweicht! Ich habe dich nun vor deinem Charakter gewarnt» schloß er «und wiederhole, daß du eine verläßliche Stütze dringender benötigst als andere Menschen. In deinem eigenen Interesse fordere ich dich auf, unverzüglich zurückzukehren, und erkläre, daß es mir die Verantwortung, die ich als dein Gatte trage, verbietet, deinem Wunsche nachzugeben.»

Diesen Brief las Hagauer, ehe er ihn unterschrieb, noch einmal durch, fand ihn in der Erfassung des fraglichen Typus sehr unvollständig, aber änderte nichts mehr daran, außer daß er am Ende – die ungewohnte, stolz bewältigte Anstrengung, über seine Frau nachzudenken, als kräftige Ausatmung durch den Schnurrbart blasend und erwägend, wieviel eigentlich auch zu der Frage «Neue Zeit» noch gesagt werden müßte – eine ritterliche Wendung vom kostbaren Vermächtnis des verehrten verstorbenen Vaters einfügte, dort, wo das Wort Verantwortung stand.

Als Agathe das alles gelesen hatte, geschah das Wunderliche, daß der Inhalt dieser Ausführungen nicht ohne Eindruck auf sie blieb. Langsam ließ sie das Schreiben, nachdem sie es im Stehen, ohne daß sie sich die Zeit nahm sich zu setzen, noch einmal Wort für Wort durchgesehen hatte, sinken und reichte es Ulrich, der mit Verwunderung die Erregung seiner Schwester beobachtet hatte.

30

Ulrich und Agathe suchen nachträglich einen Grund

Und während nun Ulrich las, beobachtete Agathe mutlos sein Mienenspiel. Er hatte sein Gesicht über den Brief geneigt, und der Ausdruck darin schien unentschlossen zu sein, wie er sich entscheiden solle, ob für Spott, Ernst, Kummer oder Verachtung. In diesem Augenblick senkte sich ein schweres Gewicht auf sie; es drang von allen Seiten ein, als verdichte sich die Luft zu unerträglicher Dumpfheit, nachdem zuvor eine unnatürlich köstliche Leichtigkeit geherrscht habe: was Agathe mit dem Testament ihres Vaters getan hatte, bedrückte zum erstenmal ihr Gewissen. Aber es würde nicht genügen, sagte man, daß sie mit einemmal ermaß, wessen sie sich in Wirklichkeit schuldig gemacht habe; vielmehr empfand sie ein solches wirkliches Ermessen im Verhältnis zu allem, auch zu ihrem Bruder, und sie fühlte eine unbeschreibliche Nüchternheit. Alles, was sie getan hatte, erschien ihr unbegreiflich. Sie hatte davon gesprochen, ihren Gatten zu töten, sie hatte ein Testament gefälscht, und sie hatte sich ihrem Bruder angeschlossen, ohne zu fragen, ob sie sein Leben damit störe: in einem einbildungsreichen Rauschzustand hatte sie das getan. Und besonders beschämte es sie in diesem Augenblick, daß ihr der nächste und natürlichste Gedanke dabei völlig gefehlt habe, denn jede andere Frau, die sich von einem Mann freimacht, den sie nicht mag, wird entweder einen besseren suchen oder sich durch Unternehmen anderer, aber ebenso natürlicher Art entschädigen. Oft genug hatte sogar Ulrich selbst darauf hingewiesen, doch hatte sie nie darauf gehört. Nun stand sie da und wußte nicht, was er sagen werde. Ihr Verhalten kam ihr so sehr als das eines wirklich nicht ganz zurechnungsfähigen Wesens vor, daß sie Hagauer recht gab, der ihr in seiner Weise vorhielt, was sie sei; und sein Brief in Ulrichs Hand machte sie ähnlich betroffen, wie es ein Mensch sein mag, der ohnehin unter Anklage steht und nun noch ein Schreiben seines früheren Lehrers erhält, worin ihn dieser seiner Verachtung versichert. Natürlich hatte sie Hagauer niemals einen Einfluß auf sich eingeräumt; trotzdem war die Wirkung so, als dürfte er ihr sagen: «ich habe mich in dir getäuscht!» oder: «ich habe mich leider nie in dir getäuscht und immer das Gefühl gehabt, du wirst ein böses Ende nehmen!» In dem Bedürfnis, diesen lächerlichen und kummervollen Eindruck abzuschütteln, unterbrach sie vor der Zeit Ulrich, der noch immer aufmerksam in dem Brief las und, wie es schien, damit gar nicht fertig werden konnte, mit ungeduldigen Worten:

«Er beschreibt mich eigentlich ganz richtig» ließ sie scheinbar gleichmütig einfließen, aber doch mit dem Nachdruck einer Herausforderung, die deutlich den Wunsch verriet, das Gegenteil zu hören. «Und wenn er es auch nicht ausspricht, so ist es doch wahr: entweder muß ich unzurechnungsfähig gewesen sein, als ich ihn ohne zwingenden Grund heiratete, oder ich bin es jetzt, wo ich ihn mit ebenso wenig Grund verlasse.»

Ulrich, der in diesem Augenblick zum drittenmal die Briefstellen durchlas, die seine Vorstellungsgabe unfreiwillig zum Zeugen des engen Verhältnisses zu Hagauer machten, antwortete zerstreut etwas Unverständliches.

«Aber gib doch nur acht!» bat ihn Agathe. «Bin ich die zeitgemäße, wirtschaftlich oder geistig irgendwie tätige Frau? Nein. Bin ich die verliebte Frau? Auch nicht. Bin ich die gute, ausgleichende, vereinfachende, nestbildende Gefährtin und Mutter? Schon gar nicht. Was bleibt da noch übrig? Wozu bin ich also auf der Welt? Die Geselligkeit, in der wir uns bewegen, das muß ich dir doch gleich sagen, ist mir im Grunde völlig gleichgültig. Und ich glaube beinahe, was es an Musik, Dichtung und Kunst gibt, das gebildete Kreise entzückt, könnte ich auch ganz gut entbehren. Hagauer zum Beispiel nicht; Hagauer braucht das allein schon für seine Zitate und Hinweise. Er hat wenigstens das Erfreuliche und Ordentliche einer Sammlung immer für sich: Ist er also nicht im Recht, wenn er mir vorwirft, daß ich nichts leiste, daß ich mich dem ‹Reichtum des Schönen und Sittlichen› verweigere und daß ich höchstens noch bei Professor Hagauer Verständnis und Nachsicht finden kann?!»

Ulrich gab ihr das Schreiben zurück und erwiderte in Ruhe: «Sehen wir der Sache ins Gesicht: Du bist mit einem Wort doch wirklich sozial schwachsinnig!» Er lächelte, aber in seinem Ton war die Gereiztheit zu spüren, die der Einblick in diesen vertrauten Brief in ihm zurückgelassen hatte.

Agathe aber war es nicht recht, daß ihr Bruder so antworte. Es vergrößerte ihren Kummer. Nun fragte sie mit schüchternem Spott: «Warum hast du denn, wenn es so ist, ohne mir etwas zu sagen, darauf bestanden, daß ich geschieden werde und meinen einzigen Beschützer verliere?»

«Ach, vielleicht deshalb,» meinte Ulrich ausweichend «weil es so herrlich einfach ist, in einem festen männlichen Ton miteinander zu verkehren. Ich habe mit der Faust auf den Tisch geschlagen, er hat mit der Faust auf den Tisch geschlagen; natürlich mußte ich dann doppelt so heftig auf den Tisch schlagen: Ich glaube, deshalb habe ich es getan.»

Bisher hatte sich Agathe, obwohl ihre Verstimmung verhinderte, daß sie es selbst merke, doch sehr, ja wild darüber gefreut, daß ihr Bruder heimlich das Gegenteil von dem getan habe, was er in der Zeit des scherzhaft tändelnden Geschwisterspiels offen an den Tag legte; denn daß er Hagauer beleidigte, konnte scheinbar nur den Zweck haben, hinter ihr ein Hindernis zu errichten, das jede Umkehr ausschlösse. Aber jetzt war auch an der Stelle dieser verborgenen Freude nur der hohle Verlust, und Agathe verstummte.

«Wir dürfen nicht übersehn,» fuhr Ulrich fort «wie gut es Hagauer in seiner Art gelingt, dich, wenn ich so sagen darf, beinahe treffend mißzuverstehn. Gib acht, er wird auf seine Weise, ohne Detektivbüro, bloß indem er über die Schwächen deines Verhältnisses zur Menschheit nachzudenken beginnt, noch herausfinden, was du mit Vaters Testament vorgenommen hast. Wie wollen wir dich dann verteidigen?»

Zum erstenmal, seit sie wieder beisammen waren, kam so zwischen den Geschwistern die Rede auf den unselig-seligen Streich, den Agathe gegen Hagauer geführt hatte. Heftig zuckte sie die Achseln und machte eine unbestimmte Abwehrbewegung.

«Hagauer ist natürlich im Recht» gab ihr Ulrich sanft und nachdrücklich zu bedenken.

«Er ist nicht im Recht!» entgegnete sie mit Bewegung.

«Er hat teilweise recht» vermittelte Ulrich. «Wir müssen in einer so gefährlichen Lage mit einem völlig klaren Selbstbekenntnis beginnen. Was du getan hast, kann uns beide ins Zuchthaus bringen.»

Agathe sah ihn mit erschreckt geöffneten Augen an. Eigentlich wußte sie das ja, aber es war noch nie so unbezweifelt ausgesprochen worden.

Ulrich antwortete mit einer freundlichen Gebärde. «Das ist noch nicht das Schlimmste» fuhr er fort. «Aber wie halten wir das, was du getan hast, und auch die Art, wie du es getan hast, von dem Vorwurf frei, daß es –» Er suchte nach einem Ausdruck, der ihm genügen sollte, und fand keinen: «Also, sagen wir einfach, daß es doch ein wenig so ist, wie Hagauer meint; daß es sich nach der Seite des Schattens neigt, der Ausfallserscheinungen, der Fehler, die aus etwas Fehlendem entstehn? Hagauer vertritt die Stimme der Welt, wenn sie auch lächerlich in seinem Mund klingt.»

«Jetzt kommt die Tabaksdose» rief Agathe kleinlaut aus.

«Jawohl, jetzt kommt sie» antwortete Ulrich beharrlich. «Ich muß dir etwas sagen, was mich schon lange bedrückt.»

Agathe wollte ihn nicht zu Wort kommen lassen. «Ist es nicht besser, wir machen es ungeschehn?!» fragte sie. «Vielleicht sollte ich gütlich mit ihm sprechen und ihm irgendeine Entschuldigung anbieten?»

«Dazu ist es schon zu spät. Er könnte es jetzt als Werkzeug gebrauchen, um dich zu zwingen, daß du zu ihm zurückkehrst» erklärte Ulrich.

Agathe schwieg.

Ulrich fing mit der Tabaksdose an, die ein wohlhabender Mann im Hotel stiehlt. Er hatte sich eine Theorie gemacht, daß es nur drei Gründe für ein solches Eigentumsvergehen gebe: Not, Beruf oder, wenn keines von beiden zutrifft, eine beschädigte seelische Anlage. «Du hast mir, als wir einmal davon sprachen, eingewandt, man könne es auch aus Überzeugung tun» fügte er hinzu.

«Ich habe gesagt, man könne es einfach tun!» warf Agathe ein.

«Nun ja: aus Prinzip.»

«Nein, nicht aus Prinzip!»

«Also, das ist es eben!» sagte Ulrich. «Wenn man so etwas tut, so muß man wenigstens eine Überzeugung damit verbinden! Ich komme nicht darüber hinweg! Man tut nichts ‹einfach›; entweder ist es von außen begründet oder von innen. Das mag sich wohl nicht leicht trennen lassen, aber darüber wollen wir jetzt nicht philosophieren; ich sage bloß: wenn man etwas ganz Unbegründetes für recht hält oder wenn gar ein Entschluß wie aus dem Nichts entsteht, dann verdächtigt man sich einer krankhaften oder schadhaften Anlage.»

Damit war nun freilich weit mehr und Schlimmeres gesagt, als Ulrich wollte; es deckte sich bloß in der Richtung mit seinen Bedenken.

«Ist das alles, was du mir darüber mitzuteilen hast?» fragte Agathe still.

«Nein, es ist nicht alles» erwiderte Ulrich erbittert: «Wenn man keinen Grund hat, so muß man einen suchen!»

Keiner von beiden war darüber in Zweifel, wo sie ihn suchen müßten. Aber Ulrich wollte es anders und sagte nach einer kleinen Weile des Schweigens nachdenklich: «In dem Augenblick, wo du dich aus dem Einklang mit den anderen hinausbegibst, wirst du in alle Ewigkeit nicht mehr wissen, was gut und was böse ist. Willst du gut sein, so mußt du also überzeugt sein, daß die Welt gut ist. Und das sind wir beide nicht. Wir leben in einer Zeit, wo die Moral entweder in Auflösung oder in Krämpfen ist. Aber um einer Welt willen, die noch kommen kann, soll man sich rein halten!»

«Glaubst du denn, daß das irgendeinen Einfluß darauf hat, ob sie kommt oder nicht?» wandte Agathe ein.

«Nein, das glaube ich leider nicht. Höchstens so glaube ich es: Wenn auch die Menschen, die das sehen, nicht richtig handeln, so kommt sie gewiß nicht und der Verfall ist nicht aufzuhalten!»

«Was hast du denn davon, ob es in fünfhundert Jahren anders sein wird oder nicht?!»

Ulrich zögerte. «Ich tue meine Pflicht, verstehst du? Vielleicht wie ein Soldat.»

Wahrscheinlich lag es daran, daß Agathe an diesem Unglücksmorgen eines anderen und zärtlicheren Trostes bedürftig war, als ihn Ulrich gab: sie erwiderte: «Am Ende bloß wie dein General?!»

Ulrich schwieg.

Agathe mochte nicht einhalten. «Du bist doch gar nicht sicher, ob es deine Pflicht ist» fuhr sie fort. «Du tust es, weil du eben so bist und weil es dir Freude macht. Etwas anderes habe ich auch nicht getan!»

Sie verlor plötzlich die Selbstbeherrschung. Irgend etwas war sehr traurig. Sie hatte mit einemmal Tränen in den Augen, und in der Kehle würgte ein heftiges Schluchzen. Um das zu verbergen und nicht den Augen ihres Bruders darzubieten, schlang sie die Arme um seinen Hals und verbarg ihr Gesicht an seiner Schulter. Ulrich fühlte, wie sie weinte und ihr Rücken zitterte. Eine lästige Verlegenheit beschlich ihn: er bemerkte sich kalt werden. So viele zärtliche und glückliche Gefühle er auch für seine Schwester zu besitzen glaubte, sie waren in diesem

Augenblick, der ihn rühren mußte, nicht da; sein Empfinden war verstört und kam nicht in Tätigkeit. Er streichelte Agathe und flüsterte einige Trostworte, aber es widerstrebte ihm. Und weil die geistige Miterregung fehlte, kam ihm die Berührung der beiden Körper wie die zweier Strohwische vor. Er machte dem ein Ende, indem er Agathe zu einem Stuhl führte und sich selbst einige Schritte von ihr entfernt in einen anderen setzte. Dabei erwiderte er auf das, was sie eingewandt hatte, mit den Worten: «Die Geschichte mit dem Testament macht dir ja gar keine Freude! Und wird dir auch nie eine machen, weil sie etwas Unordentliches gewesen ist!»

«Ordnung?!» rief Agathe unter Tränen aus. «Pflicht?!»

Sie war eigentlich ganz fassungslos, weil sich Ulrich so kalt betragen hatte. Aber sie lächelte schon wieder. Sie begriff, daß sie mit sich allein fertig werden müsse. Sie hatte die Empfindung, das Lächeln, das ihr hervorzubringen gelang, schwebe sehr weit vor ihren eisigen Lippen. Ulrich dagegen war jetzt frei von Verlegenheit, es kam ihm sogar schön vor, daß sich die gewöhnliche körperliche Rührung bei ihm nicht eingestellt hatte; es leuchtete ihm ein, daß auch das zwischen ihnen beiden anders sein müsse. Er hatte aber nicht Zeit darüber nachzudenken, denn er sah, daß Agathe sehr in Mitleidenschaft gezogen war, und deshalb fing er zu sprechen an. «Laß dich nicht durch die Worte kränken, die ich benutzt habe,» bat er «und verüble sie mir nicht! Wahrscheinlich habe ich unrecht, wenn ich solche Worte wie Ordnung und Pflicht wähle; sie muten ja auch an wie eine Predigt. Aber warum» unterbrach er das gleich wieder «warum, zum Teufel, sind Predigten verächtlich? Sie müßten doch unser höchstes Glück sein?!»

Agathe hatte gar keine Lust, darauf zu antworten.

Ulrich ließ von seiner Frage ab.

«Glaub nicht, daß ich mich vor dir als der Gerechte aufspielen möchte!» bat er. «Ich habe nicht sagen wollen, daß ich nichts Schlechtes täte. Bloß es heimlich tun müssen, das mag ich nicht. Ich liebe die Räuber der Moral, und nicht die Diebe. Ich möchte also einen moralischen Räuber aus dir machen» scherzte er «und gestatte dir nicht, aus Schwäche zu fehlen!»

«Ich habe da keinen Ehrenstandpunkt!» sagte seine Schwester hinter ihrem sehr weit von ihr entfernten Lächeln.

«Es ist ja furchtbar lustig, daß es Zeiten wie unsere gibt, wo alle jungen Menschen für das Schlechte eingenommen sind!» warf er lachend ein, um das Gespräch vom Persönlichen zu entfernen. «Diese heutige Vorliebe für das moralisch Gruselige ist natürlich eine Schwäche. Wahrscheinlich bürgerliche Übersättigung am Guten; sein Ausgelutschtsein. Ich selbst habe auch ursprünglich gedacht, daß man zu allem Nein sagen müsse; alle haben so gedacht, die heute zwischen fünfundzwanzig und fünfundvierzig sind; aber das war natürlich nur eine Art Mode: ich könnte mir vorstellen, daß jetzt bald der Umschwung und mit ihm eine Jugend kommt, die sich statt der Unmoral wieder die Moral ins Knopfloch stecken wird. Die ältesten Esel, die nie in ihrem Leben das Erregende der Moral verspürt und bei Gelegenheit bloß moralische Gemeinplätze von sich gegeben haben, werden dann plötzlich Vorläufer und Pioniere eines neuen Charakters sein!»

Ulrich war aufgestanden und ging unruhig hin und her. «Wir können vielleicht so sagen» schlug er vor: «Das Gute ist beinahe schon seiner Natur nach Gemeinplatz, das Böse bleibt Kritik! Das Unmoralische gewinnt sein himmliches Recht als eine drastische Kritik des Moralischen! Es zeigt uns, daß das Leben auch anders geht. Es straft Lügen. Dafür danken wir ihm mit einer gewissen Nachsicht! Daß es Testamentsfälscher gibt, die über jeden Zweifel reizend sind, sollte beweisen, daß an der Unverbrüchlichkeit des Eigentums etwas nicht stimmt. Vielleicht bedarf das ja keines Beweises; aber da fängt dann die Aufgabe an: denn wir müssen uns zu jeder Art von Verbrechen entschuldigte Verbrecher als möglich denken, selbst zum Kindesmord oder was es sonst Greuliches gibt –»

Er hatte vergeblich einen Blick seiner Schwester zu fangen gesucht, obwohl er sie mit der Erwähnung des Testaments neckte. Jetzt machte sie eine unwillkürliche Bewegung der Abwehr. Sie war keine Theoretikerin, sie konnte nur ihr eigenes Verbrechen entschuldigt finden, sie war durch seinen Vergleich eigentlich von neuem beleidigt.

Ulrich lachte. «Es sieht wie eine Spielerei aus, hat aber Bedeutung,» versicherte er «daß wir so jonglieren können. Es beweist, daß an der Bewertung unseres Tuns etwas nicht stimmt. Und es stimmt ja auch nicht: Du selbst wärest in einer Gesellschaft von Testamentsfälschern ganz gewiß für die Unantastbarkeit der rechtlichen Bestimmungen; bloß in einer Gesellschaft von Gerechten verwischt und verkehrt sich das. Ja, du würdest sogar, wenn Hagauer ein Lump wäre, glühend gerecht sein; es ist geradezu ein Unglück, daß schon er anständig ist! So wird man hin- und hergestoßen!»

Er wartete auf eine Antwort, die nicht kam; so zuckte er die Achseln und wiederholte: «Wir suchen einen Grund für dich. Wir haben festgestellt, daß sich die honetten Menschen gar zu gern, wenn auch natürlich nur in der Phantasie, auf Verbrechen einlassen. Wir dürfen hinzufügen, daß dafür die Verbrecher, wenn man sie selbst hört, fast ohne Ausnahme als honette Menschen gelten möchten. Also könnte man geradezu definieren: Verbrechen sind die in den Herrn Sündern stattfindende Vereinigung alles dessen, was die andern Menschen in kleinen Unregelmäßigkeiten abströmen lassen. Das heißt in der Phantasie und in tausend alltäglichen Bosheiten und Lumpereien der Gesinnung. Man könnte auch sagen: die Verbrechen liegen in der Luft und suchen sich bloß einen Weg des geringsten Widerstandes, der sie zu bestimmten Menschen hinführt. Man könnte sogar sagen, sie sind zwar auch die Handlungen von Individuen, die der Moral nicht fähig sind, in der Hauptsache sind sie aber der zusammengezogene Ausdruck irgendeines allgemeinen menschlichen Mißverhaltens in der Scheidung zwischen Gut und Böse. Das ist es, was uns schon von Jugend an mit der Kritik erfüllt hat, über die unsere Zeitgenossenschaft nicht hinausgekommen ist!»

«Aber was ist denn Gut und Bös?» warf Agathe hin, ohne daß Ulrich bemerkte, daß er sie mit seiner Unbefangenheit peinige.

«Ja, das weiß ich doch nicht!» antwortete er lachend. «Ich bemerke doch soeben erst und zum erstenmal, daß ich das Böse verabscheue. Ich habe es wirklich bis heute nicht in dem Maße gewußt. Ach, Agathe, du hast ja keine Ahnung, wie das ist» klagte er nachdenklich; «zum Beispiel die Wissenschaft! Für einen Mathematiker ist, um es ganz einfach zu sagen, Minus Fünf nicht schlechter als Plus Fünf. Ein Forscher darf vor nichts Abscheu haben und wird von einem schönen Krebsfall unter Umständen freudiger erregt als von einer schönen Frau. Ein Wissender weiß, daß nichts wahr ist und die ganze Wahrheit erst am Ende aller Tage liegt. Die Wissenschaft ist amoralisch. Dieses ganze herrliche Eindringen ins Unbekannte entwöhnt uns der persönlichen Beschäftigung mit unserem Gewissen, ja es gewährt uns nicht einmal die Genugtuung, sie ganz ernst zu nehmen. Und die Kunst? Bedeutet sie nicht dauernd ein Schaffen von Bildern, die mit dem des Lebens nicht übereinstimmen? Ich rede nicht von dem falschen Idealismus oder von der Üppigkeit des Aktmalens zu Zeiten, wo man bis zur Nasenspitze angezogen lebt» scherzte er nun wieder. «Aber denk an ein wirkliches Kunstwerk: Hast du nie das Gefühl gehabt, daß etwas daran an den brenzlichen Geruch erinnert, der von einem Messer aufsteigt, das du an einem Stein schleifst? Es ist ein kosmischer, meteorischer, gewittriger Geruch, himmlisch unheimlich!?»

Hier war die einzige Stelle, wo ihn Agathe aus eigenem Antrieb unterbrach. «Hast du nicht früher selbst Gedichte gemacht?» fragte sie ihn.

«Das weißt du noch? Wann habe ich dir das einbekannt?» fragte Ulrich. «Ja; wir machen doch alle irgendwann Gedichte. Ich habe es sogar noch als Mathematiker getan» gab er zu. «Aber sie sind, je älter ich wurde, desto schlechter geworden; und ich glaube, nicht so sehr aus Talentlosigkeit wie aus wachsender Abneigung gegen das Unordentliche und zigeunerhaft Romantische dieser Gefühlsabschweifung –»

Seine Schwester schüttelte bloß leise den Kopf, aber Ulrich bemerkte es. «Doch!» beharrte er. «Ein Gedicht soll doch genau so wenig bloß ein Ausnahmezustand sein wie eine Tat der Güte! Aber wo kommt denn, wenn ich so fragen darf, der Augenblick der Erhebung im nächsten Augenblick hin? Du liebst Gedichte, das weiß ich: aber was ich sagen will, ist, daß man nicht bloß den Feuergeruch in der Nase haben darf, bis er sich verflüchtigt. Dieses unvollständige Verhalten ist genau das Seitenstück zu dem in der Moral, das sich in halbfertiger Kritik erschöpft.» Und plötzlich zur Hauptsache zurückkehrend, entgegnete er seiner Schwester: «Wenn ich mich in dieser Hagauer-Sache so verhielte, wie du es heute von mir erwartest, dann müßte ich doch skeptisch, lässig und ironisch sein. Die sicher sehr tugendhaften Kinder, die du oder ich vielleicht noch haben könnten, werden dann wahrhaftig von uns sagen, daß wir in eine bürgerlich sehr geborgene Zeit gehört haben, die sich keine Sorgen gemacht hat oder höchstens überflüssige. Und wir haben uns mit unserer Überzeugung doch schon soviel Mühe gegeben –!»

Ulrich wollte wahrscheinlich noch vieles sagen; er zögerte ja eigentlich nur mit dem Einsatz, den er für seine Schwester bereit hatte, und es wäre gut gewesen, hätte er ihr das verraten. Denn plötzlich stand sie auf und machte sich unter einem flüchtigen Vorwand zum Ausgehen bereit. «Es bleibt also dabei, daß ich moralisch schwachsinnig bin?» fragte sie mit einem erzwungenen Versuch zu scherzen. «Ich komme mit dem allen, was du dagegen sagst, nicht mehr mit!»

«Wir beide sind moralisch schwachsinnig!» versicherte Ulrich höflich. «Wir beide!» Und er war etwas verstimmt durch die Eile, mit der ihn seine Schwester verließ, ohne zu sagen, wann sie wiederkäme.

31

Agathe möchte Selbstmord begehn und macht eine Herrenbekanntschaft

In Wahrheit war sie davongeeilt, weil sie nicht nochmals ihrem Bruder den Anblick der Tränen darbieten wollte, die sie kaum zurückzudrängen vermochte. Sie war so traurig, wie es ein Mensch ist, der alles verloren hat. Warum, wußte sie nicht. Es war gekommen, während Ulrich sprach. Warum, wußte sie auch nicht. Er hätte etwas anderes tun sollen als sprechen. Was, wußte sie nicht. Er hatte ja recht, wenn er das «dumme Zusammentreffen» ihrer Aufregung mit dem Brief nicht wichtig nahm und weiter so redete, wie er es immer tat. Aber Agathe mußte davonlaufen.

Sie hatte zuerst nur das Bedürfnis zu laufen. Sie lief schnurstracks von ihrer Wohnung fort. War sie von Straßenzügen zum Abbiegen gezwungen, hielt sie die Richtung ein. Sie floh; in der gleichen Art, wie Menschen und Tiere aus einem Unglück flüchten. Warum, fragte sie sich nicht. Erst als sie ermüdete, wurde ihr klar, was sie vorhatte: Nicht mehr zurückkehren!

Sie wollte bis zum Abend gehn. Mit jedem Schritt weiter von Hause fort. Sie setzte voraus, wenn sie an der Schranke des Abends einhielte, würde auch ihr Entschluß fertig sein. Es war der Entschluß, sich zu töten. Es war eigentlich nicht der Entschluß, sich zu töten, sondern die Erwartung, daß er am Abend fertig sein werde. Ein verzweifeltes Strudeln und Treiben in ihrem Kopf hinter dieser Erwartung. Sie hatte nicht einmal etwas bei sich, sich zu töten. Ihre kleine Giftkapsel lag irgendwo in einer Lade oder in einem Koffer. Von ihrem Tod war nur das Verlangen fertig, nicht mehr zurückkehren zu müssen. Sie wollte aus dem Leben gehn. Davon war das Gehn da. Sie ging, mit jedem Schritt, gleichsam schon aus dem Leben.

Als sie müde wurde, bekam sie Sehnsucht nach Wiesen und Wald, nach Gehn im Stillen und Freien. Dorthin mußte man aber fahren. Sie nahm eine Straßenbahn. Sie war dazu erzogen, sich vor fremden Menschen zu beherrschen. Man merkte darum ihrer Stimme, als sie den Fahrschein löste und eine Auskunft erbat, keine Erregung an. Sie saß ruhig und aufgerichtet, kein Finger zuckte an ihr. Und während sie so saß, kamen die Gedanken. Es wäre ihr freilich wohler gewesen, wenn sie hätte toben können; bei gefesselten Gliedern blieben diese Gedanken wie große Packen, die sie sich vergeblich durch eine Öffnung zu zwängen mühte. Sie verübelte Ulrich, was er gesagt hatte. Sie wollte es ihm nicht verübeln. Sie sprach sich das Recht dazu ab. Was hatte er denn von ihr?! Sie nahm ihm seine Zeit und gab ihm nichts dafür; sie störte seine Arbeit und seine Lebensgewohnheiten. Bei dem Gedanken an seine Gewohnheiten empfand sie einen Schmerz. Solange sie im Hause war, hatte dieses anscheinend keine andere Frau betreten. Agathe war überzeugt, daß ihr Bruder immer eine Frau besitzen müsse. Er legte sich also ihretwegen Zwang an. Und da sie ihn durch nichts entschädigen konnte, war sie eigensüchtig und schlecht. In diesem Augenblick wäre sie gern umgekehrt und hätte ihn zärtlich um Verzeihung gebeten. Aber da fiel ihr nun wieder ein, wie kalt er gewesen sei. Offenbar bereute er, sie zu sich genommen zu haben. Was hatte er nicht alles entworfen und gesagt, ehe er ihrer überdrüssig geworden war! Nun sprach er nicht mehr davon. Die große Ernüchterung, die mit dem Brief gekommen war, marterte wieder Agathes Herz. Sie war eifersüchtig. Sinnlos und gemein eifersüchtig. Sie hätte sich ihrem Bruder aufnötigen mögen und fühlte die leidenschaftliche und ohnmächtige Freundschaft des Menschen, der sich seiner Zurückweisung entgegenwirft. «Ich könnte für ihn stehlen oder auf die Straße gehn!» dachte sie und sah ein, daß dies lächerlich war, konnte aber nicht anders. Ulrichs Gespräche mit ihren Scherzen und ihrer scheinbar unparteiischen Überlegenheit wirkten wie ein Hohn darauf. Sie bewunderte diese Überlegenheit und alle die geistigen Bedürfnisse, die über die ihren hinausgingen. Aber sie sah nicht ein, warum alle Gedanken immer gleich für alle Menschen gelten sollten! Sie verlangte in ihrer Beschämung persönlichen Trost und nicht allgemeine Belehrung! Sie wollte nicht tapfer sein!! Und nach einer Weile warf sie sich vor, daß sie so sei, und vergrößerte ihren Schmerz durch die Einbildung, daß sie nichts Besseres verdiene als Ulrichs Gleichgültigkeit.

Diese Selbstverkleinerung, zu der weder Ulrichs Benehmen noch auch das peinliche Schreiben Hagauers einen ausreichenden Anlaß gegeben hatte, war ein Temperamentsausbruch. Alles, was Agathe bisher in der nicht sehr langen Zeit, seit sie kein Kind mehr war, als ihr Versagen vor den Forderungen des Gemeinschaftslebens empfunden hatte, war dadurch bewirkt worden, daß sie diese Zeit in dem Gefühl verbrachte, ohne oder sogar gegen ihre innigsten Neigungen zu leben. Es waren Neigungen der Hingabe und des Vertrauens, denn sie war niemals so in der Einsamkeit heimisch geworden wie ihr Bruder; aber wenn es ihr bisher unmöglich gewesen war, sich einem Menschen oder einer Sache mit ganzer Seele hinzugeben, so kam es dennoch davon, daß sie die Möglichkeit einer größeren Hingabe in sich trug, mochte diese nun die Arme nach der Welt oder nach Gott ausstrecken! Es ist ja ein bekannter Weg zur Hingabe an die ganze Menschheit, daß man sich mit seinen Nachbarn nicht verträgt, und ebenso kann ein verstecktes und inniges Gottesverlangen daraus entstehn, daß ein unsoziales Exemplar mit einer großen Liebe ausgestattet ist: der religiöse Verbrecher in solcher Bedeutung ist kein ärgerer Widersinn als die religiöse alte Person, die keinen Mann gefunden hat, und Agathes Verhalten gegen Hagauer, das die ganz unsinnige Form eines eigennützigen Vorgehens hatte, war ebenso der Ausbruch eines ungeduldigen Willens wie die Heftigkeit, mit der sie sich anklagte, durch ihren Bruder zum Leben erweckt worden zu sein und in ihrer Schwäche es wieder verlieren zu müssen.

Es duldete sie nicht lange in der gemächlich rollenden Bahn; als die Häuser zu seiten des Wegs anfingen niedriger und ländlich zu werden, verließ sie den Wagen und legte den Rest des Weges zu Fuß zurück. Die Höfe waren geöffnet, durch Torgänge und über niedere Zäune kam der Blick zu Handwerkern, Tieren und spielenden Kindern. Die Luft war erfüllt von einem Frieden, in dessen Weite Stimmen sprachen und Geräte pochten; mit den unregelmäßigen und sanften Bewegungen eines Schmetterlings regten sich diese Laute in der hellen Luft, während sich Agathe wie einen Schatten daran vorbei zu der nahe ansteigenden Flucht der Weinberge und Wälder gleiten fühlte. Aber einmal blieb sie stehn, vor einem Hof mit Böttchern und dem guten Laut mit Hämmern geklopften Faßholzes. Sie hatte zeitlebens gern einer solchen guten Arbeit zugesehn und Vergnügen an dem bescheiden sinnvollen und überlegten Werk der Hände empfunden. Auch diesmal konnte sie von dem Takt der Schlägel und den rundum schreitenden Bewegungen der Männer nicht genughaben. Es ließ sie für Augenblicke ihren Kummer vergessen und versenkte sie in eine angenehme und gedankenlose Verbundenheit mit der Welt. Sie empfand immer Bewunderung für Menschen, die so etwas konnten, das mannigfaltig und natürlich aus einem Bedarf hervorging, der allgemein anerkannt war. Nur selbst mochte sie nicht tätig sein, obwohl sie mancherlei geistiges und nützliches Geschick hatte. Das Leben war auch ohne sie vollständig. Und mit einemmal, ehe ihr noch der Zusammenhang klar war, hörte sie Glocken läuten und konnte sich nur mit Mühe hindern, wieder zu weinen. Die kleine Kirche des Vororts hatte wohl schon die ganze Zeit ihre zwei Glocken schallen lassen, aber Agathe beachtete es erst jetzt, und im gleichen Augenblick überwältigte es sie unmittelbar, wie sehr diese nutzlosen Klänge, die, ausgeschlossen von der guten, strotzenden Erde, leidenschaftlich durch die Luft flogen, ihrem eigenen Dasein verwandt seien.

Sie nahm hastig ihren Weg wieder auf, und begleitet von dem Geläute, das sie nun nicht mehr aus den Ohren verlor, kam sie rasch zwischen den letzten Häusern auf die Hügel hinaus, deren Hänge unten von Weinrieden und einzelnen die Pfade säumenden Büschen bestanden waren, während oben hellgrün der Wald winkte. Sie wußte nun auch, wohin es sie zog, und es war ein schönes Gefühl, als sänke sie mit jedem Schritt tiefer in die Natur. Ihr Herz klopfte vor Entzücken und Anstregung, wenn sie manchmal anhielt und sich vergewisserte, daß auch die Glocken sie noch immer begleiteten, obschon hoch in der Luft versteckt und kaum hörbar. Es kam ihr vor, daß sie noch nie so mitten im Alltag Glocken läuten gehört hätte, gleichsam ohne besonderen, festlichen Anlaß und demokratisch eingemengt in die natürlichen und selbstgewissen Geschäfte. Aber von allen Zungen der tausendstimmigen Stadt sprach diese nun als letzte zu ihr, und daran war etwas, das sie packte, als wolle es sie aufheben und den Berg hinanschwingen, aber dann ließ es sie jedesmal doch wieder los und verlor sich in ein kleines metallenes Geräusch, das vor den zirpenden, brummenden oder rauschenden anderen Geräuschen des Landes nichts voraus hatte. So mochte Agathe wohl noch gegen eine Stunde gestiegen und gewandert sein, als sie sich plötzlich vor jener kleinen Buschwildnis fand, die sie im Gedächtnis getragen hatte. Sie umhegte ein vernachlässigtes Grab am Rand des Waldes, wo sich vor fast hundert Jahren ein Dichter getötet hatte und nach seinem letzten Wunsch auch zur Ruhe gebettet worden war. Ulrich hatte gesagt, daß es kein guter, wenn auch ein gerühmter Dichter gewesen sei, und die immerhin etwas kurzsichtige Poesie, die sich in dem Verlangen ausdrückt, auf einem *Aussichtspunkt begraben* zu sein, hatte an ihm einen scharfen Beurteiler gefunden. Aber Agathe liebte die Inschrift auf der großen Steinplatte, seit sie gemeinsam ihre von Regen verwaschenen schönen Biedermeier-Buchstaben auf einem Spaziergang entziffert hatten, und sie beugte sich über die schwarzen, aus großen kantigen Gliedern bestehenden Ketten, die das Viereck des Todes gegen das Leben umgrenzten.

«Ich war euch nichts» hatte der lebensunzufriedene Dichter auf sein Grab setzen lassen, und Agathe dachte, das könne man auch von ihr sagen. Dieser Gedanke, am Rand einer Waldkanzel, über den grünenden Weinbergen und der fremden, unermeßlichen Stadt, die in der Vormittagssonne langsam ihre Rauchschweife bewegte, rührte sie von neuem. Sie kniete unversehens nieder und lehnte die Stirn gegen einen der als Kettenträger dienenden Steinpfeiler; die ungewohnte Stellung und die kühle Berührung des Steins täuschten ihr den etwas steifen, willenlosen Frieden des Todes vor, der sie erwartete. Sie versuchte sich zu sammeln. Es gelang ihr aber nicht gleich: Vogellaute drangen in ihr Ohr, es gab so viele verschiedene Vogellaute, daß es sie überraschte; Äste bewegten sich, und da sie den Wind nicht wahrnahm, kam ihr vor, daß die Bäume selbst ihre Äste bewegten; in einer plötzlichen Stille war ein leises Trippeln zu hören; der Stein, den sie ruhend berührte, war so glatt, daß sie das Gefühl hatte zwischen ihm und ihrer Stirn liege ein Eisstück, das sie nicht ganz heranlasse. Erst nach einer Weile wußte sie, daß sich in dem, was sie ablenkte, gerade das ausdrückte, was sie sich vergegenwärtigen wollte, jenes Grundgefühl ihrer Überflüssigkeit, das, wenn man es aufs einfachste bezeichnete, nur mit den Worten auszusprechen war, das Leben wäre auch ohne sie so vollständig, daß sie darin nichts zu suchen und zu bestellen hätte. Dieses grausame Gefühl war im Grunde weder verzweifelt noch gekränkt, sondern ein Zuhören und Zusehen, wie es Agathe immer gekannt hatte, und bloß ohne jeden Antrieb, ja ohne die Möglichkeit, sich selbst einzusetzen. Beinahe lag eine Geborgenheit in dieser Ausgeschlossenheit, so wie es ein Staunen gibt, das alles Fragen vergißt. Sie konnte ebensogut weggehen. Wohin? Irgendein Wohin mußte es wohl geben. Agathe gehörte nicht zu den Menschen, in denen auch die überzeugte Vorstellung von der Nichtigkeit aller Einbildungen eine Art Genugtuung zu bewirken vermag, die einer kriegerischen oder hämischen Enthaltsamkeit gleichkommt, mit der man sein unbefriedigendes Los entgegennimmt. Sie war großzügig und unbedenklich in solchen Fragen und nicht so wie Ulrich, der seinen Gefühlen die erdenklichsten Schwierigkeiten bereitete, um sie sich zu verbieten, wenn sie die Probe nicht bestünden. Sie war eben dumm! Ja, das sagte sie sich. Sie wollte nicht nachdenken! Trotzig preßte sie die tiefgesenkte Stirn gegen die eisernen Ketten, die ein wenig nachgaben und dann straff widerstanden. Sie hatte in den letzten Wochen angefangen, irgendwie wieder an Gott zu glauben, aber ohne an ihn zu denken. Gewisse Zustände, in denen ihr immer die Welt anders vorgekommen war, als es den Anschein hat, und so, daß auch sie dann nicht mehr ausgeschlossen lebte, sondern ganz in einer strahlenden Überzeugung, waren durch Ulrich nahe an eine innere Metamorphose und gänzliche Umwandlung gebracht worden. Sie wäre bereit gewesen, sich einen Gott zu denken, der seine Welt öffnet wie ein Versteck. Aber Ulrich sagte, das sei nicht nötig, es schade höchstens, sich mehr einzubilden, als man erfahren könne. Und es war seine Sache, so etwas zu entscheiden. Dann mußte er sie aber auch führen, ohne sie zu verlassen. Er war die Schwelle zwischen zwei Leben, und alle Sehnsucht, die sie nach dem einen der beiden empfand, und alle Flucht aus dem anderen führte zuerst zu ihm. Sie liebte ihn in einer so schamlosen Weise, wie man das Leben liebt. Er erwachte des Morgens in allen ihren Gliedern, wenn sie die Augen aufschlug. Er sah sie auch jetzt aus dem dunklen Spiegel ihres Kummers an: Und da erst erinnerte sich Agathe wieder daran, daß sie sich töten wollte. Sie hatte das Gefühl, daß sie ihm zu Trotz von Hause zu Gott fortgelaufen wäre, als sie es mit dem Vorsatz verließ, sich zu töten. Aber der Vorsatz war wohl nun erschöpft und wieder auf seinen Ursprung zurückgesunken, daß sie von Ulrich gekränkt worden sei. Sie war böse auf ihn, das fühlte sie noch immer, aber die Vögel sangen, und sie hörte es wieder. Sie war genau so verwirrt wie zuvor, aber nun fröhlich verwirrt. Sie wollte irgend etwas tun, aber es sollte Ulrich treffen, und nicht nur sie. Die unendliche Erstarrung, in der sie auf den Knien gelegen hatte, wich der Wärme lebhaft in die Glieder strömenden Blutes, während sie sich aufrichtete.

Als sie aufblickte, stand ein Herr bei ihr. Sie wurde verlegen, denn sie wußte nicht, wie lange er ihr schon zugesehen habe. Als ihr von der Erregung noch dunkler Blick über den seinen glitt, bemerkte sie, daß er sie mit unverhüllter Anteilnahme betrachtete und ihr augenscheinlich herzliches Vertrauen einflößen wollte: Der Herr war groß und mager, trug dunkle Kleidung, und ein kurzer blonder Bart verdeckte Kinn und Wangen. Unter diesem Bart konnte man leicht aufgeworfene, weiche Lippen gewahren, die in so merkwürdig jugendlichem Gegensatz zu den allenthalben sich schon in das Blond mengenden grauen Haaren standen, als hätte sie das Alter unter dem Haarwuchs übersehen. Überhaupt war dieses Gesicht nicht ganz einfach zu entziffern. Der erste Eindruck machte an einen Mittelschullehrer denken; das Strenge in diesem Gesicht war nicht aus hartem Holz geschnitzt, sondern glich eher etwas Weichem, das sich unter täglichem kleinen Ärger verhärtet hatte. Ging man aber von dieser Weichheit aus, auf der der Mannesbart wie eingepflanzt wirkte, um einer Ordnung zu genügen, der sein Besitzer beipflichtete, so bemerkte man doch in dieser ursprünglich wohl weibischen Anlage harte, fast asketische Einzelheiten der Form, die offenbar ein unablässig tätiger Wille aus dem weichen Material geschaffen hatte.

Agathe wurde aus dem Anblick nicht klug, auch Anziehung und Abstoßung hielten sich in ihr die Wage, und sie verstand nur, daß dieser Mann ihr helfen wollte.

«Das Leben bietet ebensoviel Gelegenheit zur Kräftigung des Willens wie zu seiner Schwächung; man soll niemals fliehn vor den Schwierigkeiten, sondern soll sie zu beherrschen suchen!» sagte der Fremde und wischte, um besser zu sehen, die Augengläser ab, die sich beschlagen hatten. Agathe blickte ihn staunend an. Er mußte ihr offenbar doch schon lange zugesehen haben, denn diese Worte kamen ganz aus der Mitte eines inneren Gesprächs. Da erschrak er und lüftete den Hut, um diese Handlung nachzuholen, die man nicht vergessen darf; aber er fand sich rasch wieder und ging von neuem gerade vor. «Verzeihn Sie, wenn ich Sie frage, ob ich Ihnen helfen kann?» – sagte er – «Es kommt mir vor, daß man einen Schmerz, wahrhaftig oft selbst eine tiefe Erschütterung des Ich, wie ich sie hier sehe, leichter einem Fremden anvertraut!»

Es zeigte sich, daß der Fremde nicht ohne Anstrengung sprach; er schien eine charitative Pflicht erfüllt zu haben, indem er sich mit dieser schönen Frau einließ, und jetzt, wo sie nebeneinander dahinschritten, kämpfte er geradezu mit den Worten. Denn Agathe war einfach aufgestanden und hatte angefangen, langsam in seiner Gesellschaft von dem Grab fortzugehn, aus den Bäumen hinaus ins Freie an den Rand der Hügel, ohne daß sie sich entschieden, ob sie nun auch einen der in die Tiefe führenden Wege und welchen dieser Abstiege sie wählen wollten. Sie gingen vielmehr im Gespräch ein großes Stück Wegs die Höhe entlang, dann kehrten sie um und dann gingen sie noch einmal in der ersten Richtung; keiner wußte, wohin der andere gewollt habe, und mochte doch darauf Rücksicht nehmen. «Wollen Sie mir nicht sagen, warum Sie geweint haben?» wiederholte der Fremde mit der milden Stimme des Arztes, der fragt, wo es weh tue. Agathe schüttelte den Kopf. «Das könnte ich Ihnen nicht leicht erklären» sagte sie und bat ihn plötzlich: «Aber beantworten Sie mir eine andere Frage: Was gibt Ihnen die Gewißheit, daß Sie mir helfen können, ohne mich zu kennen? Ich sollte eher glauben, man kann niemand helfen!»

Ihr Begleiter antwortete nicht gleich. Er setzte mehrmals zum Sprechen an, aber es schien, daß er sich zwang zu warten. Endlich sagte er: «Man kann wahrscheinlich nur jemand helfen, dessen Leid man selbst einmal durchlebt hat.»

Er schwieg. Agathe lachte über den Einfall, daß dieser Mann ihr Leid durchlebt haben wolle, das ihm Abscheu einflößen müßte, wenn er es kennte. Ihr Begleiter schien dieses Lachen zu überhören oder für eine Ungezogenheit der Nerven zu halten. Er überlegte und sagte ruhig: «Ich meine natürlich nicht, daß man sich einbilden dürfe, jemand zeigen zu können, wie er es zu machen habe. Aber sehen Sie: Angst in einer Katastrophe steckt an, und – Entronnensein steckt auch an! Ich meine das bloße Entronnensein wie bei einem Brand. Alle sind kopflos geworden und rennen in die Flammen: Welche ungeheure Hilfe, wenn ein einziger draußen steht und winkt, nichts tut als winken und ihnen unverständlich zuschrein, daß es einen Ausweg gibt...!»

Agathe hätte über die schrecklichen Vorstellungen, die dieser gütige Mann doch in sich beherberge, beinahe wieder gelacht; aber gerade weil sie nicht mit ihm übereinstimmten, arbeiteten sie sein wachsweiches Gesicht fast unheimlich hervor. – «Sie sprechen ja wie ein Feuerwehrmann!» gab sie zur Antwort und ahmte mit Absicht die Neckerei und Oberflächlichkeit einer Dame nach, um ihre Neugierde zu verbergen. «Aber irgendeine Vorstellung davon, in welcher Katastrophe ich mich befinde, müssen Sie sich wohl doch gemacht haben?!» – Ohne ihren Willen kam dabei der Ernst des Spottes durch, denn die schlichte Vorstellung, daß dieser Mann ihr helfen wolle, empörte sie durch die ebenso schlichte Dankbarkeit dafür, die sich in ihr meldete. Der Fremde sah sie erstaunt an, dann sammelte er sich und entgegnete ihr fast zurechtweisend: «Sie sind wahrscheinlich noch zu jung, um zu wissen, daß unser Leben sehr einfach ist. Es ist unüberwindlich verworren nur dann, wenn man an sich denkt; aber in dem Augenblick, wo man nicht an sich denkt, sondern sich fragt, wie man einem andern helfen könne, ist es sehr einfach!»

Agathe schwieg und dachte nach. Und machte es ihr Schweigen oder die ermutigende Weite, in die seine Worte hinausflogen, der Fremde sprach weiter, ohne sie anzusehen: «Die Überschätzung des Persönlichen ist ein moderner Aberglaube. Es wird ja heute so viel von Kultur der Persönlichkeit geredet, von Ausleben und Lebensbejahung. Aber durch solche unklaren und vieldeutigen Worte verraten ihre Bekenner nur, daß sie Nebel brauchen, um den eigentlichen Sinn ihrer Auflehnung zu verhüllen! Was soll denn bejaht werden? Alles miteinander und durcheinander? Entwicklung ist immer an Gegendruck gebunden, hat ein amerikanischer Denker gesagt. Wir können die eine Seite unserer Natur gar nicht entwickeln, ohne die andere im Wachstum zurückzuhalten. Und was soll denn ausgelebt werden? Der Geist oder die Triebe? Die Launen oder der Charakter? Die Selbstsucht oder die Liebe? Soll unsere höhere Natur sich ausleben, so muß die niedere Entsagung und Gehorsam lernen.»

Agathe dachte darüber nach, warum es einfacher sein solle, für andere zu sorgen als für sich. Sie gehörte zu jenen ganz und gar nicht egoistischen Naturen, die wohl stets an sich denken, aber nicht für sich sorgen, und das ist von der gewöhnlichen, um Vorteile besorgten Selbstsucht viel weiter entfernt als die zufriedene Selbstlosigkeit derer, die sich um ihre Mitmenschen sorgen. So blieb ihr das, was ihr Nachbar sagte, schon an der Wurzel fremd, aber irgendwie berührte es sie doch, und die einzelnen Worte, so energisch angepackt, bewegten sich beunruhigend vor ihr, als wäre ihre Bedeutung mehr in der Luft zu sehen denn zu hören. Es kam dazu, daß sie einen Rain entlang gingen, der Agathe einen wundervollen Blick auf das tief gewölbte Tal öffnete, während diese Lage ihren Begleiter offensichtlich wie eine Kirchenkanzel oder ein Katheder anmutete. Sie blieb stehen und zog mit ihrem Hut, den sie all die Zeit nachlässig in der Hand geschwenkt hatte, einen Strich durch die Rede des Unbekannten. «Sie haben sich» sagte sie «also doch ein Bild von mir gemacht: ich sehe es durchleuchten, und es ist nicht schmeichelhaft!»

Der lange Herr erschrak, denn er hatte sie nicht kränken wollen, und Agathe sah ihn freundlich lachend an. «Sie scheinen mich mit dem Recht der freien Persönlichkeit zu verwechseln. Und noch dazu mit einer etwas nervösen und recht unangenehmen Persönlichkeit!» behauptete sie.

«Ich habe nur von der Grundbedingung des persönlichen Lebens gesprochen,» – entschuldigte er sich – «und ich hatte allerdings nach der Lage, in der ich Sie antraf, das Gefühl, daß Ihnen vielleicht mit einem Rat gedient sein könnte. Die Grundbedingung des Lebens wird heute vielfach verkannt. Die ganze moderne Nervosität mit allen ihren Ausschreitungen kommt nur von einer schlaffen inneren Atmosphäre, in der der Wille fehlt, denn ohne eine besondere Anstrengung seines Willens gewinnt niemand jene Einheit und Stetigkeit, die ihn über den dunklen Wirrwarr des Organismus hinaushebt!»

Wieder kamen da zwei Worte, Einheit und Stetigkeit, vor, die wie eine Erinnerung an Sehnsucht und Selbstvorwürfe Agathens waren. «Erklären Sie mir, was Sie darunter verstehen» – bat sie. «Einen Willen kann es doch eigentlich nur geben, wenn man schon ein Ziel hat?!»

«Es kommt nicht darauf an, was ich verstehe!» bekam sie in einem

Ton zur Antwort, der ebenso mild wie schroff war. «Sagen denn nicht schon die großen Urkunden der Menschheit in unübertrefflicher Klarheit, was wir zu tun und zu lassen haben?» – Agathe war verblüfft. «Zur Aufstellung von grundlegenden Lebensidealen» erläuterte ihr Begleiter «gehört eine so durchdringende Lebens- und Menschenkenntnis und zugleich eine so heroische Überwindung der Leidenschaften und der Selbstsucht, wie das im Lauf der Jahrtausende nur ganz wenigen Persönlichkeiten beschieden war. Und diese Lehrer der Menschheit haben zu allen Zeiten die gleiche Wahrheit bekannt.»

Agathe setzte sich unwillkürlich zur Wehr, wie es jeder Mensch tut, der sein junges Fleisch und Blut für besser hält als die Gebeine toter Weiser. «Aber Menschengesetze, die vor tausenden Jahren entstanden sind, können doch unmöglich auf die heutigen Verhältnisse passen!» rief sie aus.

«Nicht entfernt so sehr, wie das von Skeptikern behauptet wird, die von der lebendigen Erfahrung und Selbsterkenntnis losgelöst sind!» erwiderte ihr Zufallsgefährte mit bitterer Befriedigung. «Tiefe Lebenswahrheit wird nicht durch Debattieren vermittelt, – sagt schon Platon; der Mensch vernimmt sie als lebendige Deutung und Erfüllung seiner selbst! Glauben Sie mir, was den Menschen wahrhaft frei macht, und was ihm die Freiheit nimmt, was ihm wahre Seligkeit gibt und was sie vernichtet: das unterliegt nicht dem Fortschritt, das weiß jeder aufrichtig lebende Mensch ganz genau im Herzen, wenn er nur hinhorcht!»

Das Wort «lebendige Deutung» gefiel Agathe, aber es war ihr ein unerwarteter Einfall gekommen: «Sind Sie vielleicht religiös?» fragte sie. Sie sah ihren Begleiter neugierig an. Er antwortete nicht. «Sie sind doch am Ende kein Geistlicher?!» wiederholte sie und beruhigte sich an seinem Bart, weil ihr plötzlich die übrige Erscheinung einer solchen Überraschung fähig zu sein schien. Man muß ihr zugutehalten, daß sie nicht erstaunter gewesen wäre, wenn der Fremde nebenbei im Gespräch gesagt hätte: ‹Unser erlauchter Herrscher, der Göttliche Augustus›: sie wußte zwar, daß in der Politik die Religion eine große Rolle spiele, aber man ist so gewohnt, die der Öffentlichkeit dienenden Ideen nicht ernst zu nehmen, daß die Vermutung, die Parteien des Glaubens bestünden aus gläubigen Menschen, leicht so übertrieben erscheinen kann wie die Forderung, ein Postsekretär müsse ein Markenliebhaber sein.

Nach einer langen, irgendwie schwankenden Pause entgegnete der Fremde: «Ich möchte Ihre Frage lieber nicht beantworten; Sie sind zu weit von alledem entfernt.»

Aber Agathe war von einer lebhaften Begierde ergriffen worden. «Ich möchte jetzt wissen, wer Sie sind!?» verlangte sie zu erfahren, und das war nun freilich ein weibliches Vorrecht, dem man sich schlechterdings nicht widersetzen konnte. Wieder war die gleiche, etwas lächerliche Unsicherheit an dem Fremden zu bemerken wie vorhin, als er den Gruß mit dem Hut nachgetragen hatte; es schien ihn im Arm zu jucken, daß er seine Kopfbedeckung abermals förmlich lüpfe, dann aber versteifte sich etwas, eine Gedankenarmee schien einer anderen eine Schlacht zu liefern und schließlich zu siegen, statt daß eine spielleichte Sache spielend geschah. «Ich heiße Lindner und bin Lehrer am Franz-Ferdinand-Gymnasium» gab er zur Antwort und fügte nach einer kleinen Überlegung hinzu: «Auch Dozent an der Universität.»

«Dann kennen Sie ja vielleicht meinen Bruder?» fragte Agathe erfreut und nannte ihm Ulrichs Namen. «Er hat, wenn ich nicht irre, in der Pädagogischen Gesellschaft vor nicht langer Zeit über Mathematik und Humanität oder etwas Ähnliches gesprochen.»

«Nur dem Namen nach. Und ja, dem Vortrag habe ich beigewohnt» gestand Lindner zu. Es schien Agathe, daß in dieser Antwort eine Ablehnung liege, aber sie vergaß es über dem Folgenden:

«Ihr Herr Vater war der bekannte Rechtsgelehrte?» fragte Lindner.

«Ja, er ist vor kurzem gestorben, und ich wohne jetzt bei meinem Bruder» sagte Agathe frei. «Wollen Sie uns nicht einmal besuchen?»

«Ich habe leider keine Zeit für gesellschaftlichen Umgang» erwiderte Lindner mit Schroffheit und unsicher niedergeschlagenen Augen.

«Dann dürfen Sie aber nichts dagegen haben,» fuhr Agathe fort, ohne sich um sein Widerstreben zu kümmern «wenn ich einmal zu Ihnen komme: ich brauche Rat!» – Er sprach sie noch immer als Fräulein an: «Ich bin Frau» setzte sie hinzu «und heiße Hagauer.»

«Dann sind Sie am Ende» – rief Lindner aus – «die Gattin des verdienstvollen Schulmannes Professor Hagauer?» – Er hatte den Satz mit einem hellen Entzücken begonnen und dämpfte ihn gegen Ende zögernd ab. Denn Hagauer war zweierlei: er war Schulmann, und er war ein fortschrittlicher Schulmann; Lindner war ihm eigentlich feindlich gesinnt, aber wie erquickend ist es, wenn man in den unsicheren Nebeln einer weiblichen Psyche, die soeben den unmöglichen Einfall hatte, in die Wohnung eines Mannes zu kommen, einen solchen vertrauten Feind entdeckt: der Abfall von der zweiten zur ersten Empfindung war es, was sich im Ton seiner Frage wiederholte.

Agathe hatte es bemerkt. Sie wußte nicht, ob sie Lindner mitteilen solle, in welchem Zustand sich ihre Beziehung zu ihrem Gatten befinde. Es konnte zwischen ihr und diesem neuen Freund augenblicklich alles zu Ende sein, wenn sie es ihm sagte: diesen Eindruck hatte sie sehr deutlich. Und es hätte ihr leid getan; denn gerade weil Lindner durch mancherlei ihre Spottlust reizte, flößte er ihr auch Vertrauen ein. Der glaubwürdig durch seine Erscheinung unterstützte Eindruck, daß dieser Mann nichts für sich selbst zu wollen schien, zwang sie eigentümlich zur Aufrichtigkeit: er machte alles Verlangen still, und da kam die Aufrichtigkeit ganz von selbst empor. «Ich bin im Begriff, mich scheiden zu lassen!» gestand sie schließlich zu.

Es folgte ein Schweigen; Lindner machte einen niedergeschlagenen Eindruck. Agathe fand ihn nun doch allzu jämmerlich. Endlich sagte Lindner gekränkt lächelnd: «Dachte ich mir doch gleich etwas Ähnliches, als ich Sie antraf!»

«Sie sind also am Ende auch ein Gegner der Scheidung?!» rief Agathe aus und ließ ihren Ärger frei. «Natürlich, Sie müssen es ja wohl sein! Aber wissen Sie, das ist wirklich etwas rückständig von Ihnen!»

«Ich kann es wenigstens nicht so selbstverständlich finden wie Sie» – verteidigte sich Lindner nachdenklich, nahm seine Brille ab, putzte sie, setzte sie wieder auf und betrachtete Agathe. «Ich glaube, Sie haben zu wenig Willen» stellte er fest.

«Wille? Ich habe eben den Willen, mich scheiden zu lassen!» rief Agathe aus und wußte, daß es keine verständige Antwort war.

«Nicht so ist das zu verstehn» verwies es ihr Lindner sanft. «Ich will ja gerne annehmen, daß Sie triftige Gründe haben. Aber ich denke nun einmal anders: Freie Sitten, wie man sie sich heute gewährt, kommen im Gebrauch doch immer nur auf ein Zeichen dafür hinaus, daß ein Individuum unbeweglich angeschmiedet liegt an sein Ich und nicht fähig ist, von größeren Horizonten aus zu leben und zu handeln. Die Herren Dichter,» – fügte er eifersüchtig hinzu, mit einem Versuch, über Agathes inbrünstige Wallfahrt zu scherzen, der in seinem Munde recht säuerlich wurde – «die dem Sinn der jungen Damen schmeicheln und dafür von ihnen überschätzt werden, haben es natürlich leichter als ich, wenn ich Ihnen sage, daß die Ehe eine Einrichtung der Verantwortlichkeit und der Herrschaft des Menschen über die Leidenschaften ist! Aber bevor sich ein einzelner von den äußeren Schutzmitteln losspricht, welche die Menschheit in richtiger Selbsterkenntnis gegen ihre eigene Unzuverlässigkeit aufgerichtet hat, sollte er sich wohl sagen, daß Isolierung und Bruch des Gehorsams gegen das höhere Ganze schlimmere Schäden sind als die Enttäuschungen des Leibes, vor denen wir uns so sehr fürchten!»

«Das klingt wie ein Kriegsreglement für Erzengel,» sagte Agathe «aber ich sehe nicht ein, daß Sie recht haben. Ich werde Sie ein Stück begleiten. Sie müssen mir erklären, wie man so denken kann. Wohin gehen Sie jetzt?»

«Ich muß nach Hause gehn» antwortete Lindner.

«Würde denn Ihre Frau etwas dagegen haben, wenn ich Sie nach Hause begleite? Wir können in der Stadt unten einen Wagen nehmen. Ich habe noch Zeit!»

«Es kommt mein Sohn aus der Schule heim» sagte Lindner mit

abwehrender Würde. «Wir essen stets pünktlich; darum muß ich zu Hause sein. Meine Frau ist übrigens schon vor einigen Jahren plötzlich gestorben» verbesserte er Agathes fehlerhafte Annahme, und mit einem Blick auf die Uhr fügte er ängstlich und ärgerlich hinzu: «Ich muß mich beeilen!»

«So müssen Sie mir das ein andermal erklären, es ist mir wichtig!» beteuerte Agathe lebhaft. «Wenn Sie nicht zu uns kommen wollen, so kann ich doch Sie aufsuchen.»

Lindner schnappte nach Luft, aber es wurde nichts daraus. Endlich sagte er: «Aber Sie als Frau können mich doch nicht besuchen!»

«Doch!» versicherte Agathe. «Sie werden sehn, eines Tags bin ich da. Ich weiß noch nicht wann. Und es ist gewiß nichts Schlimmes!» Damit verabschiedete sie ihn und schlug einen Weg ein, der sich von dem seinen trennte.

«Sie haben keinen Willen!» sagte sie halblaut und versuchte Lindner nachzuahmen, aber das Wort Wille war dabei frisch und kühl im Munde. Gefühle wie Stolz, Härte, Zuversicht waren damit verbunden; eine stolze Tonart des Herzens: der Mann hatte ihr wohlgetan.

32

Der General bringt Ulrich und Clarisse inzwischen ins Irrenhaus

Indes sich Ulrich allein zu Hause befand, fragte das Kriegsministerium an, ob ihn der Herr Leiter des Militär-Erziehungs- und Bildungswesens persönlich sprechen könnte, wenn er in einer halben Stunde zu ihm käme, und fünfunddreißig Minuten später schäumte das Dienstgespann des Generals von Stumm die kleine Rampe herauf.

«Eine schöne Geschichte!» rief der General seinem Freund entgegen, dem es gleich auffiel, daß die Ordonnanz mit dem Brot des Geistes diesmal fehlte. Der General war in Waffenrock und hatte sogar die Orden angelegt. «Du hast mir eine schöne Geschichte eingebrockt!» wiederholte er. «Heute abend ist bei deiner Kusine große Sitzung. Ich habe noch nicht einmal meinem Chef darüber Vortrag halten können. Und da platzt jetzt die Nachricht, daß wir ins Narrenhaus sollen; spätestens in einer Stunde müssen wir dort sein!»

«Aber warum denn?!» fragte Ulrich, wie es nahelag. «Gewöhnlich überläßt man das doch einer Vereinbarung!?»

«Frag nicht so viel!» flehte ihn der General an. «Telefonier lieber augenblicklich deiner Freundin oder Kusine oder was sie ist, daß wir sie abholen müssen!»

Während Ulrich nun den Krämer anrief, bei dem Clarisse ihre kleinen

Einkäufe zu besorgen pflegte, und darauf wartete, daß sie an den Fernsprecher käme, erfuhr er das Unglück, das der General beklagte. Dieser hatte sich, um Clarissens durch Ulrich vermitteltem Wunsch zu willfahren, an den Chef des Militärärztlichen Dienstes gewendet, der sich wieder mit seinem berühmten Zivilkollegen, dem Vorstand der Universitätsklinik, in Verbindung gesetzt hatte, wo Moosbrugger einem Obergutachten entgegenharrte. Durch ein Mißverständnis der beiden Herren war dabei aber auch gleich Tag und Stunde verabredet worden, und Stumm hatte das mit vielen Entschuldigungen erst im letzten Augenblick erfahren, zugleich mit dem Irrtum, daß er selbst dem berühmten Psychiater angekündigt worden sei, der seinem Besuch mit großem Vergnügen entgegensehe.

«Mir ist übel!» erklärte er. Das war eine alte und eingebürgerte Formel dafür, daß er sich einen Schnaps wünsche.

Als er diesen getrunken hatte, ließ die Spannung seiner Nerven nach. «Was geht mich ein Narrenhaus an? Nur deinethalben muß ich hin!» klagte er. «Was soll ich überhaupt diesem blöden Professor sagen, wenn er mich fragt, warum ich mitgekommen bin?»

In diesem Augenblick ertönte am anderen Ende der Fernsprechleitung ein jubelnder Kriegsschrei.

«Schön!» sagte der General verdrießlich. «Aber ich muß außerdem dringend mit dir über heute abend reden. Und ich muß dem Exzellenz noch darüber Vortrag halten. Und um vier geht er weg!» Er sah nach seiner Uhr und rührte sich nicht vom Stuhl vor Hoffnungslosigkeit.

«Also ich bin ja fertig!» erklärte Ulrich.

«Deine Gnädige kommt nicht mit?» fragte Stumm erstaunt.

«Meine Schwester ist nicht zu Hause.»

«Schade!» bedauerte der General. «Deine Schwester ist die bewundernswerteste Frau, die ich je gesehen habe!»

«Ich dachte, das sei Diotima?» meinte Ulrich.

«Auch» erwiderte Stumm. «Auch sie ist bewundernswert. Aber seit sie sich der Sexualwissenschaft ergibt, komme ich mir wie ein Schulbub vor. Ich blicke ja gern zu ihr auf; denn, mein Gott, der Krieg ist, wie ich immer sag, ein einfaches und rauhes Handwerk; aber gerade auf sexuellem Gebiet widerstrebt es sozusagen der Offiziersehre, sich als Laie behandeln zu lassen!»

Sie hatten indessen doch den Wagen bestiegen und waren im schärfsten Trab davongefahren.

«Ist deine Freundin wenigstens hübsch?» erkundigte sich Stumm mißtrauisch.

«Eigenartig ist sie, du wirst ja sehen» erwiderte Ulrich.

«Also heute abend» seufzte der General «beginnt etwas. Ich erwarte ein Ereignis.»

«Das hast du noch jedesmal gesagt, wenn du zu mir gekommen bist» verwahrte sich Ulrich lächelnd.

«Kann schon sein, aber trotzdem ist es wahr. Und heute abend wirst du Zeuge der Entrevue zwischen deiner Kusine und der Professor Drangsal sein. Du hast doch hoffentlich nicht alles vergessen, was ich dir schon darüber gesagt hab? Also die Drangsal – so nennen wir sie nämlich, deine Kusine und ich – die Drangsal also hat deine Kusine so lang drangsaliert, bis es dazu gekommen ist; alle Leut hat sie haranguiert, heute sollen sich die zwei aussprechen. Wir haben bloß noch auf den Arnheim gewartet, damit er sich auch ein Urteil bilden kann.»

«So?» Das hatte Ulrich auch nicht gewußt, daß Arnheim, den er lange nicht gesehen hatte, zurückgekommen sei.

«Aber natürlich. Für ein paar Tage» erläuterte Stumm. «Da haben wir die Sache in die Hand nehmen müssen –» Plötzlich unterbrach er sich und prallte aus den schwankenden Polstern mit einer Geschwindigkeit gegen den Kutschbock, die ihm niemand zugetraut hätte: «Sie Trottel,» brüllte er gemessen ins Ohr der Ordonnanz, die als Zivilfuhrmann verkleidet die ministeriellen Pferde lenkte, und klammerte sich, hilflos gegen die Schwankungen des Wagens, an den Rücken des Beschimpften. «Sie fahren ja einen Umweg!» Der Soldat in Zivil hielt den Rücken steif wie ein Brett, empfindungslos gegen die außerdienstlichen Rettungsversuche, die der General daran anstellte, warf den Kopf genau um neunzig Grade herum, so daß er weder seinen General, noch seine Pferde sehen konnte, und meldete stolz einer ins Leere endenden Senkrechten, daß der nächste Weg wegen Straßenarbeiten auf dieser Strecke nicht zu befahren sei, aber bald wieder erreicht sein werde. «Na also, da habe ich doch recht!» rief Stumm zurückfallend aus, teils vor der Ordonnanz, teils vor Ulrich den vergeblichen Ausbruch seiner Ungeduld beschönigend: «Da muß der Kerl einen Umweg fahren, und ich soll doch meinem Exzellenz heute noch Vortrag halten, der um vier Uhr nach Haus will und selbst noch vorher dem Minister einen Vortrag halten muß!... Seine Exzellenz, der Minister, hat sich nämlich für heute abend persönlich bei Tuzzis angesagt!» fügte er, ausschließlich für Ulrichs Ohren, leiser hinzu.

«Was du nicht sagst?!» Ulrich zeigte sich von dieser Nachricht überrascht.

«Ich sag dir ja schon lang, es liegt was in der Luft.»

Jetzt wollte Ulrich doch wissen, was in der Luft liege. «So sag schon, was der Minister will?!» forderte er.

«Das weiß er doch selbst nicht» erwiderte Stumm gemütlich. «Seine Exzellenz hat das Gefühl: jetzt ist es an der Zeit. Der alte Leinsdorf hat auch das Gefühl: jetzt ist es an der Zeit. Der Chef des Generalstabs hat ebenfalls das Gefühl: jetzt ist es an der Zeit. Wenn viele das haben, dann kann schon etwas Wahres daran sein.»

«Aber wozu an der Zeit?» forschte Ulrich weiter.

«Das braucht man deshalb noch nicht zu wissen!» belehrte ihn der General. «Das sind eben so absolute Eindrücke! Wie viele werden wir übrigens heute sein?» fragte nun er, sei es zerstreut, sei es nachdenklich.

«Wie kannst du das mich fragen?» erwiderte Ulrich erstaunt.

«Ich hab jetzt gemeint,» erklärte Stumm «wieviel wir sein werden, die ins Narrenhaus gehn? Entschuldige! Komisch was, so ein Mißverständnis? Es gibt halt Tage, wo zu viel auf einen eindringt! Also wieviel werden wir sein?»

«Ich weiß nicht, wer mitkommt; je nachdem drei bis sechs Leute.»

«Ich hab nämlich sagen wollen,» äußerte der General bedenklich «wenn wir mehr als drei sind, müssen wir einen zweiten Wagen nehmen. Du verstehst, weil ich in Uniform bin.»

«Ja, natürlich» beruhigte ihn Ulrich.

«Da darf ich nicht wie in einer Sardinenbüchse fahren.»

«Gewiß. Aber sag, wie kommst du auf die absoluten Eindrücke?»

«Aber werden wir denn da draußen auch einen Wagen bekommen?» grübelte Stumm. «Da sagen sich doch die Füchs gute Nacht!?»

«Wir werden unterwegs einen mitnehmen» erwiderte Ulrich entschieden. «Und jetzt erklär mir, bitte, wieso ihr den absoluten Eindruck habt, daß jetzt etwas an der Zeit sei?»

«Da ist gar nichts zu erklären» entgegnete Stumm. «Wenn ich von etwas sag, daß es absolut so und nicht anders sein muß, dann heißt das doch gerade, daß ich es nicht erklären kann! Man könnte höchstens hinzufügen, daß die Drangsal so eine Art Pazifistin ist, wahrscheinlich, weil der Feuermaul, den sie lanciert, Gedichte darüber macht, daß der Mensch gut ist. Daran glauben jetzt viele.»

Ulrich wollte ihm nicht traun. «Du hast mir doch erst unlängst das Gegenteil erzählt: daß man in der Aktion jetzt für eine Tat ist, für die starke Hand und ähnliches!»

«Auch» gab der General zu. «Und einflußreiche Kreise setzen sich halt für die Drangsal ein; so etwas versteht sie ja ausgezeichnet. Man verlangt von der Vaterländischen Aktion eine Handlung der menschlichen Güte.»

«So?» sagt Ulrich.

«Ja, Du kümmerst dich eben auch um gar nichts mehr! Anderen Leuten macht das Sorgen. Ich erinnere dich zum Beispiel daran, daß der deutsche Bruderkrieg von Sechsundsechzig daraus entstanden ist, daß sich alle Deutschen im Frankfurter Parlament als Brüder erklärt haben. Natürlich will ich damit nicht im geringsten gesagt haben, daß vielleicht der Kriegsminister oder der Generalstabschef diese Sorgen hat; das wäre ein Unsinn von mir. Aber es kommt halt so eins zum andern: So ist es! Verstehst du mich?»

Das war nicht klar, aber es war richtig. Und dem fügte der General etwas sehr Weises hinzu. «Schau, du verlangst immer Klarheit» hielt er seinem Nachbarn vor. «Ich bewundere dich ja dafür, aber du mußt auch einmal geschichtlich denken: Wie sollen denn die an einem Ereignis unmittelbar Beteiligten im voraus wissen, ob es ein großes wird? Doch höchstens, weil sie sich einbilden, daß es eines ist! Wenn ich also paradox sein darf, möchte ich behaupten, daß die Weltgeschichte früher geschrieben wird, als sie geschieht; sie ist zuerst immer so eine Art Tratsch. Und da stehen die energischen Menschen eben vor einer sehr schwierigen Aufgabe.»

«Da hast du recht» lobte Ulrich. «Und jetzt erzähl mir doch alles!»

Aber der General wurde, obwohl er selbst davon zu sprechen wünschte, in diesen überlasteten Augenblicken, als die Pferdehufe schon weichen Straßengrund zu treten begannen, plötzlich wieder von anderen Sorgen ergriffen: «Ich bin doch für den Minister, falls er mich rufen läßt, schon angezogen wie ein Christbaum» rief er aus und unterstrich es, indem er auf seinen hellblauen Waffenrock und die daran hängenden Orden hinwies: «Meinst du nicht, daß es zu peinlichen Zwischenfällen führen kann, wenn ich mich so in Uniform den Narren zeige? Was mach ich zum Beispiel, wenn einer meinen Rock beleidigt? Da kann ich doch nicht den Säbel ziehn, und zu schweigen, ist für mich auch höchst gefährlich!?»

Ulrich beruhigte seinen Freund, indem er ihm in Aussicht stellte, daß er über der Uniform einen weißen Arztkittel tragen werde; aber ehe sich Stumm noch von dieser Lösung zufriedengestellt erklärt hatte, begegnete ihnen Clarisse in großer Sommerkleidung, die ihnen, von Siegmund begleitet, ungeduldig auf dem Fahrweg entgegenkam. Sie erzählte Ulrich, daß sich Walter und Meingast geweigert hätten mitzukommen. Und nachdem auch ein zweiter Wagen aufgetrieben war, sagte der General zufrieden zu Clarisse: «Gnädige haben, wie Sie da den Weg herabgekommen sind, ausgesehen wie ein Engerl!»

Als er aber beim Tor der Klinik den Wagen verließ, sah Stumm von Bordwehr rot und etwas verstört aus.

33

Die Irren begrüßen Clarisse

Clarisse drehte ihre Handschuhe zwischen den Fingern, sah an den Fenstern empor und stand keinen Augenblick still, während Ulrich den Mietwagen bezahlte. Stumm von Bordwehr wollte nicht zulassen, daß Ulrich das tue, und der Kutscher saß wartend am Bock und lächelte geschmeichelt, während die beiden Herren einander aufhielten. Siegmund bürstete wie gewöhnlich mit den Fingerspitzen ein Stäubchen vom Rock oder starrte ins Leere. Leise sagte der General zu Ulrich: «Eine sonderbare Frau ist deine Freundin. Sie hat mir auf der Fahrt auseinandergesetzt, was Wille ist. Ich habe kein Wort verstanden!»

«So ist sie» sagte Ulrich.

«Hübsch ist sie» flüsterte der General. «Wie ein vierzehnjähriges Ballettmäderl. Aber warum sagt sie, daß wir hierhergefahren sind, um uns unserem ‹Wahn› zu überlassen? Die Welt ist zu ‹wahnfrei›, sagt sie? Weißt du darüber etwas Näheres? Es war so peinlich, ich hab ihr eigentlich nicht ein Wort erwidern können.»

Der General verzögerte ersichtlich die Verabschiedung der Fuhrwerke nur deshalb, weil er diese Fragen stellen wollte; aber ehe Ulrich eine Antwort gab, wurde er ihrer durch einen Abgesandten enthoben, der die Angekommenen im Namen des Chefs der Klinik begrüßte und, seinen Herrn bei General von Stumm mit dringender Arbeit für eine kleine Weile entschuldigend, die Gesellschaft in einen Warteraum hinaufführte. Clarisse ließ keinen Stein der Treppe und der Gänge außer Augen, und auch in dem kleinen Empfangszimmer, das mit seinen Stühlen aus verschossenem grünen Samt an die altmodischen Wartesäle erster Klasse auf Eisenbahnhöfen erinnerte, war ihr Blick fast die ganze Zeit über in langsamer Bewegung. Da saßen die vier, nachdem sie der Abgesandte verlassen hatte, und sprachen anfangs kein Wort, bis Ulrich, um das Schweigen zu brechen, Clarisse mit der Frage neckte, ob ihr nicht schon davor grusele, Moosbrugger von Angesicht zu Angesicht gegenüberzutreten.

«Ach!» sagte Clarisse wegwerfend. «Er hat ja nur Ersatzweiber gekannt; da hat es so kommen müssen!»

Der General wollte sich wieder zu Ehren bringen, weil ihm nachträglich etwas eingefallen war. «Wille ist jetzt sehr modern» sagte er. «Auch in der Patriotischen Aktion beschäftigen wir uns viel mit diesem Problem.»

Clarisse lächelte ihn an und dehnte die Arme, um die Spannung darin zu beruhigen. «Wenn man so warten muß, fühlt man das Kommende in den Gliedern, als ob man durch ein Fernrohr schaute» erwiderte sie.

Stumm von Bordwehr dachte nach, er wollte nicht wieder zurückstehen. «Richtig!» sagte er. «Das hängt vielleicht mit der modernen Körperkultur zusammen. Mit der befassen wir uns auch!»

Dann kam der Hofrat mit seiner Kavalkade von Assistenten und

Volontärinnen hereingefegt, war sehr liebenswürdig, namentlich zu Stumm, erzählte etwas von etwas Dringendem und bedauerte, sich gegen seine Absicht auf diese Begrüßung beschränken zu müssen und nicht selbst die Führung übernehmen zu können. Er stellte Dr. Friedenthal vor, der das an seiner Stelle tun werde. Dr. Friedenthal war ein großer, schlanker und etwas weichlich gebauter Mann, hatte einen üppigen Scheitel und lächelte bei der Vorstellung wie ein Akrobat, der die Leiter hinaufsteigt, einen Todessprung vorzuführen. Als sich der Chef empfahl, wurden die Kittel gebracht.

«Um die Patienten nicht zu beunruhigen» erläuterte Dr. Friedenthal.

Clarisse fühlte, während sie in den ihren schlüpfte, einen eigenartigen Kraftzuwachs. Wie ein kleiner Arzt stand sie da. Sie kam sich sehr männlich und sehr weiß vor.

Der General suchte einen Spiegel. Es war schwierig, einen Kittel zu finden, der sich dem ihm eigentümlichen Verhältnis von Höhe und Breite anpaßte; als es endlich gelang, seinen Körper vollständig einzuhüllen, sah er wie ein Kind im zu langen Nachthemd aus. «Meinen Sie nicht, daß ich die Sporen ablegen sollte?» fragte er Dr. Friedenthal.

«Militärärzte tragen auch Sporen!» widersprach Ulrich.

Stumm machte noch eine hilflose und verwickelte Anstrengung, um einen Blick in seinen Rücken zu erhaschen, wo sich die ärztliche Hülle in mächtigen Falten über den Sporen stauchte; dann setzten sie sich in Bewegung. Dr. Friedenthal bat, sich durch nichts aus der Fassung bringen zu lassen.

«Bis jetzt ist alles leidlich abgegangen!» flüsterte Stumm seinem Freunde zu. «Aber eigentlich interessiert mich das gar nicht; ich könnte ganz gut die Zeit benutzen, um mit dir über den heutigen Abend zu reden. Also gib acht, du hast gesagt, ich soll dir alles aufrichtig erzählen; das ist nämlich sehr einfach: Alle Welt rüstet. Die Russen haben eine ganz neue Feldartillerie. Gibst du acht? Die Franzosen haben ihre Zweijährige Dienstzeit dazu benutzt, ihr Heer gewaltig auszubauen. Die Italiener –»

Sie waren die fürstlich-altmodische Treppe, die sie gekommen waren, wieder hinabgestiegen, hatten sich irgendwie zur Seite gewandt und befanden sich in einem Gewirr kleiner Zimmer und winkliger Gänge, deren weißgetünchte Balken aus der Decke hervorstanden. Es waren größtenteils Wirtschafts- und Kanzleiräume, die sie durchschritten, aber wegen des in dem alten Gebäude herrschenden Platzmangels hatten sie etwas Abseitiges und Düsteres. Unheimliche Personen, teils in Anstaltskleidung, teils in Zivil, bevölkerten sie. Auf einer Tür stand: «Aufnahme», auf der anderen: «Männer». Dem General versiegte die Rede. Er hatte ein Vorgefühl von Zwischenfällen, die jeden Augenblick entstehen könnten und durch ihre unvergleichliche Natur große Geistesgegenwart erforderten. Wider seinen Willen beschäftigte ihn auch die Frage, wie er sich zu verhalten hätte, wenn ihn ein unwiderstehliches Bedürfnis zwingen sollte sich abzusondern und er sodann allein und ohne sachverständige Begleitung an einem Ort, wo alle Menschen gleich sind, mit einem Geisteskranken zusammenstieße. Clarisse dagegen ging immer einen halben Schritt vor Dr. Friedenthal. Daß er gesagt hatte, sie müßten die weißen Mäntel tragen, um die Kranken nicht zu erschrecken, hob sie wie eine Schwimmweste in den strömenden Eindrücken empor. Lieblingsgedanken beschäftigten sie. Nietzsche: «Gibt es einen Pessimismus der Stärke? Eine intellektuelle Vorneigung für das Harte, Schauerliche, Böse, Problematische des Daseins? Das Verlangen nach dem Furchtbaren als dem würdigen Feind? Ist Wahnsinn vielleicht nicht notwendig ein Symptom der Entartung?» Sie dachte es nicht wörtlich, aber sie erinnerte sich im ganzen daran; ihre Gedanken hatten es zu einem ganz kleinen Paket zusammengepreßt und so wunderbar auf den kleinsten Raum gebracht wie das Einbruchswerkzeug eines Räubers. Für sie war dieser Weg halb Philosophie und halb Ehebruch.

Dr. Friedenthal blieb vor einer eisernen Tür stehn und holte aus der Hosentasche einen Stechschlüssel hervor. Als er öffnete, drang blendende Helle auf die Wanderer ein, sie traten aus dem Schutz des Hauses, und im gleichen Augenblick vernahm Clarisse einen gellenden und fürchterlichen Schrei, wie sie noch im Leben keinen gehört hatte. Trotz ihrer Tapferkeit zuckte sie zusammen.

«Bloß ein Pferd!» sagte Dr. Friedenthal und lächelte.

Wirklich befanden sie sich auf einem Stück Straße, das von der Anfahrt längs des Amtsgebäudes nach hinten zu dem Wirtschaftshof der Anstalt führte. Nichts unterschied es von anderen Straßenstücken mit alten Radspuren und gemütlichem Unkraut, und die Sonne brannte heiß darauf. Trotzdem waren auch alle anderen bis auf Friedenthal sonderbar davon überrascht, ja auf eine verdutzte und verworrene Weise darüber empört, daß sie sich auf einer gesunden und gewöhnlichen Straße befanden, nachdem sie schon einen langen abenteuerlichen Weg überstanden hatten. Die Freiheit hatte im ersten Augenblick etwas Befremdendes, wenn sie auch ungemein behaglich war, und man mußte sich zunächst wieder an sie gewöhnen. In Clarisse, wo alle Zusammenstöße unvermittelter waren, zerklirrte die Spannung in ein lautes Kichern.

Dr. Friedenthal schritt lächelnd über die Straße voran und öffnete auf der gegenüberliegenden Seite ein kleines, schweres Eisentor, das in eine Parkmauer eingelassen war. «Jetzt kommt es erst!» sagte er sanft.

Und nun befanden sie sich wirklich in jener Welt, die Clarisse schon wochenlang unbegreiflich angezogen hatte, und nicht nur mit dem Schauer des Unvergleichlichen und Abgeschlossenen, sondern so, als ob es ihr bestimmt wäre, dort etwas zu erleben, das sie sich vorher nicht vorstellen könne. Zunächst konnten die Eingetretenen aber in nichts diese Welt von einem großen alten Park unterscheiden, der in einer Richtung sanft anstieg und auf seiner Höhe zwischen Gruppen mächtiger Bäume kleine, weiße, villenartige Gebäude zeigte. Dahinter gab das Aufsteigen des Himmels den Vorgeschmack einer schönen Aussicht, und auf einem dieser Aussichtspunkte bemerkte Clarisse Kranke mit Wärtern, die in Gruppen standen und saßen und wie weiße Engel aussahen. General von Stumm hielt den Zeitpunkt für geeignet, das Gespräch mit Ulrich wieder aufzunehmen. «Also ich möchte dich noch auf heute abend vorbereiten» begann er. «Die Italiener, die Russen, die Franzosen und dann auch die Engländer, du verstehst, die rüsten alle, und wir –»

«Ihr wollt eure Artillerie haben, das weiß ich doch schon» unterbrach ihn Ulrich.

«Auch!» fuhr der General fort. «Aber wenn du mich nie ausreden läßt, werden wir gleich wieder bei den Narren sein und nicht in Ruhe sprechen können. Ich habe sagen wollen, wir sitzen in der Mitte und befinden uns in einer militärisch sehr gefährlichen Position. Und in dieser Lage verlangt man nun bei uns – jetzt rede ich von der patriotischen Aktion – nichts als menschliche Güte!»

«Und da seid ihr dagegen! Das habe ich schon begriffen.»

«Aber im Gegenteil!» beteuerte von Stumm. «Wir sind nicht dagegen! Wir nehmen den Pazifismus sehr ernst! Nur möchten wir unsere Artillerievorlage durchbringen. Und wenn wir das sozusagen Hand in Hand mit dem Pazifismus tun könnten, so wären wir am besten vor allen imperialistischen Mißverständnissen geschützt, die gleich behaupten, daß man den Frieden stört! Ich geb dir also zu, daß wir mit der Drangsal tatsächlich ein wenig unter einer Decke stecken. Aber andrerseits muß man das mit Vorsicht tun; denn andrerseits ist ja ihre Gegenpartei, die nationalistische Strömung, die wir jetzt auch in der Aktion haben, gegen den Pazifismus, aber für militärische Ertüchtigung!»

Der General kam nicht zu Ende und mußte die Fortsetzung mit einem bitteren Gesicht hinunterschlucken, denn sie waren beinahe auf die Höhe gelangt und Dr. Friedenthal wartete auf seine Schar. Der Platz der Engel erwies sich als leicht umgittert, und der Führer durchschritt ihn, ohne ihm Bedeutung zu geben, als ein bloßes Vorspiel. «Eine ‹Friedliche Abteilung›» erläuterte der Arzt.

Es waren nur Frauen darin; sie hatten das Haar offen auf die Schultern fallen, und ihre Gesichter waren abstoßend, mit fetten, verwachsenen, weichen Zügen. Eines dieser Weiber kam sofort zu dem Arzt gelaufen und drängte ihm einen Brief auf. «Es ist immer die gleiche Sache» erläuterte Friedenthal und las vor: «Adolf, Geliebter! Wann kommst du?! Hast du mich vergessen?!» Die etwa sechzigjährige Alte stand mit stumpfem Antlitz daneben und hörte zu. «Du beförderst ihn doch gleich?!» bat sie. «Gewiß!» versprach Dr. Friedenthal, zerriß den Brief noch vor ihren Augen und lächelte der Aufsichtsschwester zu. Clarisse stellte ihn sofort zur Rede: «Wie können Sie das tun?!» sagte sie. «Man muß die Kranken ernst nehmen!»

«Kommen Sie!» erwiderte Friedenthal. «Es lohnt nicht, daß wir hier unsere Zeit verlieren. Wenn Sie wollen, zeige ich Ihnen nachher hunderte solcher Briefe. Sie haben doch bemerkt, daß es die Alte gar nicht berührt hat, als ich den Brief zerriß.»

Clarisse war verdutzt, denn was Friedenthal sagte, war richtig, aber es störte ihre Gedanken. Und ehe sie diese ordnen konnte, wurden sie noch einmal gestört, denn im Augenblick, wo sie den Platz verließen, hob eine andere Alte, die dort gelauert hatte, ihren Kittel hoch und zeigte den vorbeigehenden Herrn über den groben Wollstrümpfen ihre häßlichen Altweiberschenkel bis zum Bauch.

«So eine alte Sau!» sagte halblaut Stumm von Bordwehr und vergaß empört und angeekelt für eine Weile die Politik.

Clarisse aber hatte entdeckt, daß das Bein dem Gesicht ähnlich sah. Es zeigte wahrscheinlich die gleichen Stigmata des fetten körperlichen Verfalls wie dieses, doch in Clarisse entstand daraus zum ersten Mal der Eindruck fremdartiger Zusammenhänge und einer Welt, in der es anders zugehe, als man es mit den gewöhnlichen Begriffen erfassen könne. In diesem Augenblick fiel ihr auch ein, daß sie die Verwandlung der weißen Engel in diese Weiber nicht wahrgenommen, ja obwohl sie mitten hindurchging, nicht einmal unterschieden habe, welche von ihnen Kranke und welche Wärterinnen seien. Sie wandte sich um und blickte zurück, konnte aber, weil sich der Weg um ein Haus gebogen hatte, nichts mehr sehen und stolperte wie ein Kind, das den Kopf abwendet, hinter ihren Begleitern weiter. Aus der Folge von Eindrücken, die damit begannen, bildete sich nun nicht mehr der durchsichtig strömende Bach von Geschehnissen, als den man das Leben hinnimmt, sondern ein schaumiges Wirbeln, aus dem sich bloß gelegentlich glatte Flächen hervorhoben und im Gedächtnis verharrten.

«Gleichfalls eine ‹Ruhige Abteilung›. Diesmal für Männer» erläuterte Dr. Friedenthal, der an der Pforte des Hauses seine Gefolgschaft sammelte, und als sie vor dem ersten Krankenbett haltmachten, stellte er seinen Insassen den Besuchern mit höflich gedämpfter Stimme als «Depressive Dementia paralytica» vor. «Ein alter Syphilitiker. Versündigungs- und nihilistische Wahnideen» flüsterte Siegmund, das Wort erklärend, seiner Schwester zu. Clarisse befand sich einem alten Herrn gegenüber, der allem Anschein nach einst der höheren Gesellschaft angehört hatte. Er saß aufrecht im Bett, mochte Ende der Fünfzig sein und hatte eine sehr weiße Gesichtshaut. Ebenso weißes, reiches Haar umrahmte sein gepflegtes und durchgeistigtes Antlitz, das so unwahrscheinlich edel aussah, wie man es nur in den schlechtesten Romanen beschrieben liest. «Kann man den nicht malen lassen?» fragte Stumm von Bordwehr. «Die leibhaftige Geistesschönheit: das Bild möchte ich deiner Kusine schenken!» erklärte er Ulrich. Dr. Friedenthal lächelte schwermütig dazu und erläuterte: «Der edle Ausdruck kommt vom Nachlassen der Spannung in den Gesichtsmuskeln.» Dann zeigte er den Besuchern mit einer flüchtigen Handbewegung noch die reflektorische Pupillenstarre und führte sie weiter. Die Zeit war knapp bei der Fülle des Materials. Der alte Herr, der schwermütig zu allem genickt hatte, was an seinem Bett gesprochen wurde, antwortete noch leise und bekümmert, als die fünf schon einige Betten weiter beim nächsten Fall haltmachten, den Friedenthal ausersehen hatte.

Diesmal war es einer, der selbst der Kunst oblag, ein fröhlicher dicker Maler, dessen Bett nahe beim hellen Fenster stand; er hatte Papier und viele Bleistifte auf seiner Decke liegen und beschäftigte sich damit den ganzen Tag. Was Clarisse gleich auffiel, war die heitere Ruhelosigkeit dieser Bewegung. «So sollte Walter malen!» dachte sie. Friedenthal, der ihre Anteilnahme gewahrte, entwendete dem Dicken rasch ein Blatt und reichte es Clarisse; der Maler kicherte und gehabte sich wie ein Weibsbild, das man gekniffen hat. Clarisse sah aber zu ihrer Überraschung einen vollendet sicher gezeichneten, durchaus sinnvollen, ja im Sinn sogar banalen Entwurf zu einem großen Gemälde vor sich, mit vielen perspektivisch ineinander verwickelten Figuren und einem Saal, dessen Anblick peinlich genau ausgeführt war, so daß das Ganze derart gesund und professoral wirkte, als käme es aus der Staatsakademie. «Überraschend gekonnt!» rief sie unwillkürlich aus.

Friedenthal aber lächelte geschmeichelt.

«Etsch!» rief ihm trotzdem der Maler zu. «Siehst du, dem Herrn gefällt es! Zeig ihm doch mehr! Überraschend gut hat er gesagt! Zeig ihm nur! Ich weiß schon, du lachst bloß über mich, aber ihm gefällt es!» Er sagte das gemütlich und schien mit dem Arzt, dem er nun auch seine anderen Bilder hinhielt, auf gutem Fuß zu stehn, obwohl dieser seine Kunst nicht würdigte.

«Wir haben heute keine Zeit für dich» erwiderte ihm Friedenthal, und zu Clarisse gewandt, faßte er seine Kritik in die Worte: «Er ist nicht schizophren; leider haben wir im Augenblick keinen andern, das sind oft große, ganz moderne Künstler.»

«Und krank?» zweifelte Clarisse.

«Weshalb nicht?» erwiderte Friedenthal schwermütig.

Clarisse biß die Lippe.

Indessen standen Stumm und Ulrich schon an der Schwelle des nächsten Raums, und der General sagte: «Wenn ich das seh, tut es mir wirklich leid, daß ich meine Ordonnanz vorhin einen Trottel geschimpft hab; ich will es auch nie wieder tun!» Sie blickten nämlich in ein Zimmer mit schweren Idioten.

Clarisse sah es noch nicht und dachte: «Sogar eine so ehrbare und anerkannte Kunst wie die akademische hat also ihre verleugnete, beraubte, dennoch zum Verwechseln ähnliche Schwester im Irrenhaus?!» Es machte ihr beinahe mehr Eindruck als die Bemerkung Friedenthals, daß er ihr ein andermal expressionistische Künstler zeigen könne. Aber sie nahm sich vor, auch darauf zurückzukommen. Sie hatte den Kopf gesenkt und biß immer noch auf ihre Lippe. Da stimmte etwas nicht. Es erschien ihr offenkundig falsch, so begabte Menschen einzusperren; die Ärzte verstünden ja wohl die Krankheiten, dachte sie, aber wahrscheinlich doch nicht in ihrer ganzen Tragweite die Kunst. Sie hatte das Gefühl, daß da etwas geschehen müsse. Aber es wollte ihr noch nicht klar werden was. Doch verlor sie nicht die Zuversicht, denn der dicke Maler hatte sie gleich als «Herr» angesprochen: das kam ihr als ein gutes Zeichen vor.

Friedenthal betrachtete sie mit Neugierde.

Als sie seinen Blick fühlte, sah sie mit ihrem schmalen Lächeln auf und ging zu ihm, aber ehe sie etwas sagen konnte, löschte ein furchtbarer Eindruck alle Überlegung aus. In ihren Betten hing und saß in dem neuen Zimmer eine Reihe des Grauens. Alles an den Körpern schief, unsauber, verbildet oder gelähmt. Entartete Gebisse. Wackelnde Köpfe. Zu große, zu kleine und ganz verwachsene Köpfe. Schlaff herabhängende Kiefer, aus denen Speichel troff, oder tierisch malmende Bewegungen des Mundes, in dem weder Speise noch Wort war. Meterdicke Bleibarren schienen zwischen diesen Seelen und der Welt zu liegen, und nach dem leisen Lachen und Schwirren in dem andern Zimmer fiel auch ins Ohr ein dumpfes Schweigen, in dem es nur dunkel grunzende und murrende Laute gab. Solche Säle mit Idioten hohen Grades gehören zu den erschütterndsten Eindrücken, die man in der Häßlichkeit des Irrenhauses findet, und Clarisse fühlte sich einfach in ein völliges grauenvolles Schwarz gestürzt, darin nichts mehr zu unterscheiden war.

Der Führer Friedenthal aber sah auch im Dunklen, und auf verschiedene Betten weisend, erklärte er: «Das ist Idiotie, und das hier ist Kretinismus.»

Stumm von Bordwehr horchte auf: «Ein Kretin und ein Idiot sind nicht dasselbe?!» fragte er.

«Nein, das ist medizinisch etwas Verschiedenes» belehrte ihn der Arzt.

«Interessant» sagte Stumm. «Auf so etwas kommt man im gewöhnlichen Leben gar nicht!»

Clarisse ging von Bett zu Bett. Sie bohrte ihre Augen in die Kranken und strengte sie aufs äußerste an, ohne von diesen Gesichtern, die von ihr nicht Kenntnis nahmen, auch nur das Geringste zu verstehn. Alle Einbildungen erloschen daran. Dr. Friedenthal folgte ihr leise und erklärte: «Amaurotische familiäre Idiotie». «Tuberöse hypertrophische Sklerose». «Idiotia thymica»...

Der General, der inzwischen genug von den «Trotteln» gesehen zu haben vermeinte, und das gleiche von Ulrich voraussetzte, blickte auf die Uhr und sagte: «Wo sind wir denn eigentlich stehen geblieben? Wir müssen die Zeit ausnutzen!» Und etwas unvermutet fing er an: «Also erinnere dich, bitte: Das Kriegsministerium gewahrt auf seiner einen Seite die Pazifisten und auf der andern die Nationalisten –»

Ulrich, der sich nicht so gelenkig wie er von der Bindung an die Umgebung loslösen konnte, sah ihn ohne Verständnis an.

«Aber ich mach doch keine Witze!» erklärte Stumm. «Das ist Politik, was ich rede! Es muß etwas geschehn. Dabei sind wir doch schon einmal stehen geblieben. Wenn nicht bald etwas geschieht, kommt der Geburtstag vom Kaiser, und wir sind blamiert. Aber *was* soll geschehn? Diese Frage ist logisch, nicht wahr? Und wenn ich das jetzt etwas grob zusammenfasse, was ich dir alles schon gesagt hab, so verlangen die einen von uns, wir sollen ihnen helfen, alle Menschen zu lieben, und die zweiten, wir sollen ihnen erlauben, die andern zu kujonieren, damit das edlere Blut siegt, oder wie man das nennen will. Beides hat etwas für sich. Und darum solltest du es, kurz gesagt, irgendwie vereinen, damit kein Schaden entsteht!»

«Ich?» verwahrte sich Ulrich, nachdem sein Freund dergestalt seine Bombe platzen ließ, und würde ihn ausgelacht haben, wenn es der Ort gestattet hätte.

«Natürlich du!» erwiderte der General fest. «Ich will dir gern beistehn, aber *du* bist der Sekretär der Aktion und die rechte Hand vom Leinsdorf!»

«Ich werde dir hier eine Unterkunft besorgen!» erklärte Ulrich entschieden.

«Schön!» meinte der General, der aus der Kriegskunst wußte, daß man einem unerwarteten Widerstand am besten ausweiche, ohne sich bestürzt zu zeigen. «Wenn du mir hier einen Platz besorgst, lerne ich vielleicht doch jemand kennen, der die größte Idee von der Welt erfunden hat. Draußen haben sie ohnehin keine Freude mehr an den großen Gedanken.» Er sah wieder nach der Uhr. «Da soll es doch welche geben, die der Papst sind oder das Weltall, erzählt man: von denen haben wir noch keinen einzigen gesehn, und gerade auf die habe ich mich gefreut! Deine Freundin ist furchtbar gründlich» klagte er.

Dr. Friedenthal löste Clarisse vorsichtig von dem Anblick der Oligophrenen los.

Die Hölle ist nicht interessant, sie ist furchtbar. Wenn man sie nicht humanisiert hat – wie Dante, der sie mit Literaten und Prominenten bevölkerte und dadurch die Aufmerksamkeit vom Straftechnischen ablenkte – sondern versucht hat, eine ursprüngliche Vorstellung von ihr zu geben, sind selbst die phantasievollsten Menschen nicht über läppische Qualen und gedankenarme Verrenkungen irdischer Eigenheiten hinausgekommen. Aber gerade der leere Gedanke der unvorstellbaren und darum unabwendbaren unendlichen Strafe und Qual, die Voraussetzung einer für alle Gegenanstrengungen unempfindlichen Veränderung zum Schlechten, hat die Anziehung eines Abgrunds. So sind auch Irrenhäuser. Sie sind Armenhäuser. Sie haben etwas von der Phantasielosigkeit der Hölle. Aber viele Menschen, die in die Ursachen von Geisteskrankheiten keinen Einblick haben, fürchten nebst der Möglichkeit, daß sie ihr Geld verlieren könnten, keine andere so sehr wie die, daß sie eines Tags den Verstand verlieren könnten; und es ist merkwürdig, wie zahlreich diese Menschen sind, die von der Vorstellung geplagt werden, sie könnten sich plötzlich verlieren. Aus der Überschätzung dessen, was sie von sich haben, folgt wahrscheinlich die Überschätzung der Schauer, von denen sich die Gesunden die Häuser der Kranken umgeben denken. Auch Clarisse litt etwas unter einer leichten Enttäuschung, die von einer unbestimmten, mit ihrer Erziehung aufgenommenen Erwartung kam. Das war bei Dr. Friedenthal umgekehrt. Er war diesen Weg gewohnt. Ordnung wie in einer Kaserne oder jeder anderen Massenanstalt, Linderung vordringlicher Schmerzen und Beschwerden, Bewahrung vor vermeidlichen Verschlimmerungen, ein wenig Besserung oder Heilung: das waren die Elemente seines täglichen Tuns. Viel beobachten, viel wissen, aber ohne eine ausreichende Erklärung der Zusammenhänge zu besitzen, war sein geistiges Teil. Auf dem Rundgang durch die Häuser, außer den Arzneien gegen Husten, Schnupfen, Verstopfung und Wunden, ein paar Beruhigungsmittel zu verordnen, seine tägliche Heilarbeit. Er empfand die spukhafte Verruchtheit der Welt, in der er lebte, nur noch dann, wenn durch eine Berührung mit der gewöhnlichen der Gegensatz geweckt wurde; man kann es nicht täglich, aber Besuche sind solche Gelegenheiten, und darum war das, was Clarisse zu sehen bekam, nicht ohne eine Art Gefühl für Spielleitung aufgebaut und setzte sich, nachdem er sie aus ihrer Versunkenheit geweckt hatte, sogleich wieder mit etwas Neuem und gesteigert Dramatischem fort.

Denn kaum da sie den Raum verlassen hatten, schlossen sich ihnen mehrere große Männer mit fleischigen Schultern, freundlichen Feldwebelgesichtern und sauberen Kitteln an. Es geschah so stumm, daß es wie ein Trommelwirbel wirkte. «Jetzt kommt eine Unruhige Abteilung» kündigte Friedenthal an, und schon begannen sie sich auch einem Schreien und Schnattern zu nähern, das aus einem ungeheuren Vogelkäfig zu dringen schien. Als sie vor der Türe standen, zeigte diese keine Klinke, aber einer der Wärter öffnete sie mit einem Stecher, und Clarisse schickte sich an, wie sie es bisher getan hatte, als erste einzutreten; aber jäh riß sie Dr. Friedenthal zurück. «Hier heißt es warten!» sagte er, ohne sich zu entschuldigen, bedeutungsvoll und müd. Der Wärter, der die Tür aufschloß, hatte sie nur zu einem schmalen Spalt geöffnet, den sein mächtiger Körper verdeckte, und nachdem er in das Innere zuerst gelauscht, dann gespäht hatte, schob er sich eilig hinein, und ein zweiter Wärter folgte ihm, der auf der andern Seite des Eingangs Stellung bezog. Clarisse begann das Herz zu klopfen. Der General sagte anerkennend: «Vorhut, Nachhut, Flankendeckung!» Und so gedeckt, traten sie ein und wurden von den Wärterriesen von Bett zu Bett gebracht. Was in den Betten saß, flatterte, aufgeregt und schreiend, mit Armen und Augen; es machte den Eindruck, daß jeder in einen Raum hineinschreie, der nur für ihn da sei, und doch schienen alle in einer tobenden Konversation begriffen zu sein, wie fremde, in einen gemeinsamen Käfig gesperrte Vögel, von denen jeder die Sprache eines andern Eilands spricht. Manche saßen frei, und manche waren mit Schlingen an den Bettrand gefesselt, die den Händen nur wenig Spielraum ließen. «Wegen Selbstmordgefahr» erläuterte der Arzt und nannte die Krankheiten: Paralyse, Paranoia, Dementia praecox und andere waren die Rassen, denen diese fremden Vögel angehörten.

Clarisse fühlte sich anfangs von dem verworrenen Eindruck wieder eingeschüchtert und fand keinen Halt. Und da war es auch wie ein freundliches Zeichen, daß ihr schon von ferne einer lebhaft winkte und ihr Worte entgegenschrie, als sie noch durch viele Betten von ihm getrennt war. Er fuhr in dem seinen hin und her, als wollte er sich verzweifelt befreien, um ihr entgegenzueilen, übertrumpfte den Chor mit seinen Anklagen und Zornausbrüchen und zog Clarissens Aufmerksamkeit immer stärker an sich. Je näher sie ihm kam, desto mehr beunruhigte sie der Eindruck, daß er bloß zu ihr zu sprechen schien, während sie in keiner Weise zu verstehen vermochte, was er ihr ausdrücken wolle. Als sie endlich bei ihm waren, erzählte der Oberwärter dem Arzt etwas so leise, daß Clarisse es nicht verstand, und Friedenthal traf irgendeine Anordnung mit sehr ernstem Gesicht. Dann aber machte er sich einen Scherz und sprach den Kranken an. Der Irre erwiderte nicht gleich darauf, aber plötzlich fragte er: «Wer ist der Herr?» und gab durch eine Bewegung zu verstehen, daß er Clarisse meine. Friedenthal wies auf ihren Bruder und antwortete, dieser sei ein Arzt aus Stockholm. «Nein, dieser!» entgegnete der Kranke und beharrte auf Clarisse.

Friedenthal lächelte und behauptete, das sei eine Ärztin aus Wien. «Nein. Das ist ein Herr» widersprach der Kranke und schwieg. Clarisse fühlte ihr Herz schlagen. Auch der hielt sie also für einen Mann!

Da sagte der Kranke langsam: «Das ist der siebente Sohn des Kaisers.»

Stumm von Bordwehr stieß Ulrich an.

«Das ist nicht wahr» gab Friedenthal zur Antwort und setzte das Spiel fort, indem er sich an Clarisse mit der Aufforderung wandte: «Sagen Sie ihm doch selbst, daß er sich irrt.»

«Es ist nicht wahr, mein Freund» sprach Clarisse leise, die vor Aufregung kaum ein Wort hervorbringen konnte, den Kranken an.

«Du bist doch der siebente Sohn!» gab er hartnäckig zurück.

«Nein, nein» versicherte Clarisse und lächelte ihm vor Erregung zu, wie in einer Liebesszene mit Lippen, die vor Lampenfieber ganz steif waren.

«Du bist es!!» wiederholte der Kranke und sah sie mit einem Blick an, für den sie keine Bezeichnung wußte. Es fiel ihr ganz und gar nichts ein, was sie noch antworten könnte, sie sah hilflos freundlich dem Irren in die Augen, der sie für einen Prinzen hielt, und lächelte immer weiter. In ihr ging dabei etwas Merkwürdiges vor sich: es bildete sich die Möglichkeit, ihm recht zu geben. Es löste sich unter dem Druck seiner wiederholten Behauptung etwas in ihr auf, sie verlor in irgendetwas die Herrschaft über ihre Gedanken, und neue Zusammenhänge bildeten sich, die ihre Umrisse aus Nebeln hervorstreckten: er war nicht der erste, der wissen wollte, wer sie sei, und sie für einen «Herrn» hielt. Aber während sie ihm noch, in diese sonderbare Verbundenheit verfangen, ins Gesicht blickte, von dessen Alter sie sich ebensowenig Rechenschaft gab wie von den anderen Resten des freien Lebens, die noch darin ausgeprägt waren, ging in dem Gesicht und an dem ganzen Menschen etwas gänzlich Unverständliches vor sich. Es sah aus, als würde ihr Blick plötzlich zu schwer für die Augen, auf denen er ruhte, denn in diesen begann ein Gleiten und Fallen. Aber auch die Lippen gerieten in eine lebhafte Bewegung, und wie dicke Tropfen, die immer dichter zusammenflossen, mischten sich in ein flüchtiges Geschnatter vernehmliche Unzüchtigkeiten. Clarisse war von dieser abgleitenden Verwandlung so bestürzt, als entglitte ihr selbst etwas, und machte unwillkürlich eine Bewegung mit beiden Armen zu dem Unseligen hin; und ehe es noch jemand hinderte, sprang ihr da auch der Kranke entgegen: er warf seine Decke ab, kniete im gleichen Augenblick am Bettende und bearbeitete mit der Hand sein Glied, wie Affen in der Gefangenschaft masturbieren. «Treib keine Schweinereien!» sagte rasch und streng der Arzt, und im gleichen Augenblick packten die Wärter den Mann und die Decken und machten im Nu ein reglos liegenbleibendes Bündel aus beiden. Aber Clarisse war dunkelrot geworden; ihr war so wirr wie in einem Lift, wenn man plötzlich das Gefühl unter den Füßen verliert. Es kam ihr plötzlich vor, daß alle Kranken, an denen sie schon vorbeigekommen war, hinter ihr drein schrien, und die anderen, die sie noch nicht besucht hatte, ihr entgegenschrien. Und der Zufall wollte es, oder die ansteckende Kraft der Erregung, daß auch der Nächste, ein freundlicher Alter, der gutmütige Witzchen zu den Besuchern gemacht hatte, als sie noch nebenan standen, in dem Augenblick, wo Clarisse an ihm vorbeieilte, aufsprang und zu schimpfen begann, mit unflätigen Worten, die einen widerlichen Schaum vor seinem Mund bildeten. Auch ihn faßten die Fäuste der Wärter wie schwere Stempel, die jeden Widerstand zermalmen.

Aber der Zauberkünstler Friedenthal verstand seine Darbietungen noch zu steigern. Von den Begleitern ebenso wie beim Eintritt gesichert, verließen sie den Saal an seinem anderen Ende, und mit einemmal schien das Ohr in sanfte Stille zu tauchen. Sie befanden sich in einem sauberen, mit Linoleum belegten, freundlichen Gang und trafen auf sonntäglich aussehende Menschen und hübsche Kinder, die voll Vertrauen und Höflichkeit den Arzt grüßten. Es waren Besucher, die hier darauf warteten, zu ihren Angehörigen vorgelassen zu werden, und wieder war der Eindruck der gesunden Welt ein sehr befremdlicher; diese sich bescheiden und höflich verhaltenden Menschen in ihren besten Kleidern wirkten im ersten Augenblick wie Puppen oder sehr gut nachgemachte, künstliche Blumen. Friedenthal schritt aber rasch hindurch und kündigte seinen Freunden an, daß er sie nun in eine Versammlung von Mördern und ähnlich schwer verbrecherischen Irren führen wolle. Vorsicht und Mienen der Begleiter, als sie bald danach vor einem neuen Eisentor standen, verhießen denn auch Schlimmes. Sie traten in einen abgeschlossenen Hof, der von einer Galerie umzogen war und einem der modernen Kunstgärten glich, wo es viele Steine und wenig Pflanzen gibt. Wie ein Würfel aus Schweigen stand zunächst die leere Luft darin; erst nach einer Weile entdeckte man Menschen, die stumm an den Wänden saßen. Nahe dem Eingang kauerten idiotische Jungen, rotzig, unsauber und regungslos, als ob sie ein grotesker Bildhauereinfall an den Pfeilern des Tors angebracht hätte. Neben ihnen saß, als erster an der Wand und von den weiteren abgerückt, ein einfacher Mann, noch in seiner dunklen Sonntagskleidung, nur ohne Kragen; er mußte erst vor kurzem eingeliefert worden sein und war in seinem Nirgendhingehören unsagbar rührend. Clarisse stellte sich plötzlich den Schmerz vor, den sie Walter zufügen würde, wenn sie ihn verließe, und weinte beinahe darüber. Zum erstenmal geschah ihr das, aber sie kam rasch darüber hinweg, denn die andern, an denen sie vorbeigeführt wurde, machten bloß jenen Eindruck der schweigenden Gewöhnung, den man in Gefängnissen kennt; sie grüßten scheu und höflich und trugen kleine Bitten vor. Bloß einer von ihnen, ein junger Mensch, wurde aufdringlich und begann sich zu beschweren; Gott allein wußte, aus welcher Vergessenheit er auftauchte. Er verlangte vom Arzt, hinausgelassen zu werden und Auskunft, warum er hier wäre, und als dieser ausweichend entgegnete, daß nicht er, sondern nur der Direktor darüber entscheide, ließ der Frager nicht nach; seine Bitten begannen sich wie eine immer rascher ablaufende Kette zu wiederholen, und allmählich kam der Ton des Bedrängens in seine Stimme, steigerte sich zur Drohung und schließlich zur tierhaft-wissenlosen Gefährdung. Als er so weit gekommen war, drückten ihn die Riesen auf die Bank nieder, und er kroch stumm wie ein Hund in sein Schweigen zurück, ohne Antwort erhalten zu haben. Clarisse kannte das nun schon, und es ging bloß in die allgemeine Aufregung ein, die sie fühlte.

Sie hatte auch zu anderem keine Zeit, denn am Ende des Hofes war eine zweite Panzertür, und an diese pochten nun die Wärter. Das war etwas Neues, da sie bisher die Türen bloß mit Vorsicht, aber ohne Ankündigung geöffnet hatten. An dieses Tor schlugen sie dagegen viermal mit der Faust und lauschten auf die herausdringende Unruhe. «Auf dieses Zeichen müssen sich alle, die drinnen sind, an den Wänden aufstellen» erläuterte Friedenthal «oder auf die Bänke setzen, die an den Wänden entlanglaufen.» Und wirklich, als sich die Tür langsam, Grad für Grad, drehte, zeigte sich, daß alle, die vorher teils stumm, teils lärmend durcheinandergekreist waren, wie wohlgedrillte Sträflinge gehorcht hatten. Und trotzdem wandten die Wärter beim Eintritt noch solche Vorsicht an, daß Clarisse plötzlich Dr. Friedenthal am Ärmel faßte und erregt fragte, ob Moosbrugger dabei sei. Friedenthal schüttelte stumm den Kopf. Er hatte keine Zeit. Er schärfte den Besuchern eilig ein, daß sie mindestens zwei Schritte Abstand von jedem Kranken zu halten hätten. Die Verantwortung für das Unternehmen schien ihn doch etwas zu bedrücken. Sie waren sieben gegen dreißig; in einem weltfernen, ummauerten, nur von Irren bewohnten Hof, von denen fast alle schon einen Mord begangen hatten. Menschen, die gewohnt sind, eine Wehr zu tragen, fühlen sich ohne das unsicherer als andere: es trifft darum auch den General, der seinen Säbel im Wartezimmer zurückgelassen hatte, kein Vorwurf, daß er den Arzt fragte: «Tragen Sie eigentlich eine Waffe bei sich?» «Aufmerksamkeit und Erfahrung!» erwiderte Friedenthal, dem diese schmeichelhafte Frage willkommen war. «Es kommt alles darauf an, jede Auflehnung schon im Keim zu ersticken.»

Und wirklich, sobald einer auch nur die kleinste Bewegung aus der Reihe zu machen versuchte, stürzten sich schon die Wärter auf ihn und drückten ihn so schnell auf seinen Platz nieder, daß diese Überfälle als die einzigen Gewalttaten erschienen, die sich ereigneten. Clarisse war nicht einverstanden mit ihnen. «Was die Ärzte vielleicht nicht verstehn,» sagte sie sich «ist, daß diese Menschen doch, obwohl sie hier den ganzen Tag ohne Aufsicht zusammengesperrt sind, einander nichts tun; und nur uns, die wir aus der ihnen fremden Welt kommen, sind sie gefährlich!» Und sie wollte einen ansprechen; sie stellte sich mit einemmal vor, ihr müßte es gelingen, sich mit ihm in der rechten Weise zu verständigen. Gleich bei der Tür stand einer in der Ecke, es war ein kräftiger mittelgroßer Mann mit einem braunen Vollbart und stechenden Augen; er lehnte mit verschränkten Armen an der Wand, schwieg und sah dem Treiben der Besucher böse zu. Clarisse trat ihn an; aber im gleichen Augenblick legte Dr. Friedenthal seine Hand auf ihren Arm und hielt sie zurück. «Nicht diesen» sagte er halblaut. Er suchte Clarisse einen anderen Mörder aus und sprach ihn an. Das war ein kleiner Untersetzter mit einem kahl geschorenen spitzen Sträflingsschädel, den der Arzt wohl als umgänglich kannte, denn der Angesprochene stand sofort stramm vor ihm und zeigte, dienstwillig antwortend, zwei Zahnreihen, die in einer bedenklichen Weise an zwei Reihen Grabsteine erinnerten.

«Fragen Sie ihn doch einmal, warum er hier ist» flüsterte Dr. Friedenthal Clarissens Bruder zu, und Siegmund fragte den breitschulterigen Spitzkopf: «Warum bist du hier?»

«Das weißt du sehr gut!» war die knappe Antwort.

«Ich weiß es nicht» versetzte Siegmund, der nicht gleich locker lassen wollte, ziemlich albern. «Also sag schon, warum bist du hier?!»

«Das weißt du sehr gut!!» wiederholte sich die Antwort mit verstärktem Nachdruck.

«Warum bist du unhöflich gegen mich?» fragte Siegmund. «Ich weiß es wirklich nicht!»

«Dieses Lügen!» dachte Clarisse, und sie freute sich darüber, daß der Kranke einfach erwiderte: «Weil ich will!! Ich kann tun was ich will!!!» wiederholte er und fletschte die Zähne.

«Aber man soll doch nicht ohne Grund unhöflich sein!» wiederholte der unselige Siegmund, dem eigentlich auch nicht mehr einfiel als dem Irren.

Clarisse war wütend auf ihn, der die dumme Rolle eines Menschen spielte, der in einem Tierpark ein gefangenes Tier reizt.

«Das geht dich nichts an! Ich tue, was ich will, verstehst du?! Was ich will!!» ranzte der Geisteskranke wie ein Unteroffizier und lachte mit irgend etwas in seinem Gesicht, aber weder mit Mund noch Augen, die beide vielmehr voll unheimlichen Zorns waren.

Selbst Ulrich dachte: «Ich möchte mit dem Kerl jetzt nicht allein sein.» Siegmund hatte es schwer, auf seinem Platz auszuharren, da der

Irre nahe an ihn herangetreten war, und Clarisse wünschte, daß dieser ihren Bruder an der Kehle packen und ins Gesicht beißen möge. Friedenthal ließ mit Befriedigung den Auftritt sich entwickeln, denn einem ärztlichen Kollegen durfte er doch wohl etwas zumuten, und er hatte seinen Genuß an dessen Verlegenheit. Er ließ es meisterlich bis auf den höchsten Punkt kommen und setzte erst, als der Kollege kein Wort mehr hervorbrachte, dazu an, das Zeichen zum Abbruch zu geben. Aber da war wieder dieser Wunsch in Clarisse, sich einzumengen! Irgendwie war er mit dem Trommeln der Antworten immer heftiger geworden, sie konnte plötzlich nicht mehr an sich halten, trat dem Kranken entgegen und sagte: «Ich komme von Wien!» Das war nun sinnlos wie ein beliebiger Laut, den man einer Trompete entlockt. Sie wußte weder, was sie damit wolle, noch wie es ihr eingefallen sei, noch hatte sie sich gefragt, ob der Mann wisse, in welcher Stadt er sich befinde, und wenn er es wußte, so war ihre Bemerkung wohl erst recht sinnlos. Aber sie fühlte eine große Zuversicht dabei. Und wirklich geschehen zuweilen noch Wunder, wenn auch mit Vorliebe in Irrenhäusern: als sie das sagte und in Erregung flammend vor dem Mörder stand, ging plötzlich ein Glanz über ihn; seine Steinbrecherzähne zogen sich unter die Lippen zurück, und über den stechenden Blick breitete sich Wohlwollen. «Oh, das goldene Wien! Eine schöne Stadt!» sagte er mit dem Ehrgeiz des früheren Mittelständlers, der seine Phrasen kennt, wie sie sich gehören.

«Ich gratuliere Ihnen!» sagte Dr. Friedenthal lachend.

Aber für Clarisse war dieser Auftritt sehr wichtig geworden.

«Und nun wollen wir zu Moosbrugger gehn!» sagte Friedenthal.

Es kam jedoch nicht mehr dazu. Sie zogen vorsichtig aus den beiden Höfen wieder hinaus und strebten auf der Höhe des Parks einem anscheinend entlegenen Pavillon zu, als von irgendwo ein Wärter auf sie zugelaufen kam, der den Eindruck machte, schon lange nach ihnen gesucht zu haben. Er trat an Friedenthal heran und überbrachte ihm flüsternden Tons eine längere Meldung, die nach der Miene des Arztes, der sie zuweilen mit Fragen unterbrach, wichtig und unangenehm sein mußte. Und Friedenthal trat mit einer ernsten und bedauernden Gebärde zu den Wartenden zurück, ihnen mitzuteilen, daß ihn ein Zwischenfall in eine der Abteilungen rufe, dessen Ende nicht abzusehen sei, so daß er leider die Führung abbrechen müsse. Er wandte sich damit in erster Linie an die Respektsperson in der unter dem ärztlichen Kittel steckenden Generalsuniform; aber Stumm von Bordwehr erklärte dankbar, daß er von der hervorragenden Disziplin und Ordnung der Anstalt ohnehin schon genug gesehen habe und daß es nach dem Erlebten auf einen Mörder mehr schließlich nicht ankäme. Clarisse dagegen zeigte ein so enttäuschtes und bestürztes Gesicht, daß Friedenthal den Vorschlag hinzufügte, den Besuch bei Moosbrugger und einiges andere nachzuholen und Siegmund telephonisch zu verständigen, sobald sich ein Tag dafür bestimmen ließe. «Sehr scharmant von Ihnen,» dankte der General für alle «nur weiß ich für meine Person wirklich nicht, ob mir meine anderen Aufgaben gestatten werden, dabei zu sein.»

Mit diesem Vorbehalt blieb es bei der Verabredung, und Friedenthal schlug einen Weg ein, der ihn alsbald jenseits der Höhe entschwinden ließ, während die anderen, von dem Wärter begleitet, den der Arzt bei ihnen zurückgelassen hatte, dem Ausgang zustrebten. Sie verließen den Weg und gingen auf der kürzesten Linie über den schönen von Buchen und Platanen bestandenen Hang hinunter. Der General hatte sich seines Kittels entledigt und trug ihn fröhlich über dem Arm wie einen Staubmantel bei einem Ausflug, aber ein Gespräch wollte nicht mehr zustandekommen. Ulrich zeigte keine Neigung, sich nochmals auf den bevorstehenden Abend vorbereiten zu lassen, und Stumm selbst war schon zu sehr mit dem Nachhausekommen beschäftigt; bloß an Clarisse, zu deren Linken er galant dahinging, fühlte er sich verpflichtet einige unterhaltende Worte zu richten. Aber Clarisse war geistesabwesend und schweigsam. «Ob sie sich am Ende noch wegen dem Schweinigel geniert?» fragte er sich und hatte das Bedürfnis, irgendwie aufzuklären, daß es ihm unter jenen besonderen Umständen nicht möglich gewesen sei, ritterlich für sie einzutreten; aber anderseits war das doch auch wieder so, daß man am besten nicht davon sprach. So verlief der Rückweg schweigend und beschattet.

Erst als Stumm von Bordwehr seinen Wagen bestieg und es Ulrich überantwortet hatte, für Clarisse und deren Bruder zu sorgen, kehrte seine gute Laune wieder, und mit ihr stellte sich auch eine Idee ein, von der die beklemmenden Erlebnisse eine gewisse Ordnung empfingen. Er hatte aus dem großen Lederetui, das er bei sich führte, eine Zigarette geholt und blies, schon in den Polstern ruhend, die ersten blauen Wölkchen in die sonnige Luft. Behaglich sagte er: «Schrecklich muß so eine Geisteskrankheit sein! In dem Moment fällt mir erst auf, daß ich während der ganzen Zeit, die wir da drin waren, nicht einen einzigen rauchen gesehn hab! Man weiß wirklich nicht, was man alles voraushat, solange man gesund ist!»

34

Ein großes Ereignis ist im Entstehen. Graf Leinsdorf und der Inn

An diesen bewegten Tag schloß sich ein «Großer Abend» bei Tuzzis an.

Die Parallelaktion paradierte in Licht und Glanz; Augen strahlten, Schmuck strahlte, Namen strahlten, Geist strahlte. Ein Geisteskranker könnte unter Umständen daraus folgern, daß die Augen, der Schmuck, die Namen und der Geist an einem solchen Gesellschaftsabend auf das gleiche hinauskommen: er befände sich damit nicht ganz im Unrecht. Alles, was nicht an der Riviera oder den Oberitalienischen Seen weilte, war erschienen, bis auf wenige, die um diese Zeit, gegen Ende der Saison, grundsätzlich keine «Ereignisse» mehr anerkannten.

An ihrer Stelle waren eine Menge Leute da, die man noch nie gesehen hatte. Eine lange Pause hatte Lücken in die Präsenzliste gerissen, und zu ihrer Ausfüllung waren neue Menschen hastiger herangezogen worden, als es Diotimas umsichtigen Gepflogenheiten entsprach: Graf Leinsdorf selbst hatte seiner Freundin eine Liste von Personen übergeben, die er sie aus politischen Rücksichten aufzufordern bat, und nachdem der Grundsatz der Exklusivität ihres Salons diesen höheren Rücksichten einmal geopfert war, hatte sie auf das Weitere nicht mehr das gleiche Gewicht gelegt wie sonst. Überhaupt war Se. Erlaucht ganz allein die Ursache dieser festlichen Zusammenkunft; Diotima war der Ansicht, daß der Menschheit nur paarweise zu helfen sei. Aber Graf Leinsdorf bestand auf der Behauptung: «Besitz und Bildung haben in der historischen Entwicklung nicht ihre Schuldigkeit getan; wir müssen einen letzten Versuch mit ihnen machen!»

Und Graf Leinsdorf kam jedesmal darauf zurück. «Meine Liebe, Sie haben sich noch immer nicht entschlossen?» pflegte er zu fragen. «Es ist höchste Zeit. Alle möglichen Leute kommen schon mit destruktiven Tendenzen hervor: wir müssen der Bildung eine letzte Gelegenheit geben, ihnen das Gleichgewicht zu halten.» Aber Diotima, abgelenkt durch den Formenreichtum der menschlichen Paarung, war für alles andere vergeßlich.

Schließlich ermahnte sie Graf Leinsdorf: «Schaun Sie, meine Liebe, das bin ich doch gar nicht von Ihnen gewohnt? Jetzt haben wir bei allen Leuten die Parole der Tat ausgegeben; ich für meine Person habe den Minister des Innern – also Ihnen kann ich das ja anvertraun, daß ich ihn zu seinem Rücktritt veranlaßt hab; so oben herum ist das gekommen, sehr hoch oben herum: aber es ist ja auch wirklich schon ein Skandal gewesen, und niemand hat den Mut gehabt, dem ein Ende zu machen! Ich vertraue Ihnen das also an,» fuhr er fort «und nun hat mich der Ministerpräsident gebeten, daß wir uns doch selbst intensiver an der Enquete zur Feststellung der Wünsche der beteiligten Kreise der Bevölkerung in bezug auf die Reform der inneren Verwaltung beteiligen mögen, weil sich der neue Minister ja noch nicht so auskennen kann: und da wollen nun gerade Sie mich im Stich lassen, die Sie immer die Ausdauerndste gewesen sind? Wir *müssen* Besitz und Bildung eine letzte Gelegenheit geben! Wissen Sie so: entweder – oder anders!»

Diesen etwas unvollständigen Schlußsatz brachte er so drohend vor, daß nicht mißzuverstehen war, er wisse, was er wolle, und Diotima versprach auch dienstwillig, daß sie sich beeilen werde; aber dann vergaß sie es doch wieder und tat es nicht.

Da wurde eines Tags Graf Leinsdorf von seiner bekannten Tatkraft gepackt und fuhr bei ihr vor, von vierzig Pferdestärken getrieben.

«Ist jetzt etwas geschehn?!» fragte er, und Diotima mußte es verneinen.

«Kennen Sie den Inn, meine Liebe?» fragte er. Natürlich kannte Diotima diesen Fluß, der außer der Donau der bekannteste von allen, und mannigfach in die Geographie und Geschichte des Vaterlands verwoben war. Etwas zweifelnd beobachtete sie ihren Besucher, obwohl sie sich zu lächeln bemühte.

Aber Graf Leinsdorf blieb todernst. «Wenn man von Innsbruck absieht,» eröffnete er ihr «was sind das für lächerliche kleine Nester im Inntal, und was für ein stattlicher Fluß ist dagegen der Inn bei uns! Und ich selbst bin nie und nie darauf gekommen!» Er schüttelte den Kopf. «Ich habe nämlich heute zufällig eine Autokarte angesehn,» erklärte er sich endlich vollends «und da habe ich bemerkt, daß der Inn aus der Schweiz kommt. Das habe ich freilich wahrscheinlich schon gewußt; das wissen wir alle, aber wir denken nie daran. Bei Maloja entspringt er, ein lächerlicher Bach ist er, ich hab ihn ja selbst dort gesehn; so wie bei uns die Kamp oder die Morava. Aber was haben die Schweizer aus ihm gemacht? Das Engadin! Das weltberühmte Engadin! Das Engad-Inn, meine Liebe!! Haben Sie schon je daran gedacht, daß dieses ganze Engadin vom Worte Inn kommt?! Dadrauf bin ich heute gekommen: Und wir mit unserer unerträglichen österreichischen Bescheidenheit machen natürlich nie was aus dem, was uns gehört!»

Nach diesem Gespräch berief Diotima in Eile die gewünschte Gesellschaft ein, teils, weil sie einsah, daß sie Sr. Erlaucht beipflichten müsse, teils weil sie fürchtete, ihren hohen Freund zum Äußersten zu treiben, wenn sie sich jetzt noch weigere.

Aber als sie es ihm versprach, sagte Leinsdorf: «Und ich bitte Sie, meine Verehrte, vergessen Sie diesmal nicht, auch die... na, die X, die Sie ‹Drangsal› nennen – einzuladen; ihre Freundin, die Wayden, läßt mir wegen der Person schon wochenlang keine Ruh!»

Selbst das versprach Diotima, obwohl sie zu andern Zeiten in der Duldung ihrer Konkurrentin eine Pflichtverletzung gegen das Vaterland gesehen hätte.

35

Ein großes Ereignis ist im Entstehen. Regierungsrat Meseritscher

Als die Zimmer von den Strahlen der Festbeleuchtung und der Gesellschaft erfüllt waren, bemerkte «man» nicht nur Se. Erlaucht neben anderen Spitzen der Aristokratie, für deren Erscheinen er gesorgt hatte, sondern auch Se. Exzellenz den Herrn Kriegsminister und in seinem Gefolge den durchgeistigten, etwas überarbeiteten Kopf des Generals Stumm von Bordwehr. Man bemerkte Paul Arnheim. (Einfach und am wirksamsten ohne Titel. Das Man hatte es sich ausdrücklich überlegt. Litotes nennt man das, kunstvolle Schlichtheit des Ausdrucks, wenn man sich sozusagen ein Nichts vom eigenen Leibe zieht, wie der König den Reif vom Finger, und es einem anderen ansteckt.) Dann bemerkte man alles Nennenswerte aus den Ministerien (der Minister für Unterricht und Kultur hatte sich bei Sr. Erlaucht im Herrenhaus persönlich vom Erscheinen entbunden, weil er am gleichen Tag zur Einweihung eines großen Altargitters nach Linz mußte.) Dann bemerkte man, daß die ausländischen Botschaften und Vertretungen eine «Elite» entsandt hätten. Dann «aus Industrie, Kunst und Wissenschaft» bekannte Namen, und eine alte Allegorie des Fleißes lag in dieser unabänderlichen Zusammenstellung dreier bürgerlichen Tätigkeiten, die sich von selbst der schreibenden Feder bemächtigte. Dann nahm und brachte diese gewandte Feder die Damen zu Kenntnis: Beige, Rosa, Kirsch, Creme...; gestickt und geschlungen, dreimal gerafft oder unter der Taille fallend; und zwischen der Gräfin Adlitz und der Kommerzienrat Weghuber wurde die bekannte Frau Melanie Drangsal genannt, Witwe des weltberühmten Chirurgen, «selbst gewohnt, dem Geist auf liebenswürdige Weise in ihrem Haus eine Stätte zu bereiten». Endlich kam abgesondert am Ende dieser Abteilung auch noch Ulrich von Soundso mit Schwester, denn Man hatte geschwankt, ob es schreiben solle: «von dessen aufopfernder Tätigkeit im Dienste des hochgeistigen und vaterländisch so erfreulichen Unternehmens man weiß» oder gar: «ein coming man»; man hatte längst gehört, daß von diesem Günstling des Grafen Leinsdorf viele voraussetzten, er könnte seinen Gönner noch einmal zu einer großen Unüberlegtheit verleiten, und die Versuchung, sich beizeiten eingeweiht zu erweisen, war groß. Aber die tiefste Genugtuung des Wissenden ist immer das Schweigen gewesen, zumal wenn er vorsichtig ist; und dem verdankten Ulrich und Agathe eine blanke Stellung ihrer Namen als Nachzügler unmittelbar vor jenen Spitzen der Gesellschaft und des Geistes, die nicht mehr persönlich angeführt wurden, sondern bloß fürs Massengrab des «Alles, was Rang und Namen hat» bestimmt waren. Dort hinein kamen viele Menschen, darunter der bekannte Strafrechtslehrer Hofrat Professor Schwung, der als Teilnehmer einer ministeriellen Enquete vorübergehend in der Hauptstadt weilte, und diesmal noch der junge Dichter Friedel Feuermaul, denn obwohl es bekannt war, daß sein Geist diesen Abend ins Leben zu rufen geholfen habe, blieb streng zu unterscheiden, daß damit noch lange nicht jene Geltung festerer Art gewonnen sei, die Toiletten und Titeln zukommt. Leute wie Titular-Bankdirektor Leo Fischel mit Familie – die den Zutritt zu Diotima nach großen Anstrengungen und auf Gerdas Betreiben, ohne Ulrich zu bemühn, also nur dank der augenblicklich herrschenden Nachlässigkeit erreicht hatten – wurden überhaupt bloß in einem Augenwinkel verscharrt. Und nur die Gattin eines bekannten, in solcher Gesellschaft aber noch unter der Wahrnehmungsschwelle liegenden, Juristen, mit ihrem heimlichen, selbst dem Man unbekannten Namen Bonadea, wurde nachträglich wieder ausgegraben und unter die Toiletten versetzt, weil ihre Erscheinung allgemein auffiel und bewundernden Anklang fand.

Dieses Man, die überwachende Neugierde der Öffentlichkeit, war natürlich ein Mensch; gewöhnlich sind es ja deren viele, in der Metropole Kakaniens überragte aber damals einer alle übrigen, und zwar war das Regierungsrat Meseritscher. Geboren in Wallachisch-Meseritsch, wovon sein Name Spuren behalten hatte, war dieser Herausgeber, Chefredakteur und Chefberichterstatter der von ihm gegründeten «Parlaments- und Gesellschaftskorrespondenz» in den sechziger Jahren des vorigen Jahrhunderts als junger Mann in die Hauptstadt gekommen, der die Aussicht, den elterlichen Schnapsausschank in Wallachisch-Meseritsch zu übernehmen, für den Beruf des Journalisten hingab, angezogen von dem Glanz des damals in Hochglut strahlenden Liberalismus. Und alsbald hatte auch er das Seine zu dieser Ära beigetragen durch Gründung einer Korrespondenz, die mit der Versendung kleiner lokaler Nachrichten polizeilicher Art an die Zeitungen begann. Diese Urform seiner Korrespondenz erregte dank des Fleißes, der Zuverlässigkeit und Gewissenhaftigkeit ihres Besitzers nicht nur die Zufriedenheit der Zeitungen und der Polizei, sondern wurde in Bälde auch von anderen Hohen Behörden bemerkt, zur Unterbringung wünschenswerter Nachrichten, für die sie nicht selbst einstehen wollten, benutzt, schließlich bevorzugt und mit Material versehen, bis sie auf dem Gebiete der nichtamtlichen, aber aus amtlichen Quellen schöpfenden Berichterstattung eine Ausnahmestellung einnahm. Ein Mann voll Tatkraft und unermüdlichem Arbeitseifer, hatte Meseritscher, als er diesen Erfolg sich entwickeln sah, seine Tätigkeit aber auch schon um die Hof- und Gesellschaftsberichterstattung erweitert, ja wahrscheinlich wäre er niemals aus Meseritsch in die Hauptstadt gekommen, wenn ihm das nicht immer vorgeschwebt hätte. Lückenlose Präsenzlisten galten als seine Spezialität. Sein Gedächtnis für Personen und das, was man von ihnen erzählte, war außergewöhnlich und verschaffte ihm zum Salon leicht das gleiche ausgezeichnete Verhältnis wie zum Kriminal. Er kannte die Große Welt, wie sie sich selbst nicht kannte, und mit unerschöpflicher Liebe vermochte er die Leute, die sich in Gesellschaft trafen, am nächsten Tag miteinander bekannt zu machen, wie ein alter Kavalier, dem man seit Jahrzehnten alle Heiratspläne und Schneiderangelegenheiten anvertraut hat. So war schließlich bei Festen und Feiern der emsige, bewegliche, stets dienstbereite und gefällige kleine Herr eine stadtbekannte Figur, und in den späteren Jahren seines Lebens empfingen solche Veranstaltungen überhaupt erst durch ihn und sein Erscheinen ihre unanfechtbare Geltung.

Ihre Höhe hatte diese Laufbahn mit der Ernennung Meseritschers zum Regierungsrat gefunden, denn an diesem Titel hing eine Besonderheit, die dazugehörte: Kakanien war ja das friedlichste Land der Welt, aber irgendwann hatte es in der tiefen Unschuld seiner Überzeugung, Kriege gebe es doch nicht mehr, den Einfall gehabt, seine Beamten in Rangsklassen einzuteilen, die denen der Offiziere entsprachen, und hatte ihnen sogar ebensolche Uniformen und Abzeichen verliehn. Der Rang eines Regierungsrats entsprach seither dem eines kaiserlich und königlichen Oberstleutnants; aber wenn das auch an und für sich kein sehr hoher Rang war, so bestand seine Besonderheit, als er Meseritscher verliehen wurde, doch darin, daß dieser nach einer unverbrüchlichen Überlieferung, die, wie alles Unverbrüchliche, in Kakanien nur ausnahmsweise durchbrochen wurde, eigentlich Kaiserlicher Rat hätte werden müssen. Denn Kaiserlicher Rat war nicht etwa, wie man nach dem Gehalt des Worts urteilen sollte, mehr als Regierungsrat, sondern weniger; Kaiserlicher Rat entsprach nur dem Range eines Hauptmanns. Und Meseritscher hätte Kaiserlicher Rat werden müssen, weil dieser Titel außer an Kanzleibeamte nur an die Angehörigen freier Berufe verliehen wurde, also etwa an Hoffrisöre und Wagenfabrikanten, aus dem gleichen Grund aber auch an Schriftsteller und Künstler; wogegen Regierungsrat damals ein wirklicher Beamtentitel war. Darin, daß ihn Meseritscher trotzdem als erster und einziger erhielt, drückte sich also mehr aus als bloß die Höhe des Titels, ja sogar mehr als die tägliche Aufforderung, das, was hierzulande geschehe, nicht allzu ernst zu nehmen: durch den ungerechtfertigten Titel wurde dem unermüdlichen Chronisten seine nahe Zugehörigkeit zu Hof, Staat und Gesellschaft auf eine feine und bedächtige Weise bestätigt.

Meseritscher hatte auf viele Journalisten seiner Zeit vorbildlich gewirkt, und er war Vorstandsmitglied maßgeblicher Schriftstellervereine. Es ging auch die Sage, daß er sich eine Uniform mit einem Goldkragen hätte machen lassen, sie aber nur manchmal zu Hause anzöge. Aber es dürfte nicht wahr gewesen sein, denn im Grunde seines Wesens hatte Meseritscher immer gewisse Erinnerungen an das Schankgewerbe in Meseritsch bewahrt, und ein guter Schankwirt trinkt nicht selbst. Ein guter Schankwirt weiß auch die Geheimnisse aller seiner Gäste, aber er macht nicht von allem Gebrauch, was er weiß; er mengt sich niemals mit einer eigenen Ansicht in die Debatte, erzählt aber und merkt sich mit Behagen alles, was Tatsache, Anekdote oder Witz ist. Und so war Meseritscher, dem man auf allen Festen als dem anerkannten Berichterstatter der schönen Frauen und vornehmen Männer begegnete, für seine Person nie auch nur auf den Versuch gekommen, sich einen guten Schneider zu nehmen, er kannte alle Kulissengeheimnisse der Politik und betätigte sich nicht mit einer Zeile politisch, er wußte von allen Erfindungen und Entdeckungen seiner Zeit und verstand keine einzige. Es genügte ihm vollauf, all das vorhanden und gegenwärtig zu wissen. Er liebte ehrlich seine Zeit, und auch sie vergalt es ihm mit einer gewissen Liebe, weil er täglich von ihr berichtete, daß sie da sei.

Als er eintrat und Diotima ihn gewahrte, winkte sie ihn sofort zu sich heran. «Lieber Meseritscher,» sagte sie, so lieblich sie konnte «Sie werden die Rede, die Seine Erlaucht im Herrenhaus gehalten hat, doch nicht etwa für den Ausdruck unserer Gesinnung gehalten oder gar wörtlich genommen haben!?»

Seine Erlaucht hatte nämlich, zusammenhängend mit dem Ministersturz und gereizt durch seine Sorgen, im Herrenhaus nicht nur eine viel bemerkte Rede gehalten, in der er seinem Opfer vorwarf, daß es den aufbauenden wahren Geist der Hilfsbereitschaft und Strenge habe vermissen lassen, sondern hatte sich dabei von seinem Eifer auch zu allgemeinen Betrachtungen hinreißen lassen, die auf unaufgeklärte Weise in einer Würdigung der Wichtigkeit der Presse gipfelten, worin er dieser «zur Großmachtstellung aufgerückten Institution» ungefähr alles vorwarf, was ein ritterlich denkender, unabhängiger und unparteiischer christlicher Mann einem Institut vorwerfen kann, das nach seiner Meinung in keiner Weise so ist wie er. Das war es, was Diotima diplomatisch gutzumachen suchte, und während sie immer schönere und schwerer verständliche Worte für die wahre Gesinnung des Grafen Leinsdorf fand, hörte ihr Meseritscher nachdenklich zu. Aber plötzlich legte er ihr die Hand auf den Arm und schnitt ihr großmütig das Wort ab: «Gnädige Frau, wo werden Sie sich darüber aufregen» sagte er zusammenfassend. «Seine Erlaucht ist doch unser guter Freund. Er hat groß übertrieben: warum soll er nicht als Kavalier?!» Und um ihr gleich sein ungetrübtes Verhältnis zu ihm zu beweisen, fügte er hinzu: «Ich geh jetzt zu ihm!»

So war Meseritscher! Aber ehe er sich auf den Weg machte, wandte er sich noch einmal vertraulich an Diotima: «Und was ist eigentlich mit Feuermaul, gnädige Frau?»

Diotima hob lächelnd die schönen Schultern. «Wirklich nichts Erschütterndes, lieber Regierungsrat. Wir wollen uns nicht nachsagen lassen, daß wir irgendjemand zurückweisen, der sich uns mit gutem Willen naht!»

«‹Guter Wille› ist gut!» dachte Meseritscher auf dem Weg zu Graf Leinsdorf; aber ehe er diesen erreichte, ja ehe er auch nur seinen Gedanken zu Ende gedacht hatte, dessen Ende er selbst gern gewußt hätte, stellte sich ihm freundlich der Hausherr in den Weg. «Lieber Meseritscher, die amtlichen Quellen haben wieder einmal versagt,» begann Sektionschef Tuzzi lächelnd «ich wende mich an die halbamtliche Berichterstattung: Können Sie mir etwas über den Feuermaul erzählen, der heute bei uns ist?»

«Was soll ich erzählen können, Herr Sektionschef?!» beklagte sich Meseritscher.

«Man sagt, daß er ein Genie sein soll!»

«Hör ich gern!» antwortete Meseritscher. – Will man rasch und sicher berichten können, was es Neues gibt, so darf das Neue nicht allzu verschieden vom Alten sein, das man schon kennt. Auch das Genie macht davon keine Ausnahme, das heißt, das wirkliche und anerkannte, über dessen Bedeutung sich seine Zeit rasch einig ist. Anders das Genie, das nicht gleich jeder für ein solches hält! Das hat sozusagen etwas ganz und gar Ungeniales, aber nicht einmal das hat es für sich allein, so daß man sich in ihm in jeder Hinsicht irren kann. Für Regierungsrat Meseritscher gab es also einen festen Bestand an Genies, den er mit Liebe und Aufmerksamkeit versorgte, aber Neuaufnahmen vollzog er nicht gern. Je älter und erfahrener er wurde, desto mehr hatte sich sogar in ihm die Gewohnheit herausgebildet, daß er das aufstrebende künstlerische Genie, und vornehmlich das ihm beruflich nahestehende der Literatur, bloß für einen leichtfertigen Störungsversuch seiner Berichterstatteraufgabe ansah, und er haßte es mit seinem guten Herzen so lange, bis es für die Rubrik der Personalnachrichten reif war. So weit war Feuermaul aber damals noch lange nicht und sollte erst dahin gebracht werden. Regierungsrat Meseritscher war nicht ohneweiters damit einverstanden.

«Man sagt, daß er ein großer Dichter sein soll» wiederholte Sektionschef Tuzzi unsicher, und Meseritscher erwiderte fest: «Wer sagt das?! Die Kritiker im Feuilleton sagen das! Was zählt das schon, Herr Sektionschef?!» fuhr er fort. «Die Sachverständigen sagen das. Was sind die Sachverständigen? Manche sagen das Gegenteil. Und man hat Beispiele, daß Sachverständige heute so und morgen anders sagen. Kommt es überhaupt auf sie an? Was wirklich ein Ruhm ist, muß schon bei den Unverständigen angelangt sein, dann ist er erst verläßlich! Wenn ich Ihnen sagen soll, was ich denke: Von einem bedeutenden Mann darf man nicht wissen, was er macht, außer daß er ankommt und abreist!»

Er hatte sich schwermütig in Feuer geredet, und seine Augen hingen an Sektionschef Tuzzi. Dieser schwieg verzichtend. «Was ist eigentlich heute los, Herr Sektionschef?» fragte Meseritscher.

Tuzzi zuckte lächelnd und zerstreut die Schultern. «Nichts. Eigentlich nichts. Ein bißl Ehrgeiz. Haben Sie schon einmal ein Buch von dem Feuermaul gelesen?»

«Ich weiß, was darin steht: Friede, Freundschaft, Güte und so.»

«Sie halten also nicht viel von ihm?» meinte Tuzzi.

«Gott!» begann Meseritscher und wand sich. «Bin ich ein Sachverständiger? –» In diesem Augenblick steuerte aber Frau Drangsal auf die beiden los, und Tuzzi mußte ihr höflich einige Schritte entgegentun; diesen Augenblick benutzte Meseritscher, der in dem Graf Leinsdorf umgebenden Kreis eine Lücke erspähte, mit raschem Entschluß, und ohne sich noch einmal aufhalten zu lassen, warf er neben Sr. Erlaucht Anker. Graf Leinsdorf stand im Gespräch mit dem Minister und einigen anderen Herren, wandte sich aber, sobald Regierungsrat Meseritscher allen seine große Verehrung ausgesprochen hatte, sofort ein wenig ab und zog ihn zur Seite. «Meseritscher,» sagte Se. Erlaucht eindringlich «versprechen Sie mir, daß keine Mißverständnisse entstehn, die Herren bei den Zeitungen wissen ja nie, was sie schreiben sollen. Also: Am Stand der Dinge hat sich seit dem letztenmal nicht das geringste geändert. Vielleicht wird sich etwas ändern. Das wissen wir nicht. Vorderhand dürfen wir nicht gestört werden. Ich bitt Sie also, auch wenn Sie jemand von Ihren Kollegen fragt, ist der ganze heutige Abend nur eine häusliche Angelegenheit der Frau Sektionschef Tuzzi!»

Meseritschers Augendeckel bestätigten langsam und besorgt, daß er die ausgegebene feldherrliche Disposition verstanden habe. Und da ein Vertrauen das andere wert ist, feuchteten sich seine Lippen mit dem Glanz, der eigentlich in die Augen gehört hätte, und er fragte: «Und was ist mit Feuermaul, Erlaucht, wenn es erlaubt ist, das zu wissen?»

«Warum soll das nicht zu wissen erlaubt sein?» erwiderte Graf Leinsdorf erstaunt. «Gar nichts ist mit dem Feuermaul! Er ist halt eingeladen worden, weil die Baronin Wayden nicht früher Ruh gegeben hat. Was soll denn sonst sein? Wissen Sie vielleicht was?»

Regierungsrat Meseritscher hatte der Angelegenheit Feuermaul bisher keine Bedeutung beimessen wollen, sie vielmehr bloß für eine der vielen gesellschaftlichen Rivalitäten gehalten, von denen er alle Tage erfuhr. Daß nun aber auch noch Graf Leinsdorf so energisch bestritt, sie besäße Wichtigkeit, erlaubte ihm nicht mehr, bei dieser Auffassung zu bleiben, und er war nun doch überzeugt, daß sich hier etwas Wichtiges vorbereite. «Was können sie vorhaben?» grübelte er, während er weiterwanderte, und ließ die kühnsten Möglichkeiten der inneren und äußeren Politik an sich vorüberziehn. Nach einer Weile dachte er aber kurz entschlossen: «Es wird schon nichts sein!» und ließ sich von seiner Berichterstattertätigkeit nicht länger ablenken. Denn so sehr es in Widerspruch mit dem Inhalt seines Lebens zu stehen schien: Meseritscher glaubte nicht an große Ereignisse, ja er liebte sie nicht. Wenn man überzeugt ist, daß man in einer sehr wichtigen, sehr schönen und sehr großen Zeit lebe, verträgt man nicht die Vorstellung, daß in ihr noch etwas besonders Wichtiges, Schönes und Großes geschehen könnte. Meseritscher war kein Alpinist, aber wäre er einer gewesen, so würde er gesagt haben, das sei so richtig wie die Tatsache, daß man Aussichtstürme ins Mittelgebirge setzt, und niemals auf Hochgebirgsgipfel. Da ihm solche Vergleiche fehlten, begnügte er sich mit einem Unbehagen und dem Vorsatz, Feuermaul dafür auf keinen Fall in seinem Bericht schon mit Namen zu erwähnen.

36

Ein großes Ereignis ist im Entstehen. Wobei man Bekannte trifft

Ulrich, der neben seiner Kusine gestanden hatte, während sie mit Meseritscher sprach, fragte sie, als sie einen Augenblick allein blieben: «Ich bin leider zu spät eingetroffen: wie war die erste Begegnung mit der Drangsal?»

Diotima hob die schweren Augenwimpern für einen einzigen weltmüden Blick und ließ sie wieder sinken. «Natürlich reizend» sagte sie. «Sie hat mich aufgesucht. Wir werden heute irgend etwas vereinbaren. Es ist ja so gleichgültig!»

«Sehen Sie!» sagte Ulrich. Es klang wie in alten Gesprächen; es schien deren Schlußstrich ziehen zu wollen.

Diotima wandte den Kopf zur Seite und sah ihren Vetter fragend an.

«Ich habe es Ihnen vorher gesagt. Schon ist alles beinahe vorbei und nicht gewesen» behauptete Ulrich. Er hatte ein Bedürfnis zu reden; als er nachmittags nach Hause gekommen war, war Agathe dagewesen und bald wieder fortgegangen; sie hatten nur wenige kurze Worte gewechselt, ehe sie hieherfuhren; Agathe hatte sich die Gärtnersfrau geholt und sich mit ihrer Hilfe angekleidet. «Ich habe Sie gewarnt!» sagte Ulrich.

«Wovor gewarnt?» fragte Diotima langsam.

«Ach, ich weiß nicht. Vor allem!»

Es war die Wahrheit, er wußte selbst nicht mehr, wovor nicht. Vor ihren Ideen, vor ihrem Ehrgeiz, vor der Parallelaktion, vor der Liebe, vor dem Geist, vor dem Weltjahr, vor den Geschäften, vor ihrem Salon, vor ihren Leidenschaften; vor der Empfindsamkeit und vor dem nachlässigen Gewährenlassen, vor der Maßlosigkeit und vor der Korrektheit, vor dem Ehebruch wie vor der Heirat; es gab nichts, wovor er sie nicht gewarnt hatte: «So ist sie eben!» dachte er. Er empfand alles lächerlich, was sie tat, und doch war sie so schön, daß es traurig war. «Ich habe Sie gewarnt» wiederholte Ulrich. «Sie sollen jetzt ja nur noch Interesse für sexualwissenschaftliche Fragen haben!?»

Diotima überging es. «Halten Sie diesen Liebling der Drangsal für begabt?» fragte sie.

«Gewiß» erwiderte Ulrich. «Begabt, jung, unfertig. Sein Erfolg und diese Frau werden ihn verderben. Bei uns werden ja schon die Säuglinge verdorben, weil man ihnen sagt, daß sie fabelhafte Instinktmenschen seien, die durch eine intellektuelle Entwicklung nur verlieren könnten. Er hat manchmal schöne Einfälle, aber er kann nicht zehn Minuten warten, ohne einen Unsinn zu sagen.» Er näherte sich Diotimas Ohr. «Kennen Sie die Frau genauer?»

Diotima schüttelte in einer kaum merklichen Weise den Kopf.

«Sie ist gefährlich ehrgeizig» sagte Ulrich. «Aber sie sollte Sie bei Ihren neuen Studien interessieren: Dort, wo schöne Frauen früher ein Feigenblatt hatten, hat sie ein Lorbeerblatt! Ich hasse solche Frauen!»

Diotima lachte nicht, sie lächelte nicht einmal; sie überließ bloß dem «Vetter» ihr Ohr. «Wie finden Sie ihn denn als Mann?» fragte er.

«Traurig» flüsterte Diotima. «Wie ein Lämmchen, das vorzeitig die Fettsucht bekommen hat.»

«Warum nicht! Die Schönheit des Mannes ist nur ein sekundäres Geschlechtsmerkmal» meinte Ulrich. «Primär erregend ist an ihm die Hoffnung auf seinen Erfolg. Feuermaul ist in zehn Jahren eine internationale Größe; dafür werden die Verbindungen der Drangsal sorgen, und dann wird sie ihn heiraten. Wenn der Ruhm bei ihm bleibt, wird es eine glückliche Ehe werden.»

Diotima besann sich und verbesserte ernst: «Das Glück der Ehe hängt von Bedingungen ab, über die man nicht ohne disziplinierte Arbeit an sich selbst urteilen lernt!» Dann ließ sie ihn zurück, wie ein stolzes Schiff den Kai zurückläßt, an dem es gelegen hat. Ihre Aufgaben als Hausfrau führten sie fort, und sie nickte unmerklich, ohne ihn anzusehen, als sie die Taue löste. Aber sie meinte es nicht bös; im Gegenteil, Ulrichs Stimme war ihr wie eine alte Jugendmusik vorgekommen. Sie fragte sich sogar im stillen, zu welchen Ergebnissen eine liebeswissenschaftliche Beleuchtung seiner Person wohl führen könnte. Merkwürdigerweise hatte sie ihre eingehende Durchforschung dieser Fragen bisher noch nie mit ihm in Verbindung gesetzt.

Ulrich blickte auf, und durch eine Lücke in dem geselligen Treiben, eine Art optischen Kanals, dem vielleicht auch schon Diotimas Auge gefolgt war, ehe sie etwas unvermittelt ihren Platz verließ, gewahrte er im übernächsten Zimmer Paul Arnheim mit Feuermaul im Gespräch, und Frau Drangsal stand wohlwollend daneben. Sie hatte die beiden Männer zusammengebracht. Arnheim hielt die Hand mit der Zigarre erhoben, es sah wie eine unbewußte Abwehrbewegung aus, aber er lächelte sehr liebenswürdig; Feuermaul sprach lebhaft, hielt seine Zigarre mit zwei Fingern und sog zwischen den Sätzen mit der Gier eines Kalbes an ihr, das seine Schnauze gegen den mütterlichen Euter stößt. Ulrich konnte sich denken, was sie sprachen, aber er gab sich nicht die Mühe, es zu tun. Er blieb in glücklicher Verlassenheit stehn, und sein Auge suchte seine Schwester. Er entdeckte sie in einer Gruppe ihm ziemlich fremder Männer, und etwas kühl Gefrierendes rann durch seine Zerstreutheit. Da stieß ihm Stumm von Bordwehr eine Fingerspitze sanft zwischen die Rippen, und im gleichen Augenblick näherte sich auf der anderen Seite Hofrat Professor Schwung, wurde aber wenige Schritte vor ihm durch einen dazwischentretenden hauptstädtischen Kollegen aufgehalten.

«Daß ich dich endlich finde!» flüsterte der General erleichtert. «Der Minister möchte wissen, was ‹Richtbilder› sind.»

«Wieso Richtbilder?»

«Wieso weiß ich nicht. Also was sind Richtbilder?»

Ulrich definierte: «Ewige Wahrheiten, die weder wahr noch ewig sind, sondern für eine Zeit gelten, damit sie sich nach etwas richten kann. Das ist ein philosophischer und soziologischer Ausdruck und wird selten gebraucht.»

«Aha, das stimmt schon» meinte der General. «Der Arnheim hat nämlich behauptet: die Lehre, der Mensch ist gut, sei nur ein Richtbild. Der Feuermaul dagegen hat geantwortet: was Richtbilder seien, wisse er nicht, aber der Mensch sei gut, und das sei eine ewige Wahrheit! Darauf hat der Leinsdorf gesagt: ‹Das ist schon ganz richtig. Böse Menschen gibt es eigentlich überhaupt nicht, denn das Böse kann niemand wollen; das sind nur Irregeleitete. Die Leute sind heute eben nervös, weil in Zeiten wie den heutigen so viele Zweifler entstehn, die an nichts Festes glauben.› Ich habe mir gedacht, der hätte heute nachmittags mit uns sein sollen! Aber im übrigen meint er ja selbst auch, daß man die Leute, wenn sie nicht einsehen wollen, zwingen muß. Und da möchte der Minister jetzt eben wissen, was Richtbilder sind: Ich geh bloß schnell zu ihm zurück und bin gleich wieder da; du bleibst derweilen hier stehn, damit ich dich wiederfinde?! Ich muß nämlich dringend mit dir noch etwas anderes sprechen und dich dann zum Minister führen!»

Ehe Ulrich Aufklärung verlangen konnte, schob im Vorbeistreifen mit den Worten «Man hat Sie lange nicht bei uns gesehn!» Tuzzi die Hand in seinen Arm und fuhr fort: «Erinnern Sie sich, daß ich Ihnen vorausgesagt habe, wir werden es mit einer Invasion des Pazifismus zu tun bekommen?!» Er blickte dabei auch dem General freundlich in die Augen, aber Stumm hatte es eilig und erwiderte bloß, daß er zwar als Offizier ein anderes Richtbild habe, jedoch gegen keine ehrenwerte Überzeugung ...: der Rest dieses Satzes entschwand mit ihm, denn er ärgerte sich jedesmal über Tuzzi, und das ist der Ausbildung der Gedanken nicht günstig.

Der Sektionschef blinzelte fröhlich hinter dem General drein und wandte sich dann wieder dem «Vetter» zu. «Die Öllagersache ist natürlich nur Spiegelfechterei» sagte er.

Ulrich sah ihn erstaunt an.

«Sie wissen am Ende noch nichts von dieser Ölgeschichte?» fragte Tuzzi.

«Doch» erwiderte Ulrich. «Ich habe mich bloß darüber gewundert, daß Sie es wissen.» Und um keine Unhöflichkeit zu verraten, fügte er hinzu: «Sie haben es vortrefflich zu verheimlichen verstanden!»

«Ich weiß es schon lange» erklärte Tuzzi geschmeichelt. «Daß dieser Feuermaul heute bei uns ist, hat natürlich der Arnheim durch den Leinsdorf veranlaßt. Haben Sie übrigens seine Bücher gelesen?»

Ulrich bejahte es.

«Ein Erzpazifist!» sagte Tuzzi. «Und die Drangsal, wie sie meine Frau nennt, bemuttert ihn mit solchem Ehrgeiz, daß sie für den Pazifismus über Leichen geht, wenn es sein muß, obwohl sie sich von Haus aus gar nicht dafür interessiert, sondern nur für Künstler.» Tuzzi überlegte eine kleine Weile, dann eröffnete er Ulrich: «Der Pazifismus ist natürlich die Hauptsache, die Öllager sind nur ein Ablenkungsmanöver; darum schiebt man den Feuermaul mit seinem Pazifismus vor, denn dann denkt jeder: ‹Aha, das ist das Ablenkungsmanöver!› und glaubt, daß es hintenherum um die Ölfelder geht! Ausgezeichnet gemacht, aber viel zu klug, als daß man es nicht merkte. Denn wenn der Arnheim die galizischen Ölfelder und einen Liefervertrag mit dem Militärärar hat, müssen wir die Grenze natürlich schützen. Wir müssen auch an der Adria Ölstützpunkte für die Marine errichten und Italien beunruhigen. Wenn wir aber in dieser Weise unsere Nachbarn reizen, steigt natürlich das Friedensbedürfnis und die Friedenspropaganda, und wenn dann der Zar mit irgendeiner Idee zum Ewigen Frieden hervortritt, so wird er den Boden psychologisch vorbereitet finden. Das ist es, was der Arnheim will!»

«Und dagegen haben Sie etwas?»

«Dagegen haben wir natürlich nichts» sagte Tuzzi. «Aber wie Sie sich vielleicht erinnern, habe ich Ihnen schon einmal auseinandergesetzt, daß es nichts so Gefährliches gibt wie den Frieden um jeden Preis. Wir müssen uns gegen den Dilettantismus schützen!»

«Aber Arnheim ist doch Rüstungsindustrieller» entgegnete Ulrich lächelnd.

«Natürlich ist er das!» flüsterte Tuzzi etwas gereizt. «Denken Sie doch um Himmelswillen nicht so einfach von diesen Dingen! Seinen Vertrag hat er dann ja. Und höchstens rüsten auch noch die Nachbarn auf. Sie werden sehen: im entscheidenden Augenblick entpuppt er sich als Pazifist! Pazifismus ist ein dauerndes und sicheres Rüstungsgeschäft, Krieg ein Risiko!»

«Ich glaube ja, die Militärpartei meint es gar nicht so schlimm» lenkte Ulrich ein. «Sie möchte bloß durch das Geschäft mit Arnheim ihre Umbewaffnung der Artillerie erleichtern, weiter nichts. Und schließlich rüstet man heute in der ganzen Welt doch nur für den Frieden; also denkt sie wahrscheinlich, daß es bloß korrekt ist, wenn man das einmal auch mit Hilfe der Friedensfreunde tut!»

«Wie stellen sich die Herren denn die Durchführung vor?» forschte Tuzzi, ohne auf den Scherz einzugehn.

«Ich glaube, so weit sind sie noch gar nicht; vorderhand nehmen sie erst gefühlsmäßig Stellung.»

«Natürlich!» bekräftigte Tuzzi ärgerlich, als hätte er nichts anderes erwartet. «Die Militärs sollten an nichts als den Krieg denken und sich mit allem anderen an das zuständige Ressort wenden. Aber ehe sie das tun, bringen die Herren lieber mit ihrem Dilettantismus die ganze Welt in Gefahr. Ich wiederhole Ihnen: Nichts ist in der Diplomatie so gefährlich wie das unsachliche Reden vom Frieden! Jedesmal, wenn das Bedürfnis danach eine gewisse Höhe erreicht hat und nicht mehr zu halten war, ist noch ein Krieg daraus entstanden! Das kann ich Ihnen aktenmäßig beweisen!»

In diesem Augenblick war Hofrat Professor Schwung seines Fachkollegen ledig geworden und benutzte Ulrich aufs herzlichste, um dem Hausherrn vorgestellt zu werden. Ulrich willfahrte dem mit der Bemerkung, man könne sagen, daß der berühmte Gelehrte auf dem Gebiet des Strafrechts den Pazifismus ähnlich verurteile, wie der maßgebliche Sektionschef auf dem Gebiet der Politik.

«Aber um Gotteswillen,» verwahrte sich Tuzzi lachend «da haben Sie mich ganz falsch verstanden!» Und auch Schwung, nachdem er einen Augenblick gewartet hatte, schloß sich, sicher gemacht, dem Einspruch mit der Bemerkung an, daß er seine Auffassung der Verminderten Zurechnungsfähigkeit keinesfalls als blutdürstig und inhuman bezeichnet sehen möchte. «Im Gegenteil!» rief er als alter Katheder-Schauspieler mit einer sich an Stelle der Arme beteuernd ausbreitenden Stimme aus. «Gerade die Pazifizierung des Menschen veranlaßt uns zu einer gewissen Strenge! Darf ich voraussetzen, daß Herr Sektionschef von meinen augenblicklich aktuellen Bemühungen in dieser Sache etwas gehört haben?» Er wandte sich jetzt unmittelbar an Tuzzi, der zwar nichts von dem Streit um die Frage gehört hatte, ob die verminderte Zurechnungsfähigkeit eines kranken Verbrechers ihre Begründung nur in dessen Vorstellungen oder nur in dessen Willen haben könne, aber umso höflicher allem zustimmte. Schwung, der mit der Wirkung, die er hervorbrachte, sehr zufrieden war, fing darauf den Eindruck zu loben an, den ihm die ernste Lebensauffassung mache, deren Zeugnis der heutige Abend sei, und erzählte, daß er, da und dort den Gesprächen zuhörend, sehr oft die Worte «männliche Strenge» und «moralische Gesundheit» vernommen habe. «Unsere Kultur wird viel zu sehr von Minderwertigen, moralisch Schwachsinnigen verseucht» fügte er für seine Person hinzu und frug: «Aber was ist eigentlich der Zweck des heutigen Abends? Ich habe, an verschiedenen Gruppen vorbeikommend, auffallend oft geradezu Rousseauische Ansichten über die angeborene Güte des Menschen äußern gehört?»

Tuzzi, an den diese Frage vornehmlich gerichtet war, schwieg lächelnd, aber da kehrte gerade der General zu Ulrich zurück, und Ulrich, der ihm zu entschlüpfen wünschte, machte ihn mit Schwung bekannt und bezeichnete ihn als den geeignetsten Mann unter allen Anwesenden, diese Frage zu beantworten. Stumm von Bordwehr wehrte sich lebhaft dagegen, aber Schwung und auch Tuzzi ließen ihn nicht los; und Ulrich frohlockte bereits, mit den ersten Schritten den Rückzug antretend, als ihn ein alter Bekannter mit den Worten festhielt: «Meine Frau und Tochter sind auch hier.» Es war Bankdirektor Leo Fischel.

«Hans Sepp hat die Staatsprüfung gemacht» erzählte er. «Was sagt man dazu? Jetzt fehlt ihm nur noch ein Examen zum Doktor! Wir sitzen alle dort drüben in einer Ecke» – er wies auf das entfernteste Zimmer. «Wir kennen zu wenig Leute hier. Übrigens hat man Sie lange nicht bei uns gesehen! Ihr Herr Vater, nicht wahr? Hans Sepp hat uns die Einladung für heute abend besorgt, meine Frau wollte durchaus: soweit ist der Bursche ja nicht ganz untüchtig. Sie sind jetzt so halboffiziell verlobt, Gerda und er. Das wissen Sie wohl gar nicht? Aber Gerda, sehen Sie, das Mädel, ich weiß nicht einmal, ob sie ihn liebt oder ob sie sich das bloß in den Kopf gesetzt hat. Kommen Sie doch ein bissel zu uns herüber –!»

«Ich komme dann später» versprach Ulrich.

«Ja, kommen Sie!» wiederholte Fischel und schwieg. Dann flüsterte er: «Das ist wohl der Hausherr? Wollen Sie mich nicht mit ihm bekannt machen? Wir haben noch keine Gelegenheit gehabt. Weder ihn noch sie kennen wir.»

Als sich Ulrich dazu anschickte, hielt ihn Fischel aber zurück. «Und der große Philosoph? Was macht er?» fragte er. «Meine Frau und Gerda sind natürlich ganz verliebt in ihn. Aber was ist mit den Öllagern? Man hört jetzt, das soll ein falsches Gerücht gewesen sein: ich glaub das nicht! Dementiert wird immer! Wissen Sie, das ist so: Wenn sich meine Frau über ein Dienstmädel ärgert, dann heißt es, sie lügt, sie ist unmoralisch, sie ist frech –: sozusagen lauter seelische Defekte. Wenn ich dem Mädel aber heimlich eine Lohnerhöhung zusichere, um Ruhe zu haben, ist die Seele plötzlich weg! Keine Rede mehr von Seele, alles geht auf einmal in Ordnung, und meine Frau weiß nicht warum: Nicht? So ist es doch? Die Öllager haben zu viel kaufmännische Wahrscheinlichkeit für sich, als daß man dem Dementi glauben könnte.»

Und weil sich Ulrich schweigsam verhielt, Fischel aber im Ornat des Wissenden zu seiner Frau zurückkehren wollte, fing er noch einmal an: «Man muß zugeben, daß es hier hübsch ist. Aber meine Frau möchte wissen: es wird so sonderbar geredet? Und was ist eigentlich dieser Feuermaul?» fügte er gleich noch hinzu. «Gerda sagt, er ist ein großer Dichter; Hans Sepp sagt, er ist gar nichts als ein Streber, auf den die Leute hereingefallen sind!?»

Ulrich meinte, die Wahrheit werde ungefähr in der Mitte liegen.

«Das ist einmal ein gutes Wort!» bedankte ihn Fischel. «Die Wahrheit liegt nämlich immer in der Mitte, und das vergessen heute alle, wo man nur extrem ist! Ich sage Hans Sepp jedesmal: Ansichten kann jeder haben, aber bleibend sind auf die Dauer nur die, mit denen man etwas verdient, weil das beweist, daß sie andern Leuten auch einleuchten!» – Es hatte sich irgend etwas Wichtiges unmerklich an Leo Fischel verändert, aber Ulrich verabsäumte es leider, dem nachzugehn, und beeilte sich bloß, Gerdas Vater an die Gruppe des Sektionschefs Tuzzi weiterzugeben.

Dort war inzwischen Stumm von Bordwehr beredt geworden, da er Ulrichs nicht habhaft werden konnte und mit einem so lebhaften Verlangen sich auszusprechen geladen war, daß es auf dem nächsten

Wege ausbrach. «Wie man den heutigen Abend erklären soll?» rief er aus, die Frage des Hofrats Schwung wiederholend: «Ich möchte sozusagen in seinem eigenen wohlerwogenen Sinn behaupten: am besten gar nicht! Das ist kein Witz, meine Herrn» erläuterte er sich, nicht ohne bescheidenen Stolz: «Ich habe heute nachmittag eine junge Dame, der ich die Psychiatrische Klinik unserer Universität zeigen mußte, zufällig im Gespräch gefragt, was sie dort eigentlich will, damit man ihr alles recht erklären kann, und da hat sie mir eine geistvolle Antwort gegeben, die ausnehmend zum Nachdenken anregt. Sie hat nämlich gesagt: ‹Wenn man alles erklären soll, so wird der Mensch niemals etwas an der Welt ändern!›»

Schwung mißbilligte diese Behauptung durch ein Kopfschütteln.

«Wie sie das gemeint hat, weiß ich ja nicht» verwahrte sich Stumm «und will mich nicht damit identifizieren, aber etwas Wahres fühlt man unmittelbar daran! Sehen Sie, ich verdanke zum Beispiel meinem Freund, der schon oft Seine Erlaucht und damit die Aktion beraten hat,» – er wies höflich auf Ulrich hin – «sehr viel Belehrung, aber was sich hier heute bildet, daß ist eine gewisse Abneigung gegen Belehrung. Damit komme ich auf das zurück, was ich eingangs behauptet habe!»

«Aber Sie wollen doch» sagte Tuzzi «– ich meine, man erzählt, daß die Herren vom Kriegsministerium heute einen vaterländischen Beschluß provozieren wollen; eine Sammlung öffentlicher Gelder, oder so etwas Ähnliches, für eine Neubewaffnung der Artillerie. Natürlich soll das nur einen demonstrativen Wert haben, um das Parlament durch den öffentlichen Willen unter einen gewissen Druck zu setzen.»

«So möchte ich allerdings auch manches verstehn, was ich heute gehört habe!» pflichtete Hofrat Schwung bei.

«Das ist viel komplizierter, Herr Sektionschef!» sagte der General.

«Und Doktor Arnheim?» fragte Tuzzi unverblümt. «Ich darf doch offen reden: Sind Sie sicher, daß auch Arnheim nichts will als die galizischen Ölfelder, die mit der Kanonenfrage sozusagen ein Junktim bilden?»

«Ich kann nur von mir und dem, was ich damit zu tun habe, sprechen, Herr Sektionschef,» verwahrte sich Stumm noch einmal «und da ist alles viel komplizierter!»

«Natürlich ist es komplizierter!» gab Tuzzi lächelnd zurück.

«Natürlich brauchen wir die Kanonen,» ereiferte sich der General «und möglicherweise kann es vorteilhaft sein, dabei in der von Ihnen angedeuteten Weise mit Arnheim zusammenzuarbeiten. Aber ich wiederhole, daß ich nur von meinem Standpunkt als Bildungsreferent sprechen kann, und da frage ich Sie: was nützen Kanonen ohne Geist!»

«Und warum wurde dann solcher Wert auf die Beiziehung des

Herrn Feuermaul gelegt?» fragte Tuzzi spöttisch. «Das ist doch der lebendige Defaitismus!»

«Verzeihen Sie, daß ich widerspreche,» sagte der General entschieden «aber das ist Zeitgeist! Der Zeitgeist hat heute zwei Strömungen. Seine Erlaucht – er steht drüben mit dem Minister, und ich bin soeben erst von dort gekommen – Seine Erlaucht zum Beispiel sagt, man muß eine Parole der Tat ausgeben, das verlange die Zeitentwicklung. Und wirklich haben ja auch heute alle viel weniger Freude an den großen Gedanken der Menschheit, als, sagen wir, vor hundert Jahren. Aber anderseits hat natürlich auch die Gesinnung der Menschenliebe etwas für sich, nur sagt da Seine Erlaucht: wenn jemand sein Glück nicht will, so muß man ihn unter Umständen auch dazu zwingen! Seine Erlaucht ist also für die eine Strömung, aber er entzieht sich auch nicht der andern! –»

«Das habe ich nicht ganz verstanden» wandte Professor Schwung ein.

«Das ist auch nicht leicht zu verstehn» räumte Stumm bereitwillig ein. «Gehen wir also vielleicht noch einmal von der Tatsache aus, daß ich zwei Strömungen des Zeitgeistes bemerke. Die eine Strömung sagt, daß der Mensch von Natur gut ist, wenn man ihn sozusagen nur in Ruh läßt –»

«Wieso gut?» unterbrach ihn Schwung. «Wer soll heute so naiv denken? Wir leben doch nicht mehr in der Ideenwelt des achtzehnten Jahrhunderts?!»

«Da muß ich mich schon verwahren,» verteidigte sich der General gekränkt «denken Sie bloß an die Pazifisten, an die Rohköstler, an die Gegner der Gewalt, an die natürlichen Lebensreformer, an die Antiintellektuellen, an die Kriegsdienstverweigerer ..: mir fällt in der Eile gar nicht alles ein, und alle, die sozusagen dieses Vertrauen in den Menschen setzen, bilden zusammen eine große Strömung. Aber bitte,» fügte er mit jener Bereitwilligkeit hinzu, die an ihm so liebenswürdig war «wenn Sie wollen, können wir ja auch vom Gegenteil ausgehn. Gehn wir also vielleicht von der Tatsache aus, daß der Mensch geknechtet werden muß, weil er alleinig und von selbst niemals das Rechte tut: darin sind wir möglicherweise leichter einer Meinung. Die Masse braucht eine starke Hand, sie braucht Führer, die mit ihr energisch umgehn und nicht bloß reden, also mit einem Wort, sie braucht über sich den Geist der Tat; die menschliche Gesellschaft besteht eben sozusagen nur aus einer kleinen Anzahl von Freiwilligen, die dann auch die nötige Vorbildung haben, und aus Millionen ohne höheren Ehrgeiz, die nur zwangsweise dienen: so ist es doch ungefähr?! Und weil sich diese Erkenntnis allmählich auf Grund der gemachten Erfahrungen auch in unserer Aktion Bahn gebrochen hat, ist nun die erste Strömung (denn das, was ich jetzt beschrieben habe, war schon die zweite Strömung im Zeitgeist) – also die erste Strömung ist sozusagen erschrocken vor der Befürchtung, daß die große Idee der Liebe und des Glaubens an den Menschen ganz verloren gehen könnte, und da waren dann Kräfte am Werk, die eben den Feuermaul in unsere Aktion entsendet haben, um im letzten Augenblick zu retten, was noch zu retten ist. So ist alles viel einfacher zu verstehn, als es anfangs ausschaut, nicht wahr?» meinte Stumm.

«Und was wird geschehn?» fragte Tuzzi.

«Ich glaube, nichts» erwiderte Stumm. «Wir haben schon viele Strömungen in der Aktion gehabt.»

«Aber zwischen diesen beiden besteht doch ein unerträglicher Widerspruch!» wandte Professor Schwung ein, der als Jurist eine solche Unklarheit nicht ertragen konnte.

«Genau genommen nicht» – widerlegte ihn Stumm. – «Auch die andere Strömung will natürlich den Menschen lieben; nur meint sie, daß man ihn dazu vorher mit Gewalt umbilden muß: es ist das sozusagen bloß ein technischer Unterschied.»

Hier nahm Direktor Fischel das Wort: «Da ich erst später hinzugekommen bin, überblicke ich leider nicht den ganzen Zusammenhang; aber wenn es trotzdem gestattet ist, möchte ich bemerken, daß mir die Achtung vor dem Menschen doch grundsätzlich höher zu stehen scheint als ihr Gegenteil! Ich habe heute abend von einigen Seiten, wenn es auch gewiß Ausnahmen sein werden, unglaubliche Ansichten über andersdenkende und vornehmlich andersnationale Menschen gehört!» Er sah mit seinem durch ein glattes Kinn geteilten Backenbart und dem schräg sitzenden Kneifer wie ein englischer Lord aus, der an den großen Ideen der Menschen- und Handelsfreiheit festhält, und verschwieg, daß er die gerügten Ansichten von Hans Sepp gehört hatte, seinem zukünftigen Schwiegersohn, der in der «zweiten Strömung des Zeitgeistes» recht in seinem Fahrwasser war.

«Rohe Ansichten?» fragte ihn der General auskunftsbereit.

«Außerordentlich rohe» bestätigte Fischel.

«Da war vielleicht von ‹Ertüchtigung› die Rede, das kann man nämlich leicht miteinander verwechseln» meinte Stumm.

«Nein, nein!» rief Fischel aus. «Völlig respektlose, geradezu revolutionäre Ansichten! Sie kennen vielleicht nicht unsere verhetzte Jugend, Herr Generalmajor: Ich habe mich gewundert, daß man solche Leute hier überhaupt zuläßt.»

«Revolutionäre Ansichten?» fragte Stumm, dem das nicht gefiel, und lächelte so kühl, wie es sein rundes Antlitz nur gestattete. «Da muß ich leider sagen, Herr Direktor, daß ich durchaus nicht ganz und gar gegen das Revolutionäre bin! Natürlich heißt das, soweit man es nicht wirklich Revolution machen läßt! Oft steckt ja ungemein viel Idealismus darin. Und was das Zulassen betrifft, so hat doch die Aktion, die das gesamte Vaterland zusammenfassen soll, gar kein Recht, aufbauwillige Kräfte zurückzuweisen, in welcher Art immer sie sich ausdrücken!»

Leo Fischel schwieg. Professor Schwung lag nicht viel an der Meinung eines Würdenträgers, der nicht zur Zivilverwaltung gehörte. Tuzzi hatte geträumt: «Erste Strömung – zweite Strömung.» Es erinnerte ihn an zwei ähnliche Wortgebilde: «Erste Stauung, zweite Stauung», aber ohne daß ihm diese einfielen oder das Gespräch mit Ulrich, darin sie vorgekommen waren; bloß eine unbegreifliche Eifersucht auf seine Frau erwachte in ihm und hing mit diesem ungefährlichen General durch unsichtbare Zwischenglieder zusammen, die er in keiner Weise entwirren konnte. Als ihn das Schweigen aufweckte, wollte er dem Vertreter des Militärs zeigen, daß er sich nicht durch ausschweifende Reden in die Irre führen lasse. «Wenn ich das zusammenfasse, Herr General,» begann er «so will die Militärpartei –»

«Aber Herr Sektionschef, es gibt doch keine Militärpartei!» unterbrach ihn Stumm sofort. «Wir hören immer sagen: Militärpartei, und dabei ist das Militär doch seinem ganzen Wesen nach überparteilich!»

«Also dann das Militär-Ressort» erwiderte Tuzzi ziemlich unwirsch auf diese Unterbrechung. «Sie haben gesagt, der Armee ist nicht nur mit Kanonen gedient, sondern sie braucht auch den dazugehörigen Geist: von welchem Geist werden Sie nun belieben ihre Geschütze laden zu lassen?»

«Viel zu weit gegriffen, Herr Sektionschef!» beteuerte Stumm. «Wir sind davon ausgegangen, daß ich den Herrn den heutigen Abend habe erklären sollen, und ich habe gesagt, daß man da eigentlich nichts erklären kann: das ist das einzige, was ich aufrecht erhalte! Denn wenn der Zeitgeist wirklich die zwei Strömungen hat, von denen ich gesprochen habe, so sind sie ja alle beide auch nicht fürs ‹Erklären›. Man ist heute für Triebkräfte, Blutkräfte und dergleichen: ich geh ja gewiß nicht mit, aber daran ist etwas!»

Bei diesen Worten kochte noch einmal Direktor Fischel auf und fand es unmoralisch, daß sich das Militär unter Umständen auch mit dem Antisemitismus vergleichen wolle, um zu seinen Geschützen zu kommen.

«Aber Herr Direktor!» beruhigte ihn Stumm. «Erstens kommt es doch wirklich nicht auf ein bisserl Antisemitismus an, wenn die Leute schon einmal überhaupt Anti sind, die Deutschen gegen die Tschechen und Madjaren, die Tschechen gegen die Madjaren und die Deutschen, und so halt weiter ein jeder gegen alle. Und zweitens ist gerade das österreichische Offizierkorps immer international gewesen, da braucht man nur die vielen italienischen, französischen, schottischen, ja was weiß ich für Namen anzusehn; auch einen General der Infanterie von Kohn haben wir, der ist Korpskommandant in Olmütz!»

«Ich fürchte trotzdem, Sie muten sich zu viel zu» unterbrach Tuzzi die Unterbrechung. «Sie sind international und kriegerisch, möchten aber mit den nationalen Strömungen und den pazifistischen ein Geschäft machen: das ist beinahe mehr, als ein Diplomat von Fach leisten könnte. Mit dem Pazifismus Militärpolitik zu treiben, beschäftigt heute in Europa die gewiegtesten Fachleute!»

«Aber das sind doch überhaupt nicht wir, die Politik treiben!» verteidigte sich Stumm noch einmal, im Ton der müden Klage über so viel Mißverständnis. «Seine Erlaucht wollte Besitz und Bildung eine letzte Gelegenheit geben, ihren Geist zu einigen: daraus ist dieser Abend entsprungen. Natürlich, wenn sich der Zivilgeist ganz und gar nicht einigen könnte, würden wir in die Lage kommen –»

«Nun, in welche Lage? Das wäre ja gerade wissenswert!» rief Tuzzi aus, vorschnell das Wort schürend, das kommen sollte.

«Natürlich in eine schwierige» meinte Stumm vorsichtig und bescheiden.

Während sich die vier Herren so unterhielten, hatte sich aber Ulrich längst unauffällig davongemacht und suchte Gerda, in einem Bogen der Gruppe Sr. Erlaucht und des Kriegsministers ausweichend, damit er nicht herangewinkt werde.

Er sah sie schon von ferne an der Wand sitzen neben ihrer steif in den Salon blickenden Mutter, und Hans Sepp stand unruhig und trotzig an ihrer anderen Seite. Seit jenem unseligen letzten Beisammensein mit Ulrich war sie noch magerer geworden, und je mehr er sich ihr näherte, desto kahler der Reize entblößt, aber irgendwie gerade dadurch verhängnisvoller anziehend, hob sich ihr Kopf mit den kraftlosen Schultern vom Zimmer ab. Als sie Ulrichs ansichtig wurde, übergoß eine jähe Röte ihre Wangen, die von noch tieferer Blässe gefolgt wurde, und sie machte eine unwillkürliche Bewegung mit dem Oberkörper wie ein Mensch, den das Herz schmerzt und irgendwelche Umstände verhindern hinzugreifen. Der Auftritt flog ihm durch den Kopf, wo er, wild hingegeben an den tierischen Vorteil, daß er ihren Körper errege, ihren Willen mißbraucht hatte: Da saß nun dieser Körper, für ihn unter dem Kleid sichtbar, auf einem Stuhl, empfing Befehle des gekränkten Willens, sich jetzt stolz zu verhalten, und zitterte dabei. Gerda war nicht böse auf ihn, das sah er, aber sie wollte um jeden Preis mit ihm «fertig» sein. Er verlangsamte unauffällig seinen Schritt, um so lange wie möglich von alledem zu kosten, und diese wollüstige Verzögerung schien dem Verhältnis dieser beiden Menschen zu einander zu entsprechen, die nie ganz zusammenkommen konnten.

Und als Ulrich ihr schon nahe war und nichts mehr sah als das Beben in dem Gesicht, das ihn erwartete, fiel etwas Gewichtloses auf ihn, das wie ein Schatten war oder ein Streifen Wärme, und er gewahrte Bonadea, die stumm, aber wohl kaum ohne Absicht an ihm vorbeigegangen war und ihn wahrscheinlich verfolgt hatte, und er grüßte sie. Die Welt ist schön, wenn man sie nimmt, wie sie ist: Für eine Sekunde kam ihm der naive Gegensatz des Üppigen und des Kargen, wie er sich an diesen beiden Frauen ausdrückte, so groß vor wie der zwischen Wiese und Stein an der Felsgrenze, und er hatte das Gefühl, der Parallelaktion zu entsteigen, wenn auch mit einem schuldbewußten Lächeln. Als Gerda dieses Lächeln langsam hernieder- und ihrer hingestreckten Hand entgegensinken sah, zitterten ihre Augenlider.

In diesem Augenblick gewahrte Diotima, daß Arnheim den jungen Feuermaul zu der Gruppe Sr. Erlaucht und des Kriegsministers führe, und unterbrach als erfahrene Taktikerin alle Anknüpfungen, indem sie die gesamte Bedienung mit Erfrischungen in die Zimmer einbrechen hieß.

37

Ein Vergleich

Solche Gespräche wie die geschilderten gab es zu Dutzenden, und alle hatten etwas gemeinsam, das sich nicht ohne weiteres beschreiben läßt, aber auch nicht verschwiegen werden kann, wenn man es nicht wie Regierungsrat Meseritscher versteht, eine blendende Gesellschaftsschilderung bloß dadurch zu geben, daß man aufzählt: der und die waren da, hatten dies und das an und äußerten das und jenes; worauf allerdings gerade das hinausläuft, was von vielen für die echteste erzählerische Kunst gehalten wird. Friedel Feuermaul war also kein elender Schmeichler, und das war er nie, sondern hatte nur zeitgemäße Einfälle am rechten Platz, wenn er von Meseritscher vor Meseritscher sagte: «Er ist eigentlich der Homer unserer Zeit! Nein, ganz im Ernst,» fügte er hinzu, denn Meseritscher deutete eine unwillige Bewegung an «das episch unerschütterliche ‹Und›, mit dem Sie alle Menschen und Ereignisse aneinanderreihen, hat in meinen Augen etwas ganz Großes!» Er war des Chefs der Parlaments- und Gesellschaftskorrespondenz habhaft geworden, da dieser das Haus nicht hatte verlassen wollen, ohne Arnheim seine Aufwartung gemacht zu haben; aber Meseritscher versetzte ihn trotzdem nicht unter die mit Namen angeführten Gäste.

Ohne auf die feinere Unterscheidung zwischen Idioten und Kretins einzugehen, darf nun daran erinnert werden, daß es einem Idioten gewissen Grades nicht mehr gelingt, den Begriff «Eltern» zu bilden, während ihm die Vorstellung «Vater und Mutter» noch ganz geläufig ist. Dieses schlichte, aneinanderreihende «Und» war es aber auch, durch das Meseritscher die Erscheinungen der Gesellschaft verband. Ferner ist daran zu erinnern, daß Idioten in der schlichten Dinglichkeit ihres Denkens etwas besitzen, das nach der Erfahrung aller Beobachter in geheimnisvoller Weise das Gemüt anspricht; und daß Dichter auch vornehmlich das Gemüt ansprechen, ja sogar auf eine soweit gleiche Weise, als sie sich durch eine möglichst handgreifliche Geistesart auszeichnen sollen. Wenn Friedel Feuermaul also Meseritscher als Dichter ansprach, hätte er ihn ebensogut – das heißt, aus den gleichen Empfindungen, die ihm dunkel, und das hieß bei ihm wieder in einer plötzlichen Erleuchtung, vorschwebten – auch als einen Idioten ansprechen können, und zwar auf eine auch für die Menschheit bedeutsame Weise. Denn das Gemeinsame, um das es sich da handelt, ist ein Geisteszustand, der durch keine weitspannenden Begriffe zusammengehalten, durch keine Scheidungen und Abstraktionen geläutert wird, ein Geisteszustand der niedersten Zusammenfügung, wie er sich am anschaulichsten eben in der Beschränkung auf das einfachste Binde-Wort, das hilflos aneinanderreihende «Und» ausdrückt, das dem Geistesschwachen verwickeltere Beziehungen ersetzt; und es darf behauptet werden, daß sich auch die Welt, unerachtet alles in ihr enthaltenen Geistes, in einem solchen der Imbezillität verwandten Zustand befindet, ja es läßt sich das gar nicht vermeiden, wenn man die Geschehnisse, die sich in ihr abspielen, aus dem Ganzen verstehen will.

Nicht, als ob nun etwa Urheber oder Teilnehmer einer solchen Betrachtung die einzig Klugen sein sollten! Es kommt da gar nicht auf den einzelnen an, so wenig wie auf die Geschäfte, die er betreibt und die auch von jedem, der an diesem Abend zu Diotima gekommen war, mit mehr oder weniger Schlauheit betrieben wurden. Denn wenn zum Beispiel General von Stumm in der Pause alsbald mit Sr. Erlaucht in ein Gespräch geriet, in dessen Verlauf er freundlich-eigensinnig und ehrerbietig-freimütig mit den Worten widersprach: «Halten zu Gnaden, Erlaucht, daß ich das aufs heftigste bestreite; aber in dem Stolz der Leute auf ihre Rasse liegt nicht nur eine Anmaßung, sondern auch etwas sympathisches Adeliges!» so wußte er genau, was er mit diesen Worten meinte, nicht genau wußte er bloß, was er mit ihnen sagte, denn um solche zivile Worte ist ein Plus wie dicke Handschuhe, in denen man aus einer Schachtel Zündhölzer ein einzelnes zu fassen sucht. Und Leo Fischel, der sich nicht von Stumm getrennt hatte, als er bemerkte, daß der General ungeduldig zu Sr. Erlaucht strebe, fügte hinzu: «Man muß die Menschen nicht nach der Rasse unterscheiden, sondern nach Verdienst!» Und auch was Se. Erlaucht entgegnete, war folgerichtig; Se. Erlaucht überging nämlich den ihm frisch vorgestellten Direktor Fischel und antwortete von Stumm: «Wozu brauchen die Bürgerlichen eine Rasse?! Daß ein Kammerherr sechzehn adelige Ahnen haben muß, darüber haben sie sich immer aufgehalten als eine Anmaßung, und was tun sie jetzt selber? Nachmachen möchten sie's und übertreiben tun sie's. Mehr als sechzehn Ahnen ist ja einfach schon ein Snobismus!» Denn Se. Erlaucht war gereizt, und da war es ganz logisch, daß er so sprach. Es ist ja überhaupt nicht strittig, daß der Mensch Vernunft besitzt, sondern nur, wie er sie in Gemeinschaft anwendet.

Se. Erlaucht war ärgerlich über das Eindringen «völkischer» Elemente in die Parallelaktion, das er selbst veranlaßt hatte. Verschiedene politische und gesellschaftliche Rücksichten hatten ihn dazu gezwungen; er selbst anerkannte nur das «Staatsvolk». Seine politischen Freunde hatten ihm geraten: «Es schad't doch nichts, wenn du dir anhörst, was sie von Rasse und Reinheit und Blut sagen; wer nimmt denn überhaupt ernst, was einer redet!» «Aber da sprechen sie ja vom Menschen geradeso, als ob er ein Vieh wäre!» hatte Graf Leinsdorf abgewehrt, der eine katholische Auffassung von der Würde des Menschen besaß, die ihn einzusehen hinderte, daß man die Ideale der Hühner- und Pferdezucht auch auf Gottes Kinder anwenden könne, obwohl er ein Großgrundbesitzer war. Darauf hatten seine Freunde gesagt: «Du mußt es ja nicht gleich so tief betrachten! Und vielleicht ist es sogar besser, als daß sie von Humanität und solchen ausländischen Revolutionsbegriffen reden, wie das bisher immer geschehen ist!» Und das hatte Sr. Erlaucht schließlich eingeleuchtet. Se. Erlaucht war aber auch ärgerlich darüber, daß dieser Feuermaul, dessen Einladung er Diotima aufgenötigt hatte, bloß neue Verwirrung in die Parallelaktion brachte und ihn enttäuschte. Die Baronin Wayden hatte von ihm Wunder erzählt, und er hatte ihrem Drängen schließlich nachgegeben. «Darin haben Sie ja ganz recht,» hatte Leinsdorf eingeräumt «daß wir bei dem jetzigen Kurs leicht in den Ruf kommen zu germanisieren. Und darin haben Sie auch recht, daß es da vielleicht nicht schadet, wenn wir auch einen Dichter einladen, der davon redet, daß man alle Menschen lieben *muß*. Aber sehen Sie, ich kann das halt der Tuzzi nicht antun!» Aber die Wayden hatte nicht nachgelassen und mußte neue einleuchtende Gründe gefunden haben, denn am Ende der Unterredung hatte Leinsdorf ihr versprochen, die Einladung von Diotima zu fordern. «Gern tu ich's nicht» hatte er gesagt. «Aber eine starke Hand braucht auch ein schönes Wort, um sich den Leuten verständlich zu machen: darin pflichte ich Ihnen bei. Und darin haben Sie auch recht, daß alles in letzter Zeit zu langsam geht, es ist nicht mehr der rechte Eifer dahinter!»

Aber nun war er nicht zufrieden. Se. Erlaucht hielt keineswegs die andern Menschen für dumm, wenn er sich auch für klüger hielt als sie, und er begriff nicht, warum diese klugen Menschen versammelt auf ihn einen so schlechten Eindruck machten. Ja, das ganze Leben machte auf ihn diesen Eindruck, als bestünde neben einem Zustand der Klugheit im einzelnen sowie in den amtlichen Vorkehrungen, zu denen er wie bekannt auch Glauben und Wissenschaft rechnete, ein völliger Zustand der Unzurechnungsfähigkeit im ganzen. Da tauchten immer wieder Ideen auf, die man noch nicht kannte, erhitzten die Leidenschaften und verschwanden nach Jahr und Tag wieder; da liefen die Leute bald dem, bald jenem nach und fielen von einem Aberglauben in den andren; da jubelten sie das eine Mal Seiner Majestät zu, und das andere Mal hielten sie verabscheuungswürdige Brandreden im Parlament: aber herausgekommen war noch nie etwas dabei! Wenn man das millionenfach verkleinern könnte und sozusagen auf die Ausmaße eines Einzelkopfes bringen, so gäbe es darum genau das Bild der Unberechenbarkeit, Vergeßlichkeit, Unwissenheit und eines närrischen Herumhopsens, das sich Graf Leinsdorf immer von einem Verrückten gemacht hatte, obwohl er bisher nur wenig Gelegenheit gehabt hatte, darüber nachzudenken. Unmutig stand er in der Mitte der ihn umgebenden Herrn, überlegte, daß doch gerade die Parallelaktion das Wahre hätte an den Tag bringen sollen, und konnte irgendeinen Gedanken über Glauben nicht hervorbringen, von dem er bloß etwas fühlte, das angenehm beruhigend war wie der Schatten einer hohen Mauer, und wahrscheinlich war das eine Kirchenmauer. «Komisch!» sagte er, diesen Gedanken nach einer Weile aufgebend, zu Ulrich: «Wenn man das alles mit einer gewissen Distanz anschaut, erinnert es einen irgendwie an Stare, wenn sie im Herbst zu Scharen in den Obstbäumen sitzen.»

Ulrich war von Gerda zurückgekommen. Das Gespräch hatte nicht das gehalten, was der Anfang versprach; Gerda hatte nicht viel mehr als kurze, von einem Etwas mühsam abgehackte Antworten herausgebracht, das wie ein Keil in ihrer Brust saß; desto mehr hatte Hans Sepp gesprochen, er hatte sich als ihr Wächter aufgespielt und gleich gezeigt, daß er sich von dieser morschen Umgebung nicht einschüchtern lasse.

«Sie kennen den großen Rasseforscher Bremshuber nicht?» hatte er Ulrich gefragt.

«Wo lebt er?» hatte Ulrich gefragt.

«In Schärding an der Laa» hatte Hans gesagt.

«Was ist er?» hatte Ulrich gefragt.

«Das will doch nichts bedeuten!» hatte Hans gesagt. «Jetzt kommen eben neue Leute! Apotheker ist er!»

Ulrich hatte zu Gerda gesagt: «Sie sind ja jetzt richtig verlobt, wie ich gehört habe!»

Und Gerda hatte geantwortet: «Bremshuber fordert die schonungslose Unterdrückung aller Andersrassischen; das ist bestimmt weniger grausam als Schonen und Verachten!» Ihre Lippe hatte wieder gezittert, während sie sich diesen aus geborstenen Stücken schief zusammengepreßten Satz abzwang.

Ulrich hatte sie bloß angesehn und den Kopf geschüttelt. «Das verstehe ich nicht!» hatte er gesagt, während er ihr die Hand zum Abschied gab, und nun stand er neben Leinsdorf und kam sich unschuldig wie ein Stern im unendlichen Raum vor.

«Wenn man es aber nicht mit Distanz anschaut,» setzte Graf Leinsdorf nach einer Weile langsam seinen neuen Gedanken fort «dann dreht es sich einem im Kopf wie ein Hund, der sein Schwanzspitzel fangen möcht! Schauen Sie,» fügte er hinzu «da hab ich jetzt meinen Freunden nachgegeben und hab der Baronin Wayden nachgegeben, aber wenn man so zuhört, was wir reden, so macht es ja im einzelnen einen sehr gescheiten Eindruck, aber gerade in den veredelten geistigen Beziehungen, die wir suchen wollen, macht es den Eindruck einer weitgehenden Willkür und großer Zusammenhangslosigkeit!»

Um den Kriegsminister und Feuermaul, den Arnheim zu ihm hingebracht hatte, war eine Gruppe entstanden, und in ihr führte Feuermaul lebhaft das Wort und liebte alle Menschen, während sich um Arnheim selbst, nachdem er sich wieder zurückgezogen hatte, an einer entfernteren Stelle eine zweite Gruppe bildete, in der Ulrich später auch Hans Sepp und Gerda gewahrte. Man hörte herüber, wie Feuermaul ausrief: «Man versteht das Leben nicht durch Lernen, sondern durch Güte; man muß dem Leben glauben!» Frau Professor Drangsal stand aufrecht hinter ihm und bestätigte: «Auch Goethe ist nicht Doktor geworden!» Überhaupt hatte Feuermaul in ihren Augen viel Ähnlichkeit mit ihm. Der Kriegsminister stand gleichfalls sehr aufrecht und lächelte ausdauernd, so wie er es gewohnt war, bei einer Parade die Hand lange dankend an den Kappenschirm zu halten.

Graf Leinsdorf fragte: «Sagen Sie, wer ist eigentlich dieser Feuermaul?»

«Sein Vater hat in Ungarn mehrere Betriebe» erwiderte Ulrich. «Ich glaube, irgendwas mit Phosphor, wobei kein Arbeiter älter als vierzig Jahre wird: Berufskrankheit Knochennekrose.»

«Na ja, aber der Junge?» Das Arbeiterschicksal berührte Leinsdorf nicht.

«Der hat studieren sollen; Jus, glaube ich. Der Vater ist ein selbstgemachter Mann, und es soll ihn gekränkt haben, daß der Junge keine Lust zu lernen hatte.»

«Warum hat er keine Lust zu lernen gehabt?» fragte Graf Leinsdorf, der an diesem Tag sehr gründlich war.

«Du lieber Himmel,» meinte Ulrich achselzuckend «wahrscheinlich: ‹Väter und Söhne›. Wenn der Vater arm ist, lieben die Söhne das Geld; wenn der Papa Geld hat, lieben die Söhne wieder alle Menschen. Haben Erlaucht noch nichts von dem Problem des Sohnes in unserer Zeit gehört?»

«Ja, ich hab was davon gehört. Aber warum protegiert der Arnheim den Feuermaul? Hängt das mit den Ölfeldern zusammen?» fragte Graf Leinsdorf.

«Erlaucht wissen das?!» rief Ulrich aus.

«Natürlich weiß ich alles» gab Leinsdorf geduldig zur Antwort. «Aber was ich nicht verstehe, bleibt das Folgende: Daß die Menschen einander lieben sollen und daß die Regierung dazu eine starke Hand braucht, das hat man ja immer gewußt; also warum soll das auf einmal ein ‹Entweder-Oder› sein?»

Ulrich erwiderte: «Erlaucht haben sich immer eine aus dem Ganzen aufsteigende Kundgebung gewünscht: so muß sie aussehn!»

«Ah, das ist nicht wahr –!» widersprach ihm Leinsdorf angeregt, aber ehe er fortfahren konnte, wurden sie durch Stumm von Bordwehr unterbrochen, der von der Gruppe Arnheim kam und in aufgeregter Eile von Ulrich etwas zu wissen wünschte. «Entschuldigen, Erlaucht, wenn ich störe» bat er. «Aber sag mir,» wandte er sich an Ulrich «kann man wirklich behaupten, daß der Mensch nur seinen Affekten folgt, und nie der Vernunft?»

Ulrich sah ihn ungeistesgegenwärtig an.

«Drüben ist so ein Marxist,» erläuterte Stumm «der behauptet sozusagen, daß der ökonomische Unterbau eines Menschen ganz und gar seinen ideologischen Überbau bestimmt. Und ihm widerspricht ein Psychoanalytiker; der behauptet, daß der ideologische Überbau ganz und gar ein Produkt seines triebhaften Unterbaus ist.»

«Das ist nicht so einfach» meinte Ulrich, der zu entkommen wünschte.

«Das sag ich auch immer! Aber es hat nur nichts genutzt!» erwiderte der General sofort und ließ ihn nicht aus den Augen. Aber auch Leinsdorf ergriff wieder das Wort. «Ja, sehen Sie,» sagte er zu Ulrich «so etwas Ähnliches habe ich ja gerade auch zur Diskussion stellen wollen. Denn ob der Unterbau jetzt meinethalben ökonomisch oder geschlechtlich ist – also was ich vordem hab sagen wollen, ist: warum sind die Leut im Überbau so unzuverlässig?! Nämlich, man sagt doch sprichwörtlich: die Welt ist verrückt; und am End könnte man manchmal glauben, daß es wahr ist!»

«Das ist die Psychologie der Masse, Erlaucht!» mischte sich der gelehrte General wieder ein. «Soweit es die Masse angeht, versteh ich das sehr gut. Die Masse wird nur von Trieben bewegt, und dann natürlich von denen, die den meisten Individuen gemeinsam sind: das ist logisch! Das heißt, das ist natürlich unlogisch: Die Masse ist unlogisch, sie benützt logische Gedanken gerade nur zum Aufputzen! Wovon sie sich wirklich leiten läßt, das ist einzig und allein die Suggestion! Wenn Sie mir die Zeitungen, den Rundfunk, die Lichtspielindustrie und vielleicht noch ein paar andere Kulturmittel überantworten, so verpflichte ich mich, in ein paar Jahren – wie mein Freund Ulrich einmal gesagt hat – aus den Menschen Menschenfresser zu machen! Gerade darum braucht die Menschheit ja auch eine starke Führung! Erlaucht wissen das übrigens besser als ich! Aber daß auch der unter Umständen so hochstehende einzelne Mensch nicht logisch sein soll, das kann ich nicht glauben, obwohl es auch der Arnheim behauptet.»

Was hätte Ulrich seinem Freund für diese sehr zufällige Kontroverse an die Hand geben sollen? Wie sich an einer Angel ein Grasbüschel statt eines Fisches verfängt, hing an des Generals Frage ein wirres Büschel von Theorien. Ob der Mensch nur seinen Affekten folgt, nur das tut, fühlt, ja sogar denkt, wozu ihn unbewußte Ströme des Verlangens oder die sanftere Brise der Lust treiben, wie man heute annimmt? Ob er nicht doch eher der Vernunft und dem Willen folgt, – wie man gleichfalls heute annimmt? Ob er bestimmten Affekten besonders folgt, so dem geschlechtlichen, wie man heute annimmt? Oder doch nicht vor allem dem geschlechtlichen, sondern der psychologischen Wirkung wirtschaftlicher Bedingungen, wie man gleichfalls heute annimmt? Man kann ein so verwickeltes Gebilde, wie er es ist, von vielen Seiten ansehn und im theoretischen Bild das oder jenes als Achse wählen; es entstehen Teilwahrheiten, aus deren gegenseitiger Durchdringung langsam die Wahrheit höher wächst: Wächst sie aber wirklich höher? Es hat sich noch jedesmal gerächt, wenn man eine Teilwahrheit für das allein Gültige angesehen hat. Anderseits wäre man aber kaum zu dieser Teilwahrheit gelangt, hätte man sie nicht überschätzt. So hängt die Geschichte der Wahrheit und die des Gefühls mannigfach zusammen, aber die des Gefühls blieb dabei im Dunkel. Ja, nach Ulrichs Überzeugung war sie gar keine Geschichte, sondern ein Wust. Spaßig zum Beispiel, daß die religiösen, und also doch wohl leidenschaftlichen, Gedanken, die sich das Mittelalter über den Menschen gemacht hat, sehr von seiner Vernunft und seinem Willen überzeugt waren, während heute viele Gelehrte, deren Leidenschaft höchstens darin besteht, daß sie zuviel rauchen, das Gefühl für die Grundlage alles Menschlichen ansehn. Solche Gedanken gingen Ulrich durch den Kopf, und er hatte natürlich keine Lust, auf Stumms Reden zu antworten, der übrigens auch gar nicht darauf wartete, sondern sich nur noch etwas auskühlte, ehe er sich entschloß, seinen Weg zurück zu nehmen.

«Graf Leinsdorf!» sagte Ulrich sanft. «Erinnern Sie sich, daß ich Ihnen einmal den Rat gegeben habe, ein Generalsekretariat für alle Fragen zu gründen, zu denen man ebensoviel Seele wie Genauigkeit braucht?»

«Freilich erinnere ich mich» gab Leinsdorf zur Antwort. «Ich hab das ja Seiner Eminenz erzählt, er hat herzlich gelacht. Er hat aber gesagt, daß Sie zu spät kommen!»

«Und doch ist es gerade das, was Sie vorhin vermißt haben, Erlaucht!» fuhr Ulrich fort. «Sie bemerken, daß die Welt sich heute nicht mehr an das erinnert, was sie gestern gewollt hat, daß sie sich in Stimmungen befindet, die ohne zureichenden Grund wechseln, daß sie ewig aufgeregt ist, daß sie nie zu einem Ergebnis kommt, und wenn man sich das in einem einzigen Kopf vereinigt dächte, was so in den Köpfen der Menschheit vorgeht, würde er wirklich unverkennbar eine ganze Reihe von bekannten Ausfallserscheinungen zeigen, die man zur geistigen Minderwertigkeit rechnet –»

«Hervorragend richtig!» rief Stumm von Bordwehr, der sich durch den Stolz auf seine nachmittags erworbenen Kenntnisse von neuem festgehalten sah. «Das ist genau das Bild der – na, ich hab wieder vergessen, wie diese Geisteskrankheit heißt, aber es ist genau ihr Bild!»

«Nein,» sagte Ulrich lächelnd «das ist sicher nicht das Bild einer bestimmten Geisteskrankheit; denn was einen Gesunden von einem Geisteskranken unterscheidet, ist doch gerade, daß der Gesunde alle Geisteskrankheiten hat, und der Geisteskranke nur eine!»

«Sehr geistvoll!» riefen Stumm und Leinsdorf wie aus einem Munde, wenn auch in etwas verschiedenen Worten, aus, und dann fügten sie ebenso hinzu: – «Aber was soll es eigentlich heißen?»

«Das heißt» behauptete Ulrich: «Wenn ich unter Moral die Regelung aller jener Beziehungen verstehen darf, die Gefühl, Phantasie und dergleichen einschließen, so richtet sich darin der einzelne nach den anderen und hat auf diese Weise scheinbar einige Festigkeit, aber alle zusammen sind in der Moral über den Zustand des Wahns nicht hinaus!»

«Na, das geht zu weit!» meinte Graf Leinsdorf gutmütig, und auch der General sagte: «Aber hör, jeder Mensch muß doch selbst seine Moral haben; man kann doch keinem vorschreiben, ob er eine Katz lieber hat oder einen Hund!»

«Kann man es ihm vorschreiben, Erlaucht?!» fragte Ulrich eindringlich.

«Ja, früher» sagte Graf Leinsdorf diplomatisch, obwohl bei seiner gläubigen Überzeugung gepackt, daß es auf allen Gebieten «das Wahre» gebe «früher war das besser. Aber heutzutage?»

«Dann bleibt eben der Glaubenskrieg in Permanenz» meinte Ulrich.

«Sie nennen das einen Glaubenskrieg?» fragte Leinsdorf neugierig.

«Wie denn sonst?»

«Na ja, gar nicht schlecht. Eine ganz gute Bezeichnung für das heutige Leben. Übrigens hab ich immer gewußt, daß in Ihnen heimlich gar kein schlechter Katholik steckt!»

«Ich bin ein sehr schlechter» antwortete Ulrich. «Ich glaube nicht, daß Gott da war, sondern daß er erst kommt. Aber nur, wenn man ihm den Weg kürzer macht als bisher!»

Se. Erlaucht wies das mit den würdigen Worten zurück: «Das ist mir zu hoch!»

38

Ein großes Ereignis ist im Entstehen. Aber man hat es nicht gemerkt

Dagegen rief der General aus: «Ich muß jetzt leider unverzüglich zu Seiner Exzellenz zurück, aber das alles mußt du mir unbedingt noch erklären, ich laß dich nicht aus! Ich komme dann noch einmal her, wenn die Herrn gestatten!»

Leinsdorf machte den Eindruck, daß er etwas sagen wolle, die Gedanken arbeiteten gewaltig in ihm, aber Ulrich und er waren kaum einen Augenblick allein geblieben, so sahen sie sich von Menschen umgeben, die das allgemeine Kreisen heranführte und die anziehende Person Sr. Erlaucht festhielt. Von dem, was Ulrich soeben gesagt hatte, war natürlich nicht mehr die Rede, und niemand außer ihm dachte noch daran, da schob sich von hinten ein Arm in den seinen, und Agathe stand bei ihm. «Hast du schon einen Grund gefunden, mich zu verteidigen?» fragte sie mit liebkosender Bosheit.

Ulrich ließ ihren Arm nicht los und wandte sich mit ihr von den Menschen ab, bei denen er gestanden hatte.

«Können wir nicht nach Hause gehn?» fragte Agathe.

«Nein,» sagte Ulrich «ich kann ja noch nicht fort.»

«Dich läßt wohl die kommende Zeit nicht fort, um deretwillen du dich hier rein halten mußt?» neckte ihn Agathe.

Ulrich drückte ihren Arm.

«Ich finde, es spricht sehr für mich, daß ich nicht hieher gehöre, sondern ins Zuchthaus!» flüsterte sie ihm ins Ohr.

Sie suchten einen Platz, wo sie allein sein könnten. Die Versammlung war jetzt richtig aufgekocht und trieb ihre Teilnehmer langsam durcheinander. Immer noch war im ganzen die zweifache Gruppierung zu unterscheiden: um den Kriegsminister war von Frieden und

Liebe die Rede, um Arnheim augenblicklich davon, daß die deutsche Milde am besten im Schatten der deutschen Kraft gedeihe.

Er hörte es wohlwollend an, weil er niemals eine ehrliche Meinung zurückwies und eine besondere Liebe für neue Meinungen hatte. Seine Sorge war, ob das Geschäft mit den Ölfeldern im Parlament Schwierigkeiten finden werde. Er rechnete damit, daß die Opposition der slawischen Politiker keinesfalls zu vermeiden sein werde, und hoffte, sich der Stimmung unter den Deutschen zu vergewissern. In den Regierungskreisen stand die Angelegenheit gut bis auf eine gewisse Gegnerschaft im Ministerium des Äußern, der er keine große Bedeutung beimaß. Nächsten Tags sollte er nach Budapest reisen.

Feindliche «Beobachter» gab es rings um ihn und die anderen Hauptpersonen genug. Sie waren am raschesten daran zu erkennen, daß sie zu allem Ja sagten und die nettesten Leute waren, während doch die übrigen meist verschiedener Meinung waren.

Tuzzi suchte einen von ihnen mit den Worten zu überzeugen: «Was geredet wird, bedeutet gar nichts. Das bedeutet nie etwas!» Der andere glaubte es ihm. Es war ein Parlamentarier. Aber er änderte nicht die Meinung, die er schon mitgebracht hatte, daß trotzdem hier Böses vor sich gehe.

Se. Erlaucht verteidigte dagegen im Gespräch mit einem anderen Frager die Bedeutung des Abends mit den Worten: «Mein Verehrter, sogar Revolutionen werden seit Achtzehnhundertachtundvierzig nur noch durch vieles Reden gemacht!»

Es wäre falsch, in solchen Unterschieden nichts als die erlaubte Abweichung von der Eintönigkeit zu sehen, die das Leben sonst hätte; und doch wird dieser folgenschwere Irrtum beinahe ebensooft begangen, wie von dem Satz: «Das ist Gefühlssache!» Gebrauch gemacht wird, ohne den die Einrichtung unseres Geistes gar nicht zu denken ist. Dieser unentbehrliche Satz trennt das, was im Leben sein muß, von dem, was sein kann. «Er trennt» sagte Ulrich zu Agathe «die gesetzte Ordnung von einem eingeräumten persönlichen Spielraum. Er trennt das, was rationalisiert ist, von dem, was für irrational gilt. Er bedeutet, in der üblichen Art gebraucht, das Eingeständnis, daß die Menschlichkeit in den Hauptsachen ein Zwang sei, in den Nebensachen aber eine verdächtige Willkür. Man meint, das Leben wäre ein Zuchthaus, stünde es nicht in unserem Belieben, ob wir Wein oder Wasser vorziehn, Atheisten oder Frömmler sein wollen, und man meint nicht im geringsten damit, daß nun das, was Gefühlssache sei, wirklich dem Belieben überlassen bleibe; vielmehr gibt es ja, ohne daß die Grenze eindeutig wäre, erlaubte und unerlaubte Gefühlssachen.»

Die zwischen Ulrich und Agathe war eine unerlaubte, obwohl die beiden, die sich Arm in Arm vergeblich nach einem Versteck umsahen, bloß über die Versammlung sprachen und dabei in einer wilden und verschwiegenen Weise die Freude empfanden, nach ihrer Entzweiung wieder vereint zu sein. Dagegen war die Wahl, ob man seine Mitmenschen alle lieben oder vorher einen Teil von ihnen vernichten solle, offenbar Gefühlssache von zweifacher Erlaubtheit, denn sonst wäre sie nicht in Diotimas Haus und in Gegenwart Sr. Erlaucht so eifrig abgehandelt worden, obwohl sie noch dazu die Gesellschaft in zwei gehässige Parteien trennte. Ulrich behauptete, die Erfindung der «Gefühlssache» habe der Sache des Gefühls den schlechtesten Dienst erwiesen, der ihr je geleistet worden sei, und als er es unternahm, seiner Schwester den abenteuerlichen Eindruck zu erklären, den dieser Abend in ihm weckte, kam er darauf in einer Weise zu sprechen, die ohne seinen Willen das am Morgen abgebrochene Gespräch fortsetzte und es wahrscheinlich rechtfertigen sollte. «Ich weiß freilich nicht,» sagte er «womit ich anfangen soll, ohne dich zu langweilen. Darf ich dir sagen, was ich unter Moral verstehe?»

«Bitte» erwiderte Agathe.

«Moral ist Regelung des Verhaltens innerhalb einer Gesellschaft, vornehmlich aber schon die seiner inneren Antriebe, also der Gefühle und Gedanken.»

«Das ist ein großer Fortschritt in wenigen Stunden!» entgegnete Agathe lachend. «Heute morgen hast du noch gesagt, du wissest nicht, was Moral sei!»

«Natürlich weiß ich es nicht. Trotzdem kann ich dir ja ein Dutzend Erklärungen geben. Die älteste ist, daß Gott uns die Ordnung des Lebens in allen ihren Einzelheiten geoffenbart hat –»

«Das wäre die schönste!» sagte Agathe.

«Die wahrscheinlichste ist aber,» betonte Ulrich «daß Moral wie alle andere Ordnung durch Zwang und Gewalt entsteht! Eine zur Herrschaft gelangte Gruppe von Menschen auferlegt den anderen einfach die Vorschriften und Grundsätze, durch die sie ihre Herrschaft sichert. Gleichzeitig hängt sie aber an denen, die sie selbst groß gemacht haben. Gleichzeitig wirkt sie damit als Beispiel. Gleichzeitig wird sie durch Rückwirkungen verändert: das ist natürlich verwickelter als man es in Kürze beschreiben könnte, und weil es keineswegs ohne Geist vor sich geht, aber auch keineswegs durch den Geist, sondern durch die Praxis, ergibt es schließlich ein unübersehbares Geflecht, das sich scheinbar so unabhängig wie Gottes Himmel über allem spannt. Nun bezieht sich alles auf diesen Kreis, aber dieser Kreis bezieht sich auf nichts. Mit andern Worten: alles ist moralisch, aber die Moral selbst ist nicht moralisch! –»

«Das ist reizend von ihr» sagte Agathe. «Aber weißt du, daß ich heute einen guten Menschen gefunden habe?»

Ulrich war etwas erstaunt über diese Unterbrechung, aber als ihm Agathe die Begegnung mit Lindner zu erzählen begann, suchte er sie zunächst in seinem Gedankengang unterzubringen: «Gute Menschen kannst du heute auch hier zu Dutzenden finden,» meinte er «aber du sollst erfahren, warum gleich auch die bösen dabei sind, wenn du mich noch eine Weile fortfahren läßt.»

Sie waren unter diesen Worten, dem Trubel auszuweichen, bis ans Vorzimmer gekommen, und Ulrich mußte überlegen, wohin sie sich wenden könnten; Diotimas Zimmer fiel ihm ein, ebenso Rachels Kammer, aber er wollte beide nicht wieder betreten, und so blieben Agathe und er einstweilen zwischen den menschenleeren Kleidungsstücken stehn, die in der Diele hingen. Ulrich fand keine Fortsetzung. «Ich müßte eigentlich noch einmal von vorn anfangen» erklärte er mit einer ungeduldigen und ratlosen Bewegung. Und plötzlich sagte er: «Du willst nicht wissen, ob du Gutes oder Böses getan hast, sondern dich beunruhigt es, daß du beides ohne einen festen Grund tust!»

Agathe nickte.

Er hatte ihre beiden Hände gefaßt.

Die mattschimmernde Haut seiner Schwester, mit dem Geruch ihm unbekannter Pflanzen, die vor seinem Auge dem leicht ausgeschnittenen Kleid entstieg, verlor für einen Augenblick den irdischen Begriff. Der Stoß des Blutes klopfte aus einer Hand an die andere. Ein tiefer Graben unweltlicher Herkunft schien sie und ihn in ein Nirgendland einzuschließen.

Es mangelten ihm plötzlich die Vorstellungen, es zu bezeichnen; er verfügte nicht einmal über die, deren er sich dazu schon oft bedient hatte. «Wir wollen nicht aus der Eingebung der Augenblicke handeln, sondern aus dem bis ans Letzte währenden Zustand.» «So, daß es uns an den Mittelpunkt führt, von wo man nicht mehr zurückkommt, um zurückzunehmen.» «Nicht vom Rande und seinen wechselnden Zuständen her, sondern aus dem einzigen unveränderlichen Glück»: Solche Sätze kamen ihm wohl zu Munde, und es wäre ihm auch möglich erschienen, sie zu gebrauchen, hätte es nur als Gespräch geschehen sollen; aber in der unmittelbaren Anwendung, die sie zwischen ihm und seiner Schwester in diesem Augenblick erfahren sollten, war es plötzlich unmöglich. Das erregte ihn hilflos. Aber Agathe verstand ihn deutlich. Und es hätte sie glücklich machen müssen, daß zum erstenmal die Schale um ihn ganz zerbrach und ihr «harter Bruder» wie ein zu Boden gefallenes Ei das Innere preisgab. Zu ihrer Überraschung war aber diesmal ihr Gefühl nicht ganz bereit, mit dem seinen zu gehn: Zwischen Morgen und Abend lag die wunderliche Begegnung mit Lindner, und obwohl dieser Mann bloß ihr Erstaunen und ihre Neugierde erregt hatte, genügte auch ein solches Körnchen schon, die unendliche Spiegelung der eremitischen Liebe nicht entstehen zu lassen.

Ulrich fühlte es an ihren Händen, noch ehe sie etwas erwiderte, und Agathe – erwiderte nichts.

Er erriet, daß dieses unerwartete Sichversagen mit dem Erlebnis zusammenhänge, dessen Bericht er vorhin hatte anhören müssen. Beschämt und von dem Rückstoß seines unerwiderten Gefühls verwirrt, sagte er kopfschüttelnd: «Es ist doch ärgerlich, was alles du von der Güte eines solchen Menschen erwartest!»

«Wahrscheinlich ist es das» gab Agathe zu.

Er sah sie an. Er verstand, daß seiner Schwester dieses Erlebnis mehr bedeute als die Bewerbungen, die sie bisher unter seinem Schutz erfahren hatte. Er kannte sogar diesen Menschen ein wenig; Lindner stand im öffentlichen Leben; er war der Mann, der seinerzeit in der allerersten Sitzung der vaterländischen Aktion jene kurze, mit peinlichem Schweigen aufgenommene Rede gehalten hatte, die dem «historischen Augenblick» galt, oder ähnlichem, ungeschickt, aufrichtig und unbedeutend...: Unwillkürlich blickte sich Ulrich um; aber er erinnerte sich nicht, diesen Mann unter den Anwesenden bemerkt zu haben, und wußte auch, daß er nicht mehr eingeladen worden war. Er mußte ihm anderswo ab und zu begegnet sein, wahrscheinlich in gelehrten Gesellschaften, und das oder jenes von ihm gelesen haben, denn während er sein Gedächtnis sammelte, bildete sich aus ultramikroskopischen Erinnerungsspuren wie ein zäher, widerlicher Tropfen das Urteil: «Ein fader Esel! Will man auf einer gewissen Höhe des Lebenszustands sein, so kann man einen solchen Menschen ebensowenig ernst nehmen wie Professor Hagauer!»

Er sagte es Agathe.

Agathe schwieg dazu. Sie drückte ihm sogar die Hand.

Er hatte das Gefühl: Da ist etwas ganz widersinnig, aber es läßt sich nicht aufhalten!

In diesem Augenblick kamen Leute in das Vorzimmer, und die Geschwister traten voneinander zurück. «Soll ich dich wieder hineinbegleiten?» fragte Ulrich.

Agathe sagte nein und sah sich nach einem Ausweg um.

Ulrich fiel mit einemmal ein, daß sie sich, um den andern zu entgehen, nur in die Küche zurückziehen könnten.

Dort wurden Batterien von Gläsern gefüllt und Bretter mit Kuchen beladen. Die Köchin wirtschaftete in großem Eifer, Rachel und Soliman harrten auf ihre Ladung, flüsterten aber nicht miteinander, wie es früher bei solchen Gelegenheiten geschah, sondern standen reglos auf getrennten Plätzen. Die kleine Rachel machte ihren Knicks, als die Geschwister eintraten, Soliman ließ bloß seine dunklen Augen strammstehn, und Ulrich sagte: «Es ist drinnen zu heiß, können wir hier bei euch eine Erfrischung bekommen?» Er setzte sich mit Agathe an die Fensterbank und stellte zum Schein Teller und Glas hin, damit es, falls sie jemand entdecke, aussehe, wie wenn sich zwei Vertraute des Hauses einen kleinen Scherz gestatten. Als sie saßen, sagte er mit einem kleinen Seufzer: «Das ist also bloß Gefühlssache, ob man einen solchen Professor Lindner gut oder unerträglich findet!»

Agathe beschäftigte ihre Finger mit einer eingewickelten Süßigkeit.

«Das heißt:» fuhr Ulrich fort «das Gefühl ist nicht wahr oder falsch! Das Gefühl ist Privatsache geblieben! Es ist der Suggestion überlassen geblieben, der Einbildung, der Überredung! Du und ich sind nicht anders wie die da drinnen! Weißt du, was die drinnen wollen?»

«Nein. Aber ist es nicht gleichgültig?»

«Es ist vielleicht nicht gleichgültig. Denn sie bilden zwei Parteien, von denen die eine so recht oder unrecht hat wie die andere.»

Agathe sagte, es käme ihr doch etwas besser vor, an die Menschengüte zu glauben als nur an Kanonen und Politik: möge die Art, in der es geschehe, auch lächerlich sein.

«Wie ist denn dieser Mensch, den du kennen gelernt hast?» fragte Ulrich.

«Ach, das läßt sich gar nicht sagen; gut ist er!» antwortete seine Schwester und lachte.

«Du kannst so wenig auf das, was dir gut vorkommt, etwas geben wie auf das, was Leinsdorf so vorkommt!» erwiderte Ulrich ärgerlich.

Beider Gesichter waren lachend steif erregt: das leichte Strömen des höflich heiteren Ausdrucks von tieferen Gegenströmen gehemmt. Rachel spürte es unter ihrem Häubchen an den Haarwurzeln; aber sie fühlte sich selbst so elend, daß es viel gedämpfter geschah als früher, gleich einer Erinnerung aus besseren Zeiten. Das schöne Rund ihrer Wangen war unmerklich gehöhlt, der schwarze Brand ihres Auges von Mutlosigkeit getrübt: wäre Ulrich in der Laune gewesen, ihre Schönheit mit der seiner Schwester zu vergleichen, so hätte es ihm auffallen müssen, daß Rachels schwarzer einstiger Glanz wie ein Stückchen Kohle zerfallen war, über das ein schwerer Wagen hinweggefahren ist. Aber er achtete ihrer nicht. Sie war schwanger, und niemand wußte es außer Soliman, der ohne Verständnis für die Wirklichkeit des Unheils mit romantischen und läppischen Plänen darauf antwortete.

«Seit Jahrhunderten» fuhr Ulrich fort «kennt die Welt Gedankenwahrheit und darum verstandesmäßig bis zu einem gewissen Grad Gedankenfreiheit. In der gleichen Zeit hatte das Gefühl weder die strenge Schule der Wahrheit, noch die der Bewegungsfreiheit. Denn jede Moral hat für ihren Zeitlauf das Gefühl nur soweit, und in diesem Umkreis noch dazu starr, geregelt, als gewisse Grundsätze und Grundgefühle für das ihr beliebende Handeln nötig waren; das übrige hat sie aber dem Gutdünken, dem persönlichen Gefühlsspiel, den ungewissen Bemühungen der Kunst und der akademischen Erörterung überlassen. Die Moral hat also die Gefühle den Bedürfnissen der Moral angepaßt und dabei vernachlässigt, sie zu entwickeln, obwohl sie selbst von ihnen abhängt. Sie ist ja die Ordnung und Einheit des Gefühls.» Hier hielt er aber ein. Er fühlte Rachels mitgerissenen Blick auf seinem eifernden Gesicht, wenn sie auch für die Angelegenheiten großer Leute nicht mehr ganz die Begeisterung aufbringen konnte wie früher. «Es ist ja vielleicht komisch, daß ich sogar hier in der Küche von Moral spreche» sagte er verlegen.

Agathe sah ihn gespannt und nachdenklich an. Er beugte sich näher zu seiner Schwester und fügte leise mit einem zuckend scherzenden Lächeln hinzu: «Aber es ist nur ein anderer Ausdruck für einen Zustand der Leidenschaft, der sich gegen die ganze Welt bewaffnet!»

Ohne seine Absicht hatte sich nun der Gegensatz des Morgens wiederholt, worin er in der nicht angenehmen Figur des scheinbar Lehrhaften auftrat. Er konnte nicht anders. Moral war für ihn weder Botmäßigkeit, noch Gedankenweisheit, sondern das unendliche Ganze der Möglichkeiten zu leben. Er glaubte an eine Steigerungsfähigkeit der Moral, an Stufen ihres Erlebnisses, und nicht etwa nur, wie das üblich ist, an Stufen ihrer Erkenntnis, als ob sie etwas Fertiges wäre, wofür der Mensch bloß nicht rein genug sei. Er glaubte an Moral, ohne einer bestimmten Moral zu glauben. Gewöhnlich versteht man unter ihr eine Art von Polizeiforderungen, durch die das Leben in Ordnung gehalten wird; und weil das Leben nicht einmal ihnen gehorcht, gewinnen sie den Anschein, nicht ganz erfüllbar, und auf diese dürftige Weise also auch den, ein Ideal zu sein. Aber man darf die Moral nicht auf diese Stufe bringen. Moral ist Phantasie. Das war es, was er Agathe sehen lassen wollte. Und das zweite war: Phantasie ist nicht Willkür. Überantwortet man die Phantasie der Willkür, so rächt sich das. In Ulrichs Mund zuckten die Worte. Er war im Begriff gewesen, von dem zu wenig beachteten Unterschied zu sprechen, daß die verschiedenen Zeitläufte den Verstand in ihrer Weise entwickelt, die moralische Phantasie aber in ihrer Weise fixiert und verschlossen haben. Er war im Begriff gewesen, davon zu sprechen, weil die Folge ist: eine trotz aller Zweifel mehr oder weniger geradlinig durch alle Wandlungen der Geschichte aufsteigende Linie des Verstandes und seiner Gebilde, dagegen ein Scherbenberg der Gefühle, der Ideen, der Lebensmöglichkeiten, wo sie in Schichten so liegen, wie sie als ewige Nebensachen entstanden und wieder verlassen worden sind. Weil eine weitere Folge ist: daß es schließlich eine Unzahl von Möglichkeiten gibt, so oder so eine Meinung zu haben, sobald das ins Gebiet des grundsätzlichen Lebens reicht, aber keine einzige Möglichkeit, sie zu einigen. Weil eine Folge ist: daß diese Meinungen aufeinander losschlagen, da sie gar keine Möglichkeit haben, sich zu verständigen. Weil alles in allem die Folge ist, daß die Affektivität in der Menschheit hin und her schwankt wie Wasser in einem Bottich, der keinen festen Stand hat. Und Ulrich hatte eine Idee, die ihn schon den ganzen Abend verfolgte; übrigens eine alte Idee von ihm, und sie wurde an diesem Abend bloß immerzu bestätigt, und er hatte Agathe zeigen wollen, wo der Fehler läge und wie er zu beheben wäre, wenn alle wollten, und eigentlich hatte er damit ja nur die schmerzliche Absicht, zu beweisen, daß man eher auch den Entdeckungen seiner eigenen Phantasie nicht trauen dürfe.

Und Agathe sagte, mit einem kleinen Seufzer, so wie sich eine bedrängte Frau schnell noch einmal wehrt, ehe sie sich ergibt: «Man muß also doch alles ‹aus Prinzip› tun?!» Und sie blickte ihn an, sein Lächeln erwidernd.

Er aber antwortete: «Ja; aber nur aus *einem* Prinzip!» Und das war nun etwas ganz anderes, als er zu sagen vorgehabt hatte. Es kam wieder aus dem Bereich der Siamesischen Zwillinge und des Tausendjährigen Reichs, wo das Leben in zauberhafter Stille wächst wie eine Blume, und mochte es gleich nicht aus der Luft gegriffen sein, so deutete es doch gerade auf Grenzen des Gedankens hin, die einsam und trügerisch sind. Agathes Auge war wie ein auseinandergebrochener Achat. Wenn er in dieser Sekunde nur noch ein wenig mehr gesagt oder die Hand auf sie gelegt hätte, so wäre etwas geschehen, wovon sie bald danach nichts mehr angeben konnte, da es wieder unterging. Denn Ulrich wollte nicht mehr sagen. Er nahm eine Frucht und ein Messer und begann zu schälen. Er war glücklich darüber, daß die Entfernung, die ihn noch vor kurzem von seiner Schwester getrennt hatte, zu einer unermeßlichen Nähe zusammenschmolz, aber er war auch froh, als sie in diesem Augenblick unterbrochen wurden.

Es war der General, der mit dem listigen Auge eines Patrouillekommandanten, der den Feind im Biwak überrascht, in die Küche spähte: «Entschuldigung, daß ich störe!» rief er eintretend aus. «Aber bei einem tête à tête mit dem Bruder, Gnädigste, kann es ja unmöglich ein großes Verbrechen sein!» Und mit den Worten: «Man sucht dich wie eine Spennadel!» wandte er sich an Ulrich.

Und Ulrich sagte dann dem General, was er hatte Agathe sagen wollen. Aber zunächst fragte er: «Wer ist ‹man›?»

«Ich sollte dich doch zum Minister bringen!» klagte ihn Stumm an. Ulrich winkte ab.

«Na, ist auch schon überholt» meinte der Gutmütige. «Der alte Herr ist gerade fortgegangen. Aber ich, wegen meiner eigenen Kompetenzen, muß dich dann, sobald die gnädige Frau eine bessere Gesellschaft gewählt hat als deine, noch verhören, wie du das mit dem ‹Glaubenskrieg› gemeint hast, falls du die Güte hast, dich noch an deine Worte zu erinnern.»

«Wir sprechen gerade davon» erwiderte Ulrich.

«Aber wie interessant!» rief der General aus. «Gnädige beschäftigen sich also auch mit Moral?»

«Mein Bruder spricht überhaupt nur von Moral» verbesserte es Agathe lächelnd.

«Das hat heute ja geradezu die Tagesordnung gebildet!» seufzte Stumm. «Der Leinsdorf hat zum Beispiel erst vor ein paar Minuten gesagt, Moral ist ebenso wichtig wie Essen. Das kann ich nicht finden!» Sprachs und beugte sich mit Gefallen über die Süßigkeiten, die ihm Agathe reichte. Es hatte ein Witz sein sollen. Agathe tröstete ihn: «Ich kann es auch nicht finden» sagte sie.

«Ein Offizier und eine Frau müssen Moral haben, aber sie sprechen nicht gerne davon!» improvisierte der General weiter. «Habe ich nicht recht, Gnädigste?»

Rachel hatte ihm einen Küchenstuhl gebracht, den sie eifrig mit ihrer Schürze abwischte, und sie wurde von seinen Worten ins Herz getroffen; beinahe kamen ihr die Tränen.

Stumm aber munterte Ulrich von neuem auf: «Also wie ist das mit dem Glaubenskrieg?» Ehe jedoch Ulrich etwas sagen konnte, unterbrach er ihn schon wieder mit den Worten: «Ich habe nämlich das Gefühl, daß auch deine Kusine durch die Zimmer irrt, dich zu suchen, und bin ihr nur dank meiner militärischen Ausbildung zuvorgekommen. Ich muß also die Zeit ausnutzen. Es ist nämlich nicht mehr schön, was drinnen vor sich geht! Man blamiert uns geradezu. Und sie, also wie soll ich das sagen? sie läßt halt die Zügel schleifen! Weißt du, was beschlossen worden ist?»

«Wer hat beschlossen?»

«Viele sind schon weggegangen. Manche sind dageblieben und hören sich die Vorgänge sehr genau an» umschrieb es der General. «Man kann nämlich nicht sagen, wer beschließt.»

«Vielleicht ist es dann besser, du sagst zuerst, was sie beschlossen haben» meinte Ulrich.

Stumm von Bordwehr zuckte die Achseln. «Nun ja. Aber ein Beschluß im geschäftsordnungsmäßigen Sinn ist es ja zum Glück auch nicht» führte er aus. «Denn alle verantwortlichen Leute hatten sich, Gott sei Dank, schon rechtzeitig zurückgezogen. Man kann also sagen, es ist nur ein Partikularbeschluß, ein Vorschlag oder ein Minoritätsvotum. Ich werde die Meinung vertreten, daß wir offiziell gar nicht davon Kenntnis haben. Das mußt du aber deinem Sekretär sagen, wegen dem Protokoll, damit gleich nichts davon hineinkommt. Entschuldigen Gnädige,» und er wandte sich an Agathe «daß ich so dienstlich rede!»

«Aber was ist eigentlich geschehen?» fragte auch sie.

Stumm machte eine vieles umfassende Gebärde. «Der Feuermaul, wenn gnädiger Frau dieser junge Mann erinnerlich ist, den wir eigentlich nur eingeladen haben, damit – also wie soll ich das sagen? – Weil er ein Exponent des Zeitgeistes ist, und weil wir ja ohnehin auch die entgegengesetzten Exponenten haben einladen müssen: Man hat also hoffen dürfen, unbeschadet dessen, und sogar im Genuß gewisser geistiger Anregungen von den Dingen reden zu können, auf die es ja leider nun einmal ankommt. Ihr Bruder weiß das ja, gnädige Frau; es hatte der Minister mit dem Leinsdorf und dem Arnheim zusammengebracht werden sollen, um zu sehen, ob der Leinsdorf nichts gegen gewisse –: patriotische Auffassungen hat. Und absolut genommen, bin ich auch gar nicht unzufrieden,» – wandte er sich nun wieder vertraulich an Ulrich – «die Sache ist soweit in Ordnung gekommen. Aber während das stattfand, ist der Feuermaul mit den anderen –» hier sah sich Stumm genötigt, für Agathes Verständnis etwas einzufügen: «also der Exponent einer Auffassung, daß der Mensch gewissermaßen ein friedliches und liebevolles Geschöpf sei, mit dem man gut umgehen muß, mit den Exponenten, die ungefähr das Gegenteil behaupten, so daß man zur Ordnung nach ihnen eine starke Faust braucht und was sonst noch dazugehört – dieser Feuermaul ist mit diesen anderen in einen Streit geraten, und ehe man es hindern konnte, haben sie einen gemeinsamen Beschluß gefaßt!»

«Einen gemeinsamen?» vergewisserte sich Ulrich.

«Ja. Ich hab das nur so erzählt, wie wenn es ein Witz wäre» versicherte Stumm, dem die unfreiwillige Komik seiner Darstellung nachträglich selbst schmeichelhaft auffiel. «Das hat kein Mensch erwarten können. Und wenn ich dir erzähle, was für einen Beschluß, du wirst es nicht glauben! Da ich heute nachmittag den Moosbrugger quasi dienstlich habe besuchen sollen, wird sich außerdem das ganze Ministerium nicht ausreden lassen, daß ich selbst dahinterstecke!»

Hier brach Ulrich in ein Gelächter aus und unterbrach in gleicher Weise auch die weiteren Ausführungen Stumms von Zeit zu Zeit, was nur Agathe ganz verstand, während ihm sein Freund wiederholt etwas gekränkt bemerkte, daß er nervös zu sein scheine. Aber was sich ereignet hatte, entsprach zu sehr dem Muster, das Ulrich seiner Schwester soeben erst entworfen hatte, als daß er sich nicht hätte freuen sollen. Die Feuermaul-Gruppe war im letzten Augenblick auf den Plan getreten, um zu retten, was noch zu retten wäre. Das Ziel pflegt in solchen Fällen undeutlicher zu sein als die Absicht. Der junge Dichter Friedel Feuermaul – in vertrautem Kreis aber Pepi genannt, denn er schwärmte für Alt-Wien und bemühte sich dem jungen Schubert ähnlich zu sehen, obwohl er in einer ungarischen Kleinstadt auf die Welt gekommen war – glaubte eben an Österreichs Sendung, und er glaubte außerdem an die Menschheit. Es lag auf der Hand, daß ihn ein Unternehmen wie die Parallelaktion, wenn er nicht beigezogen wurde, von Anfang an beunruhigen mußte. Wie konnte ein Menschheitsunternehmen mit österreichischer Note oder ein österreichisches Unternehmen mit der Note Menschlichkeit ohne ihn gedeihen! Das hatte er allerdings, mit einem Achselzucken, nur zu seiner Freundin Drangsal geäußert, diese aber, als ihrer Heimat zur Ehre gereichende Witwe und dazu Inhaberin eines geistigen Schönheitssalons, der erst im letzten Jahr von dem Diotimas überflügelt worden war, hatte es jedem einflußreichen Menschen gesagt, mit dem sie in Berührung kam. So war ein Gerücht entstanden, daß die Parallelaktion in Gefahr sei, wenn nicht –: dieses Wenn nicht und jene Gefahr blieben, wie es begreiflich ist, dabei ein wenig unbestimmt, denn erst mußte man Diotima zwingen, Feuermaul einzuladen, und dann konnte man vielleicht sehen. Aber die Ankündigung einer Gefahr, die von der vaterländischen Aktion ausgehen sollte, wurde von jenen wachsamen Politikern vermerkt, die kein Vaterland anerkannten, sondern nur ein Mütterchen Volk, das mit dem Staat in aufgezwungener Ehe lebte und von ihm mißhandelt wurde; sie hatten schon lange geargwöhnt, daß aus der Parallelaktion bloß eine neue Unterdrückung hervorgehen werde. Und wenn sie es auch höflich verbargen, so legten sie weniger Wert auf die Absicht, das abzuwenden – denn verzweifelnde Humanisten hätte es unter den Deutschen immer gegeben, aber in ihrer Gesamtheit blieben sie Unterdrücker und Staatsschmarotzer! –, als auf den nützlichen Hinweis, daß Deutsche selbst die Gefährlichkeit ihres Volkstums zugaben. Dadurch fühlten sich Frau Professor Drangsal und der Dichter Feuermaul von einer Teilnahme an ihren Bestrebungen getragen, die sie wohltätig empfanden, ohne sie zu ergründen, und Feuermaul, der ein anerkannter Gefühlsmensch war, wurde von dem Einfall besessen, man müsse etwas zu Liebe und Frieden Ratendes dem Kriegsminister selbst sagen. Warum gerade dem Kriegsminister und welche Rolle diesem zugedacht war, blieben dabei wieder im Dunkel, aber der Einfall selbst war so blendend erfunden und dramatisch, daß er einer anderen Unterstützung wirklich nicht bedurfte. Dies fand auch Stumm von Bordwehr, der ungetreue General, den sein Bildungseifer zuweilen in Frau Drangsals Salon führte, ohne daß es Diotima wußte; er bewirkte überdies, daß die ursprüngliche Auffassung, der Rüstungsindustrielle Arnheim sei ein Bestandteil der Gefahr, der Auffassung Platz machte, daß der Denker Arnheim ein wichtiger Bestandteil alles Guten sei.

Soweit war also alles so vorsichgegangen, wie es den Beteiligten entsprach, und auch daß die Zwiesprache des Ministers mit Feuermaul, als sie heute stattfand, trotz Frau Drangsals Mithilfe nichts ergab als einige Wunder Feuermaulschen Geistes und ihre geduldige Anhörung durch Se. Exzellenz, lag im Verlauf der menschlichen Dinge, wie er gewöhnlich ist. Dann aber hatte Feuermaul noch Reserven in sich; und weil sein Heerbann sich aus jungen und älteren Literaten zusammensetzte, aus Hofräten, Bibliothekaren und einigen Friedensfreunden, kurz aus Leuten jeden Alters und aller Stellungen, die ein Gefühl für das alte Vaterland und seine menschliche Sendung vereinte, das sich ebensogern für die Wiederbelebung der abgeschafften Pferdeomnibusse mit ihrem historischen Dreigespann oder für das Wiener Porzellan eingesetzt hätte, und weil diese Getreuen im Lauf des Abends durch mannigfache Beziehungen mit den Gegnern verbunden worden waren, die ja auch nicht das Messer gleich offen in der Hand trugen, hatten sich viele Gespräche ergeben, worin die Meinungen blind durcheinandergingen. Diese Verlockung fand Feuermaul vor, als ihn der Kriegsminister verabschiedet hatte und Frau Drangsals Aufsicht durch unbekannte Umstände für eine Weile abgelenkt wurde. Stumm von Bordwehr wußte nur zu berichten, daß er in ein überaus lebhaftes Gespräch mit einem jungen Manne geraten wäre, dessen Beschreibung nicht ausgeschlossen erscheinen ließ, daß es Hans Sepp gewesen sei. Jedenfalls war es einer von denen, die einen Sündenbock benutzen, dem sie die Schuld an allem Übel geben, mit dem sie nicht fertig werden; die nationale Überheblichkeit ist ja nur jener besondere Fall davon, wo man sich aus reiner Überzeugung einen solchen Sündenbock wählt, der nicht mit einem blutsverwandt ist und überhaupt möglichst wenig Ähnlichkeit mit einem selbst hat. Nun ist es bekanntlich eine große Erleichterung, wenn man sich ärgert, seinen Zorn an jemand auszulassen, auch wenn er nichts dafür kann; aber weniger bekannt ist das von der Liebe. Trotzdem ist es auch da geradeso, und die Liebe muß oft an jemand ausgelassen werden, der nichts dafür kann, da sie sonst keine Gelegenheit findet. So war Feuermaul ein betriebsamer junger Mann, der im Kampf um den Nutzen recht ungut sein konnte, aber sein Liebesbock war «der Mensch», und sobald er an den Menschen im allgemeinen dachte, konnte er sich an unbefriedigter Güte kaum genugtun. Hans Sepp war dagegen im Grunde ein guter Kerl, der es nicht einmal übers Herz brachte, Direktor Fischel zu hintergehn, und sein Sündenbock dafür war «der undeutsche Mensch», auf den er den Groll gegen alles lud, was er nicht ändern konnte. Weiß der Himmel, was sie anfangs miteinander gesprochen hatten; sie werden wohl gleich ihre Böcke gegeneinander geritten haben, denn Stumm erzählte: «Ich begreife wirklich nicht, wie das gekommen ist: auf einmal sind andere dabei gewesen, dann hat es im Handumdrehn einen richtigen Auflauf gegeben, und schließlich sind alle, die in den Zimmern waren, um sie herumgestanden!»

«Und weißt du, worüber sie gestritten haben?» fragte Ulrich.

Stumm zuckte die Achseln. «Der Feuermaul hat dem anderen zugerufen: ‹Sie möchten hassen, aber das können Sie gar nicht! Denn die Liebe ist jedem Menschen eingeboren!› Oder so ähnlich war's. Und der andere hat ihm zugeschrien: ‹Und Sie möchten lieben? Aber das können Sie noch viel weniger, Sie, Sie –› Genau kann ich's wirklich nicht sagen, denn ich habe mich wegen der Uniform in einer gewissen Entfernung halten müssen.»

«Oh,» sagte Ulrich «das ist schon die Hauptsache!» und er wandte sich mit einem Blick, der den ihren suchte, an Agathe.

«Aber die Hauptsache war doch erst der Beschluß!» erinnerte Stumm. «Daß sie einander fast gefressen haben, und mir nichts, dir nichts ist daraus ein gemeinsamer und ganz gemeiner Beschluß geworden!»

Stumm machte in seiner vollen Rundheit den Eindruck geschlossenen Ernstes. «Der Minister ist auf der Stelle fortgegangen» berichtete er.

«Ja, was haben sie denn beschlossen?» fragten die Geschwister.

«Das kann ich nicht genau sagen,» erwiderte Stumm, «denn ich bin natürlich auch sofort verschwunden, und da waren sie noch nicht fertig. Man kann sich sowas auch gar nicht merken. Es ist irgend etwas zu Gunsten des Moosbrugger und gegen das Militär gewesen!»

«Moosbrugger? Ja, wie denn?» Ulrich lachte.

«‹Wie denn?›!» wiederholte der General giftig. «Du hast leicht lachen, aber mir bringt das eine *so* lange Nase ein! Oder zumindest eine tagelange Schreiberei. Weiß man denn bei solchen Leuten: ‹wie denn›?! Vielleicht war dieser alte Professor schuld, der heute überall für das Aufhängen und gegen die Milde gesprochen hat. Oder es ist geschehn, weil in den letzten Tagen wieder die Zeitungen die Frage dieses Scheusals aufgegriffen haben. Jedenfalls ist auf einmal von ihm die Rede gewesen. Das muß rückgängig gemacht werden!» erklärte er mit einer an ihm ungewohnten Festigkeit.

In diesem Augenblick traten kurz nacheinander Arnheim, Diotima, ja sogar Tuzzi und Graf Leinsdorf in die Küche. Arnheim hatte im Vorzimmer die Stimmen gehört. Er war im Begriff gewesen, sich heimlich zu entfernen, denn die eingetretene Unruhe verführte ihn zu der Hoffnung, daß er sich diesmal noch einer Aussprache mit Diotima entziehen könne, und anderntags wäre er wieder für eine Weile verreist gewesen. Aber die Neugierde verleitete ihn, in die Küche zu blicken, und da er von Agathe gesehen wurde, hinderte ihn die Höflichkeit, sich zurückzuziehn. Stumm bestürmte ihn sofort um Auskunft über den Stand der Dinge. «Ich kann es Ihnen sogar im originalen Wortlaut mitteilen» erwiderte Arnheim lächelnd. «Es war manches so drollig, daß ich mich nicht enthalten habe können, es heimlich niederzuschreiben.»

Er zog ein Kärtchen aus seiner Brieftasche, und seine stenographische Aufzeichnung entziffernd, las er langsam den Inhalt der geplanten Kundgebung vor: «‹Die vaterländische Aktion hat auf Antrag der Herren Feuermaul und› – den andern Namen habe ich nicht verstanden – ‹beschlossen: Für seine eigenen Ideen soll sich jeder töten lassen, wer aber Menschen dazu bringt, für fremde Ideen zu sterben, ist ein Mörder!› So war es vorgeschlagen,» fügte er hinzu «und ich hatte nicht den Eindruck, daß sich noch etwas ändern werde.»

Der General rief aus: «Das ist der Wortlaut! So habe auch ich ihn schon gehört! Sind ja ekelerregend, diese geistigen Debatten!»

Arnheim sagte milde: «Es ist der Wunsch der heutigen Jugend nach Festigkeit und Führung.»

«Aber es ist doch nicht nur Jugend dabei,» entgegnete Stumm angewidert «sondern selbst Kahlköpfe sind zustimmend herumgestanden!»

«Dann ist es eben das Bedürfnis nach Führung überhaupt» meinte Arnheim und nickte freundlich. «Es ist heute allgemein. Die Resolution stammt übrigens aus einem zeitgenössischen Buch, wenn ich mich recht entsinne.»

«So?» sagte Stumm.

«Ja» sagte Arnheim. «Und man muß sie natürlich als ungeschehen behandeln. Aber wenn man es verstünde, das seelische Bedürfnis, das sich in ihr ausdrückt, nutzbar zu machen, so würde sich das wohl lohnen.»

Der General zeigte sich etwas beruhigt; er wandte sich an Ulrich: «Hast du eine Idee, was man da tun könnte?»

«Natürlich!» erwiderte Ulrich.

Arnheims Aufmerksamkeit wurde durch Diotima abgelenkt.

«Also bitte!» sagte der General leise. «Schieß los! Ich würde es ja vorziehen, wenn die Führung unter uns bliebe!»

«Du mußt dir vergegenwärtigen, was eigentlich geschehen ist» sagte Ulrich, ohne sich zu beeilen. «Die Leute haben ja gar nicht unrecht, wenn der eine dem andern vorwirft, daß er lieben möchte, wenn er bloß könnte, und der andere dem einen zurückgibt, daß ganz das gleiche doch auch vom Hassen gilt. Es gilt überhaupt von allen Gefühlen. Der Haß hat heute etwas Verträgliches in sich, und anderseits müßte man, um das, was wirklich Liebe wäre, für einen Menschen zu empfinden –: ich behaupte,» sagte Ulrich kurz «daß diese zwei Menschen noch nicht da waren!»

«Das ist sicher sehr interessant,» unterbrach ihn der General schnell, «denn ich kann absolut nicht verstehn, wie du das behaupten kannst. Aber ich muß morgen einen Rechenschaftsbericht über die heutigen Vorfälle schreiben, und darum beschwöre ich dich, daß du darauf Rücksicht nimmst! Beim Militär ist das Wichtigste, daß man immer einen Fortschritt melden kann; ein gewisser Optimismus ist da selbst in der Niederlage unentbehrlich, das liegt am Metier: Wie kann ich also das, was geschehen ist, als einen Fortschritt darstellen?!»

«Schreib» riet Ulrich augenzwinkernd: «Es war die Rache der moralischen Phantasie!»

«Aber so was kann man beim Militär doch nicht schreiben!» erwiderte Stumm ärgerlich.

«Dann laß das Wort weg» fuhr Ulrich ernst fort «und schreib: Alle schöpferischen Zeiten sind ernst gewesen. Es gibt kein tiefes Glück ohne tiefe Moral. Es gibt keine Moral, wenn sie sich nicht von etwas Festem ableiten läßt. Es gibt kein Glück, das nicht auf einer Überzeugung ruht. Ohne Moral lebt nicht einmal das Tier. Aber der Mensch weiß heute nicht mehr, mit welcher –»

Stumm unterbrach auch dieses scheinbar gleichmütig fließende Diktat: «Lieber Freund, ich kann von der Moral einer Truppe sprechen, von Gefechtsmoral oder von der Moral eines Frauenzimmers; aber immer im einzelnen; und von Moral ohne eine solche Vorsicht kann man in einem militärischen Dienststück genau so wenig sprechen wie von Phantasie und vom lieben Gott: das weißt du doch selbst!»

Diotima sah Arnheim am Fenster ihrer Küche stehn, ein sonderbar heimlicher Anblick, nachdem sie während des ganzen Abends nur vorsichtige Worte miteinander gewechselt hatten. Sie empfand dabei plötzlich das widerspruchsvolle Verlangen, das abgebrochene Gespräch mit Ulrich fortzusetzen. In ihrem Kopf herrschte jene angenehme Verzweiflung, die sich, in mehreren Richtungen gleichzeitig einbrechend, fast zu einer freundlich-ruhigen Erwartung geschwächt und aufgehoben hat. Der längst vorhergesehene Zusammenbruch des Konzils war ihr gleichgültig. Arnheims Untreue war ihr, wie sie glaubte, auch beinahe gleichgültig. Er sah ihr entgegen, als sie eintrat, und für einen Augenblick war das alte Gefühl da: lebender Raum, der sie verband. Aber sie erinnerte sich wieder, daß ihr Arnheim seit Wochen ausweiche, und der Gedanke: «Erotischer Feigling!» gab ihren Knien die Kraft zurück, daß sie hoheitsvoll auf ihn zuschritt. Arnheim sah das: das Sehen, das Zaudern, das Schmelzen der Entfernung; über eingefrorenen Wegen, die sie in unendlicher Zahl verbanden, lag die

Ahnung, daß sie wieder auftauen könnten. Er hatte sich von den übrigen abgewandt, aber im letzten Augenblick machten er und Diotima eine Wendung, die sie zu Ulrich, General Stumm und den übrigen führte, die sich auf der anderen Seite befanden.

Von den Eingebungen der ungewöhnlichen Menschen bis zum völkerverbindenden Kitsch bildet das, was Ulrich die moralische Phantasie nannte, oder einfacher das Gefühl, eine einzige, jahrhundertealte Gärung ohne Ausgärung. Ein Wesen ist der Mensch, das nicht ohne Begeisterung auskommen kann. Und Begeisterung ist der Zustand, worin alle seine Gefühle und Gedanken den gleichen Geist haben. Du meinst, beinahe im Gegenteil, sie sei der Zustand, wenn ein Gefühl übermächtig stark sei, ein einziges, das – Hingerissensein! – die anderen zu sich hinreißt? Nein, du hast darüber gar nichts sagen wollen? Immerhin, es ist so. Es ist auch so. Aber die Stärke einer solchen Begeisterung ist ohne Halt. Dauer gewinnen die Gefühle und Gedanken nur an einander, in ihrem Ganzen, sie müssen irgendwie gleichgerichtet sein und sich gegenseitig mitreißen. Und mit allen Mitteln, mit Rauschmitteln, Einbildungen, Suggestion, Glauben, Überzeugung, oft auch nur mit Hilfe der vereinfachenden Wirkung der Dummheit, trachtet ja der Mensch, einen Zustand zu schaffen, der dem ähnlich ist. Er glaubt an Ideen, nicht weil sie manchmal wahr sind, sondern weil er glauben muß. Weil er seine Affekte in Ordnung halten muß. Weil er durch eine Täuschung das Loch zwischen seinen Lebenswänden verstopfen muß, durch das seine Gefühle sonst in alle vier Winde gingen. Das richtige wäre wohl, statt sich vergänglichen Scheinzuständen hinzugeben, die Bedingungen der echten Begeisterung wenigstens zu suchen. Aber obwohl alles in allem die Zahl der Entscheidungen, die vom Gefühl abhängen, unendlich viel größer ist als die jener, die sich mit der blanken Vernunft treffen lassen, und alle die Menschheit bewegenden Ereignisse aus der Phantasie entstehen, erweisen sich nur die Verstandesfragen überpersönlich geordnet, und für das andere ist nichts geschehn, was den Namen einer gemeinsamen Anstrengung verdiente oder auch nur die Einsicht in ihre verzweifelte Notwendigkeit andeutete:

Ungefähr so sprach Ulrich, unter begreiflichen Protesten des Generals.

Er sah in den Vorgängen des Abends, wenn sie auch nicht ohne Ungestüm waren und durch mißgünstige Auslegung sogar noch folgenschwer werden sollten, nur das Beispiel einer unendlichen Unordnung. Herr Feuermaul erschien ihm in diesem Augenblick so gleichgültig wie die Menschenliebe, der Nationalismus so gleichgültig wie Herr Feuermaul, und vergeblich fragte ihn Stumm, wie man denn aus dieser überaus persönlichen Stellungnahme den Gedanken eines greifbaren Fortschritts destillieren solle. «Melde eben,» erwiderte Ulrich «das sei der Tausendjährige Glaubenskrieg. Und noch nie seien die Menschen so schlecht gegen ihn gerüstet gewesen wie in dieser Zeit, da der Schutt ‹des vergeblich Gefühlten›, den ein Zeitalter über dem anderen hinterläßt, Bergeshöhe erreicht hat, ohne daß etwas dagegen geschähe. Das Kriegsministerium darf also beruhigt dem nächsten Massenunglück entgegensehen.»

Ulrich sagte das Schicksal vorher und hatte davon keine Ahnung. Es lag ihm auch gar nichts am wirklichen Geschehen, sondern er kämpfte um seine Seligkeit. Er versuchte alles dazwischenzuschieben, was sie hindern könnte. Darum lachte er auch und suchte die anderen durch den Anschein irrezuführen, daß er spotte und übertreibe. Er übertrieb für Agathe; er setzte sein Gespräch mit ihr fort, und nicht nur dieses letzte. Er errichtete in Wahrheit ein Gedankenbollwerk gegen sie und wußte, daß daran an einer gewissen Stelle ein kleiner Riegel wäre: zöge man an diesem, so würde alles von Gefühl überflutet und begraben werden! Und eigentlich dachte er unausgesetzt an diesen Riegel.

Diotima stand in seiner Nähe und lächelte. Sie fühlte etwas von Ulrichs Bemühung um seine Schwester, war wehmütig gerührt, vergaß die Sexualwissenschaft, und etwas stand offen: es war wohl die Zukunft, jedenfalls waren es aber ein wenig auch ihre Lippen.

Arnheim fragte Ulrich: «Und Sie meinen, – daß man etwas dagegen tun könnte?» Die Art, wie er diese Frage stellte, gab zu verstehen, daß er durch die Übertreibung den Ernst erkenne, aber immerhin auch ihn übertrieben finde.

Tuzzi sagte zu Diotima: «Man muß jedenfalls verhindern, daß etwas von diesen Vorgängen in die Öffentlichkeit dringt.»

Ulrich erwiderte Arnheim: «Liegt es nicht ganz nahe? Wir sehen uns heute vor zuviel Gefühls- und Lebensmöglichkeiten gestellt. Gleicht diese Schwierigkeit aber nicht der, die der Verstand bewältigt, wenn er vor einer Unmenge von Tatsachen und einer Geschichte der Theorien steht? Und für ihn haben wir ein unabgeschlossenes und doch strenges Verhalten gefunden, das ich Ihnen nicht zu beschreiben brauche. Ich frage Sie nun, ob etwas Ähnliches nicht auch für das Gefühl möglich wäre? Wir möchten doch ohne Zweifel daraufkommen, wozu wir da sind, das ist eine Hauptquelle aller Gewalttaten der Welt. Nun haben das andere Zeiten mit ihren unzureichenden Mitteln versucht, das große Zeitalter der Erfahrung aus seinem Geist heraus aber überhaupt noch nicht –»

Arnheim, der rasch begriff und gerne unterbrach, legte ihm beschwörend die Hand auf die Schulter: «Das wäre ja ein steigendes Verhältnis zu Gott!» rief er gedämpft und warnend aus.

«Das wäre doch nicht das Schrecklichste?» meinte Ulrich, nicht ganz ohne spöttische Schärfe für diese vorschnelle Angst. «Aber so weit bin ich ja gar nicht gegangen!»

Arnheim nahm sich sofort zusammen und lächelte. «Man freut sich, wenn man nach langer Abwesenheit jemand unverändert antrifft; das ist heutzutage selten!» sagte er. Er freute sich übrigens, kaum daß er sich durch diese wohlwollende Abwehr in Sicherheit fühlte, wirklich. Ulrich hätte ja auch auf das peinliche Stellungsangebot zurückkommen können, und Arnheim war ihm dankbar dafür, daß er in seiner unverantwortlichen Unbedingtheit jede Berührung mit der Erde verschmähe. «Wir müssen einmal darüber sprechen» fügte er herzlich seinen Worten hinzu. «Mir ist unklar, wie Sie sich diese Übertragung unseres theoretischen Verhaltens auf das praktische denken.»

Ulrich wußte, daß es wirklich noch unklar sei. Er meinte ja weder ein «Forscherleben» noch ein Leben «im Lichte der Wissenschaft», sondern ein «Suchen des Gefühls», ähnlich dem Suchen der Wahrheit, nur daß es da nicht auf Wahrheit ankam. Er sah Arnheim nach, der zu Agathe hinübertrat. Dort stand auch Diotima; Tuzzi und Graf Leinsdorf gingen und kamen. Agathe plauderte mit allen und dachte: «Warum spricht er mit allen?! Er hätte mit mir fortgehen sollen! Er entwertet das, was er mir gesagt hat!» Manche Worte, die sie herüber hörte, gefielen ihr, aber sie taten ihr trotzdem weh. Alles, was von Ulrich kam, tat ihr jetzt wieder weh, und noch einmal an diesem Tag hatte sie plötzlich das Bedürfnis, ihn zu fliehn. Sie verzagte daran, daß sie in ihrer Einseitigkeit ihm genug sein könne, und die Vorstellung, daß sie nach einer Weile bloß wie zwei Leute nach Hause gehen sollten, die den vergangenen Abend beschwätzen, war ihr unerträglich!

Ulrich aber dachte weiter: «Arnheim wird das nie verstehn!» Und er ergänzte es: «Der wissenschaftliche Mensch ist ja gerade im Gefühl beschränkt, der praktische erst recht. Das ist so notwendig wie ein fester Stand der Beine, wenn man mit den Armen etwas packen soll.» Er selbst war unter gewöhnlichen Umständen so. Sobald er dachte, und geschähe es über das Gefühl in Person, ließ er das Gefühl nur vorsichtig zu. Agathe nannte das kalt; er aber wußte: will man das andere ganz sein, so muß man wie bei einem tödlichen Abenteuer vorher auf das Leben verzichten, denn man kann sich nicht vorstellen, wie es weitergehen wird! Er hatte Lust dazu und fürchtete es in diesem Augenblick nicht mehr. Er sah lange seine Schwester an. Das lebhafte Spiel des Sprechens auf dem davon unberührten tieferen Gesicht. Er wollte sie auffordern, mit ihm fortzugehn. Ehe er aber noch seinen Platz verlassen konnte, sprach ihn Stumm an, der wieder zu ihm herübergekommen war.

Der gute General hatte Ulrich gern; er hatte ihm die Scherze über das Kriegsministerium schon verziehen, ja irgendwie gefiel ihm die Rede vom «Glaubenskrieg» ganz gut, denn sie hatte so etwas festtäglich Militärisches wie Eichenlaub am Tschako oder Hurraschreien an Kaisers Geburtstag. Er lehnte seinen Arm an den des Freundes und bugsierte Ulrich außer Hörweite. «Siehst du, ich finde es schön, daß du sagst, alle Ereignisse entstehen aus der Phantasie» begann er; «natürlich ist das mehr meine private als meine dienstliche Stellung dazu.» Er bot Ulrich eine Zigarette an.

«Ich muß nach Hause gehn» sagte Ulrich.

«Deine Schwester unterhält sich großartig, stör sie doch nicht» sagte Stumm. «Der Arnheim legt sich tüchtig ins Zeug, ihr den Hof zu machen. Und was ich dir sagen wollte: Alle haben jetzt keine rechte Freud mehr an den großen Gedanken der Menschheit; du solltest wieder Schwung hineinbringen. Ich meine: die Zeit bekommt einen neuen Geist, und den solltest du eben in die Hand nehmen!»

«Wie kommst du denn darauf?!» fragte Ulrich mißtrauisch.

«Ich denke es mir halt so.» Stumm überging es und fuhr dringend fort: «Für Ordnung bist du doch auch, das sieht man ja an allem, was du sagst. Und sodann fühle ich mich gefragt: Ist der Mensch mehr gut oder braucht er mehr eine starke Hand? Darin liegt ein gewisses heutiges Bedürfnis nach Entschiedenheit. Alles in allem habe ich dir ja schon gesagt, daß es mir eine Beruhigung wäre, wenn du wieder die Führung in der Aktion übernehmen tätest. Man weiß schließlich doch nicht, was sonst bei dem vielen Reden geschieht!»

Ulrich lachte. «Weißt du, was ich jetzt tue? Ich komm nicht mehr her!» antwortete er glücklich.

«Warum denn?!» eiferte Stumm. «Die werden recht behalten, die sagen, daß du nie eine wirkliche Kraft gewesen bist!»

«Wenn ich den Leuten verriete, wie ich denke, würden sie es erst recht sagen!» gab Ulrich lachend zur Antwort und machte sich von seinem Freunde los.

Stumm war ärgerlich, aber dann siegte seine Gutmütigkeit, und er sagte abschiednehmend: «Diese Geschichten sind verdammt kompliziert. Ich habe mir geradezu manchmal gedacht, das Beste wäre schon, wenn über alle diese Unlösbarkeiten einmal ein rechter Trottel käme, ich meine so eine Art Jeanne d'Arc, der könnte uns vielleicht helfen!»

Ulrichs Blick suchte seine Schwester und fand sie nicht. Als er Diotima nach ihr fragte, kamen Leinsdorf und Tuzzi soeben wieder aus der Wohnung und teilten mit, daß ein allgemeiner Aufbruch stattfinde. «Ich habe gleich gesagt,» berichtete Se. Erlaucht aufgeräumt der Hausfrau «was die geredet haben, ist nicht ihre wahre Meinung gewesen. Und die Drangsal hat dann einen wirklich rettenden Einfall gehabt, es ist nämlich beschlossen worden, die heutige Versammlung ein andermal fortzusetzen. Aber der Feuermaul, oder wie er heißt, wird dabei irgendein langes Gedicht von sich vorlesen, da wird es ruhiger zugehn. Ich habe mir natürlich erlaubt, wegen der Dringlichkeit gleich in Ihrem Namen zuzustimmen!»

Dann erst erfuhr Ulrich, daß sich Agathe plötzlich verabschiedet und ohne ihn das Haus verlassen habe; man richtete ihm aus, daß sie ihn durch ihren Entschluß nicht hätte stören wollen.

INHALT

ERSTES BUCH

ERSTER TEIL – EINE ART EINLEITUNG

ZWEITER TEIL – SEINESGLEICHEN GESCHIEHT

ZWEITES BUCH

DRITTER TEIL – INS TAUSENDJÄHRIGE REICH (DIE VERBRECHER)

Rowohlt Jahrhundert

Herausgegeben von Bernd Jentzsch

Band 17
Heinrich Mann
Die Jugend des Königs Henri Quatre

Band 18
Heinrich Mann
Die Vollendung des Königs Henri Quatre

Band 19
Walter Scott, Das Herz von Midlothian

Band 20
Erskine Caldwell, Gottes kleiner Acker

Band 21
George Moore, Esther Waters

Band 22
Halldór Laxness, Weltlicht

Band 24
Upton Sinclair, So macht man Dollars

Band 25
Martin Andersen Nexö, Überfluss

Band 26
Klabund, Bracke

Band 27
Sinclair Lewis, Babbitt

Band 28
Bolesław Prus, Pharao